Yan Fei
Xiao Shuo Ji

Zhongguo dangdai minzu jingshen wenxue zuopin

中国当代民族精神文学作品

颜斐小说集 2

颜斐 著

文化藝術出版社
Culture and Art Publishing House

图书在版编目（CIP）数据

颜斐小说集／颜 斐 著.—北京：文化艺术出版社，
2007.9
ISBN 978-7-5039-3363-9
I.颜… II.颜… III.①中篇小说－作品集－中国
－当代②长篇小说－作品集－中国－当代 IV.1247.5
中国版本图书馆CIP数据核字（2007）第113696号

颜斐小说集（2）

著　者	颜　斐
责任编辑	陆明君
责任校对	方玉菊
策　划	报时鸟文化传媒／叶子
版式设计	博采文案工作室
封面设计	金　华
出版发行	文化艺术出版社
地　址	北京市朝阳区惠新北里甲1号　100029
网　址	www.whyscbs.com
电子邮箱	whyscbs@263.net
电　话	（010）64813345　64813346（总编室）
	（010）64813384　64813385（发行部）
经　销	新华书店
印　刷	北京军区空军司令部印刷厂
版　次	2007年9月第1版
	2009年8月第2次印刷
开　本	720×960毫米　1/16
印　张	55.50
字　数	950千字
书　号	ISBN 978-7-5039-3363-9／Ⅰ·1566
定　价	117.00元（全三册）

版权所有，侵权必究，印装错误，随时调换。

内容提要

晚花紫丁香 "晚花紫"丁香是四季丁香中的一个品种。这篇作品描述了一对青年男女的恋爱和一个敏感、早熟、可爱的小女孩的故事……给读者留下一股温馨如晚花紫丁香花一般的感受。

绝命崖 这是一篇富有生活哲理的作品。一个备受欺骗和不公的生病的男人,正准备把自己悄悄埋葬在荒野时,却无意中救出一个因绝望而轻生的女孩……作品告诉读者:人生的较量,不仅是指成功或者失败,而更重要的是在失败之后,是否还能再站得起来这么一个人生的道理。

飘逝的叶子 这是一篇反映爱情与社会问题的作品。在这篇作品中,作者给大家讲述了一个悲哀的故事,一个可怜的女人,一个伤感的结局……

情感 生化工程师张捷偶尔看到一篇题为"丈夫强迫复婚不成,妻子无辜被刺身亡"的新闻报道和两幅照片;一张是他当副局长的远方堂叔,而那张死了的则是他年轻的堂婶,这勾起了他几年前一段情感的回忆……

把脚跷在桌子上 一位女电脑工程师,由于工作上长期受到压抑,她愤而把脚跷上了办公桌……然而谁知,就在她用这种姿态对世俗社会以野性挑战时,成功的事业和爱情,竟意外地降临到她的身边……

为了梦中的橄榄树 这是一篇优美的抒情故事。一个具有美丽心灵和身影的、有病的、为葬父亲而曾出卖过自己姿容的乡村女孩,为了追求象征爱情和幸福的"梦中的橄榄树",终因不成,郁郁而死……

首都机场那个小卖店 一位年轻的女画家,在首都机场的小卖店里偶尔遇见少年时代暗恋的初恋人,便涌动起想要抛弃有着博士学位的丈夫、与初恋人私奔的念头;谁知……最后她感悟到:爱情其实只是一种感觉。

蜘蛛 一位曾经红极一时的女明星,在野蛮的年代,在死神降临之时，她带着心灵的创伤和满身的病痛，跨出了五楼的窗口，她要去寻找远方的呼唤……作品构思巧妙，文笔洗练含蓄，显示了作者高超的创作技巧。

北国情丝 在北国冰寒彻骨的冬天，一对曾经相爱而被现实社会拆散了的年轻男女，偶然发生了一夜缠绵不尽的邂逅……作品采用缓缓诉说的手法，让读者感受到浓烈的爱情和抒之不尽的情丝。

幻迷初夏明月夜 在野蛮和愚昧恶性膨胀的年代，一个只有小学四年级文化基础的女孩，数学考试仅仅做出一道 $1/2+1/3=2/5$ 的错题，但却仍然被推荐进了重点大学的高分子专业……然而，这个女孩还有着一点人情味，而那个年代又不允许有人情味，因而这个女孩最后疯了……

呵，那个姓王的 这篇作品的主人公的遭遇，告诉大家一个严肃的社会问题：即在现实社会中，有些事情的真相一旦被披露，其实就是好人并不好，坏人并不坏，并且盛行着违心说话和违心行事的不良的风气。

又是白杨花絮飘飞的季节 一个精神彷徨、心灵迷惘的都市女子，为留恋灯红酒绿的奢华生活，舍弃了与自己相爱的恋人，选择了一个错误的婚姻，同时也给自己带来了精神上的创伤和心灵上的痛苦……

街碑下的石阶 一个疲累了的老人，坐在他常坐着的街碑下的石阶上，目睹了一次事件的经过……然而这位老人却因此被无辜地推上了法律不完备的执法现象的被告席……

梦断鬼节之夜 在疯狂的年代，一个女孩因无意中的一句错话，结果连累了她当干部的父母亲，被人查了祖宗三代后给戴上历史和政治问题的帽子，并遣送回了原籍……后来这个女孩不甘忍受凌辱，愤而用剪刀一连戳了凌辱她的大队主任几十剪刀，最后她跳河自杀……

哼唱情歌的男人 这是一篇耐人寻味的短篇作品。小说的字里行间巧妙地隐匿着作者对两个不同人物的谴责与同情……

系上黄金的翅膀 一个诗人讲述了他初恋女友一家荒诞、离奇遭遇的故事：十六岁的大姐梦霞，被一个只用了两句语录的"憨瓜"强暴霸占；插队下放的哥哥梦生，又因母牛事件而被打成"现行反革命"；女友梦露因此而远远地躲避开自己青梅竹马的恋人……

目 录

序 …………………………………… 何镇帮 (009)
文学与灵魂 ………………………………… 理冰 (013)
1. 晚花紫丁香 ……………………………………… (001)
2. 绝命崖 …………………………………………… (019)
3. 飘逝的叶子 ……………………………………… (032)
4. 情惑 ……………………………………………… (053)
5. 把脚跷在桌子上 ………………………………… (070)
6. 为了梦中的橄榄树 ……………………………… (099)
7. 首都机场那个小卖店 …………………………… (118)
8. 蜘蛛 ……………………………………………… (141)
9. 北国情丝 ………………………………………… (151)
10. 幻迷初夏明月夜 ………………………………… (167)
11. 呵，那个姓王的 ………………………………… (181)
12. 又是白杨花絮飘飞的季节 ……………………… (188)
13. 街碑下的石阶 …………………………………… (208)
14. 梦断鬼节之夜 …………………………………… (214)
15. 哼唱情歌的男人 ………………………………… (243)
16. 系上黄金的翅膀 ………………………………… (252)

　　在黄昏的朦胧之中,那一排排摇曳着的椰子树,犹如身披轻纱、妙歌曼舞的少女,让人觉得心怡神畅,产生无限的遐想。

——《为了梦中的橄榄树》(插图:谭华)

序

　　初次与颜斐见面时,他秀气中透着文弱,我认为他只不过是一个典型的江南书生。可读完他的三部即将付梓的小说作品集《十姊妹·苦鸭》、《晚花紫丁香》和《第四个女孩》的文稿,我分明看到了一个文学上的硬汉子。他作品的丰厚、思想的高度和艺术的感染力震撼了我。"文如其人",从他的作品中,我看到了一个文学精神的囚徒,一个拷问灵魂的高手,正举着文学这面旗帜,在孤独与艰难中高吟着"高尚品格本就是孤独中的追求,高深智慧也在孤独中才能得获"的诗句,大踏步向我们走来。

　　颜斐的作品不但流金溢彩,持论高妙,而且文采风流,景物描写如诗如画,篇篇都耐看耐读,阅读定会给你启迪,思索定会给你回味。比如很有思想力度的中篇《把脚跷在桌子上》,描写一个可爱的6岁小女孩感人故事的《晚花紫丁香》,凄苦得让人泪流不止的短篇《飘逝的叶子》,一篇耐人寻味的生活片段的《哼唱情歌的男人》,有着美丽身影的农村女孩的《为了梦中的橄榄树》,激越歌颂爱情、歌颂科学、歌颂艺术的中篇《第四个女孩》,叙述方法非常另类的长篇《官园夜月》等,尤其是优美而又凄凉的中长篇爱情小说《十姊妹》与《苦鸭》,更是震撼人心,动人心魄!

　　他的《十姊妹》和《苦鸭》均写于本世纪之初,但作品均以三十多年前的"文化大革命"为背景,写的都是凄美的爱情悲剧,都相当感人。《十姊妹》讲述的是江南小城年轻的机械工程师徐江平同本厂描图员阿华的爱情故事。作者把发生在

"钱资荡"畔的不正常年代里的这个正常的爱情故事写得淋漓尽致,热烈美好。有江南小城春天的美景作陪衬,有关于"十姊妹"的凄美的传说和田园风光般的景色作为爱情过程的穿插,有一对心心相印的年轻人的迸发的爱情尽情挥洒,以景写情,抒情写景,物我两忘,犹如是一部篇幅较大的田园牧歌式的散文,真是美极了!在这对年轻人发生于不正常年代的正常爱情的描写中,诸如"钱资荡"畔月夜相拥,"十姊妹"花前的山盟海誓,徐江平陋室中的情感燃烧与理智控制等爱情场面的描写尤其动人心魄。当然,徐江平与阿华的这种再正常不过的爱情是不容于那个不正常的年代的。由于小城一机厂革委会主任朱兴强的同类,流氓成性的技术科长姚长青也看上了阿华,于是凭借他们的强权便演出了一场夺爱的爱情悲剧:徐江平被除名遣送回乡,后又被迫远走皖南山区达八年之久才"落实政策"返回小城;阿华则殉情自杀,长眠于当年她与徐江平定情的"钱资荡"畔的小岛上的凹口处。作者在作品中着力施展了小说创作中的景色描写与心理描写这两项技巧,不仅笔法逼真、细腻、生动,而且达到了高度的情景交融,树木花草、湖光山色、飞鸟游鱼、黑夜白昼、太阳月亮和星辰,无不彰显了主人公的感情色彩,简直叫人辨别不清究竟是江南水乡小城的景色诱发了主人公的感情呢,还是主人公的感情感染了江南水乡小城的景色。江南水乡的美丽有力地烘托出了青春与爱情的美丽,而且,这部作品中的江南水乡的美,带有一种朦胧和神秘的色调,令人感觉似在梦境、仙境,甚至在魔境,暗示了这场爱情必将在现实生活之中幻灭,增强了故事的悲剧气氛;而用伤感的十姊妹花来贯穿整个作品,则展示了社会多灾多难的大变迁、大转型时期的痛苦和希望。

《苦鸭》比起《十姊妹》来,少了点浪漫的色彩,而多了点悲剧的氛围。作者采用讲故事的手法,以抒情散文的形式,给读者讲述了小城城北乡青年农民"苦鸭"的爱情故事。"苦鸭"

原名顾岳，其父原为小城银行的主任会计，"反右"中无辜被打成"右派分子"，被迫自杀，母亲一急之下双眼失明，于是母子被遣送到城北乡，在黄土岗的张角墩子下结庐居住，母子相依为命，宁与鬼魂为伴，不与人群混居，真有点离群索居的样子。尤其是他参加当年高考中考得全省第一、全国第三的成绩而不被录取之后，就安心在城北乡当农民，兼学点木工油漆等手艺，侍奉双眼失明的老母艰难度日，日子虽苦，倒也还平静。只是到了"文革"岁月，坏人当道，他们母子的日子就不平静了。尤其是"苦鸭"在丹金河的支流沙城河里救起了被城北乡革委会主任人称"骚厼甲猪"的邵家柱调戏侮辱后跳河自杀的上海女知青于秋霞之后，两个青年男女一方面由于相敬、相怜、相知而相爱，结成连理，过上一段美好平静的生活，一方面摧毁他们平静而幸福的爱情生活的悲剧一天天逼近，以至遭到灭顶之灾。那个被叫做"骚厼甲猪"的邵家柱发现没有就范的上海女知青成了"苦鸭"的妻子之后，便伙同秘书胡利平密谋一计，利用城北大队"开秧门"的日子，陷害"苦鸭"，企图霸占于秋霞，遂造成"苦鸭"瞎母被推落入河中死亡、于秋霞被迫死于屋中的骇人听闻的事件，"苦鸭"也被迫与恶棍邵家柱同归于尽。这部作品把美展示得更加充分，把恶也揭示得更加深入，展示了"文革"时期江南小城城北乡的现实生活里的一个剖面，刻画了某些流氓恶棍式干部野蛮和愚昧的行径，抨击了"有权就有一切"的极权专制思想和意识的信条，故事与结构也安排得更加紧凑，读来似乎更吸引人，也更耐人寻味，更震撼人心，掩卷思之让人感慨万千。

　　颜斐的《十姊妹·苦鸭》、《晚花紫丁香》、《第四个女孩》这三部小说集中的作品对美好爱情的描写与歌颂，具有相当高的审美价值；而作品集中对制造悲剧的恶人所代表的社会势力所做的揭露与鞭挞，也具有一定的认识价值。仅此两点，这三部小说作品集就值得读者诸君一读，并于读后有所感悟了。

作为一个小说家，颜斐对江南水乡风情与景物的描摹，对爱情（尤其是带有悲剧色彩的爱情）的描写，对爱情悲剧的思考，都有其鲜明的特色与一定的深度。这表明他对生活的发现与开掘已具有一个小说家应具备的眼力与技巧；而叙述技巧的相当娴熟，又表明他在小说创作上可以走的更远。但从这三部小说作品集来看，作者对反面人物的描写大多是简单化与漫画化，在小说的叙述与描写中具有较强的主观化的倾向，作者总是急于要向读者说明一些所谓"哲理"，这多少削弱了小说的艺术感染力。切记，小说中的思想倾向必须从形象描写中自然流露出来，而不是由作者直接向读者倾诉。而反面人物的形象愈复杂愈立体，对他们的揭露与批判也就更加有力，更加深刻。这是一些不可违背的艺术规律。

上个世纪末，颜斐曾在鲁迅文学院进修过，听过我讲的课，算是我的学生。现在读了他即将付梓的三部小说作品集的文稿后，为他在小说写作上取得的成绩感到欣慰，也预祝他在今后的文学创作上取得更加可观的成绩，以圆他的文学梦。

是为序。

2007 年 7 月 8 日草于
北京亚运村寓所

文学与灵魂

理 冰

无论何时何地，总会有一些人不满足于现状，从而对他们所处的现实生活发出抗议和呐喊，对其自身的生存状态加以审视和反思。这是其民族的幸运，但就其个人来说却是不幸的。因为他们既然代表了一个时代的思想灵魂，也就必然肩负着那个时代的精神苦闷、内心矛盾、生活困惑和苦苦挣扎。他们的心灵必定会经受更多的命运折磨。为了能够打磨出一点火星企图去照亮黑暗的角落而受到重创。

读任何一个作家的作品，都要将其置于所处的时代背景，这样才能比较客观准确地把握思想文化内涵。凡是认识颜斐先生的朋友都知道，他是在那"史无前例"的环境中成长起来的知识分子，因此，他与同时期的其他知识分子一样，在经历了历史的磨难和时代的阵痛之后，自然会在其心灵深处嵌入难以磨灭的伤痕和打造出有深度、有价值的思想观点。他的这本作品集里的作品，大都是写于世纪交替的前后时段，显然，作者对于发生在30多年前的社会政治事件是经过酿造和沉淀的。因而，其作品自然就不同于目前小报杂刊上的各种"小女人"或"小男人"式的无病呻吟的文化快餐或文化垃圾，更不同于充斥在影视屏幕中的各种搞笑的消遣品和无聊的泡沫剧。

艺术作为人类精神领域的三大支柱之一，同样也是认知世界的一种方法和途径。无论是自然风光、社会生活，还是人文景观，抑或是人类情感，都是艺术所要表现和反映的对象和内容。而要表现和反映这些对象和内容，没有丰富的阅历和感情经历是不可能的；同时，没有敏锐的观察和深刻的思考就更不可能了。当这种阅历、经历、感受、观察和思考上升到理性的艺术高度时。其作品本身就有了思想力度、文化份量、感情震撼力和艺术感染力。

从《晚花紫丁香》这部文学作品集中不难看出，作者是有着强烈的社会责任感和使命感的。其作品中充满了对国家和民族的关心，对社会经济发展的关注，以及对人的命运的关怀，特别是对人性和人格本身的观照。不可否认的是，那场"史无前例"的浩劫，在人类文明史上毕竟不是光彩的一页，它对人们在精神和文化上的影响，必定是负面的和消极的，因此，作者在反映那段特定历史时期的作品中，其内容和情节的悲剧性色彩自然也就很浓。但也正因为其悲剧色彩，才使得作品更加深沉和厚重，体现了作者的人文关怀精神。

作品中的是非观非常鲜明，无论是弘扬正义或者讴歌爱情，还是揭露阴暗或者针砭时弊，都体现了作者明显的道德倾向性。在这部中短篇小说作品选集中，有不少情节是揭露阴暗和抨击腐朽的，这种把丑恶撕破给人看的情节多了，是否就是"审丑"了呢？艺术应该是审美的，但从其宏观和整体的视角看，"审丑"也是审美的一部分。揭露黑暗，自然就是歌颂光明。不能因为揭丑就不认为是审美。正因为作者有着强烈的社会责任感和对国家、民族、社会和人民的爱，以及对"真善美"的向往，才无情地去揭露"假丑恶"。体现了作者忧国忧民的真挚情怀。

现代小说与传统小说的区别在于，传统小说注重情节，而现代小说更注重人物塑造。如果一篇小说没有人物或没有人文情怀。那也不能称其为小说了。小说既然要写人，就要写出人的命运；要写人的命运，就要写出命运的变化；要写命运的变化，就要写出社会的变化和时代的变迁。读者可以明显地看出，颜斐先生的作品无一不是遵循了这样一条创作规律。从叶子的跳楼到陈燕的跳崖；从女星陨落到侯羿绝望而死；从慕容玉对爱情的失望到悦萍的发疯；从那个姓王的到哼唱情歌的男人；从坐在石阶上的老头到把脚跷在桌子上的女工程师；从心里变态的诗人到那个赶马车的老人……等等，哪一个人物不是时代的产物，哪一个人物不是悲剧性的呢？这些作品大都致力于展示人性的困惑、人物的丑恶，作者擅长对人生悲剧作深刻的精神刻划，善于以爱情为主题，将情节置于特定的社会历史文化背景中，从而发现了人生苦难的深刻根源。其作品的特点之一是对传统政治文化作了冷峻的嘲讽，同时揭示了传统政治文化的痼疾，对社会底层平民百姓苦难人生的描摹和对官僚阶层腐败的暴露是触目惊心的，同时也显示了作者的低沉情绪。

作家的创作不仅与其生存状态有关，而且完全是生存状态的另一种表现形式，这不但是指文学创作的行为是生存状态的表现形式，而且其作品内容更是生存状态的反映。很显然，我们从作品的字里行间能够读出作者的影子。这本小说作品集可以说是作者的人生写照，其每一篇作品都是作者有感而发的，并且融入了作者的思想灵魂和道德理想，同时也写出了时代的巨大真实，其精神视点是有一定高度的。

作品的又一特点是作者笔下的女性形象，几乎所有的女性，都是美丽漂亮的，并且是温柔善良的，但这些女性几乎都是弱者，有的甚至是传统政治文化的牺牲品，在这些女性身上，凝聚了作者的博爱精神和人文关怀，也寄托了作者的理想和追求。

不难看出，作者对自己在青少年时代所经历的事情留下了深刻的印象和独有的深深怀念，那些历历在目的少年经历对其今后的成长和发展有着深刻的影响。"文如其人"的规律，在作者身上也不例外。作者无疑是受过磨难的，但在经历了"血与火"、"情与爱"的洗礼之后，其人生态度仍然是积极向上的，这是最为难能可贵的。

从作品的艺术成就来看，作者无疑是有深厚的文学功底的，其语言颇具文采和抒情性，甚至有的作品本身就是抒情散文式的。由于作者成长于江南水乡，因此作品的不少地方表现了江南水乡所特有的文化气息和乡土风情，其许多语言带有浓烈的吴方言色彩，这更突出了其作品的独特性。当然，其作品也不是没有瑕疵，作者在个别地方急于想表达自己的观点，倾吐自己的心声，因而在艺术表现手法上便稍有机械性。由于作者的心灵深处，蕴藏着火一样的激情，因而有一些观点就过于直露和锋芒。然而我们不能过于要求作者，因为，作者是学理工出身的，能有如此的文学功力和文字表达能力，已是罕有了。

2002.4.16

旅楼黄昏欲望休,雁栖湖上月如钩。谁能解我丁香结,免向晚风独自愁。

——《晚花紫丁香》(插图:谭华)

晚花紫丁香

这是在北京怀柔雁栖湖畔夏末的一个傍晚。

夕阳西下。屋子里开始渐渐地幽暗了起来。白天太阳炙烤一般的闷热，现在也开始在渐渐地和缓。晚花紫丁香那浓郁的芳香，随着傍晚的风，通过洞开的窗户，大团大团地涌进了房间。这时候，已经疲累了的秀敏，情不自禁地作了几口深呼吸，又伸了几伸腿脚和身腰，然后将钢笔搁在一页还没有写完的文稿上，站起身，走到窗户的跟前，把两只胳膊搁在窗台上，支起了半边脸颊，贪婪地享受起这傍晚的温馨和这片刻的宁静来。

窗外，空气中弥漫着一股柔和与温馨；就连那西下的夕阳，也都恋恋不舍和很不情愿地，向着慕田峪长城的后面掉落下去；大朵大朵火烧一般的云霞，涂抹和镶嵌在西边的天隅；绵延的群山，披撒着黛绿色的雾帐；平静的雁栖湖上，波涌着五彩缤纷的辉光；一群群啁啾鸣啭的候鸟，不时地从湖面上空，低低地掠起了水波飞翔……

然而不久，这种温馨和宁静的气氛，很快就被自远而近的由孩子们尖利的叫喊声、大人们懒洋洋的交谈声、零乱杂沓的脚步声所组合在一起的嘈杂声所扰乱。湖滨公园里的娱乐结束了。大家都踩着有着软软沙土的斜坡，走上了陡峭的石阶，回到了各自的房间。

没过多一会儿，秀敏便听到了几下轻轻的敲门声："丑！丑！丑！"这是一只灵巧的小手指，在轻轻地敲着她的房门。

于是她便温柔地说："进来吧，丫丫。"

叫丫丫的是一个6岁的小女孩。她敏感、早熟，很会听大人们说话的话音。这会儿，她把小脑袋伸进了秀敏的门里，乌黑的头发，长长的睫毛，草莓红一般的嘴唇，由于运动量过多从而由体内流出来的汗水中的盐分所致，小脑袋上的黑发一绺一绺地耷拉在面孔，睫毛也紧紧地贴在了眼皮上。这时候，她天真而又礼貌地问候秀敏："阿姨，您的工作顺利吗？"

每当丫丫这样问的时候，秀敏总是非常坦率地回答说"顺利"或者说"不顺利"。当她在说"顺利"的时候，丫丫就会用食指顶着鼻尖，流露出一副不予相信的神情。而她在说"不顺利"的时候，丫丫就会皱起了一副眉头说："阿姨您要是下湖边去就好了。今天下午我们玩得好开心耶！"

"怎么一个开心法啊，丫丫？"

"有几只灰不溜秋的丑小鸭受伤了，躺在湖边绿绿的草丛里，那个可怜兮兮的样子么，叫人看了心里真不舒服耶！于是我们大家就去进行抢救，然后我们再设法把它们送回湖里去。我也用手捧了一只耶！这只丑小鸭毛茸茸的耶，真怪……它的眼睛呀……阿姨，您简直就没办法去想象！"

"那，你们把它们给……送到湖里去了吗？"

"那还用说吗？它们高兴极了，为了表示对我们的感谢，它们游开的时候，还瞪着一双圆圆的、红红的大眼睛，伸出了雪白雪白的长颈脖儿，拍起了一对也是雪白雪白的大翅膀，对我们唱起了优美的歌曲呢！"

"等等，丫丫。这几只灰不溜秋的丑小鸭，怎么会伸出了雪白雪白的长颈脖儿、拍起了一对雪白雪白的大翅膀唱起歌曲来呢？"

"那是天鹅耶！阿姨，亏您还是一个作家呢！连这个都不知道啊！丑小鸭一下就变成了个美丽漂亮的白天鹅了耶！"

"真的？阿姨没有看到，这可真是太遗憾了。"

"阿姨这对您写书，至少可以派上一点用处了吧？您不是又可以多去写出好几张纸了吗？"

"这真是一个好主意呢，丫丫。"

"您要是还想听的话，等一会儿，大家吃晚饭的时候，我再详细地讲给您听，好不好？"

"噢，不要了。阿姨的想象力也很丰富。"

"这么说……您的意思是……您是不相信我啰？"

"哦，不。阿姨怎么会不相信丫丫呢？"

"不！您就是不相信我耶！嘿！好吧阿姨，咱们等着瞧！"丫丫"碰"

的一声拉上房门。随即秀敏便听到了她那双小脚在过道上的奔跑声。

不过，丫丫并不是每一次都讲到丑小鸭。有时候她会讲到一只名字叫安西的猫王。她说猫王安西有着一身金色的毛皮，漂亮极了！它能前后左右地随意跳跃；还能像松鼠那样张开一条蓬松的大尾巴，在树梢上窜来跃去；或者像水獭猫一样，在水底深处游泳；最后在这个慕田峪的长城上，大战南亚虎、非洲狮、美洲豹、北极熊，以及像牛一样大的西伯利亚的老鼠王，为中国争夺了荣誉。再不她会讲起一个身高只有三尺八寸、腰围却有十二尺五寸、体重倒有二百五十斤的陈冶芳女士。她说陈冶芳是这个世界上最胖、最丑陋的女侏儒，穿了一件湖绿色的连衣裙，坐飞机从美国跑到英国、从英国跑到法国地乱跑，丑多丑死了，还要在电视上臭美！后来飞机发生了空难，好人都死了，然而这位丑八怪的女侏儒，却是晃悠、晃悠地像一只大气球，在空中飘呀飘的，就是不肯"歇菜"！

对于丫丫这许多不可思议的故事，作为一个大人正常的态度，也许就是怀疑。可是秀敏却不，她早就掌握了对丫丫讲这种故事的时候所持有的态度：就是这个才6岁小女孩，有着特别丰富的想象力。她所讲起了的故事，多少也有着一点事实；或者应该肯定她有着一定的事实基础。比如她讲到的变成白天鹅的丑小鸭，原来是这雁栖湖畔野生的而又受了伤的野小鸭，再揉合进了安徒生童话；所谓的猫王安西，只不过是一只可怜的无家可归的癞皮小黄猫；而陈冶芳女士呢，听说也确有其人，据说还是一位非常漂亮的夫人呢！但不知丫丫怎么就把她给丑化了。要是到了晚上的话呢，嗨，丫丫又会再增加出或者再夸大出更多的细节来的。

在雁栖湖畔的度假村里，秀敏喜爱坐在这个可以远眺青山绿水的平台上用餐。这里微风习习，夹带着从下面花园飘上来一阵阵浓郁的晚花紫丁香的芳馨，使人心怡神悦。而丫丫父女两个人，也喜爱坐在这里进餐。

秀敏觉得小女孩丫丫的父亲，对人过于冷漠。不过她又觉得他挺有男子汉的气概的。对于女儿所编造和夸大的故事，他也只是宽厚地报之以一笑。并不像时下里的父母亲那样，为自己的独生女儿能说会道而自豪，也不在众人面前炫耀自己女儿的聪明和伶俐。他只是偶尔要求自己的女儿在吃饭的时候要注意自己的仪态，与人交往的时候要注意好分寸，或者要她不要过分去麻烦和讨厌别人。但是当他要求女儿不要去讨厌和麻烦秀敏的

晚花紫丁香

时候，他的女儿丫丫就会耸起鼻尖，半闭起眼睛，舌头伸出在嘴外，朝他"耶耶耶"地做着鬼脸。他呢，也就宽厚地报之于一笑而已。

秀敏非常欣赏他的这一点。不过她至少可以像别人那样，拿小女孩丫丫这许多神奇的故事来逗乐。因而丫丫呢，平时就喜爱坐到秀敏的身旁边来，跟她一边儿慢慢的用餐，一边儿闲聊着什么。

"阿姨，您怎么一个人到这儿来呢？"

"因为阿姨，想在一间依山面水的小屋子里，安安静静的工作。"

"那么，您的家里人，或者您的丈夫呢？"

"他不能够陪我来。因为他还没有丫丫你大呢。"

"什吗？阿姨的丈夫还没有我大？嗨，这倒是一个很少见的事儿呢！"

望着丫丫那一副皱起了眉头的可爱样子，秀敏就忍俊不住地"格格、格格"地笑了起来。

"那么阿姨，您那个还没有我大的丈夫，他叫什么名字呀？"

"他呀，叫官儿子、丑八怪、还有坑蒙拐骗。"

"噢？奇怪！真是奇怪啊！阿姨的丈夫，怎么会叫这些不好的名字呢？"说完她就皱起了一副眉头走开了。

可是到了第二天，她便会这样对秀敏说："阿姨您昨天晚上骗我哈？"

"是吗，丫丫？"

"嘿，当然是啦……什么还没有我大的丈夫！我都敢跟您打赌，您还没有结婚呢！"

"谁知道？"

"还谁知道呢！嗨，现在的作家呀，就会玩世不恭，胡编乱造的！"

"啊？丫丫，这些话是谁教你的？"

看到秀敏一脸孔的惊讶，于是丫丫就流露出一副得意的狡黠，返回到自己的位置上。究竟是谁在向她灌输这种看法哪？秀敏真想去多了解一些她的父亲的情况。尽管丫丫有时候会顽皮地直呼其父亲的姓名，但是她的父亲韩羽并没有因此而不高兴。他们是北京人，说起话来，操着一口卷舌音浓重的京腔，字尾又稍微带上一点拖音，抑扬顿挫的，实在动听。随着时日渐深，她觉得韩羽这个人不仅英挺俊气，富有成熟男人的魅力；而且他还有着一种漫不经心的神态。就好像是那种一边喝着罐装啤酒，抽着过滤嘴香烟，一边又用眼睛在望着远方。具有这种神态的男人，要么就是傲慢自大，要么就是底蕴深沉，内心安详，满足于现状。除了疼爱自己的女儿之外，看起来韩羽对现实生活好像并不怎么苛求似的。

这真有一点让秀敏难以想象。世界上居然还有这样一种男人？即，不需要有女人去作点缀，或不需要让女人去为他的生活增添光彩，就能乐天知命！现在的男人啊，只要有上一点儿小权，或者有上一点儿小钱，谁个不是去拼命地追求女人、玩弄女人的？更不要说那些个大款大腕了。官有官道，商有商路，包二奶、窝小蜜、养情妇、泡明妓、狎暗娼……还有跳舞厅、夜总会、大酒店、总统房……就连这个雁栖湖畔度假村里一些开着奔驰、宝马的胖老头，搀着、挽着靓小妞这种事情，也是比比皆是，屡见不鲜哪，有人居然还给起了一个优美而又典雅的名称，叫做什么"男人的第二双翅膀"！不过眼前这个韩羽让人看起来，仿佛对女人有着免疫力似的。这真让当作家的秀敏，感到非常地好奇。

"他是不是一个棉花客人哪？"秀敏心里想，"不过，又好像是不可能的！因为他已经有了小孩。要么他是一个性变态吧？抑或他曾经受到过什么性打击吧？似乎好像也都不大可能……"

秀敏今年已经30岁了。最近她正着手写自己的第四部小说。但是她又觉得没有多大的把握。她确信自己不是什么大作家。因为大作家，每一年全世界才出了那么个把两个，或者根本就出不出来呢！然而在中国则由于种种的原因，直到现在为止，还没有出现过一个诺贝尔级的呢！再说她写的书，也不会让世人感到震惊！她的作品，只不过是为那许多疯狂竞争而疲累了的，或者是一些愁肠百结的人们，提供一种消遣而已。然而这就已经足够让她能过上很不错的生活了。特别是在这夏季，她可以独自地来到这美丽的雁栖湖畔，在这个湖畔的度假村里，小住上一个阶段。

此时此刻，秀敏的胳膊支靠在房间的窗口边沿。晚花紫丁香的阵阵幽香，使她陷入了富有浪漫色彩的遐想：多年以前，她曾经怀着理想，带着一片纯真，从濛濛细雨的江南水乡来到了北京。那个时候的她，还是一个小黄毛丫头呢！她仿佛梦见了自己在十三年前，头发扎得像一个麻雀尾巴似的，考入了北大中文系。后来在众多的北京男人中间，她发现了一个腼腆而又稳重的瘦高个子的青年。十几年以后，那个青年似乎就成了眼前这个英挺俊气、安详满足的韩羽。也许在那时候，她想要跟他恋爱和结婚，肯定比现在要容易得多！因为那个时候她年青美丽，又以高分录取的北大；而他又没有结婚和成家。她曾经遇见和接近过许多北京的青年，尽管他们后来有官场发迹的、有商场暴富的、有文坛闪光的、有艺圈成星的，可惜在他们中间没有一个会有像眼前的韩羽这样的性格和魅力……

　　唉……她轻轻地叹了一口气，自己的小说创作，眼下似乎一点进展都没有！不过，能够让自己的心灵可以如此去畅想，如此去放飞，毕竟还是一件令她感到惬意的事情。"丑！丑！丑！"此时她的房门，又被那个灵巧的小手指，轻轻地给敲响了。

　　"进来吧，丫丫。"

　　"阿姨，今天怎么样？"

　　"阿姨今天只写了几十个字。"

　　"那，您都在想些什么呢？"

　　"我怕是要爱上你的爸爸了……"

　　还没有等到把话说完，秀敏就连忙抬起右手，捂住了自己的嘴巴。她被自己的失态给吓着了。可是为了在这个6岁的小女孩面前掩饰住自己的失态，她便又松开了捂住嘴巴的右手，"格格，格格"地笑了起来。不过丫丫好像并没有因此而上当，她又用右手的食指顶起了鼻尖，皱起了双眉，带着一副明显有点儿不安的神情说：

　　"好哇！阿姨您又在骗人了！阿姨，难道您也不幸福吗？"

　　"丫丫，幸福这个问题，可不是人人都能随心所欲的！"

　　"这句话，好像我听爸爸也说过哎！阿姨，您要是愿意的话，丫丫就替您向爸爸传上一个话，好吗？不过，我可要预先告诉您哟，阿姨，一般来说，我爸爸对女人可是不感兴趣的耶。"

　　"是吗？那么，他对什么感到兴趣呢？"丫丫的话，似乎已经吊起了秀敏想要去多了解韩羽一点儿的胃口。

　　隔天的上午。秀敏放下写作，去了下面的湖滨。她看到了丫丫的父亲韩羽，躺在湖滨游泳池边的躺椅上。当他的眼睛触碰到了秀敏那饱含女性的目光时，他便用一种极其细微的动作，向她点了一点头，然后又彬彬有礼地笑上了一笑。接着不管她怎样想方设法来突出自己，他对她仿佛就是视而不见似的。她简直都有点不知所措了。

眼前的韩羽躺在了那里，躺在了蓝白相间的太阳伞的阴影下，夏日的阳光，雁栖湖的碧水，带着晚花紫丁香的清新的空气，使得他那肌肉块块凸现的肌肤，显得越来越健康，越来越富有磁性的魅力。秀敏的心里头涌起了一种甜甜的羞怯，一种她还从没有体验过的感情。然而这种感情，使她又觉得自己过去对爱情的认识是那么的偏颇，那么的肤浅。这个时候她真希望他能对自己说上一点什么，那么她也就可以回答上一点什么了。以便他们两个人在交谈之中，她能慢慢地去了解他的内心世界，和慢慢地去表达自己心里边的感情。可就在这个时候，满身湿漉漉、赃兮兮的小女孩丫丫，向她这边跑了过来，拉起了她的手，并且乐滋滋地对她说：

"阿姨，您瞧您身上这么白，一看就知道，您没有晒过多少雁栖湖边上的太阳耶！"

"阿姨的皮肤是晒不黑的。"

"我才不相信呢！嗳，阿姨，我可一点儿都没有对爸爸说过喔！"

"丫丫，你做得非常对。这是大人之间的事情。知道吗？"

"很好，阿姨。不过，您是希望我们小孩，不要去管大人们的事情，对吗？"

"对。丫丫，是这样。"

使秀敏感到有希望的是，每逢在这里度假的客人中，若是有其家属前来时，却没有给韩羽送来他的妻子。每当这些前来的家属，被他们或她们自己的妻子和丈夫像领包裹一样地给领走了，而韩羽却从来都未过来认领他宁静生活中的伴侣。另外还有，每当度假村里有什么邮件来时，而秀敏就曾暗暗地注意过，好像一直都没有韩羽的邮件。然而韩羽并没有因此而流露出任何失望的情绪。不过是否有电话来往，她就不得而知了。当然，这可从丫丫那儿拐弯抹角去打听。对！就从丫丫那儿拐弯抹角去了解吧！

有时候晚上，当丫丫已经入睡，而韩羽还留在度假村的平台上独自地吸着香烟，这一会儿秀敏真想干脆就挪动一下屁股，坐到丫丫时常坐的那个空座位上，跟他面对面地聊上一会儿。但是她却始终拿不出这种勇气。她生怕他会让自己出丑。她曾经暗暗地下过很多次的决心，但都是由于自己怕出洋相的心态，又迫使她收回和打消了这些成念。她想得都快要有点儿发疯了。现在连一行字都写不出来了。白天她把自己关在房间里，静静地等待着黄昏时刻的到来，好让那些晚花紫丁香的幽香，随着傍晚的风，从下面飘进自己的窗口,再让自己沉入在梦一般的遐想之中。而到了晚上她又会来到湖滨的露天咖啡馆,坐在旅客们中间,一边喝着咖啡,一边观看一些年轻人在拉起彩灯的露天舞池里,疯狂地扭动着他们年轻的腰肢和臀部。她并不讨厌看这些生机勃勃的年轻人。不过这些年轻人对于她来说,已经没有丝毫的吸引力了。此时此刻,她只是带着一股异常强烈的欲望在想念着韩羽。她想念着他那个可以让女人依靠的肩膀,可以让女人紧贴的胸膛,可以让女人热吻的嘴唇,以及可以让女人能够陶醉的性和爱的梦……同时她还用一种既愉快而又惧怕的心情,想念着那个小女孩丫丫。

这个小女孩子呀,可真是鬼得很哪!今天傍晚的时候,她对秀敏说:"阿姨,我还是什么都没有跟我爸爸说耶!"

"丫丫,你变得越来越出色了。"

"不过阿姨,您要是再犹豫不决的话,别人就会取代您的喔!"

"是吗,丫丫?那么都是谁呢?"

"您以为您是天底下唯一漂亮的女人吗?"

"阿姨还不敢这么想呢。"

"那您还在等什么哪?"

"丫丫,你的妈妈呢?"

"讨厌!阿姨您坏!我不跟您谈话了!"

丫丫"碰"地一下就关上了秀敏的房门。过道上,随即就传来了她那一双小脚在生气的奔跑声。丫丫怎么突然就会生气了呢?真是让人难以理解。现在连唯一能够维系爱情的小女孩丫丫的这一根红线,可能也要给掐断了。想到了这里,她的心情就很抑郁。

白天又来到了。秀敏的心情也显得更加的抑郁了。她发现这爱情,简直就像是在文火瓦罐里煎熬着的中草药,闻起来都是一股苦涩味;又像是戳在了心里边的针尖和芒刺,想起来都觉得疼痛。如果它有颜色的话,那么,它肯定就是那种偏蓝之中又略带着一点紫色,就像是一种野生的小花那样,让人看起来有着一点忧伤,有着一点痛苦,又有着一点梦幻。爱情除了给人带来忧伤、痛苦和梦幻以外,它并不能使人幸福。其实在她之前,就有许许多多的作家和思想家发现了这么一点。不过即使发现了这么一点,她同样也打不起精神来。

现在就连一行字都写不下去了。干脆不写了。秀敏搁下钢笔,揉皱了那张稿纸，把身体仰靠在椅子的靠背上，让自己的思想，就像是一只云雀那样去飞翔。当年来到北京，她还以为自己从此就发现了京城的魅力，就像是那种青李子一般酸甜酸甜的魅力！岁月流年，她曾经所交往和接近过的男人，一个一个都像走马灯似的，与她擦肩而过。虽然与这些人分手，不免有一点酸涩和惆怅，但她还不至于像最近几日这般痛苦。可是眼前这个安详、英俊而又漫不经心的家伙，这个她甚至对之还一点儿都不了解的男人，却是让她为之动心，为之痛苦，为之跌进幻想的梦境。他扰乱了她的思想和生活。她曾经幻想通过某种反常的举动来吸引这位男人的注意力。她甚至还曾经荒唐地想过，自己要不要当着他的面，跳入雁栖湖的最深处，从湖面上沉没下去？也许只有这样，他才会不顾一切地跳下水里去营救她，从而改变他那一种漫不经心的、令人为之失望的态度。

在白天这十几个小时里面，秀敏认为她已经找到了一种能够排遣自己的相思病的最好的办法：就是韩羽这个人肯定是一个百分之一百的白痴、傻蛋、低能儿！在她看起来，这是对这个对陌生人没有一句话、对漂亮女人一眼也不去看的男人唯一可以站得住脚的解释。但是她这一种阿Q式的自我精神安慰的方法，又不能维持多久。因为她很快又发现，韩羽还是韩羽，还是一个具有磁石吸铁一般魅力的男子汉。

夕阳又西下了。黄昏又来临了。雁栖湖的上空，开始悬起了一弯如钩的残月。站在窗口边上的秀敏，心灵里面涌起了一股苦涩而又苍凉一般的诗意。因而她的嘴里边，慢悠悠地吟诵起了：

旅楼黄昏欲望休，
雁栖湖上月如钩。
谁能解我丁香结，
免向晚风独自愁。

唉，算了吧！还是走吧！还是离开这个地方吧！那个小鬼丫头般的丫丫，可能再也不会来跟她聊天了！然而，就在秀敏心情郁闷的时候，那个熟悉的小手指轻轻的"丑！丑！丑！"的敲门声，惊醒了正沉入在消沉和抑郁之中的秀敏。只见她急急忙忙地说："快进来吧，丫丫！"

"阿姨，您今天的情况好一点儿吗？"

"很不好。"

这一会儿，丫丫故意把秀敏的房门推得洞开，然后就大模大样地走进了屋子里。她光着脚丫，身上穿着了短背心和小内裤，手里边还拎着一双小凉鞋以及拿着一个红皮球。她一进来就大声嚷嚷地说：

"阿姨，您知不知道，您失去了一个多么好的机会耶！"

"怎么啦，丫丫？"

"今天下午，湖滨开来了很多辆高档的小汽车。其中最高级、最豪华的一辆轿车里，走下了一个美丽、漂亮的到了极顶的大明星耶！她在人群当中，一眼就发现了我的爸爸。于是，她就派人给我爸爸送来了一封信，说是她爱上了他，想要嫁给他耶！"

"那么后来呢？"

"阿姨，您猜一猜看哪！"

"我猜不出来，丫丫。可能你爸爸会说：等你得到了好莱坞的奥斯卡金奖，我再去娶你吧。"

"咦？这句话是谁告诉您的？阿姨，我爸爸好像正是这样回答的耶！"

"那么，那个美丽、漂亮的到了极顶的女明星，听了这话以后，她又有什么样的反应呢？"

"她说马上就回北京，准备立即进军好莱坞了呢！"

"我猜也是这样。"

"丫丫！"过道里传来了她父亲叫唤的声音。

"哎，爸爸。我在秀敏阿姨这儿呢！"

"快过来洗澡吧。"

"马上就来。"

秀敏直起了身子，走到了过道上。韩羽正站在那里，等候着他的女儿。秀敏便对他说："韩先生，你好！我正在跟你的女儿丫丫聊天呢。刚才丫丫对我说起了关于女明星的来访和提议。"

"是吗？"韩羽咧开了嘴唇，微笑地说，"挺有趣的是不？"

"你的意思是说，这是真的吗？"

"嗯。当然是真的了。丫丫她不会说谎，她只会夸张罢了。快过来洗澡吧，丫丫。"

他的这几句话,让秀敏感觉就像登上了慕田峪长城那般的高兴。这个韩羽,他终于开口跟她说话了。她认为自己已经跨出了关键性的一步。当然后来在吃晚饭的时候,她发现丫丫嘴里说的那一位美丽漂亮的到了极顶的明星,不过是一个八九岁的小孩。而且还是一个小男孩。那个小男孩站在自家的汽车旁边,而好感的对象则是丫丫而已。

又隔了一天。秀敏失去了自己生活中最恰当不过的一次机会。

那是在第二天的上午,在湖滨公园的游泳池边。当时她坐在离韩羽不算太远的躺椅上,看到他在朝她微笑,于是她就急忙地站了起来,准备向他那边走过去。可是谁知,就在她急着站起来的时候,躺椅上那块可以调节高低的铁片不知怎么就卡住了她的泳衣,而且卡得还是那么紧哦!随着她用劲地起立,铁片忽然就"嗤啦"的一下,一下就扯破了她游泳衣的某个关键部位。

她用手尴尬地捂住了泳衣被扯破的地方,面孔倾得低低的。这个时候,韩羽急忙地拉起了垫在身体下面的大毛巾,向她这边抛了过来。他本来还想准备跟她开上几句玩笑的,可是他却僵住了面孔上的笑容,因为他忽然看到她那低垂的眼窝里,已经汪起了两泓泪水。她一挨接过他抛过来的大毛巾,急忙就包裹住游泳衣被撕破的部位,羞怯地掩饰住自己的窘态,扭头就向着自己的住处跑去。

在屋里,她对最近这一段时间以来自己一些奇特的行为,作了一番较为冷静和理性的思考。有生以来,她的言行举止从来都没有像最近这样尴尬和窘迫过。她非常的自卑。心想不能再这样继续下去了!她得离开,她必须离开!其实人的自尊和自卑感,都是相对而言的,是每个人都有的。只不过有些人能掩饰得好,有些人却掩饰不住而已。这会儿她的自尊心受到了自伤,自卑感就在恶性的膨胀。她不知道他比她还要自卑呢!她只是觉得自己怎么这么不顺心,这么不如意,这么自卑,这么百无聊赖呢?

不过最后,她还是认为,这一切终将会成为过去。如果赶紧离开的话,也许她会很快忘却心里的忧伤。过后反而还会感到这些将是多么的珍贵,以致今后回忆起来,萦绕在自己心中的他的名字和他的脸庞,将会更加美好;她的记忆里将会留下更为亲切的印象。他们之间不会有一丝阴影,不会有为雁栖湖畔这不冷不热的邂逅而心灵黯然。也许她还会写出一篇小说：在某个夏季，在美丽的雁栖湖畔，有一位英挺俊气的男子，带着一个美丽可爱的小女孩，扰乱了周围的女人的思想和生活，然后又不加解释的在一种神秘的气氛中，像烟雾一般地消失了。是啊，再在其中进行充分地想象、挖掘、设置悬念和艺术加工，嗨，这将是一篇非常优美的爱情故事！

一旦做出了决定，秀敏的心里也就一片坦然。于是她更换了装束，走出了房间，步向了湖滨。她要向韩羽去归还他扔给她的大毛巾，并向他们父女俩告别，然后去吃午饭，下午或者晚间同账台结账。

时间已经接近了中午。湖滨也已经人迹廖廖、空空荡荡的了。只有丫丫父女俩和不多的几个游人，还留在了那里。不过丫丫父女俩已经拾掇完毕，正准备要登上那一条通往旅馆的斜峭的石阶。

就在他们刚跨上几级石阶，秀敏便来到了他们的身边。她为自己在动身以前，能有如此机会与他们父女相聚在一起，心里感到了非常的快慰。她伸手将折叠着的大毛巾，递给了韩羽说：

"喏。谢谢你的大毛巾。丫丫，你和你爸爸可落后了！现在，餐厅里的好位置啊，恐怕都已经被别人占领了！"

韩羽一边接过秀敏递过来的大毛巾一边应答说："差不多是吧。"

"我作了决定，最多明天一早，我可就要走了。"

"啊？你明天就要走了吗？丫丫，你可听到了吧？你的朋友她说最多明天一早就要离开这里了？"

"我听到了，爸爸。"走在他们前面的小女孩，此刻连头也不回。

秀敏又一次慌了手脚。她不知道应该怎么说才好。即使她还能说一些什么的话，他也全然不会再感兴趣的！况且她感觉到他离自己就这么的近，就在自己的身边，并以坚实而又均匀的步伐，跟她并排地拾级而上。他的面孔是那么的英俊，肩膀是那么的厚实，这一切，又使她陷于一种将要瘫痪的状态。然而她还是鼓起了勇气说：

"我还从来没有感觉过自己会像今天上午这么笨拙。"

"啊？是吗？"他说，"丫丫你瞧瞧你，又踢踏踢踏地拖着鞋皮了吧？"

"知道了，爸爸。"

"你，大概还没有理解我的话吧？"秀敏又说。

韩羽突然停住了脚步，朝着她这一边转过了面孔。他那一双温柔的目光，使她感觉到痛苦。此刻他问："你是说我没有理解你的话？"

"是的。对于我来说，在这儿所逗留的日子，是非常愉快的。这是我从来都没有过的。恐怕以后也不会再有了。我简直都不知道应该怎样来向你表达呢！"

"是非常愉快。"说完这句话，他便把眼睛离开了她。

接着他们又继续地、慢慢地、并排地拾着台阶而上。这个时候，丫丫却趁着他们两个人不注意，在前面一个拐弯的地方躲了起来。

"我，一直都不敢跟你说。"

"那就不要再说了。"

"你的意思是说，你已经知道了？"

"丫丫她可不是哑巴。"

"可是，她和我约好要保守秘密的呀！"

"你对孩子就这么信任吗？你应该要知道，在小孩子的嘴里边，是绝对留不住什么秘密的。"

"你以为我失去了理智？"

"噢，不。这倒不是……我觉得，你对丫丫非常好。"

当他们经过那个拐弯的地方，突然，丫丫从一丛晚花紫丁香的后面跳了出来，并且还朝着他们"呜——哇！"地瞪眼怪叫。她自己先是一阵"格格、格格"地大笑，紧接着她又明显地感到失望，因为她发觉他们两个人，好像并没有被她吓了一大跳。秀敏抬头看了一眼，前面尚剩下为数不多的几十级台阶，最多再花上几分钟的时间，他们就会走到旅馆的大门口的。此时此刻，她准备把他们在这个两旁长着晚花紫丁香的上面有着葡萄藤缠绕的水泥架下走廊里所交换的最后的几句话，作为离别纪念给带走。

"你准备去哪儿呢？"韩羽问道。

"回北京市里。我在崇文门有一套宿舍。在那里，我可以安安静静地写作，不必每隔一会儿，就想着要走下湖滨去看你。"

"啊？！是吗？"

"唉，我会感到遗憾的。"

"你不会有什么遗憾的。"丫丫继续在他们的前面走着。但是他却朝着她高声地喊道，"丫丫，小心别摔跤喔！"

"知道了，爸爸。你烦不烦啊！"

丫丫说完以后，她就在另一处拐弯的地方消失了。秀敏接着说："我以后会回忆起在雁栖湖的这一段日子的。"

"以后有机会的话，我们还可以再来嘛。"

"你们以后还会来？"

"我们就住在亚运村，这来去也是挺方便的。我就是在那儿结的婚，丫丫也是在那个地方出生的。"

"有些词汇听起来，令人心里怪不舒服的！"

"哪些词汇呀？"

"比方你刚才嘴上说到的'结婚'这个词。"

"噢，这个词汇的内涵，却并没有能保持多久。"

走到了一个平台，秀敏忽地停下脚步，踮起脚尖儿，采摘了几朵晚花紫丁香的花骨朵。她先是把这几朵花骨朵放在手心里捻碎，然后再闻着花儿的香味。她一边闻一边说："我会永远想念这儿的紫丁香花的香味的。"

丫丫在台阶上面等着他们。见到他们走过来，她便大声地叫了起来："你们两个人，怎么就这么慢慢拖拖、腻腻歪歪的呀？啊？难道你们的肚子就不饿吗？啊？我的肚子可是饿了耶！"

"我们到了。"

"我觉得这条路，"秀敏对他说，"从来都没有像现在这么短促过。"

"你不是在违心的说话吧？"他说话的时候，眼睛并没有抬起来朝着她看，"你觉得平时的时间，过得很缓慢吗？"

"是的。当我的心里在渴望着某一件事情，或者某一个人的时候，才会有现在这样的感觉。"

"你应当学会用另外一种方式来处理生活。"

"恐怕我做不到。"

"你会做到的。而且，你还会比别人做得更好的。不过，对于你这么快的离开，丫丫她会感到遗憾的。"

"离开她，我也感觉到很遗憾的。"

中午时分，秀敏打不起精神去平台吃饭。在这一段闷热的时间里，她整理好自己的行包，并且做好了随时都可以离开的准备。可还有很多的时间呢！于是她又坐下来，翻开了自己中断的写作手稿，一页一页地看了起来。其实这时候根本就不是她看稿子的时候。因为她觉得自己这几十页的稿子，实在是一点意义都没有，为了迎合读者的惰性，探讨一些毫无意义的问题，稿子里面所写的一切，都是以不合实际的想象来展开的。

　　现在她知道，生活的节奏，有的时候却是很缓慢、很踌躇不定的；而生活的色调，又过于的斑驳。她狠了狠心，毅然决然地撕毁了自己这半个多月来的劳动成果，又拿出一张白纸，重新铺在面前的桌子上。然而此时她并不是在写作，而只是用笔在这一张白纸上，无意识的并以朴素自然的线条，勾勒出一个以长城、群山和一轮弯月为背景的湖滨；湖滩上有一个头发紧贴着面孔、向着那轮弯月伸开了双手的小女孩和一个仰靠在躺椅上、安详而又漫不经心的英俊男人；旁边还有着一棵纵放的晚花紫丁香；画的右上角，还配上了昨天她嘴里吟诵的那一首：

　　　　旅楼黄昏欲望休，
　　　　雁栖湖上月如钩。
　　　　谁能解我丁香结，
　　　　免向晚风独自愁。

的诗句。两个多小时过去了。她的活动就仅限于此。然而，这时候她的脸孔上，分明又重刻着一种浓浓的抑郁和深深的失落的神情。

　　"丑！丑！丑！"丫丫又来敲门了。秀敏从敲门声中惊醒过来，抬起左腕看了看手表，才下午两点钟。于是便她温柔地说："进来吧，丫丫。"

　　"阿姨！"丫丫似乎有一点不安地看着房间里整理好的旅行包，她抬起了眼睛问着，"我可以在您的床上边，坐下来吗？"

　　"可以。丫丫，下午怎么没有去湖滨呢？"

　　"我爸爸去怀柔了耶。说是要去买一点儿东西，晚饭之前一定会赶回来的。他叫我下午就不要再去湖滨了，就靠着阿姨您呢。"

　　"是吗，丫丫？"

　　"是的。"丫丫又用右手的食指顶起了鼻尖，皱起眉头地问，"阿姨，您喜不喜欢我呀？"

　　"傻丫头，阿姨怎么会不喜欢你呢？"

"哇塞!"丫丫从床上一下就蹦到了地上,小鸟依依的依靠在秀敏的身边,"阿姨,您的这幅画上,画的可是我跟爸爸吗?"

"是的,丫丫。"

"阿姨,您比那个身高3尺8寸,腰围12尺5寸,体重250斤的侏儒王陈冶芳好耶!"

"丫丫,你怎么拿阿姨跟陈冶芳女士去相比呢?"

"阿姨,我告诉您一个秘密吧。不过,您可千万不要去跟我爸爸说噢。这个陈冶芳呀,她好像就是我那个坏妈妈耶!她抛弃了丫丫不去说了,她也不要我的爸爸了!"

"啊?"这一回可轮到秀敏皱起了眉头。她还把自己的嘴巴,张得像一个英文字母"O"呢!怪不得一谈起丫丫的妈妈,丫丫就会生气。

"所以我的爸爸,"丫丫又说,"他一直都不开心耶!不过最近呢,他倒是挺开心的耶!"

"是吗,丫丫?"秀敏把丫丫抱着坐在了自己的大腿上问,"最近他是怎么一个开心法呢?"

"阿姨,最近我老是看到爸爸用笔在画纸上画画。他昨天画的是,阿姨您靠着窗口,画上面的阿姨真美耶!手里还拿着一枝晚花紫丁香呢!"

"真的吗,丫丫?"秀敏扫尽了一脸孔的愁绪和失落。

"真的,阿姨。爸爸刚才说,要是阿姨下午就走,而他还没有回来的话,他就叫我把他画的画拿过来给阿姨您看,您今天就不会走了。我这就去拿给您看吧。好吗?不过……这可得有一个条件呢!"

"什么条件哪,丫丫?"

"您要陪着我最后一次到湖边去上玩,好吗?爸爸说了,阿姨您明天要走了,我们也就陪着您一起走呢"。

"好。"

"那么我们拉钩吧!"

"好,拉钩。"

秀敏一面吻着丫丫,一面打开了韩羽画的画。这是一张素描。但她一眼就看出是出自大行家的手笔。画面以群山绵延的长城和泛着波浪的雁栖湖为背景,端庄美丽的秀敏,右胳膊肘支靠在一座具有巴洛特风格的建筑物的窗口边,左手中拿着一枝紫丁香花,仿佛在沉思和遐想着什么。窗户的下面还有着两棵羽叶繁花的晚花紫丁香。画的右上方题有一诗：

巍巍长城远万里，
悠悠雁栖湖水绿；
我欲解却丁香结，
羽叶秀花共一枝。

这个时候，秀敏反复地品味这一首题诗的末两句：我欲解却丁香结，羽叶秀花共一枝。"啊？他这不是在向我表明他的心迹吗？"她心里羞涩地想着，"他像那绿色的羽叶，我像那秀丽的花朵，生存在同一个枝头上……嗨，真是想不到，这个表面安详而又漫不经心的家伙，内心里却涌动着如此深沉的感情……真是一个难得的男人啊……"

通往湖滨公园的石阶。小女孩丫丫这个时候，紧紧地依偎在秀敏的怀里，两只小手环绕住她的脖颈，小嘴贴着她的耳朵，轻轻地问着：
"阿姨，我可是真喜欢您耶！您可以让我做您的女儿吗？"
"可以呀，丫丫。"
"那么……"丫丫似乎有一点不好意思地笑着，随后她竟然像一个大人似的，表情非常严肃地对秀敏说，"要不然呢，阿姨，您以后给爸爸再生上一个小弟弟吧！好吗？这样就平衡了耶！"
秀敏惊诧于这个才6岁的小女孩，竟然会说出像"平衡"这样的字眼！这是一个多么聪慧、多么敏感，然而又是多么早熟的小女孩啊！于是她就故意地逗着她玩地说："要是阿姨生一个和你一样可爱的小妹妹呢？"
"那就太好了耶，阿姨！"丫丫拍着一双小手说，"我的衣服和玩具，以后就不要再去送给别人家的孩子了耶。"
"要是阿姨不生孩子呢？"
"这个么……"丫丫这时候皱起了一双眉头，疑惑地看着秀敏说，"阿姨，您不是又在骗我吧？"
"你这小鬼丫头啊……"
秀敏伸出了右手的食指，轻轻地哈了一下丫丫的痒痒，丫丫依偎在秀敏的怀里边，可是她那一阵"格格，格格……"的清脆而又愉快的欢笑

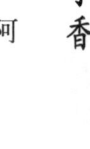

声,却在这空旷的雁栖湖畔荡漾了开来。

　　夕阳西斜。天边的云霞,开始在斑烂了起来。晚花紫丁香的幽香,又开始在这个夏末傍晚的风中飘忽和弥漫了。

　　一辆红色的出租富康车,开了过来并在湖边公园停下。他步出了车门,看到了她披着晚霞,坐在他经常坐靠的那一张躺椅上,在向着他招手和微笑。因而他就加快了步伐,向着她那一边走了过去。此时她可能会猜到他将要对她说一些什么话,或者将要送给她一些什么样的礼物……可是这个时候,她却又时不时地把自己的目光,转而投向了那个正在从游泳池的浅水区里钻出来的可爱的小女孩。

　　她向那个小女孩挥了一挥手臂。而那个小女孩似乎也很随便地朝着她招了一招手。接下来,这个小女孩就又奔跑到了一大群抱扶着塑料浮具正在吵闹和叫嚷着的孩子们的中间……

2000年8月写于北京

绝 命 崖

1

刘鸣准备在临走之前,他要把他用血汗赚来的最后的一点钱,用来品尝自己人生这一道苦菜的最后一点儿的余味,然后自己将不再带着任何的感情和牵挂,去走向那另一个世界。因而他便来到了大羊山。

深秋的大羊山,黑魆魆地耸立在西山丛中。旷远的长空下,大羊山的峰头,时不时地飘拂过一朵一朵浓重的云彩。山腰间松树的翠绿、枫叶的透红;山脚下棵棵满挂着小红灯笼一般的柿子树、丛丛点缀着红果的山枣树、以及各种随风摇曳着的果树和杂木,都在趁着残酷而又漫长的冬季还没有到来的时候,集中起所有秋日里那些五彩缤纷的余晖,向人们最后去展示一种只有在燃烧的瞬间,才能显示出来的斑烂和悲壮的美丽。

当年刘鸣作为一名地方人大代表,他投出了所谓的民主选举的神圣一票。结果他的一票所投向的那个领导落选了。而他投出的票又被那个落选领导所对立的其他领导给捅开来以后,他就开始尽受穿小鞋、乱木鱼、揪辫子之苦,以及后来发生的家庭婚变之痛。为了寻找新的希望和某种出人头地的机会,他便毅然决然地辞离了工作,走出了那个令他伤心和痛苦的出生地的小城,就像许多"北漂者"一样来到了这个北方大都市。

当时他抱着一种顽强的毅力、无畏的精神和乐观的态度,硬生生地挤进了这座有着1000多万人口的城市,成了它的一个边缘人。那时候他天真的认为:人口越密集,一流的东西就会越多;城市越大,成功的概率也就会越大。至少总不至于连容纳他落脚的地方都不会没有吧?所以这许多年以来,他就一直在这个北方大都市里苦苦地挣扎着,艰难地奋斗着。

作为一个边缘人,他在这种竞争的激流中苦苦的挣扎和搏击,几经破产，几临绝境，可他还是顽强地坚持着。五六年的时间过去了。他大好的年华以及旺盛的体力，都随着激烈的竞争而逐渐地消失了，自己终于也有了一个八九万元钱的积蓄。于是他便利用这许多钱，和这个大都市里的几个朋友，合伙注册了一家公司。可是不久前他却被视为盲流给收容了。只说他是一个外地人，住在了他的一个亲戚家里，而他那个亲戚借给他的住房又仅仅据说是没有出租的许可，仅此而已。他先是被检查身份证，后来他合法的暂住证、就业证、工作证全都被撕得粉碎，他们不让他说话，更不允许他对外打电话，只让他两手抱头地蹲在墙角落里，就当他是一个犯罪嫌疑人似的。并且当晚就被押上警车，送到了郊外的收容所……

没有几天，他和一帮"盲流"们，又从收容所被押送到了一处叫做"七里渠"的地方。先是收去了他身上的钱物，后又抽去了他腰中的皮带，然后再剥去他的外衣和外裤，说是为了防止逃跑，并在严格的监视之下挖土、筛沙子、扛大活地干了二十多天的苦力。再然后，他就被押着装进了遣送的铁闷子火车……

他原先的梦想是美妙的，参与一个合股公司，享有一定比例的公司股份；以后就在这个大都市里面，正正经经地做一个生意，安安稳稳地过一个日子；不用再为吃饱、为穿暖、为解决最基本的生存问题，而去卖力，而去打短工，甚至去卖血了；也不用再在这个大都市的直肠——那许多贫民窟一般的小胡同——里面生活了。然而他的这一个梦想，就像那许多映闪着七色光的在风中飘荡的肥皂泡一样，忽儿间就破灭了。那些不规矩的、法律本就不完备的执法部门，把他这个美好的梦想打了一个稀巴烂。它们就像拉大便似的，把他遣送出了这个大都市……

后来当他辗转了一圈，再返回到这个大都市里的时候，他所谓的几个朋友把他所在的公司给关闭了。并且在他"失踪"了将近有两个多月的时间中，他们又把属于是他个人的资产和钱物，给攫取和瓜分了一空。五六年的血汗和辛劳，在顷刻之间，便化成了乌有。现在他的手头上，仅仅就剩下了这最后的几百元的零散钞票了。

他知道自己失败了。并且这还不是一般性的失败，而是失败得完完全全、彻彻底底，根本就没有一点点回旋和翻身的余地。跟着又在朋友的睥睨、亲戚的白眼、新老客户的嘲讽之下以及世态炎凉和人情势利之中，感到了自惭形秽，变得心灰意冷起来，并且还发起了高烧，生起了重病。

他恨透了眼下这种司法腐败的现象，也恨透了这个让他碰得头破血流的地方，但是他又没有脸再回令他伤心和痛苦的家乡。此时此刻，他的心里有诸多说不出来的苦，讲不出来的理，就连重起炉灶和东山再起的信心，都被那些绝望的病毒给啃咬和吞噬得千疮百孔和支离破碎的了。那时候他认为唯一能够医治自己那种绝望病毒的地方，就只有那另一个世界了。

因此，他就是带着这样一颗绝望了的心灵，拖着一副疲惫不堪的病躯，来到了这个地处在西山深处的大羊山下，静静地等待着身上的最后一点儿钱的用完、人生最后一点儿苦涩味尝尽的时刻的到来，然后，再在这个渺无人迹的大羊山中，寻找一处颇为隐密的地方，把自己默默地、悄无声息地，埋葬在这个荒寂的山野之中。

2

她是在自己滑下崖壁的一霎那间，不由自主地发出那一声"啊——"的惨叫的。不多一会，她的那一声悲苦凄凉的惨叫的回声，便在这个深不可测的峡谷当中四处地回响，然后再在那一片深绿的松树间、透红的枫叶上、小灯笼一般的柿子果以及低矮的山枣树丛中，波动荡漾了开来。

不知过了有多少时间。一阵剧烈的疼痛使她苏醒了过来。她慢慢地记起了她是为了寻找一处美丽的葬身之所，才攀上这高耸入云的悬崖峭壁的。一个她唯一信任的并将自己的身体、心灵、以及一切的一切全都献给了的那个男人将她抛弃了。她，陈燕，已经完全失却了再活下去的勇气。

有人曾经说过，年轻女孩子的爱情，犹如江河那般奔流，湖海那般广阔。然而，陈燕就是把她这江河一般奔流、湖海一般广阔的爱情，全部都倾注给了他。可是到了后来的一天，他突然就背叛了她！平日里那许多地老天荒、那许多海枯石烂、那许多盟盟誓言、那许多悈悈情感……唉，她真就像是做了一场清秋大梦啊！

那个男人叫司马伯方。他是陈燕的同事，他们同在这个大都市里的一家国际商务公司工作。他们的公司是一流的。公司的名字在这个大都市可以说是尽人皆知的。那个时候，陈燕是凭着自己的名牌大学的文凭，又通过了很严格的招聘考试以后，才被这一家驰名的公司所录用的。因此上她就是带着一份无比骄傲和自豪的神情，到这家公司去上班的。至今她还清楚地记得，在那一次的欢迎会上，她还作为是新员工代表的身份，在欢迎会上表了决心，而代表老职员致欢迎词的，就是这个司马伯方。而且他们的缘分似乎还不止于此呢！分配工作的时候，她又分到了司马伯方所在的科室和他的那个小组。司马伯方进入这家公司的时间，比陈燕早了个两年，并且他当时已经是这一家公司中最年轻的一位项目组长呢！陈燕开始工作以后不久，有一个项目就是由他们两个人合作来完成的。之后他们两个人合作又攻下了好几项很重要的项目。工作上的联系，使得他们的接触日趋频繁，对对方的了解，自然而然也就增多了起来。久而久之，本来对司马伯方多少有一些模糊不清的地方，她也开始热情地和细微地关注了起来，甚至就连他颇有缺陷之处，她也看得是那么的美好。

总之，他们两个人开始相爱了。他既英俊又潇洒，她是美丽而漂亮。他们仿佛是郎才女貌、般配得体的一对！陈燕感觉自己的幸福都快盖了冒了！找到了一流的单位和工作，追寻到了理想中的恋人，拥有了浪漫的爱情！但是她把爱情过于理想化了。殊不知，理想是含有诸多悲剧的成份的。因此对司马伯方求婚的甜言蜜语她是完全相信，一点都不去怀疑；并且她还过早地、轻率地、慷慨地向他献出了自己处女的身体和纯真的心灵。

事实上，人世间许许多多的悲剧，往往就是从这里开始的。他们这对年轻的男女也是一样。后来，还没过上多少日子，一位部长的千金带着权杖的眩光和金钱的魅力，硬是插足在他们两个人之间。并且还有许多好事之徒频频地向司马伯方暗示：如果他与那位部长千金婚姻玉成的话，那么他马上就有升迁为科长的可能。为此，司马伯方只不过犹豫了三分钟，甚至连三分钟都还不到呢，他那爱情天平的砝码，便立即就倒向了另一边。于是，他把往日里他与陈燕那许多天荒地老、那许多海枯石烂的盟盟誓言连同陈燕本人一起，就像扔旧衬衫、破墩布一样地给扔掉了……

想到了这里的时候，陈燕便微微地动弹了一下手脚。可是，一阵更为猛烈的疼痛压迫着她的胸腔，并且这一种疼痛的感觉似乎还一直在向上，一直在向着她的中枢神经冲去，她又开始昏厥了过去。

3

上面这件事情，是发生在十月下旬的一个午后。那天下午，"呜呜"呼叫的山风夹带着浓重的雨云,飞速地撞击五彩缤纷的大羊山的山腰。豆粒般的雨点稀稀啦啦地袭击着从山上往下急奔的登山游客。他们一回到山下的村庄便一边哆嗦着,一边又七嘴八舌地嚷嚷起山上所发生的事情:

"不好了,不好了,山上有一个女人,跌落到绝命崖的下边去了,这个时候,正在绝命崖那处地方叫喊着救命呢!"

"什吗?"村民小组长王伯,简直就不相信自己的耳朵,他瞪着眼睛问那许多气喘未定的游客,"你们说有一个女人跌下了绝命崖了?"

绝命崖,这可是一处令人心悸的悬崖峭壁。如果说大羊山集中了西山所有有名的悬崖峭壁的话,那么绝命崖可要算是其中最为险恶、最为陡峭的一处了。它在大羊山主峰北侧的陡岩峭壁下,深约四十多米,凸出在外约有五六米的一块大石岩。而绝命崖的下面便是一条深不可测的峡谷。这条深谷狭长如槽,上下岩壁则如刀劈斧削。岩面色泽铁青,长满了滑腻的苔藓。若是站在崖上往下观看,往往会令人头晕目眩、魂飞魄散、绝望之念顿生,并且还会不由自主地栽下崖去。由于那里的坠崖事件频频的发生,难有活命回返的,因此当地的村人便把这里称之为"绝命崖"。

要是在平日里,绝命崖的上方根本就见不着人影。当地的村人也极少前往这个地方。甚至于就连一些采摘药草的药农,也都不敢贸然地攀索下去。可现在怎么会有一个女人跌落在那里喊救命呢?这真是一件不可思议的事情。这时候一位赶下山的游客说:"可能是从悬崖峭壁的边沿上摔下去的吧?摔下去以后又卡在了那里。也许她还受了伤呢!若是没有人前去营救的话,看来她就只有死路一条了。现在天又下着雨,我们又没有办法去靠近那里。所以我们就只好赶下山来,请你们大家去想想办法吧。"

听了游客们这么详细地一说,王伯这时候才意识到危险已经迫在眉睫。说来也真不凑巧,偏偏这个时候,一场猛烈的山风中断了村里能对外联系的电话线路。真是急死人!得赶快动手,否则就会来不及了。说不定现在绝命崖上的温度已经很低,可能已经冷得要命了。

"这个……"王伯好像还有一点儿左右不定。

因为他对这一带是太熟悉了。他熟悉的程度,就跟他熟悉他们这个村民小组的七八户人家一样。然而他又很清楚,在这样的天气里去接近绝命崖,这是一件非常之困难的事情。此时时值十月下旬,白天时间很短,至于等到夜幕拉下来以后再去抢救的话,那等于就是百分之一百的不可能了。要是请救险队前来救援的话，可眼下一时又联系不上，再说时间也等不及了。总而言之，摆在他们面前的救险任务，必须得由他们这一班人，在这最为恶劣的气候和环境下面去完成。

"快一点派人去抢救呀！"一个游客催促地说，"要不然的话，那个女人的一条小命儿，可就要玩完了！"

"知道了！"王伯终于下定了决心，豁出去，尽最大的努力前去搭救那个遇难者。他先吩咐一个村人去远在山外的村里打电话报警，请求有关方面给予支援。然后他转过身子面对大家，他觉得唯一可信赖的就是这一帮生气勃勃的村里人和几个年轻的游客。于是他便对大家说，"这件事情看起来，大家心里都很清楚了。不过现在还得要请大家给予帮忙喔。"

"什么？要我们去绝命崖……"一个刚才还对登山越谷高谈阔论的游客，这时候一听说要去绝命崖，他就很不自然地缩起了脖子，并且腿肚也打起了寒颤。"我们都已经跑了一天了，一点儿力气也没有了呀！"

"弄得不好，"一个年轻的村里人说，"连我们这一帮人的小命，都要给白白地搭进去呢！"

"嗨，"再一个说，"这个绝命崖，可不是闹着玩的地方呀！"

大伙儿低声低语地议论了开来。明摆着，他们这是在拒绝，但又不直截了当地表达出来。王伯心里想，与其求助这些人，还不如靠自己来解决的好。然而只有他一个人是不行的。在这种转瞬即逝的时间里，那个遇难的女人随时都有可能会死去。

"抓是得要抓紧哪，"一个山民说，"不过……如果这个女人是去绝命崖上跳崖自杀的呢？"从表面上来看，这个山民好像是在着急。可是在实际上，他脸部的神情和说话的话音，却仿佛是在对大伙儿说，我们还是不要前去多管闲事的好吧，一个女人独自跑到那种地方去，她一定是不想活了。既然她不想活了，那还不如让她死得其所就算了呗！

真是一帮自私自利的家伙！王伯心里想。然而他压住了心头上的火气。因为生气是解决不了实际问题的。作为大羊山脚下这七八户山民小组的领导人，他就是明明知道那个女人是去那里自杀的，他也断然不能袖手旁观和坐视不救，这是做人的最基本的道德哪！就在大伙儿一筹莫展的时候，一个脸孔清癯的中年男人从人堆后面站起身来说："还是我去吧。"

这个清瘦的中年男人，是几天前才租住进王伯家的一个游人。此时王伯一时想不起他的名字来,只知道他姓刘,前两年他曾与好多人结伴,到这里来登山游玩过。这一次他是一个人来到这里的,眼下的他好像有点儿病病歪歪、少言寡语的,讨厌与任何人接近,并且总是把自己跟周围的一切隔绝了开来。由于这个原因,所以刚才王伯也就不便让他多发表意见。现在王伯看着他那一张清瘦的面孔,似乎有一点不太相信地问:

"小刘,你能行吗?"

"试试看吧,王伯。我估计是差不离儿的,没什么太大的问题。"

他的言词和举动,尤其是他那一双神采发亮的眼神,显示出他是一个果断的男人,并且他那股眼神里面,明显地流露出某种决心和意志。王伯心里想,也许就只好让他跟着我一块儿去试上一试了。

"小刘……"王伯这时候说话的神态,犹如是一个身陷绝境中的人,忽然就遇到了救星一样,他脸上阴郁的神情,忽然也就开朗了起来,因而他便连忙说,"那么小刘,就麻烦你了。"

这个瘦削的中年男人就是刘鸣。大概是由于刘鸣的自告奋勇所产生了的刺激效应,那一帮本来是缩头缩尾、无动于衷的人们,此时此刻,精神也全都振奋了起来,他们全都公开地表示,愿意跟着王伯和刘鸣一起,前往绝命崖救援那个落难的女人。

4

冰凉的雨点和雪粒,"啪啦、啪啦"地落在了陈燕的面孔上和裸露着的脖子上。在这许多冰凉的雨点和雪粒的刺激下,已经昏厥过去的陈燕,这会儿又开始慢慢地苏醒了过来。

在遭受到失恋的打击和痛苦的折磨以后,她便转恨起她周围的人和她所处的世界。这不仅仅是因为自己被抛弃这件事情的本身,她还痛恨自己怎么就轻信了司马伯方这种卑鄙龌龊的小人,痛恨让他玷污了自己青春的身体和纯洁的感情,痛恨自己没有早一点识破和撕扯掉他的假面具,让他卑鄙和丑陋的灵魂曝光在大庭广众之下。她在一片空虚之中苦苦地挣扎着。通过司马伯方这个人她便偏颇地认为,天下的男人都不是什么好东西!

由于她还天真、单纯和年轻,还是一个只有二十四岁的女孩子,还没有足够的阅力和经验来承受住这种打击。在这个世界上最让幸灾乐祸的人开心、最让落井下石的人津津乐道的，莫过于是看着别人在人生的道路上失足、摔跤，跌得脸青鼻肿。一旦面对这种打击，面对别人挤眉弄眼的嘴脸和飞长流短的话音，她便对人世间所有的人乃至于整个社会，都丧失了信心。还有必要在这个无聊的世界上活下去吗？还有什么值得让她再活下去的理由和价值呢？没有！于是她就想到了死，想到了到那个美丽而又寂静的大羊山去死。因为在读大学的时候，她曾经和同学们一起去那里登山游玩过。对，就把自己年轻的身体埋葬在秋日那个五彩斑斓而又美丽宁静的山野之中吧。她似乎只要站在绝命崖上方的峭壁边，眼睛微微地一闭，身体轻轻地往下一跃，对这个世界就可以一了百了了。对于涉世还不是很深的她，这似乎是一件很寻常不过的事情。受到了一次挫折，就想着要远远地离开这个社会，躲避开自己的同类，以死来了结自己的一切。

因此她就默默地来到了大羊山，独自地坐在这个绝命崖上方的峭壁边沿。厚积的雨云在脚底下的深谷中涌动和翻滚；头顶的天空又是一片浓重的铅灰色。就在这个浑然一体的浓重的铅灰色当中，她仿佛听到有一个声音在轻轻地呼唤着自己的名字："陈燕，你来吧！往下面跳吧……"

于是，她便困难地吞咽了一口从喉头处泛起来的浓浓的苦涩，然后就紧紧地闭上眼睛，听任着自己的身体，顺着陡峭的崖壁滑了下去。然而，崖壁上长出来的藤蔓，却缓冲了她下滑的坠力，一棵从崖岩上方生长出来的松树，将她的身子又弹了弹地翻了一个身，然后便把她扔在了这个长满了青苔的、凸出在外大约有个五六米的大青石岩上。

此时此刻，苏醒过来的她，茫然不知道自己身在何处。她望着周围深深的峡谷，不敢挪动自己的身体。仿佛自己只要轻轻地挪动一下，就会落进那万丈深渊似的。就在这个时候她才意识到，自己跌落在这一块凸出的绝命崖的石岩上。她眨了眨眼睛，胆怯地朝四周张望，大片大片翻滚着的云团，犹如是海浪一样在涌动；云团间隙中那黑魆魆的深谷，就像张开了血盆大口的怪兽；往上望，凹凸不平的崖壁，好似无数个直挺挺的恶鬼，越来越厚的铅黑色的雨云不断地撞击着它们的青面獠牙；撞碎了的云块仿佛就像恶鬼身上那些丑陋尸衣的碎片，往她身上直直地压过来……

"大概，"她心里想，"这就是自己所寻求的死的境界了吧？"她龇牙咧嘴地翻了一个身，顿时觉得胸腔里面，仿佛有千万根钢针在刺扎一般的疼痛。屈起了的大腿上殷红、殷红的，长满了青苔的大青石岩上也是稠糊糊的一大片。她第一次看见自己弱小的身体里，竟然会流出了这么许多黏糊糊的鲜血，她浑身哆嗦了一下，随之而来的便是一阵巨大的恐惧感，她的心里面猛地燃起了一股求生的欲望之火……

5

　　刘鸣的腰中系着一根绳索，手脚紧贴着崖壁，就像是一只贴在了崖壁上的大蜥蜴那般，一步一步地、慢慢地，向下面晃荡着自己的身体。此时此刻，他的右脚踏在了一小块凸出崖壁的岩石上。

　　天色开始慢慢地变暗。夜幕渐渐地笼罩了整个大羊山。那一伙年轻的救援者们，全都焦急地站在崖壁上方那一棵大栗树后面，双手紧紧地攥住了绳索，听着王伯的指挥："松开一点儿！拽紧！再拽紧……"他们全都知道，眼前这一棵大栗树跟那个女人坠落在的大青石岩，有着相当大的角度。然而那个刘鸣，想要晃荡到绝命崖上那一块凸出来的长满青苔的大青石岩上，几乎是不大可能的。

　　"喂！小刘啊，"王伯站在崖壁边沿，探头探脑地高声地问着，"你怎么样啊？能不能荡得过去哪？"

　　"我试试看吧！"刘鸣悬在了崖下面的峭壁边，高声地叫着说，"王伯，你们把绳子再给我放长一点儿……"

　　他离那个受难者已经相隔不太远了。此刻他两手扶住崖壁上的藤蔓，眼睛不住地瞟向那一块斜着离有八九米远的凸出在外的大青石岩。他想集中起自己所有的精力和体力，对着大青石岩上方的那棵松树晃荡过去，只要能够抓住那一棵松树的枝梢，他就可以稳住自己的身子了。他知道自己身处在这崖壁下无非是等于在寻求自杀，因为他腰中系着的绳索，随时都会遭受到岩壁上石块的磨擦而断裂，自己也随时都有可能会坠落崖去。

　　雨水夹杂着雪粒，不断地击打着他那瘦削的脸颊。手脚冻得发麻，已经快要保持不住自己的平衡了。不过他的心里却是一片坦然：能够把那个女人安全地救上去，当然是最好不过的事情；如果救不上去的话，自己就是摔死在这个绝命崖下面，也都无所谓。他本来就是抱着一死之念，才来救助这个受难的女人的。这时候他的心底里，忽然潮涌起了一股难以名状的感情："我和这个快要死去的女人，素无一丁点的干系啊！也就是说我是在为一个与自己素不相识的过客卖命哪！但是不管怎么样，我还是要尽自己的最大努力去做，并且还要尽量去把它做好。这就是一种责任。"

想到了这里的时候，于是他便低下头，向着斜下边的方向高声地叫喊着说："喂，你还活着吗？你要是还活着的话，就请嗯上一声好吗？"

一连喊了好几遍之后，大青石岩的那一边，总算是传过来一丝很微弱的声音。于是他便抬起头来，向着崖壁的上方，高声地叫喊着说："嗨，王伯！她还活着哪！现在我就准备要荡过去啦！"

接下来的苦斗，纯属就是铤而走险呵！他弓起身子，用尽全身所有的力气猛蹬着岩壁，然后奋力地晃荡起系在了腰中间的绳索，斜着向绝命崖上方的那一棵松树荡了过去……夹着雨点和雪粒的山风，"呼呼"地刺痛着他的脸颊。深长的峡谷犹如是张开巨口的黑魆魆的怪兽，随时都准备在吞食这个弱小的冒险者。随着他大幅度地晃动，垂下的绳索在剧烈地磨擦崖壁，那些风化已久的岩石块粒，便"哗啦、哗啦"地掉落了一大片，直往峡谷中坠落而去。隔了很久，声响才从深不可测的谷底下面传了上来。

就在刘鸣的荡力快要接近未端的时候，他急急地伸出了右手，一把就拽住了松树的树枝梢；伸出的左手紧跟着也拽住了树枝条；并且张开着的嘴巴，也一口咬住离他脸孔最近的树枝，听任松针刺戳着他的面孔。他要尽自己最大的努力来稳住身体，尽量使自己的身体，在这大幅度晃荡的过程中，能够保持住平衡，不然的话，他就会功亏一篑。

待到自己的身体稍微平稳了一点以后，他便伸出了两条精瘦但却充满了肌肉的腿脚，紧紧地盘夹住松树的枝杆……

6

处于在半昏迷之中的陈燕，仿佛听到了来自于半空中的说话声。她吃力地眨巴起眼睛，但是在那幽暗的峡谷上方，除了那一棵松树在"婆娑"地摇曳，以及夹杂着雨点和雪粒的山风在"呼呼"地吼叫以外，似乎并没有一丁半点有生命的东西。"是自己的幻觉吧？啊？"她心里想，"在这种风雨之夜，是不可能有人前来搭救我的……"

她不再相信这个人世间会出现什么奇迹。于是她又闭上了自己的眼睛。她已经不觉得痛苦和难受了。但这并不是说，疼痛和难受就已经消失，而是她的全身都已经失去了知觉，唯一剩下的只有半迷糊半清醒的意识还存在。她模模糊糊地意识到，在自己身体的上面，似乎有着无数个透明和美丽的生物在飞翔。它们没有翅膀，只是凭着它们轻飘的形体在空中浮荡。它们的声音像是一组和谐的音乐，然而却又是那么的虚无、那么的飘渺，以至只能用自己的心灵才能够去捕捉得到。

此刻她的意识似乎在对她说，人的眼睛，只能看见那些外在的躯壳。其实还有许多更为重要、更为美好的东西，是肉眼所不能观察到的，而只能用心灵去捕捉……她还有意识。她似乎还意识到死神在她的身旁"窸窸簌簌"走动的声音。她轻轻地自言自语着："我是主动地向它走过去，还是让它前来将我带走？"然而她唇吻之中发出来的声音，似乎也和那些生物一样，显得虚无和飘渺。

"喂，你还活着吗？"陈燕仿佛又听到了那个来自于半空中的说话声。这一次似乎不像是幻觉之中的死神的声音，倒更像是有人在对她说着话似的。"喂，你再坚持一下，噢。我马上就下来了。"

又是那个声音。这绝对不是什么幻觉，而是有人在冒着生命危险前来搭救她。也许此时此刻，他正在跟死神作着殊死的搏斗呢！在这个可怕的风雨雪之夜里，这个无法攀登的悬崖峭壁上，艰难地摸索着呢！两行泪水，开始慢慢地涌出了她那微微闭着的眼睛。

随着岩壁上方的松树在一阵"窸窸簌簌"地晃动之中，刘鸣终于溜下了松树的树杆，顺利地登上了这一块凸出在外只有十几平方米的、长满了苔藓的大青石岩。这时候，他首先解开了系在腰上的绳束，又从怀里面掏出随身携带的急救药品，给陈燕作了点儿应急包扎，又喂她喝了一些钙质酸奶，再拿王伯他们刚刚吊下来的棉大衣，把她那个受伤的身体，给严严实实地裹了起来。这些必要的条件，确保了陈燕的生命。她得救了。跌落在绝命崖下而不死，况且又是在风雨雪之夜里面获救，这在大羊山的历史上，恐怕还是绝无仅有的呢！

随后没有过多久，王伯他们很快又在上面支起了绞盘，用缆绳把刘鸣和陈燕一起从绝命崖岩上吊了上去。等到山外救援队来到的时候，陈燕早已经被大羊山的村民门，送去了山外的部队医院。

绝命崖

7

几天以后。王伯和刘鸣两个人，一起前往山外的部队医院，看望正在治疗当中的陈燕。眼下的陈燕，这时候正处在病情的稳定期。她在坠落绝命崖的时候，幸好是先跌在了绝命崖岩石上方的那一棵大松树上。除了胸部和腰部的两根肋骨以及髋部的骨盆骨折以外，就是左腿部的外伤。

现在陈燕内心里的阴暗念头，已经完全被光明所冲散了。自从那一天开始，她就认识到了世界的另一个本质，即，这个世界除了有着许多阴暗和丑陋的一面，但更多的还是真善美与光明的一面。人世间里最为本质的东西，往往也是最不为人们的肉眼所能看见的。它需要人们用心灵去感受，用心灵去捕捉。这跟她原先的想法截然相反。"我应该去相信人们，"她在心里面这样对自己说着，"你看，在这个世界上，竟然还有和我素不相识的人，为了我而去冒死相救。这有多么的崇高，多么的伟大啊！"

在陈燕的病床前，王伯指着刘鸣对她说："姑娘，他就是你的救命恩人。"望着眼前这个清癯瘦削的中年男人，陈燕心里想说的话，何止千言万语啊！然而这些话全都堵在了喉咙口，此刻竟连一句都说不出了。只有泪水在索索落落地流着，止不住，抹不掉，就像断了线的珍珠一般，溢满眼眶，滚出眼角，顺着她苍白的脸颊往下流淌。那天她被救上来时由于是在夜晚，又处于昏迷状态，她没能看清楚他的面容，直到现在才看上了第一眼。她想要对他说一声感谢，可是她却不由自主地"哇"地一声哭了起来。

"嗨，"刘鸣宽慰起她说，"小陈，你可要多注意一点自己的身体哟！好了，望你今后自己多多地保重身体吧！"说完他便向她挥手告别，也向王伯挥手告别。而后他就转过身子，大步大步地迈出了那家部队医院。

"至于要说到感谢的话，该由我来说才对呢！"他一边走心里一边想，"本来我和你一样，也想把自己悄悄地埋葬在那个地方的。可后来当我抱着一死的信念在跟绝命崖较量的时候，我忽然感悟到：在这个世界上，人生的较量才是最重要的。它不仅是指成功或者失败，而更重要的是在失败之后我们是否还能再站得起来。这个道理我会永远记在自己的心里的。"

他站在公共汽车的站牌下面，掉头回望在蓝天白云之下那许多巍峨起伏的西山山脉，深秋斑烂的红叶给它们披上了绚烂的盛装，远看犹如是大火在熊熊的燃烧一样。他又望向远方的天空，他看到了那一片翻涌着火烧云一般的美丽的天隅，仿佛天隅也在熊熊的燃烧着。

"是的，只有燃烧才能显示出美丽！"他想，"也许今后我还会失败，还会遇到挫折，但是我必须坚韧地挺起脊梁骨地站着，不去怨恨和迁怒于这个世界，也不再对这个我们与之生存的、并且还有着诸多阴暗和丑陋的社会而耿耿于怀。今后不管再受到多大的打击，再遇到多大的曲折，我都要像一个堂堂正正的男子汉那样，去拼搏，去奋斗，去奉献，去燃烧，直到自己化成了灰烬的时候为止。"

通往市区的公共汽车开过来了。它"嘟、嘟、嘟"地鸣着喇叭，在站牌旁边停了下来。刘鸣朝着西山和天边充满斑烂的方向，又深深地回望了一眼，然后他便毅然决然地踏上了车门。

2001 年 4 月写于北京

飘逝的叶子

0

"叶子。叶……子。叶子……啊……"我的喉咙有一点儿嘶哑,两只捧着那一本棕色软塑面日记本的手在颤抖,一双汪了两泓泪水的眼睛,模模糊糊地望着户外窗下面那一棵高大的梧桐树,内心里溢满了哀痛。

深秋里。凛冽的寒风中。那棵高大的梧桐树上枝杆光秃秃的,只有树梢顶上尚有三两片枯叶,还在寒风之中"飒飒"地摇曳着。街坊邻居们,全都探头探脑地打开了窗户;窗下小路上的行人,也都停住了他们的脚步。这些人都用一种狐疑的眼光窥视着我,好像我是一个疯子似的。

我不是疯子。我知道自己很正常。既然我没有疯,那么是谁疯了呢?啊……是谁呢?到底是谁啊?不过,不管是我疯了还是谁疯了,这都无关紧要。这时候我就只是在思念着我的叶子,哀恸着我的叶子。

又刮过来一阵更猛烈的寒风。树梢顶上的一片枯叶打着旋,随风晃悠晃悠地向着黑色的地面上飘逝而去。此刻我的内心里,又潮涌起了一阵浓浓的哀伤和深深的悲痛:"叶子,"我禁不住泪流满面地脱口而出,"叶……子,我的叶子啊……呜,我那飘逝的叶……子……啊……"

1

原来我工作的单位是一家生产电子元器件的工厂。我在技术科工作,负责全厂的生产工艺和技术管理。而我的妻子叶子在我们当地一个国营商业公司工作。我每个月的工资带奖金,大约有八百多元钱。这在我们那个小城市里马马虎虎地,就算是很不错的了。叶子月收入在六百元钱左右。

可是自从我们的女儿小雁出生以后，家里的生活开始变得有点儿不宽裕了起来。而叶子所在的那个小国企公司又是风雨飘摇，一年不如一年。

叶子毕业于中专财会专业。我29岁那年，在我的朋友海生和叶子的同学小玲的撮合之下，和比我小了4岁的叶子认识、恋爱和结婚的。虽然她不是个有让男人百分之一百回头率的美人，但是她那一双眼睛微微上挑的凤眼，唇旁颊上的那一对酒窝，都有着一种难以形容的美感。工厂的同事都羡慕我说："嗨，那个黑不愣墩的杨林，倒反而娶了一个好媳妇呢！"

叶子时常笑吟吟的。她一笑俩"酒窝"，就像巧克力，给人以一种甜蜜蜜的感觉。她偶尔不高兴的时候，脸上就会生出一副阴郁的神情，然而这对男人们来说，同样也具有吸引力。据说当初，我们那个小城里就有不少家境相当不错的青年男子，都曾经苦苦地追求过她呢。

至于要说起叶子脸上的阴郁，这恐怕同她成长的家庭环境有关系。我听叶子说过，在她六岁那年，母亲因患癌症去世了。而她父亲是我们当地的一个小公务员，后来又结婚了。继母是个教师，在城郊的一所小学任教。她比较严厉，很少有笑容，也没有多少闲情逸致来关心这个不是她亲生的继女。因此叶子和继母之间历来就保持着一种距离。所以落落寡合的叶子中专毕业参加工作以后，她就多住在单位的职工宿舍，而很少回家。

总之叶子给我说过了很多，甚至就连她以前曾经有过的几次短暂的恋情经过，也都给我说过不少。可我对她说，我不想知道在我们恋爱以前，她是否跟别的什么男人交往的事情。因为我认为过分拘泥于过去的事情的人，实在是要不得的。爱一个人，就要去爱她的全部。这不仅是指去爱对方的优点和对方的长处，还要有容纳对方的缺点和弱点的肚量。中国不是有着一句"爱屋及乌"的成语么。从这一点上来说，我是一个遇事向前走往前看的男人。因此叶子常说我具有堂堂正正的男子汉的气概。她说我被她所吸引的，大概就是我所具有这种男子汉性格的缘故吧。

叶子这个人很要强。好多年来，她年年都是单位上的先进工作者。她上班的时候，先把孩子小雁送到幼儿园；傍晚时分，她下班再弯到了幼儿园去带着孩子回家。不过从去年的年头上开始，叶子常常说她身体乏力，有一点儿累得慌。我便劝她到医院去看上一看，检查检查。然而，她却总是摇摇头地对我说，现在经济低迷，下岗没有工作的人实在太多了，还是为了家庭着想，多挣上一点儿钱，以后能够好好地培养女儿吧。

她在她们单位上也总是拼命地工作。因为她们那个公司的境况实在欠佳。她总认为只有大家多做一些工作，多作一份奉献，才能保得住企业，才不致因企业倒闭而下岗。她们公司去年春天已经下岗了两批人，而且下岗人员还为数不少。可是她实在不知道，她们公司已经到了那个跨越不过的坎边儿了，由于体制的（有经济的，也有政治的）缘故，就如那被铁链锁住多年的雄狮，已经到了气息奄奄的边缘了，这个时候就是把铁链给它全都松开了，它也已雄风不再了。为此，我便时常打趣她说：

"就你们那个破公司啊！"

"我们公司怎么啦？"

"告诉你说吧，没有办法啰！不是你一个人多做一点儿工作就能解决得了问题的，你知道吗？现在就是把全国所有的劳动模范，全部都集中到你们那个破公司里，也是无济于事的！"

然而叶子却固执地说："我在这个公司里已经工作了有十个年头了，还是为它多做上一点儿，多尽上一点儿力吧。就算它已经到了寿终正寝的地步，为它去穿上一件老衣，送它个一程两程的，也是好的啊。"

说完这话以后，她的神色便黯然了下来，我也觉得无趣再谈下去了。我对叶子的身体状况实在是担心着呢，于是就劝她休息上几天，不要太累了，还是身体这个"革命的本钱"来得重要。可是叶子到了实在疲累不堪的时候，她还是死活都不顾。唉，叶子就是这样的人啊！结果呢，就在去年西北寒风乍起的深秋里，她们那个小国企公司，终于还是资产远远不能够抵债，而被主管部门宣布关闭，并进行最后的资产清理了。

记得那一天，当她拿着红红的下岗证书以及最后的工资和一点儿下岗费，回到家里的时候，人就像呆了似的。女儿小雁在她的身旁边，一个劲地叫着"妈妈"、"妈妈"，她也全然听不见，看不见。见此情况，我可吓坏了，就大声地叫她，摇她、晃她、搡她、呵斥她，拍她那白了了的面孔，直到后来掐住了她鼻下唇上的人中穴有好大一会儿，她才清醒过来，扑在了我的怀里边，痛哭了起来。直哭得浑身不停地抽搐着。她那副可怜兮兮的样子么，实在是叫我这个宁可流血、不愿意流泪的男子汉的眼泪，也都流了下来了。她一面哭一面嘴里还不是很清晰地咕噜着：

"老天啊……以后该怎么办啊……呜呜……呜呜、呜呜……说什么啊，呜……这人太多了，工作位置太少了，难道前人犯下的人口大爆炸的错误，而要我们后人来承担其恶果吗？呜呜，呜呜、呜呜……"

"叶子你呀，"我轻轻地抚着她的脊背，拍着她的头发说，"不就是下岗吗？啊……这有什么哪？你身体不好，正好就休息上一个阶段吧，噢。"

"你说得倒是挺轻松的啊，"叶子的哭声，开始稍微小了一点儿下来，"我们这么一个家呢，以后可怎么办啊？"

"人么，还会让自己的尿给憋死吗？你也真是的！头发长，见识短！遇到事情，就要往前面去想一想，再往后面去看一看。在这个世界上，好的我们比不上，可是比起差的来呢，我们还是绰绰有余的吧？"

"真是气人哪！"叶子停止了哭泣，这时候她恨恨地说，"那些个这个干部那个领导的姑子、姨子、姘头子的，全部都留在了岗位上呢。不管怎么说吧，我还是一个多年的先进工作者呢！这让人家看起来，还以为我是工作表现不好，而被人赶下岗位的呢！"

"你呀真逗哎！别跟那些个当官的去比好不好啊？再说下岗未必就是一件坏事，只不过就是收入少了一点，生活清苦了一点而已。好了，先把身体调养好，然后再去找个好一点儿的工作！小雁，"我转过了头对女儿说，"亲亲你妈妈，叫你妈妈不要再哭了，爸爸可要下厨房去做晚饭了。"

"妈妈她啊，又不晓得丑哇，"女儿小雁一边拥着、亲着叶子，一边又伸出了小手指头刮着叶子的脸皮说，"这么大一个人，哭起来呢，比我哭得还要响亮呢！妈妈你丑不丑啊？"

女儿这些充满了童趣和幼稚的话语，总算是漾开了叶子那一张悲戚戚苦叽叽的脸孔，我的心情也开始开朗起了许多。

2

我是一个不喝酒的男人。现在连烟也不抽了。不过我原来的烟瘾可是很大，一天总要抽个两包半呢。由于经济收入的缘故，因而我总是抽一些低档次的烟。所以叶子以前老是嫌我嘴里有一股烟臭味，并且曾多次逼我戒烟："杨林你要是把烟给我戒了的话，我保证每天给你买上两瓶啤酒，中午和晚上各一瓶，再给你买点儿搭酒菜。要不然，亲吻率就给你降到零！"

于是我戒过几次烟。可是再怎么戒，烟可没有给戒掉，反倒给自己戒出几场病来。但是现在却不同了。现在要靠我一个人的工资全家人去生活，就非得要把烟给戒了不可。对于像我这样一杆烟枪来说，虽然这是一件非常痛苦、非常难受的事情，不过一个月毕竟能为家庭节省下七八十元钱的开支呢！对于一个在经济低迷年代的工薪家庭来说，这可是一笔不小的数字哪！为了我的妻子叶子，为了我的家庭，我在厂里边的工作也更加的努力，更加的认真了，几乎是没有什么白天和黑夜之分的。

有一次，叶子似乎不经意地问我："杨林，你的工作这么认真，厂里好像大家也都认同你，可是为什么到现在你还当不上一个技术科长呢？"

"早晚会当上技术科长的，"我安慰她说，"只要好好地工作，就会有这一天的，你可不要为这件事情而闷闷不乐，好吧？"

事实上，我曾经也这样想过：副科长周工46岁了，他是管机械设备工作的，再说了，论工作，论水平，论学历，他都比我要差上了一大截。眼下科长王工调走了，现在科长的位置就空着呢。我是分管全厂生产技术的工程师，而且，我还有好几项技术革新的成果呢。按照目前的情形来看，我是很有希望被提到技术科长这个位置上来的。

对于厂领导我倒不是没有不满，但我并不怨恨他们。因为没有这个必要。在这个方面我显示出一个典型的男子汉的风格。自从听了叶子的抱怨以后，我的工作就更加努力了。我努力的目标，就是进一步改革生产工艺，充分挖掘现有设备的潜力，缩短生产周期，开拓新产品领域，创出更高的产品质量和更好的经济效益。如果是这样的话，全厂上下就不得不重新认识我的能力了。因此我就时刻告诫自己，不要过分沉溺于小家庭的生活而滋生出懒散和惰性。于是我每天工作到很晚，有时候还到深夜。同叶子和小雁在一起吃晚饭的时间也开始少了起来。甚至我盲肠炎开刀住院那天，白天中午动的手术，晚上我就想法爬起病床，慢慢地踱出医院，到厂里去解决工艺改革过程中一些关键性的技术问题。就这一件事情，第二天医院的徐贵敏院长，对我又是拍桌子、又是打板凳地发火说："我的杨先生，你可是刚开的刀啊！你这样擅自行动，刀口要是迸裂开来的话，这是我们医院的责任，还是你个人的责任哪？"我只是笑笑地挨着他的训斥。

还有，中午我在厂里吃饭，也总是打一份简单的饭菜，解决一下肚子问题。这些我都不觉得有什么贫寒和清苦。因此到了今年的年初，当我研制出了高性能、低能耗、短周期的新系列产品投放市场并广获欢迎的时候，范厂长在全厂职工面前表扬了我，而且还奖励了红包。那天我下班回家时，差不多快要把自行车骑得飞了起来，我想要早一点告诉叶子，好让她能理解我最近这半年多来的辛劳，终于还是没有白费力气的。

叶子下岗以后的许多天，她的面孔都苦巴苦巴地皱着，很是不开心，甚至连门边儿都不愿去迈出一步。但是后来她也就渐渐地适应了起来。两个月以后她的体重竟然增加了十几斤，脸颊也开始红润和丰满起来，同下岗以前相比较，好像变了一个人似的，显得要年轻和漂亮了许多。说实在话，我在厂里边的工作累了，烦了，遇到了不顺心和不开心的事情时，只要能够单独跟叶子在一起，这些就统统都跑到温哥华、休斯顿、堪培拉、马尼拉去了。所以那天当我一回到了家里，便对叶子和女儿小雁说：

"今天我们就不做晚饭了，我们全家上馆子去涮一顿吧。"

"好哇，好哇！"女儿拍着两只小手，高声地叫了起来，"我要跟着爸爸和妈妈，上馆子去涮羊肉啰！"

而叶子则是笑吟吟的，她嘴角两旁那一对红扑扑的酒窝，就随着她那吟吟的笑容而在豁豁地抖动和变化着，一张灿烂的面孔煞是迷人。她就是用她那一副笑吟吟的、迷人的表情对我说："杨林，要是你真能当上科长，工资提高了，我再找到一份好一点儿的工作，将来条件好了，我们就买它一套三室一厅的房子，这样的话，我们这个家庭，嗨，恐怕就是这个世界上最幸福的一家了。眼下的这个社会没有了钱，可真是寸步难行啊！"

"叶子你说得不错！"我在心里面暗暗地告诫着自己说，"当今社会，其实就是这个样子！不过呢，叶子，我会去努力的。我会挑起一个家庭的担子，尽到一个好丈夫和一个好父亲的责任的。"

3

我努力的成绩，终于得到了全厂员工的认可。就在今年仲春三月里的时候，我被提拔为技术科的副科长。不过技术科长的位置，仍然还在空缺着，仍然由厂部主管技术、质量和新产品开发的王副厂长给兼着。

自打当上了副科长以后，我工作起来就更严、更狠、更讲究效率了。所以有一些按部就班的、惰性比较大的、跟不上工作步伐的科室成员，对我很是不满。而副科长周工也时常带着一种讥讽的口气，把科室成员和职工的不满情绪转告给我。我很不以为然。既然要想做好工作，就得要有一股"革命加拼命"的劲头才行！不然的话，怎么才能去适应眼面前这个竞争如此激烈的高科技的社会和时代呢？

只是我虽然被提了个副科长，可工资却并没有增加，只不过是每个月多了一个五六十元钱的职务津贴而已。现在我的月收入全部加起来的话，也就只有900来元钱，可是眼下的物价又高，家庭开支又大，我每个月的收入似乎是很难开支下来的。如果叶子有了一份工作的话，我想，就会增加上一份收入的。不过……唉，现在到处都在下岗，低迷的经济，犹如洪水猛兽一般，在四处冲击着。可以这样说吧，本市基本上就没什么好企业，有一大半企业，甚至就连职工的工资都发不周全呢。眼下要想找到一份称心如意一点的工作，可是一件非常困难的事情。你就是去送多少礼，恐怕都不一定行得通。然而叶子最近的情绪，看上去好像非常的低沉。她比以前更加阴郁了。一副柳牙眉头，老是纠集在一起，难得展开笑容，一面孔的旧社会。于是我便想方设法给她排解说：

"得啦，得啦，叶子，你就认命吧，噢，你就在家里边，给我做一个贤惠的妻子算了吧噢。"

"闲会，闲会！"很显然，叶子曲解了我的意思说，"当然是啦，杨林，现在我就是闲在了家里，除了财务，其他什么行当也不会。"

"你呀，干吗老是歪曲我的意思呢？"

"唉，杨林啊，你叫我怎么高兴得起来哪？现在我们的家里，可是进的气少，出的气多哇，眼下什么东西又都是挺贵的，你说我们这个日子可怎么过哪？现在的社会啊，嗨，我看是越来越不对劲了。"

原先我们刚结婚的时候，叶子和我商量过，只要我们两个人拼命地工作，将来就可以买上一套三居室的住宅。不过依照现在的情形来看，这个计划可能要成为空中楼阁，无法去实现了；我们恐怕要长期地住在眼下的鸽子楼里了。现在我才真正感觉到企业单位与事业机关的差别。和我同时大学毕业分在机关单位的几个高中同学，他们的实际收入，比我的要高上个一倍还不止呢！而且又不受什么全球经济危机的冲击，春夏季节还可以组织到新加坡、马来西亚和泰国去游玩和度假；另外他们还有着许多灰色的、黑色的、来路不明的收入。不过呢，我倒并不怎么羡慕在官场上厮混的人，尽管这个差距实在是太大了。

现在让我感到苦恼的，就是有一些人的德性：谁都可以在你背后嘀嘀咕咕、指手划脚地编排你这个，捏造你那个的。一个说法只要重复上几次，或者经过几个人的嘴巴加以传说，那么，即使是无中生有的事情，别人也会去信以为真的。比如说我对科室成员严了点儿，对生产线上的技术质量紧了点儿，可是有些人就千方百计地编排我，甚至几个人一起飞长流短到了厂部，什么杨林自以为是啦、妄自尊大啦、目无领导啦、胡作非为啦等等。就在今年八月初秋里的一天，范厂长找我去他办公室谈话：

"小杨，近来大家对你的非议好像很多嘛，你可要注意自身的形象嘛，要跟大家去打成一片嘛，处事不要过于认真嘛。木秀于林，风必摧之，行学于人，众必诽之嘛。还有，你怎么可以目无领导呢？不是有一首《跟着感觉走》的歌吗？我看得改一下，跟着领导走嘛。小杨你说呢？"

看来厂长对我已经抱着很深的成见了。在他面前我要是再解释一番的话，他肯定是要不高兴的。于是我什么话都没有说，只是起身行礼，离开了厂长办公室。平时周工的讥讽现在看起来，并不是没有道理的。对自己的体力和精力一向充满了信心的我，由于近日忙得头昏眼花，还要遭别人去编排，遭别人去作践！唉，我心里想，还是熬吧。为了家庭，为了叶子和小雁，就是再苦再累再难，我也得要熬下去，也得要承受下去。

心绪的低落，明显影响到我的体质。那一天，我感到头晕目眩得厉害，身体发着烧，脚板底烫得难受，鼻子呼吸重浊，好像患了重感冒了。因而我便同主管行政的夏副厂长打了个招呼，告诉他我的身体不太舒服，想先回去。"小杨，你可不要硬撑，"夏副厂长向来都知道我的拼劲儿，他的话里边所以就带了几分关心，"你还是到医院去看上一看吧，喔。"

于是我步出厂门，迷敦迷敦地走在了异常拥挤的人民大街上，身子累得不听使唤，步子东倒西歪的，走路的时候，肩膀也时不时地与身旁边的行人碰擦着。忽然有人在背后踹了我一脚地骂道：

"操你妈的！你这个混蛋还长不长眼睛呀？瞎撞什么呀？杀去哪！"

身后面的那个家伙，烫着一头焦黄的头发，手腕上疤痕累累，穿着黑色的T恤，一看就是个社会上的流氓光蛋。我勃然大怒。我是因为身体不好，人难受走路才摇摇晃晃的，又不是故意要去碰着谁和擦着谁的。再说你走在我的后面，我又没有碰着你，就是碰着擦着了你一下，你用得着这样踹我吗？啊？这是一个什么世道哇！我瞪着一双烧得发红的眼睛，死死地盯着那个用脚踹我的光蛋流氓。四周围一下就拥起了看热闹的人群。

大概是被我给镇住了吧，黄毛光蛋乜斜着我，嘴里叽里咕噜地说："晦气，真是晦气，今天算我是碰到了一个鬼了，怎么就撞上了这么一个红眼鬼哪！"随即他就咋了咋舌头，说完就慌急慌忙地溜走了。

见没有什么热闹好看，围观的人群"哄"地一下就散去了。街旁路边有一家"春雨轩"茶馆。我便跟跟跄跄地走了进去，抬起了右手，放在额头上一摸，哦哟，滚烫滚烫的，然而我的身子却是冷得直发抖，于是我便破例地叫上了一壶滚烫的"茅山青峰"。

茶馆里，这时候挤满了无事可做的人，他们都在谈天说地地打发着时光。什么"法轮功"引得某某某走火入魔、精神失常啦，有病不肯医治、沉疴无救啦；什么台湾仗着美国高科技的军事援助，在闹着要搞独立啦；什么俄罗斯西伯利亚核发射基地的老鼠，畸形变化得像水牛那么大，一口就能把人的大腿给咬掉啦。本来就是么，人们的精神一旦空虚，国家的经济一旦落后，那些个大骗子、小跳蚤的，就会趁此机会跳出来表演上一番。要不然的话，怎么会有李洪志那一个大骗子，在短短的几年当中，凭借一本前后不能自圆其说的《转法轮》的破书、歪书，就骗得千百万个信徒在团团转？又怎么会轮到李登辉那一个小跳蚤儿，摆出一副傲慢无礼，目中无人，不把国家和民族利益放在眼睛里面的神气活现的样子呢？

唉，现在的社会，真是有钱的人撑死，没钱的人饿死，那么多当官的腐败死，眼下老百姓的人心，都被有许多人给搞乱了，那些个老鼠呀耗子的，反倒一个一个的都牛得"跩跩"的了！这时候，我不禁又烦恼地想起了范厂长那一副傲慢的面孔。我付出了高人数倍的艰辛，得到的却是……唉，还是不去想这些的好！热茶喝下不一会儿，身上就冒出了涟涟的虚汗。为了叶子，为了女儿，我可得要挺住！我可不能让她们也去尝受这种羞辱和凄凉的生活。就为了这，我也必须挺住！无论如何得挺住！我狠狠地咬着下嘴唇，强打起精神，付了茶钱以后，便步履蹒跚地走出了茶馆。忽然，我在煦煦攘攘的人群当中，看到了身穿紫灰色连衣裙的叶子。

叶子身上穿着的紫灰连衣裙的面料，是印度麻纱的，很般配叶子的肤色。那是去年我去广州开会的时候，路过了一家清理样品的时装商店，忽然间我感到这款式、这质地、这颜色都挺适合叶子的，价格也就是原价的三分之一还不到，于是我就狠了狠心地买了下来。说实在话，叶子穿着这一款紫灰连衣裙很具气质。她也宝贝得很，除了偶尔出去穿上一穿以外，平时就很仔细地挂在了衣橱里！所以我很快就从人群中认出了叶子。

一辆黑色的奥迪轿车，似乎在叶子的身边停了下来。我揉了一揉浑浊的眼睛，准备想叫唤叶子的时候，可是那一辆黑色的奥迪轿车已经载上了她，弯过街口开走了。我想，莫非是我发烧烧糊涂了吧？看到的是叶子的幻影吧？叶子坐上了奥迪轿车？她会放下幼儿园的女儿不管，独自一个人到外面去兜风吗？这似乎又不大可能，除非是发生了什么事情。

我心里头寻思不定，倒反而挂念起家中来了。低头看了一眼腕上的手表，才下午4点钟。此时此刻，脊背上又泛起了一阵一阵的寒意，我又开始感觉到有一点头重脚轻，眼面前又模模糊糊起来了。

4

我从人民医院回到"鸽子楼"的家中时，已经快下晚6点钟了。黄昏夕照。各家各户也都开始飘起了诱人的饭菜香味儿。可我却是了无食欲。打开了家门，屋子里一片灰暗，冷冷寂寂的，小雁也不在家里。我转过身子就跑下楼梯。同楼的孩子们哼着歌儿回家了。我问他们知不知道小雁在哪里？"杨叔叔，"一个邻居小孩说，"小雁在林子的那边隔脚脚呢。"

邻居小男孩所说的林子，是职工宿舍区域边上的一块绿色的林地，设置着一些简易的滑梯、单双杠此类的器具。这会儿小雁孤零零地依靠在单双杠旁边，孩子们都回家了，她也失去了玩兴，站在了隔脚脚的划框里，傻乎乎地看着黄昏林中啁啾鸣叫的小鸟。四周的林木暗幽幽的，秋风"飒飒"地响着。我走近了她也没有发觉。于是我喊道：

"小雁，你一个人傻乎乎地站在这里干吗呢？"

"爸爸。"

"小雁，来吧。我们回家去吧。"

我伸开两手抱起了女儿。她紧紧地依着我，把一张小脸儿，紧紧地贴在了我的脸孔上，嘴巴对着我的耳朵，轻言轻语地说：

"爸爸，刚才那只小鸟，它孤单单的好可怜耶。"

"你怎么不和其他的小朋友一起回家呢？"

"妈妈还没有回来呢。"

"你妈妈马上就回来了。你一个人呆在这里，会被人贩子给拐走的!"

小雁突然就哭了起来,眼泪落在了我的颈脖里,我忽地生起了叶子的气来。6点多毛7点了,叶子才回来。她一见到我在家里,随即就大吃了一惊,并且慌急慌忙地说:"今儿个的太阳,怎么从西边出来啦?"

"你去那里了?"我气哼哼地问道。

"我父亲给我来了电话,要我去见一下人事局的张副局长,于是我就去了。顺便给小雁买了一套衣服。来,小雁,穿穿看合适不?"

叶子似乎很轻松地说着。她拆开了塑料包装袋,拿出了一套粉红色的儿童套衫。不过呢,她当然觉得我在生气,可是她却装着像没事儿似的,把脊背对着我,回答去见什么张副局长。

"叶子,你要是出去的话,就应该要早点儿回来,害得小雁一个人孤单单地呆在林子里,要是给骗子拐跑了,怎么办啊?"

"小雁,"叶子把衣服往小雁的身上一套,呵斥着泪珠还未干透的女儿说:"妈妈不是让你在家里等着的吗?"

我一听她说这种话,心里的火气似乎就更大了:"小雁还是一个孩子!才进幼儿园哪!怎么能让她一个人呆在家里边呢?你还好意思……"

"你别发这么大火,好不好?"叶子抬高了喉咙说,"我歇在家里都快有一年了,你帮我什么忙了吗?我不去自己跑,难道工作会从天上掉下来吗?"

我气得真想发火,真想把叶子狠狠地臭骂上一顿。但是叶子的工作,我确实是没有帮上什么忙。此时此刻,我隐隐约约地感觉到,叶子和我之间,好像是隔上了一层无形的幕墙。她好像变成了另外一个人似的。竟然有这种事情呀!我真像是在做梦一样。然而我却压住了火气说:

"我是因为身体不舒服,所以才提前下班的,可是你也不问上一问,就只顾着说你自己出去的理由来。"

"那么……是我不对,好不好?"叶子背对着我这样说。

我还有什么话好说呢?吃晚饭的时候,我和叶子之间,几乎就没一句有好气的话。这是我们结婚五年多来,第一次出现的不和睦。我的心里觉得直发冷。晚饭结束了。家里面显得是那么的冷清,我感到浑身冷得直发抖,于是一下就泡上了三包感冒清热冲剂,等到喝下了以后,便用毯子把自己裹得严严实实的,早早地睡下了。

半夜因为嗓子干燥,我难受地醒了过来。叶子背对着我睡着。但是却没有平时睡觉那种均匀的鼻吸声,我猜她可能还没有睡着吧。不过我仍然是轻手轻脚地起床,又泡上了三包感冒清热冲剂喝了。唉,这身上的热度一直都不退,要是挨到了明天再不退烧的话,嗨,这可怎么得了哇?随后我又钻进了毯子,把自己又严严实实地给包着裹了起来。

屋子里黑朦朦的。穿过窗帘缝的丝丝月光,在叶子头边上不停地晃动。叶子一动不动地侧躺着。尽管我今天很生她的气,但是我非常爱她。由于发高烧的缘故,我不由得呻吟了起来。背对着我的叶子忽然转过了身子,轻轻地问道:"杨林怎么样?要不要我陪你再去医院看一看?"

叶子果然没有睡着。我的心里边一顿,忽然觉得就有一股热呼呼的气流,在我浑身上下涌涌地流动了起来。晚饭时候两个人之间产生了的无形的隔阂,在这一刹那间就消失得了无踪影了。于是我连忙说:

"没有什么。只是热度不退。"

叶子伸手揿亮了床头边的台灯说:"来,我用温度计来给你量一量体温吧。明天呢,我再陪你去医院,好好地检查一下吧。"

"不,叶子。我得去厂里上班,可不能休息。"

"别这么说杨林。来,先看一看体温。"叶子取出体温表一看,都快三十九度八了。她倏地从床上爬起来,绞了一把湿毛巾敷在了我的额头上。然后就抱歉地对我说:"杨林,我去给你熬一点儿姜汤吧。唉,我真是太不应该了。先头你一生气,我的气跟着也就窜上来了。嗯,你不会怪我吧。"

"怪你干吗?我们是夫妻嘛。其实我也不对,说话太冲了。"

我喝着叶子端过来的浓浓的红糖姜茶,感觉全身都热丝丝的。喝完了姜茶以后,我便握住了叶子的手,揉住了她的腰,轻轻地搓揉起来。

叶子依偎在我的怀里温柔地说:"杨林,你不要生我的气哦,你要知道,有时候我也会做错事情呢。说心里话,每当我做了错事,或者正在做着错事的时候,我心里就在念叨:'我的杨林对我多好,他是这个世界上最好的男子汉,他不会怪我的。'我要是做错了什么,杨林你不会怪我吧?"

"好啦,叶子,你说得我都难为情起来啦。你会做错什么事情呢,我的老婆?呵,对了,今天下午,我在人民大街上看到你了。"

"在人民大街上看到了我……"叶子突然屏住了呼吸,眼睛瞪得又大又圆，我可以明显地感觉出她的两只手，一下就变得僵硬了起来。

"叶子你怎么啦？这有什么好紧张的哪？"

"杨林，你也真是的，那个时候，你喊我一下不就得了吗？怎么憋到了现在才对我说呢？"

"看你都说到哪里去了……"于是我就告诉叶子，当时我刚刚看到她，嘴里刚想喊，可还没有来得及喊呢，她就坐上了一辆奥迪轿车走了。

"哦，那是人家张副局长的车子。当时的情况非常的特殊，是我的父亲……"叶子这会儿说话，忽然吞吞吐吐了起来，"所以，我就……唉……还不都是为了我的工作的事情哪。"

"没什么的，叶子，"我也没有多去注意叶子这个时候脸部表情的变化，只是安慰起她说，"特殊情况么，总是经常会遇到的。好了，不要去多说了。睡吧，噢。要是你再生病躺下来，那就不得了了。"

"杨林。"

"嗯？"

"你真好。"

叶子此时温柔地拥抱着我，亲吻着我，抚摸着我，用她那一身温暖和柔美的肉体，驱赶着我身体上的寒气。我感到异常之幸福。为了叶子，为了我们这个家庭，就是再苦一点儿、再累一点儿，我也会支撑住的。

第二天。我在家里面躺了一整天。我不怎么喜欢医院里的气息，好在我还比较的年轻，身体素质也是比较好，再加上叶子的关心以及我又蒙头睡了几个钟头，终于退烧了。只休息了一天，我就又去厂里面上班了。

5

秋天渐渐地深了起来。随着连绵不断的淫淫秋雨，天气也就渐渐地凉了起来。按道理说，季节的变化，是大自然周而复始的规律。可是不知怎么的，叶子的性格和精神状态，竟然也发生了非常之奇怪的变化。比如在吃晚饭或者其他的什么时候，有时候她正高兴着，可是突然之间，她就会陷入一种莫名其妙的沉默，板着一张面孔，一声也不吭。

看着她这一副模样，我的心里面非常沉重。我想她是不是因为工作至今还没有着落，或者是家庭经济比不上别人家，所以心里面才不平衡的吧？为此我感到深深地惭愧和内疚。我是一个自尊心很强的男子汉。正因为这样，现在要连妻子和女儿都在为生计所累，这才深深地刺痛了我的自尊心。但是我并不气馁。我发誓要以加倍的努力，以及更为出色的成绩，来弥补自己家庭之中的需求。无论如何，我必须要让厂领导和上级部门承认我自己的才能和实力。对于像我们这样一个中小型企业来说，命运攸关的是人材。如果厂领导和上级部门都感到没有我杨林便是一大损失，他们就不能不给我以优厚的待遇了。是的，没有什么空头心事好想，只有拼命地把自己的工作给干上去！我的心里面就是这样在激励着自己。

目前我的收入虽然还不多，但是只要再紧缩一下生活开支的话，承担整个家庭生计，应该是没有什么太大的问题的。事实上，这个世界上确实有不少人家还不如我们呢。比上不足，比下有余。再说了，叶子也不是一个只图漂亮、爱摆阔绰的女人。尽管她对服装和家庭生活用品，鉴赏的格调很高雅。为此她就经常去光顾一些处理品商店或者折扣店，购买一些展示样品、削价商品，或是隔着季节购买。价格当然远远地要便宜得多了。

自打我们结婚后，尽管叶子非常勤俭节约，但只要能做到的话，我还是在力所能及的范围内，尽量去满足叶子的愿望。绝不能让叶子蓬头垢面、未老先憔悴！我要让她永远年轻，永远漂亮，因此我也就会受到他人的羡慕和尊重。对于我这种心情叶子很是理解。她常常对我说别把她给惯坏了。她说等到买下我们的三室一厅的住宅后，有条件了，经济宽松了，再奢侈一点生活吧，不过总还得要留一点防老救急和培养小雁用的钞票喔。

结婚五年来，我们多少也有了万把元钱的储蓄。自打叶子下岗以后，我看她老是结结巴巴地生活，就对她说："叶子，你要是手头上实在紧张的话，就去银行取点钱出来用用吧！钱是身外之物，别把它看得太重了！"然而她总是面孔一放地说："杨林，小雁说大就大了，隔不了年把她就要进学校了，总需要给她准备好一笔学费吧？现在我们就一个孩子，总得要好好地培养培养她吧？要是不预备一点钱的话，到时候你说怎么办？"

所以呢，我就千方百计地想要依靠自己的努力，去打出好的企业的产品品牌，提高产品的知名度以及市场的占有率。到了那个时候，我们买它个三室一厅来说，就不是没有可能的。为此，我下定了决心，再拼上一点命，再加上一点油，再更进一步去做好自己的工作。

可是，有时候自己的主观愿望，却往往又会与客观实际不相一致。比如就拿今天来说，范厂长又找我到他办公室里去谈话了："小杨，你好像有一点儿跟不上形势嘛。你知道，大家对你都有什么样的看法吗？孤傲、清高，不去跟大家打成一片，这同你现在的年龄，可是不大相称的呀！"

范厂长之所以能当上厂长，他靠的是政工出身以及能够平衡协调人际关系这个资本。但是他这个人比较之独裁，他的意见即使不对，你还不能去反驳他。而我的脾性一向就是，遇到厂里面有什么不如意之事，我从来不把这些不平和不满带回家去。不过范厂长今天的谈话，却引起了我长时间的思考："难道我真的跟不上形势了吗？"

吃晚饭时，我便有意无意地对叶子说起了这件事情。这时候正好小雁又吃了剩饭碗，叶子正在训着她呢，听了我所说的话以后，她突然"唰"地就撂下了手里的筷子。我一愣怔，急忙问道："叶子，你又怎么啦？"

"杨林，"叶子皱起了眉头，似乎很不耐烦地对我说，"我不想再去听你说那许多傻话了，知道吗？你想让你们那个范厂长提拔你去当科长？不是我说你呀，你还没有那个看人的眼力呢！"

看这一副样子，她今天的情绪好像又是低落的一天。因而我就对她说："是的。说实在话，我就是希望他能够重视我，能够提拔我呢。"

叶子仍然皱着一副眉头，这会儿，她就像看着一个刚认识的男人那样注视着我，嘴里面说："说心里话杨林，要是依我看，你确实跟不上形势了！嘿！科长的位置会轮到你吗？不是我泼你的冷水，你就是干死了也当不上那个科长的！就和我当了这么多年的先进工作者却还要下岗一样！除非你今夜就给你们那个范厂长送上万儿八千元的，再把马屁拍上个一夜，拍得红彤彤的，这样你都不要等到明天天亮，就可以坐在那个科长的位置上了！现在这个世道，嘿！我算是看穿了！如今当领导的，有几个是好人哪？！"

"你……你……"叶子这会儿说出来的话，真是太刻薄，太偏颇，太伤人了！我感到从未有过的震惊。所以我说话时忽然就结巴住了。

"我怎么啦？难道我说错了吗？你以为你是倪光南哪？虽然联想的创始离不开倪光南，可是现在不也就无所谓了吗？你知道吗？他在中国的身价最多也就值个500万！要是在外国，他也许能值五个亿、五十个亿呢！可能比比尔·盖茨差不了多少……小雁不行！你这饭碗还是没吃干净！"

突然，叶子从小雁的手里面抢过了筷子，并且还"啪"地敲了一下小雁的手指头。小雁仿佛被火烫了似的缩起了小手,"哇"地一声哭了起来。接着叶子又继续数落着我说:"不要说你杨林还不如倪光南,你就是超过了倪光南又能怎么样?你就是一条龙,一条能够腾云驾雾的蛟龙,还不照样被那许多官僚独裁的领导们杀了喝血、吃肉?你还能够去咋地哪?!"

我呆住了。一双呆板的眼睛,死死地盯住了她。这是叶子吗?这是我那个结婚五年多以来的妻子叶子吗?啊?平素温柔和顺的叶子,最近这个阶段怎么会变得这么的偏激呢?只见叶子继续说着:"你是一个老实人,杨林。但是'老实'这两个字,在我们中国只是一个'没有用'的代名词!你知道吗杨林?你不喝酒,也不会跟别人去拉拉扯扯,现在你的烟也戒掉了,像是一个有责任心的男子汉,长得也魁伟壮硕……"

当叶子说到这几句话的时候,她抬起眼睛看着我。她的这几句话说得倒是诚心诚意的。可是我却气呼呼地责问她:"你还有什么话要说?"

"还有什么呢?说你……唉……不说了。"

"你嘴上什么老实啊,什么像一个男子汉啦,全都是讽刺我!"

"杨林,我没有讽刺你的意思,只……只是……"

"叶子你到底还想要我怎么样呢?啊?我现在可是在玩命地工作啊!什么喝酒啦,抽烟呀,我们一家人的生活,你说怎么办吧?"

"不,不是……我只是希望你能够看开一些,松快一点,不要太去顶真……"叶子好像是在对我说,又好像是在沉思一般地自言自语。

"不要太顶真?"我气呼呼地说,"现在我们的生活还不宽裕呀,你知道吗?等到生活宽裕了,自然而然也就松快了。好吧,请你再耐心地等一段时间吧,噢,我给你买你想要的房子。哪怕我就是借钱也要去买!"

"嗨,杨林你啊,房子的事儿,我早就不去想了,还真亏你放在心里面呢。我们就是要去买房子的话,靠你一个人每月挣那一点儿钱,恐怕这是一辈子都实现不了的。"

叶子说话的时候,她那带着酒窝的面孔上,渐渐地浮起了微笑。可是一转眼睛,她又涩涩地告诉我,她的工作问题最近快要解决了,是去化工研究所财务科。大概就在最近这几天,她就可以拿到人事局的工作调函了。这本来是一件大喜事,是应该值得我们去庆贺一番的。可是我怎么都高兴不起来,叶子的脸上似乎也显不出一丁半点喜悦和欢快的神色。

半夜里我翻来覆去的,怎么都睡不着。叶子晚饭时的一番话,强烈地冲击了我，难道我真的跟不上形势了吗？我自己在问自己，知识多了，足以守贫，这倒是真的。可是苦就苦一点吧，可实在着呢！难道这也有错吗？啊？可是叶子……难道真的是贫贱夫妻百事哀吗？是我们的婚姻出现了什么不对劲之处？是叶子的心里有了什么无法排解的苦衷？还是那个丑陋、可恶和讨厌的孔方兄，非得要在我们的婚姻和爱情里面去插上一只脚呢？

"嗯，呃，呃……呜……呜呜……呜呜、呜呜……"睡在我身旁边的叶子，突然之间就哭了起来。

我倏地探起身，拧开了床头边上的台灯，伸展开两只手臂，一把就抱住了她。"叶子，你怎么啦？"我看叶子像是被噩梦给"魇"住了似的，于是就连忙说，"叶子，你快点儿醒一醒。"

醒过来的叶子，呜咽地依偎着我，把我拉着压在了她的身上。"杨林呵，"她一边抽泣着一边说，"我好害怕！你抱紧我吧。"

"傻瓜，有我在呢。做梦怕个什么？"

"杨林呵，你好好地爱爱我吧，噢。"

"你呀，在说什么傻话哪！"

叶子温柔和默契地配合着我做爱的动作。她的眼睛微微地闭着，可是晶莹的泪珠儿，却沿着她的眼睫毛，一滴一滴的，在往下面的脸颊上流淌。于是我便停止了做爱的动作，附在她的耳朵边，轻轻地问着：

"叶子，我弄疼你了吗？"

"啊？没有，不是的，"叶子抬起抚摸我脊背的右手，抹了抹流泪的眼睛说，"杨林，有时候我的心里真的好害怕！前面的路是黑的，黑咕隆咚的像一个深不见底、乌漆墨黑的无底洞一样，我看不见走啊杨林，我真害怕自己什么时候就会掉进这个黑咕隆咚的无底洞，再也爬不上来了呢。"

"叶子，你不要去瞎想那么多了，噢。只要我们夫妻两个人，能够同心协力，就没有闯不过去的关关坎坎的，你知道吗？以后呢，我就多抽出一点儿时间，多帮助你分担一些家务吧。"

"杨林，你就多爱爱我，再爱爱我吧，好吗？"

叶子在我的怀抱之中，也是那般凄楚无助的神情，这实在让我觉得爱怜和心痛。我的心底里涌起了一阵一阵的酸楚……"叶子的心里面，"我心里想，"到底有着哪许多解不开的疙瘩呢？难道这些疙瘩对我都不能说吗？"不知怎么地，我的这颗心沉重得就像是灌满了铅液。

6

就在叶子去化工研究所财务科上班以后，时间过去了大概有两个月不到一点儿吧，天气骤然之间就冷了下来了。有人说过，这深秋的天气当官的脸，它说变就会变的。这不，凛冽的西北寒风猛地一刮呀，街边路旁的花草和树木，就全都凋零了，真可谓是：

> 凄云残阳意总驰，
> 秋中景物最堪思。
> 恶风一夜西北起，
> 千树万树成枯枝。

这一天晚上，我因 BY 型新产品的试验，而晚回家了。在回家的路上，肃杀的西北风"呜呜"地吼叫着；满地枯黄的落叶，随着冷风在"呼啦呼啦"地打旋，我裸露着的头部、脸部、颈部和握着自行车把的手指头，都被西北风刮得生疼生疼的。

回到了家里，见到屋里还是冷锅冷灶的，晚饭也没有做。而叶子这会儿只是呆呆地傻坐着，小雁在旁边冲她一个劲地喊叫肚子饿了，她也全然不在意，好像小雁根本就不在她的身边似的。穿着姜黄色水洗布外套、红色牛仔裤的叶子，此时此刻她就坐在厨房的圆凳上，胳膊肘搁在了吃饭的方桌上，在抽着香烟……天哪！叶子可从来都没有抽过什么香烟哪！

我一眼就看出了叶子的精神状态不对劲。怎么对她说话，她也不去应答，眼神只是空空地盯着嘴巴中吐出来的烟气。于是我放下了资料包，双手使劲地摇晃起她的肩膀，大声地问道："叶子，喂，喂！叶子，你这是怎么啦？啊？我是杨林，我是杨林啊，叶子你说话呀！"

"啊……杨林哪，你下班啦。哎哟，我这是怎么啦，忘了做晚饭了……真是的，头痛都痛死了，好像就要炸裂开来一般……唉，杨林，你带着小雁，到外边的饭店里去吃一点儿吧……"

这个时候，叶子捻灭了手上的烟头，扔在了地板上，然后伸出右脚无意识地踩了又踩。地板砖上,全都是被她踩扁了的香烟屁股。

"叶子,你今天是怎么啦?啊?都已经快10点钟了,外边的西北风还在呼呼的吹着呢,冷着哪!"

"对不起了杨林,今天怎么办呢?我这脑筋像是被什么东西给卡住了,什么都想不起来了。"说到了这里,叶子又点起了一根"阿诗玛"。

我生气地一把就将她手中点燃了的"阿诗玛"给抢了过来,三两下就给捻断了扔在地板砖上,并且用脚给踩住,厉声地问起了她:

"叶子,究竟发生了什么事情?!"

"啊,杨林,你不要生气,好不好吗?走吧。我们到外面去吃晚饭吧。今天要是在家里面再呆下去的话,我都快要发疯了。"

叶子说着说着,她突然就从凳子上站起来,搀住了小雁的手,好像一个梦游病人似的,无意识地朝着门口走去。我赶紧抢着站在门口,拦住了她们,并且抱起了小雁说:"叶子你别出去了,外边西北风"呼呼"地,冷着呢。我来煮面条怎么样?"

"你给我们煮面条?好,当然好啦。就是太对不起你了,杨林。小雁,你快点下来,我们等着吧。"

我的心里很是惶恐不安,哪里还有什么心思做饭和吃饭啊!叶子今天的神情太不对劲了,明天无论如何得带她去医院检查检查,不要因为小毛小病的不医治,从而酿成了大患。大概是心里惶恐不安的缘故吧,我端着面锅的手抖抖地,怎么都端不平稳,滚沸的面汤忽地一下就潽了出来,有一些面汤还潽在了我的右手指上,烫得我龇牙咧嘴地直甩手指头。

"妈妈!妈妈……"突然之间,从房间的阳台上传来了小雁那一阵惊恐的叫喊声,"爸爸!你快来看妈妈……!"

小雁的惊叫声,仿佛充满了恐惧和绝望。正在甩手指头的我,本能地就朝房间的阳台上冲去。嗨!真是让人太难以相信了——小雁一边摆动着两只小手,一边高声地惊叫着。她想要揪住正在越过栏杆的叶子,可是她的小手也太小了一点,人也太矮了一点了。

"叶子,你在干什么哪!你快点给我站住!"我猛地冲了过去,伸出两手想抓住将要飞身跃下的叶子。可是来不及了!我抓到的只是叶子那件姜黄色外套的衣角。只见往下坠落的叶子,在空中稍微的顿了一顿,随着衣服"嗤啦"一下的破裂声,并伴随着一声刺耳的惨叫声,叶子就像是一叶硕大的梧桐树上的枯叶，从五楼向着黑幽幽的地面飘落而去。我清清楚楚地听到，从楼下水泥地面上传上来的钝重的声音。就那么一刹那，一个活生生的叶子，当即就陷于了死亡的状态。

人民医院的急救室里。我悲痛欲绝，脑袋瓜痛得，仿佛就要炸裂了开来。我不知道怎么会发生这样的事情！虽然最近一个阶段以来，叶子的情绪总是那般阴郁和低沉，说话的语气也是非常的偏颇，但也不致会发生像跳楼这样的事情啊！究竟是在哪里出了问题了呢？是在哪一个环节上出了问题了呀？

市公安局刑警大队一位年轻的民警来到医院，并把我叫到了隔壁的一间空着的病房里，这个时候，他竟然用非常严厉的审讯口气，询问起了这一天夜晚事情的经过。从他的语气以及神情看起来，好像在怀疑叶子是被我给推下楼去似的。气得我都快要发疯了，竟有这般混账的东西！于是我就愤怒地朝他发起了火来：

"难道你看到我家出了人命，就幸灾乐祸是不是啊？走开！"

"你这是什么态度？"

"什么什么态度啊？啊……死的是我的妻子啊！你知道吗？不是你家老婆吧？啊……还什么态度呢？给我滚到一边去！"

这时候，从后面不远处的地方，又走过来一位年纪大约有个四十岁左右的中年民警。他过来以后，便对我细言慢语地劝解道：

"杨林同志，请你冷静一点好不好？实际上，我们今天传讯过你的爱人，是因为人事局张建新副局长的腐败问题，牵涉到了你的爱人。根据张建新的交代，他长期利用手中的职权，以介绍和安排工作为名，大肆地索贿受贿、谋取私利和淫辱妇女。在受害的100多名青年妇女当中，就有着你的爱人。从今年八月份以来，张建新以安排你爱人去化研所财务科工作为诱饵，多次要求你爱人与他发生两性关系。鉴于名誉和影响问题，我们嘱咐你爱人，千万不要跟你说。可是，想不到今天……这些个可恶的腐败分子，就像可怕的毒瘤一样，在腐蚀着我们执政党的机体，败坏着当今社会的风气！你爱人只是这些腐败分子的受害者和牺牲品而已。她大概是精神上承受不住这种压力的缘故吧，所以才会……"

中年民警说到了这里，他便朝那个年轻民警歪了歪嘴巴，然后，他们就在我的震惊之中，一起悄悄然地离开了医院……

7

　　叶子的后事了了以后，我在整理她的遗物的过程中，理到了我这个时候拿在了手上的这一本棕色软塑面的日记本。就在这一本日记本中间夹着有一片黄梧桐树叶作为书签的那一页里，写着这么一段话：

　　"我的丈夫杨林，他非常爱我。他正直、能干，是一个好男人，也是我理想中的好丈夫。但是人总得要生存啊！然而眼下的社会又是笑贫不笑娼的啊！唉……生活为什么会这般沉闷，精神为什么会这样空虚呢？此时此刻我多么羡慕户外窗下这一棵梧桐树以及梧桐树上这些随风摇曳着的叶子呀，我真想能像它们一样：只求生存，不去问什么为什么，那该有多好啊！"

1999年12月写于北京

情 惑

1

　　初秋里一个星期天的上午。张捷用不着到公司里去上班。于是他就好好地睡了一个懒觉，九点钟才起床。起床以后，他也顾不上洗脸和刷牙，便先拨弄起家里边的几盆盆景和花草来。

　　他最喜爱那一盆摆放在阳台矮柜上的老榆树根桩盆景。在浅浅的长方形的彩釉盆子里，一块黑褐色的老枯树根桩，看上去好像毫无生命可言，然而从贴近水边的一个缝隙之中，却长出了一枝细细的嫩芽，鹅黄与淡绿相混合的颜色，向着空中伸张，在老枯树根桩的衬托之下，显得是格外的纯净，格外的稚气，格外的娇美，充满了生命的活力。这一盆老榆树根桩的盆景，是妻子小兰的同学谢小渊几个月前送给他们的结婚礼物。

　　这时候外出采买的妻子回来了。她在门前的塑料脚垫上，一边蹭着自己皮鞋的鞋底，一边低声地自言自语："哎，怎么又发生一起凶杀案件哪？嗨，这一回还是丈夫谋杀自己妻子的案件呢！弄不好了，真是弄不好了……"她转身走进屋子，向正在拨弄着花木的张捷说："嗳，老公……"

　　"小兰，"张捷停下了手里边正在干着的活计，抬起头来问，"有什么事情哪，值得你这样大惊小怪的吗？"

　　"你看看今天的报纸吧，"妻子扬了一扬手中那一叠厚厚的《北京青年》报说，"丈夫强迫复婚不成，妻子无辜被刺身亡……"

　　"小兰，这有什么好大惊小怪的哪？"张捷站起身来，有一点责怪妻子似地说，"你呀，真是神经病兮兮的！我们中国之大，人口之多，千奇百怪，无奇不有么，你知道吗？"

"老公，昨天的报纸上报道说，河南驻马店凶杀泛滥，今日又报道北京丈夫杀妻哎，唉……"妻子有点感慨地说，"现今的社会治安问题，真是越来越弄不好了哪！"

"得了吧！小兰你不要杞人忧天行不行呀？改革开放中的一粒老鼠屎，前进道路上的一点烂垃圾，你这么大惊小怪的干吗呢？"

张捷拍了一拍沾在手掌上的尘土，从妻子手里接过那一份早晨邮递员刚送来的《北京青年》报，并且随意地翻看起来。当他翻到报纸中间的社会要闻版时，版面上有两张篇幅较大的照片，豁然映入他的眼帘：一幅是一个男人头像的照片；另外一幅是一个显然已经断了气的女人的照片。

"啊？！怎么会是堂叔和堂婶他们两个人呀？"看着《北京青年》报社会要闻版面的张捷，一下就惊呆住了……

2

张捷是学精细化工的。大学毕业以后，他便从江南水乡小城来到了北京，谋求在京城的发展。通过北京人才中心的介绍，他进入了中外合资的欧利雅公司，担任了欧利雅公司本部的技术员。

在北京他除了有一个叫张建波的远房堂叔以外，其他就没几个认识的熟人。而他这个远房堂叔，原先曾在北京市某区工商局当过副局长，现在区政协工作。堂叔家住在二环和三环之间的莲花园小区内。住房是一套带阁楼的三居室。如果要用现在的眼光来看，无论是从主体结构、内部格局和建筑质量，他远房堂叔家这一套三居室的住宅，显然都是属于那种落后已经有了十多年的建筑物了。不过要是在十多年之前，在京城里能够有着这么一套带阁楼的三居室，嗨，那非得要有一定的级别才行呢！

由于离欧利雅公司本部不太远，张捷为了工作方便起见，他便寄居在这个远房堂叔的家里，房费加上一顿晚餐和周末两日用餐的费用，每个月交上个800元钱。因为工作着的北京人，除了周末外，一般都不在家里面吃早餐，而午餐又大多是单位提供的外卖快餐。所以他还算是沾着一点远房堂叔的光，房费也算不上是怎么昂贵。而且他所住的这一间阁楼又是一间有着十二平米左右的房间。房间的窗户下面，有一片建着亭子、曲廊和斜径的草坪绿地，因此，这一间阁楼房间里的空气非常的好。

张捷长得眉目清秀，身材修长，具有江南鱼米之乡文化人的典型特征。不知不觉，张捷在远房堂叔家住了已经有半年多了。也就在这个时候，他开始隐隐约约地感觉到，在堂叔和堂婶夫妇两人之间，似乎弥漫着一种不太和谐与融洽的气氛。至于这种气氛不和谐在什么地方，他可一时半会又说不上来。于是他便在暗地里，默默地关注起他的远房堂叔夫妇来。

他的堂叔张建波年纪已经五十出头。堂叔宽脸阔耳，头发后梳，戴着一副深色玳瑁边框的眼镜；隆起来的啤酒肚，则显示出他的发福。堂叔有一个年纪才十六岁的女儿，名字叫张梅，眼下正在读高中，在学校寄读，但逢周末回家。他的堂婶陈艳丽年纪还不到三十岁，是堂叔的续房。五年前堂叔和前妻离异之后，堂婶陈艳丽便与堂叔闪电般地结了婚。

平时堂婶脸上的表情总是一派冷漠。她肤色细嫩，两眼惺忪，眼睛周围有一圈深褐色的眼晕，仿佛显示出她的睡眠一向不充足似的。有时候有客人来访，她也是那一副两眼惺忪，毫无表情的样子。但是朋友和街坊邻居们似乎并不感觉到她的冷淡，因为在她的这种表情中，丝毫没有什么尖酸刻薄的地方。堂婶的身子似乎也没有什么不舒服的地方，然而你不管怎么看，她却总是一副懒洋洋和病恹恹的模样，就连走起路来，都好像不是在迈步走，而是两条腿像拖墩布似的在地上使劲来回地拖着一样。

从表面上看，堂叔和堂婶夫妻俩的感情似乎并不坏。不过，堂叔的女儿张梅回来的时候，她却很少跟这位后母说话和答腔。有时候这对夫妻之间偶尔也会开上一些玩笑，不过他们那种开玩笑式的谈话，着实让张捷感觉到有点儿生分。因为他们这种谈话的方式，似乎根本就不像一对夫妻之间心儿贴着心儿般的谈话，倒像有着很深的跨越不过的鸿沟似的。

堂叔家里的晚饭，一般是在七点钟左右开始。吃晚饭时堂叔一家，再加上张捷，就在阁楼下面的客厅里用餐。有一天他们吃晚的饭时候，堂婶像是无意地一边吃着一边说："张捷，你一点都不像现代的年轻人，这么老实巴交，这么过比秀，这么嫩巴巴的，到底是书香门第家里边出来的。"

张捷的爷爷和父亲，都当过了教师。尤其是张捷的父亲，可是他们当地中学一位颇有名望的高级教师，他教育出来的学生，可谓是桃李满天下。张捷深深地受到父亲的影响，所以他为人处事谨小慎微，颇为内向，属于是那种追求理想，但又不善于张扬的年轻人。

在吃晚饭的时候，堂叔和堂婶之间大多是谈一些生活琐事，再不就是堂叔对当日新闻或者官场政要，评头论足一番，而堂婶则对市场买卖、女士美容这一类事情谈的比较多一点儿，但是他们交谈的最多的话题，还是街坊邻里和亲朋好友之间的一些闲言碎语。

对于这一类的话题，张捷一般都不感兴趣，再说他也不便介入他们之间的谈话。于是每逢遇到这种情况的时候，他就会快速地吃完晚饭，先行帮助收拾一些杯盘狼藉的碗筷，然后他就离开了饭局，回到他的阁楼上去看书，或者听一些他所喜爱的流行音乐。

3

由于来北京的时间还不长，在单位也没有交什么朋友。因此张捷下班以后，一般就骑上自行车，直接回到自己的住处，帮着堂叔和堂婶做一些出力气的家务活。如果遇到单位加班，或者偶尔去看一场电影和球赛什么的，回来晚了一点的时候，堂婶就会把饭菜给他留着，要不她就会把留着的饭菜，直接给端到张捷的阁楼间来。

起初，张捷还坚持要到下边的客厅里去吃，可是堂婶不让。这个时候堂婶就会说："张捷，这也怪麻烦的，还是让我给你端上来吧，噢。"

于是，张捷也就不再往下坚持了。在堂婶和张捷单独相处的时候，堂婶总要想着法子跟张捷聊上几句："张捷，你来北京有多久了？"

"已经有七个多月了吧。"

"有没有交上什么女朋友呢？"

"还没有……"

"你这么一个大男人，总不会是不想吧？"

"要说不想呢，那也不是心里话。然而我对北京的女孩子，总是有一点害怕来着。"

"你们公司就没有差不多的女孩子吗？"

"有倒是有呢，不过我是搞技术的，在一般情况下，我是不怎么同营销和公关的女同志们去打交道的。"

"那你也得要放轻松一点嘛。"

"不，我认为现在的年轻人啊，还是谨慎持重一点为好。再说了，也不是很容易碰上那种能够谈得来的并且有着一点女人味的女人。"

"嗯？有着一点女人味的女人？张捷，你倒是说说看，什么样的女人，才算是有着一点女人味的呢？"

经堂婶这么一问，张捷还真的就答不上来了。此刻他发觉，堂婶有时候会用那种惺忪的眼光看着他，而她那种惺忪的被深褐色眼晕所包裹着的眼光的深处，时而又会闪烁着一种混浊的光芒。粗看起来，堂婶也算不上是美人，不过她却生就一张让男人所喜欢的脸蛋，对于这一点，就连涉世还不深的张捷，有时候都能感觉得出来。因为他也是一个年轻正常的男人，有着年轻正常男人所具有的情感和欲望。但是，他既然是从江南水乡的小地方来京城谋求发展的，那么，他就必须封闭一些不必要的情感和欲望，先在这里扎下根基，然后再去尝试着做一番事业。他的梦想，是想要成为一个新人类时代的企业家。然而堂婶却又时常打他的拦头板说：

"张捷，像你这样老实巴交的人，能够当得了老板吗？那许多当老板的人，哪一个不是厚着脸皮、黑着心肠的啊？"

不用堂婶说，张捷的心里也清楚得很，资本的原始积累的每一个毛孔，全都孕含有浓重的血腥味。不过他还是回答说："堂婶，我们年轻人，到了一个新地方，总得要有一个过程的，我可以先从基层做起，然后再学着慢慢地去适应形势。再说了，要想获得成功，光靠过去那种厚着脸皮、黑着良心是不行的，还得要有一副好脑袋瓜才行呢。"

"张捷你呀，应该多出去玩玩才行，别太一本正经的，这样不好，知道吗？什么时候我带着你出去见识见识吧，怎么样？"

按照常理说，张捷这个远房堂婶，应该是一个与张捷的人生毫无关联的女性。虽然她只比张捷大了一个五六岁，但是每一次同这位年轻的堂婶聊天，他似乎都会产生一种轻松和新鲜的感觉。另外他还慢慢地发现，自己与堂叔之间的距离，好像是越来越远了；而跟这位与自己毫无关联的年轻的堂婶之间，在许多方面，都可以去沟通和交流。因此他觉得，这是一件非常奇怪的事情。然而更奇怪的是，只要堂婶在他的房间里呆得有点久了，堂叔就会显得有一点烦躁，有一点不耐烦，并且他还会高声地叫她下来接电话，或者诸如此类的什么事情。

望着端了空盘空碗下楼去的堂婶，张捷心里想，堂叔的年纪都那么一大把了，然而堂婶却是这么年轻，他们两个人的年龄，似乎相差有个二十来岁吧？可到底是什么原因把这两个年纪相差这么大的人撮合在一起的呢？对于此，张捷着实感觉到有一点不可思议。慢慢地他从街坊邻居们的闲聊中，多少知道了一些端倪。他们说他堂叔曾经在区工商局当副局长的时候，被生就一张招惹男人喜爱的脸蛋的堂婶所诱惑……总之，他们之间发生了本不应该发生的男女关系……为此事，堂叔受到了党内警告处分，并且这多少也影响到他后来的职务升迁……之后没多久，堂叔便与自己的原配妻子离了婚，和现在这个年轻的堂婶闪电一般地结了婚……

另外据街坊邻居们说，堂叔还有一个比女儿张梅大了两岁的儿子，名字叫做张敏，现在张敏就跟着原先的堂婶一起生活，并且他也一直都不愿意跟堂叔和现在的堂婶来往……

4

住在堂叔家里的时候，有一点让张捷觉得不方便的，就是堂叔家的卫生间在楼下。可有时候到了晚上，他起来想上卫生间方便一下，却怎么也得要经过堂叔夫妇卧室的门口。但是他每一次走到这个地方，心里面就会犯毛，就会产生一种非常不舒服的感觉。

因为从阁楼上下来，先要经过吃饭的客厅；然后从客厅里转弯，就是堂叔夫妇俩的大卧室；再从卧室门前弯向过道，才能够出入卫生间。因此每当张捷走到了这里的时候，他就觉得有一点儿伤脑筋：自己是大模大样地走过去，还是轻手轻脚地走的好呢？有时候他还真的不知道如何是好。要是大模大样地走的话，弄出了的声音，就有可能会把堂叔夫妇俩给吵醒；如果是轻手轻脚走的话呢，又怕让堂叔夫妇俩怀疑他在偷听一些什么。因为在这一类事情上，年轻人似乎总有一点儿神经质。

张捷喜爱看书，习惯晚上十二点钟以后才睡觉。有一天夜里，他在临睡之前，准备去楼下的卫生间方便，可是他刚踏了几步楼梯，忽然就听到了一阵类似于哭泣的声音，他吓得惊呆住了，一步也迈不出去了。他听出那是堂婶的声音，但又不像堂婶平时那种圆润柔滑的说话声，而是一种似乎被压住或者被抑制住的低低的呜咽声，在这个寂静的夜晚中显得是异常的真切。此时的他，真的是进也不好，是退也不好，腿脚禁不住颤抖了起来。于是他索性就蹲在了楼梯踏步上，强行忍住了自己的内急，足有半个多小时，不敢去挪动一下自己的脚步。

毫不容易等到安静了下来，张捷才敢蹑手蹑脚地走下楼梯，走到客厅，正准备弯向过道的卫生间，忽然他又听到了说话声，原来那是堂叔夫妻俩在说着枕头边的悄悄话。这个时候，他就更不敢弄出什么声响来了，于是他只能够蹑手蹑脚地小步而行。然而当走到了大卧室的门口，卧室里的说话声，他听得是一清二楚。

　　"我说艳丽啊，这个两天也真够是奇怪的呀，那个叫王涛的讨厌的家伙，最近怎么老是打电话来找你哪？"

　　"人家是我们的客户单位嘛，你呀，真是多管闲事呢。"

　　"我就是讨厌他电话中那种说话的小姨娘腔调！你知道吗？你们两个人该不是老相识了吧？"

　　"你这个老东西呀，可不要没话找出点废话来说喔！"

　　"艳丽，你给我听好了，别给我干出什么愚蠢的事情来，知道吗？否则的话，我可要……嗨嗨，我都快被你给迷死了，早就已经是身不由己了，离开了你，我可是不行的了，你知道吗？"

　　"你这个老东西最大的毛病，就是疑心病太重……"

　　"反正我就是觉得，你和那个叫王涛的家伙，绝不是一般的关系。"

　　"我说你的疑心病，未免也太大一点了吧，啊？老东西，我倒认为自己是一个非常好的老婆呢。"

　　"这两天，张捷的房间，你是不是去得也太勤了一点了吧？"

　　"噢哟喂哟，老东西，人家还是你的侄子哪！我可真是服了你了，怎么就这么的嫉妒呀？不过说句老实话，张捷呢，比起那个令人讨厌透顶的王涛来，他可要强得多了……"

　　"他妈的，明天我就让张捷这个小子搬出去。"

　　"你这个老混蛋，人家和你开开玩笑嘛……"

　　堂婶显然在对堂叔撒娇。张捷听不下去了。此时此刻，他的心里忽然恼恨起堂叔夫妻两个人来。这个时候，似乎有人从卧室里的床上起来了。张捷心里暗暗地惊叫了一声："不好！"他想逃跑，可是没地方逃，于是他尽量地放轻脚步，快步地折进了卫生间。大卧室的门，似乎被人轻轻地打了开来，随着又是微微地一响，不知是谁来到了过道上，并且向着卫生间走来。这时候的张捷的那颗心，一下就拎到了喉咙口。他心里想，这一下可是完蛋了，他将被发现了，你在偷听是吧？啊？还有什么可辩解的呀？没什么办法可想了，于是他只能硬起头皮，低低地干咳了一下：

"呃嘿……"

然而卫生间的门，还是被人轻轻地推了开来。进来的是堂婶。只见堂婶套着一袭淡黄色的睡袍，一头乌黑色的头发，乱蓬蓬地堆在了眼睛上部，随随便便地敞开着衣胸。可是更奇怪的是，当看到了张捷站在卫生间里时，她似乎一点都不感到惊讶，甚至她还竖起了右手的食指，搭在嘴唇上，朝张捷莞尔一笑，显然是一副关照他千万别弄出什么声音来的神色。然后她就脚步轻轻地走到了他的身后，附在他的耳朵边，低低地说：

"张捷，刚才你在偷听，是不是啊？"这时候堂婶的身上，似乎散发出一股酸腐的味道，浓浓的，张捷不由得摇了一摇脑袋。紧接着堂婶又低声地说，"其实，那也没什么关系的。不过过后你可会睡不着觉的喔！"

说完，她便把自己的面孔，朝着张捷的跟前凑了一凑。张捷忽然感觉到有一团温暖湿润的东西，在触碰着他的脖颈，他不由自主地缩紧了身子，弯下了腰。原来那是堂婶在吻他。"我在这里弄出一点声响来，"堂婶说，"你就抓紧时间，赶快悄悄地回到你的屋子里去吧。"

张捷等了老半天，原来只是想上卫生间小一个便的，可是结果，他不但没有小便成，反倒弄了一身的"骚"气味。于是他便恨恨地，并且还要蹑手蹑脚地，踅回了自己所住的阁楼间。等到一回到自己的阁楼间里，他就赶紧搬了一张木椅子往窗户前一礅，人往木椅子上面一站，顺手掏出了他那个会小便的玩艺儿，支着阁楼窗台的墙壁边沿，对着窗子下面的草坪绿地，"嘘嘘"地急不可耐地撒出了他已经憋了很长时间的一泡尿。

过后他还在恨恨地生着闷气。堂婶先前那一阵低低的呜咽声，后来她那种温柔湿润的吻的感觉，就像是那种驱不散的阴魂一般，在他的心里面紧紧地萦绕着，搅扰得他怎么都睡不着觉。因而他索性就从床上坐了起来，身子往床头边一靠，气鼓鼓地想："真是的！明天我就出去找房子！我必须离开这个'渥里污糟'的是非之地！省得让自己沾染上一身臭烘烘的、怎么洗刷都洗刷不干净的骚尿气味！"

由于前一夜没有好好地睡觉，第二天，张捷破例睡到了上午十点钟。幸好是星期天，要不然还真给耽误工作了呢。起床以后他还是一脸的不开心，就想要一个人出去遛达遛达，顺便再去"我爱我家"打听一下租房的行情。当他走下阁楼时，堂叔依旧是堆着满脸职业般的笑容在接电话，并且还对他点了点头,就算是打了一个招呼吧。而堂婶则还是原先那副毫无表情的样子,她就像永远都没有睡醒似地拖着两条腿,移来移去地做着家务。当她那一副惺忪的眼光,在与张捷的目光相碰撞的时候,也没有流露出什么特别的反应,好像昨天晚上根本就没有发生过什么事情似的。

张捷的心里面不禁有一点泄气了。昨天晚上他一心想要更换住处的决心,现在却在一点一点地萎缩了下去。不过,他还是决定要到外边去走一走,以便消除自己内心里的不愉快。"我没有决心去找房子,"他心里想,"那么,我总可以出去吃一点东西,顺便再去看一场中午的电影吧。"

"哟,"堂婶对他招呼说,"张捷,你要出去呀……"

"嗯,堂婶,我想去看一场电影。"

"去看电影呀,嗨,真是好哎……"堂婶却一反常态,她瞟了堂叔一眼,嘴里边羡慕不已地说着。

"艳丽,有人找你!"堂叔叫她。

"来了。"堂婶放下手中的吸尘器,慌急慌忙地跑去接电话了。

"这个人啊,真他妈的讨厌透顶!"

堂叔说话时的语气,显得是那么的冷淡,那么的不耐烦。然而接电话的堂婶,在电话机前却是热情洋溢地说话,她居然还邀请打电话的人,到家里面来坐坐呢。张捷偏了偏脑袋,他感到非常奇怪。但是没有过上多一会儿,他忽然又恍然大悟了起来:"噢,大概就是昨天晚上,堂叔朝着堂婶发脾气的那一位讨厌的堂婶的客人吧?"

现在他倒想要看一看,堂婶的这一位客人究竟是个什么模样的男人。来客的年纪约摸在三十岁出头的样子,细皮嫩肉,头发后梳,穿着一身藏青色的西装,一副小姨娘腔的模样。光看那一身穿着,一看来人就是个什么公司搞促销的人物。此时堂叔的脸孔上,明显地流露出一副非常不放心的神色,他的人虽然在那边拨弄着几盆花木,可是他的眼睛,却又时不时地瞟向堂婶和来客的这边。

张捷慢慢地穿着上衣。"堂叔也真是的,"他人一边往外面走,心里却在一边想着,"对自己的老婆这么不放心,这又是何苦来着哪?谁叫你去找上了一个这么年轻的老婆来着?"

这时候,他开始有一点瞧不起他的堂叔了。不过不知为什么,堂婶热心地应酬那个小姨娘腔的小白脸,让他的心里也感到生气。

5

　　光阴荏苒。一个星期的日子，悄悄地一晃就过去了。下一个星期六的上午，堂叔外出办事了，张梅也去了她的同学家。

　　吃完早饭以后，张捷感到有一点无聊，他便躺在自己的床上看书。除了墙上的挂钟在"滴答滴答"的响着，四下里便是一片宁静。这个时候，楼梯踏步上忽然响起了轻微的脚步声。

　　"张捷，我可以进来吗？"堂婶站在阁楼间的门口问着。

　　张捷骨碌一下就从床上爬了起来。堂婶进屋以后，便在床边的椅子上坐下来，她掏出装在衣兜里的纸烟，叼在了嘴唇上，点着了火，并深深地吸上了一口，然后说："真是腻烦透了，我真想一走了之……"

　　"堂叔呢？"张捷问道。

　　"他去区政协开会了。"

　　"家里面没有什么事吧？"

　　"没事。"

　　"会不会有人来呢？"

　　张捷本来是想随意找上一个托词，以便能够支走堂婶的，然而堂婶却好像是满不在乎地说："上午不会有人来的。就算是有人来的话，也不过是一些街坊邻居们罢了。张捷，今年你有二十四岁了吧？"

　　"是二十四岁。"

　　"唉，跟你说了也没有用的，你堂叔这个人，他是既小气又好嫉妒，我真不知道该怎么办才好哪！五年以前，我和你的堂叔同在一个局里面工作，那个时候，由于我自己年纪轻，又没有什么社会经验，因此一时被你堂叔那表面的深沉和男人的韵味所吸引，没有能够经受住他的挑逗和诱惑，便糊里糊涂地委身于他。过后他说他要跟他的前妻离婚，要同我结婚，我也就答应了他了，可是谁知……唉，为了这一件事情，我可没有少被人家在背后指指戳戳的呀。"

　　"堂婶，我不知道……"

　　"唉，这夫妻之间的事情，如果两个人的年龄相差太大了，准是没有一个好果子的。"

　　"这……我不知道这种事……"张捷呐呐地说着。

跟着他就站了起来，走到窗户前面，将窗户打了开来，因为堂婶的身上有一股过于浓重的化妆品的味道，直直地呛他的鼻孔。堂婶这是第一次在不是吃饭的时间，来到了张捷的房间的。

"嗳，张捷，那天晚上……"堂婶忽然向他跟前靠了过去。

张捷感到有一点口干舌燥似地说："堂婶，我可不是想偷听……"

"我不是说这个，我是说那个……"很显然，堂婶无疑是在诱惑他。

此时此刻，张捷忽然感觉到，自己体内的一种欲望，似乎比上一次晚上在卫生间里时来得还要强烈和冲动。这一次似乎是一团罪恶的意识。就在这时候，楼下忽然传来了门铃声。只见堂婶直着身子耸了一耸肩膀，无奈地瞟了张捷一眼，然后她就转过身子，并且轻手轻脚地下楼去了。

张捷这时候感到有一点纳闷，就是他晚上去卫生间时，自己再怎么轻手轻脚，多少也会弄出一点声音来的。然而这个时候的堂婶，却像一只猫在走路一般，一点儿声音都没有哇，这真是一件很奇怪事情！约摸过了一个六七秒钟的时间，他听到了楼下堂婶的"是谁呀"的问话声。原来是收水电费的街坊邻居在敲门。"现在，"张捷心里想，"应该是到了离开堂叔家的时候了。要不然再这样待下去的话，自己也许就会抵挡不住这种诱惑，而被卷入一场含有强烈'骚'气味的事件当中的。"

其实像堂婶这样的女人，本来并不值得张捷多去留心的。可是他现在却怎么都做不到了。他会不由自主地要去关心她、要去留意她。因为在她的身上，他似乎已经感觉到了一种前所未有过的魅力。这会儿他的心里面产生了一种从未有过的预感，那就是他有可能会陷入一种旋涡和泥淖，并且弄得不好，他将会被这个旋涡和泥淖所吞没。

因此他狠了狠心，出得门来，到附近一处叫"我爱我家"的房介中心去寻找新的住房。可是"我爱我家"房介中心，眼下却暂时还没有适合他的心意的住处。没有结果，因而他只好留下了自己的联系电话，然后又非常不情愿地回到了堂叔家的阁楼上。

6

出了莲花小区西口不远，就是繁华的"新世界"国际商城。

在"新世界"的附近，有着很多个居民住宅小区。每逢遇到周末双休日，各个小区的老百姓，一般都要到这商业街上来逛上一逛，采购一些自己家中所不可忽缺的生活用品。然而对于张捷来说，就是不去购物，到那里去随便地逛一逛，乘上一乘上上下下的电梯，瞧上一瞧丰富多彩的商品，看上一看来去匆匆的人群，尤其是欣赏那许多穿着异装打扮入时的靓仔靓女们，倒也是一件令他赏心悦目、心怡神畅的事情。

　　星期日的下午。堂叔和堂婶夫妇俩一起出去了，而张捷和张梅两个人又谈不到一块儿，再说那一天，他也没有心情在家里呆着，于是就一个人去逛"新世界"。在偌大的"新世界"国际商城里，那许多脸上带着各种表情的人群，就像潮水一般，时快时慢地从他的身边流过；而来自于江南水乡、时日尚浅的他，则显得有一点儿孤孤单单。因此他一边慢慢地闲逛，一边又在深深地体悟着："一个孤独的人，对于这个茫茫的流动不息的人海来说，实质上就是一滴水珠对于一派汪洋大海的无奈！"

　　他尾随着人群，在"新世界"里慢慢地走着，悠悠地逛着。逛得有点儿累了，他便折身走进了设在"新世界"里面的"肯德基"。然而他在"肯德基"里面刚靠窗而坐，忽然就大吃了一惊，原来他看到了堂婶，此刻就坐在斜对面角落上的桌子边，一副兴高采烈的模样，然而跟她相对而坐的不正是那一个细皮嫩肉、头发后梳、小姨娘腔的奶油小生吗？这时候，他们两个人仿佛谈得正投机着呢，因此，堂婶根本就没有注意到此时刚走进"肯德基"的，并且靠着窗户而坐的张捷。

　　张捷好似坠入了云里雾中一般，心里一片茫然。他原以为今天是星期天，堂叔和堂婶肯定是一块儿去了什么地方。他和其他的青年人一样，有时候也爱来这"肯德基"里坐上一会，他向来就喜爱这里的炸鸡腿和免费添加的热咖啡。可是今天这里的咖啡喝起来，似乎是那么的索然无味。这一会儿他的心里边，可真是有一点可怜起自己的堂叔来了。他认为哪怕是为了堂叔着想，堂婶也不应该这么做。约摸过了个十几分钟，堂婶和那个姨娘腔的小白脸，站起了身，一块儿离开了。张捷透过"肯德基"店铺那透明而厚重的钢化玻璃，眼光尾随着他们坐上了一辆出租车……

　　张捷回到堂叔家的时候，已经是晚上七点多钟了。堂叔和女儿张梅正围着餐桌吃晚饭。当时张梅正跟堂叔说着什么，她显得是那么的活泼，那么的可爱，而堂叔则在一旁哼哼地应答着，并且不时给女儿的碗里夹上几筷子菜。从表面上无论怎么看，这都是一个欢乐的家庭。然而堂婶在家时，张梅从来都不这样欢快的说话。尽管张捷从来都没有看到堂婶对张梅发过什么脾气，然而对于张梅来说，她还是一瞧见堂婶就不舒服。情况肯定就是这样。别人怎么看，张捷不知道，反正他心里就是这么认为的。

"你回来啦？"堂叔向张捷招呼着，"今天怎么这么晚？"

"堂叔，我去'新世界'里逛了一逛。张梅，喏……"张捷把从"肯德基"里买回来的两份新鲜的炸鸡腿和土豆泥，给张梅那边递了过去。

张梅则高兴地叫了起来："哇塞！张捷你真是太好了！"

"婶娘呢？"张捷问堂叔。

"她说下午同学聚会，晚上就不回来吃晚饭了。"

"噢？是同学聚会吗？"

"张捷，你可别看你婶娘小模小样的，"堂叔似乎还有一点得意洋洋地说，"嗨，她可是从北京商学院毕业出来的呢。"

可是张捷却看不下去了。他只是含糊地应对了堂叔几句，便告辞地走上了阁楼，因为他无意把在下午见到堂婶的事儿告诉给堂叔听。

阁楼里面，张捷斜倚在床头，并且伸出手指头捻了捻后脖颈，那一晚堂婶那一对薄嘴唇温暖湿润的吻的感觉，似乎现在还在那儿保留着……"对于这种不忠的女人，"他心里想，"根本就不应该去原谅！"

这个时候，他觉得有一点儿坐卧不安，焐心烦躁。于是便从床上爬起身来，步下阁楼，出得门外。他想要到小区的外面去走上一走，到有着月色的夜幕笼罩的大街上去散一会儿步。

7

出得了莲花小区，张捷便迈进了街边上的一家小饭店，并且随意地要上了一瓶"北京生啤"和三两碟小凉菜。在他的身后边，这个时候有三个中年男人，正围桌而坐地喝着啤酒，从桌子边上摆放得乱七八糟的空啤酒瓶来看，他们喝了已经有好一会儿了。他瞧着这几个中年男人非常之眼熟，他们都是一些堂叔家附近的街坊邻居们。

这几个堂叔家的街坊邻居，这时候就是一边喝着啤酒，一边还在东南西北、海阔天空地胡吹乱侃。不一会儿，他们胡吹乱侃的话题，便渐渐地开始转移到了张捷的堂叔和堂婶夫妻这两个人的身上。

"张建波这条老牛啊,嗨!真是活得越来越潇洒,越来越滋润了。吃了这么多年的小嫩草呀,嗨!还是那么的有精神。真是的,我们哥几个也去换上一个像陈艳丽这样年轻的老婆来试一试?"

"要是依着我说,我们最好是不要去瞎勉强,你看像我们家,我们夫妻之间是既不红脸,又不打架的,这不是挺好的吗?"

"我非常同意程志祥的这种观点,男女之间的事情,最好是不要坏了规矩、乱了套,还是老夫老妻的好呵!"

"好什么好啊!我想,还是老牛吃嫩草的好!"

"那么,刘金松你就去试一试吧!噢!你刘金松也不去看一看,张建波这几年,他老得有多么地快!他的年纪才五十岁出一点儿头呀,可是他头顶上的头发呢,差不多全部都掉光了哪!"

"那个陈艳丽啊,一看就是一个狐媚子,张建波的瘾,肯定没有她的大哪!肯定每个晚上都要被她'榨'得个一干二净哪!"

"张建波这个人,要不是鸡巴作痒的话,四五年前他就当上了局长了,或许现在还能升上一个区长、副区长什么的呢。"

在他们身后面坐着的张捷,这时候仿佛觉得这一帮人,就像在嘲笑着自己似的。这种无聊至极的闲话,对于一般人来说,纯粹就是一个耳朵进一个耳朵出而已。当下的人,哪个人前不说人?哪个人后不被别人说?听了这许多闲话之后,无非就是咧开嘴巴地笑上一笑罢了,更何况他还是一个局外人呢。不过他也太认真了,这可能就是埋在他心底里的一些东西在作祟的缘故吧!所以当他从那个小饭店里走出来的时候,他好像感觉到后面有几双手在使劲地推着他往外面跑似的。

巷口外面的商业街上,灯火已经不再像先前那么辉煌了。街面上的行人也没有先前那么多了。不远处,一辆红色的大公交车从南边驶了过来,并且就在站牌旁边"嗤"地停了下来。一个女人从公交车上下来。嗨,是堂婶!于是张捷停住了脚步,等待着堂婶走过来。

看到在巷口处站着的张捷,堂婶却是一反常态。她说:"哟,是张捷呀,"她似乎对张捷说个没完没了,"怎么你喝酒啦?是吧?怎么一个人喝起了闷酒来呢?你这个小书生呀,嗨,真让我有点儿感到吃惊哪!……"

这时候的堂婶,跟平时在家里面锁住了眉头、拖着两条腿走路的堂婶,好像是使用两个不同的模子,压出了两个截然不同的人物似的。在张捷看起来，现在身旁边的堂婶，的确就像换了一个新人，她的眼睛似乎是两蕨燃烧着的火焰，在这暗幽幽的夜晚里，荧荧地发着亮光，嘴里面还微微地散发出一股子酒气，这时候的她看上去，就像是一个年轻了个六七岁的黄花大闺女一般。突然间，张捷觉得有一种类似于情感的东西，在他的胸腔里面剧烈地翻涌和升腾着，反正不是厌恶，也说不上是嫉妒。然而他还是抑制住自己内心里升腾和翻涌的那一股情感，沉着脸说：

"堂婶，我想跟你说两句话。"

"哟，张捷，看你这一副恶声恶气的说话的模样！"堂婶忽然就神色俏皮地说，"不过张捷呀，你发脾气时候的脸蛋，哎哟，还真是够诱惑人的哪！你掉过脸来，再让我看上一看，好吗？"

"堂婶，你别拿我当傻瓜了。今天下午，我在'新世界'的'肯德基'里，看到你跟那个小姨娘腔的男人了。可是你却对堂叔说什么跟同学们去聚会……"

堂婶不吭声，然而她的脸色却在慢慢地变暗。张捷仍继续往下说：

"那个小姨娘腔的男人，就是王涛，对吧？堂婶，我看堂叔他也太可怜了。我不过是住在你们家里面的一个晚辈而已，本来我是没有资格跟你说这种话的，不过你倒是想一想看，这能不影响到你与张梅之间的母女关系，以及你与堂叔之间的夫妻感情吗？"

堂婶还是一声不吭。但是不知从什么时候开始，她的面孔上又恢复了以前那一副毫无表情的样子，此时此刻的她，是一身的精懒，一股的困倦，全身的皮肉，就像是永远都没有睡醒过来似的，并且她走路的两条腿，这个时候又开始拖了起来，显得是一如既往的沉重。

"堂婶，"张捷仍然接着说，"那个王涛，他肯定不是一个什么好东西！他肯定是在诱惑你或者勾引你呢！"

"他也不是什么坏东西！"堂婶不无忧虑地说，"张捷，他是我初恋的男朋友，前些日子，我们偶然碰见了，他就搬到了附近不远处的小区里……"说到了这里的时候，她抬起了面孔，看了张捷一眼，并且问他，"张捷，你是否要把这许多情况，全都告诉你的堂叔呢？"

"不，我不……"

"是吗？如果你想要说的话，那就对他去说好了。"

张捷不由得生起气来，这时候他硬腔硬调地说："我不是说过了不说的吗？再说了，这又怪我什么事情呢？"

"你能这么说，真让我心里高兴。"堂婶突然伸出了手臂，握住张捷的手说，"张捷，总有一天你会理解和明白我的。我们女人只有在最适合我们自己的地方生活，才会有生气。这几天我算是想明白了。我若是在你堂叔的身边再继续呆下去的话，我将会变成一个死去了的我了！"

堂婶握住了张捷的手的手心是那么的温润，那么的柔滑，那么的酥软，就像没有骨头似的。张捷感到全身猛地一颤。但是不多一会儿，他又猛地一下摔开了堂婶的手掌，并对她说："对不起，堂婶，我可要先走了。"

张捷说完，他就转开了身子，大步大步地先行离去了。停留在幽暗之中的堂婶，则怔怔地望着他那急急而去的身影……

那天夜里面，也不知是在什么时间，张捷从睡梦中迷迷糊糊地睁开了眼睛，他忽然发现，堂婶就坐靠在他的身旁边……床头桌子上那一盏台灯的灯光，凄楚地撒在她的身上，一头蹭乱了的黑发，拢着她那一副诱人的、然而却又充满了忧伤和迷茫的脸庞……

第二天。张捷离开了远房堂叔家。他对这一门亲戚，没有说出他为什么要离开的理由，对他的堂婶甚至连招呼都没有打上一个，他就搬去了"我爱我家"给他联系的一处稍微远了一点儿的住宅……

8

时间一晃，就已经过去有三年多了。

如今的张捷，也已经成家和结婚，并且他也注册了自己的公司。虽然他那个"蓝玫瑰"精细化工公司并不算怎么大，但这毕竟是属于他自己的企业。而他本人也开始适应起了北京这个国际大都市的生活节奏。不过，自打发生了三年多以前的那一桩往事以后，他就再也没有登过他远房堂叔家的门槛，甚至就连电话，他也很少跟他们去联系。

然而现在，就在那个初秋的星期天的上午，《北京青年》报的社会要闻版面上刊登出来的两张篇幅较大的照片，一幅男人的头像照片，显然就是张捷的远房堂叔张建波，而另外一幅似乎已经死去了的女人的照片，无疑就是张捷那个年轻的堂婶陈艳丽了。此时此刻，张捷默默地阅读起了《北京青年》报社会要闻版面上这一篇题目为"丈夫强迫复婚不成，妻子无辜被刺身亡"的新闻报道。这一篇新闻报道的内容大致如下：

　　某区前工商局副局长张建波，昨夜里怀揣着一把锋利的水果刀，闯到了一处离他家不太远的居民小区内，将临时住在那里的、并且已经跟他分居了将近有三个月的妻子陈艳丽，叫到了外面一处僻静的地方，强迫她回家去跟自己恢复婚姻关系。然而妻子陈艳丽坚决不肯。因而张建波便恼羞成怒，从怀中掏出那把锋利的水果刀，一连捅了妻子陈艳丽八刀，并且刀刀捅中了要害……这一篇新闻报道最后还说，和陈艳丽同居一起的那个男人，姓名叫王涛，北京人，也是那家住宅的户主，在北京某化妆品公司属下的一个部门担任销售经理。由于王涛昨天出差去了河北的石家庄，所以他才幸免于张建波的刀下……

　　看完这一篇新闻报道以后，张捷默默地放下了手中的报纸，陷入对往日那一段无语情丝一般日子的沉思。不一会儿，从沉思中清醒过来的他，拿起了摆放在墙角柜上的电话，他要同他的远房堂妹张梅取得联系。他要看一看，在发生了如此重大的变故以后，眼下的张梅是否能够应付和支撑得住；另外他还要再了解一下，看是否还有哪许多棘手的事情，需要他出面帮着斡旋和奔波，以及帮助处理善后……

2001 年时 10 月写于北京

把脚跷在桌子上

1

在现实生活当中，有人活着为的是金钱；有人活着为的是权力；有人活着为的是名望；有人活着为的是欢乐；而我活着却是在追求着成功。我对"成功"的理解，可以用诗歌的形式来表述和描绘：

什么叫做成功？这个词汇起源
人类对权力金钱的诱惑与贪婪；
再去黑心厚脸、还要不择手段，
伪装道貌岸然、戴上虚假光环；
就像那母狼庇护下的罗缪洛斯，
罗马城在他野性的挑战下出现。

诗是诗人的心境。可我的心境并不等于是诗。因为诗要有节奏，要有韵脚，要有意境，要有技巧等诸多的艺术要素。然而我不是诗人，我只是借助于诗的形式来表达：成功是人们对世界野性的挑战而已。

有人认为我是一个成功的女性。他们在提到我时也许会这样说："呵，那个翟凤娜，没有她做不成功的事情！可厉害哪！嗨，简直就是一头母狼！"我也觉得自己成功了许多事情。但是你们全然不知，在"成功"这两个字的背后隐藏着多少的辛酸和苦痛？而要实现成功又必须是野性十足！况且"成功"并不代表是"成就"。"成功"和"成就"这是两个意思截然不同的词汇和概念。在此我举两个文坛上的例子来加以说明：

一个是英国的芭芭拉·卡特兰老女人。她是戴安娜王妃的继外祖母，英国言情小说女王，一生中写了723部言情小说。她组织了一个言情小说写作班底，并用36种不同的语言出版和发行，销售量超过了10亿册。可以说世界上没有哪个作家有她富有，有她这样的出版和发行量。但她就是得不到英国文坛的认可。因为她的作品情节都有着一致化的套路，女主人公都是美丽纯洁的姑娘，她们万变不离其宗地碰到高挑英俊而十分富有的年轻男子，然后恋爱，结婚，白头偕老。这种缺乏思想和情感的脸谱化、程式化的描写，与其说是作品，还不如说是商品来得贴切！她在死了以后虽然被几家通讯社称之为世界上"最成功的作家"，但是这种成功是指市场和发行量而言。它隐含了"成就"的对立面。所以在英国文学指南和英国文学史上，我们都找不到这一位"最成功的作家"的大名。

另一个是我国清代的曹雪芹。也可以说他是古今中外文学领域中最不成功的文学家。他活着的时候总是穷困潦倒、饥寒交迫，经常客居他所，举家喝粥，最终就是在这种悲惨的境况中饿死在北京西郊的香山脚下。然而他却给后人们留下了一部有着巨大成就感的文学作品——《红楼梦》。在这部没全写完的巨著《红楼梦》中，先后出场的人物有几百个，并且全都栩栩如生，活灵活现。也就是这部没全写完的《红楼梦》养活了千万个后来的学者文人，并形成了一门很独特的学派——红学，为中国文学得以自立世界文学之林，起到一个非常重要的作用。然而曹雪芹自己却是：

未及红楼能面世，
魂已断然香山下……

唉，这就是中国文人命运的悲哀！我不记得是谁说过的，苹果树一定得结苹果，梨树一定得结梨，一个时代的艺术一定得有这个时代的背景，这是不可避免的，你生气也是枉然。除非你就像曹雪芹那样，以饥寒交迫和穷困潦倒而死的悲惨命运去挑战这个时代。

当然作为一个外行来说，我是既无权力又无资格去评论文坛。我只是举文坛上两个不同的例子，来证明"成功"与"成就"之间的差别。我是一个成功的女性。我代表着一个跨国集团公司在中国的形象，负责它在国内整个的营销网络。平时我开着"宝马"车，在"翠宫饭店"长期包着两套房间。至于金钱我虽不比10%的少数人多，但远远不比80%的大多数人少。"东方之子"、"焦点访谈"、"经济半小时"等媒体栏目以及各种类型的经济论坛,我也不少抛头露面,他们有时候甚至还肉麻地吹捧我为"成功之星"、"杰出的女性"……但是你们有谁知道,"成功"这两个字的份量有多么的沉重吗?它就如我前面那一首不是诗的诗歌所表达的心境一样。在这成功的背后,实质就是人格的扭曲、灵魂的变态、真善美的自戕!比如就拿十年前我曾经有过的一段难以忘却的往事来说吧……

2

原来我是市电子元件三厂的电脑技术员。不过要说电脑技术员的话,可能还不算太贴切,应该说是资料抄写员的话,可能要更合适一点儿。

我毕业于北京某名牌大学计算机专业。毕业以后便分到了市元件三厂技术科工作,担任该厂的电脑技术员。我们技术科的邢科长,是一个自学成才的中年人。70年代末期,他开发了一系列的产品,为工厂初期的兴盛倒也起到了相当大的作用。工厂在80年代初期时,曾经红火过好一阵子。然而到了中期,发展就开始趋于了平淡;产品老化,但是还能过得去。到了80年代的末期,情况就不堪想象了。新产品总是出不来,加上三角债的严重困扰,使得企业有限的资金,不能产生良性的循环。但最主要的,还是邢科长的那副面孔,让我感到实在是不舒服。

我是作为计算机技术的专业人才分往市元件三厂的。当时我们工厂购置了一台IBM电脑,没有专业人员使用。大概电脑在那时候是属于稀有昂贵的物品的缘故,因此使用这台电脑的批准权,就掌握在邢科长的手中。那时候他也许是有一点嫉贤妒能;也许是他确实不懂得怎么让这台IBM去为整个生产技术服务;因而他只是偶尔去展露一下IBM那高贵的尊容;余者就用黑金丝绒的罩布将它包裹在"深闺"中,别人碰都不能去碰。

既然我是计算机专业的技术人员,而元件三厂以前又没有这一类的专业人员,按道理说,这一台电脑应该交给我使用和保管。可是邢科长却只让我去抄抄写写,那些在电脑上只需要花上十几分钟就能解决问题的文件和资料,他却要我去花整天的、甚至于好多天的时间,浪费在那许多无聊的抄写上面。当时我也并没有什么怨言,谁叫我是在人家的手底下混饭吃的呢?就在这种状况下面,我工作了整整有两年。

那是在十年以前。有一次搞厂庆，厂部领导要求我使用这台IBM，打印出一整套企业管理方面的文件。并且限定我加班加点，必须在十天内完成，结果我用了差不多只有三天时间。在剩下的时间中，我就用这台IBM检索了国内外同类企业的生产技术、工艺流程、科技动态以及其他行业相关产品的质量和标准等方面的资料以后，便打印出了一份更新我们厂老面孔产品的意见、措施、工艺以及相关的技术经济分析的报告。

当我把这份厚厚的技术文件提交给邢科长的时候，我的心里还曾乐滋滋地想，嗨，他肯定会重视我的"苦劳"的。可是谁知他伸手接过去以后只是前后地翻了几页，然后就板下面孔对我说："翟凤娜，你不过是玩电脑的内行，打表格和报告的专长罢了。至于铁氧体生产技术你懂什么哪？"

"邢科长不是我说你，"我有点不满地说，"现在的电子技术是日新月异，一日千里！我们不说打前头，不去排在中间，但也应该跟着尾巴上吧？总不能老是井蛙观天、夜郎自大地等着掉队，等着被淘汰出局吧？"

"翟凤娜，你知道稀土王、铁氧体、锰硅单晶的生产工艺吗？就你这个疯疯癫癫的、傻不拉叽的、番瓜婆似的女人，还跑到我的跟前来吆五喝六地舞大刀吗？"很显然，他对我摆出了一副傲慢无礼的上司样子。

他那一番盛气凌人的话语，一下吸引了科室的其他成员，真让我下不了台。这一份较为完整和全面的技术经济分析报告，虽然只花了我七八天的时间，但是我敢断定，邢建涛半年都搞不出来。现在不仔细去研究和分析就算了，那也用不着摆出一副傲慢的神态来嘲讽我呀？这心里一旦有了气，往往就会在情绪上表现出来。因而这时候，我"啪"地一把就从他的手中夺过了我提交给他的那份厚厚的分析报告，并且恶声恶气地回击说："哼，就你邢建涛这种傻B样子！你只知道天就只有井口那么大！"

这是我有生以来第一次出口粗鲁和恶语相向。邢科长听了以后，似乎也有一点急了，只见他把脸孔往下一沉地说："你怎么出口骂人？"

"我骂人？"当时我按不下火气地说，"哼！难怪我们厂是一年不如一年，销售不景气，产品没人要，工资发不出。现在我才知道你这种人的德性！要是我是技术科长的话，哼，你连给我打水和拎包的资格都不配！"

"你……"

"保守，僵化，还自以为多了不起呢！"

我一边轻蔑地"嗤"起鼻子，一边转过身子离开了。打那以后，邢科长便跟我结下了怨忿。他不再让我去碰那台IBM了，成天介就让我去抄写那许多总也抄写不完的资料活儿。我觉得这样呆下去的话，简直就是在浪费我自己的青春和生命，实在是一点意思都没有了。

"算了吧翟凤娜，"那时候我还没有结婚的男朋友小范安慰我说，"你干吗要为这点小事自寻烦恼呢？你认为没有意思的话，干脆就调走吧！"

"要调的话，"我赌气地说，"就得要去调一个好一点儿的单位，好一点儿的工作。要不然那个邢科长，他要不笑死我才怪呢！"

于是小范就开始了多方面的活动。大概有半年多的时间吧。这其间厂里边新换了厂长。对于厂里人事方面的更迭，我一概不闻不问，也不感兴趣。除了关心已经有5个多月发不出来的工资何时能够发放以外，我就上班低头抄写，下班闷头回家，再也不关心谁去主政，谁在折腾。由于我是名牌大学计算机专业毕业的，市科委同意接受我去科委档案馆工作。这是个非常不错的位置，国家行政机关，铁饭碗，旱涝保收。所以当小范告诉我的时候，我不由展开愁眉，拥抱住他，频频地吻了起来。当然啰，剩下来的就是履行请调报告，厂里批准，然后再到市人事局去转手续这个程序了。

第二天。当我怀里揣着昨晚就已经拟写好的工作调动申请，到工厂的时候晚了一个几分钟。但是我的心里却有一种无法克制的轻松的感觉在涌动。我渴望着离开这个倒霉的工厂。我发觉自己在这地方，简直就浪费了两年多的年华。现在我突然意识到在这堵禁锢我年华和生命的、使我无法发挥专长的、保守和僵化的大铁门的外面，还存在着我年轻生命所向往的追求。我不用再仰人鼻息地去看那个邢科长的面孔了。甚至我还可以嗫起一口唾沫，"切"地一下吐在了他的脊背后面，然后就"一、二、三、四"地开步走！所以我那一天的心情，显得是特别的轻松。我满面春风地跟同事们打着招呼，没有去注意他们看着我的好奇的眼神。

就在那一天上午，我在这种轻松心态的支配下，嘴里一边哼着小曲，手里一边整理起我办公桌上和抽屉里面的物品。忽然，有一道黑影遮暗了从我身后边的窗户透进来的光线。我心里揣度，这大概是邢科长吧？看来他又要发什么飙劲了吧？我抬起纳闷的脸孔。办公桌对面的小俞，正瞪大一双眼睛看着我；室内其他的同事们，也都把视线转投到我这儿。

"翟凤娜，"邢科长黑着脸说，"今天你迟到了七分半钟！"

"我迟到了几分钟,"我轻松地问,"你怎么着吧?"

"什么怎么着?罚款、扣工资!请你在考勤卡上签上迟到七分半钟!"

"迟什么到哇?扣什么工资哪?这个字我不签!都已经半年发不出工资了。我说邢科长你呀,你以为我们会一辈子在一起共事吗?"

"这个我不管。今天你给我把这些资料全部抄完。"

"今天我要是不干呢?"

"你愿干就干,不愿干就给我走人!"他还真耍出了狗屁威风。

"邢科长,我在等着你说这句话呢!你以为我还会赖在你这儿吗?你给我把这5个多月的工资算一下吧。"

"要工资,你到劳资科去要好了,找我什么麻烦?"

"那么你给我写一下总可以吧?以便我名正言顺地调开这狗屁地方。"

"我给你写什么东西!"

"好哇……你个邢建涛,"我的轻松感全溜走了,火气却呈反比例地冒了上来,"你要是有能耐的话,就把这个烂摊子搞上去呀!要是没那个能耐的话,就站到一边去!不要老是在下属面前耍什么狗屁威风!"

"我就对你翟凤娜耍威风,你能怎么着你!"

"算你有本事,会欺侮下属,会朝女人犯浑,是不是?"我紧盯着他那双浑浊的眼睛,冒火地和他较上了劲,"你这个臭狗屎也太过分了吧?"

"你这个野泼妇……"

"操你个大爷!"没等他说完,我的嘴和手一下就野了起来。我将手中那一叠刚刚整理出来的书籍和资料,"哗"地给摔到了他的脸上和身上。他的人忽然就懵在了那里。"邢建涛,"我气哼哼地说,"我是个野泼妇你又能怎么着?我好吃吃,好欺欺,是不是?都两年半多了,我也受够了!再说我马上要调走了,本来不想在离开前的这几天跟你过不去的。可是你也太过分了!好,现在我就等着你把我给吃了吧!"

说完我就往椅子上一坐,两腿往办公桌子上一跷,等着那个小鸡肚肠的邢科长的大爆发。技术科的同事们都在唧唧咕咕地小声议论着。而邢科长则像霜后的秋草——蔫了。我假马若鬼地装出一副六根清净的样子,不再理睬。只有我对面的小俞弯腰给拾掇我摔出去的书籍、物品和资料。

"翟凤娜,"小俞一边捡一边对我说,"看你这个漂漂亮亮的女孩子,脾气怎么这么的野？这么的泼啊？像个凤辣子似的！"

"俞树国，就这个连工资都发不出来的快要倒闭的破厂，一些头不是头、脚不是脚的人，尽在耍狗屁威风，又听不进别人不同的意见。好了，我搞的这个技术经济分析报告就送给你吧。反正我也用不着了。也许将来你可以派上点用场。这里面有国内外同行最新的技术动态，还有我本人的分析意见，可以供你参考。现在只等厂里签字同意调动，我立马就到市科委档案馆去报到。省得在这里看人家白眼，尽受许多窝囊子气。"

"那么，恭喜你能够另谋高就。我们这些人，可还得要把罪往下受呢……喂！"小俞忽然停止了说话，朝我挤眉弄眼地打起了鬼脸。

"俞树国你瞧你那一副嘴脸，"我嘲讽般地揶揄他说，"让人感到恶心！"

"厂长来了。"小俞低低地说。

"真逗！"当时我以为他在跟我开玩笑，因此也就没有在意地说，"要依我说，这个新厂长就应该去抓大事！可是现在厂里产品老掉了牙，职工有5个多月发不出工资，外面却有880万元的销售货款收不回来。我看这个新厂长呀，也不是一个好玩意儿！"

"说得好！不过……"

嗨，还真是那个新厂长来到我的背后。最近两个月我忙着调动工作，还没有正眼瞧过新来的厂长，不知他长什么模样。反正豁出去了，我跷在办公桌上的两条腿仍然没有动窝，只是扭头朝邢科长瞪了一眼说："不过我是一个把脚跷在桌子上的野泼妇是不是？活受了两年多的鬼气，我就不信今天我不能跷一下腿，不能解一下气吧？大不了你炒我鱿鱼呗！你总不会炒我10次或者20次吧？反正这个破厂现在已经对我不再有吸引力了！"

"我就不信你翟凤娜，对工厂会没有一点感情？"新厂长问。

"有感情又能怎么样？哀莫大于心死。我的心已经死了！我说你这个厂长现在最好忙你的事情去吧！我这会儿腻腻歪歪的，心里烦着呢！也不会有什么好话给说出来的！过一个小时我去厂长室找你，行不？任凭你怎么处置吧！随便你是高抬贵脚地炒我鱿鱼，还是高抬贵手地让我调走！"

"好的。一小时后，我准在办公室里等你。"

新厂长说完转身就走开了。我的脚还是跷在办公桌上。科室的同事们，除了邢科长歪啊歪地回他那间屋子外，都朝我这儿涌了过来。

"嗨！"小俞对我说，"想不到你这个风辣子，还真是一个野泼妇呢！竟然连新厂长都敢戳，都敢野哪！"

我没有再搭理他，只是闭上眼睛。我要好好思考一下，如何让新厂长在我的请调报告上签字。同事们见我阴着脸，便都各自散开了。我的一颗心在胸膛里疼着，这个邢建涛，真是臭狗屎一堆！害得我现在连那个新厂长都给得罪了，失掉了退路。唉，是福不是祸，是祸躲不过，走一步是一步吧。如果那个新厂长实在不让我调走，或者真要炒我鱿鱼的话，那么我干脆就辞职或者离职走人，总比呆在这里人不像人鬼不像鬼的强啊！

我掉过头，向周围的一切默默地告别。当我看到了镶在门框横木上的"技术科"三个字的白色有机玻璃牌子的时候，就摇了摇头地对自己说："翟凤娜啊翟凤娜，今天它可能是最后一次惹你生气了。"

3

一个小时不到，我来到了三楼的厂长室。

新厂长不在。厂办秘书小姚说厂长马上回来，叫我先坐着等一会儿。于是我就坐在厂长室老板桌前的转椅上，跷起了两只脚，往那老板桌厚重的桌面上一搁，晃悠晃悠地想起了自己的心事。秘书小姚端茶进来，看到我的脚跷得老高，便皱起眉头不满地说：

"翟凤娜，你在下面把腿跷在桌子上，到了上面的厂长室，怎么也把腿往桌子上跷哪？你怎么就这么没有规矩？亏你还是名牌大学出来的！看起来，你还真像一个没有教养的野泼妇！"

看来我这个"野泼妇"的雅号，在厂里到处都给传开了。野泼妇就野泼妇！我对小姚的不满只当是听不到，一个耳朵进一个耳朵出吧。我的烦恼已经够多的了。我要考虑如何同新厂长交谈，以便能够顺利地请调。假如请调的门户全给关死了，实在没有办法可想了，那么我也就只好去野泼妇了。厂长进来的时候，小姚向他倾诉着不满：

"王厂长，翟凤娜把她两只脏兮兮的脚，跷在你的办公桌子上呢！"

"噢？是吗？"

他进来以后，我还在阴着脸地思索。他便不声不响地在办公桌后面坐下来。当小姚端了茶走进来，看着我们的样子，忽然就"格格、格格"地笑了起来。她一边笑一边说:"你们看看,你们看看,两个活宝喔!"

随着小姚蛙鸣一般的笑声,我把视线从思索中拉了出来,并且抬向王厂长的时候,看到他也跟我一样地把腿跷在办公桌子上。只不过他在后面往前跷着,饶有兴味地注视着我;而我则从前面往后地跟他对跷着。看到这副滑稽透顶的样子,我也"扑哧"一声地笑了起来,并且不好意思地把腿放了下来。王厂长也放下跷着的腿,咪着嘴巴,微笑地说:

"翟凤娜,你等了有一会了吧?"

"也没等什么。想不到王厂长你这么年轻!"

"怎么?你以为当厂长的就应该是一些糟老头子?"

"那倒也不是。我认为当厂长的,应该还是年轻一点好,有魄力,有魅力,能够很快去接受新事物。"

"我来了都快两个月了,你还没有印象?"

"坦率说吧,要不是刚才小姚叫你王厂长,我甚至都不知道你姓王,更不知道你的模样是糟老头子还是年轻小伙子!我都没正眼瞧过你。这两个月我不是忙着调动,就是低头抄写那些繁冗无聊的资料,活活地浪费生命!"

"我就这样没有吸引力?看来我是完了。"

"不。没完。你挺英俊,挺潇洒的。不过……"我一反刚才的抑郁,开始和厂长胡侃了起来,"厂长要是还没有结婚,还没有太太的话,那么,对我们这些年轻的女孩子们,也许就更有吸引力了!"

"是吗?我也坦率跟你说吧,婚呢,我是结过的。可是后来不久,又给解脱了。不过……我也没想到你翟凤娜……"

"没想到我是个野泼妇吧?是不是?"没等他把话说完我就接过了话茬,同时又掏出自己的请调报告给他递过去,"不过你只要在我的报告上签个字,我这个野泼妇立马就会在这里销声匿迹。并且保证不会再出现了。"

王厂长把我的请调报告接过去后,随手放在了一边。并且抬起眼睛看着我说:"你别误会嘛,我可不是这个意思。"

"得了吧你!"我忽然愤懑了起来,"你王厂长压根就不是什么好东西!"

"翟凤娜,你怎么这么武断地下结论呢?等我把话说完了,你再去下结论也不显晚嘛。"

"嘿,难道你要说我翟凤娜不是一个野泼妇?"

"是的。野泼妇的行为,只是你一时的义愤而已。这一件事情曲不在你。我想不到的只是你翟凤娜是个很有头脑、很有才气,又很年轻漂亮的女性。"

"得了吧你!少来这一套虚伪和无聊的恭维话,我可是不吃这一套的!还是把字签给我算了吧!"

"我从来不恭维别人的,更没必要恭维一些自以为是的下级的。不过我可有一个优点,就是实事求是、平心而论地评价人。刚才俞树国把你送给他的那本分析报告转交给了我,我大致上翻了一下,作为一个企业经营者,我一下就看出它的分量。于是,我便立即召集厂部和生产、经营、管理,还有你们技术科的个别成员,对这份报告进行价值评估。"

"王厂长你就省一点力气吧!噢!这已经是半年前的东西了。电子技术一日千里啊,例如微软的视窗、甲骨文的数据库、英特尔的奔腾处理器、思科的微米电路,在这个半年中将还会发生多么大的变化啊!"说到了这里,我的心里感觉有一点悲哀,"那会儿我提交给邢建涛的时候,却落得了一个看人白眼、仰人鼻息、活活浪费生命的下场。"

"你说出来的这些话,说明你对我们企业还是有着很浓的感情的嘛。"

"在竞争激烈的现实生活面前,再浓的感情也是苍白的。施展不了才华,拿不到赖以生存的工资,遭小人轻薄,还要迫使自己去发野、撒泼,多丢人啊!唉,现在的我,就连我的未婚夫也都已经在看不起我了。"

"翟凤娜,有些事情得有一个过程才行。我在国外有一定的关系,我想如果我们连起手来,可以与倪光南的联想、王选的方正搏一搏呢!只要度过眼前的危机,我们厂就会走上正道的。我们两个人合作怎么样?"

"你这个提议,如果在半年以前提出来,我也许会举起双手,不,可能还会跷起双脚来接受的。当时我也想和那帮腐朽们去放马一搏呢!可是现在不行了。第一,市科委的那个位置实在太具有诱惑力了,旱涝保收哪!第二,在这里我已经成了个上下皆知、面目可憎、臭不可闻的野泼妇了!这让我的心里觉得不好受!知道吗?还有,我快要结婚了。我也不想去再瞎折腾什么了。算了吧,王厂长你就签个字让我走人吧。"

"翟凤娜,给你这份申请报告签字,"王厂长眼光有点抑郁地看着我说,"简单来兮。随时都可以的。不过我也要请你帮个忙,就算是给我个人帮忙吧,飞龙公司和宏达厂这两家企业,不知你知不知道?"

"知道。半年前我从电脑上得知,飞龙公司欠我们厂108.8万元货款;宏达厂则欠我们228.8万元。我想他们是拿我们工厂的资金,再取一个'要能发发'和'偶尔发发'的谐音,反过来戏谑和嘲弄我们工厂的无能吧?"

"可能是这样吧。真是可恶。在我们工厂的应收货款中,这两家单位就占到了37%还多一点呢。"

"那你总不是……要我帮你去催要货款吧?"

"是的。就是想请你帮我这个忙。你要走了,我总得要发给你这5个多月的工资吧?如果有可能,再发一点奖金让你走。"

"从表面上看,你这个人的心意倒好像是很不错的!不过,谁知你的内心在打我什么鬼主意呢?"

"翟凤娜你也知道,现在工厂从银行那儿根本就贷不到款。你说这没有资金的工厂,又怎能运转起来呢?我想请你帮我从这两家企业去收个50万的货款。当然是越多越好!给你半个月的时间。刚才我已经同别的厂领导和财务通了气,以后不管是谁,只要收到呆滞的货款,都给予提成奖励。提成奖励为:基数内是1%;如若超过,100万内提2%;超过100万的部分提成3%。其他的欠款单位,我来想办法解决。你看怎么样?"

"哼,我看你是想要往我的身上使什么坏水了。要是我收不到呢?"

"如果你一定要走,我决不阻拦你。"

"好!就凭你这一句爽快话,那么我就给你去试试看吧。"

"嗯……哼,OK!"王厂长的脸忽然开朗了起来,他还打了一个响指呢,"如果这几天你需要什么人协助的话,那我就授权你为厂长特别助理的职务,对厂里的任何人都可以调度,甚至包括我这个厂长在内。你看怎么样?"

"你不要兴师动众,"我阴着脸对他说,"也不要你的特别授权。我只答应你去试上一试,别对我抱着太高的期望值。"

"那么,翟凤娜,我们一言为定。好!OK!中午我请客。小姚你来一下。"

"来了……"随着厂长的叫喊,秘书小姚推开门进来问,"王厂长,你有什么事情要吩咐吗?"

"哈哈,小姚,中午你陪我和翟凤娜去嚼一顿吧。"

望着王厂长那副喜笑颜开的样子，我的心里忽然就"格登"了一下，他仿佛笑得那么阴险，那么诡谲。我想他这个笑容后面，会不会还包藏着什么祸心呀？此刻我真想用电脑来扫描和锁定他这个虚表的笑容，检索这个虚表笑容的后面究竟有没有什么绊子？有没有什么坏水？有没有什么陷阱？于是我阴着脸说："瞧你这一副得意得就像一个王八蛋的样子嗒！你大概设下了什么圈套，等着我往里面去钻吧，啊？"

我的话一说出口，不要说王厂长和小姚愣住了，就连我自己也都愣住了。我今天这是怎么啦？嘴巴里怎么专门蹦出这些粗野和肮脏的字眼哪？这哪里还有一点文化淑女的样子哪！

"翟凤娜，"小姚愤懑地说，"你怎么对王厂长这么粗野，这么无礼哪？"

"小姚！"王厂长喝住了她，"你不可对翟凤娜无礼！我刚授权她为厂长特别助理，并且有权调度厂里的任何人。"继而他转向我说，"我说翟凤娜，你也太敏感了吧！我并没有什么用意呀，只是想请你喝一顿罢了。"

"哼！虚情假义！我不领你这个情！"我扫了一眼小姚那狐媚子一般惊愕的面孔，又转向他说，"王厂长，你只要记住自己的诺言就是了！不过你要是黑了我的话，我会和你野泼妇到底的！"

说完我便悻悻地走了出去。从那天开始，似乎就有一股野气，从我的心底里缓缓地升了起来。我也不知道怎么会这样，心里就只想要找个地方去发泄一通，找个对象去撕咬一阵。

4

我是下午两点钟来到飞龙公司的。飞龙公司的总部地处繁华街段，设在一座高档的写字楼里，门口还有穿制服的保安在警卫。公司的陈设颇为高雅，排场亦很别致，很像一个现代化的贸易公司。可就是这一类外表装饰豪华的公司，居然长期亏欠我们工厂的巨额货款，不肯归还。

飞龙公司的胡总经理发际顶修、脑满肠肥，鼻梁上架着副金边眼镜，福态万端地坐在红木大板桌后面。别看他外表包装得像一个高雅儒商，但从他看人的眼神，一望就是那种"十个商人有十二个骗，骗了钱财去包二奶、养小蜜"的暴发户的货色。他的脸上有一副虚表的职业性笑容，可眼睛却是贼亮贼亮的,在金边眼镜后面滴溜溜地随着客人在转动,就像一头将要扑向猎物的猞猁,眼睛滴溜溜地随着猎物柔软颈部的移动而移动着。我扭门走进了总经理室。正和客人闲聊着的胡总,就把他镜片后面的贼眼投向我,就用他那副尊容"脱口秀"一般地对我说:

"这位漂亮的小姐,我胡某人能为您效些什么劳,服些什么务吗?"

管他有没有客人,我一走进办公室,就跟他大大方方地侃了起来:"你就是胡总吧?我可是到您阁下这里来报到的。"

听我说话,他那双贼溜溜的眼睛开始狐疑起来:"你到我这里报到?"

"嗯。还请胡总高抬贵手,多多地照顾!"

"欢迎。不过,小姐你是……"

"我是电元三厂的。"

"电元三厂的?"

胡总那双狐疑的眼神一下就警觉了起来。看起来,要想从这只贼狐狸的嘴巴里要出我们厂的货款,如若不用针尖对麦芒,野性对贪婪,不用我今天就想要发泄一通,就想要撕咬一阵的野性,去对付他那种本能贪婪、手段狡诈的骗子,是不可能获得成功的。然而还得要有一点策略才行。于是我便顺手拎起了门边上的暖瓶,挨个挨个地给他们倒起茶水来。

"胡总,"我一边倒水一边随意地说,"来,我来给你斟茶。还有这几位先生和老板们,看茶。胡总,我叫翟凤娜。我们厂里人都把我的名字倒过来叫,都叫我凤辣子,你也叫我凤辣子好了,这样亲切、随和。"

"翟小姐,你今天来……"

"坦率说吧,胡总,"我放下暖瓶,又假马若鬼地拿起门后面那块雪白的抹巾,一边揩抹胡总那张纤尘不染的根本就不用揩抹的大板桌,一边对他说,"今天我是一个人前来。明天搞得不好,就会有七八十、百来号像我这样的女人要到你这里来报到呢!我们电元三厂已经有6个月发不出工资了,大家全都要发疯了!我们那个王八蛋厂长……"

"什么?你叫你们那个厂长是王八蛋?"胡总惊诧地问道。

"嗯。这有什么可奇怪的?我们那个王八蛋厂长对大家说:你们就是把我给撕了、扯了、剁了、吃了,瘦巴巴的,不过就是个100来斤!你们去找飞龙公司的胡老总吧!他们公司欠了我们电元三厂100多万货款,不肯给我们!再说他也比我肥,比我胖,你们去撕他、扯他、剁他、吃他吧！大家都说欠债不还，真是岂有此理哟？难怪我们半年都拿不到工资，你王八蛋给写上一个东西，我们立马就去撕他扯他，剁他吃他！出了事也就与你无关！那个王八蛋又说，还是派一个人先去交涉交涉，先礼后兵吧！于是大家便推我出来说：凤辣子，你代表我们先去找一下那个坑蒙拐骗的胡老总……对不起了，胡总，无奈，我也就只好先来了。"

"放肆！"胡总把大板桌面一拍地吼道，"你这个野泼妇！"

"你说什么胡总？"我的脸开始阴了下来，"你说我放肆？还说我是野泼妇？是不是？跟你明讲，我翟凤娜可是中国一流名牌大学培养出的一流的电脑专家。我是电元三厂的电脑工程师。你说我是野泼妇？要不是我也6个月拿不到工资的话，我会正眼瞧你这种坑蒙拐骗的'骚'狐狸一下？"

"你……"胡总气急败坏地连话都说不出来了。

"我怎么啦？啊？你胡总拿着我们电元三厂108.8万元的货款，在这栋豪华的写字楼里摆'要能发发'的谱，是不？"

这个时候，旁边有一个人起哄地说："瞧你这副野泼妇相，哪有一点高级知识分子的味道哪？"

"怎么啦？啊？"我伶牙俐齿地顶上去说，"6个月拿不到工资了，你知道吗？啊？不要说我会撒野耍泼了，就是市长、市委书记6个月拿不到工资，恐怕也要野泼相的吧？啊？你是闲着没事站着放屁不吃力是不是？这人总得要吃饭，要生存的吧！啊？讲到哪里都不过分吧？啊？"这时候我又转向胡总说，"胡总，这个108.8万元的欠款，你准备怎么着吧？"

"快叫保安！"胡总狂叫了起来，"把这个烂女人给我轰走！"

看起来，胡总准备要狗急跳墙了。我便顿了一顿，迅速思考了一下对策以后，就把手里边拿着的那块白抹布，往红木大板桌面上猛地一摔，语句沉沉地瞪着胡总说："好哇！胡总，你们公司欠债不还，还骂我是烂女人？行！姑奶奶我要是不陪你玩玩，不陪你玩到底的话，我就不是凤辣子！"

进来的那个保安墩墩黑黑、五大三粗的，就像铁匠的砧子一般。就连他说话的模样，也是黑沉黑沉的。此时我觉得有点儿势孤力单，后悔没听王厂长的话，没有多带几个人来。不过我不能软，不能蔫！好在我从小跟着父亲练过几套拳术，也许此刻还真能派上点用场呢！

这个黑铁砧子站在我面前，黑着脸地说："对不起小姐，请你出去！"

"你知不知道，欠钱要钱，天经地义；差钱耍赖，天理不容吧？"

"这我不管！"

"那你管什么？"

"我只履行职责。对不起，你请出去！"

"我要是不出去呢？"

"那么，我就只好动手了！"

我把两手往腰下一垂，眼睛冷冰冰地盯着那个保安说："你就动吧。"

飞龙公司总经理室的气氛，刹那间就不祥和了起来。大家都睁大眼睛看着。有的幸灾乐祸，有的胆小怕事，有的纯粹就是看热闹。那个黑铁砧子的保安还真的动起了手。他一把拽住我的胸襟用力地往外拖。我猛地一挣。这一拽和一挣，一下就形成了一股强劲的反差力。一声刺耳的衣服被撕扯破了的"嗤啦——"声，在这总经理室不太大的空间里波动了开来……

在场的人，倏地就惊呆住了。我低头看了一眼被扯得破乱的上衣，心里想，好！现在我有足够的理由和借口，可以在这里撒野耍泼了！我还怕他们把我给吃了不成？但是我的眼睛仍然冷冰冰地盯着那个黑铁砧子的保安，嘴里一字一顿地咬着牙切着齿地说："你是想要对我非礼，想要对我耍流氓，想要当众强奸我，是不是？好！姑奶奶我成全你！"

我"唰"地一下就扯开已经被撕破了的上衣，露出上半身除了乳罩还遮住露不出的部位以外的其他部位。总经理室里顿时就是一阵喧哗和混乱。我用阴冷到了极顶的口气说："你上啊，你上啊你！"

那个黑铁砧子倏地扬起右手。他想动手打人。可是面对我仍然死盯盯地瞪着他的、眼光像刀锋一样锐利的、快要喷出了火焰的眼睛，他似乎有一点犹豫了。实际上我心里已经做好了准备，只要他扬起的右手挥下来，我就会以最快的速度，用我的右手按捺住他的手背，我的左手掌同时切入和扭住他的右肘部位，再迅速来它一个大转身。我很自信，那个黑铁砧子保安的右臂就是不折断，人也非得趴在这总经理室的地板上。这时候，屋里不知是谁说了一句："这个女人怎么这么凶哪？简直就是一条母狼！"

母狼？那个人的话，使我忽然想起了那尊青铜雕塑的罗马保护神的母狼，它曾用它的野性、它的警觉、它对人类母爱的天性和人情味儿，守护着它的子民们。现在大概也是由于这么一种感情，促使我为帮助我们电元三厂的职工度过难关，而去承受眼前这种莫大的羞辱。这个形容简直是太准确了！我大概打从心底里，还在爱着我的同事们。我要用这种野性和爱的天性去守护他们。为了他们，我就不能显得软弱和退让。

也许就是我闪着像狼眼一样光焰的眼睛的对视，那个保安的眼睛里先是一阵迷惘；后又慢慢地闪现出了一丝恐惧；跟着眼角在抽搐；随后这种抽搐又扩展到了面颊和嘴角；最后连他扬起来的右手也开始颤抖了起来。他的整个神情，都好像在痛苦和恐惧。也许他是被我这种敞胸露怀的野性给吓着了，也许是他想到了可能出现的可怕的后果，总之是，他垂下了右手，掉转过屁股，倏地一下跑出了门外。他一边往外跑，一边还在痛苦地嚷嚷着："这个女魔头、野泼妇！这个女魔头、野泼妇……"

保安这一跑，总经理室里的人，此刻全都目瞪口呆了。包括飞龙公司的几个客人也傻了眼了。我敞胸露怀地瞪着血红的眼睛，扫视了一下屋里所有的人，恶狠狠地说："你们谁想要耍我流氓的，想要强奸轮奸我的，就请站出来！"

见没人吱声，我铁青着脸孔地走到那个发际顶秃、戴着金边眼镜、而现在就像一个傻B似的胡总面前，死死地盯着他说："胡总，你大概是想要耍我流氓，想要强奸我吧？"

"哎哟喂唷！"胡总忽然嚷嚷了起来，"我野泼妇的姑奶奶！我给你们一个20万吧，你不要在这里闹了，好不好吧？"

"20万？哼，都不够我们厂发一个月工资，要它干吗？"我一把拎过了大板桌上的电话，拿起话筒就"啪、啪、啪"地拨了7个号码。我一边拨号一边狠声毒气地说，"你们也太过分了！胡总，我现在想要毁掉你！毁掉你这个坑蒙拐骗的臭流氓公司！"

电话接通了。我对着电话说："是电视台《焦点访谈》栏目组吗？麻烦你给我叫一下刘欣，对，就说她有个叫翟凤娜的大学同学找她……"

胡总站起身来一把摁掉了电话。他哀哀地说："哎哟！我的姑奶奶，我的小姑奶奶！有话好说，有话好说嘛！你不是在毁我吗？"说到了这里他把脸转向旁边一个人说，"王敏，你快去一趟财务科，给我把张科长叫来。快！其他人，请你们暂时都出去一下。哎哟喂哟……我怎么就倒霉地碰上你这个野泼妇的姑奶奶呢？我们坐下来好好地说，好好地商量嘛……"

我两手交叉着抱在胸前，冷眼看着他。其余的人都走出去了。张科长进来后不安地看了我几眼。显然，他也被我这种外衣破乱、敞胸露怀的样子给吓着了。我只是漠然地回敬他几眼。紧跟着，胡总和张科长两个人嘀嘀咕咕地交谈着，商量着，时不时有几句话蹦进我的耳膜。胡总问："账上有多少资金？"张科长小声地说："有个60万左右吧，不过明天下午那个订货会，还要用一些钱呢。"胡总说："电元三厂怎么办？"张科长说："是否先给一半，其余立出个归还的字据，万一还不出来，我们就用材料去抵债吧。"胡总说："哎，这个野泼妇的小姑奶奶可难缠着呢！弄不好，她真会毁掉我们的。"张科长说："礼到人不怪，我来对她说说看吧。"我假装没有听见，扭着眼睛去看那明亮的窗户。

"我说这位小姐啊，"张科长先是咳了一咳喉咙，然后对我说，"我们是不是坐下来商量一下哪……"

接下来便是一番讨价还价。说定了，今天先给个58.8万的转账支票；其余50万由飞龙公司打出三个月内保证归还的正规手续。我假装很不满意，可是胡总打躬作揖地说：

"哎哟喂哟！我的小姑奶奶！我把这点家底都掏给你了。你就给我高抬贵手吧！余下的50万，三个月内我一定还清。哪怕我就真的去坑蒙拐骗，都不会少你们一分的。哎哟！你这个小姑奶奶把我给坑死害死了！"

"那么……"我拿捏出一副假马若鬼的姿态说，"好吧，你们办吧。不过我可得要向我们工厂那个王八蛋厂长打上一个招呼。"

张科长看到我点了头，胡总又在旁边推了他一下，他就快步走了出去。我拿起大板桌上的电话，打到了我们厂部："喂——是你那个王八蛋吗？对呀，我是翟凤娜。嗨，我的衣服都给撕烂了，差一点没有让这里的保安给耍了流氓，给当众强了奸轮了奸呢！"

"啊？"电话中王厂长那种惊诧和焦急的语气，真让我的心里好生感动！他问，"那个胡老总呢？"

"胡总啊，他有那个色心，可就是没有那个色胆！对，他现在就站在我的旁边。还算给我们面子呢。不过……他就只肯给我们一半。"

"啊？！"电话那头又是一声惊诧。

看起来，这个王八蛋对钱比对什么都关心！我接着说："其余由他们出具手续，分批归还吧。我说算了吧，别要求太高了。这件事就这样决定了！你叫财务科来一个人，或者让你王八蛋身边的狐媚子小姚，前来拿一下支票和手续。"我"啪"地放下电话。然后又阴沉下脸，对胡总说，"胡总，我们的公事办完了。可是我们的私事,是否还得再交涉一下?"

"啊?你这个小姑奶奶,又有什么事啊?哎哟喂……"

"你看我的这身衣服,被你们的保安给扯破、撕碎了,你说叫我怎么走?出去又能怎么见人?再说了,我都快被你们逼疯了,这精神赔偿,你胡总看着办吧!"

"哎哟喂唷!你这个小姑奶奶,真会没事找事啊!"他从衣兜里掏出了5张"伟人头"放在桌子上说,"我还真是服了你了哪!赔你一个500元钱的衣服费,你说好不好啊?至于精神赔偿,哎哟!你就饶了我吧,噢,不要给我再出什么难题了,你这个小姑奶奶哎!"

"算了吧胡总。"这时候我就不客气地拿起了那5张衣服赔偿费,随后又对他说,"我也不为难你了,胡总。不过,你得记住,以后对待女人,可不要去瞎侮辱喔,会弄出事情来的!知道吗,胡总?"

"是是是。哎哟,"胡总哼哼唧唧地说,"哎哟喂唷,我今天怎么就倒霉地撞上你这个泼妇、蛮货、凶B、母狼呢!……"

5

如果说飞龙公司的胡总难弄的话,那么宏达厂的李厂长可就更不好对付了。你们倒说说看,一个拿别家企业几百万的销售货款长期不给,而当儿戏似的"偶尔发发"的李厂长如果好对付的话,那么我们厂的供销员也就不会前去催要一趟货款,结果总是两手空空满脸失望地回来一趟了。

至于要说起了那一次的话,我真的差一点没有把命就丢在那儿,而回不了工厂呢!自打那以后也就彻底改变了我对命运的态度。

去宏达厂前,我作了点情况了解。李厂长有个哥哥在我们市里当副市长。那个年头这当官的全都官倒到了顶,腐败黑了底,贪婪没了边了。这北京也不例外。要不然怎会有"十个当官的九个贪,就怕没人送,没有他不敢"的说法?后几年的王宝森不也是个副市长吗?他在一两年内竟挥霍掉国家一两亿的钱财!你们说这兄长当着大官吃五喝六的;兄弟搞着企业不依仗权势、仗势欺人才怪呢!用那首《寻找希望》的诗里这两句:

新贵们厚着脸皮,黑着心良

权钱换、坑蒙骗、还嫖着娼

的诗句来形容和描述这兄弟俩,可以说一点儿都不过分!现在怎样才能拿捏得住,并且要到我们厂子里的货款,我的心里根本就没一个底,只有骑驴看唱本,边走边瞧了。

当我来到宏达厂的时候,是第二天上午9点多钟。宏达厂地处市外东南郊开发区,生产规模倒还过得去。厂办秘书,一个很漂亮小姐告诉我,李厂长正和厂领导们开每周例会。因而我壮起胆子,大大咧咧地闯进正在开会的小会议室问谁是李厂长。坐在圆桌东首的李厂长抬起眼睛,两眼炯炯地盯着我,问找他有什么事情?我简洁明了地说了来意。

"什么?你们那个王八蛋厂长叫你来找我?"

李厂长问了这句话以后,就"嘎嘎嘎"地笑了起来。他那笑声活像是一只叫声嘶哑、污染耳膜的公麻鸭!其他参会者也跟着哄堂大笑起来。看得出来,这些人都是李厂长身后的马屁精、应声虫,李厂长说到东他们都不会朝向西的主顾。因此我装出一副很随便的样子,低调地对他们说:

"这有什么好笑的?真是!七八百号工人半年拿不到工资,这种厂长不是王八蛋,难道还是英雄模范吗?你们厂经济效益好,厂长领导有方,自然就不会有人骂了。我们厂就不同了,工人们都快要造反了。饥民难治!饿着肚子的工人,什么事情都会做得出来的!"

"这话也对,"李厂长说,"这样吧,翟小姐,你先去我们厂办坐一会好吗?等这儿的会议结束了,我们再聊好不好?不过有一点你请放心,今天你走的时候,我没有多也会有一个少的,让你这个漂亮的小姐不来白跑,回去能有个交代,好不好?"

李厂长这番话,说得我心里有点儿五点六点的。他讲的很明白,多是不可能的,可是这少又是怎么个少法?1万是少,3万是少,10万8万也是少。再说他看我们女人的眼睛那么亮,这个李厂长肯定是个色鬼!和他打交道还得注意一点。绝对不能入了他的彀中。我必须得先向他挑明,然后再去讨价还价地争取呗!他们那个例会是在上午11点钟结束的。见了他我刚张开口,李厂长就打断了我的话题说:

"翟小姐别忙说,先吃饭,先吃饭。今天我招待。来的都是客。何况你这个漂亮的小姐呢!我们在酒桌上一边吃喝一边谈工作,好不好?"

饭店的包间里，六七个宏达厂的头儿脑儿们，已经围桌而坐了。圆桌上摆满了鸡鸭鱼肉、山珍海味、翠绿菜蔬，还有白细瓷瓶包装的汾酒，色彩斑斓，香气四溢，美味令人口水直流。中国官场和商场上的公款吃喝风，那个时候绝对是一道风景线。各尽所能，各取所需，这种共产主义的分配原则，在中国的其他方面根本就无法体现；而唯独在公款吃喝风中才能最大限度、最淋漓尽致地体现出来：各尽所能，众人尽可放开肚皮，尽自己最大的肚量去吞食和容纳酒席桌上的美味，直到打饱嗝的时候为止；各取所需，大家尽可选其所爱、挑其所需、拣其所好地消化这些佳肴来滋润肠胃。当时就公开流行这样的顺口溜：

> 革命小酒天天醉，
> 喝坏身体喝坏胃，
> 喝得老婆背靠背。
> 老婆闹到党委会。
> 党委书记批评说：
> 有时不喝就不对！

真的！马克思老人家要是活着见到这种中国特色的、公款吃喝的、"饭桌上的共产主义"的时候，他老人家不捶首顿足、痛哭流涕才怪呢！就在这种色香味美、舒心怡人的氛围中，李厂长热情洋溢地给每个在座的人，包括我也在内，用大水晶玻璃杯倒满了醇香透明的汾酒。

倒完以后他笑意盎然地说："翟小姐，聊备这点薄酒，一是为你接风；二是我们自己也能尽兴。我们宏达人，从来不怠慢客人的。不让人家说我们宏达人是小家子气。这也就是我们宏达厂成功的奥秘之所在。"

"李厂长，"我站起来说，"还有各位领导，我这厢感谢和领情了。我不会喝酒，可以说从小到大学毕业到走上工作岗位，我从没沾过一滴酒。还望李厂长和各位领导多多包涵，免我所难。这一次，我是受我们厂那个王八蛋的指派，以及全厂七八百号嗷嗷鬼叫的员工们的委托，在此敬请李厂长还要多多开恩，给我们一个70%，或者80%什么的，我翟凤娜就给大家磕头，就感谢不尽了。"

"翟小姐，"李厂长说，"我先给你个10万，怎么样？"

"什么？"我一听还真就不来气了，"就10万啊？！我×！"

"你×？嗨！"李厂长咧着嘴地贫了开来。"翟小姐，想不到你这个漂亮小姐，嘴里说出话来，倒也是蛮动听、蛮悦耳的哪！你说是你来×我呢，还是我去×你哪？"

包厢席间的头儿们，顿时发出了一片轰然大笑。他们厚着脸皮，歪咧嘴巴地看着我，此时此刻，他们大概还在想象着，我这衣服里裹着的胴体，究竟是什么样子呢！可能还有更过分的，想象力更丰富的呢！那个李厂长此时仍然涎着脸皮说："翟小姐，你要知道，你是洼的，我可是挂的哪！从来就只有挂的去×洼的，哪有洼的倒过来去×挂的呢？"

又是一阵轰然大笑。这时候，我鼻子气得还真有点不来风了、气也不打那处来了！我真想能像一只狼一样去撕咬他们一阵；像一个泼妇一样去朝他们发泄一通！不过我知道这样解决不了问题。我这一次前来就是想要回我们工厂的货款。于是我就强压住心头的火气，表面上还要装出一副嘻哈随意的样子说："李厂长，不管是你×我还是我×你，也不管是洼的×挂的还是挂的×洼的，我们先把这个'×'字放在一边不说，你说给个10万元，这就是你的不是了！你们宏达厂差我们厂228．8万元哪！我们那个王八蛋厂长可是给我下了死杠子的，他说翟凤娜，这次你最少得给我要回个150万元！不然的话你就甭再回厂了！"

"150万元？乖乖！你们那个厂长，还真是个王八蛋哪！"

"李厂长，我们工厂七八百号人哪！都快要饿死了！我们又不是要你见义勇为地拯救我们，我们只是要回属于我们自己工厂的钱！李厂长你说是不是？"

"不过翟小姐，我们可没有赖你们的货款。"

"你的意思是千年不把，万年不赖？"

"翟小姐你看你，别把话说得那么难听嘛！"李厂长油腔滑调地说，"我刚才说是先给你个10万元嘛。其余的，那就要看你怎么去拿了。"

"你说我该怎么去拿呢，李厂长？"

"第一，你把这一杯酒喝下去，先拿上那个10万元。"

"李厂长你不是开玩笑吧？这杯子多大？杯中酒恐怕不止半斤吧？"

"一斤汾酒倒上两杯，正好是半斤。"

"李厂长，你不是要我的命吗？"

"你想要钱的话，就得要这样嘛！"

"那么，还有218.8万元呢？"

"你喝完这杯酒，先拿上10万。如果还要，也可以，"李厂长淫邪地笑着说，"我挂的×你洼的或者你洼的×我挂的一回，也给你个10万。你要不×也行，我们再喝酒。再喝一杯就再给个10万。如果你还要，就请继续喝酒。每再喝上一杯，就比前一杯翻上一番。这种优惠条件，可是只对你翟小姐一个人开放。你看怎么样？"说到这里时，他把面孔转向宏达厂其他的头儿，"我的意见，大家同不同意？"

"同意！"

"我们同意！"

那些只会阿谀奉承、死拍马屁的头儿们，全都洋洋得意地哄叫起来。看起来他们非要让我喝死在这里，非要看我的笑话，才肯给我们工厂的货款呢！我慢条斯理，一字一顿地对李厂长说：

"李厂长，你是说……喝完这杯酒给个10万；喝完第二杯酒再给个10万；喝完第三杯酒便在第二杯的基础上翻一番，给个20万；这第四杯酒又在第三杯酒的基础上再翻一番，给个40万。以此类推，是不是？"

"不错。翟小姐，要钱么，就得要拿出要钱的本事来嘛。"

"李厂长，你的意思是不是说，我要么一分钱也拿不走，要么就喝酒喝送了命，是不是哪？"

"我可没有要你去送命，翟小姐。"

"你还不要我送命呢！"这时候我叫了起来，"李厂长，我一开始就说，我一个女孩儿家，从小到大从来都没喝过酒。可是现在你要我喝多少？要喝5杯哪！不，5杯还不够！要喝上6杯，才能拿全我们工厂的货款！这6杯酒不是有3斤吗？这汾酒又是50多度的高度数白酒，你这不是叫我送命，又是什么呢？我问你李厂长，你还是不是个人哪？"

"翟小姐，我当然是个人喽……"

"好！我再问你，你是小人还是君子哪？"

"翟小姐，我要不是君子，这个世界上谁还是君子呀？"

"好！我再问你李厂长，这衡量君子的条件是什么哪？"

"君子说话如泼水。一言既出，驷马难追。"

"好！要不到钱，我也没脸再见我们电元三厂的员工们了。看来我就只好用命来碰一碰我翟凤娜的运气了。小姐……"我倒是气度不凡地叫来饭店的服务小姐,"给我再拿3瓶汾酒,再拿5个杯子来。连我面前的这杯给满上个6杯。"跟着我又转向李厂长说,"李厂长,现在我就舍命来陪你这个君子,拼死吃你们宏达厂这条河豚鱼了!我要是出了什么事情,与你李厂长和宏达厂绝无关系。但是你李厂长说话可得算数!"

在场的头儿们,全都愣住了。他们想不到我会使出这一举措。我还真开始对他们撒野耍泼开了。李厂长不愧是一个企业家,见过许多大世面,他以为我在唬他们,他说:"好!翟小姐有胆气。我决不食言。我们主管财务的刘副厂长,他人就在这儿。刘厂长,就凭翟小姐的这副胆魄,她将来必定是个'人中凤'一般的人才,我们也要和她交往。"

"行,李厂长,"刘副厂长神色颇为凝重地说,"我一切听你的吩咐。"

"好!"我说,"李厂长,在我拼死之前,跟你借用一下手机好不好?我想跟我们厂的那个王八蛋厂长打上个招呼。"

我拿起李厂长的大块头手机,拨通了电元三厂厂长室的电话。谁知王厂长和厂部的其他人,他们全都傻呼呼地等着我的消息呢。

"喂,"我说,"是你那个王八蛋吗?你这个王八蛋听我说,宏达厂的李厂长逼着要我喝下3斤穿肠毒药,才肯给我们钱呢!"

"啊?什么?"电话中王厂长一副焦急的语气里充满了关爱。这使我觉得我的身后有一股强大的力量在支撑着我!此时一种凛然、一种悲壮而去赴死的感觉,便从我的心里油然升起。为了电元三厂的重新崛起,为了六七百个同事的生存大计,值得我去搏一搏!我就是用这种凛然而又悲壮的语调,对着手机的通话器说:"王八蛋厂长,你什么话都不要说了!但你要记住一点,我翟凤娜决不会对不起电元三厂的!万一我个人有个三长两短,有个生死不测,只要宏达厂李厂长给钱,就与他无关。要是他不给钱的话,我就不管他哥哥是不是副市长,我也只能和他鱼死网破了!另外你是否派人来接我一下。"

说完我"啪"地关上手机盖,在寒气特重的"谢谢"声中,将手机递给了李厂长。我也就是这般阴沉着脸地端起我面前那6只并排放着的、全都倒满了酒的、硕大的水晶杯的第一杯,凛然地盯着李厂长和他的同事们。此时此刻,他们愣怔的脸孔,开始有点儿发怵和发白了。

整个饭店都开始轰然喧闹了起来。大概是听那个倒酒的小姐奔走相告的缘故,饭店的主家和用餐的食客,全都围在我们那个包间的门口,来看一个漂亮小姐为了替她们工厂要债而赌命喝酒的热闹场面。这种喧闹对于我来说并不是坏事，这起码可以让大家给我作个见证，如若李厂长不给欠款的话，我就是撕碎了他的喉咙，他们也会给我作个有利的见证的。

我沉稳地端起了酒杯，就到了唇边。随着响亮的"咕嘟、咕嘟、咕嘟"声，一阵无比的辛辣直直地呛噎着我的喉咙、鼻窦和气管，致使我猛地呛咳了起来。我的肠胃被这穿肠烈酒炙烫得难受，心跳在"嘣咚嘣咚"地加速，体内的热血四处奔涌，并且直往脑际冲去。此时此刻，我用舌尖紧紧地抵住上牙龈，牙齿紧紧地咬着嘴唇，深深地呼吸着，并且气沉丹田，再去缓缓地舒气，以此来缓解这汾酒的烈性。

第一杯酒喝干了。我把酒杯倒了过来，杯底朝天地朝着李厂长晃悠了一下，然后平放在桌子上。随后又端起了第二杯酒……

6

记得没隔多少时间。已经是电元三厂副厂长的我，又去宏达厂办事的时候，也是在这个饭店里吃的饭。

当时饭店的郝老板认出了我，他便笑着对我说："哎呀，你就是那个一个月前跟宏达厂要债时，在这儿拼死喝了3瓶汾酒的翟小姐吧？你那一天哪，刚开始还好，后来差一点没把我们大家给吓坏了！我至今都还记得，你喝完第一杯酒的时候，眼睛润亮，面孔红得简直是艳若桃李，美若婵娟！那种沉鱼落雁、闭月羞花的美娇娘的样子，把宏达厂的头儿脑儿们全都给惊呆了！尤其是那个好色鬼李厂长瞪着眼睛、哈着嘴唇看你的样子，就像癞蛤蟆在看月亮哪！他还时不时地伸出舌头舔舐自己的嘴唇瓣，简真就是一个大色狼！就差一点没把你给那个做了、办了……你喝完了第二杯，这眼睛就更亮，面孔就更红，简直像一朵开足了的玫瑰花……你喝干了第三杯，开始就不怎么行了。除了眼睛红红的，这面孔就像开败了的玫瑰，红紫中尽透苍白的死色，又像一大块放了三天以上的坏了的猪肝……待你喝干这第四杯，除了眼睛红得要喷火、喷血以外，你的面孔苍白得发青，就像一个得了肝癌的病人似的。我不会形容，翟小姐，说错了你可不要见怪呀！你的嘴唇张着，牙齿露着，一副龇牙咧嘴的样子么，像是什么来着？像，像，好像是……对了！就好像是一头狼，一头龇牙咧嘴的母狼！眼睛红着，牙齿白森森地朝着李厂长的喉咙。那一副凶相么……"

"哎哟！郝老板呀，"我咧开嘴地笑了起来，"我的形象难道就那么差吗？不过我告诉过他们，我不会喝酒。那一次，差一点没把我给喝死！过后害得我在医院里躺了好多天呢！再说了，我也看不到自己的面孔，不晓得自己当时是一副什么尊容，是一副什么德性了！"

"翟小姐，你抽烟吗？不抽？"郝老板叼起了一根香烟说，"你呀，哎，就那么凶巴巴地又端起了第五杯酒。那个好色鬼李厂长，这时候还真给吓坏了！他上来要抢你的酒杯；你呢，用右手肘就这么一拱。"郝老板说到了这里，他停下话头，向我做了一个拱右肘的动作。接着他继续往下说，"他一下就摔倒在沙发上，鬼叫鬼嚷的。他们那个管政工、安全和保卫的夏副厂长又上来抢；只见你右肘又是这么一拱，那个夏副厂长就贴在了沙发上，龇牙咧嘴地半天都没爬得起来。你'咕嘟、咕嘟、咕嘟'地把第五杯酒喝完了的时候，忽然就'格格格格'地爆出一阵大笑，接着又'呜呜呜'地一阵大哭。这一大笑一大哭之后，你上牙就死咬住下唇，直咬得血淌淌的，又准备要去端第六杯酒……这个时候，李厂长对刘副厂长大叫了起来：刘厂长，我们账面上有160多万，你赶快去办一张148.8万元的转帐支票给这个母狼、野B、亡命婆！我们留它一个88万元'发发'！你赶紧去！赶紧办了好让她走路！不要让这个母狼、野B、亡命婆醉死在我们这个地方，要不然的话，会要闹出人命大事来的！哎哟喂哟！……

"可是你又端起了第六杯酒，咬着牙齿，摇摇晃晃地走到李厂长的面前。李厂长鬼叫了起来：'翟小姐，这杯酒不算数！这杯酒不算数！'可你先'咕嘟'了一口，又伸出右手揪住李厂长的护领，一把就把他给拎了起来。然后又把他'哗'地一下，给扔进了沙发里。只见你咬着牙齿、摇摇晃晃、口齿不清地说：'李、李厂长，你要、要、要是少我们电、电元三厂一、一分钱，我、我、我就咬断你、你的喉、喉、喉咙，撕、撕、撕碎了你、你的皮、皮肉！'随后你就仰起了脖子，'咕嘟、咕嘟、咕嘟'地把这第六杯酒喝了个底朝天。那个好色鬼李厂长窝在沙发里，就像一条被打断了腿的狗一样在哀鸣：哎哟喂哟！我的钱啊！我的'发发'的钱啊！我的'偶尔发发'的钱啊！我的'要死发发'的钱啊！他妈的，电元三厂那个王八蛋，从哪里找来这么一个母狼、野B、亡命婆的啊！哎哟喂哟……我的钱，我的'发发'的钱，'偶尔发发'的钱，'要死发发'的钱啊！……"

"我说郝老板,可能那天我酒喝多了,这些我都记不起来了。"

"翟小姐,你呀,"饭店的郝老板这时候颇为感慨地说,"宏达厂的李厂长,可是从来都没有遇到过什么对手喔!他可是一个既有后台、又有势力的人哪!可是你那一天却以喝醉了酒的名义,把他搞得惨状兮兮的,像一条狗一样地直叫唤哪!哈哈、哈哈……"

说完,郝老板忽然就大笑了起来,笑得弯下了腰,活像是一只大虾米。我也跟在饭店老板的后面,"格格、格格"地笑了起来。

7

要说记不大起来,我这也是说说的。尽管那天我的酒喝得是太多了,说话和行动都是一副醉态,但是我的头脑实际上还很清醒。因为那时候我硬咬着嘴唇,不让自己已经晕眩和麻木的大脑失去控制。我把自己的下嘴唇都给咬烂了,终于等到了宏达厂刘副厂长开过来的那张148.8万元钱的转账支票;还有就是前来接我回去的我们厂的王厂长他们……

后来我在朝阳医院呆了3天,又是挂水又是洗胃的。我也哭了整整3天。我就是在这酒精的炙烤、煎熬、麻醉的中毒中号啕大哭。我哭天哭地、哭爹哭娘、哭爷爷哭姥姥、哭老师哭伟人、哭爱情哭理想的,直哭得天昏地暗、要死要活地找不到北了。厂里的领导、同事和员工们,都赶来医院看我。他们把我当成了英雄,当成了救星了。就连一直都同我过不去的技术科长邢建涛,他也来医院了。只见他站在我的病床前,满脸愧疚地说:

"翟凤娜,真是太对你不起了。以前我不是人,真不是一个人,现在还得请你多多地原谅,多多地包涵喔。"

我眼里流着泪地朝他点了点头,朝看望我的同事们点点头。可我还是在哭。他们都以为我是喝醉酒的缘故。其实他们哪里知道,酒对于我们女人来说,根本算不了什么!不是有"不和小孩和女人喝酒"的说法吗?小孩喝酒不知天高地厚,女人喝酒是天生的酒量。因为我们女人的生理构造和男人有着本质的不同。女人体内脂肪层厚,能起吸收和贮藏酒的作用,就像海绵吸水一样,三两斤是无所谓的。所以你们以后切不可和女人去赌酒,十赌肯定就会九输的!后来小范也来医院看我了。他一走进病房,我从他面孔的表情就知道,我们的恋情"歇菜"了,我们结婚的希望也"拜拜"了。我们的情愫,还真有一点像雷雨过后的彩虹,风中飘忽的肥皂泡哇!因为他一走进病房,不管有没有人在场,他就高声地嚷嚷了起来:

"翟凤娜!你看你!哪有一点女人味?又哭又闹,又喝酒又打架,又袒胸露怀的,还把人家宏达厂的李厂长,就像拎小鸡一样拎来拎去!这哪像一个正经八百的女人哪?简直就是一个十足的泼妇、母狼、野女人!谁娶了你都会倒上八辈子霉的!因此我也怕了你了!"

我也就流着泪地朝他点了点头。就算是一种特殊形式的分别吧!毕竟我与他交往和恋爱了将近有两年多的时间哪!虽说还没到那种刻骨铭心的感觉,但是我们毕竟也已经到了婚迎嫁娶的程度了!

就在这种昏天黑地、要死要活、找不到北的号淘大哭中,我哭走了我的爱情,我的理想,我青年时代的纯真和做一个女人的梦!然而我却充实了野性!这是一种要去撕咬、要去发泄、要去竞争的强烈追求着成功的野性!因为在这个充满着诱惑的,厚着脸皮、黑着良心、不择手段的,竞争激烈的高科技的商业时代里,若要想获得成功,就必须具备这种野性!而且心还必须铁一般的硬!不带任何的感情!甚至还要忘掉自己的祖宗八代!优胜劣汰,弱肉强食,适者生存啊!再将这种野性披上道貌岸然的外衣或者戴上虚假的光环,好了,这样就离成功的目标不远了!就像那些什么长、什么记、什么理、什么席、什么任的一样!别看他们在大庭广众中正襟危坐地作着报告,模样斯文地讲着官话,其实那不过是他们披着的漂亮外衣和遮着的款式新颖的"羞布"罢了!他们要不是心里的野性到了天黑了底、没了边的话,他们会爬上那个职务,坐上那个高位才怪呢!

第三天的傍晚。我们厂的王厂长到医院来看我了。当时我还在流眼泪呢。他就坐在我的病床边对我温存地说:"翟凤娜,我给你带来了两样东西:一是厂里边发给你的奖金,"他把一个存有4万多元钱奖励提成的银行存折,交到了我的手上,"二是你的请调报告,我也给你带来了。不过,我可没有给你签字喔!请你原谅。今天下午我去了市主管局。局领导原则上同意了我的意见,准备提拔你当副厂长,作为我的副手。嗨!现在市局领导对你的能力和水平,可是青睐有加喔!"

"啊?"我抬起右手背,抹了一抹眼睛地说,"好你个王八蛋!你也不征求征求我的意见,自己就擅自去做主啊?"

"翟凤娜，"他握住我抹眼睛的右手温柔地说，"我们合作好吗？你侧重市场开发和营销管理；我侧重内部生产和人事管理。我们的合作肯定是强强联手，并且再利用我海外的关系和资金，我相信要不了几年，我们就会形成一个重型的企业集团，并且还会冲出国门去的。你看怎么样？"

"嗳，你先回答我一个问题。对于飞龙公司和宏达厂的应收货款，你怎么想到要我帮着去处理，而不是通过正常的法律途径，去仲裁和解决的呢？"

"你要我讲心里话吗？"

"那当然。你不讲心里话，以后我怎么敢和你合作呢？这一次，我已经失去了太多太多了，以后恐怕连我的小命都要搭进去还不知道呢！"

他用他那一双有着黑褐色瞳孔的眼睛，盯着我的眼睛说："好吧。首先我一调来电元三厂，发现它根本就是一个烂摊子。我同有关的司法人员谈到过法律仲裁这个问题。可是有个别法官却私下里对我说：'你知道我的肩章标志着什么？是天平。从理论上讲，它象征着法律的公正性。但是在现实生活中，它却往往相反。'接着他向我做了一个耸起左肩、垂下了右肩，后又耸起右肩、垂下了左肩的动作说，'我可以这样，当然也可以那样。它事实上就是如此。'我理解了他的话和他的动作所表达出来的涵义：这架法律的天平是人在操纵着。而当时我们的工厂，一没有资金去打点铺路，二没有高官权势来做我们的后盾。现在权欲太强的人，金钱太富有的人，生性太野蛮的人，都不倾向于法制。这就是我们中国为什么到现在法制都不健全的缘由，你知道吗？于是我放弃了这个选择。第二，你是一个不可多得的人才。在当今这种经济体制转型的阶段里，我们经商搞企业的，没有高瞻远瞩的眼光，可是绝对行不通的。第三，你那天把脚跷在办公桌子上的那副样子，我的直觉一下就告诉我，你有一股敏锐和警觉的野性。就像是那一只母狼，那一只丰乳垂垂的青铜雕塑的母狼，你知道吗？"

"就是罗马城的保护神那一只吧？"

"对。就是那一只象征罗马城的母狼。加上后来俞树国给我送来你那份技术经济分析报告，于是我冥冥中感觉到，要想振兴电元三厂，你有可能是我最佳的合作伙伴。至于飞龙和宏达这两家企业，只是让你去试一试而已，我并不抱什么希望的。不过当时这两家企业，也实在是让人挠头，你知道吗？可谁知……嗨！于是我便认同了你，选择了你。就这样。"

"可是你这个王八蛋要知道,那只母狼除了野性外,它主要还有着对人类母爱的天性和人情味!"我望着王厂长那张英俊而又有点野性和粗犷的面孔,轻轻地说,"唉,好吧。那么你就替我把那张请调报告给撕了吧。"

"OK!"他一把就把我拉了坐在他的怀里边,高兴地说,"起来吧翟凤娜,我们两个人,现在到哪儿去庆祝一番好吗?"

"不,"他那一对性感而又野性的嘴唇,充满了无限的诱惑;还有他那一堵凝重和厚实得像墙壁一般的胸脯,让我感到有一点晕眩和昏厥。因此我便晕乎乎地对他说,"现在,我只想休息片刻儿。"

"好吧,"他温存地允诺,"你就在我的怀里休息一会儿吧。"

于是我就慢慢地拥进了他的怀抱里,倾听着我们彼此的心房,在"嘣、嘣、嘣、嘣"地跳动……

2000年9月写于北京

为了梦中的橄榄树

那是在 1997 年的元旦。这天上午，肖明刚手里捧着一本书，可是他的两只眼睛，却又时不时地瞄着办公桌子上的电话，只要铃声一响，他就希望是侯羿打来的。然而整整一上午过去了，他都没有等到后羿的电话。

反正也没有其他的事情。下午他便和几个同事聚在一起，用三副扑克牌合在一起，玩起了"三打一"。并且还加了点儿彩头。不过彩头并不大，一局就两元钱的底数、五角钱的级数，来消磨这个无事可做、又无处可去的元旦假日下午的时光。这天下午肖明刚接连输了好多局。这倒并不是因为他的运气不好，或者水平太臭的缘故，而是他的心绪特别的烦乱，神情特别的恍惚，眼皮又老是在跳。宿舍那个狭小的空间里，充满了恶浊的烟草味，使得他的心里面涌起了一阵又一阵的焐心烦躁。

牌桌四周围，拥挤着好几位看客，他们叽叽喳喳地评论个不息。其中刚刚走进来一个叫"小无锡"的同事，突然对肖明刚点头致意，这时候，"小无锡"仿佛在谈论一件无关紧要的事情似地对他说："嗨，肖明刚，以前曾经跟你在一起散过步的那个女孩，你知道吗？她死了。"

"什么？"肖明刚抬起脸来，急切地问道，"'小无锡'，刚才你说到的那个女孩，可是侯羿吗？"这时候，肖明刚的心里真希望"小无锡"嘴上说的不是侯羿，而是在开玩笑，或者是一场误会什么的。

然而"小无锡"却非常肯定地说："是的。那个女孩好像是叫侯羿。真是奇怪哪，肖明刚，这个名字简直就像一个男人的名字似的。"

"不打了，不打了！谁爱打谁就来打吧！"这时候肖明刚蓦地站起身来，把手中一叠厚厚的牌"啪"地往桌上一扔，转过身去猛推身旁站着的看客，顾不得自己还成不成体统，也顾不得牌友们的抗议和周围看客的叫骂，急急忙忙地跑出了房间，去车棚推着自行车就骑上了海秀大道。

一出了单位的大门，室内那种污浊的令人窒息的烟草味，顿时便消失了；取代的是一股带着浓重腥味的海风，又把街边路旁紫荆花的芬芳、相思花的幽香和椰树叶的温馨给翻搅在一起，直向肖明刚的脸庞上刮来，往肖明刚的鼻孔里钻去。要不是刚才同事"小无锡"给他带来了侯羿的凶信，他简直都快要陶醉在H市这芬芳温馨的晚风之中了。

一年多以前的秋天，肖明刚是在自己的家乡认识侯羿的。当时的侯羿嫣然含笑，俏丽动人，随同他的一个叫小龚的朋友，来到了江南水乡的C市。那个时候，侯羿顺从了小龚的意愿，离开自己鄂西的家乡，希望和小龚在C市里建立起幸福的家庭，过上美满的生活。

记得小龚在向他介绍侯羿的时候，他感到很惊讶，怎么这样一个温雅美丽的女孩子，名字不叫树叶的叶，不叫月亮的月，也不叫玉石的玉，却竟然给起了一个男性的、古代传说之中的大英雄"羿"的名字？

然而侯羿就是那样嫣然含笑地对他说了一句："嗨，这大概是我在出生的时候，我老爸喝酒喝昏了头，不知他脑袋瓜里的哪一根神经，忽然就转不过弯来的缘故吧！"侯羿那一句稍微带着点儿鄂西乡音的幽默俏皮的话语，一下子就拉近了肖明刚和她初次见面的距离。

小龚是一个跑"中介"的。他和肖明刚工作所在的三江公司，也有着业务上的联系。不过小龚这个人的口碑，似乎不怎么好，经济境况也很欠佳。据说他还特爱寻花问柳、搞七捻三的，在外面又欠下了一屁股的债务。况且近来的经济形势似乎越来越萧条，钱也越来越难挣了，然而在爱情方面的花费，反而却越来越昂贵了。以至才过了半个多月，小龚就无力去负担这一笔爱情的开销了。侯羿从来都没有离开过自己的家乡。初来乍到的几天，她处处都感到新颖、好奇、有趣，显示出喜悦的神采。然而渐渐地，她的一双眉头就开始纠集了起来，流露出一副闷闷不乐的神情。

有一次，小龚来到肖明刚这里，想请肖明刚帮助他出一点主意。小龚说侯羿时常想念她那地处川、鄂之间的香溪河畔的家乡。她认为，家里人会原谅她的轻率，宽恕她的一切的。然而肖明刚却是很坦率地对小龚说：

"龚明泉，你最妥善的解决办法，莫过于是让侯羿回家。"

因为肖明刚早就注意到，侯羿近来的脸色越来越苍白了。他的心里面简直就在怀疑小龚是不是在虐待她、折磨她，而且还让她去忍受饥饿的痛苦呢！另外他还注意到，侯羿在人前经常用手捂住嘴巴地咳嗽。而她的咳嗽声却又是那般的沉闷和重浊，就是那种硬憋着不让咳出来然而又不得不咳出来的异常沉闷的咳嗽声。"不过，"肖明刚的心里想，"这可能是侯羿偶染了什么伤风感冒之类的小毛小病的缘故吧。"

时间大约又过去了十多天。有一个下午，肖明刚外出办事，在大街上偶然碰见了侯羿。当时他见到侯羿眼神恍惚，浑身颤栗，几乎就像跑步似的朝着C市火车站急急地奔去。原来，小龚抛弃了她。他或许是独自躲避人家的逼债吧，也或许是独自去追求另外的女人吧，总之是，他偷偷地带着自己不多的几件行包，逃之夭夭了。现在的侯羿，身上是分文都没有，有的只是在自己的手心里紧紧攥着的小龚临走前给她留下来的一张告别的纸条，她到火车站去就是希望能够在那地方找到他。

碰到侯羿的时候，肖明刚正好办完了事情。后来，他就陪着她一块儿去了火车站，并且他掏出自己身上所有的钱，给她买了一张去汉口的火车票和一些旅行食品以外，正好还多了个一百五十元钱，他就全部都塞在了她的拎包里，好让她到了汉口以后，还能够乘船或者坐车，回到她那地处在川、鄂之间的香溪河畔的家乡。

火车即将开动。在接过车票和装有旅行物品的方便袋时，侯羿忽然把她的脸，依偎在肖明刚的肩膀上，痛苦地抽搐起来，有好长一会儿时间。她是那般的孤苦伶仃、那般的可怜兮兮，又是那样的小鸟依依、那样的楚楚动人，此时此刻，身边却没有一个能够保护她的人！以致火车在徐徐开动的时候，肖明刚突然就懊恨了起来，他在心里千般万般的责备自己：

"我不应该让侯羿离开我，让她独自离开C市！"肖明刚一边向她招手致意，心里面一边又在想："侯羿啊侯羿，只要老天有眼，也许在将来的什么时候，我们还有碰面的机会……"

H市冬季的傍晚，柔和的海风，浓重而温馨。黄昏的朦胧之中，那一排排随风摇曳的椰子树，犹如是许多身披轻纱、妙歌曼舞的少女，让人觉得心怡神畅，产生无限的遐想。

侯羿就租住在H市东北部海甸岛沿江一路的"一庙"村。肖明刚骑着自行车，从海秀大道上左拐到了大同路，然后再在大同路的中部右弯，不远处，就是H市美丽的东湖的湖堤大道了。

肖明刚与侯羿再一次的相遇，就是在这个东湖的堤道边。

他不知道自己和侯羿在这南方H市的相遇，究竟是天意呢，还是纯属为偶然？如若侯羿不是命定地要成为他人生道路上的又一段痕迹，他命运乐章中的又一组音符的话，那么，为什么在中国十三多亿人口之中，他不和别的女孩邂逅，而偏偏又会在事隔一年多之后，在这个异地他乡、海角天涯的南方大都市里，和她再一次地相遇呢？

……日月穿梭，光阴似箭。时间过去了大概有个一年多一点吧。那是在1996年的秋天。肖明刚工作所在的三江公司，为了大幅度地调整这个南方大特区分公司的人员实力，于是就调他到这里来工作个两年。

这个南方大特区的H市作为省会城市来说，其实并不算大，然而它却是个一直都令肖明刚心驰神往的地方。这里有着许多优美的传说，又有许多他们家乡所没有的美丽的热带风景以及许多富有传奇色彩的民族风情和浪漫的生活习俗。所有这些一直都在诱惑着肖明刚对这个美丽而又神秘的地方心神向往。现在他终于有了机会，来到这个七八年前曾被全国各大主流报刊和媒体炒得沸沸扬扬的、什么"有十万人才闯HN"的H市了。

然而要是在平日里，有空到地处H市中心的东湖边上来散一会步的话，这实在是一件爽心悦目的事情。东湖地处在市区的中心位置。这地方视野开阔，景色怡然。湖边椰子树婆娑修长、相思树羞涩难耐、洋紫荆繁花怒放，全都竟相地点缀着东湖那波漪滟涟的湖光水景。

若是在早晨时分，在好的天气里，当肖明刚漫步在这东湖的边沿，这个时候他就会看到，东边的天空犹如是浸沉在一片五彩缤纷的湖水之中。一条细长如椰树叶形的水线，如同是一串镶嵌了祖母绿一般的腰带围绕在水天相接之际。在它的上方和下方，有好多种色泽在彼此地渗透和演化，形成一泓汪汪"天国"的水潭，有湖绿色的、有海蓝色的、有玫瑰色的、有五彩斑斓的、也有丁香紫色的。紧跟着，这些多层次的色调便悠然腾起，一道金光灿烂的弧线，蓦然地照亮了这愁惨的鱼肚白的清晨。并且这道金色的弧线还在不断地升高和渐次地扩展，然后不多久，在一片血红色的波涛里，一轮红日诞生了。

于是乎，远处幽暗的山峦、市区高大的建筑、穿梭不息的车辆、来去匆匆的人群……总之是一切的一切，全都沐浴在这红日的光辉灿烂之中。因此许许多多的游人，尤其是那许多年轻的女孩子们，全都喜爱坐在这个美丽的、诗情画意的、令人心怡神畅的东湖边沿的石条凳上，静静地休憩一会，或者在这里散一会步。也恰恰就是在这里，在深秋的一个星期天的早晨，肖明刚遇见了侯羿。当时侯羿正半倚半靠在东湖曲桥的栏杆上，面对着红日喷薄的东方发呆。她的衣着非常单薄，似乎要表明她身体的健康。在她的眼神里面，有着一抹淡淡的忧伤。她的眼睛似乎不是在看着诞生的红日，倒好像是在看着很远、很远的什么地方似的。

这一副神情，一下就引起了肖明刚的注意。于是，他就大着胆子走到她的面前，停住了脚步，和她面对面地凝视了好一阵以后，才互相认了出来。侯羿那一副病态般苍白的脸庞，瞬息之间就闪现出绯红的色彩。过于纤细的手臂在微微地颤抖。显然，她非常惊喜于他们的相遇。而后侯羿告诉肖明刚说，她今天本是来这东湖路和广场路交界的招工招聘广告墙前，看一看是否能够碰上什么好运气。她对自己眼前的行当，寒心着呢！想换一换环境。不过她又不抱任何幻想。至于说到自己眼下在干什么工作的时候，她只是支支吾吾，轻描淡写，一两句话便带了过去，仿佛不太愿意去多提似的。并且她再也没有提起过小龚的事情。

此时此刻肖明刚发现，这时候的侯羿，仿佛非常需要排遣愁闷的情怀似的。因此，肖明刚便向她建议说："侯羿，我们一块儿去走一走，一块儿去游览游览这个美丽的海滨城市，怎么样？"

"好啊。"她慨然接受。

于是肖明刚和侯羿两个人，便兴致勃勃地漫步在 H 市那美丽的街道上。侯羿给肖明刚引路。一路之上，她告诉肖明刚这一路的情景，简直就像肖明刚的导游一样。那天他们两个人，竟然一直都在漫步。走了很远、很远，一直走到了实在走不动的时候，他们便坐在海甸溪的江堤上，用吸管你一口、我一口地品尝起路边随处可卖的外形像西瓜一样鲜绿的鲜椰子汁。喝完以后，他们再用摊主的砍刀，打碎了椰子壳，然后又啃咬起里面那白的像雪、味道像奶酪一般芳香的椰子肉来。

这时候侯羿便歪着脸孔看肖明刚，一副神气活现的俏皮相。而斜视着肖明刚的眼睛中，又是满满的一副嘲弄般的神情，嘴里面还在唧哩咕噜地念念有词。因而肖明刚就一边啃咬着椰子肉，一边问她：

"侯羿,你嘴里唧哩咕噜个什么呀?"

"我不想告诉你。"

"为什么不想告诉我?"

"因为,对你说了也是白说。"

"为什么说是白说呢?"

"你呀,嘴上就像抹了石灰一般地——白说呗!"

肖明刚抬起右手抹了一下嘴唇,嗨,原来是那椰子肉的白花花的肉汁,糊满了他的嘴唇和下巴。此时他有一点不好意思地说:

"嗨,侯羿,你真是有点尖刁实坏的!"

侯羿便在一旁"格格、格格"地笑了开来。她那一副笑着的神情,嗨,要多美就有多美呵!肖明刚的心里忽然涌起了一阵激动,他真想走上前去抱着吻她那副美丽的笑靥。然而他还是克制住了。因为他是人。是人,就要有人的理性,就要去自律自己,就不能随心所欲地乱发自己的感情。

过后,侯羿又带着肖明刚去茶楼,品尝当地人用椰肉丝做的糕点小吃,喝那"清补凉"。这"清补凉"是一种用绿豆、白糖,掺上些许桂花、莲芯、小枣、果仁、椰肉丝等,然后再用冰开水冲搅而喝的冷饮。侯羿说她最喜爱喝这一种"清补凉"了。喝在嘴里,既芳香可口,又能够清热、止咳、润肺,而且花钱又不是很多,就一元多钱一碗。

日过晌午。他们又去了和平大桥不远处的一个叫"红树岭"的大排档。"红树岭"这里是人头攒涌,生意火红。一元钱一大碗的米饭,五角钱一大碗的几种菜汤,一元钱一小盘的青蔬菜,一元五角钱一小碗的海鱼、蛏子、海螺(当然也有昂贵的)以及当地出产的"红扇"白酒,还可以零打碎要。大排挡这里香烟的烟气、炒菜的热气、人们谈天说地的哈气——云涌;说话声、招呼声、哼唱声、讨价还价声——缠杂;鱼民身上的海腥味、打工仔浓重的汗臭味、姑娘们涂抹廉价化妆品的怪味——扑面。那许多生活在社会底层的人们在这里挤挤轧轧、摩肩擦踵、打情骂俏。甚至就连一些小报的记者、倒了运的官爷、不上路的经理们,也都喜爱来这里抛头露面地凑一个热闹,这从他们时不时地掏出一张烫金的名片,或者亮出一个要给你曝光的记者证,再不说话中又时常打着一副"这个……这个……"腔调的举止动作里,就可以看得出来。那天侯羿挑了六个碗菜,还要了半斤"红扇"。他们就菜喝酒,然后山南塞北、海角天涯地聊了一个痛快。

傍晚时分。肖明刚在送侯羿回去时，又在路边的花店里买了一束伴有满天星的女贞花送给了她。在接过这一束女贞花的花束时，侯羿的眼眶里忽然就"汪"起了泪水。只见她轻轻地说："明刚哥，今天我好开心哦！真的。自从我们在C市分手以后，我已经很久很久没有这么开心了。"

"那么，侯羿，我希望你今后天天都这么开心。"

"谢谢你，明刚哥。"

于是他们两个人便约定，明天肖明刚再休息一天，明天早上，他们还是在东湖边上碰面。当他们走到和平大桥南端的引桥下时，侯羿不再让肖明刚送她了，她说她一过和平大桥就到了，而他还有很远很远的路要走呢。第二天早晨时分。他们又在东湖边上会面了。然而他们绝对没有想到，H市的冬天会突然提前来临。一阵阵的冷风吹过，每一条街道的角落里，都发出了"飒飒飒"的声响。一团一团低沉的铅黑色的云朵，笼罩在H市的上空，有的甚至就在东湖上空很低很低地掠过。太阳时不时地从厚重的乌云后面露出了半边脸孔，但是它随即又隐没到浓重的云团后面去了。这个时候的东湖，真是肃杀一片，完全失却了平日里那种美丽动人的魅力。

那天上午，侯羿只穿了一件单衣服。她裸露着臂膀，肩上挎了个小包，手里拿了一柄折叠小伞。眼看着她的嘴唇，冻得都已经发紫了，并且全身都在瑟瑟索索地抖个不停，可是她仍然是笑眯眯的，对肖明刚做出一副毫不在乎的样子。肖明刚的心里非常难受，于是他便脱下自己外面的西服，披在了她的身上。这时候他真希望太阳不要再隐没在黑云后面了。然而这只不过是他徒然的愿望。冷风卷起了谢落在地上的紫荆花、相思花的残败花朵和尘埃，迎面刮来；乌云又夹裹着带有浓重的海腥味的潮气，砭人肌肤。肖明刚想找一个能够避风的地方，于是他就拉她走进了东湖路旁的一家咖啡店。不料，早晨咖啡店的饮料极其乏味。一股一股的冷风，又不时地从开关不停的门缝中吹了进来。因此侯羿又开始咳嗽起来了。当看到肖明刚愁容满面，在为她的身体而担忧的时候，她的心里非常感动，因而她便在肖明刚的面前尽量显得快活起来，并嫣然含笑地对他说：

"明刚哥，不要紧的。我这咳嗽就快要好了。"

不过肖明刚还是坚持要她回去。她不肯。她对肖明刚说："明刚哥，在不远处的长堤大道上有一座临江的茶楼，我们去那儿坐一会吧。随便坐几个小时都行。你陪陪我好吗？明刚哥，我真的不想现在就回去啊！"

"侯羿你呀，"肖明刚真是难以拂却这样一位哀怨、羸弱而又楚楚动人的女孩的请求，因而便对她说，"真是拿你没有办法想哪！"

在市粮食局和和平大桥之间的长堤大道上，有一座两层的老式茶楼，倒也别致高雅，颇有情调。里面还摆着一盆盆盛开的竺顶红、三角梅、紫荆花、蟹爪莲以及各种仙人掌科的热带花卉。茶楼老板十分热情，安排他俩坐在楼上一个靠窗临街的位置上。这里视野开阔，不仅可以观赏窗下长堤大道上那些熙来攘往的人流，还可以眺望宽阔的海甸溪水和美丽的海甸岛。窗下不远处，靠江的堤岸边围着一群人。人围里有两个人正在拳脚相加地打得不可开交。他们问茶楼老板是怎么回事，老板则对他们说：

"客家莫管，莫管。这是两个打零工的外地人，为了争抢一桩小零活而发生的冲突。唉，现在可是钱难挣，屎难吃喔！我们这个有着'三只蚊子一盘菜，三个老鼠一麻袋，八十岁的老太爬树比猴子还快'的H市，眼下却是百业萧条，经济陷入了绝顶的困境。现在找工作的人哪，都快比这天上飞着的蚊子、这地下跑着的老鼠还要多呢，仿佛一个个的都急红了眼睛，都疯了似的。有时候竟会为了一个工作的位置、一两元钱的收入而恶语相向，拳脚相加，甚至以命相拼哪！唉，这么多的人，这么多无事可做的人啊！"

看着老板神情黯然地离去，他们也就默不做声。由于热茶热点的缘故，他们的身子骨开始逐渐地暖和起来，话题也开始多了起来。不一会儿太阳又重新钻出了铅黑色的云团，放射出明亮的光辉，冷风似乎跟着也小了许多。阳光下宽阔的海甸溪水波光涟涟。对岸海甸岛上高楼大厦的倒影不断在江水里晃荡。这里真是一处优美的地方，而且消费又比较低廉，他们只花了十五六元钱，不仅填饱了肚子，而且还连续坐了好几个小时。

"侯羿，"肖明刚对她说，"以后天气冷了，我们就不要再到东湖边上去了，就来这个茶楼里边坐上一坐吧，你说好吗？"

"好的。"侯羿甜甜地笑着，柔情温顺地答应了肖明刚。

接下来的一段日子，他们就在这座临江的茶楼里，一起度过了许多个美丽的傍晚，还有七八个趣意昂然的周末。有时候，肖明刚会邀请几个同事和客户到这里来小聚一下；侯羿偶尔也会带上个把同乡姐妹来这里喝一顿。他们聚在一起吸椰汁、嚼槟榔、喝那"清补凉"，并一同品尝H市当地特产的奇异鲜果：什么凤尾叶菠萝，热带王芒果，蟾蜍红荔枝，果后菠萝蜜；还有什么红霞熠熠的金星果，异香袭人的番榴莲，满嘴流油的油渣果，清甜爽口的红毛丹；更有一种奇异神秘的水果，它会麻痹人的味觉，吃了这种神秘果后，就是紧跟着再吃黄连和苦胆，嘴里也是甜津津的。

在这一个阶段里，肖明刚和侯羿，跟茶楼的林老板交上了朋友。林老板教他们识别各种花卉，告诉他们这些花儿的名称，还让他们去观赏和抚弄他花房中各色芳香娇艳的珍品。侯羿也时常跟肖明刚说起一些有关她们家乡的民俗风情和民间传说。她说她们家乡的香溪河不仅因其水质清纯、河流平稳、芳香甘甜而闻名于世，而且还与古代侠女王昭君的"溪边浣手"和诗人屈原"日三濯缨"有关。于是她就给肖明刚讲起了昭君出塞以及屈原与香溪才女昭碧霞的爱情故事。侯羿说她非常喜爱屈原的诗歌。她说屈原的诗歌有一种奔放的情调，浪漫的襟怀，更有一种浪子孤旅的无奈和伤感。有时候她还当着肖明刚的面，悄悄地吟诵几段屈原的诗句：

悲秋风之动容兮，
何回极之浮浮。
心郁郁之忧思兮，
独咏叹乎增伤。

心婵媛而伤怀兮，
眇不知其所跖。
羌灵魂之欲归兮，
何须臾而忘反。

长太息以掩涕兮，
哀民生之多艰。
路漫漫其修远兮，
吾将上下而求索。

有的时候，侯羿还会很深沉、很投入地哼唱起三毛的"橄榄树"：

为了天空飞翔的小鸟——
为了山间清流的小溪——
为了宽阔的草原——
流浪远方——流浪——
还有、还有——
为了梦中的橄榄树，橄榄树……

唱着唱着，侯羿这时候就会掉转面孔望着窗外，眼眶里溢起了忧伤的泪花，眼睛似乎又在看着很远、很远的地方。起初肖明刚还以为是她的心里燃起了浓烈的思乡之情呢，于是就尽量地宽慰起她，开导起她，让她尽可能地高兴起来。因此他便对她说：

"算了吧侯羿，别去想家了，噢。走，我们到江对岸去看一看那许多渔船，都捕捞到一些什么样的海鱼吧，好吗？"

仲冬季节，正是南海鱼儿最肥、渔民们最繁忙的季节。出海的渔船傍晚时分，有时就会一长溜、一长溜地停靠在海甸溪沿江的码头上，直接兜售各种新捕获的海鱼。这些渔船的舱板上，大都摆放着一个又一个的渔筐，各类鲜活的鱼虾，在水舱内头尾不停地攒动。每逢这时候，长堤大道对面的沿江一路的码头边，就会熙熙攘攘，人声鼎沸，一片喧嚣。人们纷纷抢购自己喜爱的鲜鱼。往往一些黄花、带鱼、鱿鱼、海蟹和鲜虾，就会先被争抢一空。占着便宜的人会愉快地歌唱；争抢不到的人会高声地骂娘；拎着鱼串的女人会对船家不停地讨价还价；孩子们时不时在人群中钻来钻去，用他们的小手指戳一下大鱼的脊背，抑或拎起几只小蟹小虾高兴地尖叫上几声。侯羿身靠着江边的水泥护堤，全神贯注着眼前这幅生机昂然的景象。她那呆呆出神的目光里，时不时地涌上一抹渴望的兴奋，看来她的内心里正经历着不同寻常的激动。肖明刚神情不无忧虑地看着侯羿的神态，唯恐她会经受不住这种外界的刺激。

此时此刻，只见侯羿激动地对肖明刚说："明刚哥，你过去给我把那一条扁扁的锅盖鱼买下来，好不好吗？就是那一条流着眼泪的。对，对！就是那一条！"

船家告诉他们说，这叫鳐鱼。这种鱼一般没什么人要。一条5斤多重的鳐鱼，船家只收了他们3元多钱。也不知是怎么的，这条鳐鱼仿佛长有泪腺,此时此刻,它似乎正瞪着绝望的眼神,泪眼汪汪地看着侯羿。侯羿从肖明刚的手里边,捧过了这条就要被人宰割的鳐鱼,一步一步地走下码头。然后她蹲在码头边,把手中这条扁平得就像是一面大锅盖似的鳐鱼,小心翼翼地放入在江水之中。她一边放,嘴里面一边还在低声地说着:"大锅盖,你走吧,你就走吧。唉……"然后,她的嘴里面又念叨起了:

  飞鸟一定要归巢;
  狐死,头向着山岗;
  流着泪珠的鱼儿,
  遥望着远方的海洋。

  那条鳐鱼在海甸溪边的浅水里,朝她摇摆着扁平状的锅盖形的身体,又摇摆了几下小圆棍一般的尾巴,再朝她张了几张嘴巴,拱了几拱扁平的头,然后就沉没在了通往大海的海甸溪水之中。坐在码头石阶上的侯羿,就这样默默地看着那条鳐鱼的离去。
  不少站在堤岸边和码头上的人,都不理解地看着她;甚至有几个人还在嗤笑这个花钱买傻的女孩子。这时候肖明刚也步下石阶,并在侯羿的身边坐了下来,伸手抚摸着她的臂膀,低低地叫着:"侯羿,侯羿……"
  侯羿没有挪动身子,她只是把自己的头,歪靠在肖明刚的肩膀上,抬手捂住了嘴巴,沉闷而又重浊地咳嗽着……

  肖明刚骑着自行车,从市中心的文明中路上弯到了三亚后街;然后又从三亚后街的小街道,大拐弯地转向了和平大桥引桥的右侧。
  忽然,一辆黑色的小轿车从肖明刚的身后面驶近。一股因高速奔驰的惯性所产生了的气流,"呼"地一下就把肖明刚连人带车地撞倒在和平大桥的引桥上。奔驰的小轿车一擦而过,路面的空间里,只留下了一声"照底啦(H市当地话:找死啦)!莫想活啦!"的咒骂声。
  肖明刚从引桥右侧的桥面上,龇牙咧嘴地爬了起来,一副非常狼狈的样子:额头处鼓起了一个大肿包;右臂上刮破了一块很大的油皮;左膝部的裤子,被沥青地面磨擦出了一块小酒碗大的破洞;肘部的袖管也被拉毛了馒头那么大一块。

109

"操！"肖明刚一边掸着沾满了尘土的身子，一边低声地咒骂。随后他又自我安慰了起来，"不过还算好呀！我的运气还算是不错的呀！还没有让那辆小车的车辘辘从我的身上或者大腿上给辗了过去呀！"

肖明刚就这般龇牙咧嘴地扶起了倒在桥面上的自行车，扳正被摔歪了的车龙头，然后他把自行车靠在了桥栏杆边，身子倚靠着桥栏杆，凝望起桥下那许多泛涌着波浪的海甸溪水，发起了呆。

……也许，肖明刚以为自己的关心，已经能够让侯羿感受到了快乐，并且还可以帮助她减轻疾病所带给她的痛苦。也许，情况根本就不是这么一回事情（事实上那个时候的肖明刚，最起码他忽略了这么一个问题，就是侯羿对于他给予她的友谊，过分的敏感）。

尽管侯羿在肖明刚的面前，竭力地显示出一副快活的样子，并对他做出种种的表示，来证明她自己的身体已经恢复了健康。虽然她还时不时地掏出纸巾掩饰着嘴唇，抑制住一阵阵的闷咳，但是闷咳过后，她马上又会装出一脸若无其事的样子，对他漾开了她那一张美丽而又苍白的笑靥。然而肖明刚对侯羿所表示出来的情谊，却在理智地克制着。他尊重她，爱护她，关心她，跟她交往，却又注意着最起码的分寸，一点都没有越轨和过分的地方。不过这些，有时候却又让侯羿感到非常的失望。

于是就在这种失望当中，侯羿开始对肖明刚讲起了自己的身世。那是在十天之前，是在冬至那一天的傍晚。当时肖明刚和侯羿两个人，便漫步在沿江一路的江边上。他们依凭着江边上的水泥堤坝，肩膀挨着肩膀地，眺望着江对岸那个人声喧嚣繁杂的市区。

这时候海风徐徐，长堤大道边一棵棵、一排排的椰子树，在傍晚的风中摇曳。那象征着生命的摇摇晃动着的绿色基调，衬托起一座座伟岸的高楼。五彩的晚霞，点缀在紫蓝色的天隅。海甸溪水流淌着缓缓的清波；十几只浅灰色的海鸥轻轻地掠过江面；时而有几艘渔船"突、突、突"地驶过，宁静的江水顿时就被犁开了一道道的波澜。这美丽的晚景，犹如是一幅涌动生命的图画，给人以生活之美的感触。然而侯羿似乎却已经感觉到，生活正从她的身边悄悄地滑过和消失。在讲述自己的往事之前，她首先向肖明刚提出了她自己的愿望，她希望肖明刚能够以爱心给她真诚的一吻，哪怕就算是兄长之吻吧！因为肖明刚还从来都没有吻过她呢。在她的心目中，肖明刚的吻，似乎就是这人世间最美好的生活的象征。

她原本也有过非常美好的童年。父亲和母亲对从小就病病歪歪的她，也非常的钟爱。可是就在她十岁的那年，母亲因病去世了。不久父亲又娶了个后母。而当后母给她添了一个同父异母的弟弟之后，她在家里面就开始受到了百般的冷落。后来，她的父亲在工厂上班的时候，因为不小心被百吨油压机压断了右手上的四个手指头，受伤成了一个残疾人。从此她的父亲便开始沉湎于酒，人也逐渐地糊涂和浑沌了起来。

前年春季，父亲所工作的工厂倒闭了。父亲失去了工作以后，就酗酒更甚。不多一点的下岗费和后母收入的一大半，都被他糟蹋在酒精当中。而且醉醺醺的他，开始变得越来越凶悍，越来越暴戾了，动不动就拿她和后母出气。由于家庭收入的锐减，迫使正在读高中的她不得不中途辍学。以后她就给人家站一个店面、看一个摊位的，多少也给家里挣上一点收入。倘若后母要给儿子炖上一些排骨以增加一点营养，或者想给身体不好的侯羿煎上几个鸡蛋，她那个醉醺醺的父亲便在一旁破口大骂了起来：

"狗日的，龟儿子！别人都有鸡蛋和排骨吃，却让格老子我整天介地粗茶淡饭，这算是哪一门子的事情喔！那个病病歪歪的、龟儿子的身体，还要去补个啥子喔……"

听着父亲嘴里这些粗言秽语，心灵上滴着血的侯羿，便暗自流泪地把后母给她煎的鸡蛋端到了父亲面前。于是醉眼惺忪的父亲便毫不客气地接了过去，并且三下两口地就吃了一个底朝天。侯羿先天遗传下来的病情，眼看着一天比一天地严重起来。虽然医生给她开了疗效很好的药方，但是那些药的价钱，却又远远地超过了她家收入的极限。

由于经济转型时期大萧条阴影的笼罩，又是偏僻闭塞的内地小镇，再加上比苍蝇、蚊子和老鼠还要多的人口，犹如洪荒一样冲击着比凤毛麟角还要少的工作岗位。后来她给人家站店面看摊位的机会，也就越来越少了。当今的世道，实质上就是物欲横流的世道。那么多个腐败的官老爷们，只顾为他们自己和他们的子女营造幸福的小巢，还有几个还在为老百姓们着想？比如就拿两年前的"两森"现象来说，为官清廉的孔繁森们被贬放在西藏和边疆；而腐败透顶的王宝森们却乐悠悠地当着京官……现在的一切，除了只认金光闪闪的孔方兄以外，雷锋的光辉早已黯淡，徒剩下一具空空的躯壳。那些世俗的、你争我夺的、权欲和物欲的利益，就像一块大肥肉一般,被狗叼在了嘴里面,任凭你怎么嘘它、吆它、打它、追它,它就是不肯轻易放下这块到嘴的肥肉。于是为了最基本的生存,侯羿有时候就不得不求助于自己美丽的姿容来谋取生计。而她那个一喝醉了酒就不能算人的父亲,又时常把他结交的"壶朋酒友"们带到了家中……

后来十九虚岁的她跟着那个狗屁的小龚离家出走了……她曾满怀希望,本以为从此能够建立起美满的生活,追求到自己梦中所能追求的爱情的橄榄树了。然而谁知……唉,去年深秋的时候,她从江南 C 市回转香溪河畔的家乡以后不久,就在冬天里的一个夜晚,她那贪酒如命、一喝醉酒就不知东南西北、就不能算人的父亲,从他一个"壶朋酒友"那里往回走的途中,一步三摇、醉醺醺地,不知怎么就掉进了冬天的香溪河……

为了埋葬父亲,于是她和后母便借开了债。因为不管怎么说,喝醉了酒的父亲再怎么不算是个人,但他毕竟是曾经生过她、养过她的父亲啊!今年初春的时候,她朝着自己的家乡——美丽的香溪河——投去了她最后的一抹目光,那是被毁掉了青春的目光啊!然后她就踏上了漂泊的旅途,坐车来到了这个南方大特区的 H 市。

谁知这时候的 H 市,正经受着前所未有的经济大萧条的困扰,先是国内经济上的宏观调控,紧接着就是全球性的金融风暴……为了生存,为了还债,无奈之下,她拼着自己有病的身体,干起了那个……唉,这就是现实生活啊!到了秋天的时候,她总算给后母寄上了那一笔还债的款项……

此时此刻,从对岸长堤大道上的什么地方,悠悠地飘了过来那一首熟悉的、然而却又是忧伤和凄凉的歌声:

> 不要问我从哪里来——
> 我的故乡在远——方——
> 为什么流浪——
> 为什么流浪远——方——
> 为了我梦——中——的——橄榄树——

三毛这一首为流浪的人们所唱的歌,也只有流浪在天涯路上的人,才能够去真正地体会和感受它那一种忧伤和凄凉的内涵。

大概是听了侯羿的那段往事的缘故,抑或是三毛的那首歌的影响,肖明刚的心里顿时就涌起了一阵一阵的悲哀。一种深深地为侯羿、也为那许多至今还生活在社会最底层的妇女们而悲哀的感觉,这时候就强烈地笼罩住了肖明刚。忽然有一颗星星在肖明刚的眼前闪烁了一下。不!那不是夜空中的星星在闪光!那是一颗折射着远处灯光的泪珠!那是泪珠在闪光啊!侯羿脸上那些满透着凄苦的泪水,此刻就像断了线的珍珠一样溢满了眼眶,滚出了眼角,顺着她那苍白和病态的双颊,倏倏地往下流淌。

　　肖明刚伸过手去揽住了她的双肩,将她拥进了自己的怀里面,轻轻地抚摸起她那悸动的脊梁,摩娑起她的头发。侯羿在肖明刚的怀里面不住地抽噎着、闷咳着……她显得是那般的无助、那般的无望、那么的凄楚、那么的哀伤。肖明刚的心里是非常的沉重,非常的难受。他想给她以慰籍,给她以快乐,想排遣她精神上那股悲沉低落的情绪,熨平她心灵上那许多苦巴巴的皱褶。然而他的嘴里边却只是在干巴巴地说着:

　　"侯羿,你不要这么悲观,不要这么消沉。知道吗?你听我说,打起精神来,振作起来。我们这代人会有希望的,我们会有未来的。"

　　"明刚哥,"侯羿在肖明刚的怀里边,抬起了她那双满含着泪花的眼睛问道,"像我这种人难道还能有希望?还能有着未来吗?"

　　其实说句老实话,当时肖明刚连自己都不知道他们这一代人究竟有没有希望?他们的未来又是个什么模样?那时候他只是抬起着面孔,眼睛望着很远很远的地方。天色渐渐地转暗;夜给大地罩上了紫灰色的幕纱;江对岸那一排排的椰子树,模糊成了墨绿色;那许多高楼大厦,黑魆魆地耸立着;远处闹市区五彩的霓虹灯,好像在不真实地闪烁;悬挂在东边天际上的那一弯冬月,给大地投下了些许惨淡如霜一般的清辉。不远处的地方,有人燃起了点点的香烛,焚烧着一堆一堆的纸钱冥币,在这个冬至的夜晚里,在这个海甸溪水的江边码头上,祭祀着和祈祷着,寄托着生者对那逝去的哀思和对未来的期盼。本来那个时候,肖明刚的心里面是想这样说:"但愿好人就会有着好报,侯羿!像你这样美丽、这样善良的女孩子,一定会有着美好的希望,也一定会有着幸福的未来的!"然而他却没有把这些心里话给说出来。因为那时候肖明刚对希望和未来这一类的东西,自己都不十分明确和肯定。他只知道世界上不尽人意的事情,往往就是百之有九十九。在这个大千的世界中,人来攘攘,全为利往;人去熙熙,皆奔钱去。世俗人的肉眼只看到虚表的躯壳,只盯着浅薄的物欲。而那些最为本质、最为美好的东西，往往又不被世人的肉眼所能看到。那会儿肖明刚根本就不知道侯羿是带着一种最终的企盼、一种最终的希望，在看着他的面孔。而他的回答和他的心声，对于她后来的生命来说，却又是如此的重要。然而肖明刚的眼睛，当时却只是在望着很远很远的地方，默然无声。

许久。侯羿垂下了眼廉，脸色急剧地晦黯了起来。她对一切都失去了希望。此时此刻，她仔细地倾听着沿江一路上那些熙来攘往的行人的脚步声，有好一会儿，她突然欠起身来对肖明刚说，明天她将离开H市。她不愿意明确地告诉肖明刚她打算去什么地方。她只是含糊其词地说她准备去南边的S市。不过肖明刚可以清楚地感觉到，这不是侯羿的心里话。侯羿要求肖明刚不要去找她。她答应会给他打电话的，并且还向他保证一旦从S市回来后，她就到他们公司去找他，向他解释一切。有那么一刹那，肖明刚的心里因侯羿的这一决定所产生了的极为不祥的预感，强烈地攫取了他的心灵。他坦率地承认，她在做出这个决定的那一刻，具有足以使他感到羞愧的巨大勇气。可是他还是不愿意相信这就是她自己的意愿。

侯羿在不停的闷咳声中，痴痴呆呆地倾听着这沿江一路上那许多行人们的脚步声。看着她这一副模样，肖明刚的心里忽然就萌生出一种隐隐约约的预感，就是眼前的侯羿，好像是一只这紫灰色帷幕下面的夜鸟，似乎正准备悄无声息地从他的身边飘忽而去。

那一天晚上，侯羿由于自己身体的萎顿，回去以后她早早地就睡下了。而肖明刚在她的住处，实在是站也不是，是坐也不是，于是，他便悻悻然地告辞而回。从此他就再也没有见到过她。仿佛他们三江公司H市分公司的铁门和院墙，把他与侯羿彻底地隔绝了开来似的。

后来虽然他白天埋头于自己的工作，专心致志地处理着公司里他那一块业务上的事情，晚上又常跟同事和朋友们聚在一起，喝喝啤酒、吹吹牛皮、打打扑克，等等。但是孤独、寂寞和空虚的他，在这个十天的时间当中却又时不时地思念着侯羿，希望侯羿能够给他打来电话；或者期盼着她能够不请自来，突然出现在他的面前，好让他能够有一阵高兴和惊喜。然而他的等待和期盼，却全都化成了泡影……

肖明刚推着自行车，脚步一跛一跛地来到了和平大桥东北下"一庙"村的一个叫柯阿叔的院子里。原先侯羿就租住在这里。同侯羿合住在一个屋子里的一个叫美珍的同乡姐妹，神情凄楚地告诉肖明刚说：

"肖大哥，侯羿是昨天晚上死的。她的尸体，现在还安放在医院的太平间里呢。三天之前，她是独自一个人去桥南的省中医院的。医院也说不清楚她究竟是死于什么病。因为她遗传的慢性疾病，似乎根本就不至于这么快地结束她的生命。据医生说，她在临死前的整整一天里，脸上都挂满了一种神奇的微笑。唉，这人啊，全都是假的哪！肖大哥，这么一个美丽、温雅的女孩子，她怎么说死就死了呢？"

美珍一边摇头叹息，一边就从枕头下面摸索出一本用偏蓝带紫的手绢包着的海蓝色软塑面的日记本，交给肖明刚。她说这是侯羿去省中医院前请她代为保管的。并且侯羿还对她说，如果肖明刚什么时候前去找她的话，她就叫她把这本日记本交给肖明刚；如果肖明刚不去找她，万一她有一个三长两短的话，她就请她到沿江一路的江边上，找个地方给烧了。

肖明刚接过这一本海蓝塑面的日记本，打开来并迅速地浏览了一下，日记是从将近两个月前，他和侯羿在东湖边上相遇的那一天，侯羿开始写起的。在这几十篇笔调哀怨的日记当中，记载了一个生病的女孩如何充满着对爱情的热望和对美好生活的企盼，并且每一篇日记都程度不同地表达出她对肖明刚的颂扬与爱慕。肖明刚翻到了十天之前，也就是冬至的那一天晚上，他们分别时她写下来的那一页：

我，一个曾经出卖过姿容的有病的女孩，是多么渴望能够有一片属于是我的爱情橄榄树的绿荫啊！可是，有谁会给我这样的女孩以那一片真正的充满着爱情芬芳的橄榄树的绿荫呢？唉，命该如此……既然死亡已经离我不远了，那么，我对生命还有什么值得留恋、值得吝惜的呢？还是像屈原所说的那样，"知死不可让，愿勿爱兮"吧……

看到了这里，肖明刚的心猛然撞击着胸腔，脸颊上的肌肉不断地抽搐，太阳穴鼓突鼓突地难受，捧着日记本的手在发抖，就连呼吸也如嘶鸣一般地重浊。侯羿不是死于她的病体，而是死于她对他的爱的绝望，死于她对人世间的爱的绝望啊！这时候肖明刚的心里感到异常的羞愧，异常的痛苦！甚至就连在这个出卖自己的美珍的面前，他都觉得是这般的无地自容！因为可以说在某种程度上，是他促使了她的早死，导致了她的死亡加快的速度。此刻他的心里面忽然升腾起一股强烈的愿望，就是想到医院里去看看侯羿，最后一次去看一看她，这是他所应该尽到的义务。于是，他便鼓起了勇气，央求美珍陪同他一起到医院去看望一下侯羿的遗体。

省中医院，坐落在和平大桥南端附近的和平北路的路西。在医院旁边的花店里，肖明刚买了好几束侯羿平日里最喜欢的、色素淡雅而又香气浓郁的女贞花，在美珍和管理人员的陪同下，他走进了那间有着浓烈的福尔马林怪味的充满了死亡气息的太平间。

太平间里除了一具具罩着白布的尸体以外，就是一片死寂。肖明刚站在侯羿的遗体前，呆呆地伫立着，只见她横陈在尸床上，双手伸直，两脚并拢，头部略低，一幅白色的罩布遮盖着她的身体和面容。天花板上那一盏暗淡的日光灯，向周围投下了些许惨淡的青辉，就连她的尸床，似乎也在发出滞黯的色彩。肖明刚把右手伸向了白罩布，准备将它掀开；但是他刚一掀起罩布，便有七八只苍蝇从开口处逃逸了出来。他浑身打了一个冷颤，不过他还是挪开了那块白罩布。这时候他看到了侯羿那张如同土灰色的浮肿的面容，两瓣失血的嘴唇微微地张开着。

他把几束色素淡雅的女贞花，默默地分放在她的手边和她的胸前。管理人员在旁边催促，美珍又触碰了一下他的手臂。他最后再一次深深地看了一眼侯羿两瓣微微张开的嘴唇和她那张如同土灰色的浮肿的面容后，便满怀凄恻，带着一阵阵的颤栗，昏昏沉沉、踉踉跄跄地走了出来。

在大街上行走的时候，肖明刚痴痴呆呆的，不知该上哪里去才好。昏昏沉沉、恍恍惚惚之中，他推着自行车来到了地处在市中心的文明中路上。街上纷纷扰扰，人涌如潮，一片恼人的喧嚣。霓虹灯在店面门口闪烁。商店的橱窗里摆满了各色各款的、琳琅满目的、节日的货物。不知道从哪个店铺里，还飘出了那一首伤感的歌声：

不要问我从哪里来——

我的故乡在远方——

为什么流浪——

流浪远方……

为了我梦——中——的——橄榄树……

大街上，脚步醉醺醺的男人们跟着哼唱；浓妆艳抹的女人们也跟着哼唱。然而这一张张男男女女的在店面灯火映照下的面孔，似乎全都浮肿着。仿佛这许多浮肿的面孔又全都认识他，全都眨巴、眨巴着毫无生趣的眼睛在瞧着他，向他微微地张开着他们的两瓣嘴唇似的……肖明刚倏地转过身子，急忙骑上了自行车，回到了地处在海秀大道上的公司的宿舍。

宿舍里的牌局已经散去。几个同事还在饶有兴味地讲述和争执牌局中很有趣意的打法，都在竭力地让对方去接受自己独特的意见和见解。这时候肖明刚目光呆滞，偏头凝望他们那些昂奋激动的面孔，此时的他就像一个斜睨着他们的局外人似的，他们那种趣味盎然的神态让他觉得非常可笑。因而他便在桌子前坐下来，低头看起了美珍交给他的侯罪的日记。

谁知他的右手，不知怎么就握开了钢笔，而在那一本摊开了的日记本的空页上，则出现了十几个大小不一的、仿佛尽在他的脑海中萦绕的形象：一张如同土灰色的浮肿的面孔，两瓣失血的嘴唇微微地张开着……

2001 年 8 月写于北京

首都机场那个小卖店

一

那是1998年冬季一个极其闷热、极其焐心烦躁的日子。有一股在南太平洋上游弋的代号为"拉里娜"的暖洋洋的气流，一经登陆后就变成了呼呼的热风，夹带着浓重的海腥味，卷起了满地的落叶和尘埃，在这南国都市的土地上施虐般地刮了整整一天。从早到晚，气温最高时竟然达到了摄氏28度。可热风还是刮个不停，把我所在的三楼的家里刮得到处都是尘土，就连我准备随身携带的大旅行箱里，也都刮进了许多细细的灰尘。

我光着脚丫，拖着高泡塑料拖鞋，在屋子里"啪嗒、啪嗒"地走来走去，脚板底脏得就像在乡间土地上劳作了一天的农民一样。于是我便冲了一个澡，换了一身干净的衣裳，又把旅行箱里的物品全都给倒出来，拍了拍灰尘，然后再一件一件地装进箱子里。这是我在南方老家里度过的最后的一天。

天黑下来的时候，我和母亲、哥哥、嫂子、表妹、侄儿小俊等几个人，在掩映着棕榈树的情调高雅的望海大酒楼里围桌而坐，用了最后的一顿晚餐。我特别喜爱这里的粉肠包的鱿鱼卷。那天也不知怎么，我就想要把这里的粉肠鱿鱼卷给吃饱、吃足和吃够，因为北京不一定会有，就是有的话，也不一定会有我们家乡望海大酒楼这么好味道的粉肠鱿鱼卷。

晚餐结束后，当我们大家准备坐上出租车的时候，我左臂弯夹抱着只有隆冬才穿的、厚厚的、紫花羽绒服大衣。留下来看家的嫂子揶揄我说："嗨，小玉，看你这副模样，就像要去冰天雪地的西伯利亚一样！"

"海霞，"哥哥抢着替我回答说，"上飞机的时候行李不能超重，所以小玉这一件羽绒服大衣,她就只能抱在手上了。"

"我听说北京这个地方,好像也不怎么冷呀。"

"谁说不怎么冷的?"哥哥又抢着替我回答说,"听中央电视台的天气预报说,今天晚上,嗨,气温要零下十二度呢!"

"嗳,小玉,"嫂子向我打着招呼,"我要照看小俊这个孩子,就不去送你了。祝你一路顺风。以后可别忘了给家里打电话喔。"

"噢。"我向嫂子挥手告别。

不一会,我那只接触羽绒服大衣的左手,很快就渗出了汗珠,蔫呼呼的,真让人觉得恶心!说句心里话,我真难以相信在同一个国度同一个季节的同一天里,我们家乡城市的气温高达零上28度,可是北京的温度,根据中央电视台的天气预报说,今天夜间最低要零下12度呢!今晚我将动身去北京。说得准确一点,我将调到丈夫的身边,调去北京工美集团工作。我相信飞机到了北京后,丈夫他准在机场出口处的外面等候呢!听说北京的白天和夜晚温差很大,大概有十几度吧。但不管怎么说,我将搭乘今晚直飞北京的飞机,而冬天里的北京,这羽绒服大衣似乎又是不可缺少的。虽然在我们家乡城市的现实生活中,大衣永远都是多余的,就像国宝一样罕见。可相差只有三小时的路程,它却又像天女羽裳一样不可忽缺。

坐在出租汽车里,我隔着车窗玻璃,时不时地向外面张望,街道两旁那许多随风摇曳着的椰子树、繁花怒放的紫荆树以及黄花羞涩的相思树,都被急速抛在了我的脑后。黑魆魆的高楼大厦的上边,那许多时而闪烁着红红绿绿的霓虹灯,让人看起来总觉得是那么虚假、那么不协调地矛盾着,就像我们所处其中的这个戴着一副虚假面具的世界,其表象和实质永远都是那么不协调地矛盾着一样。出租汽车在经过机场东路的时候,似乎我又闻到了从路边那许多大排档里飘溢出来的烤鱿鱼串的香味,这又勾起了我的食欲。不过我可没有好意思说出来。出租车里面,母亲絮絮叨叨个不停。只要一听她开口说话,就连那个陌生的开出租车的司机,都知道她的宝贝女儿——也就是我了——将要到北京去工作。

"玉姐,"表妹问我,"你什么时候可以到北京哪?"

"很快的,小敏。大概最多也就是明晨的5点钟左右吧。"

不多一会,出租车开进了紫黑色夜空下的机场,开到了停车处。下车后哥哥便把机场搬运工喊来,吩咐他赶快替我搬运行李,结果弄得我这个行李的主人反倒在一旁干瞪着眼睛。而后我们一行人，鱼贯地走上二楼宽敞的候机大厅。此时装饰在候机楼厅天花板上那一大片格栅灯的灯光，反射在擦得锃光闪亮的将军红大理石的地面，再明晃晃地映照在各个有着不绣钢边框的广告牌上，然后又波光鳞鳞地潜向候机大厅的四面八方。

这时候，忽然有两个身着艳丽衣裙的女人朝我急急地奔来，着实把我吓了一跳。我抬眼看望，原来是中学时代的女友。她们把一束洋溢着浓香的女贞和粉红色的箭兰献给我时，母亲就用比这女贞和箭兰还要漂亮的话句，替我表示了深深的谢意。跟女友还没聊上几句，我便意识到她们似乎都在羡慕我有一个有着博士学位的丈夫以及我这个即将成为北京美工师的境遇。其中一个女友已经结了婚，并且还有了个两岁的男孩。她嫁给当地一个暴富的大款，生活安稳和富裕。可是她这时候却说："慕容，这日子过得太平淡无奇，反倒觉得没意思了起来。"人就是这样，总爱站在这座山上望着那座山，最后仿佛还是觉得那座山上的风景优美似的。"不过慕容，"后来她又感叹地说，"回过头仔细地想一想，作为女人，能够嫁给一个有钱的男人，过到像我现在这个样子，也就应该是不错啦！"

另一个女友，在一家公司里面担任文职工作。不过她也千方百计地想要去摆脱现状。"慕容，"此刻她说，"我就希望自己这一辈子，能够随心所欲地到各处去跑一跑，看一看，见一见世面！但是一想到自己现在的生活，充其量就被框在了这一座方圆只有几十平方公里的城市里的时候，我的心里面不免就会生出一种索然无味的感觉。"

"两位姐妹，"我对她们说，"今后欢迎你们去北京做客喔。"

于是她们两个人都说，只要一有机会，她们肯定要到北京这个全国政治经济的中心，这个有着悠久历史文化的古城去看一看，玩一玩，到了那时候，恐怕免不了要给我添上许多的麻烦呢。没有呆上多久，那个已经结了婚的女友仿佛有一点耐不住地说："慕容，我总不能把孩子和丈夫扔在家里边，不去管他们吧？对不起了慕容，我就可要先告辞了。"

说完，她就告辞着先走了。我同那一位还在独身的女友，一直把她送到了候机厅的升降电梯口。忽然这时候，有一大帮人乘着电梯涌涌而上。他们身上散发出的一股股热风和尘埃的气息，让我们两个人着实大吃了一惊。于是我们很快就又折回到母亲和哥哥坐着的地方。

"哇塞！这么多人哪！都是一些什么样的人哪？"候机大厅里的所有

人，都被这一帮络绎不绝地涌现出来的男人所吸引，都转过头来向他们看望：这一帮人身穿着西装礼服，打着锦缎领带。他们一边走，一边还在"呼啦呼啦"地晃动手里面握着的艳丽的花束和红底金星的小国旗，就像花团锦簇的浪花一般，滚滚地涌进这个宽敞的候机大厅。为了躲避这一群涌动锦簇浪花的人流，候机的人们自然而然就都移到了边上。这一帮人足有一两百个之多。当他们全都涌进二楼的候机大厅以后，就在大厅里最明亮的地方，自动地列队成两排，形成了一条笔直整齐的人墙夹道。

还没过几分钟，升降电梯口那儿，又有五六个人簇拥着一个核心人物出现，并呈箭头形状地在整齐的人墙夹道中走着，俨然是一副大人物的派头。并且还有不少照相机和摄像机，在前、后、左、右地跟踪和拍摄。构成焦点的几个人，也都身穿西装礼服和打着绸缎领带。但是他们要么身材魁梧，要么头发后梳，让人一眼就觉得他们的气质和风度绝对与众不同。而那个构成焦点的核心人物更是气度非凡。他里穿藏青色的全毛西服，外罩也是藏青色的全毛风衣，一头整齐梳拢的灰发，满脸堆着微笑，向欢送他的人群时不时地打着手势。一会儿队列中有一人出列向前，朝那个核心人物鞠了一躬，夹道的人群顿时就报以暴风雨般的掌声。我们离得远，听不见那个人都在向那个核心人物说些什么。然而作为男人而言，他的嗓音似乎有点过于尖利和刺耳，与其说是人在讲话，还不如说是一只公麻鸭在"嘎、嘎、嘎"地乱叫。候机大厅的四面八方，全都传递着人们的议论声：

"是来送行的？"

"都是一些什么人哪？"

"嗨！好大的派头啊！"

人墙之中，每隔上两三分钟，就有一阵热烈的鼓掌声，在向四面八方波动和荡漾。这样重复了几遍以后，掌声忽然就雷动了起来，经久不息。紧跟着一个身穿职业套装的年轻女郎，抱着一束跟我此刻膝盖上放着的一模一样的白色女贞花和粉红色箭兰花的花束，出现在队列前面，她把花束庄重地献给那个穿着藏青风衣的核心人物。接受献花的人就在这一片经久不息的掌声中，把花束高高地举起来。这时候，一些手持照相机和摄像机的人们，便紧紧地抓住这个场面，"咔嚓、咔嚓"地拍摄起来。而构成焦点的那个人物以及欢送队伍中的每一个人，都在这一片镁光灯的闪光之中，不失时机地挤着一张笑脸，挺着一个肚腹，好让那许多照相机和摄像机，永远地留下他们那一副犹如是做戏一般的尊容。

这一大帮人，此刻就完全浸沉在这种隆重的敬畏和热烈的陶醉中。而这种敬畏和陶醉的感觉，似乎又被迅速地分割成为一片一片的碎片，犹如"禽流感"的病毒一般，向着大厅的四面八方，猛地迸裂了开来。甚至就连我们这许多与之无关的人，仿佛也都被感染了这种病毒。我和哥哥，我们两个人彼此你看看我，我看看你的。于是哥哥就向前走了几步，踮起了脚尖，朝着人墙里边看了几眼。在往回走的时候，他对我们说：

"嗨，原来都是一些市政府各部委办局的人！中间的那一个，穿着藏青色风衣的，就是市长程叔叔。呶，就是接受献花的那一个。"

"什么？"母亲此时惊讶地问道，"是你程叔叔？有什么事情哪？怎么会摆出这么大的派头哪？"

"这许多来欢送的人，"哥哥又说，"恐怕，大都是市政府各个部委办局的一二把手以及各大公司的头儿脑儿们！其中我也认识不少个呢！哎——怎么，程小勇怎么不在这里面呀？"

此时此刻，我也极力地踮起脚尖，晃动着脑袋，在那一大帮欢送的人群之中进行搜索，看有没有程小勇。"看不见，"我说，"他要是在场的话，我想应该一眼就可以看得出来的。因为他的个子很高呀！"

"听说你程叔叔，"母亲问，"马上要升为副省长了吧？"

"妈，是有这个传闻，"哥哥说道，"不过，我私下里可听到不少有关程叔叔的非议呢！说他这个人太过霸道，而且还、还……"哥哥顿了一下，然而他说话的声音，却明显地低了下来，"还喜爱收人家的礼呢！据说小的还不收！要收就收大家伙呢！"

就在这种热烈而又隆重的氛围开始往下回落的时候，候机大厅里面的广播通知飞机起飞和抵达时间的喇叭声，喧嚣地插了进来。我们之间该说的话也都说得差不多了，我就只等坐上这架飞机，向着北方飞行了。

女友用一副见过点世面的口气说："嗨，市长的派头可真大！就连欢送的方式也都不一样呀！看着这许多西装革履的头儿脑儿们，这么地毕恭毕敬，这么地低三下四，心里就感到舒服，就有一种高高在上的感觉！"

情窦初开的小敏表妹也在一旁大声附和说："以后我要嫁人的话，就非要嫁给一个当官的，去过一把官太太的瘾！你们看这官太太的架势有多威风，有多神气啊！对于那许多马屁精你怎么颐指气使、吆五喝六都行！"

"小敏，你这孩子。"母亲不以为然朝表妹地摇了摇头。

说实在的，我已经等得心烦意乱了。我看那些西装革履的一二把手们也都开始百无聊赖了起来。队形也开始有一点松松垮垮、疲疲塌塌的了，就像一些被戳破了的汽车轮胎，气慢慢地跑光了一样。不过这些人又不敢走。这还不算，紧接着候机大厅里的广播又播出了一条通知，说是为了飞行途中的安全起见，现在要对飞机进行紧急检查，飞行时间可能要往后面推迟一点。至于什么时候检票，请旅客们耐心地等候广播通知。

"走，"哥哥对大家说，"我们到那边的茶座里去喝一点什么吧。"

都凌晨一点多钟了。茶室里，表妹不停地打着哈欠；女友也开始眨巴起了眼睛，就连母亲和哥哥的脸上，也都流露出一片疲倦的神色。我的桌子对面坐着一位年轻英武的高个子的中尉军官。此时的他，正把长长的腿脚伸到了桌子的外沿。当他的目光和我的眼神相遇之后，这一位高个子的年轻军官顿时就流露出了一种寂寞的微笑。程叔叔有一两百个下级在为他隆重送行，我好歹也有四五个亲朋好友跟在身边，可是这个年轻的中尉，在这个南方城市机场的茶座里，嘴里衔一根吸管，独自地吮吸着我家乡特产的椰子汁。我们三个人之间的差别这么大，使得我感触颇深。

要是在几年前，命运女神安排我和程叔叔的儿子程小勇结婚的话，那又是一种什么样的情景呢？我的眼睛凝视着纸杯里的"奶昔"，可思绪却开始沉入不现实的世界。应该说我可能比现在要有信心得多。那时候要是有人告诉我说，为了能和程小勇结婚，就非得要好好地学习工商管理专业不可的话，那么，我也就无所谓要躲到那些什么印象派、什么现代派的画布跟前，而去攻读工商管理专业的课程的。说不定这时候，我也会穿上时髦的礼服，站在列队成排、夹道欢迎、构成中心和焦点的地方，暴露在一两百个头儿脑儿们的眼线下以及多部照相机和摄像机的镜头中，以省城投资公司总经理夫人的身份，来接受一束白色的女贞或者粉色的箭兰……

候机大厅里的广播，突然打破了我的幻想。我不禁莞尔一笑地摇了一下头，把涌上心头的不现实的思绪，全都给摇走了。广播通知去北京的旅客从入口处进去，以便进行登机前的安全检查。我们一行人在走出了茶室的时候，坐在我桌子对面的那个中尉军官，他也不慌不忙地拎起了放在自己脚边上的手提箱，跟在我们后边往茶室外面走去。

我们刚步入大厅，忽然就听到了热烈的欢呼声，大概就差着要喊"万岁"了。那一帮西装革履的头儿脑儿们又像原先那样，摇动起手中的花束和小红旗，花团锦簇地列队成两排，夹道欢送着他们的头儿；好多部照相机和摄像机又都打开了镁光灯，对准焦点"咔嚓、咔嚓"地拍摄了起来。我跟女友握手、道别，又拍了两下表妹的面孔，再同母亲和哥哥分别话别了几句。当我快要走进安全检查口的时候，我又回头张望了他们一下。

就在目送我的亲朋好友的后面，那一帮西装革履的头儿脑儿们那最后的掌声和欢呼声，就像飓风刮起来的海浪一样，急急地把我向前推去。

二

随着涡轮发动机的运转以及气体喷射式的推进，飞机把我的家乡——这个南方的城市——给甩在了机翼和轮胎的下边，撂到了屁股的后面。没过两分钟，它就飞临在琼州海峡的上空。

我坐靠在飞机的舷窗边，把椅背放斜，将粉红色的毛毯覆盖在自己的腹部和膝盖处，并且还尽量地去伸展自己的身体和腿脚，舒舒服服地仰靠在机舱里的座椅上。不多一会儿，巨大座舱里许多小小的灯光，也就随着飞机平稳的飞行，而被一个一个地关闭了。

坐在我身边的那个年轻的中尉军官，在没有等到空姐过来分发毛毯的时候，他就替我从架子上拿下来。他是在我后面上来的。他上来以后便毫不犹豫地走近我，好像他还问了一句，可不可以坐在我旁边的位置上。这有什么不可以的？我本人似乎也愿意他坐在我的身边。这倒不是说我有什么非分之念。不过在旅行途中，能有这么一位英武的年轻军官靠我坐着，到时候就是发生了恐怖分子劫机事件或者空难事件，我似乎也用不着去害怕什么。中尉在给自己取下毛毯的时候，顺便问我要不要。然后他不仅给我拿下来，并且还帮着把毛毯给铺开，温存地裹在我的大腿上。

我听到来自斜前面座位上的说话声，就微微地睁开眼睛，向那里看望：那是程叔叔与市政府的几个随行官员和秘书，在小声地交谈着什么。程叔叔此刻仰躺在座椅上，把一头略显斑白而又向后梳着的头发，披撒在椅背上。他可能不会认识我了。再说我也不是十五六年前那个小黄毛丫头了。这个时候，我虽然已是疲惫不堪，然而闭上眼睛却总也入睡不了。难道是自己太激动的缘故吗？想到这里，我又无端地自怨自艾了起来。

我和丈夫相隔了六七千里路，而今却只需3个小时就将和他团聚。可是我对和丈夫的团聚，似乎并没有什么特别的兴致。可以坦率地说，我并不爱自己的丈夫。至少我没觉得这个分子生物学博士的丈夫，有什么了不起的地方。呆在他的身边我也不会有太多的激情，更不会感到由衷的幸福。因为他完全浸沉在他那个高尖领域，根本无暇顾及到我身边这些实在的生活。何况我对他也难以理解，又不想进入他的精神世界，并且在生活中也未能和他打成一片。爱情是一种感觉。是多情男士和怀春女子，在面对某个异性的时候，自己体内的苯乙胺增多而产生的晕眩感而已。当然这并非说我就是个不规矩的女人。不过我和丈夫之间除了遵循现实原则下的例行房事和麻木的性爱生活以外，他确实也无法让我体内的苯乙胺剧增多少。就拿"爱情"这个词汇所引起的联想来说吧，哪怕只是一瞬间的联想也好，说不定我还曾经爱过我身边这一位年轻的中尉军官呢！

　　真的。当这位年轻的军官俯下身子，为我的膝盖裹上毛毯的时候，我看到他英俊的脸蛋上，有着很多红豆粒般的青春痘。就在那一瞬间，我甚至对他脸蛋上的这些个青春痘都产生了好感呢！这时候熟睡之中的他，说不定就是带着这一张有着青春痘的脸蛋，在开着一簇一簇小黄花的相思树下，迎着柔和的海风，披着圆月撒下的清辉，抓住梦中情人的纤纤玉手，揽住梦中情人的小细腰，轻轻地吻着梦中情人那两瓣温柔而又性感的嘴唇……说不定这个时候，也许他还会把我梦作为他的梦中情人呢！

　　我明知道这样的联想是多么荒唐，多么滑稽，多么可笑！然而就像他这个萍水相逢的、甚至连姓名都不知道的、年轻的中尉军官，有时候都会比我那个分子生物学博士的丈夫，更能使我动心。但是，我至今真心爱过的人，可以说只有一个，那就是程小勇了。现在我渴望见到他。如果他现在也在这架飞机上，也在这几个西装革履的官员和秘书中间的话，也许我就会毫不顾惜我那个在首都机场伫候我的丈夫，也毫不顾惜我的名声，而跟着他一起远走高飞，哪怕是漂泊流浪在海角天涯，异国他乡。

　　还在我很小的时候，我和小勇就经常到一块周围长着芭蕉的小空地上去玩耍。一棵开着一簇一簇小黄花的相思树，好像是一个偶然混进来的陌生人似的，在那地方看着我们童年时代的嬉戏。少年时期的小勇，腿脚生得又细又长，这注定着他长大以后，会成为一个个子高高挑挑的男人。他比我大了两岁。当时他不怎么陪我玩，只是时常神经质地纠皱着眉头，眼光似乎又看望着很远、很远的地方，人小鬼大地想着什么心事。

记得有一天，在那个开着一簇一簇小黄花的相思树和有着芭蕉围着的小空地上，小勇送给了我一本带插图的《安徒生童话》。打那以后，我的心里就梦想着将来长大以后要像海的女儿那样去嫁给王子似的小勇当妻子。

我和小勇在有着相思树的小空地上玩耍的时候，已经是改革开放的头几年了。当时我们两家都在同一个国营橡胶林场。那时候我父亲是林场分场的场长，程叔叔是分场的副场长。不过程叔叔比我父亲要年轻和活络，嘴巴也会说一点。又过了一个时期，我父亲当上了总场的场长，程叔叔也就提升为分场长的职务。那几年，南海上空的台风经常袭击我们的橡胶林场。我听母亲曾多次说起那几年的经过。由于一场非常有名的台风的袭击和施虐，我父亲为了保护那一片年轻的胶林，他组织林场的职工进行抗灾救险，然而过于劳累的他却被压在了一棵让台风刮倒的橡胶树的下面……

至今我还隐隐约约地记得，我跟在哭红了眼睛的母亲和哥哥的后面，同全林场的职工们一起，将父亲的遗体送去了墓地。而我父亲的追悼大会就是由程叔叔主持的。父亲去世以后，程叔叔便接替了我父亲的职务。之后没几年，程叔叔在橡胶林场工作的成绩颇为突出，屡屡得到上级的嘉奖。于是在后来的两三年，他就被调往南边的一个县里去工作了。打那以后没多久，我们全家也搬到了当时还是州府的城市居住。当然，程叔叔之所以能有今天，他是在我父亲用生命做出贡献这个基础上，才有了他那个颇为突出的成绩和后来的机遇的。这至少就是我母亲的看法。

后来当我高中毕业，考进了南方大学美术系的时候，程叔叔的儿子程小勇，那时候正在南方大学读着工商管理系，并且比我高了两届。他真不愧是当时已经当上了省城代理市长的程叔叔的儿子，每天都开着一辆簇新的"本田雅各"去上学。我现在还记得，就在离我们大学不远处的"金海岸"大酒店的酒吧里，一个叫彭丽丽的女友把小勇介绍给我时，我当即就想起了那一片有着芭蕉围着的小空地和那一棵黄花羞藏的犹如是陌生人一般的相思树，可是我说不出口来。而小勇似乎也带着一脸不让我提及往事的那一种表情。他那个纠皱着眉头的神经质的老毛病，还是没有改掉。不过如今他脚蹬意大利有名的"牛魔王"，身穿香港入时的"梦特娇"，腕带纯金的"劳力士"，嘴里抽着高档的"玉溪"烟，看起来，他是不愿意再去提起那个偏僻而又荒凉的小空地了！

自那以后，我就经常跟着小勇和彭丽丽一起去看看电影、喝喝早茶、上上歌厅或者迪厅什么的。在我面前，彭丽丽毫不掩饰她对小勇的好感。不过我的心里也有这种想法。于是这就产生了一个棘手的问题：我要么成全他俩，要么就得背着彭丽丽把小勇抢在自己的手上。然而那时候我怎么都丢不开这种幻想：或许在什么时候就会发生小勇那个"花王子"和我这个"拇指姑娘"的恋情的这一变化的。因为我清晰地感觉到，小勇也在默默地喜欢我，所以每当彭丽丽想要单独约小勇出去的时候，他就非得要把我一块儿给拉上。这种情况，有时候还真有点让彭丽丽生气。记得有一次，那是在沿江三路泰得大酒店的酒吧里，我曾鼓起了勇气对小勇说："程小勇，你还记得小时候那个周围长着芭蕉和一棵相思树的小空地吗？"

可是令我感到有点惊讶和沮丧的，不管是那个有着芭蕉围着的小空地，还是他送给我那本带着插图的《安徒生童话》的事情，他全都记不起来了。最起码他对我做出了一副茫然无知的神态，然而他却没有这样去问我："嗨，小玉，你为什么不早一点提醒我呢？"毫无疑问，他这是在假装不记得而已。不过，即是他已经背弃了我们童年时代那种纯真的友谊，我也无所谓，因为他现在是处在一个飞黄腾达、青云直上的家庭环境中。至于他体谅不体谅我这个灰姑娘，我就不去多在乎什么了。

不过话又得说回来，但就仅凭他说话或者演讲时那一副无与伦比的嗓音和表情，我心里就不想去放弃他！那才叫做"男性"的魅力哪！低沉，安详，而且还含有让女孩子们着迷的自信，甚至还带着一点冷酷和无情的意味。所以每当我一听到这个嗓音时，我的全身就会不由自主地颤抖起来，就会产生一种情不自禁的感觉。他的嗓音让我联想起一只被狸猫所震慑住的浑身颤抖而又动弹不了的小白鼠。在他的面前，我就像一只可怜的小白鼠，浑身颤抖，但又期待被威风凛凛的他一口给吞下肚子里去。

可是我这样的联想，似乎并没有能够维持多久。那是在一个风狂雨骤的夜晚。由于缺乏自知之明的彭丽丽，出于一时的冲动，她向小勇倾诉了她的爱情。她说她爱他，深深地爱着他，想嫁给他，跟他永结秦晋之好。然而小勇却是极其冷酷、极其无情地拒绝了她。"彭丽丽，"小勇是既礼貌而又生硬地对她说："以前我们能够得以友好交往，主要是在于我们彼此的真诚，因此，大家才能够和睦相处。你看现在，事情既然都已经弄到了这般地步，我们若是再继续交往下去的话，免不了大家就会心生芥蒂，这让我们大家都会觉得不愉快的。为了能给将来留下一片美好的回忆，所以我们之间，还是不要再继续交往下去吧。"

这样一来，愚蠢的彭丽丽和痴心的我，一下就失去了这个风流倜傥的男朋友了。据彭丽丽后来告诉我说，她在遭到拒绝的时候，心里面曾经闪过这么个念头：是不是小勇爱上我了？如果小勇爱上了我的话，她要是不用刀把我杀了，也非得要让我的面孔上破相，以解她心头的夺爱之恨。

为了这个念头，她曾经还吞吞吐吐地问过小勇："程小勇，你是不是由于喜欢慕容玉的缘故，才会这样拒绝我的吧？"

"不是的，"小勇异常冷酷地回答了她，"彭丽丽，虽然你和慕容玉两个人都是我的好朋友，又都是很美丽的女孩子，但是你们两个人我一个都不会去考虑的。你想知道为什么吗？因为我此生的目标，就是要像我的父亲那样，在这个南方大特区省的舞台上，去描画我历史使命的蓝图。因此我就只想选择一个能够在这方面给我以帮助的女孩的婚姻。"

小勇的话似乎说得再明确不过了。彭丽丽终于探究到他心里真实的想法：他要找的是那种门当户对的有着政治联姻为背景的妻子，而不是单凭友谊或者喜爱这样一种淳朴情感的结合。亏了小勇没有喜欢上我，才使我免遭彭丽丽的暗算。因为我们身处其中的这个世界有着太多的变数，甭管你今天得罪的是什么人，说不准明天，你就会遭到各种不同的毒手。

可是时间一长，我开始又怀疑起彭丽丽的话来。难道小勇真的对她说起过不喜欢我的话吗？也许是彭丽丽遭到拒绝，就故意赌气地捏造出来的吧？因为我不相信彭丽丽的话的依据在于，小勇曾经像拥抱似地把双手放在我的肩上所留下来的那种炙烫的感觉，就是到了现在它还在我的肩膀上烧灼着呢！我的感觉告诉我，如果他那种举动不是出于爱的情感，而且不是很深很真诚的爱的话，那么在现实生活中，人与人心灵间的联系，还有什么值得可以去相信的呢？可是我又产生了很多的疑问，如果小勇要是真心喜欢我的话，那么在发生了彭丽丽那档子事情以后，他后来为什么又不来找我，不直截了当地告诉我呢？是不是彭丽丽会这样对他说："程小勇你可要知道，慕容玉她讨厌你呢！"如果要是这样的话，那也许就会伤害了小勇那副大男人的自尊心，从此他也就和我疏远了起来。肯定是这样的！彭丽丽肯定玩得是这套鬼把戏！她自己得不到的，她也不想让别人——尤其是我——去得到它！这个彭丽丽，你也太不是个玩艺儿了吧？

那个阶段，我就这么自怨自艾地，简直都不知应该怎样去排遣那许多郁郁沉闷的日子。因为我知道我对小勇迷恋至深的原因，恐怕这还跟我的虚荣心有关联！程叔叔是属于那种从基层起家，通过自身的努力，然后才在社会上获得如此梦幻一般成功的人士。但若是要从其质和量的方面，去对他的儿子小勇给予真正评价的，我认为也许就只有在那片芭蕉围着的空地上，跟小勇一块儿读过那本《安徒生童话》的我一个人了。真的。对于我来说，除了小勇以外，嫁给其他任何一个男人，似乎都没什么太大的区别。于是在大学毕业以后，大概有两年不到的时间吧，对与小勇的恋情实在没有指望的我，便糊里糊涂地跟李云龙结了婚。

李云龙是一个沉默寡言、憨厚朴实的男人，是属于那种性格内向的人。28岁那年博士学位毕业后，他本可以到中央某部委或者沿海某家世界驰名的外资企业去工作的。待遇比现在不知要高多少呢！但是出于对分子生物学的热爱，他却毅然决然、义无反顾地进了科学院下属一个专业研究所。

我和李云龙的婚姻是经别人介绍而成的。当我们第一次见面的时候，我的心里就凉了大半截。但却又找不到厌恶他的理由。他皮肤黝黑，中等身材，从正面看还不是丑男人。至于要说到风流倜傥的话，那他就要相差十万八千里了。当然，他绝对不能同小勇相比。无论是言谈举止，他都没有魅力，没有令女人动心的地方。在他的身边我甚至有时候还会产生一种奇特的感觉，就是这个沉湎于电脑、懂七八门外语并且在分子生物学领域有相当造诣的博士研究生的丈夫，他究竟是不是一个真正的男人？

我们结婚以后不久，丈夫的博士研究生一毕业，他便调进北京中科院下属那个专业研究所。又隔了不到一年的时间，也就是在最近这个阶段，由于云龙他那个研究所的领导，出面与有关部门做了大量的工作，于是我便调到了他的身边，调来这北京的工美集团总公司工作了。

三

大概在早晨六点钟左右。空中小姐用她那种流畅的普通话对我们乘客说，北京就要到了。她要求大家系好座位上的安全带。而坐在我身旁边的那个年轻的中尉，他又主动地帮助我系好和扣好了安全带的带扣。我便用充满了感激的表情朝他微微地笑了一笑。

不一会儿,我透过飞机的舷窗,俯瞰到幽暗的说不上是森林、还是平原的地面和闪烁如群星般的城市。这个时候,这个闪着星光的城市犹如是一块衬托在黑色天鹅绒上的硕大的钻石。机翼下面这幽暗的大地和这个灯光闪烁的城市,从表面上看,它们好像井水不犯河水似的,但是在实际上,它们却又互相执拗地搅和在一起,彼此都想要把对方给压倒,或者都想要把对方给拽到自己的这一边来。

我们乘坐的飞机的机翼,就在这块硕大的钻石和巨大的黑天鹅绒的上空,兜了三四个圈子以后,飞机才开始慢慢地着陆。待到飞机在跑道上停稳以后,邻座的中尉问我前往北京的什么地方,需不需要他的帮助。

"谢谢你中尉。"我嗫嚅地说,"我丈夫在机场出口处接我呢。"

听说我的丈夫在机场出口处接我的时候,在那么一瞬间里,年轻中尉的眼睛里似乎涌起了一抹失望的神情。不过他还是潇洒而又大方地,给我留下了他清河驻地的地址和电话号码,并且又非常友好地说:"那么,女画家小姐,今后有机会的话,我们就保持联系吧。"

我知道这写有地址和电话号码的纸条,对于我来说犹如是废纸一张。我不是出墙的红杏,也不需要同一个没有任何关联的只是偶然在旅途中相识并挨坐在身旁的年轻男人交往什么。然而我还是礼貌地收下和叠好,并且装进了羽绒服大衣的口袋里。年轻中尉在"再见"声中,给我让开了道。于是我就在他前面踏上了活动扶梯,走下了飞机。

周围的万籁俱寂,时不时被腾空而起的飞机发动机的声音所打破。清晨的寒冷和清澈,似乎也延伸到了广漠无垠的远方。东方的天边开始透露出一抹鱼肚白的横线,并且还在不断地扩展和渐次地升高;其间,有着些许樱桃红和丁香紫的颜色,正不知不觉地掺和在这一道鱼肚白的横线周围,融化为一体……这一切全都预示着:首都北京的黎明,已经开始来临了。

首都机场里面的停机坪上,停着很多架不同类型的飞机,并且好多架飞机的发动机已经在隆隆地轰鸣着,好像是鸽群一般准备着起飞。程叔叔他们5个身穿西服、外披风衣的官员们,在我前面不远处的地方走着。与昨晚所不同的是,他们这会儿全都默不做声。迎面袭来了一阵好像是从冰窟雪堆里刮过来的冷风,直直地砭人肌骨。这风多冷啊!我心里想,如果它有颜色的话,那也是那种冰块的浅蓝,还略带一些褐色的斑点。凡是冷的都不是爱。爱就应该是温暖的。我看见走在前面的程叔叔，在冷风之中略微地缩了一缩肩膀，就在这一刻里，他整个的人，似乎也就矮小了不少，就连那件藏青色全毛风衣的下摆，仿佛也扩展出了许多。

"程市长，"大概是他的秘书在问，"您冷不冷哪？"

"不要紧的。"

"程市长，程总经理这时候，可能已经等得着急了吧？因为，我们比预定的时间，要晚了一个多小时呢。"

我真怀疑自己的耳朵是不是把这句话给听错了！这一刻，我完全把自己的丈夫抛到了脑后；就连那个正快步向前走着的中尉军官，在超越过我并对我点头致意的时候，我也只是机械地回应了一下，以表示自己还懂得礼节而已；因为这个时候，我认为市长秘书嘴里面提到的程总经理，应该指的就是程小勇，而不会是别的什么人。

我在程叔叔的后面走着，走着，忽然就想象起了这个时候的小勇，可能正挽着他的妻子，在机场出口处的什么地方，翘首盼望着他的父亲的情景。不知怎么的，我总觉得小勇的妻子身穿一袭紫红色的皮外衣，皮外衣上还衬着一条紫红色的狐狸毛领，头戴一顶也是紫红色狐狸毛的皮帽，脚上蹬着一双红色高筒靴——整个一身的火红色。呵！小勇的女人啊，就应该像是蒲松龄笔下的美丽而又热烈的狐狸精那么漂亮呵！呆一会儿我要是碰见了小勇的话，应该说些什么话才算是最得体的呢？突然之间，我忽然就嫉妒起小勇这个投资公司总经理的幸福生活来了，他不用自己去提行李，也不用自己去买票，家务事有保姆做着，出外旅行，一路之上，所到之处，不但有自己公司里的职员给侍候着，就像程叔叔那样，甚至连温暖、适中的洗澡水，可能都已经给他放好了呢！

一出了检票口，我的心就拧了起来。我的丈夫李云龙站在检票口外，正朝我挥着手臂。他换了一副大眼镜，身穿中空棉袄，头上套了个"棉猴"帽，嘴上戴着一只大口罩，简直就是一副北方土老冒的模样。然而像小勇那般模样的人，却连个鬼影子都没有。

"嗨！小玉，我都快要冻僵了。"

"是吗？"

"今天我们两个人，"丈夫凑在我的耳朵边说着悄悄话，"非得要好好地单独聚一下。我们都快有一年不见面了。"

我把眼光挪到了一边，因为刚才的思绪还在我的心里纠缠着呢！此刻听了丈夫的话，真的，我就差一点没有高声地叫起来："嗨，鬼才愿意跟你单独聚在一起呢！"但我还是克制住了自己。这就是我们这一对别离了将近一年时间的夫妻一见面时的对话和心理活动。丈夫对机场的服务人员吩咐了一番，并付给了他搬运行李的费用。说句实在话，还真是亏了他半夜里就起身赶往首都机场，并且在这零下12度的清晨里面，忍饿挨冻地守候在机场的出口处。等到我的行李提着了以后，丈夫便对我说：

"小玉，我们去那边的饮食店，吃一点早餐再说。"

"嗨，我都吃过早餐啦！飞机上供应的。"

"是吗？"丈夫似乎有一点失望地说，"真没劲！不过也难怪嘛，飞机晚点了嘛。嗳，小玉，还是陪我到那边去吃一点吧，好吗？"

我用一副戏谑和嘲弄的口气，揶揄起他说："嗨，云龙，就冲着你这一副傻老冒兮兮的样子，我也得要陪你去呢！"

我们拖着行李，迈步走过地面擦得净光锃亮的大理石的走廊，走进了老机场里面的饮食店。当时，首都机场的新航站楼，正处在热火朝天的建设当中，还没有对外投入使用。

"先生，小姐，早晨好。"迎接我们的是一个热情的女孩。晨光映照在年轻女孩那一脸秀气白净的笑靥上，凸现出一副东北混血女郎的美丽。

我们在饮食店里坐下以后，丈夫点了一份炒肝、一屉小笼包、两只茶鸡蛋。为了奉陪，我便要了一碗豆浆。饮食店的墙壁上，张挂着一幅很大的机场新航站楼的效果图。我看了一会儿，便问起丈夫："这个首都新机场楼，真有效果图上这么美丽，这么壮观吗？"

"应该是有的吧，"丈夫说，"据说为建设这个新机场楼，国家总投资将近有一百三十多亿哪！"

说完以后，他就沉默不语地吃起了早餐。我也不再说话。后来我实在憋不住了，便又问起了他："云龙，你就不能带我去看上一看吗？"

"看什么呀？呵，你说是首都新机场楼啊，待一会儿，我们就到那边去转一下吧。"

"我们坐什么车子回去呢？"

"打一个的吧。"

"不乘坐机场班车？"

"乘坐机场班车,两个人也要四五十元钱,到了市区里面还要再去转车。而打个'的'的话呢,不过也就是一个四五十元钱的事情,并且我们还可以连人带包地直接就到家了。"

这个时候,首都机场的候机室里响起了广播,是播送北京飞往法国巴黎航班的起飞时间。我把手伸进羽绒服大衣口袋掏手绢的时候,忽然碰到了一个折叠着的小纸条。因此我便想起了那一个脸上有着青春痘的年轻温存的中尉军官。于是便问丈夫:"嗳,云龙,清河在什么地方啊?"

"清河?离我们科学院大约有一个七八公里路吧,是往八达岭长城的方向。你问这个干吗?"

"坐飞机的时候,我的旁边坐着一个中尉军官,他说他的部队驻地就在清河,临别时还给我留了一个通讯地址呢。"

"等到有机会,我们可以前去拜访他的。"

就这样,我们没话找话,有一搭没一搭地闲聊着。也恰恰就在这个时候,我的眼光无意中透过了饮食店的隔档玻璃,忽然看见一个戴着茶镜的男人,正朝着机场的小卖店走去。这个男人个子高高挑挑的,好像非常眼熟,仿佛他就是……我的心里猛地一颤。

"嗳,云龙,我去一下那边的小卖店,好吗?"

"你刚到就想要买东西啊?"

"随便过去逛一下呗。我想过去看一看有没有首都机场的纪念品,或者明信片之类的东西,回去好给母亲、哥哥、嫂子、小俊他们写信什么的用呢。反正你也得要在这里吃早餐吧?"

"呃。"

"我就趁着你吃早餐的空当,过去转一圈。不过在我回来前,你可千万不要离开这个地方……我不太放心,怕走散了,呆一会又找不到你。"

"你一个人去行吗?"

"反正今后我总得要习惯下来的。"

说句老实话,这时候我的一颗心,仿佛已经快要拎到了喉咙口了!我真想撒开两腿就跑!然而我还是克制住了自己。首都机场里的那个小卖店并不算怎么大,不过这个小卖店里却陈列着名烟、名酒、珠宝、饰品、各种款式的服装和皮大衣,还有一些高档的百货商品。就在机场的这个小卖店里,我对着那个高高挑挑的背影,轻轻地叫了一声:"小勇哥!"

那个高挑男人的肩膀，倏地就颤抖了一下。戴着茶镜的脸孔，跟着也就敏捷地转了过来。

"我是慕容玉。你还记得吗？"

"啊？是小玉啊？"小勇那张严肃得有一点近似呆板的脸孔，此时此刻忽然就绽开了笑容，"你怎么也在这里啊？"

"小勇哥，我调来北京工作了。我丈夫也在北京。你呢？"

"我和我父亲他们一行，在首都机场里面碰头，准备搭乘下一趟航班去巴黎。我们是参加国家项目办组织的一个大型考察团，到欧洲各国去考察和招商引资的。"

"小勇哥，你要是方便的话，回头时就来北京看看我们吧。"

"谢谢，小玉。不过由于工作上的关系，欧洲之行回来以后，恐怕我还得要去一趟香港和深圳。办完事以后，说不定又有什么事在等着我。"

"这有多好啊！"

"小玉，你是什么时候结的婚哪？"

"快两年了。小勇哥，你呢？"

"我还在独身呢。"

这时候，我听见了首都机场大厅里的广播，又一遍地播送巴黎航班的起飞时间和到达时间。也就是说，小勇很快就会乘坐这趟即将要起飞的班机了。我突然控制不住自己了，伸出双手，拉住了他的胳膊说：

"小勇哥，摘下你的茶镜吧！"

"干吗呢？"

"让我好好地，好好地看看你的脸吧！"

"不，"小勇把两只手掌放在了我的肩膀上，温存地说，"小玉，我不愿意让你见到我此时此刻的眼神。"

"小勇哥，"这时候我浑身都在颤抖，"我爱过你。我深深地爱过你啊！还在小的时候我就想要嫁给你来着。"

"我知道，小玉。"

"你知道吗，小勇哥？"

"是彭丽丽告诉我的。"

"小勇哥，你知道就行了！"

"小玉，我羞愧自己没有眼光啊！"

"小勇哥,"我匆匆地看了一眼他左腕上戴着的"劳力士"表问,"你,还可以呆上多少时间呢?"

"最多有五六分钟吧,"小勇沉默了几秒钟,而后又补充地说,"没关系,有了这个五六分钟,我想我们两个人有什么话就都可以说尽了。"他一边微笑着一边又紧抿了一下干燥的嘴唇。"哈……小玉,那时候我也太天真,什么都不懂,无论是对于你,还是对于我的父亲……"说到了这里,他忽然中断了话题,改用快活的语气问了一句,"小玉,你有孩子了吗?"

"还没有呢。"

"那你丈夫呢?"

"他是一位分子生物学博士,在科学院下面的一个研究所工作。现在他正在附近的饮食店里吃早餐呢。"

小勇点了一点头,然后他说:"小玉,我觉得我没有跟你结婚,毕竟是为你做了一件好事情。"

"你为什么要这样说呢?"

"你的丈夫,他肯定是一个诚实和正派的人,"小勇的脸孔上骤然现出了一副无奈的神色,"真的,小玉你不知道,官场是多么地阴暗,多么地勾心斗角啊!肮脏着呢……至于我的情况,小玉,你将来也许会清楚的。人生的道路有时候就是如此,当你走上去了,但明显感觉自己是走错了,这个时候你想要回过头重新去再走的话,却又是不容易了。"

小勇轻轻地对我说着。从他说话的神情来看,好像我还是个乳臭未干的小女孩,可以任由他哄哄和骗骗似的。我感到时间在一点一点地飞逝。

"这几年,"我说,"只知道你担任了省城投资公司的总经理,但是却从来都没有见到过你的面。"

"是吗?不过小玉,"小勇仿佛是在鼓励我,"北京可是个发展的好地方!我有几个朋友,一个住在新街口,也是一位画家;一位住在中央美院旁边,他是一个评论家。以后有机会的话,我介绍你跟他们认识认识吧。你给我一个地址。呵,不用了,时间来不及了,等我回到南方以后,找你的哥慕容秋要吧……小玉,在这里见到你,我真是很高兴。"

"我……"

"小玉,看到你成了一位好妻子,我真是太高兴了。"

此时此刻,我真想扑进他的怀里面,依偎在他的臂弯中,去亲吻他那性感而又略带一点野性的双唇。"小勇哥，"这时候我有一点伤感地说，"你别对我说一些打马虎眼的话啦！我一直都认为，只有跟你结婚，做你的妻子，我才会感到幸福呢！"我本来是想随随便便地对他说这几句话的。可是谁知话到了嘴边上，我却禁不住涌起了眼泪。

"小玉，我可不是对你打马虎眼。真的。这会儿我可没法让你了解我。"

首都机场的广播，再一次通知着去巴黎的旅客，开始检票和例行安检手续了。"小勇哥，"我问，"就是这班飞机吗？"

"对。"

"你还有什么话要对我说吗？"

真的。此时此刻，他哪怕只要给我一句话，或者给我一点儿暗示，我都会毅然决然地跟他去私奔。可是他没有，他一点点都没有啊！他只是对我说："小玉，你一个人能回到你丈夫身边吗？"

"你放心吧，小勇哥！"

"要不然，我送你回去吧！"

"不用！"

"那么小玉，我们就在这里分手吧。一旦走出这个小卖店，就有可能会碰见你的丈夫或者我的父亲了，那样的话，会让你感到尴尬的。"

我无奈地点了点头。说实在的，我根本就没打算和他如此淡淡地分手。我原先曾经想过，我们会做出一些更富于冒险性的举动，更具有破坏性的事情来的。我不是在凌晨从南方省城机场出发的时候，心里面甚至就曾萌生过想要跟他搭乘同一架飞机远走高飞，哪怕是漂泊流浪在海角天涯、异国他乡的念头吗？此时此刻，我心里觉得直发冷，浑身抖抖的。我强行忍住就要溢出眼眶的泪珠，轻轻地对他说：

"那么，小勇哥，在这里我祝你一帆风顺，万事如意吧！我会一直关注着你的情况，并且也会一直为你祈祷和祝福的。"

"好了。小玉，你要是真的关心我的话，你以后就会明白我此时此刻所说出来的每一句话的含意了。"

小勇话别的语气，仿佛带着一抹无奈和伤感的意味，这可完全不符合他以前的个性呵！他隔着茶镜的眼睛，朝我再一次地凝视了一阵；搁在我肩膀上的双手，仿佛又像拥抱我似地紧了一紧；然后他就猛地松开手，转身走出了首都机场那个小卖店,走向了明亮的光线中。我望着他离去的背影,内心里却在一阵一阵地发抖,真想要找一个没人的地方去大哭一场才好哪!我茫然无措地回到了饮食店。云龙看到我回来,高兴地问:

"小玉,你买了吗?"

"没有。"

"为什么呢?"

"没有合我心意的。"

"嗯?没有合你心意的?嗨,你呀,不就是一些纪念封、明信片这一类的东西吗?买什么样的还不都是一回事吗?"

这时候丈夫的门牙缝上嵌着一小块茶蛋白,因此他在开口说话时这一小块茶蛋白就特别惹眼。我的眼睛盯着他那里看,然而却没去提醒他。

"嗳,小玉,你的眼睛是怎么啦,啊?怎么像哭过似的?"

"云龙,刚才我忽然想起了母亲,禁不住就流出了眼泪。对不起我去一趟卫生间,你在这里等我一下。"由于丈夫憨厚地提醒我眼睛里的泪花,使我感到有一点羞愧,于是我跟着又对他说,"云龙,看看你那个牙齿缝!"我把那一碗还没喝过的豆浆,朝他面前推了过去,"你漱一下口吧。"

说完,我就移开了目光,站起身来,拎着随身携带着的小包,向机场里的卫生间走去。机场的卫生间非常干净,还散发出类似于薄荷和樟脑般的香味,并且每隔一会儿,就有清洁工前来打扫和收拾一番。我站在镶贴着黑色大理石的盥洗台前面,打开了水龙头。

龙头下面的水流很急。当我把手伸到了水流中的时候,忽然北京冬天冰凉刺骨的寒意,猛地就穿透了我的全身,冻得我直打冷噤。我打开了小拎包,从里面拿出一条毛巾,咬着牙齿地洗了一个脸,又擦了一下脖子,再把搓揉的冻得发红发僵的双手伸向烘干器下面,一股舒适的热风顿时就喷涌在我的手指头上。然后我又梳理了头发,并对着镜子给自己抹了一点淡妆,以便使我冰凉的心情,不会再在自己的面孔上流露出来。

走出了卫生间,我见丈夫拎着我的行李,已经伫候在能够看到机场跑道的玻璃窗户前,这时候他正依凭着栏杆,一边眺望着窗外跑道上的飞机一边在等着我。几个旅客挤挤轧轧在他的身边上,并且伸手朝向窗外指指点点地说着争着什么。见到我出来,丈夫看着我的脸说:

"小玉,要是你愿意的话,就在这地方等我一会儿,好吗?我也想去一趟卫生间呢。"

"好的。你去吧。"

"你可以在这地方看看飞机，它们滑来滑去的，可有意思啦。"

我看着跑道上的一架已经卸下了活动扶梯、关上了舱门的巨型飞机，便问着丈夫："云龙，那一架七四七，就是要飞巴黎的吗？"

"大概是吧。"

"云龙，你快去卫生间吧。我就在这里等着你。"

窗外是那么明亮，那么清澈和柔和。升起不久的太阳，把它那许多富有朝气的光辉，满满地撒在了无边无际的天空上。眼前的机场跑道，也沐浴在它的辉光中。窗户外面的跑道上，停着一架银白色的七四七，就像一只肥大的公鸽子似的，高傲地站在那里。如果它的扶梯还在，而我恰好又在机场里面的话，我会不会不顾一切地扑上这架飞机，陪同小勇前往巴黎、伦敦、柏林、伊斯坦布尔等地去呢？那可是一些令人难以想象的光怪陆离的国际大都市啊！在那些国际大都市中，各国的官员政要、走红的演员名家、暴富的商家巨贾、美丽的小姐女士，一个又一个就像走马灯似的，在伴随着金钱和成功的氛围当中"穿"来"梭"去的呢！

对于虚荣心颇为强烈的我，又是处在容易骚动的年龄时段，面对眼前的一切，心中产生的对富有魅力的高于一切的有着金钱和权力荣耀的生活的向往的感觉，压得我几乎都喘不过气来。原来我以为只要能和小勇结婚，自己就能呼吸到这种豪华世界的浓郁的气息……可是光靠幻想又有什么用？毕竟我只是一个生活在冷酷的现实中的灰姑娘呵！唉，还是认命吧！想到了这里，我便朝着窗外那架银白色的七四七，轻轻地摇了摇头。

停在窗外跑道上的七四七，这时候开始缓缓地移动了。我原以为它会从我的眼皮底下经过的，于是我就死死地望着它。但是这一只肥大而又骄傲的银白色的公鸽子，就像逃避我似地，滑向了跑道的另外一边。不久，丈夫那一阵钝重的脚步声，在我的身后面响了起来。

"小玉，卫生间的自来水很冷吧？"

"嗯。"

"嗨，有一个年轻的军人，还用这样的冷水洗头来着。"

"他不感觉到冷吗？"

"我问他为什么不用热水洗头，他说这样能够保持头脑的清醒呢。"

"恐怕他的头皮都要发麻了吧？"

"不过他后来又把自己的湿脑袋，给伸到了烘干器下面去烘了，大概不会有什么事情的。嗳，小玉，我们现在走吧。"

"好的。"

在拎起行李挪动脚步前，我把目光又投向了窗外那明亮的跑道。本来我想再看一眼那架银白色的七四七的踪影的，可是那架骄傲得就像一只肥大的公鸽子似的飞机，从此就在我的视野中消失得了无踪影了。

四

约摸过去了有九个多月吧。那是在初秋的一个晚上，时间大概在十点钟左右的样子，我同南方的老家通电话，是哥哥接的电话，他先是告诉我家里面这一段时间的情况，然后他便在电话中对我说：

"小玉，程叔叔家里出事了！先是程小勇的自杀。程小勇挪用了市投资公司六千万的资金去炒股票。结果被股票市场套牢了。唉，这个股票市场可不能随便去瞎炒、瞎玩的喔！事情败露以后，就在三天前，他服下了含有大剂量氰化钾的饮料，自杀身亡了。还有，就是在昨天，已经是副省长的程叔叔，也由于其严重的腐败问题而被省检察机关双规了。据传说光是从他家里搜查出来的不明来源的钞票、存折和外币，小玉你知道有多少吗？将近有两千五百万元哪！唉，这一家人家算是完了……"

听了哥哥在电话中告诉我这些消息的时候，我一下就惊呆住了。过了好一会儿，我才默默地挂上电话，站在房间的玻璃窗户前，伸手扶住了塑钢窗的窗框。从我家这个坐落在高层的房间，透过透明的窗玻璃，可以看到窗外附近那些笼罩在紫灰色夜幕下面的街区。外面的灯光，犹如是天上的群星一般在闪烁，然后再乱七八糟地反射在各种建筑物的幕墙和玻璃窗上，让人心里面觉得，这个世界仿佛是在不真实地闪烁！

忽然，有一阵昏晕向我袭来，于是我就把自己的脸孔，紧紧地贴在了温热的窗玻璃上，眼睛里的泪水，就像断了线的珍珠似的，"唰啦啦"地直往下面流淌。我在首都机场的那个小卖店里见到小勇的时候，他大概已经挪用了那一笔巨款了吧？而他自己大概也已经预料到了在当前这种全球性金融风暴的冲击下，有可能会导致出什么后果，因此他才会对我说出了那种"我没有跟你结婚,毕竟是为你做了一件好事情"的话来的吧?

我用手背抹了抹眼泪。我知道这眼泪是从我的心灵深处流出来的。不,我心里应该还有更深,更深的伤痕……这个时候,我禁不住痛苦地呻吟了起来。丈夫听到我这边的声响,便立马就从书房的电脑前赶了过来,并从身后边揽住我的肩膀,不安地问:

"小玉,你怎么啦?"

"云龙,不知怎么地,我这胸口就憋闷得难受。"

"你呀……快给我到床上去躺着吧。"

他伸开双手,把我轻轻地托着抱了起来,向着床边走去。然后他又轻轻地把我横放在"席梦丝"床上,脱去了我的拖鞋,再拉过棉毯,搭在了我的腹部上。并且俯下身子,在我耳边轻轻地说:

"小玉,我还有一点数据和资料,需要用电脑再检索和运算一下,马上就要完了。待到一完了的话,我就过来陪你,好吗?"

望着眼前这个敦实、憨厚、黝黑而又如此执着的丈夫,我的心里不知怎么就涌起了一股颇为复杂的感觉。是的,爱情其实只是一种感觉而已!

2000年12月写于北京

蜘 蛛

早春二月。黄昏时分。

躺在五楼床榻上的她,又梦见了那只蜘蛛。它丑陋、硕大,满身茸茸的黑褐色,眼睛幽亮,就像一个可怕的幽灵,充满着邪恶的光芒。它那八条尖利的细腿紧紧地攫拘住她,将她复压在身体下面。两条细长的前腿交叉而又快速地蠕动,把它喙部吐出的带有粘性的毒丝,犹如投梭织布似地缠绕在她的身上,缠绕住她的手脚;一道又一道,一层又一层,密密匝匝,严严实实……喙部的毒针一伸一缩地刺戳她的身体,吮吸着她灵与肉交织成生命的汁液,并且时不时地发出一阵"嘶、嘶"的狞笑……

她想挣扎,可怎么都挣扎不开;她想喊叫,可就是喊叫不出来。蛛网犹如一个白皙的密封口袋,透明,但又密不通风,憋得她喘不上气来,心"扑通、扑通"地直往下沉……她忽地惊醒了过来,全身上下不停地抽搐,胸口憋闷得难受,头部疼得仿佛就要爆裂开来。她虚弱地睁开一双惊恐的眼睛,就像一只弱小的"兔囝",向着屋内的四周,悄悄地张望。

此时此刻,夜幕正在徐徐地降临,给这一间杂乱的已经有好多天未曾收拾过的屋子的各个角落,渐渐地蒙上了一层凄苦的阴影,愈发地显得有些憋气和阴暗。屋子里的空气,污浊而又沉闷,至于光线么,即使在艳阳当空的时分,也布不满整个屋子。

窗外的下边,有一棵早已凋零了树叶只剩躯干的白杨树,伸出了无数细细的枝条;每当西北寒风掠过的时候,这许多细细的枝条就会时不时地发出"吱吱呀、吱吱呀"的干枯刺耳的怪声。树枝梢上,一只尚未归巢的麻雀,在悄悄地梳理着自己那一身麻栗色的羽毛。然而它又不时地瞪起黑芝麻一般的圆眼睛,对着这个干枯刺耳的聒噪,恐惧地叫上几下,声音低弱得就像怕给人听见似的。

白杨树干旁边的砖墙上，张贴着一长溜的大幅标语。那溜大幅标语上又打着许多血淋淋的大红叉叉，在这西下的夕阳中显得分外地刺眼，分外地醒目。不管是大人还是小孩，只要他们从这里走过，谁的嘴里都会恶声恶语、粗里粗气地念叨着上面的字迹："某某某……罪该万死！某某某……遗臭万年！打倒某某某！凌迟处死某某某！朝着某某某的尸体上再去踏上一只脚，叫她永世不得翻身！！！"

　　这个打着大红叉叉的某某某，当然就是她的姓名。所以，只要一听见窗户下边的街上有人走动的脚步声，她就会条件反射地蜷曲起自己的身子，浑身颤栗不息。她日夜不安，不论是在"牛棚"里，是在监狱中，是在隔离室，还是在批斗大会的会场上，她都常常会前言不搭后语地说话，并且失忆日趋严重，甚至还会做出许多神经质的行为和事情来。在这一间杂乱无章、不堪入目的五楼的屋子里，蜷缩在床榻上的她，睁着眼睛，眼巴巴地看着阳光在渐渐地西斜和消逝。她原本是个极其美丽的女人。而且年龄才刚过不惑，按理，像她这样的女人，一个演艺界中最美最亮的明星，应该是正富年华的时候，可是疾病的折磨，已经使得她那瘦弱不堪的腰部和腹部的肌肤，打起了很多皮囊皮囊的皱褶，就像罗丹雕塑刀下的那尊布满了条条荆棘一般皱纹的欧米哀尔雕像。肉体上的创伤，使得她时不时地咧着嘴巴、歪着和扭着面孔。然而最要命的还是内心里的创痛，扭曲了她原有的漂亮风采。但是这一切，仍然没有完全抹去她昔日的姿颜。

　　最近她在睡觉的时候，老是做到那个巨大的褐毛蜘蛛的梦，大概已经有两年多了吧。然而最近这一个阶段，那个可怕而又丑陋的褐毛大蜘蛛，却在她的睡里梦中越发频繁地出现，只要她一闭上眼睛，它就会从外面的阴暗角落处爬进屋来，爬上床去，对她大肆地施虐。

　　她觉得自己全身上下一丝力气都没有；浑身的血管似乎根本就没一点热气。她那一盏生命的破油灯里的灯油，几乎已经全部燃尽。一阵折磨人的麻木的感觉，渐渐地袭上她那一副瘦骨嶙峋的身躯，从她曾经有如野藤一般轻柔和纤细的腰部，渐渐地逼向了她的心脏，使得她的胸部痛苦地抽搐，都快要缩成了一团了。她知道自己的心脏，随时都会停止跳动。此时此刻她真是百感交集，心里默默地祷告了起来："呵……老天爷啊……我现在求求你，你就带我走吧！你千万不要让我再这么痛苦下去了……"

　　她疲累不堪地躺在床榻上。西下的夕阳仿佛也疲累不堪了，当它收去了最后的一抹余晖以后,便躲到西边的山后去休息,再也不肯把面孔露出来了。忽然她又颤栗地蜷缩起她那病弱的身子。因为这个时候,窗子外边的街上,传来了纷纷沓沓的脚步声,并且还夹杂着铿锵激昂的口号声。

　　如今室外是充满高亢激昂的黄昏;而她此时此刻,却感到自己已经奄奄一息,将不久于人世。她觉得自己内心和肉体的创伤所引发的病魔,已经将她紧紧地缠住,就像她在睡梦中被那只可怕的长有八只脚的褐毛大蜘蛛所缠住一样,并且无疑将渐渐地、而又是无情地扼杀她的生命。她觉得浑身一阵阵透心般的冰凉,凉得她嘴里倒吸着冷气,全身的骨头就像散了架一样,面部的神经不停地痉挛,太阳穴像是发了疯似地砰砰乱跳。

　　她周围的世界,显然已经将她遗弃了。现在已经没人再来跟她说上一句话,也没人再来对她嘘寒问暖,更没人再来帮她倒上一杯可口的热茶,端到她的床面前。唯一靠在身边的上着音乐学院的女儿,这个时候只顾去穿上黄军装,双手叉腰,在革命的舞台上巡回地演出那许多跺脚顿首的、就像军事操一样打打杀杀的红卫兵舞蹈,并且她已经与她划清了界线。而与自己同居多年的那个导演,恐怕此时此刻,也正挨着造反派们拳打脚踢的批斗,或许低头弯腰得就像热锅里的油焖大虾那样。况且最近一个阶段以来,他就像惧怕瘟疫似地躲避着她。只有那个犹如是魔鬼一般丑陋可怕的褐毛蜘蛛,时不时地出现在她的心灵里和睡梦中,啃咬着她那维系精神与灵魂支柱矗立的有机物,吮吸着她那灵与肉所交织成生命的汁液,使她变成了一具皱皱巴巴的空皮囊。

　　她忍受着这个世界强加给她的无比的屈辱,抵御着创伤和疾病所带来的一阵阵抽搐的侵袭。她简直就搞不明白(也许她永远都不会明白),为什么自己竟然会落到今天这般地步……她曾经演活了多少个生活在社会底层的女人们,塑造了多少个悲苦妇女的形象,她在影艺圈的名头很响亮,然而她的个人生活,却总是不幸。除了追求事业以外,她还一直苦苦地追求着爱情,追寻着幸福家庭的呵护和温馨,但是她追求来、追求去的,到头来总是一无所依,毫无所获。

　　她一生结过四次婚,先后跟六个不同的男人在一起生活过。撇开事业不谈,作为一个女人,她坚定、超脱、伟大和软弱、平庸、渺小,这些全部都在她追寻爱情和家庭幸福这个上面,表现得淋漓尽致。然而这一切现在又全部都成了她的罪状,她被各种压力逼上了绝路。如今她已经别无他路，只有忍受，忍受！等待着最后的时刻的到来，以便永远去结束她那不幸的苦难，她那为之奋斗过的一生，她那在这坎坷的人世间里流血流汗的奔波，以及加诸在她身上的各种政治上的打击和肉体上的折磨……

室内的墙壁和天花板上，开始晃动起奇形怪状的影子。胸部的创伤疼痛难忍，太阳穴犹如铁锤在敲击一般，搏动得令她越来越难受。她的视线渐渐地移向遥远的往昔，遥远得有一点隐隐约约和模模糊糊，辨别不清确切的轮廓。但是就在这一瞬间，它们似乎又从她生命最深处的各个角落里，全部都涌现到她的面前……这一会儿她想起了自己的童年时代。

童年的时候，她家住在江南一座偏僻的乡村，那地方到处都是枝盛叶茂，青翠欲滴，清香飘逸的林木；响彻云雀的鸣啭、画眉的啁啾；弥漫着牛犊的嬉闹、小狗的追逐；小桥飞架，河汊重叠，鲜嫩的秧苗上闪烁着晶莹的露珠。纯朴、圣洁的村姑们，虔诚地祷告着老天爷，喃喃地祈求着老天爷能够给她们降临下幸福的生活。

在那许多闭塞的、但又是生气勃勃的乡村里，她眼看着自己的胸脯在渐渐地丰满，乳房在慢慢地隆起；随着女孩子情窦初开的冲动，她感到自己浑身的肌肉在微微地颤抖；粗布的衣衫已经遮掩不住自己身材的曲线。有一种纯朴圣洁的情感，在她的身体内流淌，没有外面那些文明社会的复杂和纷繁，然而却充满了水乡的温柔和田园式的甜蜜。后来她的心里面开始憧憬起了幸福的幻想，滋生出想要到外面的世界去看上一看的渴望。她整日里都沉湎在幻想之中，仿佛前途似锦的美好的未来，就在那遥远的地方频频地向她招手，向她呼唤，等待着她的前往。

可是现实生活就是现实生活，它毕竟是残酷的，是不以她的幻想为转移的。就在她16虚岁的那一年，她的父母亲，却以一条牛再加一头猪的代价，把她"卖"给了附近集镇上一个财主当妾。那个时候，虽然皇帝已经被推翻了将近30年，然而封建思想的根子却无从拔除。她，作为一个活的工具，不光要满足那个老财主的淫欲和发泄，要像一个下人似的承受财主大老婆的凌辱和作践，还要被逼用自己下身的生殖器去夹孕着红枣，来给那个财主滋补淫欲后失却的精气神。她恨透了这个要她用下身的生殖器去夹孕着红枣的老家伙！面对着这种不堪忍受的凌辱和作践，她的一颗还很稚嫩和单纯的心灵，却本能地燃起了反抗的火焰。她要逃离这个不是人能够呆下去的虎狼之窝，去追寻自己真正的幸福和自由。

在她的眼睛里，她那个美丽的家乡开始不怎么美了。她所处的镇子犹如昏睡在永无尽头的黑夜中；那个花了一条牛和一头猪的代价，就买下了她的青春和美丽的身子的老财主，简直就是一头睡在她身边的又时不时地在她身体上爬上爬下发泄着淫欲的畜牲；就连生她养她的河汊重叠、小桥飞架，以及其它一切美丽景色的乡村，也已对她失去了吸引力了。她急欲逃离那个枝盛叶茂的原野，清翠欲滴的水乡，露珠晶莹的、曾经在她的身上育下生命的馨香和活力的、然而现在却又让她感到百般痛苦的地方。她悄悄地准备着，默默地筹划着，内心里急欲而表面却又不露痕迹。大概是在她被卖做当妾不到两年的时间吧，有一天，她终于如愿地逃离了那个畜牲一般的财主家，从水路逃亡去了十里洋场的滨海城市。

就在她踏上那个人生地不熟的逃亡之路的时候，她偶然结识了一位年轻的艺术家。这个年轻艺术家惊诧于她那绝色的美貌。那个时候，她就像一朵开放在乡野上的郁金香，具有着田园诗歌一般的美丽。她的一举一动一笑一颦，甚至于就连她的哀怨，她那紧锁在眉头下面的郁郁寡欢，都在不经意当中流露出一种自然的、流光溢彩的美的魅力。年轻的艺术家，用他那种艺术家的侃侃而谈的才能，煽起了她内心里的青春的欲火，激起了她要去进行冒险以赢得前途的欲望，唤醒了沉睡在她身体内部的表演艺术的天赋。他盛情地邀请她同他在一起，共同去切入十里洋场的演艺圈。她听了以后顿时就喜出望外，简直就像他在邀请她去攀登天堂一般。她喜欢他那英俊的脸庞，健壮的身体，丰富的学识，风趣的谈吐，叛逆的性格，还有他能够向她奉献的她想要了解的东西：诸如话剧、电影、艺术、爱情以及一些抗日救亡的道理。

"在那里，"他对她说，"有浩瀚的大海，有悠悠的长江，有无数的高楼大厦，有巨大的剧场，还有电影院。电影院里进出着有各种各样的人，并且人流如潮。以后我可以在舞台上演戏，也可以去拍电影。你开始可以先帮我一些忙，然后我再想办法让你也去上上镜头。当然，这要先从一些简单的角色演起。当然要不了多久，我们就会创出我们的天下的。"

"那里有很多漂亮女人吧？"她不无担心地问，"你这么潇洒，这么英俊，这么诱人，到时候要是有别的女人勾引了你，你不会把我给甩了吧？"

"看你都说到哪里去啦，我的小画眉？你不知道你有多么的漂亮哟！

我只爱你一个人,知道吗,小画眉?以后我们将永远在一起!我们一块儿上街,一块儿散步,一块儿去影棚,一块儿上电影院,总之是一句话,以后不管到哪里,我们两个人始终都在一起,形影不分离……"

"你不要说得花妙!不过这个电影真有你说的那么美,那么妙吗?"

"嗨!这电影啊,它是蒙太奇,是画面组接,是最伟大的艺术!它是用画面来讲故事的,再给它配上音乐和声响,然后就在坐有很多人的电影院里,用通着电的会转动的机器,在大块的白布幕上放映。它可是太有意思了,我的小画眉!你可以坐在有靠背的椅子上看各种各样的故事和各种各样情节的画面,甚至就像我们现在的说话,我们晚上那种做爱……嗨,这种类似真情实感的场面的事情,都可以用眼睛看到和用耳朵听到……"

"你说的都是真的吗……?"

"嗨,你就等着瞧吧,我的小画眉!"

在那个年轻艺术家的影响之下,十八虚岁的她,便开始跨入了电影表演这门艺术的门槛,并且是如醉如痴,如疯如狂。其实电影并不高雅,然而它却是非常的伟大。在抗日救亡的那个年代当中,它冲破了精神贵族的封锁,走向了民众,走向了市民阶层。

最初的两年,可以说她还是很幸福的。那时每当夜幕开始降临,夜色十分浓郁、十分深沉的时候,或者当黎明在东方的天际抹上了几片朝霞的时候,她就会感受到他的激情,他的活力,他的年轻的身体的冲击,感受到自己的胸膛贴着他的胸膛时的激烈的起伏,自己的心脏随着他的心脏而充满骄傲和希望的搏动。事业上,他又是她的老师,她的教授。他对她孜孜言传,谆谆身教,使她很快就能够在演艺圈中自由地出入。她很会入戏。因为她本身就是戏啊!她有着很高的艺术颖悟力和表演的天分,再加上她又是全身心地投入,表演时的情感,又是那么的自然和逼真。所以她演什么就是什么,演什么就像什么,演什么就活什么。因而没有隔上多久,十里洋场的影艺圈,便开始升起了一颗耀眼和灿烂的女星。

当时我们偌大的一片神州,却在小日本鬼子的铁蹄下喘息和呻吟。而滨海的十里洋场,又是被外国人所主宰着的地方。各种社会派系,各股政治力量,均都在这地方进行着默默的、然而却又是无情的较量。于是这地方经常会发生一些令人莫名其妙的怪事情。有些人今天还是好好的,然而明天就会出人意料地失踪。譬如他就是这样。他和她相处在卿卿我我的生活中大概有两年左右吧，突然有一天，他却出乎意料地消失了，从此就再没有任何踪迹和音信。打那以后，她便带着一颗破碎的心灵，全身心地投入了电影业的演出，并毅然决然地参加了抗日救亡的革命运动。不久，她被公众冠上了革命的艺术家。慢慢地，她在影艺界的演技日趋精湛、圆熟，出神入化，博得了最广大的老百姓的欢呼和喝彩。

　　虽然她在事业上获得了如此的成功，然而她的个人生活，却总是与她的事业大相庭径。她先是与一名编剧邂逅，并且还留下了一个可爱的女儿。但不久他俩因对时势的见解不同而分了手。此后她又与一位实业家相逢，但很快又由于政局的观点相佐而离异。从此往后她寻寻觅觅了许多年，苦苦地追求着爱情，追求着幸福的呵护以及家庭的温馨，然而终无所得。尽管那时候她被大家称之为影艺界的第一美人，在演艺圈的知名度可谓是耀眼显赫，名噪一时。人们仰慕着她，渴望着她，但最终却又是在躲避着她，远离着她。就连在后来的十几年里，虽然先后有两个导演，曾经与她公开的生活和同居过，可是他们与她之间，却无半点儿爱情可言。

　　也许大家会这样认为，演艺圈会使人的灵魂堕落，尤其会使女人的灵魂堕落，很难说一个天天都在扮演着爱情和忠诚的女人，最后不会本能地形成这么种观念：任何贞淑的形式，只不过是一出演给别人去看的戏的表面装饰而已，它跟真正的生活，完全是两回事情。艺术和现实生活之间有着巨大的差距，在这样的环境中，甚至就连那种最纯最白的安哥拉猫，也会失去它身上的纯白色的。

　　不过，当时大家谁也没有想到，也绝对不可能会想到，命运女神有时候真会开玩笑，比如她就跟她开了一个不小的玩笑！她让爱神阿佛洛狄忒与她擦了一下边。当时有一段时间，有一个浪漫的诗人，曾经和她保持过一段很密切的关系。他们俩，一个是最美最有名气的电影明星，另一个则是最伟大最浪漫的诗人，在那种特殊而又隐秘的环境中间，他拉住了她的双手，圈住了她的细腰，弯腰俯首在她的耳旁边，低低地吟道：

　　"有美人兮，在水之湄……有美人兮，何辞朝暮……"

　　他令她眩目，让她昏晕，使她沉浸在想入非非之中。她以为那一朵迟开的玫瑰——爱情之花——终于要向她绽开花蕊了；世界上最光辉灿烂的幸福，终于要降落到她的身上了；老天爷终于要让她能在步入中年的时候，才会心有所属。

可是，命运女神跟她开了个什么样的玩笑呵？在她跟他神秘的交往中，她开始慢慢地感到恐惧、害怕、甚至不寒而栗起来，因为她很快就发现，"青云不易上，高处不甚寒"绝不是一句简单的诗句。他所处之地，乃是一块最危险的领域，一块最不干净的地方……那一会儿他正在运用他所有的智慧、手腕、想象力、全部激情、乃至生命，指挥着各个派系、各种力量，编织了一张巨大的网，就像蜘蛛要为捕捉猎物而去吐丝编织蛛网一样。就在这个时候，她便时常地想起她孩提时代所猜测的一个谜语：

　　　　小小诸葛亮，
　　　　稳坐中军帐，
　　　　布下八卦网，
　　　　专捉飞来将。

当时他要用这张巨大的网，去捕捉和攻击他的对手们。起因仅仅只是他的疑惧和妒忌，以及担心权力的旁落……唉，熏心的权欲和物欲诱惑着多少世俗之人去堕落！甚至就连神灵都也在所不免！她听人说起过：

　　　　因为权欲过度神便堕落成魔鬼，
　　　　物欲过度人也就会堕落成野兽……

　　自那以后没多久，天庭响起了霹雳，神州发生了动荡。作为电影艺术家的她，很快就与许多其他艺术界、文化界的人士一道，开始坠落深渊，陷于在万劫不复之中。二十多年一个轮回。前一回她是以一条牛加上一头猪的价格卖给老财主当妾，受尽了财主大老婆多少的欺侮，还要忍受用自己的生殖器去夹孕红枣的凌辱的痛苦。可是这一回却更糟，她被投入了监狱……关进了"牛棚"……遭受着肉体的创伤和病痛的折磨……

　　她的美貌，她的荣耀，她以前的一切成就，现在全都成为被批斗的罪状。她苦苦的追求，她渴望的幸福，如今却成了作为摧残她的肉体的理由……那只丑陋、硕大的魔鬼一般的褐毛大蜘蛛，也就是从这个时候起，开始频繁地出现在她的睡里和梦中……她是多么地希望他能够前来看望她，保护她，把她拉出这个万劫不复的深渊，使她能够重新回到自由自在的阳光下面去啊！可是这个时候，他却把这个与他有着多日交往的美丽的女人，置在了脑际之后……

而今，她抱着虚弱和憔悴的病体，带着身体上和心灵上的创痛，悲哀地看着夕阳在悄悄地西逝，骇人的阴影映在了墙壁，映上了天花板，怪诞离奇地跳跃着，晃动着。此时此刻，她正瘫痪在这间五层楼上的杂乱不堪的床榻里，被这个世界所抛弃，被芸芸众生所遗忘。她那一对往昔能够传递心灵的脉脉情深的眼睛，如今却像两穴干涸的死潭，里面除了蓄满痛苦和恐惧，已经别无他物；她那一张曾经演活过多少个女性形象的美丽动人的脸庞，如今却是色如灰土，并且还在不断地痉挛和抽搐；她的那一双手如今枯瘦如柴，再也不能够给人以抚爱和温存；她的身上筋骨突起，干瘪的胸部和腹部无力地松垂着，那一对乳房，现在瘪如空空的皮囊，耷拉在那一件邋遢的、印有血迹和污痕的衬衣之下。

她知道死神的唇吻，已经离她不远了；它，已经向她张开了它的那个尸袋，随时都在准备把她装进里面，扎紧袋口，扛上肩膀，把她带向幽暗的冥国地府……她在半昏半睡之中恍恍惚惚地觉得，那只丑陋、可怕的褐毛大蜘蛛，此刻又爬进了她的屋子，爬到了她的床前，爬上了她的床榻，爬在了她的身上……它的眼睛幽黑森亮，它喙部的毒针伸缩地蠕动，它的两只长着黑褐色茸毛的尖利的前爪，不断地拨弄着她的身子……她又憋闷得难受，困难地喘息，痛苦地抽搐……许久，许久，她在恍恍惚惚之中好像觉得，仿佛在那遥远的什么地方，传来了一声似曾相识的呼唤：

"彼采葛兮！一日不见，如三月兮！"

这仿佛是他在呼唤。她似乎在那神秘的地方曾经多次地听他这样说过。这呼唤声非常微弱，但却具有魔力，令她无法抗拒。她像着魔似地蜷曲起自己颤栗不已的身子，懵懵懂懂地在床上盘着坐了起来，两条枯瘦的小腿困难地垂下了床沿，枯柴般的双手摸索着床柱，挣扎着站下了地。

"彼采萧兮！一日不见，如三秋兮！"

她想要听得清楚一点。于是她摸着黑，两只脚在地面上机械地拖着，就像一个毫无生命的木偶一样，蹒跚地一步一顿地走向窗前。

"彼采艾兮！一日不见，如三岁兮！"

这一声呼唤，仿佛就来自于窗外的一个什么地方。她一只脚踏上了椅子，另一只脚抖抖嗦嗦地又踏了上去，喘呼喘呼地爬上了窗前的桌子。歇了好大一会儿。而后她伸出枯柴一般的左手扶住了窗框，伸出同样是枯柴

149

一般的右手打开了窗销,然后再慢慢地抬起双脚,踩上了窗台……她要跨出窗外去追寻那个来自远方的呼唤……

后记 那是在1968年早春2月初头一个阴冷的凌晨。有几个进城送菜的郊区农民,正好就坐在那个窗下白杨树边的人行道上歇脚。

据他们后来说(其中一个还用双手拍着自己的胸脯,并以自家三代都是贫下中农的名义对天发誓说),他们好像看见一个黑不溜秋、丑陋可怕,而又大得吓人的就像蜘蛛一样的黑影(他们一边说,一边还用两只手做了一个很大范围的姿势),抓住这个女人,将她从5楼的窗口,喏,就是那个窗口,给扔了下来。怪事呢!还正好就扔进了他们的一个菜筐子里。她的那些内在的东西溅得到处都是,就像是刚刚炖好的酱红色的红烧鱼的汤汁。

他们吓坏了。就对着那个可怕的黑影,呼天号地地喊叫了起来……谁知,那个黑影倏忽就消失了痕迹……起初她还没死,她的喉头还在"咯、咯"地响着,可是还没有来得及送到医院,她,这位曾经是最闪亮的女星,就这样陨落了!

2001年3月写于北京

北国情丝

1

他对着身边结满霜花的汽车玻璃,轻轻地哈上了几口气,并且抬起了右手来揩抹。不一会儿,一块不太规则的椭圆形的透明,便出现在他的面前。这时候他低倾下眼睛,向着透明的外面张望。

随着大巴飞速的行进,风从没有关严的缝隙之中,拼命地挤进了车厢,挤得车玻璃"嗯儿哨、嗯儿哨"地直响。北国十二月份的冬天,是那样的萧瑟,遍地的白雪和冰凌,满透着冷寒和刺骨的微蓝,使得他那一双向外面张望的眼睛,感觉到有一种睁不开的压力。

他收回了目光。车厢里原本就不多的十几位旅客,脸上似乎都浮着一种浅浅的哀愁,令这个偌大的车厢,显得更加的寂寥不堪。这个时候,他从随身携带的手提包里,掏出了雪梅半个月前寄给他的那张彩色的有着北国冰灯画面的明信片,展开在眼镜的镜片之下,一种莫名的激动,好似电流一般,忽地就穿透了他的全身,然后又急急地向着心头涌去。看了几分钟以后,他不由得自言自语了起来:"嗨,过去了都有这么多年了,想不到,她还惦记着我呢!唉……"他默默地叹了一口长气。

随着这一声叹气,他口鼻之中的哈气,犹如是一阵升腾着的水蒸气的烟雾,凝聚在夹鼻眼镜的镜片上。在这片模糊不清的视线中,他似乎隐隐约约地看见雪梅那纤细的身影,在忽忽的飘动着,楚楚动人……他将有着冰灯画面的明信片,慢慢地折叠好,珍重地揣进了随身携带着的手提包里,然后挪了一挪身子,把脑袋斜靠在椅背上,闭起眼睛,陷入了沉思。

记得当年,他所在的南溪公司的陈总,使出了浑身的解数以及种种的手段,在这个北国钢都里撑下了一片天地以后,便委派他和其他两位同事，驻守在这个北国钢都的办事处，转运和交接他们南溪公司在这里所成交的所有的钢材生意。那个时候，为了工作和生意上的方便起见，他就暂时住在了离办事处不太远的雪梅的家里。在那个不太算短的十一个月当中，他与房东李老师一家，结下了不解的情愫，尤其是与李老师那刚上高校二年级的大女儿雪梅之间的恋情，是那样的甜蜜，那样的浓郁，生活是那样的充实和欢快……可是结局，却是令人这般的伤心和难过。

年龄的差异，南北地域和文化的差异，在这许多不现实的因素当中建立起来的恋情，原本就不会结出什么好果实来的，更何况他从充裕的生活一下就跌入了人生的低谷，深陷在社会生活的最低层，足足有八年之久……这一切，每每都在逼使着他和雪梅的分离。

有人说有情饮水饱，爱情不分贫富，只要两情相悦即可。然而人们生活在其中的这个社会现状，有时候就是鄙视说这种傻不拉叽的话的人！

2

随着汽车喇叭的长鸣，以及车厢板的激烈的颠簸，他从沉思之中恢复了过来。这一次他是来北国出差的。工作上的事情办理完以后，他就顺便绕道来到这个当年他曾经在这里生活和工作了有十一个多月的钢都城市，呆上个一两天，走访一下这座城市里的新朋老友们。

大巴到站了。他尾随着几个旅客步下车门，抬头张望，这一带似乎也没有什么变化。这时候忽然一阵寒风袭来，冷得他直打哆嗦，于是他便拽紧了自己的大衣，以抵挡住这一阵流动的冰寒料峭。走过一段不太远的路程，他便在李老师家门前停住了脚步，抬头瞧着装在门框上的门铃总有好一会儿，但他还是决定敲门，正如八年前他刚住到李老师家的时候那样。

出来开门的是李老师的小女儿春梅。八年不见，这个昔日活泼好动的小女孩，而今却已经出落成一个亭亭玉立的大美人了。她一见是南国水乡的振国大哥，立即就呱呱地聒噪起来："哇，是振国大哥啊！"

春梅一边呱呱地聒噪，一边就接过他的包，要拉他进屋。问讯出来的李师母则拿起了拖鞋说："喔，是振国啊，快进来，快进来。来，换鞋。"

一向好客的李老师此时此刻，则站在客厅的过道里欢迎着他，并且还冲着他大声嚷嚷地说："好哇你这个振国！咱们有八九年不见面了吧？"

李老师一边说话一边就拉着他在客厅的沙发上坐下,并跟他天南海北地闲聊起来。他没想到李老师一家人,还像八年前那样的热情,并没有因为断绝了八年的联系就待他生疏和冷淡起来。温暖的热茶驱散了他对北国雪冷冰寒的畏惧,也去除了初来乍到的拘谨,哦,好暖和……此刻他开始慢慢地放开了自己,也从心底里感激着李老师一家人的热情款待。

八年之前,那时候他还是一个腼腼腆腆的嫩瓜秧儿,不过现在可成熟多了。他和李老师谈论着各种话题,从国家经济的宏观调控,到全球性的经济萧条;从阿富汗塔利班炸毁了巴米扬大佛,到拉登"基地"组织袭击了纽约的世贸大楼;从人生的坎坎坷坷、酸甜苦辣咸,到这一次北国的出差……总之是,男人们见面就是这样,不是谈论一些国家和国际大事,就是发一些生活上和工作上的牢骚和怪话,不知不觉,时间已经到了傍晚,一直等到李师母前来催促这两个久未谋面的男人吃晚饭的时候,他才惊讶地发觉,时间过的真快。然而他内心里渴盼已久想见到的他们的大女儿雪梅,可是到现在,她还没有回来。他感到有一点疑惑,于是便乘着吃过晚饭再一次聊天的空间,向李老师婉转地提起了此事。

"哦,你问雪梅呀,"李老师说,"她现在不住在家里了。不过昨天,她倒是给家里打电话,告诉我们她要出差去 B 市,明天才回来呢。嗯……如果你想去拜访她的话,"李老师起身走到电话柜旁,拉开抽屉,取出纸笔,"来,我来给你写一个她的住址和电话号码。"写完李老师又看了一遍,然后把纸条交到他的手上说,"这样也好,振国。雪梅准备在元旦结婚,她现在的男朋友,是香港在这里投资的一个私企老板。你顺便前去祝福祝福她吧。"

"嗯,"他点了点头说,"李老师,我会去祝福她的。"

其实,雪梅在寄给他的信里面,已经提到了她要在元旦这一天结婚的这一件事情。所以此时此刻的他,并不觉得李老师对他所说的话,有什么值得过于诧异的地方。

3

夜渐渐地深了起来。当他要去休息的时候,李师母便带着他来到他以前住过的那一间房间。本来他想今晚就近住宿旅社的,可是李老师夫妇俩死活不让，他们说现在时间太晚了，你今天别走了，就住你原来住过的那一间房间吧，反正空着也是空着。

在经过雪梅的房间时他停下脚步，对着这间女儿家的闺房，出神地凝视。她的房间，这几年除了增加了一些年青女孩所独有的小装饰和小摆设以外，其他似乎也没什么变化。空房之中，他透过眼镜的镜片，似乎可以看见穿着蔚蓝色校服的雪梅，正笑盈盈地向他招手，毫无瑕疵的脸蛋上两个圆圆的酒窝，十分可爱。不知她现在怎么样了？他想，她现在的男朋友对她会不会像自己以前对她那么好呢？就在他想把自己再度地尘封在往日的回忆之中时，然而一阵慈祥的话语声，却在他的耳边响了起来：

"怎么，振国？想起雪梅来了？"

李师母正在给他抱来被子。这一会儿，看见他站在雪梅的房前发呆，便关心地问着。他慌急慌忙地收拢起自己失态的思绪，并为自己的一时失态而向李师母表示了歉意："喔，对不起了，李师母。"

"我们给雪梅保留了这一间屋子，"李师母告诉他说，"以便她偶尔回来的时候，可以方便的住宿。"

他忽然转了一个念头，缓缓地然而却又是坚定地问："李师母，雪梅通常是什么时间下班？我多年不来了，想在回去之前，抽空去看一看她。"

"振国呀，"李师母颇为感慨地说，"你是应该前去看看她的。这么多年来，她可没为你少流眼泪喔！"于是，李师母告诉他雪梅大致的作息时间以后，便嘱咐他晚上要好好的休息，然后她就告退了出去。

躺在床上睡不着，沉积在他心灵深处的一些往事，这时候一下就都浮上了他的眼前，犹如是放电影一样，一幕一幕地在他面前翻涌和过滤。

他是学经济贸易的。九一年从东南经贸大学毕业后，便被家乡的南溪商贸公司招聘为公司的办事员。由于他的专业知识和办事的干练，所以颇得他们南溪商贸公司陈总经理的器重。一年以后，他便被陈总派驻南溪公司设在这个北国钢都的办事处，负责办事处的具体工作。

他们南溪公司每年都要从这个北国钢都，签订和发运好几万吨各种类型的钢材。公司陈总经理与这个北国钢都的关系很融洽，尤其是钢都总公司的于书记和刘总经理，同陈总犹如是兄弟一般。因此大笔的业务往来都是陈总亲自过问，并且陈总每个月都要坐飞机来一趟北国钢都。而他和另外两个同事所要做的，就是一些具体的在这北国钢都联系储运和组织发货方面的工作罢了。有时候陈总偶尔也会让他帮着递送一些包裹给几个神秘人物，例如钢都总公司的处长们，甚至是于书记和刘总经理等人。

那时候的钢材，可是非常紧俏的物资，一天一个价钱，只要手上有货源并且只要能够发得出去，就可以获取暴利。甚至手上没有货源，但只要有说话能算数的领导签写的批条，也能够大把大把地赚钱。那一年，他们南溪公司这个北国钢都办事处的业绩不错，他和他的两个同事从铁路和下面D市的海路，以及公路和其他渠道，联系仓储和组织发运了将近八万吨各种类型的钢材。由于他办事沉稳，说话密实和谨慎，也由于是陈总对他的赏识和器重，因此他在负责北国钢都办事处的工作期间，陈总便让他单独地住在离办事处不算太远的李俊峰老师的家里面。

当时李俊峰老师在钢都职大任教，李师母则在市政公司工作。他们夫妇膝下有一对女儿，大女儿叫雪梅，那时候正就读钢都工业技术学院经济管理专业二年级，小女儿春梅比大女儿小五岁，那时也已经读初中了。住在李老师家的时候，他是个颇受这个家庭好感和欢迎的人物，尤其是那个活泼好动的小女儿春梅，老爱拽住他的衣角，振国大哥长、振国大哥短地前边后边地跑着叫着。而在读经济管理专业的大女儿雪梅，有时候也就一些学业上的问题，不断地向他这个学过商贸专业的年轻的房客请教。

李老师的大女儿雪梅，原本是一个非常美丽的女孩。她的体内流淌着一种淡淡的北国女孩所特有的混血儿的血液，这从她洁白细腻的肤色上就可以看得出来。另外她还生就两瓣性感的嘴唇，让人一见就会产生无限的遐想，而她嘴角两旁那一对圆圆的酒窝，则让人感觉到那里面孕藏着抽拉不尽的情丝。而他自己不凡的言谈和举止以及生意场上的一些建树，犹如是他头顶上的光环和亮点，多少又有点让这个小他五岁的女孩倾慕不已。

因而李老师的大女儿雪梅，时常就以这样的理由或者那样的借口，来跟这个住在她家里的南方的异性房客接近和交往。慢慢地，爱神阿佛洛狄忒式的爱情之箭，便射中了他们这两个年轻人的心房……

4

第二天的下午是一个冰冷的下午。他单身一个人，徒步在这北国钢都的大街。大街上，那许多面无表情的人群，从他的身边时快时慢地流过；

而他自己有时候则又消失在这个时快时慢的人海的深处。"唉，"此时此刻的他深深地体悟着，"这就是一滴水珠对于汪洋大海的无奈！"

　　走得有一点累了，他便找个咖啡馆坐下来，叫了一些点心和一杯咖啡来打发午后的时光。咖啡馆里许多成双成对的年轻的情侣，在谈情说爱。他透过从咖啡杯里袅袅升起来的热气，往日的情怀仿佛历历在目。随着时间的流逝，爱情的表现方式始终没什么重大的变化，比如就拿当年的雪梅来说，她曾经也像前面那几个热情的少女一样，让像她们身边的那些显然较为内向的男青年的他不知所措。是的，他和雪梅就曾如此恋爱过。那时候他和她就像此时此刻咖啡馆里这些谈情说爱的情侣一样，在她不上学他不工作的周末，他俩会带上小妹春梅去公园，去游乐场，去麦当劳，去肯德基……在公众场合，小妹春梅围在他们的身边喋喋不休、欢快雀跃；而他俩则用眼睛说话，用眼神去传递那绵绵不尽的情丝……到了晚上，她又会用种种的理由或者借口溜出来，跟着他去酒吧、影院、歌厅和钢都大饭店的一些娱乐场所……要不然，她会用胳膊挽着他，依偎着他，到幽暗寂静的夜空里去散步。那个时候他就会把她搂在臂弯中，她则紧紧地依在他的怀抱里……在这一种情况下，他们都会透过各自厚厚的衣服，用自己这颗激动的心灵，去感受对方那颗同样是激动的心灵的跳动……

　　恋爱，就像是一场美丽的梦一样，让人充满了希望。然而现在他已经是一个没有了梦的人了。咖啡被小口、小口地咽进了胃里，似乎并没有什么余味，也没有任何异样的感觉，就像这异乡的人群都带着一副冷漠和不可置否的面具，让人感觉不到一丝灵魂的温暖。时间在飞快地流逝，咖啡馆到了下午最繁忙的时间，服务员很有礼貌地请他离开。他点了点头，站起身，走向柜台去付账。然后他一边慢慢地踱步在冰寒料峭的大街，心里面一边又盘算着明天回去的行程以及约定李老师一家送行的时间。昨天夜晚李老师写给他雪梅的地址和电话号码，李师母又告诉他雪梅的工作单位和大致的作息时间。但他并没有马上去找她。也不知道是为什么，他的心里就是有一点忐忑不安和七上八下。不过可笑的是，他连害怕什么都不清楚。现在趁着自己还在北国钢都逗留的最后的一天，他想去看一看她，看一看那个经常浮现在他睡里梦中的清丽无比的北国女子。

　　回到茫茫人海的大街，他看了一下腕上的手表，时间还早，雪梅也许出差还没有回来，也许回来了，但又去了单位，现在她还没有回家。总之他是心神不宁，踌躇不定，于是他便转而走进了钢都的公园，坐在湖边的长条凳上。长条凳旁边有几棵被压着冰凌和雪块的松树。这些松树的翠绿的枝叶，仿佛就像承受不住这许多冰凌雪块的压力似的弯了下来。眼前的湖面结着厚厚的冰层，有几个游人在湖面的冰层上好奇地走动。对面的岸边路旁，塑立着很多造型各异、晶莹剔透的冰雕，吸引些许游客在驻足观望。此刻他看到了这个北国钢都的另一面，就是一片皑皑的萧瑟和满透着微蓝的冷寒，就连这会儿，他口鼻之中呼出来的哈气，似乎都是那样的有气无力，死气沉沉。宽敞的公园使他远离了道路的尘嚣；而静谧的萧瑟又压迫着他的眼皮，令他昏昏沉沉地陷入了往事之中。

国家的宏观调控，导致了经济形势在发生根本性的逆转；不规范的双轨制所产生的泡沫经济，开始在逐渐的破灭；贪污和贿赂以及相对应的欺诈和坑骗，遭受到有关部门的严厉打击……总之，他们这个北国钢都办事处的钢材生意，开始变得越来越不好开展了，他们的生意开始由起初的量的变化，逐步逐步地发展成了后期的质的变化，并且他们钢都办事处的周围，开始有一些形迹可疑的人员，不断前来查询和窥探着什么……

但是这一切，好像用不着他去操心或者担心什么，因为北国钢都的大笔业务，主要是由他们公司的陈总在幕后运作，他和他们办事处的同事的主要工作，只不过就是联系仓储和转运发货的事情罢了，生意上的高潮和低潮，只不过是经济规律的周期活动而已，虽然他们偶尔也替陈总递送过一些神秘的包裹，那也不过是奉命行事……反正慢慢地，他们钢都办事处的工作，越来越难以开展了。他们所做的生意，开始出现了严重的负面效应。还没有到年底，那是在那一年的十一月初，公司领导要他速回南方公司的本部述职。在他回南方的那天，雪梅没去车站送他。据她母亲李师母告诉他说，她大女儿因为是临近期中考试，学业紧张，所以就不来送他了。不过他的心里面，却很清楚她是由于什么原因才不来送他的。那天他望着李老师一家人的盈盈热情，眼睛里浮起了泪花……

傍晚时分来临了。萧瑟的西北风把他给冻醒了。他从湖边的那条长凳上站下了地，试着活动了几下冻得已经发了麻的手脚和身体，整理了一下狼狈不堪的外衣，擦拭了一下眼镜的镜片，然后便在路边站着的一帮老人不理解的注视之下，急急地走了开去。"嗨，"他心里想，"这一帮老人，他们也许还以为，我是一个在这里流浪着的外地人呢！"

出得公园，他下意识地持续走了很长一段路，雪梅的住处已经明显凸现在眼前，他的那颗心怦然地激动和慌乱了起来。因为感情正在驱使他要去敲雪梅的屋门，而理性却在不断要求他尽快地离开。此时此刻似乎有一种无法言喻的恐惧感，在他的内心里窜来窜去。他的内心里，感情和理性正在发生着激烈的交战，就像《金玉凤凰》中的"善魔"和"恶魔"之间的交战一样。可他的手脚却不听从理性的约束，就像被一种外力所牵扯、所控制的木偶那样，令他不由自主地走上台阶，伫立在雪梅的门前。

他足足站了有十几分钟。西北风搅动北国黄昏的冰寒雪冷，"呼、呼"地钻进他脖颈和袖口的缝隙，不断地触摸着他那内衣里面的肌肤，使得他浑身都在颤抖，直直地打着冷噤，可他还是定定地站在门前。抬起了的右手的手指头却始终缺乏按下门铃的勇气，尽管这是一件非常简单而又非常容易的事情。他的脑海里激烈地翻腾：是进屋跟她打上一声招呼的好，还是现在转身就走，让以前的一切都随风飘逝，永远不再见面的好呢？

当他正在门外犹豫不决的时候，临街的大门忽然"吱嘎"地开启，探出了半边脸孔和半个身子并准备要走出门来的雪梅，她忽然愣住！因为她万万没有想到，此时此刻，他竟然会不声不响地站在她的门外！她惊讶地合不拢她那两瓣如玫瑰花瓣一般的嘴唇："啊？是振国？"

"雪梅，我……"

"站在门外干吗？快进屋来！"

这两个相恋多日的情人，现在终于毫不容易的再度见面了。她没有容他多去说话，只是一把拽住他的衣袖，把他拉进了屋内，随后就关上了门，并从后面紧紧地搂住了他，把脸靠在他冰冷的背后。

5

这是一个异常温暖的夜晚。屋子里面暖气的温度，足以使这一套房屋内在温暖如春。尽管外面这时候是零下20多度的冰冻。

屋子里是一片静谧的氛围，清馨的气息，使他感觉到身心的惬意，好像一个长途跋涉的旅人，在冰天雪地的土地上行走，忽然发现了一处热气腾腾、充满了暖暖春意的温泉，于是，他就在那个温泉旁边坐了下来，竟然不想再起身去赶那冰寒雪冷之路了。

此时此刻，他俩面对面地坐着……她房间里的落地灯，灯罩上的流苏是金线的，发出了黄色的闪光。白色的维纳斯雕像，身材匀称，乳房丰满，充满了美感，被罩在了一个长方形的大玻璃罩子里面……雪梅的美丽，依然有着一种令他难以言说的倾心和震颤。

初看上去，雪梅那年轻的生命，似乎曾经遭遇过什么刺激似的，因而她的那张脸，总像是留下了一点凄苦和忧伤的痕迹。然而就是这种表情，才给她的那张脸赋予了魅力和异乎寻常的美丽；并且这种表情好像也感染到了她那宽阔而又白皙的前额，灵巧而又性感的嘴唇，最后又在嘴角两旁那一对圆圆的、豁豁抖动着的酒窝里面，得到了浓重地沉淀。是的，这一对酒窝里孕满了无限的情丝，就像夜光玉杯里倒满了葡萄美酒一样。

这一会儿，雪梅低头不语，她这种楚楚动人的神情，直惹得他要从心底里去千般万般的爱怜，就像八年前他回公司述职前一天的晚上，楚楚动人的她，惹得他千般万般的去爱怜她那样。

……那一天晚上，她悄悄地溜进了他的房间……他俩紧紧地拥抱和亲吻在一起，他在她那两个圆圆的、豁豁抖动的酒窝里，倾注了他所有的爱恋；她则用她那两瓣性感嘴唇的激情的吮吸，来诉说她对他无尽的情丝……那天晚上，他们整夜、整夜地互诉衷肠，整夜、整夜地抒发海枯石烂一般的誓言。她那种脉脉含情，那种小鸟依依，直惹得他去千般万般的爱怜……

可是现在，面对着低头不语的雪梅，还是由他先提起了话头："呃……雪梅……你现在的男朋友，他对你好吗？"

她低着头，语气平淡地说着："嗯，他非常爱我……"

"若是这样的话，"他凝视着她的眼睛说，"我就放心了。"

"不过，"她抬起眼睛看着他说，"他没你以前那样在乎我的感受。"

"当年的匆促离开，"他似乎在用一种负荆请罪的口气说，"我心里面感觉到万分的愧疚。雪梅，你是一个永远都让我牵肠挂肚的女孩，如果你能够幸福了，那么我的一颗心，也就可以安宁下来了。"

说到这里的时候，他轻轻地吁了一口气，心灵深处，滚滚地涌起了一股无端的忧伤和凄凉。他晃了一晃握在手里面的酒杯，杯子里面的冰块轻轻地碰撞着玻璃，发出铿锵、铿锵的声响。

"谢谢你来看我，振国！"她略微停顿了一下，似乎有一点担心地问，

"你现在过得怎么样呢？"

"我啊？我已经结了婚了……"他抬头看了一眼面露讶异的雪梅，然后便掉转过头，空望着手里面的酒杯说，"我觉得这人生啊，有的时候还真是有一点儿无聊，又有一点儿无奈。那一年，在我回去以后不久……"于是他便对雪梅说起了当年他回到了南方家乡以后的经历。

……当年他回到了南溪商贸公司本部大约有二十天左右，北国钢都来了一拨人，其中有一个是钢都的计划处长，因为他曾奉陈总的指令，给这个计划处长送过一个中不溜的神秘包裹，所以他熟悉。既然来的是北国钢都的客人，他们公司免不了要盛情款待，以尽地主之宜。隔了一天的晚上，钢都的客人设宴回请他们南溪公司的领导。公司的陈总和张副总为了考虑到北国钢都办事处今后的工作，因此也就带上他，一块儿出席了这个招待晚宴，因为他今后在北国钢都还要跟这些客人们继续打交道呢。

宴席过后，客人又提出要去南溪的某处歌厅娱乐。可是在离那个歌厅大门口不远，他们一行人刚刚走下小车，突然从阴暗处窜出了五六个北国大汉，一下就围向了他们这一行人。陈总毕竟老奸巨滑，世面见得也多，他一看事态不对劲，立马弃下他的爱车凯迪拉克不管，撒腿就跑。然而被搞懵了的他和他们公司的张副总，却被这一帮北国大汉揞在了地上，反铐住双手，并且连拽带拖地扔上一辆"依维柯"，而后"呼"地就开走了。

稍待有一点清醒，他知道自己和张副总被绑架了。他也知道对方要的不是他俩，而是他们的陈总。既然没抓住陈总，抓了他俩也就多少有了点筹码，回去也就可以交差。至于钢都总公司的那个计划处长，只不过是一个可怜的"媒子"而已。大概是怕被拦截，他们当夜被带到了W市，后来又被带到了邻省的H市，不久又转到了S市，第二天上午，他俩就被铐在开往北国钢都的列车的包厢里……到了钢都后他们先是被投入钢都的拘留所……两个月以后，又被转为监视居住在收容所，整整有两年半……

"什么？"雪梅一脸惊讶，"你被关在我们钢都收容所有两年半？"

"不止哦，还多了两个月呢！唉……于是，我就这样摔进了地狱……"他右手端起了酒杯，晃了一晃酒杯里面的冰块，然后在紧抿了一口红酒以后，便又继续地往下说。

……要不是1996年的夏天，他们在北京设计抓住了陈总的话，那么，他和他们公司的张副总，还不知道要被关到什么时候呢！后来他们在放他出来的时候，是他大哥来这里接他回去的。那时候他自惭形秽，没有脸面再来房东李老师家里做客，也无颜再面对自己内心里深爱着的恋人，并且他也不愿意再见这里的熟人和朋友们。自打他和张副总回去以后，他所在的南溪公司已经基本瘫痪，人员也都走的差不多了，再说他又不是什么主要领导，也不是什么干部编制，因此不久他也就下岗了……三四年时间的宏观调控，紧跟着又是全球性的经济大萧条……他无事可做，找不到合适的工作，于是便卖过一段时间的菜，又在建筑工地上干了两年管理，总之是，他低人一头地生活着，在社会的最底层苦苦挣扎了有五六个年头……他自怨自艾，妄自菲薄，后来么，他也就认命了，因此就随随便便地找了个女人，草率了事地结了婚，糊里糊涂地生下了一个女儿……

"不过，"他喝干了手中端着的酒杯里的酒，然后对雪梅说，"我老婆对于我……嗳，怎么说呢，也算是不错的啦，我也没有什么好挑剔她的。"

"是吗？"她拿起了酒瓶，替他斟满。

"我的女儿，她倒是挺可爱的，都两岁多快三岁了。雪梅，我给她取的名字，也叫做'雪梅'……"

"真的吗？"她端起酒杯，凝望着他问。

"真的。"他一口就把杯中酒给喝光了。

酒入愁肠愁更愁……杯子里面残留的冰块，还在铿锵地响着。当把杯子平放在桌子上的时候，他抬起了头，把面孔转向她，这一会儿雪梅的眼睛正火辣辣地看着他的眼睛……大概是酒精的作用的缘故吧，雪梅这个时候站起身来，走到他的跟前，拥进了他的怀抱……

6

她从浴室里出来，他便将她圈进自己的臂弯。她在他的臂弯里一阵阵的颤动。他低下头，把嘴唇埋在她脸颊两边那一对孕藏着无限情丝和爱恋的酒窝上；她的两瓣樱唇，则拼命地吮吸着他的唇吻，她想要吮吸进他生命的内在。他们两个人的舌头紧紧地缠绕在一起，温热的津液，顺着各自的舌头流入对方的吻中，犹如是"乙二胺"催化剂一般强劲的催化，他们两个人的血管在膨胀，肠胃在痉挛，心跳在加速，身体就像火一般在燃烧。

她激情地抚摸着他的头发，脸在他的怀里钻着，仿佛要钻进他的心灵深处。她知道今天过后,他们两个人也许就永远不会见面了。人世间种种的事情,往往就是那般的无可奈何,令人那般的可悲和可叹……不知过了多少时间,他再次吻上她那迷人的酒窝和性感的嘴唇,温热的双掌轻抚她柔嫩的肌肤,直觉得有一股说不清楚道不明白的柔滑清凉的感触。他将她背后的浴袍慢慢地拉下,并将自己的面孔紧贴在她那赛雪的肌肤上。

北国少女的肌肤,雪花一般的洁白,冰晶一般的光滑,棉絮一般的柔软。他轻轻地吻着她身上那每一寸的肌肤,在她雪白的肌肤上留下一个又一个潮湿的唾印。倏然,她和他紧紧地拥抱在一起,翻倒在床上,生怕对方会突然从他们的怀里边消逝。他的双掌从她的背后面伸出,宽大结实的胸膛,压着她那柔弱的乳房,古铜色的皮肤,可以感受到她身上传来的一阵阵的痉挛和颤动;而她则敞开了自己的双腿,迎接着他身体的进入……

那是一种完全不同的感觉。是一种很美很美的感觉。他们让自己的理性和意识,不能自我地迷失在这种美丽的感觉之中。他们两个人就在这种合而为一的一霎那间,八年来积存在胸腔里面的种种相思的情丝和欲望,此时此刻,火山爆发一般地奔放了开来。他好像要把她完全融化似的,以他最大的能量进出她的体内,而她那不间断的低吟,则更加激起了他的欲望;她体内的温热,更加让他颠狂;她身体微微的颤抖,令他更加迷失在爱欲的海洋。这是一场过去在他身上从未有过的水乳交融,雪梅的身体好似一泓平静的湖水,包容着他,蕴涵着他,让他在这泓平静的湖面上去激起那一阵一阵的波澜。"如果……"他不切合实际地想着。只可惜,今后他再也无法拥有她了。现在的他唯有把握住这仅剩的一点时光,让他们两个人不停地、并且更加紧密地融合在一起,直到他们体内那许多物理的、生物的和化学的能量,完全地倾泻和奔放了出来……

他喘息着,疲累地趴在了雪梅的胸部,脸颊贴在了雪梅的乳房,无力的身躯加上种种的忧伤,压得他无法再一次的起身。就在他们两个人的高潮以后的一段缓和的时间段里,雪梅偎靠在他的胸部,轻轻地问道:"嗳,振国,现在你都在干一些什么工作呢?"

"雪梅,"他用右胳膊挽住她那副柔滑的肩脖,左手在她那裸露的肌肤上,轻轻地一下一下地划拨着说,"去年秋天,我被欧洲一家跨国集团公司在中国南方的子公司,招聘为机械设备营销方面的业务代表……唉,现在的我,总算是走出了低谷了。"

"那么，"雪梅又在轻轻地问着，"你们跟钢都总公司这一边的官司，后来又是如何去了结的呢？"

"可能到现在都还没有了结吧？"他拍了拍她的脸颊说，"据说钢都这一边，就是要要陈总的脑袋瓜。他们说他给钢都总公司造成了很大的损失，而且还把很多重要的人物给拉下了水，光钢都总公司的刘总和于书记这两个人，从他的手上就索取了两三千万元的贿款。不过又据说，还有很多的大人物，却在极力地保他呢。"

"唉，振国，"雪梅往他的怀里边钻了一钻说，"那个时候，正是处在了继续改革开放的高潮，封闭和保守的观念跟改革和开放的思想，在神州大地上相互的碰撞；双轨制的经济，犹如是一条森林巨蟒和一片缤纷的罂粟，在绞杀和毒害着人们所固有的道德观念；那个时候，真不知道有多少双黑手，在大肆地攫取和侵吞国家的财富。一张张道貌岸然的嘴脸在扭曲；一个个高尚的灵魂被锈烂……"

"不过管他呢，"他打断了雪梅的话头，并且低下头去吻起了她脸颊上的那一对孕满了无限情丝的酒窝说，"不在其位，不谋其政。我已经离开南溪公司有好多年了，不再管那么多的闲事了。"

"好吧，"雪梅顺从他说，"我们就不说这些丧气话了。嗳，振国，你知道吗？那个阶段我可好想你呀！想了你有好多年呀！眼泪流了不知有多少呢！我打电话到你家里，到你的单位，到你的办事处，唉……"说到了这里的时候，雪梅改变了话题，贴住他的耳朵根，轻轻地哈着气地问，"嗳，振国，你要说句老实话，你曾经爱过我吗？"

"嗯，"他伸出手掌，拨正了她的脸说，"不是曾经，雪梅，我想我这一辈子，除了你以外，我永远也不会再爱其他人了……"

"这样的话，你老婆她不是很可怜吗？"

雪梅的话隐隐约约地刺痛了他的心。"唉……"他轻轻地叹了一口气，没有说话，只是支起身体用一双有力的臂膀，紧紧地抱住了她那赛雪的身体，嘴唇再度吻在她那两瓣嘴唇和那一对迷人的忽忽抖动的酒窝上……

7

东边的天空，开始渐渐地发白，告诉他们离别的时刻就要来临了。此时他真想让时间就此停下来不去转动，永远就停留在这个时刻。尽管他知道这是绝对不可能的事情。这时候他们两个人似乎都很明白，只要一经分手，以后要想再次见面的话，机会肯定就是微乎其微的了。或许这次雪梅根本就不应该给他写信，要求他在她结婚之前互相再见上一面；也或许他根本就不应该前来赴此约会，好让雪梅在心里面把他永远给遗忘掉。

眼下这次见面的结果，一样无助于现状，只不过给他们两个人平添了更多的哀愁和忧伤罢了。然而他毕竟还是放心不下，纵然他已经是一个女人的丈夫，一个孩子的父亲，但是雪梅的美丽的身影，这许多年来，就一直萦绕在他的脑海里和睡梦中。雪梅的温柔相交于他妻子的温柔来说，令他更为倾心；而工作上的烦恼以及生活中的压力，每每都让他想去追寻和重温那个已经逝去了的时代的无忧无虑的生活。此时此刻他不得不承认，这或许就是心里越是得不到的东西，便越是觉得其美好的感触吧！

还是雪梅先从床上起身，她犹如是一条白鱼一般地脱离了他的怀抱，她穿上了一件嫩黄色的睡衣，端坐在梳妆台前，一边整理着她那一头美丽黑长的头发，一边语气尽量平淡而宁静地对他说："振国，好多天以前，我心里就一直在盼望着你的到来。"

"我……"他的眼睛看望着天花板说，"雪梅，其实我早就想要来看你了，只是心里面有一点害怕。真的。我的心里面有一点自卑，又有一点自惭形秽。再说了，我已经是一个结了婚的男人了，而你也是一个快要嫁人的女人了，这样似乎……似乎有点儿不太好吧……"

雪梅缓缓地梳着一头黑长黑长的头发。她一边梳一边说："振国，我在这里已经等了你很久很久了，你留下来，再陪我个几天，好不好？"

"这个么……"他支支吾吾地，就像是一个做错了事情的孩子那样说，"雪梅，我真的不知道……不知道对你……应该怎么对你说才好……我买的是今天中午的火车票……"

从他这许多吞吞吐吐而又隐含着深深歉意的话里面，她立刻就领会了他说话的意思。在一阵短暂的静默里，他从梳妆台面上的镜子的反映之中，看到了她那一副不能谅解的面部表情和剧烈颤抖着的身躯。为了避免让她更加伤心，他便起身躲进了卫生间。

在卫生间里洗澡的过程中，他想了很多很多，要不是发生了当年那一件事情以及他后来的下岗和失业，并且在社会底层苦苦挣扎了那么多年的话，眼前这个美丽善良的、他梦中女神和偶像一般的女孩，就应该是属于他的，而不是那个香港的私企老板……可是现在他都对这个女神一般的女孩，做下了什么样的事情哪！昨晚他的所作所为，又将会给她带来多么大的伤害哪！此时他的心灵深处，浮起了一种深深的有罪于她的感觉。

洗完了澡，他穿好了衣服，戴上了眼镜，并且他就是带着这种深深的负罪之感，走出了卫生间。然而这一会儿的雪梅，心情似乎已经平复了许多。他在她对面的床沿上坐了下来，静静地看着她用一根黄色的丝带，把自己的那一头又黑又长的头发给扎了起来。

墙壁上那个猫头鹰形状的挂钟，在"嚓、嚓、嚓"的走着。时间在一点一点儿地流逝。当早晨的太阳升到了很高的地方，他知道自己应该走了。这时候他站起身来，走到她的后边，双手按住了她的肩膀，弯下腰，在她脸颊的酒窝之处，轻轻地吻了一下说："雪梅，我该走了。"说完，他便转过身子去拎自己的旅行包。

"等一下……"雪梅从梳妆台前站起来，转过了身子，走到他的跟前。忽然她亮出了一把不知何时就握在自己手里面的剪刀，倏地一下就剪下了她那一头又黑又长的并用黄丝带扎住了的头发，然后她又拉起了他的右手，将剪下的那一把黑而长的断发，交在了他的手中。

"雪梅，你……"他不解地看着她。

此时此刻，雪梅复又投入了他的怀抱，悲悲地，浑身颤抖地啜泣着。这时候他只能用手掌轻轻地、然而却又是无奈地拍着她的背部，用这样的方法来安慰她。然而雪梅声音断续而又凄切地说："振国啊，请……请你，好好，好好地珍惜它吧！请……请你，不要把我给，给忘记哦……"

"雪梅，我怎么会忘记你呢？"他把她紧紧地搂在自己的怀里边，眼睛里流出了酸楚的泪水……

8

在回转南方的那一天中午，李俊峰老师一家来到了火车站，专门为他饯别与送行。可是唯独李老师的大女儿雪梅没有前来。当年他离开这个北国钢都的时候，她也一样没有前来为他饯行。

时空间隔了八年。这一幕竟是如此的相似。然而他的心里边却已经默然，没有像当年那样流下眼泪。在踏进列车门的时候，他就像要去捕捉一些令自己永远值得怀念的景象似的，回头再一次地看望了李老师、李师母、以及雪梅的妹妹春梅几个人一眼，这时候他的右手里面，却已经情不自禁地握住了那个装着雪梅早上剪下来并送给他的扎有黄色丝带的断发的大纸包。只见他自言自语地说：

"回家吧，回家吧！不要再去想那许多不切合实际的念头了！不要再去伤害那个美丽善良如女神一般的女孩了！雪梅，我祝你幸福，祝你永远都幸福！再见了，我心中的美丽的女神！"

他将身子探出窗外，向为他送行的李老师一家挥手告别，向这个此刻还紧裹在皑皑白雪和冰凌之中、并曾经给了他以诸多的爱与痛的北国城市告别，心里边开始慢慢地释然了开来……

2001 年 11 月写于北京

幻迷初夏明月夜

各位朋友，现在我们都亲眼目睹了宇宙中的一个小不点，我们人类赖以生存的地球的卫星——月亮，是怎样从东边的天际升起来，然后又怎样慢悠悠地沿着这一棵百年老枣树的树杆向上爬的。现在它爬得有一点累了，就把它那个圆滚胖墩的脸盘，搁置在这一棵百年老枣树的枝杆桠杈上，对着我们大家一圈又一圈地流波溢晕了起来。

事实就是这样，在这美丽的初夏月明之夜，这暗幽幽的紫灰色的夜幕上，间杂着数得过来的几颗星星，一棵百年老枣树，树上翠玉一般细密的树叶随着初夏夜的轻风在摇曳。在这一个背景中出现了这么一个流波溢晕的、给我们撒下圣洁辉光的月亮，这是一幅多么美丽的画面啊！

我这个人有时候还真有点像一个"傻瓜蛋"。因为我总爱追求、寻找和冥思苦想。我总想知道什么浩瀚宇宙的内涵，天体空间的奥秘，古老文明的特质，历史事件的真相，人活着的意义和价值等等、等等。其实我根本就没必要去知道，因为这样活着实在是太累。但是明知道太累，我却还是在执着地追寻和探讨，而且追寻和探讨得又是那么认真。我知道我心里面有一些想法是非常荒诞、非常怪幻的。我也想不去想它们。不过这些荒诞和怪幻的念头，却老是在纠缠我，骚扰我，在我的心灵里作祟。比如现在就拿我们面对的这个搁在这棵百年老枣树上的圆滚胖墩的月亮来说，我心里面的某些东西，就会不由自主地往上泛泡、冒气，就像刚才喝下去的啤酒会从肠胃里往上泛泡、泛气；也像一条受伤的鱼，躲避着同类，在这夜静更深之中，独自地浮上水面来呼吸新鲜空气一样。

有时我还不能确切知道，这些东西究竟是荒诞，是真实，还是做梦；是对过去的回忆，还是现实生活中虚诞的幻觉。但不管是荒诞，是真实，还是过去就存在心里的幻觉,此刻它不仅在我的心里存在,而且还有血有肉、有声有相、有颜有面、有光有彩、栩栩如生!然而那许多发生在我周围的活生生、闹腾腾的人和事,有时候却反而会成为转瞬即逝的幻影。

我知道自己并没有丧失理智。只不过就是在每一年的今天,它就会出现,就会在我的心里面涌动、翻腾、泛泡、冒气。我清楚得很,如果在这一天我要是不能摆脱这种怪诞的心理生活的话,我的精神和肉体就有可能会出现崩溃。因此在这一天,尤其是在这个初夏月明之夜中,在这紫灰色的、点缀着为数不多几颗眨眼的星星的、有着明媚皎洁月光的夜幕里,我总是躲避开我的同类,将自己浸沉在这种既怪诞而又真实的幻境中。只要能够安然地度过这一天,我的心情就会复原。待到第二年,它又会重复,就像宇宙的力量,使得我们赖以生存的地球产生了春夏秋冬的季节,并且还在周而复始地循环一样,这已经有二十五年的时间了。

今天我本应该回避自己的同类,包括你们这些朋友在内。但是我不知怎么却忘记了今天就是今年的这一天了。也许是我受伤的心灵已经慢慢恢复的缘故。然而刚才面对从东边天际升起来的月亮的时候,忽然让我一下又跌进了今年的这一天了。现在我既无法失礼地回避开你们,又无法独自地浸沉在我这天的怪诞的心理生活当中,同时又无法硬憋着——因为硬憋在内心里,是既会伤人又会伤心的——那么此刻,我索性就对你们大家来讲一讲这一件事情吧。至于讲完以后,你们会怎么去评价,会怎样去看我,你们哪怕说我是心灵上的荒诞也好,是精神上的错乱也好,是痴人在说梦也好,是发神经病也好,我就都无所谓了。

这件事情是发生在二十五年前的初夏月明之夜。

那一天夜晚,凉风习习,拂来了一阵又一阵初夏夜的凉爽和温馨。今夜月又明了。我偏爱有着月色的夜晚,尤其是这初夏月明之夜的晚上。于是我便信步迈出了院门,转弯踏上解放路大街,转向丹金河的方向,将自我深深地融入在这浓浓的月色之中。

我是在初夏的那天下午,从深山竹海的皖南山区坐长途车,回到了江南小城的家里边的。那天吃晚饭的时候,我那个在郊区小学校当老师的母亲,对我有意无意地聊起了一些趣闻轶事。

"海涛,"母亲对我说,"原来和我们同住一个院子的悦萍,你知道吗?

她已经回来了。"

"悦萍?"我不过是在随意地搭讪着,"她不是在两年前,到上海去读大学了吗?现在又不是假期什么的,她回来干吗呢?"

"她这一次回来,就不会再去上海读大学了。"

"为什么哪?"

"我也是听别人说的。悦萍的基础太差,学习跟不上,大学为了顾及第一届工农兵学员这个新生事物以及政治影响,就专门派了三个教授和五个讲师给她'开小灶'。可悦萍还是跟不上。最后她不知怎么就受到了刺激,住进了医院。我还听说为了她这件事情,那个大学闹得可凶呢!说是什么资产阶级教育路线大复辟,修正主义大反攻,臭老九蓄意迫害工农兵学员。据说还整死了一个老教授,其他两个教授也被整残废了!唉……"

听母亲说了这番话以后,我表面上没有做声,只是默默地收拾起碗筷,洗好,抹干净。可我的心里边却是空落落的,有点儿不太舒服……

时间已经过了晚上十点钟。疯狂了一天的人们,这时候大都"上了苏州去贩席条"(注:这句江南方言是指睡觉)了。白天的喧闹逐渐地归于静谧。唯独那轮悬浮在紫灰色夜空里的圆滚胖墩的月亮是那么的明净,那么的亮堂,在漫无边际地向四周漾溢它那熠熠的波光,然后再随着夜晚的风,大片大片地抖落在这座江南小城的每一个大街小巷的空间和角落。

夜阑人静。南新桥旁丹金河的河边,除了偶尔几个夜归人还在行走以外,几乎就无人问津。因而,无论我的思绪是天马行空、纵横飞跃,不管我的脚步是匆促轻漫还是裹足不前,总之这会儿绝对是没有人前来干扰我,研究我,对我去评头品足,羞辱侮慢,甚至去找出他们为之感兴趣的、可以上纲上线而热闹一番的神态和表情。一种轻松,一种安然,一种精神可以独自地畅想、灵魂可以独自地放飞的消遣。

这是一个美丽的夜晚,一个情感流泻的夜晚,一个诗一般的夜晚!我驻足南新桥头,欣赏起月光下汩汩流淌着银色波浪的丹金河。呵!这斜斜的河堤上层层犹如墨玉一般的杨柳所簇拥着的、圣洁月光所沐浴着的丹金河!面对着银波涌动的丹金河,我的心里也涌动起一股诗一般的情感:

　　　　银河,银河,
　　　　银河穿城而过。

晚花紫丁香

桥东桥西夜静，
城南城北月明。
明月，明月，
抚我悠悠心愁。

在这恬静的月光下，我什么都可以去想，或者我什么都可以不去想。本来我什么都不去想的，可我就是管不住自己的思想。这大概是傍晚母亲晚饭时分说的那番话，在我心里面作祟的缘故吧！我想起了两年前的今天，两年前的初夏月明之夜，也是在这一条丹金河的河边，这条水泥铺就的马路上，这一片郁郁的浓荫下，漫步着我和她——悦萍。当时我望着她那圆月一般圆滚胖墩的面孔，轻轻地问道："你决定要去进大学吗？"

河旁路边的法国梧桐和香樟树上那许多碧玉一般的树叶，在这初夏夜的晚风中，窸窸簌簌地作响，抖落着的片片月光，就像有着无数个小精灵在飞翔。悦萍挽住了我的胳膊说："嗯，海涛哥。我叔叔会推荐成功的。再说了，我也真的想去上呢。大学这一块上层建筑的领地，我们工人阶级不去占领的话，难道要让资产阶级和修正主义去占领吗？"

悦萍已经不再是我的"拖把鬼"、我身后边的"跟屁虫"了。这个比我小了五岁的女孩子，以前一直把我当成是她的偶像。她出门什么的，都要揪住我的胳膊才放心，办什么事情也总是紧紧地跟随在我的屁股后面。记得在小时候的一个夏天，我们两家人家在院子里面乘凉，她的父母亲忽然说："悦萍，等你将来长大了，就嫁给海涛当老婆吧，好不好哪？"

我的父母亲也逗着她玩说："好吗悦萍？你长得圆滚滚、胖墩墩的，给我家海涛当媳妇，可是一件再好也不过的事情呢！"

悦萍听了以后，她就拍起两只小手，高兴地对我说："嗨，海涛哥，将来我长大了以后，就跟你结婚，就给你做老婆，你同不同意啊？"

我毕竟比她大了五岁，到了已经知道什么叫做羞涩的年龄了，于是我羞红了面孔，急忙把她推到一边说："去、去、去。悦萍你丑不丑啊？人这么一点小，就想着要结婚，就想着要做人家的老婆，你要不要面孔啊？"

悦萍眨巴着眼睛，天真地看着我说："海涛哥，给你做老婆有什么丑的呢？我爸我妈同意，你爸你妈也同意，我也同意，这有什么丑，有什么不要面孔的呢？"

当着两家大人的面，我脸孔羞得通红，于是就一把抓住了她的胳膊，并且伸出食指拼命地刮起她的小脸皮来。并且一边刮一边说："你就是丑！就是不要脸孔！就是一点小地想要跟人家结婚，做人家的老婆！"

我们两个小孩那些幼稚的举动，弄得两家大人都乐呵呵地笑了起来……悦萍的青春期来得早，她在12虚岁的时候，身体就开始发育了。也就是在她12虚岁进小学四年级、我进高中一年级的那一年，史无前例的文化大革命开始了，我们这两个住一个庭院的邻居小孩，也开始慢慢朝着两个截然不同的方向发生着变化。那时候，我喜爱搞到什么书就看什么书。因为那时候的书很少，好书都在文革初期"破四旧"时给烧掉了。就是一些没有被烧掉的，也都成了不准看的禁书。那时候的作家就像夜空里的流星一样，一个一个地全消失在黑夜里了，就剩下了一个独卵泡的作家，然而他的《金光大道》上走着一帮甘愿走愚昧道路的乡人；他的《艳阳天》下生活着一群不愿追求富裕，只想固守着阶级斗争阵地的贫困的村民。而悦萍那时就喜欢穿上一套洗得发白的军装，腰中扎上一根宽宽的五星皮带，站在舞台上唱着铿锵激昂的革命歌曲，跳着打打杀杀的红卫兵舞蹈。

去年秋天，她家搬去了小南门的新居。但是作为异性朋友，她却还是一直喜欢跟我来往。尽管我插队在乡下，她进了令人羡慕的国营工厂。然而她没事的时候还是老往我家里跑。说句心里话，我也很喜欢这个年龄比我小了五岁的、面孔圆滚胖墩得就像满月一样的女孩。不过我总感觉到我们之间的差距越来越大了。那一天晚上，她是特地跑来告诉我，她叔叔要她去进大学，而且要进的还是一所上海的名牌大学。那是文革期间，首次推荐工农兵学员进大学。正因为是首届，所以在表面上，还要假马若鬼地走一下考试的形式。我们两个人一边往前走着，我就一边问她：

"悦萍，考试这一关你能行吗？要知道，虽然你已经初中毕业，但那毕竟是瞎胡闹的！你的基础课，实际还停留在小学四年级的水平啊！"

"我叔叔说考试没问题的。那只不过是一个形式，是一个装装门面、做做样子的事情。他说保证能够把我推荐上去的！"

"不过呢，悦萍，我认为你还是不要去进的好。你就当好你的工人，做好你的工作，不要去赶什么时髦潮流。"

"为什么？我可真的想进大学，而且还一定要进名牌大学！"

"如果你真的想进，或者真的有条件去进的话，你就听我劝上一句好不好？你就选文科，不要去碰理工科，噢。"

"为什么呀？"

"因为现下里读文科，你只要能够现买现卖一些当前比较流行的哲学思想和华丽的政治词藻，就可以对付了。但是理工科却不同，它是要以准确的演算、逻辑的思维和简洁的表达为基础的。基础科学可是浮夸和虚假不得的。"

悦萍忽地停下脚步，并且双手叉在了腰间地看着我说："海涛哥，你是不是在妒忌我呀？！"

当时她那一副叉腰说话的模样，就像站在舞台上穿着黄军装的红卫兵演出队员的形象。此刻她说出来的话，犹如是一柄锋利的刀子，深深地刺痛了我的心脏。我望着她，久久地望着她那一张反射着月光的面孔，神情痛楚地说："悦萍，你怎么这样说话呢？我干吗要忌妒你呀，啊？"

"嗳，海涛哥，你看你呀，这么顶真干吗呀？"她从腰间放下了手，温柔地挽起我的胳膊。当我们走出郁郁的树荫、走进浓浓的月色之中去的时候，她又充满柔情地对我说："海涛哥，我对着眼前这圣洁的月光，对着家乡这一条银波流淌的丹金河发誓：今后不管我有什么样的变化，但是我对你的爱，是绝对不会有一丝一毫的变化的！"

她好似小鸟依依一般地依着我，眼睛像那深邃的夜空，脸色像那圣洁的月光……圆月在星空里穿行。月光如洗一般地静洒在丹金河上。月光和丹金河的水波都在为我们作证：我们都在珍惜这初夏明月之夜，我们都不愿玷污这神圣的河流和这圣洁的月光。但是我的心里却知道，我们应该分道扬镳了。因为我们之间的差距越来越大了，鸿沟也越来越深了。然而这个差距太大鸿沟太深的恋情，根本就是不现实的，也是不理智的。

隔了不过才两天，悦萍她那个靠造反起家、而今却已当上了小城县革委会常委的叔叔——卢培卿，差人把我找到他那儿去。一见了面，他就板着一张面孔对我说："你和我们是两条道上跑的车，我们跑的是无产阶级革命的康庄大道，你跑的却是资产阶级和小资产阶级的独木小桥。你也不撒一泡尿当作镜子自己去照一照看，你是一个什么东西，什么货色！现在我很明确地对你讲：从今往后，绝对不允许你再去找悦萍，再去纠缠她、影响她。你最好就在她的面前消失掉！否则的话，嘿！……"

我实在受不了卢培卿的侮辱。但我还是在默默地祈祷，祈祷悦萍能有着一个美好的未来。同时我也就默默地离开了她,离开了家乡,经亲戚介绍去了皖南的深山竹海,在一个小镇的乡办厂当了一名车工。后来我从一个朋友给我写的信中得知,悦萍在那一年的高考中,数学试题仅做出了一道 1/2+1/3 等于多少的题目,其他全没做出来。而这道题目实际上就是小学四年级水平的题目。结果她把分子与分子相加,分母与分母相加,还是答错了。她的答案是 2/5。不过这并没有影响到她被上海那所全国名牌大学的高分子专业所录取。那一年她和北方一个叫张铁生的交白卷的英雄,在中国的教育战线上遥相呼应地刮起一场猛烈的政治旋风,引起了全国性的震动。读罢信以后,我的心里深深地为悦萍感到遗憾。这倒不是因为我在妒忌她,怨恨她。我只是有一点悲哀。我为我们这个国家,为我们这个民族,为我们这一代人,被引导着走上了一条歧路而悲哀罢了……

那个初夏明月夜的晚上,月光朦胧,树阴朦胧,河水朦胧,道路也朦胧。一切都浸沉在朦朦胧胧的月色之中。是的,在这一片朦朦胧胧的月色之中,我本可以什么都不去想的。我为什么要去想呢?我们的言谈举止,我们的思想愿望,已经变得朦朦胧胧、死气沉沉、苍白无力、憔悴不堪。精神上空虚,心灵上愚昧,生命之火就像日薄西山、气息奄奄的太阳,将要沉沦到黑暗之中去。人们全都在演戏。全都想通过对方的假面具,去刺探和发现一些可疑的东西以及可以上纲上线的秘密,这样就可以去戏弄对方,揪斗对方,打倒对方,再朝着对方被打倒的躯体上去踏上一只脚,叫他永世都不得翻身,以获得他们自己最大的畅快和满足。

那个时代大家只听一个声音,只看一副面孔,只穿一种服装,上上下下说话一个腔调,做人一个模样。歌曲只许唱颂歌,音乐都是进行曲,舞蹈全如军事操,英雄必须"高大全",小报看大报,大报看"梁效"。人与人之间隔膜、防备、窥视、刺探、告密、陷害、无中生有、莫须有的关系,令人厌恶和作呕。就是在亲朋好友之间,兄弟姐妹之间,父子母女之间,甚至就连并头抵足在一张床上睡觉和做爱的夫妻之间,也是一样。

与其这样生活,还真不如去死,不如对着自己"咔嚓"一下来得痛快和悲壮。这种念头,这种看破尘世的喧闹只想远遁而去的念头,时常就从我的心灵深处往上浮,往上冒,就像鼠疫、天花和霍乱这些病毒一般,在吞噬和污染着我干净的血液,啃咬我那年轻和单纯的心脏。然而我还不甘心,还不愿遁世,不愿对着自我"咔嚓"一下了结自己。我还渴望着生活;

渴望着去奉献、去给予、去交换、去获得；渴望着生命之树常绿，生命之花盛开，生命之光灿烂。我渴望的这种生活不仅是我这肉身凡胎的身体欲望的需求，还有我精神上的和心灵上的需求。这是一种朦胧的欲望。是这朦胧的月色给我带来的一种朦胧的希望。它在我的心灵中形成了一个完美的女性，就像婵娟这广寒仙子，嫦娥这月亮女神，这初夏月明之夜中梦幻一般完美的女性。只有她才能润泽我精神上那个空落虚脱的园地，熨平我心灵上那些苦巴巴的皱褶，唤醒我仍然青春的欲望和性的活力。

在那个初夏月明之夜的晚上，我孤独的身影，就在这圆滚和胖墩的月亮给我撒下了的朦胧的月光中，在这翻涌银色波浪的丹金河的河边，缓缓地移动。我仿佛是要一直这样地走下去，走到很远很远、很深很深的地方。我就像一个孤魂野鬼似的，沿着丹金河河边的大道，向着南边的方向独自地游荡下去。然而在走到靠近南门渡口的河边时，我忽然看见了前面不远处的河边的栏杆旁，有一个影影绰绰的身影，犹如是湘裙出水、玉树临风一般地飘来荡去。我越往前面走，那个身影似乎就越清晰，越明然。毋庸置疑，那不是什么女神女仙女鬼女巫，而是一个人。

当我走到离那个身影大约还有十米远的地方，那个飘来荡去的身影忽然停了下来，并在河边路旁的人行道的一座石条凳上坐了下来。我再走上两步，发现那是一个非常美妙的女孩，一个纤细修长、异常漂亮的女孩！她虽然异常瘦削，但却美艳惊人，似乎不是人间中人，不是肉身凡胎，仿佛就是那个随时都会飘然而去的、来自于月宫仙境的广寒仙子和月亮女神的化身！我目瞪口呆地停住了脚步，心神失态，甘愿冒着被人臭骂为流氓的风险，死盯盯地看着月光女孩那纤细修长的、有着完美曲线的侧影。

这时候那个月光女孩转过面孔，向我这边凝神地注视着。当我的眼光和月光女孩的视线相碰撞时，我发现她的一双眼睛，尽收这初夏明月夜的月亮的辉光，然后再熠熠闪光地全部射出。那光彩胜似星光！甚至这初夏明月夜的月光也难以比拟！就连神话中二郎神额头上的那只竖眼和孙悟空的那双火眼金睛，似乎都望尘莫及！那是钻石折射太阳一般的强光！是宇宙天体中的闪电之光！那光彩映得初夏月明之夜更加的明媚！我晦暗的人生顿时就敞亮了起来。真的。这是我有生以来第一次看到有如此神采的眼睛。就是在这一瞬间，仿佛宇宙天体充满了活力，大地山川充满了生机，我们人类充满了灵性。我仿佛感觉到宇宙天体的震颤。我的心灵仿佛也和宇宙天体融溶在一起并在同一个节拍下跳动。所有这一切，仿佛全都来自初夏明月夜这悲悯的、温柔的、充满女性之爱的月光的魅力啊！它似乎不仅改变了浩瀚的宇宙天体的宏观世界，也改变了我内心的微观世界。我的灵魂和肉体似乎与这月夜中的宇宙天体融成一体，汇成了一个声音："忘掉自身的苦难，去爱他人吧！当你在爱他人的时候，也就会被他人所爱！"

仿佛这就是宇宙中枢的信息，这就是天体生成的奥秘。我的情感这会儿就被这种爱的波流所包围，我的心灵充满了爱的温馨，我那似乎被梦境魇住的身体，上上下下里里外外都漾溢了爱，这种宁静美丽的爱，似乎让我丧失了自我存在的意识。我傻不拉叽地站在那里。月光女孩望着我，面露出笑容，真是"月出皎兮，佼人僚兮"，"巧笑倩兮，美目盼兮"。那笑容仿佛鼓励了我，于是我又向前走了七八步，等走到离她还有三四步远的地方停下，痴痴呆呆傻不拉叽地望着她。我觉得这个纤细修长的月光女孩似乎有一点面熟，但一下又想不起在什么地方见过。是在梦中？在神话故事里？还是在连环画上？我不知道。只觉得她有一点眼熟。我就站在离她只有三四步远的地方，那时候我虽然睁大了一双眼睛，可是人却仿佛沉入在梦乡，置身于静谧的幻境中。真的，朋友，倘若虚幻已变成了现实，这就足以证明我已经沉迷在虚幻中，完全忘掉了那个荒唐的、疯癫的、发着神经病的时代的世态真相，忘掉在这个小城，像我这样痴呆和幻想的后生是根本无缘去赢得像广寒仙子、月亮女神似的女孩的心的这个现实。

当时我的心里面还在暗自思索，这个月光女孩，是否也和我一样孤单寂寞，落落寡合，被时代所遗弃？是否也出自相同的原因，在这个寂静的月夜里面，在愚昧和喧嚣的空档之中，对一些包围着她的粗俗无知的人群感到了厌烦，并在孤寂和忧愁之中度日呢？也许她也像我一样在等待，在追求，在渴望着会给自己碰撞出爱情火花的人的出现吧？好在这个野蛮恶性膨胀，愚昧极度泛滥，使人精神上抑郁、心灵上荒芜的年代，去获得多姿多彩的精神生活吧？深夜迷人的月光具有着奇异的美妙。在它的召唤之下，我们两个人的心灵仿佛都有着灵犀，都同时走出各自的家门。天意使我们相遇和相逢。大概这就是所谓的三生石上的缘，前世八代的分，有缘千里共婵娟，无缘对面不相识吧？

想到了这里时，我就把眼睛愣怔怔地投向那个广寒仙子一般的月光女孩。只见她嫣然露齿地朝我笑了一笑。那个时候我才真正地理解什么是明眸，什么叫皓齿，她的眼睛，她的那一双如同两颗硕大的钻石在折射着光彩似的眼睛，让我感到有点儿头晕目眩。这时候她问："是海涛哥吗？"

我惊愕。这声音是那样的熟悉。我好像在以前的什么时候或者什么地方，经常性地听到这一种熟悉的声音，但我面前这个说话的人，却又是那样的陌生。于是我就迟疑地问道："你是……"

我调动起自己大脑中所有的脑神经和脑细胞来回忆、思索和猜测，这个似曾相识的、貌美如广寒仙子、蟾宫嫦娥一般的月光女孩，她究竟是谁呢？她怎么熟悉和知道我的名字的呢？可是我想了很长时间，想得我的头都情不自禁地摇了起来，还是没有想出这个陌生的女孩子是谁。

"唉……"一声长叹，似乎发乎于她体内最深沉之处，而后再通过她的双唇，波动着我面前的空气，"海涛哥，我是卫青啊。"

"卫青？"无比的诧异！当时我的嘴巴张得木海木海的大，眼睛瞪得就像两个灯笼，一副妄想要去吞吃月亮的蟾蜍的模样。

"唉！一场病，竟让你海涛哥都不认识我了吗？"她闪开光彩的眼睛，低下头，喃喃地自言自语了起来。"我恨'卫青'这个名字！这个名字害了别人，也害了我自己！保什么卫呢？江什么青呢？我干吗要去保卫江青呢？不，海涛哥，"这时候她重又抬起眼睛在看着我说，"我是悦萍啊！"

"啊？你是悦萍？"刚才我想了很多很多，就唯独没看出她是悦萍。是的，我怎么会把以前那个圆滚胖墩的像满月一样的悦萍，联想成眼前这个异常瘦削、异常纤细的月光女孩呢？现在经她一提，我大惊失色。跟着向前猛跨了两步，站在她面前惊诧地问，"你就是那个脸像满月的悦萍？"

她从石条凳上站了起来，用纤细瘦削的手紧紧抓住我的胳膊说："海涛哥，谢谢你还记得以前那个圆滚胖墩的我呀。海涛哥，我真后悔！后悔没有听你的话，上那个什么劳什子的名牌大学，把我自己给毁掉了！"

"悦萍你一个人呆在这里干吗哪？"我像是问她，又像在自问。

"我知道你海涛哥会来的。"她低低地说，"还记得两年前的今天吗？我曾经对着这圣洁的月光和这丹金河的水波发过誓的？"

"悦萍，你比起以前可瘦得太多了！"我伸出右手，抚摸起她那一张瘦削的面孔说，"不过你瘦了，倒反而显得更加的美、更加的漂亮了。刚才我还以为是婵娟下凡、嫦娥出世呢！一点儿都认不出来了。"

"海涛哥，我的底子差，又学高分子，学校派了三个教授和五个讲师给我'开小灶'。我学不进,那个时候我就想着你……"我看到刚才她那一双钻石一般光彩四射的眼睛,此时却慢慢地开始柔和了起来。现在看上去,就像蓝宝石那样梦幻般的柔和。"……想着,想着啊,我就生起病来了。他们说是教授和讲师把我给逼疯了。说这是资本主义复辟,是修正主义反攻。他们拿来一些材料给我看,叫我签字。我看都不看,就签给了他们,好让他们离开。当时我的心里只想你,只想着你海涛哥啊……"说到了这里,她便顿了一顿,眼睛里开始慢慢地染上了一抹淡淡的抑郁,并逐渐向着深深的忧愁变幻。"后来,一个老教授死了。另外两个教授老师也被关进了牛棚……还有,还有……唉……我的病情也就更加严重了……"

说句心里话,朋友们,那是我平生第一次看到我们人类的眼睛,会有着如此的变化。在倏忽之间,她就从光彩四射、熠熠夺目,过渡到闪烁着如此深沉的忧愁和悲苦的神情。那种忧愁和悲苦的神情,使我的心在融化,我周身的血液流得更加急促了。我抬起右手,轻轻地揽住她瘦削的右肩,左手温情地握住她的左手。她充满柔情地把她那张能与月光争辉的脸颊,斜倚在我的臂膀上。"你是悦萍?"那会儿我还是无法完全相信。"你当真是我一直都牵肠挂肚的悦萍吗?"

"是的,海涛哥。我真的是悦萍。海涛哥,你带我走吧,你就带着我走吧,好吗?随便你到哪儿,我都愿意跟着你走,海涛哥!"

这时候,我感到自己的心脏在急速地跳动。同时我也感觉到她的心脏也在急速地跳动。她的身体痉挛着,颤抖着,就像患上了最严重的"打摆子"的疟疾病……我微微地闭上眼睛,听任自己心中那一股骤然而发的情感,在体内奔腾、波涌和流泻……可是没多一会,突然她猛地抽回被我握着的手臂,倏地转开了身子。我感觉到她那有着完美曲线的瘦削的身体在剧烈地颤抖,漂亮的面孔也因恐惧而一下变得苍白,并且开始哆嗦了起来。她前后左右地看了几眼,便急匆匆地离开了我,沿着丹金河的河边的大路,向着南边急急地走了开去。我诧异地转过身体,蓦然地看见一个身高有一米八左右的中年男子,带着几个颇为壮硕的男人,快步地向着悦萍那边走过去。我看得出来,那个中年男人就是悦萍的叔叔,也就是那个因为造反而发迹,如今已经当上了县革委会常委的卢培卿。

悦萍紧走了几步,转身朝我和来人看上几眼。又紧走了几步,停下来再朝我和来人看上几眼。当她那个高个子的叔叔快要接近她的时候,她便开始猛跑了起来。那几个壮汉跟在后面紧紧地追赶。不多一会，我猛然听到了一声"海涛哥……"的叫喊，和一声"啊……"的凄厉的号叫。我浑身的血液忽然就凝固住了。担心和恐惧，使得我的整个人都在颤抖，腿脚在发软。我看见那几个壮汉抓住悦萍的手，拖着她向我这边走来。她那个叔叔走在前面。我不能让他们这么粗暴地对待她。我一定要把她从这一伙暴徒一般的人的手里边救出来。于是我就向他们冲了过去，并且一边冲，一边还在高声地叫喊着："放开她！你们快给我放开她！"

"喔？又是你这个臭小子啊！"她的叔叔卢培卿睥睨地说，"卫民，你们几个把卫青带走！卫东你留下来，帮我教训一下这个臭小子！"

"放开她！"我握起拳头高喊着，"你们给我放开她！"

我握起双拳，在空中划出弧线一般地挥着。可是我根本就不是他们两个人的对手。就在我向他们挥拳，他们的拳头和巴掌雨点一般地落在我的身上的时候，我忽然听到了悦萍的放声大笑："啊哈……哈……哈……！啊哈……哈……哈……"

那一阵在月夜中到处都回响的尖利、刺耳、震人心肺的笑声，比她刚才的号叫声更加恐怖，更加令我胆战心惊。我挥出的拳头，忽地就在空中停住和顿住了，就像金庸、古龙、梁羽生等人的武打小说中那些被点了穴道的、无法再收回自己腿脚动作的、可怜的武林人一样。可是我的大脑此时此刻却清楚地意识到，悦萍精神失常了，不，她疯了！货真价实地疯了！我孩提时代的女友，我青梅竹马的恋人，我心目中完美的月光女孩，她疯了！她是那个疯了的时代，疯了的世界，所锻造出来的疯子啊！如果当时她跟着我走，或者我早一点把她给带走的话，或许她的病情就会好转的。爱情的力量会转变一个还没有疯到极顶的人的病情的。可是那个时代，那个世界啊！

我痴呆地看着月光下悦萍那被挟持而去的、瘦削纤细的背影。她在挣扎，就像在老鹰、在神王宙斯身旁那只"司雷电的秃鹰"爪子下的小鸡那样无助和无望地挣扎着。此时就连"呼呼"地落在我腹部的重拳，"劈里拍啦"地落在我脸上的巴掌，都没能移开我的视线。我的双手捧住腹部，耳朵在"嗡嗡"地轰鸣，脸前金星飞舞。可是我的眼睛，却仍在痴呆地望着她那被挟持而去的越来越远的背影。直到那个叫卫东的在我膝弯处的一下重踹，使我的双腿不由自主地往前一弯，膝盖往前往下急突，身子往后急速地仰倒。等我发觉自己的身子快要倒地时，我想把两条腿伸直，以致双膝不至于跪在地上。可是我的右腿伸直了，左腿却没来得及伸出，硬给蹩在了屁股下面，"咔巴"的一声脆响，就像一根毛竹在有一定加速度的重力下被折断时所发出的脆响一样，在寂静的月夜中振荡，然后再波及向远方……

"臭小子，今天算是便宜你了！"卢培卿拍了拍手掌，歪扭着嘴巴，望着躺在地上的我说，"告诉你，卫青她生是无产阶级革命的人，死是无产阶级革命的鬼，就是疯了，她也是无产阶级革命的疯子。绝不允许你这个资产阶级和小资产阶级的孝子贤孙，去纠缠她和染指她！要不然的话，嘿……"

说完他便朝那个叫卫东的壮汉呶了呶嘴巴，然后掉头踩着月光，一起离去了。我不知道自己在地上躺了有多久。等到稍微有一点清醒过来的时候，我想从地上爬起来，但是感觉极为艰难，左腿仿佛已不再是我的了。那时候，这个世界好像就只留下我一个人，另外还有那一轮圆滚胖墩的、有着诸多黑斑的月亮。那一天晚上，初夏明月夜的月亮，把它那许多如洗一般的月光，满满地洒在了我的身上。我想起了这个小城几年之前已经离去了的一个叫"苦鸭"的年轻人曾经所写下来的几句诗：

难道月亮不是在寂寞之中，
把悲哀的黑斑留给了自己？
用那温柔的波，圣洁的晕，
去轻抚伤心断肠人的额角？

我试着扶住身旁边的石条凳，艰难地站了起来。然而我左腿的地面，仿佛直往下面沉。起初我还以为是我的左脚踝脱臼了。可是我的左脚，却怎么都不听使唤，腿神经麻木，麻木得失去了知觉……

后来，我在病床上不能动弹地躺了六十五天。人民医院那个专爱讲"八八钱，八八货，八八生意八八做"的外科大夫王大麻子，给我折断了胫骨的左腿上，绑上一层又一层的石膏和纱布……我的母亲问我腿上和身上的伤痕是怎么一回事，可我只是苦笑地摇了一摇头，无奈地对她说，是因为我自己不小心给摔的和跌的。尽管我看到了母亲的眼睛里流露出了满满的完全不相信的眼神,不过见我不肯说,她也就不再追问下去了。

在那个不能动弹的六十五天里,我受尽了身体上的苦痛,然而更多的还是心灵上的苦痛……后来我待腿骨愈合了,能走动了,就又离开了家乡,去了皖南的深山竹海,一直到了文革的结束。再后来,又适逢七七年老三届的全国通考,来到了京城。从此我就再没有见到过悦萍。甚至就连她的一丁半点的信息,也没有再得到过。以后每当遇到这初夏月明之夜,只要有圆滚胖墩的月亮升起在中天的时候,我的眼睛,我的大脑,我的心灵,就会不由自主地浸沉在往事当中,似梦,似幻,似真……

就是在时间隔了已有二十五年以后的今天,当我此刻面对着这一棵百年老枣树上的这轮满月和这皎洁的月光,当年那个流波溢晕的初夏明月夜,月光下那一张苍白瘦削的面庞,那一双光彩映照得月色更加之明媚的眼睛,以及那在月色之中四处回响的尖利刺耳的叫声和震人心肺的疯笑声,总是在我的眼面前晃动,在我的耳旁边回响,在我的心底里震荡……它是那般的清晰,那般的明然。怎么都挥之不去,摆脱不开,好像就是发生在昨天里的事情一样!

2000 年 6 月写于北京

呵，那个姓王的

在那个姓王的还没来到这里的时候，平日里的湖滨村甚是平静。生活中由于缺少活生生的坏人，所以村子里的政治运动就怎么都波澜不起来。

那个时候，小亮才有七岁。他听大人们说，村子里原先有过两家坏人：一家是地主，可本人早已经死了，他的后人也跑到了国外去了；另一家是富农，多年之前，也随着子女迁去了外地。因此村子里除了大多数的好人以外，就是不多几个中农、懒汉、二流子等半好不坏的货色。

大约时间是在三十二年以前。那个姓王的，是被政府里的人给遣送下来的。从此偏僻的湖滨村便开始热闹了起来。以前开批斗会没有活靶子；要斗半拉子货可又不对政策；去外村借个把坏人来斗斗吧，又不好太过分，因为那坏人是人家的。若是要照着革命样板戏里的坏人化装来斗吧，可是任谁也不愿意，因为这可不是闹着玩，弄得不好就要挨拳打脚踢呢！现在可好了！有了那个姓王的，开起批斗会来就不要去装、去借、去斗半拉子货了。

要说起那个姓王的长相，确实也非常之坏。这不仅仅是由于他那个左颊连到鼻梁上的伤疤，那一对深陷的眼窝，也还由于他那一双死人眼睛一般看人的特别的姿态。三十二年前，当他刚来到这里的时候，村子里不知是谁首先说了一句："瞧那个姓王的长相，一看就不是个好人！"

这一下可好，那许多听到了有关议论他的人，一转过身子马上就又去对别人说："呵，那个姓王的，无疑是一个要多坏就有多坏的坏人！"

渐渐地，凡是看见他，看见他那脸上的伤疤、那深陷的眼窝的人，没有一个不在说："呵，那个姓王的肯定是一个血案满身、坏事做尽的坏人！"

最后直至村子里的男女老少，甚至邻村的男女老少，人人皆知那个姓王的是一个要叫好人再吃二遍苦、再受二茬罪的十恶不赦的大坏人。只要他一抬起腿，一挥动手，用他那种特有的姿态去注视别人的时候，人们就会产生一种惶惶然的感觉，就对他采取远而避之的态度。

那时候村子里的所有人都在嘀咕，那个姓王的脸上的伤疤，到底是怎么来的呢？这伤疤肯定表明他曾经有过不幸的遭遇。后来有人就在嘀咕声中断言，那是他在一次抢劫杀人案中，由于分赃不匀而发生械斗时给留下来的。说他就在那次一下就把五个凶残的同伙，全都给打死了。没有人知道这些说法是谁先散布出来的。总之大家都在说，对他的说法又非常的多。而那个姓王的对此既不站出来辩解，又不公开去否认。当村里有人把他的恶行、坏径继续上升到煞有介事的时候，他也不去反驳一句。

因此村里人都不轻易去接近他。他也不去接近任何人。他少言寡语，不管闲事。除了干活、吃饭和睡觉，就在看一些尽是字母符号的、村里人谁也看不懂的书籍。这还是一个漂亮的城市女人带给他的。当时大家都觉得奇怪，怎么会有这么漂亮的女人来看望那个姓王的坏人呢？所以那次人们都站在远处，好奇地盯着他们。他只是平静地坐着，别着头，转着脸，不言不吭。当那个女人走的时候，她的眼睛红红的，好像是悲伤透了。

有时候，当遇到村子里开一个批斗会，叫他去参加，他就平静地站着，就像霜后的蒿草，耷拉着个脑袋瓜。倘若有人打他，骂他，用脚踹他，他既不哼哼、也没有反应，就像是一截枯透了的树根桩，顶多抬起头，用他那种毫无生趣的古怪的眼神看上几眼。打他、骂他、踹他的人，就会觉得头皮发麻，心里发颤，晚上睡觉也会噩梦连连地。可是大家又全都认为：那个姓王的只是表面上死殭，内心里肯定是阴险和狡猾着呢！是坏人，就必然会去做坏事，会去搞破坏。这就是当时的规律。不然怎么叫做"根枯、叶烂、心不死"呢？因此大家又全都急切地希望他快点去做出点坏事、搞出点破坏来，也最好就是他正在做、正在搞的时候抓住他。嗨，有血、有肉、又有着现行的行为，那就有他的好看啰！在这种心态的支配下，村里人打他斗他反倒少了，然而人们的眼睛却反倒是更亮了。

这种状态，大概持续了有一个一两年吧。有一天晚上，那时候年纪已经有十岁的小亮，急急地跑回家，拉住秀云的手，惶惶然地说："不得了了，不得了了，姑姑！那个姓王的坏人，在偷偷地造着火箭筒呢！"

"小亮，你都在瞎说一些什么呀？"担任民兵排长的秀云，当时是一个刚刚回到乡里时间还不长的高中毕业生。

"真的，姑姑。这几天，我怎么看那个姓王的都不对劲。他老是一个人捣鼓捣鼓地这儿挖一个小洞，那儿又鬼鬼祟祟地拔一把青麦苗的，因此我就怀疑上了。刚才我趴在他屋后头土墙裂坏的地方，往屋里面一看，乖乖隆的咚！"小亮一边说着，一边还用两只小手比划着，"跟小人书上美国佬制造的火箭筒的形状，一模一样的哪！"

还没等小亮把话说完，秀云一把就操起了当时发给武装民兵训练用的老式的步枪，往肩上一挎地说："小亮，你快去通知其他人！"

说完，她就急急地跑了出去。等到小亮和队长谢伯以及其他民兵们也都赶了过去时，在半路上碰到了已经回返的秀云。她一见到大家，便"格格"地笑了起来。并且一边笑一边说："误会了。误会那个姓王的了。"

于是诧异的大家，在那个姓王的住的土屋子里，看到了他发明的前面呈锥形，后面有铁管、手柄、弹簧相连接的化肥深施器的初样，大伙还都轮流地试了几遍。这时候，秀云套着大家的耳朵根低低地说："呵，那个姓王的坏人……啊，不，那个姓王的家伙，还真是有一点小道道呢！"

半年以后，村民们普及的使用上这种不用弯腰，只要一按手柄弹簧，化肥就能均匀地施入土中，既轻灵省劲、又能够提高肥效的施肥工具的时候，大家都说："呵，那个姓王的……还真亏他想得出来！"

尤其是在后来不久，村子里的几百户人家，家家都打上了安全保险的水泥管壁的水井，用着放下去能够快速进水、吊起来时一点儿都不会漏水的轻便灵巧的吊水桶，喝上了干净清凉的井水，不用再对着污浊、粘乎、气味难闻的湖水而愁眉苦脸的时候，就连那许多曾经对他最为刻薄的村里人也都说开了这样的话："呵，那个姓王的，真是没得话说！"

这时候，村子里的人们，开始慢慢地接近他了。喜欢凑热闹的人，有事没事的总要去他那儿跑上一跑。这时候大家再去看他，也都不觉得他有多么坏了，伤疤脸也不显得那么凶险了。同时他们都还普遍地认为，要不是这个伤疤的话，他的一张面孔还蛮端正、蛮英俊的呢！只不过他们就是弄不懂，他那张平静的脸上，怎么会有那么一种古怪的眼神呢？

后来经过了村干部们出头，那个姓王的在后面出智慧和学问，村子里开始办起了企业：先是水泥制品厂，专业打井队；然后是五金机械厂，精细化工厂……偏僻的村庄开始热闹了起来。当然,这和先前的那种热闹可是两回事情喔!现在湖滨村里三四层楼高的厂房建起来了,大小汽车开进村了,穿洋装打领带的外地人来这里参观了,专家、工程师们讨教来了,就连城里的外贸公司也派人来转悠了。总之是,这里开始沸腾了!

"什么什么?我们湖滨村的产品出口了?"

"嗨,听说一比较,还超过了人家那小鬼子的呢!"

"呵,以前我就说过呀,海水不可斗量,那个姓王的不可貌相呀……"

村里人开始尊重他了。也为湖滨村有了他而骄傲、而自豪了。但是那个年代有时候就是不可理喻,政治运动又特别得多,隔三差五地就要来一下。每当来运动的时候,村子里总有一小部分人,想要给他上挂下联一下。这些人认为哪怕是形式形式,假马若鬼地过一个堂、做一个样子,也好向上面交差。然而这时候就会有另外一些人站出来反对。反对的人用手比划着说,人么,总要有那么一点良心吧!你们知道吗?那个姓王的对咱们村可不薄啊!帮助咱们村办起了这么多的企业,才使我们的工分单价比别的村子要高得多,年终分红比别的村子要多得多,孩子们上学又不要交一分钱的学费,我们有个什么病啊痛的,上卫生院也不要自己去掏一分钱。人家为我们村做了这么多的事情,你们要是再去整人家的话,那就太不应该了吧!慢慢地,村里也就再没有人拿他当坏人对待了。尽管他的头上还戴着一顶右派分子和劳改分子的帽子,可那又怎么样呢?

比如说那个姓王的在来到湖滨村的第七个年头,发生了这样一件事情,就可以看得出湖滨村人对他的态度了。那是一天的下午。当那个姓王的在村中心广场上行走着,而从广场东侧的小饭店里,这个时候走出了一个步履踉踉跄跄的中年人。他的名字叫陈树江,是乡里的武装部长。

这个陈部长,模样就像革命样板戏里演洪常青的那个人,可能比演洪常青的那个人还要再过一点呢!任人一看,就是一个典型的好人形象。那个年头这个陈部长到了哪里,就喜爱做三件事:喝酒、搞女人和打坏人。他认为革命是打出来的。越打就显得越革命。他对坏人一切以打为中心的观点,当时还是很流行的,很有一些影响力呢!他还把这种打人的见解和观点总结归纳成四句话:就是好人打了坏人是活该,好人打了好人是误会,坏人打了好人是阶级报复,坏人打了坏人是以毒攻毒。

这一天，陈部长本是到湖滨村里来检查的。这检查检查地，就和村子里的个别人喝开了。当地出产一种糯米酿造的封缸酒，挺有名气的，喝起来甘醇可口，但是后劲却特别大。这时候已经喝得有一点醉醺醺的陈部长，就在湖滨村中心的广场上，一把揪住了那个姓王的衣领大声地喝问："嘿，你他妈的就是那个姓王的坏人，是不是啊？"

他一边吼叫，一边打着酒嗝。被他揪住的那个姓王的，只是双手交叉地抱在胸前，古怪而又平静地望着他。村广场上一下就聚集了很多人。人群之中有对打着酒嗝的陈部长不以为然的，有为那个姓王的担心捏汗的，也有纯粹就是来看这种所谓好人打坏人的热闹的。

"听说你他妈的这个坏人，搞他妈的资本主义挺有一套的，是不是哪？怎么？不买老子的帐啊？好啊，你他妈的嚣张着哪！老子今天要是不对你这个坏人实行专政，老子他妈的就不是一个革命派！"

说着，说着，他忽地扬起拳头，"呼"地一下就打了过去。跟随着一记"啵"的肉体的击打声和一声女人"哎唷"的呻吟声，顿时就在这个广场的上空碰撞，再随着广场上空的空气的波荡，而震颤着大家的心弦。

大家都愣住了。只见当时已经是湖滨村副书记的秀云，双手捂着乳胸，脸孔歪扭，煞白煞白的，咬得格格作响的牙关也止不住疼痛的呻吟声，令大家的心里边有一种说不出的难受。这怎么可能呢？陈部长打向那个姓王的一拳重击，居然会落到了秀云的胸乳上？

有时候一些不可能的事情，事实上就有可能会发生。真的。此刻的事实就是，一向对陈树江的作风不满的秀云，为使那个姓王的免遭过分的毒打，当然还有一些其他内在的因素，促使她在关键时刻，挺身插了进去，用自己的胸脯替那个姓王的挨了这一记重击。这时候，站在一边的小亮可急了，他倏地冲向了陈部长，并对陈部长亮开了拳头说："你为什么要打我姑姑呀？操！你居然还打我姑姑的奶子，你是一个什么好人哪？"

"陶秀云！"陈部长沉着一张"洪常青"式的脸孔，气急败坏地吼叫起来，"你他妈的为什么要帮这个阶级敌人！你的党性，你的原则，你的立场，都站到哪一边去了？！"

"陈部长你用不着上纲上线。"秀云痛楚地蹙着眉头，伸出一只捂着胸乳的手，拉住了正朝陈部长跟前晃悠拳头的小亮。她深深地吸了一口气，然后转向大家说，"乡亲们，你们大家用手捂住心口，说一句良心话，这个姓王的来到我们村,已经有七个年头了吧?可有谁见他做过一件坏事情了吗?没有?是的。我们不管他过去的历史怎么样,我们只看他来到这里后的所作所为。至于要说到坏的话,"秀云猛地回转过脸,盯着陈部长说,"你陈树江的所作所为,比二十一天哺不出小鸡的鸡蛋还要坏!"

"你……"陈部长噎气地伸出食指,点指着秀云。

"怎么啦?我可不怕你的威吓!你调戏污辱了多少妇女?破坏了多少知青和军婚?你以为你不会犯事?不!告诉你,这只是一个时间问题!你今天牛尿喝多了是不是?啊?在这里耍流氓……"

"打这个狗日的臭流氓!"人群里不知是谁低低地说了一句。

紧跟着人群就闹哄了起来:"对。打!打他!"

"打这个姓陈的狗日的!"

"打这个臭流氓!"

陈部长一看这个架势,知道自己今天干犯了众怒。就在人群闹哄之时,他恶狠狠地瞪了那个姓王的和用手捂着胸口的秀云一眼,忽然"唰"地就扚开了蹶子,一溜烟地跑了。湖滨村的人们,还从来都没有像那一天那样激动,那样感到刺激。他们大家议论着,传说着,把道听得来的再添上一点儿油,再加上一点儿酱,然后又途说了出去。

"姑姑,你还疼吗?"扶着秀云的小亮,这时候压低住嗓门说,"呵,姑姑,你看那个姓王的呀!"

秀云困难地咽了一口唾沫,她抬起眼睛,朝那个姓王的望过去。只见他人还是平静地站在那里,眼窝还是那样的深陷,左颊连到鼻梁的伤疤,还是原来的那个老样子,所不同的是,平日他那双死人眼睛一般看人的特别姿态不见了。此刻他看着秀云脸孔的眼睛,汪起了两泓泪滴,在阳光的折射之下,就像两颗闪闪发亮的珍珠。

透过这两扇微觉赧然而又显清亮的窗户,秀云看见了里面那一块干涸龟裂了很久的心田,此时此刻正潮润起一丝信任的气息。这个世界令人痛苦以至麻木的东西实在太多了,然而缺少的正是信任,那种真诚的、发自内心的、充满着爱的信任。难道不是吗?

三年以后,政府里又来了人。他们这一次是来给那个姓王的平反的。给他平反的人说他被冤枉得荒唐。他曾从最响的名牌大学毕业以后,便分在了一家高级研究部门从事研究工作。五七年那年评右派,他因熬不住"内急"地上了一趟厕所，回转以后就变成了右派。他不服，多次向上级申诉。可是上级领导说他嚣张，判了他 8 年徒刑。再后来，他就被遣送到这里来了。至于他脸上的伤疤，说是在一次事故当中，他为了救一个研究所的女同事以及所里的实验仪器，让爆炸开的强酸毒液和碎玻璃给毁的。

平反以后不久，那个姓王的便调到了一个省级研究所工作。后来没几年，他当上了这个研究所的所长，成为一名国内颇有知名度的科学家。还有他和湖滨村的秀云姑娘……反正后来，小亮也不是不愿意这样说："呵，我那个姓王的姑夫啊……"

小亮那个当过副市长的大伯，后来在谈及这件事情的时候，他说它至少可以说明：有些事情的真相，一旦披露了开来，事实上就是好人并不好，坏人并不坏。它还证明了人的劣根的天性，谁都可以说某某是一个好人或者坏人，并且只要重复多次，最后就会使人信以为真。倘若再有政治的因素在里面搅和的话，那么鹿为马是为非之事的发生，也就不足为奇了。他还说他打一开始就不相信王是一个坏人。如果小亮要是这么问他"当时你为什么不公开站出来说呢？"他就会这样对小亮讲：

"嗨，小亮，跟你讲哟，今后要想在政治社会里面立身处事的话，那么你就给我牢牢地记住：有时候你心里边想的，可千万不能够从嘴巴上给说出来。懂吗？要么就违心地去说、违心地去做好了。这就是我们中国的一种国情。你知道吗？要不然呵，你那个姓王的姑夫的遭遇就要……"

1998 年 12 月写于北京

又是白杨花絮飘飞的季节

1

暮春里的一天。丽萍把国生送进了西客站的站台。可惜的是，她没能从容地跟他说上几句话。"唉，"她心里想，"这许多讨厌的白杨花絮，还有国生公司这许多讨厌的来送行的同事们！"

他们似乎已经知道她是国生的未婚妻，都在偷偷地斜睨着她，叽叽咕咕地议论着，好像她是一个不谙世事的乡下姑娘，或者是一个傻不啦叽的女孩似的。所以，她就站在离他们尽量远一点的靠后面一点的地方，眼睛红红地看着那许多在列车上上下的和在月台上走动的人群，还有就是在这个站台的空间里飘旋、飞舞着的白杨花絮。

国生从车窗内探出脸孔，向大家致谢，并且时不时地向她这里张望。每逢这个时候，丽萍就一边用手绢揩抹着眼睛，一边向他微笑，向他招手致意。发车的铃声响了，她就再也控制不住自己，顾不得矜持地推着、搡着前面的人群，跑到车窗跟前，对国生说：

"国生，路上你要多保重！还有我们的事情你一定要办妥哦！"

"丽萍，"国生激动地点着头说，"你可不要变心喔！"

"看你都瞎说一些什么呀？"

她嗔怪地对他说着。但是经他这么一提，她忽然想到："今后国生不在身边了，我会不会变心呢？唉，这拂拂扬扬的白杨花絮，真不是一个好兆头！"不过，她马上又否定了自己内心那一霎间冒出来的鬼念头，并对自己说："我决不是一个轻浮的女人。"

火车开动了。国生的脸孔眼见着慢慢地远去。一直到了看不见的时候她才转过身子，尾随着送行的人流，向南楼检票口走去。这时候，她心里感到极度的空虚。从今往后国生不在北京了，这对她一个女孩来说，就像失去了一种精神依托。国生调去大西北工作的事情，她虽然早有预感，然而没有想到会来得这么快。这给他们的结婚，增添了非常大的难度。

由于父亲去世早，丽萍一直都跟母亲在一起生活。母亲对她的婚姻大事很理解，也给她有充分选择对象的自由。不过她只要求女儿在北京成家，不然她就会感到孤独和寂寞。为此事母亲说，为了两个年轻人的婚姻幸福，她宁愿跟他们分开来居住，但今后只要能和女儿女婿常来常往就行。

说句心里话，丽萍自己也喜欢北京。这里毕竟是首都，是全国政治、经济和文化的中心，即使母亲没这个要求，她自己也打算在北京成家。因此她就是以此作为条件来寻找男朋友的。但是她却爱上了国生。国生是某部地矿集团的工程技术人员。他皮肤黝黑，并且还有一点络腮胡，也不是什么出众的美男子。然而他的壮硕之中，却也透出一股阳刚气，性格也挺爽朗。给她介绍国生的是自己的同事许宁宁。这个许宁宁打从一开始，就以让他们能够恋爱和结婚为目的，而给他们做的介绍。

记得有一天，丽萍、国生和许宁宁三个人，一同去保利大厦吃自助餐，一同去逛华普和蓝岛，后又一同去紫光影剧院看新上市的影片《泰坦尼克号》。可在临入场前，许宁宁却一本正经地说："嗳，我总不能……老是夹在你们中间，去当一个讨厌的电灯泡，去招惹你们厌烦吧？你们两个人，一个是我的同事，一个又是我的朋友。以后，你们应该知道怎么交往了吧？好了，丽萍和国生，我预祝你们两个人有着一个美好的未来。拜拜！"

许宁宁这样做，对于丽萍来说，正是求之不得的事情。她看国生好像也有此同感。谈恋爱，毕竟是排斥第三者的。否则就会尴里尴尬的，就不好意思去说一些两个人之间的悄悄话。随着时间的推移，她对国生虽然还没有到那种刻骨铭心的程度，不过也只要有一个三两天不见面，她这心里头就会有一种惶惶然、虚落落的感觉，就好像缺少了一些什么东西似的。有一天她问起了国生："你们地矿总的员工，是不是要下矿区啊？"

"有的时候，是要到下面去工作一段时间的。不过往往在下面苦一个三年五载的，只要不犯错误，就能升到一个处级或者高工的职务了。"

"这么说,你也有调到下面去工作的可能啰?"

"是有这个可能,"国生直爽地回答,"我大学一毕业,就分在了北京的总公司工作,下面的矿区,我还一次都没有去过哪!"

"矿区大概很荒凉吧?"

"嗯。这和北京当然是不能相比的。不过听说,如果在下面呆习惯了,也就觉得没有什么了。"

"你看我们怎么样呀?"

"啊?"他停下脚步满脸狐疑地看着她,"丽萍,你说什么怎么样?"

"国生,我忽然在想呀,"丽萍掩饰着内心的思绪,就故意随便地说,"我要是和你结婚的话,那该是怎么一个样子呢?"

"丽萍,你说的是真心话吗?"

看得出来,国生的语气非常真诚。这让丽萍的心里感到很激动。国生爱上了她,也就使她有了信心。然而她还是说出了不能够结婚的理由。

"唉,真不是个滋味!"

"我的心里也是这样认为的。"

"不过我想,即使要去下面的矿区,恐怕也要几年以后呢。"

"要几年以后吗?"

"是的。一般是培养和提拔的对象,才会调到下面去锻炼呢。当然也有不是的,或者根本就不用下矿区的。"

"真的不用下去?"

"我想是有可能的吧。"

说到了这里,他们便默默地在天安门前散着步。傍晚的长安街,月光明媚,华灯初上;路边有着温馨的绿荫,间隙式的人工喷泉,庄严的红墙。若是在这个傍晚的时分,挽着自己恋人的臂膀,在这个地方遛弯和散步的话,嗨,真有一种说不出的高雅的情调。

为了减轻烦恼,丽萍本想约国生明天再来这红墙下这绿荫丛中遛弯和散步的。说真的,若是带着苦恼分手,双方都会痛苦的。一想到这里,丽萍的心里不免揪了起来。她不得不承认,自己已经开始爱上了国生。如果两个人今晚就分手,不再相聚,那么她一定会失声痛哭的。她觉察到了这一份痛苦,怎么能与自己相爱的人说分手就分手呢?于是她脱口而出:

"那就瞒着,不说出来吧。"

"瞒着谁啊？"

"还会有谁呢？我的母亲呀。不然，怎么办才好呀？与其担心将来可能出现的事情，就不跟自己相爱的人结婚，这不是有点太残酷了吗？"

"这倒是的。"

"国生，"她轻轻地挽起了他的胳膊，"我们现在就决定，怎么样？"

"好。丽萍，我想我们婚后，一定会很幸福的。"

"我也是这样想的。你爱我吗？"

"丽萍，"国生举起了右手说，"我对着这圣洁的月光，对着这辉宏的天安门广场发誓：我会爱你，爱到永远、永远的。"

国生的精神振作了。丽萍的情绪也就开始高涨了起来。"那么，"她说，"我们现在就开始相爱吧！"丽萍一边说着一边就停下了脚步。她把嘴唇微微地张开，闭上眼睛，踮起脚尖地向国生面前伸了过去。国生抖抖索索地把她搂在怀里，倾下他的头来……这是他们的初吻。这初吻是那么的美妙，那么的甜蜜！爱情之吻，酒一样甘醇！

在接吻的激动之中，丽萍恍恍惚惚地又意识到了可能会来自于母亲那儿的阻力。于是就在那一天的晚上，丽萍索性便对母亲说出了她和国生的事情："阿妈，他可是一个很稳重的人呀，你看怎么样？"

也许是相信女儿的缘故，母亲什么也没有反对。她只是提起了是不是在北京成家这个问题。丽萍故作轻松地回答了她："阿妈，这个还用说吗？真是的！我们不住在北京，难道要到外地去漂泊，去流浪吗？"

就这样，她带着国生回家跟母亲见了面。母亲对国生似乎也很满意。国生的父母去世已经多年，除了一个在江南水乡的舅舅以外，他的婚姻无需再征得什么人的意见了。当时丽萍所在的企业正面临着倒闭。为此事同事们全都垂头丧气地等着下岗，唯独她还能泰然处之。这大概是因为她正忙于结婚的缘故。再说她已经对她们那个破企业，她那个枯躁无味的破统计工作，早就腻烦透了。只是见到为她介绍国生的许宁宁时，她觉得他可就有点儿惨了，可她什么忙也帮不上。唉，这半死不活的国有企业，什么时候才能够腾飞啊？但愿许宁宁你什么时候能够交上个官、财好运吧！

因此她就带着欢快的心情，等待着五一劳动节的到来。因为这可是她和国生两个人商量好的结婚的日子。虽然眼下距劳动节还有两个多月的时间，不过他们两个人已经约定好，今后他们一定会好好地善待她的母亲，让她老人家能够过上一个幸福的晚年。

到了白杨花絮开始初绽的仲春，丽萍所在企业终于还是倒闭了。她也下岗了。下岗就下岗呗！嘿，有什么了不起的呀？生活的道路宽着呢！等到结婚以后再去找一个好一点的工作呗！然而此时最困扰着丽萍，最让她感到抑郁、烦闷和不安的，就是未婚夫国生的工作调动问题……

2

丽萍跟随着出站的人流，从西客站南大楼的检票口走出来。她的情绪从来没有像现在这么低落。一种惆怅和寂寞的感觉，就像洪水一般，在她的心里面泛滥。不知为什么，她就想要找一处地方好好地哭上一场。早知道这样痛苦，当初还不如就干脆跟着国生，一块儿去西北油田的好呢！

"要是国生没调往西北，那该有多好啊！"她一边走心里一边想，"可能现在，我都已经披上了雪白的婚纱，挽着他的胳膊，准备去进行浪漫的结婚之旅了。"可是调国生去西北某个大油田担任副总工程师的调函，偏偏就在他们准备要结婚的前一个月发到了国生的手上。这一次调动对于国生的前途和他将来的升迁，都是非常有好处的。当然他也完全可以犟着不去。但是这对他们两个人的婚姻大事，却带来了相当大的难度。尤其是她的母亲这一关。荷叶包不住野菱，犹如纸包不住火一样。比如有一天吧，她刚回到家中，母亲就唬住面孔埋怨她说：

"丽萍，你说你要骗我到什么时候？"

大概母亲从什么地方，听到了国生调动工作的消息。她想这一下可糟了，母亲肯定要打她的拦头板了。但她只是喃喃地说："这个么……阿妈，最多也就是个三五年的时间，一眨眼睛就会过去的。"

"你糊弄个鬼啊！"

"阿妈你看你，嘴里都说一些什么呀？"

母亲好伤心好凄凉地问着："丽萍，你和国生的婚事就不能吹掉吗？"

"我说阿妈，你说你累不累呀？"丽萍态度异常生硬地回答着。

她一心要和国生结婚。她相信就是到了将来，自己也不会改变这个主张的。然而母亲就是不死心，成天介啰哩啰嗦、唠唠叨叨的不息。明知道没有人会去听她的，却还是啰嗦、唠叨个没完没了。不是要她不要离开北京，就是要她延期结婚时间，几乎都快成了母亲的口头禅了。

"不，"她生硬地对母亲说，"我要赶在国生工作调动之前，跟他举行婚礼。然后作为旅行结婚，我们一块儿去大西北。"

"那怎么行哪，丽萍？"母亲可怜巴巴地说，"你要知道，结婚可不是一件儿戏的事情啊！你怎么能这样草率地行事呢？你还没准备好哪！"

"准备准备，准备个什么呀？我什么也不想去准备！"

丽萍嘴里虽然犟着这么说，可是她的心里却在想：结婚，对于一个人来说，毕竟是一生中的大事情！因此，她那样说话未必说的就是真心话，未必就是出于自己的肺腑。再说马上要离开北京，去那西北荒凉的油田矿区，她的心里就直犯毛。于是国生便对她说，要不他先去西北，等到那里的生活和住房全都办妥以后，再通知她前往。看来也只能这样了，他们的婚期也只好往后推迟了。此时此刻，她忽然怨恨起打拦头板的母亲来。尽管如此，她的心绪仍旧被刚才那个坏兆头所纠缠着。这个天气真鬼！太阳好端端的，天空蓝灰蓝灰的，可是眼前这棉绒一般的白杨花絮，却随风在满天飘飞和翻滚，犹如冬季的鹅毛大雪一般，令人心里真烦！

走出了南广场，她从莲花池弯向湾子的方向，准备坐公共汽车回家，这时候忽然听到有人在后面叫着："丽萍哎……丽萍……"

她转身去一瞅，原来是自己的老同学秋月。她们已经有将近两年多没见面了。不过在学生时代，她们两个人的关系倒是非常不错的。这一会儿，秋月讶异地看着她的脸说："丽萍，瞧瞧你这一副拧着眉头的苦巴相喏，真是一面孔的旧社会哦！你有什么心思呀？"

"秋月，我们找个地方去喝一点什么，好吗？"

"可以呀！到我的酒店里去吧。"

"什么？你开着酒店哪？"

"怎么啦，丽萍？我就不能够开酒店呀？真是少见多怪哪！我现在可是'金蔷薇'酒店的老板娘了呢！"

"啊？真个你！"

"不相信哪？"

"秋月，难怪你是一副神气活现的暴发户样子哪！"

"瞧瞧你这怪腔怪调的样子喏！哎，丽萍，我的'金蔷薇'酒店就在太平桥。不是很远。我们走吧。"

又是白杨花絮飘飞的季节

193

一是想要去看看秋月开的酒店和她老板娘的生活，二是为了排解同国生分别时所产生的愁苦和寂寞，于是，丽萍便跟着秋月打上了一辆夏利走了。路上她一边听秋月在说话，一边还在抑郁地想着，国生乘坐的火车，这时候是不是已经到了廊坊？

秋月的酒店开在太平桥。附近有好多国家机关和一些高档的住宅楼群。酒店名叫"金蔷薇"。虽说不很大，但装修却是上等的。客人也大多是熟客。她们到的时候天光还早，不过店里却已来了好几拨客人了。没多久，丽萍坐在吧台的一角，啜饮着掺有少许干红的雪碧。秋月则忙着招待客人，时不时又来和她聊上一番。酒店的生意不错，使人感到舒心和幽雅。丽萍似乎并不讨厌这种环境。大概是酒精的气息和雪碧中小苏打的挥发也把她心中的烦恼给挥发掉了的缘故，这会儿她的心里已经平静了很多。

"嗳，丽萍，"这时候，忙不过来的秋月对她说，"我这里的人手不够，你能来给我帮帮忙吗？就帮半个月，怎么样？"

"呃……这个……不行吧？"

"嗯？为什么不行呀？"

"我没有经验。弄不好，我会把你的客人给得罪光的。"

"你呀，没什么大问题的。靠窗的那些客人都在打听着你呢。只要他们有兴致就行了。好不好？工资每天50元怎么样？就当做是消遣呗！"

"不好。不过不是为了钱的事。"

"那是为了什么呀？"

"我阿妈她不会同意的。她是一个老古板。"

"你呀，不要直接对的你老妈说嘛！随便抓一个什么样的借口，就能瞒住她的。嗳，怎么样？我求你这个老同学还不行吗？"

面对秋月真诚的邀请，丽萍也不好意思再回绝。虽然不是为了挣多少钱，但毕竟能够在一个新的环境里，开开心心地打发一段时光。她觉得经历一下这样的行当，似乎也没什么不可以，没什么不妥当的。

"那……好吧。"

"同意啦？OK！那么现在你就开始吧。"

"什么？你说我现在就开始？"

"是呀，丽萍小姐。以后，你就每天下午3点钟上班吧。去，把这一瓶长城干红和5听雪碧,给送到窗前的5号桌子上。"

真不愧是老板娘,果断泼辣。秋月也不征得丽萍最后的意见,当即就把她当成是自己的服务小姐在使来唤去了。她遇到赵泉,就是在这一天快要下班的时候。都已经过了十点钟了,她正要准备回家,他却推门走进来。这个家伙,她心里想,怎么这么晚才来呀?不由得心里有一点不满。可是在秋月的酒店里面,赵泉是一个颇受欢迎的客人。他的个子高高挑挑,是个美男子,有一点像香港的影星周润发,穿着高档的西服,与着装随便的国生相比,真让她的眼睛一亮。赵泉一见到她,便毫无顾忌地问:

"喂,你是新来的服务生吗?"

"是啊,"这会儿已经有一点醉醺醺的秋月,抢着替她回答,"她是我大学里的同学,名字叫杨丽萍。"

"我说么,怎么忽然就多出了一张漂亮的陌生面孔呢!"

"嗨,你要是想追她的话,可得要抓紧哦。"

真是讨厌!一个是浪荡公子样,一个醉酒失态相,他们两个人都快要找不到北了。丽萍心里感到烦。既然秋月已经说过她可以先走了,于是她转身准备出门,可是赵泉却在后面叫住了她:"喂,丽萍小姐。"

"什么事情呀?"她板着一张面孔问。

赵泉却直勾勾地盯着她说:"我饿了,陪我吃一点什么,好吗?"

"不好意思,你自己请便吧。"话一说完,丽萍就头也不回地跨出了门外。夜风里,暮春的清新空气,使得她的心情舒畅了许多。

回到家里的时候,母亲正在为她担心着呢。她便对母亲说:"阿妈,我碰到老同学秋月了。所以我们就喝了一点酒。"

"那倒没有什么。不过……"母亲好像在考虑着什么似的,并且表情怪怪地说,"丽萍,你和国生的婚约,可不可以解除它呢?"

"阿妈,我说你累不累啊?"丽萍回答得很呛。不过不知为什么,那个假周润发赵泉的身影,突然就在她的面前晃荡了起来。真是一个讨厌的家伙!因为这时候,她实在没有必要想起这个讨厌的家伙来,但是不知道为什么,她就是有一点儿情不自禁,心旌也在不住地摇动。于是她便对母亲说:"阿妈,秋月在太平桥开了一个酒店,格调还挺高的呢。"

"是吗?"

"是的。她说要请我去帮她一阶段的忙,你说可以吗?"

阿妈好像有点担心，但她最后又没有反对。大概阿妈心里最反对的，恐怕就是她和国生的婚姻以及她会离开北京去大西北结婚这件事情吧？

3

第二天，丽萍便到秋月的"金蔷薇"去上班了。

打那以后，她几乎每天都见到赵泉。大概是由于她那一天对他冷淡的缘故，他没有再来纠缠她。虽然如此，他却经常带着其他的小姐，班后去吃夜宵，有时候还带着她们去歌厅、迪厅或者夜总会。看起来，他是故意这样做的。对于这种浪荡公子，她没必要去搭理他。

半个月很快过去了。秋月要求她帮着再干一个阶段。这一次她想都没多想，很快就给答应了下来。现在，她开始逐渐地懂得一些酒店管理的诀窍，对于顾客的服务也有了一定的经验。由于她的彬彬有礼和礼节周到，很多顾客也就冲着她而成了"金蔷薇"的常客。她像以前一样，还是不爱搭理赵泉。他也不怎么理睬她。不知为什么，她就是觉得这个家伙讨厌。尽管他是个风度翩翩的帅哥，有着一定的诱惑力。她从别人嘴里知道，赵泉在北京电信工作，还是一位年轻的科长。由于家境好，他有一个当厅局长的父亲和一个曾经当过市某局人事处长的母亲，而且又没有结婚。这些权力庇护下的干部子女，大多是那副德性，开着私家车到处闲逛，成天泡在花天酒地里，对女人又不严肃，拉拉扯扯、左拥右抱，味儿事颇多。

有一次，秋月微微地笑着对她说："丽萍，你最近这一个阶段是怎么啦？干吗把赵泉看得那么的坏呀？"

"他不也是彼此彼此吗？"

"好像不是吧？实际上，他很喜欢你呢。"

"嚼你的蛆吧！"

"嘿，不相信的话，那么你自己直接去问他吧。"

"我说秋月，你不是有毛病吧？啊？看起来你真是有病了哪！跟你说吧，我喜欢的男人是国生，而不是别的什么人！"

可是这话一说出口，丽萍自己都感到有一点吃惊。因为最近这一段时间里，她几乎已经淡忘了国生。要是同国生在西北油田的生活区里举行婚礼,那肯定是冷漠、凄凉和枯燥无味的。她不由得想象起了在举目是灰沙泥土、难得见到一点绿色、整天都是灰头土脸的情景之中生活,就觉得有一点反胃。去西北,仿佛已经成了她的一块心病。与其到西北去跟国生结婚,还真不如眼前这种生活富有情调呢!她真的有必要考虑一下,国生离开北京那一天对她说过的要她不要变心的那一句话了。

就这样,她每天晚上都带着一身酒气回家。母亲有时候也想说她一点什么,但是最后什么也没说。兴许她对丽萍差不多不再提起国生而高兴吧!因为没有什么比女儿离开北京更让她伤心的了。只要丽萍能够留在北京,就是行为上出一点格,她都不会去怪罪她的。其实这个世界上的许多事情,就是在这种不知不觉之中潜移默化着。

有一天晚上快要下班的时候,秋月对她说:"丽萍,明天你给我到赵泉的单位上去跑一趟,好吗?"

"去赵泉的单位干吗?"

秋月看着丽萍,诡诈地笑了一笑说:"最近呢,我的手头上紧了一点儿,说好跟他借一个五千元钱,明天你帮我去拿一下,好吗?"

"这个么……"丽萍嘴上不太愿意,可是心里却不然。

"你要是不高兴的话,我就叫别人去吧。"

"秋月,我说你是不是有毛病啊?明天我顺便替你跑一趟不就得了吗?看你啰哩啰嗦个没完完了的!"

"OK!你明天下午三点钟左右去吧。我们就这样定啦!"

"知道啦,秋月。我看你真是有毛病!"

第二天下午,三点钟还差了十分钟,丽萍便来到了地处长椿街的电信大楼,并在门卫上通报了赵泉的姓名,不多一会,见赵泉出来了,她便一本正经地对他说:"对不起,我是替秋月来取钱的。"

"嗨,你看你这一副面孔,刀都劈不进吧?丽萍小姐,我们一起去'金蔷薇'吧。"

"去我们店?那你还上不上班呀?"

"我嘛,上的是自由班。"说完他就大摇大摆地走了出去。

丽萍只好跟在他的后面走着,就像一个跟屁虫似的。因为她是来替秋月办事情的,不能不达到目的就空着手回去。

"丽萍小姐,辰光还早呢,现在我们去哪儿喝点或吃点什么好吗?"

"啊……不。"

"你呀……"随后没几分钟,赵泉开出一辆黑色的"沃尔沃",并亲自为她打开了车门,还做了一个"请"的姿势说:"丽萍小姐,上车吧。"

这时候,丽萍已经不能再说讨厌了。赵泉把"沃尔沃"开往了珠市口。路上他沉默不语,丽萍也沉默不语。不过她的心里有一股愉快的气氛在蔓延。在地处珠市口的格调高雅的"丰泽园"大酒店里,赵泉把一只装有五千元钱的信封递给了丽萍,并且对她说:"丽萍,你为什么总是对我摆出这一副死板板的面孔呢?好像我并不欠你十万八千元钱吧?"

"对不起,我向来就是这样。"

"在我的面前,你不是有点口是心非吧?要不然的话,你这一张楚楚动人的面孔,长得不就有一点可惜了吗?"

听到有人恭维,丽萍的脸上虽然是一副不以为然的样子,可她的内心里面却是挺惬意的呢!因此她这时候说话,语气也就温柔了许多。只见她说:"照你这么说,以后我还得要注意一点自己的面部表情喽?"

"你是怕我纠缠你,所以才摆出这副样子的吧?"

"我根本就没有想过。"

"真的吗?那就好。我可一次都没有纠缠过你吧?"

"这个我知道。"

"不过现在,我可要向你求婚了。嗳,丽萍,你嫁给我好吗?"

赵泉就这么直截了当地说着。可是这个时候的丽萍,却差一点没从餐桌旁边给跳了起来。"你说什么?嫁给你?和你结婚?你有没有搞错啊?"

赵泉刚才的一番话,就像一把锋利的水果刀,扎在了她的心头上。看起来,秋月和他串通了一气,故意叫她以取钱的名义来对付她的。她的心里面顿时就升起了一股厌恶的感觉。

"丽萍,你在大西北有未婚夫的事情,我已经知道了。不过,你干吗非得要跑到大西北去结婚哪?在北京还有像我这么好的男人啊!"

丽萍顾不上吃了人家的嘴软,说话得给人留点脸面,而是尽可能地讽刺他、挖苦他、嘲弄他。她就是这样说:"你是一个好男人?哎哟喂我的妈呀,你真是有毛病哪!你知不知道自己由于乱搞女人而臭不可闻吧?"

"是的,"她没想到他竟会承认地点了点头,"从某种程度上说,这确实是真的。不过阴阳调和,男女互补嘛,古时候孔圣人就说过'食色性也'。虽说我为了女人而名声不太好,可我现在说的是我想要娶你,与你结婚的事情!希望你能够考虑到这一点。"

"你以前大概就是用这种欺骗的手段,来骗女人上床的吧?"

"丽萍,你怎么这样去想呢?我还没有差到非要以结婚为理由,才能吸引到女人这个地步吧?"

"讨厌!你真是有神经病!我真怀疑你是不是染上什么'贫穷花柳'和'富贵艾滋'的病了呢!"

"丽萍,请你不要这样戏谑我,好吗?我真的是想要娶你,和你举行名符其实的婚礼。"

"得了吧你,你别以为自己有了一个好老爸、有了一个好老妈,就不得了了!其实,我还有一点看不起你呢!"

"丽萍,我虽然不知道大西北的那一位工程师,是一个怎么好的男人,但是假如你能跟我结婚的话,最起码,你可以一辈子都住在北京吧?难道这不是你母亲的意愿吗?"

"那又怎么样?"

"嗳,丽萍,我家还开着一座规模不小的酒店呢。"

"是吗?不过……这跟我又有什么关系呀?"

"铁家坟你知道吗?就是离334路和370路公交车站不太远,有一家名字叫'百合花'的酒店,这是我母亲退休以后,利用她原来的关系网给开办起来的。现在仍然由她给掌管着。如果你同我结了婚的话,就可以让权给你去管理。"

赵泉说的这个地方,属于是三流地带。不过即使能够做三流地带酒店的老板娘,对于丽萍来说,也是有着一定的吸引力的。大概在她的血管里,天生就流着适合在灯红酒绿的行业之中工作的血液吧?

"丽萍,我说的都是真心话。请你好好考虑一下,好吗?"

"这个……"

"再说了,我母亲也非常赞成呢。"

"是吗?你母亲也知道这件事?"

"是的。我对她很认真地说起过你的事情。"

看着面前这个风度翩翩的假周润发,此时丽萍觉得他不像以前那么讨厌了。"看起来,"她心里想,"他今天说的都是心里话吧?要是能与他结婚,这既可以让我阿妈感到高兴，自己也能够从事一种富有刺激性的行当，同时赵泉也不失是一个颇有魅力的男人。"

"这个……让我考虑考虑，然后再答复你吧。"

眼下已经不用说了，她和国生结婚的打算，已经消失了一大半。此时此刻她心的天平，已经在朝着赵泉这一边大幅度地倾斜了。

4

丽萍不用再去"金蔷薇"上班了。跟秋月的酒店分手的时候，秋月笑眯眯地对她说："丽萍，姐们还够意思吧？没有坑害你这个同学吧？"

现在最得意的，恐怕还要算是她的母亲了。只要丽萍不离开北京，其实就是找一个木偶、阉人或者"棉花客人"做丈夫，母亲都不会反对的，何况赵泉的家境那么好。自那天回家后，她对母亲说起了赵泉的事情，母亲立即高兴地说："太好了，太好了！丽萍，这不是天大的好事情吗？"

只是丽萍心里有点不踏实。然而她还是当晚就给国生写了信，告诉他因为母亲寻死觅活地不同意她去西北油田，怎么做工作都没用，实在没辙了，所以她希望他能解除婚约，并能谅解她心里太多的苦衷。她一面写信一面觉得自己这样做实在是太薄情了，这会伤害国生的。她的良心受到了谴责。"唉，"她心想，"我最终还是成了个移情别恋的轻浮女人了。"

国生很快给她回了信。他在信中充满了真挚的感情。希望她无论如何要多考虑考虑，改变自己的态度。然而丽萍却没有再回信。她只是对着西北的方向，心中道歉地说："对不起了国生，请你原谅我吧，好吗？"

和国生的婚事就这样结束了。母亲的担心也消除了。她再也不会因为丽萍有可能去大西北而啰嗦和唠叨个没完没了了。最近一个阶段，丽萍见到了赵泉的母亲。这个有可能会成为她婆婆的女人，有一点肥胖和臃肿，但又好像精明和爽快。这个叫做"百合花"的酒店，光是楼下和楼上的营业间就有10大间，面积不下于四五百平米，并且装修豪华，情调高雅。那天见面的时候，赵泉的母亲就在这个"百合花"里，热情地欢迎着她："丽萍，可能是年纪有一点儿不饶人的缘故吧，近来我觉得特别的累。要是你来了的话，我就可以把这里的一切，全都交班给你了。"

"不，我可不一定能行。"

"丽萍,我们既是一家人了,以后就不要再去说两家话了喔。今后你只要往柜台上一坐,收好钱款就行。至于店里边的具体事务,里面有厨师长,堂口有领班小姐,安全有保安,他们都会好好的干的。你是大学生,以前在企业还是搞过统计的吧?"

"是的。"

"你还有在酒店工作的经验嘛。一开始我再带你一个阶段,不会出什么差错的。至于客源,你也不用担心什么,我们都有老关系网的。"

于是就这样,丽萍下定了与赵泉结婚的决心。然而就在他们准备要举行婚礼仪式的前几天,发生了这样一件事情。那是有一天的傍晚,赵泉开着黑色的"沃尔沃"前来找丽萍,并且把她给叫到了外面的路边花园里,他低头抽烟地对她说:"唉,丽萍,出了点味儿事。"

"发生什么事情了?"

"那个女人从昨天晚上起,她坐进酒店的包厢里,就不肯走了。"

"什么女人哪?"

"唉,都是我不好。这,还是以前的事情。她知道我们要结婚了,就找上门来闹事。"

"你这种下三滥的不要脸的事,"丽萍很不耐烦地说,"为什么要跑到这里来告诉给我听呢?"

"唉,这一件事情,啰嗦就啰嗦在,连我母亲都没有办法处理,妨碍营业,丢人现眼,实在是讨厌透顶哪!"

"那么,你想要对我说什么呢?"

"我想要同你商量一下,我们是否可以把婚期往后推迟一段时间。在这个期间里,我想办法来把她摆平。"

"推迟婚期?这怎么行呢?我怎么向我阿妈交代呀?你不是在耍弄我吧?"

"不是,"赵泉把头摆得像一个拨浪鼓,"丽萍,绝对不是。"

"嘿!我看你呀,多半是占了便宜不卖乖呢!有什么话,你就尽管说出来吧,我全都无所谓!我们就是不结婚的话,那也没有什么!"

"啊,不是,绝对不是。丽萍,你不要瞎想什么嘛。我爱你,真的。尤其我们那个过以后,我就更加爱你了!"

赵泉嘴里所谓的"那个过",大概是指他们两个人之间的性爱这件事情吧？丽萍知道，在结婚前是不应该跟他有性生活的，但是她没能经受住他的诱惑和他的死皮赖脸，结果还是跟他鸽子双宿、鸳鸯双飞了。现在经他这么一提，她忽然有一点不好意思起来。

"真的吗？"她羞涩地问。

"丽萍，难道你不觉得我爱你吗？我爱你爱得都快要发疯了！"

"我不知道。说心里话，我对你了解得不是很多。你这个人太过于花心！不过，你对那个女人是否许过了什么愿没有？"

"我不记得自己曾经说过什么话，可是她却硬赖我说过要和她结婚的。这个女人真是可恶极顶。"

"瞧你这一副德性，真把人给气死！"

"唉，"丽萍心里想，"我怎么会和这种男人厮混在一起呀？今后他不知道还会闹什么事情出来呢？不如趁此机会和他吹掉算了！"但是她又狠不下心来。她不知道自己究竟是从什么时候，开始爱上这个轻浮随便的男人的。于是她便转恨起那个胡搅蛮缠的女人来。因而她说：

"让我去见一见她吧。"

"你去行吗？"

"有什么行不行的呀？我去找她谈一谈吧。"

"这个么……"赵泉先是假马若鬼地犹豫了一番，后来他就干脆利落地说，"那么，丽萍你就去试一试吧。"

这个时候赵泉说话的语气，显得是那么的轻松。轻松得令丽萍的心里生起了疑端。她真怀疑他是不是从一开始，就是为了要达到这个目的而来找她的。如果要是这样的话，那么，他就是一个要多卑鄙就有多卑鄙的人了！唉，不过话已经说出了口，她就不能再去翻悔了。

"不过我得有一个条件。"

"什么？丽萍你还有条件哪？"

"从今往后，不允许你在外面再花心！过去的事就已经过去了，跟你计较也没什么用！但是结婚以后，绝不允许你再发生类似的事情！"

"哇，多可怕的条件！"

"怎么，难道这不行吗？"

"嗳，好，好的。丽萍，我们就这样说定好了。"

于是他们开车去了"百合花"。临近时，丽萍的心里有点不安了起来。

她并没有心理准备,只不过是出于一时的气愤而已。那个女人不会撒野耍泼吧?她现在已经没有了退路,只有横下一条心。此时她突然想起了国生,假如她和国生结婚的话,根本就不会有这些麻烦的。可是他们如今却已成了路人了。唉……真是报应啊,报应!一到了"百合花",丽萍直接去了楼上的包间。上楼时她感觉到酒店的员工都在偷偷地窥视自己。不正己就不能正人。虽然她心跳得厉害,不过要想解决问题,看来不仅要动脑筋,还得要有动手的心理准备!于是她壮了壮胆,抬手敲了敲包厢门说:

"喂,我可以进来吗?"

"有什么不可以的!"里面传出了一声女人那气呼呼的说话声。

丽萍推开包间门一看,哎哟,屋里是一股恶浊的烟草味!地板上烟头和纸巾扔得到处都是!脏得连脚都快要踩不进去了。那个女人坐在窗户前,狠命地抽着香烟。此刻听到有人开门走进来,她便朝门口转过了头。

"啊?!"

"怎么会是你?!"

她们两个人几乎是异口同声地说着。原来那个女人叫陈明,是比丽萍高了一届的大学同学。她们俩同在学生会,陈明是文艺委员,丽萍是体育委员,关系又非常之好。于是丽萍便向陈明诉说了一切。陈明长时间地瞅着她的面孔,而后才深深地叹了一口气,无奈地说:

"是这样的吗?唉,事情到了这个地步,丽萍,我们还有什么可争的呢?还是我撤退吧,把这个地盘让给你算了吧。要不是你丽萍的话,嘿,我才不买他家有没有后台老板的账呢!"

"陈明,真是对你不起了。"

"不过丽萍,你对他了解吗?你呀,以后一定会后悔的!"

"这个……"

"你得有个思想准备才好。"

"陈明,我有心理准备。"

此刻丽萍只能这样去说了。她已经把自己的身心,全都交给了赵泉。再说她尚未对他绝望。她要用自己的爱去感动他,去改变他。也许这正如世人所说"男人不坏,女人不爱","浪子回头金不换"吧,比起十全十美的人,往往一些有缺点的人反而显得更有魅力。

5

然而结果,并非如她所想象的那样。她跟赵泉旅行结婚回来以后,最初的两天,他们是一起待在家里吃的晚饭。然而从第三天开始,赵泉就又醉醺醺地深夜才回到家。而且回家以后也不睡觉,还要再喝上几杯,而后再喝茶什么的瞎折腾。好像这就是他结婚之前的老习惯。好在经营着酒店,丽萍忙到很晚才回到家里。隔天早上,她开始数落起他说:

"你看看你,这都像个什么样子哪!"

可她这样一说,好了,他反而说到附近的同事家里去打牌或者搓麻将什么的,深夜两三点钟才回家。由于是新婚,他可能还考虑得多一点,晚上还能回家过夜。可是这样一来,新婚的丽萍有时想过一些夫妻间那种男欢女爱的性生活也过不上了。赵泉几乎也不再提那个要求了。兴许是,他在外面放荡的缘故,没有那种要求了吧?有时候,丽萍明明感觉得到他在外面放荡,但苦于又没有确凿的证据,也就无法对他去过分指责。

酒店的经营,远比丽萍想象的要难得多。那些个厨师和小姐,表面上称她为老板娘,但是一个一个都刁得要命。她成日介督促雇员,计算收支,外出采买,和工商、税务、银行、卫生等部门交涉,红白黑道的款待,顾客的接送,还有一些刁蛮顾客执意要求有小姐的服务,还要盘算第二天的事情。虽然酒店的盈利很不错,然而她付出的却是太多了。每到夜晚,她就累得筋疲力尽。倘若赵泉能够疼她一点,爱她一点的话,她还可以去忍受。可赵泉对酒店的经营却是不闻不问。有时候丽萍想跟他谈谈,他也嫌麻烦。而且每个月与她做爱,也就是个一两次,尽管有时丽萍有一种欲望,一个正常女人所常有的那种一阵一阵的强烈的性欲望,可他就是在做爱的时候,也就像蜻蜓点水似的敷衍一下了事,这令丽萍感到毫无一丁半点性的快感、爱的惬意,反倒成了一种精神和肉体上的负担。

终日的疲惫不堪以及感情上的冷落,使丽萍的身体开始渐渐地消瘦了下来,她也开始渐渐地意识到是自己错了。她觉得自己不是嫁到了这个家里,而是作为一个高级佣工被雇请来似的,是一架只会为这个家庭赚钱的活机器。可是她又无法将自己的苦恼回家说给母亲听。因为这一切全都是她自找的。这能怨得了谁呢?母亲虽然有事没事地,也常来这里转上一转,看上一看,然而现在她和亲家母,已经成了一对无话不说的朋友了。

就在丽萍和赵泉结婚将近有 10 个月的时候，那是来年的暮春，北京那个令人心烦的白杨花絮，又开始在飘飞了。就在这个又是白杨花絮飘飞的季节，有一天丽萍去西八里庄办事，在西钓鱼台附近的北洼路南口，她碰到了陈明。当时还是陈明先叫她："丽萍，你等一下。"

她认出了陈明，便赶忙说："陈明是你？怎么长时间不和我联系？"

"最近特别的忙。现在你过得怎么样哪？"

"托你的福，还算可以吧。"

"还算可以？嗨，那就是太好了！丽萍，我还一直都在为你担心呢！在你们旅行结婚回来的第三天，他就又跟过去的女人勾搭上了。"

"你说什么？！"丽萍脸上倏地一下失去了血色。

"难道你还不知道吗？难怪他说你是一个妻子型的女人。对你的放心，就像是对锁在了保险柜里面的钞票那样放心呢！但是，他说你缺乏激情，缺乏一种情人一般的激情。"

"是你……"

"那……唉，我真不该对你说这些话，丽萍惹你生气了吧？"

"……"

"实际上，丽萍，只要你能感觉到幸福，其他也就没什么了。男人嘛，天生就是那一副德性！很少有不到外面去花的。不是有'麻将桌上一天两夜不睡，跳舞厅里三步四步要会，酒席台上五碗六碗不醉，玩起女人来七八十个无所谓，这就是当今的第三梯队'这样的顺口溜吗？好在，你已经成了他们家里的老板娘了，也可以去呼风唤雨的了，对于这一类事情，还是多多地看开一点儿吧，噢。"

陈明一经说完上面的话，她就悠悠然地走开了。然而丽萍却是木然地愣怔在了那里：天哪！旅行结婚回来后的第三天，赵泉，就又发生了那种乱七八糟的臭事！而且，又是和陈明之间……

6

她头晕目眩，脸如死灰，脑袋瓜里是一片空白。此时此刻，有几朵洁白如棉的白杨花絮，围在她的身旁边飘飞和旋转，然后再慢慢地向着地面，忽悠忽悠地飘落而去。

"噢？是丽萍吗？"有好一会儿，丽萍才清醒过来，她见是国生站在她的面前，并且跟她说着话，"我们有好久没有见面了吧？"

她感到羞愧难当，不知道应该对他说一些什么才好。"难道他也要来羞辱我吗？"她心里想，"唉……报应哪，真是报应哪！"

"丽萍，你这脸色……怎么？身体不舒服吗？"

"嗯。"

"我送你到三零四医院，或者空军总医院去看一看吧。"

"谢谢你，国生。过上一会儿就好了。"

"你呀，怎么就不多注意一点自己的身体呢？你看你的脸色，这么白了了的，人也瘦下了许多了。"

国生好像根本就没有一点怨恨的神情。他只是微笑地从丽萍的发际和衣衫上，摘去了那些飘落着的令人讨厌的白杨花絮。他是从西北来北京出差的。就住在这个北洼路南口的地矿招待所里面。在西北漠区生活了大约一年多一点的时间，他全然变得更加墩实、更加硬朗了。见到了他，丽萍心里边痛感到，她和赵泉的婚姻，实在是一个错误。此时此刻，她多想扑在国生的怀里面，依着他那厚厚的肩膀，好好地去痛哭上一场啊！然而这一切，全都为时已晚，全都是她自作自受。

"已经结婚了吗？"

"怎么说呢……"是啊，还有什么好说的呢？这时候，丽萍强行忍住了在自己眼睛里面打着旋的泪水，不让它们夺眶而出。过了好一会儿，她才轻轻地问他："国生，你呢？"

"你问我呀？嗨，我的老婆有没有养，丈母娘究竟长着了一个什么模样，现在我都还不知道呢！"

"国生，但愿你……"

"但愿吧。如果……嗳，不说这些了。丽萍，我们到附近的岭南饭店里去喝上一点什么，好吗？"

"嗯。"她轻轻地答应着……

后来，她和国生两个人，在岭南饭店的旋转门外挥手告别。

站在门前台阶上的她，心情显然已经平稳和轻松了许多。她目送着国生的背影在慢慢的远去，然而她的心里面，却已经下定了要与赵泉分手的决心。她实在不该为贪慕一时的虚荣，就与一个不该与之结婚的男人结了婚,最后给自己带来了深深的伤害。这时候,清醒过来的她,绝对不能再让自己失却和这个错误婚姻分手的机会。

就在这个又是白杨花絮飘飞的季节,丽萍咬住下嘴唇,径直而又坚定地坐上了一辆出租"富康",向着母亲家的方向驶去……

1999 年 10 月写于北京

街碑下的石阶

街旁边立着一块庄严的街碑。

这座街碑的碑面镶贴了黑色的大理石，镌刻着笔力遒劲的金体隶书。它是当地城镇部门敬立的。街碑的底座有三级也是用黑色大理石镶贴而成的台阶。一般行人累了，谁都可以在这黑色大理石的台阶上，吹吹灰尘或者垫上一张报纸地坐下来休息一会儿。这时候疲累了的老吴头，他就把手臂搁在膝盖上地，坐在了这镶贴着黑色大理石的街碑的石阶上。

老吴头是个天性知足的老人。他每天一早就去"雅约园"晨炼。他先是在古城墙的遗址上，面对空旷的老城河"呵——嗬——嗬……呵——嗬——嗬……"地练一阵嗓子。他这样一叫一喊，一夜来睡里梦中的不愉快之绪就会消融尽净。然后在那几棵百年老乌桕树下，抬手托住腹部，舌尖抵住牙龈，眼睛微闭，气沉丹田，收腹挺胸，这个时候，百年老乌桕树的清新，就会随着他那深长的吐纳替代着体内的浊气。随后再打一通太极拳或者跑个十圈八圈，直到疲累了的时候为止。最后步出公园回家之前，再在这个街碑下大理石的石阶上坐一会，抽几根香烟，看一番街景，或者跟朋友们聊一会天。退休十二年来（刮风下雨除外），他几乎天天都是如此。

疲累了！难道这有什么可奇怪的吗？老吴头坐在街碑下的石阶上想着（这人老了就什么都爱想），谁不会疲累呢？不要说我这个72岁的老头子了，就是十八岁的小伙子也有累了的时候吧？老吴头的头发已经斑白，但是精神却很爽朗。他用右手的食指和中指夹着点燃的香烟，苍老的目光在大街上睃寻：街东头是"雅约园"，中部是市政府，西头连着花坊路、司马街和南门大街。这一带全都是店铺门面，这人来人往的，商业气息非常之浓郁。

此刻老吴头的思绪，正随着他手指中香烟那袅袅的烟气，不停地升腾和飘忽。现在这许多店铺门面，块块落落的，越开越多，一家比一家豪华，一家比一家气派，还不就是看不得老百姓口袋里的几个钱吗？仿佛不把它们吸光赚尽就不甘心，就不过瘾似的！要说起现在的人，嗨，还真是若鬼的多！原先不过两万人口的小县城，在这个一二十年的时间里，一下就疯长了十几倍！这不，现在人们都迈着各自不同的步伐——有长的、有短的、有急的、有慢的、有跑的、有拖的——一齐涌到这街面上来挤轧碰撞，摩肩擦踵，就像小城丹金河的水流一样，一波接着一波，简直就没有息的时候。唉，中国这么多的人口，正如那个疯子老戴所说，要是大家都在同一时间哈气，地球上的温度非高上几度不可；要是都在同一地点撒尿，那还不滚滚如江河才怪哪！难怪这些年来天气不正常，冬天不结冰，夏天发大水，企业倒闭，职工下岗，还有从未听说过的厄尔尼诺现象……

"老吴，在这里悠闲着哪？"一个老太的问候打破了老吴头的沉思。

"呵，是招娣呀，这么急急匆匆地，干吗去呢？"

"还不是为那个投资公司和那个合作基金会的烂污事！说是亏掉了几个亿，就赖帐不肯兑付。这不，到市政府去讨个说法呗！"

"我说招娣呀，不要着急。要相信政府。政府肯定会有说法的。"

"还是你老吴明理，不去相信那些个野路子。唉，老吴你不晓得，我在投资公司存了3000元，在合作基金会存了5000元哪！这都是我平时从嘴里抠出来的，从身上省下来的，就是为了能够好天防阴天，遇难能救急用的钞票！心里纠结着呢！听说今天所有存款人都去呢。你去不去呀？"

"我就不去了。我只想一个人呆在这里，图一个清闲自在。"

"好。你就歇着吧。我走了。"

嗨！要以我说呀，你们就是为了贪一点高利息、贪一点蝇头小利，老吴头扔掉手中的烟屁股，望着屁颠屁颠而去的邻居老太的背影，又点燃了一根纸烟，他一边抽烟一边儿想，放着正规银行不去存款，偏要相信那些烂污货！现在栽跟头了吧？那些烂污货会有好事做出来？家门口的塘深浅会不知道？那个烂污货在银行当行长的时候屁股就不干净，屎啦啦的，受到处分后又挂起政府的招牌，搞了一个合作基金会，哎，就更大吃大喝、大舞大扭、大睡小婆娘！这种烂污货会有好事情做出来才怪呢！还有投资公司那个坏屄，本来就是骗子，就会骗老百姓！还净打着有关部门的旗号来出烂污！唉，要说起眼下有些当官的，也真不象话！现在出事了吧……

"爸，你坐在这里哪！"

老吴头抬起眼睛，见是他的大女婿路方站在街边跟他说话。

"呵，路方，你这是去哪里呀？"

"爸，听说今天上午，市里边的领导，要对投资公司和合作基金会的事情作一个说法呢！我也想去看一看。"

"路方，我说你最好不要去趟这个浑水，凑这个热闹，知道吗？据说今天去的人很多，弄得不好，就有可能闹出什么事情来的。"

"爸，我和国英也有五万元钱存在基金会哪！这是我们准备在年底换买住房的钱！要是拿不到的话，年底的房子我们就换买不成了。"

"路方你要相信政府。政府肯定是会有说法的。你在学校当教师，这为人师表的，一定要注意一个影响，知道吗？就是你们的住房换买不成，都不要去趟这个浑水！钞票么，早一点晚一点的，又不是什么要紧事！但要是闹出个什么事情来，可别怪我这老头子要朝你们发脾气喔！"

"我知道了，爸。"

"还有路方，"老吴头朝欲转身离去的大女婿说，"你那个宝贝儿子文俊，可得要好好地管教管教！叫他不要在外面乱说什么官腐吏败的，这是没好处的，知道吗？虽说这个年头太平祥和，但也难保祸就不从口出！"

"知道了，爸。我一回去就教训这个讨债鬼！"

唉，这个路方同国英啊，老吴头深深地吸了一口烟，也真是的，都是四五十岁的人了，还没一个头脑！干吗要把买房子的钱不去存银行，偏要存到那个烂污货的基金会去呢？还有文俊这个孩子，不知天有多高地有多厚的，人家当官的腐败又关你什么事呢？还说是北京一个离休的副部长说"现在要把处长以上的干部挨个地排成队，隔一个枪毙一个，漏网的太多；全部枪毙了，冤枉的不多"什么的。你一个毛头小伙子又懂一个什么东西呢？真是嘴上没毛，做事不牢！人家当副部长说话你就相信？现在有几个当官的说话能去相信呢？要是真的那样，那么，他们自己为什么不公开站出来说呢？明摆着还不就是利用像你们这些没社会经验的年轻人去当炮灰？！

不过话又得要说回来，这些贪污腐败的事情，确实也只有当官的才能做得出来！老百姓谁个能做？就是想做的话，恐怕也只能是白天瞎想想,晚上做做梦罢了!就拿那个烂污货的基金会来说吧,听说有两三个亿,就是让一些当官的给糟蹋掉的。现在亏掉了,就不给老百姓兑付了,这说得过去吗?老百姓要讨一个说法,这能怪他们吗?按理说,现在的生活,确实是比以前强多了。可是世道变了,老百姓就应当尽可能地过得好一点儿,而不应该是厚着脸皮黑着良心去"坑"他们和骗他们……唉,我今天是怎么啦?脑筋不好啦?啊?都七十多岁的人了,干吗要为与自己不相干的事情去搅不清,去自寻烦恼呢?不要说与我没关系,就是有关系的话,也还是退一步风平浪静,让三分海阔天空的好哦!钞票又不是身上的肉,人还不是赤条条地来到这个世界,再赤条条地回到那个世界里去的?

这时候,他听到街上有些行人在一边走一边说,中间的市政府,现在里里外外都是人,足有一两万人之多,正闹哄哄地不可开交呢!唉,闹吧,你们闹吧!老吴头抖了抖手中香烟上的烟灰,关我什么事呢?对,关我个屁事!我只不过是累了,在这个镶着黑色大理石的台阶上休息一会而已。

距离这座街碑不算太远的街道中部,随着爽朗朗的秋风,传过来一阵又一阵的激烈的嘈杂声:"为什么只兑付百分之三十?""公开合作基金会和投资公司的账目!看一看这许多钱都被哪些人给挪用了,都被挪用到什么地方去了!""你们当官的一年到头吃了多少甲鱼、螃蟹、虎鞭、茅台?""打倒腐败!惩治犯罪!……"还间杂着一些时清楚时不清楚的"咣当咣当"和"咔嚓咔嚓"的声响,以及很多人的愤怒的喧闹声。

这个时候,老吴头觉得有人在起哄和闹事了。他想市里边不多的几位领导,怎么应付得了这么多愤怒的群众呢?不过闹一闹也好,说不定今后这个城市的政纪党风,就不会再像以前那么肮脏、那么腐败了……

突然"砰"的一声枪响,划破了秋阳下面的街空,震颤了街头的气流。老吴头一下惊呆了。这是怎么一回事情呀?这是不应该的……不过他很快也就平静了下来,觉得反正与自己没有关系。自己只不过是一个累了的在这座街碑下的石阶上休息一会儿的局外人而已。

聚在街道中部的人群,这时候一哄而散了。犹如是狂风暴雨袭击时扬起了的烟尘似的,那一两万个讨一个说法的人们,现在全都掉转屁股,纷纷地向着四面八方跑了开去。老吴头看到有很多手里握着枪和警棍、戴着钢盔的防暴警察，在后面追赶着人群，就像老鹰在追赶着鸡群那样。空中"砰、砰"地呼啸着，警棍不断地抽打在跑得慢的和跌倒了的人的身上……一个手持警棍的警察跑近了。他正在寻找哄乱的人群。可是能跑的全都跑散了。此时此刻，这个警察忽然发现了坐在街碑下的石阶上发呆的老吴头，只见他大吼了一声："你在这里望什么风，放什么'哨'？！"

老吴头刚张了一下嘴巴，他还没来得及解释自己因为是累了，才坐在这街碑下的石阶上休息一会儿的，可警棍却已经抽打到了他的脊背上。这怎么可能呢？要知道他只不过是累了，才坐在这街碑的石阶上的呀！这个平时知足退让惯了的老人现在却冒起火来了。可当他发现自己的愤怒，只会导致警棍再一次地抽打。为了避免再受皮肉之苦以及陷入不可解脱的困境，他只得拔起了老腿，气喘嘘嘘、屁股颠颠地跑走了。

然而这一件事情，似乎并没有就此完结。因为市政府的大铁门给推倒了；四块牌子给砸烂了；政府机关有好多天都不能正常办公；据说那个最老卵、最有问题的副市长还被打得跑了躲起来，多少天都不敢公开露面（而公开坦承自己一年到头是比别人多吃不少甲鱼、不少螃蟹、不少驴鞭而不是虎鞭、不少茅台的胖市长，反而倒一点事儿都没有）；这么严重的暴乱事件，市政府怎么会轻易地完结呢？只不过，老吴头这一回却是真的陷入了难以解脱的困境。没过几天，他被传询和拘留，并且还遭到牢头、监霸的殴辱，最后还以"参与暴乱"的罪名，被推上法庭的被告席。

老吴头怎么都想不通，自己只不过仅仅是在街碑下的石阶上坐了一会儿而已；而这个石阶又不过是镶贴着普通黑色大理石的台阶；自从他退休了十二年以来，差不多每天早锻炼以后，都要坐上一会儿的石阶……他说什么也不能接受警方的指控！他向来都是一个谨小慎微的老人，怎么可能会昏了头去参与暴乱这样一种事情呢？怎么会想得出来，说他是坐在那个石阶上时不时地向暴乱的人群面授机宜、出谋划策，事后又狡猾地假装着坐在那里休息，企图蒙混过关的暴乱的首脑分子……这一会儿，他倒真的是昏了头了！他在法庭上控制不住地高声嚷嚷了起来："日他妈的！我这个老头子，是不是可以随便好冤枉的呀？随便好诬陷的呀？……"

然而法庭就是认定他有罪：你没有参加暴乱，难道警察会随便打你吗？你在暴乱中挨了打，你的身上还有紫淤血痕，这就证明你参加了暴乱；而且你还咆哮公堂，蔑视法庭……被告席上的老吴头瞪着眼睛看着审理他的法官。他只见坐在眼对面的法官,时不时地一会耸起了左肩、垂低下右肩,一会又耸起了右肩、垂低下左肩的;那肩膀上佩带着的、有着天平标志的、象征是法律公正的肩章,时不时地也跟着在耸起和垂低。

老吴头困惑地抬起右手挠了一会头皮,又拍了几下脑门,他忽然顿悟:眼前这架法律的天平,原来是人在操纵着……他是清白的,无辜的。为还自己的清白和无辜,他要用自己的理性去跟那些法律不完备的执法现象抗争!

1998 年 10 月写于北京

梦断鬼节之夜

我的朋友江波家中，有一棵非常稀有和罕见的栀子花。

这一棵栀子花硕大无比，栽在了一个涂着金色釉彩的荷花缸里。它的花季很长，足足有七八个月之久，一般在清明前后的四月天就开始含苞欲放；而当进入了十一月份的冬季，它才慢慢转入休眠期。每逢到了花季，就有许多洁白如玉的花朵，凸显在翡翠一般的绿叶丛中，并且散发出浓郁的香味，直直地透人心脾。可以这么说吧，这一棵栀子花绝对是栀子科目中的奇珍异品，因为江波珍惜这一棵栀子花，就像珍惜他的生命一样。

我们这一班最要好来往最密切的朋友，在江波的家里面，平日什么东西都可以去翻去动，包括那许多他视如珍宝的各类书籍。但是他就是不允许我们去碰去动这一棵栀子花，甚至就连用手去触摸一下它的绿叶和花瓣都不行，这让人觉得非常的奇怪。面对我们这一班朋友心目中诸多的疑惑，他就是隐而不答。这又让我们感到有一点不得其解。

那是在2000年8月初秋的一个傍晚。平素我们几个来往比较密切的"铁哥儿们"，相约又来到江波的家里做客。那天是农历的七月十五。当我们一行人一走进他家，首先映入我们眼帘的就是这一棵硕大的栀子花。此时此刻，它正繁茂地开着许多犹如是羊脂白玉一般的花朵，在诸多椭圆形的、对生的、绿如翡翠一样的叶子丛中，显得是那么的和谐，那么的协调，那么的富有生气；一股股的清香直直地扑向大家的鼻孔，沁透着大家的心脾，好像一位美丽的迎宾女孩，给人留下一种心旷神怡的感觉。

在给我们沏茶、斟酒以及看座以后，江波便将几盘新鲜瓜果，还有三小杯封缸酒，恭敬地摆放在这一棵栀子花跟前的小条桌上，并且嘴里面还在默默地说着什么。这时候，只见这一棵栀子花"娑娑"地摇摆了起来，仿佛是一位羞涩难耐的少女，一副要开颜、要呼吸、要对人去喃喃诉说的模样。江波的这一番举止,多少透着一点诡谲和怪异,这又一次让我们感到惊诧和疑惑,但是江波他不说,我们这一班客人就不便去追问。面对着写满在大家的脸孔上和眼睛里那诸多鱼钩符号一般的神情,他便友善地笑了一笑,一边和我们大家喝着啤酒,一边说:

"诸位,我看你们的脸孔上和眼睛里,挂着这么多的问号!你们的这些疑问,无疑使我内心的这一张心'琴',条件反射般地引起了共鸣,让沉寂在我心灵深处已经有了很多年的一段往事,或者说是很多年以前我所做过的一段梦境,在我的心海里面郁郁悠悠地翻飞和涌动起来,并且要形成一股脱兔一般的气流,非得要从我的唇舌间窜出不可。既然我有一吐为快的念头,同时也得到了小玥的同意……"说到这里的时候,他略微停顿了一下,抬起右手,温存地抚摸起那棵栀子花来,就好像在抚摸女友或者爱人的臂膀一般。他的这一番举止,满透着一股乖张之气,让人觉得有点儿毛骨悚然。过了一会儿,然后他才继续对我们说,"那么我就对大家来说一说我多年以前的一段往事,或者说是我多年以前的一段梦境吧……"

于是江波便对我们在座的各位,讲起了下面的故事。

今天是我国阴历的七月半。这个"七月半",在我们江南一带,又被人们称之为"鬼节"。据说在这一天,阎王爷会给所有的鬼怪亡灵们放假,让它们也能够像人类那样,自由自在地去活动和游荡。

这鬼节的"七月半"在城市倒也没什么,可在江南的农村却是一个非常重要的传统节日。记得我小时候放暑假去乡下,就过过好多次"七月半"。乡村里的这一天,有条件的人家都要备上猪头三牲,给祖宗亡灵们磕头供样,还要烧很多很多的纸钱冥币,以寄托生者们的哀思,让鬼怪亡灵能够在阴间得以安生,福佑子孙后代,并不要来这阳间祸祟活着的人。

那是在1972年的"七月半"的夜晚。那一晚,我看书看得有点累了,就想出去走走,想到月色里去散一会步。前年,我给市郊一个生产牛头刨床和各种车床的工厂做油漆工。由于水平和表现都很不错,这个工厂便留下我当了一个临时工的师傅,并且还带着一帮"徒弟"们干活。当时我的全家下放去了老家,只有我一个人借住在城里。那是在白凉亭。我的一个朋友将自己家五六平米的厨房隔了开来给我居住。在那个阶段中,白天我得卖力工作;晚上就在这"厨房居"内,死命地啃读机械制图与设计,还有一些必须的基础理论知识；一般都要学习到晚上一两点钟才睡觉。其间为了保持头脑的清醒，我有晚上出去散一会步的习惯。至今我都还清楚地记得，那天晚上的月亮，嗨，真是又圆又亮呵！可以这样说吧，我还从来都没有遇到过这么好的月色呢！这大概是炎热的大伏天刚过，迎来了凉爽的初秋，加上又是鬼节夜之嫌的缘故吧，所以那天晚上，人们一般都早早地就睡下了，只有我还独自地踏着明亮的月光在游荡。当我走到白凉亭后面的一处地方时，忽然夜空中传来了几声撕心裂肺般的喊叫声：

"勤芳哎……你回来吧……妈妈不打你了……你回家吧……"

这一阵颇有点凄凉的叫喊，就像"关亡婆"在叫魂似的，让人心里感觉到有点儿毛骨悚然。我听得出那是一个叫吴双凤的女人在叫喊她的女儿。随着这一阵喊叫声，有几个人影在月夜里影影绰绰地晃动。这是人家的家务事，旁人自然不便过问，于是我便转向了西边，踽踽地独行而去。

还没有走出白凉亭地界，忽然我浑身的寒毛直竖，鸡皮疙瘩直鼓。向来是灵敏的直觉告诉我，这房后路旁的树上"吊"着了一个人！我猛地转过身子一瞅，路边粗大的白杨里边，紧挨着一棵稍微细点儿的刺槐树。那个人影背部靠着刺槐，面孔对着小路，两手竖握着举过头顶，反抱住那一棵刺槐树的树杆，黑夜中一副上吊的模样。我屏住呼吸地喝问道：

"嗨！你是个人，还是个鬼啊？！"

那个刺槐树上"吊"着的黑影，一动都不动，只有两只黑玉一般的小眼睛，在忽闪忽闪地眨动。我又高声地喝问道：

"你是谁呀？啊？干吗这般装神弄鬼地，吓唬走路的人哪？！"

那个"上吊"的身影，这时候才稍稍地晃了一下，但还是默不做声。我向前又走了四五步，靠近地喝问："你要是再不说话，我可就不客气啦！"

"叔叔，是我，是勤芳。"那个12岁的名字叫勤芳的小女孩，这个时候放下了竖在头顶上方的两只手臂。

闻说，我大吃一惊，连忙问道："啊？是小勤芳？你待在这儿干吗呢？"

"叔叔，我不敢回家。"

"为什么哪？"

"回到家，我妈要打死我的，呜……"

"你妈刚才还找你找得那么焦急,叫你叫得那么伤心,难道你就没有耳朵听到吗?"

"我听到了,叔叔,呜……"

"那你听到了,为什么还不回去呢?"

"我怕回去以后,我妈要打死我的,呜……吃夜饭的时候,她打我打得好狠哦!那么凶,把大竹笤帚都给打烂了。呜呜……"

"你妈为什么要打你哪?"

"他们说我说反动话。"

"他们?你妈吗?"

"不是。是我的同学。今天上午,我们在排练舞蹈的时候,他们在一边瞎打瞎闹的,我就叫他们赶快排练,不要瞎打瞎闹了,并且还说了他们几句,他们就说我说反动话,还汇报到老师那儿。"

"那,你说了没有啊?"

"我没有说,叔叔。呜……我记得我没有说。呜,他们就诬赖我……我妈就动手打我。呜呜……还说我犯气,说我是讨债鬼,说要打死我拉倒……我没有说嘛,叔叔。呜呜、呜呜……"

我抚摸着她那呜呜哭泣着的小脑袋,轻轻地拍着她那抽搐着的肩背,安慰起她来说:"小勤芳,不要哭了,噢。吃一亏长一智,以后说话注意点儿,别让人家去抓小辫子就是了,噢。好了。回家吧,你妈急坏了。"

"叔叔,我还是不敢回家。呜呜、呜呜……"

"小勤芳,我送你回去好不好?我保证你妈不会再打你的。"

"嗯。呜,叔叔。"

我搀着小勤芳那只颤抖的小手,向她家走去。老远我高喊:

"吴双凤,孙玉庚,你们两个人给我出来!难道小勤芳就不是你们的女儿吗?不是你们养的孩子吗?出手怎么就这么狠,这么重哪?万一孩子要是想不开,有一个三长两短的话,嗨,你们会要后悔一辈子的!"

他们闻讯,就像鬼魂似的,"呼啦"地便从角落里边涌了出来。吴双凤就像一个疯子似的跑过来,一把抱住小女孩,大哭了起来。

"勤芳啊,妈妈对不住你啊,呜……呜……"

"妈,你打我不要紧,可是我没说,我没说反动话么!呜呜、呜呜……"

看着她们母女两个抱头痛哭在一起，我的心里边也不是一个滋味，就想着要离开。小女孩的父亲孙玉庚站在了一旁说："哦，麻烦你了，江波。勤芳她们学校的老师，都找到我们家里来了。要是再反映到我们单位上去的话，非得要把祖宗八代都给翻一个遍呢！"

是的。那个时候的错话，嗨，可是绝对讲不得的！不像现在你就是高喊狂喊上几句，路人最多以为你是个疯子，在发神经病罢了。那个时候可不得了啊！不管你是有意还是无意，讲错一句话或者一两个字，轻则会查上你家的祖宗三代，有没有什么政治问题；重则批斗、坐牢、带手铐脚镣、枪毙、还有割喉管⋯⋯于是我便同孙玉庚寒暄了几句：

"老孙啊，现在的老师，都是一些学不高、身不正的家伙们。我们这一代人已经够艰难的了，不要再让孩子们过早地承担我们这一代人的苦难了！好了，没事我就走了。"

"江波，谢谢你，"他们夫妻俩齐声说，"有空就过来玩噢。"

我转过身去继续我的散步。这个时候的月光，如匹练一般在飘撒，如银箔一般在倾泻，给山川大地和世界万物，镀上了一层柔和的银光。我就漫步在这个银色的世界当中。刚才小勤芳的事情，使我联想起了柳玥。唉，柳玥啊柳玥，你现在究竟是在什么地方哪？

我抬起了头，仰望着天幕上那一轮皎洁的月亮，它仿佛是我最富于生命力的见证。我感觉到自己的记忆好像全都藏匿在月亮里面似的，只要对它出神地关注一下，所有的回忆，似乎就全都涌上了我的心头。

柳玥是一个清秀修长的女孩。她除了露齿呵笑，嘴里面偏右边有一颗微凸的多牙以外，其他还真挑不出有什么瑕疵。原先她家是我家的西边邻居。我家的东邻是培珍大姐家，对门是小书、玉书、香书三兄妹家和欣儿哥家。那时候我时常爱说："东邻培珍西邻玥，对门欣儿挟三书。"

小的时候，我喜爱看小说书。又特别喜爱看大部头的小说书。记得在我进小学二年级那一年冬日里的一个星期天，我捧着一本《说岳全传》，坐在欣儿家门口，一边晒太阳一边看书，看得很是投入。

"小江波，小江波⋯⋯"

听到有人叫喊，我很不情愿地抬起了眼睛，见是培珍大姐挽着西邻那个就像洋娃娃似的小柳玥。于是便问："噢，培珍大姐，你有事吗？"

"你人这么一点点小，就看这么厚的书哪？"

"我看的是《说岳全传》。"

"你看得下来吗？"

"嗯。还有一些字不认识，就囫囵吞枣地读它个半边形吧。"

"嗨！我晓得你小江波要变成一个书鬼、痴鬼和花鬼了。"

"大姐，大姐，"站在培珍大姐身后面的小柳玥，瞪着一双黑玥玥的大眼睛问道，"什么叫书鬼、痴鬼和花鬼呀？"

"就是看一些乱七八糟的书，把脑子看坏了的人。书鬼呢，就是蹲在了书本里不肯出来的书呆子、书疯子。痴鬼呢，那个痴里八呆傻不拉叽的二呆子吴兆林，就是痴鬼。花鬼呢，就是看小说看了着迷、中毒，就瞎想八想老婆啦、女人啦的花疯子、流氓和神经病！"

"嘿，"我有点不满地说，"培珍大姐，我才不会成为书鬼、痴鬼和花鬼的。等我长大以后也像岳飞一样去精忠报国，去报效我们的国家呢！"

"大姐，大姐，"小柳玥又问，"要是江波变成了一个书鬼、痴鬼和花鬼了，他会不会去做出促狭鬼一类的坏事情呀？"

"嗨，你个小柳玥，"我狠狠地唬了她一眼，"你是一个跟屁虫！"

然而小柳玥却往培珍大姐的身后边一躲，眼睛滴溜溜地看着我，嘴巴里就像唱歌一般地说："江波是一个书鬼，江波是一个痴鬼，江波是一个花鬼，江波是一个坏鬼，江波是一个促狭鬼，江波是一个讨厌鬼！"

那一天我气得牙齿咬咬地、心里哼哼地，于是就不再去搭理她们，接着又看起了我的《说岳全传》来。不过我的心里却在说："哼，以后还不知道，到底是谁会变成一个鬼呢……"

走出了白凉亭居民区的地界，就是大片大片的桑树林。这是郊区农村的文化大队，扒平了这一段的老城墙，填平了原来的老城河，再在老城河的遗址上密密匝匝地栽上了许多低矮优质的蚕桑树。

在这片桑树林中分有三条岔路，向南的一条通往文化村，向西的一条通往郊外坟冢野地，还有一条向北的是通往北城河的。

小路边的桑叶碧绿硕大。此时此刻它们正吸收夜色的温润、月光的精华，开始凝结成珠露，再折射着月光，就像碧绿的翡翠在闪闪发亮，在"娑娑"摇曳，在滋滋生长。星星闪烁，月光倾泻，精灵漫舞，萤虫飞掠；再拌和月色下的蝉鸣、蛙鸣、蛐鸣，间杂一些小动物的追逐和奔跑声以及夜鸟飞过时的"索落索落"的声音……这是一幅多么生动的画面啊！

这一幅画面声声点点，光光斑斑，静中有动，柔和融洽，似真似幻，若即若离，宁静美妙，而又危机四伏。我从来都没有看到过有如此美妙的月夜。这月色弄人！这月光足以能够迷乱人的神志，疯狂人的情感。难怪许多精灵鬼怪们，要选择这一天，来做它们每一年的节日。它们在这一天里，可以自由地欢乐和嬉戏，自在地逛荡与飞翔。这些精灵鬼怪们，倒也挺会享受的呢。这个时候，忽然有两团磷火"咻……咻……"地飘来。一团大的在前面，一团小一点的跟在后面，双双地落进了桑林之中。紧接着桑林之中似乎就传来了精灵鬼怪们的戏谑、调情和轻狎之声。我的头发直直地竖了起来，于是便高声地向桑林之中叱咤说：

"何方鬼怪哪？在作什么怪哪？啊？请你们不要瞎来腔喔！"

桑林之中似乎传出了声音："爰采唐矣？沬之乡矣。云谁之思？美孟姜矣。期我乎桑中，要我乎上宫，送我乎淇之上矣。"

"哦？"我有点儿释然地说，"嗨！怎么你还是一个几千年前的老色鬼、老花鬼，还文绉绉的，颇有一点儿古爱情之风的情调呢！不过……对不起，请你们注意一点噢，不要去祸祟别人。"

桑林中似乎又传出了一声"之乎哉，汝不扰吾就好也"和一声"yes friend……"嗨！我心里边想，怎么还有一个外国鬼哪？是不是建俊演的节目中"我是一个美国鬼，天天起来喝凉水"的那个美国鬼啊？不太像。倒好像是一个外国女鬼的声音。也许可能就是艾斯米拉达，或者是苔丝，再不就是玛丽莲·梦露吧？唉，现在啊……精灵鬼怪活得比人都潇洒，比人都浪漫，比人都会享受！选择这个波光摇曳的月夜，乘着袅袅的轻风，来到翡翠一般的桑园中，享受起古今中外一代一代被传诵的永不褪色的爱情。有时候我们世上的人，活得还真连鬼都不如喔！那个时候，我们人被框住、被压住、被锁住、被束缚住，不能逾越雷池半步。

我转过身子，踏上了那一条往北的小路，想去老城墙的凹口处，静静地坐上一会儿。就在向北转弯的时候，我忽然想起了柳玥那一次半真半假地晕倒在我怀里边的情景……

……我没有变成东邻培珍大姐所说的书鬼、痴鬼和花鬼。小学三年级的时候我跳了一级。后来又赶上了六年制改成五年制的学制改革，12虚岁就进了初中，而且还是个重点班。因而我们那条街上的大人们，把我作为他们孩子的榜样。他们在教训自己调皮贪玩的孩子时，常会这样说：

"你们看看人家江波，又是跳级，又是进重点班的。哪里像你们这些个讨债鬼，死不要好！贪吃贪玩，没有出息！"

比我小的孩子简直就把我当成了偶像。有什么问题和难题，都愿意前来找我帮忙，也喜爱围着听我讲故事。尤其是那个西邻洋娃娃似的小柳玥，她几乎天天都往我家跑。她跟小我两岁的妹妹一般儿大，上学和我妹妹又是同校、同级、同班，两个人非常要好。她们上学一起去，下课一起玩，放学一起走，作业在一起做，有事没事地，总爱上我家来串一个门，或者我在说话的时候，她就盯着我的脸看。

那是一个星期天的下午，柳玥忽然对我妹妹说："江平，我总觉得呀，你哥哥江波是一个呆鬼、夯鬼、讨厌鬼！"

"为什么呀？"我妹妹不解地问。

"哎，你看他那一副坐着看书的样子嗒，一副呆里八夯的样子呀！真是惹人讨厌的很哪！"

"可是，我哥哥并没有去惹你啊，柳玥。"

"嘿，他要是惹我倒又好了哪！他的眼睛里就只看到鬼，脑筋里又只想着鬼，心里头又只装着鬼，脸上又是一副呆鬼、痴鬼、夯鬼的样子。你说他不是讨厌鬼，哪一个是讨厌鬼啊？"

她们两个小女孩的一番对话，惹起了我的注意。我便从书本上抬起了眼睛，向着她们那一边望过去，这个时候，忽然我迎面碰上了柳玥那一双盯着我看的黑玥玥的眼睛……

进入初中以后，我的课外书读得更多了。国内的、国外的、古代的、现在的，然而我对精灵鬼怪的书籍却是最来劲。小时候我最怕鬼，但又最喜欢听有鬼的故事。听人说到鬼的时候，我这心里头是既恐惧、又紧张、又害怕，但又是最兴奋。一边听着，一边还瞪大着眼睛去四处张望，甚至把自己的心拎在了手心里边，浑身抖抖的，可还是要听。

那时候我最爱听我爷爷给我讲聊斋。我那当过私塾老师的爷爷，他在故事中，时常把鬼描述成行侠仗义、悲天悯人、温柔体贴、美丽多情，且又富人情味、正义感和同情心。于是这许多侠义之鬼,就活灵活现、栩栩如生地出没在我的心海里。因而我认为这种鬼,简直比人世上的好人还要好!当然我最不喜欢听我大伯讲鬼故事了。大伯嘴上的鬼大多是恶鬼!他说吊死鬼的面孔血紫,舌头伸出嘴外怎么怎么长,人一碰到就会死;淹死鬼的身体怎样怎样浮肿,一碰皮肤里的毒水就往外冒,溅到人身上人也就会死;什么僵死鬼如何丑陋和可怕;五脏鬼多么狰狞和凶恶;还有什么"鸭子鬼",说鸭子横死以后就会幻化成"鸭子鬼",每到深夜里就"嘎、嘎"地乱叫……吓得我晚上连夜路都不敢走,老是躲在大人的身后。

我也喜爱听那个杀猪佬"癞爹爹"讲胆小鬼的故事。在说到鬼的时候他总是不自觉地叉开瘦腿,一不注意,垂垂的患有疝气的卵泡就从他短裤的大裤衩里撒出来,但他仍然须眉竖舞、唾沫横飞地起劲着呢!他说鬼在晚上常会幻化成美女,蹲在河边或路旁假装哭泣,引诱意志薄弱的人上当。你只要不上当,它就会变成棺材板和石头。这时你只要在它的四周撒上洋灰,洋灰是鬼的墙,就等于把鬼圈在墙里面,而后再点柴火去烧,鬼就会被烧得"吱哩吱哩"的鬼叫,以后就再也不敢出来祸害世人了。

……此时此刻,我抬起了眼睛,看着有着黑玥玥的眼睛的柳玥。我们都进入了少年时代,都有一点儿情窦初开了。我发现她这时候也在看着我。我们就像两个不同世界的人,都站在各自世界的边缘上,互相执着地遥望着。这个以前胖得就像个洋娃娃的鬼丫头,这一会儿,她的嘴角却在似笑非笑地上拉着,眼睛鬼亮鬼亮的。我妹妹对她说:

"柳玥,我哥没有什么地方得罪你吧?你干吗要同他过不去呢?你认为他讨厌的话,可以不去看他,不同他去来往么,嗳!我在跟你说话哪,柳玥,你这是怎么啦?你的眼睛在看着什么地方哪?"

看到妹妹的眼睛,也顺着柳玥的眼光,在向我这边弯过来的时候,我就慌急慌忙地,赶紧躲开了自己的眼睛。我不想让第三个人(包括我妹妹也在内)知道我与柳玥眼睛看着眼睛的事情。

"喏,"柳玥忽然对我妹妹说,"江平,你看江波的眼睛,目灼灼的,鬼亮鬼亮的呀,而且还是鬼头鬼脑、鬼鬼祟祟、鬼来鬼去的呢!你说他不是个讨厌鬼又是什么呀?"

我的脸,霎地就红到了耳朵根。心里想,你这个死柳玥,明明是你在盯着我看，现在反而还来嘲弄我，真是岂有此理，真是岂有此理啊！

"哥，"妹妹好奇地问，"你的脸上怎么这么红呀？倒像是一个猴子的屁股似的啦，你做了什么亏心事了吧？"

"去！"我朝妹妹瞪了一眼以后，就把瞪着眼睛的面孔转向了柳玥，怒不可遏地发泄了起来，"你这个死柳玥！你这个西邻胖娃娃，胖鬼丫头，实在是难看！你的嘴里还长多牙，满嘴说着鬼话！"

柳玥看着我面孔红红地发火，觉得很好玩似的，便"格格"地笑了起来。接着我妹妹也笑了起来。笑得活像是两只大青蛙，在"格格、格格"地叫个不停。她们这一笑啊，我觉得自己有点失态了，自己反倒有点不好意思起来，这哪像兄长风度呢？不过心里憋着的气咽不下去，于是我想啊想的，便想出一个歪恁恁的鬼主意，非得要好好地报复她一下不可。

"好了小平，"我说，"好了柳玥。我们讲和吧，好吗？你们不要再笑了，我也不再看什么书了，我来给你们讲故事，怎么样？"

听我说要跟她们玩，跟她们讲故事，她们倏地就停止了蛙鸣，并呼啦一下地围了过来。于是我就对她们讲起了女鬼"聂小倩"来。在语言上我蓄意加大恐怖的力度；在情节上我故意又营造一些紧张和阴森的气氛，使得她们紧张、恐惧和害怕。尤其是柳玥，当时她的面孔，已经开始有一点儿发白了。当我在讲到母夜叉抓住人的双脚，戳上一个小洞，并且吸食人的精血的时候，就对着柳玥的耳朵，突然"哇"地叫上了一声。妹妹吓得大叫了起来。而柳玥则"啊……"地两手一下就抓住了我的胸襟，面孔白了了的，眼睛闭着，瘫痪一般地晕倒在我怀里，连呼吸都听不清楚。当时我可吓坏了，不知道怎么办才好。我大声地叫她，拍她的面孔，"哈"她的痒痒，揪她的头发，拧她的耳朵，甚至还把唾沫吐在了她的脸上……可她就是死死地揪住我的胸襟，半倚半瘫地赖在了我的怀里面。待到妹妹有点平静了下来，她便责怪我说：

"哥，你是一个促狭鬼！你把柳玥给吓死了吧？"

"小平，我只不过是想开一个玩笑，又不是故意的。这一下可怎么办哪？要是柳玥真被我吓死了，老妈非得骂死我，老爸非得打死我，柳玥她妈韩阿姨，非得把我给生吞活剥了不可喔！你说我怎么办才好哪？"

"活该！谁叫你平时不对她好一点儿的呢？你从来都没有正经地瞧过她一眼，没有正经八百地睬过她哦！"

"小平，柳玥是一个女生呀，你说我们这许多男生，怎么可以随便去对一个女生嘻嘻哈哈的呢？"
　　"哥，你现在最好把她抱了送回家去。"
　　"现在我该怎么办才好啊？柳玥啊柳玥，只要你能够好起来，哪怕我跟你磕上三个头，不，哪怕就是磕上一百个头，我都愿意呢！"
　　当时我并没有注意到，柳玥在我的怀里边动了一下。抱起她时，也没有注意到她原本揪住我胸襟的手，现在已经软软地圈在了我的脖子上。看着躺在床上的面容娇好的柳玥，开始发育的胸脯已经微微地凸起，身材纤细修长，不再是当年那个躲在培珍大姐身后说"江波是个书鬼，江波是个痴鬼，江波是个花鬼，江波是个坏鬼，江波是个促狭鬼，江波是个讨厌鬼"的洋娃娃般的小女孩了。她现在就像婴宁、娇娜、聂小倩、连锁、小谢、崔护妻那些个鬼丫头一样美丽和漂亮。此时此刻的我，倒真像是一个呆鬼、痴鬼和夯鬼似的望着她，心里边惶惶地，并且垂头丧气地说：
　　"柳玥啊柳玥，只要你能够醒过来，能够好了起来，以后你要我做什么，我就给你去做什么！"
　　"江波，真的吗？"柳玥瞪开她那双黑玥玥的眼睛问。
　　"我可以向你发誓！啊？！柳玥你醒过来啦？"
　　"江波，你说话可不许耍赖皮啊！"
　　"柳玥你好了啦？你没被吓死哪？哎哟！差一点没把我给急死呢！"
　　"江波，现在我想要刮你一个鼻子。不，我想要刮三个！谁叫你刚才把唾沫吐在我的脸孔上的？"
　　"只要你没事，不要说三个，就是刮一百个都行。"
　　"我不多刮，只刮你三个。这第一个么，"柳玥伸出了右手的食指和拇指，捏住我的鼻子说，"江波，以后你可不准再欺侮我，再恐吓我。你要对我好一点儿，晓得吗，你这个呆鬼？"
　　"嗯，嗯。"
　　"这第二个么，"她又捏住我的鼻子说，"江波，我想要成为班级上成绩最好的学生。你要帮助我，辅导我。晓得吗，你这个夯鬼？"
　　"嗯，嗯。"
　　"这第三个么，"这一次她可没有捏我的鼻子，而是抬起两只手掌，捧住了我的面孔，"江波，我要你当我的哥哥，当我的好哥哥，要比你是江平的哥哥还要好的那一种。晓得吗，你这个讨厌鬼？要不然的话，我就会感到非常的孤单，非常的寂寞的。"

"嗯，嗯。"我看着柳玥的眼睛，上下地直点头。

忽然她人小鬼大地把捧住我面孔的两只手，猛地往下一拉，用她那副稚嫩的双唇吻住了我。那时候，我就像被黄蜂蜇了一口似地跳了起来，面孔又像猴子屁股似的了。而柳玥则又"格格、格格"地蛙鸣了起来……

"你们两个细鬼在搞什么鬼名堂哪？"柳玥的母亲韩惠阿姨回来了。

柳玥骨碌地从床上爬了起来，向她母亲那边跑去。她一边跑一边嘴里还说："妈，这一回呀，我可把这个呆鬼、夯鬼、讨厌鬼的江波哥，给逮在捏在了手心里了呢！"

"什么？你把江波哥给逮在捏在手心里了？"

"妈，是这样的……"柳玥在她母亲的耳朵边，轻轻地嘀咕上了一阵以后，便又像蛙鸣一般"格格、格格"地笑了起来。

"你这个鬼丫头呀，人小鬼大的！"韩阿姨掉转过面孔，用手抚着低头红脸的我说，"江波，小玥上无兄姐，下无弟妹，你是一个好孩子，以后有空的话，就过来陪陪她好吗？好了，江波你就不要走了，阿姨去买一点儿菜，待一会呢，你就在我们这里吃晚饭吧。"

"哇塞！妈妈，你可真好哟！"

听到韩阿姨要留我在她家里吃晚饭，柳玥便高兴地跳了起来，先是吻了她母亲一下，随后又跑到我的身边，抓住我的手，用她那一双黑玥玥的眼睛，鬼亮鬼亮地看着我……

出了桑树林，往北的小路又分成了上下两条。往下的那条通往北城河边的石码头。白凉亭的居民们，通常都在这个石码头上淘米洗菜，漂洗衣服。往上的那条通往北城墙的外墙脚。沿着老城墙黄岗子往北大约六七十米处有一个凹口，地势平整，植有十几棵榔榆和梧桐，还有几棵耐冬和曼陀罗以及一棵常青的栀子花。这里原先住过人家，现在已经荒废了。

我在耐冬和曼陀罗树下栀子花旁席地而坐。眼面前，月光下面的北城河像一块大魔镜。这块大魔镜里星空闪烁，夜月穿行，白云飘飞。偶尔微风吹拂，星空、夜月和白云也就随波荡漾了起来，让人着魔和迷幻。河对岸是一片坟冢地。有老坟，也有许多刚添的新坟。很多坟冢无人照应，荒废得厉害,祖露出许多黑乎乎的败棺朽木。而那些不愿散去的磷质就从这些败棺朽木的干尸风骨中,成团成团地轻灵地飘曳出来,随着轻风在这幽暗的月夜中和炎热的季节里,灼灼地犹如蓝色的精灵一般飘来荡去。

这就是人们谈之色变的"鬼火"。那个常从大裤衩里垂着撒出卵泡的"癫爹爹"说他在北城河西岸,见过"鬼火"飘过,就会出现美丽的穿着匹练的女鬼,在城河的西岸边嘤嘤哭泣,一副哀怨羸弱而又美艳动人的模样,诱惑着一些意志薄弱的好色之徒。这些精灵似的孤魂野鬼就在这鬼节之夜中飘来飘去。此时我看到有两团鬼火"咻…… 咻……"地向我这儿飘来。另外有一团小的"咻……"地在后面追赶。我似乎还听到说话声:

"你们别去惹他,他不怕鬼!"

"什么?还有世人不怕鬼的吗?"

"他是神珠仙子的旧友。走吧,别去做傻事了。"

"那么……好吧,难得过节,我们就去尽情地潇洒个够吧。"

这几团幽灵一般的"鬼火",就在我坐着的城墙凹口处的上空,款款地绕上了几个圈,然后它们便向着南边的桑树林里,飘忽而去。我不怕鬼。我为什么要去怕鬼呢?

……那一天晚饭。韩阿姨往我的碗里搛了许多菜。柳叔叔一边喝着酒,一边却用戏弄的眼神看着我。柳玥则是搛了又搛,直到我的碗里堆得尖尖的。而我则红着个面孔,低着个头,就差一点没有钻到桌子下面去。然而我的心里面,却是暖暖的、甜甜的。

"江波,"韩阿姨笑了一笑说,"你怎么像是一个女孩子呀?真是一个'过比秀'喔!"

柳玥伸手在饭桌上拱了拱我的胳膊说:"江波哥,你快点吃噢……"

从那个时候开始,柳玥便成了我身后边的拖把鬼了。我也喜爱跟她在一起。她的身上有一股香味,那是女孩在成长和发育时期身上所特有的香味,就是那一种纯真、青春和"滋滋"生长着的体香。跟她在一起,我便有了一种灵性和一股陶醉,就非得要挺起胸膛去当一个男子汉的感觉。

后来还没到两个月,文革便开始了。人们开始变得疯狂、颠倒、荒唐得可悲、可笑而又不可理喻了起来。那个时代,那个世界,也跟着疯狂、颠倒、荒唐得可悲和可笑,且同样不可理喻。就像得了"羊癫疯",一边吐着白沫一边腿脚不停地抽疯，不停地发着神经病一样！那时候，人们成堆成堆地烧书；整屋子整屋子地砸东西；绑着牵着一串一串挂着牌子的、戴着高帽子的人在游街示众；口号喊得比原子弹的爆炸还响；人性退化得比大猩猩还要丑陋……

记得有一次，我们班上的同学开班主任夏老师的批斗会。那几个被夏老师一手提携起来的班干部，斗起夏老师的那一股狠劲，真让人感到吃惊！他们揞住了他的头，架住、别住了他的手，踹住了他的腿弯，让他跪着朝向同学，还让他表演什么"喷气式"和"狗爬式"……还有那个做团支部书记的女同学嘴上一面严厉批判，手上还一把揪住夏老师的头发，用力扳起他的面孔，用鞋底"劈哩叭啦"地乱打乱抽，朝他脸上乱吐唾沫……那种母夜叉一般的狠劲，就连最凶蛮的恶鬼见了都会感到吃惊，感到难为情，感到自愧不如和望尘莫及！当时我在班级上的年龄最小，算是一个"细末代"吧。不过那个时候我实在看不下去了，就说了几句：

"我说你们不觉得有一点过分吗？不觉得有一点难为情吗？一日为师，终身为长呀！夏老师当我们的班主任都快有三年了。何况他待你们几个也不薄呀！视你们为他最得意的门生。你们怎么就好意思，怎么就拿得下意来这么打他，这么斗他，这么地整他呢？"

我说的这几句话，仿佛一下就炸开了马蜂窝。他们把矛头即刻指向了我："江波反对无产阶级文化大革命！"

"江波污蔑红卫兵运动！"

"斗他这个小反革命右派！"

"打他这个狗崽子，把这个小狗崽子给关起来！"……

就是在那个阶段，我开始逐步地认识到：我们生人，有时候还真不如死鬼呢！歌功颂德的香熏黑了偶像！政治色彩过于浓重的意识形态，在上层权力斗争这双猛禽秃鹫的黑翅膀的煽动下，人们人性之中丑陋的野性和愚昧的奴性，在恶性地膨胀着！眼发红，脸发绿，心发疯！鬼吓人吓不死人，人整人专门往死里头整啊！因此，当人堕落成野兽的时候，他便比那野兽还要坏！难怪李汝珍要用他那支犀利的笔，把人去描述成一面是道貌岸然、美丽娇艳；另一面却又是青面獠牙、乌心赤眼的两面国人。

唉，那人啊！那个时代，那个世界啊……

说真的，那个阶段的我，还真的对自己"喀嚓"过呢！但是鬼都不要我！真是无奈。记得我站在桌子上，把手伸向开关里的正负两根裸线……结果不仅没能"喀嚓"得了自己，反而把自己从桌上给摔了下来，摔得老远，痛得我龇牙咧嘴得半死！我又从墙角里找了一根很粗很粗的麻绳，可不知那根粗麻绳是不是焖了，荷载不了十公斤的重量，又把我龇牙咧嘴地跌了个半死！就在那时候，我仿佛感觉到来自幽冥与黑暗中的嘀咕声：

"这个小鬼不要命哪！"

"我们还是不要去惹他的好……"

我便对着幽冥与黑暗的角落处，龇牙咧嘴地纳闷了半天，鬼为什么不要我呢？不过我很快也就想开了。既然连鬼都不要我，那么我也就不用再去怕它们了！好好的"喀嚓"，还真不如死皮赖瓜地活下去呢！后来当关着我的木门被打了开来，冲进来的是我的妹妹江平和柳玥，我简直就惊异透了。只见妹妹挽着我的胳膊说："哥，你手上拿着这根烂麻绳干吗？"

"江波哥，"柳玥依偎在我的胸前，对着我的耳朵低低地说，"你快把这一根黑不溜秋的烂麻绳给我扔掉！我们赶快走！"

于是我就一边跑，一边听她们说，三天见不到我回家了，她们就到处去寻找，到处去打听。后来她们总算找到了那间关着我的小屋。她们骗看守说，她们是"红代会"派来了解"学生斗学生"的情况的。柳玥穿了一套她父亲的洗得发了白的军装，戴了一顶同样是洗得发了白的军帽，腰中又扎了一根宽宽的牛皮带，手臂上再佩带了一个红卫兵的袖标，这还真把那几个学生看守给骗住和唬住了，于是他们就开门放了我。我跑掉以后，班上的一些造反干将们前来找过我两次，没有找到，后来他们也就顾不上我了。因为他们要发神经病的事情太多、太多了。他们要去串联，要去造反，要去夺权，要去抢枪，要去武斗，要去真刀真枪地"文攻武卫"……总之一句话，要去吐着白沫地抽疯！而我后来就站在远处，看着他们抽疯，看着他们吐白沫，看着他们在发神经病。不管别人说我是"逍遥派"也好，"不关心政治"也罢，我就是不再去参与这种"抽风"运动。并且我从此也就管束好自己的舌头，就当自己是个"哑巴"。反正我又不想去当官，不想去从政，不想去捞什么政治资本，不想去做什么政治投机分子。政治舞台如演戏，上上下下各有时。还是离这个舞台远一点好，保险着呢！

那个时候，我那被文革所苦着的当校长的父亲以及当老师的母亲，他们悄悄地告诫我说:"江波,今后你可要谨言慎行!千万不要去赶什么潮流!不要去乱说话!还有,千万不要去做任何伤天害理的事情!"

说句心里话,要不是有了柳玥,要不是我跟柳玥的初恋在支撑着的话,我对活在这个世界上早就腻烦透了!真的。反正她们学校也不上课,也在疯疯癫癫,打打杀杀地瞎折腾。因此,我们就在这种喧闹中抓住一些宁静的时间和空间,呆在一起看书、读诗和讲故事,并且一起手挽手地出去散步。那时候我们发现了一处绝妙的清静之地,就是这城墙外的凹口,这鲜有人到的有着许多椰榆、梧桐、耐冬、曼陀罗和栀子花的地方。

在这北城河上老城墙下的凹口处,这椰榆、梧桐、耐冬、曼陀罗下栀子花旁,我们两个人半倚半拥着。柳玥很美,长得像她的母亲韩阿姨,除了莞尔一笑时露出右边一颗不太明显的多牙以外,她的音容笑貌绝不比西施和王嫱逊色;而绝没有赵飞燕和杨贵妃那种祸国殃民的妖媚。她就倚靠着我,左手挽住我的胳膊,右手指着北城河对面那些从残棺败冢之中飘曳出来的一团团的"鬼火",紧张而又害怕地躲进了我的臂弯里说:

"江波哥,你看对面那许多鬼火,多可怕喔!"

我一边闻着从她身上飘溢出来的青春少女所特有的体香,就像栀子花那般沁人心脾的香味,一边伸手抚摸她那一头黑发,并且宽慰起她说:

"小玥,不用害怕。那是磷光,不是什么鬼火。"

"江波哥,"她从我的臂弯里抬起了黑玥玥的眼睛,望着我说,"你就不怕恶鬼们把你给拖了去哪?"

"小玥,鬼有什么可怕呢?鬼是人给捏造出来的,知道吗?实际上世上最可怕的还要算是我们人和我们人所处的人世间,知道吗?古往今来有多少历史事件的真相被淹没无存;又有多少冤假错案被疏忽失察;还有多少疑问和具体细节须待通幽发隐,脱垢磨光,去伪存真和重新认识!因此我们面对的人和我们生存其间的人世充满了神秘!神秘的往往就是真实的,也是可怕的!而不是那些所谓的精灵鬼怪,知道吗小玥?我倒希望真有鬼的世界!因为那个世界绝不会有这么多人世间的丑恶、可怕和野蛮!"

"江波哥,你这个呆鬼呀,你就不能把我抱在你的怀里边吗?再让我把手臂搭在你的脖子上,让我坐得舒服一点儿吗?"

"嗯,好的。"

"不过,可不准你这个痴鬼和夯鬼去碰我的身子!我要守身如玉到将来嫁给你，跟你结婚，做你的新娘。到了那个时候，我才能够把这副完好的身子交给你，展现给你。夯鬼痴鬼你说好吗？"

"嗯，好的。"

"我说你这个小气鬼呀！你不让我吻你啊！"

"嗯，好的。"

"你哪来这么多'嗯，好的'呀？没别的话说啦？讨厌鬼！"

"嗳，小玥你看呀，哇！鬼来啰……哎哟，你捏我的背干吗呀？"

"江波哥呀，嗨！我就知道你要吓唬我的。这不，你这个促狭鬼，流氓鬼，讨厌鬼，你以为我会被你吓住吗？不准你说话！我的唇吻，难道还塞不住你的嘴巴吗？唔……"

啊，那爱情之吻，酒一样甘醇！我们的初恋是那样的美好，我们的初吻是那样的美妙。什么为好？什么为妙？这从我们老祖宗仓颉发明的文字里就可以看出："女""子"为"好"也，"少""女"为"妙"也……

"七月半"的月亮，斜挂在紫蓝色的天空。宁静的北城河里，便深深地浸沉了一轮圆月亮。我顺手摘下身旁的两片栀子叶，在手里面摇旋。栀子花对生的长圆形的绿叶，在皎洁的月光下面，闪闪如翡翠一般。

我一边无意识地摇动着手里面的栀子叶，一边又呆呆地看着倒映在北城河里的月亮。可以这么说吧，这一轮浸沉在北城河里的月亮，要比悬挂在中天的月亮更美、更媚、更亮。此时此刻，它随着初秋之夜的风，在这清水绿波间荡漾，就像柳玥那一张光彩夺目的笑脸。

唉，柳玥啊柳玥，现在你究竟在什么地方哪？我多少次到你全家下放的乡下去找、去寻、去问，找得寻得问得我好苦好苦，好累好累，可是那里的乡人，也不知道你们后来又搬去了什么地方。

……就在那种青梅竹马的初恋之中，我们度过了两年半多一点令人难以忘却的日子。1968年的年底，我插队去了西面偏僻的山区。

那会儿我跟柳玥在泪水涟涟中分手，又信誓旦旦地相约在今后。隔了半年，我父母亲和妹妹也下放去了老家的农村。1970年夏天我来城郊这个留我当了临时工的工厂做油漆工的时候，便不断地打听她的下落。我听原先的邻居跟我说，柳玥说了一句错话，就像今晚那个叫勤芳的小女孩一样，也是在排练舞蹈节目的时候，不知是她说错了还是别人听错了……总之是，有人查了她父母亲的祖宗上代，查出了她父亲的爷爷，曾经是晚清时代的地主，虽然到了她父亲的父亲手上，早就已经破落了……

唉，鸡蛋里挑骨头啊！你们说鸡蛋里挑得出骨头吗？挑不出来？那你们就错了！一个鸡蛋没骨头是吧？好！给孵上21天，孵出小鸡不就有骨头了吗？如果孵不出小鸡，那么这个鸡蛋就是一个坏蛋！至于坏蛋比有骨头的鸡蛋还要糟糕。只要一上挂下联，尽管她父母亲都参加过抗美援朝，又都是县城的工作干部，可又怎么样？还没查到祖宗八代，只查了三代就有问题了，好了，就像我的父亲是重点中学的校长又怎么样？还不是一样要遭到放逐，要全家下放……唉，因为那是一个不可理喻的时代啊！

柳玥啊柳玥，现在你究竟是在什么地方呢？我孤单的身影，在这个"七月半"的鬼节之夜里，在耐冬和曼陀罗下面这栀子花旁边，睹物思人，触景生情，情景交融，心中不禁感叹万端而吟：

西邻柳，西邻玥，
青梅旧友苦离别。
皓月伴我忆逝时，
叹无信使通消息。

我刚吟罢不久，北城河里的月亮就在深沉的清水绿波中，忽忽地抖动和晃荡了起来。这好像是一种无风自波、无浪自荡，而且越波越快、越荡频率越高，高得快得都看不到了月亮。整个北城河此刻就像一块大银箔、一幅大匹练似的。紧跟着这块大银箔、这幅大匹练便雾气腾腾，四下迷漫。我简直就像置身于迷幻，置身于梦境，置身于童话之中。这一阵白雾起始于河川，发乎于浮萍，凝脂于芙蕖，吸收月光之精华，幻化成人形。这可是湘裙出水的先兆！没过多少时间便传来了一阵莺莺呜啭之声：

清清水，绿绿波，
清水绿波任我游。
适逢今日七日半，

花前月下会故友。

莺莺鸣啭声刚停，北城河复又恢复了明净，不再波动晃荡。河底深处依然是星空朗朗，月亮依然在一圈一圈地流溢波光。不过这时河边的石码头上却多出了一个白衣人，正洗濯沐浴在天上的月亮和水中的月亮之间，不时地发出一阵"唰啦啦"、"唰啦啦"的声响。这是人吗？一般鬼只在北城河的西岸祸祟和诱惑着世人，它们不来这东岸边。如若不是鬼的话，这夜静更深的，还有谁会来这河边上呢？于是我便话音沉沉地问着：

"是谁在下面的码头上哪？这深更半夜吓人大怪的！"

"哦？你不是不怕鬼吗？"

"我是不怕鬼。但我却怕有人来扰我清净。"

"你不就是讨厌鬼江波吗？"

"嗯，是的。你是……"

"江波哥，我是柳玥啊。"

"啊？"我倏地就从栀子花旁跳起了身子，惊诧地问着，"什么？你是柳玥？你怎么会是柳玥呢？"

"你这个呆鬼、痴鬼吧！我不是柳玥，那么谁是柳玥呢？嗳，江波哥，你就别下来了，还是我上去吧。"

只见柳玥步履轻盈，三步两步就从下面的石码头飘然而至。那时候我根本就没有产生过一丝怀疑。我握住她那双纤纤玉手，审视着她那张映着月色的端庄漂亮的面孔问："你是柳玥？你真的是我从前的小玥吗？"

"瞧你这一副痴恤恤的夯鬼相！"

"小玥，我真是活见鬼了！"

"江波，"柳玥忽然一脸孔的愠色："有你这样说话的吗？"

"小玥，你不知道我找你找得有多苦啊！找了你都快有两年了！找到了你全家下放的殷庄，可是当地人却不知道你们后来又被赶去了什么地方！我这心里头真不知有多苦哦！小玥，刚才我还在叹息，没有信使给我们互通消息呢！可是你忽然一下就冒了出来，你说我心里面这种难以相信的激动，不像是活见到鬼，又是什么呢？"

"唉……江波哥，你真是一个痴鬼、呆鬼啊！你真让我好感动！嗳，我也在找你啊，实在找不到了，我才走上了这一步……"

"好了小玥，让我们从此不再分开吧！"

"唉……"

"小玥，你叹什么气呢？现在我有了一份工作，虽然是临时的，但是我相信我一定会养活你的。"我伸出两臂，温情地箍住了她。她也伸出手臂箍住了我的腰，把脸孔紧紧地贴在我的胸脯上。我忽然感到了一阵冰凉。因而就说，"哎呀小玥，你这身上么，怎么这么冰凉呀？"

"刚才我在河边上洗浴来着。我想洗掉身上的肮脏和污秽……"

"来，转过你的身子来，"我脱下自己的白衬衣，披在了她的身上说，"把我这件衣服给穿上吧。你一个女孩儿家的，这深更半夜，独自呆在了城河边，难道就不怕鬼把你给拖走吗？"

"江波哥，以前你不是跟我说过，精灵鬼怪们并不可怕，可怕的是人和这人世间吗？"

我的白衬衣，她穿在身上显得有一点大，晃荡晃荡的，她就把衬衣的下摆角对角地折叠好，并且交叉地打了一个结。然后她就抬起那双黑玥玥的眼睛，赧然地看着我说："你看，现在我又成了你的拖把鬼了吧。"

"好了小玥，"我半拥着她说，"夜深了，寒气重，你跟我回去吧。"

"噢。等我摘上这两朵栀子花再走。"

柳玥摘下两朵开在我们身旁的栀子花，把它们插在衬衣的钮孔里。然后她挽起了我的胳膊，紧紧地依偎着我，踏上月光下归去的小路。我们在经过那片桑树林时，仿佛觉得桑树林中那个老古鬼，还对那个刚才说"yes friend"的外国女鬼咕哝了一句："咦？怎么神珠仙子也来这里了啊？"

我才不在乎那些个老鬼、古鬼、色鬼、花鬼、外国鬼，在胡说一些什么鬼话呢！因为我拥有了柳玥，这个"七月半"，这个鬼节之夜，也就不再那么阴森神秘，精灵鬼怪们也就不再那么狰狞可怖，它们倒反而显得有那么一点儿温情脉脉、亲切可爱了起来。

那天夜晚。就在我那一间五六平方米的"厨房居"里，柳玥依偎着我；她的两只纤细的手臂，水蛇一般地缠绕在我的脖子上；她那少女一般柔美的胴体，紧紧地依贴着我的身子。

柳玥不让我开灯。她说都已经深更半夜了，我们还是不要去惊扰邻居们吧。不开灯也好，反正月光这么的明、这么的亮，从那扇玻璃窗户上透透地溜了进来,把我这一间五六平方米的"厨房居"笼罩在一片青白色的辉光之中;还有,柳玥那一双黑玥玥的眼睛,鬼亮鬼亮的。月光下的爱情,犹如是披着轻纱的女郎。那种雾中远山一般的景色,最令人想入非非,心迷神醉了。那爱啊,那神圣而又深沉的爱情!

爱是生命的火花,是人类生活的主旋律,是旷古已久、千世万代而历经不衰的主题,是先贤古圣谱奏出可遇知音的"高山流水"、可以写忧的"苍梧之恐"、可以解愠的"南风之薰"的高亢乐曲啊!人,只有去给他人以爱,奉献己爱,才能得到他人的回报之爱,这个世界就会变得美好起来。古时是这样,现在应这样,将来须这样!此时我热烈地拥着她,激情地吻着她,还用毯子把她裹了起来,可就是驱散不了她身上的那股寒气,让她的身子暖热过来。我感到有一点恍惚不安,她身上的这种玉寒冰清,促使我更加热烈,更富有激情。

她在我的怀里面痉挛、悸动和颤抖,用她那一双柔柔软软的臂膀捧住了我的面孔,在我的耳边哈气地说:"江波哥,现在我想把我的身子给你,跟你去并蒂比翼,同结连理。你说好不好呀?"

"不行!"

"不行?江波哥,你说'不行'是什么意思呀?"

"以前我答应过你的。不到我们结婚,你成为我的新娘之前,我是绝对不会去碰你的身子的。"

"唉,江波哥,你这个痴鬼、呆鬼、夯鬼,你这个可爱的讨厌鬼啊!现在我们两人就可以结婚,今晚我就可以成为你的新娘的!"

"不过小玥,有谁来为我们证婚呢?"

"江波哥,我们就在这'七月半'的夜晚,就请鬼节之夜中的月光为我们作证;还有这两朵飘溢着清香的栀子花为我们证婚。你说我们干吗非得照搬人世间那一套发着神经病的臭规矩,让我们两个人不开心呢?"

"这倒也是的,小玥,我们干吗要不开心呢?"

"那么,现在你愿意跟我同结连理吗?"

"嗯,小玥。"

"现在你就让我当你的新娘吧!哪怕是一夜新娘!"

"嗯,小玥。"

"那么江波哥,现在你就吻我吧,抱我吧,要了我吧,把我这个冷冰冰的身子给暖热过来吧,好吗?"

"嗯,小玥……"

我抖抖索索地抱她上床。她颤颤巍巍地褪着衣裳……咳,那一副冰清玉洁的胴体,柔若无骨的身腰,滑如凝脂的肌肤……我慢慢地复压了上去……她柔滑如蛇的手臂缠住了我,我强壮有力的手臂圈住了她……我们的生命一下就得到了充实,这正如两只空空的酒杯,一下就盛满了酒一样。我们就像两个少不谙世事的孩子,好奇地触摸、探索和寻找着;又像两个相依为命的盲人,互相给对方以牵扶,手把手地以引导。她的唇吻吮吸着我的,一寸一寸地吸了进来,吸进了我灵与肉的内在;我的身体进入了她的,也是一寸一寸地进了进去,进到了她生命的深处……

就这样,柳玥用她那冰凉的身体贴着我,贴得那么紧,那么近。我则用我炽热的身体覆压住她,覆压得那么沉,那么实。我们都用原始人所固有的性的本能和性的欲望,再去掺和一些现代人的爱的亲切、爱的温柔,去包裹着对方,又让对方来淹没自己。

在那个"七月半",那个鬼节之夜的晚上,我们迷乱在性的一波一波里、爱的一潮一潮中。那种就像大江的湍流一波过后又接着一波;潮汐的大海一潮涌去又是一潮!我们两个人就疯狂在情欲的湍流顶峰、性爱的高潮之上。那种高潮和顶峰的疯狂的感觉,就像灵与肉所交织成的生命在瞬间里死亡,在倏忽间重又再生了一个新的自我一样。每当高潮快要来临之际,这时候柳玥就会用牙齿轻轻咬住我的右肩肌,映闪着月光的泪珠从她黑玥玥的眼睛里流了出来,再顺着她又黑又长的睫毛往下面流淌。

"小玥,"我贴住她的耳朵,轻轻地问,"弄疼你了吗?"

"啊,不。江波哥,我这是激动的缘故。你给了我人生无尽的欢乐,给了我人生至高的快感。我真是死而无憾,死而无憾啊!嗳,江波哥你不要停下来,快,再快一点儿,再多给我一点儿吧!"

高潮过后,她将她柔滑如脂、凉如冰晶的身子,依偎在我的怀里面,用她那同样是凉如冰晶的手指头揩抹着我脸孔上和额头上渗透出来的汗珠,还在我的耳朵边轻轻地哈气说:"江波哥,我咬得你疼不疼哪?"

"不要紧的,小玥。"

"嗨!都快被我咬出了血了。"她抚摸着我肩膀上那一圈圈椭圆的牙印说,"江波哥,你给我一次快乐的高潮,我就在你的肩膀上留下了一圈牙印。看这三圈牙印都快连成串了。江波哥,将来当你抚摸到这一串牙印的时候就会想起,曾经有一个叫小玥的女孩在你的生命中留下过痕迹。"

"曾经?小玥你说'曾经'这个词汇是什么意思呀?"

"人总会有死的时候吧?"

"小玥你都瞎说一些什么呀?"

"这又有什么可奇怪的呢?"

"你以为你死了,而我会去偷生是不是?"

"假如我明天就死呢?"

"你死我也就不想活了!小玥,我们在天愿作比翼鸟,在地愿作连理枝,在水愿作并蒂莲,在阴间我们就做个阴阳连身鬼吧。"

"唉,你这个呆鬼、痴鬼、夯鬼啊,我死了,你若再死了的话,那么在这个人世间里,还有谁来照顾我呢?"

"要是你死了,而我不死,那我孤零零地照顾鬼去呀?"

"江波哥,我是说人的形体死了,然而精神和灵魂犹在。就是形消而神不灭的那一种。就像我们现在的这种样子。"

"小玥,你今天到底是怎么一回事情呀?怎么这么怪怪的,这么神秘兮兮的呀?是不是想试探我对你的爱是真是假、是深是浅,对吧?"

"唉,江波哥,你真可爱喔!你知道么,我就是爱你这一副呆兮兮的呆鬼相,痴恤恤的痴鬼相,夯嘟嘟的夯鬼相的呀!不过呢,"柳玥忽然伸出了右手的食指指着我的脑门,严肃地说,"你一定要答应我,要是我死了,你绝对不可以去死,不可以去轻生!知道吗?"

"我说小玥,"看着她一脸孔的严肃,我忙说,"你看这月亮都已经偏西了,时候也不早了,我们就不要再去说什么瞎话和鬼话吧。做爱折腾了我们大半天了,你累不累呀?你要是累了的话,就闭起眼睛来睡觉,好不好呀?要是不累的话呢,那么我们就再来,怎么样?"

"唉……"柳玥叹息着。这是一声发乎于她体内最深沉之处的叹息,沉闷得令人震颤和痛楚。随着那声叹息,她那黑玥玥的眼睛里,便泛起了晶莹的泪花。映着月色的面孔,已然是一副凄恻恻、苦楚楚的模样。

我的心里忽然就疼痛了起来,急忙把她拥进了怀里,并且温柔地对她说:"小玥,我答应你还不行吗?你们女孩子呀,就会小心眼,就喜欢耍一点儿小脾气,玩一点儿小点子,弄一点儿小滑头,搞一点儿小聪明的!我们都已经三四年不见面了，干吗非得面孔酸楚楚地不开心哪？要知道你一点点小的时候，我就喜欢上你了，你还要去试探什么呀？"

"江波哥，你答应我啦？"柳玥开始宽慰了起来。她一边吻着我一边说，"那么，你给我发一个誓吧！"

"啊？我答应你还不成，还得要去发誓哪？好吧，发誓就发誓！你说吧，我发什么誓好呢？"

"你就说，我江波今天对着鬼节之夜的月光发誓，假如小玥明天死了的话，我绝对不去轻生！"

"什么？小玥，你这叫发什么誓吗？我看这是叫发鬼话才对哪！我应该发的是小玥我永远爱你，生生死死，始终不渝才对哪！"

"江波哥，你就依了我这一次吧，好吗？要知道小玥爱你啊！"

"莫名其妙，鬼迷心窍！小玥，好吧。我就发你这个鬼誓吧。"为了能让柳玥开心，于是我跪坐在床上，将手举过头顶，郑重地说，"我江波对着鬼节之夜中的明媚透亮的月光发誓，小玥要是先我离开人世，我绝不轻生，并且还要继续去照顾她，直到我走完人生之路的最后一步为止！"

"谢谢你了，江波哥！"柳玥也是双膝跪坐在床上，用她那双冰冷的手掌捧住我的面孔，微笑地吻着我的头发、我的前额、我的脸颊，吻我的眼睛、鼻子、耳朵和嘴唇。她的唇吻，在我的嘴唇上停留了很长的时间……然后她又说，"谢谢你了，江波哥！"

她的唇吻松开了我的嘴唇以后，然后就继续沿着我的脖子，我的胸脯，我的腹部，一直往下……直到吻遍了我全身的每一处地方……她就像一朵花，一朵洁白而硕大的栀子花，在我的面前开放着，在这个"七月半"的鬼节之夜中开放着……

在她温柔的亲吻、甜蜜的微笑、浓烈的爱情里，我迷迷敦敦、惺惺松松地魇入了梦境中……就在这种迷敦和惺松的梦境里，只见柳玥跪坐在我的头边，轻轻地抚摸着我的面孔说：

"江波哥，谢谢你给了我这人世间少有的关爱。以后即使我沉陷在那个我所在的冷冰冰的毫无暖意的世界中，也无半点遗憾了。现在你应该知道，我们已经不在同一个世界，也不可能再在同一个世界了。人鬼殊途！前几年，就是你插队下放后的一年，在你父母亲和你妹妹江平也下放走了的那年，为庆九大，学校排练节目。我是文艺骨干。在排练的过程中由于一些同学不按规范排练。于是我便严肃地要求他们把这些节目排完。可是我却说错了嘴，把应该说'毛主席万岁'的节目说成'刘主席万岁'了。

"江波哥，我不是故意的。真的。而且当时我根本就不知道自己说错了。可是好几个同学却异口同声地说我说了……唉，大概这就是命吧……为了这句错话，有人便调查了我爸和我妈的祖宗上代。调查到我爸的爷爷有一点问题，又把我说的那一句错话给上挂下联了起来……于是在那一年的下半年，我们全家就顶着历史问题和政治问题的帽子，发配去了殷庄。后来在清理阶级队伍的时候，我们又被赶回了苏北我爸爸的老家……

"江波哥，在这几年当中，我的心里一直是负疚带罪的。是我害了我爸和我妈啊！我真想他们打我、骂我，狠狠地打我和骂我，以减轻我心头的内疚和负罪之感。可是他们什么都没说。我这心里头苦哇……后来我爸犯病了。朝鲜战争在他身上留下的旧创也复发了……我妈又遭到了……我那悲惨的妈妈啊……她的悲惨不仅没有能够挽留住我爸的生命，同样也没有能够挽留住她自己的生命……今年初我爸去世了。不到半年我妈也郁郁不欢地辞离了人世。她在病危之际曾经对我说：'小玥，妈妈可能不久于人世了。但我最不放心的就是你。孩子，这里不是你呆的地方。我看江波是一个好小伙子。若是妈妈去了以后，你就去找他吧，噢。'

"三天前，我把我那个可怜的母亲埋在了父亲的坟边。晚上打点了一些行李，本想隔天就来江南找你的。可是那天夜里沉睡中的我，忽然觉得有人压在了我的身上，并且动手动脚地褪着我的衣裤……我惊醒了，于是就拼命地咬啊，挖啊，踢啊，后又摸到床头边的剪刀，就一口气地用力地戳了他好几十下。把他从我身上掀下以后，还不解气地又戳了几十剪刀，直到把那个蹂躏过我母亲、现在又想要蹂躏我的大队主任戳成了一摊满是血窟窿的死肉……后来我镇静地洗净了我血人似的身子。要知道，江波哥，我是一个军门之女啊！再后来我就拿上了装有几件衣服和一些什物的布拎包，把屋门锁了一个铁死。天还没亮，我去了父母亲的坟前，叩拜了八个响头以后，然后就走出村子，走上了公路……到江南找你来了。

"江波哥，我知道那一摊满是血窟窿的死肉，最多三天就会被人发现的。但是我要在这个三天里找到你，跟你见上一面，以了却我对你的青梅竹马之恋，然后去自杀。可我找遍了这个城市，还去了你插队的山区生产队，他们说你离开了。后来我又想去你老家找江平打听你的信息，可我没有你老家的地址。因而悻悻而回，心中无限怅然。昨晚这鬼节之夜，我去了北城河，洗净身上的污秽，带着深深的遗憾，迈进了冰冷的世界……

"谁知就在我身死气绝，而我的精神和灵魂尚未泯灭之际，忽然听到了你那'西邻柳，西邻玥，青梅旧友苦离别。皓月伴我忆逝时，叹无信使通消息'的呼唤。我这一缕还不甘心于绝灭的精神和灵魂，便向着你那儿悠悠然地飘拂而去……以报我对尘世间的最后的眷念，以了却我对恋人的最后的凤愿……江波哥，小玥此刻拜托你，请你将小玥的尸身，火化为灰，拌和上一些黄泥土，然后，再移栽上城墙根边上那一棵栀子花。以后就如我永远跟随在你的左右。

"还有，江波哥，你可是答应过我小玥的，你也曾对着鬼节之夜的月光发过誓的哦，就是你一定要好好地活着！好好地珍重自己！爱惜自己！你要知道，有一个叫小玥的爱你的女孩，会在另外一个世界里面，时时刻刻地关注着你，庇护和福佑着你。望你珍重！千万珍重！江波哥，小玥叩拜。再叩拜。三叩拜。小玥我走了。"

柳玥说完，她又一次长吻了我。然后便飘然而起……她犹如身披匹练一般的轻纱，手执一朵栀子花一般的闪耀着神奇光芒的白玉头冠，缓缓戴在头上，展衣挥袖，像一个踏月的仙子。我那个小小的"厨房居"骤然清馨和亮堂了起来。柳玥就踏着这一道清馨和亮堂，飘然起舞，幻化成一道耀眼的匹练，渐渐地融入了鬼节之夜的月光……当那一道融有月光的匹练逝去以后，黑夜这个恶鬼便闯了进来，用它那几个黑魆魆的肮脏的手指头摸着我的额头，抹上了我的眼皮，把我推入了黑沉黑沉的梦乡……

当我一觉睡醒了过来，天色已经熹微。人们又开始了新一天的喧闹。然而夜晚的情景，依然还逼真地闪现在我的眼前，清晰地晃荡在我的脑海之中……我抬起了眼睛，看了一眼我这个小小的"厨房居"，哪里有柳玥呀？空空如也。我想从床上爬起来，可是，我挪动着的右手的手指头，却碰到了毯子上那一滩一滩粘乎、粘乎的濡湿……

唉，那月夜的迷乱，那梦中的疯狂啊！

那天早晨，我醒过来以后，还以为自己晚上做了一个离奇的清秋大梦呢！所谓是日有所思，夜有所梦吧？而且在睡梦中，还遗下了那个蔫乎乎的玩艺儿……真丢人，难为情兮兮的要命！

　　我欠起身子，看到我的衬衣下摆还角对角地打着结。钮孔上还别着一朵栀子花。我好像记起来，那是柳玥晚上摘了两朵别在上面的。后来她临走的时候取下了一朵戴在头上。我的眼睛还看到，我的手还摸到，我的右肩肌上那三个连成了一串的并开始结起了血痂的齿圈印。还有柳玥的哀哀诉说以及她最后的殷殷嘱托，和她飘然而去的融入在月光里的身影……简直就让我难以相信！这究竟是真、是假，是梦、是幻呢？但这又是那么逼真，那么清晰，使我不得不去相信。

　　唉，这假到真了的时候，真的亦就成了假的了啊！不，是柳玥来过，晚上可能是她来过了这里。我要去寻找她。不管她是真的来过，是假的来过，还是虚无缥缈地托梦给我，我都要去找她，就是找遍了海角天涯，我也要找到她，和她永远在一起，再也不分离。

　　于是我"索落"地一下起了床，三下两下地换下和穿好衣服，快速地刷牙和洗起了脸。就在我把面孔埋在脸盆里的时候，忽然隐隐约约地听到了外面的大路上似乎有人在大声地说话：

　　"后面的北城河里，淹死了一个人！不少人在那儿看呢！"

　　我听得出来，这个说话的人就是昨晚像"关亡婆"一样鬼叫鬼叫的吴双凤。闻讯，我把毛巾猛地往脸盆里一扔，顾不上自己一面孔的水湿迷乱，倏地就冲出了门，并且急急地问道："喂，吴双凤，你刚才说什么来着？"

　　"是江波呀，昨晚还得要……"

　　"我们不说这个！"我不耐烦地打断了她所说的废话，又急急地问道："我问你刚才是不是说，后面北城河里淹死了一个人来着？"

　　"喔，江波你是问这个啊！哎，是在城河北边拐弯处的码头上。淹死了的那个女孩，有一点儿像以前住在西门口的韩惠家的小丫头。"

　　"什么？你说淹死了的女孩是柳玥？"

　　"嗯，大概是叫柳玥的那个小丫头吧……"

　　"我去看看！"不等吴双凤把废话说完，我拔腿就朝北城河跑去……

　　城河北边的码头上，就是昨晚我坐着的城墙凹口处下面的码头再往北边300多米，城河在向东拐弯处的码头上，河边、石阶以及城墙的斜坡上围了很多人。在这一群人围中间石码头的小路上，躺着一个被人从河里捞起来的、全身湿漉漉的女孩子。这个女孩的头上戴着一朵栀子花，苍白的面孔上还带着一丝微笑……她那微笑着的脸蛋，真是宁静、美丽和可爱……一点儿都不像是一个淹死了的人那种丑陋可怕的样子。倒像是一个孩子的脸似的……她的脸真美，真是美极了啊！

"柳玥！"我拨开人群，疯了似地向她扑了过去。

不错，她就是柳玥，就是我寻找了两年多时间的柳玥！这时候，我的泪水滚滚而下，伸展开两手，猛地就把这个脸上带着微笑的身体湿漉漉的美丽女孩的尸身，紧紧地托抱在怀里边……后来，我以多年的邻居，为从小就是青梅竹马的女友安葬尸灰的理由，从当时的公检法那里认领了被火化了的骨灰。但是我费了很多的周折。因为柳玥苏北老家里那一瘫满是血窟窿的并且已经开始腐烂、生蛆和发臭了的死肉，终于被人发现了……当然我也没少被传讯和查问……不过以后，我就时常在想，那一天晚上，我要是早一点儿去城河边，柳玥就会找到我，也许她就不会自杀，不会走上死路的；也许以后她会死得更惨……唉，还是这样解脱为好。

后来，我就去日杂公司买了一只上好的、中等涂釉的、金色的荷花缸。按照柳玥在我梦里的嘱托，从北城墙上挖来了黄泥土，并把她的骨灰均匀地掺和在这些黄泥土中，又把北城墙凹口处那一棵栀子花挖来，栽在了这个荷花缸里。当我刚栽好这一棵栀子花，它忽然就散发出一股罕有的香味。那种香味就像昔日柳玥身上那股青春少女所特有的体香。

我很愕然，是否柳玥已经和这一棵栀子花幻化成为一体了呢？想到了这里，我非常悲伤，于是就拟写了一篇悼文。又用小青花酒杯，倒上了三杯封缸酒，并排地摆放在栀子花前，以表示我的哀思。我的悼文如下：

柳者，垂垂之丝也；玥者，上古之神珠。一日，神珠忽坠地，虽殒，形消则神不灭，幻化为栀子。其叶如翡翠，其花如白玉，寄其坚贞洁白之意，并有奇香，沁人心脾。幼时之友波以记之。并随吾其左右，至死不渝。呜……呼……哀……哉…… 柳玥之灵，请予安息。

哀悼完毕，我便将整篇悼文祭烧在这个金色的栽着那株含有柳玥骨灰的栀子花的荷花缸内，然后又洒上了封缸酒三杯。没多一会，整株栀子忽然就"婆娑"地摇摆了起来。其叶舒展如碧绿翡翠；其花绽放如羊脂白玉；其香飘溢如美妙少女……当天夜晚，柳玥闯进了我的梦境，她用两手抱着我的脖子，搂着我，抚着我，吻着我，还用右手轻轻地批着我的脸颊说：

"江波哥，小玥特地前来拜谢！你对小玥的情意，让小玥永铭肺腑，誓不敢忘！有江波哥你这样的隔世朋友，小玥就此再无遗憾！"

"小玥，"我在梦中抱着她说，"你没有遗憾，可是我有啊！要不是你逼着我发过了誓，我还真想永远跟你生活在这夜晚的睡里和梦中。就如我这一首叫《愿》的小诗：

世间少温暖，
欢爱梦中寻。
想作植物人，
长梦不愿醒。

所表达的心境一样，我真不愿意再醒转过来，去面对那太多的势利炎凉，纷扰喧嚣，而唯独缺少了爱的人世间！"

"哎哟！江波哥，你不要这么悲观和消沉么！人世间也会逐渐逐渐地好起来的。你就信我说的话吧，哦。每年的'七月半'我都会放假。只要一挨到这鬼节的假日，我立马就会赶过来陪你。你说好吗？"

我的嘴里面虽然是哼哼然，可是心里边却在想："怎么不好呢？这么好的梦中爱情，哪里去寻找得到呵？唉，可惜我这是在做梦啊！不过，梦好梦好，夜晚有梦，总比什么也没有要强得多吧……"

说到了这里，江波拎起了一瓶啤酒，口下底上地对着嘴巴，"咕嘟、咕嘟、咕嘟"地喝了个底朝天，而后他用纸巾拭了拭渗有"亮点"的眼睛，伸出右手，温柔地抚摸起荷花缸里的那一棵栀子花。

此时此刻，我们大家全都不做声。只是静静地看着江波的举动以及他面前的那棵栀子花。"难怪他这么珍惜这一棵栀子花，"我心里想，"原来这里面，还有着这么一段美丽而又凄凉的爱情的往事。"

我把视线转向了那一棵栀子花。只见那一棵栀子花此时朝大家"娑娑"地摇摆着，仿佛是一副要呼吸、要开颜、要跟大家去喃喃诉说的模样。

2000年7月写于北京

哼唱情歌的男人

在她跟前，他老是阴阳怪气、变腔变调地哼唱起这一首"梅兰，梅兰，我爱你……"的情歌。

他的名字叫国伟，是她的妹夫；她的名字叫美玲，是他的大姨子。

美玲是一个三十二岁的漂亮寡妇。尽管她的脸色一直都是白了了的，溢满了抑郁和忧伤的神色，然而，她依然不失是一个楚楚动人的女人。她的名字虽然同她妹夫嘴里边经常哼唱的那一首情歌中的女主人公颇有一点相近，但是，她却没有这一首情歌中叫"梅兰"的女主人公来得幸运。这不仅是指她已经失去了丈夫，拖累着一个4岁的女儿，而且，她还刚刚从那个小国企公司下了岗。

国伟这么哼唱，若是要说他在歌词中间，揉进了什么弦外之音的话，其实那也不见得，他只不过是觉得自己哼哼唱唱这一首情歌，心里边就有一种舒心和惬意的感觉罢了。他感觉到舒心和惬意的是：在这个温馨舒适的仲夏季节，自己有一幢坐落在半山坡上的高档别墅；而眼下又正在自己这一幢高档的别墅里面度假。当然啰，主要还是由于他自己的财运亨通，事事如意，还有着一个比自己小6岁的漂亮的妻子和一个欢蹦乱跳的小继承人的儿子。眼下的他，可谓是要风得风，要雨得雨，要什么有什么啊！生活里的一切，均是如此的舒心，如此的惬意，这怎么能叫他不愉快地哼唱起这一首"梅兰，梅兰，我爱你……"的情歌来呢？

他就是这么舒心和惬意的哼唱着。但是他并没有意识到，这首歌的歌词会对他那个脸色苍白的大姨子——美玲——那颗因丈夫的离世、自己的下岗而变得无比凄苦、无比孤寂和空虚的心灵，产生了一种什么样的影响。是的，美玲有时候会带着一点讪笑，从旁边瞧着他；有的时候却又奇怪地打量着他。她的内心里就是闹不明白，她的妹夫国伟是随意地哼哼呢？是正儿巴经地歌唱呢？还是有什么其他的居心呢？

那是仲夏里的一个傍晚。美玲独自一个人站在别墅后面的山坡上，呆呆地凝望着西边的天际。仲夏这个季节，正是兰草花儿款款飘香，野杜鹃花儿纷纷怒放，各种植物滋滋生长着的季节。空气之中，到处都弥漫着一股温馨和柔和的气息；就连西下的夕阳，也都恋恋不舍和很不情愿地，向着西边的山岗后面坠落下去。

这个时候，国伟来到了她的身边，眯眼微笑地又哼唱起这一首："梅兰，梅兰，我爱你……"的情歌来。山坡上，除了他们两个以外，什么人都没有。然而其他的人，这一会儿又都在别墅的廊檐下面喝茶和聊天。因为国伟在自己别墅的院子里边，建造了一个面向西南方向的、有着水泥架支撑的大廊檐。另外，他还在这个大廊檐下栽种了七八棵玫瑰香葡萄。仲夏黄昏之时，坐在这个夕阳斜照的有着青绿色葡萄藤蔓的大廊檐下面，喝喝茶和聊聊天，嗨，那该有多么的舒服，多么的惬意啊！

而美玲来到这个山坡，是因为她的心底里，这会儿不知怎么就泛起了一种难以排遣的郁闷。于是她就悄悄地离开大家，一个人走出院子，迈步到这别墅后面的小山坡上。她原想在大自然的怀抱中散散心和解解闷的，因而她便独自地站在别墅后面小山坡这块凸出来的大青石岩上，朝着西边的天际怅然远望。此时此刻，大朵大块的火烧一般的云霞，涂抹和嵌镶在西边的天隅；绵延的群山披撒着黛绿色的雾帐；一群群啁啾鸣啭的山鸟，时不时地从她的身旁，从这小山坡的树梢上，索索落落地飞掠而过；黄褐色的犹如是直升飞机一般的小蜻蜓，在上下翻飞的蠓群和蚊虫之中穿过来梭过去的……这一切全都预示着：明天，将又是一个蓝蓝的艳阳天。

从别墅的廊檐下面传来了一阵阵孩子们欢快的叫喊声，经由山坡上兰草花的幽香、野杜鹃的温馨、紫斑竹的摇曳和各种草木的青枝绿叶的过滤，就变得格外的清脆和纯净了起来。然而，呆站在大青石岩上的美玲，此时此刻却怎么都摆脱不掉自己心中的烦恼和郁闷。一种莫明的愁绪，在她的心海里波涌和泛滥着。不知为什么，她的妹夫国伟也来到了别墅后面的山坡上，并且就站在她的身边，一边眯眼微笑地从侧面瞧着她，一边嘴里又哼起了那一首他已经哼唱了总有八百遍或许还不止八百遍的荒唐而又无聊的歌曲。这时候美玲皱起了眉头，心里厌烦地数落着他：

"我说国伟,你讨不讨厌呀?你就不能去唱一点别的什么吗?"然而美玲并没有意识到,这会儿沐浴在落日的余晖里面的她,是多么的漂亮。

"美玲,"国伟对她说,"我们别斗嘴了。还是回去喝茶吧。"至于在国伟眯眼微笑的表情中和他哼唱的歌词里面,是否还隐含着什么见不得人的东西的话,当然,除了国伟自己以外,也许就只有老天爷才知道了!国伟说完了前面的话以后,接着他又无聊地哼唱了起来。但是他这一次哼唱的却是:"美玲,美玲,我……"

他的哼唱突然就打住了。因为这时候他突然发觉,在这夕阳余晖的映照下,美玲的脸,美玲的唇,美玲的脖颈,以及美玲那一双闪射出忧郁神情的眼睛,是何等的优美,何等的和谐,何等的协调,构成了一副无比美丽的整体啊!女性漂亮的外表,只会最低限度地诱惑而不能真正地俘虏一个男人。然而这一点,又恰恰是许多女人所不能领悟的。可是在美玲那张美丽的面孔上,还蕴含着一种淡淡的忧伤和愁惨,以及一股发自于内在的抑郁的气质,使得她的整个人,都透露出一种别一番的神采和别一番的魅力。不知为什么,国伟竟烦恼的说了这么一句:"嗯,走吧。走吧!"说完以后,他就头也不回地走开了。

但是美玲却仍然独自留在别墅后面的小山坡上。刚才那种莫名的思绪和烦恼现在又包围了她,又在她的心海里翻涌和泛滥,又使她惶然不安了起来。她索性伸了伸腿脚,弯腰一屁股地坐在那块凸出的大青石岩上,然后双手抱膝,面对着西下的还露出半个脸的夕阳,陷进了沉思:"我真是弄不懂,国伟他干吗要老是在我面前哼唱这一首讨厌的'梅兰,梅兰,我爱你……'的歌曲呢?他这是什么意思吗?他想干什么来着?他究竟安了一些什么样的心眼?"她弄不明白。不过她也不想真去弄明白。因为有些事关自己的事情,比如说再去找一个好点儿的工作岗位此类的事情吧,还得要麻烦国伟去联络老朋友,动用老关系,来帮助疏通和解决呢!

"唉,老天爷呀老天爷,"美玲心里想,"你为什么会给这个人以幸福,而给另外一个人以苦命呢?啊?同出于一个家庭,同是一母所生,一父所养,然而命运却是如此的不同啊!一个女人有丈夫,有别墅,有爱情,过着富足的生活;而另外一个女人却连工作都没有,还拖累着一个失去了父亲的孩子,仰人鼻息、寄人篱下地住在妹妹的这座别墅里面……不过好在这个比自己小了两岁的妹妹,她讲手足同胞情义,而妹夫又发善心。要是换上了别的有钱人家，嗨，恐怕就不会有这么好说话了，更不会允许她还带着个讨厌而又淘气的孩子，住进这座高档的半山坡的别墅里面了。"

隔了一天的上午。国伟请美玲陪着一起到后边山上去采山和打猎。他邀请完了以后，便抬起眼睛看着美玲的面孔。这时候他的眼神似乎在说："嗨，美玲，你可不要瞎去猜想哦！我可是没有什么坏心眼的。"

去还是不去呢？对于这个邀请，美玲不管是从感情上还是从理智上，她都踌躇不定。可是她的妹妹美玥却在一边说："姐，你就跟着国伟一块儿去吧。就当是出去散散心好了。孩子就由我来照管吧。不过国伟，"美玥转向她的丈夫说，"你必须得保证姐的人身安全，不要去发生什么意外。"

"美玥，"国伟兴致勃勃地对妻子说，"你就放心吧。我打打猎；美玲采采山，我们两个人，说不定会有双倍、三倍或者四倍的收获回来呢！"

"那么……好吧。"美玲干巴巴地回答着。

当然，她是完全可以谢绝不去的。然而这个该诅咒的寄人篱下的处境，真让她有一点左右为难。"或许，"她心里想，"他们在私下里会嘀咕，你看看，你看看，叫她去采采山，她都懒得不肯动，可是她们母女两个人吃起来啊……或许他们未必会这样说，但是未必就不会这样去想啊……"

国伟有一把质地上好的双管小口径猎枪。虽然政府明令禁止私人拥有枪支……现在，国伟就挎上了猎枪，背上了背囊，带上了足够的子弹。而在别墅后面的深山密林之中，又栖息着各种飞禽走兽，生长着各样野生菌类。再说了，国伟已经多次到后山的密林深处去打过猎。并且每一次都有不同程度的收获回来。

起初，国伟和美玲只是翻过了一座小山，然而不见有什么鸟兽的动静和山珍的踪迹。后来国伟就慢慢地把美玲带往了密密的深山。若是途中遇到有什么陡岩峭壁，或者灌丛荆密的时候，他会拉住她的手或者托住她的身子，帮助她攀爬上陡峭的山坡，翻越过丛密的荆棘。凡是遇到了这一种情况的时候，美玲就会转过脸去，悄悄地看上国伟几眼。可是国伟呢，他确实也是一个英俊的、富有魅力的男人。这是没话可说的！不过，他此刻的脑筋里在转着些什么样的念头呢？他的心里头该不会有什么鬼点子冒出来吧？从国伟的面孔上，美玲还看不出有什么太多内涵的东西来。他甚至都不正眼去瞧她。此刻他的眼睛不是躲躲闪闪地看着脚下，就是睃来睃去地张望着身体的两旁，眼睛里面就是偶尔有着一抹异样的光彩在闪烁的时候，他也只是一扫而过，尽量地不让美玲去捕捉到。

美玲本想一边走，一边跟国伟聊上一些什么，随便什么话题都行。可是一想又不成。现在可不是聊天的时机，这里也不是聊天的地方，这孤男寡女的，还是不要让国伟去滋生出一些不必要的念头……是啊，人与人之间是隔膜的。哪怕是父女之间、母子之间，兄弟姐妹之间，亲朋好友之间，甚至齐头并足的夫妻之间，有时候也是如此。人世间的一切都是隐密的。整个世界仿佛就处在了一种隐密莫测之中……别看国伟现在跟她走在一起，甚至时不时地还相互搀扶、相互提携，然而他们两个人的思想，他们两个人的心灵，却无疑是在咫尺天涯，处在一种难以捉摸之中！

在国伟的带引之下，他们慢慢地来到了一处山高林密、完全没有人烟的地方。阳光在这个阴暗的密林当中，犹如是无数个小精灵一般，在窸窸索索地跳跃，在星星点点地飞翔；脚底下满是去年秋冬天落下来的、还没有完全腐烂的枯枝败叶，人走在上面有一种松松软软的感觉，并且还发出了"嚓嚓、嚓嚓"的声响。此时山花和翠叶的芳馨，沁人心脾；而温柔和暖的山风，却又让人要去昏昏欲睡。

这个仲夏季节的密林深处，真让人的内心里会去产生和引发出一种蠢蠢欲动的感觉。因而就在密林深处的一棵大榆树下，国伟倏地就停住了他的脚步，急促地转过了身体，面孔对着美玲，看着美玲的眼睛，一副怪模怪样的神情。而且他还浑身颤栗和哆嗦，嘴里边又在轻轻地、变腔变调地哼唱起了那一首讨厌的情歌："美玲，美玲，我爱你……"

美玲忽然感觉到国伟的歌声在变异，便抬起头来看望。此时此刻，他的眼睛里分明在燃烧着浓浓的情爱，喷涌出浓浓的欲火；他脸部的表情又因血管的贲张而显得有一点异样；偏厚的嘴唇也开始湿嘟嘟地润亮了起来。她的身子猛然一颤，体内也就涌起了一股异样的感觉。然而理智却在不断地提醒着她，不！不能去瞎想八想的！于是她就对他说："我说国伟呀，你真是有一点儿无聊呢！你哼唱得让人的心里面直犯毛！"

"美玲，"国伟一把抓住了她的两只手，听任挎在肩膀上的猎枪在晃悠、晃悠起来。"美玲，我爱你，我爱你啊……"他抓住美玲的手，用力地把它们拉到了自己的唇边；噘起的嘴唇开始亲吻起美玲的手背来。

美玲闻到了他身上的气息，这是一种能够让女人心醉、让女人融化、让女人去喷涌欲望之火的男人的气息啊！她的体内顿时就有一股异样的感觉，在全身喷涌和流淌了开来。但是她心灵的防线，却还没有最后的丧失；她理智的棒槌，还在狠狠地敲打着她心智的木鱼。因此她就结结巴巴地说："哎，不。不行。国伟，你可不要胡来呀，你可不能够瞎来腔噢！你要知道我可是你的大姨子呢，是你妻子的姐姐呢！"

"美玲，我爱你，我真的很爱你啊！"国伟把她揽进了怀里，开始用他那副长着短髭的嘴唇，摩挲起她苍白而又端庄的面孔。"美玲，你的身上有一种别一番的美丽。一种内在的、忧郁的美丽。你知道吗，美玲？它撩得我心里心烦意乱，搅得我寝食难安啊！"

"不，不能。国伟，不要这样嘛……"美玲在国伟的怀里面挣扎着。这是她的理智在挣扎。然而她的身体却在渴望，满满的渴望。那是一种身体内部的本能的欲望啊！她感到昏厥在一阵一阵地向她袭了过来，身子也开始慢慢地瘫软，慢慢地靠在了背后大榆树的树杆上……唉，这人迹稀少的密林深处！这让人的心里燃烧起欲望之火的仲夏季节啊！

突然之间，密林深处的灌木丛中，一阵突发的"嗯哩、嗯哩"的惊叫声和"唰啦、唰啦"的奔跑声，惊动了他们两个人。几只狗獾和野兔从他们的身旁边惊慌地奔跑而过。紧随着，灌木丛里又是一阵更猛烈地晃动以及一声低沉的令人心里发怵的咆哮，一只硕大的有着黄褐斑纹的草豹，猛然之间就奔跃出了灌木丛，出现在他们两个人的面前。

"哎哟……我的妈呀……！"国伟惊恐地叫喊了起来。他的脸孔紧张得一下就涨成了血紫血紫的狗肝色；两只充满了恐惧的眼睛，在骨碌骨碌的乱转；壮硕的身体也因此而瑟瑟嗦嗦地颤抖；尤其是他的那一颗心脏，忽地就心律不齐了起来，"嘣咚、嘣咚"地撞击着他心房的腔壁。

那只硕大的草豹，在离他们尚有十几米处的地方，倏地停住。由于飞速奔跃的惯性所致，使得它停住的四肢，仍然向前滑行了两米多远。这时候它龇牙咧嘴地，并且用黑玉一般贼亮贼亮的眼睛，死死地盯住他们两个人，大有一股就要扑向他们、撕咬他们一阵的架势。

眼见这种危险的状况，国伟心里面惊恐地想："与其这样下去，倒不是我们来打猎了，反倒是这草豹要来猎取我们了！我和美玲，我们都将会成为它扑食的对象！到时候我们就不是活人，而成了两具死尸，被这只大草豹撕咬得面目全非的死尸了！"

"不行！这不行！美玲我们快跑！我们赶快逃命要紧！"他一边嗓音颤抖地说着，一边一把就松开了此时瘫软依偎在他怀里的美玲，顾不上她颤颤巍巍、摇摇晃晃，随时都有跌倒在地的危险，转身准备往山下奔逃。

不知为什么，美玲对他说的话毫无一丁半点的反应，仿佛她根本就没听见似的。她只是本能地依靠在那棵大榆树的树杆上，瞪大眼睛，死死地盯住那一只草豹；并且她还伸出两只手，揪住了一根从大榆树上垂挂下来的树枝，拼命地摇晃了起来。她天真地以为，仿佛只有这样才能救命。因为她怎么跑，都算不上是赛跑的好手哦！然而这时候的国伟，已经扔掉了挎在肩膀上碍手碍脚的晃悠悠的猎枪，并开始向着后边挪步移动，只留下美玲一个人去跟那只硕大的草豹在大眼盯住大眼地互相对视着。

"不行，美玲！快跑！我们快跑啊！"国伟一边急急地向山下奔逃，一边嘴上还在神经质的大声的鬼叫，"我们得赶快逃命要紧啊！"他以为只有这样，才是帮助美玲摆脱危险的最好的办法。

透过密林的星星点点的阳光，抖落在与美玲对视着的草豹的眼睛里时，也变得是寒气逼人。它的两只尖尖的耳朵，警觉地向后面竖起；张开的嘴巴里露出了血红的舌头；上下两排黄牙如同树根的颜色一般。美玲此刻完全坠入了无助的恐惧，她不敢挪动半步，也不敢移开与草豹对视着的目光。而那只草豹，似乎也被这个突然出现在眼前的死命摇晃着树枝的女人和那个在向后拼命奔逃的男人给吓着了。它与美玲互相对视着的目光，呈现出一片疑惑和忧虑。除了偶尔的低吼上几声，它并没有表现出要攻击她的企图；并且它的低低的吼叫声，也开始一声不如一声的险恶了；虽然它把一只爪子伸展向前，不断地在温湿和潮润的林地上用力地拍打上几下，拍打得枯黄的树叶在向着四下里飞溅；不过它眼睛里逼人的凶光，却在渐渐地开始郁郁沉闷了起来。嗨，也不知是怎么回事，那只草豹忽然就收回了和美玲眼睛盯住眼睛对视着的墨玉一般贼亮的眼神，只是向她抖动了一下竖起来的尖耳朵，呲了呲嘴巴，接着又晃了晃脑袋地低吼上一声，然后就缩起了脖颈，掉转过身子，甩着尾巴，向着它后面的灌木丛跑了开去。

过了有好一会儿，已经跑出去足有一百多米远的国伟，这会儿他又悻悻然地踅回到了大榆树下面，神色很不自然地看着脸色苍白、身子还在不住颤抖的美玲,并且还尴尬地朝她笑了一笑地说:"美玲,对不起了。刚才……我刚才……"然而嘴里的话还没有说完,他就耳朵一竖,眼睛一转,弯腰捡起了刚才转身逃跑时扔在了大榆树旁边的猎枪。因为这个时候,从密林的下坡处传过来几只斑鸠"咕咕咕……咕!"的啼鸣。

"嘿!"美玲开始慢慢地平静了下来,她望着国伟离去的背影,苦涩地冷笑了一声。然后她就自言自语起来,"这个人,嗨,他就好像什么事情都没发生过似的!嗯,这也就是说,他的心目中除了只有他自己以外,他根本就不会去替别人考虑。还有,他经常哼唱的那几句荒唐而又无聊的歌词,不过是他自私欲望的一种心理表现罢了。哼!这种男人啊……"

接下来,不到半天的时间,国伟打到了一只野兔、一只山鸡、两只斑鸠和几只不知名的山鸟,美玲则采摘到了一大网袋的蘑菇和山木耳,并且还有几棵颜色呈蛋黄色的非常稀有、非常金贵的猴头菇呢。

当夕阳还高高地悬挂在西山顶上的时候,他们就已经回到了山坡的别墅。大伙儿都很惊异。也都为他们这许多丰盛的收获而兴高采烈。跟着就是繁忙地宰杀、洗涤和爆炒……不多一会儿,猴头菇炖山鸡、蘑菇烧野兔、清炒斑鸠肉……等等,就端上了摆放在廊檐下面的餐桌。

黄昏之中,大伙儿坐在了垂挂着青绿色葡萄藤蔓的大廊檐下面的餐桌后头,一饱这许多山珍野味的口福的时候,所有人的头脑里,压根就不可能会产生这样的问题,即,在国伟和美玲这两个人之间,会不会还有可能发生一些其他的事情呢?

会发生一些什么事情呢?丢枪逃命的事情能说吗?不能!何况国伟也正在给美玲打着眼色,请求她不要多去说什么。再说了,事实上国伟除了丢枪逃命的事情,以及在这前面的那个小插曲以外,他们两个人之间,后来确实再也没有发生过什么更进一步的事情……

第二天的清晨。国伟像平时一样,在自己别墅的庭院里,甩手踢脚地锻炼着身体。然而这个时候,美玲却已经拎了一大竹筐洗好和漂过的衣服,从庭院里铺有鹅卵石的曲径小路上走着。

国伟看见美玲,他便停下了正在甩着的两只手和踢着的两只脚,咪咪地微笑了一下,并且当着她的面,声音低低地、变腔变调地,又哼起了那一首:"梅兰,梅兰,我爱你……"的情歌。

　　美玲侧过身子去看了他一眼,她想起了昨日在后山的密林里,他们两个人面对那一只硕大的草豹,他是如何把她推在一边于不顾,又是如何丢下那支挎在肩膀上的猎枪,转身挪步,急急地往山下面奔逃;而且他一边奔逃一边还在神经质的鬼叫着"不行!美玲我们快跑!我们赶快逃命要紧!"的那一副德性的时候,她的心里就实在不想再去搭理他。

　　此时此刻她只是皱着一副眉头,脸上带着点鄙夷不屑的神色,朝他"嘿"地笑了一笑,然后她就拎着大竹筐,脚步不停地从他身边走了过去。

2000年5月写于北京

系上黄金的翅膀

1

刚才大家谈到下岗问题,其实在好几年以前,我就下岗了。只不过我不好意思在大家的面前表露出来而已。原先我也想不通,也在怨你怪他地发了不少牢骚怪话。说实在的,这旱涝保收的铁饭碗丢了,赖以生存的工作岗位没了;恐怕脑袋瓜搁在了谁的肩膀上,谁都会想不通的。

不过在今年初,当我看到了杰里·里夫金写的《新工作潮》一书时,我忽然就想通了。他在这本书中宣布了"工作之死",他说随着信息时代的到来,人类消失的将不只是某项工作或某个行业,而是工作本身。也就是说你不想下岗,你的工作岗位也会消失和死亡。这是一种必然。一种谁也回避不了的历史的必然性。回过头来想一想,现在的高层领导带领我们去顺应这种历史的必然性,去面对和忍受这种"下岗"的阵痛罢了。

记得有一次呀,我在一本杂志上看到一组漫画,它让我感到震惊。这组漫画的画面是:一台电脑"嘟——嘟——"地响着;两个赤身裸体正在性交的青年男女,急急忙忙地中断了性交;女的一边整理着她的一身迷乱,一边侧过脸去看着电脑,而男的则一边面孔对着电脑,一边手舞足蹈地对女的说着什么;电脑的屏幕上打出几个很大的字:"@时代"。

这组漫画让我感到震惊的是,怎么一下就冒出了个"@时代"呢?于是我查阅了很多资料,原来"@时代"是德国汉堡BAT休闲生活研究所最近刚提出来的一个概念,它是泛指70年代以后出生的、14~29岁之间的、伴随着电视、电脑和互联网成长起来的一代人。他们将是信息时代的主宰,是21世纪的金领阶层。这时我的心里便油然升起了一种害怕的感觉。平时我自认为我对电脑还是玩得转的,谁知自己比这"@时代"的新人类最上限的年龄，还大了八九岁呢！别看这些平时懒散、悠闲，看人的目光疲倦，穿着不可思议的新潮服装，头发烫得焦黄，没有爱情，没有羞耻心，内在性欲激素分泌紊乱，就连性交做爱都很随便的无所谓的乱七八糟的年轻人中，居然是专出电脑黑客、软件专家和网上明星的新一代人。

因而我预感到我们"中生代"的悲哀。我们"中生代"将会被"新人类"们所无情地打垮、抛弃和淘汰出局，就像我们"中生代"曾无情地打垮、抛弃和淘汰那些文革和知青一代的"古石器"们出局一样。当然我这里说的淘汰不是指具体的人，而是指人对时代的心理特征，是人的一种心态而已。只有具备新时代的心态的人，才能适应新的时代。而我现在的心态是：既不哀叹自己的生不逢时，也不嫉妒年轻的"新人类"。不过我可要去赚钱，要抓紧时间拼命地、"钢钢、钢钢……"地去赚钱！我要趁着"新人类"这代人的脚跟还没站稳，智慧还不圆熟，热情虽有余而经验还不足，阅力尚不丰富，力量还没最后集结，还没把我们"中生代"人打垮、抛弃和淘汰出局的这个时间段里，想尽一切办法赚钱，拼命地把钱赚到手里！谁叫我一踏上社会就受到经济改革开放的好政策的影响和熏陶呢？

坦率跟大家说吧，驱动我吹响这首"赚钱进行曲"的，还不仅是"新人类"的挑战。实际上主要还是由于在十一年前，当我偶然遇到我少年时代初恋的女友，而她又一次帮我躲过了那场差一点就让我灭顶的风波的厄运以后，这才激活起我"下海"赚钱的欲望，得以恶性和野性地膨胀。赚钱报答旧恋人。于是我丢掉自己粉色的理想和蓝色的梦，投入到这一支灰黑色的竞争激烈、手段残酷、行为野蛮的赚钱经商的队伍中来的。

2

年轻时我梦想自己能当一名诗人。那时候我见到流云、飞雪、阳光、月晕、微风、飘雨、青松、绿草、高山、大海、波浪、贝壳……心里就会产生诗一般的理想，诗一般的意境。那会儿我就像一只在蓝天中翱翔、在阳光下歌唱的百灵鸟，文学和诗歌在我的理想之树上闪耀，在我的灵魂之顶端放飞，在我的心泉之深处叮咚作响，在我鸣啭的喉舌之间高声歌唱。

在中国改革开放的初期，我确实发表过好几十首"朦胧"短诗，当时就以为自己了不起了。我的性格浮躁，遇事不往深处思考，偏偏是激情有余而经验和阅历明显不足。那时候我这里赶一个诗会，针砭一下时政；那儿慷慨激昂一番，凑一个热闹；自以为天下兴亡，匹夫有责，能够关心国家大事，能够为国家分忧呢！在那一场风波的前夕，浮躁、激情、年轻和天真的我，家又离那个广场不远。因此，有些行为大家就可想而知了。

那是在那年六月份的第二天。我想去京城西南郊的花乡联系一些鲜花，多少来改善一下那个肮脏和污秽得到了极顶的广场的环境。在我前去的花乡那家花圃旁边有着一个小店。这个小店铺面不大，由于地形较为偏僻，光顾的人也不多，生意上显得有点冷冷清清的。

我走过去买烟。当时小店门口有一个妇人在埋头洗衣服，我也就没在意。当我一走进小店便高声地喊叫："喂，老板，给我买一包'中南海'。"

"来了。"在店门口洗衣服的妇人随着应答，人就步入了商店。

"老板娘，生意咋样啊？"我一边低头掏着钱，一边又随意地跟老板娘搭讪着。但是站在我面前的老板娘却没有吭声，她只是瞪着一双惊怪的眼睛在看着我。我感到好生奇怪，便抬起眼睛朝她望去。

"啊？！"

"怎么是你哪？！"

我们两个人几乎是不约而同地说着。那个小店的女老板竟然是露露，就是前面我说到过的我少年时代初恋的女友。以前我们同住在一个院子，这一天偶然中的相遇，让我有点恍恍惚惚。我便语音颤颤地问她：

"露露，这个小店是你开的吗？"

"嗯。我们算是开的夫妻店吧。"

"生意咋样啊？"

"不怎么样。位置太偏僻了，光顾的人不多。唉，凑合着去过呗。"

"你先生呢？"

"他办货去了。也快要回来了。源源，你成家了吗？"

"没有。我这一辈子怕是都要打光棍了。"

"唉，你呀，"露露叹了口气，"怎么就这么死心眼呢？今天来这里干吗呢？"

我向她说明了自己此行的目的。然而她却是长时间地看着我。而在她注视着我的眼光之中，明显地流露出一股浓重的抑郁和不安的神情。随后她就问起了我："你知道眼下的局势吗？"

"知道。不过……"

"你呀……我们都已经十几年不见面了,现在一见了面,你就让我为你担心着!唉,这样吧,源源,你先到那边的小饭店里去坐上一会儿,好吗?等到我把这里的事情料理完,就过去陪你。"

"好的。"我看了她一眼,然后就走向了花圃大门那一边的小饭店。

3

一个人坐在小饭店里,觉得有一点无聊和寂寞。为了消磨时光,我便叫上两瓶"燕京"啤酒,自顾自地先行喝开了。

今天和露露的相遇,简直出乎我的意料。我们差不多有十三年不见面了。她现在的日子显然不怎么如意。我看她的脸色有点憔悴,原先她那光滑细腻的皮肤,眼下也显得粗糙了起来。不过这仍然不失她往日的美丽。三四杯啤酒喝下肚,我似乎就有点晕晕乎乎、飘飘然然地回到了儿时。

露露姐弟妹三个,数她年纪最小。她上面有一个大姐,一个哥哥。本来应该是姐弟妹四个的,在她的上面她哥哥的下面还有一个小姐。她们姐弟妹之间,每一个都间隔上三岁。可她那个小姐不到两岁便夭折了,这样就成了姐弟妹三个了。她们家姐弟妹不仅人长得俊气,名字起得也好听。大姐叫梦霞,哥哥叫梦生,她叫梦露。亏她父母亲都是文化人,真会给孩子起名字。不像我的父母亲给我取了一个单名的源字,难听死了。再说我小时候长得胖头胖脑的,因此就落下了一个"胖头源源"的称号。

小时候,我最喜爱跟陈家姐妹来往了。陈家姐妹也都喜欢我。尤其是母亲给我生了个妹妹以后,我就更喜欢呆在她们的家里了。我一到她们家,她们姐妹就抢着抱我。那时候我好像最喜欢梦霞大姐抱我。她是一个十足的美人胎子,面孔红白鲜嫩的像水蜜桃,眼睛亮亮闪闪的像星星,头发乌乌黑黑的像西边的远山,比我看过的所有小人书上最好看的女人还要好看。我被她抱在了怀里,就有一股舒舒软软的感觉。梦霞大姐一边抱我、亲我,还一边对我说:"胖头源源,快叫我大姐。"于是我也一边亲她吻她水蜜桃一般的面孔,一边叫她:"梦霞大姐!""来,大姐给你讲故事。"我幼小的心灵,就从梦霞大姐那儿听到了很多诗一般优美的寓言童话故事,什么丑小鸭呀,拇指姑娘呀,小红帽呀,白雪公主呀等等。除了我母亲以外,我就最喜爱跟在梦霞大姐的身后边转悠了。

　　我不喜欢梦生。他的举止有点猥琐,动作不怎么上流。他总喜爱摸我幼小的下体,还教我说一些粗话和野话什么的。梦霞大姐听到了,她就面孔一扳,眼睛一瞪地呵斥着:"梦生,你怎么这么下流啊?不做好事情!来,胖头源源,不跟梦生哥玩,到大姐这儿来吧。"当时我最不喜欢的可能就是露露了。露露是梦露的小名。她老是欺侮我。她要抱我,我不愿意让她抱,因为她和我差不多大,就比我大两岁,抱不动我,老是抱得我跌跟头。她还要我叫她姐姐,她说我叫她大姐为梦霞大姐,那么就叫她为露露小姐吧。我不肯,她就曲起了食指的指关节丑我的头。她一边丑一边还说:"胖头源源,快叫我露露小姐。""不!""你叫不叫?""就不叫!""不叫,我就再丑你的胖头。""你要丑,我就叫梦霞大姐。哎哟——梦霞大姐,你快来啊,露露她丑我的头了……快!哎哟喂,梦霞大姐,露露丑了我三记啰……"

　　梦霞大姐听到了,她就跑出来抱起我,并朝露露瞪起了眼睛说:"露露,你比源源大,你不带好他,可也不能欺侮他吧!"露露跟在我们后面说:"源源大头鬼。"我说:"露露丑八怪。"她拍起了手掌有节奏地说:"源源大——头,下雨不——愁,人家有——伞,源源有大头!"我在梦霞大姐怀里也拍起小手掌,也有节奏地回敬她说:"露露好,露露坏,露露是个丑八怪。丑八怪,丑八怪,把你嫁个老妖怪!""好了,"梦霞大姐亲了我一下说,"胖头源源,你慢慢地长大了,别去说露露的坏话了。大姐给你讲英雄故事吧。"我说:"好的,梦霞大姐。露露,我不跟你说坏话了。我要听梦霞大姐给我讲英雄故事呢。"于是我从梦霞大姐那儿又知道了刘胡兰、赵一曼、黄继光、董存瑞……还有雷锋。我一边听梦霞大姐讲故事,眼睛一边望着她的脸蛋,小小的心灵里便想着,呵,梦霞大姐多么漂亮啊!她肯定也会成为一个漂亮的女英雄的,就像刘胡兰、赵一曼那样漂亮的女英雄!尤其是后来文革开始的时候,当梦霞大姐穿上一身黄军装,腰中扎一根牛皮带,她那女性的英武和漂亮的神采,嗨,绝对就像一个女英雄的样子。我长大以后,也要成为英雄,就像黄继光、董存瑞、雷锋和梦霞大姐那样……

　　真正要说起露露姐弟妹的话,也许这个世界上恐怕就再没有像她们那样荒诞和离奇的遭遇了。你们有谁听说过一个憨瓜说上两句毛主席语录,就强暴霸占一个美丽的女孩这种事情吗？又有谁听说过和一条母牛……就被定为现行反革命的大罪的？没有吧？可这两件事情就发生在陈家姐弟身上。一件是在梦霞大姐身上，另一件是在梦生身上。我因梦霞大姐的事件而跟露露亲密起来，又因梦生的事件而与她分离，并且永远失去了她。

4

……文革开始的那一年，梦霞大姐和她的同学徒步串联去井冈山朝圣。这一天，她就是穿着一身英武神采的黄军装。临走时她还抱了抱我，亲了亲我说："胖头源源，大姐要从井冈山回来再带你玩了。"说了这句话以后，她便拎起了旅行包，跟她的同学们一道走了。谁知她就踏上了一条不归路。

看着梦霞大姐逐渐远去的背影，我幼小的心灵忽然升起了一股浓浓的失落感，于是就眼睛红红地对站在身边的露露说："露露姐。""啊？胖头源源你肯叫我啦？""嗯，露露姐，你看梦霞大姐就像一朵云一样地飘走了。"露露把手搭在我的肩背上，我们就站在一起看着梦霞大姐远去的背影。就这样我和露露亲密了起来。我们毕竟是小孩，容易沟通，梦霞大姐不在了，露露便替代了她的位置。但是我和她真正的亲密，还是在半年以后，当陈伯伯从井冈山山脚下寻找梦霞大姐回来的那一天开始的。

梦霞大姐在串联的途中病倒了。还没有走到井冈山，她就发起了高烧，实在不能行动了，她的同学们，便把她安置在井冈山山脚下的一个村子里面。这个村的贫协倒也为了北京来的红卫兵女娃子的安全着想，又把她安排在一家王姓的世代贫农家里养病。

谁知那个贫农王家有一个"憨瓜"的儿子，三四十岁的人了，因为贫穷与"憨"丑，谁也不愿嫁给他做媳妇。如今天上掉下个貌如天仙的北京女娃子，他就像赖皮猴见了红白鲜嫩的水蜜桃一样，动起了心思。他想到了毛主席语录。那时候兴毛主席语录，人手一册。办什么事情，说什么话，都要先读上或者背上一段毛主席语录。而当时那个鹰勾鼻子老病鬼还提出什么活学活用，学用结合，急用先学，立竿见影。因此那会儿就有这样的话在流行：只要有毛主席语录在前面开路，就没有办不成功的事情。

有一天，贫农王家的"憨瓜"忽然拦住了梦霞大姐说："喂，北京女娃子，我要你做我的媳妇。"梦霞大姐看着他那副眼眵迷糊、嘴角流涎的嘴脸就觉得恶心。心想臭狗屎一堆，就说："这怎么可能呢。"那个王家"憨瓜"忽然从口袋里掏出了一本毛主席语录，高高地举过头顶说："北京女娃子你给听着！我家是贫农，伟大领袖毛主席教导我们说，没有贫农便没有革命，若是否认他们便是否认革命，若是反对他们便是反对革命……"

那时候这一顶反革命的帽子，可是了不得！可不是闹着玩的！任梦霞大姐怎么聪明，她也不敢反对。她只想待身体再好点儿，能够行动自主了，再寻找一个机会离开那里。可是当天晚上，王家"憨瓜"便摸上了梦霞大姐的床。他一边用蛮力把梦霞大姐压在身下，用力去撕扯她的褻衣，还一边对拼命反抗的梦霞大姐高声说："毛主席教导我们说，革命不是请客吃饭，不是做文章……革命是暴动……"就这样，16岁的梦霞大姐，就被这个只用了两句毛主席语录的"憨瓜"给活学活用、学用结合、立竿见影地霸占了……从此以后，一朵只有16岁的、对伟大领袖愚忠的、美丽的鲜花，就这样坠落深渊，成了野蛮和愚昧时代的牺牲品。

后来陈伯伯根据他女儿的同学提供的方位和线索，好不容易找到了梦霞大姐，那时候的她可是面黄肌瘦，而且还有了5个月的身孕。那个地方的江西老俵们，死活不让梦霞大姐跟她父亲回家。陈伯伯返回来时，正好我去露露家。她家里可是哭成了一团。那天我也哭了。泪流满面的露露一把拽住同样是泪流满面的我，冲到了门外边。我们一直往西跑，当时已近年关，外面冷得要命，还下起了厚厚的雪，那一年北京的地铁还没有建设，二环还不像现在这个样子。我们就在雪地里跑啊，跑啊，我们一边跑一边哭，露露还一边对我说："源源，你跟着姐骂，×那个用两句语录就强暴霸占我大姐的坏蛋！"我就跟着她骂："×那个用两句语录就强暴霸占梦霞大姐的坏蛋！"露露又说："井冈山脚下那个强暴霸占我大姐的坏蛋是傻B！"我又跟着说："井冈山脚下那个强暴霸占梦霞大姐的坏蛋是傻B！"

随后露露跪在了雪地里，两只手举过头顶，面向天安门的方向，祈求地说："毛主席啊，毛主席，求求您老人家，把我大姐从那个用了你两句语录就被强暴霸占了的坏蛋手上救出来吧……"我也跪倒在露露身旁边的雪地里，也两只手举过头顶地望着天安门的方向说："女英雄刘胡兰啊，女英雄赵一曼啊，请你们赶快把崇拜你们的梦霞大姐从强暴霸占她的人手中救出来吧……"我们两个人那天就跪在雪地里祈祷着,恳求着,后又紧紧地抱在一起痛哭着……可是还没有到半年的时间,江西那边来了信说,梦霞大姐在分娩的时候出现了血崩,流血不止而死了……

"嗨!何源,怎么一个人喝起闷酒来呢?"此刻露露的进来打断了我的回忆。随她而来的还有一个黄黄瘦瘦、看起来有点猥琐的中年男人。

"噢?是……"我见到有别人在旁边,为了不使露露难堪起见,便呐呐地改口说,"是露露姐呀。不知怎么,我忽然想起了小时候的事情。"

露露的脸上倏地闪过了一抹红潮。她看着我羞涩地说:"何源,这是你大哥德林。德林,这是我小时候同住一个院子的邻居,何源兄弟。"

此刻她说话倒是大大方方的。随她而来的瘦黄男人是她的丈夫。我便和她丈夫寒暄了一阵,露露朝我眨了眨眼睛说:"德林,刚才对你说的,我准备和何源兄弟,到河北的莱源去看一批'三五'牌香烟。"

听了露露的话我先是一愣,接着看她又朝我眨了眨眼睛。我愣怔了一会儿,开始有点领会了她的意思。于是我说:"啊,是去看那100件……"

"何源,德林不是外人,不要吞吞吐吐地保什么密嘛。这样吧,"露露把面孔转向她的丈夫说,"德林,刚才我已对我妈说了此事,白天你去办货的时候,小店由她帮助照看。我们这个一来一去,也就三两天的工夫。"

然而露露的丈夫脸上流露出一份明显的担心,他说:"只是……你们可别让人给坑了。河北那边的人鬼精着呢,专门坑蒙拐骗我们北京人!"

"我们又不带大笔款子去,"露露说,"他们能坑到什么呢?我们要是成了就倒个手赚几个;万一不成的话,也就是贴趟把路费的事情。好了德林,你先过去照看我们的铺子吧,我陪着何源兄弟再详细地聊一聊。"

我非常惊异。眼前的露露似乎异常的干练和泼辣,只见她三下两下地就打发了她的男人。待到她坐下来以后,面对我疑问的眼神时,她便抑郁地说:"源源,我们去莱源玩上几天吧,好吗?唉……我大概是前世欠了你什么债呢!今生今世要来替你偿还……"

5

开往莱源的班车,是在当天下午三点发的车。当汽车一开出了北京,路面顿时就畅通了起来,根本不像最近这段时间的乱糟糟的市区,公共汽车不通，街道上还设起了很多的路障……

临开车之前，我给在协和医院当医生和护士的父母亲挂了电话，告诉他们我将和露露到莱源去玩几天。那时候他们正为我担心着呢！就怕我活娄活娄地捅出什么乱子来。他们已经把我的妹妹何敏相当于软禁似的关在了郊区的房子内，不再让她出来。这时候听说我要和露露去莱源，我父母亲的心顿时就放了下来。因为他们知道，她在十三年前，曾经帮我度过了一厄，现在看起来，她又大慈大悲地要度我出厄运了。所以我母亲在电话里叮嘱又叮嘱我，千万别去做出坑害露露的事情来。

露露有点晕车。我便让她坐在靠窗边的位置上，万一她晕车要呕吐时也好方便一些。我望着坐在窗边的脸色苍白的她，轻轻地说："露露，你就靠在我的身上吧，这样你会觉得舒服一点的。"

"嗯。"她抬起一对凤眼，朝我悠悠地看上一眼，然后便把她的柔软的身子，轻轻地斜靠在我的肩膀上。

我伸出右手搂住她那柔若无骨的臂膀，把她圈进了我的怀里面，这时候她的身子微微地颤抖了一下，又抬起了那双凤眼，朝我悠悠地看着，双手握住了我的右手，然后就倚靠着我闭上了眼睛。

我承认自己是一个自私的家伙。我知道自己不应该和她有此同行的，这是不道德的。但我喜欢她，喜欢她这种成熟的女人，喜欢和她这样成熟的有着风韵的女人交往。这种成熟女人有一种独特的魅力。你们别看我是一个堂堂正正的男子汉，可我的内心有时候却很懦弱。我好像天生就需要有成熟的女人能对我百般地呵护和关爱，使我的一颗躁动的心灵能够有片刻的宁静。我这种畸形的性格，大概就和陈家姐妹有关。此时我就这样拥着露露，望着这个分离已有十三年的少年时代的恋人，心里酸甜苦辣咸，俱俱地涌上，真不是滋味呵！梦生那小子真不是个人呵！害得我们两个青梅竹马的恋人分离，害得露露受到了太多的颠沛流离的苦痛。

……自从梦霞大姐亡故以后，卧病在床的陈伯伯未能经受住打击，没过多久他也辞离了人世。中年的陈伯母陡然就苍老了起来，而露露也一下就成熟了许多。九岁的她郁郁寡欢，沉默多思，异常懂事地帮陈伯母料理着家务。只有同我在一起时，她才有活泼和生趣，才有朗朗的笑声，才有言语的幽默，才有敬重与关爱，才有幼小心灵中童话一般的温暖。

我小时候贪玩好动，脾气急躁，做事毛糙，大脑简单，就会异想天开，天生就是一副活娄活娄的样子。然而露露总是用一个姐姐一般的温暖来影响我，引导我，呵护我，关爱我。在她的影响下我慢慢地懂事起来。因此上我的成长和成熟，就是在露露的影响、呵护和关爱下所形成的。这就是我为什么喜爱跟她这样成熟的有丰韵的女性交往的缘故。

露露很美。随着时间的流逝，她变得像梦霞大姐一般漂亮。尤其一双微微上挑的凤眼，流露出一种沉思、灵敏和睿智的神采，让我能够从中获得安稳、宁静和深深的依赖。我喜爱和她交往，和她单独相处。我们在一起玩，在一起学习，在一起讲故事，在一起悄悄地互诉衷肠。我喜欢看她的眼睛，看她的小嘴，看她美丽的脸庞，逗她开心欢笑，看着红晕慢慢地爬上她的笑靥，我心里就好开心。而露露有时候会把我搂在怀里，抱在腿上，亲着我，吻着我——尤其是在梦生插队去了山西的农场以后——而我就会把头倚靠在她柔柔软软的胸脯上，就会产生一种难以言说的感觉。

随着时间的推移，我和露露就在这种两小无猜、亲密无间之中慢慢地成长了起来。我们已经情窦初开，互相吸引着对方，又被对方所吸引。一日不见，心中就有惶惶然和虚落落的感觉。有一次我们听到陈伯母在跟我母亲开玩笑。陈伯母说："源源他妈，我家露露好像是源源的影子似的。"我母亲跟着也说："哎，我也觉得源源就像是露露的裤衣带。"后来她俩又说："以后就让他们影子随着人，就用裤衣带把他们两个人永远拴在一起吧……"我们听了这话以后就面孔一红，相视一笑。是的，露露是我的影子，我是露露的裤衣带。我们原本就是一个整体。我会非她不娶，她会非我不嫁。

但是有一个阶段，她总是用一种不安的和抑郁的神情看着我，就像是那天上午，她流露出一种浓重的抑郁和不安的神情在听着我的叙述一样。因为那时候活娄活娄的我对高于法律、高于国家和民族利益、高于亿万老百姓切身利益的党派政治，从醉心狂热，到怀疑漠然，再到腻烦厌恶。因为再英明、再伟大的领袖人物，也有老了的时候，又被小人和奸佞之辈像转动木偶似的所利用。一个感情冲动的浮夸政策，三年中导致了2000多万人的饿毙；整错一个科学家，中国的人口就像春天雨后荒原上的野草一般地疯长出六七个亿，弄得现在十三多亿人口犹如洪水猛兽一样冲击着少量就业的工作岗位；一场最高权力斗争的浩劫，又使整个国家和民族陷入了十年的极端混乱之中……唉，最终受苦受难的，还是众多最普通的老百姓呵！那时候，我向往法治的氛围，向往国家的兴盛和民族的强大，向往开明的政治领导人，向往普天下的老百姓都能够安居乐业的太平盛世。而不向往高于一切的党派政治。试想，党派政治一旦高于了法治、高于了国家和民族的利益、高于了老百姓的切身利益的话，那么这个高于一切的党派政治必然就会祸害国家，作祟老百姓了。所以那个时候，我整天醉心于对周总理的哀思，醉心于天安门广场上的诗抄和英雄纪念碑旁的白花。就是在那个阶段，露露总是用这种不安和抑郁的神情看着我。

  记得有一天，那是那一年的清明节，我说："露露，咱们今天到天安门广场上去转一转吧。"她忽然沉下脸对我说："我说源源，今天你什么地方也不准去！就给我呆在家里边！"我说："你咋啦？这么一副恶巴巴的凶相！"她说："你知道今天首都民兵师和所有的警察都出动了吗？"我说："他们出动了又怎么啦？我们不过是去那里看一看罢了。"她的神情开始黯然了下来，梨花带雨般地对我说："源源，我已经失去了梦霞大姐，差不多又快要失去梦生哥了，我可不能再失去你呀，你知道吗？"我说："瞧你这一副苦不拉叽的样子，不过……"她叹了一口气说："唉，只要你今天呆在家里不出去的话，你要我做什么我都答应。"我猛地把她拉在怀里，双手圈住她，低头在她耳边轻轻地说："除非你让我看你一下。""讨厌！"她娇羞地斥责着。她当然知道我想要看什么。我死皮赖脸地说："你自己刚才还说我要你做什么你都答应，怎么一转身就耍赖。嗳，露露，让我欣赏一眼嘛。就一眼！"她用手指头在我额头上戳了一下说："好吧，你这个赖皮猴。不过你得答应我，今天绝对不能去天安门。""好吧。"我答应了下来。"还有，"她说，"不准你笑话我，也不准你碰我，更不准你到外面瞎说乱说的，知道吗？""哦。"我答应着。于是她就对着橱柜的大镜子，缓缓地然而又是羞涩深深地脱去了衣服，对我展现了她那一副柔美的胴体……

  你们不知道我当时惊讶到何种程度。不要说你们不知道，就连我自己都不知道哇！因为那时候，我才知道在这个世界上什么叫做"美"了！我从大衣柜的镜子中欣赏到她那该纤细的地方纤细，该高耸的地方高耸，该深陷的地方深陷，该平坦的地方平坦，该有酒窝该浑圆的地方，则又有着酒窝和有着浑圆，再加上滑腻如脂、洁白如玉的肌肤和柔软如金丝绒般覆盖着的那处坟起的部位，所形成了的如此完美曲线的胴体，令我如醉如痴，惊叹和震颤不已。我的头开始晕眩了起来，就忙说："露露，我的头昏了晕了，快，你快点穿上衣服，给我包包扎扎地保护好，保留到将来结婚的时候再给我展现吧。不过，可千万不能展现给别人看哦！"她一边穿衣系扣，一边就用眼睛瞪着我说："你这个傻蛋！"

真的。美，具有一股神奇的力量。它能摄人魂魄，令人震颤！那一天我就是在这种惊叹、震颤、失魂落魄之中，魂魄颠倒着……然而令我更震惊的是，也就在这个时候，天安门广场那一边传来了百万人混乱的嘈杂声以及诸多警车不息的呼啸声……

一想起这些，我的心里就发瘆！我低下头，把自己的脸庞，斜斜地倚在露露的头上，是露露，是她帮我度过了那一次的灾难和厄运啊！

……父母亲怕我被天安门广场上的诗抄和周总理的假遗嘱所牵扯和连累，于是就让我去烟台的老家回避一段时间再说。然而谁知……唉，命运女神有时候就会捉弄人！两个月以后，我从烟台偷偷地回到北京。当我再一次敲开露露家的时候，出来开门的，却是一家陌生的面孔。这一家陌生的面孔用一副诧异的目光，瞪着我那张先是困惑、震惊，然后又痛苦得几乎要发疯的脸……后来我听母亲告诉我说，露露家是仓促之间换房搬走的。因为梦生的事，她家惧怕面对所有熟人的眼光。甚至连我母亲也不知道她家究竟搬去了何处……

6

梦生这个小子啊，真不是一个玩艺儿！他害得我和露露两个人，整整有十三年没能够再见上一面。

梦生是在1971年插队去了山西的一个大型农场的。刚开始几年，他显示了自己性格的一个侧面，即不善交际，不多言语，只是默默地干活，默默地做事，在农场倒也给人留下比较好的印象，因此他年年都被评为知青模范，学毛选积极分子。后来农场安排他一个既轻松又重要的工作——养牛。

然而他所在的农场大多是男知青，少有女性。但只要是一个正常的男人，难免就会有七情六欲。罗曼·罗兰曾经说过："爱是生命的火花，没有了爱，一切变成黑暗。"在农场两性比例严重失调的情况之下，必然就会

中国当代民族精神文学作品

出现可怕的灾难性的问题。因为按照生物学和物理学的基本原理，人的性欲，实则也是一种能量。而凡是能量又都遵循着守恒或者转化的定律。何况是年轻人那种旺盛的性欲！问题的关键是：如何将这种能量永远地守恒或者引向何处去转化，引向何处去发泄。

由于梦生有点木讷，不善于交际，因而也就得不到当地几个年轻女性的青睐。除非他选择"自遗"或者"自摸"，来排解和转化这种能量。但是采取这种方式来转化和排解的话，又会给他的心灵带来一种深重的痛苦和心理上的障碍。联合国某权威机构曾经断言：没有任何一种灾难，比心理障碍带给人们的痛苦更为深重。因此，梦生就经常独自和反复地念叨着一首《孤独的影子也在流泪》的诗歌：

我知道一个人寂寞的滋味，
就连我孤独的影子也在流泪。

也许命运女神替我做好安排，
只因流放而错过邂逅的机会。

我渴望有与异性朋友的约会：
能奉献我专为她采摘的玫瑰。

我会千倍万倍地去加以珍惜，
只要让我对爱有片刻的陶醉。

唉，扭曲了的灵魂在哀哀地哭泣，
我何时才能脱开那情欲的苦累？！

猥琐和下流的梦生，实在没能经受住魔鬼的诱惑，因为他偶尔也在向其他方面排解和转化，结果终于没能够保留住他这个"人"的名节。唉，也该他这个不是人的东西会做出一些不是人所做的事情，给他的家庭带来了耻辱和不幸，也给他自己带来了灭顶的灾难，有一次，有人看到他趴在了一条母牛的屁股上……

这件事情，在农场里顿时就炸开了窝。这个一向是学毛选积极分子的知青，竟然会做出如此伤风败俗的事情。真让农场分场部的领导十分挠头。要说他耍流氓或者强奸通奸吧，可对像可不是人。这件事情还真不好去处理。没办法去定性。只能说他有伤风化，具有畜牲行为罢了。因此分场部迟迟做不出处理的决定。可此事捅到了总场。总场领导狠狠地批评了分场部，你们怎么就这么没有水平呢？这件事情很简单嘛，搞母牛，就是破坏春耕生产；破坏春耕生产，就是现行反革命行为；陈梦生，就是现行反革命分子；就以现行反革命的大案和要案论处。于是，梦生也就走上了另一条不归之路。据说后来没多久，他就死在了监狱里……

"唉，露露啊露露，"我低头望着圈在我怀里面的露露想着，"梦生是梦生，你是你，你干吗非要逃避我，把自己投到一个如此冷酷、如此恶劣的环境中去呢？"也不知为什么，泪水就在我溢满了的眼窝里面打转，心灵在痛苦地抽搐着。由于沉重的心理压力，我斜倚在她头上的面孔，开始在她的发际间摩挲了起来。大概是由于心灵感应的缘故吧，这时候露露睁开了眼睛，抬起头来看着我说："源源，你的心脏跳得'嘣咚嘣咚'地响呢！你现在是不是在想，梦生是梦生，我是我，对不对呀？"

"是的，露露。说开了的话，其实也并不能完全责怪梦生，一个扭曲了的时代，必然也会扭曲人们的灵魂的。"

"唉，源源，"露露用她纤细的手指头，轻轻地摩挲着我的左手说，"要是在十三年前，我能听到你说这样的话就好了。你不知道，那个时候，熟人们的白眼会看死我的；街坊邻居们的唾沫会淹死我的；同学们在背后指指点点的手指头会戳死我的。当时我简直就绝望透了。要不是还有母亲需要照顾的话，我真的会去走绝路的。"

"露露你呀，"我抬起了右手，轻轻地扯着她的左脸颊说，"我们从小就在一起跌打滚爬的，你对我怎么就没有一点点的信心呢？"

"其实那时候，我最害怕的就是再去面对你。"

"你呀，我从烟台偷着回到北京以后，敲开你家的门一看，嗨，怎么就变成了满屋子的陌生的面孔了呢？你知道吗？那个时候，我差一点没有发疯啊！嗳，露露，说真个的，现在你还幸福吗？"

"唉，有什么幸福不幸福的？幸福并不是想要就能要得到的！再说了，过去了的事情，还是让它过去了吧，噢。时光又不能够倒流。我们也不要愁眉苦脸的，一面孔的旧社会，好不好？要知道，源源，我可是陪你出来，开开心心地玩几天的哟。嗨，莱源马上就要到了。"

<h2 style="text-align:center">7</h2>

莱源地处在京西南晋冀交界的河北境内，属太行山区。如果再往西边行走不远，就到了山西境内的太白山和著名的平型关了。我和露露坐上长途车，出张坊，经易县，直奔紫荆关，一过浮图峪长城，就到了莱源了。二百多公里的路程，也就用了四个多小时吧。六月初的白天，天光比较之长，我们到了莱源的时候，天还没有完全黑下来呢。

莱源是一个非常美丽的山区小城。这里有淙淙的山溪，斜斜的绿坡，郁郁的森林，有浮图峪长城和插箭岭长城以及姿势奇怪的灵山巨峰。还有馋涎可口的山珍野味，而且消费价格非常低廉。能在这个初夏的季节，有着少年时代的恋人相伴，来这山区小城游玩几天，不乏是一件舒心怡神之举。我们还像小时候那样，露露总是拿出一副当姐姐的模样，嘘寒问暖的，用不着我操心。她把一切都包揽了过去，安排得妥妥贴贴、业业当当。我也就乐得一个轻松、悠闲和自在，闭起眼睛来享受上天恩赐给我的幸福。

"源源，"找旅馆的时候，露露说，"你就冒名几天德林，怎么样？"

"冒充就冒充呗，"我笑了一笑地说，"这假到真时真亦假了呢，我倒是无所谓的。反正在莱源这里，也没什么人知道哇。"

"就委曲你几天吧。我把我们的证件给带出来了。人在外面行走和办事的话，还是谨慎一点儿为好。"

"露露，钱，我全都交给你。你是姐，一切都听你的安排。记得小时候呀，我老妈就说我是你的裤衣带，现在你要扯的话，我就让你去扯，你要拽的话，我就让你去拽吧。"

"你呀，少给我贫嘴吧！"她在旁边轻轻地踢了我一脚。

吃晚饭的时候，她拽我走进了一家市区的小饭店。"源源，"她对我说，"这里环境干净，饭菜也可口，野鸡野兔，山菌松蘑，再来上两瓶桂花老陈酒，二三十元钱，就可以吃不了兜着走了。我们十三年不见面了，今天我们两个人索性就吃它个、喝它个痛快，你说怎么样？"

"露露，"我看着她问，"难道这些年，你过得不痛快吗？"

"世态炎凉，人情势利！"露露抬起了凤眼，悠悠地看着我有好一会，然后又说，"算了吧，源源，还是忘掉这些年来各自的不愉快吧，让我们呆在一起，痛痛快快地玩上个几天，享受个几天吧，哦。要不然的话，等到离开了这里的时候，你就会感到后悔的。"

于是我们选择一些轻松的话题，就着山珍野味来搭酒。露露一喝酒脸就红，眼睛就润亮，好像不胜酒力。酒精的刺激使她显得更漂亮。不然女人怎么会有沉鱼落雁、闭月羞花之说呢？但是女人实际上又是天生的酒量，大概是女人体内的脂肪层厚，能够储酒的缘故吧，不到一定的酒量，根本就无所谓。就拿我们面前这两瓶桂花老陈来说，虽然度数不高，就只有十几度，我喝了半瓶左右，就晕乎得不行了，可是她竟然喝了有一瓶多呢，除了还是脸红眼亮以外，好像根本就没有一点事。她一边喝酒，一边对我说：

"源源，我可不像你那般好高骛远，想出人头地，扬名立万的！不过我还得要告诉你，凡事都要想开一点儿，不要太眼高手低了，这样可不太好！哪有那么多的理想啊？中国人这么多哩，人人都想要去出人头地，都想要去独占鳌头的话，这可能吗？这现实吗？你看一看现在的社会吧，穷的饿死，富的撑死，当官的腐败死，你们就是换掉这个当官的，要不了几年，那个当官的还不照样腐败吗？换汤不换药又有什么用？我看我们还是平淡一点儿为好呵！反正我是看穿了。我是只图平淡，只想平平淡淡地生活，能守着一片位置好一点的店铺，当一个充充裕裕的'混世虫'，混好混坏地，混完了这一辈子也就算了。我才不想什么'长毛若兔'呢？"

"你呀，"我嘲讽她说，"头发长，见识短，标准的女人见识。"

"哦……你说我是女人见识吗？嗨，那么你就等着瞧呗，噢！要是继续这样下去的话，你哭的日子在后面呢！"

"得了吧你，露露，哭，这可是你们女人的专利！我们男子汉，是宁可去流血，也不愿意去流泪的。"

"你吹吧你！"她用脚在桌子下面，轻轻地踢了我一下说，"瞧瞧你这一副德性！我看你都快要找不到北了！嗳，我们走吧。"

那一晚，我们回到旅馆以后，露露先是不言不语，只是羞涩深深地看着我，慢慢地，她就自然而然、顺乎其然了起来……她的胴体依然是那样的完美：该纤细的地方，依然是那样的纤细；该高耸的地方，依然是那样的高耸；该深陷的地方，依然是那样的深陷；该平坦的地方，依然是那样的平坦；该有酒窝该是浑圆的地方，依然是有着酒窝和依然是浑圆；肌肤依然是那样的滑腻如脂、洁白如玉；金丝绒一般柔软的卷毛，依然是那样的覆盖着下面那一处坟起的神秘部位。唯一有所不同的，就是她那有着优美曲线的胴体，比起十三年以前，要丰腴出了许多……

在莱源那几天，我们白天可以到郁郁的山坡上去打滚，到叮咚的溪水间去嬉戏，到绵延的长城上去竞走，到千姿百态的大自然里去奔跑；晚上又能在一起爱语绵绵，情丝长长，男欢女慕，颠倒鸳鸯。我们"中生代"人的传统观念已经淡薄，性爱道德已经沦丧，已经没有了"古石器"们那种古板、守旧，不是夫妻的男女在一起，就授受不亲的假马若鬼的假伦理假道学。我们可不！何况我和露露，在孩提时代就相爱颇深，后又饱受了长时间离别的凄苦，现在单独相处在一起，自然而然就免不了干柴烈火，肌肤相亲了。

我知道我们不应该，但是我们却管不了那许多。露露依贴在我的怀里边的时候，依贴得是那么的亲和；我把她圈在和拥在我身下的时候，圈得和拥得又是那么的自然。我们圈、拥、依、贴得那么的紧，那么的近。就连我们的高潮又都是在同一个时刻到达，在同一个时间里面释放和喷洒，就像我们事先约好了似的。这大概就是心灵感应的缘故吧。按道理我们才应该是一对天经地义、名正言顺的夫妻。但是，往往应该是是的却成为了否。现实就是不尽人意，就是与人的愿望相背。不过，老天总算是睁开了眼睛，让我们在分离了十三年以后，还能够相遇在一起。纵算是做不了夫妻，还能让我们做上一对情人，哪怕就是三两天的情人也行。仿佛这就是冥冥之中的天意，是老天爷的安排，是命运女神的造化，是前世八代才修行得来的缘分，总之，露露命定是解脱我脱离苦难和厄运的保护神。

第二天的清晨。太阳早早就染红了云霞，也向我们这个短暂和临时的情爱的小天地里，撒入了金黄色的辉光。我起身打开了房间里的电视机，想看一看早晨的新闻。我把电视的音量放到了最低，以免吵闹还深浸在梦乡中的露露。忽然，街上车辆被烧成火龙的画面、人员伤亡的惨象、都城纷乱不堪的场景以及还有清场的命令，一下就扑入了我的眼帘。啊？怎么会弄出这种情况了呢？怎么会出现这种局面了呢？……我惊呆了。十三年前仅仅是民兵师和警察出动，就弄成了那一副惨象。然而现在……天哪！还在沉睡中的露露，此时倏地惊醒，一把就抱住了失态的我……

那时候，我的眼睛虽然还在看着电视机的画面，但是我的整个人突然就懵了，神态迷糊，心地陷入了泥淖，灵魂沉进了黑暗，大脑这一架能够记忆和思考的机器，仿佛给插入了一根铁棍那样停止了运转，失却了往日里的清醒。然而只有性功能，却呈反比例的状态在疯狂……我的整个人，就在这一种迷糊、疯狂和失却记忆的恶性的矛盾中，本能地发泄着……那一天，我真的不知道自己要干什么，在干什么，或者都干了一些什么。就是失心"疯"的、随着自己的本能去动作，去顶撞，去冲击，去疯狂，去让自己在死亡的感觉和再生的感觉之中反复地交叉，反复地淹没……

我爬上去，滚下来；再爬上去，再滚下来；一次一次地爬上去，然后又一次一次地滚下来……就这样反反复复地不知有多少回……我的幻想破灭了……中国不需要幻想，中国也无所谓幻想……历代著名的幻想家都是在悲惨的命运中度过的，被流放的屈原，遭腐刑的司马迁，受追杀的施耐庵，还有饥寒交迫而死的曹雪芹……这一回，要不是露露邀请我来到这山区城市莱源的话，我真的都不敢想象，我的后果会是一个什么样子哪！

是露露，又是露露，她再一次帮我躲过了劫难。现在她又用她那一副柔软和优美的身子，一次又一次地承受住我因心灵迷糊、大脑发懵而性欲却在失心"疯"的疯狂。这会儿，她把我紧紧地抱在她的怀里，温柔地吻着我，轻轻地拍着我悸动的背脊，亲切地抚慰着我受伤的心灵，就像一位慈祥的母亲，抚爱着她那受到惊吓的孩子；又像一个善良的大姐，抚慰着她那受到伤害的兄弟那样。

过了半天以后，我才慢慢地从疯狂之中清醒了过来，整个人，却瘫软在露露的怀里，就像一个无助的婴儿、一个可怜巴巴的不谙世事的孩子那般，失声地痛哭了起来。我一边流着眼泪地抚摸起她那光滑的胴体，以及她美丽的曲线上那许多被我的疯狂所留下来的还没有完全消去的痕迹，一边哽咽地叫着她："露露……"

"嗯。"

"叫我怎么说，怎么对你说才好……"

"别说话了，源源。"她轻轻地拍着我，亲吻着我，"别说了，噢。我大概前世里欠了你的什么债吧，而你命中注定该有几次劫难，并且要由我来帮助你去躲开它，帮助你去解脱它吧！"

我拥在她的怀里面，一边流着眼泪，一边心里想起了我们北京流传着的一首街谣巷语："我们都是木头人，不许说话不许动！"

那时候，我就看着露露，只看着这个把我再一次从劫难当中解脱出来的，然而此时此刻却仍然光裸着身子的露露，心里边想着的只是：我感谢你露露，只要有可能的话，我就要好好地报答你露露！

8

当然啰，我还得要去感谢历史所赋予我们一个改革开放的能够"下海"赚钱的好政策。我要彻底丢掉那许多不切合实际的幻想和梦想，让想当一个诗人或者想当一名作家的梦，去见鬼吧！我要利用眼前这个好政策，趁着自己还很年轻，抓紧时间去下海赚钱，去"钢钢、钢钢——"地拼命地赚钱，来报答两次帮我脱出劫难的恋人。

就这样，我"下海"做起了生意。不过刚开始的时候，我还不具备"下海"赚钱的心态。那会儿，在生意场上跌、打、滚、爬的人，内心都像大同煤块一般，从外面一直黑到了心底里！看到了钱，一个一个都眼睛发红、脸孔发绿，都厚着脸皮、黑着良心，都尔虞我诈、坑蒙拐骗，都想着要把别人口袋里的钱，如何才能转移到自己的口袋里面去！

自那次风波以后，我花了足足有一年多的时间，用来调整自己的心态，以便自己去适应这种厚脸皮、黑良心式的竞争。大约又过了一个两年左右的时间吧，在低三下四、吹牛拍马地孝敬足了以后，我终于从我们北京一个权倾一时的"大腕"那里，弄到一张 2000 吨镀锌钢板的批条。除去赌、吃、嫖、孝顺和恭敬的费用以外，连蒙带骗地一下就赚了一个小 30 万。于是我便拿出了其中的 20 万元，并以露露的名义，在日坛公园西门口的雅宝路上，承租了一爿门面，并且还盘满了裘皮等库存物资。

等到所有证照手续全都齐全以后，我就又去了花乡，找到露露，将雅宝路上证照齐全的店面移交给她。并事先对她声明：全部交给她经营，我不过问；亏了是我的，与她无关；盈了各自一半。露露对地处雅宝路上的门面非常满意。这一带是使馆区，很热闹，大鼻子又多，可以这样说吧，这里是一块对外贸易的小特区。别看雅宝路这一带地域不大，就这许多不太起眼的诸多门面，却承担着中国对俄罗斯边境贸易量的70%还多呢。

然而露露也确实能干。她大胆泼辣，再加上她那个黄瘦老公的小心谨慎以及她那精通俄语的母亲——陈伯母在朝鲜战争时期，曾经当过俄文翻译——两个人的帮助，生意做得非常红火，对于大鼻子的俄罗斯商人，具有相当大的吸引力。一年小赚赚，怎么也能赚上一个二三十万元；大赚赚的话，有时候就远远不止了。

这时候，我开始玩起了电脑，做起了互联网上的电子商务……嗨！"下海"的政策就是好。大家都可以厚着脸皮做生意，黑着良心去竞争！要不然，我们的国家怎么能发展，社会怎么会前进，我们怎么能获得如此的成功呢？我一不去偷，二不去抽，三没有"古石器"们那么多顾虑，那么硬赖着不肯走出阴影。所以这就是我们"中生代"的优势！这也就是我们为什么能把那些"古石器"们打垮、抛弃和淘汰出局的根本之所在。

那一场政治风波，像是毁掉了我，但又像是重新塑造了我，毁掉的只是我粉红色的理想和蔚蓝色的梦，塑造的却是一个现实而又冷酷的我了。我也知道我自己有多么的冷酷。不过有时候我却又在呆想，像我这般冷酷的家伙，100个人中间只要有上1个的话，中国就会有着1300多万个；要是100个人中间有上5个的话，中国就会有着6000多万个。乖乖！想到了这里的时候，我的心里不免就有一点坦然，就有一点轻松了起来。好在你们在座的各位，可以说没有谁和我有直接生意上的关系。将来要是有的话，我可把丑话先说在前面，你们可要尽量回避我。因为我在生意场上是绝对不念什么友情，不讲什么交情的。在生意场上就是我的亲爹、亲妈跟我打交道，我也同样会按照生意场上的游戏规则办事。

现在有了钱的我，可以吃喝嫖赌，可以左拥右抱，可以阅尽天下美色，可以尝遍世上珍肴，可以花一个三十万吸毒，再花一个五十万戒毒，这也不过是小玩玩而已（当然，这只是说说罢了）。然而我的心灵，似乎却越来越贫穷了，精神支柱发生了严重的倾斜，还有我的文思似乎也越来越枯竭了。我的内心不时有一种惘然和惆怅的感觉在往上涌，在往上冒。有时候我发现，我的心里依然还在留恋着我曾经喜爱过的文学和诗歌。

于是我偶尔也会热情甚高地参加一些文学沙龙的活动，赶一些像北京鲁迅文学院文学创作研修班或者作家班这样的热闹。然而我还是非常清楚地意识到：金钱的铜锈已经锈蚀了我心灵的门户，堵塞了我情感的泉眼。那里除了生意经也还是生意经，再也流淌不出叮咚作响的、诗人作家所依赖的灵感和激情了。有时候就是能写一点什么东西的话，我也知道，那都是一些生拉硬扯、矫揉造作的货色，失却了思想，没有了情感，仅仅是一系列堆垒文字的游戏；或者是无病呻吟、望洋兴叹一类的文字垃圾。

唉……此时此刻我的心底里感到无尽的悲哀。因为"百灵鸟的翅膀一旦系上了沉重的黄金，这只百灵便永远不能再在蓝天中翱翔"！

2000 年 8 月写于北京

YanFei
XiaoShuoJi

Zhongguo dangdai minzu jingshen wenxue zuopin

中国当代民族精神文学作品

颜斐小说集 1

1. 十姊妹
2. 苦 鸭

颜斐 著

文化艺术出版社
Culture and Art Publishing House

图书在版编目(CIP)数据

颜斐小说集/颜 斐 著.—北京：文化艺术出版社，
2007.9
ISBN 978-7-5039-3363-9
I.颜… II.颜… III.①中篇小说-作品集-中国
-当代②长篇小说-作品集-中国-当代 IV.1247.5
中国版本图书馆CIP数据核字(2007)第113696号

颜斐小说集（1）

著　　者	颜　斐
责任编辑	蔡宛若
责任校对	方玉菊
策　　划	报时鸟文化传媒／叶子
版式设计	博采文案工作室
封面设计	金　华
出版发行	文化艺术出版社
地　　址	北京市朝阳区惠新北里甲1号　100029
网　　址	www.whyscbs.com
电子邮箱	whyscbs@263.net
电　　话	(010)64813345　64813346（总编室）
	(010)64813384　64813385（发行部）
经　　销	新华书店
印　　刷	北京军区空军司令部印刷厂
版　　次	2007年9月第1版
	2009年8月第2次印刷
开　　本	720×960毫米　1/16
印　　张	55.50
字　　数	950千字
书　　号	ISBN 978-7-5039-3363-9/I·1566
定　　价	117.00元（全三册）

版权所有，侵权必究，印装错误，随时调换。

内容提要

《十姊妹》 是一幕爱情的悲剧。讲述了年轻的机械工程师徐江平，在设计"J—5"型高速机床的过程中，结识了本厂年轻的描图员阿华，并赢得少女阿华纯真的爱情，但由于动乱年月现实生活的逼迫以及冤假错案，徐江平最终被迫离开家乡小城，背弃了与少女阿华在十姊妹花下订立的山盟海誓，漂泊流浪去了异地他乡，少女阿华心碎，殉情自尽；八年以后，平反和落实了政策的徐江平，在得知真情之后，他便毅然决然地结束漂泊流浪的生涯，留在少女阿华的墓前，并投入了家乡小城的经济建设……

《苦鸭》 是一部反映爱情与社会问题的小长篇。讲述了小城城乡一个叫苦鸭的年轻人，从小城丹金河的支流沙城河里，救起了一名叫于秋霞的上海女知青，后来与那个美丽的女知青于秋霞相爱了……然而由于当时的社会以及他们的家庭成分，最终这一对年轻人，还是被"有权就有一切"的野蛮和愚昧的时代所吞噬……

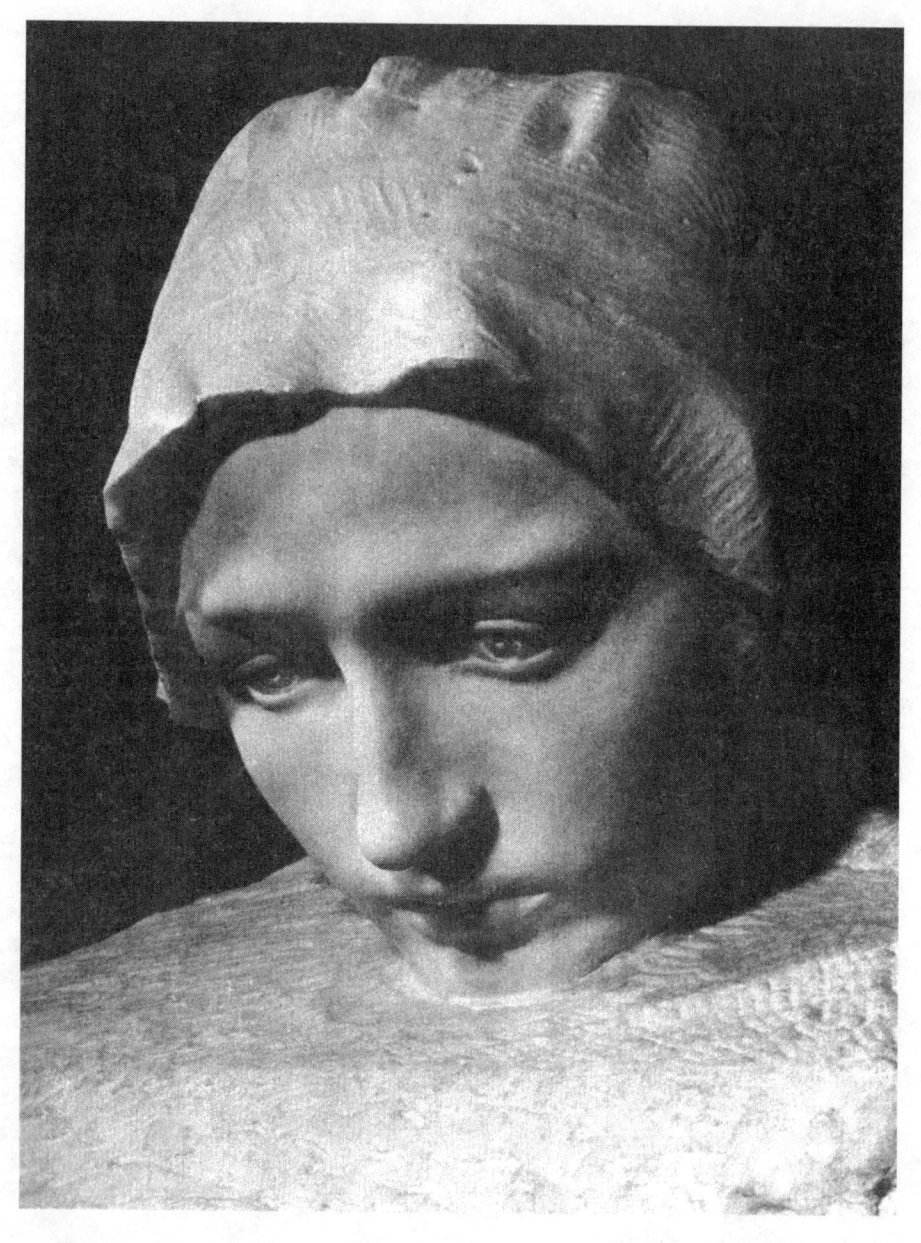

本来我什么都不去想的。可我就是管不住自己的思想。

——《幻迷初夏明月夜》(罗丹：思)

目 录

序 ……………………………………………… 何镇邦 *(009)*

十姊妹 ……………………………………………… *(001)*
苦鸭 ……………………………………………… *(143)*

文学与思考（写在后面的话）……………………… 颜 斐 *(161)*

尽管那个年月生活非常艰难和困苦,生产队的每一个工日只有一两角钱,不过他倒也养活了自己和他的眼睛不好的母亲。

——《苦鸭》(插图:谭华)

序

初次与颜斐见面时,他秀气中透着文弱,我认为他只不过是一个典型的江南书生。可读完他的三部即将付梓的小说作品集《十姊妹 苦鸭》、《晚花紫丁香》和《第四个女孩》的文稿,我分明看到了一个文学上的硬汉子。他作品的丰厚、思想的高度和艺术的感染力震撼了我。"文如其人",从他的作品中,我看到了一个文学精神的囚徒,一个拷问灵魂的高手,正举着文学这面旗帜,在孤独与艰难中高吟着"高尚品格本就是孤独中的追求,高深智慧也在孤独中才能得获"的诗句,大踏步向我们走来。

颜斐的作品不但流金溢彩,持论高妙,而且文采风流,景物描写如诗如画,篇篇都耐看耐读,阅读定会给你启迪,思索定会给你回味。比如很有思想力度的中篇《把脚跷在桌子上》,描写一个可爱的6岁小女孩感人故事的《晚花紫丁香》,凄苦得让人泪流不止的短篇《飘逝的叶子》,一篇耐人寻味的生活片段的《哼唱情歌的男人》,有着美丽身影的农村女孩的《为了梦中的橄榄树》,激越歌颂爱情、歌颂科学、歌颂艺术的中篇《第四个女孩》,叙述方法非常另类的长篇《官园夜月》等,尤其是优美而又凄凉的中长篇爱情小说《十姊妹》与《苦鸭》,更是震撼人心,动人心魄!

中国当代民族精神文学作品

他的《十姊妹》和《苦鸭》均写于本世纪之初，但作品均以三十多年前的"文化大革命"为背景，写的都是凄美的爱情悲剧，都相当感人。《十姊妹》讲述的是江南小城年轻的机械工程师徐江平同本厂描图员阿华的爱情故事。作者把发生在"钱资荡"畔的不正常年代里的这个正常的爱情故事写得淋漓尽致，热烈美好。有江南小城春天的美景作陪衬，有关于"十姊妹"的凄美的传说和田园风光般的景色作为爱情过程的穿插，有一对心心相印的年轻人的迸发的爱情尽情挥洒，以景写情，抒情写景，物我两忘，犹如是一部篇幅较大的田园牧歌式的散文，真是美极了！在这对年轻人发生于不正常年代的正常爱情的描写中，诸如"钱资荡"畔月夜相拥，"十姊妹"花前的山盟海誓，徐江平陋室中的情感燃烧与理智控制等爱情场面的描写尤其动人心魄。当然，徐江平与阿华的这种再正常不过的爱情是不容于那个不正常的年代的。由于小城一机厂革委会主任朱兴强的同类，流氓成性的技术科长姚长青也看上了阿华，于是凭借他们的强权便演出了一场夺爱的爱情悲剧：徐江平被除名遣送回乡，后又被迫远走皖南山区达八年之久才"落实政策"返回小城；阿华则殉情自杀，长眠于当年她与徐江平定情的"钱资荡"畔的小岛上的凹口处。作者在作品中着力施展了小说创作中的景色描写与心理描写这两项技巧，不仅笔法逼真、细腻、生动，而且达到了高度的情景交融，树木花草、湖光山色、飞鸟游鱼、黑夜白昼、太阳月亮和星辰，无不彰显了主人公的感情色彩，简直叫人辨别不清究竟是江南水乡小城的景色诱发了主人公的感情呢，还是主人公的感情感染了江南水乡小城的景色。江南水乡的美丽有力地烘托出了青春与爱情的美丽，而且，这部作品中的江南水乡的美，带有一种朦胧和神秘的色调，令人感觉似在梦境、仙境，甚至在魔境，暗示了这场爱情必将在现实生活之中幻灭，增强了故事的悲剧气氛；而用伤感的十姊妹花来贯穿整个作品，则展示了社会多灾多难的大变迁、大转型时期的痛苦和希望。

《苦鸭》比起《十姊妹》来，少了点浪漫的色彩，而多了点悲剧的氛围。作者采用讲故事的手法，以抒情散文的形式，给读者讲述了小城城北乡青年农民"苦鸭"的爱情故事。"苦鸭"原名顾岳，其父原为小城银行的主任会计，"反右"中无辜被打成"右派分子"，被迫自杀，母亲一急之下双眼失明，于是母子被遣送到城北乡，在黄土岗的张角墩子下结庐居住，母子相依为命，宁与鬼魂为伴，不与人群混居，真有点离群索居的样子。尤其是他参加当年高考中考得全省第一、全国第三的成绩而不被录取之后，就安心在城北乡当农民，兼学点木工油漆等手艺，侍奉双眼失明的老母艰难度日，日子虽苦，倒也还平静。只是到了"文革"岁月，坏人当道，他们母子的日子就不平静了。尤其是"苦鸭"在丹金河的支流沙城河里救起了被城北乡革委会主任人称"骚屄甲猪"的邵家柱调戏侮辱后跳河自杀的上海女知青于秋霞之后，两个青年男女一方面由于相敬、相怜、相知而相爱，结成连理，过上一段美好平静的生活，一方面摧毁他们平静而幸福的爱情生活的悲剧一天天逼近，以至遭到灭顶之灾。那个被叫做"骚屄甲猪"的邵家柱发现没有就范的上海女知青成了"苦鸭"的妻子之后，便伙同秘书胡利平密谋一计，利用城北大队"开秧门"的日子，陷害"苦鸭"，企图霸占于秋霞，遂造成"苦鸭"瞎母被推落入河中死亡、于秋霞被迫死于屋中的骇人听闻的事件，"苦鸭"也被迫与恶棍邵家柱同归于尽。这部作品把美展示得更加充分，把恶也揭示得更加深入，展示了"文革"时期江南小城城北乡的现实生活里的一个剖面，刻画了某些流氓恶棍式干部野蛮和愚昧的行径，抨击了"有权就有一切"的极权专制思想和意识的信条，故事与结构也安排得更加紧凑，读来似乎更吸引人，也更耐人寻味，更震撼人心，掩卷思之让人感慨万千。

颜斐的《十姊妹 苦鸭》、《晚花紫丁香》、《第四个女孩》这三部小说集中的作品对美好爱情的描写与歌颂，具有相当高的审美价值；而作品集中对制造悲剧的恶人所代表的社会势力所做的揭露与鞭挞，也具有一定的认识价值。仅此两点，这三部小说作品集就值得读者诸君一读，并于读后有所感悟了。

作为一个小说家，颜斐对江南水乡风情与景物的描摹，对爱情（尤其是带有悲剧色彩的爱情）的描写，对爱情悲剧的思考，都有其鲜明的特色与一定的深度。这表明他对生活的发现与开掘已具有一个小说家应具备的眼力与技巧；而叙述技巧的相当娴熟，又表明他在小说创作上可以走的更远。但从这三部小说作品集来看，作者对反面人物的描写大多是简单化与漫画化，在小说的叙述与描写中具有较强的主观化的倾向，作者总是急于要向读者说明一些所谓"哲理"，这多少削弱了小说的艺术感染力。切记，小说中的思想倾向必须从形象描写中自然流露出来，而不是由作者直接向读者倾诉。而反面人物的形象愈复杂愈立体，对他们的揭露与批判也就更加有力，更加深刻。这是一些不可违背的艺术规律。

上个世纪末，颜斐曾在鲁迅文学院进修过，听过我讲的课，算是我的学生。现在读了他即将付梓的三部小说作品集的文稿后，为他在小说写作上取得的成绩感到欣慰，也预祝他在今后的文学创作上取得更加可观的成绩，以圆他的文学梦。

是为序。

2007年7月8日草于
北京亚运村寓所

颜斐小说集（1）

十姊妹

आर्ष भाष्य

山如染，水如翠，鱼跃莲荷鸟儿飞。朵朵十姊妹。

饮几番，醉几回，孤坟青冢谁为陪？滴滴相思泪。

第一章

1

接到小城县政府寄来的平反通知书以后，徐江平便安排好自己的各项事务，从皖南山区新杭镇坐车，返回离别已有八年之久的家乡的小城。

由于回到家乡小城的那天，是仲春末的一个星期六的下晚，小城县政府落实政策办公室已经下班，"落政办"的工作人员孔俊生，便安排徐江平在小城县委第一招待所一个三人房间里住了下来。

安顿以后，徐江平带上了一些皖南山区的土特产——鲜笋和香菇，去看望原小城第一机械厂革委会副主任于树坤。八年前，当徐江平处于人生低谷的时候，于树坤曾经帮过徐江平的忙，因为那时候他对徐江平颇为欣赏。然而此时的于树坤，原来就有点秃顶的脑门现在显得更加的秃，脑门上的皱纹也显得更加的深了；不过，他现在已经是一机厂管委会的主任了。

对于徐江平的登门拜访，于树坤非常高兴。两人多年不见，现在一见如故，聊得也非常投机。闲聊之中，于树坤告诉徐江平小城一机厂最近几年的变化。他说，厂原革委会主任朱兴强，由于犯有迫害罪以及知青和军婚等刑事犯罪，在几年之前，被判了十二年徒刑；原厂革委会委员、厂技术科长姚长青，也由于其流氓和迫害罪被判了六年。现在的一机厂，已经逐渐地走上了正轨，正大批地需要像徐江平他这样的技术人才，以便适应工业技术现代化进程的步伐。他说他曾多次向县里打报告，要求给徐江平和当时受到政治迫害的一些技术人员平反和落实政策，以便让这些人能够早日回到各自的工作岗位。他还说他听到来自多方面的消息说，徐江平在皖南山区那边干得非常不错。眼下徐江平若是能够回来的话，他准备安排他担任自己的副手，主管整个一机厂的新产品开发和技术管理等方面的工作。

听完于主任的这番话，徐江平表示感谢。他首先感谢于主任曾经给予自己的关照和帮助，其次感谢他现在仍然对自己的信任。不过，他同于主任算不上有多深交，再说他离开小城已经八年了。在这个八年中间，他又一直没有跟于主任联系过，这时候他似乎也就没有太多的心里话，好跟眼前这一位秃顶的于主任交谈。他原本还想跟于主任打听一下，厂里资料组原先有一个叫阿华的女描图员的近况的，可是话到了嘴边上，又硬生生地咽了回自己的肚子里。因此他在于主任家并没有呆上多长时间，就借着有几个客人前来探望于主任的机会，先行告辞回他住的小城一招去了。

跟徐江平同住一室的两个人，年纪比他都要稍长一些，一位是王浩然研究员，他曾经是国家某部委直属研究所的一名研究人员，五七年被错误地打成右派，由于不服而连连上告，结果被上级部门判了个八年徒刑，"文革"初期又被有关部门遣送来这小城边区的湖滨村劳动改造。另一位则是省城某冶金研究所的仇又平工程师，因他曾经从金属含量丰富的矿渣里面提炼出了金、银、铂等一些贵重金属，并熟练地掌握了这门新型的冶炼技术，而在"文革"初期，被造反派打成了现行反革命分子和资产阶级反动路线的白专典型。

那一晚，他们这三个素昧平生的科技人员——日后这三个人，注定要成为这个小城万目关注的公众人物，为小城的经济改革和科技发展，也为他们今后的人生之路，掀起了一场冲击性的浪潮。当然这是后话，这里不宜多谈——聚在一起，在小城的"开一天"饭店里，喝了一点儿酒，吃了一点晚饭，并且畅谈了各自人生的荆棘坎坷以及酸甜苦辣，并对当时中国刚开始涌动起来的、经济改革开放的初潮的前景，作了一番较为理性和深入的探讨。

王浩然和仇又平，都不是这个小城的原籍人，他们都是在"文革"期间，因身上背负的政治问题，而被遣送来这里劳动改造的。所以他们对这个小城还不能算是太了解。然而，徐江平就是这个小县城的人，这里曾经给予了他太多的伤心和痛苦。说句心里话，他非常热爱自己的家乡，但是对诸多的家乡人，却又实在不敢去恭维。这个因"文革"初期的武斗、派仗、以及中期的各种政治运动，而整死了好几百个人，致伤、致残了将近万把多人的小县城，实则是当时中国的一个缩影和标本，野蛮在恶性的膨胀，愚昧在极度的泛滥，中国人那种几千年以来所固有的劣根性——你比我好，我就看不得你，就要想尽办法整治和捉弄你；你比我差，我就看不起你，就会傲慢和无礼地把你踩在脚底下——的心理，在小城的"文革"中得以了最充分和最根本的体现。因此，徐江平实在不想再回这个小城工作了。眼下的他，只等那些平反手续一经办理妥当以后，便立即搭坐长途车，远远地离开这个曾经让他感到无比忧伤和痛苦的家乡的小城，永远也不再回来。

那一个星期六的夜晚，徐江平跟王浩然研究员和仇又平工程师，就当时社会很多方面的问题——有经济的、有政治的、有事业的、有管理的、有情感的、有文化教育的，也有国内外科学技术发展动态等方面的各种问题——交换了各自的意见。总之是，仲春之夜已经是很深、很深了，他们才陆续地睡去。

2

第二天上午。徐江平又跑了一趟小城县政府落实政策办公室。可是小城"落政办"星期天不办公。值班人员孔俊生对他说：

"徐江平，你就在招待所里住下来吧，噢！反正又不要你掏钱，你就耐心地住上一段时间吧，噢！星期一下午你再过来看一看吧，噢。因为有很多手续需要办理呢。不过有一点你请放心，对像你这样的技术人才，县政府肯定是会有说法的，也肯定是会给你补发工资和安排好工作的，你就尽管去放一百二十八个心吧，噢！"

"嗨！"看着值班人员小孔那一副似乎有点儿不大耐烦的面孔，徐江平心里想，"我倒无所谓你们安排不安排工作！况且，小城也留不住一些有本事的人！还是等这里的平反手续一经办理妥当以后，我就立马回到皖南山区的新杭那边去吧！"

新杭镇，虽然是皖南山区的一个小镇，虽然那里是一片深山竹海，一块穷乡僻壤，一个只有杜鹃花盛开、其他都相对闭塞的地方，然而那里倒也是山青、水清、人也亲啊！再说了，那里有着徐江平的事业，他是那个小镇农机厂的技术厂长，并且还兼着山镇科协副主席一职，他在那里设计和开发了一系列的新产品，又颇受到国内外许多用户的欢迎和好评，不像自己家乡人，给他的心灵和肉体带来了太多的伤痛。尽管他非常热爱自己的家乡，非常想为自己家乡的经济建设和科技发展去贡献自己的一份力量，然而他对诸多的家乡人，却实在是不敢去苟同啊！

这一天反正也没什么其他的事情，在步出县政府大铁门的时候，他就转向了西边，沿着市区的老花街，在小城里面悠悠地转了起来。八年多来，家乡的小城似乎还是没有什么太大的变化，还是这么的破破烂烂。他转呀转的，便感觉索然无味了起来，于是他就转向了小南门的方向，到城外去寻找一处清净的地方，用来打发自己星期天这一天的时光。

出得城来，他先是傍着丹金河的边沿，向着南边的方向，踽踽地独行而去。在他的印象中，倒是家乡小城的这一条丹金河，在这绿意盎然的四月初的天光里，这上午八、九点钟的阳光下，这徐徐拂动的春风中，汨汨地流淌着万点金色的波浪，向着芸芸众生的小县城，呈现出一派美的、活的、生机盎然的景象。这条富有生机的、流淌着金色波浪的丹金河，仿佛在向着这个死气沉沉的小县城预示着：一个崭新的、比较开明的、不可逆转的、改革和开放的伟大时代，将会很快就要到来了！

仲、季春相交的季节，是一个充满了生机、充满了欲望的季节。当徐江平漫步在丹金河的河边的时候，正好是那一年清明节前夕的时分，丹金河两边的斜坡堤上一层一层刚刚绽芽吐绿的杨柳、香樟、白杨和法国梧桐，就像当年那个城北乡的叫"苦鸭"的：

> 两岸常青之树泛滥着翠绿，
> 　远处传来船家动人的渔歌……

的诗句一般，凸现了春之女神那种无限的、婀娜多姿的魅力。

在小南门往南一点，就是在丹金河与老鸦塘相交的河口处再往南一点儿的地方，有一个小渡口。过了这个小渡口，就可以通往小城东南郊的"钱资荡"。徐江平在这渡口旁边的小店里，买了一瓶小城出产的"封缸"酒，两包"海鸥"香烟，以及一些熟食甜点之类的食品。后来当他又掏出一枚两分钱的硬币作为摆渡费付给船家的时候，他便尾随了许多其他的男女老少，一起晃晃悠悠地登上了一条小木船，随后就在船工的摇橹和撑篙之下，这一船喧闹的男女老少们，便一起晃晃悠悠地渡过了流淌着万点金波的丹金河，然后又推、拉、携、扶地攀上了丹金河的东堤岸大道。

若是顺着河东堤大道向南行走不远，便是小城东郊的乡野了。八年以前，徐江平可是经常来这里，除了刮风下雨，他差不多每个星期天都要到这里来走上一走，那时候他只想找一处没有人干扰的地方，静静地看一会儿技术书籍和外文资料，于是他便选择了前面不远处的一个小岛。今天上午他也想找一处清静之地，一个空气新鲜、春光明媚、山清水秀的地方，来打发自己星期天这一天的时光，因此他想都没去多想，便下意识地从河堤大道上向东直插了下去，走上了这条丹金河通往"钱资荡"的湖边小路。

这条小路的左边是一片翻滚绿色波浪的麦田，很多的雨燕和比比鸟，在这片绿色波浪的上空欢快地翻飞和翱翔。小路的中间是一条长满开着黄花的三蔓头、紫花的马兰头和紫豆豆、白花的苦野菜、拔出白狗尾巴花的芨芨草、车前草以及一些不知名野草的不足五尺宽的路面。小路的右边是隔着一道由柳树、苦楝、刺槐和桑树，以及树下河边密密的斑茅、艾蒿、菖蒲、野蔷薇，还有迎风飒飒作响的水芦苇等一些野生植物所形成的青绿色的屏障。这道屏障以外便是一片烟波浩淼的"钱资荡"的湖面。此时众多的鱼虾蟹鳖，就在这波浪翻涌的"钱资荡"湖里面翔游和嬉戏。

顺着眼前这条"钱资荡"的湖边小路，往东走上两里多路，有一个凸出在"钱资荡"里的小岛。这个小岛的东、南、西边三面临水，只有北边一条二十多米长的长满青草的小道，把小岛和这"钱资荡"北岸边的乡野小路，呈丁字形状地连接了起来。徐江平快要走近小岛的时候，这会儿正好有一个三十岁出点头的中年妇人，带着一个显然只有六七岁的小女孩，慢慢地走出这个小岛，踏上向东拐弯去的乡路。只见这个中年妇人一边搀扶着那个走路蹦蹦跳跳的小女孩，一边嘴里还在不停地嘱咐着：

"尤佳，当心你的脚底下哦！走路时一定要小心一点哦！别让这许多芨芨草把你给绊倒了哦！要是你给绊倒了的话，嗨，你就会跌进这个'钱资荡'的湖里边去的啦！"

那个走路蹦蹦跳跳的小女孩，用一副稚嫩的嗓音回答说："妈妈，我知道了，我会当心的。"

这个搀扶着小女孩的三十岁出头的中年妇人，走到北边小路上向东边拐弯之处时，她显然是好几次地转过面孔，对正在准备拐弯向小岛去的徐江平，有意无意地看上了几眼。

3

　　对这个中年妇人那几次目光的扫视，徐江平当时并没有过分去留意。他只是通过自己眼角的余光，觉得这个中年女人好像有一点脸熟，但一时半会又想不起来她是谁了。因为在这个小城里他觉得面孔熟悉的人有很多，毕竟他曾在这里学习和工作了将近有十几个年头啊！所以这一会，他想都没有多想，便右拐地踏上了通往凸出在"钱资荡"里的湖边小岛的小路。

　　眼前这个小岛，面积大概有个一百来平米吧。岛上栽着几畦开着嫩黄色小花的油菜、以及一些紫花的结荚蚕豆和豌豆之类的农家植物，岛边沿还有七八棵杨柳、榔榆、刺槐和一棵野杏树。估计这个小岛，原先是一户人家的宅子地，可不知是在什么时候，又不知是为了什么原因，这块宅子地被住户给荒弃不用了。小岛的东南角落上还长着一大丛十姊妹花。这十姊妹属于是蔷薇科植物，花形和叶形，均都类似于月月红和蔷薇花，只不过，十姊妹多是开着十朵一簇、八朵一团的小花，且色素比较单调，并多为月白色，或者月白中又夹着一点儿淡青色，仲春时分开花，花期又多为一季，其中尤其以这月白色的十姊妹花气味最为香浓了。因此以前这个小城的老百姓，往往会在自己住家的周边和庭院里栽种上一两棵十姊妹花，以便点缀和美化住家周边的环境。然而眼前这个时候，又适逢是清明节前后，岛上的这一大丛十姊妹正繁茂地开着十朵一簇、八朵一团的、足足有几百上千朵的小白花，在这四月初上午的阳光下，使这个荒废了的宅子地的小岛，笼罩在一片有着生命的活力和浓郁的芳香之中。

　　徐江平的外貌有一点像那个经常在银幕上出现的影星达式常，一头黑发，高高的个子，修长的腿脚，鼻梁高挑，面孔端庄，灰白色的眼睛里神色有一点茫然，有时候又有着一点深邃的意味。这一会，他默默地步上这个小岛，他对这个地方实在是太熟悉了，因为在八年多以前，他可是经常到这里来啊！

　　"哎呀！这个小岛上怎么多出了一座薄薄的坟墩呢？"徐江平的心里似乎有一点诧异的感觉。"那个时候，"他心里想，"这个小岛上，可是并没有什么荒坟和野墓的啊!"

小岛的东南角,也就是在那丛开着几百上千朵白花的十姊妹前,有着一垄青草蔓生的薄薄的土堆,一米多长,半米来宽,没有墓碑,朝西的坟头上还立着一块倒圆锥形的"坟帽"。在那块"坟帽"下面的斜垄上,似乎有人刚刚扔了一把风信子,以及一个用嫩柳芽条编织而成、并且间杂着十数朵白色十姊妹花的小花圈。

徐江平见了以后,心里面不禁涌起一股悲凉的感觉:"偏僻的小岛,孤魂野鬼的坟墓;可怜的世人,死了以后也还是这般的孤独和寂寞!不过能躺在这里,倒也是得天和独厚;不必去挤在阴森、可怕、悲怆和俗滥的坟墓中间,只消一垄薄薄的黄土,就可以单独地享受起眼前这辽阔的天空,这拍岸的波浪,这一片黛绿色的乌龙山和乌龙宝塔的倒影,这'山青青、水悠悠,湖光山色一望收'的景色,以及还可以被一些像我这样的陌生的路人去凭吊。"

徐江平可不是什么哲学家,也不是什么诗人(虽然偶尔兴奋起来的时候,他也会信手写一些不太入流的诗句),他只是一名机械工程师,所以他不便对这个已经离开尘世的坟中人去作什么评论,也不便过多去抒发自己的心境,他只是在那丛十姊妹花前作了短暂的停留,便迈步走下小岛东南角落处的堤岸斜坡。原来在那丛开着白花的十姊妹的斜坡处,有一处因"钱资荡"几百年的波浪冲刷所形成了的"凹口"。他在这个"凹口"处择地而坐,并从随身携带着的黑色人造革的手提包里,掏出了一本精装本的《机械设计与美学》的英文原版专业技术书籍,消磨时光地阅读了起来。

过了大概有半个多小时吧。当他读完《机械的流线型运动与美学》这一章节以后他便停了下来。这会儿他抬起头来,仰望着天空。他眼望着湛蓝湛蓝的天空上,那飘浮着的一朵一朵棉絮般的白云。在这个四月初的星期天里,在这个终于将要获得平反、政治上将完全可以直起腰杆的日子当中,他渴望着,满满地渴望着——可是渴望一些什么呢?他恐怕连自己也说不上来。

此时此刻,他身体的机体——精神和肉体的——虽然轻松了许多,压在心灵上的政治包袱,虽然已经被他甩了下来,并被扔到了脑袋的后面,但是,似乎总有一股失落、一番奢望、一种虚度年华,以及一种不甘心似的感觉,在他的身体里面挣扎和翻涌,使得他有点儿魂不守舍,不能自持。一年之中的春天，一个崭新时代最初的开端，不可能不给人以新鲜的感觉，热切渴望着新的传奇、新的乐趣、新的冒险、新的追求。毫无疑问，作为一个生活在现实社会中的人，他的心灵——尽管这颗心灵曾奄奄一息了八九年——现在似乎已经受到了某种欲望的折磨，没有办法去摆脱，就像一盆老梅树桩的盆景，浅浅的、椭圆的大彩釉盆里，一截黑褐色的老树根桩看上去毫无生命可言，但却从贴近水边的小缝隙中，又绽出了几枝细细的嫩芽和几个小骨朵儿，鹅黄与淡绿相混合的颜色，向着上端伸张，在这一截黑褐的根桩的衬托下，显得格外的纯净，格外的稚气，格外的娇美，充满了生命的活力一般。

  一个追求文明的人，是痛恨那种令人精神上抑郁、心灵上荒芜的年代的生活的；一个具有美感的人，但又不可能想去要什么乐园就会有什么乐园的，不可能找到人世间的天堂，或者快活一世的避难所，也无法去追求艺术作品之中的美。因为，艺术作品所表现出来的美是永恒的；让你看了、读了、想了，仿佛永远都有着那么一种崇高，那么一种静谧，那么一种难以忘怀，那么一种如醉如痴的感觉。不过，在人的人生之中，无疑也会有这样一些美妙的时刻，叫你意想不到的消魂的时刻，但不幸的是，它们好比是这太阳上面掠过的一　宽的白云，或者是此刻头顶上方那一丛十姊妹花所散发出来的一阵一阵的清香，你不可能将它们永远去留在身边，也比不得艺术之美那样经久不变，它们仿佛在一眨眼之间就会消失，就好像是在灵魂之中见到的一点闪闪的发光，或者是一点稍纵即逝的幻象一样。

  在这个"钱资荡"北岸的小岛上，太阳暖融融地照着徐江平的面庞；画眉在带刺的野杏树枝梢上啼叫；百灵鸟在远处的麦田里歌唱；空气中飘着十姊妹的花香……岛上又是细密的车前草、马齿苋、三蔓头、马兰头；又是一丛一丛的菖蒲、艾蒿、斑茅草和水芦苇；莲荷又在摇曳着春风；湖水又在拍击着波浪；而棉絮一般的白云，又高高地飘浮在西边的乌龙宝塔和北边昏昏欲睡的小城的上空……此时此地，才是这样的景象！然而这种景象一会儿却飘忽过去了……它们好比是精灵们的小脸儿，躲在荒郊野外瞅着你，当你回转过脸来看望时，它们却倏地一下飘忽不见了。

  突然之间，徐江平从这个因波浪冲刷而成的"凹口"处直起了身子，这一带的景色，这个凸出在"钱资荡"里的小岛，这悠悠碧波的湖面，这鱼跃莲荷，这眼前的湖光山色和远处的乌龙叠翠，这身后的这一丛飘着清香的十姊妹……他都非常相识。刚才一路兜过来，他抑制住自己不去想什么，或者什么都没有去想，但是就在这一会儿，他似乎却看到了！八年之前，正是在眼下这个季节，正是在清明节前后这一两天的星期天，他从北边的职工住宅区，一个人单独地来到这里，阅读一些当时被禁止阅读的技术书籍和一些外文资料，然而也就是在这里，他遇见了阿华。那会儿阿华的秉性，多少带着点儿多情的色彩。八年前，她那一对淡褐色的眼睛，花一般的妩媚，修长的身材，十姊妹花似的苍白的气色，均都具有一股奇妙的魅力，一下就吸引住了徐江平。然而，现在这一切却是……唉！真是人面不知何处去，十姊妹依旧笑春风啊！

徐江平的心里是一阵阵的绞痛。他回忆起自己过往人生中的一段经历，一段美得令他销魂的经历，可惜的是，他却没能将它留住，他也无法将它留住，它已飘向了渺渺茫茫之际……此时此刻，他顾不了自己思想的阻隔，不能自持地回忆起这一段曾经被岁月埋没了的往事，还有那许多充满了幻想而又甜蜜的日子！然而它们却很快中断了，结束了，在那个野蛮恶性膨胀、愚昧极度泛滥的年代，它们出现得是那样的短暂，中断得又是那么的快捷而又无奈，就像断了线的风筝一般……以致现在想起来，他的心里都犹如搁置着针尖和芒刺似的，隐隐地感觉到一阵阵尖利的刺痛。

他转过了脸，两手抱住后脖颈，任凭那本《机械设计与美学》的英文书籍的页面，被风儿吹得"飒啦、飒啦"地作响，他两眼望着周围的车前草、马齿苋、三蔓头、马兰头，望着那丛开着几百上千朵白花的十姊妹、以及还有翻涌万顷碧波的"钱资荡"的湖面……他的人整个仿佛都掉进了肖斯塔科维奇式的冥想的世界，两只眼睛无意识地跟着大脑在旋转，心灵就像彗星的尾巴一样，被隐隐约约地拖回到了八年前的那一段往事之中……

第二章

4

八年前。四月初的星期天。时间是上午七点多钟。

徐江平往自己的黄挎包里装进了几个六角形的"筋冈琪"（江南一种普通的、二两粮票五分钱就能买两个的面食品）、一本空白的记事本、两本用红毛选封皮包裹着的英文原版书籍、满满一壶军用水壶的白开水，以及还有一块旧的白包袱布，他独自一个人，来到了"钱资荡"北岸边这个荒僻的小岛上。

这是在不久前，大概是在春寒料峭的初春吧，他刚被厂"强劳组"给解禁，一个人出来遛弯的时候，发现在这个"钱资荡"的北岸，居然还有这么一处幽静之地。这地方离他工作的小城一机厂不算太远，从他的单人宿舍出来，沿着小城郊区的乡间小路，朝西南方向走上个两里多路，就可以来到这个荒僻的小岛了。

眼下正是清明前后的仲春时分，农家除了在岛上栽了一些"懒"季节的菜蔬，岛边沿长了七八棵杨柳、刺槐、榔榆和一棵野杏树以外；小岛的东南角落上，还长着一丛超过了一个人高的十姊妹花；在小岛堤岸的斜坡边，间杂地生长着一丛一丛高矮不齐的艾蒿、菖蒲、莲荷、斑茅草、水芦苇等野生植物。但是最吸引徐江平的，还要算是在这小岛东南角下的堤岸边，就是在那一大丛十姊妹花下口的斜坡处，有一个因"钱资荡"多年高水位的波浪不断的冲刷所形成了的向斜坡壁里凹进去"凹口"。

这个"凹口"看起来很奇特，它不仅可以宽松地坐下一个人，并且还有些许的宽余。所以最近一段日子，每当遇到了星期天，只要是好天气的话，徐江平就会带上几本外文书籍和一些技术资料，独自一个前来这里坐上一坐，看一会儿书，或者静静地思考上一番。因为待在这个"凹口"处，他可以不受任何人的干扰，即便是有人踏上这个小岛，也很难发现在这个小岛的东南角落上，在这一丛十姊妹花的下沿之处，居然还有这么一个隐秘的"凹口"，除非来人步下小岛，从斜坡岸的下端绕过来才能看得到。所以坐在这个地方，他可以什么都去想，或者什么都不去想；无论自己的思绪是怎样的天马行空、纵横飞跃；不管自己的举止是如何的匆促轻慢，裹足不前；总之这一会绝对不会有人前来干扰他，研究他，对他评头品足，羞辱侮慢，甚至找出他们为之感兴趣的、可以上纲上线而去热闹一番的神态和表情。一种轻松自在，一种安然静谧，一种精神可以独自去畅想，灵魂可以独自去放飞的消遣，并且要是坐累了，他还可以闭上眼睛，半仰、半靠在向里边凹进去的斜坡的泥土壁上，舒舒服服地"假寐"上一会儿。

那一年徐江平二十八岁。他是一名年轻的机械工程师。他的身材有点瘦长，但是肌肉突起，肌体颇为壮实，这是最近两三年来，他在厂"强劳组"体力劳动量过大的结果。他的头发稍微有一点卷曲，并且搭拉在前额；脸色有一点儿苍白，端庄的脸孔上带着一抹忧伤的神色。1965年那年，他从南工大学机械自动化专业毕业，便要求分回家乡小城一机厂的技术科工作。"文革"初期，他因不愿加入瞎胡闹的造反派组织，而参与了一机厂总工钟汉笙和电子仪器厂总工罗文弈、以及其他一些有识之士发起的"振兴小城科技读书会"的学习与交流活动。然而在前年上半年，当这个"小城科技读书会"被定性为"钟、罗反革命小集团"以后，他便被以造反派为主的临时权力机构——厂革命委员会——审查和批斗，并被强迫劳动改造了将近两年多的时光。

前一段时间，当一机厂的总工程师钟汉笙被整死在厂内的锅炉房里以后，他作为"振兴小城科技读书会"的一名普通的参与者，一机厂革委会对他的政治审查已经算是基本结束了，但是他头上戴着的那一顶"三反分子"的帽子，却并没有被脱掉；"钟、罗反革命小集团成员"的结论还没有给他撤消。不过一机厂革委会根据主管生产和经营的厂革委会副主任于树坤的建议，让他暂时地回到了厂技术科设计组，戴罪立功去主持"J—5"型新产品的设计与开发工作。

那个星期天的上午，他带着两本机械设计方面的外文书籍和一些资料出来。他本来想从外文资料里去获得一些有关"J—5"型高速机床在高速运转过程中的流线型运动的设计灵感。当然，他只能偷偷摸摸去阅读，因为那个脸上长着鹰钩鼻子、并且长满了"酒刺"疙瘩的姚长青科长，正在处心积虑地收集和寻找要把他踢出技术科的把柄。所以他只能处处小心，事事谨慎，以免再犯前两年"小城科技读书会"那么一种枉然的错误。

这一会，他先在小岛"凹口"处的地面垫上一块预先带来的旧包袱布，然后又伸了伸他那修长的腿脚，再用手作为支点，将他一米七八的身子矮了一矮，随后便一屁股地坐在了那一块垫着的包袱布上。待到坐定以后，他抬起一双俊秀的眼睛，逡巡了几眼波光粼粼的湖面。远处，有几艘渔船"耕犁着"湖面上的波浪，从他的眼线中"突突"地驶过；野杏树下不远处的浅水里，有几蓬硕大而碧绿的莲荷，在春风中微微地晃动；鱼儿在荷叶边嬉戏，划出一圈又一圈的波纹。见此情景，他的心里顿时生起了一种：

> 眼看绿湾春,
> 春深杏花乱。
> 湖清疑水浅,
> 荷动知鱼散。
> 岛边看渔人,
> 系舟绿杨岸。

的诗一般的心境。未有几许,他又把眼光移向西边乌龙山的方向。乌龙山势虽然不高,可是那里,却也寺庙掩映,翠竹秀美,山色俊俏,当年那个还没有登上帝位、还在这一带逐鹿神州、鏖战群王的朱洪武,曾经被乌龙山的景色所陶醉,于是他便信手握笔题词:

> 望东南,
> 隐隐神坛。
> 独跨征车,
> 信步登山。
> 烟寺迁迁,
> 云林郁郁,
> 风竹姗姗。
> 尘不染浮生九寰,
> 客中有僧舍三间。
> 他日偷闲,
> 花鸟娱情,
> 山水相看。

后来,朱洪武登上了大明的帝位,为了附庸文雅,张扬自己的才气和墨宝,便命人将这题词刻成了石碑,置于在乌龙山顶上,因此这就有了后来小城的八景之首"乌龙叠翠"的传说。

徐江平浏览了几分钟眼前的湖光山色以后,他就慢慢地收回了目光掏出装在黄挎包里的外文书籍与记事本,打开书籍的有关段落,开始阅读了起来。不久，他的注意力便高度地集中在机械在高速运动过程中的流线型运动的现象与规则的相关文章之中了。

5

仲春的季节，是一个充满了生机、充满了欲望的季节，也是小城人去郊外游春和踏青最活跃与最频繁的季节。人们手头上的活儿就是再多再忙，也要在这清明个前后的几天里，抽出点时间来逛一逛春光中的山川美景，或去坟地墓前祭奠一下已经逝去的亲友和祖宗们的亡灵，以寄托生者对逝者的哀思和对未来的期盼。

"钱资荡"北岸边的这个小岛，地理位置虽然荒僻了一点，可是它距离小城毕竟不算太远，在一般休息的日子里，一些无所事事之人偶尔也会到这里来钓个鱼、摘个野菜、采个马兰头什么的，何况眼下是清明节前后的星期天呢！因为清明节前后的休息的日子，小城里的人往往会拉帮结派地到野外景点去春游和踏青，到大自然里面去陶冶他们的性情。

一般年轻的小伙子们，比较喜欢骑自行车去较远的茅山游玩，因为那里是中国道教的十大圣地之一；而年轻的姑娘们则喜爱手拉手地去就近的乌龙山，或者来这人迹稀罕的乡野湖畔，走上一走，看上一看。比如就拿一机厂年轻的女工阿华和赵卫红这两个女孩来说，这会儿她们就手拉着手、并且还有说有笑地向"钱资荡"湖边走来。

忽然，阿华就像发现了新大陆似的发现了这个凸出在"钱资荡"里面的小岛，于是她便抬起右手，指着这个小岛，对走在身旁边的赵卫红说："赵卫红你快看，前面的湖边上有一个小岛哎！我们到那个小岛上去转上一转吧，怎么样？"

"好啊。"赵卫红也颇感兴趣地应答。

就在她们两个人快要走近这个小岛的时候，阿华又看见了那一丛白花盛开的十姊妹。此时她的心情似乎比先前还要激动。只见她急急忙忙地拉住了赵卫红的左手，兴奋地说："嗨！赵卫红，想不到这个小岛上，居然还有一棵开着这么多白花的十姊妹哪！这个十姊妹开花可香得很哪！走，赵卫红，我们一个人去采它一把十姊妹花吧，好吗？"

"阿华，"赵卫红似乎有点担心地说，"我好像听人说起过，凡是野外生长着十姊妹花的地方，一般都会有荒坟和野冢的！这个小荒岛上，不会闹鬼吧？"

"赵卫红，看你这个胆小婆喏！"

"阿华，不是我的胆子小，那许多荒坟野冢的让人一想起来，心里面就觉得有一点儿腻怪！"

"赵卫红，就这么个小破荒岛，我看是没什么荒坟和野冢的啦！你就尽管去放一百个心吧！再说了，有我胡雯华在你身边，你这个胆小婆，还怕什么呢？"

这两个女孩嘴上说着说着，脚步就踏上了小岛，并且径直地走到了那一丛超过一个人高的十姊妹花前，停住了她们的脚步。然后她们一边攀摘着那些或含苞、或绽放的十姊妹的花朵，一边闲聊起年轻女孩之间的话题。反正年轻的姑娘们聚在了一起，几乎全都是那一副德行。这两个女孩模样都很漂亮，年龄又都在二十岁出点儿头，个子又都在一米六零高上点，可能阿华的个子比赵卫红的还要稍微蹿上一点呢！相比起来，阿华的性格略微偏一点温柔，赵卫红则显得要刚强了许多。从外表上看起来，阿华的脸色稍微有点苍白，端庄清秀里面时常又带着一副茫然若失般的梦幻，略显一点女性温柔的神情中，好像又糅合进一抹抑郁的成分，若是让人仔细品味的话，颇有一股内涵的色彩。而赵卫红则刚好与之相反，她的脸色有棱有角，红白似烫，一头乌黑的短发衬托出一张颇为张扬而又显得有点浮躁的脸孔，具有那种不善用脑子、说干就要去干的女性的特征。

阿华的头发呈一点儿栗壳色，颜色暗淡而平滑，打着两根中长的辫子，几绺短短的刘海耷拉在额头上。她的姓名叫胡雯华，阿华则是她的乳名，她是一机厂技术科资料组的描图员；而赵卫红则是金工车间的一名龙门刨工。阿华原本是小城东郊蔬菜大队人，高中毕业以后回乡，前年秋天因一机厂征用了她们生产队的土地，因而她是土地征用去的一机厂的。而赵卫红，则是在两个哥哥插队去了农村以后，她便作为留城分配的对象，由小城的劳动部门安排去了一机厂的。要是细算起来的话，她进入一机厂的时间，恐怕比阿华要早了个半年多呢。

她们原本是中学里的同班同学，关系本来就比较密切，在工厂里两个人又经常地聚在一起，无话不谈。比如就拿现在来说，阿华就是一边攀摘着十姊妹花的花朵，一边跟赵卫红聊起了一些年轻女孩间经常谈论的话题：

"赵卫红，你们金工车间车工班长尤新如，对你好像非常有意思哈！"

"唉，"赵卫红爽快地承认着，"是有这么一回事呢，怎么啦？阿华，你不是在妒忌我吧？你要是妒忌我的话，自己也快去找一个呗！不过要是依我看，你们技术科的那个姚长青科长，对你好像也是挺关照的哪！"

"没有那回事情！"

"阿华，真的没有那回事？"

"那个死不要脸的姚长青啊，真是惹人讨厌透顶！"

"真的吗？"

"我说赵卫红，你是不是有点十三点、有点臊叨婆啊？真是讨厌透顶！"

"要是这样的话，阿华，那么你就对了！这个姚长青，一张脸黑不溜秋的不说，还鹰勾鼻子，满脸的'酒刺'疙瘩！一张嘴笑起来啊，咧着几颗黄不啦叽的大门牙，实在是难看死了！"

"哎……"阿华说，"他那满嘴的牙齿就好像一辈子都没刷过牙似的！"

"这个姚赖皮，"赵卫红一边攀摘一边说，"真是有点儿不要脸！只要一见到稍微漂亮一点的女人，他就像没得骨头似的！前一趟时他追求于春芳，阿华，就是我们车间里那个开万能铣床的女孩，也是我们车间里最漂亮的女孩，可是人家于春芳根本就不去理睬他，因为她已经有男朋友了，是电子仪器厂那边的一个技术员。可姚长青却还是死皮赖脸得像一条'蚂蟥'一样，一直叮着于春芳，他一边死乞白赖，一边又在外面乱造谣，说于春芳怎么对他有情，怎么对他有意，甚至就差一点怎么要和他上床做爱，弄得厂革委会主任朱兴强还把于春芳叫去谈话呢！说她生活上很不严肃，谈什么三角恋爱，是资产阶级和修正主义的恋爱观，是要受到批判和斗争的！吓得于春芳不知哭了多少回！这个不要脸的赖皮瓜，真是癞皮狗一条哇！"

"朱兴强主任可是姚长青的后台老板哈！"

"是的。不过阿华你可当心一点！这个姚长青好像在打你的鬼主意呢！"

"他呀，"阿华此时撇了撇嘴地说，"我一见到他那一副面孔就恶心，心里就直想着要吐！"

"反正你还是注意点为好，要知道旁观者清、当局者迷这句话吗？姚长青可不是一个善主！他可是什么坏事都干得出来的！就拿那个'钟、罗科技读书会'来说，本来他也参加了的，可他却杀了一个回马枪，反过来检举和揭发钟汉笙和罗文弈，说他们在搞什么反革命小集团，后来这不，硬是把我们厂总工程师钟汉笙给整死了不算，还把我们一机厂许多技术人员，包括徐江平、虞树华、陈春荣等人在内，硬是给踩在脚底下不放！"

"赵卫红，"阿华停下采摘十姊妹花的手，转过身子说，"我们就不要再去谈论那个惹人讨厌的姚长青了好不好？嗳，赵卫红，至于你刚才提到了徐江平这个人，若是依我的眼光看，徐工这个人他倒是蛮好的哈！"

"怎么，你对徐江平有点意思？"

"我说赵卫红啊赵卫红，你这个人怎么就这么十三点，这么臊叨婆哪？人家只要随便一提起哪一个人，你都要先往有没有意思这上面去乱扯乱挂，我看你保不准是得上了'花疯'了吧？啊？！真是讨厌透顶了！不过呢……"她说到了这里时，似乎陷入了一种思考一般的状态，停顿了有好一会，然后才继续往下说："若要说起徐工这个人来，我认识他虽然只有两个月多一点的时间，可是我发觉他这个人的肚子里，倒是蛮有点儿墨水的！真的。比如就拿他设计的'J—5'的图纸来说，其内外圆弧的尺寸，相对都比较大。就这个问题我还曾经问过他呢，我说徐工你的'J—5'中的R（图纸设计之中的圆弧半径的代号）怎么这么大？他说这就叫做流线型，就比如我们人，没有一处是方方正正的，每一处地方都是圆弧，只不过圆弧的比例有大有小，程度不同而已，这就形成了人的曲线，这也就让我们感觉到我们人的美丽之所在。机械设计也是一个道理，机械在运动过程中，尤其是在高速运动过程中，既要去减少与空气摩擦的阻力，又要去体现出一种较为完美的曲线，这就是机械设计与美学之间的关系。嗨，赵卫红，我还是第一次听到有人说起过机械设计与美学之间还有着关系呢！"

"阿华，看起来你好像很崇拜徐江平这个人的吗？"

"赵卫红，我认为徐工是一个很有前途、很有个性的机械工程技术人员，他既年轻，知识面又宽，而且人品也不错，不像那个半瓶子醋的姚长青，到处酸不溜丢地乱吆喝。"

阿华的话刚说到这里，赵卫红似乎就听到一阵轻微的"哧啦哧啦"的响声，别看她平时的举动大大咧咧、说话喉咙高高亮亮的，但是她最害怕迷信之中的鬼、怪、妖的，以及还有一些像蜈蚣、蛇、老鼠、蜘蛛这一类的"厌物"了。这会儿她急忙拉住阿华的衣袖，低头探脑、细声细气地问道："阿华，你有没有听到什么奇怪的响声？"

"没有哇！"阿华感到有诧异，"赵卫红，你是不是有一点神经质啊？"

她们这两个女孩，此时此刻谁都没有想到，在仅仅间隔着这一丛十姊妹花的斜坡边，徐江平居然会稳稳地端坐在那里看书，并且还时不时、轻轻地、"哧啦哧啦"地翻着书籍的页张。

6

刚才岛上两个女孩的一番对话，似乎已经严重地干扰了徐江平的注意力。此时此刻他放下了手中的外文书籍，皱起眉头，坐直了身子，开始倾听起头顶上方那一丛十姊妹花后面的两个年轻女孩之间的谈话。

这会儿，赵卫红的手仍然拉住阿华的衣袖不松，她转着脸孔，眼乌珠滴溜溜地，向着四周围张望了一番，然后才开口说话："阿华，我总觉得有东西在'哧啦哧啦'地响呢！并且好像已经响了好多次了！这个小破岛上总不会有什么鬼、怪，或者蜈蚣、蛇蝎之类的'厌物'吧？"

阿华拨开了赵卫红拉她衣袖的手，并且抬起右手，拢了一拢耷拉在额头上的刘海，两眼望着"钱资荡"的湖面说："赵卫红，这是不太可能的！这大白天的，哪有什么鬼呀怪的呢？再说这个季节，蛇蝎和蜈蚣应该是还没出来活动哪！你真是一个胆小婆！神经病兮兮的！那应该是风吹树叶飒飒的响，或者是芦苇飘拂，鱼儿'哗啦哗啦'戏水的声音哪！"

赵卫红抬起眼睛，仰望着蓝天和白云，又屏住呼吸地倾听了一会儿，除了风吹、鸟鸣和鱼儿戏水的声音以外，确实不见有其他动静，于是她便接上了刚才的话题说："阿华，怜悯无非是一种自以为是的结果。这是五千年以来，我们中国女性之弊病，悲剧之根源喔！这个人世上要是没有了怜悯的话，我觉得似乎倒要更好一点呢！"

"赵卫红，你说这种话是什么意思吗？"

"阿华，说句心里话，我也挺怜悯徐江平这个人来着！他是一个大学生，又是一名机械工程师，年纪又是那么轻，人品又是那么好，唉……"赵卫红轻轻地叹了一口气以后又说，"要不是眼前这场无产阶级文化大革命的话，要不是他的头上还戴着'三反分子'的帽子、身上还背着'钟、罗反革命小集团成员'的包袱，成了当前文化大革命运动的一个对立面的话，应该可以这么说，他绝对是我们这一帮还没有结婚的、年轻女孩心目中所追求的、一个最为理想的结婚对象！"

"赵卫红，徐江平可是一个好人哦！但是，目前的好人似乎总要受上点苦、总要遭上点罪的。屈原'长太息以掩涕兮，哀民生之多艰'的诗句，好像表达的就是这一层意思。"说到了这里阿华抬起右手，捋了一捋她那一把栗色的发辫，然后又略带一点羞涩的神色说，"说句心里话，赵卫红，不过你可别笑话我，也不要到外面去乱说乱张扬哦，我确实很喜欢徐工这个人，也不知什么原因，我觉得他的身影老是在我眼前晃过来晃过去的。"

坐在下面"凹口"处的徐江平，这会儿他绝对没有想到，资料组这个脸色苍白、漂亮、又经常带着一副茫然若失一般神色的女孩，居然会在这个荒僻的小岛上，暗地里吐露出她心中对他的一份好感。此时此刻，他悄悄地摘了一朵开放在手边上的蓝色的马兰头花，朝向天空捻动着。这时候一只画眉在小岛的野杏树枝梢上啼叫；百灵鸟在远处的麦田里歌唱，空气中飘溢着十姊妹花的芳香。这白云，这天空，这花朵，这鸟儿的歌唱！他的心里头顿时就涌起了一股莫名奇妙的激动。

"不过，"赵卫红仿佛在提醒阿华说，"作为同学和朋友，阿华我得提醒你一句，徐江平的头上还戴着那顶'三反分子'的帽子哪！这可不是一件闹着玩的事情！你一定要想清楚，要理智一点，不要感情冲动！更何况，姚长青那个赖瓜皮，又总是在找他的毛疵、挑他的刺呢！一旦你跟他好上了，那么你就等于是在跟灾难和厄运攀上了姻缘，你也就会跟着深深地陷入眼前这场阶级斗争和政治运动的旋涡，而难以自拔的！你知道吗？"

阿华一边轻轻地摇晃着手中那一把十姊妹花束，一边低低地说："赵卫红，这人的理智和感情，原本就是两种本质截然不同的东西，不过我倒是更倾向于感情这一边的，因为正是有了感情这种东西，我们的人生才会有如此丰富和多彩！"

"不过要依我去说……嗨，这一群讨厌的小飞虫儿……"

就在赵卫红开心说话的当口，忽然有一种黑色的形状类似于蠓丝之类的小飞虫，成群地从那一丛十姊妹花前飞过，其中有几只居然还落进了正在开口说话的赵卫红的嘴巴里,害得她忙不迭地"呸,呸"地乱吐唾沫。有几大口唾沫,竟然还越过了那一丛十姊妹花,抛物线一般地落在了坐在下面"凹口"处的徐江平的头上和身体上。这一会儿,徐江平似乎再也克制不住自己了,他倏地就从坐着的地方站起了身子,大声斥责道:

"我说你们这两个野女孩,似乎也太过分一点了吧?你们这两个人还讲不讲一点文明,讲不讲一点公德了呢?在背后议论别人且不去说了,你们竟然还往别人的身上大口大口地乱吐唾沫呢,这叫怎么一回事情吗?"

生气的徐江平站起身时所发出的动静,本来就已经够大的了,更何况他还在大声地斥责;加上他从"凹口"处立起身时,岛上站着的人,忽然看见了那丛十姊妹花的根部,一下就冒出了一个黑魆魆的头颅,这还真把这两个一点心理准备都没有的女孩,吓得没晕了过去。只见她们两个人,被吓得一边在挑手拔脚,一边还在大声地嚷嚷了起来:

"啊!"阿华在十姊妹花前惊恐地叫着。

"鬼啊……阿华,下面有鬼啊……"

赵卫红不仅叫嚷着"有鬼",而且她还失态地丢下了那把已经采摘在手的十姊妹的花束不要,拔腿就朝小岛北边的乡路上跑去,只留下阿华一个人呆愣愣地站立在原处。站在下面"凹口"处的徐江平,见阿华背衬着蓝天,脸上是一副惊慌失措的神情,僵持的右手中还握着一把刚采下来的十姊妹花的花束,他可以从她臂弯的空当里,看到那一片蔚蓝色的天空。徐江平欣赏美,但是这会儿他却不想这对他究竟有什么好处,当时他的心里只是一个劲地想着:"嗨!这个叫胡雯华的女孩,她有多么的漂亮啊!"

南来的风刮着阿华身上穿着的粗呢外衣,紧紧贴在了胸脯,修长的身材凸显出一副隐隐约约的曲线;淡青色方格子的上衣虽然有一点旧了,但是洗得很干净,湖绿色的长裤,脚上穿着翻毛小皮鞋;两只纤手细腻,脖子白嫩嫩的;栗色的发辫软软地垂落在胸脯前,风把她额头上的刘海吹得一抖一抖的,椭圆的脸蛋,十姊妹花似的气色,花一般的妩媚;上嘴唇不是很厚,露出一排洁白的牙齿;眉毛黑而长,并且细弯;睫毛长长,颜色很深;然而她那一对淡褐色的大眼睛,却是无比的动人——水汪汪的,仿佛就在那个星期天才刚刚睁开来似的。总之是,她的身上似乎有一股奇妙的魅力,一下就吸引住了徐江平,令他的心里顿时萌生出一种说不清楚、道不明白的感觉。

这时候阿华正大惊小怪地瞧着徐江平,她被他在突然间冒了出来而吓坏了,两只淡褐色的眼睛死死地盯着他。徐江平见自己的现身竟会如此吓着这两个女孩,也没什么话好说,自己只好攀到岛上向她们招手,以表示对自己刚才冒失举动的歉意。这会儿,他有一点木讷地道歉说:"嗨!对不起了胡雯华!对不起了赵卫红!对不起,实在是太对不起你们两个人了!谁知道你们的胆子,居然比这十姊妹花的花瓣还要小三分哪!"

见到此时此刻出现在她们面前的人,竟然会是徐江平,而不是另外什么人,阿华和赵卫红恐惧的心灵开始逐渐地归于平静。然而她们一想起刚才还在背后议论他,并且还说了一些过分的话,尤其是阿华,刚才她对自己的闺中好友热切地吐露了自己心里对一个年轻男子暗暗爱慕的悄悄话。可是谁知这个她心里悄悄爱慕着的年轻男子,此刻竟然会冒里冒失地出现在她们的面前,如此这般的贸然,这般的出人意料,使她从惊慌失措瞬刻之间又转化成一副羞涩难耐。这时候她在徐江平的面前,难为情地低下了脑袋,一向苍白的脸孔突然间就绽放成一朵犹如硕大无比而又美丽动人的"俏谷"花(一种粉中透红的月季)。

然而赵卫红却是惊恐未消,怒火又上。此时此刻,她站在二十多米远的小岛的北头,两手叉腰,怒目贲张,一副泼辣劲地大骂了起来:"徐江平,你干吗人不像人鬼不像鬼的哪?你差一点儿没有把我的心脏病给吓出来哪!"

"赵卫红,"徐江平此刻说话,比较低调,"刚才,我不是都已经向你,向胡雯华道歉了吗?"

"你那个道歉管个什么屁用啊?要是把我跟胡雯华给吓死了,你负得起这个责任吗?"

"卫红……"

阿华本来想出言阻止赵卫红发脾气的,可是赵卫红却打断了她的话头,她继续发着火说:"阿华,你别给我在这里多管闲事!今天我非得要好好地教训教训徐江平这个冒失鬼才行!"说到了这里,赵卫红把脸孔转向了徐江平,又两手叉腰,怒目贲张地问道,"徐江平,我来问你!你干吗要鬼鬼祟祟地躲在这里呢?又干吗要鬼头鬼脑地偷听我和阿华,我们年轻女孩之间的悄悄话呢?"

"对不起,"徐江平朝她两手一摊说,"赵卫红,这就是你在不讲理了!

第一，是我先到这里来的吧？我原本想找一处清静的地方看看书，这个地方很不错，于是我今天一大早就到这里来了。这第二，不是我鬼鬼祟祟地躲在这里，赵卫红，而是你们两个人在别人背后胡乱瞎议论的吧？这第三，你们议论就议论呗，反正我也管不了那么多，是吧？可是你们总不至于要往我的身上大口大口地吐唾沫吧？我又没去招你们什么，也没去惹你们什么，更没去得罪你们两个人吧？可是赵卫红你倒是说说看，你们这是在干吗呢？你走过来仔细地看一看，我这头上、这脸上、这衣服上，全都是你吐下来的唾沫！"

"嗨，你这个徐江平，"赵卫红喉咙提高了一个八度音说，"好哇！你居然说得还是一套一套的哪！啊？怪不得姚长青要说你是六月里的大葱，根枯、叶烂、心却不死……"

"卫红，"这时候阿华拦住赵卫红往下说，"我求求你不要再说了好不好？本来就是我们不对，是我们先打扰了徐工，又在背后议论了徐工，你还朝人家徐工的身上乱吐唾沫。"

听了阿华说这番话，赵卫红的脸色豁然就开朗了起来，并且她还格格地笑了起来。她一边放声大笑，一边就把叉着的两只手，从腰间放了下来，并且她还揶揄起阿华说："阿华，不是我说你，你这就叫做见色忘友，吃里爬外！格格、格格、格格……"说完她就格格地笑了起来。

夹在了赵卫红和徐江平两个人中间的胡雯华，时不时地转动着脑袋，望望你又望望他的，满脸的尴尬。过了好一会儿，她才勉强朝赵卫红吐出了一句恨恨的话："赵卫红你这个臊叨婆，你都瞎说八道一些什么哪！"

"什么？阿华你是说我在瞎说八道？"赵卫红此时是一脸孔的调侃，"嗨！阿华，刚才你在这一丛十姊妹花前说过的心里话，怕是一字不拉地全被这个该死的徐江平听进耳朵里去了吧？"赵卫红停顿了一下，然后她把面孔转向徐江平说，"徐江平，议论你的话是我说的，恶人嘛也就有我来做好了，你看怎么着吧？不过我差一点没被你给吓死哎！我的这颗心，嗨，到现在都还'扑通扑通'地乱跳呢！这个账我们总要好好地算一算吧？哪一天，你要不好好地请我跟胡雯华两个人去撮上一顿的话，嗨！姑奶奶我，绝对轻饶不了你哪！徐江平啊徐江平，到时候看我不收拾死你才怪嗒！"

说到了这里，她把脸孔转过来朝着阿华，调皮地眨了几眨眼睛，并朝着徐江平那边呶了一呶嘴巴，而且她还扮演了一个非常滑稽、非常难看的怪相，恶作剧地笑着说："阿华，这会儿我看你就留在这里吧！同你心目中喜欢的徐工慢慢去聊什么完美的曲线啦，什么机械设计与美学的关系啦等等吧！对不起我可是要先走啦！不掺乎你们之间的事情啦！你们这两个可爱的、完美的曲线，我们再见啦！格格、格格、格格、格格……"

赵卫红还没有等到把话全部说完，她的身影便在她那一阵蛙鸣一般清脆的笑声中飘然而去了。只留下了阿华和徐江平两个人在这个"钱资荡"北岸边荒僻的小岛上，脸色尴尬地对视着。

第三章

7

一个人无论经历过怎样的曲折，怎样的坎坷，但是在他（或她）的人生中，无疑都会有着一些非常美妙、意想不到、令人值得咀嚼和回味的时刻。比如说这会儿吧，徐江平和阿华，就处在这么一种令他们两个人都感到羞涩、局促和尴尬等意想不到的境地。

自从赵卫红走了以后，阿华本来也想跟着一块儿去离开的，可是她的心里却更愿意留下来跟徐江平呆在一起。因为她打从心底里在敬重他、钦佩他，并且还在深深地爱慕着他。刚才她对赵卫红吐露出的她悄悄地爱慕着他的私房话，可是谁知竟会被他悄悄地听了去。因此这会儿，她羞涩难耐，低头不语，眼睛里面噙满了泪花。因为她害怕他会由此而呵斥她，责骂她，羞辱她，并且还会拿她当做笑柄去嘲讽，去开涮。尽管她害怕他会这样去做，但她还是愿意留下来，因为这毕竟是一次能够单独跟他相处在一起的好机会哟！

然而徐江平平日里，似乎并没有过多去注意过资料组这个美丽而文静的小描图员。他处事理智谨慎，因为那时候，他正处在自己人生的低谷，正如赵卫红刚才所说的一样，谁要是跟他去交往或者做朋友的话，谁就等于跟灾难和厄运攀上了姻缘。在眼下这个野蛮膨胀、愚昧泛滥的年代，谁愿意跟他这个头上戴着政治帽子、身上惹着政治麻烦的人去交往和接触呢？更不要说是喜欢和爱慕他了。可是眼前这个美丽而又文静的女孩，对他竟是如此崇拜和爱慕，令他的心里真是感动不已。因而他轻轻地嗽了嗽喉咙，率先打破尴尬说："小胡，刚才我真是有点太冒失了！"

"不，"阿华羞涩地说，"是我们不对！"

"你这样说话倒是真的！要不是后来你们吐唾沫的话，嗨，我还真不愿意现身出来打扰你们呢！"

"徐工，我们是不应该吐唾沫的！"

"小胡，事情都已经过去了，你也就不要自责了。"

听了这句话，阿华抬起她那双水汪汪的眼睛，勇敢地看着面前这个鼻梁高挑，面孔端庄，一头黑发下面有着一对富有深意的灰色大眼睛的徐江平，并且对他解释说："不过徐工，你也不要去责怪赵卫红，她确实不是有意的，要不是她在开口说话的当口，正好有几只小飞虫儿飞进了她的嘴里边的话，她也不会去乱吐唾沫的。"

"其实也没什么好怪的。"

"你不再怪我们了吗？"

"这有什么好怪的呢？小胡，你也是多想了。"

看看徐江平确实没有一点责怪的意思，阿华的心情便开始活泛了起来，眼睛里噙着的泪花也开始逐渐地幻化成了晶晶闪闪的亮点，而且就连说话仿佛也轻松和随便了许多。她眨了眨淡褐色的眼睛，抬手捋了捋额头上的刘海以及垂在胸前的发辫，朝着徐江平不好意思地笑了一笑地问：

"嗳，徐工，你刚才待在什么地方来着？"

"刚才我就待在这丛十姊妹花那边的下面。"

"我和赵卫红来了都有好一会了，怎么一点都没发现你的动静呢？"

"嗨，小胡，这可是一处绝妙之地，不信的话，你可以跟我去看一看下面。"

说到这里，他便带着阿华从小岛的东南角落上步下黄泥土的堤岸斜坡，来到了那一丛繁花怒放着的十姊妹花的斜坡下沿，就是他刚才一直坐着在看书的"凹口"处。

"小胡，真不好意思，刚才我就坐在这里来着！"

"哇塞！"阿华满脸的惊讶，"这个地方，嗨，还真是蛮好的呀！徐工你是什么时候发现这个地方的呀？"

"不久前吧，那时候，我想找一处清静的地方来看看书，于是偶然就发现了这么一处地方。"

"嗨，徐工，你还在这里垫着一块白布哪！我可不可以在上面坐下来呢？"

"你想坐的话，你就坐吧。"

得到了徐江平的首肯，阿华随即矮了矮身子，在那块垫着的白色包袱布上坐了下来。待到坐定以后，她顺手拿起了那两本放在脚边上的、并用红毛选封皮包裹着的书籍，随意地翻看了起来。尽管她也学过好几年的英语，上过三年时间的初中以及后来"文革"初期所谓的两年高中，然而她还是一点儿都读不懂这两本专业论著。因而她瞪大一双眼睛疑惑地问：

"徐工，这两本书好像不是毛主席著作吧？"

"哦，这是两本英文原版书籍。"

"是不是眼下不让看的大毒草？"

"不是的，这是两本机械设计方面的英文书籍。"

"那你为什么要用红毛选封皮给包上呢？"

"省得招摇和张扬，招惹一些不必要的麻烦呗。"

"喔，是这样哪！"

"小胡，前几年，我就是为了追求国内外最先进的机械设计技术，一个不小心就栽进了那个令人倒霉的政治泥坑！所以现在我无论在哪一方面，都得要注意一点才是。"

"喔？"阿华挪了一挪身子，抬起右手拉了一下徐江平的胳膊，并且低声对他说，"嗳，徐工，这儿的地方还很宽裕呢，你也坐下来吧。"

阿华触碰的手臂，仿佛像一股电流似的，烫着了徐江平。那个时代，人们的内心都很闭塞，尤其是政治阴影笼罩下的徐江平，封闭得又是更加的厉害。而情感，当时又属于是资产阶级和修正主义范畴内的东西，是要遭到贬斥和批判的，因此上普通的小老百姓，都很谨慎地对待男女之间的感情。此时阿华的言行举止，令徐江平静如止水的内心里涌起了波澜。

"小胡，"他木讷木讷地说，"这样好像不太好吧？要是被别人瞧见的话……"

"徐工，你这个人怎么这么封建呢？男女在一起的时候，当真就授受不亲了吗？"阿华又拉了一下徐江平的胳膊说，"嗳，徐工你就坐下来吧，我们一起坐下来聊聊天，好吗？"

"好吧。"徐江平很勉强地挨着阿华坐了下来。

阿华转过头，朝他羞涩地笑了一笑。这会儿，徐江平忽然感觉到眼面前的春光是如此这般的明媚；西面的湖光山色是如此这般的秀丽；画眉和百灵鸟的歌唱是如此这般的动听悦耳；十姊妹的花香是如此这般的沁人心脾；这似乎都是在他刚坐下来时，不自觉地嗅到了阿华身上那股向外洋溢出来的青春少女所特有的体香、以及她那羞涩一笑所引起联想的缘故吧！此时此刻，他的脑袋有一点晕旋，思绪有一点恍惚，心旌有一点摇荡！毕竟这是一次令他消魂的境遇啊！虽然在大学时代，他也曾经有过无数次跟女生单独相处的境遇，但是随着时间的推移和日月的穿梭，那种感觉似乎早就烟消云散了。自他分配来这小城以后，尤其是陷入逆境以来，他还是第一次有如此的联想和如此消魂的感觉，第一次有像阿华这样文静而美丽的女孩，对他有着如此的信任，如此的崇拜，如此的爱慕啊！

同样，初恋的热流也在阿华的体内汩汩地流淌着，并且好似火焰一般烘烤着她，炙烫着她。她非常爱慕自己身边的这个青年人，尽管他身处在逆境，身上还背着一副沉重的十字架。

事实上，在两个多月前，当徐江平刚从"强劳组"解禁，刚回到技术科设计组，阿华第一眼看到他的时候，她的心里就喜欢上这个有着磁性外表和广博学识的青年男人了。也许在她的心灵深处天生就流淌着一种中国女性所特有的怜悯的血液，就像观音菩萨怜悯着天下众多受苦受难的苍生一样，这也可以解释为什么阿华的脸孔上总是带着一副梦幻一般神情的缘故。此时此刻，她所爱慕的男人就坐在她的身边，而且坐得又是这么的近，她简直都可以听到他的心脏在怦怦的跳动的声音。此刻她的喉咙有一点发紧，两眼有一点发直，嘴里稍微带着一点苦涩的味道，心房就像敲鼓一样，在"扑通扑通"地乱跳，可是嘴里边却又说不出话来。

还是徐江平率先打破眼前这种尴尬的沉闷。他很好地控制住自己心海里那些汹涌澎湃的情感，抬起了眼睛，温柔地看着身边的女孩，并且对她慢慢地提起了话头："小胡，你想不想喝水呀？"

"想的！"阿华也尽量平静地说，"现在我的喉咙，干得都快要冒烟了！"

徐江平拿起放在身边的黄挎包,从里面取出了铝制军用水壶,打开了水壶盖,把它给递给了阿华,并低声对她说:"小胡,给你水壶。"

"哎。"

"你肚子饿不饿?"

"我的肚子倒不饿。"

"如果你肚子饿了的话,我黄挎包里还有'筋冈琪'呢。"

"嗨,徐工,你想得倒是蛮周到的嘛!"

"今天,我本来就是打算在郊外度过的。"

"你一个人呆着,难道不感到孤独吗?"

"一个人在这个地方看看书,也无所谓孤独不孤独。再说了,"徐江平抬手指了指眼面前的湖光山色说,"有这么好、这么美丽的春色可供我欣赏,因而我也就不觉得孤独了。"

"真是这样吗?"

"小胡,当你静下心来,去仔细欣赏四周这一片春光的时候,你的心里边就会产生一种诗意,比如我的心里现在就有:

    杏花初落疏疏雨,
    杨柳又拂淡淡风;
    丹金含笑扬波去,
    空遗乌龙恨无穷。
    芦苇摇,莲荷动,
    船家渔歌飞九重。
    画眉百灵报人知,
    小岛如此春意浓。

这么一种意境。真的,小胡!要不是我们现在身临其境的话,那么,我们又怎能欣赏到如此美好的春光呢?"

"徐工,听了你这诗一般的话,嗨,我也要来上几句了:

    山青青,水悠悠,
    湖光山色一望收……

嗯……下面，嗨！我可再也想不起来了，徐工你可不要笑我喔。"

"看你都说些什么傻话哪，我笑你干吗呢？"

"不过徐工，我们今天可是够有点小资产阶级情调了呢！嗨，不过管他呢，徐工，今天就让我们在一起，好好地资产阶级和小资产阶级情调一番吧！"

"好啊，小胡！"徐江平朝她微微地笑了一笑。他在微笑的时候，样子可是很英俊的。接着他说，"不过小胡，我可是死猪一只！死猪可是不怕开水烫的哟！我头上这帽子和身上这包袱，可比资产阶级和小资产阶级的情调，还要有过之而无不及呢！"

"嗳，徐工，刚才我好像听你说你是因为追求什么国内外最先进的机械设计技术，才栽进了令你倒霉的政治泥坑，这究竟是怎么一回事？你讲给我听听好吗？"

"这个嘛……"徐江平似乎陷入了沉思似的，他无意识地摘了几朵开放在自己脚边的马兰头和三蔓头的花朵，并在手里面捻弄了片刻，然后才说，"好吧，小胡，告诉给你听也没什么的……"

8

往事蒙着岁月的尘埃。只不过有的地方还比较清晰；有的地方却已非常模糊了，只就要看风吹过以后尘埃是越积越厚，还是悄然地随风而逝。

一般在专制的国度里，往事总是很难清晰如洗地端放在人们的面前的。历史总是由后人去写的。而后人又难以看清楚在铁幕的后面当时究竟都发生过一些什么事情。所以后人往往总是带着他个人的片见、个人的好恶、个人浓重的情感去描写和叙述那些过往如斯的、蒙着灰尘的、历史的往事的。正因为如此，那许多呈现在人们眼皮底下的文字的历史人物和文字的历史往事，往往也都蒙着厚重岁月的灰尘，而失去了当时的真实性和准确性。

不过，当徐江平一想起自己那一段过往的经历时，他的心房就会痛苦地抽搐起来，心灵就会滴血，就想要找一处没有人的地方，好好去痛哭一番才行！可怜他这款款的汉子拳拳的心哦！

他出生在小城东南边二十多里路的农村。还在他孩提时代的时候，他的父亲就因患重病而早逝，守寡的母亲含辛茹苦地将他抚育成人。然而他并没有辜负母亲对他的期望，在小城中学读高中的时候，他就以最高的分数考取了全国重点大学南工大学机械系。五年的大学生涯，五年的苦苦追索，他在大学里入了党，后来又以最好的成绩，从南工大学的机械设计与自动化专业毕了业。临毕业以前，南工大学本来要让他留校担任助教的，省机械厅和机械工程研究院又争着要他，省城一位副市长的千金当时又非常钟情于他。然而他为了想要改变生他养他的家乡小县城那副贫穷落后的面貌，便毅然决然地放弃了这些工薪优厚、前途无量的工作位置和美好的生活，坚决要求分配回家乡小城的第一机械厂工作。

当时徐江平还在读大学时，他的心里就已经计划好，自己要好好地学习，学成以后要好好地报效自己的家乡。他要把自己在大学里面所学习到的理论知识与自己家乡的经济建设，有机地结合在一起。因此，他除了学好自己的专业课程以外，还默默地收集了许多机械设计与自动化方面的技术资料，尤其是那时候国外最为先进的机械科技发展动态方面的外文书籍与技术资料。因为在大学读书的时候，他已经驾轻就熟地掌握了英、俄、德、日四门外语，并能轻松自如地阅读原版书籍，还能够轻松自如地翻译这些国家有关机械设计与自动化方面的最新的技术资料。

但是在分配回家乡小城一机厂技术科还不到一年，中国便爆发了文化大革命。一场最高层面的权力斗争，结果却被演绎成了一场政治大运动，并且涉及到全国所有的人，所有的领域，所有的阶层，范围之广，程度之深，参与人口之多，规模之大，堪称史无前例和绝无仅有！当时神州大地上的八九亿人口，由刚开始的大鸣、大放、大辩论、大字报、大串联，逐渐地发展到了打、砸、抢、烧、杀！那个时候，人们似乎全都失去了理智，全都像一些疯子似的，去造反、去革命、去抢枪，甚至去武斗，东方这个有着古老文明的国度，就像坠落在一个比鲜血还要血淋淋的红海洋里，然而当时还被人美其名曰"文攻武卫"呢！

"文革"刚开始的时候，徐江平因为出于对领袖的忠诚和崇拜，起初他也狂热地投入了这一场触及人们灵魂的政治大运动。不过后来，当他看到有那么多被捆在和绑在绳子上游街示众的人，似乎比扣在了线绳上的麻雀的脚爪和老鼠的尾巴还要多；高帽子做得比五脏鬼、僵死鬼的帽子还要难看一个十倍；振臂高呼的口号声简直就比原子弹的爆炸还要响亮；那些象征着古国文明的几千年的古迹胜地，竟在一夜间就被砸烂；那一摞摞、一堆堆的代表着中国文化和思想结晶的书籍，被燃成了烈火，而燃烧的烟尘直冲云霄；那些发生在文明社会里面的野蛮行为，多得简直叫人无法胜数，令人毛骨悚然。

在这种情况下，作为一个有头脑、有知识、有见地的年轻人，他开始慢慢地彷徨和怀疑了起来，并从革命造反运动之中抽身而退……再后来，当知识遭到了最彻底的流放，社会文明以及人类的尊严被践踏得一塌糊涂，国民经济在大幅度地倒退，而野蛮和愚昧却呈反比例地恶性地膨胀着，并且已经达到了极顶……也就是在这个时候，他的思想和心灵，便深深地陷入了迷惘和彷徨之中（这也许是他忧患意识的缘故吧），并对这一场所谓触及人们灵魂的政治大运动，开始了自己的反思和考量……

也就是在这时候，小城科技界中一些有识之士认为，要是再这样折腾下去的话，中国的经济将有可能会出现崩溃，科学技术将有可能会大步地倒退。比如当时小城一机厂的总工程师钟汉笙，电子仪器厂的总工程师罗文弈，以及其他一些科技人员，他们全都敏锐地意识到，一个国家要想繁荣富强的话，就必须要发展经济！而要发展经济，首要条件就是科学技术必须先行！因为他们实在不愿看到自己的祖国，因为权力纷争而导致经济崩溃和科学技术落后，处在了一种被动和挨打的局面中；他们想要图报自己的国家，想要科学救国，但是又不能直接成为那场政治大运动的对立面；所以也就是在这种思想意识的主导之下，钟汉笙和罗文弈串联了小城工业系统中一些有理想、有抱负、有知识、有见解的技术人员成立了"振兴小城科技读书会"这样一个松散的群众团体，以便让有关的技术人员，能够去集中探讨以及组织交流一些我国科学技术发展的动态与方向。

在总工钟汉笙的影响下，一机厂的许多技术人员，均都陆陆续续地加入了"振兴小城科技读书会"的活动。其中就有徐江平和姚长青。徐江平分配来一机厂的时间虽然晚了一点，但是由于其精通英、俄、德、日四门外语，他帮助钟汉笙做了不少介绍国内外先进科技动态方面的工作，因而在技术圈子里颇有一定的影响力。而姚长青则是六十年代初期的中专毕业生，六二年那年分配来到一机厂，时间比徐江平要早三年。由于当时，厂里有学历的技术人员还不多，因而姚长青他早早就担任了技术科质量检验组的组长一职。他这个人理论水平不怎么样，但是在为人处事方面却非常工于心计，城府非常深，嘴巴又非常能说和善说，所以很得总工钟汉笙和一些厂领导的赏识，他在"小城科技读书会"中活动得也比较频繁。

其实，当造反派在打、砸、抢地瞎折腾的时候，钟汉笙和罗文弈他们那个"振兴小城科技读书会"，只不过是小城一帮有见地、有思想、有追求的科技人员聚在一起交流一些科技信息，传阅一些国内外最为先进的科技信息和发展动态而已！真的要算的话，大不了就是一个民间科学技术协会此类的小团体、或者是一些科技人员的小俱乐部一类的活动罢了。但是这一帮有着独立思考能力的科技人员，在当时那种野蛮和愚昧泛滥的、政治极端专制的社会环境下，他们为了理想和追求，却付出了昂贵的代价。

因为当时的社会，实质就是"有权就有一切"。以权力构成了的现实利益，对任何人都有着诱惑力，尤其是一些政治投机分子。这是当时社会的一种主要价值取向。一个人是否有价值以及有多大的价值，一个人能否得到别人的尊重以及在多大程度上得到尊重，一个人能否生活得舒适以及多大程度上的舒适，这就取决于他的手中是否拥有权力以及有多大的权力。难怪那个在后来的折戟沉沙事件中灰飞烟灭的副统帅，他曾经就一而再再而三地向他的心腹、党羽和他这条线上的小喽啰们强调："有权就有一切！"

而那时候的小城，又正处在了无政府主义向临时政府过渡的时期；当时的一机厂，也正在酝酿成立革命委员会。在这个阶段里，姚长青思考和观望了很久，他认为以打、砸、抢和造反起家的朱兴强，会有极大的可能入主一机厂革委会的主要权力。为了能够出人头地，在权力上能够分得一杯美羹，他唯一的筹码，就是昧着良心去和朱兴强联手，把钟汉笙、罗文弈以及其他一些人抛入地狱，再把几个对他有着潜在威胁的竞争对手蹬在一边，只有这样，才会有他能问鼎权力的日子，否则凭他的资历和能力，只能是永无他期了。

利欲熏心的姚长青与造反起家的朱兴强两个人一拍即合，因此姚长青处心积虑地收集和提供了许多虚假的情况，之后又经朱兴强的断章取义、斩头去尾，以及上纲上线，于是告密加上了迫害，就像基督教中那个受苦受难的耶稣，由于他的门徒犹大仅仅为了十几个金币，他便被他的敌人钉死在了十字架上一样，而姚长青只为了一个技术科长的职务和厂革委会委员的头衔，钟汉笙便被"朱兴强们"整死在了一机厂的锅炉房里，而"小城科技读书会"则被定性为"钟、罗反革命小集团"……

以上便是公元一九六九年上半年所发生的事情。从此以后，徐江平便同厂技术科的虞树华、陈春荣、胡强等人，被戴上了"三反分子"和"钟、罗反革命小集团"成员的帽子，遭受到隔离审查，并在许多公开的场合多次被批、被斗、被踹、被打，遭受到非人的折磨！后来，他又被发配去了工厂的搬运组，在那里强迫劳动改造了将近两年的时间。

今年初头，一机厂要开发一种"J—5"型高速机床。这也是几年之前厂总工程师钟汉笙的设想。但因钟汉笙被整死以后，此项"J—5"的设计工作，虽然是由技术科长姚长青挂帅，但他毕竟是一个外行，实际上总协调的工作此时无人能够胜任。于是厂革委会副主任于树坤，便提议由徐江平戴罪立功，来担任此项设计与开发工作的临时的总协调人。两个多月以来，徐江平经过了百般努力，"J—5"型高速机床的设计与开发工作，便很顺利地开展了起来，并且最近已经接近了尾声。

今天是星期天。他带上了两本机械设计与美学方面的英文原版理论书籍，来到这个"钱资荡"北岸边的荒僻的小岛上，准备静静地看上一整天的书。他想从外文书籍和技术资料里面获得一些有关"J—5"型机床在高速运转过程中流线型运动的设计灵感，以便他去整合和敲定"J—5"的设计与开发工作的最后的方案。

当然，眼下的他，还不能过分张扬。他只能默默地做着工作。因为技术科那个黑不溜秋、鹰勾鼻子、脸孔上还长满了"酒刺"疙瘩的姚长青，处处都看他不顺眼。再说最近姚长青又在四处地收集和寻找要把他踢下地狱的"罪证"和把柄。所以，他只能处处小心，事事谨慎，以免再度去陷入前两年"钟、罗反革命小集团"那种政治灾难。

9

徐江平在讲述自己的个人往事的时候，小描图员阿华，则紧紧地挨坐在他的身边。她先是抬起手背，时不时地揩抹流淌着泪水的眼睛，后来又握起了他的一条臂膀，轻轻地摇了一摇说：

"徐工，现在有许多事情，都被有些人弄得如此的颠倒！现在的状况是许多人野蛮，可是更多的人却愚昧……记得那是在四五年前吧，我那个在小城糖业烟酒公司当经理的老爸，被他单位里的造反派们反别着手，摁住了脑袋，挂着木牌在思古街上游街和批斗。我看见了，就一边哭着一边想挤上前去把挂在我老爸胸面前的大木牌子给摘下来。可是大街上那么多的人，他们却站在一旁看热闹，有许多人还跟着在起哄，说我包庇走资派，就是反对无产阶级文化大革命，就是现行反革命，他们推我，打我，用脚踹我，把我踢倒在思古街的地面上，还抓我的胸部……"

说到这里时，阿华本来就显有点苍白的脸孔，此时此刻仿佛又抹上了一抹茫然若失的抑郁的神色。只见她略微停顿了一下，又轻轻地摇了一摇徐江平的胳臂，然后才往下说："徐工，所以有时候我总是一个人在想，我们身处其中的社会机器，肯定是什么地方出问题了！不是齿轮有问题，就是传动轴出了问题，要不然就是发动机了！不然的话，怎会有如此之多的野蛮和丑恶能得以在恶性膨胀，并且还在波及和贻害许多无辜的老百姓呢？"

徐江平抬起右手，温存地拍了一下阿华的手背说："小胡你看你呀，嗨，怎么傻乎乎地流起眼泪来了呢？赶快把眼泪擦上一擦吧。要不然的话，要是让其他人看见了，嗨，人家还以为我在欺负着你呢！"

"徐工，"阿华又抹了抹眼睛说，"这是我的感情的自然流露，知道吗？有时候我还在想，一个人可能会和别人有矛盾，会和别人有不同的意见，到了另一个时候，他可能还会成为另外一些人的对立面，但是他决不会成为一个国家，也就是由我们眼面前的这些高山、河流、湖泊、田野、树木、麦浪以及这棵十姊妹花所组成了的国家的敌人的。然而现在，却有那么一些'别人'或者'另外一些人'，却往往在以国家的名义或者国家的身份，来宣称这个人是国家的敌人，来整治和制裁这个所谓的'国家的敌人'。眼前这么一种状况，在我们的国家可是十分的盛行喔！"

听了阿华的这一番话以后，徐江平觉得面前这个叫阿华的女孩，好像有着她自己的思想和一定的思考深度，跟她交流起来仿佛就容易了许多。他的心里边似乎有一种得遇知音的感觉。因此他就低下眼睛来看她。此时的阿华端坐在他的身边，并且还紧紧地挨着他，抿起的两瓣嘴唇，带着一抹羞涩之情；秀丽的刘海耷拉在额头上，两只眼睛湿潮潮地望着他。他觉得这会儿的阿华真是美丽极了！她的面容是那么的纯洁，那么的安详，那么的温柔，让人觉得，要是说一个杀人的故事给她听都是一种罪恶，讲一句肮脏的话语都是对她的一种亵渎。于是他就对她说：

"小胡，我发觉你是一个有思想、有性格的女孩呢！"

见徐江平这么评价，阿华便抬起了两只手，不自不觉地攀住了徐江平的胳膊，并且还略微带着一点不好意思的神情说："实际上，徐工，我是一个非常软弱、而又非常喜爱去幻想的女孩子，知道吗？我害怕野蛮和暴力，憎恨一些不把人当人看待的人。幻想着有一天能跟一个我所喜爱的、同时也能喜爱我的男人，在一片宁静与祥和的环境里，一起相亲相爱地生活，就像我们眼前的这副模样一样。"说到了这里，她抬起一双水汪汪的眼睛，很勇敢地看着徐江平的眼睛说，"嗳，徐工，你总不会笑话我是发傻，或者是发呆和发痴吧？"

在小城当地流行着这么一句俗话，叫做"男追女，隔着一堵墙；女追男，隔着一层纱"。眼下阿华把她的情感和爱慕，一点一点地公开在徐江平的面前，弄得一点心理准备都没有的徐江平，一下就手足无措起来。对于这个厂资料组的小描图员，他本来并没有什么特别深的印象，但是在今天上午，而且又是在无意之中，当他听到了阿华对他的一份悄悄爱慕的心里话以后，他的心里便涌动起了一股莫名的感动。后来自打赵卫红走了以后，他又单独地跟阿华相处在这一丛十姊妹下，并且还肩并肩地坐在这处十姊妹下边斜坡的"凹口"，掏心窝地交谈到了现在。经过了一番交谈以后，徐江平开始慢慢地喜爱上了这个脸色稍微带着一点病态的苍白的女孩了。眼下一经她把这一层窗纱给捅破，于是这两个年轻人心里内在的情感，倏地就汹涌澎湃了起来。此时此刻，他们那一双爱情的眼睛，简直就是毫无顾忌地凝视着对方；他们那一颗爱情的心灵，可以相互地感受到对方的心脏在急速地跳动；他们可以通过各自心灵的窗户，去渗透到彼此的爱的深处。

然而男人和女人相比较起来，有时候还是有着本质上的区别的。因为女人多在情感之中生活；而男人却在理性之中思维。比如拿现在来说吧，徐江平就比较有理性，他非常直率地对阿华说：

"小胡，你可能还不清楚我眼下的处境吧。"

"我当然清楚啦。"

"我可是个被人踩在脚底下的人。"

"这个我也很明白。"

"既然你清楚和明白我眼下的处境以及我这个人，那么，你还敢跟我这样的人去交朋友吗？"

然而阿华却把她那张梦幻一般苍白的脸孔，轻轻地依偎在徐江平那副厚重的肩膀上，两只手抚摸着他的手臂，柔情似水地说：

"江平，这有什么不敢的呢？"这会儿她说话，已经把先前嘴上的"徐工"，自然而然地过渡到现在的"江平"了。"我知道，要想爱上一个人的话，就要去爱他的全部！这不仅是指他的优点和长处，还要有容纳他所有弱点和缺点的肚量，以及还要去分担他内心里的忧伤和逆境中的苦难！江平，这才叫做爱情！这也是爱情的责任和要义！何况你的处境还并没有那么糟糕。我想你眼前的这种状况，是不会如此长久下去的！江平，你是一个好人，是一个有水平、有人品、有本事、有理想的人，说不定哪一天国泰民安、政通人和了，你就会大放光芒的！再说了，要不是你现在身处在逆境之中的话，嗨，江平，恐怕还轮不到我去爱你哟！恐怕这个时候的我，只能呆站在一旁边，苦苦地单相思你也说不定哟！"

阿华这一番发自于肺腑的、充满着爱与信任的话语，令徐江平的心里感动得简直无法用语言来表达。他那双望着她的脸孔的眼睛，开始慢慢地"汪"起了泪滴，在快要接近中午时分的阳光的折射下，就像两颗闪闪发亮的珍珠一般。阿华透过这两扇微觉报然而又显清亮的窗户，看见了里面那块干涸而龟裂了的心田，此时此刻正渐渐地潮润起一丝爱和信任的气息。这个世界令人痛苦以至麻木的东西实在是太多了！然而缺少的正是爱和信任，那种真诚的、发自于内心的、充满着爱的信任！

徐江平轻轻地抓起阿华的右手。他可以感觉到阿华的全身都在颤抖，身子直往后仰，一直仰靠到身后边的"凹"壁，一枝折断了的并且倒挂了下来的十姊妹的枝条，触碰到她那激动的脸孔和栗色的发辫。他觉得自己好像遇到了一个异性知己，一个值得他去疼爱的女孩子。他用双手握住她的右手，把它轻轻地抬到自己的唇吻边，并且用自己的唇吻来回地擦拭她那只细腻的小手。阿华好像全身都在颤抖一般，她微微地向他身边靠拢了过来，把她的身子软软地依偎在他的胸脯上。这会儿，徐江平忽然感觉到有一股暖流，从头顶上方一直流淌到了脚后跟，他倏地就冲动了起来，伸出双手去圈住她的上身，把这个纯洁、文静而又美丽的女孩，紧紧地拥在了自己的怀里，并且疯狂地亲吻起了她的前额。

突然，那只停歇在野杏树枝梢上的画眉，又在婉转和优美地歌唱了起来。徐江平停下他冲动的举动。因为他忽然发现阿华的脸色是那么的苍白，她微微地闭着眼睛，又长又黑的眼睫毛耷拉在脸颊，两只手臂瘫软地垂在身边，似乎再也动弹不了了似的。他担心地叹了口气，慢慢地松开了她，并且轻轻地叫了几声"小胡，小胡"。寂静之中，只有野杏树梢上的那只画眉在热烈地歌唱。这个时候，阿华忽然抓住了他的手掌，把它们放在自己的脸上、心口处和嘴唇边，热情地吻了一吻。随后她便深情地对他说：

"江平，时间不早了，我们走吧。"她一边说话，一边还在抓住徐江平的手，不愿意松开。"待一会儿，江平，你去我们家吃饭好吗？我想把你带回家去，让你跟我的老爸和我的老妈他们认识认识，好不好哪？"

在得到徐江平肯定的答复以后，阿华仍旧依依不舍地坐在那个"凹口"处，一动不动。时间都快接近十一点钟了。阳光也开始偏向正中。眼面前的湖水波光粼粼，头顶上的十姊妹花香更加的浓郁。"刚才我们都做了些什么事情哪？"徐江平心里想，"我们怎么能让眼面前的美丽或者让眼面前的春光，弄得如此的神魂颠倒呢？"然而他又感觉幸福得出奇，浑身一阵一阵地哆嗦，脑海里是糊里又糊涂的，可是他的心里面，却觉得有一点惶恐与不安。"心里边这许多的感觉，"徐江平又想，"它们能给我一些什么样的预示呢？"

蜂飞蝶舞，一些蠓丝之类的小飞虫直想着要飞进他们的嘴里去。这让他和阿华都觉得，身边的春光似乎越来越可爱，越来越让他们感到沉醉了；百灵鸟的鸣叫，画眉的歌唱，雨燕的呢喃，比比鸟的欢笑，明媚的阳光，垂在阿华头顶上方的那一枝十姊妹花……过了好一会儿，他们才从"凹口"处站起来，收拾起摊在地上的书籍、记事本等物品，然后又手拉着手地攀上小岛。因为他们需要空间，需要更为辽阔的空间，来消受这些新鲜爱情的感觉。

后来，当他们走在"钱资荡"岸边的乡路上的时候，岸边的一棵老桑树上，索落落地飞出了一只喜鹊，好像是在前边给他们领路似的，引领着他们两个人去走向爱情的彼岸……

第四章

10

　　从小岛向着东北方向走一个两里多路，经过一片麦田和一个小村庄，便是老鸦塘的东头。这老鸦塘和丹金河在与"钱资荡"相互连接的中部，有着一座公路小桥。桥南是小城酿造厂的地块。走过了小桥，再往北边走不多远，公路西边的一大片地块，便是小城第一机械厂的地盘了。

　　在一机厂的对面，公路的东边，顺着几家街面店铺旁边的巷子走进去，有一个很大的居民住宅区，叫做老鸦塘新村。这老鸦塘新村是由好几十溜长长的、每一溜都有二十间房屋组成的居民小区。阿华的家就住在小区南头一溜的两大间屋子里。当时小城的居民，大都比较困苦，住得也非常拥挤，应该说阿华一家五口人能住上个两大间房屋，那时就算是非常不错了。当然，这与阿华的父亲以前曾是小城糖业烟酒公司经理有关系吧。

　　由于住房也不算太宽余，阿华家也和别人家一样，把门口的走廊通道用青砖给封了起来，辟成厨房和储藏室之用。在封起来的走廊门外的两边，她的家人还各自地栽了一棵月月红和一些月季花。或许是连接着地气的缘故，门外这两棵月月红长得非常欢实和茂盛，它们的上端已经长得连结在一起了。眼下这个季节，正是月月红含苞绽放的时节，因此远远地看去，她家的门前，就像扎了一道绿色和粉色相映成趣的彩色的拱门。

　　在这一道绿色和粉色相间的彩色拱门下，有一个十二三岁的小女孩，手里握着剪刀，正在修理着月季花；而旁边还有一个稍微大上几岁的男孩子，此时正在用一些黄黄的玉米粒儿，喂着几只飞落在地面上的咕咕乱叫的瓦灰色的鸽子。房屋前面的大路上有两个妇人站着在说话，一个身材稍微有一点偏瘦，一个身子偏高、年纪偏大、手中还拿着一叠报纸。

　　阿华指着她们对徐江平介绍说："江平，那个修剪月季花的女孩是我妹妹燕华；喂鸽子的是我弟弟仲华；那个高个子的妇人是高老师……"

　　站在门前路边说话的那个偏矮偏瘦一点的妇女，好像看到了他们两个人走近了似的，她便跟那个年纪稍微偏大一点的妇人打了一个招呼，摆了一摆手，然后她就转过了身体，向着他们迎了过去。阿华对徐江平说：

"江平，这是我的母亲。"随后她便对迎过来的母亲说，"妈，这一位是我们厂技术科的徐江平工程师。今天是星期天，他一个人在厂里显得有一点孤孤单单的，于是我便邀请他到我们家里来做客，妈，你说好吗？"

阿华的母亲是一个身材偏矮偏瘦、年纪大约有四十多岁的中年妇女，她的眼睛乌溜溜的非常灵活，就像母鸭子的眼睛一般。此时此刻她像蛇一样地歪着脖子。徐江平上前打着招呼说："阿姨，你好！"

阿华的母亲歪着脑袋，上上下下地打量了一番徐江平，就好像在打量着什么高端商品似的，最后她颇为满意地说："哎！你好，你好，家里边去坐，家里边去坐吧。阿华，你把客人带到家里边去喝茶吧。"

他们走到那两棵上端长得已经连结在一起的呈拱形的月月红花廊下面，阿华那张苍白的面孔，映衬在绿色的叶子和粉色的花朵之间。她高声地叫喊着她的弟弟和妹妹俩："燕华，仲华。"

"姐姐，"小妹燕华伸出了左手，把一束月月红的花束递给了阿华说，"这一束花给你吧，喏……"

然后她侧过了脑袋，用一副女孩所特有的调皮的神色，打量起了跟在她姐姐身后边的客人，这会儿，她别在身后边的右手里，还捏着一朵黄红相间、鲜亮欲滴的月季花，她似乎是在琢磨，这个新来的客人跟她的姐姐究竟是什么样的关系，她要不要把这一朵美丽的黄月季花敬献给这个新来的客人呢？然而阿华的弟弟仲华却站在他们的旁边，仿佛有一点不太信任地高声叫嚷着："喂！你，还有姐姐，你！你们都给我当心着点儿！可别踩着了我的这几只'雨点'和'瓦灰'喔！"

阿华的家里，客厅的地面是用长方形的青砖铺成；桌子上一尘不染；椅子擦得发亮；沙发里面垫着一些松软的麻丝和一些棕榈丝；总之是，这一间客厅收拾得很整洁，布置得很舒适；客厅的墙壁上张贴着诸多的年画和伟人像，其中多以伟大领袖和他的亲密副手在一起的画面居多。当画面上的伟人和领袖在微笑的时候，这一间客厅里好像也就光明了一大片。

徐江平一边端详着屋子里的布置，一边就在客厅的沙发上坐了下来。当他从阿华的手里面接过那杯泡着春茶的搪瓷水杯的时候，他一双看着阿华面孔的眼睛里溢满了谢意。就在这一会儿，客厅的后门向着里边"吱嘎"地开启，一个个子不是很高的中年男人，从后院里走进了屋内。

阿华叫了来人一声："爸。"

见走进屋子内的中年男人是阿华的父亲，徐江平跟着也就站起了身，向来人尊敬地问候起来："胡叔叔，你好！"

"爸，"阿华拉着徐江平的手向父亲引荐说，"这是我们厂技术科的徐江平工程师。"而后她又转向了徐江平说，"江平，你跟我爸聊一会儿天吧，好吗？我到前面帮助我妈去做饭。"

阿华的父亲年纪似乎有四十六七岁的样子。他的脸型有点清瘦；眼角旁的皱纹有如是刀刻了一般。很显然，这是岁月沧桑在他脸上烙下了的不可磨灭的印记。这是一位饱经风霜的长者。粗略的几眼观察，他便对徐江平有了个初步的印象：面前这年轻人虽然从表面上看，文质彬彬的，但他的身上似乎却有一副文化人所固有的傲骨，显得有一点超然和脱俗。

"噢，"阿华的父亲招呼着，"小徐，你坐下来吧。"

徐江平好像并不显出有一种陌生人的拘谨和局促，他落落大方地在沙发里坐了下来，并且很快就东南西北地跟阿华的父亲寒暄了起来。

阿华的父亲一边跟他唠嗑，一边问他："小徐，你今年有多大啦？"

"胡叔叔，今年我二十八岁。"

"哪一年到一机厂工作的？"

徐江平便对阿华的父亲作了一番极为简单的自我介绍：

"胡叔叔，我出身在农村。五七年，我来小城一中读高中，六零年我报考了南工大学机械设计与自动化专业，六五年那年大学一毕业，便要求分来小城一机厂工作，现在工作已经有六年了。"

"阿华在厂里的表现怎么样？"

"小胡是个很不错的女孩子，她工作认真负责，颇受到大家的好评。"

"是这样的吗？"

"最近我们厂里正准备上马一种新型的高速机床。眼下我们设计组，就正着手这种新产品的设计工作，描图的工作量也比较大，而小胡则是几个描图员中最认真的一个。"

"是吗？"

"一点不错。"

他们聊了还没多一会儿，阿华的母亲便端来一只红花碗，碗里还盛有三只荷包蛋。阿华则站在母亲旁边笑眯眯地说："江平，这可是我妈给你做得哦！"

"小徐，"阿华母亲的说话声，嘶哑得就像一只老母鸭在叫唤一般，"我们家中也没什么特别好的东西招待你，来吧小徐，你就在桌子上头坐吧。"

　　原先小城盛行着这样的风俗习惯，对于尊贵的客人或者是第一次上门来探访的儿女亲家以及儿女的朋友对象，一般都要用泡三只荷包鸡蛋来招待。徐江平很清楚这里的风俗习惯以及其他的一些事理人情，很显然，阿华已经对她母亲公开了他们之间的朋友的关系，此时此刻，他似乎觉得有一点不好意思，涨红着脸，嘴里连声道谢并且不断推辞。

　　阿华的父亲却在一边说："小徐，这是应该的嘛，你这是第一次来我们家嘛，入乡随俗嘛，好了好了，你就不用多客气什么了，噢。以后要是没有什么事情的话，你就经常过来串串门呗，噢。"

　　"江平，"阿华附在徐江平的耳边悄悄地说，"你可得给我点面子喔！"

　　徐江平知道，这一碗荷包蛋如果不吃，便是看不起主人家；但要是全吃了的话，主人家又要说你不懂得礼节。因而他拿起了竹筷子，夹破了碗里面的一只鸡蛋，然后象征性地喝了几口汤，便放下了手里边的筷子。阿华的父母亲把这些全都看在了眼睛里，他们在旁边赞许地一笑，因此气氛紧跟着也就轻松了许多。

　　那一天午饭，虽然开饭时间晚了一点，但是却也非常的丰富，有鱼、肉、鸡蛋、豆制品和一些时令蔬菜，而且做得也是色、香、味俱全。阿华的父亲还特地打开了一瓶小城出产的"封缸"酒来助兴，这时候他似乎已经有接纳徐江平为家庭"准成员"的意思。吃饭中间，徐江平跟阿华的父母亲交谈了许多小城里的风俗习惯、事理人情这一类的话题。通过这一番闲聊式的谈话，他对这个家庭算是有了个大致上的了解。

　　阿华的父亲叫胡坤，刚解放那一会，他就参加了工作，并且在这个小城的商业战线上，工作了已经有二十多个年头了。在六十年代初的三年困难时期，为了响应党和国家的号召，减轻国家的负担，他便动员家属带着几个孩子下放去了小城东郊的蔬菜队。阿华的母亲于明娣，她现在还担任着东郊蔬菜大队的妇女大队长呢。

　　阿华姐弟妹三个，属她年纪最长，今年虚岁二十有二；她的弟弟仲华十六岁，眼下正读着初中；小妹燕华十三岁，读着小学五年级。在阿华的下面、她弟弟仲华的上面，应该还有一个排名叫做露华的大妹，她们姐弟妹原本是四个，每个孩子之间又间隔了三岁，可惜的是，大妹露华年幼的时候因患病而夭亡了。

"文革"之前，阿华的父亲胡坤，曾经当过了五年的小城糖业烟酒公司的经理。"文革"初期，作为所谓的走资本主义道路的当权派，他遭到了造反派的冲击和批斗。几年挨批、挨斗的牛棚生活，使他沦落成了一个"文革"时期的绝对驯服的工具。也正是由于这个原因，前年下半年，小城糖业烟酒公司成立革命委员会的时候，他被作为三结合的对象结合了进去，担任了该公司革委会的副主任。

现在胡坤和于明娣夫妇，看到了自己的大女儿带着一个很不错的男朋友回来，他们全都认为女儿很有眼光，并且对眼前这个叫徐江平的青年人印象很好。但是作为一个父亲来说，胡坤首先考虑到的是，女儿的男朋友其本身不应该有什么政治问题；至于品貌上的好与坏，那还不是最主要的，因为人一旦有了什么政治问题或者政治上的污点，哪怕就是一个很小很小的污点，他也就很难再在主流社会里面立脚。虽然他对自己的女儿，并没有明确地提起过此类话题，而女儿阿华也没有主动地跟他们作过类似的深谈，她这是第一次将自己的男朋友带回家来，不过，他们还有足够的时间可以去调查和了解，然后再来帮助阿华做出决定。

午饭之间，徐江平跟阿华的弟弟和妹妹交上了朋友。这两个小孩子在餐桌上向客人提了很多稀奇古怪的问题，有些问题恐怕连他们的父母亲听都没听到过，更不要说是去解答了，然而徐江平的回答却能让这两个小孩感到满意。于是这两个小孩便很快就和他这个"大哥哥"交上了朋友。饭后燕华和仲华两个人要下军棋，他们便拉着他这个"大哥哥"给他们当裁判。下着下着，还没有下多一会，弟妹两个人就因为耍赖皮而争吵起来，这两个小孩互不相让，全都在大眼瞪小眼地对看，忽然间仲华把棋盘往前猛地一推，拉着徐江平就去看他饲养的鸽子。那许多只"瓦灰"、"雨点"、"酱斑"和"凤头"，在他们的手里"咯的咕"、"咯的咕"地鸣叫；而小妹燕华则又过来拉着他去看她做的作业和绘画，而且还为祝贺他这个"大哥哥"和她姐姐的友谊，她很郑重其事地把她上午采摘下来的那朵异常美丽的黄月季花，敬献给了这个将来有可能会成为她姐夫的"大哥哥"……

阿华做完了家务活，她准备带徐江平去拜访一下住在不远处的高老师。这会儿她看到了他跟她的弟弟妹妹们相处得如此的亲和与融洽，现在他们都已经直接称呼他为江平"大哥哥"了；然而徐江平让人瞧起来，也确实就像是一位亲和融洽的"大哥哥"一般。瞧得阿华在一边偷偷地乐了起来。

11

高老师名叫高玉芹。她是小城第一中学初中部的语文老师，执教已经有了三十多年，眼下也已经到了快要退休的年龄了。

由于职业的缘故，她为人似乎有点清高，不愿与邻居多去交谈和沟通，天生一副孤独相。不过她对阿华的印象倒是非常好，可以说她不仅是阿华的中学老师，也是看着阿华长大起来的长辈般的人物。因此这就是阿华为什么要拉着徐江平前去探望的缘故。那一天下午阿华同徐江平拎着一篮新鲜蔬菜和礼品，并且还带着一把从"钱资荡"北边小岛上采回来的十姊妹花与阿华家门口的月月红花混杂而成的花束，敲开了高玉芹老师的家门。见到开门的高老师，阿华便欢快地叫着说："高老师，我来看你啦！"

"哦，是阿华喔，"高老师拉住阿华的手说，"来，快进来吧！"

"高老师，我后面还跟着一位朋友呢。"

这一会儿，高老师也看到了站在门外走廊上的徐江平。她便往阿华的跟前凑了一凑，低声地问："是你的男朋友吗？"

"嗯。"

见阿华带着男朋友前来看望，高老师赶忙说："那快一点儿进屋吧！"

阿华给徐江平介绍着说："江平，这是高老师，我初中时的班主任。"

高老师就是中午时分站在阿华家门口跟阿华的母亲于明娣说话的那个身材偏高、年纪偏大、手中还拿着一叠报纸的妇人，徐江平很快就认出了她，于是他便尊敬地问候说："高老师，你好！"

高老师忙着招呼他们两个人说："来，来，一起进屋里来吧！"

在高老师翻找花瓶插放那把十姊妹和月月红花的当口，徐江平将整个屋子大致地浏览了一番。屋内有一股文化人的气息，榆木书架上摆放着一摞一摞的书籍；墙上张贴了几张杨柳青剪纸画。高老师已经寡居多年，她唯一的一个儿子现在部队工作，所以这是一户光荣人家。她好像有点儿偏爱这十姊妹花似的，见她把花束分开插放在两个不同的花瓶中，并且还不时地嗅着十姊妹花散发出来的香味。等到插好了以后，她便把花瓶端放在他们身后面的桌子上。

"阿华,"高老师说,"我还是比较喜欢这十姊妹的!"

"为什么哪?"

"阿华,我喜欢这十姊妹花,不仅是这十姊妹开花的清香味,主要还在于它有着一个非常美丽、但又非常凄凉的传说呢!"

高老师给他们每人泡上了一杯新上市的"茅山青峰"。在细品慢饮了几口淡绿色的"茅山青峰"以后,仿佛这新茶给她输入了精神似的,她就给这两个年轻人讲起这十姊妹的传说:

"很久以前,在我们江南这一带地方,流传着这么一种风俗习惯,有一些尚未出嫁的年轻女孩,往往会十个或者八个的,结拜成异姓的姊妹,并且她们还对着老天爷插香盟誓,今后要么不结婚,要结婚就全部都结婚;要么不嫁人,要嫁人就全部都嫁人,然后才可以去跟各自的新婚丈夫一起同房共床地生活。这样一种结拜的异姓姊妹,当时在我们江南一带,便被人们称之为结义金兰之盟。

"传说在我们小城南边,有一个叫鹤岗的镇子,镇子里有一个金兰十姊妹中的二姐,被她的父母亲逼迫嫁给了一个她一点都不爱的男人。出嫁的那天,白天二姐哭哭啼啼地同新婚丈夫拜完了天地,晚上却拒绝与新婚的丈夫一起同房共床。她将自己身上穿着的衣服和裤子,全都打上了解不开的死结,坐在床边等待着天亮。并且第二天也是如此。到了第三天的早上,她便吵着闹着要回娘家。她说若是同意她回娘家的话,则什么事情都不会发生,将来也可以跟夫婿凑合地过个日子;如若不同意她回去的话,她就或去投水、或去上吊、或去绝食、或去自刎,总之舍此一命以报答众位金兰姊妹的结拜之情。结果她那个不通情理的夫婿家就是不同意她回娘家的要求,因而就在那一天的晚上,她趁着新婚丈夫未及防备之时,在屋梁上结上了绳环,上吊而死了。

"二姐自杀以后,夫婿家厌恶其上吊之死的样子,便将她的尸身送还给她的娘家。而她的娘家人又碍于封建礼教之习俗,认为嫁出去的女儿泼出去的水,也不愿意为二姐收尸立坟。结果夫家娘家就这般地推三阻四,谁家都不肯接受。后来夫家由于社会舆论压力的缘故,便拿出一卷薄薄的芦,派人裹起二姐的尸身,选择了一个荒草坡地,草草地一扔了事。

"然而二姐的九个金兰姊妹,在得知此事的原委以后,她们悲痛不已,便出资为二姐隆重地置棺、立坟、树碑,以及披麻戴孝。二姐的后事操办完毕后,她们看着坟墓想起了人,大家都哀哀地痛哭,全都不愿意离去。大姐说咱们这十个姊妹,平素是如此交好,可是二妹现在已经去矣,想想人活着也没有什么太大的意思啊……小妹则说,既然没有什么太大意思的话,我们还不如就跟着二姐一块去死呢!于是众姊妹都愿意以一死以报答二姐的那份情义。那一天她们围着二姐的坟头,哭着、喊着、嚎着、唱着、跳着,痛痛快快了一天以后,傍晚时分就在离二姐墓地不远处的一棵大树上,大家用绳子结环而投,全都上吊而死了。

"在这异姓十姊妹死了以后不久,她们荒郊野外的墓穴坟冢上便长出了一种形状类似蔷薇花一般的野花,多在仲春时分开花,开花时或八朵成簇,或十朵成团,又多为月白色或者月白色里夹着一点淡青色,并且具有很浓的香味。因此后人便著书记载,说此花乃是'金兰结盟之贞女也。她们一誓千金。之死靡他。当其姊妹有一之死时,结盟众姊妹,皆以其有义而隆祀之。迨后姊妹俱亡,岁时仲春之季节,坟旁冢边遂开此白花,以示其金兰姊妹之贞洁矣。'阿华,这就是十姊妹花的由来。并且还有诗为证:

　　　　十姊妹兮……十姊妹,
　　　　天弃之纯洁地遗之芳菲,
　　　　春风缕缕拂其香馨兮,
　　　　殊不知其多少苦涩的泪……

"后人有感于金兰十姊妹之忠贞,于是就有一些好事之人便从她们的坟旁墓地上折其枝条,培植在自家的花圃和庭院中,或作为装帧,或作为点缀,或作为凭吊之物。因此荒野里的十姊妹花在经过后人多年的栽培,便慢慢地演变成现在这种成簇、成团,一开就是几百上千朵白花的十姊妹了。所以每当到了仲春时分、十姊妹开花季节,这十姊妹花浓郁的香味,就会随着春风四处地飘逸和弥漫,并且在数里之外均可辨别和闻识。"

高老师讲完十姊妹的传说以后,徐江平和阿华两人都被高老师的故事所感动,尤其是阿华,她竟然如梦如幻一般,陷入在沉思之中,忘记了说话。然而徐江平则低声地对高老师说:"高老师,你说的这个故事太让人感动了!你嘴里的十姊妹,她们是一帮重于情义、忠于友谊、敢于反抗封建婚姻礼教的女孩子，是封建专制社会的叛逆者和牺牲者。"

"小徐，"高老师欣赏地说，"你的评论挺切入主题的。"

"她们这一帮女孩子，追求着爱情、追求着理想，真是可歌、可泣、可悲和可叹哦！"徐江平还在哀叹不已。

"追求着理想？"高老师似乎又有点儿不以为然地说，"你说'十姊妹重于情义，忠于友谊，敢于反抗封建礼教，是封建专制社会的叛逆者和牺牲者'是对的，至于说追求着理想，嗨，这世上的人，哪有那么多的理想可去追求哦？小徐，我曾拜读过邹之临的《女侠传》，其中有'……昭君入宫数岁，未得求见，积悲愤，乃请掖庭令求行。单于临辞大会，帝召女以示之。昭君丰容靓色，光明汉宫。顾影徘徊，竦动左右。帝见大惊，意欲留之，而……'王昭君是封建专制社会的叛逆女性，她因'积悲愤，乃请掖庭令求行'。最后'戎服乘马，提一琵琶出塞'地叛逆而去。她的命运之悲惨，不仅给后人留下了无限的哀叹和惆怅，甚至就连她本人，也在痛感自己命运的可悲，这在她的题诗之中可见端倪：

　　雪里穹庐不见春，
　　寒衣虽旧泪长新。
　　如今犹恨毛延寿，
　　爱把丹青画错人。

由此可见，就像王昭君这样的历史女性，都不去追求什么理想了，何况是一般的世俗之人呢？"

"高老师，"徐江平跟她探讨地说，"历史人物有历史人物的理想；小人物也有小人物的追求。比如就拿你故事中的十姊妹来说吧，我看她们就是在追求自己理想中的爱情，这本来是无可厚非的。追求理想，这是我们人之本能。谁都无法去阻止自己的追求。事实上，理想就是完美，而完美又是难以去实现的，尤其是在专制社会里，更是如此。既然理想破灭了，悲剧也就会跟着在发生，这是谁都回避不了的。然而在我们的人性中，本就含有一点儿悲剧的成分；而我们人生的意义，也就是在追求理想的过程中，才会得以实现的。高老师，如果是这样的话，那么，我们又何必过多去计较她们在追求的过程中所能得到的是什么呢？"

"哦……"

徐江平这一席类似于探索和讨论一般的话语，引起了高老师的高度关注。只见徐江平接着又在往下说："高老师，至于说到命运这个问题时，我认为，人的命运是不可改变的！可改变的只是人对命运的态度而已！比如就拿王昭君来说吧，任谁也改变不了她的命运，因为当时，谁也不清楚她的命运将会如何去走向。然而与其终老在'掖庭之中'，还不如挺身而出去'和藩'。这不能说是王昭君改变了自己的命运，而是她改变了自己对命运的态度而已，于是她就给我们这许多后人留下了一段'昭君出塞'和'昭君和藩'的佳话。

"实际上，我们自己能够支配的东西真是少之又少，比如就拿我们的人生是不是幸福这一件事情来说吧，有时候就连这样的事情，我们自己甚至都做不了主！因为现实的社会，往往并不是以我们自己的意志为转移的。高老师，就说我本人的命运吧，也可谓是荆棘和坎坷。我放弃报酬优厚、前途无量的工作位置，为的就是想要改变我们家乡的贫穷与落后。可是我不仅没有能够如愿，反而却接二连三地陷入困境。高老师，对于这一件事情，阿华她比较的清楚，正因为是如此，我才跟阿华交上了朋友。我记得有一位哲人曾经说过这么一句话：'能以一种尊严的态度对待苦难，这本身就是人生的一项成就。'现在，我对于自己的命运，高老师，我是既不去奢求，也不去挑剔，听之任之，任其随意发展吧。"

听了徐江平的一番话，高老师的脸色蓦然为之一亮。她的眼睛眨了一眨，这是长年累月用脑子去思考的人，才会时常出现这样的表情。看起来，她对徐江平明显有着好感。此时此刻，她微笑着地对徐江平说：

"小徐，我发觉你的见解很独特，并且很有个性，思考问题又有着一定的深度和宽度，我很愿意同你这样的年轻人去交流喔！"而后她把脸孔转向阿华说，"阿华，看起来啊，小徐可是一个很难得的年轻人哦，你可要好好地去把握住这一次的机会哦！"

"高老师，"阿华羞涩地说，"我知道江平是个很好的男人。"

高老师又转过了面孔，这一次她可是对徐江平郑重其事、语重心长地说："小徐，阿华可是个好姑娘哦！我可是看着她长大起来的！将来不管如何，你都要好好地善待阿华！好了，你跟阿华都不要走了。待一会儿，你们就在我这里吃晚饭吧！我们可以一边吃饭，一边再去交流交流，噢！阿华你帮我照顾好小徐,我现在就去准备。"

"高老师,"阿华连忙说,"我来帮你打个下手吧。"

"现在还不需要呢。我得先去街面上一趟,买一点儿熟菜回来。阿华,你就在我这里陪着小徐吧,噢。"

12

那个星期天,他们又度过了一个非常美好的傍晚。

虽然那一顿晚餐并不算怎么丰盛,但是气氛却非常融洽,高玉芹老师、徐江平和阿华三个人聊了很多很多的话题,他们非常直率地交换着各自的思想,交流着各自的观点和看法,直到夜幕来临之时,他们的谈兴还仍然不见消减。后来徐江平和阿华在告辞前,高老师特地还留住了阿华,并且单独地跟她说了几句话:"阿华,你的眼光还是很不错的。看起来,小徐是一个很好的男人,他将来肯定会有所作为的。"

"高老师,谢谢你对我们的照顾!也谢谢你对江平的评价!"阿华表示着谢意地说,"现在,我们可走了呀!"

徐江平跟阿华肩并肩地沿着刺槐和白杨树构成的篱笆,向着南边的方向走去;后来他们又拐了一个弯,走上了一条两旁杂草丛生的小路。小路的左边有一条小河沟。河沟里的水,在月亮下面闪烁着朦胧的银光。右边是一片低矮的蔬菜地,有一些地方被灌木丛遮拦住,笼罩着一片斑斓和透明的月光。月亮的周围,有一圈非常明显的光晕,就像古代神话中的菩萨和圣人头顶上的光圈,看上去,仿佛离他们不算太远。星星在夜空里美丽而又明亮地闪烁。徐江平住在老鸦塘南面的职工宿舍区。此刻阿华伴着徐江平在回家的小路上散步。她一边走,一边挽起他的胳膊说:

"江平,高老师这个人哪,眼眶特别的高,平时,她可从来都不请别人在她家里边吃饭的。"

"也许我们跟她有一种缘分呗。"

"想不到你的面子,嗨,居然比我的还要大呢!"

"阿华,"徐江平这是第一次把"小胡"的称呼,改成为直呼其小名,"你就不要再送我了,噢,还是让我送你回家去吧。"

"时间还早着呢,江平,你就再陪我走走吧,好吗?"

"阿华，还是让我送你回家去吧，噢。明天我们还要上班呢！"

阿华似乎很不情愿地让这些刚刚来到自己面前的初恋的甜蜜，再让它在这春夜里面去悄然地溜走似的。她就仿佛是紧紧地拽住初恋的甜蜜一样，紧紧地拽住了徐江平的一条胳膊说：

"江平，还是让我送你回去吧，好不好吗？"

他们就这样你送我、我送你的，不知不觉，夜，已经渐渐地深了起来。那天夜晚，月光如洗，皓月当空，也许是因为有着雾气的缘故，皎洁的月亮周围，迷漫着一圈梦一般的金灰色的光晕。光晕的一端还点缀着几颗亮晶晶的星星。月亮和星星仿佛是把仲春之夜里的精华给融化了开来，然后再去凝结成梦幻一般神奇的光环似的。他们两个人，就在这月光和星空的下面，一路地走着。然而月亮和星星不是挂在了芳香茂密的刺槐树的树梢上，就是躲在了白杨树那黑色枝桠杈的后面，并在前边给他们引路。

这个时候，徐江平说话似乎有一点儿措词不当。只见他说："阿华，今天我，真是有点对不起你了。"

阿华忽然睁大了眼睛。她先是抬头看了一眼徐江平，紧接着，她好像倒吸了一口凉气似的，慢慢地松开了她挽着徐江平胳膊的手，向前紧走了几步。徐江平诧异地跟在后面问道："阿华，你怎么啦？"

但是阿华还是在往前走。徐江平在后面一把拉住了她的手臂，并把她的身子，轻轻地拨转了过来说："阿华，我在跟你说话呢！"

"你为什么要跟我说对不起呢？你不应该向我道歉的！"

"那么，我应该说一些什么话呢？"

"江平，你应该知道我为什么要把你带回家，让你跟我的父母亲认识，并把你介绍给高老师认识吗？因为是我爱你，是我在爱你的缘故啊，这下你可知道了吧？"

"阿华，我只是觉得，今天我真是有点儿太突然了！先前，我一点儿心理准备都没有啊！"

"江平，你没有听高老师下午说那个十姊妹的故事吗？我对你的感情可是很认真的。真的。追求不到自己理想之中的婚姻和爱情的话，我宁愿也像异姓十姊妹中的那个二姐一样去死！"

说到了这里，她把脸孔贴在了徐江平的肩膀上，身子依偎在徐江平的胸前。这时候徐江平展开了两手，顺势把阿华圈进了自己的臂弯里。他低下了头,对着阿华的耳朵低低地说:"阿华,看你刚才都瞎说了一些什么话呀?我想我已经真心地爱上你了。"说完,他就低下头去,热吻起了阿华的两瓣嘴唇来。

阿华似乎也在热切地迎合他。所以没过多一会儿,他们便沉浸在了爱情的河沟湖汊之中。这时候紫黑色的夜幕笼罩着小城东郊的河沟湖汊;朦胧的月光下,呈现出一派江南水乡那么一种独特的情调。大自然似乎在向他们两个人发出了声音:"嗨,两个恋爱的年轻人,这可是你们的世界啊!"此时他们默默地领略这仲春里的夜色;花木鸟兽、精灵鬼怪,这一会儿似乎全都屏住了呼吸,全都隐藏在角落里面和树木后面,偷偷地窥视着他们,仿佛让他们两个人感觉到,这是一片朦胧而又神秘的世界。

在这一片朦胧而神秘的世界当中,他们一连逗留了好几个小时。天气开始渐渐地凉了下来。他们也开始感觉到一股股的寒意。于是他们便松开了互相拥抱着的身体,然后手挽着手,乘着满地的月光,踏着寂静的夜色,绕过了河沟湖汊,穿过了荒野中的农田菜地,又转回到原先的小路上。此时徐江平抬起左手,看了一眼戴在左腕上的手表,然后他低下头,附在阿华的耳边悄悄地说:"阿华,都快十一点钟了!这,我总该送你回去了吧?"

"江平,"阿华好像仍有一点不情愿地说,"我真想让这个时间之钟,就此停止住转动才好呢!"

"别发傻了,噢。我们明天还要上班呢。"

"那么,好吧。江平,你就送我回去吧。"

阿华家的大门前。当阿华从衣兜里面掏出了那一串大门上的钥匙的时候,徐江平忽然伸出了一只手,抓住了她握着一串冰冷钥匙的火热的手,另一只手扳起了她的面孔。他凝视着她的脸儿,她嘴唇间洁白的牙齿,披散在额头上的几绺刘海,折射着月光的淡褐色的眼睛,内心里感慨万端地想:"嗨!这是一个多么美丽的女孩啊!"而阿华则用自己细腻而又火热的手指头,缠绕住徐江平的手指头,脸上是一副奇异的神情。徐江平把脸低低地倾向了她的脸孔……

忽然间,不远处的猫头鹰"咯咯"地叫了起来,在这个深夜里,听了真让人觉得扫兴,又觉得有一点儿毛骨悚然。门前拱形的月月红花丛之中一股浓郁的气味,直往徐江平的鼻孔里扑来,让他又觉得有点儿迷醉。接

着,阿华的家里边似乎响起了动静。她松开了缠绕住他的手指头,向后面退了一大步,朝他摆了摆手地说:

"江平我们明天见!"

"阿华,祝你做一个好梦!"

"也祝你做一个好梦!"

阿华说完,她就把身子缩进了自家的门洞里。徐江平转过身来,轻轻地舒了一口长气,并且慢慢地退回到了菜地边的小路上。金灰色的月光,朦朦胧胧的夜色,除了偶尔有几声夜鸟的悲鸣以外,周围便是一片静谧,跟白天的湖光山色、荷动鱼散、乌龙叠翠、鸟语花香、春意姗姗的景色相比较,是何等的不同啊!

蓦然,他用一个旁观者的眼光,来审察自己今天这一首田园牧歌般的奇遇,他仿佛看到了阿华的母亲于明娣,脖子蛇也似的一扭,眼睛乌溜溜的一转,似乎把一切都看在了眼睛里面似的;她的父亲胡坤那一张沧桑岁月所刻下深深的印记的瘦脸;她的弟弟怕他们踩到了他的鸽子时的满脸的不信任;还有今天上午,赵卫红在离开"钱资荡"岸边的小岛时,所说出来的那一番似嘲似讽的话句……所有这一切,都让他的心里边感觉到有点儿烦乱!只有阿华的妹妹燕华,手里边捏着一朵美如蜡制一般的黄月季,献给他这个大哥哥时那一副天真烂漫的神情;还有高老师那样一种深沉而又睿智的眼神,让他的心里边感觉到稍微有一点儿温暖……

总之,不管今后他是愿意,还是不愿意,他都得要去直面眼前这个社会,被人们去议论,被人们去冷嘲热讽,被人们去说东道西,被人们去捉弄、去批斗、甚至还要去当被拳打脚踹的活靶子,他是没有办法去回避的。好在在这种政治极端专制的岁月里,他还能获得像阿华这样美丽而又文静的女孩的热恋和关爱,使得他那个空落虚脱的精神园地得到了润泽;苦巴苦巴的心灵皱褶得到了熨帖;他那青春的欲望和性的活力被爱情唤醒了过来。阿华对他的爱恋与信任,就像眼面前这夜空里的流星所掠过了的一道微弱的光芒一样,微微地照亮了眼下他这么一种灰暗的生活。

走在铺着煤渣的回家的路上,徐江平的内心里矛盾着,他既想着要去热烈地庆祝一下自己心中这一番新的春意,和这刚刚到来的火热的恋情;但是,他又模模糊糊地感觉到一阵非常现实的不安。一会儿他的心里边是一阵沾沾自喜:自己居然获得了这个文静美丽、心地善良的女孩的热恋;

可是过了一会儿，他却又异常严肃地思考起来，并且还在自我责备着：

"哎哟！徐江平啊徐江平，小心你干下来的好事情哦！你知道这样下去的话，会有什么后果吗？你自己已经跌进了旋涡和泥坑不说，可是你可不能把阿华这个美丽、善良而又文静可爱的女孩子，也拖进了你人生的旋涡和生活的泥污之中去哦！"

他转过了身子。啊，月亮！他看到了那一弯缺了一只角的月亮，悬挂在紫蓝紫蓝的天幕上。那一弯月亮的周围，梦一般地扩散着一圈金灰色的光晕——啊，月亮！好奇怪的月亮啊！

此时此刻，他的心灵仿佛感受到了神灵的启示：一篇全新的、从来也没有体验过的生活乐章，将会在他的面前展现。

第五章

13

星期一的早晨。徐江平一大早就去厂里上班了。

昨天晚上，尽管他睡得很迟，然而他好像并不觉得有什么疲累或者缺少了睡眠似的。因为星期一的上午，一机厂革委会将要召开关于"J—5"的设计与开发工作会议，并且还要听取他的设计汇报，以及对公差配合尺寸和数据，进行各方面的认证。

这时候徐江平抬起眼睛，透过设计组办公室那透明的窗户，时不时地向着外面张望。早晨的空气非常清新，春天在向着纵深里推进。一夜天之间，厂区路边的刺槐、香樟和法国梧桐树上，又冒出了一大片黄绿相间的嫩叶片；榔榆树已经撒起了榆钱；白杨树也已经飘飞起了花絮；路边花坛里的月季、玫瑰、芍药和月月红等各种草本和木本类的花草全都展瓣、吐蕾，绽放出五彩缤纷的花朵，占据了此时此刻陆续走进厂区的职工们的视线。

昨天，在他身上所发生的韵事，这时候似乎已经有一点儿遥远了，并且遥远得似乎有一点儿飘渺而又朦胧，好像已经成了他人生旅途之中的一段非常美好的回想和追忆似的。早晨起床以后，他的脑海里便时不时地浮现起了昨晚他跟阿华拥抱和接吻的情景。但是这会儿，他忽然又强烈地惦念起了阿华，并且，心里边渴望着想要见到她。这个脸色苍白、清秀、并且有着一副梦幻一般神色的女孩，不知怎么地，眼下仿佛已经完全占据了他的整个心灵似的。

然而此刻他却又有一点害怕跟她见面。他怕跟她见面以后，会让她感到羞涩、难堪、局促、不自在，脸上会挂不住，使得她的内心会生出许多对他的不满和反感。可是就在他的心里感到极度矛盾的时候，技术科长姚长青反背着两手，踱步似的走进了设计组，并且朝着他似笑非笑地说：

"徐江平，你把'J—5'的设计进展情况以及汇总资料，全都给我准备好，厂革委会上午八点钟准时开会，专门讨论'J—5'的设计工作，公差配合尺寸的认证工作，以及试产之前的准备工作。"

徐江平点了点头，伸出了右手，指着此时摊在办公桌子上的一叠厚厚的材料，不紧不慢地说："姚科长，我正在着手准备呢。"

"徐江平，今天的会议可是非常的重要喔！你可得要好好地给我去表现表现哦！不要出来工作还没有个几天，前面的政治问题还没有完全地处理好，后面就又抖出了什么政治纰漏来！"

姚长青那张黑不溜秋的脸孔上，生出了一个鹰勾鼻子和许多疙里疙瘩的"酒刺"。他在开口说话的时候，几颗门牙黄不啦叽的，牙缝之间积攒着深褐色的污垢，真像是一辈子都没有刷过牙齿似的。这会儿他说话的语气，带着一股那时候可是非常之流行的"铿锵腔"味儿。他就是用这种语气对徐江平说话，是不是有意在挖苦和嘲讽徐江平呢？当然啰，这只有老天爷才能够知道了！

"我干吗要同他这种人去计较呢？"徐江平心里想，"还是退一步风平浪静，忍三分海阔天空的好吧！"因此他便尽量地克制着自己，以保持住自己内心里的平静。这一会儿他忽然想起了阿华的父亲胡坤，为什么会心甘情愿地沦落为现实社会下面的一个绝对驯服的工具这一件事情来，"或许他也是在隐忍吧？"他心里边又想，"要不然的话，他就是有点儿无可奈何了！"想到了这里后，因而他也就违心地对姚长青说：

"姚科长，在你的领导之下，我想是不会出什么问题的吧？"

姚长青抬起眼睛看着徐江平，他的脸颊上满布了的"酒刺"疙瘩的肌肉，此刻却在斜上斜下地移动着。

"是吗？"他说，"好哇！只要不出什么政治问题就好哇！"

姚长青转过身子正准备要离开设计组，可是这个时候，阿华却刚好走进来。她本是特地弯过来看望徐江平一下的。此时此刻她笑意盎然，平素一张梦幻一般的脸蛋上，今日里似乎分外的丰腴和滋润（这个秘密也许就只有她和徐江平两个人知道了），白嫩之中透着一点儿红润，犹如是一朵含苞欲放的"俏谷"月季花，显得是异乎寻常的美丽和漂亮。这让姚长青多少感觉到有一点意外。平日里，这个脸色总是苍白得有一点儿病态的女孩，今天怎么会显得是如此的容光焕发，如此的楚楚动人呢？他不由得停住脚步，张开袒露着几颗黄不啦叽门牙的嘴唇，朝她微微地笑了一笑说：

"胡雯华，你早啊！"

"哦，是姚大科长啊，首先是你早哦！"

阿华的脸孔上，似乎是一副不屑与姚长青闲聊的神情。她土地征用进厂还不到两年。她刚进一机厂的时候，姚长青好像并没有过多去注意这个神色总是带着一副梦幻一般的女孩。因为那个时候，他正在死命地追逐着金工车间的铣工于春芳。后来，由于追求于春芳不成，他才开始把自己的目光，渐渐地投向了资料组这个可人的小描图员。可是眼前这个小描图员呢，对他却是爱理不理的，她的脸色，总是那副郁郁寡欢、茫然若失般的神情，仿佛从来就没有怎么"开朗"过似的。可是谁知这个小描图员，今天竟是……嗨！竟是这般的笑意盎然，这般的楚楚动人！姚长青不由得涎起了脸皮，嬉皮笑脸地说："嗨，胡雯华，你今天好漂亮哦！"

"姚大科长，"阿华讥刺地说，"请你别拿我们这些小职工去穷开心，好不好？"

"你来设计组有什么事情吗？"

"怎么，我没有事情就不能到设计组里来吗？我想找一下徐工，向他请教几个技术上的问题。"

"嗳，胡雯华，中午，我想请你出去吃一顿饭，怎么样？顺便想同你谈一点儿事情呢。"

"找我谈话？行啊！什么时候都是可以的呀！你是大科长嘛，我只是一名小小的职工，铁匠的砧子听'锤'嘛！至于这吃饭么，我看你还是免了吧，噢！别去花那个冤枉钱了吧！"

"现在我可要去厂革委会开会了。等到开完了会,胡雯华,我再去资料室找你吧。"

"我看你还是算了吧,噢!我不想劳动你这姚大科长的大驾!"

等到姚长青走远了,阿华与徐江平相视地一笑。这会儿设计组里只有徐江平一个人在。见阿华来到设计组,昨天他们那些拥抱和热吻几乎已经成了回忆的韵事,现在一下又在徐江平的面前晃荡起了来。早晨时分,他还曾渴望着要想去见阿华的面呢;刚才他的那种渴望,似乎又是非常的强烈、非常的急迫,只不过被后来贸然出现的姚长青给打断了。然而此时,阿华竟然出现在他的面前,这让他的心里边真是感到有点儿亢奋。

"江平,"阿华讪笑地说,"这个姚赖皮啊,好不要脸哦!"

"算了吧。"徐江平缓缓地舒了一大口长气,稍微带着点幸福的口吻说,"阿华,你别跟他这种人去计较了。"

"江平,怎么样?昨晚睡得还好吗?"

"我睡得还算好。"

"晚上有没有做梦呢?"

"做了,做了许多有关于你的梦呢,只是朦朦胧胧的,到了现在,已经都有一点儿记不清楚了。"

"江平我也是哎!所以刚上班,我就急着赶过来看你了!"

阿华一边说着,眼睛一边含情脉脉地望着他。徐江平怎么也想不到,眼面前这双水汪汪的大眼睛,竟然会含有如此纯洁、如此动人、如此真挚的情感,因此他便支支吾吾地说:

"阿华,我真想要去吻你哦!"

"我也想要吻你呢,江平!"

"一会儿我就要去开会了,是关于'J—5'的设计汇报会。"

"是吗?"

"不过阿华,在厂里边呢,我们还是多注意一点儿为好,省得一些乌鸦嘴们去说三道四的!"

"这个我知道。"阿华点了点头说。

这一会,反正设计组里也没有其他人,阿华便大胆地走近去,伸出两只手臂攀住了徐江平的肩膀,并把前额靠上了他的嘴唇。

徐江平噘起的嘴唇,便顺着她的额头往下移动,不久,他就亲吻在她那两瓣柔软的唇上。这可是一次真正的亲吻啊……陌生、新奇、美妙，还带着一点儿无瑕的笨拙。此刻他们彼此的心房，在乱纷纷地跳动。阿华附在了他的耳朵边，低声地说：

"江平，今晚我们再去郊外散步好吗？"

"我看今天晚上呢，我们还是请赵卫红去吃一顿晚饭吧，省得她在厂里边胡乱瞎说什么的，你看怎么样？"

"好啊！待一会儿，我就去通知她！不过我们去哪儿呢？"

"我们就去'开一天'饭店吧，好吗？阿华，你叫她把她的男朋友尤新如也一起给拉上吧。"

"好的！"

"不过，你叫她不要在厂里边胡乱瞎说什么。好了，我该去开会了。"

说完以后，他便转过身去，抱起了桌子上那一叠厚厚的"J—5"新产品的设计汇总资料，当他走到了阿华身边时，这时候阿华踮起了她的脚后跟，又吻了他几下。然后他们肩并肩地向着室外走去。

14

"J—5"型新产品的设计与公差配合认证会，是在厂部的小会议室里举行的。参加会议的人员：有新产品开发领导小组的成员，参与图纸设计的技术人员，各车间主任和技术负责人，以及参与试制工作的相关人员。会议有厂革委会副主任于树坤主持。

当时在小县城的国有企业中，一机厂一直是一个老大哥企业，生产的机械产品，种类比较繁多。这一次设计与开发的"J—5"型高速机床，就中型加工母机床的切削精度与自动控制的程度来说，在国内机床类机械产品的制造领域中，具有相当的先进性，并且就市场营销前景来说，也是相当广阔。正因为如此，一机厂的领导们均非常重视这次研制开发工作。

该项目的开发工作，由厂革委会主管生产和经营的副主任于树坤挂帅，担任新产品开发领导小组的组长，然而副组长则由技术科长姚长青、生产科长潘国方和供销科长徐玉清担任，也就是说，技术科长主管着新产品的设计与开发工作，生产科长主管着新产品的试制与批量生产的前期工作，供销科长则负责整个试制与开发工作所需要的物资供应方面的工作和事务。

在这一次的认证会议上，作为该项工作的临时总协调人，徐江平向所有与会人员，就"J—5"的图纸设计和公差配合情况，作了比较系统和完整的汇报。并且他第一次运用机械设计与美学相融合的观点，向大家解说了"J—5"型高速机床在高速运动过程中，既要减少与空气磨擦的阻力，又要体现出外观完美的曲线，还要便于在工厂流水线上加工和装配。他的这种机械设计与美学相结合的观点，引起了大多数与会人员的好奇与震动。对于放在面前的设计草图和公差配合数据资料，在经过了一番周详与细密的认证以后，这种好奇和震动便又逐渐地转化成大多数与会人员的认同。

"徐工，"浇铸车间主任马志成站起来说，"你的这种流线型的设计，从外观来看呢，倒是更方便于我们对机床壳体和有关部件的铸造工艺，只是在木模制作方面，难度稍微要大上了一点儿。不过难度就是再大，我看这也是非常值得的嘛！因为，这起码可以体现出，我们厂在国内机械制造行业之中的领先的地位嘛！"

金工车间技术员张正林，他一边翻看着草图一边发言说："对于我们金加工车间来说，我认为我们完全有能力去制作一系列的组合模板及专门的工夹具，来达到车、铣、刨、钻、磨等方面的曲线加工和圆弧度加工的要求。"

"徐工，"电工技师王春明说，"要想达到'J—5'自动控制的要求，我看我们对自动控制系统的集成电路、开关电源、传感器、继电器等元、器件的技术参数，要提出严格的要求，并要严格地选择生产合作厂家，请他们在技术要求上给我们全力支持和配合。"

对于参会人员所提出的各种意见，徐江平分门别类地作了记录，并且对有些问题，他还一个一个地去作了解释与答疑。

主持会议的于树坤副主任，很善于左右会议的气氛，他时不时地引领着各位与会人员的话题，不至于让会议出现冷场或者偏离主题。现在当各位与会人员的意见，发表得快要差不多的时候，他便伸出了右手的食指，敲了一敲面前的桌面，提纲挈领地说：

"对于这一次'J—5'的设计与开发，姚科长，你们技术科花费了不少的精力，做了大量的工作，这是我们在座的各位，大家全都有目共睹的！尤其是徐江平，"说到了这里，于树坤停下来看了徐江平一眼，然后才继续往下说，"他把机械设计与美学，有机地结合在一起，并且富有成效地运用在这一次'J—5'的图纸设计之中,我看这很好嘛!非常之富有创意嘛!但是,为了确保'J—5'的每一张设计图纸,不出现哪怕是一丝一毫的误差,我们就有必要对技术科这一次的设计草图,以及所有的公差配合数据,进行最严格的审核和最仔细的把关,因为,我们这一次'J—5'的设计与开发,它不仅是关系到一个新产品的开发问题,同样也是一个非常之严肃和非常之重要的政治问题,因此,我们大家一定要站在政治的角度和高度,来认识这一次的'J—5'开发工作的重要性。"

参与会议的徐江平和姚长青,他们两个人全都听得出于树坤说这一番话的含义。这一次"J—5"型产品的设计与开发,就是有于树坤举荐徐江平来负责该项目的总协调的工作的。于树坤当时刚举荐的时候,他的心里边还捏了一把汗呢,底气显然也有一点儿不太足,因为他不知道徐江平能否挑得起这一副担子。然而现在看起来,他当时的担心根本就是多余的。徐江平不仅很有成效地开展了工作,而且做得还如此之好。这就说明了他并没有看错徐江平;而徐江平也没有去辜负他的举荐和信任。因此,他想在最近的一段时间里,力争再为徐江平脱去戴在头上的紧箍咒和背在身上的十字架。一个当企业领导的,谁不想去重用一些能够忠实于自己的有用的人才呢?更何况徐江平还是那么的有水平和有能力呢!

然而在实际上,小城一机厂的事务,尤其是一些重大的事务,还并不是由于树坤去说了算的,他毕竟只是厂革委会的副主任,是厂里的第二把手,对于有一些重大的事情,也就只有革委会主任朱兴强才能够拍板决定。因为朱兴强不仅是一机厂的第一把手,他还担任着小城县革委会的常委,是小城工业系统中一位最主要的领导成员。而一项有着国内先进水平的开发项目,它的成功与否,这不仅仅是关系到工厂的经济利益问题,而更涉及到政治资本的累积以及工厂内部的权力整合等方面的问题,用当时的行话来说,就是涉及到阶级斗争和路线斗争这方面的政治的大事情。

所以这个时候,姚长青他就非常清楚地意识到,如果要让徐江平"脱颖而出"的话,就会构成对他的威胁。因为无论是从理论水平,还是在工作能力方面,他都跟徐江平无法去相比。因此无论如何,不管动用一些什么脑筋,采取一些什么手段,都要去阻止住徐江平,绝不能让他过分地去出头露面。由于他像犹大出卖耶稣那样出卖了钟汉笙,致使造反起家的朱兴强破获了这个小城所谓最大的"钟、罗反革命小集团",而扬名于全县城上下，掌权了一机厂，而他姚长青不仅从中也分得了一杯美羹，而且还成了朱兴强这条政治路线上的大红人。

党外有党，党内有派，历来是如此。

权力所代表的利益，对于世人来说，具有相当的诱惑力。这是当时社会的一个最最主要的价值取向。眼下，姚长青既然想要把心地高傲的徐江平打翻在地，让他永世翻不过身来，并且还要阻止于树坤信任和重用徐江平这么一种发展的态势，他唯一的办法，就是等到这里的会议一旦结束，立马就去找厂革委会主任朱兴强。他要让朱兴强心里边明白，"J—5"的问题不仅仅是一个新产品的开发问题，也是一件政治斗争和路线斗争的大事情，正如刚才于树坤所说的那样。另外他对胡雯华心有好感之事，也需要请朱兴强出面，来帮助他去跟胡雯华的父母亲挑明。他相信，共同利益关系的驱使，朱兴强也肯定会出头帮他这个忙的，并且他也完全有能力去说服和鼓动朱兴强出面来解决这几件事情的。

由于上述因素，因而这时候，姚长青只是斜着眼睛地看着于树坤、徐江平以及其他几个人，并且他很明显地皱着眉头，袒露出一口黄不啦叽的嵌着污垢的门牙，"嘿嘿"地暗笑了几声。"眼下，"他就一边暗暗地冷笑着，心里一边在想，"就让他们这几个人先去跳吧，噢！等到徐江平把'J—5'的设计工作全都做完了，全都做好了，哼！我再去动手也不会迟的！"就在姚长青云山雾罩地开着小差的时候，于树坤转过头来问他：

"姚科长，你们技术科还需要多少时间，才能够全部完成'J—5'的图纸设计工作呢？"

"这个么……呃嘿，呃嘿，"姚长青假装咳嗽了两下说，"我想是很快了吧。哎，徐江平，"他把面孔转向了徐江平说，"现在你就把我们技术科关于'J—5'的图纸设计工作的日程安排，给在场的各位领导以及各部门的工作人员，详细地公开一下吧。"

徐江平低下了头，看了一眼摆放在他前面桌子上的一页资料以后，他仍然就用不紧不慢的语气对大家说：

"现在我可以这样说吧，'J—5'的图纸设计工作，实际上已经快要完成了。接下来我们所需要着手去做的主要工作，就是对所有的初步设计的草图和公差配合的数据，进行全面的整合、完善和审定，其他还有就是描图、晒制蓝图这么几项了，如果我们安排得再紧凑一点，或者大家再加加班的话，我想，大概最多也就是一个星期多上一点的时间吧。"

"好！很好！"于树坤伸出了右手的食指，在会议室的圆桌面上，又敲了一下说，"这很好嘛！"

徐江平继续又往下说："另外呢，由于整合和完善设计草图、审定公差配合数据的工作，实际上这都是一些费时间耗精力的、枯燥无味的、但技术难度又是非常之高的工作。为了不致出现图纸设计之中的差错，因此在这里我想请求于主任、姚科长和在座的几位领导，是否可以把虞树华和陈春荣这两个人，从搬运组里给抽调出来，让他们回到设计组，帮助做设计草图的整合和公差配合尺寸的审定工作呢？"

"这个问题嘛，"于树坤转向姚长青说，"姚科长，由你们技术科出面，给厂革委会打上一个报告吧。"

姚长青没有吱声。很显然，他的脸色非常难看，眼神阴郁地瞅着提出上述建议的徐江平。这时候于树坤伸出右手，挠了挠已经谢了顶的头皮，把面孔转向参加会议的各位人员说："同志们，技术科的设计工作，进度是如此之快，这对我们在座的各位，可是一个很好的促进和推动嘛！下面我们就来讨论一下，我们应该如何着手去做好新产品的试制工作……"

在厂革委会副主任于树坤的主持下，会议很快就转入了如何着手新产品的试制，如何进行批量生产有序化的加工，以及装配作业的流水线等工作方面的议题……

15

厂革委会的会议结束以后，徐江平很快又和分担"J—5"的动力、传动、电气、控制、标准件等零部件设计工作的技术人员以及承担开发工作的相关人员，开了一个小碰头会。

在这个小碰头会上，他根据厂革委会的要求，以及有关方面的实际情况，向在座的各位再一次地明确了各自的职责、任务、相关配合审核的要求、具体审核的时间和日期，并且要求每一位设计人员以及相关的工作人员要有条不紊、忙而不乱地去开展工作，务必要在本星期内，力争全面完成"J—5"的图纸设计任务，下一个星期，务必要拿出全套描出和晒出了的蓝图来。简短的会议，良好的效果，更何况最为关键的外形设计和高速传动部分设计，就是出自于他本人之手，他把机械设计与美学有机地结合在一起，完美地运用在"J—5"的设计之中，并且充分地显示出他的组织能力、领导能力以及超越了当时那个时代的机械设计的水平。

碰头小会结束以后，已经到了吃中午饭的时间了。可他还是在忙碌着。因为在上午的厂革委会的工作会议上，他作出了要在一个星期内，力争全面完成"J—5"的图纸设计工作的承诺。所以他必须要抓紧所有的时间，用来检查和督促所有有关工作人员的工作进展程度。这一会儿，阿华又来到了他们设计组。她这一次前来是约他一块儿去职工食堂吃午饭的。

在通往职工食堂的路上，他们碰到了技术科长姚长青。看姚长青的那一副样子，好像在等什么人似的。他们不冷不热地跟他打了一个招呼以后，便与他擦肩而过。只不过，他们在一边走一边说话的当口，却万万没有注意到姚长青在后面看着他们两人背影的眼睛里充满了极其阴毒的神情。阿华今天两次到设计组去找徐江平，她居然两次都被姚长青给碰上。本来，姚长青中午时分想请这个美丽可人的小描图员，到外面的"荀记"饭店去吃上一顿饭的。然而阿华却一点面子都不肯给他！并且她还当着众多资料组工作人员的面，呛噎得他在资料组里竟然连脚都快要站不住了。

"现在的迹象看起来，"姚长青心里想，"这个美丽而又可爱的小描图员，似乎正同那个政治上的垃圾货打得火热呢！不！不能让他们走得太近！必须想办法拆开他们！"此时此刻，姚长青皱起了脸孔上的鹰勾鼻子，紧抿两瓣薄薄的嘴唇，并且还把嘴里边生起来的一口带一点苦涩味的唾沫，给硬生生地吞回了他自己的肚子里。等到徐江平和阿华两个人拐弯了，看不见他们的背影了，他才收回他那一副盯着他们背影的阴毒的目光。

跟姚长青拉开了一定的距离以后，阿华这才转过身子，对着身后边姚长青站着的方向，"呸"地啐了一口唾沫，并且极其轻蔑地说："我呸！这个姚赖皮，居然还在半路上等着呢！什么玩意儿哪？他也不撒一泡'尿'当做镜子，自己去照一照哇！真是一个死活都不要脸皮的赖皮货！"

见阿华的情绪好像有点儿激动，徐江平不解地问："阿华，你这是怎么啦？"

"这个死不要脸的姚赖皮！上午时分，就是在你们开完了认证会以后，他跑到我们资料组来缠着我，说是要请我到厂外面的'荀记'饭店去吃饭呢。真是一副要多犯贱就有多犯贱的样子！"

"是吗？"

"我对他说得非常不客气！我说姚大科长，不要说同你在一起吃饭了，就是跟你坐在一条板凳上，我都会觉得反胃，说不定我还会大口大口去呕吐呢！噎得他当时就开不了口，讷讷地，半天都说不出话来，脸上是一副灰不溜丢的神情！"

"后来呢？"

"后来他这个人，还是那么死皮赖瓜！磨得我实在没有办法，因此我就对他说，中午徐江平请我呢！气得他眼睛巴眨巴眨的，鼻子都快要不来风了！江平，中午我本来准备回家吃饭的。可是这样一来，我就索性约你一块儿去职工食堂吃饭，气死他这个姚赖皮！"

"阿华，你可要收敛一点噢，不要太过于张狂，木秀于林，风必摧之，知道？姚长青这个人的报复心可强着呢！"

"我才不怕他的报复呢！就公开去做给他看，气死他这个死活都不知道羞耻的赖瓜皮！"

"好了阿华，以后还是多去注意点儿为好，不要锋芒太露哦！"

"这个死活不要脸的赖瓜皮！"

一机厂的职工食堂。当徐江平和阿华两个人肩并肩地出现在这里的时候，免不了会引起厂里面一些多事之徒的猜测和议论。似乎在每一个地方，都会有一些多事之人，他们喜爱在大庭广众之中传播着一些谁同谁要好、谁同谁关系密切、谁同谁在谈恋爱、谁同谁在搞不清楚、谁同谁在"越轨"与"出格"的小道消息和花边新闻。为了尽量少被这些"乌鸦嘴"们去养眼和瞩目，徐江平和阿华两个人简单地打了份饭菜，然后他们就坐在了饭厅的边角落里，一边吃饭一边聊起了他们之间的话题。

"江平，"这时候阿华对徐江平说，"请赵卫红和尤新如吃晚饭的事情，我都已经跟他们约定好了。"

"真都约好了吗？"

"全都约好了。江平，傍晚下班的时候，你一个人先去'开一天'饭店预定座位，好吗？至于赵卫红和尤新如这两个人，还是由我来陪着他们一块儿过去吧。"

"好的，这件事情就这样敲定吧。"

"还有呢，江平，今天吃过晚饭以后，我想到你住的小屋子里去看上一看，你说可以吗？"

"好的。晚饭过后我带你去吧。嗨，阿华你看，张芬兰和杨友青那边几个人，在盯着我们这边看哪！瞧他们几个人那一副挤眉弄眼的嘴脸，那一副交头接耳的德行！真是讨厌得要命！嗳，阿华，呆一会吃完饭以后，我就一个人先走，噢。"

"江平，你看你这副样子喏！我都不怕他们去嚼舌头根，你这个大男人还有什么好去害怕的哪？"

"瞧着那些个多事之徒的贼眉鼠眼和一副长舌妇的嘴脸，我这心里就觉得有一点厌恶！阿华，目前我还不想成为他们这许多人评头论足的新闻焦点，知道吗？好了阿华，我就先走了，噢。"

说完徐江平便站了起来，收拾餐具，并跟阿华简单地话别上几句，他就先行离开了。午后上班，没过多一会儿，虞树华和陈春荣两个人，相约一块儿来到了设计组。见虞树华和陈春荣两人前来，徐江平的心里真是百感交集！他急忙站起身来，欢迎这两位共过患难的老大哥，并给他们沏茶倒水。他们三个人略微寒暄了几句以后，他就直奔主题，让虞树华他们两个人熟悉和了解目前"J—5"的图纸设计的大致情况、他的设计思路以及大家一些具体的想法，然后他便对他们详细交代眼下所要做的工作：即对所有"J—5"的设计草图，进行全面的整合和完善；并对各零部件之间的公差配合尺寸，进行仔细和认真的审定，以保证"J—5"的每一张设计图纸，不出现一丝一毫的偏差和错误。

虞树华是个敦敦实实的中年男人，他三十五六岁的年纪，剃了一个高平顶头，黝黑的方脸盘上，架着一副度数很高的近视眼镜；由于最近几年来的挨批、挨斗、挨整的生涯，以及大剂量的强迫劳动改造，使他脱去了许多文人的气息，变得沉稳和练达了起来。陈春荣看上去则苍老了许多，他的个子原本就有一点矮小和瘦弱，可眼下的他，则显得更加懦弱不堪了，诸多营养不良的褐色头发，稀稀拉拉地耷拉在他那起皱的头皮上，眼角周边和脸颊两旁的皱纹，犹如用雕刻刀刻成了一般，让人猛一看上去，一点都不像是一个年纪只有三十五六岁的中年男人，倒像是个古稀年迈的小老头子一般了。

虞树华和陈春荣两个人，本是大学里的同班同学。他们曾经一起在省机械工程学院读书，毕业以后又一起分配来这小城一机厂工作，并且已经在一机厂技术科工作有十几个年头了。原先他们颇受一机厂总工程师钟汉笙的器重。自从钟汉笙被整死在厂里的锅炉房以后,他们两个人也就同徐江平等一干技术人员一起受到了株连,遭到了朱兴强、姚长青、魏长根、谭朔群和曹卫东等一些造反派们的整治,并且还被不公正地戴上"三反分子"和"钟、罗反革命小集团"成员的帽子,发配去了工厂的搬运组,在那里一边接受政治审查和造反派的批斗,一边又被强迫着劳动改造。

此刻他们三个人一经谈完了工作,陈春荣便对徐江平说:"小徐,最近这个几年啊,我们这一班技术人员真是苦透了!等到'J—5'的工作告上一个段落以后,我们哥几个非得要找一个好一点的地方,好好地喝上个几杯不可!"

"应该的,我看是应该的,"虞树华也在一边附和着说,"我们三个人,是要好好地在一起喝上个几杯的。"

望着眼前这两个吃了很多苦、遭受了很多折磨的老大哥,徐江平的心里面就非常的沉重,被极端专制时代所扭曲了的灵魂啊!他控制住自己失态的心绪,低声地对他们两个人说:

"虞工、陈工,你们已经出来了,这应该是一件值得庆幸的事情。从现在开始,我们几个人便可以联起手来,共同去做一点事情。但是有一点,我却还得要提醒你们两个人一下,你们一定要防备着点姚长青,他这个人阴毒着呢,什么坏事都干得出来!再说了,他也不会对我们就此罢手的!所以从现在起,你们一定要尽量去做好'J—5'后期的设计审核工作,不要让他逮着什么把柄。不知道你们能否理解我说这一番话的意思吗?好!能够理解就好!我们要为于副主任多争一点光彩,你们知道吗?他在暗地里,可是没有少帮我们这些人的忙啊!"

"徐工,"虞树华说,"在这一方面,我们就听你的了。"

"徐工你就放心吧!"陈春荣跟着也说,"我们这几个人就在一起,好好地干上它一场吧。"

然后徐江平跟他们两个人约定,等到"J—5"的工作告一个段落以后,他们几个人再在一起好好地聚上一聚。到了这个时候,他那根颇为紧张的心弦,才开始稍稍地松弛了一下。

第六章

16

每逢仲、季春相交之季节，小城丹金河两岸斜坡堤上的含苞绽芽、蓬勃生长的杨柳、香樟和法国梧桐树，就会泛滥着一层又一层的翠绿，与流淌着金色波浪的丹金河，相映成趣。

小城的丹金河，可真美呵！

若是在夕阳西下的傍晚时分，当你站在丹金河的河边，或者在小城中心区域的桥上，你就会看到千缕万缕袅袅的炊烟，与五彩的云霞款款缭绕，然后再缓缓地掉落进丹金河的水波里，使得汩汩流淌着的丹金河，翻腾和涌动起千朵万朵金色的浪花。这就是被喻为小城美景之一的"丹金落霞"。难怪当年这个小城城北乡的那个叫"苦鸭"的年轻人，他要激情地讴歌和赞颂这一条美丽的丹金河来：

　　　　丹金河啊，丹金河，
　　　　你是一条金色的河流，
　　　　穿过这座有着美丽名字的小城，
　　　　悠悠地向南漾起了水波……

在小城丹金河的西岸，南新桥头的西南角落上，坐落着一家两层楼的餐馆，它便是这个小城里一家名叫"开一天"的饭店。中午时分，徐江平跟阿华说定，等到下班以后他先来这里预订座位，阿华则去陪着赵卫红和尤新如两个人，一块儿前来"开一天"饭店。

此时此刻，已经订好座位的徐江平，为了排解等待的时光，他便一个人独自地站在了"开一天"饭店前面、南新桥下面的码头上，一边耐心地等待着阿华她们几个人的到来，一边悠悠地欣赏起了眼前小城这"丹金落霞"的景色。

夕阳西下的黄昏里，许多落了船帆、卸了桨的船只，便三三两两地停靠在了丹金河两岸的河边以及码头上。晚霞之中，小城千户万户人家的炊烟与一河的白帆，和谐地表现出了江南水乡小城的一种风范；此时河水里，船头一会儿翘了起来，一会儿又落了下去，任凭那一河的被五彩云霞晕染了的涟漪，一波又一波的撞击着帆船与河堤岸；这个时候，满天五彩斑斓的云霞，仿佛也如同那一片落了船帆、卸了桨的船只一样，在这金色的波浪之中悠悠地晃荡着。偶尔还能听到从远处的河面上飘过来一阵又一阵高亢、悠扬的渔歌声，真是令人神魂欲醉，流连而忘返。

"嗳——江平！"右边的不远处，传来了阿华的叫喊声。

徐江平收回了远眺的视线，扭头看望，只见阿华和赵卫红他们几个人，正站在南新桥边，朝着他频频地招手。于是他便舍弃了那一片"丹金落霞"的美景，转过身子，踏上码头的石阶，向他们几个人迎了过去。

"阿华，来啦？"他跟他们招呼说，"赵卫红、小尤，你们好！"

"我们走的是西厂门，"阿华对徐江平解释着说，"然后再坐摆渡船过来的，这样就可以快上很多了。"

"徐江平，"赵卫红一开口说话，喉咙就高了一个八度音，"你倒是一个很讲信用的人，噢！昨天，嗨，我是跟你开玩笑哪，怎么，你就当起真的来了？今天就给我们兑起现来了？"

"赵卫红，"徐江平揶揄她说，"我要是不请你撮上一顿的话，你还能饶得了我吗？就凭你那一张'喳吧、喳吧'的嘴巴，还不'喳吧'得就像一个二十五寸的高音喇叭才怪呢！"随后他转过身子，对站在一旁边的尤新如说，"小尤，今天我要是不请赵卫红撮上一顿的话，嗨，她说，她要收拾死我呢！"

"徐工，"尤新如笑着说，"没你说得那么严重吧？"

"还没那么严重呢！尤新如，你还没有看到赵卫红昨天上午的那一副模样呢，她啊，又是跳，又是骂，又是叉腰，又是吐唾沫的，凶得很哟……嗨，凶得简直就像是个活母夜叉一样哎！"

徐江平那些善意的然而又略带一点贬损的话句，说得阿华和赵卫红这两个女孩，在一旁格格、格格地笑个不停，活像是两只在夏日荷塘边上聒噪的大青蛙。徐江平又说："哎，我们大家也别净在外面站着了，还是进里边去吧，等我们坐下来以后，然后再聊吧。"

他们一行四个人，先后鱼贯地走进了"开一天"里，在一张临街靠窗的方桌子旁坐下。待到大家全都坐定了以后，徐江平便对赵卫红说：

"赵卫红，今天你和胡雯华两个人，负责点酒和点菜好不好？想吃一些什么的话，就点一些什么吧，不要吃得不开心了，又要在背后面编排别人小气啦，或者是'精死屁'啦什么的！"

"徐江平，"赵卫红噘着嘴说，"你不要这么耿耿于怀嘛！"

"徐工，"尤新如问徐江平，"今天你请我们的客，是不是有什么事情，需要我们去帮忙吧？"

"嗨，其实也没什么事情，更没有要你们去帮我什么忙，小尤，只是你的女朋友赵卫红，她想敲我一顿竹杠呗！"

于是徐江平就从昨天在"钱资荡"北边的小岛上的遭遇开始说起，接着这两个男人便海阔天空地闲聊了起来，一直聊到了阿华跟赵卫红两个人全都打理好了为止。尤新如是一机厂金工车间的车工班长，车工技术非常不错，在厂里边也颇有点儿小名气。这会儿他告诉徐江平说，他们金工车间今天下午三点钟开了一个全体职工会议，就"J—5"型新产品的试制与生产前的准备工作，进行了车间车、铣、刨、钻、钳等班组的全面动员，以及工作上的布置。会议是由他们的车间主任刘林生主持的，车间技术员张正林作了具体的工作布置。后来尤新如便对徐江平说：

"徐工，我们金工车间的大多数职工，对'J—5'型高速机床的研制和开发，热情非常的高，尤其是对你徐工比较新颖的具有流线型的设计风格，大家的反应全都非常强烈！"

"是吗？"徐江平非常坦率地说，"实际上，我国目前机械行业的制造水平，要是跟世界先进国家的制造水平相比较的话，恐怕要落后了一个二十年，可能二十年还不止呢！小尤，我国的机械行业，将来总有一天是要打开国门的，我国的机械产品，也总有一天要走出国门去的。因此，我们一定要有一种紧迫感，要力争去往前追赶，要尽快去缩短与世界先进国家的距离才行呢！"

"徐工，你是这样去看问题的，可是现在我们厂里有许多人，比如说，我们厂的朱兴强啦、谭朔群啦、姚长青啦、魏长根啦等等，他们这许多人却不是这样去认为的。"

他们谈着谈着，话题自然而然地就转到了一机厂近期的生产，以及厂里的领导朱兴强、于树坤、魏长根、谭朔群、潘国方、姚长青、徐玉清和曹卫东等一些中上层干部的身上。两个打理完毕的女孩坐下来以后，也开始加入了他们谈话的行列。这一会儿，赵卫红插着小尤的话头说：

"哦，你们在说起那个八辈子都不刷牙齿的姚长青哪，他呀，嗨！他那个小脑筋，可是不太正的哦……"

"赵卫红，"尤新如打断她的话说，"不是姚长青他不刷牙齿，而是与他的生活习惯有关系。可能是他过度地抽烟，或者是长期地饮用某种含有腐蚀性物质的水，例如富含钙镁钠钾的水就容易腐蚀牙齿，长期或者过度地饮用，就会留下一些难以去除的质垢。"

"反正他那一嘴的牙齿嘛，"赵卫红态度激烈地说，"腻怪的要命哦！尤新如，你倒是捂住心口地说上一句心里话，你说有哪一个女孩子敢去跟着他？他要是跟哪一个女孩亲一个嘴或者接一个吻的话，那个女孩要是不在被他亲过或者吻过的地方，生出了一圈又一圈的黑不溜秋的鬼牙齿印，那才叫做'怪'呢！"

"你们在说那个赖瓜皮哪，"这会儿，阿华也插进了赵卫红与尤新如之间的谈话，"喔哟喂，那个姚赖瓜皮啊，真是死活都不要脸！今天中午前，他死皮赖脸地赖在了我们描图室里，说是要请我去'荀记'饭店吃饭，我说跟你一起吃饭我可要呕吐呢！被我狠狠地噎了回去！下午他又死皮赖脸地赖在了我们描图室里不走，又赖瓜皮似的死缠住我，总有一两个小时呢，还说要跟我交什么朋友啦，谈什么恋爱啦等等的！被我在他脸上'切'地吐了两口唾沫以后，他才'萎'呀'萎'地离开了。我看他啊，保不准是得了什么'花痴'和'花疯'这一类的毛病了呢！"

"阿华，"赵卫红好像带点儿提醒地说，"对于那个赖瓜皮的姚长青，你还真要去多注意点儿才是！他这个人绝不是什么好鸟，也不是什么善主！只要一见到稍微漂亮点儿的女孩，他的言谈和举止，立马就像是一条没得骨头的'蜒蜗'一般，要多恶心就有多恶心！"

徐江平好像有点不愿意听这两个女孩在"开一天"饭店这样公开的场合里，过多去谈论姚长青这一类人的烂事似的，因而他便有意无意地岔开了她们正在谈论的话题说："嗳，胡雯华，嗳，赵卫红，我说你们两个人，这是怎么啦？啊？不要光顾着说话不去动筷子么！要是这样的话，你们不就辜负了我今天晚上的请客，辜负了我的一片心意了吗？"

说完了这番话以后，他就把话题转移到了机械切削加工这一方面来，并且与尤新如谈起了如何制作加工模板，如何加工专门的工夹具，如何进行车、铣、刨、钻、磨等机械切削加工的流水作业，如何提高切削加工的精确度、确保公差配合的精度要求等一些问题上，而且他还不断地引导着身旁的两个女孩，把她们谈笑和议论的话题，慢慢地转移到一些令人轻松与"开怀"这个方面来。总之是，他们那一天，晚饭吃得是比较的开心，聊得也是比较的投机和痛快。到了后来，当他们四个人在分手的时候，这两对朋友之间，似乎已经建立起了一份良好和默契的友谊关系了。

跟赵卫红和尤新如分手以后，阿华便伸出了左臂，挽住了徐江平的右臂膀，他们沿着丹金河的斜坡堤岸，向着南边的方向缓缓地散起了步来。这个时候，月亮刚刚从东边升起，黄澄澄地斜挂在紫灰色的夜幕上，好像是一位刚强而有力的守护神，透过杨柳、香樟和法国梧桐树的树干，凝视着它所守护的大地和山川。

他们身体的左边，丹金河的水波在黄澄澄的月光下面，仿佛是一块又一块硕大的但又流动着的银箔，发出了汩汩流淌的声音，好像是在低声的欢笑一般，声音比起白天来，似乎要大上了个两三倍。此时此刻，徐江平的心海里似乎翻涌和流淌着一股诗一般的意境，于是他便低低地吟诵起了"苦鸭"的诗句：

> 夜黑风高欲望休，
> 龙山横断月如钩。
> 丹金何必匆匆去，
> 空遗乌龙独自愁。

这是小城城北乡一个叫"苦鸭"的年轻人，当年所写下的一首七绝诗。由于这一首《龙山夜月》七绝描述和表达的是小城的乌龙山和丹金河夜晚的景色，并且他还是借景寓情，情景交融，颇有一种独特的意境，又便于人们吟诵，所以徐江平很欣赏"苦鸭"的这首《龙山夜月》的七绝诗。

这时候，紧紧挨在徐江平身边的阿华，抬起了一双水汪汪的大眼睛，痴情地看着身边这个充满了诗情意境的男人，内心里涌动起了一阵又一阵爱情的甜蜜与陶醉……

17

小城的郊外。"钱资荡"边的湖边小路。他们的脚步轻轻地踩踏在长着三蔓头、马兰头、紫豆豆、苦野菜、车前草和芨芨草的毛茸茸的小路上。阿华的心里边似乎滋生出一种"世人皆睡我独醒"的感觉。大概是受到徐江平刚才诗情画意的影响，因此她此时一边挽着他的胳膊，一边也想附庸风雅上几句，可是没想到她咕噜出口的竟是一首小时候说惯了的童谣：

> 半夜三更，
> 黑咕楞噔，
> 一不小心，
> 跌进茅坑……

啊呀呸！阿华真是难为情到了极点！真的，徐江平要是有着一双夜光眼睛的话，他一定能够看得见黑暗中阿华此刻那一张脸孔，红得跟金丝猴的屁股一般。于是阿华赶紧改了口：

> 前不见古人，
> 后不见来者，
> 念天地之悠悠，

下面一句是什么来着呢？阿华一时想不起来了，于是她便胡乱瞎诌了一句而蒙混过关，因此也就有了：

> 惟有我和江平！

虽然阿华胡乱瞎诌了一首童谣，不过"念天地之悠悠，惟有我和江平"这一句，对于在这春天里的夜晚，以及只有他们两个散步的恋人来说，倒也是颇有点贴切，颇有一点儿意境的。但是徐江平比起了阿华，似乎要更能忽悠一点儿，只见他抬起右手，向前面伸了出去，遥遥地指着前面上方的紫灰色的夜空，对阿华说：

"阿华,你看夜空之中那三颗好像扁担的星星,便是牛郎星;那四颗好像梭子的星星,便是织女星。离牛郎星最近的那颗星,是他们的儿子小郎星;远一点的那颗星,则是他们的女儿小囡星……"

阿华抬起了脸孔,眼睛顺着徐江平伸出的手臂,向着夜空之中的牛郎星和织女星张望。这时候忽然有几团黑不溜秋的东西,在前面小路的路面上穿过来,并且还不时地发出了一阵"吱吱"的叫声。吓得阿华"啊——"的一声尖叫了起来,她惊恐得低下了抬头望着夜空的眼睛,把手臂插进了徐江平的臂弯里,面孔躲在了徐江平的脊背后面。

徐江平宽慰她说:"嗨,几只眼睛看不见东西的鼹鼠,有什么好去害怕的哪?"

听徐江平这么说,阿华定睛细看,原来是六七只黑乎乎的鼹鼠,只见后面的鼹鼠咬着前面那只鼹鼠的尾巴,在这乡野的小路上搬家;这会儿它们又相互地紧靠在一起,缩在了一棵大树的后面。

"江平,女孩子的胆子一般都是很小的,你这个大男人,可要保护着我一点喔!"说罢,她便抽回了一只胳膊,把另一只胳膊,交错地插在了徐江平的肘弯里。

徐江平转过头来对她说:"有我在这里,你就尽管去放心吧。"

有徐江平在身边,阿华的心里面确实有一种安全的感觉。他们手臂相错、身子相拥地走进了郁郁的树荫中。月光下,一只不知叫什么名称的鸟儿在"噼泼、噼泼"地叫着,叫声好不单调;一只夜杜鹃在远方啼唱,不过啼声却是越来越小了;一只猫头鹰又"咯咯"地叫了起来;两三只野兔和黄鼠狼在田野里追逐和奔跑;几只夜飞的鸟儿,从他们的头上"索落索落"地飞过。

两个人走到了那个三面凸在"钱资荡"里边的小岛上,这才停住了他们的脚步。忽然间,徐江平注意到在他们的上方,在这郁郁的树荫里,渐渐地渗透进一丝一丝的月光,他们的眼前似乎活跃着一片白茫茫的东西;在这深绿色的、纹丝不动的灌木丛中,几百上千朵柔软而又模糊的小白花以及含苞待放的小花骨朵儿,在这黄澄澄的月光下,就像着魔似的活了起来。他们觉得非常奇怪,两个人的眼面前仿佛又多出了许多同伴,就像有成百上千只的白蝴蝶或者小精灵一般地飞了起来,夹在这紫灰色的天空、暗幽幽的湖水和深褐色的大地中间,上下地扑闪翅膀。在这香馨浓郁、宁静迷人的美妙的夜晚里，两个人简直都忘记了他们身在何处了。

在这神秘的月光下，站在这一丛开着几百上千朵犹如是白蝴蝶或者小精灵一般的十姊妹花跟前，徐江平和阿华两个人，仿佛浑身都在颤抖，他们感觉到一种难以抵御的诱惑。这个小岛上的一切，好像不是人世间的环境，也绝非是尘世中人所能够领略；似乎就只有下凡的神仙、偷情的天女、或者飘忽的精灵才配，而不是他们这两个尘世间的年轻的恋人。仿佛是受到了爱情女神阿佛洛狄忒的唆使似的，徐江平伸出了两只手掌，拨正了阿华的脸孔。阿华那一张苍白色的脸孔，此时此刻，犹如是十姊妹上开放出来的一朵硕大的白花，两只淡褐色的大眼睛，水汪汪的，充满了激情，但又是迷乱地凝望着他！他不由得轻轻地叫了她一声：

"阿华！"

"嗯。"

阿华将自己的身子，软软地依偎在徐江平的胸脯上。徐江平可以感觉得到她的身子在颤抖、心房在跳动、脸孔在发烫、腿脚在痉挛，他也深深地感觉得到自己——一个年轻的男人——的激动。她是那么的单纯、那么的年轻、那么的无所顾忌、那么的崇拜着他！她是自然美的化身，好比是这春天的夜晚，好比是这盛开着的十姊妹的花朵，他怎能不去接受她将赋予给他的一切呢？又怎能不去舒展他的并且在他的心灵深处翻腾和涌动的感情呢？

就在这两种情感的支配下，他伸开了两只胳臂，紧紧地圈住了她，把她拥进了自己的怀抱，并且低头亲吻起她的头发、她的眼睛、她的两瓣玫瑰花瓣一般的嘴唇……默默无语，悄无声息；拥吻了多长时间，他们全然不知道。河水在汨汨地流淌，鱼儿在莲荷旁边跳跃，树叶在夜风里面摇曳，猫头鹰在"咯咯"地鸣叫，那一弯月亮越来越白，越升越高；他们身旁边的十姊妹的白花焕发出了光彩，释放出了浓郁的芳香。他和阿华两个人，就沐浴在这如洗的月光下面，不去多说一句话。仿佛他们两人只要一开口说话，这一番幸福，好像就会失去了真实性似的！

春天的夜晚没有言语，有的只是瑟瑟、索索、戚戚的音声。春天季节，叶儿生长，花儿开放，溪流淙淙，甜蜜芬芳，生气盎然，这种无声胜过了有声！春夜仿佛活了起来似的，好比又是神秘的精灵，它在用胳臂抱住恋爱的人们，用令人销魂的手指头抚摩他们，叫他们用自己的嘴唇对着对方的嘴唇，用自己的身体紧贴着对方的身体，忘记周围的一切，陶醉在爱情的接吻之中。

此时此刻，他们两个人可以明显地感觉到对方的心脏在急速的跳动，嘴唇在剧烈的颤抖，身体在一阵一阵的痉挛，他们早已经是魂魄迷离，神不守舍，爱情女神把他们送进了对方的怀抱里，他们无法抗拒爱情女神阿佛洛狄忒所发出的命令啊！然而就在他们两个人接吻的嘴唇憋闷地想要松开唇吻，呼吸一口气的时候，他们顿时就有一股空虚的、寂寞的、并且有着一定距离的感觉。不过，他们的激情仍然没有消减，仍然占据着上风。末了，徐江平叹了一口气地说：

"唉……阿华，你为什么要对我这么好呢？"

"是吗？"阿华抬起头来问。

"阿华。"

"嗯。"

"我都快要控制不住自己了，阿华，我爱你！"

"江平，我更爱你！"阿华说话的声音，轻微得似乎有一点听不清楚，"我要跟你在一起，江平！要是不能跟你在一起的话，我宁愿去死哦！"

徐江平深深地吸了一口凉气，然后他说："那么你来吧，就让我们在一起吧！"

"噢！"

阿华的这一声"噢"，似乎是有惊、有喜。听得徐江平是如醉、如痴、如疯、如狂。于是他便轻轻地说："到我那儿去吧，阿华。我在这一棵十姊妹花前发誓，我会好好地爱你，好好地待你的。"

"江平，只要能跟你在一起，对于我来说，这就已经足够了。"

徐江平抚摩起她头上的栗色的发辫，低声说："阿华，去我那儿吧。"

"噢。"

他感觉得到她在点头的时候，甚至就连她的头发梢都在微微地颤抖着。他继续在低声低语地说："哦，阿华！你是什么时候喜欢上我的？"

"那是在两个多月之前吧。江平，当我看到你的第一眼的时候，我就知道自己喜欢上了你了。可是我从来都没有想到，也从来都不敢去想，你也会喜欢上我这样的女孩子的。"

说到了这里，她突然弯下了纤纤的身腰，想要去吻他的手掌心。徐江平感觉到惶恐，浑身颤抖；他便把阿华整个人都抱了起来，紧紧地贴在自己的胸面前，激动得一句话都说不出来。

"江平，"阿华轻轻地问，"你为什么不让我去吻你的手呢？"

"阿华看你说的，应该是我去吻你的脚趾头才对呢！"

听了这话，阿华忽然吃吃地笑了起来。她这一笑，感动得徐江平都快要流出眼泪来了。她的一张被月光映照得白白的脸儿，贴得他这么近；一对折射着月光的水汪汪的大眼睛，就像两汪汩汩涌动的泉眼；两瓣微微张开着的嘴唇，呈现出淡淡的红色；这一切，全都是这么地生气盎然，尘世之间难以得见，就像此刻拂动在她脸孔旁边的十姊妹花朵一般，涓涓美好。

突然，阿华瞪大了一双水汪汪的眼睛，费劲地看着徐江平的身后边；并且，她也很快就从徐江平的怀抱里挣脱了出来，把脸孔依附在他的耳朵边，对他低低地说："江平，你看那儿！"

徐江平转过身去，他看到了月光下闪闪发光的湖面，微微发亮的十姊妹花丛，湖边随风摇曳的芦苇和莲荷，月光映照下面的杨柳、榔榆、刺槐和一棵野杏树，再过去就是那条小路，以及一大片绿野漫漫的麦地了。

她站在他的身后面，压低声音问："那是什么？"

"哪儿？"

"那儿，就是在那棵野杏树下面的斜坡上！"

徐江平一听就急了起来，他倏地拔起了两腿，一下就跃到了那一棵野杏树下的斜坡上。原来，那是一丛月光下面的斑茅草，在这春天夜里边的风中作怪！其他什么都没有！他冲下了堤岸斜坡，一边在苦艾、菖蒲、斑茅草丛之中，踢踢冲冲，一边心里又在嘀嘀咕咕地咒骂着，脑子里边还感觉到有一点儿愚蠢和滑稽得可笑！

当他攀上了小岛，重新转回到了十姊妹花前的时候，可是阿华这会儿却已经不在原地了。他除了听到了一阵轻微的脚步声以外，还有就是瑟瑟索索的衣服声，以及几句压得很低的吃吃的戏谑声：

"江平，这一回你可上当了吧？"

"嗨，原来是你在使坏喔！"

"江平，我们回去吧，好吗？"

"好吧，我这就走。"

徐江平回头又留恋地看上了几眼这个今晚给了他和阿华许多甜蜜爱情

的小岛，以及身旁这一丛开着几百上千朵白花的十姊妹。在月光的映照下，十姊妹上诸多的白花，显得越来越亮，越来越富有生气，犹如是一副要开颜、要呼吸、要去喃喃诉说的样子。

18

　　徐江平的住处，是一间单人职工宿舍，面积大概有一个十二平米左右。这间单人房屋，还是在 1965 年那年，他大学刚毕业、刚分配来小城一机厂技术科工作不久，小城的人事部门和房管部门按照知识分子的待遇，给他照顾性地安排了的。地点就坐落在这南城的东南郊区，小城酿造厂马路对面的职工住宅区域内，离他工作的一机厂不算太远，沿着铺着煤渣的小路，南来北往地上下班，往返也就五六分钟的时间。

　　在这间小屋子里，徐江平放下了一床、一桌和一张书柜，还略微有一点儿宽余。屋子的地面是用青砖铺成的；桌椅和柜子擦拭得还算干净；屋子收拾得还算整洁；墙上张挂着几张机械设计与数据换算方面的图表；书柜里码放了一摞一摞的中外书籍和许多技术资料。另外他在自己的床前面还拉上了一溜长长的布帘，就算是把自己睡觉的地方与客厅间隔了开来；一进门之处，他搁置了一些简单的生活器具，还有一个煤油炉。因此，来人只要稍稍地瞧上几眼，就能够看得出，这间屋子的主人，是一个知识层次颇高、颇有点品位的单身男子汉。

　　阿华从未来过徐江平的住处，那一天夜晚她还是第一次来呢。这也难怪，他们之间的交往毕竟才有了两天的时间！要不是昨天上午赵卫红在小岛上那丛十姊妹花前因小飞虫乱飞而吐唾沫的话，他们可能还交不上朋友呢！今天傍晚，在跟赵卫红和尤新如在"开一天"门口分手之后，他们又在小城的郊外、丹金河的河边以及"钱资荡"北边那个荒僻的小岛上，领略了仲季春相交之季节的月夜的温柔、大自然的美丽，以及爱情的甜蜜。后来阿华就一直想要到他住的地方来看上一看。她想要熟悉和了解一下徐江平生活以及居住的环境，究竟是一个什么样的氛围。

　　阿华对这一间单人小屋，感到非常的满意。这时候，她甚至都快要做起了她跟徐江平两个人在这一间单人小屋的屋顶下面，一块儿居家生活，一块儿恩恩爱爱地过着小日子的梦来。由于梦一般的憧憬，所以当他们两个人一回到了徐江平这间单人小屋以后，别的什么都不去做、什么都不去想，就是彼此之间紧紧地拥抱和亲吻在一起。阿华紧紧地依偎在徐江平的胸脯前，两只胳膊水蛇一般的缠绕住他的脖子；她那一副带有柔美曲线的青春少女的胴体，胶粘剂似的紧紧地贴着他的身子。

她不让徐江平去开灯。她说现在都已经快十点多钟了，他们还是不要去惊扰那些已经进入了梦乡的隔壁邻居们吧。不开灯也好吧！反正月光这么明，这么亮呢，从床后边的玻璃窗户上洒了进来，使这一间单人小屋，笼罩在一片朦朦胧胧的月光之中；还有，阿华她那双水汪汪的大眼睛，在这朦朦胧胧的月光下面，显得是那么的幽亮。月光下面的爱情，犹如是披着轻纱的美丽女郎，那种雾中远山般的风景线，让人心里最是想入非非，最是心迷神醉了！徐江平拥抱着阿华那身柔美的胴体，心里边翻腾和涌动起了爱情的浪花："啊，这爱啊，这神圣而又深沉的爱情！"

爱，是生命的火花，是人类生活的主旋律，是旷古已久、千世百代而又历经不衰的主题，是先贤、古圣谱奏出可遇知音的"高山流水"、可去写忧的"苍梧之恐"、可以解愠的"南风之薰"的乐曲，就像那有虞氏邂逅了娥皇与女英以后，所谱写出的"南风之薰兮，可以解吾民之愠兮；南风之时兮，可以阜吾民之财兮"一样的诗篇和乐章……

春夜没有言语，有的只是静谧。但是这一种静谧，却叫人的内心里感到无比的甜蜜。它像一些神秘的精灵，用细软的手指头触摸着这一对相爱的恋人，叫他们用手臂去缠着对方的手臂，用身体去贴着对方的身体，用嘴唇去对着对方的嘴唇，忘记尘世间所有的烦恼，陶醉在爱情的接吻之中。此刻，阿华在徐江平的怀里不断地痉挛、悸动和颤抖着，并且她还时不时地就像河鳗一样扭动一两下自己的身腰。这一会儿，她抬起了一双柔软的臂膀，捧住徐江平的面孔，脸孔凑在他的耳朵边，悄悄地哈气地说：

"江平，我想要和你去那个！"

"我心里也在想呢！"

于是阿华便在徐江平的怀抱里，扭动着身腰说："江平，如果你也想要的话，那么，你就把我给要了去吧！"

"这可不行呀！"

阿华从他的怀里边，抬起了脸孔，不解地问着："为什么不行呢？"

徐江平的脸上是一副极其庄重的神态。"性爱，"他对阿华说，"这可是一件既神圣的、而且又要去敢于承担责任的行为！阿华，我们可不能因为自己一时的冲动，就去轻率地行事！如果是这样的话，只会导致出一些不良的后果的！"

"那么，你有没有那种带保险的东西呢？"

"我没有。我从来都没有见过那一类的东西！"

"唉！"阿华微微地叹息了一下，然后接着又问，"你真的从来都没有跟别的女人做过那种事吗？"

"从来都没有过。"徐江平松开了环抱着阿华小细腰的胳膊，很费劲地吞咽了一口唾沫说，"阿华，现在我的身体内，好像有一股按捺不住的欲望！就是这股欲望强烈地迫使我想要和你去那个……"说到这里他又费劲地吞咽了一口唾沫说，"不过阿华，我们还是冷静一点好吗？性爱是一件既神圣又严肃而且还要敢于承担责任的行为。我们可不能过于草率地行事，阿华。并不是我不想承担责任或者承担不起责任，而是我不能因为自己的一私欲念或者一时痛快，就去对你做出一些越轨的行为或者出格的举动来，而让你被人家去说三道四！阿华，不知你知不知道我说这一番话的意思？"

"哦……"阿华轻轻地吁了一口长气。

可从她的这声吁气以及她对徐江平满脸的信任、爱恋和欲望的神色与表情来看，可以让人明显感觉其中似乎还夹杂着一丝惘然、惋惜和失落的情绪，以及还有一点迷失了自我的成分。只见她幽幽地对徐江平说：

"江平，你真是一个正人君子！和你待在一起，真让人感到安全和放心。只不过江平，我真的好想跟你在这间屋顶下面一起生活，一起去做我们两个人心里边想要做的事情哪！"

"我也是这样想的！"

"那么，江平，我们结婚吧，好吗？"

"你说我们结婚？"

"对，我们两个人结了婚以后，就可以在一起生活了，就可以想要做什么就可以去做什么了！"

"阿华，婚姻可是一件终身大事，你可要好好地想清楚喔。"

"我爱你，"阿华的两只手臂吊在了他的脖子上说，"江平，我真的好爱你呀，我打从心底里在爱着你哪！"

"我也真的好爱你哎!"徐江平伸开双臂,紧紧地抱住她的小细腰说,"阿华,虽然我们相处不过才两天的时间,但是我这心里边,仿佛有一种就像已经认识了你有一辈子的感觉呢!"

这时候,阿华高高地踮起了脚后跟,热吻着徐江平的两片嘴唇,并且她一边亲吻一边对他说:"嗳,江平,今后就让我们两个人,在一起恩恩爱爱地生活,并且恩恩爱爱地生活个一辈子吧,好吗?"

徐江平低声低语地回答着她说:"好的!"

"那么江平,我们什么时候去登记呢?"

"你给我一点准备的时间吧,好吗?我想用一个半年左右的时间来准备,应该就差不多了吧。"

"你的意思是说,我们可以在国庆节前后结婚来着?"

"应该是差不多吧。"

"好!江平,好的!我就听你的!我就全都听你的吧!"

"阿华,最近我在工作上,要尽量多去投入一点时间和精力。我想把'J—5'的设计工作,尽量地往前去赶,尽量地提前去结束它,使之能够早日进入批量生产这个程序。"

阿华没有说话。她只是抬起一双充满不甚理解的神情的眼睛,奇怪地看着这个本来在这时候是不应该谈起工作但忽然又谈起了工作的徐江平来。面对阿华这种不理解的神情,徐江平便对她解释说,他不想让她将来受到什么委屈,让她在结婚以后还要遭人轻视或者被人看不起,因此,他必须要通过自身的努力,以自己工作之中的最好的成绩,来换得于树坤副主任以及其他有关领导的理解与支持,帮助自己去走出眼下的低谷和困境;如果有可能的话,他还要请他们帮助自己再换上一间稍微大一点的房子,哪怕是一间带了一个小厨房的房子也行。后来他就这样对她说:

"所以阿华,你可得要全力支持我哦!"

"我会的!"拥在他怀里面的阿华显得有一点激动,她频频点头地说,"江平,我会全力去支持你的工作的!"

"好了阿华,现在时间可是不早了啊!"

"江平,你想要干吗呢?"

"阿华,平时你的父母亲,是不是对你管束得非常严格哪?现在已经是夜深人静了,我不想由于你回家太晚了的缘故,而让你去受你父母亲的训斥和责备，知道了吗你？所以这会儿，阿华，我该送你回家了。"

"江平，让我在你这儿再呆上个一刻钟，好吗？"

阿华的话一说完，她就又像是一条河鳗一般的扭动着身子，重新又钻进了徐江平的怀抱之中。徐江平本来想低下头去看一眼此刻阿华脸孔上的表情的，可是黑夜却像幕布一般，将阿华的脸孔遮盖得实在是严实，他只看见两只水汪汪的眼睛，在忽闪忽闪地折射着从后面窗户上透进来的月光，犹如是两汪汩汩涌动的泉眼。

看着看着，他的内心里就翻腾起了浪花。因而，他把自己的嘴唇，慢慢地覆盖在这一对犹如是汩汩涌动的泉眼的上面……

第七章

19

接下来的几天，只要稍微有一点儿空当，徐江平和阿华两个人，都会不失时机地抓住一些机会，相挽、相拥在爱情的波流之中。

白云、蓝天、流水、波浪、星辰、月晕、阳光……春天里每一丝变化的景象，好像都会让他们感到激动，感到全身的血液在贲张、肢体在颤栗，心里就会产生无限爱的意境、情的遐想，以及对未来美好生活的期望一样。

他们的这种热恋，似乎并没有影响到徐江平的工作，反而倒像是一股推力一般，推动着他去努力并行之有效地开展工作，组织和领导设计组的技术人员，快速而又认真地审核每一张设计草图上的技术要求与公差配合尺寸，协调和检查各个部门与之相关联、相配合的每一项工作。经过了三天左右的紧张的工作，"J—5"的图纸设计的后期工作便已经接近了尾声。

星期四的上午。天空是阴沉阴沉的，就像要下一场大雨似的。徐江平在向于树坤副主任汇报完最近几天的工作以后，于树坤便伸了伸腰，同他聊起了一些工作以外的事情来。

首先，于树坤较为婉转地提醒徐江平，最近几日，姚长青有可能要同他过意不去。于树坤从有关人员那里得到消息说，姚长青正在谋划一系列针对徐江平的小动作，因为不管是从理论还是从水平来说，姚长青都无法与徐江平相比较，再说，"J—5"设计工作的顺利进展，无疑又使徐江平得到了厂里众多干部和职工的理解与支持，这就必然会让姚长青产生误解，这也是对他构成了威胁的一种因素，所以，姚长青肯定会动用一切手段来阻止徐江平的出人头地。在一机厂内部有资格和有能力的技术人员虽然是比比皆是，但是由于姚长青这个人非常工于心计，非常反复无常，加上他告密和迫害钟汉笙致死一事，又深得厂革委会主任朱兴强的赏识，因此，他想要把复出的徐江平打翻在地，让徐江平永远都翻不过身来的话，那么，他唯一的办法就是挑唆朱兴强出面来解决此件事情。再说了，"J—5"的设计与开发工作，其本身就不是一件小事，它必然会涉及到工厂内部的政治利益的取向以及权力斗争。凡事只要一涉及到政治利益以及权力斗争这方面的问题，朱兴强就会绝对地敏感，绝对地旗帜鲜明，绝对地纲举目张，决不会去放过任何一个政治斗争的对立面的。

另外，于树坤也已约略风闻了徐江平与阿华的恋爱之事。他对厂部资料室的小描图员阿华，似乎并没有什么特别的反感，更何况他与阿华的父亲胡坤，还是相识了许多年的老朋友呢。只是当他听到了有关人员在他耳朵边风言风语地传说，姚长青也在死皮赖脸地追求着这个小描图员，并且最近几天，姚长青还拉上厂革委会主任朱兴强，已经三番两次去见阿华的父母亲，这就不得不引起他的关注。这个时候，他向徐江平询问起了这一件事情的始末，徐江平便毫无保留地对他坦承了自己与阿华之间的恋爱经过。于是于树坤便直言相告徐江平说：

"小徐，你可得多留点神了！姚长青这个人本来就不是个什么好鸟，他这个人极工于心计，城府又很深，又非常之反复无常！先前他就忌妒你，捉弄你，千方百计地想把你踩在他的脚底板下，眼下，嗨，你又成了他的竞争威胁，他想象中的情敌了！现在你还真的要去当心一点了！"

"于主任，"徐江平有感于于树坤副主任对他的点拨，因而他便说，"我就尽量小心一点儿，谨慎一点儿吧。"

"姚长青这个人哪，鹰勾鼻子弯钩郎心，什么样的丑事和坏事情，他都会干得出来的！"

"于主任，我想总不至于吧！'J—5'的设计工作，顶多到星期天就要结束了,下面便是试制和投入批量生产的事情了。假如,"徐江平这时候的心绪似乎有一点低沉,"姚长青真的要跟我过不去,或者我真的要出什么事情的话,那么,于主任,我还得要跟你说一说,第一是你要好好地想法子起用设计组的虞树华,他这个人技术水平比较之全面;第二是你要想办法让我比较体面地离开一机厂,也就是说,厂里可以将我除名或者就将我开除出厂呗,反正我宁愿回老家去种地,也不要再像前几年那样去活受那么多的罪了!"

"小徐,"于树坤显然是在安慰徐江平说,"你也不要去胡思乱想一些什么了噢!还是好好地做好自己的工作,知道了吗?你要相信,一机厂还有我们这许多人在呢!就是真的要发生一些什么事情的话,我们这些人都会极尽全力来帮助你的。"

"好!于主任,那,在这里我就先谢谢你了!要是没什么其他的事情的话,那么我就先走了。"

从于树坤的办公室里出来,徐江平的心绪极为烦乱。于主任刚才说的那番话,令他的内心里滋生出了许多说不出的烦恼,几天以前,阿华就曾对他提起过一些姚长青纠缠她的事情。"既然事情都已传到了于树坤的耳朵里,"他心里想,"这就说明这件事情已经不是什么小范围的了!也许后面还会有更重大的事情要发生呢?姚长青他为什么要这么做?他为什么要这么做啊?"想到了这里,他急忙转身前往资料组,如果阿华现在有空闲的话,他想要好好地跟她聊上一会儿,诉说诉说这许多涌动在心里边的烦恼。

由于描图和晒制蓝图的工作,是属于资料组组长柳裕林的管辖范围。而资料组和设计组又分别设在了两个地方。

当徐江平来到资料组的时候,设计组的陈春荣,正在这里审核描图纸上的描图尺寸。两个人见面时,他们稍许寒暄上了几句。本来徐江平也想同阿华说上几句的,可是一见她正忙得不亦乐乎,因而他心里面想说的并且已经到了嘴边上的一些话,这会儿,他也只好硬生生地咽回了自己的肚子里。阿华见他走进来,估摸他有什么事情需要找她,只是资料组里此刻正是人多嘴杂的时候,他们之间不太方便交谈,因此她就写了一张"江平,过一会儿,我去你们设计组找你吧"的纸条,并随手就扔给了他。

他向她点了点头,又跟其他几个人聊了几句工作上的话头,随即就离开了资料组。这会儿他一边向外面走去,一边心里还在想起有人曾经说过这样的话:"爱情,这是有人给痛苦所起的别名,为的就是要安慰和宽解那些遭受到痛苦的人。"

他回到了设计组,技术科长姚长青,正在设计组里等着他呢!这个面孔黝黑、鹰勾鼻子、长满了"酒刺"疙瘩的技术科长,似乎来了已经有一会儿了。此时此刻,他就坐在徐江平平时坐的椅子上,大腿跷着二郎腿地晃悠着;见徐江平走进来,他便咧开上下两瓣嘴唇,袒露出几颗黄树根一般并且还间杂着污垢的门牙,脸上的"酒刺"疙瘩随着脸颊的肌肉,而忽上忽下地移动着,就像一颗颗随时要往外喷射的"脏弹"一样;褐色的眼睛里,闪射出"烤蓝"一般阴冷的目光。徐江平淡淡地同他打着招呼:

"姚科长,你找我有什么事情吗?"

"有啊,徐江平!"说到了这里时,姚长青把面孔转向了设计组的其他成员说,"喂,虞树华,喂,陈双林,还有小胡你们几个人,都先给我出去一下,这一会儿,我有话要跟徐江平交谈呢。"

等到设计组的几个技术人员全都走出了屋子以后,姚长青便像是鬣狗撕咬着肉片似的,从他的黄树根一样的牙齿缝里,硬生生地迸出了几句咬牙切齿一般的话句:"哼哼,徐江平,最近你的工作做得很不错嘛!"

"姚科长,"徐江平尽量保持低调地说,"我的工作上若是有不到之处的话,请你们领导尽管给我指点出来,我可以马上就去纠正。"

"是吗?好!"姚长青抖动着他那一脸孔的"酒刺"疙瘩说,"那么我就实话跟你说吧,你的工作不是做得不好,而是做得太好了!哼哼,徐江平,请你注意了噢!我这里说的是'太好了'!你知道吗?太好了,就是太过分了!也就是在走向反面了!"

此时徐江平说:"姚科长,我不明白你说这一番话的意思!"在姚长青的面前,徐江平本来就不怎么谦逊的脸色,这会儿就越发显得高傲了。

姚长青腾地就从椅子上立起身来,他绕过办公桌,向前走了两步,来到了徐江平的面前站定。此时他咧着门牙的嘴里边,似乎有一股霉变的味道,直直地冲进了徐江平的鼻孔。

"你不明白吗?是吧?好!徐江平,那么我就对你把话说得更明白一点儿吧,噢!我们这里不欢迎你!知道了吗?尽管你再怎么卖力,这里都没有你的地盘,也都不是你卖弄的场所!知道了吗?我们宁愿要社会主义的草,也不要资本主义和修正主义的苗!知道了吗?我们一机厂的经济效益宁可倒退个十五年或者二十年，也不能让你们这些个资产阶级的孝子贤孙和修正主义的白专分子，上蹿下跳地来改变我们无产阶级专政的颜色！"

"姚科长，我还是不懂你说这些话的意思！"

"你不懂我的意思是吗？好啊！哼哼！徐江平，等到我们摁住了你的头，别着了你的手，踩住了你的脚腕，砸了你的脑袋，在你的胸面前挂上一个大木牌子，让你跪倒在批斗会场上，面对着全厂的干部和职工的时候，我看你还懂不懂我的意思！"

"真的吗？"徐江平瞪着姚长青的眼睛问，"那么，你们准备在什么时候开始对我这样做呢？"

对于徐江平眼睛的瞪视，姚长青气得都快要有一点发昏了，只见他此时大口大口地喘着气，一双眼睛红得都快要从眼眶里面凸出来了，就像是一头发了情的小公牛在生气似的！紧跟着，他那一张黑黝黝的并且长着许多"酒刺"疙瘩的脸孔便一抖一抖地抽搐了起来，就像在活抽筋似的。这个时候，他就是带着这么一种表情，恶狠狠地对徐江平说：

"告诉你吧，徐江平，我们走的是一条无产阶级的阳光大道，而你走的是一座资产阶级的独木小桥！对你就直说了吧，胡雯华绝对不会要你这种'钟、罗反革命小集团'的'三反分子'的！"

"是吗？"徐江平禁不住嗤之以鼻。

这个时候，徐江平的脸孔上是一派蔑视。这个满脸"酒刺"疙瘩的、牙齿黄得像是树根一般的下流坯的姚长青，以及他那样一副在大口大口的喘气和大声说话的神情，这真有一点让徐江平瞧他不起。这时候姚长青气得挑手拔脚了起来，并且他就像咆哮一般地大声说：

"徐江平，你见你妈的大头鬼去吧！我和朱主任，我们已经多次跟胡雯华的父母亲交谈过，她的父母亲根本就不希望你这个白专典型的'三反分子'，再一次地出现在她的家里边……"

姚长青这些咆哮一般的话还没有全部说完，他忽然看见了手中握着一卷设计草图的阿华，这会儿正大步地跨过设计组的门槛。这时候的阿华，她甚至连正眼都没有去瞧一下姚长青，便从他的面前走过，径直地走到了徐江平的跟前，说："徐工，你看一下这几张图纸。"

姚长青二话没说，他扭头就走。在迈出设计组的门槛的时候，他原先黝黑的后脖颈上，这时候已经涨得贼红贼红；阴毒的眼神，就像是要置人于死地的"杀人蜂"的毒刺一样。徐江平从阿华的手里边接过了那几张设计草图，并把它们一张一张地摊放在了办公桌的制图板上。他一反刚才高傲的神态，温柔地问着："阿华，这几张也描好了吗？"

"刚才那个姚赖皮，都跟你说了一些什么？"

"他没说什么。"

"有些话，我都已经听到了！"

"他真的没说什么。"

"江平你告诉我！"阿华似乎有一点生气地说。

徐江平看着她的面孔有片刻，而后他便选择了几句重点的话说："他说一机厂不欢迎我，并且还叫我从你的身边走开。他还说，他和朱兴强主任已经多次去找你父母亲谈过话，并且说你的父母亲，现在也不希望看到我再一次的出现在你的家里边。"

"不会的！江平，我爸我妈他们不会这样做的！"

阿华生气地跺了跺脚，然后她抬起了眼睛看着徐江平。她那一双水汪汪的眼睛里，充满了一股爱与恨交杂在一起的显然是异常痛苦的神情！见了她这种眼神，徐江平不由得浑身一阵一阵地哆嗦了起来，就好比是他看到了一只扑火的飞蛾，被燃烧的火焰烧焦了翅膀时的感受那般。

"江平，你可不要忘记，不管是在何时，或者是在何地，也不管是在何种环境下面，我都一样爱你！"

阿华就是带着这样一种阴郁而又复杂的神情转过了身子，默默地离开了设计组。徐江平跟在她后面走到了门外边。外面的天空在急速地阴暗了下来；旋转的风，卷起了地面上的尘土和一些残叶，呼呼地吹着；疏疏的雨点，开始啪啦啪啦地敲打着铁皮厂房的屋顶。天色是多么的阴沉啊！然而还是没有屋子里边阴沉得厉害，更没有阿华的脸色阴郁啊！

徐江平抬手摸了摸自己的脸孔，此刻他好像是在擦拭汗水或者是在揩抹落在脸孔上的雨点，但又好像是在抹掉一种情绪似的。只见他喃喃地自言自语地说："唉，山雨欲来风满楼哦……"

20

中午时分，阿华回家去吃午饭。但是下午，她就没有来厂里上班。

最近这几天，随着"J—5"的设计工作快要临近尾声之际，而资料组的描图以及晒图方面的工作，却是最为紧张和最为繁忙的时候。不见阿华来厂里上班，徐江平的心里头陡然升起了一股浓重的失落感。这种失落的感觉，又令他多少有一点儿坐立不安，心里边不住地犯起了嘀咕：

"阿华她是不是病了？是不是她家里出了什么事情？是不是那个姚长青又在暗地里捣鬼？是不是她父母亲真的改变了态度，不再让她与我继续交往下去了？"徐江平想不出个所以然。因而他就想着要去她的家里边看望，可是手头上的工作，却不允许他离开。因此他只好按捺住在心里边升腾着的焦躁与不安，心里想，"我还是等到下班以后，再去她家看望吧。"

临下班以前，厂革委会又召开了有关"J—5"工作的碰头会。这一次是由厂革委会主任朱兴强在主持会议。朱兴强脸盘宽阔，嘴唇肥厚，高高的个子，鼓突的眼睛里总是带着一股腾腾的杀气。会议临结束前，朱兴强作了总结性讲话。他在讲话中着重提到了当前全国山河一片红的政治形势，提到了无产阶级文化大革命的伟大胜利，提到了抓好革命才能促进好工业生产的辩证关系，提到了反对修正主义的复辟、反对资本主义的进攻、巩固无产阶级专政的重要性和必要性。最后他就抑扬顿挫地对大家说：

"最近我们厂里有些个别人，他们上蹿下跳得非常厉害，妄图凭借这一次'J—5'的新产品的开发，大肆为老反革命分子钟汉笙鸣冤叫屈，为'钟、罗反革命小集团'翻案，这些人嘛……"他的眼睛逡巡在场的与会者，并且眼光还在徐江平等一些人的身上停留了一会儿，然后又从于树坤的头上扫视了过去。紧接着他就一边打着手势一边恶狠狠地说，"别以为有那么一点技术上和管理上的小道道，小窍门，就可以目中无人，目空一切！还有一些极个别的人，生活上极其不检点，极其不严肃，无端地乱搅和别人的正常恋爱！在此我要警告这些个别人，不要去'螳'臂挡车，与我们无产阶级的专政去较量！如果要真是这样的话，哼！这些极个别人竖起耳朵给我听好了，我们宁要社会主义的草，也不要资本主义和修正主义的苗！我们工厂的经济效益，宁可倒退一个十五年或者二十年，也不能让你们这些资产阶级和修正主义分子，来改变我们无产阶级专政的颜色！"

朱兴强主任后面说的这一部份话，活脱脱的就是姚长青上午那一番话的翻版和重复。而姚长青这一会正跷着二郎腿地、半睁半闭眼睛地神气着呢！所以当朱兴强主任这一番铿锵有力、杀气腾腾的话句一说出了口，所有与会者全都非常清楚，朱兴强主任这是话有所指！大家的心里边也都非常地明白，他说这一番话的分量将有多么的沉，有多么的重！

这时候徐江平觉得自己背上的冷汗直冒，身上的寒毛直竖。现下他已经很清楚，"J—5"的设计工作已经快要结束了，然而他身上背负着的沉重的政治十字架却是无法去放下来。他似乎已经预感到自己已将无路可走，将会再一次陷入在自己人生的冷寒彻骨的冰河期，就像前两年他被戴上"钟、罗反革命小集团"成员的帽子，遭受到挨批、挨整、挨斗和"强劳"等非人的折磨那样。也不知是怎么，这会儿他的心里非常渴望想见到阿华。似乎现在就只有阿华这样温柔、纯洁和梦幻一般的女性，才能润泽他精神上那个空落虚脱的园地，熨帖他心灵上那些苦巴苦巴的皱褶，照亮他眼下这种灰黯的生活。他的这种渴望就像烈火一般在他的心里面焚烧和炙烤，仿佛焚烧炙烤得越来越强烈了似的，以致当会议一结束，他全然不顾别人对他会有什么样的反应，抬起脚步向着工厂大门外面匆匆地走去。

他走出工厂的东大门，穿过宽阔的马路，顺着对面路边店旁的胡同，走上了那条两旁杂草丛生的一边还围着篱笆的小路，走进了巷子深处的老鸦塘居民小区。在距离阿华家还有着一百多米距离的时候，他碰到了阿华的弟弟和她的母亲，于是他便匆匆地趋向前去，跟他们打起了招呼。

可是阿华的弟弟仲华，好像根本就不认识他似的，只顾自顾自地往前走；而阿华的母亲于明娣，对他则板着一张瘦瘦的面孔，喉咙嘶哑得像是老母鸭在叫唤似的说："我说小徐你这个人，总要有那么一点儿自知之明吧？别的话我就不去多说什么，只是今后不管有没有什么事情，你都不要再到我们家里来了！也不要再来找我们家的阿华了！更不要把你身上的那一股霉气，再一次地带到我们家里边来！"

说完以后，她就像躲避瘟神似的，从徐江平的身边一擦而过。阿华母亲刚才说出来的一番话，犹如是铁棍一般，重击在徐江平的后脑勺上，他的脑子倏地就是一片空白，人也一下就懵在了路边。

难道这就是阿华的母亲于明娣吗？这个四五天前还特地给他泡上了三只荷包蛋，把他当成了尊贵的客人，差不多就是"准女婿"那样来招待的于明娣，怎么现在见到他就像见到了一个冤家对头一般了呢？还有那个叫他为江平"大哥哥"，并把自己饲养的"瓦灰"、"雨点"、"酱斑"、"凤头"和"白条"的鸽子让他抓在手里边把玩的阿华的弟弟仲华，怎么此时此刻也把他当做是一个不认识的路人一般了呢？这真有点儿让他百思不得其解啊！过了好一会儿时间，徐江平才慢慢地回转过神来。这时候，他觉得浑身瘫软，四肢乏力，嘴里边升起了一片浓浓的苦涩味。

世态是如此的炎凉；人情是这般的势利！

此时此刻，他再也提不起一点勇气挪动脚步，到阿华的家里去看望她了。恰逢此时高玉芹老师从家里开门出来。他遇见了高老师，便勉强提起了精神，上前跟她打了一个招呼："你好，高老师！"

"噢！是小徐呀，吃过晚饭了吗？"

"还没有呢。高老师，你要出去哪？"

"嗨，去散一会儿步呗。怎么，来找阿华吗？"

"呃。"徐江平像是有一点儿漫不经心地说，"高老师，小胡她，今天下午没有去厂里边上班。"

"怎么啦？"

"我也不知道。"

"今天中午，是午饭过后吧，阿华倒是来过我这里，并且她还跟我谈了不少，呃……"高老师顿了一顿，显然是有一点小心谨慎地说，"小徐，你来我家里坐上一会儿吧，我想同你谈一些事情。"

"好的。"

高老师从衣兜里掏出一串钥匙，打开了家门，拉亮了电灯。徐江平跟在她的身后边走进了屋内。接着，高老师给徐江平泡上了一杯刚刚上市的春茶，随后她就端着一把椅子，在徐江平的对面坐了下来，并且压低了嗓门问他："小徐，阿华是个很不错的女孩吧？"

"是很不错。"

"她的心地也非常之好吧？"

"这我感觉得出来。"

"在我们这一带，她可是一个百里挑一的好女孩喔！"

"我看也是哎。"

徐江平感觉到自己的脸孔上，开始翻涌起了一阵一阵的热潮。为了掩饰住自己的情感，他端起了茶杯，喝了几口苦涩味很浓，但又散发出了阵阵清香的茶水，与高老师继续往下交谈。

"但是小徐，阿华她有一点敏感。"

"有一点敏感？高老师，你说她有一点敏感是什么意思吗？"

"我的意思是说，她什么都能感觉到。"

"噢？"徐江平显然有一点儿惊讶。

"唉……"高老师先是轻轻地叹了口气，然后才说，"阿华是我的学生，我是看着她长大起来的长辈。所以说，对于她，我应该还是比较了解的。小徐，现在我就对你来谈一谈她，今后万一出现了一些什么变化的话，你也好及早有一个思想准备才行呢。"

于是高老师便对徐江平打开了她的话匣子，谈起了很多有关阿华的事情来："阿华是一个比较纯粹的女孩子，一个品学兼优的学生。'文化大革命'以前，她的父亲胡坤曾经当过了五六年小城糖业烟酒公司的经理。'文化大革命'初期，作为走资本主义道路的当权派，他自然也就受到了造反派的冲击，被挂牌、游街、批斗、戴高帽子，被反绑住双手，跪在缺了口的破陶瓷碗上去请罪，甚至还被硬逼着去活活地吞下了许多只能够'蛰'死人的'洋毛辣子'……

"那是在四五年之前吧，即'文化大革命'刚开始不久，有一次她的父亲胡坤，被造反派反别着手、摁住头、戴着高帽子、挂着大木牌，在大街上游街示众。阿华看见了，她的心里边实在是难以接受。因为在她的心目之中，父亲一直都是一个好人，一个正直的人，一个她所敬爱的长者。所以这个时候，她就一边放声大哭，一边挤到前面去，把挂在她父亲胸面前的大木牌子摘下来，给扔在了街边上。然而那些个造反派们，根本就没有一点儿人性，他们说她包庇走资派，就是反对无产阶级文化大革命，就是无产阶级文化大革命的敌人，就是无产阶级专政的敌人，于是乎，他们便涌上前来推她，搡她，后来又开始动手打她，用脚踹她，把她打翻在大街上，还撕碎了她的上衣，让她一个青春女孩的胸部暴露在大庭广众之下……也就是从那个时候起，阿华她就受到了刺激……"

听高老师如此是说，徐江平心想，怪不得阿华的脸色，总是一副茫然若失般的苍白、并且还带着一点儿抑郁和梦幻般的神态，眼睛里面，时而还会闪射出一些游移不定的光彩，原来这是一种病态，是有着它的特定的原因。后来他又听高老师继续往下说：

"几年挨批、挨斗的不是人过的日子，以及阿华那一次受到的刺激，便彻底改变了阿华的父亲胡坤的为人，他便沦落成了一个绝对驯服了的工具。也正是由于这一点,前年糖业烟酒公司成立革委会时,他被造反派们解放,并被结合进了革委会,担任了糖业烟酒公司革委会的副主任。然而作为一个人来说,他却失去了自己的思想、自己的意志和自己的个性,凡是上级领导所说的,他理解的要去执行,不理解的也要去执行……

"小徐,这就是愚忠!这就是'愚忠'的一种最具体、最根本的表现形式哪!然而在失却了理智的现实社会当中,一个人要想出人头地或者要想过上某种体面而又稳定的生活的话,他就只能够去'愚忠',只能够去做一个被绝对驯服了的工具,而不能够有其他任何形式的表现。因为在当今的社会里,极权专制的体系要的就是这么一种被绝对驯服了的工具,要的就是这么一种理解的要去执行、不理解的也要去执行的人。这就是当今现实社会中的政治游戏的潜规则,谁要是不去遵守这个潜规则的话,谁就会被当今社会的政治游戏所淘汰出局。唉……"

高老师又轻轻地叹上了一口气,并且抬起眼睛,看着徐江平有好一会儿,然后她才接着往下说:"小徐,今天中午阿华来到我这儿,她跟我谈了很多关于你们之间的事情,她一边流着眼泪一边对我说,她说她非常非常地爱你。但是现在,你们厂技术科有一个叫姚长青的科长,硬是插足在中间作梗打岔。在最近这两天,姚长青还拉上了你们厂革委会一个叫朱兴强的主任,跟她的父母亲已经见过了两次面,并且还做了大量的说服工作,尤其是她的父亲。而且她的父亲似乎已经有了同意的倾向。尽管她的父亲和母亲对你本人似乎也并没有什么太大的反感,可是由于你自身的政治问题,使得她的父母亲,必然会对你去做出否定的态度。唉……"

说到这里的时候,高老师便停了下来,她先是轻轻地叹了一口气,然后就富有哲理地对徐江平说:

"小徐,当一个人的人格和尊严弯下了腰来,匍匐在铁灰色的极权专制的面前作顶礼膜拜的时候,那种匍匐的动作的本身,其实就已经非常清楚地表明,一种人格和尊严在向一种丑陋的极权专制所代表的现实社会的屈服。不过,在当前这么一种野蛮盛行、愚昧泛滥的年代中,又能够有几个人,不在向这种极权专制所跪拜、所屈服呢?所以对父母亲的意见,阿华她非常之苦恼,非常之矛盾。中午时分,她在我这里哭了很长的时间,一直到了我要去学校上课的时候才停止哎!这个可怜的女孩子!因此小徐,我看你的心里边,一定要及早有上一个思想准备才行呢!"

听了高老师所说的一番话，徐江平就像吃了黄连和苦胆一般，苦在了心底里，苦到了脚后跟，因为他的心里面非常地清楚，他跟阿华之间的爱情，本就横亘着一道不可逾越的鸿沟。而这道鸿沟的本身，就是现实生活所强加在他身上的那一副沉重的十字架。

21

尽管徐江平非常理智，非常有自制力，这个时候，他极力地控制住自己内心里的痛苦，使之尽量不在面部表情上所流露出来。然而在面对着长辈一般的高玉芹老师，他还是没有能够压制住自己心中的痛苦，两汪泪水，不知不觉地就从眼睛里面流了出来。

后来，他就一边擦拭着流在脸上的泪水，一边哽咽地说："高老师，我很明白自己的处境。这几年来，我一直都在封闭自己感情的闸门，一个人孤独地生活。可是自打跟阿华熟悉和交往以后，我以为自己似乎找到了新生活的支点……"

于是他便对高老师谈起了自己曾经有过的理想、追求和人文精神的探索。他说一个人在这个世界上活着，最起码活得要有自己的人格、自己的尊严、自己的头脑和自己的灵魂；在对世界的认知和对人生的态度这种最基本的问题方面，要能够自己去做主，这就是人文精神。他还说独立思考，是人的一种本能，就像人在这个世界上活着，就本能地要去吃饭、要去睡觉那样。在他看来，一个人如果不能拥有这种独立思考的心智生活的话，这个人也就无法去获得真正的精神生活，就只能像一个木偶一样的活着。

可是眼下的社会，却根本就无法提供这种人文精神追求的环境，根本就没有一点儿的人文关怀。在现实社会当中，专制的政治权力，不仅扩散到了社会、经济领域，而且还出现了占垄断地位的意识形态，单一思想的统治，即思想上极度的单一化，极度的不宽容性——将单一的信念看成是世界上绝对存在的真理，从而以真理的独掌者或者裁判者自居，要求别人无条件地去皈依，无条件地去服从，否则就要加以武力制裁。因此，人们就只能听从一个声音，服从一种意志，理解的要去执行，不理解的也要去执行，根本就无法去独立地思考，无法去投入地想一种思想问题，无法去实现自己的理想和追求。

在这种痛苦的泥淖之中,他苦苦地挣扎了好几年。为了自己的理想和追求,他付出了非常高昂的代价,忍受着非人可以能够忍受的煎熬与痛苦,也就是在这种状况之下以及在无意之中,他结识了阿华,并且还得到了阿华那一份深深的爱情。可是在最近,他又感觉到非常困惑:前两天姚长青那一副阴毒的神情;今天上午他那些刻薄的话句;还有今天下午,在工厂新产品设计与开发工作碰头会议上,朱兴强主任那一番杀气腾腾的讲话……总之,他已经预感到了自己将又要陷入一种拔不出来的泥淖……

那一天的傍晚时分,他对着高玉芹老师,完全彻底地、没有一丝一毫保留和遗漏地敞开了自己的心扉。末了他说:

"高老师,我好不容易才遇到像阿华这样纯真的女孩,她深深地爱着我,我也深深地爱着她。我们有共同的语言,共同的追求;我们相亲相爱,相互理解,相互尊重;我清楚地知道,只有阿华这样的女孩,才能润泽我精神上空落虚脱的园地,熨帖我心灵上苦巴苦巴的皱褶,照亮我眼下这种灰黯的生活,唤醒我青春的欲望以及性的活力。可是高老师,我现在很困惑,我真的非常困惑,我不知道自己能不能去追求这种爱情,为了这种爱情,我要不要向丑陋的现实生活低头,去做一个毫无思想、毫无尊严的木头人呢?"

听了徐江平这一番发自于肺腑的话语,高老师觉得面前这个年轻人,似乎太纯粹,太爱思想了!这是非常之危险的!因为在当时那种政治极端专制的社会环境下面,这种纯粹,这种爱思想,其本身就是一种非常危险的倾向!在当时的那种年代里,在那么一种环境当中,越是纯粹、天赋越好的人,就越容易会被毁灭掉。因此阿华跟他在一起相处的话,无非就是有两种可能:一是与他相爱,而被这个专制的社会所毁灭;另一个是为了保全自己,而与他分手。所以高老师最后也只能劝告地对他说:

"小徐啊,或许阿华会不顾一切地跟着你,如果要是那样的话,那么你可就要好好地对待她,好好地呵护她,你也尽量地不要去太露锋芒,不要让她遭受太多外界的刺激。也许她的父母亲会为了替她着想,而竭力地去反对她同你的往来。因此你必须要有这两个方面的心理准备才是。"

可是徐江平似乎不愿再开口说话了。他只是低倾着脑袋,相互地绞着和扭着他那两只手上的十个手指头。高老师看了,心里想:"世界上这众多的人里边,可是又有哪一个有他如此这般的痛苦和难受呢?"看着自己面前这个无比痛苦的青年人，高老师实在于心不忍，因此她便对他说：

"这样吧，小徐，你先在我的家中待上一会儿，我这就到阿华的家里边去看上一看，看一看阿华她在不在家里，如果她在家的话，我就尽量地让她前来跟你见上一面，你说好不好哪？"

"高老师，真是太谢谢你了！"

徐江平独自一个人待着，没有什么事情可做，他便拿起了高老师放在桌子上的《红色娘子军》的剧本，他本来想通过翻一翻剧本里面的彩色剧照来消磨这一段等待的时光。可是阿华上午那一副神情阴郁和凄苦的身影，这一会儿，似乎又在他的眼面前晃荡了起来。他放下手里边的剧本，悲苦地站了起来，身体依靠着窗户，聆听起傍晚中的行人在门外的路上来去走动着的脚步声。二十多分钟的时间，他等得好像感觉有一个世纪那么漫长。终于高老师打开门走了进来，并站在了他的身旁，对他说：

"小徐，让你等了有二十多分钟了吧？"

"没有关系的，高老师。"徐江平转过身去，但他很快就大吃了一惊，因为就在他开口回答高老师的问话的时候，他忽然看到了跟在高老师身后边的阿华那张苍白的面孔，他的一双眼睛倏地就湿润和明亮了起来，两颊泛起了红润，情绪异常激动地叫了一声："阿华！"

"江平，"阿华伸出了右手的食指，搭在了嘴唇上说，"你的喉咙稍微小上一点呀！"

在高老师家里，阿华见到了正在翘首盼望的徐江平，这时候她脸上那一副阴郁和凄苦的情绪，顿时也就烟消云散得了无踪影了。他们两个人情绪激动地交谈了几句以后，他们便一边拜谢高老师，一边又规避小区居民们的眼线，肩并肩地踏上小区南面那条两边杂草丛生的铺着煤渣的小路，并且沿着长有刺槐、白杨和灌木丛所构成的篱笆墙，慢慢地散起步来。这会儿，阿华转过面孔，带着些许抑郁和忧伤的神色，对徐江平说：

"江平，想不到我爸和我妈的态度，还真的就变卦了。"

徐江平抬起眼睛看着阿华，此时此刻，他的脸孔上满满地写着痛苦。后来他便轻轻地问她："他们的态度，还能不能再改变过来呢？"

"目前我还估计不出来，江平。都是那个死皮赖脸的姚赖皮，他拉上我们厂革委会主任朱兴强，向我爸和我妈提亲做介绍来着。当我爸和我妈说到我们两个人之间的情况的时候，朱主任随即就把你说得思想是如何的反动，意识是如何的败坏，政治前景是如何的灰暗，为人处事又是如何的差劲，总之，他把你说得是一塌糊涂，一无是处，一分钱都不值，吓得我爸和我妈赶紧就收回了对你原本存有的一份好感。唉……"

说到这里，阿华叹息地摇了摇头，然后她就陷入了无休无尽的忧伤之中。徐江平把手搭在她的肩膀上，真诚地对她说：

"阿华，你要知道，我是非常的爱你啊！"

"我也是呀！"阿华此刻说话的声音，低得犹如是小蠓虫飞过一般，"要是不能够跟你去相亲相爱，不能够跟你在一起相濡以沫地生活的话，江平，我还不如去死呢！"

"阿华，你快点不要说这些不吉利的话好不好？你说现在，我们两个人去什么地方吧？"

"就去你的小屋吧。"

"那么，我们向西拐弯！"

"噢！"

阿华的这声"噢"的应答声，有如是风吹芝兰，在春夜的天空中缓缓地飘荡。徐江平听了以后，顿时一扫自己脸孔上忧伤和痛苦的神色，一把揽过了阿华，把她拥进了自己的怀抱，并且如醉如痴、如疯如狂地亲吻起了她那两瓣如玫瑰花瓣一般的唇吻。

"阿华，"他一边亲吻一边说，"其实，在星期天的那个上午，在'钱资荡'边的那个小岛上，当你背衬着蓝色的天空，手里面握着一把十姊妹的花束，瞪着一双水汪汪的眼睛，惊怪地看着我的那一刻，嗨！阿华，那个时候我忽然就感觉到我已爱上你了。"

阿华在他的怀抱里挣扎了起来，她想要弯腰去吻徐江平的手掌心。然而徐江平却是一派诚惶诚恐，浑身颤抖，他把阿华紧紧地拥在了自己的怀里边，激动得连话都快说不出来了。

"江平，"阿华在他的怀里边低声地质问，"为什么你不让我去吻你的手心和手背呢？"

"阿华，你真是太好了！应该是我匍匐在你的面前，虔诚地去吻你的脚趾头，那才对呢！"

听了他这几句傻不啦叽的都快要到了家的话，阿华忽然就展颜笑了起来。她这一笑啊，感动得徐江平差一点没有流出了眼泪。

这时候，夜空开始渐渐地晴朗了起来，乌云在向着天边慢慢地飘散而去。那轮残缺不圆的弯月亮，就像是一块被撕掉了一只角的烧饼一样，悬挂在西南边乌龙宝塔的上空，星星在夜空中眨巴眨巴着眼睛，然后再亮晶晶地抖落在路边的小河沟里面，就像数不清的萤火虫一样，在小河沟的水面上上下地飞动；生长着的各种植物，夹带着特有的芬芳和清馨，伴随春夜里的湿润的晚风，一阵一阵地翻飞和涌动。这个仲春和季春相交的夜晚，到处都在涌动起青春、生命和爱情的气息。

春天的夜晚是愉悦怡人的夜晚，流淌着情溢满了爱的夜晚。在徐江平那一间十二平米的小屋子里，他和阿华两个人里里外外、上上下下都洋溢着灼热的爱情。阿华高高地踮起了脚后跟，双手缠绕住徐江平的脖子，身子紧紧地贴着他的胸脯，嘴唇湿润了他的耳廓，充满刻骨柔情地说：

"江平，你真是一个好男人！今生今世我非你不嫁！"

"阿华，今生今世我也是非你不娶！"徐江平温柔地望着她说，"至于你父母亲那里呢，我们慢慢地再去做工作吧，好吗？只要我们两个人真心相爱，我想就会精诚所至，金石为开的。"

听徐江平这么说，阿华感觉幸福得都快要塌了边了。她的身子紧贴着他的胸脯；唇吻胶粘着他的嘴唇；两只手臂缠绕住他的脖子，一点儿都不愿意去松手，仿佛她只要一松开手，眼前这一番幸福的感觉，就会悄然地从他们的身边溜走，再也找不回来似的。

于是徐江平什么话都不再说了，但是他那一颗心，却在胸膛里面说着："阿华，你是一个美丽的女孩！当我处在人生低谷的时候，是你这个美丽女孩给了我温暖，给了我快乐，给了我爱情，给了我未来幸福的希望，让我感觉到生活是这么的美好，人生是这么的富有意义！"

阿华玫瑰花瓣一样的嘴唇，在他耳边呻吟地低语着：

"江平，我真想永远跟你在一起。真的！只要能够跟你在一起，我的这颗心灵就获得了充实，就不再会有空落虚脱的感觉，除了幸福和快乐的感觉以外，就再也没有那么多的烦恼和痛苦了。"

徐江平微笑地没有说话。他只是紧紧地拥抱着她，痴痴呆呆地看着她，用眼神传递着爱她的信息，以致阿华在他的臂弯里，感动得都快要流出眼泪来了。他的那颗心灵在默默地发着誓：他要永远爱她，要用自己全部的生命来呵护她，生生死死，至死不渝……

春夜已经很深、很深了。徐江平送着阿华回家。

到了阿华家的门口，这一会儿，他忽然注意到阿华的头顶上方，似乎活跃着一片白忽忽的东西。原来那是开放在绿色拱形门廊上的月月红的花朵。那许多粉色的花朵，在这淡淡的月光下面，就像着了魔似的活了起来，犹如是一些小白蝴蝶或者小精灵一般，在这宁静的夜晚里、这蓝紫色的天空中、这暗幽幽的大地上，上下地扑动着翅膀。他感到非常惊讶。这个时候，站立在拱形门廊月月红花下的阿华，突然向他这边转过脸来……她的身影就像是一丛深绿色的灌木，苍白色的脸庞犹如是一朵开放着的硕大而洁白的十姊妹花，宁静而又充满了感情地凝视着他。

哦！此时此刻的阿华，她就像是一个刚刚从花蕊丛中穿越出来的忧伤的精灵啊！徐江平情不自禁地伸开了双手，向着她低声地叫了起来：

"阿华！"

阿华向后猛退了一大步，朝他招了招手地问："江平，你还有事情吗？"

"祝你今天晚上，做上一个好梦哦！"

"也祝你做上一个好梦吧！"

就在这个时候，屋子里边似乎响起了动静。阿华赶紧就把身子缩进了门洞里。屋子里亮起了灯光，几声严厉而呵叱的声音——她父亲胡坤那种低沉的声音——从门缝里传了出来，这声音虽然不很大，然而却在这夜晚里的气流中，清晰地波动。徐江平的心房顿时就剧烈地疼痛了起来，他慢慢地转过了自己的身子，轻轻地吁了一口长气，然后他就苦恼而又无奈地退回到了扎着篱笆的小路边！

那一天的夜晚，他做了许多稀奇古怪的梦：

月光下面的天使，花蕊丛中的精灵，现实生活里的丑陋的牛鬼蛇神，还有许多激越昂扬的场面等等，等等……这些，全都像是在变戏法似的，在他的睡里和梦中不断地涌现出来……这一番好梦较少、噩梦颇多的梦境，犹如是那种"来如流水兮逝如风，不知何所来兮何所终"的思绪一般，有点儿说不清楚、道不明白的，搅扰得他整个晚上都没有安稳地睡上一觉。

第二天清晨。当第一抹鱼肚白的晨曦初临之时，他的嘴角便带着一片苦涩、眼角又带着一抹泪水地醒了过来……

第八章

22

　　星期五的早晨。徐江平一大清早就去厂里边上班了。提前上班，似乎已经成了他的一种习惯。当他走进了工厂，这时候，除了夜班的工人还没有下班以外，其他的人员都还没有到厂。

　　厂区路边的香樟、梧桐和刺槐树，经过了五六天默默的挣扎，现在又撑起了一片碧绿色的树荫；榔榆树的榆钱已经撒得淡淡疏疏的，不剩多少了；倒是杨柳树和白杨树上飘飞起来的花絮，扬扬洒洒地，比先前更加之多也更加之飘忽和迷漫了。路边花台里的月季、玫瑰、芍药、丁香和月月红等一些草本类和木本类的花草，全都展瓣、吐蕾和舒展着绿叶，绽放出了五颜六色的花朵，就连这清晨里的空气，此时似乎也都沉浸在仲、季春相交的浓郁的气息里。

　　设计组里空无一人。徐江平正好可以利用这一段安静的时间，来编写他的"J—5"型高速机床的设计说明稿。这份设计说明稿是整个"J—5"设计工作的最后的一个环节，也是一份总结性的技术查考文献资料。实际上这份设计说明的初稿，昨天下午他就已经给草拟好了，今天上午只需要作一些文字、符号和标准代码之类的修改与润色，最多也就用个把小时的时间，"J—5"的整个图纸设计方面的工作，便可以完全地宣告结束。接下来就是技术科资料组那边描图以及晒制蓝图这方面的事情了。

　　早晨，上班的时间开始到来了。当虞树华、陈春荣、陈双林、小朱和小胡他们几个人，陆陆续续地走进设计组的时候，徐江平早已经全身心地投入在设计说明稿的修改与润色之中，他无暇去跟他们各位打招呼，也没去在意他们几个人的脸孔上是否有什么特别古怪的神色。

　　他们几个人见他是如此的专心，如此的投入，也就不去打扰他，全都分头去做各自要做的工作。没过多一会儿，技术科长姚长青便反背着两手，装扮着一副假模三道的派头；可惜他那一副尊容却给他这么一种假模三道的派头大打了许多的折扣。他来设计组，是来巡视和检查早晨的工作的，这是他每天工作的惯例。在设计组工作人员的违心的恭维下，他走到了徐江平的办公桌跟前，弯曲起右手上的食指，丢了一丢徐江平面前办公桌的桌面，板着一张长满了"酒刺"疙瘩的脸孔，话语沉沉地问道：

"徐江平，现在你有没有时间哪？"

徐江平抬起了眼睛，见是姚长青科长，便连忙放下了手里面的设计说明稿，汇报工作一般地说："哦，是姚科长啊！我手上的这一份'J—5'的设计说明稿，再过不了多一会儿时间就写完了。"

一听徐江平说整个"J—5"的设计工作，就快要全部结束了，姚长青的心里边顿时就怦然而动，因为这个项目的设计和开发工作，其成功与否，对于身为技术科长的他来说，可谓是一件至关重大的事情！他一直都想要把这个项目的研发成果抓在自己的手心里，揽在自己的肩膀上，作为自己工作成绩中的一个非常重要的筹码。"既然，"他心里想，"徐江平还有个把小时，就可以全部去完结'J—5'的整个设计工作，那么，我何不等到他全部做完以后，再去……哼！回过头来再去收拾他这个反党、反社会主义、反毛泽东思想的三反分子也不迟！这一回，哼哼，看我不把他给整了趴下去，不把他撵走和赶跑才怪呢！"

想到了这里，姚长青先在脑子里边盘算了一会儿，然后他才决定暂时按捺住刚才心里头要找徐江平麻烦的念头，并且他的态度也适当地缓和了起来。末了，他便这样对徐江平说："好！真是太好了！那么，徐江平，你就还是先忙你的工作吧！等到你手头上的工作全都做完了，全部都结束了，你也有了时间了，就尽快去我办公室一趟，行不行哪？"

"好吧。"徐江平回答着说。

不过，徐江平在回答姚长青问话的时候，他却并没有刻意去注意，这会儿姚长青的脸上是满满的一副狡黠的神色、阴毒的目光以及满脸不是"善类"的表情。他只是把头又低了下去，把自己又深深地埋进了在设计说明稿的修改与润色之中。

作为一名机械工程师来说，他有着非常高的天赋；然而，作为一个人，一个生活在现实社会中的人来说，他为人老实，处事正派，不愿跟别人去兜圈子，去弯弯绕，去玩弄什么手腕与权术。殊不知在现实生活之中，"老实"这个词汇，实际上就是一个"没用"的代名词；而"正派"这个词汇，实质上也就是一个"失败者"的另一种称呼而已！

大概又过去了半个小时，徐江平终于完成了"J—5"设计工作的最后一个环节，他放下手中的钢笔，坐直了身子，然后收腹挺胸地舒了一口长气，活动了一下胳臂，伸了一伸腿脚。这时候他要在去姚长青办公室前，先赶去资料组，将自己手里的这一份"J—5"的设计说明稿以及有关其他方面的技术资料，交给资料组的柳裕林组长，以便让他安排描图和晒制蓝图的事宜；紧接着，他还要再去一趟革委会副主任于树坤那里，向于副主任去通报一声。

此时此刻，虞树华见到徐江平停笔完稿，便站起身来，走到他的旁边，弯下身腰，凑近他的耳朵边，声音低低地说：

"徐工，昨天晚上我听符连生等几个朋友私下里对我说，朱兴强、姚长青等几个人，今天可能要跟你过不去呢！"

"噢？"徐江平说，"虞工，谢谢你的提醒。"

"徐工，你还是注意一点为好，噢。他们这些人，心狠手辣的，什么样的事情都干得出来哪！"

"噢。嗳，虞工，昨天上午，我已经把你推荐给于树坤副主任了，假如我真的要出什么事情的话，你必须得想法子接替我，把'J—5'开发工作的后期事项给管起来，不要辜负于副主任的一片心意和期望。你知道我说这话的意思吗？"

"好的！"虞树华说，"不过徐工，你得当心一点才是！"

"这个我知道了，虞工。现在我得去一趟资料组，把这份'J—5'的设计说明稿以及一些相关的图纸和技术资料，给柳裕林组长那边送过去。"

徐江平来到了资料组，找到资料组长柳裕林，先寒暄了几句以后，他就把装在档案袋里的"J—5"型高速机床的设计说明稿以及其他有关的技术资料，一并交给了柳裕林，并且还嘱咐其尽快给安排描、晒出蓝图来。接下来他又在资料组里转了一圈，但却没有见到阿华来厂资料组上班。他不太方便去问资料组里的其他人，表面上还要装出一副若无其事的样子，看了几位描图员描图和晒制蓝图的情况，并且还跟其中几个女描图员开上几句玩笑。可是他的心灵深处，似乎却有一种不祥的预感，那就是昨天晚上，阿华回到家里以后，她的父母亲肯定又给她施加了什么压力，以致到今天上午，她还仍然无法正常来厂里边上班。

在走出资料组的时候，他的心情非常糟糕，又非常沉重。他知道，他跟阿华之间，横亘着一道难以逾越的鸿沟。这一道鸿沟就像是传说中的西王母用她的"银簪"划下的那道宽阔的天河，把相亲相爱的牛郎和织女硬生生地给拆散了开来，使得他们两个人只能隔着天河去相望一样。眼下这不公道的现实生活，所强加在他身上的那一副沉重的十字架，似乎就成了他跟阿华之间的一道宽阔得几乎难以逾越的"天河"一般。

走到于树坤副主任办公室门前，徐江平推开了并没有关严的木门，径直地走了进去。这个时候他忽然发觉，阿华的父亲胡坤正坐在于树坤的办公桌跟前，并且正跟于树坤交谈着什么。他感到非常惊讶。很显然，他冒失的推门而入，已经打断了胡坤与于树坤两个人之间的谈话。见这会儿贸然而进的是徐江平的时候，胡坤清瘦的脸孔上顿时就罩上了一片愠色。然而徐江平却尽量地克制自己，并且尽量不卑不亢地跟胡坤打着招呼说：

"胡叔叔，你好！"

可是胡坤却把面孔别在了一边，仿佛他根本就不认识徐江平这个人似的。见胡坤对自己有着如此深的成见，具体原由，徐江平昨天傍晚已经从高老师那儿知道了些许端倪。他不愿意多跟胡坤计较什么，因为这根本就没有计较的必要，胡坤毕竟是阿华的父亲，等于也就是他自己的长辈，对于长辈，他还是多宽容多包涵一点为好！因而他就把头转向于树坤说：

"对不起，于主任，我打断你们的谈话了。"

于树坤此刻好像也是一脸不开心的模样。因为这个徐江平，他早一点儿不出现，晚一点儿不出现，偏偏就在自己正跟老朋友胡坤谈话的当口，他却像是一个冒失鬼一般地出现在自己的办公室中。为此于树坤瞪起了一双眼睛，并且他明显地皱起了头顶前部已经秃了一大块头发的头皮，板起面孔地问："徐江平，你有什么急事吗？"

徐江平向于树坤副主任汇报工作道："于主任，就在前五六分钟，我已经把'J—5'的设计说明稿以及其他的一些技术资料，全部都交给了资料组的柳裕林组长了，并且还嘱咐他尽快给安排好描、晒出蓝图来。于主任，现在我可以郑重其事地向你汇报说，到目前为止，你所交给我的'J—5'型新产品的图纸设计工作，它就应该算画上了一个圆满的句号了。"

听了徐江平的工作汇报以后，于树坤一反刚才不愉快的情绪，只见他抬起右手，挠了一挠秃了顶的头皮，异常兴奋地说：

"好！太好了！小徐，嗨！你真是太好了！"

"于主任，我就不再打扰你跟胡叔叔之间的谈话了。我这会儿还得要到姚长青那里走一趟呢。"

徐江平说完了他要说的话以后，随即就向后面转身并迈开了脚步，准备快步地离开于树坤副主任的办公室。可是这个时候，于树坤却在后面叫住了他："小徐，你别先走，胡主任正好有事情要找你谈谈呢。"然后于树坤扭过了头，对坐在他对面的胡坤说："对不起了，胡主任，现在我可要到下面的科室和车间里去跑一趟了，我得去检查一下我们工厂新产品开发工作的进展情况，胡主任，这可是一件比老天爷还要重大的事情喔！"

"老于，"胡坤说，"你要是实在忙的话，你就先去忙你的事情吧，等到你的工作忙完了，没有事情了，我们再聊也可以。"

"胡主任，"于树坤说，"如果你有什么事情要对徐江平谈的话，那么，你就在我这间办公室里说好了，我出去的时候，会把门给你们关好和关严的，保证不会再让别的冒失鬼贸然进来打搅你们！"

然后他又转过身来，叮嘱徐江平说："小徐，待一会，你跟姚长青交接完毕以后，回过头再到我这里来一趟，知道了吗？因为还有着几件重要的事情，我需要跟你再作一些交代呢！记住哦，你无论如何得来。"

"好的，于主任。"徐江平答应着。

"对不起了，胡主任，怠慢，实在是怠慢了！"

于树坤同胡坤打完了招呼以后，他就步履匆匆地走出了办公室。在出门的时候，他并没有忘记把办公室的门给带上，以便让胡坤和徐江平之间的谈话，不被其他的冒失鬼们所打搅。

23

于树坤前脚走出了办公室，胡坤跟着就转过身来。他原本微黑、偏瘦的脸孔，眼下仿佛又瘦了一大圈，眼角周边那许多犹如刀刻了一般的皱纹，现在看上去，好像显得更加之凸显，更加之深凹了，以至于他的整个人让人看起来，似乎憔悴了很多。

这时候胡坤稍稍地缓和了一下自己脸孔上的愠色，对在他跟前站得不太远的徐江平说："小徐，你就坐下来吧！"

"好的。"徐江平嘴上答应着，人就在墙边的沙发上坐了下来。

胡坤的态度,此时虽然有了些许的缓解,但是他说话的语气,依旧是非常严厉。徐江平心里边想,"大概这就是一个干部当久了的人的一种习惯吧?"但他却不愿意将心里边的想法,在自己的表情上有所流露。

胡坤对坐在他对面的徐江平说:"小徐,刚才我听你们于副主任说,你这个人的道德品质,似乎并不像有些人传说的那么坏!而且我也知道我的女儿阿华对你,好像也有着很深的感情!但是……"

胡坤说到这里,他便稍微停顿了一下。徐江平估摸他在这个"但是"的词汇后面,肯定会要提到自己头上戴着的那顶所谓"三反分子"的帽子,以及还有那个还没被撤消的所谓"反革命小集团"成员的结论,并且他肯定还会以这些所谓的政治问题,来否定自己与他女儿阿华之间的恋情。

"小徐,人贵有自知之明!你的身上有着这么严重的政治问题哪!"果然不出徐江平的意料,这会儿他瞪大了眼睛,看着胡坤说着话的嘴巴,只见胡坤继续蠕动上下两片嘴唇说:"如果你同我女儿阿华继续交往下去的话,这势必就会影响到她今后的政治前途以及她今后的幸福的!"

"胡叔叔,"徐江平推心置腹地说,"我身上的这些问题,严格来说,其实全都是一些不实之词。我想在不久的将来,这些问题肯定全都会被推翻掉的。至于你说到我跟阿华之间的感情这个问题,胡叔叔,我也很坦率地跟你说吧,如果不是在五天以前的那一个星期天的上午,阿华对我挑明了她爱我的话,说一句心里话,我是绝对不会、也绝对不敢主动去追求她的!这一点儿的素质,这一点儿的自知之明,我想我还是有的,胡叔叔!然而在通过跟阿华这几天的交往中,我发现她是一个非常好,又非常善良的女孩子!我也打从心里在爱她!"

"小徐,正因为我的女儿阿华她非常好,所以我……"胡坤说到这里,他忽然就打住了话头。徐江平以为,接下来他将会粗暴地斥责自己,并且断然拒绝自己与他女儿阿华再继续交往下去。可是谁知,胡坤的脸色居然会急速的黯淡和凄惨起来,他用一种有点儿近似于凄切和痛苦的语气,对徐江平说:"小徐,我请你……不,我求……你离开我的女儿阿华吧!"

"什么……?胡叔叔,你求……我离开阿华?!"

徐江平似乎惊诧到了极点。他万万没有想到,眼面前的胡坤,居然会"求"起自己来了!他看着胡坤脸孔的一双眼睛,此时此刻瞪得是又大又圆,要知道这个"求"字,可是比打了他一顿、骂上他一通、高声地斥责

十姊妹

101

他一番，更加地令他感到震惊和痛苦啊！

然而这时候的胡坤，依旧是凄惨和愁苦地对他说："小徐，我可是一个从来都不求人的人啊！真的！可是现在为了我的女儿阿华，我这个老头子就算是求你了，好不好啊？你要是心里边爱着她的话，我就求你离开她，远远地离开她吧，好不好啊？因为她曾经受到过刺激啊！然而现在，她再也经受不起任何的刺激，任何的打击了！小徐，你知道吗？"

"这个……"

"小徐，你给不了我女儿阿华幸福的！在我们的国家，阶级斗争永远都是个纲，纲举永远就是目张，我们永远都走不出阶级斗争的阴影，就像孙悟空永远都翻不出如来佛的手掌心一样。你要知道，一个人一旦在政治上留下了一点儿污点，他就很难再抬得起头来。因此，你是不可能给阿华以幸福的！小徐，我是一个从来都不求人的人哪！可是为了我的女儿阿华，今天上午我都已经求了两次了！你知道吗？现在这一次，是求你远远地离开阿华，不要再去找她了，不要再去影响和干扰她的生活；而前面那一次，是我求你们厂革委会主任朱兴强不要再去整你，放你一马，让你平平安安地离开第一机械厂……"

"什么？"徐江平惊讶得合不拢嘴唇。

"所以小徐，"胡坤脸上溢满了痛苦，"你要是真心爱我女儿阿华的话，我就求你为她着想着想吧！不要再去找她了，不要让她再受到任何的刺激了，小徐你就答应我吧，好吗？"

徐江平终于读懂了胡坤的脸部表情和他说话的弦外之音了。他不需要再说什么了！尽管他深深地爱着阿华，离开她他将会感到非常痛苦，可是面对这样一位深深地爱着自己女儿的父亲，他除了接受请求以外，根本就没有其他的选择！此时此刻，他掩饰住自己内心的痛苦，脸色凝重地说：

"好吧！胡叔叔，我就答应你吧！"

他说这句话时的语气，就像是被雨水打湿了的土坯那样沉重而滞涩。话刚一说完，他就站起身来，拉开了于树坤办公室的门，并且匆匆地走了出去，把胡坤一个人扔在了于树坤的办公室里。

走到门外，徐江平为了不让自己的眼泪往下流，于是他便收腹挺胸地作了几次深呼吸，以便能够缓解内心里这许多骤然而至的痛苦和压力。"走吧，走吧！"他脚下一边走着，心里一边还在伤心地想着，"离开这个令人倍感痛苦的鬼地方吧！走得远远的！越远越好！我再也不想见到这许多人了！"如果胡坤要求徐江平离开阿华算是一种打击，并且已经把他打得趴了下去，再也爬不起来的话，那么，接踵而至所发生的一连串的事情，比如说他被第一机械厂的除名以及被遣送回乡等等，对于他来说，似乎也就算不上有多么严重了。因为他的那一颗心，已经麻木了。

先是，厂革委会主任朱兴强，派谭朔群副主任把他找去。

一般除名和遣送像徐江平这样的人的事情，实际上，并不需要一把手去出面的，最多就是管人事和政工的副主任谭朔群出一个面就可以了。大概朱兴强是喜欢对徐江平这样的人发淫威吧？也或许是胡坤为了替女儿阿华考虑，求朱兴强放过徐江平一马的缘故吧？又或许是徐江平因为刚刚完成了"J—5"的设计工作，朱兴强就破一次例子，最后再一次地教育一下这个即将要被除名、即将要被遣送回农村的资产阶级的白专典型吧？

朱兴强满脸的横肉，脸孔上有一股腾腾的杀气。他对在他面前站得毕恭毕敬的徐江平，先是大讲了一通无产阶级文化大革命发动得是如何的及时和正确，文化大革命的形势又是如何好得不要再好的大道理。然后他又着重地提到了反对资产阶级，反对修正主义，巩固无产阶级专政的重要性和必要性。随后他又提到了徐江平虽然在"J—5"的设计与开发方面做了不少的工作，但是考虑到他的思想和世界观，仍然是属于没有改造好的封、资、修这一类型的人，因此，厂里有必要对他做出除名和遣送回农村的处理，这是绝对正确、也是绝对及时的革命行动。最后他要求徐江平在回到农村以后，一定要好好地接受贫下中农的再教育，好好地去改造自己的思想和世界观，争取早一点回到无产阶级的革命队伍之中来。

朱兴强上下两片肥厚的嘴唇，翻过来复过去地白费了大大的一通唾沫，结果徐江平却只听出这几个字：卸磨杀驴。"不过也好吧，"他心里想，"你们不愿意与我为伍，我也就懒得再在你们这一些人的手底下做事情了！"

跟着就是姚长青要求徐江平工作上的移交。不过要说是工作移交的话，似乎又有一点不太贴切，因为徐江平不是技术科的领导成员，甚至就连一个设计组长都不是，他只是厂革委会副主任于树坤临时推荐来搞"J—5"的设计与开发工作的。现在"J—5"的设计工作既然已经全部都结束了，所有的设计草图和有关资料,他也已经全都交给了技术科资料组的柳裕林组长了,那么,除了一些设计用具和参考文献之类的物品,其余也就没有什么东西好移交的了。然而姚长青,似乎就是要出一出徐江平的霉头,就是要嘲讽和捉弄这个昔日的竞争对手一番,此时此刻,他甩了甩搭拉在额头上的头发,咧着几颗黄不啦叽的嵌着污垢的门牙,抖动着脸孔上的鹰勾鼻子和满脸脏弹一般的"酒刺"疙瘩说:"徐江平,弄到了今天这一种既要被开除又要被遣送回乡的地步,先前你可是没有想到吧?"

对于姚长青这副小人得志的神气样子,徐江平是一脸孔的蔑视,他把面孔扭在一边,懒得再去与他答话。姚长青也看得出这会儿徐江平的脸上是一副不屑的神情,不过他仍然洋洋得意地对徐江平皮笑肉不笑地说:

"哼哼,徐江平,我知道你看不起我!你自以为清高、自傲、有水平、了不起,是吧?可是清高、自傲能怎么样呢?还不是照样要被人踩在脚板底下?了不起、有水平又能怎么样呢?还不是照样要被清除出厂,要被扫地出门,要被遣送回农村的老家去吗?哼哼,哼哼,徐江平啊徐江平,这就是你失败的原因!知道了吗?不知道?那么还是让我来告诉你吧,徐江平,你的身上根本就没有那种敏锐的政治细胞!在眼下这种现实社会中,'老实'实质就是'没用'的代名词!而'正直'也就是'失败者'的另一种称呼而已罢。这一切你现在应该明白了吧?哼哼,哼哼……"

兔子急了会咬人,狗急了会跳墙,人急了会冲动!面对着眼前这么个卑鄙无耻的小人,徐江平悲愤的内心里,渐渐地升腾起了一种近似于犯罪的冲动,只见他猛地扭转过了脑袋,喷发着怒火的眼睛,死死地盯着姚长青的面孔,这时候他真想挥动紧握着的拳头,一下就砸烂眼前这一张黑不溜秋、得意忘形、长着鹰勾鼻子和满是"酒刺"疙瘩的丑陋的面孔。然而他却紧紧地咬住了自己的嘴唇,强压着快要抡起来的胳膊和已经冲上了脑袋的愤怒。

或许,姚长青已经从徐江平那双愤怒的眼睛当中,多少读到了一些这种令他有一点不寒而栗的眼神,他不由得浑身打了个寒颤。"既然,"他心里边想,"我已经清除了这个障碍,又从这个家伙的手里头夺得了'J—5'的设计成果,那么,我还是不要跟他再去过分计较的好吧!还是让这个家伙早一点儿离开一机厂,早一点儿从我的眼面前去消失掉吧!省得再节外生枝地惹出一些不必要的麻烦事情来！要是真的惹出什么麻烦和祸端，弄出一发不可收拾的局面来的话，那倒反而是一件得不偿失的事情呢！"想到了这里时，因此他就像猫"哭"老鼠、黄鼠狼"哭"鸡一般，假模三道地对徐江平说：

"徐江平，你我两个人呢，毕竟曾在一起同事了有六七年了吧？待一会，我就安排虞树华、陈春荣和陈双林这几个'牛鬼蛇神'，到你那里去帮助收拾、收拾行李吧！不过以后啊，哼哼，你自己可就要多加小心啰！啊哈哈、啊哈哈、啊哈哈、哈哈……"

姚长青说完，他的屁股就往桌子后面的椅子上一坐，脚往办公桌面上一跷，望着怒火欲喷的徐江平，小人得志一般地哈哈大笑了起来。

24

从姚长青的办公室里出来，徐江平强压住满腔的愤懑和沮丧。为了不使自己的精神和意志崩溃，不让自己仅剩的一点自尊心再去被别人践踏，因而他不得不挺直腰杆，把一脸的沮丧、悲愤、伤心和痛苦的情绪，全都给遮掩起来，全然不去在意厂里一些干部和职工对他都有着什么样的议论和评价。

这一会儿，他还得要再去于树坤副主任那里一趟，并且还有许多其他的事情，在等着他抓紧时间去办理呢。"没有什么了不起的！"他一边走，心里一边自我安慰着，"上午我就力争把所有的手续和相关事情，全都办理完毕；中午我便打点好自己的行李和包裹；下午我就可以坐上汽车，直接回乡下的老家去了。"

当徐江平来到的时候，于树坤正在办公室里等着他呢。见他来了，于树坤站起身来，忙着给他沏茶和倒水。因为他是于树坤给推荐上来的，一个当企业领导的，谁不想自己的身边有一帮精干的人员并由此形成一股强有力的力量呢？更何况徐江平有着很好的学历、很强的能力和很高的水平，于树坤本来想在条件成熟的时候，帮他再去摘除戴在头上的帽子和背在身上的包袱，以便让他在技术管理和新产品开发方面多去发挥一些作用的。但是人算不如"天"算！由于利益的驱使，姚长青在朱兴强的屁股后面跟得非常紧；况且他们又非常容不下徐江平。不过于树坤今天却万万没有想到，胡坤会出于对自己女儿的考虑，反过来推了徐江平一把，这就让朱兴强有足够的理由去铲除异己，而姚长青则有足够的理由去赶走想象中的威胁。迫于当前的政治形势，当然这其中也有一点儿明哲保身的意味，本来于树坤是极力想去挽留徐江平的，可是他却有一点回天乏术，于是也就只好放弃了自己的初衷。这个时候，于树坤带着一点无奈的口气说：

"小徐，实在是对不起了，我也没有办法留住你。"

此时徐江平的心里边，弥漫着一股说不出来的伤感。因此他就是用一种伤感的语气，对于树坤说：

"于主任，士为知己者死啊！我本来想为你、想为一机厂去多做一些工作，多作一番贡献。可是事与愿违，枉我有着一番鸿鹄之志！"说到了这里的时候，他的鼻子忽然一酸，眼泪便不由自主地掉了下来。他抬起右手抹了抹眼睛说，"于主任，对不起了，我有一点失态了！"

"小徐，我实在是爱莫能助啊！"于树坤说话时的语气，也带着一点儿伤感的意味，"以后只要有机会的话，我一定想办法把你给弄回来。"

"于主任，就凭你这一句话，我就要好好地谢谢你了。现在我想借你的电话打一下，不知可以吗？我想给我几个关系比较密切的同学和一些亲朋好友们，通报一下我目前的这种情况。"

"电话嘛，"于树坤对他说，"你就尽管打吧！现在，我去有关部门帮助你办理一下你的工资和有关的手续。你在这里等着我！我去一趟就回来。"

接下来，徐江平便利用于树坤办公室里的电话，给几个往来关系比较密切的亲朋好友和大学的同学，通报了自己最新的情况，并就想改换自己工作环境的事情，请求他们给予通力的支持和帮助。他的电话打完了，于树坤也回到了办公室，并且对他说：

"小徐，刚才我已经分别给行政部门和财务部门打好了招呼，待一会，你就过去把你的工资结算一下，再把相关的手续给办理妥当。你放心吧，大家私下里对你都是挺同情的，一般情况下，谁都不会再去为难你的。另外么……"于树坤略微沉吟了片刻，然后他拉开了办公桌的抽屉，从里面拿出了一个信封说，"小徐，你这一次回乡以后，我估摸你在家里边，也不会呆上多长的时间的，因此，我在这里给你准备了两张空白介绍信，今后你万一要去什么地方的话，路上也可以应备一个急需。只不过……你可得要给我收收好哦！别让厂里的其他人看见和知道！当然能不用的时候，你就尽量的不要去用！还有，尽量不要去给我捅出什么娄子来！知道吗？小徐，眼下我能帮助你的，大概也就只有这么多了。"

那个年代，还没有施行身份证，在外面出差或者办事情，单位开具的介绍信或者证明，就是最好的通行手续了。于树坤的这一举措，应该算是帮了徐江平很大的忙了。因此，当徐江平接过了于树坤递给他装有两张空白介绍信的信封时，他的心里非常激动。

"于主任，"他非常感激地说，"请你放心吧，我决不会去做出任何有违自己良心的事情的！"

"好了小徐，"于树坤说，"今后你自己可要多保重了哦！"

"谢谢，于主任，那么，我就走了噢。"

徐江平擦了擦眼睛，并且再一次地向于树坤告别。此刻他们的分别，似乎颇有一种"风萧萧兮易水寒，壮士一去兮不复返"的情形。接着，他去了一趟财务科，领了自己这最后的工资；然后又去了一趟厂部谭朔群副主任的办公室，办理完他所有离厂的手续。

等到所有的手续全都办理完以后，他的心里反倒有一种如释重负的感觉。当年读大学的时候，他想多学一点知识，将来能够报效自己的祖国；后来他又想把在大学里面所学到的理论知识与自己家乡的经济建设有机地结合在一起，并且为家乡的科技发展和经济繁荣去作出自己应有的贡献。然而"东风颇恶"，他的壮志"难酬"啊！不过现在他回过头重新再去想一想的话，他便觉得自己当初的想法真是天真和幼稚得可叹和可笑！光凭着满腔热血，又能顶一个什么屁用呢？他的一片赤诚如今却换得了这种"冰寒彻骨"的结局！嗨！还是算了吧！还是"归去来兮"吧，噢！

一旦想通了这一点的话，他的心情自然而然也就轻松了许多。不过这一会儿他最放心不下的，还要算是阿华了！可是胡坤的"你要是还爱着阿华的话，你就应该去为她着想，就不要再去找她了，不要再让她受到任何的刺激和打击了"的那番话，仍然还在他的耳朵边回响着。他想了一想，觉得还是去一趟金工车间，找赵卫红和尤新如两个人聊上一聊为好。

金工车间的值班室。徐江平一是前来向赵卫红和尤新如他们辞行；二是对他俩简单地说了一说朱兴强和姚长青是如何地"卸磨杀驴"，如何地铲除异己，如何地清除障碍，还有阿华的父亲胡坤是如何地来厂里找他，不让他再跟阿华去接近的事情。最后他便对他们两个人说，他即将要离开第一机械厂，离开这个令他伤心和痛苦的小城，再也不回来了。在叙述整件事情的过程中，他始终带着一副忧伤和低沉的情绪，就连他此时说话的语气也都是那么滞涩，就像是被雨水打湿了的土坯一般，让听的人的心里，产生了一种就快要变形、就快要破碎了的感觉。

徐江平说完便伤心地站起身来，抬手与他们两个人握别。在走出金工车间值班室时，他迎面碰到了金工车间主任刘林生和车间技术员张正林。他们似乎都已经知道了这件事情的始末。但是他们什么话都没有说，刘林生只是用手拍了一拍他的左肩膀，道了一声"多多保重"，以示同情；而张正林则在他的面前两手下垂、五指并拢地站直了身子，以表示对他的敬意。作为还礼，他便朝他们微微地点了点头，然后就在金工车间众多车、铣、刨、钻、钳等工人师傅的诧异当中，脚步匆匆地离去了。

徐江平被除名和被遣送回乡的消息，很快就在金工车间里传播了开来，以致当他在走出金工车间的时候，车间里众多的工人师傅，大都停下了运转着的机器和手里边的活计，交头接耳地看着他那匆匆离去的背影。然而赵卫红、于春芳、徐玉英、虞小平等几个嘴快而且敢说的职工，嘴里边还在"丑八怪"、"姚癞皮"、"下流坯"、"胡乱搞"、"外门汉"、"臭流氓"等七嘴八舌地诅咒和议论起姚长青科长、朱兴强主任和一帮领导们来……

中午稍稍地过了一点儿，徐江平在虞树华、陈春荣和陈双林的帮助之下，很快就将他除了书籍偏多以外、其他本就不太多的衣物杂品打好了包裹，并且用厂里边的板车和三轮车拉到了小城的长途汽车站。这诸多装有书籍和物品的行李包裹将会随同他本人一起，搭乘下午三点半钟的汽车。

不过时间还早，为了答谢大家的帮忙，徐江平便邀请虞树华、陈春荣、陈双林三个人，到旁边的车站饭店里去喝上个几杯。在四五天之前，也就是在星期一那天的下午，他还曾经跟他们几个人约定，等到"J—5"的设计工作告上一个段落以后，他们几个曾经在一起挨批、挨斗、强迫劳动和遭受过磨难的技术人员，本来要好好地聚上一聚的。可是现在，他们几个人聚倒是聚在一起了，只不过他们却是以另外的一种方式，一种伤心和痛苦的告别的方式罢了！

这时候，他们几个人的心里谁都有话要去说，但是谁都不愿意把自己的心里话给说出来。因为那是一个说话容易招灾惹祸的年代，人类劣根的天性在那个时代表露得非常的充分和彻底，谁都可以说某某是一个好人或者坏人，并且只要重复多次，最后就会使人信以为真；倘若再有什么政治的因素在这里面乱搅和的话，那么鹿为马、是为非之事的发生，就根本不足为奇了。他们谁都知道，要想在这种状态下去立身处世的话，有时候自己心里边想的，可千万不能够从嘴巴里给说出来。只能违心地去说好了。这就是当时中国的一种国情。并且已经有很多的人，就是因为自己的嘴巴没有很好的闭紧，而付出了沉重的、甚至是生命的代价。因此他们就连现在一起喝酒，也都只是低着个头，默默地喝着和吃着，不去多说什么话，就是偶尔说上个一两句话的话，也都是一些依依惜别的话语，并且也都是轻描淡写，一带而过而已。

　　这几个曾经在一起同甘共苦过的技术人员，转眼间就要去挥手告别了；这一别的话，不知以后什么时候，他们才能够再见面，或许就再也见不了面也说不定呢！因为前途莫测，时势难料，这个世界充满了许多不可预知的变数哦！然而眼前的这个小城，毕竟是徐江平的家乡，毕竟他曾在这里学习和工作了有十数年的时光，并且在最近的几天里面，它还给了他如醉如痴的爱情，让他永记心头，此生难忘。然而现在，他却要跟这个小城告别了，再见了，也许永远也不再回来了！这个时候，他的心里边却是隐隐地作痛，充满了无限的忧伤和惆怅。于是虞树华便宽慰起他说：

　　"徐工，等到将来的什么时候，一旦你飞腾了，发达了，可不要忘记了我们这一帮难兄难弟哦！"

　　"对，小徐。"陈春荣也跟着附和说，"这个世界大着呢！天涯何处无芳草，何必此处欲断魂呢？"

　　"徐工，你可要想开一点，噢！"陈双林跟着也说，"我衷心地祝愿你能够逢凶化吉，万事如意，心想事成！"

　　"虞工、两位陈工，"徐江平趁着酒意，颇为感叹地说，"但愿我们这一班技术人员，哪一天，能够得遇上一个明君，赶上了一个太平盛世的好年景，好好地为我们的国家贡献上一番喔！"

　　"也许吧。"

　　"大概会碰上的吧。"

虞树华、陈春荣和陈双林三个人，只是漫不经心地附和了一两句话，并且他们很快就闭上了嘴巴，不敢再去多说什么了。因为他们仿佛全都意识到，徐江平刚才那一句随口说出来的话语，似乎已经到了"塌了边"的地步了！难道他们所处的时代就不是太平盛世吗？难道当时的领导人就不是明君吗？若是将他刚才的这一句话再去断章取义，掐头去尾，上纲上线一番的话，嗨！这可就是一句彻头彻尾的反动的话了！

徐江平被有些人给赶走了，可是他们几个人，却还要在这里继续生存下去啊！如果他们要是同他如此再应对下去的话，也就有可能会说出一些违禁的话来，而被别人去抓个小辫子，去打个小报告什么的！徐江平可是何等的敏感啊，他见他们是如此的谨慎，于是就连什么期待啦、希望啦、祝愿啦、再相会啦此类的话句，也懒得再去跟他们说了。此时此刻，他只是低下了头，默默地喝着酒。

时间在一点儿一点儿的过去，分别也在一点儿一点儿的临近，诸多的行李已经装上了汽车的顶部，徐江平开始从衣兜里掏出了车票，迈向了排队的行列。此时他扭了几下脖子，伸了几伸腿脚，活动了几下身腰，心里边想道："嗨，我总算是要脱离苦海了！"在快要走到检票口处的时候，他回转过身子，朝着原先的几个同事挥了一挥手臂，算作是离别的致意。

接下来就是检票，进站，步上了车厢。坐在了自己座位上的他，转过头来想再一次去张望一下的时候，突然之间，一阵阴冷的风，从汽车的前脸之处，呼呼地刮了过来，并且还带起了地面上的灰尘以及凋谢了的点点"愁惨"的残花和碎叶，在车站内部这空旷的广场的地面上，旋转和飞舞着。他的心里边，倏地就涌起了一股忧伤的感觉，这是一种孤独而又寂寞的感觉——为了一种突如其来的爱情的结束。

他能就爱情去说一些什么呢？"爱情"，这是有人给痛苦起下的别名，为的就是要安慰那许多遭受到痛苦和不幸的人。

"不幸"只有两种方式：要么是渴望自己所没有的东西，要么是占有自己所渴望的东西。而"爱情"往往就是从前者开始，而又以后者告终，那就是在它最可悲的、亦就是在它快要取得成功的情况下，又被眼前这个冷酷的现实社会，给断然地击破和打碎了。

第九章

25

  时间过去了三天。又到了一个星期一了。
  就在这个星期一的中午。徐江平动身前往南边的皖南山区。
  在皖南山区的新杭镇,他有一个叫国荣的远方姑表亲戚,星期天上午给他打来好几个电话,说是那边的山镇农机厂,眼下正急着需要一名农业机械方面的工程师,而且这个位置一直空着,一直都没有找到合适的人选给顶上去,所以他那远方的老表哥国荣,要他无论如何在星期二这一天赶到新杭那边,跟那个山镇农机厂的领导们去见见面,并且好好地谈一谈。
  据他的老表哥国荣在电话中所说,新杭镇农机厂的领导,很欢迎像他这样有理论、有实践、有水平、又有文凭的机械工程师到山区那边去工作。而且他们并不在意他的头上戴着什么样的帽子,身上背着什么样的包袱,有着什么样的政治问题,只要他不去搞那些政治方面的现行活动就行。另外,他们还对他的老表哥国荣说,现在就有许许多多的好人以及能人都受到了不同程度的冤枉、冲击和不公正的待遇。在老表哥国荣的劝说之下,于是徐江平便下定了决心。他要忘记自己过去的一切,远远地离开自己的家乡,到那遥远和偏僻的地方,去开始起自己的新生活。
  因此,在星期一这天的中午,他告别了哭红了眼睛的母亲,搭坐着村里小时候同伴兔龙开的手扶拖拉机,沿着长荡湖边的大路,前往三县交界处的轮船码头。因为他要提前两个多小时去买船票,准备搭乘下午两点半钟的轮船,先去邻县的张渚镇,在张渚镇上住上一夜,然后再坐上第二天一大早从张渚镇开出的长途汽车,前往皖南深山竹海的新杭山镇。
  但是,就在距离轮船码头不到两公里的地方,徐江平的一颗心,忽然就要从胸腔里面跳出来了。阿华——确实是阿华——此刻正从远处的湖边大道上向这边走了过来。她还是穿着那件淡青色方格子的粗呢上衣、湖绿色的长裤和一双赭色翻毛皮鞋。这一会儿她正在抬头察看着过路人的脸!徐江平本能地抬起自己的右手遮掩住脸孔,装着在往眼睛里面揉沙子的样子。然而他透过了自己的手指缝仍然看得见她。她走路的那一副模样,已经远远不如几天以前那般的轻快,而是摇摇晃晃,茫然若失,瘦弱憔悴,可怜巴巴的样子呀!就像是一只小狗,丢失了自己的主人,不知道是要往前跑,还是要往后跑,到底要往什么地方去跑才好那样。

"她怎么会到这里来呢?"徐江平心里想,"怎么会变成了这一副模样了呢?她是以什么理由,或者找什么借口到这里来的呢?她到这里来做什么呢?来寻找什么东西呢?难道……她是为了找我才来这里的吗?"这一连串的问题,在他的心里边打上了一串就像是鱼钩一般的符号。但是兔龙的手扶拖拉机的四个车轱辘,却在滚滚地向前行驶,而阿华这时候又正好转过了脸孔,向着另外的方向看望。徐江平便一下就与她擦肩而过了。跟着,他就离她越来越远了。

此时此刻,他的心在胸膛里面激烈的翻搅着,在向他高声的呼喊着:"快让手扶拖拉机停下来吧!赶快跳下拖拉机去找她吧!"可是,阿华父亲胡坤的"你必须离开阿华!为了阿华考虑,你必须离开她"的话语,又轰隆隆地回响在他的耳朵边……然而就在兔龙的手扶拖拉机开到了离三县交界处的轮船码头还有一公里多一点的地方,徐江平似乎再也受不了了,他挥起右手,用力地敲打手扶拖拉机的车厢板,并在后面大声地叫喊:

"兔龙你快停一下!快给我停一下!我忘了一样东西了!福庚、小强,拜托你们帮我先去买一张船票吧!最多一个小时,我就会赶到轮船码头上去找你们的!"

还没等到兔龙他们几个人反应过来,他便伸出了两只手,撑着手扶拖拉机的车厢板,一跃而下。在跳下手扶拖拉机的车厢板的时候,他还绊了一个跟头呢!可是他很快就爬了起来,站稳了脚跟,向着后面来时路的方向,急匆匆地跑去。开着手扶拖拉机的兔龙,以及坐在后面车厢里的福庚、小强等几个乡亲,他们全都感到无比的惊讶,但是他们全都没有办法。于是他们就只好开着手扶拖拉机,继续往轮船码头行驶而去。

徐江平急匆匆地跑过了一个弯道,能够看到阿华在前面很远的地方走着。他又急匆匆地跑了个百来十步以后,脚步便开始放慢了下来,换成了平时正常走路的速度。现在他每走一步就离阿华越近,他的心里边也就翻腾得越加厉害,脚步也就走得越加缓慢。见了阿华的面以后,他应该说些什么话才好呢?他能给她以幸福吗?能带她走吗?如果不能的话,那么他跟她见面又有什么意思呢?这只会害得她更甚,害得她更加之厉害啊!

事情已经不容回避——自从大前天的上午，阿华的父亲胡坤跟他摊牌以后，他的心里边就越来越明白，他虽然是非常爱她的，然而他却不能跟她结婚。他们两个人就是结婚的话，那也无非是互相狂热地相爱上一阵，然后他们就会陷入困苦和懊恼。这种困苦和懊恼的日子很不好过……再然后，阿华就会开始慢慢地厌倦起来，怨恨起来，理由非常简单，因为他什么都不能给她，他是这般的孤单和无奈，身陷困境，居无定所，浪迹天涯，没有什么出路，身上还背着一副沉重的十字架，走到哪里，都会被人像踩蚂蚁似的踩在了脚板底下。他们的日子过得将会像是露水一般。对，就像是露水那般——早晨时分它们还在绿叶上滚来滚去地折射着晨光，闪烁着五色之光，但是它们很快就会消失的！

这时候阿华的一头栗黑色的长发，此刻已成了一个褪了颜色的小点，在他前面很远的地方晃动着。她抬头察看着每一张路人的脸庞，凡是有人走动的地方，她都要停下脚步来询问和张望。徐江平在她后面远远地跟着。世界上还有什么样的男人会经历像他这么痛苦的时刻呢？他感觉到自己毫无力量去帮助她，这会儿他就像一个懦夫，一个软蛋，一个无能的家伙，一个没有用的畜生一般。他不由自主地大声地呻吟了起来。一个过路人转过身子来向他看望，还以为他是患了什么重病呢！忽然，他远远地看见走在前面的阿华这时停下了脚步，并将身子靠在路边的白杨树干上，眼巴巴地凝望着长荡湖的水面。他在后面紧跟着的脚步，倏地也就停了下来。

"可能是，"他心里想，"阿华以前从来都没有看见过这长荡湖吧？即便是现在心里难受的话，她也忍不住要看上几眼长荡湖上那涌起了万顷波浪的景象的吧？是啊！就因为跟她狂热地相爱上了五六天的时间，我就将她和我自己的生活，都给撕成了一小块一小块的碎片了！唉，与其如此，我还不如去跳河，去上吊的好呢！"突然之间，他仿佛看见了幻影中的阿华瞪着一双水汪汪的眼睛，在盯住他看，她的前额上那几溜细软和蓬松的刘海，在他的眼面前随风吹动。此时他差一点就要失声地叫喊了出来：

"哎哟喂哟！我不是在有病吧？不是在精神失常吧？不是在发神经吧？啊？我的心里面要是还爱着她的话，就应该去为她着想，而不能再去伤害她啊！我不能再去同她见面了啊！"

因为这时候，他觉得他们两个人之间的差距实在太大了！他身上背着的十字架实在太沉重了！这差距太大、太沉重的恋情，根本就是无法去实现的！他对她的爱情是盲目的！他们两个人盲目地相爱上不到一个星期，最后弄得双方都非常痛苦！因此他在心底里告诫着自己说："徐江平呀徐江平，你要还算是一个男人的话，你就应该多去为她着想！而绝对不能再去伤害她了，不能再让她去受到任何的痛苦了！徐江平你知道吗？"

这会儿他的心里犹如是一阵撕心裂肺一般疼痛的感觉。或许是当一种已经习惯了的生活方式，在开始向着负面去变化的时候，伤感就会在他的心底里出现和涌动，就像那绚丽多彩的烟花在幻灭的一刹那间，让人的心里感到难过一样。徐江平心里的疼痛，可能就是因为在上个星期中，他已经开始习惯了阿华的爱情的缘故，所以当这一切不再成为可能的时候，他的心的一角便开始塌陷了。此时他转过身子，默默地向着轮船码头走去。

可是当他走向轮船码头的路上的时候，他只要一想起了阿华，一想起了阿华那可怜的、娇小的身影，在用焦急而又茫然若失般的目光察看着每一个过路人的时候，他的心底里就又一次地出现一种犹如是被砸碎、被撕裂了的疼痛的感觉。于是他就又回转过身子，又向着后面长荡湖边的大道上望去……然而那头栗色的长发已经看不见了！那个褪了颜色的栗色的小点，已经完全消失在湖边大道上那些来去匆匆的人流之中了！

因此他又怀着满腔热烈而又急切的渴望，期盼着人生之中根本就企求不到的东西，慌慌张张、急急忙忙地，向着身后边的湖边大道上跑去。并且他一边奔跑，一边还在不停地转动着脑袋，前后左右地四下里去张望。可是哪里都找不到阿华的人影了。

他找了她足足有半个多小时哪！找累了的他，临了，便懊恼地躺在了湖边长满了青草的斜堤岸上。其实他的心里非常清楚，他要想再一次见到阿华的面的话，自己只消跑到北边的车站去等她，她若是找不到自己了，自然就会从那里坐车回小城去的。这样他就可以再一次地跟她见面了。不过见到她以后，他又能够怎么样呢？跟她再回到他们先前那个爱情的小窝，这可能吗？或者带着她去浪迹异地他乡，过起那风雨飘零一般的日子，这可行吗？要知道，眼下他连自己都无处去立足，都无法去保护自己啊！他哪里还有什么力量去庇护她，去给她温暖，去给她幸福的生活呢？

他抬起眼睛仰望着天空，天空是一片蓝中带紫的颜色，就像他们江南水乡中那些水生植物"水葫芦"开出的蓝中带紫的花朵一般的色彩。如果要拿这种色彩来描述和表达某种情感的话，那么它应该是属于爱情的颜色，因为它看起来，让人觉得有一点忧伤，有一点痛苦，又有一点梦幻。此外它应该还是理想的色彩，未来的色彩；因为爱情还在追求着理想，而理想又代表着未来。因而，在这种色彩里边蕴含着诸多悲剧的成分！

他就躺在长满青草的斜坡堤上，一动都不动。周围有一群漠不关心的孩子，他们背着"竹栲篓"，拎着鱼叉和"赶罾"，在他身旁的湖边上来去地走动，并且还时不时地兴奋地高声喊上几句。此时他春情萌动的血液里，几近地出现对阿华的爱怜。他爱怜阿华那娇小的身影，在这偏僻的乡野里四处地寻找和游荡。此时此刻他全部狂热的感情，想的大概全都是这一件事情。上个星期四的夜晚，他还想着要永远去爱她，要用自己全部的生命去呵护她，要与她长相厮守，白头偕老，生生死死，至死不渝呢！

这时候他的心里面，忽然涌起了一股需要阿华的整个人，他需要她的吻，需要她那娇小和柔软的身子，需要她那种全部的、热烈的、疯狂的、不顾一切的爱情；需要上星期一的夜晚，在月光朦胧的十姊妹花下的那种奇妙的感情。此刻他以强烈得吓人的情感来祈求着这一切："钱资荡"岸边的小岛，春波荡漾，河水在汩汩地流淌，鱼儿跳跃在莲荷旁，树叶在夜风里面摇曳，夜鸟在优美地歌唱，月牙儿荡漾着波光，十姊妹散发出芳香，阿华依偎在他的胸脯上，陶醉在爱情的梦乡……上个星期一夜晚里的种种情景，仿佛就像是梦一般地把他给魇住了。

然而他躺在长荡湖边的草丛里，还是一动都不动。是什么东西阻止了他的行动，阻碍着他热烈的企求和向往，使他瘫痪一般地躺在长荡湖边温暖的草地上呢？那是三张男人的面孔——一张长着鹰勾鼻子的、布满了麻里疙瘩的"酒刺"的、几颗门牙黄不啦叽地积攒着污垢的、就像几百年都没有刷过牙齿一样的黑不溜秋的面孔；一张圆而肥大的、有着两片厚嘴唇的、鼓突的眼睛里边总是带有一股浓浓的杀气的面孔；还有一张眼角旁边的鱼尾纹有如是雕刻刀刻成一般的、那是沧桑岁月在上面烙下了很深的印记的、偏瘦而又痛苦的、而且还在恳求着自己离开的面孔——就像是电影里的慢镜头一样，在他的眼面前不断地晃荡。就是这三张面孔，它们代表了一个野蛮和愚昧时代的一股社会的力量，把他推向了现实生活的最底层，逼着他去丢弃自己最美好的爱情和理想，让他背上了沉重的十字架，致使他离开了自己心里边最爱的恋人，离开了生他和养他的故土家园，到异地他乡去飘泊和流浪。

在如此严酷的现实面前,他开始真正懂得了:"一个人只有依靠自己的力量才能保护自己的生命;依靠自己的精神和意志才能医治自己的痛苦;依靠自己的一双手才能为自己创造新的生活!"这个道理。不管他有多么痛苦,不管他曾经遭受过什么样的磨难和伤害,时间和大自然就是医治他心灵创伤的最好的良药。眼下他就要离开自己的家乡故土,就像眼前长荡湖边上这许多漂来荡去的水葫芦一样,将要过起一种四处漂流的生活。

他从仰躺着的湖边斜坡堤岸上的草丛里坐了起来,双手抱住了膝盖,现在他的心里面是非常清楚,他与阿华之间的恋情,其实根本就是不现实和不可能的,它就像是一朵在大自然里飘着清香的十姊妹的花朵一样,然而眼面前的社会却又容不下它。要是爱一个女孩的话,就要为这个女孩去考虑,为这个女孩去着想,而不是只顾着自己一时的痛快。"离开她吧,"他心里想,"我还是远远地离开吧!"尽管这种想法让他的心里面有一股撕心裂肺一般痛楚的感觉。

"阿华,"这时候,他独自一个人在自言自语地说,"正因为我是非常爱你的呀,为了你的缘故,所以我才必须离开!"

他站起身来,走到湖边,蹲了下来,双手抄起了一捧晶莹剔透的湖水,洗了一个脸,漱了漱口,然后他就甩了几甩手地站了起来,并且还在朝着四下里张望了几眼。然而他还是什么都没有看到。于是他便彻底失望地摇了一摇脑袋,而且又自言自语了起来:"阿华,请你原谅我吧。我不能再去找你了!知道吗?我会在很远很远的地方为你祈祷,为你祝福的!我会祈祷和祝福着你能够有一个全新的和幸福的未来的!"

他内心里那种撕心裂肺一般疼痛的感觉,此时此刻,似乎已经达到了顶点;心里边沉重得就像压上了铅块一样。他抬起两手,捂住了疼痛欲裂的胸口,吃力地拖着两条酸软的腿脚,攀爬上长荡湖边的大道,向着东南方向三县交界处的轮船码头,病怏怏地走去。

26

当徐江平怏怏地走到轮船码头的时候,兔龙、福庚和小强等乡亲们似乎已经等得急不可耐了。因为开往张渚的班船早就已经进港,还有七八分钟的时间就要开航了。他从兔龙的手里接过了自己的行包和船票,再同福庚、小强以及其他的乡亲们挥手告别，然后他就踏上了浪迹天涯之舟。

轮船开动了。徐江平站起身来，步到了后舱，立在了船尾。兔龙、福庚、小强以及其他乡亲们的身影，在向着远处急速地移去，慢慢地变成了几个小点，再慢慢地消失在地平线上。迎头风刮过来的浪花，飞溅在他的脸孔上，使得他这时候可以冷静下来思考：要是再回到小城去的话，条件似乎已经是不允许了；要是与阿华在"钱资荡"岸边的那个小岛，在岛上那一丛十姊妹花前再谈情说爱的话，好像也绝对是不可能了；要是把她带往深山竹海，安置在大自然的中间——虽然他具备着一个幻想家的气质——然而他还是不敢这么去想啊！总之是，他所刻意在追求的，全都离他而去了；他青春的欲望和年轻的激情，在顷刻之间，也都消失了个殆尽；只剩下了一具疲惫的躯体和一颗破碎了的心灵。

现在他的前途难以预测，人生之路有着太多的变数，吉凶难卜，惟有慢慢地去适应才行哪！眼下的他，就像坐在那高高的峭壁边沿上，两只腿脚悬着空，下面是一汪深潭，只要稍微有一点不谨慎，一下就会倒栽葱地栽进那一汪深不见底的深潭之中。

或许是立在船尾的时间久了一点，他开始感觉到有一点儿头晕。他仿佛觉得阿华的身子和手臂，似乎正从自己的身边慢慢地滑下船去，掉进了河里，被行驶中的轮船所激起来的波浪冲走；她那一头被河水浸湿了的栗发，散散地漂在了水面，神色迷惘的脸孔朝上仰着，一副哀求的神情……这一切，仿佛是某种幻象一般在占据着他，纠缠着他，折磨着他！要他跳下河去救她！要带着她走！突然间，他的头好像晕乎得更加之厉害了，身子也开始摇晃了起来，跟着就是一个踉跄，他差点儿没有一个倒栽葱给栽进了河里。情急之中，他急忙伸出两只手抓住了船尾支撑凉棚的立柱，以便稳定住自己身体的重心，好不容易才控制住了自己。

随后他就摇了摇自己晕得厉害的脑袋瓜，想把那些个不切合实际的幻象，一个一个地，尽量地，都从自己的脑袋瓜里给摇出去。过后，他的心里感到一阵莫名的恐惧。"如果我栽下了河去，怎么办？"他的心里想，"如果风浪把我刮出去了，又怎么办？船速这么快啊！我就是掉进河里淹死了，也是于事无补的啊！也是带不走阿华的啊！不！"他又摇了摇自己的脑袋瓜，"不能！我再也不能这样痴迷下去、这样沉溺下去了！"

他扶住船尾部位的铁栏杆，慢慢地转过身子，步履蹒跚地走回船舱，找到自己的位置坐下来。旁边座位上一个胖胖的中年男人，还以为他是生病了呢，问他需不需要帮助。他摇了摇头没有说话，只是瘫软地坐在自己的位置上。这时候他似乎已经是心力交瘁、筋疲力尽了。他默默地闭上了眼睛，心里边感到了一阵一阵的孤独和寂寞，正如有一首歌唱的那样：

<blockquote>
就连星星都感到了孤独，
他就像是孤独的星星一样，
他就像是孤独的星星一样……
</blockquote>

没有多会儿，他就在船行晃悠之中恍恍惚惚地睡了过去。忽然间他看到了阿华，她就站在前面的船头上，迎着风浪，身上穿着的那一件淡青色方格子的粗呢外套，被风儿刮得猎猎地作响；修长的身材，凸显出一副异常优美的曲线；迎面刮过来的风，把她的一头栗发吹得一抖一抖的，椭圆形的脸蛋，十姊妹花似的气色，在风中花一般的妩媚。这时候，只见她缓缓地伸展开双手，步履优雅地走下船舱，走到了他的面前，脸上仿佛还带着一点儿生气的神情对他说："江平，我爱你，我非常的爱你呀！"

徐江平惊讶地张开嘴巴，只见他大声地说："阿华，我也是啊！"

"那么你走了，怎么就不带上我呢？"

他喉咙高高地叫了起来："你爸他们不让啊！"

阿华用手拉住了他的胳膊，央求他说："江平，你就带着我一起走吧！"

"我……"

"嗳，小老弟，你醒醒。"

邻座那个胖胖的中年人，在旁边摇晃着他的胳膊。徐江平睁开了眼睛，他看到周围的旅客，全都大惊小怪地看着自己。他揉了一揉眼睛，哦？原来是南柯一梦！嗨，这大概就是心有所思，睡有所梦的缘故吧！因而他便急忙坐正了身子，连连苦笑地对邻座人说：

"对不起了，大叔！"

"嗨，你这个小老弟呀，"邻座那个胖胖的中年人说，"怎么，刚才做梦了吧？还说了好多的梦话呢！"

"是吗？真是太对你不起了！"

"没什么。小老弟,你这是去什么地方呀?"

"我去张渚镇,然后再坐明天早上的长途汽车去新杭。"

"是吗?小老弟,那我们就是同路了。"

"嗨,大叔,那就请你多关照哦。"

"小老弟,你去新杭干吗呢?"

"新杭山镇那边有我一个姑表亲戚,昨天上午他打电话给我,说是那边山镇上的农机厂,眼下正急着需要一名农业机械工程师呢,这不,我就赶过去看看是怎么一回事呗。"

"是吗?"

邻座那位胖胖的中年人,神色颇为惊异。原来他就是皖南山区新杭镇上的人,姓董,是新杭镇革委会分管工业的副主任。这些日子,他前往江南水乡小城出差,并且还特地参观了小城一机厂生产的各类机床产品。现在他们既然是同路人了,因而他便同徐江平山南海北地闲聊了起来。

人生的旅途,有时候会出现下面这种情况:在熟人成堆的地方,人们往往无法交流自己的心声,因为彼此间的顾忌实在太多。然而在旅途中则不同,不管你是认识不认识,你尽可以毫无顾忌地同你的同路人吐露你心里想要说的话,过后你尽可以站起身来,同你的同路人握一握手,说一声"再见",然后穿上你的外衣,拎起你的行李,把你的同路人置于脑后。

但是,在通过和老董的一席交谈,徐江平发觉自己与老董之间的话题很多,聊兴渐渐地也就浓了起来,彼此间的信任,也开始慢慢地建立起来了。以至到了后来,他竟然对老董谈起了自己是如何为了振兴家乡的经济建设,放弃在省城报酬优厚、前途无量的工作位置,毅然要求分回自己家乡的小城,以及后来的遭遇,近期"J—5"型高速机床的设计与开发,并由此而引发出来的恩怨和是非,还有其他一些零零碎碎的事情,跟老董作了比较简单和扼要的叙述。谈到了最后,他颇有点凄苦地说:

"总之是,董叔,我被这个社会抛弃了!"

"嗳,小老弟,"老董拍了一拍徐江平的手背说,"树挪死,人挪活!知道吗?遭受了一点苦难,未尝就不是一件好事情!因为苦难对弱者来说,它就像那万丈深渊;对强者来说,它却是一块垫脚石;而对能者来说,它可是一笔非常宝贵的财富!所以小老弟,你可得振作起来,去做一个生活中的强者和能者,但你可万万不能去做一个经不起打击、受不起磨难的弱者哦！"

"谢谢董叔指点迷津。"

"到了新杭那边，如果遇到什么困难的话，你就去找我。不过，当我们给你提供了良好的条件的时候，你可得要为我们新杭镇的工业发展，好好去出一点力气哦！"

"我会竭尽全力去做的，董叔。"

"好！"老董又拍了一下徐江平的手背说，"那么，我们就这样说定了！"

"好，董叔，我们就这样说定了！"

与老董的相逢和相识，仿佛改变了徐江平对于自己命运的态度。眼下他的心，似乎已不再像先前那么疼痛了；身体上的感觉，仿佛也稍稍地好了起来。人往往就是这样，一旦切入到自己人生的转折关头的时候，如何先求得生存，然后再去考虑如何谋求发展，这是人类的一个最基本的欲望，何况是充满青春和活力的徐江平这样的年轻人呢！现在他的心里已经开始这样认为：自己跟阿华这般分手，过后她或许也会慢慢地轻松起来，慢慢地把他给忘记的，可能过上了一个星期，也可能是两个或者三个星期，她就会把他忘得差不多了！或许她还会暗暗地祝福，祝福他在浪迹天涯的旅途中得到平静和安宁。

大概是到了晚上十点钟左右吧，轮船抵达了邻县的张渚镇。徐江平便跟老董结伴上岸，结伴在旅馆里住宿，结伴去外面的饭店吃晚饭。吃晚饭时，他狼吞虎咽地吃了很多，并且觉得自己就像是一个退了烧、正在慢慢恢复体力的病人那样，什么都觉得新鲜：茶叶茶、浇头面、猪头肉、小炒菜、黄米酒，味道简直好吃得要命！甚至就连一些最普通的纸烟，味道也从来都没有这么好闻过。

第二天的早晨。他就又跟老董结伴，坐上了一辆开往皖南山区的长途汽车。中午时分，他们便来到了新杭——这个地处在苏、浙、皖三省交界地的深山竹海里面的山区小镇。

新杭镇这里是山泉清澈，杜鹃盛开，漫山荡漾着竹海的波浪。当他跟他的老表哥国荣以及小镇农机厂的领导们见面以后，大家谈得十分投缘。当地人对他非常之信任，他也对当地人颇为敬重。因而，凭借他的专业学历、工作能力和技术水平，他被聘任为这个小镇农机厂的机械工程师这一职务，并且还主持整个工厂的技术工作与新产品的开发工作。

27

从那以后，徐江平就像是江南水乡里那许多随波逐流的水葫芦一样，过起了漂流和浪迹在皖南山区新杭镇的生活来了。

对于"浪迹"在这个小镇上的他来说，有时候，流浪也是一种生命之美！尽管它多少有一点孤独和寂寞，但是这深山竹海、这清溪流淌、这斑鸠飞掠、这杜鹃花儿盛开的异地他乡，亦有着许多美丽的诱惑和迷人的传说。在这一种漂泊流浪的生涯当中，有的时候，他也能够去展现出自身那一瞬间的光彩和闪烁！

在来到了新杭镇以后的日子里，徐江平并没有辜负董叔以及当地领导对他的信任与器重。他呕心沥血、夜以继日，为新杭镇农机厂主持设计和开发了许多新型的机械产品，其中尤其是以45T、60T、100T、150T、250YT、400YT以及800YTD等自动液压升降机械系列产品，并且以其机械加工精密、自动控制灵敏、液压性能稳定、外观线条流畅而最为出名。

新系列自动液压机械产品自开发与问世以后不久，就受到了国内外众多企业和用户的瞩目与好评。因此，山镇农机厂在机械制造与加工方面，很快便具有了相当高的知名度；并且工厂生产出来的自动液压机械系列产品，还被国家机械工业部指定为出口产品，他们工厂也被定点为机械产品出口企业。对于他的成绩和贡献，山镇领导给予了充分的肯定。因此在后来的几年当中，他被任命为山镇农机厂的技术厂长，主管起全厂的技术管理工作和新产品的开发与研究工作，并且他还兼任了新杭镇科技协会的副主席，成了这个山区小镇上最受欢迎、最受尊重的外来人。

在这种漂泊和流浪的境遇中，徐江平一呆就是八年。

在这个八年当中，镇革委会主任董叔（后两年，老董由副主任扶了正）和山镇农机厂的夏厂长、书记国荣（大前年，他的老表哥国荣，也由农机厂的车间主任升任了厂支部书记），把他当成了亲兄弟一般看待，他们关心他，照顾他；他则用自己的智慧和才能，来回报他们对他的信任。董叔、夏厂长、老表哥国荣以及其他的一些人，看着平日里形单影只、孤独寂寞的徐江平，便多次给他做媒和作伐。他们给他介绍了不少漂亮的女孩子，

十姊妹

121

比如举止端庄、仪态隽永的上海女知青陈影虹，她很有女性的魅力，让人觉得她的怀抱就像是一弯平静的港湾一般；还有一个叫肖茜茜的当地山里妹子，她俊秀得，简直就如一朵含苞欲放的野山百合花一般，美得让人感到惊讶。而且肖茜茜的性格也极其爽朗，就像是一只在深山竹海里和杜鹃花丛中飞来飞去的野斑鸠一样，她到了哪里，哪里就能够听到她那一片欢快动人的笑声，让人心里边感觉到暖暖的春意。

陈影虹和肖茜茜这两个女孩，都非常钟情于徐江平；而徐江平对她们两个人也有着一定的好感，也愿意跟她们中的某一个去交往。可是每当同她们来往，有时候，他居然会从她们的身上不由自主地就联想到阿华那一副娇美而又愁苦的身影。此时此刻，他就会默默地站起身来，点燃一支香烟，把胳膊肘支撑在窗台边沿，倾听着野斑鸠在窗外山坡上的杜鹃花丛中鸣叫；看着毛竹的海洋在呼呼的山风里起伏荡漾；有时候他还会抬起眼睛，情绪低落地望着很远很远的地方，脸孔上显露出一副忧伤和痛苦的神色。

身处在恋爱中的青年人，有时往往会夸张一个异性与其他一切异性的分别。所以他这种低沉而又忧伤的情绪，必然就会影响到他跟这两个女孩之间的相处和交往。

在不到一年时间的相处与交往之中，陈影虹感觉到自己与徐江平的恋情无望，于是便迅速中断了与他之间的朋友关系，忙着寻找各种路子调回上海去了；而野山百合花一般美丽的肖茜茜，却仍然与他保持着一种执著的恋爱关系。因为肖茜茜曾经听他表哥国荣说过，这一个腿脚修长，高挑鼻梁，面孔端庄，一头黑发下面有着一对灰色大眼睛的、沉默寡语的机械工程师，曾经有过一段非常坎坷的遭遇。虽然他的情绪，有时候会有一点抑郁和低沉，然而他仍然不啻是一个值得像她这样的女孩去追求的好男人。因此她非常同情他，也非常敬爱他，她想要用自己女性的温存和深沉的感情，去减轻他内心里面的忧伤和痛苦。为此，徐江平打从心底里感激这个野山百合花一般美丽的女孩子。

在那段时间里，徐江平除了努力探索国内外最新、最先进的机械科技发展动态，以及把自己埋在诸多新产品的设计与开发工作中以外，当他的心灵一旦轻松下来以后，偶尔就会有一股浓浓的思乡之情，在他的心里汹涌和翻腾，令他去追忆自己的童年、少年以及青年时代的生活。一旦遇到了这种情况，"烦恼"这两个字就像一些摆脱不掉的游丝一般，时时刻刻都飘拂和弥漫在他的周围，只要一经碰上，就会牢牢地粘上他的手和脸……

因此，每当他情绪低落，或者遇到了不顺心以及不开心的时候，他就会独自地吟诵（有的时候，他也会当着肖茜茜的面而吟诵）起那一首他自己创作的《游子之歌》的诗歌来：

> 终身生活在自家的炕桌旁，
> 从未见过异乡凄凉的景况，
> 这样的人儿哟——
> 才是真正的幸福无量！
>
> 深山竹海的斑鸠若是要问：
> 你为什么这般抑郁和忧伤？
> 莫非这里没有涟漪和波浪？
> 没有你们江南那鱼米细粮？
> 丹金河旁的比比鸟就会回答：
> 是啊，我的家在十姊妹之乡，
> 谁能将它搬运到这里来呢？
> 你们可有江南那温煦的阳光？
>
> 终身生活在自家的炕桌旁，
> 从未见过异乡凄凉的景况，
> 这样的人儿哟——
> 才是真正的幸福无量！
>
> 爬过了高山，越过了河流，
> 游子百般疲惫地放下行装。
> 温暖的房屋就在他的面前，
> 却没有他能够歇脚的地方。
> 游子丢下行囊前去登门栖宿，
> 主人竟是那般的冷若冰霜。
> 他只得重新拾起自己的行囊，

重返那深深的竹海和山冈。

终身生活在自家的炕桌旁,
从未见过异乡凄凉的景况,
这样的人儿哟——
才是真正的幸福无量!

手握酒盏,泪水在脸上流淌,
乡恋之情却在心头汹涌奔放,
生活总是离不开情感的纠缠,
游子从来都是这样消磨时光!
他的坟墓就在他自己的故乡,
陪伴他们的是那茅山的残阳,
还有那些路人的泪水和悼念,
加上几棵风吹沙沙响的黄杨。

终身生活在自家的炕桌旁,
从未见过异乡凄凉的景况,
这样的人儿哟——
才是真正的幸福无量!

　　漂泊和流浪的生活,乡情和爱恋的缱绻,情感与回忆的纠缠,尤其是他跟阿华那一段已经逝去了的恋爱的经历,随着日月的穿梭,时间的推移,有时候,它们竟然会盘根错节、纵横交叉在一起,在他的回忆里以及梦境中频繁地浮现。
　　对于他来说,尽管自己已经有了足够的支撑力量,但是这终究是一段此生经年悸动不已的隐痛!他所走过的路,纵然是千般的坎坷,万般的曲折,但是在走过以后,也就慢慢地变得风轻云淡起来了;他所唱过的歌和做过的诗,因为过了青涩的年纪,虽然有一些熟悉的节奏和旋律时常在他的心灵深处盘旋和翻飞,可是那些曾经见证过青春与爱情的歌词或者诗句,此时此刻,就是挂到了他的嘴边上,却也免不了会有一点丢三拉四,或者面目全非。然而阿华——这个他唯一深深爱恋过的女孩——毕竟是他心灵深处一个如同十姊妹花一般忧伤和凄凉的回忆。正因为如此，所以每当他从繁忙的工作中闲暇了下来，并且偶然地回忆起当年那一段往事的时候，他仍旧还会不由自主地自言自语起来：

"哎，阿华，那时候，我真不应该那样去放弃你！"

"阿华，不知你现在生活得怎么样了？"

"都已经过去了有这么多年了，阿华，也不知是怎么地，我还时常地回想起我们当年的往事呢！"

八年漂泊和流浪的生涯，致使徐江平经常处在一种忧伤、痛苦、迷失和梦幻一般的回忆与思考当中。因为在这个八年里，神州大地上发生了一连串重大的政治事件，直到后来，"四人帮"也终于垮台了……

自从发生了这一连串重大的政治事件以后，徐江平的那一颗忧伤、痛苦以至麻木了的心灵，便开始慢慢地苏醒了过来；心灵上的伤口，也开始在慢慢的愈合。因为在那一个阶段里，他开始逐渐、逐渐地意识到："一个崭新的、以经济建设为中心的、改革开放的伟大时代，终究是会要到来的！科学技术是生产力！富国和强国的梦想，终究是离不开科学和技术的发展这一个实践"的硬道理的。

从那个时候开始，刘锡禹的"沉舟侧畔千帆过，病树前头万木春"的两句诗句，也就经常浮现在他的心里头，挂在了他的嘴边上。他的内心深处也就经常涌动起了一种期盼。他期盼着有朝一日，上级党组织和家乡的政府会主动地摘掉戴在他头上的那一顶不公正的帽子，搬掉压在他身上的那一副沉重的十字架，扫除他心灵深处已经积攒了有十多年之久的厚厚的政治阴霾，让他回到一个正常人所能享有的正常的政治生活当中去。

惟有经过了坎坷生活的磨砺，惟有经过了厚重岁月的沉淀，才能够真正地理解徐江平此时此刻这一份期盼的心境。在他这种期盼的心境当中，蕴涵了多少撕裂的痛、挣扎的苦、徘徊的伤、寂寞的怨，还有生命中那些不能忘却的梦、不能割舍的爱、不能承受的忧患，还有对自己的家乡、对自己的祖国、对自己的民族以及对未来那最美好的理想的渴盼啊！

也就是在这一种期盼之中，过了大概又有个两年多一点的时间吧，那是在公元1979年开头的当口，也就是在仲春里的某一天，一份盖着小城县政府的红章并由小城落实政策办公室发出来的平反通知，通过种种渠道和途径,终于辗转到了他的手里边。

当时的徐江平,真是百感交集啊!在征得了董叔、夏厂长和国荣老表哥的同意,并且在安排好了自己的工作和生活事务以后,他便动身返回阔别已经有了八年之久的家乡的小城……

第十章

28

上述就是徐江平在返回小城的第二天,在清明节前夕那个星期天的上午,他坐在小岛东南下那个因波浪冲刷而成的"凹口"处,面对着眼前"钱资荡"的悠悠碧波、远处的乌龙叠翠和飘着十姊妹花香的蔚蓝色的天空时,所回忆起来的八年前的一段爱情的往事。

此刻在他所坐的"凹口"处的上方,就是那一丛开放着几百上千朵白花的十姊妹。这里是他第一次单独遇见阿华的地方。当时的阿华,她背衬着蔚蓝色的天空,衣服紧贴着胸脯,手里边握着一把刚刚采摘下来的十姊妹花的花束,风儿把她前额上的几绺刘海,吹得一抖一抖的,椭圆的脸蛋,十姊妹花似的气色,花一般的妩媚;一双淡褐色的大眼睛,水汪汪的,无比的动人——仿佛就是那一天才睁开来似的!现在徐江平旧地重游。这一会儿,他的心潮是如此的汹涌澎湃,如此的起伏荡漾。

时间坐久了,也有一点累了,他便从"凹口"处站起身来,攀到了小岛上面去活动活动腿脚,顺便去看上几眼目前正在冒叶、扬花的杨柳、榔榆、刺槐、野杏树和开着嫩黄色小花的油菜,紫花的结荚的蚕豆、豌豆之类的农家植物,以及还有画眉在那一棵野杏树梢上鸣叫、百灵鸟在远处的麦田里歌唱的浓郁的春天里的气息。

现在他的回忆这时候仍旧是那么的清楚——那一晚,夜杜鹃鸟在远处歌唱;猫头鹰"咯咯"地啼叫;一只不知名称的鸟儿在"噼泼噼泼"地胡乱聒噪;一两只野兔和黄鼠狼在追逐和奔跑;几只夜鸟从他们的头顶上"索落索落"地飞过;还有六七只黑乎乎的鼹鼠,后面的鼹鼠咬着前面的尾巴，在这小路的路面上穿梭。十姊妹花前，阿华一张被月光映照得白白的脸儿，贴得他是那么的近，那一对折射着月光的水汪汪的大眼睛，就像两汪汨汨涌动的清泉，两瓣微微张开着的嘴唇，就像玫瑰花瓣那般涓涓的美好——然而现在，除了在那一丛开着白花的十姊妹跟前，多了一垄一米多长、半米多宽、青草蔓生的薄薄的土堆，以及有人在薄土堆的斜垄上扔了一把风信子，一个用嫩柳芽枝条编织而成的并且间杂了数十朵白色十姊妹花朵的小花圈以外，其他也就没什么太大的变化了；甚至就连小岛路边这许多的车前草、马齿苋、三蔓头、马兰头，湖边那些随风摇曳的苦艾、菖蒲、芦苇、莲荷以及斑茅草——那一天晚上，他还在这些苦艾和斑茅草丛中嘀嘀咕咕、踢踢冲冲地咒骂呢——都跟八年以前，相差的不是很多。

难道时间果真相隔有八年了吗？还是他适才刚刚做的一场梦，梦醒时分，发现阿华在这一丛十姊妹花前等待着他呢？

他下意识地抬起右手，摸了摸自己眼角旁边的那许多粗糙的烙印了岁月沧桑的鱼尾纹，这才回到了现实的世界。他走到小岛东南角落上那一丛十姊妹花前，在那一垄青草蔓生的薄薄的土堆边，停下了脚步，抬起眼睛看着繁花盛开的十姊妹，它，仿佛并没有什么太大的变化！只是多了很多淡绿色的花骨朵儿，死了两三根枝条，其他似乎就一切照旧，仍然是那个八年之前的晚上、他和阿华在这里紧紧的拥抱和亲吻的那丛散发出浓郁芳香的十姊妹。这时候他似乎又感觉到了，这十姊妹上诸多月白色的花朵，好像是一副要呼吸、要活起来、要去喃喃诉说的样子。

时间已经快要临近中午了。太阳开始慢慢地偏向正中。天空是那么晴朗，画眉还在那一棵野杏树枝梢上啼鸣，百灵鸟还在远处的麦田里歌唱；阳光还是那么的灿烂，暖暖地照耀在田野上。一模一样，叫人真是难以相信——河水在汨汨地流淌，"钱资荡"的湖面拍击着波浪，水芦苇摇曳着清风，鱼儿跳跃在莲荷旁，几百上千朵柔软的白花和蓓蕾，好像是几百上千只白蝴蝶或者小精灵在飞翔一样。徐江平的喉咙里是一阵一阵的痛楚，他悲悼失去了的青春；内心里感觉到有一番向往，他向往着那一番失去了的刻骨铭心的爱情。当然，在这个春天的时分，在这个具有水乡田园一般美丽的土地上，人人的心里边都应该感到高兴才是呢！因为大地上和天空里都含有这一份喜悦呢！然而徐江平就是高兴不起来啊！他走到了小岛边，眼睛望着那一片烟波浩淼的"钱资荡"的湖面，嘴里不由自主地大声叫喊了起来："啊！青春和春天哪！我不知道，你们究竟都怎么啦？！"

那只停歇在野杏树枝梢上鸣叫的画眉鸟，显然是受到了他那叫喊声的惊吓，只见它倏地就停止了歌唱，展开了翅膀，索落索落地飞向了远方。也就在这时候，"钱资荡"北岸边的乡路上，走过来一位清秀而文静的女孩和一位老人。那个女孩一只手搀扶着那个头发斑白、步履蹒跚的长者，另一只手里面拎着个用白月季花和粉色月月红花混杂而成的小花圈，向着这个三面环水的小岛上走来。他们一直走到了小岛东南角落上，在那一丛十姊妹花前的那一垄青草蔓生的薄土堆边，才停下了他们的脚步。

为了不打搅这两位新来到小岛上的探访者，徐江平便知礼识趣地移身到那一棵野杏树的下面。只见那个清秀文静的女孩，弯下了她那纤纤的细腰，把那个随身携带而来的并用鲜花混扎成的小花圈，恭恭敬敬地摆放在那一垄青草蔓生的薄土堆的斜垄上，和原先的那把风信子以及那个用嫩柳芽枝条间杂着数十朵十姊妹花的小花圈，并排地放在了一起。那个女孩一边用手在摆弄着花圈，嘴里面似乎一边还在祷告似的说着：

"姐姐，仲华哥已经从船舶学校水运专科毕了业了，并且已经在江汉造船厂工作了，今年他来不了了；妈到白塔乡下的舅舅家里去了，今天她也来不了了；今天就我同爸爸，就我们两个人来看你。不过，你也不要责怪妈和仲华哥他们不来看你噢！"

女孩身旁边那个头发斑白的老者，此时此刻，他也弯下了身腰，并且对着那一垄薄薄的土堆，抖动着脸颊上诸多条青筋突露的犹如是许多条蚯蚓一般在蠕动着的皱纹，神色黯然地说："阿华，是爸爸对不起你啊！"

那个长者嘴里说出来的"阿华"这两个字，仿佛是骤然敲了起来的鼓点一般，猛地震动了徐江平的心弦，他便急忙地掉转过眼睛，看望起那个清秀文静的女孩和那个头发斑白的老者来。他似乎觉得他们两个人有点儿脸熟，似曾相识，以前好像在什么地方见过面似的，然而这时候，他却是一时半会又想不起来他们是谁了。只见那个女孩对老者说："爸爸，过去都有八年了，你也不要再为姐姐伤心了，噢！"

"燕华啊，"只听得那个老者说，"都怪爸爸那个时候糊涂！是爸爸害了你的阿华姐啊！"

"啊？"站在野杏树下面的徐江平，闻听此言，骤然就大吃了一惊。"这个老者，"他的心里诧异地想，"难道就是阿华的父亲胡坤吗？时间过去了才有八年啊,他应该才有五十多岁啊,他的头发怎么就这么的斑白、人也就这么的苍老起来了呢?"

看起来时间真是一个可怕的东西,它能够使钢铁在锈蚀,使岩石在风化,使万物在退色,使热情在消失,使熟人变成了路人,使一个长者变得如此这般的陌生。如果面前这个老者,真的要是阿华的父亲胡坤的话,那么眼前这个叫"燕华"的清秀文静的女孩,显然就是阿华的小妹、当年曾经叫他为江平"大哥哥"、并且还曾经把一朵异常美丽的黄月季花敬献给他的那个黄毛小丫头了?不过仔细地看看,她的相貌中确实倒也有几分阿华的那种韵味。"但是,"徐江平心里想,"眼前这种情形如果是真实的话,那么这一垄……这一垄薄薄的土堆……"他震惊得再也不敢往下面去想了!

由于他这一边不同寻常的动静,明显地引起了那个清秀文静的女孩的不满,只见她掉转过脸孔,斜着眼睛向他这边望了过来。本来她还想要去斥责他这个无礼之徒一顿的。可是望着他的面孔,她的眼睛里似乎有着一丝丝的疑虑和惊讶,以及还有一种似曾相识一般的神情。她盯着他看了至少有八九秒钟,然后才收回她的目光,后来她什么都没有去说,只是伸出了两只手臂,搀扶起身旁那个头发斑白、步履蹒跚的父亲,准备掉头沿着来时的路,再重新地走了回去。

"爸爸,"她对她的父亲说,"我们回去吧!"

"好的,燕华。"胡坤回头又看了一眼那一垄青草蔓生的薄土堆说,"阿华,我和燕华走了哦!"

"爸爸,当心你的脚底下噢!别让这许多茇茇草和萝萝藤,把你给绊着了噢!"

就在那个清秀文静的女孩搀扶着她的父亲,走到了岛边的丁字路口的时候,"钱资荡"北岸边的乡野小路上,这时候又走过来一位高挑、瘦弱、头发灰白的老妇人。远远地看上去,这个老妇人的身子骨倒还是挺硬朗的呢。她的手里面提着一个用彩色纸扎成的小花圈。女孩老远地就跟这一个高挑、瘦弱的老妇人打起了招呼说:"高老师,你也来了?"

这时候,徐江平似乎也已经认出了这个从乡路上走来的高挑、瘦弱、头发灰白的老妇人,就是阿华以前的邻居和长辈一般的高玉芹老师。只见高老师对那个女孩说:"噢,是燕华啊,快到清明节了,我就过来看看阿华呗。"然后她又对女孩的父亲说,"哎,胡经理,你们这就走了吗?"

"高老师，我们先走了。"

"好的，胡经理，你和燕华就先走吧。"

提着个小纸花圈的高老师，她也径直走到十姊妹花前那一垄青草蔓生的薄土堆边，并弯下了腰身，把手中的小纸花圈摆放在薄土堆的斜垄上，与燕华的白月季和粉色月月红花混杂而成的小花圈，以及还有赵卫红的——这时候，徐江平忽然想起了上午他在小岛边碰到的那个脸孔熟悉的、30岁左右的、并且还带着一个六七岁的小女孩的中年妇人，显然就是阿华的同班同学赵卫红。肯定是她，她肯定也是来这里祭扫阿华的坟墓的——风信子以及用嫩柳芽条间杂着白色十姊妹花的小花圈，并排地放在一起。

站在野杏树下面的徐江平，挪了几下脚步，向着那一丛十姊妹花前走了过去。为了证实刚才的所见所闻不致有误，这会儿，他站在了高老师的身边，伸出右手指着那一垄狭长的长满了青草的薄土堆问：

"请问高老师，这是什么？"

"你是……"高老师向他这边转过脸来。

由于高老师的眼睛已经高度的散光，同时也由于徐江平八年漂泊的生涯，致使他的外貌变化非常之大，总之现在高老师已经不认得他了。可徐江平也不想去说穿，因此他便随意找了一个托词说：

"高老师，我曾经在你执教的小城的中学读过书。不过，可不是你教的那个班。"

"是吗？唉，这人老了，眼力也就不怎么好使了。"

高老师转过了脸孔。不过此刻她脸上的神情，似乎已经证明了徐江平的心里所想："年轻人，你算是问对了人了！没有比我更了解这一件事情的人了！"只见她顿了一顿以后才说："这是一座坟墓，年轻人。"

"坟墓？"徐江平似乎有点明知故问，"怎么会把坟墓做在这个地方？"

高老师的脸色，开始慢慢地黯淡了下来。她朝着徐江平勉强咧开了嘴巴地笑上了一笑，不过她那种笑起来的模样啊，简直就好像是比哭还要难看个十倍呢！她就是带着那种模样说："年轻人，你可以去理解这里面有一段故事，一段可怜而又可叹的故事吧！"

"是吗？"徐江平从自己的上衣口袋里，掏出了一包"海鸥"牌香烟说，"高老师，你请抽烟。"

他知道高老师以前偶尔有抽抽烟的习惯，于是这时候便递了一根"海鸥"给她，自己的嘴唇上也叼起一根，然后又掏出了一盒火柴，给高老师和自己都点燃上了香烟。高老师叹息地说：

"唉，这都是爱情给惹出来的祸啊！年轻人，你要是不在意的话，我想在这个地方坐下来，然后再跟你去说这一件事情，好不好？这处地方看上去，虽然是有一点偏僻和荒野，但是你如果再仔细去看上一看的话，嗨，这儿的景色，还真是非常不错的哪！"

接着高老师就从衣兜里掏出了一块布片，在面前抖落了那么几下，然后就摊在了那丛十姊妹花旁边靠近野杏树下面的岛边沿上，随后她便在那块摊开了的布片上坐了下来。徐江平则挨着她的身边，在靠近那一棵野杏树的下面，席地而坐。高老师坐下来以后，便对坐在身边的徐江平说：

"在这座坟墓边上，有这么一丛十姊妹花儿做伴，她就不会感到孤独和寂寞了。年轻人你要知道，她非常喜欢这十姊妹的花儿。她是我的一个学生，一个百里挑一的好女孩子，她追求着爱情，可是'文革'时期却不允许人们去追求爱情那玩艺儿！因为它是属于资产阶级和修正主义那一类的东西！不过她现在能够有着这么一大丛十姊妹花儿给她做伴，我想应该就算是可以的啦！唉……这个可怜的女孩子啊，她是自杀而死的。"

高老师说出来的一番话，似乎强烈地震撼了徐江平的心灵。只见他屏住呼吸，低低地问着："什么？她是自杀而死的？"

"嗯。"

此时此刻，高老师似乎有一点觉得，这个坐在她身旁边的年轻人，好像是挺善解人意的。于是她便很乐意地并且娓娓动听地，对他说起了他们身旁这一垄薄薄的青草蔓生的坟堆的来龙去脉。

29

高老师在讲述她的故事以前，她好像有一点在卖关子似的，因为她先是低低地对徐江平感叹了一番："唉！年轻人，这一件事情，大概是发生在八年之前吧！出事的那年我正好是五十八岁，可是今年我都已经六十六岁了！可以这么说吧，时间已经过去整整有八个年头了！对于这件事情来说，我可是最熟悉不过了！她是我的学生，住得离我家又不是很远，她为人真好，对我很尊重，还经常去帮我做一些家务活呢！"

徐江平把身子斜靠在野杏树干上，他又递了一根"海鸥"给高老师，并且给高老师和自己点燃香烟后，火柴都已经熄灭了，他的手指头却还在弯着呢，许久才放了下来。后来他问道：

"那，她为什么会自杀呢？"

他的问话声似乎有一点嘶哑，又透出了一点古怪，甚至就连他自己都觉得自己的神态很不正常。然而他身旁边的高老师，却一点都没有注意到这个年轻人这些奇怪的细枝末节。

"这个可怜的女孩，她的名字叫阿华，在我们的住宅小区一带，她可是一个百里挑一的好女孩子！她不仅心眼儿好，人也长得漂亮，可是现在她却躺在了这里面！唉，真是白发人悼念那黑发人哪！所以我每年清明节前后的星期天，我都要到这里来看望她一下，给她带上一个小花圈，然后再在这个地方坐上一会。不过，她总算是可以躺在了自己死前所选择的地方呢！"

高老师说到这里，她稍微地停了一停，并且伸出了精瘦的右手指，捻了一捻身旁边十姊妹花的叶子。徐江平问道：

"那么，高老师，她是怎么死的呢？"

"还不都是爱情惹出来的祸？"高老师继续说，"年轻人，反正我心里是这么想的，至于确切的原因是什么，虽然我还不完全清楚，但我心里就是这么想的！因为我非常喜爱这个女孩——我不知道还有谁比我更喜爱她了，甚至就连她的父母亲算在内。可她也太痴心——我看她是太痴心了！"

说到了这里，高老师抬起了眼睛，仰望着天空。天空里是一片略微带着一点儿紫色的蔚蓝。徐江平的身子在颤抖，只是他紧紧地咬住牙关，不让高老师去发觉。一会儿他又忍不住地问："那么后来呢？"

"那是在春天里，是跟现在差不多的时间，或许要稍微晚上一两天，反正是十姊妹开花的季节，阿华同她厂里边一个大学毕业的工程师恋爱上了。我记得那个小伙子姓徐，是一个很不错的年轻人，应该说阿华很有眼光，她还把那个小伙子带去过我的家里呢！那天和今天一样，也是一个星期天，她和他带着一束十姊妹花去看我。我记得我们的话题，好像就是从这个十姊妹花开始谈起来的。通过那天下午的交谈，我发现那个小伙子的知识面很宽，也很健谈，是一个很纯粹、很有思想的年轻人。那时候，他想要通过科学技术来振兴我们小县城的经济建设。

"可惜的是，小伙子的这种纯粹、这种爱思想的本身，其实就是一种非常之危险的倾向！因为在我们中国，尤其是在文化大革命中间，往往越是纯粹、越是有思想的人，就越容易会被毁灭掉。当时我们这个小县城就有许多这样的人，被毁灭在了文化大革命之中，其中也包括他们一机厂的总工程师在内。现在开始陆续地给他们平反了。年轻人你倒是说说看，这人都死了好多年了，平反对于他们来说，还有多少现实的意义呢？

"那个时候，阿华的厂里有一个叫姚长青的技术科长，他也喜欢上了阿华。这个人我也见过面，其长相不好不说，人品也不怎么好，主要就是心术不正，欲望过度。用我初中的一个叫'苦鸭'的学生的两句'因为权欲过度神便堕落成魔鬼，物欲过度人也就会堕落成野兽'的诗句来表达的话，这个姚长青就是属于那种'欲望过度'这一类型的人。我曾经听阿华说起过，他仅仅是为了一个技术科长的位置和一些其他的小利益，就卑劣地背叛和出卖了一直都器重他的总工程师，并且还把这个总工程师置于了死地。然而就是这么一个人，拉上了他们厂里的革委会主任，来到了阿华的父母亲跟前，给他提亲做介绍来着。

"若要说起了阿华的父亲的话，他正好跟阿华的恋人小徐相反！她的父亲因为在'文革'初期，遭受造反派的冲击遭受怕了，便逐渐地蜕变成一个完全被驯服的工具，失去了自己的思想，只要是上面的级别比他高的领导的指示，他理解的要去执行，不理解的也要去执行。不过当时的极权专制的体系，要的就是这一种奴才式的驯服工具，这也是当时的政治游戏的规则，谁要是不遵守这个游戏规则，谁就会被政治游戏所淘汰出局。

"本来阿华是很厌恶、很看不起姚长青这一种卑劣小人的，但是她却疯狂地爱上了小徐那个小伙子，而小徐那个小伙子也在深深的爱着她。可是阿华的父母亲却好像鬼差神使了一般！他们竟然会去认同那个长相不怎么好、人品也不怎么好的姚长青这个人！于是悲剧就从这里开始了……"

高老师说到这里，她便停了下来，深深地叹了一口气以后，又猛吸了两口香烟，然后她就声音低沉又而凄凉地继续去往下说：

"有一天，阿华的父亲到一机厂去找了小徐，他要小徐远远地离开他的女儿，不允许小徐再跟他的女儿阿华继续去交往。总之那一天，阿华的父亲可能说了很多过头的话，深深地伤害了小徐那个小伙子的心；再加上一机厂革委会主任急于地要铲除异己；而姚长青又急于地要赶走自己假想之中的情敌。因此，这三个人那天一经合拍，当天就把小徐那个小伙子开除出了一机厂，并且把他遣送回了农村的原籍。"

"那么，后来呢？"徐江平屏住呼吸地问。

高老师伸出舌尖，舐了舐嘴唇边，又抬起右手赶了一赶在他们面前胡乱飞着的蠓丝之类的小虫儿，随后又接着说：

"等到阿华知道了这许多情况以后，小徐已经被遣送走了。当时阿华她什么话都没有说，可就是从那个时候起，她的精神状态便恍恍惚惚的，不怎么对劲了，反正我是从来都没有看见过哪一个人会有她那种变化——从来都没有看见过啊！尽管她以前也曾受到过刺激——那是在'文革'初期，她父亲有一次受到冲击的时候，正好她也在场，她跑上前想去摘掉挂在她父亲脖子上的大木牌子，而被那些造反派们拳打脚踢在街面上的灰尘之中……但是也没有像这一次这样严重呀！后来，姚长青前去看过她几次，然而都被她毫不客气地赶走了。反正她那副样子非常的'痴狂'。有时候傍晚我下学回来，看见她站在了家门口那两棵拱形的月月红花下面，眼睛直瞪瞪地望着很远很远的地方。我的心里边非常的难受，于是就问她说：'阿华，你这是怎么一回事吗？啊？你看你的样子哪，真可怜，你自己知道吗？你的样子真是好可怜哪！'"

高老师停住了叙述，她抬起了周围有着很多皱纹的眼睛，神情黯然地望着蔚蓝色的天空。徐江平又掏出了那一包"海鸥"烟，他和高老师又各自地点上了香烟。然后他就又问："高老师，那么后来呢？"

"记得有一天，我曾经问阿华说：'阿华，你究竟是怎么一回事呀？'她说：'高老师我没事。'我又问她：'那，你为什么事情犯愁呢？'她说：'高老师我没有犯愁。'我说：'你可不能够想不开啊！'她说：'高老师，我没有什么想不开的。'说着，说着，她的眼泪竟然像断了线的珍珠一般，索落索落地往下掉。我心痛地问她：'阿华，你哭了——这到底是怎么一回事情哪？'只见她把右手放在自己的胸口上说：'高老师，我这里有点儿疼。'原来那一天她去了小城东南边二十多里路外的乡下，去寻找已经被开除和被遣送回老家的小徐的；可是当地人却告诉她说，小徐被逼得实在没有办法想了，他就只好漂泊流浪去了远方的大山深沟里。所以她怏怏而回，情绪就格外的低沉和悲伤。我便劝解她说：'阿华，你可要想开一点！可不要去作践坏自己的身子骨！'她说：'高老师，不要紧的，过上几天就会好的。'

"当时，我还真以为她不要紧呢，因为不管受到什么样的伤害，时间和大自然,都是她最好的良药,因此我也就没有太刻意地往心里面去放。可是在实际上,阿华自从她所钟情和爱恋的小伙子走了以后,她似乎已经发觉,这一切全都完了,对于她来说,这个世界,好像就再也没有一丁半点的意思了似的。唉……

"谁知道过了没几天,外面有人风言风语地传说,说阿华乱谈三角恋爱!后来竟然连居委会主任徐锁卿,跟着也说起了'阿华这个女孩子不正经,胡乱瞎搞,作风不正派,一会儿跟什么徐江平谈恋爱,一会儿又跟什么姚长青上床睡觉……'此类的话来。这可关系到一个女孩子的名声的事情哦!于是阿华便去找徐锁卿主任说理,她说:'徐主任,我就只爱过徐江平一个人,你不去调查研究,凭什么说我乱谈三角恋爱,凭什么说我跟姚长青上床睡觉呢?'可是徐锁卿不通情理,竟然说什么无风不起浪,并且她还板起面孔教训了阿华一顿,还说要在居委会里开什么批判会,帮助帮助她,教育教育她呢。这一下阿华疯狂了。她知道这许多流言蜚语的根源来自哪里。那一天,她除了抓破了徐锁卿主任的嘴唇皮,掀翻了徐锁卿主任的办公桌子以外,她还跑到了一机厂,当着全厂工人的面,指着姚长青的脸孔,大骂他卑鄙无耻、肮脏龌龊、告密出卖、丧尽良心、欺负妇女、残害好人、杀人凶手、畜生行为……直骂得姚长青噎住了气,说不来话,嘴里边只是连连地说:'你这个疯婆子!你这个疯女人!'……

"总之,平素这个端庄、温柔、清秀的女孩子,那一天,实在是不可理喻!她把事情闹得太大了!直闹得一机厂那一天都快不能正常生产了!我听我的另一个叫赵卫红的学生事后告诉我说,那一天她们厂革委会主任暴跳如雷,姚长青恼羞成怒,其他一些厂领导也都大跌眼镜哦!但是她们厂的工人师傅,却大多在私底下拍手叫好!反正这一件事情弄得是满城风雨,尽人皆知!就在一机厂的领导们开会讨论准备如何惩处阿华的时候,她人却神秘地失踪了。晚上也没有回家。我们——我、她的家人、她的同学和厂里边的同事们——到处去寻找,哪儿都找不到她的踪迹。那一天晚上,我们大家全都在为她担心着,全都没有能够好好地睡觉……"

高老师忽然就停住了话头。她抬起了苍老的面孔,那一双高度散光的眼睛里满满地含起了老泪。过了好一会儿,她才继续往下说:

"第二天早晨,我们小区的居民,好像听到有人隐隐约约地传说,'钱资荡'北岸这个小岛边,淹死了一个年轻的姑娘!闻讯,我们大家全都赶了过来，原来是阿华，她就躺在了这里的湖边，呶！就是在那个地方，年轻人你看，就是在这一丛十姊妹花斜坡的湖边上。当时这里已经围起了很多的人。她就躺在了湖边的水里，面孔偏在了一边。湖边的泥土上，还斜斜地开着一朵蒲公英的小黄花，就开在了她脸孔的旁边。我下到湖边去看她，她苍白的脸蛋上还带着了一抹微笑——她微笑着的脸蛋，真是可爱、美丽、宁静，就像是一个睡着了的孩子的脸似的——美丽极了啊！年轻人，真的！一点都不像是一个淹死了的人那种丑陋可怕的样子！后来就连人民医院的王和平大夫看了都说：'她不是被淹死的，而是被憋死的。除非是痴迷到了一定的程度，才会有她这样的死法呢！'单就是从她的脸色来看，年轻人，我想可能也就是这么一回事情吧！

"阿华死的那副样子，看了叫人心里边真是伤心哪！那一天，我哭得是非常伤心——她的那一张脸蛋啊，真是美丽极了啊！当时是暮春里的四月中旬，比现在大概要晚了一个十几天，她还找了一朵十姊妹的白花，插在了自己的头发上，好像要跟什么人在这里约会似的。单是看着她这一副模样我就坚信不疑，这肯定是爱情惹下来的祸！当时她准是痴迷了、疯狂了。后来，我们在小岛堤岸斜坡上的一个'凹口'处，果真找到了一些能够证实我的想法没有错的东西，呶……"

说到这里的时候，高老师伸出了右手的食指，颤微微地指着他们身旁边这一丛开着几百上千朵白花的十姊妹，带着一点颇为伤心的语调，对坐在她身边的徐江平说："那个'凹口'处，就在我们身旁这一棵十姊妹花的下沿口。我们在那里找到了一个小拎包。拎包里除了一些其他的物品以外，里面还有一份遗书。这一份遗书是阿华写给她的父母亲的。她在这一份遗书中说，她今生今世就只爱小徐那个小伙子，并且也就只爱过他一个人，不会再爱第二个人了！她还说她非常对不起父母亲，请求他们不要责怪她走上了这一条轻生的路；并且她还请求他们在她死了以后，把她就地埋葬在这一个小荒岛上，埋葬在这一丛十姊妹花跟前，她说她要在这个地方，等待着她心爱的男人的到来。唉！……"

高老师重重地叹了一口气，过了稍许时间，她又慢吞吞地往下说："阿华的死，对她全家的打击很大。尤其是她的父亲胡坤。自从发生了这一档子事情以后，他的人一下也就苍老了起来。年轻人，刚才你看到那个离岛而去的白发人，就是有一个年轻女孩掺扶着的刚刚离开小岛的白头发老人,他就是阿华的父亲胡坤啊!他今年的年龄实际上才有五十多岁,同我比起来,他要小上个十一二岁哪!但是看起来,他怎么都像是一个七老八十的老头子一般了哎!不过,这整件事情看起来,还真是有一点的奇怪呢!年轻人,女孩子为了爱情居然连自杀这种事情都做得出来!阿华她真是太痴、太傻了!我猜想她的心可能是碎了!她认为只有爱情才是她的生命能够得以延续的最后的机会,除此以外,这个世界好像就再没有一样东西可以让她继续活下去似的!不过后来,有时候我总是在猜想,这其中肯定还有着一些什么内情,一些我们大家都无法弄清楚的内情……"

说到了这里时,高老师伸出了一只瘦骨嶙丁、青筋突露的右手,抚摩起了那一垄薄薄的土堆上蔓生出来的青草,就像是在抚摩一个小女孩的头发一样,并且对着那一垄薄薄的土堆,她低声低语地说:"其中真实的情况,阿华,也许就只有你自己最清楚了!"

高老师说完了故事以后,她便抬起眼睛,想看一看坐在自己身边上的年轻人,会去如何评价她这个故事。然而徐江平却好像一点儿反应都没有似的,他只是默默地站了起来,默默地从野杏树下走开去,好像他从来都没有在高老师的身旁边坐过似的。

30

徐江平独自走下了小岛东南角落的斜坡,默默地来到了那一丛十姊妹花外沿的"凹口"处,身子斜靠在斜坡泥壁上地坐了下来,望着眼面前的湖光山色,泪水簌落簌落地直往下流淌。

八年以前,他要不是为了不拖累阿华,不让她旋进自己人生低谷的生活,对她的父亲胡坤做出了远远地离开她的承诺的话呢,也许阿华的命运就不会如此的悲惨;或者当阿华那一次前去长荡湖边上找他的时候,他要是能够果断地带着她远走高飞的话,也许后面的结局就会重新去改写,她也就不至于会走上这么一条绝望之路的。

徐江平在泪水涟涟之中,眼前似乎出现了阿华那一张梦幻一般苍白的脸孔,她那一头潮湿的栗发里,还插着一朵白色的十姊妹花……"我究竟都做了些什么错事呢?"他心里想道,"做了些什么缺德的事情哪?命运女神你干吗要这般地报复于我呢?你报复我就报复好了,让我一个人去受尽

十姊妹

痛苦，受尽折磨，受尽坎坷，吃尽苦头，远走他乡，漂泊流浪去好了！可你干吗还要将如此悲惨的命运降临在一个温柔而善良的女孩子的身上呢？你也太不公道了吧？啊？你的眼睛难道瞎了吗？我的命运女神？！"

此时此刻，他就沉浸在这样一种悲愤与痛苦之中，而难以自拔。甚至就连高老师走下了斜坡，走到了那个"凹口"处，跟他打着招呼，说她可要先走了的时候，他都没有去理会。以致高老师在临走的时候，她一边小心翼翼地迈着脚步，心里却一边还在犯着嘀咕地说：

"嗨，这个年轻人！我看他是有点儿神经病兮兮的呢！我故事中的女孩，跟他又有什么关系呢？他那么的悲痛欲绝、那么的泪流满面、那么的多愁善感干吗呢？真是有点儿不可理喻啊！"

不过在嘀咕之外，高老师的心里面，似乎还有着一点得意的感觉，因为她认为她所说的故事，居然能够有着那么大的感染力！以致让一个毫不相干的年轻人听了，都会为之动容为之流泪！

春天，湖光山色的春天，激情奔放的春天，开着花儿、唱着歌儿、吹着风儿、飘着云儿——这就是他和阿华两个人心目中的春天吗？可是命运女神，为什么还要拿他们去做厄运的替死鬼呢？"不！"他毅然决然地从斜靠着的"凹口"处直起了身子，心底里想道，"不能！绝对不能！我就是再吃苦受累，再荆棘坎坷，再去漂泊流浪，也绝对不会再向这种倒霉的厄运去低头和臣服的！"

在中国已经有了三千多年之久的道教的教义中，有着这样一句话，叫做"万事不由命做主，一生唯与命争衡"。在这一句话里边，蕴涵着诸多至诚至真的人生的道理。"一生唯与命争衡"，它是对人生的一种极其无奈、极其隐忍、极其深沉、极其厚重的总结和归纳。因此在这个世界上，人生的较量这才是最为重要的。它不仅是指人们的成功或者失败，而更重要的是，人们在失败之后，他是否还能够再站得起来。

想到这里的时候，他便从堤岸斜坡上的"凹口"处站了起来，攀上了小岛，来到那丛开着几百上千朵白花的十姊妹跟前，跪坐在那一垄低矮的青草蔓生的薄薄的坟堆边，伸开了双手，轻轻地抚摩起坟堆上那个倒圆锥形的青草蔓生的坟帽，就像当年他拥抱阿华时抚摩她的脸庞一样。

"阿华！"他的内心里感慨万端，"可怜的阿华，你独自地从'钱资荡'边的乡路上走来！站在了这一丛十姊妹花前，孤单地等待和张望着！虽然你已经离开了人世,然而你永远是美!"

他拿过随身携带的黑色人造革的手提包,从包里面取出上午他在渡口小店买下来当点心的熟食甜点,挑选几样,整齐地摆放在坟堆边。然后他又打开了那一瓶"封缸"酒的瓶盖。先是他在坟堆前面的薄薄的斜垄上,均匀地洒上了一圈香馨、醇厚的"封缸"酒,作为祭奠;随后他就手握着酒瓶,瓶口对着嘴巴,疯了似的喝起了香醇的"封缸"酒来。

他一边大口大口地喝着酒,一边用手去轻轻地抚摩长在坟堆边上的青草,一边又在潸然泪下,并且还用他那一副低沉而又悲怆的声调,吟唱起了这时候翻涌在他心头的《长相思》的曲牌:

> 山如染,
> 水如翠,
> 鱼跃莲荷鸟儿飞。
> 朵朵十姊妹。
>
> 饮几番,
> 醉几回,
> 孤坟青冢谁为陪?
> 滴滴相思泪。

徐江平原本打算,等他的平反手续一经办理妥当以后,自己便立即动身前往皖南山区的新杭山镇,今后如果没有什么特别重要的事情的话,他就再也不准备回到这个小城来了。然而现在,他却要改变自己的初衷了。现在他既然已经知道了自己昔日至诚至爱的恋人,为了他们之间的爱情,早在八年之前就已经长眠在这个小岛上的这一丛十姊妹花下,那么他也得要留下来,陪伴着这一垄埋有昔日恋人尸骨的薄薄的土堆,守护着这一丛见证了他与恋人阿华那种执著的刻骨铭心的爱情的十姊妹。

虽然他远离家乡故土,漂泊流浪在异地他乡,已经有了整整的八年,并且在异地他乡也颇有一定的建树。然而作为这个小城人中的一员,他不能忘记自己的家乡,尤其是在自己家乡需要他的时候。他要像身旁这一棵野杏树上的树叶一样,凋零了,也要落在这一棵野杏树周边的土地上,埋进树下面的泥土中,化作为肥料,然后再来滋养这一棵高大的野杏树。

夕阳逐渐地西斜，天边的云霞开始在斑斓。"钱资荡"北岸边小岛树荫下的光线，开始渐渐地幽暗了下来。十姊妹花浓郁的芳香，随着春天傍晚的风，又开始在四处地飘忽和弥漫了。这时候跪坐在青草蔓生的坟堆旁边的徐江平直起了腰身，伸出双手，清理了一番薄薄的坟堆边上的凌乱不堪，然后他便面对薄薄的坟堆，就像当年面对恋人一般低声低语地说：

"阿华，我决定留下来不再走了！我要陪着你，伴着你，在这坟堆旁边照顾着你，知道吗？尽管这个小城有一些人曾经对我们很不怎么样！然而，我可不是为了这些不怎么样的小城人而留下来的；我是为了我们家乡的振兴，为了家乡小城的科技发展和经济建设，以及还有你，才决定留下来的！知道吗？如果有可能的话，阿华，我还要在这个'钱资荡'北岸的小岛上，建房盖屋地住下来，我要永远陪伴在你的身边！"

风自傍晚时分，便渐渐地轻微了下来。漫天的淡云，遮掩着初上的月亮，显得朦朦胧胧的。大地笼罩在暮霭之中。袅袅的雾气，从"钱资荡"的水波里、岸边的土壤中以及丹金河的河床间升腾、弥漫和扩散着，并且要去同空中那许多淡淡的云彩熔融在一起。

天色暮霭之时，徐江平走出了小岛。他踏上郊野的小路，穿过了城郊的小村庄和河床，攀上丹金河东岸的堤岸大道。周围是一片寂静。但是在这一片寂静当中，他似乎可以隐隐约约地感觉到，丹金河的水波被南来北往的船只所划破时的絮语声……

尾 声

徐江平回到了小城一招的时候，天色已经完全黑了下来。然而同住在一室中的王浩然研究员和仇又平工程师，此时此刻，他们正在房间里等着他呢。一见他回到了招待所，他们便急忙对他说：

"小徐，下午两点多钟，小城第一机械厂有一个叫于树坤的人，打电话到招待所来找你，要你明天（星期一）上午八点钟去一趟第一机械厂的厂部办公室，说是有几桩很重要的事情要与你商量和碰头。另外在下午四点钟左右的时候，有两个中年男人，一个是戴着一副眼镜的胖子，另一个是矮小的瘦个子，到房间里来找你。他们等了你足有半个多小时，不见你回来，后来他们在临走之前，还在你的床头柜上留下了一张折叠着的纸条。"

徐江平展开了那一张折叠在床头柜上的纸条，见是一机厂以前的同事虞树华写下的一纸留言：

小徐：

你好！今天中午我听于主任说你回来了，于是便约了陈春荣一起前来看望你。细算起来，我们已经有八年不见面了！今天我们一是前来看望你，二是想和你聚上一聚，可惜的是你不在招待所，颇感遗憾！我们还是明天再过来与你叙旧吧。祝安好！

虞树华留言

徐江平看完虞树华的留言，内心里生出了诸多的感慨。在略微沉思了片刻以后，他便把那张纸条重新对折好，并且仍旧是折成了小方角儿，摆放在床头柜原先的地方。这时候他转过身子，对王浩然研究员和仇又平工程师郑重其事地说，他决定留在这个小城工作，再也不离开了。

见徐江平如此是说，王浩然和仇又平两个人也都为他高兴。为了祝贺他留在这个小城工作而不再离开的决定，他们又拉他去"开一天"饭店开怀痛饮一番。这三个素昧平生的科技工作人员，日后将从生物激素、有机化工、机械电子以及冶金技术等诸多方面，相互联起手来，拾遗补缺，共同勉励，顺应当前开始涌动起来的改革开放的初潮，并去与时俱进！

现在这三个素昧平生、而又同住在一间屋子里的科技人员，在这个20世纪70年代末期改革开放的初潮里，在江南水乡小城的这一块舞台上，他们要为自己祖国的科技发展、经济振兴以及中华民族的伟大复兴，好好地拼搏上一番。相信他们会承担起历史所赋予他们的使命，会去兑现他们对这个时代、对这个社会、对这个小城所许下的诺言！

2004 年 5 月
写于北京丰台岳各庄

颜斐小说集（1）

苦 鸭

因为权欲过度神便堕落成魔鬼,
物欲过度人也就会堕落成野兽。

楔子

陈家欣可是江南小城一位颇负盛名的剪纸艺术家。他的剪纸艺术作品，尤其是关于一些江南水乡人物和风景方面的剪纸艺术创作，堪称为江南美术界之一绝。他的剪纸艺术作品，大概有将近两百多幅，曾先后被纽约的联合国办公本部、欧美拉非亚等洲的多位国家首脑以及我国的国家历史博物馆，作为艺术珍品给予收藏。

那是在2001年的金秋十月，我去江南小城出差。一天的下午，陈家欣忽然打电话到我所住的房间，说要请我到"丹金大厦"去洗矿泉浴。当然，对于他这一位久负盛名的艺术家的邀请，我是恭敬不如从命哪！在洗好上来以后，我们两个人便躺在了小休息室里，一边喝着苦涩浓浓的"茅山青峰"，一边就古往今来、海阔天空地闲聊了起来。当我们聊到了"人性"这个问题的时候，我便对陈家欣说：

"陈兄，对于'人性'这种问题，似乎此时此刻并不值得我们两人多去深谈。实际上，你只要去翻开几位哲学家的一些经典著作，"这时候，我列举了几个哲学家的名字以及他们的一些经典书籍以后说，"或者，你还可以去翻开中国社科院语言研究室编撰的现代汉语大词典，你就会看到有这样的阐释：在阶级社会里，人性，它表现为人的阶级性。"

可是，谁知陈家欣好像并不满意我的这种说法，只见他把两只眼睛朝我猛地一瞪，并且此刻他的脸部表情中似乎还带着一种明显不屑的神色。

"老弟，"他就是用这种明显不屑的神色对我说，"说一句老实话，我是根本就不会去相信你刚才嘴巴上提到的那几个哲学家的胡话连篇的！因为那个时代的哲学家们，几乎全都是一帮缺少钙质的家伙！真的！在官僚和政客的跟前，他们全都佝偻着一副身腰，低倾着一个脑袋，一副低三下四、卑躬屈膝的尿样，可是一旦转过了身子，他们却又病态地把人类生活演绎成所谓的思想体系，然后再把人类作为囚犯似的去囚禁在他们那些所谓的思想体系里面。所以要依着我个人的看法的话，如果我们把专门生活在精神领域里面的现象称之为神性的话，那么专门生活在肉身领域里面的现象，我们就可以去称之为兽性了。神性是一种不食人间烟火的现象，而兽性则是一种缺乏思辨能力的现象。至于人性么，它恰恰就应该介入在神性和兽性这两者的中间才对呢。"

"哦？"我觉得他所提出的这种观点，似乎有点儿独特，有点儿怪癖，又有点儿与众不同，于是我便抬起头来好奇地问他，"陈兄，你的意思是不是说，当人性侧重于神性现象的时候呢，这种人性就是一种比较高尚的人性，而侧重于兽性现象的时候，则就是一种比较丑陋的人性啰？"

这个时候的陈家欣，他就是一边重重地呼吸着他那个患着鼻窦炎的鼻子，一边又把身体侧着地翻转了过来，脸孔对着我说：

"老弟，这显然是毋庸去置疑的。因为前者，在克制着自己去追求过多的物质生活，尤其是不属于自己份内的物质生活；而后者则在排斥着精神文明的内涵。如果谁的身上同时具备着完全的神性和完全的兽性的特征的话，那么他要不就是魔性才怪呢！完全觉悟的人就是佛！所以在我们中国，位卑者，并不等于其人格也就是在卑微；而权重者，亦不等于其人性也就是在崇高，关键就在于其觉悟的程度。比如就拿苦鸭来说吧……"

说到了这里的时候，陈家欣便停顿了下来，他先是伸了一伸瘦骨伶仃的腿脚，然后又抬起右手去按摩了一番已经起了皱的额头，接着又去重重地呼吸了一会儿患有鼻窦炎的鼻子，待到呼吸似乎畅通了许多以后，他就给我讲起了下面的这个故事。

1

在江南水乡中有一座非常古老、非常璀璨的小城。而在这座古老和璀璨的小城当中，则又流淌着一条非常美丽的运河，它的名字叫做丹金河。

这条丹金河的河水是从北面流过来，把这个小城拦腰劈成了两半。而丹金河上的南新桥、北新桥、洋桥和南门桥这四座桥，就像是某许多阔佬身上的背吊带的四根带子，把肥大的裤子吊在了上身的衬衣上一样，把小城的东半拉和西半拉连结成了一座完整的城市。

　　而这个小城里的居民，似乎又有点儿习惯以河为界，以桥为名，因此这个小城当中也就有了"桥东"和"桥西"区域之分。这一会儿我们所处的"丹金大厦"，它则属于是"桥西"的区域，而一旦走过了南新桥，走到河对面的文化广场上，那就属于是"桥东"区域的地盘了。

　　这丹金河河水流来的方向，则是小城的城北乡。城北乡的方圆面积大概有一个三十多平方公里，下面辖管着十六个自然村，一万八千多人口。而丹金河河水流去的方向，则是小城的城南乡。城南乡的方圆、面积、自然村的设置以及人口的数量，大致上又跟城北乡相差不是很多。所不同的则是城北乡里多的是坟地和荒冢，以前小城开个公判会，枪毙一些什么人的话，一般又大多在城北乡的坟地和荒冢之中执行。而城南乡则多水泊和湖汊，又有一座不太高的小山——乌龙山——在这里坐落。这座乌龙山虽然不太高，但倒也是树木葱隆，寺庙掩映，翠竹摇曳，半山当中还耸立着一座乌龙宝塔，这里是小城人游山玩水、踏青拜佛的好去处；另外小城的烈士陵园，也设置在乌龙山这里。这个千年小城仿佛就是一丁半点儿的肉馅包心，被紧紧地包裹在城南乡和城北乡合起来的一块大馅饼的中间。而丹金河的河水，就是穿越过了这座小城，穿越过了城南乡与城北乡合起来的这块"大馅饼"，向着南边乌龙山的方向，悠悠地流淌着。

　　小城的丹金河的景色，可是真美啊！

　　如果是在白天的话，当你站在南新桥或者别的什么桥上，低头凝望着桥下被阳光或彩霞晕染了的河水的话，你就会看到丹金河的整条河，都在涌动金色的波浪；而在有着月色的夜晚，又会看到犹如是一块块硕大的银箔，在我们的脚底下汨汨地流淌着。

　　这个小城的老百姓，向来都以这条丹金河而骄傲。因为正是有了这条美丽的丹金河，因此才就有了这座千年小城的美丽！而当年的苦鸭就写过许多有关乎这条丹金河的诗歌，比如在他的《金色的丹金河》的诗歌中，有着这样的诗句：

> 丹金河啊，丹金河，
> 你是一条金色的河流，
> 穿过这座有着美丽名字的小城，
> 悠悠地向南漾起了水波……

再比如他填写的《转应词》曲牌的《月光下的丹金河》：

> 银河，银河，
> 银河穿城而过。
> 桥东桥西夜静，
> 城南城北月明。
> 明月，明月，
> 抚我悠悠心愁。

  真的！要是苦鸭当年不死，要不是发生了当年那一桩事件的话，说不定现在，他也会是一位非常之有名气的诗人，或者会是一位非常之有名气的作家呢！说不定他现在的知名度，比起你老弟这个作家的名头，还要响亮出许多哪！因为你可别小看了我们这一座小城，嗨！它地方虽然不很大，可也是人杰地灵呀！当然啰，老弟，我这里所说到的苦鸭，当然不是那种长着长脚的黑色的水鸟，这种"苦鸭"鸟，只会在五月天里面，在栽着秧苗的水田当中，"苦呀苦呀"地鸣叫；而我这里所说到的苦鸭，他是一个人，一个年轻的人，说得再准确一点的话，他是一个当年小城城北乡城北大队第五生产队的诨名叫做"苦鸭"的年轻的社员。

  这个苦鸭所在的城北大队，当时它紧挨着小城桥西区域的西北部。如果从我们现在所处的"丹金大厦"，顺着解放路一直往西面走的话，只要走上个两三里路，出了老城门，走过了老城河，就可以来到城北大队的地头了。而城北乡的乡政府，当年也就设置在这个城北大队的地头上，距离小城还不到一里多路，又有着宽阔的马路相连结，而在城北乡政府里任职的一些主要干部，又大多住在小城里面，这来来往往的，小城桥西区域的老百姓也都认识个七八不离十。因此城北乡政府这里，只要发生了一些什么重大的事情，最多就半天时间，整个小城就会全都传一个遍，何况那是一桩轰动一时的丑闻，一桩就像五脏鬼用它那双血淋淋的鬼手给涂抹出来的一幅恐怖画面的事件呢，这个小城里的人们当然是难以忘掉的。

虽说这桩事件，现在都已经过去了有三十多个年头了，然而我们这个小城里的人们，至今仍然还时不时地在谈论和传说着。

如果要说起了这桩事件的话，我就还得要从三十多年前说起，那是初冬的季节，那个诨名叫做"骚甲猪"的邵家柱调任城北乡革委会主任有一年多一点的时间，而苦鸭从小城的沙城河里救起了一个名叫于秋霞的上海女知青，这一桩事件实际上就已经开始拉开了序幕。

2

说起了苦鸭，他可是一个瘦弱而又文静的年轻人。那一年他的年纪大约是在二十五六岁的样子吧。他生性腼腆，不多话语，见人总是一脸的微笑；然而在更多的时候，他总是一个人在一边默默的沉思。当他在开颜微笑的时候，他的脸上就满满地透溢出一副俊秀的神采；而当他在沉默寡语的时候，他的两爿嘴角就会不由自主地耷拉了下来，一脸孔的苦相。

三十多年前的一天，初冬季节的时分。一个星期六的下午四点多钟。当时苦鸭正用赶罾网，在自家屋前的沙城河里，赶着一些初冬时分还呆赖在太阳下面河边浅水处的小鱼小虾。眼下一个阶段，他在给地处在城边上的城北小学做一些校舍维修、课桌翻新、门窗黑板油漆之类的木、油工的活计。这是他和一个叫小卜萝子的小青年，两个人一起承揽下来的，也是一桩村小学跟他们生产队之间的换工的活儿。因为那天是星期六，学校下午基本上也就不上课了，老师们都早早地就回家去了。因此村小学的总务主任王志敏老师，也想着要早一点儿回家去，于是他就吩咐苦鸭和小卜萝子两个人，提前结束手头上正在干着的活儿，三点多钟的时候，就放他们的工，让他们两个人也早一点儿回家去。

那个叫小卜萝子的小年轻，当时还是一个年纪才有十六岁的大小孩。平时他总爱跟在苦鸭的身边，身前背后地瞎晃悠。但是在那个星期六的下午，他却要到一处比较隐秘的地方，去弄几本书回来。因为他知道苦鸭喜爱看书，而他又知道自己能去什么地方可以弄到苦鸭所喜爱看的那一类的书籍。但就这件事情，苦鸭可是对小卜萝子叮嘱而又叮嘱地说：

"欣儿，你可不要去弄出点什么事情出来哦！"

跟随在苦鸭身后边走着的小卜萝子，走路的时候都没有一个正经的走相，他不是一会儿斜着在走路，就是一会儿高高地甩动起两只细而瘦长的胳膊肘，并且还用一副自由大调的口吻对苦鸭说：

"苦鸭哥，那许多书我要是不把它们弄回来的话，嗨，它们早晚也会被一帮老鼠们给啃咬成碎片，然后再一片一片地全给吞进肚子里去的！"

"反正你不要给我惹出什么麻烦来！"

"苦鸭哥，这个我是知道的，你就放心吧，噢！"

没过多一会儿，他们便在村东头的三岔路口处分开了手，各自回家去了。苦鸭回到家以后看看天光还早，太阳还高高地悬挂在沙城河西面的天空中，家里边似乎也没什么特别着急的事情要做，于是他就换上一件破棉袄，并在腰中扎上了一根腰带，扛上赶罾网，背上竹壳篓，到屋子前面的沙城河里去，赶一些此时此刻还呆赖在河边浅水处嬉戏的小鱼和小虾。

那一天下午，应该说苦鸭的收获还是很不错的！西下的夕阳暖暖地斜照在沙城河的东堤岸边，一些想多接受一点温暖的鱼虾们，这会儿也大多懒洋洋地呆赖在斜阳下面的河边沿嬉戏。一些比较大一点的鱼儿，则时不时地在河心的水面上扑腾着浪花。

这条沙城河是小城丹金河的一条岔河。在距离小城有三里多路的地方，丹金河的河水穿过了三龙桥，弯过了沙城桥，在转过了黄土岗的张角墩子以后，便就直直地通往城北乡排灌站。这沙城河的河面虽然不很宽阔，然而它却是鱼虾蟹鳖们自由翔游的好场所。而在初冬季节里的鱼虾蟹鳖们，似乎都不愿意早早地就回到那深沉而又寒冷的河底世界去，所以说苦鸭的收获非常不错，他手里边的赶罾网不停地捞起来又放下去，竹壳篓里面不时地装进那些被赶罾网所捞起来的各种鱼儿和虾米。

这沙城河水在流经黄土岗的张角墩子西南角落下的时候，河道便出现了大幅度的拐弯，直接地弯向了前面的沙城村。因而在张角墩和沙城村这一段大拐弯的中间，有着很大一片低矮、平缓以及长满了各种野草的河滩地。并且在不远处的地方，还有着一座通往沙城村的小木桥。当苦鸭赶鱼赶到了这一片低矮的河滩地的时候，前方拐弯处的河面上，忽然传过来一声"扑弄通"的声音，以及一阵"呼噜哗啦"的扑水声。起初他还以为是一些大鱼在河面上扑腾着水花呢，因此也就没有刻意去注意。后来他觉得这声音似乎有点儿不太对劲,因而便抬起头来张望,只见前面大拐弯处的河心里,有一个人正在水波之中上下地挣扎着。

"不好!"苦鸭一见有人落水了,他不由自主地惊呼了一声,并且就急急忙忙地扔下手里边的赶罾网,褪落了腰间挎着的竹壳篓,甩掉了身上穿着的破棉袄,顾不得那许多从竹壳篓里蹦跳出来的、然后又在河堤上拼命蹦跳的鱼儿和虾米,倏地一下他就扎进了冰冷的沙城河水里,"呼噜哗啦"四五十下地游到了落水人的身边,抬起右手一把抓住了还在河面上漂着的忽沉忽浮的黑长头发,猛地一拎一抬,将落水人的头脸部位给拎出了水面,再往岸边的方向一推;然后又猛地一拎、一抬、一推;一拎、一抬、一推……一直到了岸边可以站住脚的浅水处为止;并且又急急地抱起了肚子被水呛得鼓胀的落水人,跌跌撞撞地往河堤斜坡上爬去。

"啊?是一个年轻的姑娘呀?嗯……还算好,呛在肚子里的水,还没有穿过直肠,还有救呢!"这时候苦鸭一边独自地嘀咕着,一边就把落水的女人头下脚上地倒着扛在自己的肩膀上,猛跳猛搡了起来。

浑浊的河水,从落水女人的腿部的裤子和身上的衣服顺着煞白的脸孔和黑长的头发一个劲地往下流淌;呛着在肚子里面的泥水,也随着鼻子和嘴巴的噎动而"咕噜咕噜"地往外吐,然后再随着裤子和衣服上的泥水一起,"刷啦啦、刷啦啦"地淌落在河岸的斜坡堤上。在他的猛跳猛搡之下,那个落水女人呛得鼓胀的肚子开始慢慢地瘪了下去。等到她吐得差不多的时候,他便拎起了自己褪在河边斜堤岸上的破棉袄,裹住了落水女人那潮湿的身子,双手托着抱住她,向着张角墩子下的自己家,急匆匆地跑去……

3

整个世界都是一片幽暗。在这一片幽暗的世界当中,这会儿仿佛就只有一丁点的亮光,在闪闪地飘忽和浮动,它就像大海深处那许多富含高磷质的浮游生物,随着幽暗而汹涌的海洋波流在烁烁地飘忽着一样。

这是魂魄的闪光吗?然而魂魄之光可不是一丁点的呀?不是有三魂六魄之说法吗?因此这一丁点的亮光,可以说是生命之光,也可以说是生命之钥,一把开启生命之光的钥匙。那么,现在就是这一丁点的生命之钥,在她那个幽暗的世界里面时而出现,又时而消失;隔了好一会儿,它又开始出现了,并且开始逐渐地飘逸流动了起来。然后它就慢慢地扩大,慢慢地旋转;不断地扩大,不断地旋转。后来它就越旋越大,越转越快……

过了一会儿,这一丁点的生命之钥,终于开启了她那一扇幽暗的生死之门,启动了她那大脑中的生命数码的信息库,使得她那个幽暗的世界开始逐渐地变亮;精气神逐渐地得以恢复。她的知觉,自她跳入冰冷的沙城河里准备去结束自己的生命时并从呛入她胃部肚里的第一口冰冷的河水开始,直到慢慢地呛满、慢慢地滑向那个冰冷的世界而失去了的知觉,就是在这一丁点生命之钥的启动下,现在又开始慢慢地复苏了起来。

此时此刻,她仿佛觉得自己躺在了柔软的床榻上,母亲正在用热水给她洗脸、擦身,换着衣裳,就像她小时候生病时那样。随后母亲又帮她掖好了被窝角,用充满着母爱的手掌抚摸着她那一头黑发和脸庞……好像哥哥也站在一边,他似乎还伸出了食指,调皮地刮着脸孔在羞她,在向她做着鬼脸,后来他又弯下腰去,捡起了她替换下来的脏衣服……她好像还感觉得到母亲手里拿着梳子,摸索着地给她梳头,好像母亲一边在给她梳着头,一边嘴里边还不住地唠叨说:"唉,这个可怜的孩子啊……"

她真想哭哎!真想拥入母亲的怀里边,好好地去哭上一场哎!可她就是哭不出来,她的脑袋瓜仿佛在激烈地旋转着,仿佛整个世界都跟着在激烈地旋转着似的。耳朵在轰然鸣响。她想要睁开眼睛去看一看母亲,可眼皮却是那么地沉重,就像压上了沉重的铅块一样,她的眼睛怎么都睁不开来。她本来想要睁开眼睛去对母亲说:阿妈,我亲爱的阿妈!然而她的嘴皮子只不过是在微微地动弹了一下。

"妈,"好像是哥哥在同母亲说话吧,"我用热水给她冲了两个盐水瓶,喏,你给她脚头掴上一个,怀里边也掴上一个吧。只是当心点儿,别烫着了她。另外呢,把我的这床棉被也给她封在上面吧。还有,我还在锅里边熬了一些红糖姜茶,马上就要好了,啊,啊,啊……嚏!"

"小岳,你感冒了吧?"大概是母亲在对哥哥说着话吧,"去,赶快给我去多穿上一点儿衣服,不要染上了毛病。"

她真想睁开眼睛去对哥哥说:阿哥,你从西双版纳回来了吗?哦,阿哥,你可要多注意一点儿身体,不要感冒、不要生病哟!可她就是睁不开眼睛,嘴里边就是说不出话来。她的嘴巴只是微微地动弹了一下。过了一会儿,她似乎又觉得哥哥走进屋来了,好像他一边往屋子里面走,嘴里面一边还在不停地打着喷嚏地说：

"妈，红糖姜茶来了，啊嚏！啊嚏，啊嚏，啊嚏，啊嚏！"

她本来还想说：嗨！阿哥，你的感冒好像还挺严重的呀！阿哥，你可是要多穿上一点儿衣服，可不要去着凉了，不然的话你可要生病的呀！可是这会儿她就是说不出话来，只是又动了一下嘴巴。

"妈，等到她苏醒过来的时候，你就把这碗红糖姜茶喂给她喝，噢。哎——她的嘴皮子好像已经在动了呢，啊，啊……啊嚏！妈，现在我得去把赶罾网和竹壳篓给拿回来，还要，啊……嚏！我还要到民兵营长陈叔那里去一趟，向他去汇报一下。我去了噢，啊嚏，啊……嚏！"

哎？她的心里边在断断续续地想着，阿哥他说话的口音，怎么就这么的怪呢？他说的好像是这个小城地方的方言哎！还有母亲，她不是早就去了那个世界了吗……哎哟喂哟，我的头脑壳怎么就这么的疼呢？我怎么就什么都记不起来了呢？

"姑娘，你醒了过来啦？来，喝上点儿姜汤茶吧，噢。"

哎？母亲这是在同谁讲话呢？母亲嘴上讲的这个"姑娘"，她又是谁呢？哎哟，这红糖姜茶甜甜的，辣辣的，热乎乎的！……

这会儿，她的浑身上下都已经开始冒起了虚汗。她觉得好累，好累，身上发酸、发瘫。就好像是她刚刚跑完了几百里的路一般，又累又酸，浑身发软、发瘫……她的知觉还没有完全得以恢复。意识还很不连贯。就在这一阵涟涟虚汗之后，她又昏昏沉沉地睡了过去……

4

初冬季节的黄昏。太阳已经大半个落下了山，露出的小半个也正在徐徐地往下落。西边天际上那许多被夕阳染成了火烧一般的云霞，随着一阵一阵的西北风，一片片地抖落在了沙城河水里，把平时流淌着清冽水波的沙城河水，尽数都染成了一片火红火红的色彩。

眼面前那许多还没有回归窝巢的鸟儿，在这个初冬的黄昏之际，在这火烧一般的云霞下面的天空里，叽叽喳喳、唧唧啾啾地欢叫和嬉戏着，并且在低空里和树林间自由自在地飞来飞去。

大自然是何等地壮丽啊！不过在这一派壮丽之中，它却又有一点儿透出了日薄西山、气息奄奄的无可奈何一般的苍凉。

　　这个时候，苦鸭在沙城河堤边的斜坎上一路地走着，并且他还抬起了眼睛，时不时地张望着眼面前这种就像是燃烧了一般的傍晚时分的景象。触景生情，他的心里边也就涌动起了一种：

　　　　火烧云，波染尽，
　　　　日薄西山鸟归林……

的诗一般的感触。这会儿苦鸭一边时不时地打着喷嚏，心里一边却开始想起了那个落水女孩的事情来，她是无意之中跌下河的，还是故意地跳下去的呢？她要是跌下去的话，怎么会跌到河中间去呢？再说了，她肯定是要大声地呼救的。看起来，她好像并不是不小心地跌下去的。不过，如果她不是跌落下去的话，那么，她肯定就是失去了活下去的信心和勇气了！眼下只有那许多绝望了的人，才会去走上这一条轻生之路的呀！

　　唉，在眼下这一种现实生活当中，有多少人对这个世界失去了信心和希望啊！不过就是再多再多，也还是一个少数，因为中国的人口实在是太多了！现在这太多的人口，眼下就生活在这野蛮、愚昧和胆战心惊之中，被人作践，被人轻侮，被人玩弄在股掌之上，被践踏在脚底之下，被人去批斗，被人去摧残，被逼上了绝望的路啊……嗨！就说是死上一个一百万的话，才占多少呢？千分之一！就是一千万的话，也不过就是百分之一多一点儿的比例嘛！不过这些想法呢，只能在自己的心里边去瞎想想哦，可千万不能够去流露出来，哪怕只是流露了个只言片语都不行！否则的话，嗨！那可是一件不得了的大事情喔！

　　哎……她是一个什么样的人哪？嗨，我这个人也真是的！把她从沙城河里给救了上来，又忙前忙后地忙活了大半天了，嗨，到现在我居然都还不知道她究竟是一个什么模样的人呢！我只晓得她的头发是黑黑长长的，脸孔是白了了的，身上又是水又是泥的。不过管她是一副什么模样呢，人嘛，路遇危险和急难，就应该去救死扶伤，就应该去尽一个人应该尽到的义务，这就行了呗！再说了，我这也算不上是什么做好事，什么见义勇为，什么学雷锋。更何况我们家这种家庭成分偏高的人家，是不配去学雷锋的，这正如乡里的那个邵主任在训斥我们这些成份不太好的人所说的那样:"什么?你们这些人也配去向雷锋学习吗?啊?雷锋是一个什么样的人,你们又是一个什么样的人哪?啊?你们这些东西只配给我老老实实去改造思想,老老实实去改造灵魂!回家去撒一泡尿当作镜子,自己去照一照吧!还要学雷锋呢,把雷锋的光辉形象都给我玷污光了……"

苦鸭心里想着想着,不知不觉地他就走到了刚才跳下河去救那个女孩的那一片河滩地,看到了自己先前跳下河去时,慌忙地扔在了一旁边的赶罾网和竹壳篓,现在都还歪歪斜斜在那堤边的滩头上。

"嗨!"他自言自语了起来,"还好呢!我的赶罾网和竹壳篓都还在这里呢!嗯?还有三条鲫鱼、七八条白条、十几条'蛮蛄呆子',以及斤把多虾子呢!还真是不错!没有被别人顺手牵羊就好!还有这几条鲫鱼,你们倒没有跑掉啊?也真是的,跑掉就跑掉了呗!尤其是这条大鲫鱼,恐怕足有半斤多吧?给她炖汤喝吧,她身上好像不太方便呢!嗯?这有点儿不怎么对劲啊?她会跳河?这有点儿说不通的呀?唉,这人啊,有什么好想不开的呢?好死还不如赖着活下去的好呢!看破一点儿嘛!犯不着去轻生,去跳河,去跟自己的生命过不去嘛!算了吧,我就算是救人救到底,好人也就当到底吧!就把这条最大的鲫鱼给她炖汤去补补身子好了!"

就这样,苦鸭一边胡思乱想着,一边就弯下了身腰,把那许多散落在堤边滩头上的小鱼和小虾,一个一个地拣进了竹壳篓。然后他又把扔在一边的赶罾网,在沙城河水中洗刷了个干净,扛上了肩膀。待一会儿,他还要到跟在他身后边的小卜萝子的家里去走一趟。他要把今天傍晚所发生的事情,向大队和生产队的领导们去作一个汇报。

5

跟在苦鸭身后打下手的那个小卜萝子,当时还只有十六岁。他的父亲叫陈金坤,是城北大队的民兵营长,并且还主管着全大队的治安保卫工作。当时小卜萝子正在进初中,不过那时候的学校没有一所能够正经上课,成天介就搞什么复课闹革命地瞎折腾。陈金坤生怕自己那个活搂活搂的儿子会在社会上惹出什么祸端来,于是他便语重心长地对自己的儿子说:

"欣儿,与其你在这个乱糟糟的世界里去瞎鬼混,还不如就此停学回家去学一门手艺的好呢!我看苦鸭的手艺很不错,木匠漆匠的活他全都拿得起来,并且做得全都像回事情!往后你就跟在他的后面,去学这门手艺好不好?要是你认为好的话,我就跟苦鸭去说,叫他今后带着你怎么样?"

"嘿,"小卜萝子朝他的父亲撇了一撇嘴地说,"苦鸭哥那里,与其你去跟他说的话,还不如我自己去说好呢!你只要平时对人家稍微好上一点儿,不要去胡整乱斗人家,让人家平安无事一点儿就行了!"

由于家庭成份的缘故,苦鸭原本是不肯带什么学徒和帮手的,不过小卜萝子的嘴巴特别的甜,待人处事又非常的活络,平时又爱跟在苦鸭的身后边帮着推一推刨子、打磨一下砂皮纸、刮一会儿油灰腻子什么的,所以他很讨苦鸭的喜欢。有一天晚上他往黄挎包里装上了十几本自己看不大懂的书籍,独自一个人来到了地处在张角墩西北角落下的苦鸭的家里边。

"顾大妈,苦鸭哥,你们好哟!"小卜萝子一跨进了苦鸭家的门坎,他就嘴巴甜甜地问候了起来,并且掏出了装在黄挎包里面的书籍,递给了苦鸭说,"嗳,苦鸭哥,我这里有一个十几本书,可我一点儿都看不懂,所以现在呢,我就把它们全都送给你去看吧。"

苦鸭接过手去随便地翻了一翻,嗨,这都是一些线装本或者精装本的书籍,其中有《楚辞》、《汉书》,有《国风今译》和《古文观止》,有《唐宋传奇》,还有一本英文翻译本的《培根论文集》。这时候,他觉得有一点奇怪,便皱着眉头问:"好你个小卜萝子,这些书都是些大毒草,都是眼下不允许看的禁书!嗨!你这个小卜萝子是从什么地方弄来这许多书的?"

"苦鸭哥,"小卜萝子回答说,"告诉你我也不怕,不过呢,你可别到外面去乱说就是了,村子里有一间仓库,已经很长时间都没有人去光顾了,在那间仓库里面的角落处,堆着了许多的杂品乱物,包括这些书籍,我就是从那里给偷出来的。大概是三四年前,村造反派去抄那个中学教导主任彭老师家的时候,抄来以后,又忘记给烧掉了的那些书吧?前一段时间也不知怎么地,我钻到了那个角落里边仔细地一看啊,嗨,这堆杂乱下面有着那么多的书呀!不过外面却有许多的古木家具给挡着呢,所以别人一时半会的很难去发现罢了。其中有许多书已经被老鼠啃咬得都不行了,真是可惜得很哪!就这个十几本保存得最完好了,于是晚上我就想法攀墙头翻了进去,偷着把这些书给带回了家。现在我就把它们全都送给你苦鸭哥去看吧。不过苦鸭哥,你可别到外面去乱张扬哦!"

"嗨，你这个小卜萝子，你干吗要无缘无故地送这许多书给我呢？啊？你是不是想要去害我吧？"

"苦鸭哥，看你都说到哪儿去了啊？你文化高，有真才实学，肯定能够看得懂这许多书的。要知道眼下的学校就是今天整整这个校长，明天再斗斗那个教师，再不就是学生与学生之间乱打乱斗地打派仗，还说这是在搞什么复课闹革命哩！唉，现在我们这许多学生成天介就是疯疯癫癫、打打杀杀的，简直都无聊透了！这样的学校进与不进，也都无所谓了！还不如回到生产队来劳动，挣上一个工分的好呢！苦鸭哥你说是不是哪？"

"嗨，我说你这个小卜萝子，怎么会平白无故地送一些好书给我呢？你是不是想跟在我的后面去学着做木工和油工啊？"

"哇塞！"小卜萝子差一点儿没有跳将起来，"苦鸭哥，你可真是神了呢！嗳，苦鸭哥，以后你就让我跟在你的身后边，学着去干一点什么吧，随便干什么都行呢，你说好不好哪？"

"让我考虑考虑再说吧。不过欣儿，你要是能够依着我一个条件的话，我想这还是可以去考虑的。"

"苦鸭哥，不要说是一个条件了，你就是有十个二十个的条件，我都会遵照你这个师傅的要求去做的！"

"欣儿，我的条件就是'少说多做'这四个字，知道吧？这少说呢，就是凡是涉及到当前的政治运动和文化大革命运动方面的话题，可不要在外面乱说乱讲，晓得吧？我家成份高，你不要在这方面给我添加什么麻烦。这多做呢，就是以后做人做事，手脚一定要勤快，脑子一定要勤快，不要偷懒怕动或者偷东摸西什么的，给我丢脸。你能做得到吗？要是能够做到的话，明天你就可以跟在我的后面好了。另外嘛，以后在外面除外，在家里你也不要叫我什么师傅不师傅的，还是叫我苦鸭哥就可以了。"

"好的！"小卜萝子这时候一脸孔的严肃，"苦鸭哥，你所要求的事情，我保证能够去做到！保证不会给你去丢一丁半点儿的脸，也不会给你去增添哪怕是一丁半点儿的麻烦的！"

自那以后，那个小卜萝子便跟在了苦鸭的后面，东家木工、西家漆匠地，做了大约有半年多的时间了。不过他确实也灵巧勤快，所以很讨苦鸭的喜欢。这一次城北小学的校舍维修和翻新的换工项目，就是有苦鸭和小卜萝子他们两个人给包揽下来的。

6

那一天傍晚。苦鸭一路走着一路打着喷嚏。他走到了村东头,出现在小卜萝子家门口的时候,小卜萝子一家四口人,正忙着准备吃晚饭。还是小卜萝子的眼睛尖利,他一眼看到苦鸭来到了门口,便急忙从坐着的板凳上站起身来,跟他打着招呼说:

"噢?是苦鸭哥啊,快一点进屋里来!"

小卜萝子的父亲陈金坤、母亲杨怀青,还有小卜萝子的姐姐陈家敏,他们也都先后地站了起来,跟苦鸭打起了招呼。

"苦鸭,"陈金坤说,"来,坐下来吃晚饭吧。"

"陈叔、陈婶、家敏,谢谢你们。"苦鸭站着说话。

"怎么啦?"小卜萝子的姐姐陈家敏打趣地说,"苦鸭,我们家的板凳长着嘴巴会咬你哪?"

"不是这个意思,家敏。啊,啊……嚏!"他忍不住扭头去打了一个喷嚏,随后他把面孔转向陈金坤说,"陈叔,我来,是有一件事情要向,向,啊,啊……嚏!"他又打了一个喷嚏。

"怎么啦?"陈金坤问,"苦鸭你是感冒了吧?"

"嗯。已经好多了,陈叔。我要向你汇报一件事情。"

"苦鸭,我们在家里就都是自己人,说话和做事就用不着客气什么了。"

"陈叔,我在沙城河里救起了一个人。"

一听到苦鸭说在沙城河里边救起了一个人,陈金坤、陈婶、家敏以及小卜萝子,把视线全都转到了他的脸上。由于是一种职业上的习惯,陈金坤禁不住地追问了起来:"什么?你在沙城河里救起了一个人?"

"是的,就是在一个多小时前吧。我到沙城河边去赶鱼,在赶到张角墩西南角落的河弯处的时候,忽然看到河里边'扑咚扑咚'地淹着了一个人,于是我便跳下河里去,把她给,给,啊……嚏!给救了上来。她还有气呢。天气这么冷,于是呢,我就把她先弄到我自己的家里边去了。这不陈叔,我现在赶着来向你汇报哪。"

"哇塞!"小卜萝子在一边插着嘴说,"苦鸭哥,就你见义勇为地做好事!嗳,苦鸭哥,你救的这个人,是个男的还是个女的呀?"

"你这个细鬼多嘴！"陈金坤一边呵斥着儿子，一边转过身去问苦鸭，"嗳，苦鸭，你知道是什么人吗？"

"是一个年轻的姑娘。"苦鸭一边回答，一边脑海里又涌起了母亲给那个落水女孩换下来的脏衣服。他心里边想，这个女孩遇到了什么打击……因此这时候，他的心里恻然而涌起了一股悲悯之情。接着他又说，"陈叔，我看像是一个知青吧。啊，啊……嚯！她昏迷到现在还没有完全醒过来呢，眼下我就先让我妈给照应着，而我则赶着到你这里来汇报一下。"

"是一个知青？"陈金坤思索着，"这个，我倒要去看一看呢！"

"陈叔，你看我要不要到连福队长那儿，也给他去汇报一下？"

"嗯，苦鸭，连福那儿我看你就先不要去。你救的这个人若是一个好人的话，那倒也没有什么关系的，而且你还为人民做了一件好事情呢！"

"陈叔，我这也是刚巧给碰上罢了。"

"不过呢……"陈金坤迟疑了一下说，"苦鸭，万一你救的人，是一个'现行反革命'分子，或者是一个阶级敌人的话呢，那就有点儿说不清楚了。因为最近哪，这一类的事情时常在发生！这样吧，苦鸭，呆一会儿我到连福那里去跑上一趟，约他一块儿到你家里去看上一看，万一有什么地方不妥的话，我也好替你去开脱一点儿。"

"我说老爸，"小卜萝子在旁边插嘴说，"难道救人，还要先去问一问人家是什么出身或者是什么成份哪？啊？等到弄清楚以后再去救人的话，那还能是一个活人哪？"

"细鬼，"陈金坤斥责说，"你懂一个什么东西呀？啊？眼下在搞运动哎！你知道吗？一切都在以阶级斗争为纲哎！这可是一个性质的问题和路线的问题！细鬼你知道吗？"

苦鸭想了一想后说："好吧，陈叔，那么我就听你的吧。"

"我说老爸，"小卜萝子又插着嘴说，"最好还是我先去苦鸭哥的家里边看一看吧，你和连福队长还是稍微晚一点儿去吧。万一有个什么的话，也不要把人家搞得紧张兮兮地下不来台嘛。"

"这样也好吧。"陈金坤思索了一会儿，然后又说，"苦鸭，自从邵主任调来我们城北乡以后，这个阶级斗争，抓得可是实在之紧哪！如果你救的是一个来路不明的，或者是一个畏罪自杀的人的话，你就是做了一件好事情，到头来，都会弄得一身的不是哪！眼下你们家呢，还是处处小心事事谨慎一点为好哦。"

"唷喂,"小卜萝子似乎有一点儿不以为然,只见他撇了一撇嘴巴,轻蔑地说了一句,"那个'骚甲猪'啊!"

"欣儿,"陈金坤向他呵斥道,"你这个细鬼给我瞎说八道什么哪!讨债鬼,你是不想活了是不是?啊?这种话若是传到了邵主任的耳朵里去的话,嗨,他要是不把你往死里头整的话,那才叫怪呢!"

"哎哟喂!老爸,现在背后有哪个人不这样去说啊?自从他这个'骚甲猪'调到了我们城北乡来以后,才一年多一点的工夫,不晓得糟蹋了有多少个女人了!算起来的话,都快要有一个加强连了吧,可能还不止是一个加强连呢!他比那'甲猪'还要'骚甲猪'呢!"

"讨债鬼!"陈金坤把眼睛一瞪说,"你再给我瞎说八道一句的话,看我不打扁了你哪!你一个细鬼家的说话,真是有一点儿没清倒数的!不知道有一个清红皂白!我看你是不是想进'打办室'啊?是不是没有事情想要找上一点事情出出,是吧?啊?你个讨债鬼!"

小卜萝子似乎显得有点儿委曲,他嘟哝着个嘴巴说:"我们这是在自己的家里边说说嘛,老爸,我又没有到外面去大喊大叫,你干吗要这么大惊小怪呢?你还把两只眼睛,瞪得像牛眼睛那么大呢!"

"好了欣儿,"小卜萝子的姐姐陈家敏在旁边责怪地说,"你就给我少说两句,不要跟爸再犟下去了!"

小卜萝子的母亲杨怀青,也在旁边劝解地说:"欣儿,你就给我省上几句吧!噢!你不去说话,没有人会把你当成呆子的!"

"这个细讨债鬼,存心要把我给气死!"陈金坤点着了一根纸烟,然后他转向苦鸭说,"苦鸭,你就在这里吃上点儿晚饭再走呗。"

"不了,陈叔,"苦鸭看了一看外面说,"天都已经黑下来了,我还得要抓紧时间往回赶呢,家里边夜饭还没有烧,还有一大堆的事情在等着我赶紧回家去做呢。陈叔、陈婶、家敏,我这就走了。"

苦鸭跟这一家人打完了招呼以后,他便转过身子,往门外边走去。然而小卜萝子跟着追到了门外边,低低地对苦鸭说:

"苦鸭哥,那许多书我都已经拿到手里了,过一会儿我去你家的时候,就顺便给你带过去。"

"好吧,欣儿。噢,啊……嚏!"

苦鸭一边难受地打着喷嚏,一边就步履匆匆地,朝着西边黄土岗子的张角墩西北角落下自己家的方向走去。

7

这时候,她觉得自己好像睡在了草地上。这个草地软软乎乎的。远处有一条狗一般的动物在跳跃……此时此刻她的潜意识,似乎也在像是一只活蹦乱跳的狗一般的东西,在蹿来蹿去似的。

那条狗一般的动物黑黑幽幽的,两只耳朵尖尖地竖起,眼睛朝她怪怪地看着,张开着的大嘴巴在向她哈着气……啊?怎么有一股浓浓的、酸腐刺鼻的怪味道,在她的面前飘忽呢……

她想吐,可是怎么都吐不出来……啊?那不是狗,是狐狸?是狼?白森森的牙齿滴拉着黄涎,长长的舌头,时而从嘴里伸出和缩进,并且还在向四周喷发出浓浓的怪味,尖耳朵忽忽地抖动着,眼睛里面流露出一股邪光,仿佛要向她这一边扑过来,要把她整个儿给吞到肚子里去似的……

她想逃跑,可是浑身瘫软,两条腿根本就不听使唤……趔趔趄趄地……摔倒了,就连滚带爬地……哇,有一间房屋,门没有关严……门打开了,屋子里面暗幽幽的,有一个人站在了屋子的中间……

"帮帮我吧。"她向那个人求救。

"帮你?我为什么要帮你呢?"站在屋子中间的那个人,生就了一张黑乎而肥胖的脸孔。

"后面有一条狼在追我……"她说。

"狼?"那个人向她这边走了过来,伸出手臂拉住她说,"那么好吧,我来帮你吧,不过可没有白帮忙的呀,你用什么来报答我呢?"

她从那个人的脸上,忽然又看到了那一双裸露出邪恶之光的眼睛,就是那种要将她整个儿吞噬掉的恶狼一般邪恶的眼睛……"我要你用你那个东西来回报我,"那个人一边嘴里说着话,一边就伸手 住了她,并且还伸出一只手去摩挲着她下身那处坟起的地方,他那两瓣厚厚的嘴唇向外翻拱着,舌尖时不时地舔着嘴唇瓣,嘴巴里面涌出了一股浓浓的、酸腐刺鼻的怪味道。"啊?"他忽然惊怪地说,"怎么,你的下面还系着一条带子哪?啊?晦气!真是晦气!不过……你的下面不行,那就用上面吧……"

"啊……"她拼命地挣扎了起来。

她不行！她不能！她不愿意！然而她却被那个人给▢得是那么的紧，▢得是那么的死。她死命地挥着手，死命地蹬着脚。可是她的手脚就是不听从大脑的指挥，一点儿力气都没有……一个粗硬的、并且还带着点儿体温的东西，在她脸孔上和嘴唇边摩挲……一股浓浓的酸腐刺鼻的液体，在她的嘴巴里和喉咙间哈噎和喷洒着……

后来她就吐啊，呕啊……嘴里边的唾沫全都给吐尽了，肠胃吐得都快要翻了过来了，就连黄绿色的苦胆汁也都吐了出来了……然而她就是吐不掉她嘴巴里面的那一股酸腐刺鼻的怪味道……

那个闪烁着狼眼一般邪恶之光的人，还有那个怪眼睛的狗，在她的身旁边"哈哈、嚄嚄"地笑着……笑声难听得刺戳她的耳鼓，刺戳她的心肺，刺戳她的大脑……她又开始逃跑了起来，她跑啊，跑啊……跑了很长很长的时间，很远很远的路程……不知跑了究竟有多少的路程了……很累很累了，浑身发酸、发瘫了……

一条荡漾着清波的小河。河的这一边有着许多的坟茔墓冢；而河的那一边的天空上，却斜斜地挂着一轮太阳……河这边的坟茔墓冢似乎并不怎么丑陋和可怕，反倒好像充满了温情似的在欢迎着她，向着她招手和致意，欢迎着她的到来。而河那边的太阳却是在无动于衷地、毫无暖意地斜睨着她……她慢慢地迈进了河水里……河水慢慢地没过了她的头顶……河水是那样的透明，闪烁着星光……有一种温暖的感觉……她感觉到有一点儿憋闷，有一点儿窒息……忽然她听到了河里边有人跟她说着话：

"姑娘，你快醒醒哪！姑娘，姑娘，你快醒醒哪！"

她看不见那个说话的人，也挣扎不出那种透明的、闪烁着星光的、有着温暖感觉的河水……她憋闷得难受，呼不出气，说不出话，又叫不出声，心脏扑通扑通地直往下面沉……

这时候她忽然就睁开了眼睛，惊恐而又颤栗地就像是一只兔囝，在床上都快要去缩成一团了，并且她倏地就坐直了身子。啊！是一场噩梦！她的一颗心扑通扑通地跳动着，浑身上下大汗淋漓。她的面前有一张神情焦虑、肤色苍老的面孔，在陡然的晃动着。那一张焦虑而又苍老的面孔上似乎镶嵌着一双很大很大的，然而却又是毫无一丁点儿神采的眼睛。

那个面色苍老的妇人这时候却舒心地叹了一口气说："姑娘你终于醒了

过来啦！啊……谢天谢地啊！姑娘刚才你又是舞手又是踢脚又是叫嚷的！可吓人哪！你好像是被噩梦给魇住了吧，啊？哎哟喂哟，你可把我这个瞎老太婆给吓坏了哪！啊……现在好了！你醒过来就好，你醒过来就好！"

"我这是在什么地方？"她问。

问完这句话以后，她便抬起了一双眼睛，茫然无助地扫视了一下四周围，然后又闭上了眼睛。刚才她确实是被噩梦给魇住了。

可那仅仅是睡梦中的一场噩梦吗？不是的！她哽咽了一下，大颗大颗的泪珠，随即就像是断了线的珍珠一般，从她的眼窝里溢了出来，再顺着她那黑长的睫毛和苍白的脸颊，直往下面流淌……

8

初冬时分，天光黑得早。小卜萝子刚走到这个张角墩子边上，这时候他忽然就听到了那一阵嘤嘤呜呜、断断续续的哭泣声。

那一阵哭泣声，仿佛是那么的凄惨，那么的悲凉，随着初冬之夜中西北寒风的吹拂，而在这个黑漆漆的夜里边，在这个鬼气森森的黄土岗子的张角墩上，时有时无、忽高忽低地飘忽着，弥漫着。

天黑了都已经有好一会儿了，小卜萝子的心里想，还有谁家还在这张角墩子上奠殇祭坟啊？不会是闹鬼吧，啊？想到了这里的时候，他就浑身寒毛竖竖地打上了一阵冷噤，豆粒般大小的鸡皮疙瘩，直往皮肤外面鼓凸，他缩起了脖子，然后便放开步子地小跑了起来……

原先这个张角墩的黄土岗子上，时不时地闹鬼。有一次沙城村的几个村民在小城里边喝酒喝晚了，晚上往回走的时候，他们想抄近路，于是就斜着从张角墩上插过去，可是他们走啊走的，不知怎么就迷了路，就像有什么东西在前面牵着他们的手似的，在这几千个大大小小的坟茔墓冢之中，弯弯绕绕地走来走去，可是怎么都走不出这个张角墩，后来他们就迷迷糊糊地在这坟墩之中睡了过去，一直睡到了第二天，太阳出来了以后，他们几个人才乌眼黑脸地醒了过来；后来这几个人病病歪歪了大半年，都没有缓过精神来。有人问他们那晚是怎么一回事，然而他们谁都不敢再去提那天夜晚的事情。还有一次，桥西区域西门大街上有一个叫"癫爹爹"的杀猪佬，他给沙城村的一户农家杀完了猪，由于多贪了几杯酒，后来在路过张角墩的时候，忽然看到有几个凶神恶煞的夜叉牵了一大帮蓬头垢面的牛头马面鬼，从他的身边飘忽而过，消失在了张角墩的乱坟葬中。据"癞爹爹"后来说，这些个夜叉和牛头马面鬼们从他的身边飘忽过去的时候，它们的身上还"噼里啪啦"地闪烁着鬼火，还烫着了他的脸孔，把他的脸孔上烫出了好几个豆粒般大小的水疱，好多年都没有消去……吓得他以后晚上一个人，就再也不敢独自去走这张角墩子上的小路了……

这一会儿，小卜萝子就是一个人一面在胡思乱想，一面又低着个头，缩起了脖子，寒毛竖竖地走在这鬼气森森的张角墩子边的小路上。咦！他心里想道，这也就怪了啦！他的步子走得越快，这个哭声，似乎离得他就越近；他走得越近，这个哭声，似乎就哭得越响，就仿佛是在死死地缠住了他似的，吓得他这个时候，差一点儿就没有把自己手里边拎着的两个包给扔掉，撒腿就往回跑……

这时候他忽然想起了苦鸭来，因而他便壮着胆地自言自语道："嘿，苦鸭哥他天天都要走这一条路，这来来回回的，每天不知道要走上个多少趟呢，他都不怕，那么，我又去怕个什么呢？再说了，苦鸭哥的家就在前面不远的地方，马上就要到了，没有什么好害怕的。嗨！这个哭声，怎么好像是从苦鸭哥的家里边给传出来的啊？"他怔了一怔以后，便自己问起了自己，"嗨，这是怎么一回事情哪？"

他想了好一会儿，才"噢"地一声，轻轻地摇了摇头，心里边想："今天傍晚，苦鸭哥不是从沙城河里，救起了一个年轻的姑娘吗？没准是那个姑娘在哭吧？我怎么把这档子事情给忘记了呢？难怪啊难怪，我说这哭声怎么就这么凄惨，怎么就这样悲凉哪？"

在走到苦鸭家门口时，小卜萝子本来想要去大声喊叫苦鸭哥的，但是他又不敢冒里冒失地闯进屋子里，因而他心里想："我还是在院子里边等上一会儿吧，省得这时候闯进去，让人家脸上觉得难堪。"

9

苦鸭的家中。瞎母亲的房里。这会儿那个年轻的姑娘，正一只手揪住自己那一头黑长的头发、另一只手拍着床被地痛哭着：

"呜呜……你们为什么救我？为什么要去救我啊？呜呜呜……让我去

死掉算了，让我去死掉算了啊！呜呜……呜呜呜……"

"我说你这个姑娘啊，"瞎母亲在旁边劝解地说，"有什么事情想不开呢，非要去走到寻死这一步哪？"

"大妈，"那个姑娘边哭边说，"你和这位大哥，救我做什么啊？呜呜呜……救我做什么啊？……呜呜呜……我活在这个世界上还有什么意思啊？……要遭人家作践，让我去死掉算了！"哭着哭着，她就又要从床上爬起来往外跑，"让我去死掉算了啊……呜呜呜……"

"姑娘，"瞎母亲死命地抓住她的胳臂说，"你醒过来才一会儿，你的身体才好上了一点儿哪！你干吗要这么去作践自己呢？"

"我说你这个小姐……你以为就是你一个人不幸么，是不是？"苦鸭转过了身子，对那个要起身往外面跑的年轻姑娘说。

不过，苦鸭此时说话的话句，似乎有一点儿生硬。因为在那么一个年代，"小姐"这个称呼，绝对是一种贬义词，人们往往会把"小姐"这个词汇，同资产阶级和修正主义的反面角色上挂下联起来。比如有修正主义的公子哥儿，资产阶级的娇小姐、阔太太等什么的，所以听起来，怎么都觉得有一点儿别扭。可是苦鸭这个时候，就是用这种很生硬的口气，对那个痛哭着的年轻女孩继续地说：

"你以为就是你一个人是苦命，是不是？我们的国家这么大呢，千分之一的话，就有八九十万；百分之一的话，就有八九百万呢！你以为就是你一个人在活不下去吗？现在你是否听我说上两句好不好？如果我说的话还能够入耳的话，就请你冷静下来；如果不能够入耳呢，那么，你就是要再去跳河，再去寻死，我们都不会再去拦你的！

"首先呢，是我把你从沙城河里给救上来的。大冬天的这么冷，我图一个什么呢？我谈不上去救你，总之是，我并没有去害你吧？我的母亲她眼睛不好，什么都看不见，她摸索着给你脱去身上的脏衣服、湿衣服，摸索着给你洗脸、擦身子，再摸索着给你去换上她的干净衣服，又陪着你和看护着你到现在。她也没有去害你吧？

"这第二呢，不瞒你这位小姐说，我们家的成份不好，所以我们娘俩只想去图一个平安，不愿去招惹什么麻烦。就算我们救你算是救错了的话，然而你总不能倒过来害我们吧？你这样寻死觅活地，让别人看起来，还以为是我们娘俩把你给逼上了死路的呢！说一句实实在在的话，小姐，我们家可是担待不起这个份量啊！

"这第三呢，我们生产队的队长和村里的民兵营长，他们马上就要到我家里来了。你如果实在不想再活的话，那总得要等到他们来过以后，然后你自己再去作决定吧？

"最后呢，我们年轻人总得要珍惜一点我们自己的生命吧？我没有资格，也没有权利去对你说什么大道理，但是我们的父母亲，可不是轻易就给了我们生命，也不是轻易就把我们抚养成人的。我们且不说要去回报这个社会了，不过你总要对得起生你和养你的父母亲吧？你这样无故作践和糟蹋你自己年轻的生命，你自己说吧，啊？你说怎么对得起生你和养你的父母亲哪？当然啰，我的话要是还能够中听的话，就请你冷静下来，思考一下，不要再去冲动了好不好？要是我的话不中听的话，那也无所谓嘛，权当是一阵风给吹走了，一个屁给放掉了吧，你说好不好哪？"

听着苦鸭说了这一番话以后，那个年轻的姑娘，一边哀哀地哭泣着，一边就伤心欲绝地对他们诉说了起来：

"大哥，大妈，呜……不是我要去寻死的呀！呜呜……你们不晓得乡里那个邵主任啊，呜呜呜……他作孽，他不是个人哪……呜呜呜……我实在没有勇气再活下去哉，呜呜呜……呜呜呜……"

10

从这个年轻姑娘的嘴里边那许多断断续续的呜咽声中，苦鸭和他的瞎母亲对这个姑娘的不幸遭遇，有了一个大致上的了解：

这个姑娘姓于，名字叫秋霞，今年22岁，是上海下放来这里的知识青年。她有一个远房堂叔在这城北乡北端的道圩村。于是在去年的九月份，她便投靠了这一门远房亲戚，到小城的城北乡来插队落户。

最近一个阶段，城北乡有几家乡办企业需要招收一批新工人。她所在的道圩村也分到了三个名额，其中知青就有一个名额。村里根据于秋霞平时的劳动表现，村革会通过研究，同意让她到乡广播器材厂去当一名机械学徒工。这天上午于秋霞拿着村革会给她开着的证明来到乡里边转介绍信。可是乡里那个戴眼镜的胡秘书，把她的证明硬是颠过来倒过去地看了多少遍，就是不肯盖章。后来胡秘书敲开办公室通往另一房间的门，进去了一会儿，出来后他对于秋霞说，她的这一份证明，得乡革委会邵主任签过字，他才能给转介绍信。他要于秋霞进那一间屋子里去找邵主任。

城北乡革委会主任邵家柱，是一个黑乎乎的胖子，他最大的特征就是两瓣肥厚的嘴唇往外翻拱着。在里面的那一间办公室里，黑乎肥胖的邵主任抬手接过了于秋霞递过去的村证明，并随手就往办公桌的桌面上一放，眯起眼睛看着于秋霞说：

"噢，你叫于秋霞啊？"

"邵主任，您好！"

"是去广播器材厂招工的吧？"

"是。邵主任，麻烦您给我签一个字吧。"

"好的。不过你怎么谢我呢？"

怎么个谢法呢？这句话，还真是把于秋霞给问住了。当时的农村，生活是异常的贫苦，一个工日才有角把钱，甚至还有几分钱的，穷得都快要转弯了，尤其是那许多下放到农村来的知识青年，更是穷得一塌糊涂。看见于秋霞这时候愣住了，邵主任便不怀好意地说："小于，我看这样好不好，我给你去帮这个忙，你给我的小兄弟也去帮一个忙，怎么样？"

"邵主任，"她问，"我能帮上什么忙呢？"

"小于，这话说起来，其实也是挺简单的，小事情一桩，也就是一个十几二十分钟的时间吧。"

于秋霞是一个外地来到这里插队的知识青年，来到这里的时间又不是很长，还不完全了解这个小城乡里村间的一些方言的内含和外延。当时她还以为邵主任只是要她去帮他的朋友做一些洗洗或者写写这一类的事情，因此也就没有多去细想，就给答应了下来。邵主任一见于秋霞答应了，他那一双浑浊的眼睛，顿时就放射出了淫邪的恶光。只见他抓起钢笔，在她的证明材料上，"刷啦啦"地签上几个字，然后便往办公桌子上面一放，眼睛又盯着她的脸孔说：

"小于，你的介绍信我已给你签好字了，你马上就可以拿走，待一会儿就去胡秘书那里，转开乡里边的介绍信就是了。不过现在，可要轮到你来给我帮忙啰！喂，小于，你的眼睛，嗨，真是太美丽了！刚才胡秘书进来对我说，你的脸孔是怎么的端庄、怎么的漂亮，眼睛是怎么的大、怎么的圆，起初我还不敢相信他的话呢！"

这时候的于秋霞，忽然发觉邵主任脸部的神态和表情，似乎有一点儿异样，她的心中顿时就咯噔了一下。为了防备节外生枝，她忙问邵主任他的那个小兄弟在什么地方，需要她去帮助做一些什么样的事情。然而邵主任这会儿却从办公桌后边站了起来，步到她的面前，并且伸开两只手一把就抱住了她。于秋霞大惊失色，她急忙挣扎地说：

"邵主任，我是答应帮助你的小兄弟做上一点事情，来作为对你的签字的回报的，而不是答应你要这个样子的！"

"小于，你这个小傻瓜，"邵主任抓住于秋霞的一只手，把它拖往他的下身之处，按捺在一个硬梆坚挺的凸起物上，然后说，"我的小兄弟在这里呢！"他的嘴上一边说着话，一边就低下了头，把他那两瓣往外翻拱着的厚嘴唇，倾落在于秋霞的脸孔上和脖子间。

到了这个时候，于秋霞才完全清楚，邵主任的那个小兄弟究竟是一个什么样的东西了！因此她便拼命地挣扎了起来。

"不行，"她说，"邵主任，不行，我身上来了月假了……"

她以为邵主任是一个人，是一个素质层次比较高的领导干部，对他说自己身上来了月经，他就会放过她，就不会对她动手动脚的。可在实际上却并不是那回事情。邵主任把她抱得很紧，两瓣往外翻拱着的厚嘴唇，在她那不断挣扎不断晃动着的脸部、颈部和嘴唇上，拼命地亲吻和吮吸了起来；他那发出异味的舌头好像海盗似的……然后他又把手伸进了……而后没有多少时候，她的脸孔便被一双非常有力的手捐到了很低的地方……她感到昏晕和窒息，并且开始喘不过气来了……

"当我开始清醒过来的时候，"于秋霞哭着说，"我只觉得自己的嘴里边和喉咙口，有一股污秽浓浓、酸腐刺鼻的液体……我就吐啊，吐啊……我肠胃里凡是能吐的东西全都给吐了出来了，到了最后就连黄绿色的苦胆汁都给吐了出来，可就是吐不掉那一股难闻的味道……后来，我也不清楚自己是怎么离开的，也不晓得自己又是怎么会跑到这儿的河边上的，当时就是有一点，我想要吐出嘴里那股难闻的怪味道。于是我就在这里的河边上，喝了好多好多的河水，把喝进去的那许多河水再给吐了出来，可就是吐不掉那一股难闻的味道啊！大妈，大哥，你们说，我活在这个世界上还有什么意思啊？"说着说着，她又凄苦和悲凉地呜咽了起来，"我还不如去死掉好呢……呜呜呜……呜呜呜……"

尽管苦鸭平时他从不骂人的，甚至就连一些稍微粗俗一点的词句，他都极难得去说出口的。然而现在，在听了女知青于秋霞的哭诉以后，这个向来是逆来顺受的并已经成了习惯的年轻人，此时此刻，却也情不自禁地咒骂起了："这个骚尿甲猪啊！"

与此同时，待在屋外院子里的小卜萝子，这个时候他也禁不住地在咒骂着基本相同的话句："这个骚尿甲猪啊！真是不得好死哦！……"

不过由于小卜萝子的年纪比较轻，又充满了激情，因此他此时的愤怒和诅咒，比起苦鸭来说，绝对要粗野和激烈了许多。

11

他们咒骂的"骚甲猪"，就是城北乡革委会主任邵家柱。而"骚甲猪"这个诨名，则是城北乡的乡民和老百姓背后给他起下的。

城北乡革委会主任邵家柱，原本是小城后白乡人。解放前他曾给财东家过放牛，后因强暴了东家的女儿，不敢再在家乡逗留，就跑去当了兵。解放以后不久，已经当到了连长的他又恶性不改，时常和下属的家眷搞七捻三，时不时地爆出一些花边新闻。有一次，他竟然同自己上司营长的老婆调情，差一点没被暴怒的上司营长用枪给毙了。那次他一受惊吓，就私自跑回了老家，从此再也不敢回部队了。为了此事，他受到了开除军籍和党籍的处分，转业在小城的银行当了一名保卫。

没过几年时间，他因为整人有术，尤其是在揪出了这个小城隐藏的最深、最最反动的右派分子以后，他便升任了小城银行的保卫干事。"文革"初期他又因造反、夺权和组织策划了几场武斗，因而在小城里面名气大增，被当时那个兵权在握而又红极一时的鹰勾鼻子老病鬼的线上人，升任了小城银行革命委员会的副主任。小城在成立革委会之后，他便被鹰勾鼻子老病鬼的线上人，调任这城北乡革委会的第一把手。

这个邵主任平时说话异常的粗野，异常的肮脏和下流，而且又不分什么场合。他的"骚甲猪"的诨名，就是他在一次开大会中作骚话报告的时候，被城北乡人乃至小城人给传播开来的。那是在去年冬天，邵家柱刚刚调任城北乡革委会主任不久，城北乡便召开了有一千多人参加的"深挖五·一六"运动的动员大会。他在那次大会上作报告。报告是乡办胡秘书写的，潦草字多了一点儿，他以前没有读过什么书，文化素质低下，好多字又认不周全，事前也没有认真去准备，因此这个报告做起来，免不了就有一点儿结结巴巴的，后来，他把报告往主席台上一摔地说：

"妈啦个屄的，秘书狐狸屁呢？"他本来是叫秘书胡利平的，这一叫就给叫错嘴了。以后"狐狸屁"也就成了胡秘书的诨名。"你给我写得是什么屄报告啊？真是狐狸屁！还是一个革命造反派呢！"他把面孔转向了台下的与会者说，"你们大家伙说说看吧，要是不搞这文化大革命行吗？写了一个报告，都要什么屄文化威风呢！"

台下的与会者听了这种骚话，大多乐呵呵地笑了开来。邵主任就属性把衣袖一卷，再往膀子上一抹，来它一个即席发挥：

"同志们，要想养儿子的话，就不要怕屎疼！要想巩固无产阶级专政的话，就要革好资产阶级的命，造好修正主义的反……"

邵主任台上的一席骚话，令台下那许多年轻一点的小伙子们乐不可支；而那些个大姑娘和小媳妇们则羞红了脸孔，低下了脑袋，一声不吭；年纪大上点儿的老妇女则不满地说：

"这个邵主任哪，在说许多骚话呢，死不正经哦！"

在礼堂右后角落里的人堆中，不知是谁悄悄地说了这么一句：

"这个邵主任啊，真是骚话连天的好不要脸哎！他的名字，真不该叫做邵家柱，而应该叫他成'骚甲猪'才对呢！"

这个人的话一说出了口，顿时就有人接上了嘴说：

"骚甲猪？是谁在说'骚甲猪'的？嗨，还蛮形象的嘛！"

"邵家柱，骚甲猪，听起来也相差不了多少！"

"这个骚甲猪啊，一天不说屎啊屁，太阳就会不落西……"

就这样一来，邵主任台上作着骚话报告，台下大家伙就嘤嘤嗡嗡地议论了开来。至于他这"骚甲猪"的诨名，还不仅仅是由于他骚话连天的原由，主要还在于他的野蛮和流氓成性。邵家柱自从担任城北乡革委会主任后的一年多的时间里，他利用手中的权力，大肆奸淫和污辱城北乡的年轻女子。不管是知青，是军婚，是良家妇女，还是政治对立面的女人，只要是颇有一点儿姿色的，没有不被他以这个名义或者那个借口给奸淫和污辱的。顺他者，可以在招工、招生、安排职务，或者迁一个户口上面，给予方便和照顾；逆他者，属性就把你往脚板底下一踩，你又能够怎么样呢？

你想去反对他吗？想去控告他吗？好！那么你就是反党，就是反革命！就把你往"打办室"里一关，办上你个学习班，整治你，够你去受吧！

别看邵家柱这个人文化素质并不是很高，属于是一个流氓恶棍式的粗人，然而他却深信"有权就有一切"这样一种信条。在城北乡他设置了一个打击阶级敌人办公室。这个"打办室"不仅在打地、富、反、坏、右这些个"死老虎"，也在打所谓的叛徒、特务、走资派、臭老九，还有"五·一六分子"这些政治上的对立面。在整治政治对立面方面，他确实是不同凡响，表面上说是给举办学习班，内里实际上就是在私设公堂，所行的是断章取义，斩头去尾，捕风捉影，行刑逼供的手段，而且极其野蛮和残暴。所以在当时，城北乡里挖出来的"现行反革命分子"、"五·一六分子"和"叛徒"、"特务"，可是这个小城的几十个乡里面最多的一个。

那个时候，城北乡的老百姓，都被邵家柱搞得人心惶惶的，大家都在提心吊胆地过着日子，身怕有哪一天大祸就会临头，因得罪他邵家柱而被关进"打办室"的学习班。邵家柱就是用这么一种流氓恶棍式的手段，在城北乡里肆意地践踏着人性，"强奸着"一万八千多老百姓的民意。

虽然像他这种流氓恶棍式的基层领导，在当时的小城里还有着很多很多，然而他邵家柱却是花翎顶戴，有过之而无不及而已罢。难怪乎苦鸭在听了于秋霞的一番哭诉之后，这个向来是与世无争，只图能够和母亲平安过活的年轻人，现在也在恨恨地咒骂起了"这个骚屄甲猪"来。

12

在那个年代，有着像于秋霞这样遭遇的年轻女子，真是不知还有多少呢！她们就像是一些生活在恶狼爪子下面的兔子一般，要么是顺从恶狼的意志，成为恶狼的玩物，要么就是走向毁灭。

而于秋霞则是选择了第二种方式，她想要去毁灭自己。虽然毁灭也是一种抗争，然而这种抗争毕竟是苍白的、无力的，死了以后还要背上"畏罪自杀"的罪名的。因此，苦鸭当时也只能无奈地说：

"小于，你还是想开一点吧。我们人世间的许多事情，其真相一旦披露了开来，事实上就是好人并不好，坏人并不坏。何况这件事并不是你的过错，也不是什么大不了的事情，你也犯不着为了它就跟自己的生命过不去，这不值得！知道吗？人身处在逆境，咬一咬牙就挺熬过去了。培根曾经说过：'逆境中的坚忍，是人世间所有道德品格中最崇高的一种美德。'你自己去思量思量吧。对不起有人来了。妈，你陪小于再聊聊，我出去一下。"

苦鸭走到了门外边，对着黑暗中的院子说：

"欣儿，你还不进来吗？鬼头鬼脑的！"

"苦鸭哥，"小卜萝子从竹篱笆院子的猪栏桃边踅了过来，讷讷地说，"我可不是要故意呆在这里的。刚才我走到张角墩边上的时候，就听到有一阵隐隐约约的哭泣声。起初我还以为是鬼在哭呢！都吓死我了！你瞧我这一身的鸡皮疙瘩，到现在都还没有瘪下去呢！进了院子，听到从你家屋里传出来的哭泣声以后，我就更不敢冒失了，所以我就只好呆在了这个地方。苦鸭哥，你可不要去怪我，不要说我是在偷听些什么噢。"

"欣儿，我怪你干吗？"苦鸭压低了喉咙说，"只是有些话，当你听到以后，就把它烂在了自己的肚子里，不要到外面去乱张扬，你晓得吗？这可是关系到人家年轻女孩的名誉以及命运的大事情呢！"

"苦鸭哥，我晓得的。"

"欣儿，呆一会儿，当你老爸他们来到这里的时候，你帮着我去接待他们一下，噢。我现在可要去烧晚饭了。"

"好的，苦鸭哥。"

小卜萝子一跨进了屋门，他就大声地嚷嚷了起来：

"嗳，顾大妈，我来看望你啦！"

"是欣儿啊，来，快进屋里来。"瞎母亲招呼着说。

"顾大妈，"小卜萝子打开了手上的拎包说，"这两包京枣是给你顾大妈的；这一瓶白酒和一瓶封缸酒是给我苦鸭哥的，因为他感冒了，一点点的心意噢！哇塞！顾大妈，这一位大姐泪眼滴滴的，好美哎！就像是一位悲美人一般啊！是苦鸭哥今天下午跳到河里救上来的那一位吧？大姐你这么美丽，难怪我的苦鸭哥要跳到河里去救你了！要是换了我的话，嗨！就是跳上个十次八次的，我也都愿意着呢！苦鸭哥可谓是英雄救美人哎！"

小卜萝子说话的时候，一副稚气未脱的神情，他的到来，给屋子里面带来了一份活泼的生气。

"大姐，我怎么称呼你啊？你叫于秋霞？那么，我就叫你秋霞大姐吧。不，大姐的叫法太过于老气了，我还是叫你秋霞姐吧。秋霞姐，真的，我一点儿都不瞎说！苦鸭哥小时候写的诗，还得过省里的大奖呢！那一年他考大学，又考了个全省第一，在全国排起来也是前三名呢！用古时候的说法，叫做探花郎吧？头名状元，二名榜眼，第三名不就是探花郎吗？唉，要不是这个年头荒里荒唐地，这个世界疯疯癫癫地发着神经病的话，苦鸭哥他呀，嗨，保不准就是一个英雄呢！"

"嗨！"苦鸭出现在小卜萝子的身后边，并且斥责他说，"欣儿，你的嘴巴里边又在口没遮拦地瞎说八道了吧？"

他进屋里是来拿剪刀的。他准备用剪刀把他下午赶到的那些小河虾的须脚给剪一下。大概是听了小卜萝子的话的缘故，秋霞不禁抬起了泪眼，看着忙来忙去的苦鸭。她觉得此时他的脸孔上，仿佛透溢出了一副俊秀的神采。这会儿小卜萝子一边给他让路一边说：

"啊唷喂，苦鸭哥，秋霞姐又不是什么外人嘛！现在的社会就是在颠颠倒倒的嘛！顾大妈、秋霞姐，你们说是不是哪？比如拿苦鸭哥来说，或者拿你秋霞姐来说吧，你们是坏人吗？你们干吗要受到欺侮哪？那个骚尻甲猪！二十一天孵不出小鸡的坏蛋！他要有多坏就有多坏！可是现在竟然还被某些人吹捧成绝对的好人呢！这不是颠颠倒倒的又是什么哪？"

"嗨，你个小卜萝子，"苦鸭斥责着，"看来我要丢你个头了！"

"苦鸭哥，我不说了好吗？"小卜萝子转开了话题，"哎，苦鸭哥，你晓得我今天去拿书的时候，都碰到了一些什么吗？"

"我又不是你肚子里的蛔虫，你不会是碰到两个老鼠吧？"

"嗨！苦鸭哥，你还真是神了！我还真的是碰到了两只老鼠。你听我说完再走嘛，苦鸭哥！今天下午，我走近了那一间堆放着杂物的仓库，正准备要翻进去的时候，忽然听见了两只老鼠在说话！"

"什么？你能听得到老鼠在说话？欣儿，你胡扯个什么呀！"

"怎么啦？难道老鼠就不会说话啦？"

"胡说八道呢。"

"苦鸭哥，你不相信是吧？好，你就听我把话说完吧。我一听到那两只老鼠在说话，于是就掩在了一边偷听，只听得一只老鼠在嚼咕嚼咕地咬着书呢，另一只跑过来问：'喂，鼠哥哥，你在吃什么东西哪？'那只嚼咕嘴巴的老鼠回答说：'《乱世佳人》。''味道怎么样啊？''不怎么好，除了书脊还有一点儿浆糊味，里面全是一股印刷铅字的怪味道！''这本《牛虻》怎么样啊？''喂，这可是专门叮咬牛血的，可厉害着呢！你最好别去碰！''这几本《悲惨世界》呢？''我一听这《悲惨世界》的书名，嘴巴里就要吐苦水！''那《茶花女》怎么样啊？''味道肯定也不好。''那么《浮士德》、《唐·吉诃德》呢？''没去尝过。''我说鼠哥哥，你也太自私一点了吧！啊？你就只顾你自己，不顾别人！''哎呀，鼠小妹，啜，那边给你留着《聊斋》呢，这味道肯定是不错的……'我一听，乖乖隆点儿咚，老鼠对书籍的品味，比我还要高哎！于是我倏地一下就翻了进去，吓跑了那两只正在一边嚼书一边调情的老鼠，并把老鼠挑选的书籍，往我的黄挎包里一装，然后再翻了出来，随后就溜之大吉。"

"哈哈……哈哈哈……"苦鸭在笑。

"嘀嘀……欣儿，你这活宝啊……"瞎母亲也在笑。

就连那个苦不拉叽地透了顶的女孩于秋霞，此时此刻，禁不住也扑哧一声地笑了起来。屋子里的气氛，顿时也就浓郁和活泛了起来。小卜萝子把黄挎包往苦鸭的面前一递说：

"苦鸭哥，啜，那许多稍微好一点儿的书，现在都在我这包里边呢，就是都有着不同程度的残破。不过，你可要收好喔，别去让我那个老爸知道，否则的话，他又要屁话忒忒的没完没了了！"

"好的。"苦鸭手上端住个小篾筐说，"欣儿，你们聊吧，噢，呆一会儿呢，等我晚饭做好了，你就陪着我们再吃一点，噢。"

13

民兵营长陈叔、队长包连福、生产队会计兼妇女队长怀娣，他们一行人来到苦鸭家的时候，苦鸭正在后面灶屋里烧着晚饭，招待客人的事就由小卜萝子暂时替代。此刻他又是点烟，又是斟茶地说：

"老爸、连福叔，我借上了苦鸭哥的飞马香烟，来敬你们这几个活菩萨。怀娣姐，你不也来上一根吗？"

"嗨，欣儿，"怀娣说，"你今儿个嘴上没有抹蜜糖吧？"

怀娣姓曹，是前两年回乡来务农的中学生。回乡以后不久，她便被当选为生产队的会计兼妇女队长。这时候，苦鸭的瞎母亲，摸索着地走出了房间，她招呼着大家说：

"喔，是陈主任、队长和曹会计啊，来，快坐，快坐。"

"哎。"

"不客气。"

"不用客气。"

来客们一边在凳子上坐了下来，一边嘴上说着一些客套话。待到大家全都坐下了以后，曹怀娣便对瞎母亲说：

"顾大妈，听说苦鸭在沙城河里救起了一个人，我们几个队领导和陈主任，便一并赶过来看一看到底是怎么一回事吧？"

"呃，顾大妈，"陈金坤接过了话茬说，"我们也是公事公办，请你不要去见外噢。毛主席教导我们说：'阶级斗争是个纲，纲举目张。'自邵主任调来我们乡以后，阶级斗争抓得严，所以我们办事情就要认真一点，细致一点，不冤枉一个好人，也不放过一个坏人！苦鸭今天去我那里汇报说他下午在沙城河里救起了一个人。我们也是为他好，就和生产队的领导一块儿过来看上一看，要是苦鸭救的人，是一个没有什么政治问题的人，那么他就是做了一件好事，积了一点功德。要是救了一个阶级敌人，顾大妈我说话请你不要见外噢，一个现行反革命，或者是一个有重大政治问题的人什么的，别说苦鸭不好交代，就连我们也都要受到牵连……"

"我说老爸，"还没有等到陈金坤把话给说完，他的儿子小卜萝子，便在旁边插上了嘴巴，"你说话还有没有个完啊？你们不要尽捡屎的欺，软的捏，难道苦鸭哥救人，他还要先去问问人家：'喂，你们家是什么成份啊？你是不是现行反革命啊？有没有什么重大的政治问题啊？'要是这样的话，救上了十个倒有十二个是翘辫子的啦！那还叫救什么人哪？"

小卜萝子的话一说出口，坐在一旁边的连福队长和会计曹怀娣，就都"嘀嘀嘀"、"咯咯咯"地笑了开来，他们乐呵呵地看着小卜萝子跟他的父亲斗嘴。陈金坤怒形于色地说：

"你个讨债鬼，大人讲话，你这讨债鬼瞎插个什么嘴呀？"

"老爸，"小卜萝子似乎也不相让，"不是我插嘴，我是看不惯！年头上有人从河里边救了一头羊，还上大会、上广播地表扬呢！噢，苦鸭哥救起了一个人，你们倒要东盘西问地，好像他是做了什么坏事情似的，这算什么东西哪！老爸，你先别发火，等到我把话说完以后，你再发火好了，你哪怕就是打上我一顿，我都不怪你的。噢，难道苦鸭哥救起的人命，倒反而没有那个人救起的羊命值钱？这倒怪哒？老爸，苦鸭哥救的是一条命哎！他救的是秋霞姐的命哎！"

小卜萝子的话说到了这儿，他的父亲就愣住了，就连队长包连福和会计曹怀娣，也都感到非常的意外。只见他们问：

"你说什么秋霞姐？"

"秋霞姐是谁啊？"

"欣儿，是不是道圩村那个双眼皮、大眼睛的上海女知青？"

"就是她，怀娣姐。"小卜萝子说，"老爸、连福叔，秋霞姐是下放在我们乡道圩村的上海知青，又不是什么坏人！老爸啊，你又不去了解了解情况，就废话忒忒地说上了一大堆，你说叫人烦不烦啊？"

"她不是跳河自杀的吧？"怀娣问。

"秋霞姐啊，"小卜萝子说，"她今天本是去广播厂招工的。后来又鬼差神使地到这沙城河边来看风景。可是这个鬼地方，有什么好看哪！该轮到她倒霉呗！她患有直立性贫血，老爸你知道吗？这个直立性贫血呢，就是坐在哪儿或者蹲在哪儿，时间一长，血就往下奔，站起来后血来不及往上涌，于是头就犯晕。老爸，秋霞姐的直立性贫血又很严重，后来她站起来的时候，头就开始犯晕了……老爸你说这头一犯起了晕，不就有可能站立不稳，而跌到河里去了吗？"

这个小卜萝子毕竟是跟在苦鸭身后学做手艺的，见多识广，思路敏捷，他睁着眼睛说瞎话，还不觉得脸红心跳，本属子虚乌有的事情，反倒被他编排得滴溜溜地转呢。不过陈金坤他们听了小卜萝子的这一番话以后，觉得倒也是非常合情合理。因此怀娣便就轻松地说：

"这就是说，于秋霞并不是由于什么政治问题而去跳河自杀的啰？陈营长、连福队长，这个叫于秋霞的上海女知青，我也曾见过几次面，那是在今年夏天，我们去道圩村对口检查的时候。"说到了这里，她便转向瞎母亲说，"顾大妈，眼下正处在'深挖五·一六'运动的高潮时期，阶级斗争抓得特紧，你们家成分又高了一点，再说了，我们也都不希望苦鸭出什么事情。好了，只要没有什么重大的政治问题就行，我们也就放心了。"

"我说怀娣姐啊，"小卜萝子又在一旁插着嘴说，"你们是不是吃饱了饭撑着没事情干，就喜欢戴上一副有色眼镜来看人，非要把人家看得黑不溜鳅、灰不如赭的才舒服，对不对啊？"

小卜萝子的这两句话，说得曹怀娣尴里尴尬的，很是挂不住脸。于是陈金坤又高声地斥骂起了自己的儿子来：

"你这个死讨债鬼！今天你是吃了火药啦？啊？回家去老子要是不揍扁你喏，才怪呢！"

"哎哟喂，"小卜萝子朝他父亲扮了一个鬼脸说，"老爸，别这么吹胡子瞪眼睛地凶嘛，干吗呢？不管怎么说，苦鸭哥算是我的师傅吧？帮着师傅说一点儿话，搭一点儿腔，总还是应该的吧？再说了，苦鸭哥是救人哎，又不是做了什么坏事情！老爸，你不就是当了个小民兵营长嘛，眼睛就往上面插。哎哟喂，"小卜萝子伸出个小么指头说，"官就这么一点点小，僚倒是挺大、挺大的哦！"

小卜萝子这番近似于调侃的话，说得他父亲陈金坤都快要急红了脸了。这个时候，苦鸭从灶屋里来到了前面，他看到小卜萝子父子两人正在打着嘴仗，便急忙走上前来打圆场地说：

"欣儿，有你这样讲话的吗？他是你的父亲哎！你这样目无尊长，没大没小的，这怎么行啊？他们当干部的，今后还怎么去开展工作呢？好了！别说了！你和我妈去看看小于她醒过来没有？"他朝小卜萝子使了一个眼色，然后又转向客人说，"陈叔、队长、曹会计，今天家里边的事情一多，就忙得有点儿顾不过来了。怠慢了，来，再来一支烟。"

"苦鸭，"一直没有说过话的包连福队长，这会儿却开口说，"我们今天是来了解你救人这件事情的，也是为了你好。今天你救了人，就是做了一件好事情，这我们都知道，并非是我们要跟你过不去。你也不要把我们往不好的地方去想。"

"哎呀，队长，看你都说到哪里去了。路遇险难，救死扶伤，实行革命的人道主义，这是人之本份嘛，小事情一桩。不管是换了哪一个人，谁都会这样去做的。"

"苦鸭，"包连福队长又说，"呆一会，你就带着怀娣去见一下那个叫于秋霞的女知青，噢，我们也好如实向上面去汇报。另外嘛，你的家里边要是有什么困难的话呢，"包连福队长转向了曹会计说，"怀娣，看看我们生产队里，是否可以给帮助一点儿。"

"队长，"苦鸭急忙说，"我不想给队里增添什么麻烦。曹会计，我们这就去看看小于吧。"说完，他便带着陈金坤他们，走进了瞎母亲的房间，

"小于，我们村里边和队里边的领导来看望你了。"

秋霞躺在里屋的床上，她本来就没有睡着，外面的对话，她当然听得是一清二楚。她心里想，真是给这个叫苦鸭的人添麻烦了。现在见村里和生产队的干部来看望她，她想坐起来，可是还有一点濡湿的头发，一绺一绺地挂了下来，耷拉在她的眼面上。

"小于，"怀娣见了忙说，"你赶快躺下来。我们一来是看看你；二来也是为了不让别人去多说苦鸭什么闲话。现在你就好好地休息吧。嗳，躺好。"她替秋霞掖好了被子，然后转过身来对苦鸭说，"苦鸭，你要是有什么困难的话，就向队里明说了吧，噢。"

"谢谢曹会计了。"

"要是没什么事情的话，那我们就走了。小于，我们走了。"

临走之前，队长包连福拉住了苦鸭说："苦鸭，等你把城北小学的项目做结束以后，是不是抽上点时间，把我们生产队的小木船也去修理一下，再弄上一点桐油去油上一油，队里马上就要罱河泥了。"

"好的。我来安排吧。"苦鸭答应着。

"苦鸭，"陈金坤说，"我们这些当基层干部的，心里也是有苦衷的，你要多去谅解一点儿，噢。欣儿，你还想再赖在这里不走吗？"

"嗳，老爸，我这就来。"小卜萝子一边答应着他的父亲，一边就对秋霞说，"秋霞姐，苦鸭哥是一个好人，你在他这里尽管去放一百个心吧。你谢我？看你都说到哪儿去了。要谢你就谢苦鸭哥吧。明天我再来看你吧，再见。"他转身对苦鸭和瞎母亲打招呼说，"嗳，苦鸭哥，嗳，顾大妈，我老爸他人并不坏，就是一张嘴啰嗦烦人！我代他在这里说声对不起噢。"

"嗨，"瞎母亲说，"看你这个小鬼头的一张嘴！"

苦鸭拍了拍小卜萝子的肩膀说：

"好了，欣儿，你就同你父亲他们一起走吧。"

而后苦鸭就把陈金坤、队长包连福和曹会计等一行人，送出了竹篱笆院门，又送到了通往东边村里去的大路上。

14

苦鸭送走了村里和队里的领导，回转来以后，见到秋霞半躺半靠在床

框上,正跟自己的母亲有一搭没一搭地闲聊着,他便没有声响,只是默默地把晚饭给准备好,然后他便跨进了房间说:

"小于,你现在还有什么吗?"

躺靠在床头边的于秋霞,瞪着一双大眼睛,疑惑地看着他说:"大哥,你说'现在还有什么吗'是什么意思啊?"

"小于啊,我的意思是说,你要是没有什么了的话,我可要开晚饭了。你们饿不饿,我不知道,反正我的肚子已经饿扁了。你要是还在想不开的话呢,那我还得要饿着肚子去陪你哪。"

"大哥,真是给你添麻烦了。"

秋霞在回答苦鸭的话的时候,她那苍白的脸孔,忽然就红了起来,很显然,她有一点儿不好意思。苦鸭如释重负地说:

"添上一点麻烦倒也无关紧要,关键的是,只要你能够想得开。对于我来说,你就是添多少麻烦都无所谓。好了,我去拿一件棉袄给你披上吧,你坐在床上就不用下来了。妈,我给你说两句话。"

苦鸭把嘴巴凑在瞎母亲的耳朵边,低低地说上了几句,然后他就走出了房间。瞎母亲转过脸,对心里正在犯着嘀咕的秋霞说:

"呃,姑娘,小岳下午赶到了三条鲫鱼,炖了汤。他说你的身体虚弱,那条最大的鲫鱼就给你补补身子,中等的给我,他叫我不要去责怪他。这个孩子,这是应该的嘛,我责怪他干吗呢?"

"大妈,"秋霞感激地说,"苦鸭大哥的心地真好!"

"哎,我儿子他为人处事,倒也是挺有礼有节的,心地也非常的善良。唉,家境不好中出来的孩子啊,况且我又拖累他太多。"

"大妈,这就叫贫寒出英才!你应该为他感到高兴才好呢!"

"话是这么说,姑娘,可就是苦了他这个孩子了。"

"妈,"苦鸭走进屋来了,只见他一只手端着茶缸和牙刷,另一只手里拎了一个小木脚盆,胳肢窝里还夹了一件棉衣。他说,"小于,喏,先把我的这件棉袄给穿上吧,再漱一漱口,刷一刷牙,然后我们就可以吃晚饭了。不用起床了,你就漱在这个小脚盆里边吧。"

秋霞此时不知道说什么才好。本来她一直都觉得自己的嘴巴里有一股异味,并且一直都想要呕吐,可是她却一直都在忍受着。现在见苦鸭居然这么善解人意,她抬起了眼睛,感激地望着他有一会儿,然后才刷牙和漱口起来。然而她怎么刷牙，怎么漱口，可就是去除不了自己口腔里的异味。

"大妈，你替我闻闻看，我嘴巴里还有什么味道吗？"

"没有啊，姑娘。"

"大妈，我总觉得有一股臭猪屎的味道呢！"

"姑娘你这是心病，是心理作用。孩子，不要再去瞎想了。"

"噢，大妈。"秋霞凄恻恻地答应道。

"小于，"苦鸭站在一边排解着，"悲意苦衷，皆有心生，心静则消。好了，让我们心情开朗地吃晚饭吧。开晚饭了哦。"

"谢谢你，大哥。"秋霞眼睛深情地望着苦鸭说。

晚饭是用刚上季的新稻米做的米饭，真香！鱼汤也非常的鲜美。秋霞毕竟是一个性情中人，这时候，她的眼泪不由自主地哗地就流了下来。一边是畜牲一般的野蛮，另一边却有着人世间至深的关爱，她的心里感慨颇深。素不相识，素昧平生，却能让她感到如此的温暖。真是患难才能见到真情哪！唉……这人啊！这个人世间啊！

那一夜，秋霞睡得很晚。她默默地聆听着苦鸭收洗碗筷，给眼睛不好的母亲和她打来了洗脚水，还有他那哼哧哼哧地洗她那一身脏衣服的搓板声。夜都已经很深了，他还到河边上去，将那些洗好以后的衣服，又在沙城河水里边漂干净，然后再晾在了院子里边的拉绳上……这一会儿，她感到有一点热，便对瞎母亲说：

"大妈，今天晚上真有点儿热。"

"姑娘，是吗？"

"我的身上都开始有点儿出汗了。大妈，我把封在上面的这一床被子，给捧到旁边去好吗？"

"我们这边热，小岳那边可没有被子呢。"

"啊？大哥那边没有被子？那他盖什么哪？"

"这个孩子，又要钻棉花絮了。"

"这哪能好呢，大妈？我这就把这床被子给他送过去。"

"姑娘你别下地了，叫小岳自己过来拿吧。小岳，小岳……"

"大妈，你也就别叫了，大哥他今天太累了，就让他多歇一会儿吧。我把这床被子给他送过去就是了。"

秋霞嘴上一边与瞎母亲说着话，一边两只脚就下了床，她套上了苦鸭

给她准备着的棉袄,并且呼啦地一下,就把封在了上面的那一床被子,给捧在了怀里边。瞎母亲对她说:

"姑娘,你走路可得小心一点,可别磕着碰着了噢。"

"我会小心的,大妈。"

苦鸭的房间是一间将正房隔成了两个半间的后面那半间屋子。他为了让眼睛不好的母亲行动上能够方便一些,他便把前半间屋子给母亲做居室,而自己则睡在了后面那半间的屋子里。他的房间没有安装房门,只是一个装了门框的门洞。因而当秋霞抱着被子,站在了他那间屋子的门口时,这会儿,苦鸭的屋子里面还亮着灯光呢,她就用右手食指的指关节,在门框边上轻轻地弔了几下,然后又轻轻地叫了几声:"大哥,大哥。"

见没有动静,她便抬起眼睛,朝着屋子里面张望。此时只看见苦鸭歪靠在床头边,身上垫半床盖半床地裹着了一床旧棉花胎,两只眼睛闭着,右手垂在了床边沿,手下边的地面上,还掉落了一本打开着的书籍。

"这个苦鸭大哥啊!他怎么就睡起'竖头觉'来了呢?"秋霞心里一边想着,一边脚步就跨进了屋子,"看起来,他今天可能是太累了,那么,我就不用再去吵醒他吧!"于是她便把手上抱着的那床棉被,轻轻地铺展开来,盖在了苦鸭那垫半床盖半床的夹被单棉花胎的上面,并且给他掖好了被角。这个时候,她开始就着灯光,仔细地端详起了眼面前这个睡着"竖头觉"的苦鸭大哥来。

苦鸭的睡相很不雅观。他鼻吸重浊,清癯的面孔上,两只嘴角下塌得很厉害,一面孔的苦相。"嗨,这个世界上,竟有这么苦相的人哪?"她心里想,"这个苦鸭大哥,他肯定是吃过不少的苦头哎!不然的话,他的面孔上怎么能有这么一种苦相呢?这可能就是从他内心里流露出来的苦。只有长期压抑着内心里的苦衷的人,晚上睡觉,才会不由自主地,去流露出这么一种苦不啦叽的表情来的。"

她弯下身腰,捡起了那本掉落在床边地上的书籍,轻轻地翻了一翻,见是本《培根论文集》。她把书页轻轻地折好,又轻轻地摆放在床头的桌子上,准备替苦鸭熄灯。但是就在这个时候,她的心里边忽然一紧,身上的寒毛跟着也就竖了起来,因为她忽然感觉到,苦鸭的身子,好像是在轻微地动弹着,她便心情紧张地向他那里看去。

只见此刻歪靠在床头边的苦鸭,身体微微地动了几动,又咂吧了几下嘴唇。这个时候，他两边的嘴角正在慢慢地上拉和翘起……啊！眼前的苦鸭是满面春风，笑意盎然。秋霞的那颗心，跟着也就怦怦地乱跳了起来，好像是被人窥破了心思一般。她心里边想，"好你这个苦鸭大哥，怎么也捉弄起我来了呢？看起来，你也不是什么好东西呢！不过我倒要看上一看，你会对我有什么不好的举动？"

她等待着。她想要去看上一看，这个苦鸭到底会对她有着什么不规矩的举动。可是他什么举动都没有，他只是仍然不住地在咂吧着嘴唇。"哦！"她心里边想，"原来，他是在做梦哪！他可能是做到了什么好梦了吧？看他在梦里边那一副乐呵呵的样子，嗨！多么的英俊，多么的生动啊！可是我这心里边，怎么会去瞎想八想的呢？唉，秋霞啊秋霞，刚才你还把人家苦鸭大哥想得那么的坏，真是很不应该的哦！怎么可以以怨报德，生出那么一种歪恤恤的念头，来看待眼面前这位苦鸭大哥呢？真是魔有心生哦！对面前这么好的大哥你就是有一丁半点儿的歪念头，都是对他的不尊敬哦！秋霞你晓得吧？"就这样，秋霞一边在自我责备之中，一边便轻轻地拉灭了苦鸭房间里面的灯……

秋霞回到了前房以后，她便对瞎母亲说：

"大妈，苦鸭大哥在睡'竖头'觉呢！我就没有去吵醒他。"

"这个孩子啊……"

"嗳，大妈，苦鸭大哥做梦时的样子，好俊气哎。"

"是吗？"

这时候秋霞睡不着，于是她便跟苦鸭的瞎母亲，有一搭没一搭地闲聊了起来，并且两个人又聊了很长很长的时间。

15

第二天清晨。当第一抹鱼肚白出现在张角墩子上空的时候，苦鸭就起床忙碌了起来。他先是去张角墩上转了一圈，看看没有什么动静，而后就回家烧好了早饭，还给自己的母亲以及那个叫于秋霞的知青女孩炖上了两碗水鸡蛋；随后他又是挑水，又是整理屋子，又是清扫鸡窝和羊蹄披地，做起了日常家务事情。

不过他一边在干活，一边心里面还在纳闷，昨天晚上他给那个落水女知青封盖了的被子，后来又是在什么时间里回到了他的屋内和他的床上的？"是母亲送过来的吗？"他心里想，"似乎不太像。眼睛不好的母亲肯定是会叫醒自己的。是那个叫秋霞的女知青吗？也不大可能！"要知道他晚上睡觉的时候，向来都是很清醒的。"那么，被子总不会是自己长着翅膀飞过来的吧？"就这样，苦鸭一边做着家务事情，心里一边还在琢磨着。然而他琢磨来琢磨去的还是琢磨不透。"不过，想这些没有用的事情干吗呢？就算被子是长着翅膀飞过来的不就得了？真是庸人自恼。一个人只要做了好事就会有好报的。干吗非得要去弄上一个水落石出来呢？"

"妈，吃早饭啦。"当他把炖蛋和早饭，端给母亲和那个叫秋霞的女知青的时候，他遇上了秋霞那一双黑玥玥的眼光。他避开了她看着他的眼光，对瞎母亲说，"妈，今天是星期天，城北小学工地上的事情，虽然不是太多，可是却比较的杂乱，我要稍微早一点儿去安排。中午，我会早一点儿回家来的。现在我就走了噢。"

说完，苦鸭便转过身子走了出去。然而这个时候，女知青于秋霞就是用她那种黑玥玥的眼神，在后面看着苦鸭离开时的背影……

时间约摸是上午九点钟左右，小卜萝子的父亲陈金坤，从乡政府里回来，他顺便弯到了城北小学，通知正在干着木工活的苦鸭去一趟乡政府办公室，说是乡秘书"狐狸屁"找他有事情呢。

苦鸭和小卜萝子两个人估计，这可能和于秋霞的事情有关。乡秘书"狐狸屁"原名叫做胡利平，他是城北乡中心小学的一名代课教师。此人授课水平平平，为人处事却非常的工于心计，非常会左右逢源。"文革"刚开始的时候，他因为造反的力度很大，在小城的文教系统中，颇有一点儿"革命造反派"的名气。自从邵家柱调任城北乡主政以后，对他颇为赏识，便将他转正和提干，拉拢为自己的心腹，并且还安排他担任了乡革委会的委员，乡革委会办公室的秘书。不过，他确实也为邵家柱为祸作祟城北乡算尽了机关，绞尽了脑汁，颇有一点城北乡的"师爷"的味道。

当苦鸭来到了乡政府时，乡革委会办公室里除了胡秘书在办公以外，当时乡革会主任邵家柱也在场。胡秘书瞪着的一双狡黠的眼睛，在镜片后面忽闪忽闪着。当他在开口说话的时候，他那张瘦削的脸庞上的两块凹凸幅度非常大的颊肉，便在斜下斜上地移动。

"你就是苦鸭吧？"胡秘书问，"听你们村里的治保主任陈金坤来乡里边汇报说，昨天下午你在沙城河里边救起了一个名字叫做于秋霞的上海女知青，有这么一回事情吗？"

"报告胡秘书，"苦鸭谨慎地回答说，"毛主席教导我们说，要救死扶伤，实行革命的人道主义。"那个时候流行着毛主席语录，人们一般在说话或者在办事情之前，都要先读上或者背上一段毛主席语录。"昨天下午我正好路过那里，让我给碰上了，于是我就尽了一个人应该尽到的义务。"

"嘿，"胡秘书眯缝着眼睛，凝视着苦鸭说，"苦鸭，你的毛主席语录学得和用得，都还挺不错的嘛，啊？那么我来问你，那个女知识青年于秋霞，她是怎么会跌到沙城河里去的呢？"

苦鸭向来谨小慎微，他知道言多必失，于是，他便用小卜萝子昨天晚上胡乱编造出来的一番话，来做这会儿的搪塞：

"报告胡秘书，我不喜欢多事。不过，我听说她患有直立性贫血，蹲在哪儿或者坐在哪儿，时间一长，站起来头就会直犯晕。她说她大概就是由于犯了这种头晕病的缘故，所以才会不由自主地跌进沙城河里去的。"

"喔？她真是这样说的吗？"

"报告胡秘书，我真的就听她说了这么几句。"

"喂，"这个时候，坐在办公室椅子上的邵主任，突然对苦鸭发问，"我问你，十一年以前，有一个叫顾大明的，曾经在县人民银行里当过主办会计的人，他与你有什么关系吗？"

听到邵主任突然如此发问，苦鸭的心里边顿时就一"凛"，他想起了邵主任是从小城银行调来这城北乡的。听说他原先在银行，又是负责搞保卫工作的。难道他就是那个保卫吗？他的心里边即刻就犯起了嘀咕。然而他的面部表情却还是非常的平静。

"那个顾大明，"苦鸭回答说，"他是我的父亲。"

邵家柱盯住苦鸭眼睛看着的眼光，显得是异常的凛冽和冷峻，他的面孔硬板着，有如是一块寒铁，就连他这时候说话的语气，似乎也同他的眼神以及面孔上的表情一样的凛冽和冷寒。他就是用这种冷如冰霜一般的语气，对苦鸭说出了下面的这一番话：

"你知道你是什么人吗？啊？毛主席教导我们说，凡是敌人拥护的，我们就要坚决反对。你是一个右派分子的狗崽子，你知道吗？还有你救的那个叫于秋霞的女知青,她又是一个什么货色呢?资产阶级娇小姐一个!她的父亲是修正主义的臭老九!母亲是现行反革命分子,又自绝于人民!不是我在给你们定性,要知道,是你们的阶级成份,在给你们自己烙着了阶级的印记呢!现在我就告诉你吧,不是不和你们这许多人进行斗争,噢,一旦要对你们这些人斗争起来的话,那就是一场激烈的和生死的阶级斗争!你回去可以直接转告那一位资产阶级娇小姐的女知青,就说是我邵家柱说的,叫她今后把她的那一张嘴给我闭紧一点儿,不要在外面到处去张啊张地乱说,不然的话啊,哼哼!没有她什么好果子吃的!好了,这里也就没你什么事情了,你就给我要多远滚多远吧!"

　　苦鸭心里明白,邵主任说这一番话,无非就是一种恐吓性的摊牌和警告。此刻邵主任同胡秘书就是要那个女知青于秋霞,以及包括自己在内的知情人,不要到外面去抖落他邵家柱那许多卑鄙无耻的丑事。就在苦鸭转过身子准备要离开的时候,胡秘书又叫住了他:

　　"我说苦鸭啊苦鸭,邵主任刚才说的话,你可是要牢牢地记住哦!并且你还要转告给那个于秋霞听,叫她不当讲的,可是绝对不能到处去乱张扬哦!不然的话,是没有什么好处的!好了,现在你可以走了。"

16

　　初冬季节的风,吹过了黄土岗子的张角墩,吹进了张角墩西北角落下的这座用竹篱笆围着的小院,吹落了小院里边梧桐树上的树叶。

　　因而,那许多在西北寒风之中摇曳着的阳光洒落了下来,给这个用竹篱笆围着的小院子,增添了一丝丝的暖意。

　　苦鸭从乡政府里出来以后,他先去了一趟城北小学,给小卜萝子安排好当天需要做的活计,然后自己便先回家了。当他走到自家的门口,见到自家的竹篱笆院门敞开着,院子里面理得整整齐齐,扫得干干净净的。就连院子里的三棵高大的梧桐树的拉绳上,也都挤挤轧轧地晾晒了诸多的被絮、单子、棉袄等各类衣物,屋子里凡是能够拿出来晾晒的物品,眼下大概全都已经拿出来晾晒了。这都是谁干的呢?他的心里有一点纳闷。

　　"苦鸭哥,你回来啦?"

　　听到背后有人跟他说着话,他转过身子一瞅,只见秋霞穿着他的那一件粗布的工作服，手里面拎了一大竹篮刚从河里边漂洗过的衣物，哼哧哼哧地爬上了河堤岸，在身后面跟他打着招呼。

"啊？是秋，秋……"

他觉得有一点儿突然，所以他在说话时，也就打起了结巴。这个时候，母亲从屋里边踩跻地摸了出来。她问：

"是小岳回来了吧？"

"我回来了，妈。"

"那你还愣着干吗？还不赶快帮秋霞的忙？今天从一早开始，她就里外地洗啊扫的，一直忙到了现在，还都没有歇过呢。"

"啊？"苦鸭慌急慌忙地从秋霞的手里边，接过了那个沉甸甸的大竹篮说，"小于，我们家里边的事情，哪儿要你去做啊？"

"苦鸭哥，"秋霞此时说话带着点儿上海方言，"看你都说到啥地方去了哪？昨晚你替我洗衣服，今天白天我看看天气比较暖热，也就替你去做上一点事体呗，这也是应该的嘛。苦鸭哥，你来帮我绞一绞这床单吧。"

苦鸭伸出两只手，接住了床单的一头，抬起眼睛朝秋霞那边望过去，只见她正羞涩深深地看着自己，他的心里忽然一热，便慌急慌忙地躲闪自己的眼睛，不知道去看什么地方为好，于是他就死劲地绞着床单。可是他怎绞都跟她配合不好，不是扭反了，就是力道太大给绞了脱出手去了。

"苦鸭哥，你是不是想自己一个人绞啊？那么你就一个人绞去吧！"

秋霞突然把床单丢给了苦鸭，自己在旁边咯咯地笑了起来。弄得苦鸭手忙脚乱地不知所措。秋霞回过头来对瞎母亲说：

"干阿妈，你看苦鸭哥的样子嗒，他老怕难为情的哎！"

"秋霞，"瞎母亲说，"小岳这个人，有一点儿内向。"

"干阿妈，我扶你进屋里边去哉。"

"什么？"苦鸭心里又纳闷了起来，"她叫我妈为干妈？这是怎么一回事啊？有没有搞错啊？这认识还不到一整天呀……"他心里想，"母亲早上还叫她为秋霞姑娘，可是现在她却秋霞，秋霞的，叫得还当那么一回事情呢！不过她叫我妈为干妈，那么我不就成了她的干哥哥？怪不得刚才她苦鸭哥长、苦鸭哥短的，叫得是那么的起劲。"苦鸭的心里边，倏地就涌起了一股说不清楚的感受。这种感受嘛，好像是有点儿甜甜的，有点儿暖暖的，又好像是有点儿怪怪的，反正是他心里从来都没有过的感觉。

他把大竹篮里的衣服三下两下地展开来，往空中抖忽了个几下，抖忽得稍微有一点平复，再往梧桐树下的拉绳上一晾。"不过，"他心里又开始在想，"她倒叫得蛮亲昵，蛮羞羞涩涩的。家里边多了个女人真是温馨得很！是的，自己身边要是有了一个可爱的女人，再加上母亲，我们就在这个地方，清静地、不受干扰地生活，享受着天伦之乐，那该有多么的好啊……嗨！"这时候，他抬手"啪"地敲了一下自己的额头，自言自语了起来：

"我说苦鸭啊苦鸭，你今天这是怎么啦？啊？怎么这么的心猿意马哪？你配吗？啊？真是瞎想八想得都快要没有边际了……"

"嗳，苦鸭哥，你干吗要敲自己的额头啊？"这一会儿，秋霞就像是一只猫一样，蹑手蹑脚地来到了他的身后边。

苦鸭此时是一副尴尬相，他嘴里边讷讷地说：

"小于，没什么。今天我可要好好地谢谢你了。"

"苦鸭哥，你看你说的！"秋霞一边弯下腰去帮助晾晒衣物，一边就跟苦鸭说起了话，"你替我做事，我也替你做点儿事情，这有什么好感谢的呢？投之于桃，报之于李，礼尚往来么。不过你救了我的命，到现在为止，我还没有想出该怎么来报答你呢！"

"小于，同是沦落人，何必谈相报啊？"

"苦鸭哥，你不要我去报答吗？嗨，你真是一个好人哎！"

"你瞧你说的，什么好人不好人的呢？你要是再说下去的话，嗨，我可要难为情了。好了，小于，你进屋去歇上一会儿吧。"

"那，我去准备中午饭吧。"

苦鸭晾晒好衣物以后，他把大竹篮挂在了墙钉上，走进了屋子，看到秋霞正在围着灶头前后地忙碌着。母亲在一旁给她作指点。他想把秋霞给替换下来，可是秋霞却对他说：

"苦鸭哥，你以为我不会烧饭哪？啊？你去歇一会吧，噢。"

苦鸭摇了摇头。他可是一个歇不下来的人。家里边要做的事情还有很多很多。他拿起了门后边的钉耙和畚箕，清理起了羊蹲披、浸缸披、猪栏桃和鸡窝来……反正从那一天开始，这张角墩子的西北角落下，这篱笆围着的院子里，飘忽起往日那些少有的生气……

17

中午。吃午饭的时候,瞎母亲在饭桌上对苦鸭说:

"小岳,有一件事情呀,我得跟你说上一下。今天我已经认了秋霞为干女儿。从今往后,她就是你的妹妹,你就是她的哥哥了。"

苦鸭抬起了眼睛,朝着秋霞那一边看过去。她正在给他眼睛不好的母亲剔着小鱼烧咸菜里面的鱼刺。

"小岳,"母亲又继续往下说,"秋霞和你一样,也是一个苦命的孩子。以后呢,你可要好好地呵护和关爱她,就像呵护和关爱你自己的亲妹妹一样,你知道吗?"

"妈,这件事情好倒是好,就是……"

苦鸭说话停顿了一下。这个时候,秋霞忽然停下了剔着鱼刺的手,抬起了她那一双黑玥玥的眼睛,神情有点儿凄楚地看着他说:

"苦鸭哥,你该不是嫌弃我吧?"

"不是这样的。不过,你可要知道,我家的成份高,恐怕这会给你带来许多麻烦的。"

"苦鸭哥,"秋霞眼圈开始红了起来,"我已经同干阿妈谈过我家里的事情。我家原先有四个人:父亲、母亲、哥哥以及还有我。'文革'刚开始的时候,我那个在文化局工作的母亲首先遭到了冲击,不久她便猝死在批斗会场上了;而当教授的父亲,又被关进了崇明岛上的牛棚,已经有两年多没有音讯了。哥哥前年插队去了云南的西双版纳。苦鸭哥,我虽说,虽说……呃,你要是不同意就算哉,呃……"

秋霞说着说着,她就哽咽了起来。苦鸭急忙说:

"小于,不是我不同意……"

"小岳你看你,"母亲责怪地说,"都怎么说话哪?"说到了这里,她便宽慰起秋霞来,"好了,秋霞,只要你愿意的话,你就把我们这儿当成是你自己的家吧,噢。"

"好了,小于,"苦鸭忽然意识到"小于"这个称呼,似乎有一点儿生疏,于是他便讷讷地改了口说,"不,秋霞,就算是我不好吧,我不会说话,说错了,你就权当是一阵风给刮走了,好不好?"

"干阿妈、苦鸭哥,我感谢你们。"秋霞抬起手背抹了一抹眼睛,看着他们母子俩说，"我真的好感谢你们哎！"

"秋霞，其实……"苦鸭把他上午如何去乡政府，如何同邵主任以及胡秘书之间的对话，简略地说了一遍，然后他便问起了母亲，"妈，邵家柱是否就是当年在银行当过保卫的那个人哪？"

"小岳，"瞎母亲说，"过去了的事情，你就不要再去提它了。这个年头人心都隔着肚皮呢，没有哪个要哪一个好哎！所以你在外头说话和做事，还是尽量小心点儿，尽量谨慎点儿，知道吗？人前但说三分话，不可抛却一片心，噢。我们家是不求有功，但求无过，得上一点儿平安就好。"

"秋霞，"苦鸭转过头对秋霞说，"那个邵主任，跟我家有一点儿宿怨，所以你不要去误会，我实在是不想给你增添任何的麻烦。"

"苦鸭哥，我知道你是一个内秀，以后还得靠你去多指点呢。"

"妈，"苦鸭从凳子上站了起来说，"今天，你既然认了秋霞作为干女儿，应该算得上是一件喜事呀！既然是一件喜事的话，就不能够没有酒呀！我去拿酒来，给你们两个祝贺祝贺吧！"

说完，苦鸭便去了灶屋煎上几个鸡蛋，又拎来了一瓶昨晚小卜萝子送来的封缸酒。他先是给母亲倒上了半杯，又给秋霞和他自己倒上了个满杯，然后他便举起了酒杯说：

"妈，这封缸酒的度数低，你少喝上一点儿，不碍事的。妈，我首先敬你收了个这么美丽漂亮的干女儿，就连我都沾上了当干哥哥的光呢。"他又举杯转向秋霞说，"秋霞，只要你不嫌张角墩这个地方厌气，不嫌弃我家贫寒，往后你就尽管把这里当做是你自己的家好了。现在我也敬你一杯，祝你身体健康，心情愉快，来，干杯！"

秋霞也端起了杯子，也站起了身子，这个时候，她脸颊上像是飞满了红霞一般地望着苦鸭和他的母亲说："感谢干阿妈，祝干阿妈寿比南山，福如东海。感谢苦鸭哥。苦鸭哥，好人自然会有好报的。"

她一边啜饮起酒杯里的封缸酒，心里一边暗暗地想，"苦鸭哥，我会报答你的，我会报答你对我的救命之恩和知遇之情的。"

瞎母亲的心里边也非常高兴，因为她的儿子小岳，难得是如此尽兴。是这个叫秋霞的女孩子，给他们的家里边带来了这一片难得的温馨。这会儿，她的心底里忽然产生了某种希冀，她多么希望眼面前这两个孩子，能够有着一个非常美好的未来啊！

18

张角墩是一个方圆大约有五六百亩地的黄土岗子。

这个黄土岗子上块块落落、杂乱无章地堆着了好几千个坟茔墓冢。其中有高大的祖墓，有普通的坟茔，然而更多的还是一些荒冢和杂坟。那些平平的、矮矮的、有的仅仅是有一个长着青草的坟帽为记号的荒冢杂坟，大多数是小城桥西区域和城北村附近一些病死的、淹死的、吊死的、短命的、讨债的，以及一些不知道是怎么死去的孤魂野鬼的葬坟地。

在这个黄土岗子的西北角落下，有一户只有两间半拉土墙半拉砖墙的草房和一小间猪栏桄的单头棚子。这就是苦鸭的家。

苦鸭在他家的东面，顺着黄土岗子的高坎，南面顺着黄土岗子的斜坡，西边沿着沙城河埂的小路，钉上了一圈树桩，围上了间杂着许多葵花杆儿的竹篱笆，算是里外分隔开的院墙。在篱笆墙的外边沿，他又沿着坟茔墓冢的边缘劈开了一些拾边地，种上一些青菜、大蒜以及胡萝卜之类的青蔬菜；并且还在黄土岗子的杂树和灌木丛中，又点种了许多丝瓜和扁豆。此后，每当他到这里来给这拾边地上锄草和翻地的时候，他的嘴里边总是祝祷地说："对不起了，各位前辈们和兄弟姐妹们，吵闹你们了，给你们添麻烦了。嗳，大家在一起互相凑一个热闹，互相照顾照顾吧，噢。"

另外，他还在院篱笆墙外的边沿，栽种上一些美人蕉、金针黄花菜、十姊妹、月月红和野菊花，这样既保护了院子的竹篱笆，又美化了周边萧条的环境，还可以多少去增加一些额外的收入。

初冬的季节。美人蕉和金针黄花菜已经枯萎了，十姊妹和月月红也都凋零了，唯有这低矮翠绿的野菊花，此时正盛开着一簇一簇的小黄花，伴随着张角墩上坟堆丛中那一挂一挂红宝石一般的枸杞子，相映成趣，给这个落木萧萧的初冬季节和这个已经荒芜颓废了的黄土岗子，带来了一丝丝的生机。这会儿，秋霞正在竹篱笆墙外的东南角落处，采摘起枸杞子和野菊花。她一边采摘心里一边还在想，这颇有点"采菊东篱下，悠悠见南山"的情调哦！刚才苦鸭哥说过，把这许多野菊花和枸杞子给晒干了，可以冲茶泡酒，可以入药熬汤，还可以卖给小城里的药房制作中草药。

那是在吃过午饭的时候，秋霞见苦鸭出好了猪栏桄和羊蹄披里的粪肥，又扛起了锄头，要来给竹篱笆墙外这几块拾边地上的菜蔬，锄草和翻地的时候，她也不甘寂寞，因而她便对瞎母亲说：

"干阿妈，我也去给苦鸭哥帮帮忙哉。"

"也好，"瞎母亲笑着说，"秋霞，你就出去见见阳光吧。"

于是她就挎上了竹篮和簸箕，跟在了苦鸭的后面，来到这竹篱笆院墙外，采摘起这枸杞子和这野菊花来。要是遇到一些她够不着采不着的老扁豆或者老丝瓜什么的，这时候她便会高声地叫喊道：

"苦鸭哥，你快过来给我帮帮忙哪！"

冬日的下午，太阳懒洋洋地照耀在这个有着几千个坟茔墓冢的张角墩。由于长年累月的日晒雨淋和水土风化，一些已经朽败了的棺木，便从坟墩之中袒露了出来，黑魆魆的，好像一些鬼爪子似的；那一丛丛已经干瘪和枯黄了的野草，随着初冬季节的冷风，在这个高低错落的坟堆丛中，飒飒地晃动着，就像是一些冤枉鬼的悲鸣一般。虽然是在大白天里，秋霞心里边仍然升起了一股毛骨悚然的感觉。

"苦鸭哥，"秋霞一边采摘着野菊花一边问，"这一块黄土岗子的坟冢地，有这么的大，这么的荒凉哪！平日里，你和干阿妈住在这个地方，感不感觉到恐惧和苍凉哪？"

"秋霞，"苦鸭驻锄抹脸，带着一抹沉思地说，"人生有的时候，还真要有那么一抹苍凉的感觉，这样才能够体悟出人生的意义呢！"

"噢？"秋霞觉得他说的话语，颇具有寓意，因而便问道，"嗳，苦鸭哥，你跟干阿妈为什么不和村人们住在一起呢？"

面对秋霞那一双好奇的眼神，苦鸭想了想，然后他说：

"秋霞，我小的时候曾经也这样问过我母亲。这样吧，我们坐下来歇一会儿。反正有一些事情，也应该让你知道一点为好。"

于是苦鸭便给秋霞讲起了他家那许多已经逝去了的往事。

19

苦鸭原本出生在小城的桥东区域。他出生的家庭，原本也很美满和幸福。父母亲都是干部，又都在这个小县城里面工作。小时候他敏思好学，小学跳了一级；升入初中以后，学业又一直名列前茅。一首《美丽的丹金河》的诗歌，曾经获得过省级少年儿童诗歌创作比赛大奖。后来他就入了团，并且还担任了这个小城的县少先大队的大队长。

可是在十二年前，当他那个被定为右派的父亲"畏罪自杀"以后，他的母亲当即便遭到了遣散。母亲在被遣散的时候，便带着还是少年的他，落住来这城北大队第五生产队了。不过要是说起了他的父亲的话，这里面还有一个小便小出了一个右派分子的怪事情呢！

他的父亲叫顾大明，原先是小城银行的主办会计，工作兢兢业业，年年都被单位评为先进工作者，在小城里颇受人尊敬。那一年反右，他父亲所在的银行也分到了一个名额。一天晚上，银行职员开会评定右派，不过那一晚谁也不肯说话，因为这是在评定右派，它可关系到当事人的命运问题，于是与会的职员，大多是大眼看着小眼的，一直挨到了半夜，也没有一个结果。那一晚也该是他父亲倒霉，晚饭吃的是稀饭，早就要小便了，可硬是给憋着。后来他父亲实在憋不住"内急"地上了一趟厕所。这时候，有一个人便打破沉闷地开了一句玩笑：

"嗨，我看老顾的鞋底是油了。"

"你说清楚一点，"另一个接上了茬，"是油了，还是右了？"

又一个人说："就他……"这个人本来是想要说"就他老顾的尿多"这一句话的，可是他刚开口说话，就被后面的人给打断了。而那个打断了他话头的人说："评他老顾，是不是怨枉了一点？他可是年年的先进啊！"

"管他是谁呢？"又一个人顶住了前面这个人的话茬说，"反正得要定一个呢！如果不是他的话，那么是你好不好？"吓得前面那个人，赶紧就把自己的身子往椅子上面一缩，再也不敢吱声了。

再一个人打着哈欠说："就他吧，就他吧，困死了，真是困都困死了！"

于是主持会议的银行的支部书记李哲，便站起身来，他用眼睛快速地扫视了一下大家说："那么，我们现在就来举手表决吧，反对评定顾大明为右派的人请举手！"

然而在座的各位，除了哈欠连天、睡眼迷蒙，就是没有一个人去举手。待到他的父亲顾大明小了便进来，他还没有入座呢，主持会议的李哲书记便对他的父亲说："老顾，刚才大家一致通过，评定你为右派。"

"什么？我是右派？……"正要入座的顾大明僵在了座位的前面。

"老顾，有什么话，我们明天再说吧，噢。"然后李哲书记就收拾起了摊在桌子上的会议记录本,对大家宣布说,"现在我们散会!"

唉,我说老弟,这人要倒起霉来——真是撒尿咬破了手指头,放屁砸坏了脚后跟哪,这个话可是一点儿都不假啊!就这么三四分钟的时间,到外面的厕所里去小了一个便,就让给戴上了右派分子的帽子,你说冤枉不冤枉呀?要是预先得知外出小个便会被评为右派的话,他顾大明就是把尿撒在了裤子上,或者干脆让那一泡尿给憋死,再不当场就剁掉他那个会小便的东西,他也不会出去小便的!不过话又得要说回来,那一次的倒霉要是轮不到他的父亲顾大明的话,也会轮到与会之中的一个。因为他们其中分配到了一个右派的名额啊!

那个时代什么都搞配额,粮票、布票配额,煤票、烟票配额,副食品、日用品配额,就连这评右派也搞什么配额!真是的,有就是有,没有就是没有呗!搞什么名额分配呢?这搞的可是人,而不是什么牲口或者什么物品哎!当时大概就只有两样东西不需要指标:一个是死吹牛皮。人有多大的胆,地就有多高的产。一亩地的粮食收成你吹上个十万、八万斤的,你准可以去当官,而且你的牛皮吹得越凶,官位也就升得越大。另一个就是女人可以甩生孩子!这不,这一甩生就生出了现在天文数字般的十三多亿人口,其中还不包括几千万的隐性人口呢!

于是没有过上多久,他的父亲顾大明,便被单位隔离审查了。先是文批,后来慢慢地就拳打脚踢了,再后来就是用麻绳捆、用手铐拷,再再后来嘛……试想只要一经斩头去尾、断章取义,小城的银行不挖出隐藏得最深、最最反动的右派分子才怪呢!后来他的父亲实在挺熬不住了,便用刮胡子的刀片割了手腕,又跳了楼,"畏罪自杀"了……

当他的母亲一听说自己的丈夫"畏罪自杀"的消息,一急,顿时就晕死了过去。等到救醒了过来,她的眼睛就看不清东西了。说是得了什么睁眼瞎。不久她也就在法院书记员的位置上,被上级给清理了下来,后来又被遣散来这城北大队第五生产队的张角墩子下。

20

张角墩的黄土岗子,除了几千座坟坛以外,就是野树灌木盘错,艾蒿刺藤丛生,黄狼野兔出没,蛇蝎毒虫游跑,长年地散发出一股尸体腐烂、棺木朽败的气息。除了殡葬，这地方没有人去逗留。尤其是夜晚或者阴雨天气，更是阴风惨惨，鬼气森森，难觅人迹。

当年在这里落住的时候，苦鸭也曾经问过自己的母亲，他们为什么不跟村人们住在一起，而偏偏要单独地住在这个张角墩的黄土岗子下呢？他那个被睁眼瞎所苦着的母亲对他说：

"小岳啊，你要知道，现在是人心不古，我们还是远离一点吧。何况现在的运动又是三天两头地，一茬接着一茬，一波跟着一波……再说了，现在也没什么鬼啊怪的，就是有的话，这许多鬼啊怪的，也犯不着来揪弄我们这样的人的，倒是离人远一点好哦。唉，有时候这人揪弄起人来啊，专门往死里边整哎！我们离得远了，就可少犯一点闲气，少惹一点麻烦呢！"

至于要说起他这个"苦鸭"的诨名来，这还是城北村里人给他起的呢！他原本姓顾，单名一个岳字。六四年那一年考大学，他考了个全省第一名，全国都排在了前三名呢！按道理说，他应该是什么大学都能进得去的！可是那一年讲成份讲得厉害。你想一想，他有一个"畏罪自杀"的右派父亲，你说他还能够被录取吗？那时候的乡下人，要想谋一个好出路的话，就只有两条：一是当个兵，混个三年和五载，弄上个一官半职，就可以去转一个户口或者安排一个工作了；还有就是这寒窗苦读个十几年，考上一个大学或者中专什么的，能够混出个人模人样以外，那么，你就到田里边去捣鼓那土疙瘩吧，一辈子都甭想去出头了。

索性考不上，苦鸭也就没一个指望。可是考了一个全国最高分，而还不能够进大学，唉……别说他伤心了，村里有很多人都在替他伤心呢！他哭了整整有三天……他那种伤心的样子么，叫人看了心里边要多难过就有多难过，活像是那种在秧田里边"苦啊苦啊"叫着的"苦鸭"鸟哎！加上他姓名的谐音也颇有一点相近，所以他这个"苦鸭"的诨名，就被村里人给叫了开来。而他自己的真正的姓名"顾岳"，却被村里人慢慢地抛置在了脑袋的后面了。等到苦鸭哭够了，自己也觉得哭烦了，他就抬起右手，抹了一抹脸孔上的涕泪，反过来安慰起了神色黯然的母亲：

"妈，好了噢，"他一边替母亲轻轻地捶背，一边哽咽地说，"有什么可难过的呢？不进就不进呗！没有什么了不起的啦！再说你的眼睛又不好，就是进了大学，我还放心不下呢！唉……这都是命哎！妈啊，我天生是一个孝子的命！好了，妈啊，今后就让我多服侍服侍你老人家吧，噢。

好了……我不想了！真的，我不再想这件事情了……"

自从有了父亲的问题和他考大学的遭遇后，这就决定了他遇事谨慎，说话寡言的习性。他从小就瘦弱，长大以后，也依然是瘦瘦长长的。他经常受到别人家的欺侮。但他总是逆来顺受，不跟别人去争较什么。他勤俭、聪慧，反应也快，又善于思考。除了在生产队里挣一个工分以外，他还兼着做个木匠和漆匠的，给人家打上个家具、油漆个橱柜什么的。他的木漆匠手艺活，可以说是无师自通，他只是看别人怎么做，自己思考以后，便也买套家什做起来。而且做得又比人家好，工钱收得又比人家低，尤其是油漆一个橱柜什么的，画上几朵花，写上一手好欧体字，因此也就很受当地人的欢迎和喜爱。所以他的人缘也就逐步逐步地建立了起来。

后来文化大革命开始了，政治运动隔三差五地就要来一下。每一次来运动的时候，他家虽然总会受到些不同程度的冲击。然而由于是他的人缘的原由，他和他的瞎母亲便也没有受太多的皮肉之苦。因为村子里的人觉得过分地去整斗他和他的瞎母亲的话，实在也没有什么太大的意思。

当时按照生产队的规定，他把在外面务工的收入交给队里，换得一个劳动力的工分。至于队里给他提留作为饭资补贴的钱，他一分钱也不花，全都交给了自己的母亲。并且一有了空闲，他还在张角墩子上扳一个黄狼、逮一个野兔；在东边水田里捉一个田鸡、钓一个黄鳝，在沙城河中摸一个螺蚌、赶一个鱼虾什么的，一年四季，也总有一些不同的收获。尽管那个年月生活非常的艰难，也非常的困苦，生产队的每一个工日才只有一两角钱，不过他倒也养活了自己和他眼睛不好的母亲。

"别看张角墩这个地方阴森瘆人，"后来他对秋霞说，"这些高高低低、错落有致的坟茔墓冢，是那样的丑陋不堪，而且还常年累月甚至是每时每刻都在散发着腐败的气息。尽管这里成天介硕鼠狡狐出没，黄狼野兔追逐，长虫毒蝎游跑，但是这里却有一种其他地方所没有的宁静。不然的话，人们怎么会选择这里来做死后的长眠之地？怎么会从这里去渡人生的生死之河，去追索那另一个世界的彼岸呢？所以有时候，它对于我这个活人来说，这里有着一种宁静般的温情。我尽可以在这个地方不受干扰地去静思，去遐想，去喜怒哀乐，去探索人生的善与恶，而不必面对人世间那一味的野蛮、争斗的残酷和用尽脑汁的狡诈的喧闹而去烦恼，去生气，去于心不安。秋霞，有时候我就像是一条受伤的鱼，躲避着我的同类，躲在了这个鲜有人到的地方，静静地养着自己身体上和心灵上的创伤。所以真正称得上是神秘的和阴森恐怖的，倒不是什么鬼怪神妖，秋霞，而是人和由人所组成的这个世界。神秘的往往也就是真实的和被人掩盖着的。如果要用实事求是的眼光去看，秋霞，我们所面对着的现实中的人，才是最阴森可怕，最反复无常的。我和我那眼睛不好的母亲，就在这么一种的环境之中，相依为命地度过了这十二个困难的年头。秋霞，现在我没有别的奢望，惟愿能够远离喧嚣的人群，在这个地方平静的生活，不受太多的冲击，这就足够了。嗨，我说秋霞，你怎么傻乎乎地流起什么眼泪来了啊？"

秋霞抬起了左手背，时不时地去揩抹眼睛。"难怪人家要叫他苦鸭，"她心里想，"还有昨天晚上，他睡觉时候的那一副哀哀下塌般的嘴角，以及一脸孔的苦相……"于是她抬起了眼睛看着他说：

"苦鸭哥，我还以为自己有多么的不幸呢，实际上你吃的苦，比我要多得太多了！现在有许多事情，怎么就这样地颠颠倒倒？许多人在野蛮，可更多的人却是愚昧……记得那一年吧，我阿爸在大学里被挂牌游街，我看见了，就一边哭，一边想挤上前去，把挂在他胸面前的大木牌子，给摘下来甩掉。可是那么多的人，就在旁边看着笑话哎，还有人推我，打我，用脚踹我……所以后来我就经常去想，这个世界肯定是在什么地方出了毛病哉！比如就拿昨天的事情来说……"

"算了吧秋霞，"苦鸭打断了她的话头，并且抬起手碰了碰她的臂膀说，"对于有些事情，你就睁一只眼睛闭一只眼睛，只当是看不见；一个耳朵进一个耳朵出，只当是听不到；好比是一阵风，把它从你的心里边刮到了脑后头，从此就给忘掉算了，不要再去提了，噢。"

"苦鸭哥，真的，要不是碰到了你的话，我真不晓得自己现在，究竟是一副什么样子了呢！"

"秋霞，你看你这一双眼睛！赶快给我去擦上一擦吧！噢！要是让别的什么人看见了，还以为现在我在欺侮你呢！"

"苦鸭哥……"

"好了，秋霞，"苦鸭移开了他的视线，他拿起了锄头，站起身来说，"太阳都快要偏西了，我得抓紧时间去干活了。呆一会儿，还有许多其他的事情，还等着要我去做呢。"

21

这时候,秋霞的眼睛一眨不眨地,全都贯注在挥锄锄草的苦鸭的身上,"苦鸭哥,"她心里想,"现在的好人,实在是太难遇到了!如果天底下还有好人的话,你就是其中的一个。你在这样的环境中能够生存下来,并且还要养活眼睛不好的母亲,又能够保持一个人的完整的人格和优美崇高的品质,真是太不容易了,也太了不起了!苦鸭哥,如果有可能的话,你就让我走进你的生活,走进你的世界里去,也好让我能有一个报答你的机会……"

想到了这里,她不禁一个人偷偷地笑了起来。她觉得面前这许多野菊花是多么地香馨沁人;而那些折射着阳光的枸杞子,仿佛真像一颗颗闪光的红宝石一般;甚至就连那许多阴森瘆人的坟墩堆子,似乎也都显得是那样的脉脉温情了起来……

时间已经过了晌午。太阳又斜斜地悬挂在沙城河西面的天空上了。这时候,小卜萝子从屋西面的河埂边上的小路,沿着篱笆墙的边缘,攀爬地来到了苦鸭和秋霞此刻所在的张角墩的黄土岗子上。他一来到了这里就高声地嚷嚷了起来:"哎,苦鸭哥,你要不要我帮忙啊?"

"欣儿,"苦鸭停下了手中的锄头,问道,"后面那一排教室里的八块水泥黑板,你都刷了两遍黑板漆了吗?"

"都刷完了。就是油漆不多了,明天,你叫王老师再去进两听吧。"

"好的。明天我就去对王志敏老师说吧。欣儿,我这里倒不用你帮什么忙,你还是去秋霞姐那边吧,好好地陪陪她吧,噢。"

小卜萝子看到正踮着脚尖儿向几棵椰榆树上张望的秋霞,他便欢快而又幽默地叫喊了起来:"哇塞!秋霞姐,你这会儿好漂亮喔!要不是这许多坟墩堆子太过于晦暗的话,嗨,这倒是一幅非常动人的画面呢!"

已经采满了一大竹篮野菊花和大半簸箕枸杞子的秋霞,这时候她抬起了右手背,擦拭了一下脸颊。刚才她发现在坟墩岗凹子那边有着五六棵椰榆树,树上挂着了好多的老扁豆和老丝瓜,本来她是想叫苦鸭过来帮着给采下来的,现在见到小卜萝子来了,她便趁此机会抓了他这个差。

"欣儿,来,帮我把这几棵树上的老扁豆和老丝瓜揪下来。"

"秋霞姐,遵命!"

小卜萝子爬上了墩岗凹子处的榔榆树,将悬挂在树枝上的好几十簇老扁豆的豆荚,全都给摘了下来。他一边摘着老扁豆,一边还跟秋霞闲聊着:

"嗳,秋霞姐,这一大片荒冢野坟,你怕不怕啊?"

秋霞想起了自己刚才同苦鸭的一番交谈,便对小卜萝子说:

"欣儿,我是一个死过去又活过来的人,我连死都不害怕,你说我还会怕这些死人坟坛吗?"

"嗳,秋霞姐,"小卜萝子从树上下来,低低地说,"要是什么时候我能够叫上你一声嫂子或者一声师娘,再不就是某某太太,那就好了啊!"

"你这只小'狙头'!"秋霞也不是不高兴地斥责着小卜萝子,"瞎三话四个什么哪,是不是想讨骂哪?"

不知道什么时候,苦鸭也来到了他们的身后边,此时他曲起了右手的食指,轻轻地丢了一下小卜萝子的头说:

"嗨!欣儿,你又在五嘘六海了,是吧?嗳,过一会儿我到沙城河边去赶一些鱼虾,你现在就陪秋霞姐多聊聊,晚饭的时候,我们再陪秋霞姐好好地喝上个几杯,你看怎么样?"

"好的。"小卜萝子伸手摸了摸头,又朝秋霞伸了伸舌头说。

"不过你可得要好好地管住你自己的舌头,不要再在秋霞姐的面前,五嘘六海地胡说八道一气。"

话一说完,苦鸭便扛起锄头转身离去了。秋霞看着苦鸭离开时候的背影,心里边忽然觉得有一点空落了起来。小卜萝子对她说:

"秋霞姐,你别看苦鸭哥的脸孔上是一副冷冰冰的样子,其实他的内心里可热乎着呢!他就像那种叫'心灵美'的萝卜,尽管表皮看起来青不拉叽的,不怎么像样子,可是一切开来,里面却是红彤彤的美着呢!所以只要和他相处上几天,你就会发现,其实他是一个不可多得的好人哎!"

"怎么?欣儿,你不是在向我推销你的苦鸭哥吧?"

"秋霞姐,你看你嘴上说的!不过我可有一种预感,好像这是老天爷在冥冥之中把你送到了这里,让你先去受上一点苦,遭上一点难,然后老天爷再让苦鸭哥去救了你,最后嘛……嗳,秋霞姐,"小卜萝子忽然改变了话题,"你看西南边的乌龙山,几百年前,明朝的开国皇帝朱元璋,曾经统领众多的军队,在那里摆下过战场,跟陈友谅和张世诚打过仗呢!"

于是小卜萝子便对秋霞侃起了小城当地的民间传说和一些风土人

情……侃啊侃的，他们两个人最后又弯弯绕绕地侃到了苦鸭的身上，这多少能够让秋霞增进了对苦鸭的了解……

22

那天晚上。苦鸭手里边拿着电筒，在送走了小卜萝子以后，他又去了张角墩上，检查他装置在那里的几处"扳弓"和机关，看看也没什么动静，便回家料理了一些家务，然后就洗洗上了床。

他的床铺舒舒软软的，可惬意了。白天秋霞将他的枕巾和被单全都洗过和晾晒过，并且她还在他的被絮下面垫了一层厚厚的稻草。这时候他就舒舒暖暖地斜靠在床头上，就着不是很强的灯光，看起了用红毛选封皮包着的《牛虻》。然而当他看得正是投入的时候，忽然听到了房门口有几下轻微的哔剥声，因而他便抬起眼睛张望，见是秋霞站在他的房门口。于是他问：

"啊，是秋霞呀，你还没有睡吗？"

"还没有呢。苦鸭哥，你在看什么书呢？看得这么投入！"

"一本外国书。你有事吗？"

"我睡不着。干阿妈就对我说：'秋霞，你去小岳那边，找他聊会儿天吧，'于是我就过来了。"

"那么，你进来吧。"

"苦鸭哥，你大概是不欢迎我来你这里吧？"

"没有那回事。我还没有谢你呢！你给我的床上铺了这么厚实的稻草，让我觉得好舒软、好暖和哦。"

"那么，你还不请我坐下来？"

"不好意思。我房里没有板凳，嗳，我起来端一张凳子去。"

"我坐在你的床边又怎么啦？啊？你有什么好害怕的呀？"

"真是很不好意思，秋霞。"苦鸭直起了身子说。

秋霞在床边上坐下来后，她顺手就从苦鸭的手中把那本书拿了过去，并且还翻了几页，又看上了几行，然后说："噢，是《牛虻》啊。苦鸭哥，这可是一本好书哟。我记得在进初中一年级的时候我就读过了这本书。它讲述的是一个名叫亚瑟的富家私生子，由于受到教会的欺骗和女朋友的误会，心灵上痛苦不堪，于是他便伪装成自杀，然后离家出走，流浪去了南美洲，后来残酷而现实的生活，把他造就成一位坚定的革命家。"

"秋霞，"苦鸭说，"这确实是一本好书。但是令我最感动的，不是牛虻成不成为一个革命家，而是他那种非凡的意志力，以及在逆境中的那种坚忍不拔的品格。秋霞你来看，牛虻在他人生最艰难的岁月里，他全身的骨头凡是能打断的地方全都被打断了，而且他还饿着肚子在异国他乡里，在社会的最底层中，苦苦地挣扎。在这种状况下，他靠着自己仅有的一点意志力，坚忍地活着，并且生存了下来。这就是一种高尚品格的体现。所以秋霞，我们身处在顺境之时要去多行善事，身处在逆境之时要能够坚忍不拔。而逆境中的坚忍，又是人类所有道德品格中最高尚的一种品格。因此秋霞，这也正是《牛虻》最能打动我的地方。"

"苦鸭哥，"秋霞看着他说，"我发觉你所思考的问题，有点儿与众不同，而且层次也很深，说出来的话又都带着点儿哲理性，知识面又宽。苦鸭哥，你可不可以当我的老师呀？"

"秋霞，当你的老师我可是不敢哦！不过我认为，一个人要不断地使自己去得到充实。这种充实，主要还得靠自身的经验、丰富的阅历、广博的知识，以及深层次的思考来获取的。知识决定着高度。所以我们多一份知识，就会少一份贪婪，多一点思考，就会少一点愚昧和野蛮的。"

"苦鸭哥，同你聊天，让我得益匪浅呢！"

"秋霞，你要是喜爱看书的话，我来给你拿几本。你可以把这本《培根论文集》拿去。这可是一本难得的好书。你拿去看吧。"

"苦鸭哥……"秋霞欲言又止。

"你还有什么事情吗？"

"苦鸭哥，我想同你说一句话，一句悄悄话。你把耳朵给伸过来。再伸过来一点儿嘛！"

忽然秋霞双手捧住了苦鸭的面孔，并且在他的左颊上深深地印上了一个吻。以致毫无思想准备的苦鸭，一下就被弄得个手足无措。他目瞪口呆地愣坐在床上，活像是一只张着嘴巴而又叫不出声来的大蛤蟆。秋霞从床边站了起来，对着活像一只大蛤蟆的苦鸭，咯咯、咯咯地笑了开来，直笑得弯下了腰，喘不开气。

"干阿妈，咯咯、咯咯……"她一边笑着一边说，"你看苦鸭哥他喏，眼睛瞪得像一个灯笼，嘴巴张得木海木海的大，一副想要吃人的样子哉。咯咯、咯咯，啊哟喂哟，咯咯、咯咯……"

然后她的身影，就在她的笑声中，风也似的飘了出去。她那一阵蛙鸣一般清脆的笑声，在整座屋子里面飘荡着。

不一会儿，隔着墙壁的那边传了过来瞎母亲那不无爱意的说话声："秋霞，小岳他可是老实巴交的，肯定是你在捉弄他，对吗？"

"干阿妈，不是的，我就是……苦鸭哥就……咯咯、咯咯……"

"这个孩子啊！"

"咯咯、咯咯……"

秋霞的吻，炽热而又湿润。苦鸭心海里那些尘封已久的情感，顿时就像云雾一样在升腾，清泉一样在喷涌，山溪一样在倾泻。这一股骤然而发的情感，真是奇异古怪，甚至不可名状，令他烦躁不安，辗转不息。他拿起了书，可又读不进去。他想什么都不去想的，可脑子里就是乱七八糟的……"这怎么可能呢？"他心里想，"秋霞她只不过是跟我开了一个恶作剧的玩笑呗，可能她天生就喜爱这种恶作剧罢了，可是我就瞎想八想地，都在往哪儿想呢？"

他右手握拳，用力敲打着自己的额头，又拍了拍发烫的脸颊。心里想，"秋霞她显然是一个好女孩，看她刚才笑得多么开心啊！这就说明她的情绪已经开始稳定和好转了，我应该为她感到高兴才好，应该全力帮助她摆脱阴影，帮助她走出人生的低谷才对！而不应该这般胡七杂八地乱想哎！"

他又用手敲了一敲额头。"告诉你吧，苦鸭，不要再去瞎想八想了，噢。"想到了这里，他那波动的心绪便开始逐渐地归于平静。待到平静下来以后，他拿起了《牛虻》，又投入地看了下去……

23

在现实生活中，在我们大家的身边，每一天都会发生着许多的变化。然而对于这许多发生着的变化，有的人是用自己的眼睛去发掘，还有的人却能够用自己的心灵去捕捉。

用眼睛去看待变化的人，他或许可以逼真地看到周围变化着的情景；

然而用心灵去捕捉变化的人呢，他不仅可以看到这许多情景在逼真地变化，更可以感受到这许多变化的内在感情，比如就像观看麦田里的波浪，或者燕子在飞翔的时候，心里边仿佛就有着一种内在生命在涌动的情丝和喃喃诉说爱情的感触。而秋霞她无疑就属于是后面这一类型的人。

　　三天以来，在她的身边和周围发生了很多事情，有愤怒的，有痛苦的，有绝望的，有人世间最为温暖的关爱的，有重新燃起对生活的希望和对爱情的追求的。秋霞这三天里所感受到的和体悟到的，可能要比她以前许多年的生活还要来得多哦！尤其是苦鸭带给她的情感的变化。此时此刻，秋霞回忆着苦鸭这几天以来的每一丝神情和每一句话语。她从瞎母亲的谈话里，从小卜萝子的描叙中，从他的衣物、书籍和收藏上，去捕捉每一丝有关于他的信息。

　　苦鸭无疑是属于那种自制力很强、思维非常理性的男人。但是在情感方面却很自卑。在情感的十字路口，他往往是踌躇不前，缺乏勇气，或者根本就不敢面对。然而在这一方面，秋霞却要远比他有智慧。她无疑是来自大都市的优秀女孩，敢说敢想，敢做敢当。既然她已经开始爱上了苦鸭，而她认为苦鸭又是值得她所爱的男人，那么，她就要用她自己的方式，用她自己的情感去影响苦鸭，去引导苦鸭，并且让苦鸭去接受她的爱。

　　苦鸭在外面干活，一般都早早就回家了，除非他所干木油工活的主家离得特别远。因为他的家里有眼睛不好的母亲，还有鸡、鸭、猪、羊等许多家务事情需要他回来料理。虽然眼睛不好的母亲也会摸索地做上一些家务，但有很多事情是不能让瞎母亲去做的。所以苦鸭干活的主家离得就是再远，只要是能够回家的话，他就会尽量早地赶回家里，绝不在外面过夜。

　　这一天，当他赶回家里时，家里边却已经被秋霞料理得妥妥当当，鸡、鸭、猪、羊也都安安静静，就连饭菜她也烧得是有模有样和别有滋味的，似乎专门在等着他赶回家来开饭似的。中午是这个样子，晚上也是这个样子。尤其是在晚饭的桌子上，苦鸭好像有一点感觉到，秋霞那一双丹凤眼睛正羞涩而又大胆地看着自己。

　　面对着她这双羞涩的眼睛和漂亮的面孔，他的心里面就觉得有点儿慌乱，昨天夜晚好不容易才按捺下去的那股情感，现在又开始在他的心里边升腾、喷涌、波澜和流淌起来。他躲闪着自己的眼睛，很不自在地低下了脑袋。秋霞好像知道他的内心非常慌乱似的，便想着法子来跟他说话：

"苦鸭哥,在阅历上面,你可能要比我强得多,可是在生活方面,你可就要拜我为老师啰!"

"也许是吧。"苦鸭一边低头吃饭,一边心口不一地应对着。

"嗳,"秋霞说,"苦鸭哥,你干吗把脑袋倾得那么的低呀?这哪能够吃饭呀?吃不吃到鼻孔里面去呀?干阿妈,"秋霞把脸孔转向了瞎母亲说,"你看苦鸭哥,是不是我在旁边他感到不自在?"

"小岳是一个'过比秀'。"

"干阿妈,啥叫'过比秀'呀?"

"秋霞,这是我们这里的方言。它是比方那许多老实的、内向的、不出趟的,不善于交际和表达的,羞羞涩涩、扭扭捏捏的,怕难为情的,没有见过什么大世面的人说的。"

"不对吧,干阿妈?"桌底下面,秋霞用脚尖轻轻地触碰了一下苦鸭,并抬起眼睛看着他说,"苦鸭哥他昨天讲话,嗨,头头是道,有头脑,有哲理,水平老高的啦!我还想拜他为老师呢!"

"他的头脑是有的,这不错,"瞎母亲说,"但是他不太出趟,这也是真的,所以说他是'过比秀'也不为过的。"

"这么说,干阿妈,还是让我来当他的老师吧!"

"好倒是好,只不过,你可不能欺侮他。他太老实了。"

"我欺侮他呀?啊哟喂哟,干阿妈,你还没有看到昨晚他的眼睛瞪得有多么的大,嘴巴张得有多么的大,一副要吃人的样子哎!咯咯、咯咯……"

"妈,"苦鸭抬起眼睛瞪了秋霞一眼说,"你们当我是一盘菜哪,是鱼是肉好去下饭哪,是不是哪?"

"哦哟,干阿妈,你看,你看,苦鸭哥他又开始瞪起眼睛了喏!"

"算了吧,我还是去灶屋洗碗吧。"

苦鸭站起身来,他一边摇了摇头,一边就收拾起了那些空盘、空碗和用过的筷子。这时候秋霞也站了起来说:

"算哉,苦鸭哥,还是我去洗吧。你忙活一天了,歇一会儿吧。"

虽然理性是人世间的一种崇高的秩序,但是真正能够影响一个人的生活的,还是情感这种东西。比如这个时候,苦鸭的心里边就多了一种与往日所不同的感受。实际上这时候,他的心里边不过就是多了一点秋霞这两日所投下的情感的东西,就给他的内心里造成了莫大的困扰。"嗨,今后我自己,"他心里边在想,"还不知道该怎么去办呢!唉,苦鸭啊苦鸭,你也真是太没有出息了吧?"

因而此时此刻,他就独自地想要到外面去走一走,到沙城河边的小路上去散一会儿步,可是他的瞎母亲却对他说:

"小岳,秋霞在家里又忙活了一整天了,你也带她到外面去走一走,去散散步吧,噢。不然的话,她的心里边会闷得慌的。"

"好的,妈。"苦鸭答应了他的瞎母亲。

24

初冬的夜,紫黑色的幕,一轮弯月散发出一圈又一圈的光波。月光下面,左边的张角墩显得有一点儿暗暗幽幽;右边的沙城河倒映着的星星数量颇多。北风在吹拂,这许多星星便在河里边不时地晃悠晃悠。苦鸭和秋霞这个时候,就散步在这沙城河边的小路。

"秋霞,"苦鸭说,"我们到丹金河边上去走走吧。"

"好的。"秋霞轻轻地挽起了苦鸭的胳膊说,"只是我的心里边有点儿害怕,苦鸭哥,你可要好好地保护我哦。"

"这有什么好害怕的?"

"你们这些大男人,当然是不害怕啦!可我是一个女人哎,你晓得哇?我们女人的胆子,一般都比男人要小得多的啦!"

"你想要挽我的胳膊就挽呗,不要去找什么理由。"

"你可不要欺侮我哦!"

"我欺侮你?算了吧,你不欺侮我就已经是谢天谢地了。哎,秋霞你看,前面那条河就是丹金河了,西南边那块黑魆魆的暗影,就是乌龙山,此时此刻,我的心里边有着这么一种心境:

夜黑风高欲望休,
龙山横断月如钩;
丹金何必匆匆去,
空遗乌龙独自愁。

秋霞，就是这种诗一般的心境，在我的心底里升腾和涌动！"

"是吗？"秋霞瞪着一双黑玥玥的眼睛问。"你的这一首诗词，工整、对仗、平仄和押韵，可是一首非常不错的七绝词哎！"

"噢？你也懂诗词哪？"

"苦鸭哥，你可别小看我哟！"

"哎，秋霞，我们到丹金河边坐一会儿，怎么样？"

"好啊，苦鸭哥。"

在离小城大约有三里路的地方，有一座三龙桥。沙城河水在这座三龙桥下与丹金河的主流交汇。在这三龙桥旁的丹金河边上，有两棵并排挨着的大柳树。因为是冬季，大柳树只剩下光秃秃的枝杆。柳树下部的根须，就像棕榈树的棕丝一样密实。苦鸭和秋霞，就在这丹金河边这两棵大柳树下，拂了拂沉积在柳根须丝上面的尘土，然后倚着树杆，并肩地坐了下来。他们的面前就是宽阔的丹金河。淡淡的月光下，丹金河里涌动起了碎银一般的波浪，向着西南边乌龙山的方向汩汩地流淌。苦鸭对秋霞说：

"秋霞，我们现在坐着的地方，叫做三龙桥。据传在古时候，有人看到这里有三条蛟龙，一白、一乌、一赤，缠绞争斗在一起。争斗到了最后，那条乌龙争斗不过，气得一头扎地。它的头扎到了地里面去了，可是尾巴却高高地翘在了外边，后来就幻化成了西边那一座乌龙宝塔。你看乌龙山上那一座黑不溜鳅的宝塔，像不像是乌龙的尾巴哪？那条白龙也没有争斗得过，一气之下，它甩起了尾巴就大扫，将乌龙山西边那八九千亩的高地，硬是扫成了低洼荡。因此，乌龙山西边那一片低洼的湿地，就成了现在的白龙荡了。而那一条赤龙大获全胜以后便腾天而去了。据传说，那条乌龙就是陈友谅，白龙就是张世诚，而获胜的赤龙则是明朝的开国皇帝朱元璋了。因此后来，人们就把这个地方叫做了三龙桥。"

"嗳，苦鸭哥，"秋霞抬起胳膊，拱了一拱苦鸭说，"那天我听欣儿说，你以前曾经写过诗，还曾得过奖的？"

"别听那个小卜萝子五虚六海地瞎说。"

"嗳，"秋霞抬起胳膊又拱了一拱他说，"苦鸭哥，能否把你这一首得奖的诗歌，读给我听听好吗？"

"那都是十几年以前的事情了，提它没有意思。"

"哎哟,这么精死屁呀?嗳,我真的想去听一听呢。"

"好吧好吧。"苦鸭凝视着弯月下面的丹金河的水波说,"那是在十二年前,当时我刚考进了初中不久。学校组织大家进行课外写作。因为我特别喜爱自己家乡这条流波涌动的丹金河,所以就写了一首题为《美丽的丹金河》的诗歌:

> 丹金河啊,丹金河,
> 你是一条金色的河流,
> 穿过这座有着美丽名字的小城,
> 悠悠地向南漾起了水波——
>
> 记得在我幼稚的童年时候,
> 我常在这河边独自地呆坐:
> 欢快的燕雀贴着河面轻掠,
> 带哨的鸽群飞得那样祥和;
> 两岸常青之树泛滥着翠绿,
> 远处传来船家动人的渔歌。
> 露腚的孩童河边游戏着波浪,
> 白发老人码头上咧嘴乐呵呵。
> 月明风清桥旁的绿荫丛中,
> 倚偎的恋人爱得要死不活。
>
> 丹金河啊,丹金河,
> 你是一条金色的河流,
> 穿过这座有着美丽名字的小城,
> 悠悠地向南漾起了水波……

可是谁知道,后来我们学校的语文辅导老师高玉芹,却把它给推荐到了省城的文学杂志上……哎,那都是过去了有十二年还要多上一点时间的事情了,秋霞你可别去笑话我哦!"

"嗯,这首诗听起来,怎么觉得……哎,你当时有多大?"

"那一年，我好像是十三虚岁吧。"

"苦鸭哥，听了你的这一首诗，我怎么有点儿觉得，你好像是在为现在的你和我写的哪！"

"你都胡说个什么呀？"

"你的诗中不是有'月明风清桥旁的绿荫丛中，倚偎的恋人爱得要死不活'这两句吗？你现在不就是在'月明、风清、桥旁'这一种地方吗？只不过现在是在冬季里边，没有了绿荫，要是在春天里或者秋天里的话，你不是就处在了绿荫丛中了吗？还有，现在你不是有我跟你相倚相偎的吗？嗨！你不要把两只眼睛瞪得像牛眼睛那么大嘛！只不过我们两个人，还没有发展到那种爱得要死不活的地步，是吧？咯咯、咯咯……"

25

秋霞还没有把话说完，她就"咯咯、咯咯"地笑个不停。并且她一边笑一边还抬起了两只手，紧紧地揪住了苦鸭的胳膊。

苦鸭伸出了右手上的食指，刮着她的脸皮说：

"秋霞，你说你羞不羞哪？"

"我羞不羞，可不能够怪我，要怪的话，就要去怪你写的诗呀！哎，苦鸭哥，你倒是给我说说看，什么是诗呀？"

"怎么啦，你想考我是吧？"苦鸭把胳膊搁在了膝盖上，手掌支着下巴说，"其实，诗是人的心境，是灵魂的放飞，是情感的宣泄，再给它以相应的词汇去表达，辅之于一定的节奏和韵脚，使之有一种跌宕起伏之感觉，让人易于诵读，这就应该是诗了。因此诗人大多是情感丰富的人。他们的喜怒哀乐，追求向往，抨击针砭，皆可成之为诗。屈原和李白是这样的人，雪莱和拜伦是这样的人，普希金和泰戈尔也是这样的人……"

"喔哟喂哟，苦鸭哥，你在发长篇大论哪？啊？嗳，你这一首诗的下面呢？"

"秋霞，你说的'下面'是什么意思？"

"你诗中提到的只是你孩提时代的心境。那么你后来青年时代的心境以及你现在的心境呢？"

"这是我以前写的，后来就没有了呗。"

"唉，真可惜。"

"秋霞你要知道，现在可是非常时期，还是少写和不写为好，省得别人要找你的毛疵挑你的刺，给你上纲上线，扣上一顶现行反革命的帽子。要晓得，这顶现行反革命帽子可是血淋淋的哪！我家成分高，再说了，现在的思想都被禁锢着，知识被放逐，愚昧在泛滥，野蛮在横行。所以我认为我们还是理性一点为好。不过我所说的这些话，你可不能到外面说哦！"

"苦鸭哥，你信不过我呀？"

"不是我信不过你，秋霞，这招灾惹祸的，多半都是由于我们自己的不小心所造成的。唉……"

"苦鸭哥，你也不要去叹气嘛，噢！我想这个世界，不会如此长久下去的。也许在将来的什么时候就会变好的。你和我，我们都还年轻，今后的时间还长着呢！这首诗歌将来还可以再改写或者重写，应该分过去、现在和未来三部分去写，我帮你当一个参谋呗，你说好不好吗？你对诗歌的见解，很有独到的地方。我相信你要么不写，要写的话，肯定就会写出好诗，写出高水平的诗歌作品来的。"

"秋霞，诗歌创作是要有激情的。没有激情哪里能够写出好诗呢？可是我现在已经什么都看破了，已经失却了那种心境……"

"你才多大年纪吗？只不过才比我大了个三四岁，就这么老气横秋的！看破，看破，看破你个头哇！你想把我给气死是不是哪？"

"真的。这个年代已经折断了我情感的翅膀。我的激情已经变秃了，情感已经迟钝了。真的，我这一点儿自知之明还是有的。比如我曾经思考过一首《孤独地追求》，它就能够说明这一点。"

"孤独地追求？哦哟，光是这个诗名听起来，就是那么的凝重，那么的老气横秋的噢！嗳，苦鸭哥，你倒是读来给我听听看。"

"这首《孤独地追求》呢，它一共有十二个小节，每一个小节有四行，一共是四十八行。秋霞，你听着噢：

太阳沿着那椭圆的轨道
孤独地竞走，从早到晚；
始于鱼肚白的晨曦一抹，

终在晚霞似火熊熊燃烧。

月亮在那紫灰色的夜空
孤独地舞蹈,从晚到早;
星星点灯时候拉开了序幕,
落幕已露珠辉映晨鸡报晓。

我在这芸芸众生的人世,
孤独地追求,孤独地生活;
从丑陋的传统之河里漂来,
向猥琐的习俗狭谷中探索。

"孤独的人不是神灵便是野兽,"
古代有位哲人曾经这样说过。
我不是神灵因我没那么伟大,
我也不是野兽因我没有堕落。

敢问世人谁没有自己的隐私?
谁会把心灵全都向人去掏出?
在权力金钱还是主宰的年代,
人与人之间必然就充满隔膜。

孤独不再是神灵天使的幡旗,
也不再是那无知野兽的标记,
它就隐匿在我们世人的心里,
世俗的人都有着孤独的感觉。

孤独是磨难是煎熬也是痛苦,
它更是清教徒式的自我约束;
因为权欲过度神便堕落成魔鬼,
物欲过度人也就会堕落成野兽。

我默默地经受着磨难和痛苦，
流着泪地约束自我，因我知道：
高尚品格本就是孤独中的追求，
高深智慧也在孤独中才能得获。

难道太阳不是在孤独之中，
将自我撕裂？再点火燃烧？
把他激情的光，愤怒的芒，
撒向世界上那阴暗的角落？

难道月亮不是在孤独之中，
把悲哀的黑斑留给了自己？
用她温柔的波，圣洁的晕，
去轻抚伤心断肠人的额角？

难道孤独就没有超然的格调？
你看那孤岩面对着雷电风暴，
它傲然兀立！除非粉身碎骨！
也不像灵霄藤去摧眉去折腰。

难道孤独不是脱俗般的清丽？
你瞧这朵绽放在泥圹的芙蕖，
她奋力挣脱污泥秽淤的禁锢，
在清风、翠叶和绿波之间微笑！

秋霞，我的这首《孤独地追求》到了这个地方，就应该结束了。"

26

此时此刻，秋霞伸出了两只手，攀吊着苦鸭的胳膊肘，抬起了一双黑玥玥的眼睛，凝望着苦鸭的面孔，只见她深情地说：

"苦鸭哥，你的这首诗真是太好了！有柔、有刚，有阴、有阳，有隐喻、有哲理、有思想，有对高尚品格的追求，有对高深智慧的向往。让人感觉到有一种美，一种清新和宁静的美，一种神圣的爱。你把太阳和月亮全都拟人化和亲情化了，你赋予了它们以人性的情感，让人觉得太阳像一个嫉恶如仇的男子汉，这有一点儿像父亲，像丈夫，像英雄。而月亮则让人感觉是一个悲天悯人的女性，这又有一点儿像母亲，像妻子，像女人。这就是阳刚的力量和阴柔的美丽。诗中那面对着雷电和风暴的孤岩，也是一种阳刚力量的象征。而那一朵奋力去挣脱污秽淤泥禁锢的'芙蕖'，出污泥而不染，这是一种情操。一种静美之中高尚的情操。

"还有最可贵的，是你在诗中所流露出来的情感。这从'我默默地经受着磨难和痛苦，流着泪地约束自我'就可以看出。男子汉一般是宁流血而不流泪的。如果让男子汉流泪的话，无非是这种磨难和痛苦太深、太沉、太重了，或者是你的追求，值得你去承受一切苦难。你为追求人类中的高尚品格和高深智慧这两种理想性的东西，而付出难以想象的代价和承受着难以承受的压力，这就是真实情感的袒露，是你这首诗的灵魂之所在。

"另外还有'因为权欲过度神便堕落成魔鬼，物欲过度人也就会堕落成野兽'这两句，真是太精辟，太富有哲理性了。你说出了神灵与魔鬼的差异，就在于对权力欲望的程度；而人和野兽的差异，就在于对物质欲望的程度。所以一切都要适度，都要适可而止。过度了就会在走向反面。人性中的真假、善恶和美丑也是一样。

"当然了，你的这首诗也有不够妥帖的地方，还需要再去进行推敲，再去进行洽商。总之是，通过你的这一首诗，让我对你有了一个更进一步的了解以及更深层次的认识。你不是激情变秃、感情变迟钝了，而应该说是一种成熟和深沉。你知道吗？要是能够得到你苦鸭哥这样的人为知己，为伴侣，我真是死而无憾哪！"

说到了这里，秋霞就把自己的脸颊，轻轻地斜倚在苦鸭的肩膀上，两只手紧紧地挽住了苦鸭的右臂膀。此时此刻，苦鸭的心里边，真是极为震动和惊讶，似乎还有一种得遇知音的感受。

"喔哟喂，"他说，"秋霞，真是想不到，你能够如此理解我的这一首诗。我这首诗的句子没有多少，而且还在雏形的阶段，但是经你这么一说，嗨，就是那一大篇哪！你简直就像是一个诗歌评论家一样哪！"

"哎，苦鸭哥，你要晓得，我家里的文化氛围原本就是很浓的！我阿爸是大学里的文学教授。我阿妈也是、也是……"

突然之间，苦鸭似乎可以明显地感觉到，秋霞的身子，此刻在瑟瑟簌簌地颤抖着。于是他赶忙问道："秋霞，你怎么啦？"

"苦鸭哥，"秋霞脸上的眼泪，开始滴滴的流了下来，"我忽然想起了我的阿妈。我阿妈她死得好惨哪！她死的时候，身体上有很多的伤痕……现在我阿爸他又没有音信哉……我的心里很难过。"

苦鸭伸出右手，轻轻地挽住了秋霞那凄楚无依的肩膀，抬起了左手，替她抹去了折射着月光的泪珠。他轻轻地对她说：

"好了，秋霞，你就不要去瞎想了，噢。我会像爱护我的亲妹妹那般去爱护你的，我妈她也会去爱护你这个干女儿的，我们会永远去爱护你的，你知道吗？"

"真的吗？苦鸭哥，我觉得有一点儿冷。"

听了苦鸭的话，秋霞虽然感觉到有点儿幸慰，然而她的心里边又有着一点黯然。这会儿她又打了一阵哆嗦。苦鸭连忙脱下自己的外衣，披裹住了她的身子。他一边给她披裹，一边对她说：

"我们回去吧。"

"嗯。"秋霞轻轻的答应着……

那天晚上，苦鸭失眠了。他躺在床上，翻来覆去地，怎么都睡不着。自从遇到秋霞以来，她的言谈举止，她的音容笑貌，就像是电影里的慢镜头一样，这会儿在他的脑海中一幕又一幕地过滤着。

"秋霞无疑是一个好女孩，"他想，"她不仅人长得美丽漂亮，而且还有头脑，有学识，有着很深的文化内涵。她谈吐高雅，思维敏捷，又能够善解人意，对善恶、美丑的辨别力相当强，思考的层次也相当深，对于诗歌，对于文学，对于情感的理解和认识，颇有造诣。若是能得这样的异性为终身伴侣的话，那该有多么好啊！况且她又是一个让人去疼、让人去爱的好女孩。她那一副柔美动人、凄楚无依的样子，真让人的心里面觉得要好好地爱她，好好地保护她。真的。要是能够爱上她这样的女孩，就是死也无遗憾啊！嗨，刚才她也说过这种话。无疑她也爱上了自己，这从她那脉脉的眼波里，飞霞的面孔上，欲言又止的话语中，还有昨晚的吻，今晚挽着倚着自己的举止和动作来看,可以感觉到她已经爱上了自己……"

这种影响着他并让他感到失眠的东西,无疑就是情感。这种情感来得何其汹涌和澎湃。他感到自己正因为是有了这种情感,他的整个人生跟着也就丰富和多彩了起来。"可是,"他心里又想,"我能给她多少爱呢?我家的成份不好,家里又顶着右派家属这顶帽子!就是这顶帽子,使得有多少远远不如秋霞的女孩,都在嫌弃我,睥睨我,看不起我。我是政治上的残废,是被这个社会抛弃了的、被踩在脚板底下的下等人啊……"

想到了这里的时候,苦鸭忽然就自卑了起来,他的嘴里涌起了一股涩涩的苦味。什么最苦?心最苦。黄连和苦胆都莫过于心苦。他闭着的眼睛里开始有点儿潮润起来,并且汪起了泪滴。他真想痛哭一场,可是他克制住了自己。"唉,"他心里想,"还是算了吧。做人要讲良心的,要讲最起码的道德的。尽管我很爱她,可我不能去坑她、害她、连累她,让她也去遭受到别人的歧视,跟着自己去受苦和受难啊……"

那一晚,苦鸭的内心就是这样地波澜与起伏,怎么都睡不着。他睁着眼睛,看着那一轮弯弯的月亮透过了窗玻璃,将寒光投进了小屋。"我默默地经受着磨难和痛苦,"他用耳朵聆听起北风挤轧进来的呜呜作响的风声;"流着泪地约束自我因我知道,"他用眼睛,用耳朵,用心灵去捕捉这寂静的夜晚中的每一丝动静;"高尚品格本就是孤独中地追求,高深智慧也在孤独中才能得获!"他复又深深地陷入了他那个孤独的精神境界……

27

随着日出和日落以及人们的早出晚归,日子又翻过了一天。

这天吃过晚饭以后,苦鸭已经是没什么事情可做了,该做的家务事情,白天秋霞已经全都给他做完了,因而他便斜躺在自己后屋里的床铺上,就着暗淡的灯光,看起了前两天小卜萝子送过来的、然而在那个时代是绝对不允许阅读的书籍。这一会儿,秋霞忽然敲着门框地闯了进来。

"苦鸭哥……"她面若飞霞,欲言又止。

"嗨,"苦鸭说,"秋霞,你又想要给我出什么难题了吧?"

"嗳,苦鸭哥,今天白天我也写了一首小诗,现在我就想请你看一下。不过你可不允许笑话我哟!给你喏。"

苦鸭抬手接过了秋霞伸手递过来的已经折叠成四方角的小纸条，展开来并且抚平了纸条以后，看是一首题目叫做《愿》的小诗，于是他便仔细和认真地品读了起来：

1
我多想有一个自己的家，
能够御走寒冬迎来春夏。
哪怕它与坟茔墓冢相邻，
哪怕茅草披屋雨漏檐下，
但愿能够依偎爱人的臂膀，
诉说我心中那些悄悄的话。

2
我多想有一个自己的院，
能让心帆驶入平静的港湾，
不管外面是喧闹是折腾，
不管世人在逐利在争权，
纵算是破衣烂衫粗茶淡饭，
我也愿与爱人相爱到永远。

在细品慢读了几遍以后，苦鸭的一颗心猛地就狂乱了起来，他愣怔地不知说什么才好。因为此时此刻他再明白不过，秋霞这是借助于诗歌的形式，在向他倾诉她自己的爱情。她很有才气，又有着很高的素养，虽然目前她身处在逆境，但她不会长此下去的。总有那么一天，她就要回到属于是她自己的世界中。而他苦鸭的生活基调，则是命中注定了的。对于婚姻和爱情，他早已经心灰意冷了。

这时候他抬起眼睛看着秋霞，只见她微微地低着脑袋，露出一段白嫩的粉颈，一副羞羞答答的模样。"她是一个多么可爱的女孩啊！既然自己那样的爱她，那么自己就不能去坑她害她。"他的心里就是这么对自己说着。

"苦鸭哥……"秋霞窘窘地问，"你看我的这首诗它怎么样啊？"

"秋霞，我们出去走走，好吧？"

苦鸭两脚随即从床边落地。他要好好地跟她谈一谈，而且必须要谈清楚，谈彻底。因为他们之间的差距，实在是太大了！这差距太大的恋情，是绝对不可能的，也是绝对不现实的！但是他又要婉转一点，并且还要注意方式方法，绝不能让她受伤的心灵再度遭到伤害。

爱情，这是一种心里内在的情感，在初始阶段，它喜爱遮遮掩掩的，就像那雾中远山一般，令人要去想入非非一样。然而这个静悄悄的月夜，又是这爱情最为活跃的场所。所以当秋霞听苦鸭说要到外面去散散步的时候，她的心里犹如重负顿释一般，随即就轻松地答应说：

"好啊，苦鸭哥。"

"妈，"苦鸭对前屋的母亲说，"我和秋霞出去散散步，噢。"

"小岳，你们去吧。"母亲关照着他们说，"只是你们要早一点回来，别让秋霞受了凉。"

苦鸭和秋霞两个人，乘着夜里的寒风，迎着晚上的冷月，顶着头上的繁星，沿着沙城河堤上的小路，向着丹金河的方向走去。苦鸭他就是一边慢慢地走着，一边低低地对秋霞说：

"秋霞，你知道你的诗意味着是什么吗？"

"苦鸭哥，"这时候，仿佛月色增添了秋霞的勇气，只见她紧紧地挽住他的胳膊说，"你不是说过，诗是人的心境吗？"

"秋霞，你要我怎么说你才好呢？本来我只想和我眼睛不好的母亲，在张角墩子下的这个地方平静和安稳地生活。可是，你已经打乱了我们的生活了，你知道吗？"

"怎么啦？苦鸭哥，你说得也太严重一点了吧？与其说是我打乱了你们的生活，还不如说是我想要加入到你和干阿妈的生活里来得恰当呢！苦鸭哥你说是不是呀？"

"不是我说你，秋霞，就这么几天，你对我究竟了解有多少呢？"

"是没有几天。不过我不光是用自己的眼睛去看，我还在用我自己的心灵去捕捉、去感受哪！"

"秋霞，我不怕自己坦冲噢，有很多个条件远远不如你的女孩，她们不是嫌弃我家的成分，就是嫌弃我家的贫穷，都不愿意嫁给我。所以我早就不去想什么婚姻，想什么爱情了。"

"苦鸭哥，你不要这么消沉么！别人是别人，我是我。你不要把我同别人相提并论好不好呀？别人不知道你是一个多么难得的人，可是我知道呀！我看中的是你这个人，我所爱上的也是你这个人哪！苦鸭哥，你晓不晓得吗？"

"秋霞，你也太天真，太草率，太年轻，太感情冲动了吧，啊？你知道，什么是婚姻，什么是爱情，什么是儿戏吗？"

"哟，哟，哟！苦鸭哥，你也太老气横秋了吧？你以为就只有你懂，别人就不懂吗？你给我把耳朵揩揩干净，让我来告诉你，爱情是一种理想中的情感，知道吗？我喜欢你，就因为你是我心目中理想的男人。我想要同我理想中的男人在一起生活。而婚姻是一条绳。我就是要用这一条绳，把我和我理想中的男人去拴在一起，去捆在一起，去绑在一起，你知道吗？苦鸭哥，你是一个戆大呀！这也是我报答你和干阿妈的一个机会哪！"

"我可不需要什么同情和怜悯，更不指望要什么报答。我不愿意让别人指手画脚地议论，说我救你是为了要去占你的便宜，对你心怀歹意，图谋不轨。秋霞你要知道，人言可畏……"

"苦鸭哥，我爱的是你的人呀！真的！我是用我的心在爱你的呀！要是你不值得我爱的话，苦鸭哥，你就是救我个十次或者二十次的，也都一样没用的！爱情与知恩图报，这绝对是两回事情！既然我爱你，苦鸭哥，我就不去管别人说三或者道四的！我是一个女孩儿家，就连我这个女孩儿家都不怕别人说什么废话，而你这么个大男人又怕别人说什么呢？啊？你该不是嫌弃我吧？苦鸭哥，我虽然被那个邵主任玷污过……"

"秋霞，你看你，又说了。"

"我就是要讲！他邵主任只是玷污了我的嘴巴，可我的身体却还是清白和干净的……"

秋霞说着说着，她便侧过身子倚偎在苦鸭的肩膀上，呜呜地哽咽了起来。苦鸭抬起右手抱住了她的肩膀，伸出左手轻轻拍着她的面孔说：

"秋霞，你看你，不要往歪处去瞎想嘛，噢！你是一个好女孩！不是我恭维你，秋霞，我是从来都不违心地恭维别人的！但你确实是一个很好的女孩子哪！你聪明、漂亮，是一个很难得的女孩子，谁要是娶了你那准是他的福气呢！可是我不配，真的。我们之间的差距太大了，秋霞。不是你不可爱，也不是我不喜爱你，而是我不可能给你带来幸福的，反而只会连累你担惊受怕，连累你受苦受难。人，要是爱上另一个人的话，自己就不能过于自私，就得要站在对方的角度和立场去考虑。嗳，秋霞，前面就是丹金河了，我们还是到昨晚那个地方去坐一会儿吧。"

"好的。"秋霞轻轻地答应着。这时候她抬起了右手背，抹了一抹眼睛说，"苦鸭哥，在我的心目里，你是一个的的刮刮的好男人哎！"

他们就像昨天晚上那样，肩并肩地，坐在了那两棵多须的大柳树根上。苦鸭双手环抱住了膝盖，身子斜靠着树杆，抬起眼睛，望着丹金河里流淌着碎银般的水波说："秋霞，我记得有一个作家，他曾经说过这样一句话：人，应当忘却自己，而去爱别人，他才能得到平静……"

"这是托乐斯泰说的。"

"哟，你知道的还真是不少哦。"

"苦鸭哥，你也太小看人哉！你刚才说要忘却自己，而爱别人，那么，"秋霞忽然把苦鸭的胳膊往上面一抬，自己的脸孔索落一下就钻进了他的臂弯里，双手捂住了他的双膝，下巴支在自己的手臂上，眼睛向上望着他的脸说，"嗳，苦鸭哥，现在你就多爱我一点儿，好吗？"

"你羞不羞啊？"苦鸭右手拥住了秋霞的肩膀，左手抚摸着她的发际说，"托尔斯泰说的爱，是一种爱的天性，而不是性的欲念。"

"我认为也包含在内呢。"秋霞说，"托尔斯泰说的爱，实际上是一种广义的爱。其中有爱的天性，爱的本能，爱的奉献。比如说你爱我吧，你就会为我去做出牺牲的，是吧？那么我爱你呢，我就会为你去做出奉献的，包括我们女人那种最美好的贞操在内的奉献。爱，就是要彼此心心相印。假如我不爱你，你就是对我强取豪夺地占有，可又能够说明什么呢？"

"爱，就是要彼此心心相印？"苦鸭说，"秋霞你说得很对。爱有心灵的，也有性欲的。不过前者属于是精神内涵，而后者属于是物质欲望。你比较完美。后者对于你，似乎颇有点儿亵渎和不敬哦！"

"哎哟喂，"秋霞忽然调笑了起来，"苦鸭哥，你不要废话忒忒的、酸不溜秋的好不好？真是假马若鬼哦！你以为你是古井不波呀？我就不相信你会不波的。假如你真是一口古井的话呢，我只要从地上拾起一块砖头，一块很大的砖头，往里面'扑通'地一扔……"

说到这里的时候，她的面孔忽然往上一抬，两只手臂往苦鸭的脖子上一绕，玫瑰花瓣一般的嘴唇忽然就吻住了苦鸭的唇吻。这时候苦鸭的心倏地就狂跳了起来。秋霞移开了唇吻，打趣他说：

"呶，苦鸭哥，你看看，你看看，你这只'古井'，现在就扑通、扑通地涌起了波纹来了吧？格格、格格……"

"秋霞你啊，"苦鸭伸出右手的手指，刮起了她的脸皮说，"真是有一点儿恶作剧呢！你羞不羞哪？"

"苦鸭哥，在你面前我羞或者是不羞，也都没什么的，因为我爱着你，我在深深地爱着你，所以我就觉得无所谓羞与不羞了，你说是吗？"

28

苦鸭低下眼睛，他想去看一看秋霞此刻脸孔上的表情。可是夜的纱帘遮掩着，他只看见两只黑玥玥的眼睛在忽闪忽闪地折射着月光，犹如两泓汩汩涌动的泉眼一般。他的内心里，顿时就翻涌起了浪花。他真想要把自己的嘴唇覆盖在那一对泉眼上，好好地吮吸它们和亲吻它们。然而他却又怕伤害了她。此时此刻，秋霞忽闪忽闪着两只黑玥玥的眼睛，她转过脸孔，对着他的耳朵低低地说：

"苦鸭哥，我知道你的心里现在想一些什么？你的心里想着要去亲我吻我，可是你的行动却又有一点不敢，是不是吗？"

"你快不要瞎说！不然的话，我会受到诱惑而不能自拔的。"

"嘿，你是口是心非。"

"秋霞，"苦鸭贴着她的耳朵根说，"说句心里话，我很喜欢你。不，还不仅仅是喜欢，而是爱，一种很深很深的爱。可是我的理智却告诉我不能爱你，因为我不想伤害你，秋霞。你和我不属于同一个环境。你不属于这个地方，知道吗？你不仅人长得美，而且又有着相当的气质和素养，你有前途，也许有一天你就会回到属于是你的环境中去。而我却是命中注定了的。我们之间的差距实在太大了，也太悬殊了。我不会给你带来幸福的，秋霞。我是真的不想，也真的不愿给你带来哪怕是一星半点的伤害啊。"

"苦鸭哥，"秋霞摇晃他说，"你快不要这样讲么。你是一块金子，一块真正的金子。虽然眼下的世道，给你这块金子蒙上了一层灰尘，在一般世俗人的眼睛里边，蒙上了灰尘的金子就不是金子了，就是泥土了。其实是他们不识货罢了。你是一个好人。我相信我自己的眼光。我把我的一生交给你，苦鸭哥。你抱紧我，再往上抱一点儿，再抱紧一点儿，好。苦鸭哥，现在我可把我自己交给你了，你可要好好地去我噢。"

"秋霞……"

秋霞抬起手掌，遮掩住苦鸭的嘴巴，并且用自己的嘴唇，贴住了他的耳朵，轻轻地对他说："我不要你再说话了！苦鸭哥，你把我抱着坐在你的大腿上好不好啊？呃，抱紧我，再抱紧一点儿。"

这时候，苦鸭的那颗心跳得是异常的厉害，爱情蓦然闯进了他的心扉。而秋霞这个美丽的女孩，现在就拥在他的怀中。他们两个人虽然都隔着厚实的冬衣，但是他却能够清晰地感觉到她的心脏在急剧地跳动。他的唇吻情不自禁地落在了她的脸颊上……秋霞的身子，跟着就激起了一阵痉挛和悸动，抬着的手臂软软地环绕在他的肩脖上，身体也瘫瘫地依偎在他的怀抱中。

这会儿，天幕上的群星在向他们眨巴着眼睛；那轮弯月亮把它那圣洁的波光，如水似的披撒在他们的身上；夜风带起了最后的落叶，飒飒地在向他们拂动；汩汩流淌着的丹金河，在他们的面前涌起了朵朵银色的浪花，然后再一波又一波地向着南边乌龙山的方向涌动而去。恋爱中的年轻人此刻眼睛看什么都是美好的。这会儿苦鸭的心里涌起了一阵阵的波澜……

"秋霞，"他低低地叫着。

"呃，"她也低低地答应着。

"你想听听我此刻的心境吗？"

"嗯。"秋霞在他的怀中，轻轻地点了点头。

"秋霞，此时此刻，我涌动着的心境，其实就只是一首小诗，我就把这一首小诗献给你吧。"

　　　　　　在银波流淌的丹金河旁，
　　　　　　我望着那轮弯月升起的地方，
　　　　　　心灵向着苍天默默地祈祷，
　　　　　　啊，给我掉落个美丽的新娘。

"苦鸭哥，还有呢？"秋霞深情地问着。

　　　　　　　　寒星向我眨巴眨巴着眼睛，
　　　　　　　　月亮给我洒下了圣洁的晖光，
　　　　　　　　一个天仙一般美丽的女孩，
　　　　　　　　她此刻就依偎在我的身边上。

　　秋霞贴在苦鸭的耳朵边，轻轻地哈着气地问：
　　"那么，苦鸭哥，你这是在向我求婚啦？"
　　"秋霞，你愿意嫁给我吗？"
　　"我愿意。"
　　"不管我家贫穷和困苦？"
　　"不管贫穷和困苦。"
　　"不管我家的成份好与不好？"
　　"不管成份不成份。"
　　"假如我还有着这个方面的缺陷，或者那个方面的弱点的话，你以后也不会去后悔吗？"
　　"要是爱一个人的话，就要爱他的全部。这不仅是指他的优点，还要有容纳他的缺点和弱点的肚量。当然，他的缺点和弱点不能恶性膨胀。"
　　"那么，我就对着这银波流淌的丹金河和这圣洁的月光起誓：秋霞，我会永远永远地爱你，直到我咽下最后一口气的时候为止。"
　　"苦鸭哥，我不要听你讲不吉利的话。"
　　"那么秋霞，我是生生死死，终身不渝！"
　　"我也生生死死，终身不渝！"
　　"秋霞，"
　　"嗯。"
　　"我们回去吧。"
　　"嗯。"
　　"那么走哇！"
　　"我走不动。"
　　"那……"
　　"我，"秋霞向苦鸭娇嗔地说，"要你抱着我回去。"
　　"你要我抱着你回去？"

"反正我是不下来的，"秋霞伸出了右手食指，在苦鸭的脑门上点戳了一下，然后两只手又紧紧地环绕着他的脖子说，"我就是要你抱着我回去。你怎么啦？难道这也不可以吗？"

"好，抱就抱吧。我就是把你抱到了海角天涯也行。"

苦鸭伸出一只手抄着了她的腋部，另一只手托住了她的膝弯处，轻轻地一下就把她抱在了怀里边。秋霞的两只手，这会儿紧紧地环绕着苦鸭的脖子，并把嘴唇贴近了他的耳朵说：

"苦鸭哥，你这个人真好！虽然是短短的四天时间，可我并没有看错人哉！你是一个好人，一个值得我托付终身的男人，苦鸭哥你给我听好噢：

　　　　寒星数颗弯月如钩，
　　　　小路木桥寒风荒墓，
　　　　还有沙城河水在流。
　　　　此生只要有你陪着，
　　　　纵然前头是关坎路，
　　　　生死与共相偕白头。

从现在开始，我就把我的一生全都托付给你苦鸭哥了。将来哪一天，假如我先你而去的话，要是能够有你这样子抱着我，嗨，我也就心满意足了。"

"秋霞，别去说什么傻话了，噢。要是你喜爱我抱着你的话，那么，就让我去抱你一辈子吧，直到头发白了抱不动了的时候，才为止好吧？呵，真快，都到家了……"

"嗳，苦鸭哥，回去以后，让我先同你母亲说，好吗？"

"好的。你就对我母亲去说吧。"

29

他们刚回到家，秋霞一头就扎进了瞎母亲的房间内，与苦鸭的瞎母亲喁喁地私语起来。苦鸭则带着一个手电筒到外面张角墩的黄土岗子上去转一圈，因为眼下是初冬时分，正是黄鼠狼和野兔频繁出没的季节。他想去看一看自己置放在张角墩上三个隐秘处的"扳弓"，这时候有没有动静。

那天晚上他也真够幸运的，出去没多一会，便拎回来一只被"扳弓"压死了的黄鼠狼和一只七八斤重的灰毛大野兔。那个时候，一张冬季里的黄鼠狼皮可以卖上三元多钱呢！够一个人最低生活半个月呢！他回到家以后，只见母亲坐在外屋等着他呢，而秋霞则挽住了他母亲的胳臂，身子斜倚着他母亲的肩膀，脉脉含情地注视着他。他一走进家门便说：

"妈，嘿！可逮住这只黄鼠狼了！还有一只灰毛大野兔呢！"

"小岳，"他母亲说，"你过来坐在这里。"

苦鸭放下了黄鼠狼和野兔，又去后面的灶屋里洗了一个手，然后便在母亲的另一边坐了下来。瞎母亲拉住他的一只手说：

"小岳，刚才秋霞对我说起了你们的事情。秋霞是一位好姑娘，你可要好好地珍惜她和爱护她，知道吗？"她又拉起了秋霞的一只手，并把它放在了苦鸭的手里说，"秋霞，能够有你这么好的姑娘做我的儿媳妇，我真是太高兴了。虽然我没什么珍贵的礼物可以送给你，但我的儿子小岳，可是一个很不错的男人。现在我就把我的儿子交给你了，祝你们两个人一辈子都幸福。"

"谢谢阿妈，"秋霞在瞎母亲的脸上亲了一下说，"谢谢阿妈把苦鸭哥给了我，对于我来说，这可是一件这个世界上最好最好的、再没有比这个更好的礼物了。苦鸭哥，你说是不是呀？"

"你说是就是吧。"苦鸭紧紧地握住了秋霞的手说。

瞎母亲继续往下说："另外，我手头上有着三百多元钱的积蓄，这是小岳多年以来一点儿一点儿地积攒下来的，秋霞，现在我就交给你吧。我眼睛不好，以后这个家，秋霞，就由你来当吧。"

"阿妈，"秋霞依偎着瞎母亲说，"钱，你不要交给我，还是由你收着吧。我也不需要用钱。以后要是需要用钱的话，我会同阿妈你去商量的，好不好呀？入乡随俗么，以后我可以穿苦鸭哥的旧衣服，那倒也满像样子的呢，阿妈。"

"秋霞，"瞎母亲说，"你是一个有头脑的女孩。不过你和小岳都要给我记住，现在这个社会小人太多了，人心又都隔着肚皮，没有谁要谁好的。往后你们在外面说话和做事情，要多去提防着一点噢。"

"阿妈，"秋霞对瞎母亲说，"这个你就放心吧，以后我和苦鸭哥，我们会处处小心，事事谨慎的。"

"妈，"苦鸭拍了一拍秋霞的手背说，"你和秋霞两个人聊吧，现在我得去把那个黄鼠狼和那只灰毛大野兔拾弄一下。待会儿，我再烧上点夜宵……"

那一天夜晚。西北寒风拼命地往后屋的窗缝里挤，挤得窗玻璃格啷格啷地直响。那一轮快要下山了的弯月，也来凑上一个热闹，它想要把它那一张歪扭了的面孔，使劲地挤进这一间屋子里来，想要看一看这对年轻爱侣的模样，可是后屋墙上的那扇窗户阻挡着它，就是不让它进来，最后它也只好无奈地站在了窗户外边，向这间屋里投下些许淡淡的晖光。

屋子里边，秋霞看着苦鸭的眼睛，他不再是一个虚影，此刻他实实在在地躺在了她的身边；苦鸭也看着秋霞的眼睛，她也不再是一个梦中人，眼下她就活生生地拥在了他的怀抱里。她的一双手伸过了他的腋部，从背后面紧紧地握住他那一对肩膀上的三角肌；他的两只手，则轻轻地抚摸起她那一身柔滑细腻的肌肤……

"苦鸭哥，"她在他的耳边低声说，"从今天开始，我就是你的女人了。你救了我的命，我便将我的贞操奉献给你，只奉献给你一个人。往后，我就跟你同甘共苦、同舟共济地生活在一起了。"

说完以后，她就慢慢地闭上了眼睛。闭着的眼窝里，又慢慢地渗出了泪珠儿。这泪珠反正不是痛苦的泪水，它透映出淡淡的月光，显得怪晶莹、怪晶莹的。苦鸭将自己的嘴唇，覆盖在这一对涌出泪珠的泉眼上面，轻轻地吮吸和亲吻了起来……

爱情，这两个在当时的年代遭受到冷遇、贬斥和批判的字眼，这会儿犹如一缕淡淡的烟气，从那个政治高压锅的缝隙中偷偷地飘忽了出来，在荒坟墓冢的张角墩子的西北角落下，暂时停住了它的脚步。而后它又叩开了这两个年轻人的心扉，并且在他们两个人的眼神、表情、言谈、举止、抚摸、拥抱和性爱中，热情地绽放和自由地奔腾。就像深秋里那些繁枝茂叶的野菊花，冬季里含苞欲绽的腊梅树，初春时分独领风骚的迎春藤，仲季春中那些十朵一簇、八朵一团、香馨洁白的十姊妹这许多野花，在荒坟墓冢的张角墩子上热情地绽开，自由地奔放一样。

对于这两个年青人来说，爱情，就是他们的追求，就是他们的理想。它充满着爱的欢愉，性的快感，情的浪漫。它是一组和谐的音符，田园诗一般的乐章，在他们的眼波里、表情上和语言中，在每一次热烈的拥抱和激情的亲吻下,得到了最充分地展现……

30

没过多久,苦鸭和秋霞结婚了。尽管这其中出现了许多的波折,比如秋霞要借助于锅底灰、油漆、松节油和"乌煤"等些物品,去做一些丑陋的化妆,将自己那张漂亮的面孔涂抹成了难以清洗的烟灰色,尤其是到乡政府去领取结婚证的时候,更是如此……

秋霞之所以要这样做,这不仅仅是由于她和苦鸭特定的家庭成分,主要还在于他们要去面对当时那个野蛮和愚昧的政治社会。在严峻和残酷的现实生活面前,他们不得不保持着一种低调。

记得有一次吧,那个天真幼稚的小卜萝子,曾经就好几次地问过秋霞姐,你干吗要把自己的面孔,弄得这么黑不溜鳅、青不拉叽的呢?秋霞告诉小卜萝子说,女人的美貌,往往会给她自己带来诸多的麻烦和不幸,甚至还会导致悲惨的后果。她说她把自己的漂亮与美丽留在了家里,留给了苦鸭哥,这就已经足够了,往后,他们只想在这张角墩子下宁静地生活下去……当时,那个小卜萝子曾经自己许多次地问过自己,难道秋霞姐要长久这样吗?难道这样就能够解决根本问题了吗?就可以得到永久的安宁吗?肯定就不会再出现什么意外了吗?……

他寻找不到答案,也回答不了自己,于是他只能用一句"也许是吧?也许又不是吧"这样活里活络、模棱两可的语句,来敷衍和搪塞自己。因为在那个年代,谁都不知道自己明天会发生什么事情,有没有一场横祸突然就会飞落在自己的头上?当时人们前面的路是黑的,黑咕隆冬地看不见去走,大家都在提心吊胆地生活,都在战战兢兢地过着日子……

不过苦鸭和秋霞这两个人,总算能够在这张角墩下恩恩爱爱地生活了起来。苦难使他们相遇,知识使他们相敬,爱情使他们相慕,理想使他们共同去追求。总之,他们创造了属于他们自己的情感生活,这里面有精神内涵的,有文化氛围的,有性爱欲念的,也有物质生活方面的。

比如,他们推崇保尔·科察金那"人生最宝贵的是生命……当他回首往事的时候,不会因为碌碌无为、虚度年华而悔恨,也不会因为为人卑劣、生活庸俗而愧疚"的名句;信奉培根那"知识就是力量"的哲学思想;

欣赏马克思的"走你的路,让人家去说吧"的格言;以及牛虻在人生逆旅之中依然能够去坚忍的这种意志力和崇高的精神品格。他们一起朗读"风、雅、颂"中的诗句,一起与爱弥尔、贝娅特丽齐去聊天,一起同屈原、李白去遨游。他们把"生命之树常绿"的诗句,敬献给了瞎母亲做新春礼物,而把"爱情之吻,酒一样甘醇"这样的诗句,则留给了他们自己……

当然,性爱也是他们情感生活中不可或缺的一部分。比如每当夜幕降临时,家务事情料理完毕后,他们就会净洗上床,抱拥在一起。她就会用双手去反抱住他肩膀上那些凸起的、象征着力量的三角肌;而他则将她拥进自己的臂弯里面,轻轻地抚摸着她那一身柔美光滑的肌肤;他们两个人的眼睛会长时间地看着对方;他们两个人的身体会去共同感受那种高潮顶峰来临时刻的欢愉和惬意。有的时候秋霞还会悄悄地打趣苦鸭说:

"嗳,苦鸭哥,你不是老是在我面前提起孔子和南子的精神恋爱,可是现在你却又在做什么呀?"

"秋霞,"苦鸭也会悄悄地回答她说,"我只是一个男人,一个凡夫俗子而已,是你让我在这个婚姻的殿堂里、在这个性爱的顶风浪尖上,去感受起人世间中这最为美好的生活来。"

"哎,你倒是说说看,这是一种什么样的感受哪?"

"嗨,秋霞,这种事情是只能意会,而不可言传的啊!"

"你是一个戆大呀,啊?你心里边就会去瞎想八想,下作兮兮!还是让我来教教你吧,噢!这种感觉应该是'此时无声胜有声',应该是'关关雎鸠,在河之洲,窈窕淑女,君子好逑',懂吗?要有文化品味,要去讲究情感的格调。性爱之事原本并不卑鄙和下流,并不像有些人心里想象的那么肮脏和龌龊。这取决于人的心理活动。如果是人的心灵不干净,心灵里用那种卑鄙下流和肮脏龌龊的念头来看待这性事,好像性的行为就卑鄙下流和肮脏龌龊了。所以说肮脏龌龊和卑鄙下流的是人的心灵,是人的心理活动,而不是这个性爱的行为。人只要精神上文明了,心灵上优美了,性爱的行为自然而然地也就神圣和高尚了起来。你晓得吗?"

"秋霞,你别去发表什么长篇大论,好不好哪?其实有一句'爱,就是要彼此心心相应',这就足够了嘛。"

"这还差不多呢。苦鸭哥,今后在这种情况下面和我讲话的话,你的心里边可不能有一丁半点儿下作兮兮的念头哦!晓得吧?要不然的话,我就不让你去做性爱这种事情哉！"

这时候虽然秋霞这许多的悄悄话，颇具有一定的说服力，可是她那一副把眼睛睁得大大的嗔怪的腔调，以及那一种说着悄悄话的神态和模样，就足以要让苦鸭忍俊不禁地笑出声来。

"哎，苦鸭哥，你在笑什么呀？你再笑嗒，你要是再笑出一声来的话，嗨，我就把你从我的身体上给推下去哉！"

看着秋霞那么一副蹙眉瞪眼的一本正经的样子，苦鸭就反而倒忍俊不禁地笑得更加的厉害了。

"苦鸭哥，你再笑嗒，你要是再笑出一声来的话，我就推啦……我真的推啦……我推、我推你……格格、格格……"

事实上秋霞并没有去推他，她反而把他抱得更加的紧，把自己的身体向他贴得更加的近，以致紧得近得连她自己都情不自禁地笑了起来……总之是，情感生活是两个人之间的事情，它需要有两个人相互去配合，相互去协调，相互去感应，不然怎么叫做相爱呢？它是要有一定的文化氛围和精神内涵去做它的支撑点的。这一些就又构成了爱情。

爱情，这就是情感生活的底蕴，它使婚姻更加清新，生活更加丰富，性爱更加快乐。试想如果有一天，一对夫妻之间没有了爱情，那么，他们的家庭生活注定就会黯然失色，婚姻就会变成枷锁，性也就会演变成机械的动物型的感官快乐而已。

31

总之是，苦鸭和秋霞两个人，在野菊花盛开的初冬里面相遇和相爱，经过了腊梅花含苞绽放的隆冬，他们孕育了爱情的结晶——秋霞已经怀孕了。然后再随着迎春藤摇曳着春风，十姊妹和月月红开来了初夏，时光如梭一般地来到了第二年农历的端午节。

那一年的端午节，正是农村夏收夏种的双抢季节。按照生产队的规定和要求，双抢前后这半个多月，凡是在外面务工的所有的生产队的社员，一律都得停下手里的工作，回到生产队来参加夏忙双抢。因而苦鸭也安排好了自己手头上的木工和油工活计，和小卜萝子两个人一起回到生产队来参加夏忙双抢。然而这个端午节，可是纪念大诗人屈原投江的日子。在江南这一带地方，它可是一个非常重要的传统节日。在端午节这天，人们往往会用青芦苇叶去包一些糯米粽子，煮上一些鸡鸭鹅蛋，再宰杀一两只鹅仔或者鸭子什么的并且炖上汤，然后再喝一点儿酒，尤其是雄黄酒，可以活血和祛湿，有助于身体的健康。

因此在端午节这一天，队长包连福决定给社员们放上一天假，让大家能够自由自在的行动，但是工分却给照记。因为队里分发给每家每户一些上街去卖青蔬菜的活。所以那一天苦鸭和秋霞他们两个人，也分到了一百六十多斤的黄瓜、西红柿和青葫子的指标，他们只要能把所卖指标的钱款，按照队里规定的额度上交给队里的曹怀娣会计就行。

这一天苦鸭家中是女主内，男主外。包粽子、烧饭菜的事情由秋霞在忙着，而杀鹅褪毛、去地里挑菜、上河边洗刷的事情，则由苦鸭负责来做。这时候的秋霞，俨然是一副成熟少妇般的模样。她怀着将近有七个月的肚子，要不是苦鸭那件旧粗布工作服大大落落地遮掩的话，她怀孕的身孕就已经是非常明显了。苦鸭的手脚很麻利，当他该做的事情完了之后，他又拿起镰刀，去张角墩子上以及沙城河边沿砍了一大捆苦艾和菖蒲叶回来，然后再把这许多鲜绿的苦艾和菖蒲叶分扎成一束一束的。秋霞很不能理解他的举动，便停下手中包着的粽子，瞪圆了眼睛问：

"苦鸭哥，你的脑袋瓜是不是有一点儿问题了哪？你砍了这么多的绿苦艾和菖蒲叶回家来，干吗哪？"

"秋霞，"苦鸭一边整理和分扎那些苦艾与菖蒲叶，一边对秋霞说，"这你就不知道了吧？把这许多苦艾束悬挂在各个门框上，能够辟邪呢！"

"苦鸭哥，你知道端午节是纪念什么人哪？是纪念大诗人屈原哎！可屈原生前却是最看不起这许多苦艾和野蒿了，他时常用它们来比喻那许多奸臣和佞人，你知道吗？"

"秋霞，我们把苦艾束悬挂在大门上、院门上、房门上和灶门上，它的那一股苦涩浓郁的气味，能够驱赶蛇蝎蜈蚣之类的毒虫。我们这个小城里就有'端午不插蒲和艾，死了变成棺材盖'之说呢！中午我们去卖菜的时候，顺便把这许多艾束也带着一块儿去卖，三分钱一把，五分钱一束的，小城人可喜欢着呢，我们也能多少地挣上点儿钱。再说了，屈原的《离骚》之中就有'幽兰和白芷都失掉了芬芳，到今天直成了荒蒿和野艾'这样的诗句。现在我们就让这许多象征着奸人的艾蒿，给咱们的家里和院子里驱赶蛇蝎蜈蚣之类的毒虫，不是也很好吗？"

"苦鸭哥，既然你讲到了屈原的《离骚》，"秋霞一边包着粽子，一边同苦鸭搭讪，"那么我来问你，屈原为什么要把这首诗定名为'离骚'？而后来又为什么会把诗人称之为'骚人'的？"

"秋霞，你提出的一些问题太过于精灵古怪。"苦鸭一边整理着艾束，一边在回答说，"这个'骚'字，应该是一个贬义字，它泛指轻佻和下流的意思。就屈原的这篇'离骚'来看，应该是指他要远远地离开轻佻和下流，或者是要远远地离开产生轻佻和下流的地方。那么，什么地方会产生轻佻和下流的'骚'呢？从诗义来看，应该是楚国的都城——郢。因为那时候的楚国，朝政腐败，官僚荒淫，小人得志，政治社会肮脏不堪，忠臣贤良受到排挤，屈原要远远地离开这种肮脏和没落的政治环境，在流放中去追求他的理想和情操。我们现在纪念屈原，不仅是纪念他的爱国主义精神，还有他的追求理想的情怀。宁愿跳江自杀，也不愿看到国破家亡。宁可'零落成泥辗作尘'，还要保持'香如故'的气节。如果要是这样的话呢，那么我们就不应该把他的诗体称之为'骚体'，把他甚至把后来的诗人称之为'骚'人了。因为这种称法是不对的。"

秋霞直了直腰，把怀孕的肚子往上面挺了一挺，然后说：

"其实这很简单，苦鸭哥。这就是封建专制的结果，是专制思想和专制文化的具体反映。官僚政客们可以在事实行为上去轻佻和下流，去腐化和堕落地骚。皇帝可以有三宫、六院、七十二妃子，后宫再蓄上丽人三千。当官的虽然没有那么多，但也可以妻妾成群。过去不是有好男占九妻的说法吗？这就是专制的恶果。他们可以去做，但却不允许别人去讲。尤其是不允许别人用文字的形式去表达出来。你要去讲，你要去表达的话，那么就给你去设定文字狱。屈原没有做，但他却写出了很多优美的诗歌去表达。因此上那许多官僚士大夫们，便把这个'骚'字给硬行地栽到了屈原的头上，而不是安插在他们自己的身上。"

"小岳和秋霞，"在一旁摸索着洗咸蛋的瞎母亲说，"你们都有一定的分析和辨别问题的能力，但有些话题可绝对不能在外面乱讲乱说的。尤其是一些议论和隐喻时政的话题。你们都是大人了，就快要成为人父和人母了，在此我还得提醒你们一句：逢人要三缄其口，遇事要三思而行。我是只想平平安安地抱上个孙子，不过孙女也是一样的，平平安安地过一个日子就行了。"

"阿妈，"秋霞把脸孔转向瞎母亲说，"我们都晓得哉。我一定会给你生个白白胖胖的大孙子的，好让阿妈你、我、苦鸭哥，还有你这个白白胖胖的大孙子，我们一家人就在这张角墩子的地方，平静安稳地享受着天伦之乐，你说好不好呀？"

"秋霞，你的这一张嘴啊，"瞎母亲乐呵呵地笑着说，"甜蜜蜜的，就像是炒米糖一般哎。"

苦鸭扎好并且理齐了所有的艾束以后，他便站起来说：

"好了。现在我得去把这些鲜艾束泡泡水，然后就开始烧饭。妈和秋霞，你们歇一会儿吧，也别太累着了，噢。秋霞，待一会，我们就早一点儿吃饭，然后就早一点儿上街去卖菜吧！"

"苦鸭哥，你是一家之主哉，你说好就好呗！我这儿，还有两三只粽子包一包，马上就好了。一会儿我们一块去烧饭哉。"说完以后，她便朝着苦鸭噘了噘嘴唇，又眨了几眨眼睛。

吃午饭时，秋霞把"炖鹅仔"的一块大腿肉夹给了瞎母亲，把另外一块夹给了苦鸭。而苦鸭则拎出了一瓶浸泡着雄黄、枸杞和何首乌的老陈酒，给每人倒上了一杯。秋霞忽然皱起了鼻子说：

"嗯？这酒是啥味道呀？怎么这么难闻？这怎么能喝呀？"

"秋霞，"瞎母亲说，"明天队里就开始开秧门了，大家可就要下田栽秧了。喝上一点雄黄药酒可以活血、祛湿，有助于身体健康。现在时令已经进入了梅雨季节，以后你可每天都得要去喝上个一两杯这雄黄酒，好好地调养调养自己的身子骨。知道吗？"

"阿妈，"秋霞把脸孔转向苦鸭，噘起了嘴巴说，"就是这酒的味道有点儿太难闻了吧？我喝不下去哉。苦鸭哥，除非你……"

"除非什么呢？"苦鸭有点儿明知故问。

"你戆大呀！"秋霞忽地嘲弄起他来，"你戆怵怵的，假痴假呆的，假马若鬼的呀，是吧？"

"你看看，自己又讲不清楚，还要去怪别人。"

"你不明白是吧？"秋霞把脸孔转向瞎母亲说，"阿妈，你看看苦鸭，他老会欺侮人咯啦！"

"我才懒得去管你们的闲事呢！"瞎母亲乐呵呵地说。

中国当代民族精神文学作品

"除非你喂我！"秋霞噘起了嘴巴地说，"不然的话，我就不喝这个难闻的雄黄酒哉！你这个小气鬼呀！咯咯、咯咯……"

她说啊说的，说得自己都笑了起来。眼看着秋霞这么开心，苦鸭的心里便开始升腾起许多美丽的联想，他想了一会儿说：

"秋霞，今天这个端午节，让我想起了义妖传奇中《白蛇传》里的许仙与白素贞的故事，你听噢：

传说许仙在西湖边的断桥头，
遇到了白蛇变成的美丽娇娥。

在这传统的端午节日，许仙和
善良的白素贞喝着雄黄药酒。

白蛇变成人的优美爱情故事，
从此在我的心头深深地长留。

现在我也有妻也在这个初夏，
她的美丽犹如晨光里的彩霞。

也在传说一般的端午的日子，
她却要丈夫用雄黄酒去喂她……

秋霞，你看我这端午节与妻与雄黄酒的联想，怎么样啊？"

此时此刻，秋霞看着苦鸭面孔的眼睛，忽然潸然地流起了眼泪。她自己倒不觉得有什么，可是却把苦鸭给吓了一大跳。

"秋霞，"只见苦鸭讶异地问，"你这是怎么啦？啊？你要是不喜欢我这个端午节的联想的话，那也用不着唏嘘地流眼泪呀？"

"苦鸭哥，"秋霞抬起了手背，抹了一抹流淌在脸颊上的泪珠儿说，"我说你是一个戆大，还真是一点儿都不错咯！我这是高兴呀，知道吗？女人高兴的时候，也会去流眼泪的啦！你把我比喻成白素贞，这就说明我在你心目中的分量有多么地重哉！真的。白素贞为了报答许仙的爱情，她不惜冒着变回白蛇的风险，来喝这个雄黄酒，那么，我又算得了什么呢？

阿妈、苦鸭哥,不好意思,我去洗一个脸哉。"

她去灶屋间打了一盆清水,用肥皂洗呀擦的,差不多用掉了小半块肥皂,用得她心里都疼了起来。她把脸孔上那些黑不溜秋的烟灰色全都给擦洗掉了,她终于洗去了雾罩在心灵上的阴霾。现在,她用不着再把自己的面孔弄得像以前那样黑不溜秋、青不拉叽的了。她恢复了从前,不,她比以前还要丰腴和滋润!这是苦鸭给了她爱情的缘故,苦鸭还给了她爱情的果实,她怀孕都快要有七个月了,肚子开始有一点明显了,最多还有两三个月,她就要去做母亲了。虽然那时候的物质生活并不怎么富裕,可是她却感觉得到,生活真的像是美酒一样的甘醇哪!

回到了前屋,她先是抱着瞎母亲亲吻了一下,而后又走到了苦鸭的身后,抱住他的脖颈深情地吻了起来,弄得苦鸭在自己的母亲面前,有一点难为情兮兮地下不了台。此刻她对苦鸭说:

"苦鸭哥,士为知己者死,女为悦己者容。古时候白素贞喝了雄黄酒,恢复了本来的面目。现在我也要恢复我本来的面目哉。"

"嗳,秋霞,你不是脑筋不好吧?啊?刚才还在淌'猫尿'呢!现在你却……哎哟,你捏我干吗?而且捏得还这么重呢!"

"我就捏死你这个戆大!"她附在他的耳朵边轻轻地说,"你又哪能说法啦?啥人叫你是一个戆大呢?哎,这雄黄酒是大口大口地喝,还是小口小口地抿啊?"

苦鸭伸手轻轻地拍了拍秋霞那丰腴滋润的面孔说:"酒只能小口小口地饮,知道吗?好了,你别再疯了,吃过饭我们就早一点到小城里去卖菜吧。"

32

初夏的季节,是一个充满了生机和欲望的季节。每到这生机盎然的初夏时分,丹金河两边的斜河堤上,那一层层绿如翡翠一般的杨柳树、梧桐树和香樟树,就像苦鸭"两岸常青之树泛滥着翠绿"的诗句那样,给人以一种自由、奔放、充满着生命活力的感触。

中午前,苦鸭和秋霞他们把蔬菜挑篮摆放在南新桥头的西侧,由于他们挑篮里的黄瓜、青葫子和西红柿新鲜水嫩,新鲜艾束又散发出一阵阵的清香，加上卖菜人那副甜甜的容貌，所以光顾的人异常的多。不到两个小时他们的大挑篮里就空了。这不仅可以给生产队交上规定的卖菜款，而且他们还赚了个分把多钱一斤，加上六七十束苦艾所卖的钱，共有四元钱之多呢！这可是一笔很丰厚的收入哦！当时四元多钱可以扯上两三丈花布和买些其他东西，给还未出世的儿子或者女儿做上个好多套小服装呢！因而在卖完了生产队的任务以后，秋霞就想着要去逛一逛小城的百货公司。

"苦鸭哥，"她说，"现在你陪我到河边上去洗一洗，好吗？等一会儿，再陪我去逛一逛百货公司吧，我想去买上一点儿花布什么的，好给还未出生的小孩预先准备小衣裳哉。"

"好的。"苦鸭把扁担和挑篮串了起来，往右肩膀上一扛说，"秋霞，这会儿我就陪着你到码头上去吧。"

初夏时令的风，徐徐地吹着。堤岸边上那一棵棵一排排的杨柳、梧桐和香樟树，在初夏的微风里边飒飒地摇曳着。那一片片象征生命的摇动着的绿色基调，衬托起了河岸两旁一座座房屋和建筑。白絮一般的云朵点缀在蔚蓝色的天隅。丹金河里流淌起了缓缓的清波；十几只雨燕欢快地掠过了水面；时而有几艘南来北往的船只，呼呼地从眼面前驶过，宁静的河水顿时就被犁开了一道又一道金色的波澜。这丹金河两岸的景色，犹如是一幅涌动生命的图画，给人以一种生活之美的感触。

秋霞的裤腿，此刻卷得高高的；她站在了南新桥旁码头石阶的河水里，大大落落的粗布工作服的袖口，被她卷到了膀子的上端，袒露出藕节一般的腿肚儿和手臂。她一边用毛巾撩起了舒适怡人的丹金河水来擦洗自己，一边时不时地格格地笑着，并且还向身旁的苦鸭撩泼着河水。

"苦鸭哥呀，"她说，"怪不得你小时候常在这河边上呆坐，这丹金河边的景色，的确是非常的美丽！在这种美丽里面，又蕴涵了一种带着一点儿古老的成分的、并且又有着一股浓烈的江南水乡所特有的田园风光一般色彩的景色。触景生情，情景交融，心有所感，有感而吟，现在，我心里边也想去做诗呢！嗳，苦鸭哥，要是有机会的话，我想把你的七八十首诗歌加以修改和润色，整理成卷成篇，在适当的时候拿出来发表，你说好吗？"

这时候，苦鸭拾起了身边河堤上的几块小瓦片儿，向着宽阔的丹金河的河面上掷着，激起了一圈连着一圈的波纹。

"好倒是好,"苦鸭一边向河里面掷着小瓦片儿,一边对秋霞说,"只是,当前的政治气压实在是太高了,我们还是谨慎一点儿为好,这一件事,还是等到以后政治氛围开明一点的时候再说吧。"

"你这个戆大,"秋霞白了他一眼,"你怎么老是同我过不去呢?我说是在适当的时候,又不是说现在就要去拿出来,你就废话连篇的是吧?你这个戆大,看我回去不修理你喏!"

"哎哟喂,大不了你一口把我给吞到肚子里面去吧!"

"一口把你给吞到肚子里去?嗨,你想了美的!晚上,我要是不一点儿一点儿地修理你喏,那才叫怪呢……"

然而就当苦鸭和秋霞两个人在丹金河的河边上浣洗的时候,此刻南新桥上有两个推着自行车的人,正依着桥栏杆在注视着他们。一个眼睛掩在了镜片后面;另一个黑乎肥胖,两瓣厚嘴唇往外翻拱着。这两个人便是城北乡革委会主任邵家柱和乡秘书胡利平,这会儿他们是前往小城的县革委会,去参加县革会下午召开的扩大会议的。邵主任不愧是当过兵的人,眼睛异常的尖利,还没有骑到南新桥头,他就老远地看见了正同苦鸭一块儿走下码头的于秋霞。

"哎,停一下!"邵主任对身旁的胡秘书说。

此时此刻,旁边的胡秘书他觉得邵主任说话的语气,似乎在急剧地变异,于是他就急急忙忙地问:"邵主任,怎么啦?"

"胡秘书,你看那个女人,不是于秋霞吗?"

"哦,邵主任,你说是在河边码头洗手的上海女知青啊。"

"你瞧那个于秋霞,雪白的腿肚子,藕节一般光滑的手膀子……嗨,真是够诱惑人的哪!"

胡秘书透过了眼镜的镜片,他看到了邵主任那两只盯着那个上海女知青看的眼睛,此刻似乎正在发着欲望的绿光。他想了一想说:

"邵主任,明天城北村开秧门,我们是否可以这样安排……"

"这个叫苦鸭的小右派崽子!那一年反右,他那个右派父亲顾大明一案,那会儿,可是一点儿证据都没有,案子搞不下去了。后来这案子转到了我的手里边,我就稀里咔拉地去一搞,结果怎么着,什么样的罪证就都给弄出来了!所以胡秘书,只要我们的目的明确,至于采取手段嘛,什么斩头去尾啦、什么断章取义啦、什么无中生有啦、什么莫须有啦等等……

任何手段你都可以去使用的！妈啦个屄的，这个小狗日的苦鸭！"

"邵主任，我看明天我们是否可以这样……"胡秘书附在邵主任的耳朵边低语了一阵后又说，"如果这个女知青肯对你委身就范的话，我看也就不要过分去为难那个苦鸭了。"

"好，明天就这么办。胡秘书，关于你那个城北乡革委会副主任的位置嘛，我肯定会把它去搞定的。不过……"

"邵主任，那个上海女知青的事情，你就交给我去帮你摆平吧。反正我这一辈子，都忠心赤胆地跟定你了！"

"胡秘书，我们走……"

他们骑上了自行车，离开南新桥有好一会了，可是邵家柱的心里边，却仍然没有平衡下来，他的心里边还在骂骂咧咧地想着，"妈啦个屄的，那个楚楚可人的小女知青，居然会跟上了苦鸭那个小狗日的，而不是被自己这个堂堂的城北乡革委会主任所受用……"

33

端午节的夜晚。月亮就像个稻草叉子似的，悬挂在西边乌龙山的上空；星星在紫黑色的夜幕上眨巴眨巴着眼睛，然后再晶晶亮亮地抖落在沙城河里边，就像有数不清的萤火虫在河面上翻飞和扑动一样。院前屋后的十姊妹、月月红，此时正盛开着散发出浓香的花朵，院篱笆墙上那许多柳芽嫩叶的清馨，随着初夏之夜这柔和怡人的晚风，一阵一阵地翻飞和涌动。院子里，高高的梧桐树上的树叶婆娑地摇曳着星光；篱笆桩上青嫩的柳叶在滋滋地生长着；初夏之夜里，到处都在涌动青春和生命的气息。

初夏的夜晚，是一个愉悦怡人的夜晚，一个溢情流爱的夜晚。而在苦鸭和秋霞两人的小屋子里，这时候他们两个人，正里里外外、上上下下地洋溢着爱的情丝，涌动起性的欲望。

"苦鸭哥，"躺在了苦鸭身边的秋霞说，"白素贞在端午节这一天喝了雄黄药酒，变成了一条大白蛇，吓坏了许仙。今天我也喝下了许多雄黄酒，我也要变成一条大白蛇来吓你呢！"

"秋霞，"苦鸭用溢满情和爱的眼光，看着此时裸露的秋霞说，"白娘子在端午节那天变成了一条大白蛇，可是你却变成了一个裸体的睡美人。

你这样不是在吓死我,而是在爱死我呢!"

"嗳,"秋霞抬起双手,抱住了白皙的腹部说,"苦鸭哥,你快过来听一听,我肚子里的胎儿在蠕动哪!"

苦鸭把耳朵枕在秋霞那柔软滑腻的腹部上,除了心跳以外,他还感觉到秋霞体内那一阵一阵的脉动。因而他的心里面,顿时就涌起了一种神圣的感觉。

"嗳,苦鸭哥,你说给小人起一个什么样的名字好呢?"

"秋霞,要依我说啊,不管是生男孩还是女孩,这都是我们的孩子,都要以我们两个人的名字来给他们命名。"

"用我们两个人的名字来命名?你这是啥意思吗?"

"秋霞,姓嘛,肯定是跟我姓顾啰。至于名字嘛,要是生一个男孩呢,就取你秋霞的秋字,取我的岳字,就叫顾秋岳。要是生一个女孩呢,就用你于秋霞的于和霞字,就叫顾于霞。你看怎么样哪?"

"嗯……儿子叫顾秋岳吗?你的意思是,希望他将来像秋天的山峦那样沉稳。嗯,不错,非常之不错!丫头叫顾于霞,你希望她将来像云霞一样的灿烂和漂亮。嗯,也非常之不错!"

"不是像云霞一样,而是像你一样漂亮。"

"苦鸭哥,你真是好呀。本来我还想要好好地修理修理你的,可是现在我不修理你啦,我还要额外去奖赏你呢……"

"不成。"

"不成?你看你这一眼睛、这一面孔、这一身体的欲望呀,怎么还不成呢?苦鸭哥,你这是什么意思吗?"

"你是傻瓜呢。我是怕伤害了我们还没有出生的孩子。"

"苦鸭哥,"秋霞抬起双手缠绕住他的脖子,柔情四溢地说,"你的心地真好,你真善良,真是会体贴人的啦!"

苦鸭微笑地望着她,嘴巴上没有去说话,可是他的心里却在说,"秋霞!是你给了我爱,给了我幸福,你润泽了我精神上那个空落虚脱的园地,熨平了我心灵上那许多苦巴苦巴的皱褶,让我感觉到生活是如此美好,人生是如此富有意义啊!"

"呃,苦鸭哥,"秋霞微微地喘了口气说,"说句心里话,我真想永远同你在一起呀!真的!只要不跟你在一起,我这心里边就会觉得空落落的难受；只要能够跟你像现在这个样子，我的心里边就是有再多的烦恼，再大的苦痛，那也会消失得无影无踪的。"

　　苦鸭看着身边的秋霞，这会儿她是那般的美丽，那般的生动，就像是那陆地上的旱莲和南国里的琼花一样。陆地旱莲象征着坚贞。它展瓣吐蕊，形似池莲，洁白无瑕，美丽别致，芳香数十里。但是它却不能够移植！不管是移植至皇室里还是贵胄家，一旦移植他地，它就会枯萎而死。而南国琼花则象征着生动。它从展瓣吐蕊开始，三十六瓣荷花瓣，七十二瓣菊花瓣，一夜天之间，全部都开放完毕！但是它却太短促了。当白昼来临的时候，它就会枯萎和凋谢了。这个时候，苦鸭的心头忽然掠过了一抹懊悔与不安。他懊悔自己的心里边，怎么会有把秋霞比喻成了陆地旱莲和南国琼花的念头？美丽而坚贞，这没有错。生动而短促，这生动也是没有错的，可是这短促的心绪，又是缘何而来的呢？

　　这短促的心绪，此刻还颇有一点像是"来如流水兮逝如风，不知何所来兮何所终"一样。他的心里开始忐忑不安了起来。因而他就把秋霞裸露的身子，紧紧地抱拥在自己的怀里边，以致秋霞在他的怀抱里，感动地都快要流出了眼泪。他要永远爱她，要用自己全部的生命去呵护她。

34

　　小老弟，我真想就此打住，不再往下说了。真的。因为我就此打住了这个故事的话，起码还能让人的心里边，会对苦鸭和秋霞这两个人，去产生一个还能说得过去的结局的想法呢。

　　可是现实生活就是现实生活，它不是以哪一个人的意志为转移的。尽管中国的皇帝和三千年封建专制的体制，在九十多年以前就已经被打倒和推翻了，然而作为封建专制思想和文化的列车，却由于其惯性的作用，实际上它到现在都还没有停下来。尤其是那种"有权就有一切"的封建专制的信条，它还在毒害着许多漫步在仕途上的官僚和政客们。

　　因此苦鸭和秋霞两个人对理想的追求和爱情的向往，根本就有悖于当时的政治现实，根本就不受那许多为当时的政治机器所服务的人们的欢迎和接受的。然而政治这个东西，又是当时这个小城里面的一帮流氓恶棍式人物所玩弄的把戏。

那个时代，一切都以所谓的阶级斗争为中心。阶级斗争是个纲，纲举目张。斗争哲学成了当时小城中最为流行的指导思想。一些政治骗子和投机分子就是以此来发家，来蒙骗和煽动那些更多的、当时还处在贫困和愚昧之中的人们，用野蛮和残暴的手段，去掐断人性的咽喉，毁灭理想的萌芽。别看当时那些个活跃在官场上和舞台上的政治骗子和缺钙的哲学家们，在理论上说得是如何的天花乱坠，如何的头头是道，但是现实生活就是与之相反。

再说了，张角墩子这个地方也绝不是什么世外桃源。因为在那个时代，中国偌大的土地上，根本就没有什么世外桃源。只不过张角墩子这个地方过于的腐朽和没落，过于的阴森和丑陋，人们都不愿意到这里来罢了。所以苦鸭和秋霞他们的向往和追求，注定是要破灭的。

这理想破灭了，悲剧也必然就会发生！这绝对不是以哪一个人的意志为转移的！既然他们的追求注定要演化成为悲剧，那么，我又有什么回天的办法呢？除非我中断这个故事，不再继续往下面讲。追求爱情，追求理想，追求美好的生活，追求开明与法制的现实社会，这是人之本能。就连他们自己都没有办法去阻止自己的追求，那么小老弟，我就是中断了这个故事不再往下去讲的话，那又有什么意义呢？

也许在苦鸭和秋霞他们的人性中，本就含有悲剧的成分；也许这种悲剧的成分就隐藏在他们的追求之中。他们的理想，他们的爱情，他们所喜爱的文学和诗歌，还有秋霞那副天生的丽质，以及他们所谓的阶级成份，这一些，也许都是构成他们悲剧的要素。如果要真是这样的话，那么他们人生的意义和人性的悲剧，是不是就是一对双胞胎呢？就像上帝有着一对龙凤胎的儿女，男孩叫做厄尔尼诺，女孩叫做拉里娜一样？这理想是否也有着一对双胞胎，男孩叫做人生的意义，女孩叫做人性的悲剧？当人们在向往着上帝的时候，有时候就首先会碰到圣婴厄尔尼诺或者拉里娜。而当人们在追求着理想的时候，在追求的过程当中，是否就会碰到人生的意义，然后再去演化成人性的悲剧呢？

不管怎么说吧，这个故事毕竟是我们小城现实生活里面的一个真实的片断。现在要我去继续说它，就等于要我去用锯子和利刃，把它从这个小城现实生活的中间，吱嘎吱嘎地割裂开来，让人们去看到它那个断裂层面里的野蛮和丑恶，我这心里边啊，实在就有一点儿不太舒服。

不过小老弟，有一点不舒服是一回事情，然而说故事其实又是另一回事情。现在尽管我的心里不是很舒服,但是我还是继续把它给你讲完吧。

35

城北大队"开秧门"的日子,是在端午节后的第二天。

当时那个年月,那些还处在贫困状况下的江南水乡的农民,对一年的好年景或者好收成的所有祈望,就付诸在开秧门这一天的热情之中。在这一天里,凡是能栽秧的和会栽秧的农民,都要下田挨个地去溜趟,去各显身手。生产队一般在这一天都会组织大家去打伙局,让劳动力们聚在一起好好地"营养"上一顿。同样是在这一天里,小城县乡两级的领导们,也会到下面的生产队里去做上一些表面性的莅临指导啦、巡回检查啦、指示指示一番啦什么的。这在当时,似乎就已经形成了一种惯例。

而城北乡的头儿脑儿们,当然也不例外了,他们决定到就近的地头上去转悠一番、检查和指示一番。那一天上午,卷着袖口、挽起裤腿的邵家柱主任,他就一边挥舞着红语录本,摆出了一副就像中央大员视察农村那种假马若鬼的姿态,一边在这城北大队的地面上,向在田边地头忙碌着的农民们招手致意:"革命的社员同志们,你们辛苦啦!我们一定要抓好革命!促好生产!打好夏收夏种这一仗!"

"邵主任辛苦!邵主任辛苦!"

"感谢邵主任的关心!"

人们当着他的面,都在忙不迭地回应着。可是一转过了身子,大家就又全都会去撇一撇嘴巴,做出一副挤眉毛弄眼睛一般的鬼脸,甚至于有一些人的嘴里边还会嘟嘟哝哝地说:

"这个骚尿甲猪啊!还人模狗样地摆出一副首长的气派呢!"

"你说这种话时,声音可得低一点儿!当心别让他去听到哦!"

"除非你去打小报告,假马若鬼!……"

在城北乡的领导们那一场"指示"和"指导"下,邵家柱主任等一拨人便转向了城北大队第五生产队。城北五队开秧门的首选之地是在张角墩子的东边、生产队"社房"后面的那一块叫做"六亩塘"的大水田。

在"六亩塘"这块水田里,凡是会栽秧的社员,此刻全都集中在水田里的"秧趟"中,埋头翘股地栽着秧。人们用这种还是原始的、几千年以来都没有什么太大变化的手插秧的方法，相互去比赛和竞技；田里边的每一个人，都使出了自己浑身的解数，再把热情和祈望融溶进去，来争上一个高低和快慢。而那许多不会栽秧或不大会栽秧的人，就在秧田里拔着和洗着秧苗，然后再把那许多秧苗把儿，一把一把地均匀地撂在了"六亩塘"的水田之中。这许多拔着秧苗和洗着秧苗的姑娘、小伙、大叔、大娘们，都在叽叽喳喳、嘻嘻哈哈地评着判，议着论，鼓着劲和打着趣。

"毛丫头的秧栽得不错哦！"

"小粉大呆瓜栽得是拳头秧。"

"哈哈，金生癞子被包了馄饨啦！"

"嗨，快手老结巴也被包进去了！"

"乖乖隆点儿咚，苦鸭一个人包了七个！"

"秋霞，"一个撂着秧苗把儿的名叫金凤的妇女，对刚把秧苗担子歇放在田埂上的秋霞说，"你家苦鸭，可能要算是今年的快秧手了。"

"真的吗……金凤阿姨，我倒没有去注意喏。"

这会儿，秋霞抬起了眼睛，朝着"六亩塘"的大水田里望去。丈夫受到了别人的赞扬，做妻子的秋霞，心里头当然是美滋滋的了，此时此刻，她的脸孔上漾开了笑容。这大概就是女人们的天性吧！这一天，她的身上还是穿着苦鸭那一件旧粗布的工作服。这一件粗布工作服穿在她的身上，显得有一点儿大大落落的，使得她那已经怀上了快要有七个月的身孕，也并不怎么显得过分惹眼和触目。

因为是在水田里面劳作，她便将自己的一头长发梳绾成髻，盘在了脑际，这在不经意中反倒衬托了她的面孔。她的袖管和裤腿儿挽得高高，藕节一般的腿肚和臂膀上，沾满了黄褐色的泥巴。然而这许多黄泥巴却遮掩不住她那光洁的肌肤。女人的美质，有的时候，是很难用语言来表达的。真的！一大片浑浊的水田，污烂泥巴的田埂，破旧的粗布服装，腿肚上黄褐色的泥巴……这一些背景阴暗和杂乱的基调上，凸地呈现出一张就像是一束明快的鲜花一般的笑脸的画面，你想想吧，这能不让人感到赏心悦目吗？何况这一幅画面，它还不是静止的，它具有一种动态般的美感。也许是女人都有着一个鼎盛的黄金时期吧？她们一旦进入了这个特定的时期，就都处处会去展现出自身那最为辉煌、最为灿烂的美丽！

秋霞的美丽，这不仅是在于她的眼睛、她的五官、她匀称的外表，还由于是她那一副未被泯灭的纯情，从小在良好家庭氛围中受到熏陶的一种气质，以及她那股深沉的爱情，和即将成为人母的一种朦胧的母爱的温情，当然还有着一些其他的内质，在听到了别人赞扬她的丈夫时自己心理作用的催化下，那许多内在的美质在瞬时间里进行了交汇和融合而形成了的一股能量，便不断地向着四周围去波动和扩散，并要冲破她那一副青春和健康的外表的束缚，另外还在不断地再向身体外边去满出、溢出、透出和析出来，并且在她的周身形成了一道波动的光晕。这是一种成熟之中的神韵，是一种动态化的美丽。就如是那种优质的宝石，能够将自身内在里最深沉的美质，天然地向着外边去波动，给人以一种流光溢彩的美感；也如是那紫黑色夜空中的月亮，在向着四周围去漾溢它那一圈又一圈的波光和月晕，给人以一种温柔和圣洁的美的感受一样。这似乎是一种天性的使然，是一种本能的流泻，它是无法去仿效和做作的。

这一会儿就有两个人，并且从两个完全不同的角度在注视着于秋霞。一个是那个小卜萝子。给劳动力放秧绳的小卜萝子，此时此刻，他就站在了离秋霞不远处的田埂上，他几乎是带着一种敬畏的神情，看着秋霞把那些秧苗把儿一投一送地撂到水田里去。他似乎可以感觉得到她周身所漾溢出来的那种动态美的光晕。因为在他的心目中，秋霞是天使，是女神，是青春和美丽的化身。她净化着他的心灵。不要说是肮脏的念头，就是有一两个肮脏的词汇和字眼，都是对她的亵渎和不敬。

而另外的一个人，他就是城北乡革委会主任邵家柱了。不过那一会儿，他正站在城北五队的社房里，透过社房后墙上的窗户，眼睛死死地盯着远处田头上的秋霞。他不愧为是一个玩弄女性的老手，翻阅异性胴体的行家，此时此刻，他似乎正在强烈地感受着秋霞那乌黑发髻所衬托出的脸盘的美丽，破旧工作服所罩不住的身段的丰满，腿肚和臂膀上那些污秽泥巴所遮盖不住的肌肤的光洁。继而，他很快又联想到了她那胴体的美妙。

面对着同样的美丽，在不同的角度上，以及在不同的人的心里边，竟会产生如此之不同的感受。小卜萝子的心灵在升华，在净化；然而邵家柱那丑陋肮脏的欲望，却是在恶性的膨胀着。

邵家柱的这种联想，使得他的肠胃在不断的痉挛，血管在不断的贲张，就像是烈酒的刺激、火苗的炙烤一样，激起了他想要在秋霞那一副美妙的胴体上去吮吸、去触摸、去顶压、去抽动、去驰骋的性交的欲望。他的这种欲望来得是如此的迅速，如此的强烈，致使他不由自主地"哈"起了嘴巴，伸出了舌尖，在自己的厚嘴唇边舔舐着，就像是一头一看到了老母猪的屁股便亢奋异常的骚甲猪，不由自主地伸出了流涎的舌头，在拱着厚厚的嘴巴一样。这时候他的心里边，忽地就闪过了一丝懊恼。他懊恼起了上一次他怎么就没有得手，她的月经怎么就正好来了呢？他的心里边有着一种强烈的不平衡。他不平衡的是，这个美丽可人的上海女知青，怎么就他妈地让那个右派崽子、那个小狗日的苦鸭给享受了，而不是他这个一万八千多人口的堂堂的城北乡革委会的主任呢？

不！这一次一定要得手！邵家柱心里边想着，一定要把这件事情给干完，并且以后想要干她的时候，就一定要能干得到。他没有不得手的。不得手就去整呗，去整死她呗！他的舌头仍然在舔舐着嘴唇瓣，这时候他很不情愿地移开了目光，朝身旁边站着的胡秘书呶了一呶嘴巴，又耳语了几句。胡秘书在旁边连连地点头，嘴巴里还在不断地"好的，好的"、"我去办吧，我去办吧"地应答着。然后胡秘书就走开了。

自从邵家柱调任这城北乡革委会主任，大概有个两年的时间吧，被他奸淫和玩弄过的女人，可以说不下两百个。而且又大多是女知青，也有当地的女子和一些军婚。他可以给她们在招工、招生和迁移户口方面予以方便，或者安排她们到某个乡办企业去工作，再不就是在乡里或者某个村里边安排上一个职务。当然啰，也有什么都不给安排的，就把你往脚板底下一踩，你又能够怎么着吧？因为那个年代是荒唐的年代。有权就有一切。只要你手中有权力，哪怕是一丁点儿的小权力，不管你是个地痞，是个流氓，还是个泼皮光蛋，你哪怕就是臭狗屎一堆，照样会有人把你那肮脏的屁股拍得红彤彤的，然后再把鲜花给插到那臭哄哄的狗屎堆上去。

这种几千年的封建专制所沿袭下来的、有权就有一切的、丑规陋习的信条，在那个令人厌恶和诅咒的年代里，却得到了最大限度的膨胀和展现。唉，那个年代啊，那个年代……

36

城北五队"社房"后边田埂的小路上。戴着眼镜的胡秘书，在城北五队队长包连福的陪同之下，从社场上弯转到了后面，来到了这一块正开着秧门的"六亩塘"的大水田边。在这一块田边的地头上，只见包连福队长扯开了喉咙，高声地叫喊："苦鸭，你上来一下……"

"连福队长，你找我有什么事情吗？"听到了叫喊，苦鸭在"秧趟"中间直起了身腰说，"我的这一趟秧还没有栽到头呢！"

"你把这'秧趟'给甩下来吧，"包连福队长高声地说，"让别人顶替你去栽这一趟秧吧，噢……"

所有在"六亩塘"里栽着秧的劳动力们，此时此刻，全都立起了身腰，并且小粉大呆瓜还在打趣苦鸭说：

"嗨，苦鸭你要是敢甩下来的话，今年的快秧手就没你的份了！"

"这个嘛……"

"你们别去闹了！"包连福队长呵斥着，"苦鸭是这样的，乡里要搞大批判专栏，你的毛笔字写得好，胡秘书要你到乡里边去帮忙，你可要好好地卖点儿力气，给我们第五生产队争点儿光噢！误工生产队里给你打吧。好了，小卜萝子，你去顶替苦鸭的那一趟秧吧。"

"得令！"小卜萝子答应道。然后他转过了身子对秋霞说，"秋霞姐，你今天真美啊！穿着这身破旧的粗布服装，倒像是那尊'苦难中的维纳斯'的雕像呢！"

"嗨你个欣儿，"秋霞笑着训斥小卜萝子说，"你瞎三话四个什么呀？是不是想要去讨骂哪？"

"真的，"小卜萝子朝着秋霞伸了一伸舌头说，"真的就像是那尊'苦难中的维纳斯'的雕像嘛！"说完这句话，他便步下水田，来到了苦鸭的"秧趟"里，接着去栽插那一趟已经栽插得最快也是最长的秧。

苦鸭在田边上的小水沟里洗净了手脚，再套上摆放在田埂上的黄球鞋。然后他走到秋霞的身边，轻轻地拍了拍她的臂膀说：

"秋霞，小心点儿，别去累着了，噢。"

"苦鸭哥，你可要早一点回来喔，别让我惦记。"说完，秋霞便嗔怪地斜视了苦鸭一眼，脸孔上漾起了一朵一朵的红晕。

然而站在一旁的胡秘书，却是很不耐烦地催着："苦鸭，我们走吧。"

"噢。"苦鸭回答着。此时他又转过了身子，低低地对秋霞说："秋霞，一定要小心身孕噢。"

"晓得了，苦鸭哥，你去吧。"

望着苦鸭逐渐远去的背影，秋霞的心里忽然升腾起一种担忧的感觉。可是担忧什么呢？她一时又说不上来。不过她的心里就是隐隐约约地觉得，自己的男人跟在那个阴恤恤的狐狸屁秘书后面，反正不会有什么好事情的！这时候，包连福队长走近了她的身边说：

"秋霞。"

"队长爷叔，有事题吗？"

"你到社房里去一下，现在就去吧，有人找你呢。"

"噢。我洗一洗手，马上就去哉。"

望着秋霞蹲在沟渠边上洗手时的样子，包连福队长心里想，"但愿那个骚尿，别捅出什么娄子来！"他的心里似乎有一种不祥的预感，因为刚才胡秘书对他说，要他让秋霞此刻单独到"社房"去见邵主任。"唉，老天爷啊老天爷，"包连福心里又想，"但愿你别让那个骚尿甲猪，在我们城北五队里去捅出什么大娄子啊！"

这时候，当秋霞独自一个人走进了位于"六亩塘"大水田前面的生产队的"社房"里，她朝着里面张望地问："喂，是啥人在找我呀？"

站在"社房"后窗边上的邵主任，此时转过身子说："小于，是我在找你呢。"

秋霞一见是邵主任，她大惊，说话也哆嗦了起来："啊？是邵、邵、邵主任……"

看着眼面前花容顿失的于秋霞，邵主任不由得吞咽了一口吐沫，然后他便色迷迷地看着秋霞说："小于，我们这半年多的时间不见面，你反倒出落得越来越水嫩，越来越漂亮了喔！"

"你找、找我，有、有什、什么事题吗？"秋霞抬起手，本能地捂住了腹部，压住了自己那件旧粗布工作服的下摆，好像惟有这样，才能够去阻挡住邵主任那两道色迷迷的目光的侵淫似的。这时候，她忽然感觉到自己腹部的一阵蠕动，那是快有七个月的胎儿在蠕动。为了保住这一个小生命，她就必须先去保护好自己。于是她便壮起了胆子，此刻说话也不那么打结巴了，"邵主任，你要是没有事题的话，我可要去上工哉。"

"小于，"邵主任向前紧跨两步说，"你知道我叫你来这里干什么吗？"

"我哪能晓得呢？"

"好吧，真人面前不说假话，你知道苦鸭犯什么事了吗？"

"我男人能出什么事体啊？"

"现在你还不知道吧？苦鸭可是出了政治上的大问题了。有人看见他写反标。"

"他写反标？这怎么可能呢？我不相信！"

"小于，你也太天真了吧？难道苦鸭会把他在外面的一举一动全都告诉给你吗？你要知道，他的父亲顾大明可是一个最最反动的右派分子，当时谁相信呢？谁都不去相信的。可是经我那么一查，不就全都查出来了吗？"

"我男人绝对不会去写反标的。"

"小于你呀，真是太单纯，太天真了！不过你倒是可以帮助他的。当然啰，这就要看你肯不肯去帮助他了。"

"你要哪能啦？"

"只要你肯，你就能够帮助他。他有事情没事情，只要我发上一句话。"邵主任此刻向前猛跨了两步，一把抱住了此时正在发愣的秋霞说，"只要你肯跟我那个一下……嗯，我就保证苦鸭一点事情都没有。怎么样吗？"

秋霞还在愣怔地没有回过神来。

"小于，"邵主任又说，"这个两天，我可没有少想你啊！"说完以后，他就像公鸡啄米似的，在秋霞的脸孔上和脖子上吻了起来。

37

在邵主任的非礼之中，秋霞逐渐地回过了神，并且她开始拼命地挣扎了起来。她一边挣扎一边却在恨恨地说："邵主任，去年你都已经逼死过我一回了，难道现在，你还要把我再往死路上逼吗？"

"啊，"邵主任说，"小于你犯什么傻啊？我的小亲亲，我的小美人，我的小知青哎，这又不伤皮又不伤骨的，犯得着去发傻吗？"

他那两瓣发着异味的嘴唇开始吮吸，两只手掌开始游走，他想着要慢慢地消受这一具可人的胴体。不！他要飞快地、疯狂地去抽动这一具可人的胴体。他要在这一具可人的胴体上去放马驰骋，以获取他那最大的快感，最大的满足。他的肠胃开始在痉挛，血管开始在贲张。他那丑陋的人性，那人性中的兽性，开始恶性地膨胀了起来。

秋霞拼命地挣扎着。她要在这个已经失去了人性的骚尿淫棍的胁迫之中挣扎出来。现在她已经全然知道，邵家柱是为她而来。苦鸭是无故的。他将要被他们这许多人所诬陷。邵家柱的目标主要是她。然而在骚尿淫棍面前她却不能够软弱，不能让这个淫棍去得手。

虽然她是一个女人，然而她首先是一个人！她有人的人格，有人的尊严！而不是那些手中有权的人的玩物！她是苦鸭的人，并且已经为苦鸭怀上了孩子。对！她生是苦鸭的人，死是苦鸭的鬼。她感谢苦鸭，敬重苦鸭，同时也在深深地爱着苦鸭。苦鸭是一个善良的人，她跟着他绝对没错。可是现在善良的人的生存，却是多么艰难啊！不！不能对野蛮示弱，为了苦鸭，为了自己那个还没出生的孩子，绝对不能让这个流氓恶棍的兽行得逞。

秋霞奋起抗争着。她用指甲掐着和挖着邵家柱的脖子，用牙齿狠狠地咬着邵家柱的手臂，直掐得和咬得邵家柱疼痛得咧开了嘴唇，而后她又拼了死命地一撑和一甩，随着那一件粗布工作服"哧啦"一下的破裂声，她一下就挣开了邵家柱的揉抱。"你这个畜生！"她愤怒地骂了起来，"你这个流氓！你这只死不要面孔的骚甲猪！"愤怒扭曲了她的脸庞。这会儿她顾不上自己身上穿的那一件被扯破和扯乱了的粗布工作服，伸出右手，用尽了自己那最后一点儿的力气，啪地向邵家柱的脸孔上掴去……

玫瑰花好看，但是却有刺。玫瑰花刺本来是让那些折花人知难而退的。可是有的人却不，却偏要狂野地连花带刺地把玫瑰花朵给扭下来。邵家柱就是这样的人。他从小就是这样。他原本是这个小城后白乡的人。小时候他曾经给一家财东放牛。十六岁那年，就因为财东家的千金小姐说了他一句："你这个癞蛤蟆还想吃天鹅肉哪！"就为了这句话，于是有一次，他便把这财东家的女儿 在了牛车棚旁边一个背人处的草垛里，褪去了她的衣裤，捂住了她的嘴巴，缚住了她的手和脚，强暴了她。他一边强暴一边嘴里还念念有词地说："就吃你这一块天鹅肉！就日你这一块天鹅肉！你怎么着吧！"强暴过后，他还对着嘤嘤哭泣的东家女孩下身那坟起之处，就是他刚才抽动过、驰骋过的地方，吐上了唾沫，再踹上了尘土，嘴里边还数落地说："让你这天鹅肉去变成一块臭肉，变成一块癞蛤蟆肉吧！"事后，他便把财东家的牛往天荒湖里一打，跑去投了北撤的队伍。

然而此刻，邵家柱那丑陋的人性中的兽性，在"有权就有一切"这个恶信条的始作俑之下，像火苗在焚烤，像烈酒在炙烫，恶性膨胀到了极致，甚至就连他最后那一丁点儿人性的成分，都被这个恶全给泯灭了。他抬起手掌，捂住被秋霞抓出了血痕的颈部，眼睛直勾勾地望着秋霞那匆匆跑出社房、匆匆跑向张角墩方向的背影，嘴里边发出了一阵"嘿嘿，嘿嘿，嘿嘿，嘿嘿……"的怪笑。这种怪笑声仿佛不是发自于心灵，也不是发自于肺腔内在，而是发乎于他皮肤的表皮与真皮之间，沉闷得就像是来自于地狱的颤声，可怵可怖，令人头皮直发麻。看来他要毁掉这朵花，不管它有没有刺，就像他曾经毁掉财东家的女儿那朵花一样……

在"社房"后面那块"六亩塘"的大水田里栽秧的人们，此刻依然还在激烈地比赛和竞技。然而接替苦鸭那一趟秧的小卜萝子，这时候已经栽完了苦鸭所留下来的那一趟最长最快的秧，他脚步歪歪地从水田里跋涉到了田埂上，想要稍微地歇一歇脚，待一会儿再去栽一趟。忽然之间，有一个匆匆奔跑着的身影进入了他的视线，好像那是秋霞姐的身影。他抬起头来想去看一个究竟的时候，然而那个奔跑着的身影，似乎已经消失在张角墩的那一边了。他的心里边有一点纳闷。可让他更加纳闷的是，没有过多一会儿，另外一个身影——好像是城北乡革委会主任邵家柱的身影——也出现在了"社房"通往张角墩的小路上……

是的，摄入小卜萝子眼线里的身影其实并没有错，只是小卜萝子事后才确切地肯定而已。后面的那个身影，确实就是城北乡革委会主任邵家柱。那时候邵家柱正尾随着在前面急急地往家里奔跑的于秋霞，走进了张角墩子西北角落下苦鸭的家。在竹篱笆院门口，他揪住了想要阻挡住他、不让他进到院子里去的瞎母亲的衣领，往竹篱笆门外一搡一推，自己反身就闯进了竹篱笆的院门。可是要知道，那一道竹篱笆院门的外面只是一条两尺多宽的小路啊！而路的那一边又是沙城河啊！然而邵家柱的那一搡一推，又是那么的有力啊……唉，苦鸭的瞎母亲跟着就是一个倒栽葱，一下就骨碌碌地滚下了斜斜的沙城河堤……

紧随着，屋子里面就传出了一声"啊"的惊叫声，随后就是一阵扭打和撕咬的声音，以及一阵"唔"啊"唔"的、低沉和含混不清的、像是被被角或毛巾捂住了嘴巴一般的声音……

38

时间大约是在上半晌吧。这时候，苦鸭被强制地按着坐在了这间地下室的板凳上。面对着他而坐的是乡秘书狐狸屁。在狐狸屁的身后，一边站着一个满脸酒刺疙瘩的黄瘦子，另一边站着一个颊肉横长着的黑胖子。这会儿他们全都板着一张面孔，瞪着一双眼睛，就像盯视猎物的藏獒似的看着苦鸭。

这个地下室，是在城北乡政府大礼堂的舞台下面，隔音效果绝对的好，谁要是在这个地下室里面扯破嗓门去大喊大叫，外面就连一丝半点儿的声音都听不到，而且安全可靠，只要把进出这个地下室的铁门，在外面用挂锁给锁上，任他是谁，也无法轻易地进出。

地下室里被隔成了很多个小间，并且全都安装了铁门和铁栅栏。原先这里是为备战而设置的，后来乡革委会便将这个地下室整个地划给了"打办室"使用。那个年月对政治运动的对象，只要还没有去成立专案组的，就大多以办学习班的名义，给关押在这个地方，并且想要关多久就可以关多久。那么，现在可以去想象，苦鸭被胡秘书领来这乡政府，绝对不是前面所说到的来帮助搞什么大批判专栏，而是在办他的学习班的。这一会儿秘书狐狸屁阴沉着脸孔地问：

"苦鸭，你知道叫你来这里干什么吗？"

"你不是叫我来乡里帮助搞大批判专栏的吗！"

"要你帮助搞大批判专栏？"胡秘书似乎有一点嘲讽地说。他把夹鼻眼镜往上推了一推，脸颊上的肌肉在斜上斜下地移动地说，"笑话！难道要你们这些地富反坏右的反动阶级来批判我们革命的无产阶级吗？啊？苦鸭你要给我好好地想上一想，最近这两天你都干过了一些什么事情？"

"干过的事情可多啦，"苦鸭说，"胡秘书，我在生产队里劳动，替队里上街去卖菜，在家里边做家务，在自留地上干活……"

"够了！"不等苦鸭把话说完，胡秘书猛地一拍桌子，喉咙提高了一个八度音，"我是问你，这两天里都干过什么坏事没有？"

"干过坏事？"苦鸭感到有一点儿莫明其妙，"我干吗要去干坏事呢？真是笑话！"

"农具厂围墙上的反标，你知道吗？"

"反标？什么反标？我不知道。"

"嘿……不知道！有人看到你趴在那儿写的！"

"有人看到我写反标的？那么，你就让看到的人来对证好了。"

"苦鸭，我告诉你，我们的政策历来就是坦白从宽，抗拒从严。只要你老老实实的承认，我们就可以从轻发落，甚至不予追究。"

"我说胡秘书，这写反标的事，可是一个政治性的大问题啊！这可关系到一个人的政治生命的大事情，怎么说承认就承认呢？毛主席教导我们说：要实事求是。'实事'，就是指客观存在的实际情况，'求'，就是去调查研究，'是'，就是去得出正确的结论。你们一点儿都不去调查研究，就胡乱下结论，这算是怎么一回事吗？"

"嘿，你这个苦鸭，"胡秘书把脸孔转向了身旁边的酒刺疙瘩和一脸横肉说，"他的理论还是一套一套的哪！"

仿佛是得到了胡秘书传递过来的信息，那一个酒刺疙瘩倏地就沉下了面孔，对苦鸭尖声尖气地吼叫了起来：

"苦鸭！看来——你是想顽抗到底啰？"

"你们总不能去栽赃诬陷吧？"

"栽赃诬陷？嘿！告诉你说吧，噢，这一起反动标语，是你写的还是你，不是你写的还是你！"

"照你的话来说，"苦鸭顶着那个酒刺疙瘩的话茬说，"你明明知道不是我了，却还是硬要去赖上我，是不是呢？你的话，是不是明摆着有那么一点儿贼喊捉贼的意味嘛！"

"你是不见棺材不掉泪，不进坟坑不死心！"此刻那个酒刺疙瘩，似乎有一点儿气急败坏地吼叫着。

"好，嘿，嘿嘿，嘿嘿，嘿嘿……"那个一脸横肉在胡秘书身旁边干笑着，他的笑声听了令人头皮直直地发麻。"苦鸭，待一会儿等到老子收拾你的时候，倒要看看是你的嘴硬，还是老子的皮榔头硬！"

胡秘书朝一脸横肉摆了一摆手，转头问苦鸭说：

"你凭什么说反标不是你写的呢？"

"我凭自己的良心。"苦鸭双手捂着自己的胸口膛说。

"良心？嘿，"胡秘书讪笑着说，"良心值一个几分钱一斤啊？你是在搞唯物主义呢，还是在搞唯心主义啊？地富反坏右反动阶级的孝子贤孙！好，现在我们来对一对你这个右派狗崽子的笔迹。"随后胡秘书拿出了两页白纸，递给苦鸭说，"你给我写打倒刘少奇！毛主席万岁！要写两张，一张要写正楷字体，一张要写潦草字体。"

按照胡秘书的要求，苦鸭在这两张白纸上，分别写出了大大的正楷字体和潦草字体的：

打 倒 刘 少 奇
毛 主 席 万 岁

他写好以后，便伸手递给了胡秘书。胡秘书接过苦鸭刚刚写下来的字迹，看上了一眼说："嘿，苦鸭，你的字写得还真不赖吗？不过……"

随着胡秘书那拖长的鼻音，苦鸭看到他那一双阴恤恤的眼线，似乎在第一行"打倒刘少奇"的"打倒"两个字的上面划过，在"倒"字的后面移下，然后移到了下面第二行的"毛主席"的"席"字上面横划，至"席"字的后面往下移动，再在"毛主席"三个字的下面向左横划，然后再向上移至"打倒"两个字的眼线的初端。

这会儿苦鸭的头皮发凉了！只要一经斩头去尾和断章取义，他这就不是写的"打倒刘少奇，毛主席万岁"，而是变成了意思截然不同的反动话了。如果再把它们剪裁了下来的话，嗨，这可就是现行反革命的证据啊！苦鸭的心房顿时就紧缩了起来。他们为什么要这么做呢？为什么要栽害和诬陷我哪？啊？

那时候的现行反革命，可是一桩血淋淋的特大罪行，是要受到蹲小号，戴手铐脚镣，要搞坏你的大脑，让你变成了个疯子或者白痴，甚至在上刑场之前还要被五花大绑，被割断喉管，不让你去说话的大罪和重罪啊！那个年月要弄死一个所谓有政治问题的人，就如同捏死一只苍蝇，拍死一只蚊子那样的容易！此时此刻，苦鸭的小腿不由得打起了软，浑身在颤抖，一颗心直直地往下面沉……

"胡秘书，"地下室门口有人在叫，"邵主任叫你去一趟呢！"

胡秘书向身旁边的一脸横肉和酒刺疙瘩看上了一眼，又呶了一呶嘴巴，然后他便走了出去。可是没过多一会儿，他就一边往地下室里走，嘴巴中一边又胡里不清地自言自语了起来：

"糟了，这下子可糟了！这个家伙可把事情给玩大了！"

待看到了苦鸭以后，他先是镇静了一下，接着就跟身旁边的酒刺疙瘩和一脸横肉悄悄地耳语了几句，然后便冲着苦鸭说：

"苦鸭，你那个右派婆子的瞎母亲跳河'自杀'了，还有你那个资产阶级娇小姐的老婆于秋霞也'畏罪自杀'了。"

"什么？"苦鸭的脑袋顿时就轰隆了一下，就像是被一柄铁锤狠狠地重击了一样。"我的母亲会跳河？我的妻子会自杀？"他的眼睛开始模糊了起来，"这怎么可能呢？怎么会有这种事情呢……"

胡秘书抬起右手又推了一推架在鼻梁上的眼镜，面孔上的肌肉又在斜上斜下地移动着。他就是用这种表情对苦鸭说：

"这样吧，苦鸭，我们给你一个三天的时间，让你回家去料理一下家里边的事情。三天以后你自己主动到这里来吧。我还是那句话，如果你的认识态度好的话，我们就不予追究。这些东西也全都给你销毁掉。如果你的认识态度不好的话呢，那么后果你就自己去考虑考虑吧。"

39

中午时分。张角墩西北角落下这户单头棚子的院前屋后，挤挤轧轧地围着看热闹的人，就连那黄土岗子的张角墩的高坡上和那沙城河的斜河堤边，也都站满了许多前来观看的人，大家都想往那竹篱笆的院子里面挤，往那屋子里面轧，都想要挤轧到里面去看一眼那个从河里面捞上来的和自杀身亡的死人的情景。

竹篱笆院子里，浑身碰伤和擦伤的瞎母亲的尸体，就那样湿漉漉地躺在院子里梧桐树下的地上。灰白色的头发粘结了肮脏的尘土，嘴唇瓣是蜡黄蜡黄的，一双眼睛毫无生气地瞪着天空，好像在看着老天爷，在质问着老天爷什么似的。可是她又能去看到些什么，又能去问到些什么呢？

屋子里的地面，秋霞的尸体……黑长的头发披散，两只眼睛暴突，嘴巴微微地张开，脸孔血紫血紫的，脸孔上和脖子上显现出一片深色的伤痕。她的两只手瘫张着，粘液和血液混合了黄褐色的泥土，结成了硬块。当她的尸体被人搬动的时候，她那白皙的已经微微鼓隆起来的肚子里的胎儿，似乎还在蠕动着。身体上、脸孔上、颈脖处和大腿根等部位有着多处青紫色的瘀痕，两条大腿僵硬地岔了开来，裤子上瘀积了一滩一滩尚未干透的污斑……唉，真像是五脏鬼用它那十个肮脏的手指头给涂抹出来的画面啊！

人们都在讯问、议论和奔走相告，就像是一大群一大群的麻雀那样的叽叽喳喳，又像是霎那间里蹦跳出了许多的青蛙或者是黑压压的鸭群放到了这里时那样咯咯嘎嘎的乱叫一般。

"怪哒？瞎母亲怎么会去跳河呢？这是不可能的事情哪？就是去跳河的话，可身体上哪里会有这么多的伤痕哪？"

"苦鸭的老婆怎么一下就会死去了呢？这真是一件怪事情呢！"

"喏，你们快点看哪，秋霞她还怀着肚子哪！嗨，她肚子里的胎儿，好像还在蠕动哪！"

"她身体上这么多的青瘀紫斑，这是从哪里来的啊？"

"婆媳两个人，怎么会同时地死去呢？"

"没有死的原因啊……"

"早上上工秋霞还是好好的呢！我还同她说过话呢！"

"苦鸭呢，苦鸭到哪里去了啊？怎么到现在还不回来啊？"

"人啊，唉，真是脆弱的很！上午还是一个鲜嫩漂亮的女人，还没有过上几个钟头，就变成了这么一副模样了！唉……"

一个十六七岁模样的小青年眼睛红红的，脸孔上写满了悲恸和愤怒的神情，他一会儿走到了这一围人群中低声地讲上一讲；一会儿又走到了那一群人前面低声地说上一说。这个悲恸和愤怒的小青年，就是那个小卜萝子。他所到之处这一围人群中间便传来：

"怪不到……我说怎么可能会这样呢？"

"那个骚尻甲猪啊！"

"那个骚甲猪，怎么就这么骚！这么卑鄙下作啊！"

"这个活畜生啊！真是死都不得好死！"

那一群人中间这时候也传出了：

"难怪啊难怪！"

"那个死不要脸的骚甲猪！"

"做出这种事情的人，是要遭到天打五雷轰的！"

"作孽呵！那个活畜牲真是活作孽呵！……"

人群中的议论、传说和奔走相告，逐渐逐渐就演变成了愤怒地诅咒和激烈地谩骂……这时候苦鸭跌跌撞撞地闯了进来。围着的人群全都自动地给他让开了路。他刚一走进院门一下就摔倒在地上，还没等到爬起来，他就向着瞎母亲的尸体跪着爬了过去。他一面爬着一面号啕大哭了起来：

"妈，妈啊！你干吗要跳河啊？"他又跌跌爬爬地向着屋子里面挪去，跪倒在秋霞的尸身边哭着问道,"秋霞,你看看你,都做了一些什么事情啊?你还怀着孩子哪,都快七个月了,你这是干吗啊?呜……呜呜……"

唉……那个场面啊,叫人心里边要多难过就有多难过喔!

那个在人群里面穿梭着的小卜萝子,这时候他走到了苦鸭的身后,伸手触碰了一下苦鸭的肩膀,并且低声低语地对他说:

"苦鸭哥,队里边准备开始打伙局的时候,我们发现不见了秋霞姐。大家要我来找她。我来到这里以后,就看见大妈漂在了河面上,秋霞姐死在了屋子里……"小卜萝子抬手擦了一擦流着泪水的眼睛,继续低低地说,"肯定是那个骚尿甲猪干出来的事情!"

于是他便对着苦鸭的耳朵,低低地并且是简明扼要地,说了一说上午他所看到的以及他所联想起来的一些情况。

此时此刻,跪坐在秋霞尸身旁边的苦鸭听着,他木然地听着,一动都不动,就像一尊石雕。只见他的牙齿紧咬着嘴唇,十个手指头绞扭在一起,指关节咯吧咯吧地响,许久,许久……而后他站了起来,抱起了秋霞……然后又抱起了瞎母亲……他用热水给她们擦洗起身子,给她们换上了干净的衣服……再然后他就拿出斧子、锯子和刨子等诸多的木工用具……

两天以后。这个有着四五千个坟茔墓冢的张角墩的黄土岗子上,眼下就又多出了两大一小三个并排着的新坟。

40

这是一个凄寂而又静美的夜晚。

苦鸭送走了两天来帮他料理丧葬大事的村人和亲友以后,他便挪步向丹金河河水流来的方向走去。他要到夜色里去走上一走。

这里是张角墩子角落下的沙城河湾处,是他救出秋霞的地方……这里是他们第一次散步的地方,那一晚秋霞在这里曾轻轻地挽住了他的胳膊说:"我心里有点儿害怕,你可要保护我一点噢"……这里是秋霞倚偎在他肩膀上哽咽的地方……这里的河边上,这两棵并排的大柳树下,曾经是他和秋霞说诗、定情和拥吻的地方,那一次她在这里忽地抬起了他的胳膊,把脸孔钻进了他的臂弯里,温情脉脉地看着他的眼睛……这里是她赖在了他的怀里面不肯下来，非要他抱着她回家去的地方……

苦鸭追寻着那许多短暂而又过往了的历程。

后来，他便在丹金河和沙城河交汇分岔的三龙桥旁的大柳树下，背脊倚靠着树干，席地而坐。一轮残月从云朵里钻了出来，把它那惨淡的波光满满地洒在了丹金河里。此时此刻，他面前的丹金河就流淌起了满河破碎的月光，就像无数颗晶莹的泪珠，呜咽地向着乌龙山的方向流淌。

月光是惨淡的。丹金河的流波是惨淡的。这四周围静谧的夜色也是惨淡的。在这惨淡的夜色之中又透溢出了一种静美，就像是秋霞从溺水中苏醒过来的时候，惨淡而又凄寂的神情中透溢出了一种静静的美丽一样。可是秋霞她却去了……

中国这几千年的专制思想和专制文化真是太深太厚了。它吸纳着一切进步的东西，并且融溶进自身的腐朽和没落里面，一旦遇到机会它便死灰复燃，就像一堆表面上已经熄灭了的篝火，可其内在的热量仍然可致那许多扑火的飞蛾以毁灭。它需要整代人去付出代价。也许一代人还不够，可能还要第二代，第三代，第四代，甚至于十代八代或许还要更多、更多。

这个人世间充满了苦难。是不是秋霞去了的那个世界里有着欢乐呢？一种永恒的欢乐呢？这个夜晚充满着诱惑，一种要让人去投入去寻找那种永恒的欢乐的诱惑。啊——不！他不能去接受这种永恒的邀请。起码是现在还不能去接受。他还要去守夜。他还要为他的母亲，为他的妻子，为他那个还没有出世的孩子顾秋岳或者顾于霞，为他们去守夜。哪怕就是这最后的一夜。他要尽到一个做儿子的责任，一个做丈夫的责任，一个还没有当上父亲的"父亲"的责任，去守好这最后的一夜。

他从身边的地头上捡起了一块拳头一般大小的土圪垃，向流淌着无数颗晶莹泪珠的丹金河里边扔去。河面上顿时就涌动起了波纹，接着，这波纹便一圈又一圈地扩大……

后来他在往回走的路上，沙城河边小路的上空，飘着一些忽大忽小的磷火。这些传说之中的"鬼火"，就像是闪烁的蓝精灵一样，在他的身旁边飘来荡去，时而还擦过了他的衣服，时而又围着他的身子打着旋转，然后再飘忽地消失在张角墩的荒坟墓冢之中。

"呜呜……呜呜……呜呜、呜呜……"苦鸭的身后边飘忽过来一阵低沉的哭泣声，在这寂静的夜晚中异常的悲凄。

"是哪一个在哭哪?"他循声回望,"噢,是欣儿啊!"

"苦鸭哥,"小卜萝子趋身向前,他一边哭着一边说,"还有小民、小强、毛头和二呆子呢!我们都怕你会想不开,怕你会跳河自杀,我们好救你哎!所以我们就一直暗暗地跟在了你的后头。刚才我们看到有一大团鬼火擦着了你的身体,我听人家说,被鬼火擦到的人很快就会离开这个人世间的。我们害怕……所以就……呜呜……呜呜……呜呜、呜呜……"

"欣儿,"苦鸭抬起手来轻轻地拍了拍小卜萝子的面孔,安慰起他说:"你不要自己吓自己嘛。你看你这个大小伙子啊,哭得还这么的响呢!"他又转向其他的孩子说,"小卜萝子们,别担心,那是磷火,不是什么鬼火。"

"苦鸭哥,"小卜萝子哽咽地说,"我听我老爸说,那个骚尿甲猪和狐狸屁,还要栽害和诬陷你呢!他们说你把事态弄大了,不揪弄死你就会对他们不利。他们要定你为现行反革命分子,还要栽害和诬赖你写反标!那个骚尿甲猪!臭尿甲猪!臭狐狸屁!不得好死!苦鸭哥,你可得当心一点哪。"

"好了,欣儿。好了,小卜萝子们。我送你们回家吧。"

"苦鸭哥,我们不怕,我们一共有五个人呢!"

"欣儿,"苦鸭抚摸着小卜萝子的脑袋说,"以后你可要一个人去闯这个世界了。明天上午,你到我的家里去一趟,我会把门钥匙留给你的,也会把一些工具和物品留给你的。"然后他又拍了一拍小民、小强、毛头和二呆子等几个小卜萝子的头和脸说,"小民、小强、毛头,还有你这个二呆子,以后你们要是有良好的学习机会的话,你们就一定要去好好学习。要去多学一点儿文化知识,这对你们的将来是会有好处的。因为知识决定着高度。你们千万不要被眼下这种不正常的潮流所诱惑。要学会自己去思考。要知道人多一点儿知识,就会少一点儿贪婪;多上一份思考,就会少却一份愚昧和野蛮。你们晓得吗?"

"我们记住了,苦鸭哥。"小卜萝子们都在说。

"好了,上了大路了,我就不送你们了。再见吧,小卜萝子们!"

苦鸭带着这一帮小卜萝子们走出了张角墩的黄土岗子;并且还目送着他们走上了去村里边的大路。后来他回到了家中,便端着一张长板凳,坐到了那两大一小三座并排着的新坟跟前,就像是夏日夜晚的乘凉,坐在母亲、爱人和孩子们的身边一样……

原先他把黄土岗子的张角墩，当做是一块逃避现实生活的宁静之地。他没有别的奢望，只想能够同母亲以及秋霞，在这个张角墩子的角落下面，在这样一种氛围当中，一起平平静静、安安稳稳地生活。可是这个乱坟葬地除了是死人的宁静之地以外，它对于活着的人来说，根本就不可能是宁静的地方。苦鸭那一丁点儿的奢望，根本就不可能去实现。这个地方除了丑陋和腐败，还是丑陋和腐败！它不可能会去庇护活着的人。而活着的人根本就逃避不了现实的世界和现实的生活。

眼下世上的人们都在互相窥探和防备，谁都不知道谁会去告谁的密，会去诬陷谁，会去对谁无中生有，甚至是在亲朋好友之间，兄弟姐妹之间，父子母女之间，也是这样。就连并头、抵足、同床做爱的夫妻之间，在那个野蛮和丑陋的年代当中，有时候也在互相防备、互相猜忌和同床异梦着呢！苦鸭那么一丁点儿的奢望终于还是破灭了。此时此刻，他把他和秋霞共同写下来的并且已经整理好了的许多诗稿，他们共同喜爱和诵读过的书籍，以及还有一些见证了他们的爱情等方面的物品，凡是能够烧的，他就全都烧给了秋霞，烧给了自己的母亲。

"唉，妈，唉，秋霞，"他对着那大小并排的三座新坟，声音低低地说，"你们走就走吧，噢。你们还是先走为好。省得再在这个世界上去备受那么多人世间里的苦难……"

41

清晨来临了。苦鸭换上了一件月白色的的确凉衬衣，外面罩上了一件淡灰色咔叽布的春秋衫，脚上穿上一双蓝色帆布面的网球鞋。

在净牙洗脸之后，他又用蘸着水的梳子，梳顺了他那一头乱蓬蓬的头发。然后他就从内室的房间里，拿出了一个黑色人造革的提包，往里面装进了五六瓶满灌着黄色液体、但在瓶外却又标注着"封缸酒"商标的瓶子，随后又把一个镀着克罗米的锃亮的汽油打火机，放进了咔叽布春秋衫的兜内面。最后他就拎起了那个黑色人造革的提包走出屋子。

在走出这间屋子前，他又回头地看了一眼他这生活了十多年的家。这个在最艰难的年月里曾经给予他和母亲以庇护的、半年多以前又曾经给了他和秋霞以温馨和爱情的家,然而现在,它对他却已经失去了意义和留恋了。最近这几天,它给了他太多的苦与痛。近几天的变故,实在是伤透了他的心,哀莫大于心死啊……

苦鸭走出院子,来到张角墩上新添的两大一小三座新坟跟前。这时候张角墩祖墓旁大柏树上的白鸹鸹,突然"咕咕咕——咕!咕咕咕——咕"地叫了起来,叫声是那么的哀怨。紧跟着东边新栽了秧苗的水田里,"苦鸭"鸟也在不停地"苦哇!苦哇"地叫唤着,叫声是那样的凄凉。仿佛这新的一天根本就没有什么新意,倒像是一种丧葬之日的来临一样。他在新坟跟前的草垫子上跪了下来,对着那两大一小三座新坟深深地叩了八个响头。

"妈,秋霞,"他一边叩着头,一边喃喃地说,"你们在前面先走上一步吧,噢。也许用不了多久,我也就会赶来跟你们见面的。"

在作完了这最后的祭奠,苦鸭站起身来,他拍了几拍沾着尘土的衣服和裤子,拎起了黑色的人造革提包,向着三里路开外的乡政府大院,沉稳而又平静地走去。

那天早晨。路上有许多来往的行客和乡人,凡是认识他的人,他们老远地就给他让开了路。事件发生以后,凡是那一天见到过他的人都说,苦鸭那天早晨的脸色是特别宁静;苍白的脸孔上像是灌满了铅液一般,除了内里有几根浅蓝的神经脉络在微微地搏动以外,其他根本就看不出他还有什么痛苦,什么愤怒,什么哀伤,什么不安的神情。他的一双望向东边天空上的眼睛,就像是天空中那一片深邃的、微蓝的空气一般的清澈和透明。因而他们也都循着他的眼神,望向了东边的天空。他们看到了东边的天空上,高高地悬挂着一轮白白的太阳。那一轮白太阳,就像夜晚天幕上的满月一样苍白、苍白的。

老弟,你见到过白太阳没有?反正那一天就是那么的稀奇,那么的古怪,那一天早晨根本就没有什么雾汽啊!甚至就连蒸发的水汽都没有多少啊!可那一天早晨的太阳,它就是苍白、苍白的啊!

看着他那副模样,大家就都放心地,但是又都伤心地摇头叹息着,驻足停步地望着他那朝着乡政府的方向走去的、越来越远的背影……

42

时间是公元1971年初夏里的一天。是那一年端午节过后的第四天。农历是五月初九的那天上午。

上午七点多钟那会儿,当城北乡革委会主任邵家柱和秘书胡利平两个人,推着自行车刚跨出了乡政府的大铁门的时候,从乡政府西侧围墙的拐角处,突然地涌过来一团硕大的火球。

这一团火球擦过了胡秘书那张惊愕的面孔,朝着邵主任那边滚涌而去……然后这一团火球跟着在扩大,在滚动,在翻搅……火球之中,时不时地还传出了几声"啊,啊"的嚎叫,就像是用杀猪刀去捅了猪的脖子时所发出来的惨叫一样,直直地刺割着人们的耳膜和心肺。慢慢地,惨叫声消失在火焰的气息、刺鼻的汽油、化纤织物的焦臭和动物油脂烧焦了的味道所交织在一起的弥漫着死亡的气息里。许久,许久,火球慢慢的熄灭了。一堆有着两个缠绕在一起的、烧焦了的、呈紫黑色人形状的黑炭团,便出现在了人群的眼线下面。他们的尸体烧得焦糊,当乡"打办室"那个满脸酒刺疙瘩的黄瘦子和那个颊肉横长的黑胖子,两个人去抬一下或者动一下的时候,这两个焦糊了的尸体外面那一层紫黑色的皮就会脱落下来,露出了里面那一块、一块的白肉……

在这两个缠绕在一起的、呈紫黑色人形焦炭不远处的旁边,跌坐在地上的胡秘书,这会儿他正鼓凸出一双眼睛,面颊上的肌肉不住地抽搐,眼镜摔落在身旁的地上,嘴巴中还胡里不清地说着疯话:

"苦鸭,这不是我干的,这不是我干的啊……我向伟大领袖毛主席发誓,我向伟大领袖毛主席发誓啊……是邵主任叫做的……我向……发誓……是……不是啊……"

胡秘书疯了。从此以后他就怕看到火光。后来只要一看到了火光,他就会神经质地鼓凸起那一双犹如死鱼一般的眼睛,嘴里就会胡里不清地咕哝着:"我发誓,我向毛主席发誓……是邵主任他叫,叫干的……"

这又是一个充满了恐怖画面的一幕啊!还不到一个小时,整个小城就全都给传遍了。人们又在围观,议论,传说,奔走相告,诅咒和谩骂……

过了没有多少天,小城的"工纠队"所接管的公检法,召开了两个性质完全不同的大会,对这两个缠绕在一起的黑炭团,一个是被追认为革命干部的追悼大会，而另一个则是宣判为现行反革命杀人犯的公判大会；一个可以入葬于城南乡乌龙山的烈士陵园中，而另一个却被打上了血淋淋的大红叉叉以后，这种议论、传说、诅咒和谩骂之声，便油然地沸腾了起来，就像是雷电之剑和地狱之火那样……

那一天晚上电闪雷鸣，大雨如注。一夜之间，凡是张贴着打上血淋淋的红色大叉的布告的地方，布告全部都被撕光，替代贴上的是"骚屄甲猪，地灭天诛"的纸条。甚至就连当时被工人纠察队所接管的公检法那用锁锁着的玻璃橱窗内的布告也不例外。

那一夜，城南乡烈士陵园里的一座新墓被掀翻，大理石的墓碑被劈断，并且被一块刻着"耻辱碑"的大木牌子所替代。在这一块大木牌子的"耻辱碑"上，用浓浓的黑漆写着下面这几行字：

邵氏家柱，
骚屄甲猪，
淫乱作恶，
地灭天诛！

天明以后，小城的人们又一次地奔走、相告、议论和传说：
"嗨，骚甲猪的墓，昨天晚上被雷给劈啦！"
"真的吗？"
"你不要去瞎说哦！"
"哦……你要是不相信的话，便自己跑到城南乌龙山去看看吧！"
"哎呀——老天报应啊，老天报应啊！"
"这个骚屄甲猪啊，活该遭此报应！"
"以前我就对你们大家说过的啊！善有善报，恶有恶报啊！这不，时辰一到，报应就来到了哦！"

这一桩扯布告、掘坟墓、劈墓碑的事件，一时间里，就成了这个小城里又一桩特大的现行反革命案件，并且一下就抓了将近有十几二十个人呢！不过抓的人啊，全都是我们这一帮小卜萝子们……

陈家欣说到了这里，他忽然就抑制不住地大笑了起来：
"嘿嘿，哈哈，哈哈，哈哈……哈哈，哈哈……老弟啊，哈哈，哈哈……哎哟喂哟，老弟啊，现在细想起来呢，当时我们这一帮小卜萝子们，也实在是有那么一点儿荒唐，有那么一点儿不知天有多高、地有多厚哪！不过那个时候，我们大家的心底里，的的确确地憋着了一股子气，就想要找一个地方去发泄发泄……"

尾声

小城这一桩特大的现行反革命案件惊动了上面。省委派出了专门的工作组前来调查。不过几个月以后，随着那个折戟沉沙的事件发生以后不久，小城城北乡的盖子，也就开始被省委工作组慢慢地给揭了开来了。

不揭不知道，一揭吓一跳喔！城北乡光是在搞"清理阶级队伍"和"深挖五·一六"运动的不到两年的时间里，被活活整死的就有三十多个人，被整伤和整残废的有好几百个人呢！我记得那是在1972年的8月份吧，小城在"丹金剧院"里面召开了大会，大会是有省委工作组的领导成员主持的。因为那一次，我可是被特别邀请前去参加这个大会的。根据当时大会上的报告以及后来公开出来的统计数字，城北乡在那两年不到的时间中，光是动用的刑罚，有名有称的，竟然有着一百二十八种哪！

这诸多发生在文明社会里的野蛮行为，真令小城人毛骨悚然。难怪当时城北乡人不能不担心，是否一觉睡醒过来，自己便与大祸攀上了姻缘。说实在的，如果不是那个骚屎甲猪早死了几个月的话，说不定城北乡还会增添出许多新的冤枉鬼呢！就这一件事情来说，当时城北乡的老百姓，很多都在背地里给苦鸭和他的全家，烧上了不少的纸钱和锡箔呢！当然啰，他们也就只能去偷偷地烧，以表示他们对苦鸭一家人的追思和哀悼。

后来没有几年，"四人帮"垮台了。小城便开始改革和开放了。大家埋头做起了生意，老百姓的经济很快也就发展了起来。上面的政策放宽了，小城的景象当然也就繁荣和昌盛了起来，建起了数不清的高楼大厦。当年城北乡的地盘后来在逐年缩小；小城市区的地盘却在不断地扩大。原来苦鸭居住的张角墩的坟墩岗子，也早已经用推土机给推平，并且在这个坟墩岗子的地头上，建起了很多幢高楼和一所颇负盛名的中学。

人们的物质生活开始不断地富裕了起来，小城也开始在向着小康社会一步一步地迈进。只不过小城的老百姓,并没有完全从那些可怕梦魇的阴影中摆脱开来。他们始终对一些流氓恶棍式的官僚怀着一种畏惧感。他们不知道今后还会不会再发生当年那一类的事情。虽说那个接二连三发生事件的年代,已经过去了有三十多个年头了,然而在人们的心底里总还是存在着一份担心,即担心着野蛮和残暴,会不会再像幽灵那样出现。

在还没有高度民主和真正法制的社会到来之时,在人们讲话还有所顾忌的年代,老百姓的这种担心就不会是多余的。因此老弟,我们大家还要再去努力、再去争取、甚至还要再去斗争……要不然的话,正如苦鸭那一首《孤独地追求》诗歌中的诗句所表达的那样:"因为权欲过度神便堕落成魔鬼;物欲过度人也就会堕落成野兽。"

2001年12月写于北京

文学与思考

（写在后面的话）

颜 斐

中国自秦代以来，专制色彩过于浓重的意识形态堵塞了人们感情的宣泄，这一种民族缺陷使中国的文学创作深受其害。

尽管中国有五千年的文明历史，尽管我们的国人对文学的理解很为透彻，对文学作品的欣赏也不缺少一定的能力和水平，然而正是由于这一种缺陷，往往就使得我们的文学家们对文学创作噤若寒蝉，使一些思想深沉、生活凝重、以及稍有棱角的创作作品望而却步，退避三舍。

眼下我们在一百个国人当中，可以说难得找到三四个能真正为文学所陶醉，或者是从文学里唤起个人早先生活片断的联想、爱情的遐思、浪漫的情怀、已经逝去的青春的追忆以及理想一般的诗情意境的知音者。至于要想遇到能对文学作出思考并具有一定深度的人，那就更是难乎其难了。

当今的时代，人们心灵焦躁，头脑轻浮，都以世俗的、喧嚣的、肉身凡胎的物质生活为目标，追求着金钱，追求着权力，追求着时尚，追求着物欲的快感，让自己淹没在良心与违心的空档之间。

也许中国根本就不应该拥有五千年的历史文化，以致让现在的子孙后代们永远觉得多余的就是这文学和诗；也许中国需要的根本就不是文学和诗，而是眩目的权杖、闪光的金钱和物欲的快感；也许专制思想和文化的枷锁，已经使得文学快要蜕变成为病态的、生拉硬扯的、矫揉造作的，类似于人妖、太监式的，或者是向金钱卖笑、向"权杖"张开两条大腿的娼妓式的货色；也许我们的国人已经养成了一种可悲的、低三下四和卑躬屈膝的习惯，把审美观完全交给那些主宰意识形态的糊涂虫去包办；也许自秦代以来的两千多年之间（因为在秦代之前的春秋战国时期，中国曾经出现过短暂的然而却是真正百花齐放和百家争鸣的文化格局），我们的文学家之所以不再被人们接受，富有思想、富于创造才能的文人之所以完全被忽视，这些，大概就是由于中国几千年封建专制制度在作祟的缘故吧？

事实上，一个有思想的人，才是一个真正有力量的人。记得当年，天津南开大学教授蒋廷黻曾经提出一个问题：是汉武帝伟大，还是司马迁伟大？最后的结论是司马迁伟大。汉武帝折腾了一辈子，不可一世，可是他死了以后什么都没有，然而司马迁和他的《史记》以及他那悲惨的人生故事，一直流传到了今天。因此，帝王统治人民，不过是一朝一代而已，而文学家的影响力，却能够绵延多少年，多少代，甚至是多少个世纪。屈原、司马迁、吴承恩、罗贯中、施耐庵、曹雪芹……他们就都是这样的人。他们创造了文学，创造出了许多千年不朽、万世传颂的文学作品，使民族精神和人们的物质生活获得了全新的结合。

思想就好比是宝藏；而有思想的文学作品，就更是稀有的宝藏，就像那些散落在地球上的非常稀有的红宝石、蓝钻石和祖母绿一样。一部优秀的文学作品，其作为思想成就来说，它的影响力，其实并不比一个改朝换代的大政治家的业绩低下，甚至比其更要深远和巨大。因为一切智力上的表现，应该是不分什么高下的。如果让大政治家去从事文学创作的话，那么毛泽东也许就会成为和屈原一样伟大的诗人，而周恩来写出小说就像曹雪芹那样……我这里说的是如果，是指智力表现上的一种假设而已。

然而在我们中国，文学家却远远没有别人那么幸运。他们大多是生活在穷困潦倒之中。他们之所以穷困潦倒，正是由于他们无节制地运用他们自身那种出神入化的想象力，孜孜不倦地为追求他们内心的最高目标而在静思和默想。他们听任自己的躯体去接受世事变幻的摆布，但是心灵却始终翱翔在高高的蓝天上。为了追求语言和思想的完美表达，他们既要在精神世界里面绞尽脑汁地耕耘，又要在日常生活之中去苦苦地挣扎。为此，他们耗尽了自己全部的生命力。有的时候，他们就像是一只长期发着高烧的病鸟一样，一会儿消失在了蓝天和白云之间，一会儿又在漫漫的尘埃和泥泞的街沟中，拖曳着一双受伤的翅膀。文学使他们厌恶尘埃和街沟，可是日常生活，却又剥夺了他们振翅高飞的力量。

政治家鄙视他们，商人看不起他们，平常人嘲笑他们，就连整个世界仿佛都在责难他们。在世俗人的眼睛当中，他们是一群懒汉，一帮势利之徒。然而在实际上，他们不像商人那样，满脑袋瓜装得都是贪得无厌的金钱与财富；也不像政治家那样，整个心灵皆是卑鄙肮脏的权力欲望；更不像混日子的平常人那样，碌碌无为地打发一些宝贵的时光。因此，文学家们的内在生活和他们的外部环境，便发生了不可调和的矛盾与斗争。面对这种不可调和的矛盾与斗争，于是也就产生了他们的思想。

常人的生活只是局限在外在的物质世界，而文学却是文学家们思想的结晶。所以我们又可以说，思想是一种与自然状态相对立的东西。我们在欣赏一部优秀的文学作品的时候，有谁会想到这位文学家为我们的欣赏所付出了多少的辛劳和苦闷呢？如果有谁存心想要理解文学家的话，那么，文学家们所遭遇的困难，以及他们的窘境，还有他们生活当中所产生的反常的现象，我们就不应该忽视这么一点：就是在文学当中，存在着某种不可思议的东西，而这种不可思议的东西的本身，实质就是一种抗力。

比如就拿风马牛这些不相干的事物来说，他们却能寻找出风马牛之间的相互关系。他们能从两三件最平凡的事情的对比中引出最令人惊叹的艺术效果。有时候大家看是红色的东西，他们却能看得出隐在红色之中的绿色或者灰色，就如常人眼睛中的黄澄澄的阳光，而在特定条件下却能展现出赤、橙、黄、绿、青、蓝、紫这种七色光一样。他们深知事物内在的原因和变化，这就使得他们有时候会做出一些诅咒美景而为厄运欢呼、赞扬缺点而为罪行辩护的令常人不可思议的举动。而凡是违反常情的一切举动，又都会引起常人的迷惑、厌恶和反感。所以最优美的文学作品，往往又是最不能为当时的世人所理解和接受。因此这也就是他们的可悲之处。

因此在我们中国，那些为国家和民族文学争得荣誉的人，一般都要等到他们死了以后，才会被人所敬仰。虽然他们的文学作品具有多少年、多少代、甚至于多少个世纪的影响力，可是他们自己的一生，却往往是在痛苦和不幸的处境之中度过。他们经常不为人们所理解，生活穷困潦倒，遭人鄙视和嘲笑，身体憔悴不堪，形影孤单寂寞。他们自身就是一种巨大的障碍、巨大的矛盾，他们既是上苍，又是造物；既是神灵，又是囚徒；既是贵族，又是乞丐，这就使得他们不能为社会所包容。一个经历了短促的人生旅途，并且对于人、对于事、对于传统和对于陈腐的思想都有着冒犯了的人，不管从哪个方面来说，他都不会受到他人的欣赏和欢迎的。

对于这一点，我们只要稍加注意和分析，就不难看出，一个伟大的文

中国当代民族精神文学作品

学家,他的一生势必就是不幸,比如流放之中的屈原、遭受到了"腐刑"的司马迁、被人追杀的施耐庵、饥寒交迫而死去的曹雪芹……所有这些"寒蝉之鸣"的文学大家,最初都不为人们所理解,非要等到他们死了以后,才被人们所崇敬。甚至就连那个创立了"学而优则仕"的圣人孔夫子,当他用充满智慧的大脑,为文人们指明了方向的时候,然而他本人,却带领着众多的弟子,流落于春秋战国时期各个诸侯国之间。这个被后人崇拜和敬仰了将近两千年的一代大儒的满腹经纶和治国之道,却未受到当时的各国诸侯们最起码的尊重。

在中国的文明历史当中,我们处处都可以看到,凡是对人类的文明和命运有着最为深刻影响的新发现——真理和法则,都被遭到了痛恶和整肃。许多身在高位的糊涂虫却往往会宣布说,有些真理是大毒草,在毒害着人民。比如就拿那个最早提出要对人口实行控制增长的人文科学家马寅初来说吧,他的真知灼见,却被宣布成了"马尔萨斯人口论",而被遭到了整治和批斗,以致弄成今天中国人口问题的严峻。

由此可见,具有独创性的文人和文学家们,之所以遭到了不公正的对待,正是因为他们具有内在的与世俗常人所不同的信念。他们有着自己的思想,是真理的宣扬者和传播者,而不是让自己的思想和良知,去泯灭在低三下四和卑躬屈膝的歌功颂德之中,并以此作为筹码,去换得平步青云的乌纱帽。文学家本身就应是宗教。因为一个文学家的品格和个性,对于一个民族来说,是独立存在的核心;犹如一个民族的品格和个性,对于世界来说,是独立存在的核心一样。

如果一个文学家连自己都没有信念,那么,他就有可能会成为人类的耻辱。如果他缺乏了自信,他就不可能是一个力量者。因此我们只要翻开中国的历史,此类的例子就比比皆是:文人只要一踏进政客的圈子(例如李斯和秦桧之流),其所固有的纯真的光环,就会陡然地消失;当他一旦沾染上政客熏心的权欲,就再也写不出闪光的文字来。因为文学是心的体验,是心灵的倾诉,可是当这一颗心灵开始发霉或者发黑的时候,他的文学之路或许就已经走到了尽头。所以文学家的自尊和自信,或许就是他们自己的财富;他们的痛恨和他们的思考,或许就是他们自己的美德。

然而不幸的是,有一些思想肤浅而又卑鄙、狡猾、爱嘲笑和妒嫉思想深沉的创造者的人(例如李斯之辈),那一些狗苟钻营的、专门以损人为乐的无能之辈们，往往就是抓住了文人的一点儿小过失，并以此来当作把柄，甚至于没有过失，也会捏造出一些莫须有的罪名，去干出一系列的令人发指的类似于"焚书坑儒"的事件来……正像在政治和道德这种意识形态上，总有一两个手腕高明的政治家，把某一种思想体系，某一个事实依据，用一两句话来进行总结，或用一两个公式来进行归纳，俾使盲目驯顺的民众作为最高指示、或者绝对真理来遵照和执行一样。

对于那些一心贯注于权力欲望的、不择手段掌权的、在政治舞台上淫威施虐的人，你无法让他们相信这种种不同的文学作品，其实都是通过文学家们各自不同的努力，从而才能达到文学所要求的目的的。他们只喜爱别人的歌功颂德和阿谀奉承，而不喜欢针砭和抨击。他们总希望有一条人人都能遵循的法则，就像"文革"时代，人人都穿着同一种服装，讲话是同一副腔调，信奉着同一种思想，上上下下做人同一个模样，音乐全是进行曲，舞蹈全是军事操，英雄必须"高大全"一样。在这些人的眼睛中，社会就必须是一个大兵营。假如从哪个角落里冒出了一个不知名的文学天才，从他的笔下创作出卓越的文学作品，打破了世俗世界所规定的框框和条条，那么就准保谁也不会去理睬和注意他。如果他还是在执著地固守他的文学女神的话，那么可想而知，他的结局如若不是被群起而攻之地倒下和死去，就必然是被某些人玩弄于股掌之上。

在我们这个有着古老文明的国度里，古老的文明，必然会对新的思想产生一种反动。只要哪里放射出光芒，哪里立刻就会有人去将它扑灭。因为那些主宰着意识形态的人们，会把它看成是一场火灾。于是，文学家们不可能不为此而去付出沉重的代价，于是，他们之中大多数人的创作，不可能不慢慢地蜕变成专制的点缀，统治者的摆设，时尚的笑料。

然而文学应该是一面镜子，一面时代的镜子。这面镜子应该真实地映照出文学家们所处时代的真相，把他所处时代的社会面貌，真实地去反映和表达出来。我这里所说的真实，不仅是生活细节中的真实，还有历史上的真实，不仅是指一个时代的美的一面，而应该是包含着这个时代的全部的美和丑。任何回避现实社会真实的闪烁其辞，都将会失去现实的价值和历史的价值。因此不难想象，一个文学家离开了中国社会多灾多难的大变迁、大转型的背景去进行写作，能写出什么像模像样的东西来。

我记得在三十多年前，有一个作家曾经说过这样一句话："一句真话能比整个世界的分量还重。"我们这些文学家们，应该经常去默诵这一句宝贵的格言。因为新闻会过时，纸张会陈旧，油墨会模糊，信任会消弭，甚至再伟大的政治家和英雄，也会化作为尘土，然而只有真实的记载，以及只有有思想的能反映时代真实的文学作品，才能去超越时空，才能去把各个时代的和各个民族的人们的心灵，紧紧地维系在一起。

对凡是有着天赋的、或是靠着勤奋而获得创作才能的文学家们来说，真理（或者是说原则）只有一条，那就是：从事文学就是为文学服务，文学家只能去向文学要求文学所能给予的乐趣，除了文学在孤独和寂寞之中所赐于的宝藏——思考——以外，不能去向文学要求其他的宝藏。另外还有着一点，那就是随着历史的发展，社会的进步，尤其是科学技术高速发展的当今社会，就中华民族的精神财富而言，文学只是这偌大的财富之中的一部分，而不是全部。并且这种趋势还将继续持续，这是谁也阻拦不住的。因此文学家们必须头脑清醒而又明确地认识到这一点，不然的话，就会陷入误区，就会在不必要的痛苦和自怨自艾的泥淖之中而深陷不拔。

一个要想有所建树的文学家，就应该勇敢地直面自己所处的时代和自己所生活的社会，并且对自己所直面的时代和所生活的社会以及自己的人生和所喜爱的文学，做出严肃地、认真地、多角度地、深层次地思考。

以上是我在2002年6月写下来的一篇文章。当时我的初衷，是想把它写成一篇文学与思考的理论性的文章的，可是在动笔的时候，由于自己的内心是激情有余，条理、逻辑和论点的论据也许不够充足，写到后来却像是一篇"文学与思考"的散文了。现在，在即将出版我的小说作品集《十姊妹·苦鸭》的时候，思来想去，我觉得还是让这篇"文学与思考"的散文，暂且充作我这部小说作品集《十姊妹·苦鸭》后面的话吧！

2005年7月13日

YanFei
XiaoShuoJi

Zhongguo dangdai minzu jingshen wenxue zuopin

中国当代民族精神文学作品

颜斐小说集 3

1. 官园夜月
2. 第四个女孩

颜斐 著

文化艺术出版社
Culture and Art Publishing House

图书在版编目（CIP）数据

颜斐小说集／颜 斐 著.—北京：文化艺术出版社，2007.9
ISBN 978-7-5039-3363-9
I. 颜… II. 颜… III. ①中篇小说-作品集-中国-当代②长篇小说-作品集-中国-当代 IV.1247.5
中国版本图书馆CIP数据核字（2007）第113696号

颜斐小说集（3）

著　　者	颜　斐
责任编辑	王大鹏
责任校对	方玉菊
策　　划	报时鸟文化传媒／叶子
版式设计	博采文案工作室
封面设计	金　华
出版发行	文化艺术出版社
地　　址	北京市朝阳区惠新北里甲1号　100029
网　　址	www.whyscbs.com
电子邮箱	whyscbs@263.net
电　　话	（010）64813345　64813346（总编室）
	（010）64813384　64813385（发行部）
经　　销	新华书店
印　　刷	北京军区空军司令部印刷厂
版　　次	2007年9月第1版
	2009年8月第2次印刷
开　　本	720×960毫米　1/16
印　　张	55.50
字　　数	950千字
书　　号	ISBN 978-7-5039-3363-9／I·1566
定　　价	117.00元（全三册）

版权所有，侵权必究，印装错误，随时调换。

内容提要

《官园月夜》 这是一部颇为优美的文学作品。本部作品是有八个不同年龄、不同性别、不同地域、不同层面的朋友（有官员、作家、诗人、画家、商贾、技术人员、管理人员），在一次聚会时，面对着官园初夏夜的明月，以抒情的形式，讲述了各自的初恋与爱情的往事……作品语言清晰，文笔流畅，感情浓郁，思想深沉，富有哲理，犹如是一串用八颗美丽的珍珠所镶嵌和雕琢而成的美丽的珠链，折射出不同时代不同的人生观和不同的婚姻、爱情以及社会问题，读后不免令人掩卷而长思。

《第四个女孩》 这是一部中篇爱情小说，作品围绕一个年轻的遗传工程学博士，为归还购买单位房改商品房所欠下的贷款，先后与四个不同层面、不同领域的年轻女孩交往，以激越的旋律歌颂了爱情，歌颂了科学和艺术，歌颂了改革开放以来新一代年轻人的生活和精神风貌。

　　我似乎感觉到，我的记忆都在月亮里面，我只要对它出神地关注一下，所有的记忆就都涌上了心头。

　　　　　　　　　　　　——《官园月夜》（插图：谭华）

目 录

序……………………………………何镇邦（*009*）
文学的精神视点………………………叶子（*012*）

一、官园夜月………………………………（*001*）

    1. 八个朋友………………………………（*003*）
    2. 海涛的故事……………………………（*015*）
    3. 江波的故事……………………………（*032*）
    4. 何源的故事……………………………（*060*）
    5. 翟凤娜的故事…………………………（*082*）
    6. 杨林的故事……………………………（*111*）
    7. 杨丽萍的故事…………………………（*133*）
    8. 肖明刚的故事…………………………（*152*）
    9. 慕容玉的故事…………………………（*171*）
    10. 尾 声…………………………………（*194*）

二、第四个女孩……………………………（*199*）

人生的道路有时候就是如此,当你走上去了,但又明显觉得自己是走错了,这会儿要想回头重新再走的话,却又是不容易的了。

——《官园月夜》(插图:谭华)

序

初次与颜斐见面时,他秀气中透着文弱,我认为他只不过是一个典型的江南书生。可读完他的三部即将付梓的小说作品集《十姊妹·苦鸭》、《晚花紫丁香》和《第四个女孩》的文稿,我分明看到了一个文学上的硬汉子。他作品的丰厚、思想的高度和艺术的感染力震撼了我。"文如其人",从他的作品中,我看到了一个文学精神的囚徒,一个拷问灵魂的高手,正举着文学这面旗帜,在孤独与艰难中高吟着"高尚品格本就是孤独中的追求,高深智慧也在孤独中才能得获"的诗句,大踏步向我们走来。

颜斐的作品不但流金溢彩,持论高妙,而且文采风流,景物描写如诗如画,篇篇都耐看耐读,阅读定会给你启迪,思索定会给你回味。比如很有思想力度的中篇《把脚跷在桌子上》,描写一个可爱的6岁小女孩感人故事的《晚花紫丁香》,凄苦得让人泪流不止的短篇《飘逝的叶子》,一篇耐人寻味的生活片段的《哼唱情歌的男人》,有着美丽身影的农村女孩的《为了梦中的橄榄树》,激越歌颂爱情、歌颂科学、歌颂艺术的中篇《第四个女孩》,叙述方法非常另类的长篇《官园夜月》等,尤其是优美而又凄凉的中长篇爱情小说《十姊妹》与《苦鸭》,更是震撼人心,动人心魄!

他的《十姊妹》和《苦鸭》均写于本世纪之初,但作品均以三十多年前的"文化大革命"为背景,写的都是凄美的爱情悲剧,都相当感人。《十姊妹》讲述的是江南小城年轻的机械工程师徐江平同本厂描图员阿华的爱情故事。作者把发生在"钱资荡"畔的不正常年代里的这个正常的爱情故事写得淋漓尽致，热烈美好。有江南小城春天的美景作陪衬，有关于"十姊妹"的凄美的传说和田园风光般的景色作为爱情过程的穿插，有一对心心相印的年轻人的迸发的爱情尽情挥洒，以景写情，抒情写景，物我两忘，犹如是一部篇幅较大的田园牧歌式的散文，真是美极了！在这对年轻人发生于不正常年代的正常爱情的描写中，诸如"钱资荡"畔月夜相拥，"十姊妹"花前的山盟海誓，徐江平陋室中的情感燃烧与理智控制等爱情场面的描写尤其动人心魄。当然，徐江平与阿华的这种再正常不过的爱情是不容于那个不正常的年代的。由于小城一机厂革委会主任朱兴强的同类，流氓成性的技术科长姚长青也看上了阿华，于是凭借他们的强权便演出了一场夺爱的爱情悲剧：徐江平被除名遣送回乡，后又被迫远走皖南山区达八年之久才"落实政策"返回小城；阿华则殉情自杀，长眠于当年她与徐江平定情的"钱资荡"畔的小岛上的凹口处。作者在作品中着力施展了小说创作中的景色描写与心理描写这两项技巧，不仅笔法逼真、细腻、生动，而且达到了高度的情景交融，树木花草、湖光山色、飞鸟游鱼、黑夜白昼、太阳月亮和星辰，无不彰显了主人公的感情色彩，简直叫人辨别不清究竟是江南水乡小城的景色诱发了主人公的感情呢，还是主人公的感情感染了江南水乡小城的景色。江南水乡的美丽有力地烘托出了青春与爱情的美丽，而且，这部作品中的江南水乡的美，带有一种朦胧和神秘的色调，令人感觉似在梦境、仙境，甚至在魔境，暗示了这场爱情必将在现实生活之中幻灭，增强了故事的悲剧气氛；而用伤感的十姊妹花来贯穿整个作品，则展示了社会多灾多难的大变迁、大转型时期的痛苦和希望。

《苦鸭》比起《十姊妹》来，少了点浪漫的色彩，而多了点悲剧的氛围。作者采用讲故事的手法，以抒情散文的形式，给读者讲述了小城城北乡青年农民"苦鸭"的爱情故事。"苦鸭"原名顾岳，其父原为小城银行的主任会计，"反右"中无辜被打成"右派分子"，被迫自杀，母亲一急之下双眼失明，于是母子被遣送到城北乡，在黄土岗的张角墩子下结庐居住，母子相依为命，宁与鬼魂为伴，不与人群混居，真有点离群索居的样子。尤其是他参加当年高考中考得全省第一、全国第三的成绩而不被录取之后，就安心在城北乡当农民，兼学点木工油漆等手艺，侍奉双眼失明的老母艰难度日，日子虽苦，倒也还平静。只是到了"文革"岁月，坏人当道，他们母子的日子就不平静了。尤其是"苦鸭"在丹金河的支流沙城河里救起了被城北乡革委会主任人称"骚尿甲猪"的邵家柱调戏侮辱后跳河自杀的上海女知青于秋霞之后，两个青年男女一方面由于相敬、相怜、相知而相爱，结成连理，过上一段美好平静的生活，一方面摧毁他们平静而幸福的爱情生活的悲剧一天天逼近，以至遭到灭顶之灾。那个被叫做"骚尿甲猪"的邵家柱发现没有就范的上海女知青成了"苦鸭"的妻子之后，便伙同秘书胡利平密谋一计，利用城北大队"开秧门"的日子，陷害"苦鸭"，企图霸占于秋霞，遂造成"苦鸭"瞎母被推落入河中死亡、于秋霞被迫死于屋中的骇人听闻的事件，"苦鸭"也被迫与恶棍邵家柱同归于尽。这部作品把美展示得更加充分，把恶也揭示得更加深入，展示了"文革"时期江南小城城北乡的现实生活里的一个剖面，刻画了某些流氓恶棍式干部野蛮和愚昧的行径，抨击了"有权就有一切"的极权专制思想和意识的信条，故事与结构也安排得更加紧凑，读来似乎更吸引人，也更耐人寻味，更震撼人心，掩卷思之让人感慨万千。

颜斐的《十姊妹·苦鸭》、《晚花紫丁香》、《第四个女孩》这三部小说集中的作品对美好爱情的描写与歌颂，具有相当高的审美价值；而作品集中对制造悲剧的恶人所代表的社会势力所做的揭露与鞭挞，也具有一定的认识价值。仅此两点，这三部小说作品集就值得读者诸君一读，并于读后有所感悟了。

　　作为一个小说家，颜斐对江南水乡风情与景物的描摹，对爱情（尤其是带有悲剧色彩的爱情）的描写，对爱情悲剧的思考，都有其鲜明的特色与一定的深度。这表明他对生活的发现与开掘已具有一个小说家应具备的眼力与技巧；而叙述技巧的相当娴熟，又表明他在小说创作上可以走的更远。但从这三部小说作品集来看，作者对反面人物的描写大多是简单化与漫画化，在小说的叙述与描写中具有较强的主观化的倾向，作者总是急于要向读者说明一些所谓"哲理"，这多少削弱了小说的艺术感染力。切记，小说中的思想倾向必须从形象描写中自然流露出来，而不是由作者直接向读者倾诉。而反面人物的形象愈复杂愈立体，对他们的揭露与批判也就更加有力，更加深刻。这是一些不可违背的艺术规律。

　　上个世纪末，颜斐曾在鲁迅文学院进修过，听过我讲的课，算是我的学生。现在读了他即将付梓的三部小说作品集的文稿后，为他在小说写作上取得的成绩感到欣慰，也预祝他在今后的文学创作上取得更加可观的成绩，以圆他的文学梦。

　　是为序。

2007 年 7 月 8 日草于
北京亚运村寓所

文学的精神视点

叶 子

在中国文学史上,有多少文人是传统人文精神的卫道士,又有多少文人成了统治阶级附庸风雅的工具。文学要么成为一种形式技巧,要么堕落为媚俗与宣淫。或者说,中国文学不是为政治伦理道德效力,就是为自然(人的天性或本能)服务。也就是说,中国文学几乎没有或者很少真正地独立过。

令人欣慰的是,自20世纪80年代末期,中国文学开始逐渐地向自己的本性或原始性即纯文学回归和发展。文学回归到自然,就是回归到了自己的根,即人的原始生命力;但如果仅仅停留在生命力的本能状态,不是从中升华出纯文学来,而是使文学降为动物本能的宣泄口,这本身恰好就表明了生命力的不足和孱弱,而中国历史上个体人格的萎缩正是导致这种状况的原因。因此,文学的真正独立,要以个体人格的解放独立为前提;而个体人格的独立,恰恰又要以个体清醒地意识到自身的存在和存在的价值为前提,也就是以自我意识的觉醒为前提。有了这样的前提,作为文人的个体,才能对我们生存的这个世界有独立的思考和独到的批判,而不是权威的传声筒和吹鼓手。

摆在我面前的颜斐先生的这部小说集,是由他的长篇小说《官园夜月》和中篇小说《第四个女孩》这两部作品所组成。《官园夜月》是通过8个不同年龄、不同性别，来自不同地域、不同层面的朋友的一次聚会，讲述了各自不同时代不同的婚姻、爱情和社会问题。而《第四个女孩》则围绕一个年轻的遗传工程学博士为归还购买单位房改房所欠下的贷款，在夜间兼职中先后与四个不同层面的年轻女孩的交往，激越地歌颂了爱情，歌颂了科学和艺术，歌颂了新时期一代年轻人现实生活的风貌。

颜斐先生的小说作品无疑体现了作者清醒的意识、独立的思考和独到的批判，从而对中国当代社会产生了历史的反思并对自我进行了深刻的反省。其鲜明的道德倾向，既有别于跟在他人屁股后面人云亦云，也不同于生拉硬扯、矫揉造作、东拼西凑的望洋兴叹和无病呻吟。

文学是属于精神文化范畴的，而精神文化与创作主体的思想观念、生存方式和生命过程密切相关。正因为在作者的全部生命经验中，经历过20世纪后半叶中国历史上和平时期前所未有的坎坷、磨难、煎熬、动荡以及变迁的民族命运的全过程，从而得出了其独立的思考与批判。这无疑是忧国忧民意识的责任体现，也无疑是中国文人应有品格的使然。作者站在人性的高度、民族历史的深度和社会文化的角度，对人性、对国家、对社会从文学的视窗进行窥探和剖析，展现在读者面前的艺术画卷，不仅有真、善、美，还有假、丑、恶；不仅有爱情的芳馨，也有铜臭的龌龊；不仅有理想的探索追求，也有现实的野蛮丑恶；不仅有乡里邻间的和睦相处，也有官场上的勾心斗角；不仅有朋友之间的纯洁友谊，也有商场上的尔虞我诈。这部作品所讲述的一个个的情节、一个个的人物、一个个的场景，无不灌注了作者深厚的情感，表现了作品的思想力度和审美观照。

不难看出，颜斐先生的这部小说集，绝不是泡沫文学的伪劣品，而是基于他特有的思想视角而创作出来的富有思考性的小说。作者不是用逻辑的方式去机械地理解生活，也不急于为结果找原因、为行动找根据、为性格找特征、为心理找动机、为生活找故事、为故事找悬念，而是建立在巨大历史真实基础上的艺术真实的力作。

从颜斐先生这部小说集的艺术角度来看，其与传统作品相比，无疑是有区别的。例如在小说《官园夜月》中，就体现出作者独具匠心的结构设置，它不是传统意义上的情节从头写到尾、人物从小写到老、大悬念中套小悬念的长篇小说，而是独立能成篇、合则能成章的"另类小说"，这不失为表现手法上的又一创新。但这种创新，是要以牺牲"典型环境中的典型人物"为代价的。

看一个作家是否一个有作为的作家，这要看他与他的时代、他的民族的精神生活有无深刻的联系；一个作家能否写出意识到的历史深度，取决于他的精神视点的高度。可以说，颜斐先生的这部小说集《第四个女孩》，无疑就是这一标准的充分体现和说明。

2007年1月于北京三里屯

　　从东边升起的月亮,好像是一位刚强而有力的守护神,凝视着它所守护的大地和山川。

——《十姊妹》(插图:谭华)

颜斐小说集（3）

官园夜月

一、八个朋友

初夏时分。周六的傍晚。车公庄地铁东南出口不远处。

路对面是国家环保总局大楼，身后是中国京剧院。江波凭依人行道边的白色护栏，颇有兴味地注视着官园桥下东来西去的车流。在路口红绿灯的指挥和调度下，车流井然有序地行驶。犹如是间隙泉一般，每当红绿灯变灯时车流就急急地喷涌流淌而去；而在下一个红绿灯变灯时却又嘎然而止。

这就是法治，江波心里想，这不断变换着的红绿灯，就象征是法律的手段，治理着京城二百多万辆各式各款的汽车。在这红绿灯下，任何车辆的行驶都是平等的，都要遵循交通规矩，都在绿灯下急急地行驶，而在红灯下耐心地等待。谁都不能犯规。谁要是犯规的话，对不起，请你开到路边，亮出你的驾驶证，在上面扣上几分或者开上个罚单。你要是不服，要是还去犯规的话，对不起，就停止你在路上行驶的权利，淘汰你出局。

可是还没多一会儿，官园桥下的红绿灯忽然就大乱了起来，东来西去和南来北往的车辆，都在"嗞、嗞、嗞"地急刹车……

江波正在感到纳闷之际，这时候，从路对面的东边方向传来了一阵"呜……呜，呜……呜"的汽车警笛声。好几辆装备着汽车警灯的奥迪和大奔轿车，在所有等候和退让的车辆跟前，飞扬跋扈地拉响了"呜……呜，呜……呜"的警笛，仿佛有着不可一世的特权，向着西边的方向，穿过官园立交桥洞，趾高气扬地飞驰而去……嗨，真是大煞风景啊！江波心里想，原来这红绿灯是专为普通人的车辆而设置的，一旦面对权贵的车辆，它却又是无可奈何的了。他开始觉得有一点索然无味了起来，于是，便把视线拉向东边，眺望起暮霭笼罩下面的街道和来去匆匆的行人们。

"江波……"

听到有人呼唤，江波扭头去看望。在离他身后不远处，翟凤娜正从中国京剧院的围墙豁口处向他走来。翟凤娜是一个端庄高挑的中年女士，她的眼神在镜片后面熠熠闪光。跟她并排走着的还有一个年轻的女士。

"噢,"江波说,"是翟凤娜啊。"

"嗨,江波,你怎么像一个呆子似的,在瞧什么哪?"

"我不认识何源家,刚才我还用地铁出口处的公用电话,给他那儿打了电话呢。这不,我正等着有人来接我呢。"

"江波,我可是专门来接你的哦!你要是提前对我说上一声的话,嗨,我肯定会亲自开车,把你给接到这里来的。"

"翟凤娜,你就算了吧,不要说得比唱得还要好听哪!坐你那个高级轿车,我怕还没有那个资格,还不够那个档次哪!"

"江波你看你,话都说到哪里去了哪?嗳,我来给你介绍一下,"她先转向那个年轻的女士说,"这一位就是作家江波。"然后她又转向江波说,"她叫杨丽萍,是一家叫'百合花'酒店的女老板。"

"江老师,你好!"那个叫杨丽萍的年轻女士,倒也大大方方地走上前来,跟江波握了握手,把没有思想准备的江波搞得非常的尴尬。

只见江波讷讷地说:"你也……呃,首先是你好喔!"

跟着,翟凤娜转过面孔对着江波说:"江波,你可把大伙儿给等急了哟!呆一会呀,大家要是不罚你的酒才怪呢!"

"对不起,"江波说,"我来的时候,遇到了一点小意外。"

"江波,"翟凤娜伸手拉了一下江波的胳膊说,"何源的家离这儿不算太远,穿过中国京剧院就到了。我们还是一边走一边聊吧。嗳,江波,刚才我听海涛说你这个人感情挺专一的,他说你是一个可以为爱情去跳楼的人!"

"嗨,"江波笑着说,"海涛又在我的背后嚼舌头根了吧?"

"他也没说什么。"翟凤娜问,"嗳,江波,这个七八年以来,你就再没有碰到一个可心的女人吗?"

"我的后半生,"江波说,"恐怕都要在一笔一墨,抒我怨愤,一灯一影,伴我凄清之中度过了。"

"嗳,我来给你物色一个怎么样?"翟凤娜的眼光,在镜片后面非常温柔地望着他说,"事业上成功,经济上丰裕,有房有车,又小了你一个十二三岁,就像跟我差不多的这种女性,你看如何?"

江波转头朝翟凤娜望了一眼,在她看着他的眼光中,隐匿着一抹羞涩的神色;他又朝那个叫杨丽萍的女士望了一眼,只见她向他诡谲地抿嘴一笑。于是他便把视线又转向了翟凤娜说:"翟凤娜,你可别拿我们这些穷人开玩笑，好不好？我这个'寒酸一儒'是不值什么钱的，哪里还敢去攀你们这许多富婆的高枝哦！这不是没话去找话，让大家笑话得笑掉大牙吗？"

"喏，你看你，你看你……嗳，江波，等到何源这儿的聚会完了以后，晚上我请你去哪儿喝上几杯，我们好好地聊一会好吗？杨丽萍，你也跟我们一起去吧，今晚我请客，怎么样啊？"

"嘻嘻……"杨丽萍又是诡谲地抿嘴一笑，"翟凤娜，你说我跟在你们两个人的屁股后面，算一个什么呢，啊？你们一个是总裁一个是作家的，这一对一的，多么有情调哟！我夹在了你们两个人的中间，翟凤娜你说说看吧，我是去当监护人呢，还是去当电灯泡哇？"

"杨丽萍你呀，贫嘴！"

"怎么啦？难道我说错了吗？你要是想喝酒的话，可以带着江老师到我的'百合花'去吧。"杨丽萍笑着转向江波说，"江老师，要是哪天你和翟凤娜去我那儿的话，我保证陪你们喝一个痛快！"

"算了吧，"江波说，"我可不敢招惹你们这些女士们。"

"嗳，江波，往这一边走，"翟凤娜伸出右手，拉了一下江波的手臂说，"往这边拐上一个弯，前面就到何源的家了。"

这本是一个沙龙性质的聚会。然而何源今天却有点别出心裁，他硬是把这朋友们的聚会，演绎缩小成家庭餐会，而把朋友们聚会的地点又放在了他这个地处在官园的小四合院的露台上。用他嘴里常爱说的那句话来说："我们大家都是朋友嘛！是朋友的话，大家就经常性地聚聚吧，以后保不准谁都有用得着谁去帮忙的地方呢！"

何源家的庭院里有一棵又高又大的百年老枣树。此时此刻，正是这棵百年老枣树纷扬枣花的季节，给这个小四合院，满满地撒下一片清新和温馨。何源原先是一个朦胧派诗人，十二三年前，他突然偃旗息鼓、弃笔经商，现在他拥有了自己的公司和网站。

今天的餐会中有海涛，他是某部的文化官员，今年已及天命之年，他和江波是老乡。有翟凤娜，她今年大约有三十五六岁，是国外某跨国集团北京公司的总裁。有杨林，他是何源公司网站的程序工程师，年纪和翟凤娜相差不多。有肖明刚，他大约二十八九岁的样子，是江南某公司驻京办事处主任。有杨丽萍，她今年已经步入三十，是一家酒店的总经理。有慕容玉，她是一个年轻美丽的南国女郎，南方大学美术系毕业不久，就调来这北京工美集团担任美工师。还有就是江波。因此说,这是一个八个朋友的聚会。

所以当江波来到的时候,在场已经等候了有一会儿的朋友们,是一片抱怨和谴责。而当江波在何源家平顶露台上支起的桌子后边坐下来时,何源为了平息大家的怨气,因而他便说:"江波,由于你今天的姗姗来迟,大家的兴致可是锐减喔!现在罚你啤酒三大杯,这总不算多吧?"

江波站起来双手抱握成拳,给在座的各位打躬作揖说:

"我是迟到了,让大伙久等,这是我的不对,实在是抱歉。在这里就座的各位大多是老朋友,就算不是老朋友的话,朋友的朋友也就是我的朋友,因此我这厢有礼了。至于这罚酒,我看就免了吧,因为我不善酒。我来给大家讲一讲我这迟到的原因来代替这罚酒,我想大家一定会满意的。

"今天下午我在东大桥坐109电车。上车以后,我坐在一个靠窗户的位子上。因为是周末,坐109电车的人很多。临开车前,又上来一个修修长长、漂漂亮亮的年轻女郎。这个年轻女郎染着一头红色的大波浪,穿着一件紧身红鱼网格短袖衫,束一袭红短裙,脚上还蹬着一双镂白花的红色船形高跟鞋。这上下一片红中又上衬着一张白皙端庄的瓜子脸,中祖象牙一般的胳膊和有着酒窝一般肚脐眼的蜂腰,下露两条藕节一般修长的大小腿,尤其那双红色船形镂白花的高跟皮鞋,衬托着这个女郎优美的脚脖子。总之是这白皙的自然美,这红色的点缀,白皙映衬着红色,红色点缀着白皙,绝对是一道很少见的风景线。于是车上所有乘客的眼睛都聚焦到了这白皙和红色点缀映衬的美丽相宜的地方,都惊叹着造物主有如此这般美妙的造物,都觉得欣赏这'红与白的美丽'的风景,真是绝对的养眼呵!

"发车的铃声响了。109电车的司机一上车就'嘭'地撞上车门,急急地发动起了电车的车档。然而还不到三秒钟又'嗤'地一个急刹车。原来这109电车刚开出车站就吃上了红灯。这一个急开车和一个急刹车所产生了的惯性,给109电车上的乘客一下就来了个一推一搡。坐在座位上的人的身体都往后面一靠,紧跟着又往前去一冲;那就不用说是在车里站着的人了;尤其那许多站着的但又没有能够扶好的乘客,那就更不用去说了。

"'哎哟……'忽然那个'红与白的美丽'女郎高声地嚷嚷了起来,'我的妈呀……你怎么就不长眼睛啊!你都踩着我的二百五了……'车上养眼的人们所聚焦的视线,本来也随着这急开车和急刹车的往上一晃、又往前一冲,形成了一个直角弯勾,此时此刻忽然听到了那个'红与白的美丽'女郎的嚷嚷声,于是大家的视线,就又重新聚焦到她那个地方。不过在大家聚焦的眼神之中，都闪现出一抹惊异的神色。

"'对不起了，小姐。'在这个女郎的旁边，站着一位年岁不过三十、乡土气息很浓、但又透出点艺术家味道的青年，只见他一个劲地对这位女郎道歉，'对不起了。实在是对你不起了。这刹车的惯性……唉，真是对不起了，小姐。真是不好意思。'

"'你是个什么东西？''红与白的美丽'女郎的脸色阴沉沉的，非常的难看。'谁是你的小姐、小姐的呀？你踩了我的二百五，你说怎么说吧？'

"车上人全都感到惊讶，有谁会把自己说成是二百五的呢？不是脑子有毛病吧？这是怎么回事啊？大家全都摸不着个头脑。

"'实在是不好意思，小姐。真是太对你不起了，我来给你擦一擦吧。'

"'你踩脏了我的二百五，说上一声对不起就了结啦？啊？没有那么便宜吧？我可不是什么雷锋呢！没有那么高的思想境界！'

"'那么，小姐，你说咋办吧？'

"'咋办？很简单！这是我二百五买的。你既然踩脏了我的二百五，就得给我赔呗！'

"'哦……'车上的乘客到现在才弄明白，那位'红与白的美丽'女郎嘴上说的二百五，原来是指她花了二百五十元钱买下的她脚上穿着的那一双镂白花的红色船形高跟皮鞋。养眼的人们开始有点儿兴味索然了起来。这么漂亮个年轻女郎，说话却是这么粗俗，这么不堪啊！人家踩脏了你的皮鞋，这是开车的惯性所致，他又不是故意要踩你的呀？而且人家已经是一个劲地给你赔礼道歉了，你怎么还是这样的不依不饶呢？真是一个二百五了！大家在哄笑声中，全都觉得这个'红与白的美丽'女郎开始不怎么漂亮了，并且全都开始同情起那个乡土味很浓的小伙子来。

"'这样吧小姐，'那个年轻人显然是有点儿息事宁人地说，'我替你把鞋擦干净，再赔一个五十元钱，你说好不好？'

"'什么？五十元钱？你以为我是一个要饭的？没见过钱是不是哪？'

"'那么就赔你个一百元钱吧。来，我先来给你擦一下。小姐，这双鞋穿在你的脚上，确实是非常好看呢。'

"'你这个乡……巴佬！外地人！你懂不懂规矩？不懂规矩就不要来北京！你以为只要说上一两句好话，姑奶奶我就让你过门是不是？告诉你这个乡巴佬，门边儿都没有！我这二百五买的，你就得赔我二百五，少一个子儿都不行！'

"'小姐，你怎么骂人呢？'

"'骂你这个乡巴佬又怎么啦？啊？告诉你这个乡巴佬吧，这双鞋，姑奶奶我不要了。你赔也得要赔，不赔也得要赔！'

"车上的乘客开始都纷纷议论了起来。有的人劝说起这位'红与白的美丽'女郎：'算啦，小姐。得饶人处且饶人吧。''不就是一双皮鞋么，小姐，这个年轻人赔你一百元钱就行了呗！''人嘛，大度一点嘛，山不转水还在转呢，做人都是不容易的。'也有人指责起这位'红与白的美丽'女郎说：'赔一百元钱还不行哪？啊？人家又不是故意的，谁没有一个闪失的时候哪？''要是换了我就不赔！要赔的话，找司机去赔去！''看她这个小姐，人倒是长得一副漂亮相，讲话和行事，怎么就这么的蛮横，这么的不漂亮呢？'可是还有一些年轻人却在起哄地说：'是得要赔呢！这个乡巴佬，大概是想要吃这个美丽小姐的豆腐，想要揩这个美丽小姐的油呢！'

"那个乡土味很浓的年轻人，脸色煞白，看来他是受不了这种话句。只见他上牙咬着下嘴唇地从兜里掏出个三张百元钞票说：'好吧，我赔你，小姐！钱你不用找了，你把鞋给我脱下来吧！'

"年轻人把钱递给了那个'红与白的美丽'女郎，又在众目睽睽之下，从她的手里拎过了那一双她刚脱下来的镂白花的红色船形皮鞋，其中有一只仅是鞋尖部位被踩着了一点儿污痕。然而那个'红与白的美丽'女郎，这个时候看起来，可真是有点儿不太对头了，她那双仅仅是套着丝袜的脚尴尬地站在肮脏的车厢板上，面对着电车里众多鄙夷和指责的目光，脸孔一下就红得像她那一头红染发、那一身红短裙和红鱼网格短袖一样的颜色了。这时候，拎着皮鞋的年轻人把面孔转向大家，神色颇为凄苦地说：

"'先生们，女士们，请你们大家作个证明吧。首先，我确实不是故意要踩这位小姐的脚的。坐公共汽车，谁没有一个因停车或者刹车的惯性而站不住脚的时候？其次，这款式的皮鞋就是我设计的。我设计出的几十种时尚新款皮鞋，今天就在蓝岛的鞋厅里展卖。刚才我满以为这位小姐穿着我设计的皮鞋很漂亮呢！可是谁知……谁知……唉，真是一双让人不开心的破鞋！'

"这个年轻人的话一说完，他就拎着那一双红色的船形皮鞋，向我坐着的地方移过来……"江波说到了这里，他忽然打住，端起了桌子上的酒杯"咕嘟、咕嘟"地喝了两口啤酒，然后就抬起面孔问大家，"你们说，那个年轻人向我坐着的地方移过来，想要干什么呢？"

慕容玉第一个抢答说："他要把那一双红破鞋送给你这个老江波呗！谁叫

你的眼睛不去看别的地方，专门盯住人家漂亮小姐那个酒窝一般的肚脐眼上的呢？格格、格格……"

"慕容玉，"江波不以为然地摇了摇头，然后对慕容玉说，"小慕容，你拿我去开涮是不是哪？"

"格格，格格……"慕容玉笑得活像是一只大美人蛙。

"江波，"何源问道，"你当时是坐在靠窗口的吗？"他想了一下又说，"嗨，要是换了我是那个年轻人的话，我就会毫不犹豫地把这双皮鞋，从江波坐着的窗口处给扔到电车外面去！"

"不错，"江波点了点头，"何源说得一点都不错。不愧为是一个诗人，想象力非常丰富。"

"那个粗俗可鄙的破小姐，真是大丢我们女人的面孔！"翟凤娜目光柔和地注视着江波的面孔。她心里觉得这是一张富有磁性的面孔，紧抿的嘴唇，坚毅的嘴角，高挺的鼻梁，鼻子下和下巴上那一片青黑色的胡须根是雄性象征的标记。接着她说："要是换了我，江波，我就会说扔了你这个破鞋！"

"不错，"江波又点了点头，"我们的女总裁说得也很对。"

"要是我的话，索性就挪到一边去，"肖明刚说，"还是离这种破小姐八丈远的好！凡是这种包装漂亮得出了格的小姐，都不是什么正经货色！"

"唉，"海涛接上了茬，"现在漂亮的女孩，很多都是徒有虚名哦……我经常听到有人在我的耳边说，很多有点儿姿色的东北女孩到北京来淘金，一年就能够淘上几十万或者上百万的回去呢！实际上，她们哪里是来北京淘金，只不过是来淘北京有钱男人的口袋罢了。徒生了一张漂亮的面孔！"

"徒有虚名？"江波说，"嗨，我们的海涛老兄和肖老弟，说得也是颇有道理的。事实上那位年轻人所做的，等于就是何源、海涛、肖明刚和翟凤娜所说的加起来的总和。当时那位年轻人拎着那双皮鞋，向我靠近说：'对不起了大哥，借你这儿开着的窗户用一下。'

"就在不到美术馆的地方，他把拎在手里的那双镂白花的红色高跟皮鞋，猛地朝窗外正在施工的路面上一扔，并且嘴里还低声地说，'扔了你这个徒有美丽虚表的破鞋！'说完这话，他便往车厢后面移了一移，就像躲避'艾滋'病毒或者性病梅毒似的挪开了位子。车上本来都在哄笑的人群，这时候却是一片默然。人们把视线再度移向那个'红与白的美丽'女郎的时候，她原本与自己的衣裙和头发共一色的面孔，现在却是落地杏花，一片惨然了。

"当109电车在美术馆站停下来时，车上人都用鄙夷的目光，而车下人却用讶异的眼神,看着这位用美丽时装包裹着但却又脚不穿鞋、面孔就像是蜡人一般的漂亮女郎,看着她那只穿着丝袜的双脚踩踏在正在施工的水泥路面上……后来109电车又开动了。我望着她狼狈而去的身影,心里涌起一种颇为复杂的感觉,就是这种感觉袭击我,困扰我,以致我忘了下车。"

"怎么啦?"慕容玉抓住了这个档口嘲弄起江波来,"嗨嗨……你这个老江波,该不是恋美留艳、怜香惜玉吧?"

"我鄙其粗俗,"江波颇为凝重地说,"哀其颓废,悲其徒生一副漂亮的外壳。这就如当前文坛虚无主义泛滥的状况一样,许多拿起笔杆子从事创作的文学人,他们精神堕落,观念模糊,否定一切,漠视一切,热衷于亵渎前辈,嘲笑传统,整天埋首在酒和叹息之中,无病呻吟,怨天尤人,戏谑、辱骂、不负责任得近乎于神经质;他们用华丽的词藻去生拉硬扯,矫揉造作,堆砌、编织、复制出一个个毫无思想情感,毫无生活气息的蜡人;就像那个一开口尽是粗俗蛮横、徒有虚表的'红与白的美丽'女郎一样,让人心里面感觉沉重,悲凉,而又毛骨悚然。我认为,真应该把这些虚无颓废的东西,就像扔破鞋那样从文学的公共汽车上给扔出去!我原本应该是在朝阳门下车,回家料理一下,再准备坐地铁赶来何源这里的。可是我却愣怔在109电车那个靠窗的座位上,忘记了下车。等到我转过神来的时候,人却已经到了西单了。等我再赶回去再转来这里,因此就来得稍微晚了一点。"

"江波,"翟凤娜像是不经意地问,"你住在朝阳门吗?"

"嗯。我住在朝阳门内,离地铁西南口不太远。"

"江波,"海涛揶揄起了江波说,"我说你别酸溜溜的一股酒酿味吧!"他的话说得有点深沉,颇具分量。"我们中国的历史本来就是文史不分,文哲不分,文政不分的。大凡大政治家,大多又是大文学家。比如就拿毛泽东来说吧,他的一首《沁园春·雪》,'……惜秦皇汉武,略输文彩;唐宗宋祖,稍逊风骚。一代天骄,成吉思汗,只识弯弓射大雕……'那种语言,那种气势,是何等的壮观!真是前无古人,后无来者,千古绝唱。中国的文学实则上就是政治的点缀,是政治的附庸。说句实在话,现在只有穷酸寒儒才会沉迷文学。在我们中国,穷酸了一辈子的人就变成了文人。文人又总是带着一点酒酿味,就像你江波一样,说起话来总是酸溜溜的,让人听起来非常不入耳朵。"

"得、得、得,"翟凤娜抢白他说,"海涛,就你那一副当官的嘴脸?真是恶心死了!你嘴里说的所谓的文史不分、文哲不分、文政不分,那不过是封建专制的结果。毛泽东诗词的狂傲,是他在那个位置上,就如那个混迹于市井的无赖之徒刘邦，他在当了皇帝以后也会来一句'大风起兮云飞扬，威加海内兮归故乡。'假如他没有当皇帝或者不在皇帝的位置上，而是还在市井之中混迹的话，说不定他顶多叹息地骂上一句'大风来兮倒草房，满屋漏雨兮日他娘'就是很不错的了。海涛，他要是不这样说才怪呢！因此不是说别人就没有超过毛泽东的文采，而是别人不敢有啊！你知道吗？"

"翟凤娜说的话，好像非常有道理。"慕容玉眨巴起她那一双有着双眼皮的大眼睛说，"听说在30多年前，上海有一个叫陈明远的人，此人才华横溢，年轻的时候他写了很多的诗词，其中有将近二十首，在文革初期时，被人们广为误传成毛泽东写下的诗词呢！为了这件事，他还被打成了'现行反革命'，成了轰动当时的全国十大冤案之一！后来，要不是周恩来总理出面相救的话，嗨！他就是长着十颗脑袋瓜，恐怕也全都给枪毙掉了呢！"

"我们中国，"翟凤娜接着又说道，"之所以还出不了国际级的大作家，大文豪，那都是由于中国几千年来专制色彩过于浓重的意识形态所导致的缘故。文学家在历朝历代都受到压制。能够写出好作品的作家，又大多是生活在苦难中。比如就拿曹雪芹来说，在他饥寒交迫得死了八辈子以后，他的《红楼梦》才得以被后人出版。再拿我们北京的作家老舍来说，他说'我爱我的国，可是谁爱我呢？'是的，哪个当官的肯去爱他这个有棱角、有思想、有才气的文人呢？最后，他不也是悲惨地死在了文革之中？

"所以，一个作家的肉体承受着世事变幻的摆布，可是他的灵魂却始终在高空之中放飞；他赤了一双脚、饿着肚子在泥泞的大地上行走，可是脑袋瓜却在天马行空，腾云驾雾。文学是心的体验，是心灵的倾诉，当这一颗心灵开始发霉或者发黑了的时候，那么我来问大家，这个作家还能够去写出什么像模像样的东西来呢？就拿江波来说吧，在我们这些人中间，他过的物质生活可能是最苦和最差的，可以说他的作品是一种'饿着肚子的闪光'。江波，我这不是在贬低你噢，请你不要见外，然而他的作品，生活气息浓郁，颇具哲理，敢讲真话，满透着一种执着的追求。这就是我所最为佩服他的地方。不像你海涛，手里拿着纳税人的俸禄，嘴巴上讲起话来，就像站着放屁那样的轻松，你就不怕闪了自己的腰么？"

"哎哟喂哟，"海涛笑着说，"翟凤娜，我可真是服了你了！今天你怎么好像专门在跟江波一撬一搭的，又好像专门在跟我过不去似的，是不是这样的哪？我可没有在什么地方得罪你啊！"

"一部好的文学作品，"杨丽萍说，"是一个社会的病态，犹如一颗美丽的珍珠，是一只珠蚌的病态一样。"杨丽萍说出来的话，似乎也非常之有哲理，字字句句，有如是珠玑一般。

"现在中国的文坛，实则就像是一个娼妓！"三十多岁的何源，着装是一副海外嬉皮士的流派，就连他开口说话，似乎也都流派得很。"站在远处看，她漂亮得要命，不由得诱惑着许多人想要去跟她亲近，向她求欢，同她上床，进入她的身体之中！但是，当你一旦跟她真正地接近了，你若是没有权势和金钱的支撑，她就会阴沉着脸，将你赶下她的床，拒绝你于门外。在我们中国，她永远都是金钱的情妇，权势的小妾！她只会为它们去卖笑，为它们去松开她的裤衣带，去张开她那两条白皙的大腿……"

"何源，"杨丽萍谴责一般地数落起何源说，"你的话，说得也太有一点下作了吧？啊？这么难听的话都说得出嘴来？啊？你不是有毛病吧？！"

"何源，"翟凤娜也说，"你的观点，确实也太有点偏颇了。"

然而何源，似乎只是朝着她们两个人微微地笑上一笑而已。他仿佛大有一副不跟女人斗嘴的架势。而那个先前一直没有开口说过话的面孔黑黝黝的杨林，这时候他一边慢悠悠地啜饮着"燕京"啤酒，一边慢条斯理地对大家说了这么一句话：

"也许我们中国根本就不应该拥有那么悠久的历史文化，以致于创造出这么多像我们这样的子孙后代们，永远都觉得多余的就是这文学和诗。"

年轻的肖明刚，说话似乎更加直率，此时他说："这个世界需要的根本就不是文学和诗，而是金钱。比如说有一次我坐52路公交车，在我身旁站着一群中学生的小女孩，她们在公交车上叽叽喳喳地交谈，吸引了众多乘客的注意力。只见一个女学生说：'现在的社会，就是有钱能使鬼推磨！'另一个女学生说：'不对不对，是磨推鬼喔！'还有一个面孔圆圆的、头发扎得像马尾巴似的小女生说：'你们说得根本就不对，应该是鬼推鬼才对呢！……'"肖明刚说完了这句话，他忽然就改变了话题，"嗳，我还是来说一点别的吧。这上海人总喜爱把不是上海的人说成是'乡下人'，这大概是要显示出上海这个经济大都市人的优越性；而北京人也总喜爱把不是北京的人说成是'外地人'，这大概就是这北京首都人所谓自高自傲的德性吧。

"记得那是在六七年前，有一次我出差来北京的时候，就近到前门商场去逛一逛。那一次有两个和我一样的外地人，也在前门商场里面买东西，一个年长一点的，大约有海涛这般年纪吧，另一个就要年轻得多了。年长的在柜台上挑选商品，年轻的就站在他的身旁，时不时地帮着去提供一些参考性的意见。他们挑来挑去的,挑了大概有一些时间了吧,但还是没有挑出几个中意的商品,后来他们挑得柜台上那个年轻的女服务员有点不耐烦了,她就把台面上的商品'哗啦'一下全都撸进了柜台。并且一边撸,一边还不太友好地嘲讽说:'有像你这样烦人的人吗?啊?你这个破外地人!'

"这一下可把这两个外地人气得给噎住了,'你……你……'那个年长一点的顾客,气得当场就说不出话来。'我怎么啦?'柜台小姐粗声恶气地说,'啊?你说你烦不烦人哪?挑来挑去的!挑了都快要有一个小时了,什么也不买,你这不是有病么!''小姐,'站在旁边的年轻人,气势凛然地指责起那位年轻的柜台小姐说,'你这是什么态度?啊?这是我们的县长哎,小姐!就凭你这种服务态度,就非得要让你去下岗!''县长?哎哟喂……'柜台小姐两手一抱,一脸不屑地撇了一撇嘴说,'县长不就是一个正处级么?这算是什么鸟官啊?在这个前门大街上一抓就抓上个一大把呢!抓起了十个,起码有九个半是处级以上的干部呢,信不信?你这个外地来的破县长!'

"柜台小姐的话,差一点没有把这两个外地的顾客给气死,他们的面孔气得都白了了的了。当时我正好就站在离他们身边不太远的地方,这种服务态度,我看了心里边真是很不舒服……"

肖明刚说到这里时,何源很快就插嘴说:"肖明刚你还甭说,就一个外地的破县长,还真不能够到北京来摆谱。"

"肖老弟,"海涛说,"那个柜台小姐的服务态度,肯定是不怎么好的,你说的大概就是前门大街上的那个国营商场吧?不过北京这个地方,还真是一个怪圈喔!这里可是高级官僚最为集中的地方。一个县处级干部在地方上来说,可能是一个人物,是一个太爷,可以到处去吆五喝六、颐指气使的!可是在这个北京,还真的就和普通老百姓没有什么区别了。"

"是啊,"江波接茬说,"不是有'到深圳嫌赚钱太少,到海南嫌身体不好,到广西嫌走私车的牌子太差,到北京就嫌这官职太小'这样的顺口溜吗?"

"这当官的,"翟凤娜说,"就是那么一副德性!最近有一个阶段,全国各个网站上都在纷纷地评论、抨击、鞭笞东北某市的那个市长,他就是由于那种野蛮无礼、一点儿素质都没有的德性,在巴黎机场的飞机上耍横摆恶,而被人家赶下了班机。真是大丢我们中国人的脸面喔!"

"来,来,来,"这时候何源站起来对大家说,"你们可别只顾着说话,别把我给你们准备的酒菜晾在一边,好不好?各自随意,随意。下面我来给你们讲上一个外国的幽默,以助大家的雅兴。

"有一个牧师、一个商人和一个政客，三个人结伴步行到同一个城市去。晚上他们走到了一个农场，天气又黑又冷，他们便硬着头皮去敲一个农场主的门，请求借宿一个晚上。可是那个农场主却对他们三个人说，你们可以在我屋旁边的牲口棚里面过夜。这不是在污辱人格吗？他们宁可呆在屋檐下面挨冻，也不愿意去那牲口棚里边过夜。

"后来商人冻得受不了，他便首先放下架子，跑进了那个牲口棚。政客与牧师相互对望了一眼，他们心里仿佛在想，嘿，还是商人卑劣。然而还没到五分钟，商人便掩着鼻子急急地跑了出来，他一边跑一边还大声地嚷嚷：'臭死了，真是臭死了，我宁愿在外面给冻死，也不愿呆在里面被臭死！'

"过了一会儿，牧师冷得熬不住了。他想同是上帝创造出来的生灵，它们都能忍受，为什么我们人类就不能忍受呢？想到了这里，他的心中便是一片坦然，于是他也去了牲口棚。望着他的背影，商人心里想，他在里面肯定超不过五分钟的，因为牲口棚里实在是太臭了。政客心里想，这个牧师看起来也高尚不到哪里去。然而在二十分钟后，尽管有着上帝的眷顾和自己的坦然，牧师忍不住也掩着鼻子地走了出来。

"又过了一会儿，政客冻得牙齿直打哆嗦，于是他便也去了牲口棚。当时商人心里想，这个政客在里面待的时间绝对不会超过五分钟的；牧师心里也在想，他肯定不会超过我的。可是，时间过去有两个小时了，政客还没有出来。正当牧师和商人两个人在门外面一边纳闷一边跺脚的当口，牲口棚里闹腾了起来。他们心想，嗨，这个政客终于要冲出来了。然而谁知，随着一阵'踢里踏啦'的喧闹声，冲出来的不是政客，而是牲口棚里圈养的那一大群牲口，先是一些大牲口冲在前面，然后小牲口紧跟着也冲了出来。

"'这是怎么一回事啊？'牧师和商人都被搞糊涂了。等到他们来到了牲口棚里时，发现那个政客正四叉八仰地躺在了平时躺牲口的乱草堆中，睡得流涎打鼾的，正香着呢！你们大家说说看吧，那个政客为什么会睡得那么香，而牲口棚里面的牲口却会惊棚呢？"

就在这八个朋友在为到底是那个政客的权威惊吓了牲口棚里的牲口呢，还是政客的"臭味"臭得连牲口棚里的牲口都不愿意与他为伍的问题而争论不休的时候，忽然之间，慕容玉瞪大眼睛、张大嘴巴地尖叫了起来：

"哇塞！瞧你们身后边的月亮……"

随着慕容玉的尖叫，八个朋友的争论倏地就嘎然而止，大家都把讶异的眼光惊怪地投向了慕容玉张嘴瞪眼的方向，只见在那紫灰色的深邃神秘的夜空里,随着初夏夜的微风在轻轻地吹拂,一轮皎洁的月亮从他们身后面的东边,顺着何源家那棵百年老枣树的树干爬上了分岔的枝杆桠杈处。

月亮仿佛爬得有一点累了,要去休息一下似的,此时此刻,正把它那个圆滚胖墩的脸盘,搁置在老枣树那有着黑不溜鳅、麻里疙瘩的树皮的枝桠杈上,就像童话里的抿嘴微笑的月亮一样,对着他们这八个朋友,散发出一圈又一圈的波光。

这初夏的月色,真是太美了呵!这一会,就连面对着月色在发呆的美丽漂亮的慕容玉,在这一圈又一圈的波光月晕之下,似乎也显得苍白了许多。忽然这时候,海涛就像发神经病似的,他一边把手指头插进了自己那一头浓密的头发里面,一边就低低地自言自语了起来:

"啊?哎哟!我呀,我呀,怎么忘了今天就是这一天哪?!"

面对眼前举止怪异的海涛,大家都不做声。他们不是默默地凝望着这银盘一般的月亮,就是诧异地看着失态的海涛。除了偶尔有一些点燃香烟时火苗"扑嗤"的燃烧声,和香烟在嘴唇中吮吸的"嘶嘶"的声响外,还有就是这傍晚的微风飘拂过以后,枣树和白杨的树叶所发出的"飒飒"的摇曳声。

在这初夏夜的明月下面,海涛的脸孔先是一阵惊愕,随后就是一派茫然,仿佛时间、空间、镜面、立体、物象,所有一切的一切均都失去了意义,失去了存在的价值。过了好一会工夫,海涛才开口说话。他的一双眼睛凝望着紫灰色夜空中的月亮,声音却是那般的低沉和嘶哑,像是在自言自语,又像是在喃喃地轻诉。其他七个人便都凝神地倾听海涛所讲起了的故事。

二、海涛的故事

各位朋友,现在我们大家都亲眼目睹了宇宙中的一个小不点儿,我们人类赖以生存的地球的卫星——月亮,是怎样从东边的天际升起来,然后又怎样悠悠地沿着这棵百年老枣树的树杆向上爬的。现在它爬累了,就把它那圆滚胖墩的脸盘,搁置在这棵百年老枣树的枝杆桠杈上,对着我们大家,一圈又一圈地流波溢晕了起来。

事实上就是这样，在这个美丽的初夏月明之夜里，这个幽暗的紫灰色的夜幕上，间杂着数得过来的几颗星星，一棵百年老枣树，树上翠玉一般细密的树叶随着初夏夜的轻风在摇曳。在这个背景中出现了一个流波溢晕的、给我们撒下圣洁辉光的月亮，这是一幅多么美的画面啊！你们看月亮那个羞涩的样子是多么动人、多么可爱、多么纯洁、多么美丽！甚至就连我们中间最年轻美丽的慕容玉小姐和它比较起来的话，恐怕也要苍白和丑陋了许多！

对不起，慕容玉，我并不是刻意要贬损你，要跟你过不去，请你别见怪。宇宙是美丽的。它有灿烂的太阳，明媚的月亮，紫灰色的夜空，眨巴眨巴眼睛的繁星。它浩瀚无际，广阔无垠。根据现代人类最先进的天文望远镜，已经探测到离我们地球有着260亿光年距离的星系。也就是说，这个星系上散发出来的光芒若是要照到我们地球上来，需要260亿年的时间哪！

有的时候，我觉得我们人类还真是处在了一种冥冥不可知之中。有许多东西还真是搞不明白，弄不清楚。就拿原子来说吧，它有带着正电荷的质子和部分中子，组成了原子核。这就如太阳系中的太阳。而那些带着负电荷的电子又是按照不同的轨道，在围绕着原子核运转。这就如太阳系中的行星在各自不同的轨道上，围着太阳运转一样。据说发现原子运动构造的那个科学家波尔，就是因为他睡觉做梦，梦见了自己站在太阳上，看着九大行星在围绕他运转。梦醒过来，他就大胆地设想，以太阳系中行星围绕恒星运转的模式，来设定原子内部结构电子围绕原子核运转的模式，最后，还真被他给论证成功，并且获得了诺贝尔奖金。不信的话，你们可以把原子内部运动构造模型，和太阳系内星球运动结构图去比较一下，看看是否相同？

按照波尔先生的理论，我们是否还可以这样去想象：假如把宇宙缩小成了我们人类体形这般小的话，那么宇宙之中亿万个太阳系，是否就应该被缩小到和我们人体细胞分子中的原子一般大小呢？相反，倘若把我们人体放大至宇宙一般大的话，那么人体细胞分子中的原子，是否也就应该放大到相当于现在的太阳系这般形状和尺寸了呢？根据这种假设，因此从某种意义上来说我们就是天主。因为对于人体细胞来说，细胞中无数个分子的无数个原子就太渺小了。而对于人体整体来说，人体中的细胞又太渺小了。所以我们的人体就应该是一个小小的自我运行着的"天体"。而我们就是我们自己这个小"天体"的主人，我们主宰着我们自己的这个小"天体"。但是从另外一种意义来说我们又是天子。因为对于我们赖以生存的地球来说，人就太渺小了。对于太阳系来说，地球又太渺小了。对于银河系来说，太阳系又太渺小了。对于宇宙来说，银河系又太渺小了。然而人类是宇宙天体之中有生命的物体。人既聪明，又有智慧，还能够思维。因此，我们能说人不是天之骄子？不是宇宙天体值得骄傲的儿子呢？

那么，我们这些既是"天主"又是"天子"的人，就应该有人的人格，人的尊严，人的情感，人的理性，人的理想和人的爱情。而不是任别人去宰割的羔羊，也不是驯顺的猫，那曾经有过像"月亮女神"和"富裕女神"的荣耀、而后来却又蜕变成了人类宠物的悲哀的猫。我们人类生存在宇宙天体中，就得要有一定的章法，就得要按照共同的游戏规则行事。这些规则和章法就又形成了法律，人人都应该去遵守的法律。没有规矩何以能成方圆？没有法律何以能够约束人类？不管是谁，都得要按照共同的法律准则去行事。在这个共同的法律面前人人平等。而不是去接受某一个人或者某几个人的人为的主宰，去按某一个人或者某几个人的意志行事。要不然，人还不就像那许多乱了套的天体，那许多在夜空之中狼奔豚突的流星，去毁灭别人，或者被别人去毁灭？这从文革那场大劫难中，就不难看出这个道理。

按理说不管是有神论者还是无神论者；不管是唯心主义者还是唯物主义者；不管你信这个教、那个教或者根本就不信教；只要是人就应该和平相处，就应该民主、自由、平等、博爱、体贴、谅解，而不应是今天你整斗我，明天我揪弄你；为了不同的见解去结党营私，去迫害异己，去杀戮对方，去消灭不同意见的人的思想和肉体；有时候甚至就连无辜的人都不放过。

在宇宙的眼睛中，在天体的长河里，我们一个人从生到死这一生的几十年，只不过是那么一刹那而已。就如同在我们人类的眼睛里，某些生物只有几个小时甚至几分钟，就走完了它从生到死的生命全过程那样。人生苦短！可是现在却有那么多的人在你看不得我，我看不起你的。大概这就是那种所谓的"劣根性"吧！就如有人所说的，凡是有人群的地方，都有左中右，一万年以后也还是这样一样。

现在有许多人，总喜爱把这样的话经常挂在嘴边上：中国已经有了五千年的文明史了。可是面对我们眼前这个美丽的、出出落落已经不知有多少亿年的月亮来说，这五千年的历史又能够算得了什么呢？但是话又得说回来，它对我们这许多只能活上几十年的肉身凡胎的人来说，却又是太长、太古老了。以致长得、古老得是那么的腐朽和没落。古钱的价值在于有锈！古文明史的价值在于：有人可以利用它，对内去束缚后人的手脚，遮住后人的眼

睛，蒙蔽后人的心灵，禁锢后人的思想。让后人就像是井底下的青蛙那样，"噢，天就只有这么大呀！"对外则可以去炫耀显示，穷归穷，我们家里还有三担祖传下来的铜；破虽破，这还是的的刮刮的苏州货；臭虽臭，我这个还是老祖宗传给我们的裹脚布呢！

我这个人有时候还真有点像是一个"傻瓜蛋"。因为我总是爱追求、总是爱寻找和冥思苦想。我总想知道什么浩瀚宇宙的内涵啦，天体空间的奥秘啦，古老文明的特质啦，历史事件的真相啦，人活着的意义和价值啦等等、等等。其实我根本就没有必要去知道，因为这样活着实在是太累了。但是明知道太累，我却还是在执着地追寻和探讨，而且追寻和探讨得又是那么认真。我知道我心里有一些想法是非常荒诞、非常怪幻的。我也想不去想它们。不过这许多荒诞和怪幻的念头却老是在纠缠我，骚扰我，在我的心灵里面作祟。比如就拿现在我们面对的这个搁在这棵百年老枣树上的圆滚胖墩的月亮来说吧，我心底里的某些东西就会不由自主地往上泛泡、冒气，就像刚才喝下去的啤酒会从肠胃里往上泛泡、泛气；也像一条受伤的鱼躲避着同类，在这夜静更深之中，独自地浮上水面来呼吸新鲜空气一样。

有时我还不能确切的知道，这些东西究竟是荒诞，是真实，还是做梦；是对过去的回忆，还是现实生活中虚诞的幻觉。但不管是荒诞，是真实，还是过去就存在于心里边的幻觉，此刻它不仅在我的心里存在，而且还有血有肉、有声有相、有颜有面、有光有彩、栩栩如生的呢！然而有些发生在我周围的活生生、闹腾腾的人和事，有时却反而会成为转瞬即逝的幻影。

我知道自己并没有丧失理智。只不过就是在每一年的今天它就会出现，就会在我的心里面涌动、翻腾、泛泡、冒气。我清楚得很，如果在这一天我要是不能摆脱这种怪诞的心理生活的话，我的精神和肉体就有可能会出现崩溃。因此在这一天里，尤其是在这个初夏月明之夜中，在这紫灰色的、点缀着为数不多几颗眨眼的星星的、有着明媚皎洁月光的夜幕里，我总是躲避开我的同类，将自己浸沉在这种既怪诞而又真实的幻境之中。只要能够安然地度过这一天，我的心情就会复原。待到第二年它又会重复，就像宇宙的力量使得我们赖以生存的地球产生了春夏秋冬的季节，并且还在周而复始地循环一样，这已经有了二十五年的时间了。

今天呢，我本应该回避自己的同类，包括你们这许多朋友在内。但是我不知怎么却忘记了今天就是今年的这一天了。也许是我受伤的心灵已经慢慢恢复的缘故吧。然而，要不是刚才慕容玉的那一声惊呼，让我忽然一下又跌进了今年的这一天的话，也许我还真的就忘记了呢！现在我既无法失礼地回避你们，又无法独自地浸沉在我这一天的怪诞的心理生活中，同时又无法去硬憋着——因为，硬憋在心里面是既会伤人又会伤心的——那么此刻，我索性就对你们大家来讲上一讲这件事情吧。至于讲完以后，你们会怎样评价，会怎么看我，你们哪怕说我是心灵上的荒诞也好，是精神上的错乱也好，是痴人在说梦也好，是发神经病也好，我就都无所谓了。

这件事情发生在二十五年前的初夏月明之夜。

那天夜晚，凉风习习，拂来了一阵又一阵初夏夜的凉爽和温馨。今夜月又明了。我偏爱有着月色的夜晚，尤其是这初夏月明之夜的晚上。于是我便信步迈出院门，转弯踏上解放路大街，转向丹金河的方向，将自我深深地融入在这浓浓的月色之中。

我是在初夏的那天下午，从深山竹海的皖南山区，坐长途车回到了江南小城的家里边的。那一天吃晚饭的时候，我那个在郊区小学校当着语文老师的母亲，对我有意无意地聊起了一些趣闻轶事。

"海涛，"母亲对我说，"原来和我们同住在一个院子里的悦萍，你知道吗？她已经回来了。"

"悦萍？"我不过是在随意地搭讪着，"她不是在两年前，到上海读大学去了吗？现在又不是假期什么的，她回来干吗呢？"

"她这一次回来，就不会再去上海读大学了。"

"这为什么哪？"

"我也是听别人说的。悦萍的基础太差，学习跟不上，大学为了顾及到第一届工农兵学员这个新生事物以及政治影响，就专门派了三个教授和五个讲师给她'开小灶'。可悦萍还是跟不上。最后她不知怎么就受到刺激住进了医院。我还听说为了她这件事情，嗨，那个大学闹得可凶呢！说是什么资产阶级教育路线大复辟，修正主义大反攻，臭老九蓄意迫害工农兵学员。据说还整死了一个老教授呢，其他两个教授也被整残废了！唉……"

听母亲说了这一番话以后，我表面上没有做声，只是默默地收拾起碗筷，洗好，抹干净。可我的心里边却是空落落的，有点不怎么舒服……

时间已经过了晚上十点钟。疯狂了一天的人们，这时候大都"上了苏州去贩席条"（注：这句江南方言是指睡觉）了。白天的喧闹在逐渐地归于静谧。唯独那轮悬浮在紫灰色夜空里的圆滚胖墩的月亮是那么的明净，那么的亮堂，漫无边际地向着四周漾溢它那熠熠的波光，然后再随着夜晚的风，大片大片地抖落在这座江南小城的每一个大街小巷的空间和角落。

夜阑人静。南新桥旁丹金河的河边，除了偶尔几个夜归人还在行走以外，几乎就无人问津。因而，无论我的思绪是天马行空、纵横飞跃，不管我的脚步是匆促轻漫还是裹足不前，总之这会儿绝对没有人前来干扰我，研究我，对我评头品足，羞辱侮慢，甚至是找出他们为之感兴趣的、可以上纲上线而去热闹一番的神态和表情。一种轻松，一种安然，一种精神可以独自去畅想、灵魂可以独自去放飞的消遣。

这是一个美丽的夜晚，一个情感流泻的夜晚，一个诗一般的夜晚！我驻足在南新桥头，欣赏起月光下汨汨流淌着银色波浪的丹金河。呵！这斜斜的河堤上层层犹如墨玉一般的杨柳所簇拥着的、圣洁月光所沐浴着的丹金河！面对着银波涌动的丹金河，我的心里也涌动起一股诗一般的情感：

　　银河，银河，
　　银河穿城而过。
　　桥东桥西夜静，
　　城南城北月明。
　　明月，明月，
　　抚我悠悠心愁。

在这恬静的月光下，我什么都可以去想，或者我什么都可以不去想。本来我什么都不去想的，可我就是管不住自己的思想。这大概是傍晚母亲晚饭时分说的那一番话在我的心里面作祟的缘故吧！我想起了两年前的今天，两年前的初夏月明之夜，也是在这一条丹金河的河边，这一条水泥铺就的马路上，这一片郁郁的浓荫下，漫步着我和她——悦萍。

两年前的那天晚上，我望着她那圆月一般圆滚胖墩的面孔，轻轻地问："你决定要去进大学吗？"

河旁路边的法国梧桐和香樟树上那许多碧玉一般的树叶，在这初夏夜的晚风之中窸窸簌簌地作响，抖落着片片月光，就像有着无数个小精灵在飞翔。悦萍挽住了我的胳膊说："嗯，海涛哥。我叔叔会推荐成功的。再说了，我也真的想去上呢。大学这块上层建筑的领地，我们工人阶级不去占领的话，难道要让资产阶级和修正主义去占领吗？"

悦萍已经不再是我的"拖把鬼"、我身后边的"跟屁虫"了。这个比我小了五岁的女孩子，以前一直把我当成是她的偶像。她出门什么的都要揪住我的胳膊才放心，办什么事情也总是紧紧地跟随在我的屁股后面。

记得在小时候的一个夏天，我们两家人家在院子里面乘凉，她的父母亲忽然说："悦萍，等你将来长大了就嫁给海涛当老婆吧，好不好哪？"

我的父母亲也逗着她玩说："好吗悦萍？你长得圆滚滚、胖墩墩的，给我家海涛当媳妇，可是一件再好也不过的事情呢！"

悦萍听了以后，她就拍起两只小手高兴地对我说："嗨，海涛哥啊，将来我长大了以后就跟你结婚，就给你做老婆吧，你同不同意啊？"

我毕竟比她大了个五岁，到了已经知道什么叫做羞涩的年龄了，于是我羞红了面孔，急忙把她推到一边说："去、去、去。悦萍你丑不丑啊？人这么一点小，就想着要结婚，就想着要做人家的老婆，你要不要面孔啊？"

悦萍眨巴起眼睛地看着我说："海涛哥，给你做老婆有什么丑呢？我爸我妈同意，你爸你妈也同意，我也同意，这有什么丑，有什么不要面孔的呢？"

当着两家大人的面，我脸孔羞得通红，于是就一把抓住她的胳膊，并且还伸出食指拼命地刮起了她的小脸皮来。并且一边刮一边说："你就是丑！就是不要脸孔！就是一点小地想要跟人家去结婚，做人家的老婆！"

我们两个小孩的幼稚的举动，弄得两家大人都乐呵呵地笑了起来……悦萍的青春期来得比别人早，她在12虚岁的时候身体就开始发育了。也就是在她12虚岁进小学四年级、我进高中一年级的那一年，史无前例的文化大革命开始了，我们这两个住在一个庭院的邻居小孩，也开始慢慢地在朝两个截然不同的方向发生着变化。那时候我喜爱搞到什么书，就看什么书。因为那时候的书很少，好书都在文革初期"破四旧"时给烧掉了。就是一些没有被烧掉的，也都成了不准看的禁书。那时候的作家就像夜空里的流星一样，一个一个地全都消失在黑夜里了，就剩下了一个独卵泡的作家，然而他的《金光大道》上走着一帮甘愿走愚昧道路的乡人；他的《艳阳天》下生活着一群不愿追求富裕，只想固守着阶级斗争阵地的贫困的村民。而悦萍那时候就喜欢穿上一套洗得发白的军装，腰中扎上一根宽宽的五星皮带，站在舞台上唱着铿锵激昂的革命歌曲，跳着打打杀杀的红卫兵舞蹈。

去年秋天，她家搬去了小南门的新居。但是作为异性朋友，她却还是一直喜欢跟我来往。尽管我插队在乡下，她进了令人羡慕的国营工厂。然而她在没事的时候，还是老往我家里跑。说句心里话，我也很喜欢这个年龄比我小了五岁的、面孔圆滚胖墩得就像满月一样的女孩。不过我总感觉到，我们之间的差距越来越大了。那天晚上她是特地跑来告诉我，她叔叔要她去进大学，而且要进的还是一所上海的名牌大学。那是文革期间首次推荐工农兵学员进大学。正因为是首届，所以在表面上还要假马若鬼地走一下考试的形式。那时候我们两个人一边往前走着，我就一边问她：

"悦萍，考试这一关你能行吗？要知道虽然你已初中毕业，但那毕竟是瞎胡闹的！你的基础课，实际上还停留在小学四年级的水平啊！"

"我叔叔说考试没问题的。那只不过是一个形式，是一个装装门面、做做样子的事情。他说保证能够把我推荐上去的！"

"不过呢，悦萍，我认为你还是不要去进的好。你就当好你的工人，不要去赶什么时髦潮流。"

"为什么？我可真的想进大学，而且还一定要进名牌大学！"

"如果你真的想进，或者真的有条件去进的话，你就听我劝上一句好不好？你就选文科，不要去碰理工科，噢。"

"为什么呀？"

"因为现下读文科，你只要能现买现卖一些当前比较流行的哲学思想和华丽的政治词藻，就足可以对付了。但理工科却不同，它是要以准确的演算、逻辑的思维、简洁的表达为基础的。基础科学可是浮夸和虚假不得的喔。"

悦萍忽地停下脚步，双手叉腰地看着我说："海涛哥，你不是在妒忌我吧？！"

当时她那一副叉腰说话的模样，就像站在舞台上穿着黄军装的红卫兵演出队员的形象。此刻她说出来的话犹如一柄锋利的刀子，深深地刺痛了我的心脏。我望着她，久久地望着她那一张反射着月光的面孔，神情痛楚地说："悦萍，你怎么这样说话呢？我干吗要去忌妒你呀，啊？"

"嗳，海涛哥，你看你这么顶真干吗呀？"她又温柔地挽起我的胳膊。我们在走出了郁郁的树荫、走进了浓浓的月色中去的时候，她又充满柔情地对我说："海涛哥，我对着眼前这圣洁的月光，对着家乡这一条银波流淌的丹金河发誓：今后不管我有什么样变化，但我对你的爱是绝对不会有一丝一毫的变化的！"

她好似小鸟依依一般地依着我，眼睛像那深邃的夜空，脸色像那圣洁的月光……圆月在星空里面穿行。月光如洗一般地静洒在丹金河上。月光和丹金河的水波都在为我们作证：我们都在珍惜这初夏明月之夜，我们都不愿去玷污这神圣的河流和这圣洁的月光。但是我的心里却知道，我们应该分道扬镳了。因为我们之间的差距越来越大，鸿沟也越来越深了。然而这个差距太大、鸿沟太深的恋情，根本就是不现实的，也是不理智的。

  隔了不过两天，悦萍她那个靠造反起家、而今却已经当上了小城的县革委会常委的叔叔——卢培卿，差人把我找到他那儿去。一见了面，他就板着一张面孔对我说："你和我们是两条道上跑的车，我们跑的是无产阶级革命的康庄大道，你跑的却是资产阶级和小资产阶级的独木小桥。你也不撒上一泡尿当作镜子自己去照一照看，你是一个什么东西，什么货色！现在，我很明确地对你讲：从今往后，绝对不允许你再去找悦萍，再去纠缠她、影响她。你最好就在她的面前消失掉！否则的话，嘿！……"

  我实在受不了卢培卿的侮辱。但我还是在默默地祈祷，祈祷着悦萍能有一个美好的未来。同时我也就默默地离开了她，离开了家乡，经亲戚介绍去了皖南的深山竹海，在一个小镇的乡办厂当了一名车工。后来我从一个朋友给我写的信中得知，悦萍在那一年的高考中，数学试题仅仅做出了一道$1/2+1/3$等于多少的题目，其他全都没有做出来。而这道题目实际上就是小学四年级水平的题目。结果她把分子与分子相加，分母与分母相加，还是给答错了。她的答案是$2/5$。不过这似乎并没有影响到她被上海那所全国名牌大学的高分子专业所录取。那一年她和北方一个叫张铁生的交白卷的英雄，在中国的教育战线上遥相呼应地刮起了一场非常猛烈的政治旋风，引起了全国性的震动。读罢信以后，我的心里面深深地为悦萍感到遗憾。这倒不是因为我在妒忌她，怨恨她。我只是有一点悲哀。我为我们这个国家，为我们这个民族，为我们这一代人，被引导着走上了一条歧路而悲哀罢了……

  那个初夏明月夜的晚上，月光朦胧，树阴朦胧，河水朦胧，道路也朦胧。一切都浸沉在朦朦胧胧的月色之中。是的，在这一片朦朦胧胧的月色中，我本可以什么都不去想的。我为什么要去想呢？我们的言谈举止，我们的思想愿望，已经变得朦朦胧胧、死气沉沉、苍白无力、憔悴不堪。精神上空虚，心灵上愚昧，生命之火就像日薄西山、气息奄奄的太阳，将要沉沦到黑暗之中去。人们全都在演戏。全都想通过对方的假面具去刺探和发现一些可疑的东西以及可以上纲上线的秘密，这样就可以去戏弄对方，揪斗对方，打倒对方，再朝着对方被打倒的躯体上去踏上一只脚，叫他永世都不得翻身，以获得他们自己最大的畅快和满足。

  那个时代大家只听一个声音，只看一副面孔，只穿一种服装，上上下下说话一个腔调，做人一个模样。歌曲只许唱颂歌，音乐都是进行曲，舞蹈全如军事操，英雄必须"高大全"，小报看大报，大报看"梁效"。人与人之间隔膜、防备、窥视、刺探、告密、陷害、无中生有、莫须有的关系，令人厌恶和作呕。就是在亲朋好友之间，兄弟姐妹之间，父子母女之间，甚至就连并头抵足在一张床上睡觉和做爱的夫妻之间，也是一样。

与其这样生活，还真不如去死，不如对着自己去"咔嚓"一下来得痛快和悲壮。这种念头，这种看破尘世的喧闹只想远遁而去的念头，时常就从我的心灵深处往上面浮，往上面冒，就像是鼠疫、天花和霍乱一般的病毒那样，在吞噬和污染着我干净的血液，啃咬我那年轻和单纯的心脏。然而我还不甘心，还不愿遁世，不愿对着自我去"咔嚓"一下了结自己。我还渴望着生活；渴望去奉献、去给予、去交换、去获得；渴望着生命之树常绿，生命之花盛开，生命之光灿烂。我渴望着的这种生活，不仅仅是我这肉身凡胎的身体欲望的需求，还有我精神上的和心灵上的需求。这是一种朦胧的欲望。是这朦胧的月色给我带来的一种朦胧的希望。它在我的心灵中形成了一个完美的女性，就像是婵娟这个广寒仙子，嫦娥这个月亮女神，这初夏月明之夜中梦幻一般完美的女性。只有她才能润泽我精神上那个空落虚脱的园地，熨平我心灵上那些苦巴巴的皱褶，唤醒我仍然青春的欲望和性的活力。

在那个初夏月明之夜的晚上，我孤独的身影，就在这圆滚和胖墩的月亮给我撒下了的朦胧的月光之中，在这翻涌银色波浪的丹金河的河边，缓缓地移动。我仿佛是要一直这样地走下去，走到很远很远、很深很深的地方。我就像一个孤魂野鬼似的，沿着丹金河河边的大道，向着南边的方向独自地游荡下去。然而在走到靠近南门渡口的河边时，我忽然看见了前面不远处的河边的栏杆旁，有一个影影绰绰的身影，犹如是湘裙出水、玉树临风一般地飘来荡去。我越是往前面走，那个身影似乎就越是清晰，越是明然。毋庸置疑，那不是什么女神女仙女鬼女巫，而是一个人。

当我走到离那个身影大约还有十米远的地方，那个飘来荡去的身影忽然停了下来，并在河边路旁的人行道的一座石条凳上坐了下来。我再走上去两步，发现那是一个非常美妙的女孩子，一个纤细修长、异常漂亮的女孩子！她虽然异常瘦削，但却美艳惊人，似乎不是人间中人，不是肉身凡胎，仿佛就是那个随时都会飘然而去的、来自月宫仙境的广寒仙子和月亮女神的化身！我目瞪口呆地停住了脚步，心神失态，甘愿冒着被人臭骂为流氓的风险，死盯盯地看着月光女孩那副纤细修长的、有着完美曲线的侧影。

这时候那个月光女孩转过面孔，向我这边凝神地注视着。当我的眼光和月光女孩的视线相碰撞时，我发现她的那一双眼睛，尽收这初夏明月夜的月亮的辉光，然后再熠熠闪光地全部射出。那光彩胜似星光！甚至这初夏明月夜里的月光也难以比拟！就连古代神话中二郎神额头上的那只竖眼和孙悟空的那双火眼金睛，似乎都望尘莫及！那是钻石折射太阳一般的强光！是宇宙天体中的闪电之光！那光彩映得这初夏月明之夜更加的明媚！我晦暗的人生顿然就敞亮了起来。真的。这是我有生以来第一次看到有如此神采的眼睛。就是在这一刹那间，仿佛宇宙天体充满了活力，大地山川充满了生机，我们人类充满了灵性。我仿佛感觉到宇宙天体的震颤。我的心灵仿佛也和宇宙天体融溶在一起，并在同一个节拍之下跳动。所有这一切仿佛全都来自于初夏明月夜这悲悯的、温柔的、充满女性之爱的月光的魅力啊！它似乎不仅改变了浩瀚的宇宙天体的宏观世界，也改变了我内心的微观世界。我的灵魂和肉体似乎与这月夜中的宇宙天体融成一体，汇成了一个声音："忘掉自己的苦难，去爱他人吧！当你在爱他人的时候也就会被他人所爱！"

仿佛这就是宇宙中枢的信息，这就是天体生成的奥秘。我的情感，此时此刻就被这种爱的波流所包围，我的心灵里充满了爱的温馨，我那似乎被梦境魇住了的身体上上下下、里里外外都漾溢了爱，这种宁静美丽的爱，似乎让我丧失了自我存在的意识。我傻不拉叽地站在那里。月光女孩望着我，面露笑容，真是"月出皎兮，佼人僚兮"，"巧笑倩兮，美目盼兮"。那笑容仿佛鼓励了我，于是我又向前走上了七八步，等走到离她还有三四步远的地方停了下来，痴痴呆呆、傻不拉叽地望着她。我觉得这个纤细修长的月光女孩似乎有一点面熟，但一下又想不起来在什么地方见过。是在梦中？在神话故事里？还是在连环画上？我不知道。只觉得她有一点眼熟。我就站在离她只有三四步远的地方，那时候我虽然睁大了一双眼睛，可是人却仿佛沉入了梦乡，置身于静谧的幻境之中。真的，朋友们。倘若虚幻已经变成了现实，这就足以证明我已经沉迷在虚幻之中，完全忘掉了那个荒唐的、疯癫的、发着神经病的时代的世态真相，忘掉在这个小城，我这样痴呆和幻想的后生，是根本无缘去赢得像广寒仙子、月亮女神似的女孩的心的这个现实。

当时我的心里还在暗自思索，这个月光女孩是否也和我一样孤单寂寞，落落寡合，被时代所遗弃？是否也出自相同的原因，在这寂静的月夜里，在愚昧和喧嚣的空档中，对一些包围着她的粗俗无知的人群感到厌烦，并在孤寂和忧愁之中度日呢？也许她也像我一样在等待，在追求，在渴望着会给自己碰撞出爱情火花的人的出现吧？好在这个野蛮恶性膨胀，愚昧极度泛滥，使人精神上抑郁、心灵上荒芜的年代，获得多姿多彩的精神生活吧？深夜迷人的月光具有奇异的美妙。在它的召唤下，我们两个人的心灵仿佛都有着灵犀，都同时走出各自的家门。天意使我们相遇和相逢。大概这就是所谓的三生石上的缘，前世八代的分，有缘千里共婵娟，无缘对面不相识吧？

想到了这里的时候，我就把眼睛愣怔怔地投向那个广寒仙子一般的月光女孩。只见她嫣然露齿地朝我笑上了一笑。那个时候，我才真正地理解什么是明眸，什么叫皓齿，她的眼睛，她那一双如同是两颗硕大的钻石在折射着光彩似的眼睛，让我感到有点儿头晕目眩。

"是海涛哥吗？"

我惊愕。这声音是那样熟悉。我好像在以前的什么时候或者什么地方经常性地听到过这种熟悉的声音，但是我面前的说话人却又是那样的陌生。

于是我迟疑地问道："你是……"

我调动起自己大脑中所有的脑神经和脑细胞来回忆、思索和猜测，这一个似曾相识的、貌美如广寒仙子、蟾宫嫦娥一般的月光女孩，她究竟是谁呢？她怎么熟悉和知道我的名字的呢？可是我想了好一会儿，想得我的头都摇了起来，还是没有想出这个陌生的女孩子是谁。

"唉……"一声长叹，似乎发自于她体内最深沉之处，而后再通过她的双唇，波动着我面前的空气，"海涛哥，我是卫青啊。"

"卫青？"无比的诧异！当时我的嘴巴张得木海木海的大，眼睛瞪得就像是两个灯笼，一副妄想要吞吃月亮的蟾蜍的模样。

"唉！一场病，竟让你海涛哥都不认识我了吗？"她闪开了光彩的眼睛，低下头喃喃地自言自语了起来。"我恨'卫青'这个名字！这个名字不仅害了别人，也害了我自己！保什么卫呢？江什么青呢？我干吗要去保卫江青呢？不，海涛哥，"这时候她重又抬起了眼睛在看着我说，"我是悦萍啊！"

"啊？你是悦萍？"刚才我想了很多很多，就唯独没有看出她是悦萍。是的，我怎么会把以前那个圆滚胖墩的像满月一样的悦萍，联想成眼前这个异常瘦削、异常纤细的月光女孩呢？现在经她这么一提，我大惊失色。跟着向前猛跨了两步，站在她面前惊诧地问，"你就是那个脸像满月的悦萍？"

她从石条凳上站了起来，用纤细瘦削的手紧紧地抓住我的胳膊说："海涛哥，谢谢你还记得以前那个圆滚胖墩的我呀。海涛哥我真后悔啊！后悔没有听进你的话，上那个什么劳什子的名牌大学，把我自己给毁掉了！"

"悦萍你一个人呆在这里干吗哪？"我像在问她，又像是自问。

"我知道你海涛哥会来的。"她低低地说，"还记得两年前的今天吗？我曾经对着这个圣洁的月光和这丹金河的水波发过誓的？"

"悦萍，你比以前可瘦得太多了！"我伸出右手，抚摸起她那一张瘦削的面孔说，"不过你瘦了，倒反而显得更加的美、更加的漂亮了。刚才我还以为是什么婵娟下凡、嫦娥出世呢！一点儿都认不出来了。"

"海涛哥，我的底子差，又学高分子，学校派了三个教授和五个讲师给我'开小灶'。我学不进，那个时候我就想着你……"我看到刚才她那一双钻石一般光彩四射的眼睛，此刻却慢慢地开始柔和了起来。现在看上去就像蓝宝石那样梦幻般的柔和。"……想着，想着啊，我就生起病来了。他们说是教授和讲师把我给逼疯了的。说这是资本主义复辟，是修正主义反攻。他们拿来一些材料给我看，叫我签字。我看都不看，就签给了他们，好让他们离开。当时我的心里只想你，只想着你海涛哥啊……"说到了这里时她便顿了一顿，眼睛慢慢地开始染上了一抹淡淡的抑郁，并逐渐地向着深深的忧愁变幻。"后来一个老教授死了。另外两个教授老师也被关进了牛棚……还有，还有……唉……我的病情也就更加的严重了……"

说句心里话，朋友们，那是我平生第一次看到我们人类的眼睛，会有如此的变化。在倏忽之间，她就从光彩四射、熠熠夺目过渡到闪烁着如此深沉的忧愁和悲苦的神情。那种忧愁和悲苦的神情使我的心在融化，我周身的血液流得更急促了。我抬起右手，轻轻地揽住了她那瘦削的右肩，左手温情地握住了她的左手。她充满柔情一般地把她那张能与月光争辉的脸颊，斜倚在我的臂膀上。"你是悦萍？你当真是我一直都在牵肠挂肚的悦萍吗？"那一会儿我还是无法完全相信。

"是的，海涛哥。我真的是悦萍。海涛哥，你带我走，你就带着我走吧，好吗？随便你到哪儿，我都愿意跟着你走，海涛哥！"

这时候，我感觉到自己的心脏在急速地跳动。同时我也感觉到她的心脏也在急速地跳动。她的身体在痉挛着，颤抖着，就像是患上了最严重的"打摆子"的疟疾病……我微微地闭上了眼睛，听任自己心中那一股骤然而发的情感，在身体内部奔腾、波涌和流泻……可是没过多一会儿，突然她猛地抽回被我握着的手臂，倏地转开了身子。我感觉到她那副有着完美曲线的瘦削的身体在剧烈地颤抖，漂亮的面孔也因恐惧而一下变得苍白，并且开始哆嗦了起来。她前后左右地看望了几眼，便就急匆匆地离开了我，沿着丹金河河边的大路，向着南边急急地走了开去。我诧异地转过身体，蓦然看见了一个身高有一米八左右的中年男子，带着几个颇为壮硕的男人快步地向悦萍那一边走过去。我看得出来，那个中年男人，就是悦萍的叔叔，也就是那个因为造反而发迹，如今已经当上了县革委会常委的卢培卿。

悦萍紧走了几步，转身朝着我和来人看上几眼。又紧走了几步，停下来再朝着我和来人看上几眼。当她那个高个子的叔叔快要接近她的时候，她便开始猛跑了起来。那几个壮汉跟在后面紧紧地追赶。不多一会儿，我猛然听到了一声"海涛哥……"的叫喊和一声"啊……"的凄厉的号叫。我浑身的血液忽然就凝固住了。担心和恐惧，使得我整个人都在颤抖，腿脚在发软。我看见那几个壮汉抓住悦萍的手，拖着她向我这边走来。她那个叔叔走在前面。我不能让他们这么粗暴地对待她。我一定要把她从这伙暴徒一般的人手中救出来。于是我就向他们冲了过去，并且一边冲一边还在高喊：

"放开她！你们快给我放开她！"

"喔？又是你这个臭小子啊！"她叔叔卢培卿睥睨地说，"卫民，你们几个把卫青带走！卫东你留下来，帮我教训一下这个臭小子！"

"放开她！"我握起拳头高喊，"你们给我放开她！"

我握起了双拳，在空中划出弧线般地挥着。可我根本就不是他们两个人的对手。就在我向他们挥拳，他们的拳头和巴掌也雨点一般地落在了我的身上的时候，我忽然听到了悦萍的放声大笑：

"啊哈……哈……哈……！啊哈……哈……哈……"

那在月夜中到处都回响着的尖利、刺耳、震人心肺的笑声，比她刚才的号叫更加恐怖，更加令我胆战心惊。我挥出的拳头忽地就在空中停住和顿住了。就像是金庸、古龙、梁羽生等人的武打小说中那许多被点了穴道的、无法再收回自己腿脚动作的、可怜的武林人一样。可是我的大脑此时此刻却清楚地意识到，悦萍精神失常了，不，她疯了！货真价实地疯了！我孩提时代的女友，我青梅竹马的恋人，我心目之中完美的月光女孩，疯了！她是那个疯了的时代，疯了的世界，所锻造出来的疯子啊！如果当时她就跟着我走，或者我把她早一点给带走的话，或许她的病情会好转的。爱情的力量会转变一个还没有疯到极顶的人的病情的。可是那个时代，那个世界啊！

我痴呆地看着月光下悦萍那被挟持而去的、瘦削纤细的背影。她在挣扎，就像在老鹰、在神王宙斯身旁那只"司雷电的秃鹰"爪子下的小鸡那样无助和无望地挣扎着。此时就连"呼呼"地落在我腹部的重拳，"劈里拍啦"地落在我脸上的巴掌，都没能移开我的视线。我的双手捧住了腹部，耳朵在"嗡嗡"地轰鸣，脸前金星飞舞。可是我的眼睛却仍然在痴呆地望着她那被挟持而去的、越来越远的背影。直到那个叫卫东的在我膝弯处的一下重踹，使我的双腿不由自主地往前一弯，膝盖往前往下急突，身子往后急速地仰倒。等我发觉自己的身子快要倒地的时候，我想把两条腿伸直，以致双膝不至跪在地上。可我的右腿伸直了，左腿却没有来得及伸出，硬给蹩在屁股下面，"咔巴"的一声脆响，就像一根毛竹在有一定加速度的重力下被折断时所发出的脆响一样，在这月夜寂静的空气中振荡，然后再波及远方……

"臭小子，今天算是便宜你了！"卢培卿拍了拍手掌，歪扭着嘴巴，望着躺在地上的我说，"告诉你说，卫青她生是无产阶级革命的人，死是无产阶级革命的鬼，就是疯了，她也是无产阶级革命的疯子。绝对不允许你这个资产阶级和小资产阶级的孝子贤孙去纠缠她和染指她！不然的话，嘿……"

说完，他便朝那个叫卫东的壮汉呶了呶嘴巴，然后掉头踩着月光一起离去了。我不知道自己在地上躺了有多久。等到稍微有一点清醒过来的时候，我想从地上爬起来，但是感觉极为艰难，左腿仿佛已不再是我的了。那时候，这个世界好像就只留下了我一个人，另外还有那一轮圆滚胖墩的、有着诸多黑斑的月亮。那一天晚上，初夏明月夜的月亮把它那些如洗一般的月光，满满地洒在了我的身上。我想起了这个小城几年之前就已经离去的一个叫"苦鸭"的年轻人曾经所写下来的几句诗：

> 难道月亮不是在寂寞之中，
> 把悲哀的黑斑留给了自己？
> 用那温柔的波，圣洁的晕，
> 去轻抚伤心断肠人的额角？

我试着扶住身旁的石条凳，艰难地站了起来。左腿的地面仿佛直往下面沉。起初我还以为是我的左脚踝脱臼了。可是我的左脚却怎么都不听使唤，腿神经麻木，麻木得失去了知觉……

后来我在病床上不能动弹地躺了六十五天。人民医院那个专爱讲"八八钱，八八货，八八生意八八做"的外科大夫王大麻子，给我折断了胫骨的左腿上，绑上一层又一层的石膏和纱布……我的母亲问我腿上和身上的伤痕是怎么一回事，可我只是苦笑地摇了一摇头，无奈地对她说，是因为我自己不

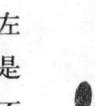

小心，给摔的和跌的。尽管我看到了母亲的眼睛里，满满的流露出全是不相信的眼神，不过见我不肯说，她也就不便再追问下去了。

在那个不能动弹的六十五天里，我受尽了身体上的苦痛，然而更多的还是心灵上的苦痛……后来，我待腿骨愈合了，能够走动了，就又离开了家乡，去了皖南的深山竹海，一直到了文革的结束。再后来，又适逢七七年老三届的全国通考，来到了京城。从此我就再也没有见到过悦萍。甚至就连她的一丁半点的信息，也没有再得到过。以后每当遇到了这初夏月明之夜，只要有圆滚胖墩的月亮升起在中天的时候，我的眼睛，我的大脑，我的心灵，就会不由自主地浸沉在往事之中，似梦，似幻，似真……

就是在时隔已经有了二十五年以后的今天，当我此刻面对何源家这一棵百年老枣树上的这轮满月和这皎洁的月光，当年那个流波溢晕的初夏明月夜，月光下那张苍白瘦削的面庞，那一双光彩映得月色更加明媚的眼睛以及那在月色中四处回响的尖利刺耳的叫声和震人心肺的疯笑声，总是在我的眼面前晃动，在我的耳旁边回响，在我的心底里震荡……它是那般的清晰，那般的明然。怎么都挥之不去，摆脱不开，好像就是发生在昨天里的事情一样！

海涛的故事讲完以后，大家仍旧默默地坐着，有一阵子谁都不愿去开口说话。过了一会儿，江波首先打破了沉默，他对大家说：

"刚才，海涛给我们讲了一个诗一般优美的故事。"江波一边说着一边从座位上站了起来。他从塑料筐里拎起了一瓶"燕京"瓶啤，接过何源递过来的开瓶器，"扑"地一下打开了瓶盖，并且伸出手去抹了一抹瓶嘴，"咕嘟"地喝了一大口，然后他就坐下来继续往下说，"他的故事，真实与梦幻互相缠绕在一起，就像南国的大榕树一样，盘根错节，充满了诗一般的意境。他的意图是想要告诉我们大家，爱情是在追求诗一般的理想。

"不过我认为他错了！完完全全、彻彻底底的错了！他把爱情过于理想化了！因为过于理想化的爱情，往往会使得人生之路坎坷不平。然而在这个世界上，最令人开心作乐，最让人捧腹大笑的事情，又莫过于看着别人在人生的道路上失足、摔跤、跌得个脸青鼻肿的了！

"我个人认为，爱情意味是夜的迷乱，梦的疯狂！它并不需要太多理想的成分和要素来成为它的支撑点。至于你们各位的观点如何，我不知道，但是我想，由于在座的各位，生活的历练不同，各自的体验也就会不同，爱情观肯定也会不一样的。我的观点就是：爱情与其说是在追求理想，还不如说是企图再现梦境来得贴切。如果它有颜色的话，肯定就是那种偏蓝带紫的颜色，带着一点忧伤，带着一点痛苦，还带着一点梦幻，就像那种在我们江南水乡里面漂流着的开着偏蓝带紫的'水葫芦'花朵的色彩一般。

"比如就拿我国最早的一部文学作品——《诗经》来说，翻开首篇的《关雎》，其中就有这样的诗句：'关关雎鸠，在河之洲。窈窕淑女，君子好逑。窈窕淑女，寤寐求之。求之不得，寤寐思服。悠哉悠哉，辗转反侧……'用现在的话来说，就是：雎儿鸟关关地对唱，在那河中的小洲上。有个美丽善良的姑娘，我多想和她配成双。美丽善良的姑娘啊，睡里梦中都追求她。追求她啊可追不上，睡里梦中都把她想。想着她呀我想着她，翻来覆去呀不能忘！……这就把一个男人在夜里梦中，对美丽女子的追求和对爱情的希望给描绘了出来。因为世上的人们，谁都知道自己的生活是白天营营奔波在阳光下，夜晚悠悠散漫在月光中。而爱情就应该是属于那种夜晚月光中的梦幻一般的情感生活。人们经过了一天的奔波和劳累，晚上若是躺在床上睡不着的时候，或者对着月光挪步漫动的时候，在半迷糊、半惺松当中，让自己爱的情感、性的欲望以及身体内部那些生物的、物理的和化学的能量，再借助于希腊神话中代达罗斯那双想象力的翅膀去飞翔……夜晚除了梦想以外，又有多少是理想的成分呢？白天都没有多少，又何况是夜晚呢？"

说到了这里，江波顿了一顿，把自己的身躯往椅子背上一靠，抬起面孔仰望起那棵有着无数片翠叶在摇曳月光的老枣树以及老枣树后面那一轮继续向上攀爬的月亮。仿佛那一轮皎洁的月亮，是他最富于生命力的见证。他的回想和追忆，好像又全部都储藏在它的里面。此时此刻，他似乎只要对它出神地关注，所有的回忆就会一下子涌上他的心头似的。

这时候，他又拎起了那瓶"燕京"啤酒，"咕嘟，咕嘟"地喝了两大口。然后抬起右手，准备用手背去揩抹沾在嘴唇上的啤酒花时，坐在他身旁边的翟凤娜，便顺手递给了他一张餐巾纸。他就用这张餐巾纸抹了抹嘴唇，又"嗯……哼，嗯……哼"地清了清嗓子。不一会儿，一阵清脆、圆润的嗓音，就从他那用"燕京"啤酒润过了的嘴里边发了出来，波动着大家的耳膜。

三、江波的故事

海涛给我们大家讲的他那一段初恋的故事，就像一只纤纤玉手在撩拨着我的心弦，使我的这张心"琴"也引起了异常强烈的共鸣，让沉寂在我心灵深处已有多年的一段往事，随着这种共鸣，也在郁郁悠悠地翻飞和涌动，并形成了一股湍急的气流，非要从我的唇舌之间蹿出和吐出为快不可。

我的那一段往事，也是发生在月明之夜。但和海涛的初夏明月夜有所不同的是，我的是发生在初秋的"七月半"。还有一点不同的是，海涛的恋人有一双像钻石一样光彩四射、熠熠闪光的眼睛；而我的初恋人，则有着一双冰晶一般空灵、月光一般透明的黑眼睛。

这也难怪，海涛的初恋人，在当时的知名度特别高。你们大家试想，一个那时能爆出高考只考出一道 $1/2+1/3=2/5$ 的题目就能去进名牌大学这种爆炸性新闻的人，没有相当的知名度，这是绝对不可能的。本来爱情这东西令正常人都会疯狂；正常人的眼睛在爱情之中都会疯狂一般的明亮；何况他的初恋人是一个不正常的人，一个疯子，况且又是置身于足以能够迷乱弄人的月光之下呢？海涛，你不要把眼睛瞪得真像是一只蟾蜍一样嘛！噢。首先我在这里要申明一点，我绝对没有半点要嘲弄你的意思。实际上，我还挺羡慕你能有着一个活生生的疯子一般的恋人呢！真的。你如若不相信的话，等听完了我的故事，你自然会判断出我说这一番话，是不是真诚的了。

我说的这个"七月半"，是指阴历的七月半，阳历大概是在八月中旬左右吧。这个"七月半"，在我们江南一带又被称之为"鬼节"。据说在这一天中，阎王爷会给所有的鬼怪亡灵们放上一天假，让它们也能够像人类那样去自由自在地嬉戏、活动和游荡。

这鬼节的"七月半"在城市也许倒也没什么，可在我们江南的农村，它却是一个非常隆重的传统节日。记得我小时候放暑假去乡下，就过了好多次"七月半"。乡村里的这一天，有条件的人家都要备上猪头三牲，给祖宗亡灵们磕头供样，还要烧很多很多的纸钱冥币，以寄托生者们的哀思，让鬼怪亡灵能够在阴间得以安生，福佑子孙后代，并不要来这阳间祸祟活着的人。

那是在1972年"七月半"的夜晚。

那一晚我看书看得有点儿累了，就想出去走走，想到月色里去散一会步。前年，我给市郊一个生产牛头刨和各种车床的工厂做油漆工。由于水平和表现都很不错，这个工厂便留下我当了一个临时工的师傅，还带着一帮"徒弟"们干活。当时我的全家下放去了老家，只有我一个人借住在城内。那是在白凉亭。我的一个朋友将自己家五六平米的厨房隔开来给我居住。在那个阶段中白天我得卖力工作，晚上就在这"厨房居"内，死命地啃读机械制图与设计，还有一些必须的基础理论知识；一般都要学习到晚上一两点钟才睡觉。其间为了保持头脑的清醒，我有晚上出去散上一会步的习惯。至今我都还清楚地记得，那天晚上的月亮，嗨，真是又圆又亮呵！可以这样说吧，我还从来都没有遇到过这么好的月色呢！这大概是炎热的大伏天刚过，迎来了凉爽的初秋，加上又是鬼节夜之嫌的缘故吧，所以那一天晚上，人们一般都早早就睡下了，只有我还独自地踏着明亮的月光在游荡。当我走到白凉亭后面的一处地方时，忽然夜空中传来了几声撕心裂肺般的喊叫声：

"勤芳哎……你回来吧:……妈妈不打你了……你回家吧……"

这一阵颇有一点凄凉的叫喊，就像"关亡婆"在叫魂似的，让人心里感觉到有点儿毛骨悚然。我听得出那是一个叫吴双凤的女人，在叫喊着她的女儿。随着这一阵喊叫声，有几个人影在月夜里影影绰绰地晃动。这是人家的家务事，旁人自然不便过问，于是我便转向了西边，踽踽地独行而去。

还没有走出白凉亭的地界呢，忽然间我浑身的寒毛直竖，鸡皮疙瘩直鼓。向来是灵敏的直觉告诉我，这房后路旁的树上"吊"着了一个人！我猛地转过身子一瞅，路边粗大的白杨里边，紧挨着一棵稍微细一点儿的刺槐树。那个人影背部靠着刺槐，面孔对着小路，两手竖握着举过头顶，反抱住那一棵刺槐树的树杆，黑夜中一副上吊的模样。于是我屏住呼吸地喝问道：

"嗨！你是个人还是个鬼啊？！"

那个刺槐树上"吊"着的黑影一动都不动，只有两只黑玉一般的小眼睛在忽闪忽闪地眨动。我又高声地喝问道：

"你是谁呀？啊？干吗这般装神弄鬼地，吓唬人哪？！"

那个"上吊"的身影，这时候却是稍稍地晃动了一下，但还是默不做声。我又向前走上了四五步，靠近了地喝问道：

"你要是再不说话的话，我可要不客气啦！"

"叔叔，是我，是勤芳。"

那个12岁的名字叫勤芳的小女孩，这个时候，放下了竖在头顶上方的两只手臂。闻说，我大吃了一惊，连忙问道：

"啊？是小勤芳？你待在这儿干吗呢？"

"叔叔，我不敢回家。"

"为什么哪？"

"回到家，我妈要打死我的，呜……"

"你妈刚才还找你找得那么焦急，叫你叫得那么伤心，难道，你就没有耳朵听到吗？"

"我听到了，叔叔，呜……"

"那你听到了，为什么还不回去呢？"

"我怕回去以后，我妈要打死我的，呜……吃夜饭的时候，她打我打得好狠哦！那么凶，把大竹笤帚都给打烂了。呜呜……"

"你妈为什么要打你哪？"

"他们说我说反动话。"

"他们？你妈吗？"

"不是。是我的同学。今天上午我们在排练舞蹈的时候，他们在一边瞎打瞎闹的，我就叫他们赶快排练，不要瞎打瞎闹了，并且还说了他们几句，他们就说我说反动话，还汇报到老师那儿。"

"那，你说了没有啊？"

"我没有说，叔叔。呜……我记得我没有说。呜，他们就赖我……我妈就动手打我。呜呜……还说我犯气，说我是讨债鬼，说要打死我拉倒……我没有说嘛，叔叔。呜呜、呜呜……"

我抚摸着她那呜呜哭泣着的小脑袋，轻轻地拍着她那抽搐着的肩背，安慰起她来说："小勤芳，不要哭了，噢。吃一亏长一智，以后说话注意点儿，别让人家去抓小辫子就是了，噢。好了。回家吧，你妈急坏了。"

"叔叔，我还是不敢回家。呜呜、呜呜……"

"小勤芳，我送你回去好不好？我保证你妈不会再打你的。"

"嗯。呜，叔叔。"

我搀着小勤芳那只颤抖的小手，向她家走去。老远我高喊：

"吴双凤，孙玉庚，你们两个人给我出来！难道小勤芳就不是你们的女儿吗？不是你们养的孩子吗？出手怎么就这么狠，这么重哪？万一孩子要是想不开，有一个三长两短的话，嗨，你们会要后悔一辈子的！"

他们闻讯，就像鬼魂似的，"呼啦"地便从角落里边涌了出来。吴双凤像一个疯子似的跑过来，一把抱住小女孩，大哭了起来。

"勤芳啊，妈妈对不住你啊，呜……呜……"

"妈，你打我不要紧，可是我没有说，我没有说反动话么！呜呜、呜呜……"

看着她们母女两个抱头痛哭在一起，我的心里边也不是个滋味，就想着要去离开。可是小女孩的父亲孙玉庚却站在一旁说：

"哦，麻烦你了，江波。勤芳她们学校的老师，都找到我们家里边来了。要是再反映到单位上去的话，非得要把祖宗八代都给翻一个遍呢！"

是的。那个时候的错话是绝对讲不得的！不像现在，你就是高喊狂喊上几句，路人最多以为你是个疯子，在发神经病罢了。那个时候可不得了啊！不管你是有意还是无意，讲错一句话或者一两个字，轻则会查上你家的祖宗三代，有没有什么政治问题；重则批斗、坐牢、带手铐脚镣、枪毙、还有割喉管……于是我便同孙玉庚寒暄了几句："老孙啊，现在的老师呢，可都是一些学不高、身不正的家伙们。我们这一代人已经就够艰难的了，不要再让孩子们过早地去承担我们这一代人的苦难了！好了，没事我就走了。"

"江波，谢谢你噢，"他们夫妻俩齐声说，"有空就过来玩噢。"

我转过身去继续我的散步。这时候的月光如匹练一般在飘撒，如银箔一般在倾泻，给山川大地、世界万物镀上了一层柔和的银光。我就漫步在这银色的世界当中。刚才小勤芳的事情，使我联想起了柳玥。唉，柳玥啊柳玥，你现在究竟是在什么地方哪？

我抬起头，仰望着天幕上那一轮皎洁的月亮，它仿佛是我最富于生命力的见证。我感觉自己的记忆，好像全都藏匿在月亮里面似的，只要对它出神地关注一下，所有的回忆似乎就全都涌上了自己的心头。

柳玥是一个清秀修长的女孩。她除了露齿呵笑，嘴里面偏右边有一颗微凸的多牙以外，其他还真挑不出有什么瑕疵来。原先她家是我家的西边邻居。我家的东邻是培珍大姐家，对门是小书、玉书、香书这三兄妹家和欣儿哥这一家。那时候我时常爱说："东邻培珍西邻玥，对门欣儿挟三书。"

小的时候我喜爱看小说书。又特别喜爱看大部头的小说书。记得在我进小学二年级那一年冬日里的一个星期天，我捧着一本《说岳全传》，坐在欣儿家门口，边晒太阳边看书，看得很是投入。

"小江波，小江波……"

听到有人在叫喊，我很不情愿地抬起了眼睛，见是培珍大姐挽着西邻那个就像洋娃娃似的小柳玥。于是便问:"培珍大姐你有事吗?"

"你人这么一点点小,就看这么厚的书哪?"

"我看的是《说岳全传》。"

"你看得下来吗?"

"嗯。还有一些字不认识,就囫囵吞枣地读它个半边形吧。"

"嗨!我晓得你小江波要变成一个书鬼、痴鬼和花鬼了。"

"大姐,大姐,"站在培珍大姐身后面的小柳玥,这时候瞪着一双黑玥玥的大眼睛问,"什么叫书鬼、痴鬼和花鬼啊?"

"就是看一些乱七八糟的书,把脑子看坏了的人。书鬼,就是蹲在了书本里不肯出来的书呆子、书疯子。痴鬼,那个痴里八呆、傻不拉叽的二呆子吴兆林,就是痴鬼。花鬼,就是看小说看了着迷、中毒,就瞎想八想老婆啦、女人啦的花疯子、流氓和神经病!"

"嘿,"我有点不满地说,"培珍大姐,我才不会成为什么书鬼、痴鬼和花鬼呢。等我长大以后,也要像岳飞一样精忠报国,去报效我们的国家呢!"

"大姐,大姐,"小柳玥又问,"要是江波变成了书鬼、痴鬼和花鬼了,他会不会去做出促狭鬼一类的坏事情啊?"

"嗨,你个小柳玥,"我狠狠地哓了她一眼,"你是一个跟屁虫!"

然而小柳玥却往培珍大姐的身后边一躲,眼睛滴溜溜地看着我,嘴巴里就像唱歌一般地说:"江波是一个书鬼,江波是一个痴鬼,江波是一个花鬼,江波是一个坏鬼,江波是一个促狭鬼,江波是一个讨厌鬼!"

那一天我气得牙齿咬咬地、心里哼哼地,于是就不再去搭理她们,接着又看起了我的《说岳全传》来。不过,我的心里边却在说:"哼,以后还不知道,到底是谁会变成一个鬼呢……"

走出了白凉亭居民区的地界,就是大片大片的桑树林。这是郊区的文化大队,扒平了这一段的老城墙,填平了原来的老城河,再在老城河的遗址上密密匝匝地栽上了许多低矮优质的蚕桑树。

在这片桑树林中分有三条岔路,向南的一条通往文化村,向西的一条通往郊外坟冢野地,还有一条向北的是通往北城河的。

小路边的桑叶碧绿硕大。此时此刻,它们正吸收着夜色的温润、月光的精华,开始凝结成了珠露,再折射着月光,就像碧绿的翡翠在闪闪地发亮,在"娑娑"地摇曳,在滋滋地生长。星星闪烁,月光倾泻,精灵漫舞,荧虫飞掠；再拌和月色下的蝉鸣、蛙鸣、蛐鸣，间杂着一些小动物的追逐和奔跑声以及夜鸟飞过时的"索落索落"的声音……这是一幅多么生动的画面啊！

这一幅画面声声点点，光光斑斑，静中有动，柔和融洽，似真似幻，若即若离，宁静美妙，而又危机四伏。我从来都没有看到过有如此美妙的月夜。这月色弄人！这月光足以能够迷乱人的神志，疯狂人的情感。难怪那许多精灵鬼怪们要选择这一天，来做它们每一年的节日。它们在这一天里，可以自由地欢乐和嬉戏，自在地逛荡与飞翔。这些精灵鬼怪们倒也挺会享受的呢。这时候，忽然有两团磷火"咻……咻……"地飘来。一团大的在前面，一团小一点儿的跟在后面，双双地落进了桑树林中。紧接着，桑树林中似乎就传来了精灵鬼怪们的戏谑、调情和轻狎之声。我的头发直直地竖了起来，于是便高声地向桑树林中叱咤说：

"何方鬼怪哪？作什么怪哪？啊？请你们不要瞎来腔喔！"

桑树林中似乎传出了声音："爰采唐矣？沫之乡矣。云谁之思？美孟姜矣。期我乎桑中，要我乎上宫，送我乎淇之上矣。"

"哦？"我有点儿释然地说，"嗨！怎么你还是个几千年前的老色鬼、老花鬼，还文绉绉的，颇有点儿古爱情之风的情调呢！不过……对不起，请你们注意一点噢，不要去祸祟别人。"

桑林中似乎又传出了一声"之乎哉，汝不扰吾就好也"和一声"yes friend……"嗨！我心里想，怎么还有一个外国鬼哪？是不是建俊演的节目中"我是一个美国鬼，天天起来喝凉水"的那个美国鬼啊？不太像。倒好像是一个外国女鬼的声音。也许可能就是艾斯米拉达，或者是苔丝，再不就是玛丽莲·梦露吧？唉，现在啊……精灵鬼怪活得比人都潇洒，比人都浪漫，比人都会享受！选择这波光摇曳的月夜，乘着袅袅的轻风，来到翡翠一般的桑园中，享受起古今中外的一代一代被传诵的永不褪色的爱情。有时候我们世上的人，活得还真连鬼都不如喔！那个时候我们人被框住、被压住、被锁住、被束缚住，不能逾越雷池半步。

我转过身子，踏上了那条往北的小路，想去老城墙的凹口处静静地坐上一会儿。就在向北转弯的时候，我忽然想起了柳玥那一次半真半假地晕倒在我怀里边的情景……

……我没有变成东邻培珍大姐所说的书鬼、痴鬼和花鬼。小学三年级的时候我跳了一级。后来又赶上了六年制改成五年制的学制改革，12虚岁就进

了初中，而且还是重点班。因而我们那条街上的大人们，都把我作为他们孩子的榜样。他们在教训自己调皮贪玩的孩子时，常会这样说：

"你们看看人家江波，又是跳级，又是进重点班的。哪里像你们这些个讨债鬼，死不要好！贪吃贪玩，没有出息！"

比我小的孩子简直就把我当成了偶像。有什么问题和难题都愿意前来找我帮忙，也喜爱围着听我讲故事。尤其是那个西邻洋娃娃似的小柳玥，她几乎天天都往我家跑。她跟小我两岁的妹妹一般儿大，上学和我妹妹又是同校、同级、同班，两人非常要好。她们上学一起去，下课一起玩，放学一起走，作业在一起做，有事没事地总爱上我家来串一个门，或者我在说话的时候她就盯着我的脸看。那是一个星期天的下午，柳玥忽然对我妹妹说：

"江平，我总觉得你哥哥江波是一个呆鬼、夯鬼、讨厌鬼！"

"为什么呀？"我妹妹不解地问。

"咹，你看他那一副坐着看书的样子喏，一副呆里八夯的样子哎！真是惹人讨厌的很哪！"

"可是，我哥哥并没有去惹你啊，柳玥。"

"嘿，他要是惹我倒又好了哪！他的眼睛里就只看到鬼，脑筋里又只想着鬼，心里头又只装着鬼，脸上又是一副呆鬼、痴鬼、夯鬼的样子。你说他不是讨厌鬼，哪一个是讨厌鬼啊？"

她们这两个小女孩的一番对话，惹起了我的注意。我便从书本上抬起了眼睛，向着她们那边望过去，这个时候，我忽然迎面碰上了柳玥那一双盯着我看的黑玥玥的眼睛……

进入初中以后，我的课外书读得更多了。国内的、国外的、古代的、现在的，然而我对精灵鬼怪的书却是最来劲。小时候我最怕鬼，但又最喜欢听有鬼的故事。听人说到鬼的时候，我这心里头是既恐惧、又紧张、又害怕、但又是最兴奋。一边听一边还瞪大眼睛去四处张望，甚至把自己的心拎在了手心里边，浑身抖抖的，可还是要听。

那个时候，我最爱听我爷爷给我讲聊斋。我那当过私塾老师的爷爷，他在故事中时常把鬼描述成行侠仗义、悲天悯人、温柔体贴、美丽多情，且又富人情味、正义感和同情心。于是这许多侠义之鬼就活灵活现、栩栩如生地出没在我的心海里。因而我认为这种鬼，简直比人世上的好人还要好！当然我最不喜欢听我大伯讲鬼故事了。大伯嘴上的鬼大多是恶鬼！他说吊死鬼的面孔血紫，舌头伸出嘴外怎么怎么长，人一碰到就会死；淹死鬼的身体怎样怎样浮肿，一碰皮肤里的毒水就往外冒，溅到人身上人也就会死；什么僵死鬼如何丑陋和可怕；五脏鬼多么狰狞和凶恶；还有什么"鸭子鬼"，说鸭子横死以后就会幻化成"鸭子鬼"，每到深夜里就"嘎、嘎"地乱叫……吓得我晚上连夜路都不敢走，老是躲在大人的身后。

我也喜爱听那个杀猪佬"癞爹爹"讲胆小鬼的故事。在说到鬼的时候他总是不自觉地叉开瘦腿，一不注意，垂垂的患有疝气的卵泡，就从他短裤的大裤衩里撒出来，但是他仍然须眉竖舞、唾沫横飞地起劲着呢！他说鬼在晚上常会幻化成美女，蹲在河边或者路旁假装哭泣，来引诱意志薄弱的人去上当。你只要不上当，它就会变成棺材板和石头。这时你只要在它的四周撒上些许洋灰，洋灰是鬼的墙，就等于把鬼圈在墙里面，而后再点上柴火去烧，鬼就会被烧得"吱哩吱哩"地鬼叫，以后就再也不敢出来祸害世人了。

……此时此刻，我抬起了眼睛，看着有着黑玥玥的眼睛的柳玥。我们都进入了少年时代，都有一点儿情窦初开了。我发现她这时候也在看着我。我们就像是两个不同世界的人，都站在各自世界的边缘上，互相执着地遥望着。这个以前胖得就像个洋娃娃的鬼丫头，这一会儿她的嘴角，却在似笑非笑地上拉着，眼睛鬼亮鬼亮的。我妹妹对她说：

"柳玥，我哥没有什么地方得罪你吧？你干吗要同他过不去呢？你认为他讨厌的话，可以不看他，不同他去来往么，嗳！我在跟你说话哪，柳玥，你这是怎么啦？你的眼睛在看着什么地方哪？"

看到妹妹的眼睛也顺着柳玥的眼光，在向我这边弯过来的时候，我就慌急慌忙地，赶紧躲开了自己的眼睛。我不想让第三个人（包括我的妹妹也在内）知道我与柳玥眼睛看着眼睛的事情。

"喏，"柳玥忽然对我妹妹说，"江平你看江波的眼睛，目灼灼的，鬼亮鬼亮的呀，而且还鬼头鬼脑、鬼鬼祟祟、鬼来鬼去的呢！你说他不是一个讨厌鬼又是什么呀？"

我的脸霎地就红到了耳朵根。心里想，你这个死柳玥，明明是你在盯着我看，现在还要嘲弄我，真是岂有此理，岂有此理！

"哥，"妹妹好奇地问，"你的脸上怎么这么红啊？倒像是一个猴子的屁股似的，你做了什么亏心事了吧？"

"去！"我朝妹妹瞪了一眼以后，就把瞪着眼睛的面孔转向了柳玥，怒不可遏地发泄了起来，"你这个死柳玥！你这个西邻胖娃娃，胖鬼丫头，实在是难看！你的嘴里边还长多牙，满嘴说鬼话！"

柳玥看着我面孔红红地发火，觉得很好玩似的，便"格格"地笑了起来。接着我妹妹跟着也笑了起来。笑得活像是两只大青蛙，在"格格、格格"地叫个不停。她们这一笑啊，我倒觉得自己有一点失态了，自己反倒有点儿不好意思起来，这哪像是兄长风度呢？不过这心里憋着的气咽不下去，于是我想啊想的，便想出了一个歪恤恤的鬼主意，非得要好好地报复她一下不可。

"好了小平，"我说，"好了柳玥。我们讲和好吧，好吗？你们不要再笑了，我也不再看什么书了，我来给你们讲故事，怎么样？"

听我说要跟她们玩，跟她们讲故事，她们倏地就停止了蛙鸣，呼啦一下围了过来。于是我就对她们讲起了女鬼"聂小倩"来。在语言上我蓄意加大了恐怖的力度；在情节上我故意又营造一些紧张和阴森的气氛，使得她们紧张、恐惧和害怕。尤其是柳玥，当时她的面孔已经开始有一点儿发白了。当我在讲到母夜叉抓住人的双脚，戳上一个小洞，并且吸食人的精血的时候，就对着柳玥的耳朵突然"哇"地叫上了一声。妹妹吓得大叫了起来。而柳玥则"啊……"地两手一下就抓住了我的胸襟，面孔白了了的，眼睛闭着，瘫痪一般地晕倒在我怀里，连呼吸都听不清楚了。当时我可吓坏了，不知道怎么办才好。我大声地叫她，拍她的面孔，"哈"她的痒痒，揪她的头发，拧她的耳朵，甚至还把唾沫吐在了她的脸上……可她就是死死地揪住我的胸襟，半倚半瘫地赖在了我的怀里边。待到妹妹平静下来后，她便责怪我说：

"哥，你是一个促狭鬼！你把柳玥给吓死了吧？"

"小平，我只不过是想开一个玩笑，又不是故意的。这一下怎么办哪？要是柳玥真被我吓死了，老妈非得骂死我，老爸非得打死我，柳玥她妈韩阿姨非得把我给吃掉不可喔！你说怎么办才好哪？"

"活该！谁叫你平时不对她好一点儿的呢？你从来都没有正经地瞧过她一眼，没有正经八百地睬过她哦！"

"小平，柳玥是一个女生呀，你说我们这许多男生，怎么可以随便去对一个女生嘻嘻哈哈的呢？"

"哥，你现在最好把她抱了送回家去。"

"现在我该怎么办才好啊？柳玥啊柳玥，只要你能够好起来，哪怕我跟你磕上三个头，不，哪怕是磕上一百个头，我都愿意呢！"

当时我并没有注意到，柳玥在我的怀里边动了一下。抱起她来时，也没有注意到她原本揪住我胸襟的手,现在已软软地圈在了我的脖子上。看着躺在床上的面容娇好的柳玥,开始发育的胸脯已经微微地凸起,身材纤细修长,不再是当年那个躲在培珍大姐身后边说"江波是个书鬼,江波是个痴鬼,江波是个花鬼,江波是个坏鬼,江波是个促狭鬼,江波是个讨厌鬼"的洋娃娃般的小女孩了。她现在就像是婴宁、娇娜、聂小倩、连锁、小谢、崔护妻那些个鬼丫头一样美丽和漂亮。此时此刻的我,倒真像是一个呆鬼、痴鬼和夯鬼似的望着她,心里边惶惶地,并且垂头丧气地说:

"柳玥啊柳玥,只要你能够醒过来,能够好起来的话,以后你要我做什么,我就去做什么!"

"江波,真的吗?"柳玥瞪开她那双黑玥玥的眼睛问。

"我可以向你发誓!啊?!柳玥你醒过来啦?"

"江波,你说话可不许耍赖皮啊!"

"柳玥你好啦?你没有被吓死哪?哎哟!差一点没有把我急死呢!"

"江波,现在我就想要刮你一个鼻子。不,想要刮三个!谁叫你刚才把唾沫吐在我的脸孔上的?"

"只要你没事,不要说三个,就是刮一百个都行。"

"我不多刮,只刮你三个。第一个么,"柳玥伸出右手的食指和拇指,捏住我的鼻子说,"江波,以后你可不准再欺侮我,再恐吓我。你要对我好一点儿,晓得吗,你这个呆鬼?"

"嗯,嗯。"

"第二个么,"她又捏住我的鼻子说,"江波,我想要成为班上成绩最好的学生。你要帮助我,辅导我。晓得吗,你这个夯鬼?"

"嗯,嗯。"

"这第三个么,"这一次她可没有捏我的鼻子,而是抬起两只手掌,捧住了我的面孔,"江波,我要你当我的哥哥,当我的好哥哥,要比你是江平的哥哥还要好的那一种。晓得吗,你这个讨厌鬼?要不然的话,我就会感到非常的孤单,非常的寂寞的。"

"嗯,嗯。"我看着柳玥的眼睛,上下地直点头。

忽然她人小鬼大地把捧住我面孔的两只手,猛地往下一拉,用她那副稚嫩的双唇吻住了我。那个时候,我就像被黄蜂蜇了一口似地跳了起来,面孔又像猴子屁股似的了。而柳玥则又"格格、格格"地蛙鸣了起来……

"你们两个细鬼在搞什么鬼名堂哪?"柳玥的母亲韩惠阿姨回来了。

柳玥骨碌地就从床上爬了起来，向她母亲跑去。她一边跑一边嘴里还说："妈，这一回我可把这个呆鬼、夯鬼、讨厌鬼的江波哥给逮在手心里了！"

"什么？你把江波哥给逮在手心里了？"

"妈，是这样的……"柳玥在她母亲的耳朵边，轻轻地嘀咕上了一阵以后，便又像蛙鸣一般"格格、格格"地笑了起来。

"你这个鬼丫头呀，人小鬼大的！"韩阿姨掉转过面孔，用手抚着低头红脸的我说，"江波，小玥上无兄姐，下无弟妹，你是一个好孩子，以后有空的话，就过来陪陪她好吗？好了，你就不要走了，阿姨去买点儿菜，待会儿呢，你就在我们这里吃晚饭吧。"

"哇塞！妈妈你可真好哎！"

听到韩阿姨要留我在她家里吃晚饭，柳玥便高兴地跳了起来，吻了她母亲一下，随后又跑到我的身边，抓住了我的手，用她那一双黑玥玥的眼睛，鬼亮鬼亮地看着我……

出了桑树林，往北的小路又分成了上下两条。往下的那条通往北城河边上的石码头。白凉亭的居民们，通常都在这个石码头上淘米洗菜，漂洗衣服。往上的那条通往北城墙的外墙脚。沿着老城墙黄岗子往北大约六七十米处有一个凹口，地势平整，植有十几棵榔榆和梧桐，还有几棵耐冬和曼陀罗以及一棵常青的栀子花。这里原先住过人家，现在却已经荒废了。

我在耐冬和曼陀罗树下栀子花旁席地而坐。眼面前，月光下面的北城河就像一块大魔镜。这块大魔镜里星空闪烁，夜月穿行，白云飘飞。偶尔微风吹拂，星空、夜月和白云也就随波荡漾了起来，真让人着魔和迷幻。河对岸是一片坟冢地。有老坟，也有许多刚添的新坟。很多坟冢无人照应，荒废得厉害，袒露出许多黑乎乎的败棺朽木。而那些不愿散去的磷质，就从这些败棺朽木的干尸风骨之中，成团成团地轻灵地飘曳出来，随着轻风，在这幽暗的月夜中和炎热的季节里，灼灼地犹如是蓝色的精灵一般飘来荡去。

这就是人们谈之色变的"鬼火"。那个常从大裤衩里垂着并撒出卵泡的"癫爹爹"，说他在北城河西岸边见过"鬼火"飘过，就会出现美丽的穿着匹练的女鬼，在这城河的西岸边嘤嘤哭泣，一副哀怨、羸弱而又美艳动人的模样，诱惑着一些意志薄弱的好色之徒。这些精灵似的孤魂野鬼，就在这鬼节之夜中飘来飘去。此时我看到有两团鬼火"咻…… 咻……"地直向我这儿飘来。另外有一团小的"咻……"地在后面追赶。我似乎还听到说话声：

"你们别去惹他，他不怕鬼！"

"什么？还有世人不怕鬼的哪？"

"他是神珠仙子的旧友。走吧，别做傻事了。"

"那么……好吧，难得过节，我们就去尽情地潇洒个够吧。"

这几团幽灵一般的"鬼火"，就在我坐着的城墙凹口处的上空，款款地绕上了几个圈，然后它们便向着南边的桑树林里飘忽而去。我不怕鬼。我为什么要去怕鬼呢？

……那一天晚饭。韩阿姨往我的碗里搛了不少菜。柳叔叔一边喝着酒，一边用戏弄的眼神看着我。柳玥则是搛了又搛，直到我的碗里面堆得尖尖的。而我则红着个脸，低着个头，就差一点没有钻到桌子下面去。但是我的心里却是暖暖的、甜甜的。

"江波，"韩阿姨笑了笑说，"你怎么像个女孩子呀？真是个'过比秀'！"

柳玥伸手在饭桌上拱了拱我的胳膊说："江波哥，你快点吃噢……"

从此柳玥便成了我身后边的拖把鬼了。我也喜爱跟她在一起。她身上有一股香味，那是年青女孩在成长和发育时期，身上所特有的香味，就是那一种纯真、青春和"滋滋"生长着的体香。跟她在一起，我便有了一种灵性和一股陶醉，就非得要挺起胸膛去当一个男子汉的感觉。

后来还没有到两个月，文革开始了。人们开始变得疯狂、颠倒、荒唐得可悲、可笑而又不可理喻了起来。那个时代，那个世界，也跟着疯狂、颠倒、荒唐得可悲和可笑，且同样不可理喻。就像得了"羊癫疯"，一边吐着白沫一边腿脚不停地抽疯，不停地发着神经病一样！那个时候人们成堆成堆地烧书；整屋子整屋子地砸东西；绑着牵着一串一串挂牌子的、戴高帽子的人在游街示众；口号喊得比原子弹的爆炸还响；人性退化得比大猩猩还丑陋……

记得有一次，我们班上的同学开班主任夏老师的批斗会。那几个被夏老师一手提携起来的班干部，斗起夏老师的那一股狠劲么，真让人感到吃惊！他们揹住了他的头，架住、别住了他的手，踹住了他的腿弯，让他跪着朝向同学，还让他表演什么"喷气式"和"狗爬式"……还有，那个做团支部书记的女同学，嘴上一面严厉批判，手上还一把揪住夏老师的头发，用力扳起他的面孔，用鞋底"劈哩叭啦"地乱打乱抽，朝他脸上乱吐唾沫……那种母夜叉一般的狠劲，就连最凶蛮的恶鬼见了，都会感到吃惊，感到难为情，感到自愧不如和望尘莫及！当时我在班级上的年龄最小，算是一个"细末代"

吧。不过那个时候，我是实在看不下去了，于是就说上了几句：

"我说你们不觉得有一点过分吗？不觉得有一点难为情吗？一日为师，终身为长呀！夏老师当我们的班主任都快有三年了。何况他待你们几个不薄啊！视你们为他最得意的门生。你们怎么好意思，怎么拿得下意来这么打他，这么斗他，这么地整他呢？"

我说的这几句话仿佛一下炸开了马蜂窝。他们把矛头即刻就指向了我：

"江波反对无产阶级文化大革命！"

"江波污蔑红卫兵运动！"

"斗他这个小反革命右派！"

"打他这个小狗崽子，把这个小狗崽子给关起来！"……

就是在那个阶段，我开始逐步地认识到：我们生人，有的时候还真不如一些死鬼呢！歌功颂德的香，熏黑了偶像！政治色彩过于浓重的意识形态，在上层权力斗争这双猛禽秃鹜的黑翅膀的煽动下，人们人性之中丑陋的野性和愚昧的奴性，在恶性地膨胀着！眼发红，脸发绿，心发疯！鬼吓人吓不死人，人整人专门往死里头整啊！因此当人堕落成野兽的时候，他便比那野兽还要坏！难怪李汝珍要用他那支犀利的笔，把人去描述成一面是道貌岸然、美丽娇艳；另一面却又是青面獠牙、乌心赤眼的两面国人。

唉，那人啊！那个时代，那个世界啊……

说真的，海涛，那个阶段的我还真的对自己"喀嚓"过呢！但是鬼都不要我！真是无奈。记得我站在桌子上，把手伸向了开关里的正负两根裸线……结果不仅没能够"喀嚓"得了自己，反而还把自己从桌子上给摔了下来，摔得老远，痛得我龇牙咧嘴得半死！我又从墙角里找了一根很粗很粗的麻绳，可不知那根粗麻绳是不是焖了，荷载不了十公斤的重量，又把我龇牙咧嘴地跌了个半死！就在那时候，我仿佛感觉到来自于幽冥与黑暗中的嘀咕声：

"这个小鬼不要命哪！"

"我们还是不要去惹他的好……"

我便对着幽冥与黑暗的角落处，龇牙咧嘴地纳闷了大半天，鬼为什么不要我呢？不过我很快也就想开了。既然连鬼都不要我，那么，我也就不用再怕它们了！好好的"喀嚓"，还真不如死皮赖瓜地活下去呢！后来，当关着我的木门被打了开来，冲进来的是我的妹妹江平和柳玥，我简直就惊异透了。只见妹妹挽着我的胳膊说：

"哥，你手上拿着这根烂麻绳干吗？"

"江波哥，"柳玥依偎在我的胸前面说，"你快把这一根黑不溜秋的烂麻绳给我扔掉！我们赶快走！"

于是我就一边跑一边听她们说，三天见不到我回家了，她们就到处去寻找，到处去打听。后来她们总算是找到了那间关着我的小屋。她们骗看守说她们是"红代会"派来了解"学生斗学生"的情况的。柳玥穿了一套她父亲的洗得发了白的军装，戴了一顶同样是洗得发了白的军帽，腰中又扎上了一根宽宽的牛皮带，手臂上再佩带了一个红卫兵的袖标，这还真把那几个学生看守给骗住和唬住了，于是他们就开门放了我。我跑掉以后，班上的一些造反干将们前来找过我两次，没有找到，后来他们也就顾不上我了。因为他们要发神经病的事情太多、太多了。他们要去串联，要去造反，要去夺权，要去抢枪，要去武斗，要去真刀真枪地"文攻武卫"……总之是一句话，要去吐着白沫地抽疯！而我后来就站在远处看着他们抽疯，看着他们吐白沫，看着他们在发神经病。不管别人说我是"逍遥派"也好，是"不关心政治"也罢，我就是不再去参与这种"抽风"运动。并且我从此也就管束好自己的舌头，就当自己是个"哑巴"。反正我又不想去当官，不想去从政，不想去捞什么政治资本，不想去做什么政治投机分子。政治舞台如演戏，上上下下各有时。还是离这个舞台远一点儿好，保险着呢！

那个时候，我那被文革所苦着的当校长的父亲以及当老师的母亲，他们全都低低地告诫我说："江波，今后你可要谨言慎行！千万不要去赶什么潮流！不要去乱说话！还有，千万不要去做什么伤天害理的事情！"

说句心里话，要不是有了柳玥，要不是我跟柳玥的初恋在支撑着的话，我对继续活在这个世界上早就腻烦透了！真的。反正她们学校也不上课，也是在疯疯癫癫，打打杀杀地瞎折腾。因此我们就在这种喧闹之中，抓住一些宁静的时间和空间，呆在一起看书、读诗和讲故事，并且一起手挽手地出去散步。那时候我们发现了一处绝妙的清静之地，就是这城墙外的凹口，这鲜有人到的，有着许多椰榆、梧桐、耐冬、曼陀罗和栀子花的地方。

在这北城河上老城墙下的凹口处，这椰榆、梧桐、耐冬、曼陀罗下、栀子花旁，我们两个人半倚半拥着。柳玥很美，她长得像她的母亲韩阿姨，除了莞尔一笑时露出右边一颗不太明显的多牙以外，她的音容和笑貌，绝不比西施和王嫱逊色；而绝没有赵飞燕和杨贵妃那种祸国殃民的妖媚。她就倚靠着我，左手挽住我的胳膊，右手指着北城河对面那些从残棺、败冢中飘曳出来的一团团的"鬼火"，紧张而又害怕地躲进了我的臂弯里说：

"江波哥，你看对面那许多鬼火，多可怕喔！"

我一边闻着从她身上飘溢出来的青春少女所特有的体香，就像是栀子花那般沁人心脾的香味，一边伸手抚摸她那一头黑发，并且宽慰起她说：

"小玥，不用怕。那是磷光，不是什么鬼火。"

"江波哥，"她从我的臂弯里抬起了眼睛，望着我说，"你就不怕恶鬼们把你给拖了去哪？"

"小玥，鬼有什么可怕呢？鬼是人给捏造出来的，知道吗？实际上，世上最可怕的还要算是我们人和我们人所处的人世间，知道吗？古往今来有多少历史事件的真相被淹没无存；又有多少冤假错案被疏忽失察；还有多少疑问和具体细节须待通幽发隐，脱垢磨光，去伪存真和重新认识啊！因此我们所面对的人和我们生存其间的人世，充满了神秘！神秘的往往就是真实的，也是可怕的！而不是那些所谓的精灵鬼怪，知道吗小玥？我倒希望真能有鬼的世界！因为那个世界绝不会有这么多人世间的丑恶、可怕和野蛮！"

"江波哥，你这个呆鬼呀，你就不能把我抱在你的怀里边？再让我把手搭在你的脖子上，让我坐得舒服一点儿吗？"

"嗯，好的。"

"不过，不准你这个痴鬼和夯鬼去碰我的身子！我要守身如玉到将来嫁给你，跟你结婚，做你的新娘。到了那个时候，我才能把这完好的身子交给你，展现给你。夯鬼痴鬼你说好吗？"

"嗯，好的。"

"我说你这个小气鬼呀！你不让我吻你啊！"

"嗯，好的。"

"你哪来这么多'嗯，好的'呀？没有别的话说啦？讨厌鬼！"

"嗳，小玥你看呀，哇！鬼来啰……哎哟，你捏我的背干吗呀？"

"江波哥，嗨！我就知道你要吓唬我的。这不，你这个促狭鬼，流氓鬼，讨厌鬼，你以为我会被你吓住吗？不准你说话！我的唇吻，难道还塞不住你的嘴巴吗？唔……"

啊，那爱情之吻，酒一样甘醇！我们的初恋是那样的美好，我们的初吻是那样的美妙。什么为好？什么为妙？这从我们老祖宗仓颉发明的文字里，就可以看出："女""子"为"好"也，"少""女"为"妙"也……

"七月半"的月亮，斜斜地挂在了紫蓝色的天空。宁静的北城河里，便深深地浸沉了一轮圆月亮。我顺手摘下身旁的两片栀子叶,在手里边摇旋着。栀子花那对生的长圆形的绿叶,在皎洁的月光下面,闪闪如翡翠一般。

我一边无意识地摇动着手里边的栀子叶,一边又呆呆地看着倒映在北城河里的月亮。可以这么说吧,这一轮浸沉在北城河里面的月亮,要比悬挂在中天上的月亮更美、更媚、更亮。此刻它随着初秋之夜的风,在这清水绿波间荡漾,就像是柳玥那张光彩的笑脸。

唉,柳玥啊柳玥,现在你究竟在什么地方啊?我多少次到你全家下放的乡下去找、去寻、去问,找得寻得问得我好苦好苦,好累好累,可是那里的乡人也不知道你们后来又搬去了什么地方。

……就在那种青梅竹马的初恋之中,我们度过了两年半多一点令人难以忘却的日子。1968年的年底,我插队去了西面偏僻的山区。

那会儿我跟柳玥在泪水涟涟之中分了手,又信誓旦旦地相约在今后。隔了半年以后,我父母亲和妹妹江平也下放去了老家的农村。1970年的夏天,我来城郊这个留我当了临时工的工厂做油漆工的时候,便不断打听她的下落。我听原先的邻居跟我说,柳玥说了一句错话,就像今晚那个叫勤芳的小女孩一样,也是在排练舞蹈节目的时候,不知是她说错了嘴还是别人听错了耳……总之是,有人查了她父母亲的祖宗上代,查出了她父亲的爷爷,曾经是晚清时代的地主,虽然到了她父亲的父亲手上,就已经破落了……

唉,鸡蛋里面挑骨头啊!

你们说鸡蛋里面挑得出骨头吗?挑不出来?那你们就错了!一个鸡蛋没有骨头是吧?好!给孵上个21天,孵出小鸡不就有骨头了吗?如果孵不出小鸡的话,那么,这个鸡蛋就成了个坏蛋!至于坏蛋么,比有骨头的鸡蛋还要来得糟糕。只要一上挂下联,尽管她父母亲都参加过抗美援朝,又都是县城的工作干部,可又怎么样呢?还没查到祖宗八代呢!只查了三代就有问题了,好了,就像我的父亲是重点中学的校长又怎么样呢?还不是一样要遭到放逐,要全家下放……唉,因为那是一个不可理喻的时代啊!

柳玥啊柳玥,现在你究竟是在什么地方呢?我孤单的身影,在这"七月半"的鬼节之夜里,在耐冬和曼陀罗下面这栀子花旁边,睹物思人,触景生情,情景交融,心中感叹万端而吟:

> 西邻柳，西邻玥，
> 青梅旧友苦离别。
> 皓月伴我忆逝时，
> 叹无信使通消息。

我刚吟罢不久，北城河里的月亮，就在深沉的清水绿波之中忽忽地抖动和晃荡了起来。这好像是一种无风自波、无浪自荡，而且越波越快、越荡频率越高，高得快得都看不到了月亮。整个北城河此刻就像一块大银箔、一幅大匹练似的。紧跟着，这一块大银箔、这一幅大匹练，便雾气腾腾，四下迷漫。我简直就像置身于迷幻，置身于梦境，置身于童话之中。这一阵白雾起始于河川，发乎于浮萍，凝脂于芙蕖，吸收月光之精华，幻化成人形。这可是湘裙出水的先兆！没过多少时间，便传来了一阵莺莺鸣啭之声：

> 清清水，绿绿波，
> 清水绿波任我游。
> 适逢今日七日半，
> 月下花前会故友。

莺莺鸣啭之声刚停，北城河复又恢复了明净，不再波动晃荡。河底深处依然是星空朗朗，月亮依然在一圈一圈地流溢波光。不过这时候河边的石码头上，却多出了一个白衣人，正洗濯沐浴在天上的月亮和水中的月亮之间，不时地发出一阵"唰啦啦"、"唰啦啦"的声响。这是人吗？一般鬼是只在北城河的西岸祸祟和诱惑着世人，它们从不来这东岸边。如若不是鬼的话，这夜静更深的，还有谁会来到这河边上呢？于是我便话音沉沉地问着：

"是谁在下面的码头上哪？这深更半夜吓人大怪的！"

"哦？你不是不怕鬼吗？"

"我是不怕鬼。但我却怕有人来扰我清净。"

"你不就是讨厌鬼江波吗？"

"嗯，是的。你是……"

"江波哥，我是柳玥啊。"

"啊？"我倏地就从栀子花旁边跳起了身子，惊诧地问，"什么？你是柳玥？你怎么会是柳玥呢？"

"你这个呆鬼、痴鬼吧！我不是柳玥，那么谁是柳玥呢？嗳，江波哥你就别下来了，还是我上去吧。"

　　只见柳玥步履轻盈，三步两步地，就从下面的石码头上飘然而至。那个时候，我根本就没有产生过一点儿怀疑。我握住了她那双纤纤的玉手，审视着她那一张映着月色的端庄漂亮的面孔问：

　　"你是柳玥？你真的是我从前的小玥吗？"

　　"瞧你这一副痴恤恤的夯鬼相！"

　　"小玥，我真是活见鬼了！"

　　"江波，"柳玥忽然一脸孔的愠色："有你这样说话的吗？"

　　"小玥，你不知道我找你找得有多苦啊！找了你都快有两年了！找到了你全家下放的殷庄，可是当地人却不知道你们后来又被赶去了什么地方！我这心里头真不知有多苦哦！小玥，刚才我还在叹息，没有信使给我们互通消息呢！可是你忽然一下就冒了出来，你说我心里这种难以相信的激动，不像是活见到鬼，又是什么呢？"

　　"唉……江波哥，你真是个痴鬼、呆鬼啊！你真让我好感动！嗳，我也是在找你啊，实在找不到了，我才走上了这一步……"

　　"好了小玥，让我们从此不再分开吧！"

　　"唉……"

　　"小玥，你叹什么气呢？现在我有了一份工作，虽然是临时的，但是我相信我一定会养活你的。"我伸出两臂温情地箍住了她。她也用手臂箍住了我的腰，把脸孔紧紧地贴在我的胸脯上。我忽然感到了一阵冰凉。"哎呀小玥，你这身上么，怎么这么冰凉啊？"

　　"刚才我在河边上洗浴来的。我想洗掉身上的肮脏和污秽……"

　　"来，转过你的身子来，"我脱下自己的白衬衣，披在了她的身上说，"把我这件衣服给穿上吧。你一个女孩儿家的，这深更半夜地，独自呆在了城河边，难道就不怕鬼把你给拖走吗？"

　　"江波哥，你以前不是说过精灵鬼怪并不可怕，可怕的是人和这人世间么？"我的白衬衣，她穿在身上显得略微有一点儿大，晃荡晃荡的，她就把衬衣的下摆角对角地折叠好，并且交叉地打了一个结。然后她便抬起了那双黑玥玥的眼睛，赧然地看着我说："你看，现在我又成了你的拖把鬼了吧。"

　　"好了小玥，"我半拥着她说，"夜深了，寒气重，你跟我回去吧。"

　　"噢。等我摘上这两朵栀子花就走。"

柳玥摘下了两朵开在我们身旁边的栀子花，把它们插在衬衣的钮孔里。然后她挽起了我的胳膊，紧紧地依偎着我，踏上月光下归去的小路。我们在经过那一片桑树林时，仿佛觉得桑林之中那个老古鬼，还对那个刚才说"yes friend"的外国女鬼咕哝了一句："咦？怎么神珠仙子也来这里了啊？"

我才不在乎那些个老鬼、古鬼、色鬼、花鬼、外国鬼，在胡说些什么鬼话呢！因为我拥有了柳玥，这"七月半"，这鬼节之夜，也就不再那么的阴森神秘，精灵鬼怪们也就不再那么的狰狞可怖，它们倒反而显得有那么一点儿温情脉脉、亲切可爱了起来。

那天夜晚。就在我那一间五六平方米的"厨房居"里，柳玥依偎着我；她的两只手臂，水蛇一般地缠绕在我的脖子上；她那少女般柔美的胴体，紧紧地依贴着我的身子。

柳玥不让我开灯。她说都已经深更半夜了，我们还是不要去惊扰邻居们吧。不开灯也好，反正月光这么明、这么亮，从那扇玻璃窗户上透透地溜了进来，把我这间五六平方米的"厨房居"，笼罩在一片青白色的辉光之中；还有，柳玥她那双黑玥玥的眼睛鬼亮鬼亮的。月光下的爱情，犹如披着轻纱的女郎。那种雾中远山一般的景色，最能使人想入非非，心迷神醉了。那爱啊，那神圣而又深沉的爱情！

爱是生命的火花，是人类生活的主旋律，是旷古已久、千世万代而历经不衰的主题，是先贤古圣谱奏出的可遇知音的"高山流水"、可以写忧的"苍梧之恐"、可以解愠的"南风之薰"的高亢乐曲啊！人，只有去给他人以爱，奉献己爱，才能得到他人的回报之爱，这个世界就会变得美好了起来。古时是这样，现在应这样，将来须这样！此时我热烈地拥着她，激情地吻着她，还用毯子把她裹了起来，可就是驱散不了她身上的寒气，让她的身子暖热过来。我感到有点儿恍惚不安，她身上的这种玉寒冰清，促使我更加热烈，更富有激情。她在我的怀里边痉挛、悸动和颤抖，用她那双柔柔软软的臂膀捧住了我的面孔，在我的耳边哈气地说：

"江波哥，现在我想把我的身子给你，跟你并蒂比翼，同结连理。你说好不好哪？"

"不行！"

"不行？江波哥，你说'不行'是什么意思啊？"

"我以前答应过你的。不到我们结婚，你成为我的新娘之前，我是绝对不会去碰你的身子的。"

"唉，江波哥，你你这个痴鬼、呆鬼、夯鬼，你这个可爱的讨厌鬼啊！现在我们两人就可以结婚，今晚我就可以成为你的新娘的！"

"不过小玥，有谁来为我们证婚呢？"

"江波哥，你呀你呀，我们就在这'七月半'的晚上，就请鬼节之夜的月光为我们作证；还有这两朵飘溢着清香的栀子花为我们证婚。你说我们干吗非得照搬人世间那一套发着神经病的臭规矩，让我们两个人都不开心呢？"

"这倒也是的，小玥，我们干吗要不开心呢？"

"那么，现在你愿意跟我同结连理吗？"

"嗯，小玥。"

"现在你就让我当你的新娘吧！哪怕是一夜新娘！"

"嗯，小玥。"

"那么，现在你就吻我吧，抱我吧，要了我吧，把我这个冷冰冰的身子给暖热过来吧，好吗？"

"嗯，小玥……"

我抖抖索索地抱着她上床。她颤颤巍巍地褪着衣裳……唉，那一副冰清玉洁的胴体，柔若无骨的身腰，滑如凝脂的肌肤……我慢慢地复压了上去……她柔滑如蛇的手臂缠住了我，我强壮有力的手臂圈住了她……我们的生命一下就得到了充实，这正如两只空空的酒杯一下就盛满了酒一样。我们就像是两个少不谙世事的孩子，好奇地去触摸、去探索和寻找着；又像是两个相依为命的盲人，互相给对方以牵扶，手把手地以引导。她的唇吻吮吸着我的，一寸一寸地吸了进来，吸进了我灵与肉的内在；我的身体进入她的，也是一寸一寸地进了进去，进到了她生命的深处……

就这样，柳玥用她那冰凉的身体贴着我，贴得是那么紧，那么近。我则用我炽热的身体覆压住她，覆压得那么沉，那么实。我们都用原始人所固有的性的本能和性的欲望，再去掺和着一些现代人爱的亲切、爱的温柔，去包裹着对方，又让对方来淹没自己。

在那个"七月半"，那个鬼节之夜的夜晚，我们就迷乱在性的一波一波里、爱的一潮一潮中。那种就像大江的湍流，一波过后又接着一波；潮汐的大海，一潮涌去又是一潮啊！我们两个人就疯狂在情欲的湍流顶峰、性爱的高潮之上。那种高潮和顶峰的疯狂的感觉，就像灵与肉所交织成的生命在瞬间里死亡，在倏忽间重又再生了一个新的自我一样。每当高潮快要来临之际，这时候柳玥就会用牙齿轻轻地咬住我的右肩肌，映闪着月光的泪珠儿，从她黑玥玥的眼睛里流了出来，再顺着她又黑又长的睫毛，往下流淌着。

"小玥，"我贴住她的耳朵，轻轻地问，"弄疼你了吗？"

"啊，不。江波哥，我这是激动的缘故。你给了我人生的欢乐，给了我人生的快感。我真是死而无憾，死而无憾啊！嗳，江波哥你不要停下来，快，再快一点，再多给我一点儿吧！"

高潮过后，她将她柔滑如脂、凉如冰晶的身子，依偎在我的怀里边，用她那同样是凉如冰晶的手指头，揩抹着我脸孔上和额头上渗透出来的汗珠，还在我的耳朵边轻轻地哈气说："江波哥，我咬得你疼不疼哪？"

"不要紧的，小玥。"

"嗨！都快被我咬出了血了。"她抚摸着我肩膀上那一圈一圈椭圆的牙印说，"江波哥，你给了我一次快乐的高潮，我就在你的肩膀上留下了一圈牙印。看这三圈牙印都快连成串了。江波哥，将来当你抚摸到这串牙印的时候，就会想起，曾经有一个叫小玥的女孩，在你的生命之中留下过痕迹。"

"曾经？小玥你说'曾经'这个词汇，是什么意思哪？"

"人总会有死的时候吧？"

"小玥你都瞎说些什么哪？"

"这有什么可奇怪呢？"

"你以为你死了，而我会去偷生，是不是？"

"假如我明天就死呢？"

"你死我也就不想活了！小玥，我们在天愿作比翼鸟，在地愿作连理枝，在水愿作并蒂莲，在阴间我们就做个阴阳连身鬼吧。"

"唉，你这个呆鬼、痴鬼、夯鬼啊，我死了，你若再死了的话，那么在这个人世间，还有谁来照顾我呢？"

"要是你死了，而我不死，那我孤零零地照顾鬼去哪？"

"江波哥，我是说人的形体死了，而精神和灵魂犹在。就是形消而神不灭的那一种。就像我们现在的这种样子。"

"小玥，你今天是怎么一回事哪？怎么这么怪怪的，这么神秘兮兮的呢？是不是想试探我对你的爱是真是假、是深是浅，对吧？"

"唉，江波哥，你真可爱喔！你知道么，我就是爱你这一副呆兮兮的呆鬼相，痴恤恤的痴鬼相，夯嘟嘟的夯鬼相的呀！不过，"柳玥忽然用右手食指指着我的脑门，严肃地说，"你一定要答应我，要是我死了，你绝对不可以去死，不可以去轻生！知道吗？"

"我说小玥，"看着她一脸孔的严肃我忙说，"你看这月亮都已经偏西了，时候不早了，我们就不要再去说什么瞎话和鬼话吧。做爱折腾了我们老半天了，你累不累哪？你要是累了的话，就闭起眼睛来睡觉，好不好呀？要是不累的话，我们就再来怎么样？"

"唉……"柳玥叹息着。

这是一声发乎于她体内最深沉之处的叹息，沉闷得令人震颤和痛楚。随着那声叹息，她那黑玥玥的眼睛里，便泛起了晶莹的泪花。映着月色的面孔已然是一副凄恻恻、苦楚楚的模样。我的心里边忽然就疼痛了起来，急忙把她拥进了怀里，并且温柔地对她说：

"小玥，我答应你还不行吗？你们女孩子就会小心眼，就喜欢耍点儿小脾气，玩点儿小点子，弄点儿小滑头，搞点儿小聪明！我们都已经三四年不见面了，干吗非得要面孔酸楚楚地不开心哪？要知道你一点点小的时候，我就喜欢上你了，你还要去试探个什么呀？"

"江波哥，你答应啦？"柳玥开始宽慰了起来。她一边吻我一边说，"那么，你给我发一个誓吧！"

"啊？答应你还不成，还得要发誓哪？好吧，发誓就发誓！你说我发什么誓吧？"

"你就说，我江波今天对着鬼节之夜的月光发誓，假如小玥死了的话，我绝对不去轻生！"

"什么？小玥，你这叫发什么誓吗？我看这是叫发鬼话才对哪！我应该发的是小玥我永远爱你，生生死死，始终不渝才对哪！"

"江波哥，你就依了我这一次吧，好吗？要知道小玥爱你啊！"

"莫名其妙，鬼迷心窍！小玥，好吧。我就去发你这个鬼誓吧。"为了能令柳玥开心，我跪坐在床上，举手过顶郑重地说，"我江波对着鬼节之夜这明媚透亮的月光发誓，小玥要是先我离开人世，我绝不轻生，并且还要继续去照顾她，直到我走完了人生之路的最后一步为止！"

"谢谢你，江波哥！"柳玥也双膝跪坐在床上，用她那双冰冷的手掌捧住了我的面孔，微笑地吻着我的头发、我的前额、我的脸颊，吻我的眼睛、鼻子、耳朵和嘴唇。她的唇吻在我的嘴唇上停留了很长的时间……然后她又说，"谢谢你，江波哥！"

她的唇吻松开了我的嘴唇以后，然后就继续沿着我的脖子，我的胸脯，一直往下……直到吻遍了我全身的每一处地方……她就像一朵花，一朵洁白而硕大的栀子花，在我的面前开放，在这"七月半"的鬼节之夜里开放……

在她温柔的亲吻、甜蜜的微笑、浓烈的爱情里，我迷迷敦敦、惺惺松松地魇入了梦境当中……就在这种迷敦和惺松的梦境里面，只见柳玥跪坐在我的头边，轻轻地抚摩着我的面孔说：

"江波哥，谢谢你给了我这人世间少有的关爱。以后即使我沉陷在那个我所在的冷冰冰的毫无暖意的世界之中，也无半点的遗憾了。现在你应该知道我们已经不在同一个世界，也不可能再在同一个世界了。人鬼殊途！前几年，就是你插队下放后的一年，在你父母亲和你妹妹江平也下放走了的那年，为庆九大，学校排练节目。我是文艺骨干。在排练的过程当中，由于一些同学不按照规范排练。于是我便严肃地要求他们把这些节目给排完。可是我却说错了嘴，把应该说'毛主席万岁'的节目说成'刘主席万岁'了。

"江波哥，我不是故意的。真的。而且我当时根本就不知道自己说错了。可是有好几个同学却异口同声地都说我说了……唉，大概这就是命吧……为了这一句错话，有人便调查了我爸和我妈的祖宗上代。调查到了我爸的爷爷有那么一点问题，又把我说的那一句错话给上挂下联了起来……于是在那一年的下半年，我们全家就顶着历史问题和政治问题的帽子，发配去了殷庄。后来在清理阶级队伍的时候，我们又被赶回了苏北我爸爸的老家……

"江波哥，这个几年中我的心里边一直是负疚带罪的。是我害了我爸和我妈啊！我真想他们打我、骂我，狠狠地打我和骂我，以减轻我心头的内疚和负罪之感。可是他们什么都没说。我这心里头苦哇……后来我爸犯病了。朝鲜战争在他身上留下的旧创也复发了……我妈又遭到了……我那悲惨的妈妈啊……她的悲惨不仅没有能够挽留住我爸的生命，同样也没有能够挽留住她自己的生命……今年初我爸去世了。不到半年，我妈也郁郁不欢地辞离了人世。她在病危之际曾经对我说：'小玥，妈妈可能不久于人世了。但我最不放心的就是你。孩子，这里不是你呆的地方。我看江波是一个好小伙子。若是妈妈去了以后，你就去找他吧，噢。'

"三天前，我把我那个可怜的母亲埋在了父亲的坟边。晚上打点了一些行李，本想隔天就来江南找你的。可是那天夜里沉睡当中的我，忽然觉得有人压在了我的身上，并且动手动脚地褪着我的衣裤……我惊醒了，就拼命地咬啊，挖啊，踢啊，后又摸到了床头边的剪刀，就一口气地用力地戳了他好几十下。把他从我身上掀下以后,还不解气地又戳了几十剪刀,直到把那个蹂躏过我母亲、现在又想要蹂躏我的大队主任,戳成了一滩满是血窟窿的死肉……后来我镇静地洗净了我血人似的身子。要知道,江波哥,我是一个军门之女啊!再后来我就拿上了装了几件衣服和一些什物的布拎包,把屋门锁了一个铁死。天还没有亮,我去了父母亲的坟前,叩拜了八个响头,然后就走出了村子,走上了公路……到江南找你来了。

"江波哥,我知道那一滩满是血窟窿的死肉,最多三天就会被人发现的。但是我要在这个三天里面找到你,跟你见上一面,以了却我对你的青梅竹马之恋,然后去自杀。可我找遍了这个城市,还去了你插队的山区生产队,他们说你离开了。后来我又想去你老家找江平打听你的信息,可是我没你老家的地址。因而只好悻悻而回,心中无限怅然。昨晚这鬼节之夜,我去了北城河,洗净了身上的污秽,带着深深的遗憾,迈进了冰冷的世界……

"谁知就在我身死气绝,而我的精神和灵魂尚未泯灭之际,忽然听到你那'西邻柳,西邻玥,青梅旧友苦离别。皓月伴我忆逝时,叹无信使通消息'的呼唤。我这一缕还不甘于绝灭的精神和灵魂,便向着你那儿悠悠然地飘拂而去……以报我对尘世间的最后的眷念,以了却我对恋人的最后的夙愿……江波哥,小玥此刻拜托你,请你将小玥的尸身火化为灰,拌和上一些黄泥土,再移栽上城墙根边上那一棵栀子花。以后就如我跟随在你的左右。

"还有,江波哥,你可是答应过我小玥的,你也对着鬼节之夜的月光发过誓的,就是你一定要好好地活着!好好地珍重自己!爱惜自己!你要知道有一个叫小玥的爱你的女孩,会在另外一个世界里面,时时刻刻都在关注着你,庇护和福佑着你。望你珍重!千万珍重!江波哥,小玥叩拜。再叩拜。三叩拜。小玥我走了。"

柳玥说完,她又一次地长吻了我。然后便飘然而起……她犹如身披匹练一般的轻纱,手执一朵栀子花一般的闪耀着神奇光芒的白玉头冠,缓缓地戴在头上,展衣挥袖,就像一个踏月的仙子。我那个小小的"厨房居"骤然就清馨和亮堂了起来。柳玥就踏着这一道清馨和亮堂,飘然起舞,幻化成一道耀眼的匹练,渐渐地融入了鬼节之夜的月光……当那一道融有月光的匹练逝去以后,黑夜,这个恶鬼便闯了进来,用它那几个黑魆魆的肮脏的手指头,摸着我的额头,抹上了我的眼皮,把我推入了黑沉、黑沉的梦乡……

当我一觉睡醒过来,天色已经熹微。人们又开始了新一天的喧闹。然而夜晚的情景依然还逼真地闪现在我的眼前,清晰地晃荡在我的脑海之中……

我抬起了眼睛，看了一眼我这个小小的"厨房居"，哪里有柳玥啊？空空如也。我想从床上爬起来，可我挪动着的右手的手指头，却碰到了毯子上那一滩一滩粘乎、粘乎的濡湿……唉，那月夜的迷乱，那梦中的疯狂啊！

说到了这里，江波右手拎起了桌子上的"燕京"啤酒，"咕嘟，咕嘟"地一口气就喝了个半瓶。然后他后背往椅子上一靠，面孔朝着已经窜上了老枣树梢的月亮，仿佛陷入沉思似的，微微地闭上了眼睛。

隔了有一会儿，慕容玉耐不住地问道："后来呢？"

"后来？"江波睁开眼睛，又"咕嘟"了几口啤酒说，"你说这'后来'是什么意思吗？"

"就是你故事的后来那部分呗！"

"哦——哪里还有后来啊？这月夜过去了，梦也做醒了，故事也就应该结束了呗。"

"不可能的！"慕容玉断然地说。

"我敢打赌，"这时候翟凤娜抬起手臂，拱了拱江波的肩膀说，"江波，你和柳玥那一段所谓的人鬼情，并没有就此了结。"

"故事么，"江波说，"总得要有一个结束，要在什么地方给打住为好。"

"嗳，老江波，"慕容玉说，"你把我们的心给撩得痒痒的。不过我就不相信你说的真的是梦。海涛、何源、翟凤娜，还有杨林你们，你们大家说是不是呀？老江波，柳玥的嘱托以及她那种所谓形消而神不灭的后事，你又是怎么处理的呢？"

"我说你们烦不烦哪？我一开始就说，这爱情意味着是夜的迷乱，梦的疯狂。这夜已过梦已醒了，还会留下什么呢？这说来说去的，不还是在说一些梦话么？再说我这么一讲，就讲了快一个钟头了。你们看这月亮，都快窜上了老枣树的树顶了。我总不能一个人去包办吧？总得要给你们留下一点时间和想象的空间吧？"

"老江波你不说了是吗？好——看起来啊，不给你上一点儿辣椒酱是不行了。翟凤娜，来，我们两个人把他的衣服给脱下来看一看，他的右肩膀上有没有那三个连成一串的牙齿印？"

"嗳，你们两个人可不要瞎来腔哪！男女授受不亲，男女授受不亲哪！哎，不能、不能、不能……哎哟喂哟，好好好、好好好……我说，我说，我来说吧。唉，你们这可是强人所难啊！"

"格格，"慕容玉笑着说，"你这个老江波还满传统的呀，格格、格格……"

"唉，"江波叹息地说，"现在一幢幢摩天大楼拔地而起；一个个高科技电脑网络扑面而来；新潮影视，美女婆娑，撩人眼花……再说了，我赚钱又赚不过何源和翟凤娜这两个人，官又当不到海涛这个层次，电脑又玩不过你这个'新人类'的小慕容。我得以保留的仅仅就是这么一点可怜的、不值钱的、就像是'古石器'一样的传统了。况且……唉，我还是继续往下去说吧。"

那天早晨我醒过来以后，还以为自己晚上做了一个离奇的清秋大梦呢！所谓是日有所思，夜有所梦吧？而且在睡梦之中，还遗下了那个黏乎乎的玩艺儿……真是丢人，难为情兮兮的要命！

我欠起身子，看到我的衬衣下摆还角对角地打着结。钮孔上还别着一朵栀子花。我好像记起来，那是柳玥晚上摘了两朵别在上面的。后来她临走时取下一朵戴在了头上。我的眼睛还看到，我的手还摸到我的右肩肌上那三个连成了一串的、并开始结起了血痂的齿圈印。还有，柳玥的哀哀诉说以及她最后殷殷的嘱托，和她飘然而去的融入在月光里的身影……简直就让我难以相信！这究竟是真、是假，是梦、是幻呢？但这又是那么的逼真，那么的清晰，使我不得不去相信。

唉，这假到真了的时候，真亦就成了假的了啊！不，是柳玥来过，晚上可能是她来过了这里。我要去寻找她。不管她是真的来过，是假的来过，还是虚幻地托梦给我，我都要去找她，就是找遍了海角天涯，我也要找到她，和她永远在一起，再也不分离。

于是我就"索落"一下起了床，三下两下地换下和穿好衣服，快速地刷牙和洗起了脸。就在我把脸埋在脸盆里的时候，忽然隐隐约约地听到外面的大路上，有人似乎在大声地说话：

"后面的北城河里淹死了一个人！不少人在那儿看呢！"

我听得出来，这个说话的人，就是昨晚像"关亡婆"一样鬼叫鬼叫的吴双凤。闻讯，我把毛巾猛地往脸盆里一扔，顾不上自己一脸孔的水湿迷乱，倏地就冲出了门，并且急急地问道："喂，吴双凤，你刚才说什么来着？"

"是江波啊，昨晚还得要……"

我不耐烦地打断了她所说的废话，又急急地问道："我问你刚才是不是说，后面北城河里淹死了一个人来着？"

"喔，江波你是问这个啊！哎，是在城河北边拐弯处的码头上。淹死了的人，有一点像是以前住在西门口的韩惠家的小丫头。"

"什么？你说淹死了的人是柳玥？"

"嗯，大概是叫柳玥的那个丫头吧……"

"我去看看！"不等吴双凤把废话说完，我拔腿就朝北城河跑去……

城河北边的码头，就是昨晚我坐着的城墙凹口处下面的码头再往北边300多米，城河在向东拐弯处的码头上，河边、石阶以及城墙的斜坡上围了很多人。在这一群人围中间的小路上，躺着一个被人从河里捞起来的全身湿漉漉的女孩子。这个女孩的头上戴着一朵栀子花，苍白的脸上还带着一丝微笑……她微笑着的脸蛋真是宁静、美丽和可爱……一点都不像是一个淹死了的人那种可怕的样子。倒像一个孩子的脸似的……她的脸真美，真是美极了啊！

"柳玥！"我拨开人群，疯了似地向她扑了过去。

不错，她就是柳玥，就是我寻找了两年时间的柳玥！这时候我的泪水滚滚而下，伸展开两手，猛地就把这个脸上带着微笑的身体湿漉漉的美丽的女孩的尸身，紧紧地托抱在怀里边……后来，我以多年的邻居，为从小就是青梅竹马的女友安葬尸灰的理由，从当时的公检法那里，认领了已经被火化了的骨灰。但是我费了很多的周折。因为柳玥苏北老家里那一瘫满是血窟窿的并且已经开始腐烂、生蛆和发臭了的死肉，终于被人发现了……当然我也没有少被传讯和查问……不过以后我就时常在想，那一天晚上，我要是早一点儿去城河边，柳玥就会找到我，也许她就不会自杀，不会走上死路的；也许以后她会死得更惨……唉，还是这样解脱为好。

后来，我就去日杂公司买了一只上好的、中等涂釉的、金色的荷花缸。按照柳玥在我梦里边的嘱托，从北城墙上挖来了黄泥土，并把她的骨灰均匀地掺和在这些黄泥土中，又把北城墙凹口处那一棵栀子花挖来，栽在了这个荷花缸里。当我刚栽好这棵栀子花，它忽然就散发出一股罕有的香味。那种香味，就像昔日柳玥身上那股青春少女所特有的体香。我很愕然，是否柳玥已经和这棵栀子花幻化成为一体了呢？想到了这里，我非常之悲伤，于是就拟写了一篇悼文。又用小青花酒杯，倒上了三杯封缸酒，并排地摆放在栀子花前，以表示我的哀思。我的悼文如下：

　　柳者，垂垂之丝也；玥者，上古之神珠。一日，神珠忽坠地，虽殒，形消则神不灭，幻化为栀子。其叶如翡翠，其花如白玉，寄其坚贞洁白之意，并有奇香，沁人心脾。幼时之友波以记之。并随吾其左右，至死不渝。呜……呼……哀……哉…… 柳玥之灵，请予安息。

哀悼完毕，我便将整篇悼文祭烧在这个金色的栽着那株含有柳玥骨灰的栀子花的荷花缸内，然后又洒上了封缸酒三杯。没有多一会，整株栀子忽然就"娑娑"地摇摆了起来。其叶舒展如碧绿翡翠；其花绽放如羊脂白玉；其香飘溢如美妙少女……当天夜晚，柳玥闯进了我的梦境，她用两手抱着我的脖子，搂着我，抚着我，吻着我，还用右手轻轻地批着我的脸颊说：

"江波哥呀，小玥特地前来拜谢！你对小玥的情意，让小玥永铭肺腑，誓不敢忘！有江波哥你这样的隔世朋友，小玥就此再无遗憾！"

"小玥，"我在梦中抱着她说，"你没有遗憾，可是我有啊！要不是你逼着我发过了誓，我还真想永远跟你生活在夜晚的睡里和梦中。就如我这一首叫《愿》的小诗：

　　　　世间少温暖，
　　　　欢爱梦中寻。
　　　　想作植物人，
　　　　长梦不愿醒。

所表达的心境一样，我真不愿意再醒转过来，去面对那太多的势利炎凉，纷扰喧嚣，而唯独缺少了爱的人世间！"

"哎哟！江波哥，你不要这么悲观和消沉么！人世间嘛，也会逐渐地好起来的。你就听我说的话吧，哦。每年的'七月半'我都会放假。只要一挨到这鬼的假日，我立马就赶过来陪你。你说好吗？"

我嘴上虽然哼哼然。可是心里边却在想："怎么不好呢？这么好的梦中爱情，哪里去寻找得到呵？唉，可惜我这是在做梦啊！不过，梦好梦好，夜晚有梦总比什么也没有要强得多吧……"

江波的故事说完，他就拎起了桌子上的啤酒瓶，口下底上地对着嘴巴，"咕嘟咕嘟"地喝了个底朝天。然后又用翟凤娜刚刚递给他的纸巾，抹了一抹嘴唇，闭上了好像渗有那么一点"亮点"的眼睛。大家也都默默地不做声。半响，江波睁开眼睛，放下了空啤酒瓶，朝着大家喟然一笑地说：

"好了。现在我可要把这时间和这空间的接力棒,交给你们这些人了,也好让你们去继续发挥吧!"

江波在讲述他的往事的时候,何源按照自己以往的习惯,一根接着一根地抽烟。他的烟瘾很大,似乎比毛泽东、刘少奇、邓小平这一些老一辈领袖人物的烟瘾来得还要之大。在江波讲故事的这一段时间当中,他就是一根烟接着一根烟地抽,好像并没有间断过似的。

一团一团淡白色的烟雾,在他的脸面前缭绕,冉冉上升,仿佛要去和那许多紫灰色夜空里的缕缕轻纱一般的白云融会在一起,然后再像缠丝玛瑙似的,去缠绕那轮向着四周播撒清辉的圆月。他就是这样一边抽着香烟,一边瞪着眼睛,仰望起自己所吐出来的一团一团的烟圈,好像在这许多冉冉上升的烟圈里面隐藏着无限的商机、无限的宝藏、无限的哲理,要他去寻找、去挖掘、去分析、去发现。所以当江波的话音刚落下来不久,何源便又狠狠地抽上了两口香烟,随着一团一团烟圈的吐出,两声"呃……嘿、呃……嘿"的轻咳也就伴随而出。大家知道,何源这是在亮自己的嗓子呢。他已经做好了准备,箭已上弦,将要引弓待发了。

这个时候,他把点燃的香烟从右手换到了左手。他的嗓音清脆悦耳,娓娓动听;语调抑扬顿挫,错落有致;就像诗人在朗诵他的作品那样。因而他在讲起话来的时候,别人听不到有丝毫的嘶哑和半点的含混不清。他吐字清晰,每一个词汇,每一个音节,每一个字眼,都是铮铮可数,节奏感强烈。不论他讲话是多还是少,都十分得体,并且还伴有着同样得体的手势,以增强他讲话的效果。而他的一双手上的十个手指头,似乎也早已训练有素地在配合着他所要表达的思想。

现在何源的姿势已经明示了他的开谈。于是,大家都把视线从他那烟雾缭绕的脸孔上转移到了他那时而挥动着的手势上,开始听起他所讲的故事。

四、何源的故事

对于爱情,我的观点与海涛和江波的又不一样。我认为:爱情它既不是在追求理想,也不是企图去再现梦境,它可是我们现实生活中的可敬可爱、魅力无边的金钱哟!

因为你若是没有钱,你就没有资格谈情爱,贫贱夫妻百事哀,出门行事看脸色,叫个妓女都不肯来;而你一旦有了钱,你就可以花钱去买爱情,包二奶、窝小蜜,狎妓泡妞样样行;总之是穷在闹市无人问,富在深山有远亲;万水千山总是情,少了金钱就不行!这就是活生生的现实社会的写照!现在现实生活当中人与人之间的关系,实质上就是赤裸裸的丑陋的金钱关系。

刚才江波把他和海涛比喻成了"古石器",把慕容玉形容成了"新人类",那么,杨林,翟凤娜,我们这几个人又是什么呢?我们的年龄相差不大,我是 1961 年出生的,你是 1965 年,杨林是 1964 年的吧?我们夹在了他们的中间,是承上启下、承先继后的中间一代。我们还是自己来对自己作一个定义吧,叫做"中生代"怎么样,杨林?翟凤娜?同意?好!

假如说"古石器"是文革、知青的一代,"新人类"是伴随着电视、电脑和互联网成长起来的一代的话,那么我们"中生代"可就是下海赚钱的一代人了。也可以这样去说吧,六十年代:下乡;八十年代:下海;九十年代:下岗。下乡,是知识去流放;下海,是全民来经商;下岗,则是体制在转航。这样说好像就更为简洁、更为明了、更能够说明时代的特性了。

我时常听到有人在抱怨地说,"下乡"不如"下岗","下岗"不如"下海",还是邓小平的时代好。因为大家都可以去赚钱,都可以去做生意,发展之中求稳定嘛!当官的可以去腐败,官儿子、官孙子们可以去为所欲为,经商的可以去坑蒙拐骗。尽管很多人失败地把自己仅有的短裤和乳罩,都让"海浪"给卷走了,腿脚给"大海中的鲨鱼"咬掉了一截,卵泡给"大海中的暗礁"刮掉了半个,只能够赤身裸体、无法遮羞,而又咧着嘴巴、一瘸一拐地爬上岸来,可是大家还是在说"下海"的时代好。

是的。这显然是毋庸置疑的。因为只要有一个好的政策开台,就能给愚昧和贫困的民族去注入新的活力,去激励僵化和保守的机制,于是乎,平地里就冒出了像深圳、浦东这样的经济大都市,因而我们的国家也就欣欣向荣了起来。但是我个人还是认为:"下海"远不如"下岗"。尽管我也下岗了。原先我也是有一点想不通的,也是在怨你怪他地发了许多牢骚和怪话。这旱涝保收的铁饭碗,丢了;赖以生存的工作岗位,没了;恐怕脑袋瓜无论是搁在了谁的肩膀上,谁都会有一点儿想不通的。

不过在今年初,当我看到了一个叫杰里·里夫金写的《新工作潮》一书的时候，我忽然就想通了。他在这本书中宣布了"工作之死"，他说随着信息时代的到来，人类消失的将不只是某项工作或某个行业，而是工作本身。也就是说你不想下岗，你的工作岗位也会消失或者死亡。这是一种必然。一种谁也回避不了的历史的必然性。回过头来想一想，现在的高层领导，只是带领我们去顺应这种历史的必然性，去面对和忍受这种"下岗"的阵痛罢了。

记得有一次我在一本杂志上看到了一组漫画，它让我非常之震惊。这组漫画的画面是：一台电脑"嘟——嘟——"地响着；两个赤身裸体正在性交的青年男女，急急忙忙地中断了性交；女的一边在整理着她的一身迷乱，一边侧过脸去看着电脑，而男的则一边脸对着电脑，一边手舞足蹈地对女的说着什么；电脑的屏幕上打出了一行很大的字："@时代"。

这组漫画让我感到震惊的是，怎么一下就冒出了个"@时代"呢？于是我就查阅了很多资料，原来"@时代"，是德国汉堡BAT休闲生活研究所最近刚提出来的一个概念，它是泛指70年代以后出生的，14～29岁之间的，伴随着电视、电脑和互联网成长起来的一代人。他们将是信息时代的主宰，是21世纪中的金领阶层。这个时候，我的心底里便油然升起了一种害怕的感觉。平时我自认为我对电脑还是玩得转的，谁知道自己比这"@时代"的新人类最上限的年龄，还大了个八九岁呢！别看这些个平时懒散、悠闲，看人的目光疲倦，穿着不可思议的新潮服装，头发烫得焦黄，没有爱情，没有羞耻心，内在性欲激素——血清素——分泌紊乱，就连性交做爱都是那么随便的、无所谓的和乱七八糟的年轻人当中，居然是那种专出电脑黑客、软件专家和网上明星的新一代人。

因而我预感到了我们"中生代"的悲哀。我们"中生代"将会被这些"新人类"们所无情地打垮、抛弃和淘汰出局，就像我们"中生代"曾经无情地打垮、抛弃和淘汰那些文革、知青一代的"古石器"们出局那样。海涛你不要撇你的嘴唇，不要以为自己有着一个半大不拉的官位，就可以目空一切；江波你也不要皱眉，不要不相信时代在高速地发展，社会在飞快地进步。实际上，你们已经被淘汰了。原因就是，你们至今还生活在你们那个所谓传统的理想和梦想王国的阴影之中。而眼下的现实，根本就不青睐于你们那个理想和梦想的王国，再说呢，你们又走不出这个阴影。

当然，我这里所说到的淘汰，不是指具体的人，而是指人对时代的心理特征，是人的一种心态。只有具备着新时代的心态的人，才能够去适应新的时代。而我现在的心态是既不哀叹自己的生不逢时，也不嫉妒年轻的"新人类"们。不过我可要去赚钱，要抓紧时间拼命地、"钢钢、钢钢……"地去赚钱！我要趁着"新人类"这一代人的脚跟还没有站稳，智慧还没有圆熟，热情虽然有余而经验还不足，阅力尚不丰富，力量还没有最后集结，还没有把我们"中生代"人打垮、抛弃和淘汰出局的这个时间段里，想尽一切办法去赚钱，拼命地把钱赚到手心里！谁叫我刚一踏上社会，就受到了邓爷爷"下海"赚钱的好政策的影响和熏陶呢？

坦率地跟大家说吧，驱动我吹响这首"赚钱进行曲"的，还不仅仅是"新人类"的挑战。实际上主要还由于是在十一年前，当我偶然遇到了我少年时代初恋的女友，而她又一次帮我躲过了那场差一点儿就让我灭顶的风波的厄运之后，这才激活起我"下海"赚钱的欲望，得以恶性和野性地膨胀。赚钱报答旧恋人。于是我丢掉了自己粉色的理想和蓝色的梦，投入到这一支灰黑色的竞争激烈、手段残酷、行为野蛮的赚钱经商的队伍中来的。

年轻时我梦想自己能够当一名诗人。那时我见到流云、飞雪、阳光、月晕、微风、飘雨、青松、绿草、高山、大海、波浪、贝壳……心里面就会产生诗一般的理想，诗一般的意境。那会儿我就像一只在蓝天中翱翔、在阳光下歌唱的百灵鸟，文学和诗歌就在我的理想之树上闪耀，在我的灵魂之顶端放飞，在我的心泉之深处叮咚作响，在我鸣啭的喉舌之间高声歌唱。

在中国改革开放的初期，我确实也发表过好几十首"朦胧"短诗，当时就以为自己多了不起了。我的性格浮躁，遇事又不往深处思考，偏偏是激情有余而经验和阅历又明显不足。那时候我是这里赶一个诗会，针砭一下时政；那儿慷慨激昂一番，凑上一个热闹；自以为天下兴亡，匹夫有责；能够关心国家大事，能够为国分忧呢！在那场风波的前夕，浮躁、激情、年轻和天真的我，家又离那个广场不远。因此有些行为，也许大家就可想而知了。

那是在那一年六月份的第二天。我想去京城西南郊的花乡联系一些鲜花，多少来改善一下那个肮脏和污秽得实在是到了极顶的广场的环境。在我前去的花乡那一家花圃旁边有着一个小店。这个小店铺面不大，由于地形较为偏僻，光顾的人不很多，生意上显得有点儿冷冷清清的。我走过去买烟。当时小店门口有一个妇人在埋头洗衣服，我也就没有太在意。我一走进小店里便高声地喊叫："喂，老板，给我来一包'中南海'。"

"来了。"在店门口洗衣服的妇人随着应答，人便步入了商店里。

"老板娘，生意咋样啊？"我一边低头掏着钱，一边又随意地跟老板娘搭讪着。但是站在我面前的老板娘却没有吭声，她只是瞪起了一双惊怪的眼睛在看着我。我感到好生奇怪，便抬起眼睛朝她那边望去。

"啊？！"

"怎么是你哪？！"

我们两个人几乎是不约而同地说着。那个小店的女老板竟然是露露，就是前面我说到过的我少年时代初恋的女友。以前我们同住在一个院子，唉，她家原来就住在这平台的西边两间房。这一天偶然中的相遇，让我有点儿恍恍惚惚。我便语音颤颤地问她："露露，这个小店是你开的吗？"

"嗯。我们算是开的夫妻店吧。"

"生意咋样啊？"

"不怎么样。这儿的位置太偏僻了，光顾的人也不是很多。唉，就这么凑合着去过呗。"

"你先生呢？"

"他办货去了。也快要回来了。源源，你成家了吗？"

"没——有。这一辈子，我怕是都要打光棍了。"

"唉，你呀，"露露叹了一口气说，"怎么就这么的死心眼呢？今天你到这里来干吗呢？"

我就向她说明了自己此行的目的。然而她却是长时间地看着我。而在她注视着我的眼光之中，又明显地流露出一股浓重的抑郁和不安的神情。随后，她就问起了我："你知道眼下的局势吗？"

"知道。不过……"

"你呀……我们都已经十几年不见面了，现在一见了面，你就让我为你担心着呀！唉，这样吧，源源，你先到那边的小饭店里去坐一会儿，好吗？等到我把这里的事情料理完，就过去陪你。"

"好的。"我朝她看了一眼，然后就走向了花圃大门那一边的小饭店。

一个人坐在了小饭店里面，觉得有一点儿无聊和寂寞。为了消磨时光，我便叫上了两瓶普通"燕京"啤酒，自顾自地先行喝开了。

今天和露露的相遇，简直就出乎我的意料。我们差不多有十三年不见面了。她现在过的日子显然是不怎么如意。我看她的脸色有那么一点憔悴，原先她那光滑细腻的皮肤，眼下也开始显得有点儿粗糙了起来。不过这仍然不失却她往日里的美丽。三四杯啤酒喝下肚以后，我似乎便有点晕晕乎乎、飘飘然然地回到了儿时。

露露姐弟妹三个,数她年纪最小。她上面有一个大姐,一个哥哥。本来应该是姐弟妹四个的,在她的上面她哥哥的下面,还有一个小姐。她们姐弟妹之间,每一个都间隔上三岁。可她那个小姐不到两岁时便夭折了,这样就成了姐弟妹三个了。她们家姐弟妹不仅人长得俊气,名字起得也好听。大姐叫梦霞,哥哥叫梦生,她叫梦露。亏得父母亲都是文化人,真会给孩子起名字。不像我的父母亲给我取了一个单名的源字,难听死了。再说我小时候长得又是胖头胖脑的,因此就落下了个"胖头源源"的称号。

小时候我最喜爱跟陈家姐妹来往了。陈家姐妹也喜欢我。尤其是在母亲给我生了个妹妹以后,我就更喜欢呆在她们家里了。我一到了她们家,她们姐妹就抢着抱我。那时候我好像最喜欢梦霞大姐抱我。她是一个十足的美人胎子,面孔红白鲜嫩的像水蜜桃,眼睛亮亮闪闪的像星星,头发乌乌黑黑的像西边的远山,比我看过的所有小人书上最好看的女人还要好看。我被她抱在了怀里边,就有着一股舒舒软软的感觉。梦霞大姐一边抱我、亲我,还一边对我说:"胖头源源,快叫我大姐。"于是我就一边亲她吻她水蜜桃一般的面孔,一边叫她:"梦霞大姐!""来,大姐给你讲故事。"我幼小的心灵,就从梦霞大姐那儿,听到了很多诗一般优美的寓言童话故事,什么丑小鸭呀拇指姑娘啦,什么小红帽呀白雪公主啦等等。除了我母亲以外,我就最喜爱跟在梦霞大姐的身后边转悠了。

我不喜欢梦生。他的举止有点儿猥琐,动作不怎么上流。他总喜爱摸我幼小的下体,还教我说一些粗话和野话什么的。梦霞大姐听到了,她就面孔一板,眼睛一瞪地呵斥着:"梦生,你怎么这么下流啊?不做好事情!来,胖头源源,不跟梦生哥玩,到大姐这儿来吧。"当时我最不喜欢的,可能就要算是露露了。露露是梦露的小名。她老是欺侮我。她要抱我,我不愿意让她抱,因为她和我差不多大,就比我大上了两岁,抱不动我,老是抱得我跌跟头。她还要我叫她姐姐,她说我叫她大姐为梦霞大姐,那么就叫她为露露小姐吧。我不肯,她就曲起食指,用指关节丑我的头。她一边丑我一边还说:"胖头源源,快叫我露露小姐。""不!""你叫不叫?""就不叫!""不叫,我就再丑你的胖头。""你要丑,我就叫梦霞大姐。哎哟——梦霞大姐,你快来啊,露露她丑我的头了……快!哎哟喂,梦霞大姐,露露丑了我三记啰……"

梦霞大姐听到了,她就跑出来抱起我,并朝露露瞪起了眼睛说:"露露,你比源源大哎,你不带好他,可也不能欺侮他吧!"露露跟在我们的后面说:

"源源大头鬼。"我说:"露露丑八怪。"她拍起了手掌,有节奏地说:"源源大——头,下雨不——愁,人家有——伞,源源有大头!"我在梦霞大姐怀里边也拍起小手掌,也有节奏地回敬她说:"露露好,露露坏,露露是个丑八怪。丑八怪,丑八怪,把你嫁个老妖怪!""好了,"梦霞大姐亲了我一下说,"胖头源源,你慢慢地长大了,别去说露露的坏话了。大姐给你讲英雄故事吧。"我说:"好的,梦霞大姐。露露,我不跟你说坏话了。我要听梦霞大姐给我讲英雄故事呢。"于是我从梦霞大姐那儿又知道了刘胡兰、赵一曼、黄继光、董存瑞……还有雷锋。我一边听着梦霞大姐讲故事,眼睛一边望着她的脸蛋,小小的心灵里便想着,呵,梦霞大姐多么的漂亮啊!她肯定也会成为一个漂亮的女英雄的,就像刘胡兰、赵一曼那样漂亮的女英雄!尤其是后来文革开始的时候,当梦霞大姐穿上一身黄军装,腰中扎一根牛皮带,她那女性的英武和漂亮的神采,嗨,绝对就像一个女英雄的样子。我长大以后,也要成为英雄,就像黄继光、董存瑞、雷锋和梦霞大姐那样……

真正要说起了露露姐弟妹来的话,也许在这个世界上,恐怕就再也没有像她们那样荒诞和离奇的遭遇了。你们有谁听说过一个憨瓜,只要说上两三句毛主席语录,就可以强暴霸占一个美丽的女孩这种事情的吗?又有谁听说过和一条母牛……就被定为现行反革命的大罪的吗?没有吧?可这两件事情就都发生在陈家姐弟身上。一件是在梦霞大姐的身上,另一件是在梦生的身上。我因为梦霞大姐的事件而跟露露亲密了起来,又因为梦生的事件而与她分离并且也就永远失去了她。

……文革刚开始的那一年,梦霞大姐和她的同学徒步串联去井冈山朝圣。这一天她就是穿着一身英武神采的黄军装。临走时她还抱了抱我,亲了亲我说:"胖头源源,大姐要从井冈山回来再带你玩了噢。"说完了这句话以后她便拎起了旅行包,跟她的同学们一道走了。谁知她就踏上了一条不归的路。

看着梦霞大姐逐渐远去的背影,我幼小的心灵中忽然升起了一股浓浓的失落感,于是就眼睛红红地对站在身边的露露说:"露露姐。""啊?胖头源源,你肯叫我啦?""嗯,露露姐,你看梦霞大姐就像是一朵云一样地飘走了。"露露把手搭在了我的肩背上,我们就站在一起看着梦霞大姐远去的背影。就这样我和露露亲密了起来。我们毕竟是小孩,容易沟通,梦霞大姐不在了,露露便替代了她的位置。但是我和她真正的亲密还是在半年以后,当陈伯伯从井冈山山脚下寻找梦霞大姐回来的那一天开始的。

梦霞大姐在串联的途中病倒了。还没有走到井冈山，她就发起了高烧，实在不能行动了，她的同学们便把她安置在井冈山山脚下的一个村子里。这个村的贫协倒也是为了北京来的红卫兵女娃子的安全着想，又把她安排在一家王姓的世代贫农的家里养病。

谁知那个贫农王家有一个"憨瓜"的儿子，三十大几的人了，因为贫穷与"憨"丑，谁也不愿嫁给他做媳妇。如今天上掉下这么一个貌如天仙的北京女娃子，他就像赖皮猴见到了红白鲜嫩的水蜜桃一样，动起了心思。他想到了毛主席语录。那时候兴毛主席语录，人手一册。办什么事，说什么话，都要先读上或者背上一段毛主席语录。而当时那个鹰勾鼻子老病鬼还提出什么活学活用，学用结合，急用先学，立竿见影。因此那会儿就有这样的话在流行：只要有毛主席语录在前面开路，就没有办不成功的事情。

有一天，贫农王家的那个"憨瓜"忽然拦住了梦霞大姐说："喂，北京女娃子，我要你做我的媳妇。"梦霞大姐看着他那副眼睛迷糊、嘴角流涎的嘴脸，就觉得恶心。她想，臭狗屎一堆，就说："这怎么可能呢。"那个王家的"憨瓜"忽地从口袋里掏出了一本毛主席语录，高高地举过头顶说："北京女娃子，你给听着！我家是贫农，伟大领袖毛主席教导我们说，没有贫农，便没有革命，若是否认他们，便是否认革命，若是反对他们，便是反对革命……"

那时候这一顶反革命的帽子可是了不得啊！可不是闹着玩的！任梦霞大姐怎么聪明，她也不敢去反对。她只想待身体再好一点儿，能够自主行动了，再寻找一个机会离开那里。可是当天晚上王家"憨瓜"便摸上了梦霞大姐的床。他一边用蛮力把梦霞大姐压在了身下，用力去撕扯她的褻衣，还一边对拼命反抗的梦霞大姐高声说："毛主席教导我们说，革命不是请客吃饭，不是做文章……革命是暴动……"就这样，16岁的梦霞大姐就被这个只用了两三句毛主席语录的"憨瓜"，给活学活用、学用结合、立竿见影地霸占了……从此以后，一朵只有16岁的、对伟大领袖愚忠的、美丽的鲜花，就这样坠落了深渊，成了那个野蛮和愚昧时代的牺牲品。

后来，陈伯伯根据他女儿的同学提供的方位和线索，好不容易找到了梦霞大姐，那时候的她可是面黄肌瘦，而且还有了将近5个月的身孕。那个地方的江西老俵们，死活都不让梦霞大姐跟她父亲回家。陈伯伯返回来时，正好我去露露家。她家里可是哭成了一团。那天我也哭了。泪流满面的露露一把拽住同样是泪流满面的我，冲到了门外边。我们一直往西跑，当时已近年关，外面冷得要命，还下起了厚厚的雪，那一年北京的地铁还没有建设，二环还不像现在这个样子。我们就在雪地里跑啊，跑啊，我们一边跑一边哭，露露还一边对我说："源源，你跟着姐骂，×那个用两句语录就强暴霸占我大姐的坏蛋！"我就跟着她骂："×那个用两句语录就强暴霸占梦霞大姐的坏蛋！"露露又说："井冈山脚下那个强暴霸占我大姐的坏蛋是傻B！"我又跟着说："井冈山脚下那个强暴霸占梦霞大姐的坏蛋是傻B！"

随后露露跪倒在雪地里，两只手举过头顶，面向着天安门的方向，祈求地说："毛主席啊，毛主席，求求您老人家，把我大姐从那个用了你两句语录就被强暴霸占了的坏蛋手上救出来吧……"我也跪倒在露露身旁边的雪地里，也两只手举过头顶地望着天安门的方向说："女英雄刘胡兰啊，女英雄赵一曼啊，请你们赶快把崇拜你们的梦霞大姐从强暴霸占她的人手中救出来吧……"我们两个人那天就跪在雪地里祈祷着，恳求着，后又紧紧地抱在一起痛哭着……可是还没有到半年的时间，江西那边来了信说，梦霞大姐在分娩的时候出现了血崩，流血不止而死了……

"嗨！何源，你怎么一个人喝起闷酒来了呢？"此刻露露的进来，打断了我的回忆。随她而来的还有一个黄黄瘦瘦、看起来有点猥琐的中年男人。

"噢？是……"我见有别人在旁边，为了不使露露难堪起见，便呐呐地改口说，"是露露姐呀。不知怎么，我忽然想起了小时候的事情。"

露露的脸上倏地闪过了一抹红潮。她看着我，羞涩地说："何源，这是你大哥德林。德林，这是我小时候同住在一个院子的邻居，何源兄弟。"

此刻她说话，倒是大大方方的。跟随她而来的瘦黄男人是她的丈夫。我便和她丈夫寒暄上了一阵，露露朝我眨了眨眼睛说："德林，刚才对你说的，我准备和何源兄弟，到河北的莱源去看一批'三五'牌香烟。"

听了露露的话我先是一愣，接着看到她又朝我眨了眨眼睛。我愣怔了一会儿，开始有点领会了她的意思。于是我说："啊，是去看那100件……"

"何源，德林不是外人，不要吞吞吐吐地保什么密嘛。这样吧，"露露把面孔转向她的丈夫说，"德林，刚才我已经对我妈说了此事，白天你去办货的时候，小店就由她来帮助照看。我们这个一来一去，也就是三两天的工夫。"

然而露露的丈夫，脸上却流露出一份明显的担心，他说："只是……你们可别让人家给坑了。河北那边的人鬼精着呢，专门坑蒙拐骗我们北京人！"

"我们又不带大笔款子去，"露露说，"他们能坑到什么呢？我们要是成了，就倒个手赚它几个；万一不成的话，也就是贴趟把路费的事情。好了德林，你就先过去照看我们的铺子吧，我陪着何源兄弟再详细地聊上一聊。"

我非常惊异。眼前的露露，似乎是异常的干练和泼辣，只见她三下两下地就打发了她的男人。待到她坐下来以后，面对着我疑问的眼神时，她便抑郁地说："源源，我们去莱源玩上个几天，好吗？唉……我大概是前世里欠了你什么债呢！今生今世，要来替你偿还……"

开往莱源的班车，是在当天下午三点钟发的车。当汽车一开出了北京，路面上顿时就畅通了起来，根本就不像最近这段时间里的乱糟糟的市区，公共汽车不通，街道上还设起了很多路障……

临开车之前，我给在协和医院当医生和护士的父母亲挂了电话，告诉他们我将和露露到莱源去玩上几天。那时候他们正在为我担心着呢！就怕我活娄活娄地会捅出了什么乱子来。他们已经把我的妹妹何敏相当于软禁似的关在了郊区的房子内，不再让她出来。此刻听说我要和露露去莱源，我父母亲顿时就放下了心。因为他们知道她在十三年前曾经帮我度过一厄，现在看起来啊，她又要大慈大悲地度我出厄运了。所以我母亲在电话里面叮嘱又叮嘱我，千万别做出什么坑害露露的事情来。

露露有点儿晕车。我便让她坐在靠窗边的位置上，万一她晕车要呕吐的时候也好方便一些。我望着坐在窗边的脸色苍白的她轻轻地说："露露，你靠在我的身上吧，这样你就会觉得舒服一点的。"

"嗯。"她抬起了一对凤眼，朝着我悠悠地看上了一眼，然后，便把她那柔软的身子，轻轻地斜靠在我的肩膀上。

我伸出右手搂住了她那柔若无骨的臂膀，把她圈进了我的怀里边，这个时候，她的身子微微地颤抖了一下，又抬起了凤眼，朝我悠悠地看着，双手握住了我的右手，然后就倚靠着我闭上了眼睛。

我承认我是一个自私的家伙。我知道自己不应该和她有此次同行的，这是不道德的。但是我喜欢她，喜欢她这种成熟的女人，喜欢和她这样成熟的、有着风韵的女人交往。这种成熟女人，有着一种独特的魅力。你们别看我是一个堂堂正正的男子汉，可是我的内心，有时候却很懦弱。我好像天生就需要有成熟的女人，对我能够百般地呵护和关爱，使我的一颗躁动的心灵，能够有上片刻的宁静。我这种畸形的性格，大概就是和陈家姐妹有关。

此时此刻，我就是这样拥着露露，望着这个分离已经有了十三年的少年时代的恋人，心里边酸甜苦辣咸，俱俱地涌上，真不是一个滋味呵！梦生那个小子真不是个人呵!害得我们两个青梅竹马的恋人分离,害得露露受到了太多的颠沛流离的苦痛。

……自从梦霞大姐亡故以后,卧病在床的陈伯伯终于未能经受住这个打击,没过多久,他也就辞离了人世。中年的陈伯母便陡然就苍老了起来,而露露也一下就成熟了许多。九岁的她郁郁寡欢,沉默多思,异常懂事地帮助陈伯母料理着家务。只有同我在一起时她才有活泼和生趣,才有朗朗的笑声,才有言语的幽默,才有敬重与关爱,才有幼小心灵中童话一般的温暖。

我小时候贪玩好动,脾气急躁,做事毛糙,大脑简单,就会异想天开,天生就是一副活娄活娄的样子。然而露露总是在用一个姐姐一般的温暖来影响我,引导我,呵护我,关爱我。在她的影响之下我开始慢慢地懂事起来。因此上我的成长和成熟,就是在露露的影响、呵护和关爱之下所形成了的。这就是我为什么喜爱跟她这样成熟和有丰韵的女性交往的缘故。

露露很美。随着时间的流逝,她变得就像梦霞大姐一般的漂亮。尤其是一双微微上挑的凤眼,流露出一种沉思、灵敏和睿智的神采,让我能够从中获得安稳、宁静和深深的依赖。我喜爱和她交往,和她单独相处。我们在一起玩,在一起学习,在一起讲故事,在一起悄悄地互诉着衷肠。我喜欢看着她的眼睛,看这她的小嘴,看着她美丽的脸庞,逗她去开心欢笑,看着红晕慢慢地爬上她的笑靥,我的心里边就好开心。而露露有时候会把我搂在怀里,抱在腿上,亲着我,吻着我——尤其是在梦生插队去了山西的农场以后——而我就会把头倚靠在她那柔柔软软的胸脯上,就会产生一种难以言说的感觉。

随着时间的推移,我和露露两个人就是在这种两小无猜、亲密无间之中慢慢地成长了起来。我们已经情窦初开,互相吸引着对方,又被对方所吸引。一日不见面,心中就有一点惶惶然和虚落落的感觉。有一次,我们听到了陈伯母跟我母亲在开玩笑。陈伯母说:"源源他妈,我家的露露呢,好像就是源源的影子似的。"我母亲也说:"哎……我也觉得源源就好像是露露的裤衣带。"后来她们俩又说:"以后就让他们的影子跟随着人,就用这个裤衣带把他们两个人永远给拴在一起吧……"我们听了这些话以后,就面孔一红,相视一笑。是的,露露是我的影子,我是露露的裤衣带。我们原本就是一个整体。我会非她不娶,她也会非我不嫁。

但是有一个阶段,她总是用一种不安的和抑郁的神情看着我,就像是那天上午她明显地流露出一种浓重的抑郁和不安的神情在听着我的叙述一样。因为那时候活娄活娄的我,对高于法律、高于国家和民族的利益、高于亿万老百姓切身利益的党派政治，从醉心狂热，到怀疑漠然，到腻烦厌恶。因为再英明、再伟大的领袖人物，也有一个老了的时候，又被小人和奸佞之辈像转动木偶似的所利用。一个感情冲动的浮夸政策，三年中导致了2000多万人的饿毙；整错了一个科学家，中国的人口就像春天雨后荒原上的野草，一下就疯长似的多出了五六个亿，弄得现在十三亿多人口，犹如是洪水猛兽一样冲击着少量就业的工作岗位；一场最高权力斗争的浩劫，又使整个国家和民族陷入了十年的极端混乱中……唉，最终受苦受难的，还是最普通老百姓呵！

那时候，我向往于法治的氛围，向往于国家的兴盛和民族的强大，向往于开明的政治领导人，向往于普天下的老百姓都能够安居乐业的太平盛世。而不向往于高于一切的党派政治。试想，党派政治一旦高于了法治、高于了国家和民族的利益、以及高于了老百姓的切身利益的话，那么这个高于一切的党派政治，必然就会祸害于国家，作祟于老百姓了。所以那个时候，我整天就醉心于对周总理的哀思，醉心于天安门广场上的诗抄和英雄纪念碑旁的白花。就是在那个阶段，露露总是用这种不安和抑郁的神情看着我。

记得有一天吧，那是那一年的清明节，我说："露露，咱们今天到天安门广场上去转一转吧。"她忽然就沉下脸对我说："我说源源，今天什么地方也不准你去！你就给我呆在家里边！"我说："你咋啦？这么一副恶巴巴的凶相！"她说："你知道今天首都民兵师和所有的警察都出动了吗？"我说："他们出动了又怎么的？我们不过就是去那里看一看罢了。"她的神情开始黯然了下来，梨花带雨般地对我说："源源，我已失去了梦霞大姐，差不多又快要失去梦生哥了，我可不能再失去你啊，你可知道吗？"我说："你瞧你这副苦不拉叽的样子嗟，不过……"她叹了一口气说："唉，只要你今天呆在家里边不出去的话，你要我做什么我都答应。"我猛地把她拉在了怀里，双手圈住了她，低头在她耳边轻轻地说："除非你让我看你一下。""讨厌！"她娇羞地斥责着。她当然知道我想要看什么。我死皮赖脸地说："你自己刚才还说我要你做什么你都答应，怎么一转身就耍赖。嗳，露露，让我欣赏一眼嘛。就一眼！"她用手指头在我额头上戳了一下说："好吧，你这个赖皮猴。不过你得答应我，今天绝对不能去天安门。""好吧。"我答应了下来。"还有呢，"她说，"不准你笑话我，也不准你碰我，更不准你到外面去瞎说乱说的，知道吗？""哦。"我点头答应着。于是她就对着橱柜的大镜子，缓缓地然而又是羞涩深深地脱去了衣服，对我展现了她那一副柔美的胴体……

你们不知道当时我惊讶到了何种程度。不要说你们不知道，就连我自己都不知道哇！因为那个时候，我才知道在这个世界上什么叫做"美"了！我从大衣柜的镜子中欣赏到了她那该纤细的地方纤细，该高耸的地方高耸，该深陷的地方深陷，该平坦的地方平坦，该有酒窝该浑圆的地方，则又有着酒窝和有着浑圆，再加上滑腻如脂、洁白如玉的肌肤和柔软如金丝绒般覆盖着的那处坟起的部位，所形成了的如此完美曲线的胴体，令我如醉如痴，惊叹和震颤不已。我的头开始晕眩了起来，就忙说："露露，我的头昏了晕了，快，你快点儿穿上衣服，给我包包扎扎地保护好哦，保留到将来结婚的时候再给我展现吧。不过，可千万不能展现给别人去看哦！"她一边穿衣系扣，一边就用眼睛瞪着我说："你这个傻蛋！"

真的。美，具有一股神奇的力量。它能够摄人魂魄，令人震颤！那一天我就是在这种惊叹、震颤、失魂落魄之中，魂魄颠倒着……然而令我更为震惊的是，也就是在这个时候，天安门广场那一边，传来了百万人混乱的嘈杂声以及诸多警车不息的呼啸声……

一想起了这些，我的心里边就发瘆！我低下头，把自己的脸庞斜斜地倚在了露露的头上，是露露，是她帮我度过了那一次的灾难和厄运啊！

……父母亲怕我被天安门广场上的那些诗抄和周总理的假遗嘱所牵扯、所连累，于是就让我去烟台的老家，回避上一段时间再说。然而谁知……唉，命运女神有时候就会捉弄人呵！两个月以后，我从烟台偷偷地坐车回到了北京。当我再一次地敲开露露家门的时候，出来开门的却是一家陌生的面孔。这一家陌生的面孔，都用一副诧异的目光，瞪着我那张先是困惑、震惊，然后又痛苦得几乎要疯狂了的脸……后来我听母亲告诉我说，露露家是在仓促之间换房搬走的。因为梦生的事，她家惧怕面对所有熟人们的眼光。甚至连我母亲也不知道她家究竟搬去了何处……

梦生这个小子，真的不是一个玩艺儿！他害得我和露露两个人，整整有十三年的时间没有能够再见上一面。

梦生是在1971年的时候，插队去了山西的一个大型农场。刚开始的几年，他显示了自己性格中的一个侧面，即不善于交际，又不多言语，只是默默地干活，默默地做事，在农场里，倒也给人留下了一个比较好的印象，因此他年年都被评为知青模范，学毛选的积极分子。后来，农场便安排他一个既轻松又很重要的工作——养牛。

然而他所在的农场，大多是男知青，很少有女性。但只要是一个正常的男人，难免总会有着七情六欲。罗曼·罗兰就曾经说过这样的话："爱是生命的火花，没有了爱，一切变成黑暗。"在农场这种两性比例严重失调的情况下，必然就会出现一些可怕的灾难性的问题。因为按照生物学和物理学的基本原理，人的性欲，实则也是一种能量。而凡是能量，又都遵循着守恒或者转化的定律。何况是年轻人那种旺盛的性欲呢！关键的问题是：将这种能量如何永远去守恒，或者引向何处去转化，引向何处去发泄。

由于梦生有一点木讷，又不善于交际，因而也就得不到当地几个年轻女性的青睐。除非他是选择"自遗"或者"自摸"，来排解和转化这种能量。但是采取这种方式来转化和排解的话，又会给他的心灵带来一种深重的痛苦和心理上的障碍。联合国某权威机构曾经断言：没有任何一种灾难，比心理障碍带给人们的痛苦更为深重。因此，梦生经常独自地和反复地念叨着一首《孤独的影子也在流泪》的诗歌：

    我知道一个人寂寞的滋味，
    就连我孤独的影子也在流泪。

    也许命运女神替我做好安排，
    只因流放而错过邂逅的机会。

    我渴望有与异性朋友的约会：
    能奉献我专为她采摘的玫瑰。

    我会千倍万倍地去加以珍惜，
    只要让我对爱有片刻的陶醉。

    唉，扭曲了的灵魂在哀哀地哭泣，
    我何时才能脱开那情欲的苦累？！

猥琐和下流的梦生，实在没能经受住魔鬼的诱惑，因为他偶尔也在向其他方面排解和转化，结果终于没能保留住他这个"人"的名节。唉，也该他这不是人的东西会做出一些不是人做的事情，给他的家庭带来了耻辱和不幸，也给自己带来了灭顶的灾难，有一次有人看到他趴在了一条母牛的屁股上……

这一件事情，在农场顿时就炸开了窝。这个一向是学毛选积极分子的知青，竟然会做出如此伤风败俗的事情。这真让农场分场部的领导十分挠头。要说他是要流氓或者强奸通奸吧，可对象又不是人。这件事情还真不好处理呢。没有办法去定性。只能说他有伤风化，具有畜牲行为罢了。因此分场部迟迟做不出处理的决定。可此事给捅到了总场。总场领导狠狠地批评了分场部，你们怎么就这么没有水平呢？这件事情非常之简单嘛，搞母牛就是破坏春耕生产；破坏春耕生产就是现行反革命行为；陈梦生就是现行反革命分子；就以现行反革命的大案和要案去论处。于是梦生也就走上了另一条不归之路。据说后来没多久，他就死在了监狱里……

唉，露露啊露露，我低下了头，望着圈在我怀里面的露露想着：梦生是梦生，你是你，你干吗非要逃避我，把自己投到一个如此冷酷、如此恶劣的环境中去呢？也不知是为什么，泪水在我溢满了的眼窝里面打转，心灵在痛苦地抽搐着。由于沉重的心理压力，我斜倚在她头上的面孔，开始在她的发际间摩挲了起来。大概是由于心灵感应的缘故吧，这时候露露睁开了眼睛，抬起头看着我说："源源，你的心脏跳得'嘣咚嘣咚'地响呢！你现在是不是在想，梦生是梦生，我是我，对不对啊？"

"是的，露露。说开了的话，其实也并不能够完全责怪梦生，一个扭曲了的时代，必然也会去扭曲人们的灵魂的。"

"唉，源源，"露露用她纤细的手指头，轻轻地摩娑着我的左手说，"要是在十三年前，我能够听到你说这样的话就好了。你不知道那时候，熟人们的白眼会看死我的；街坊们的唾沫会淹死我的；同学们在背后指指点点的手指头会戳死我的。当时我简直就绝望透了。要不是还有母亲需要照顾的话，我真会去走绝路的。"

"露露你呀，"我抬起了右手，轻轻地批着她的左脸颊说，"我们从小就在一起跌打滚爬的，你对我怎么就没有一点信心呢？"

"其实那个时候，我最害怕的就是再去面对你。"

"你呀，我从烟台偷着回到北京以后，敲开你家的门一看，嗨，怎么就变成了满屋子的陌生的面孔了呢？你知道吗？那个时候，我差一点儿没有发疯哎！嗳，说真个的，现在你还幸福吗？"

"唉，有什么幸福不幸福的？幸福并不是想要就能要得到的！再说了，过去了的事情，还是让它过去了吧，噢。时光又不能够倒流。我们也不要愁眉苦脸的，一面孔的旧社会，好不好？要知道，源源，我可是陪你出来开开心心地玩上几天的喔。莱源马上就要到了。"

莱源地处在京西南晋冀交界的河北境内，属太行山区。如果往西边行走不远，就到了山西境内的太白山和著名的平型关了。我和露露坐上长途车，出了张坊，经过易县，直奔紫荆关，一过了浮图峪长城，就到了莱源。二百多公里的路程，也就四个多小时。六月初的白天，天光比较长，我们到了莱源的时候，天还没有完全黑下来呢。

莱源是一个非常美丽的山区小城。这里有淙淙的山溪，斜斜的绿坡，郁郁的森林，有浮图峪长城和插箭岭长城以及姿势奇怪的灵山巨峰。还有馋涎可口的山珍野味，而且消费价格又非常的低廉。能在这个初夏的季节，有少年时代的恋人相伴，来这山区小城游玩几天，不乏是一件舒心怡神之举。我们还像小时候那样，露露总是拿出一副当姐姐的模样，嘘寒问暖的，用不着我操什么心。她把一切都包揽过去，安排得妥妥贴贴、业业当当。我也就乐得个轻松、悠闲和自在，闭起眼睛来享受上天恩赐给我的幸福。

"源源，"找旅馆的时候，露露说，"你就冒名几天德林，怎么样？"

"冒充就冒充呗，"我笑了一笑地说，"这假到真时真亦假了呢，我倒是无所谓的。反正在莱源这里，也没有什么人知道哇。"

"就委曲你几天吧。我把我们的证件给带出来了。人在外面行走和办事的话，还是谨慎一点儿为好。"

"露露，钱，我全都交给你。你是姐，一切都听从你的安排。记得小的时候，我老妈就说我是你的裤衣带，现在你要扯的话，我就让你去扯，你要拽的话，我就让你去拽吧。"

"你呀，少给我贫嘴吧！"她在旁边轻轻地踢了我一脚。

吃晚饭的时候，她拽我走进了一家市区的小饭店。"源源，"她对我说，"这里环境干净，饭菜也可口，野鸡野兔，山菌松蘑，再来上个两瓶桂花老陈酒，二三十元钱就可以吃不了兜着走了。我们十三年不见面了，今天我们两个人索性就吃它个、喝它个痛快，你说怎么样？"

"露露，"我看着她问，"难道这些年你过得不痛快吗？"

"世态炎凉，人情势利！"露露抬起了凤眼，悠悠地看着我有好一会，然后又说，"算了源源，还是忘掉这些年来各自的不愉快吧，让我们呆在一起痛痛快快地玩个上几天，享受个几天吧，哦。要不然的话，等到离开了这里的时候，你就会感到后悔的。"

于是我们选择了一些轻松的话题，就着山珍野味来搭酒。露露一喝酒脸就红，眼睛就润亮，好像是不胜酒力。酒精的刺激使她显得更加漂亮。不然女人怎么会有沉鱼落雁、闭月羞花之说呢？但是女人实际上又是天生的好酒量，大概是女人体内的脂肪层厚，能够储酒的缘故吧，不到一定的酒量根本就无所谓。就拿我们面前这两瓶桂花老陈来说，虽然度数不高，就只有十几度，我喝了半瓶左右，就晕乎得不行了，可是她竟然喝了一瓶多，除了还是脸红眼亮以外，好像根本就没有一点事。她一边喝酒一边对我说：

"源源啊，我可不像你那般好高骛远，想出人头地，扬名立万喔！不过我还得要告诉你，凡事都得要想开一点，不要太眼高手低了，这样可不太好喔！哪有那么多的理想啊？中国人这么多哩，人人都想要去出人头地，都想要去独占鳌头的话，这可能吗？这现实吗？你看看现在的社会吧，穷的饿死，富的撑死，当官的腐败死，你们就是换掉了这个当官的，要不了几年，那个当官的，还不是照样腐败吗？换汤不换药又有什么用？我看我们呢，还是平淡一点儿为好呵！反正我是看穿了。我是只图平淡，只想平平淡淡地生活，能守着一片位置好一点儿的店铺，当一个充充裕裕的'混世虫'，混好混坏地混完了这一辈子也就算了。我才不去想什么'长毛若兔'呢？"

"你呀，"我嘲讽她说，"头发长，见识短，标准的女人见识。"

"哦……你说我是女人见识么？嗨，那么你就等着瞧呗，噢！要是继续这样下去的话，你哭的日子在后面呢！"

"得了吧你，露露，哭，这可是你们女人的专利！我们男子汉是宁可去流血，也不愿去流泪的。"

"你吹吧你！"她用脚在桌子下面，轻轻地踢了我一下说，"瞧你这一副德性！我看你都快要找不到北了！嗳，我们走吧。"

那一晚我们回到了旅馆以后，露露先是不言不语，只是羞涩深深地看着我，慢慢地她也就自然而然、顺乎其然了起来……她的胴体依然是那样完美：该纤细的地方，依然是那样的纤细；该高耸的地方，依然是那样的高耸；该深陷的地方，依然是那样的深陷；该平坦的地方，依然是那样的平坦；该有酒窝该是浑圆的地方，依然是有着酒窝和依然是浑圆；肌肤依然是那样的滑腻如脂、洁白如玉；金丝绒一般柔软的卷毛，依然是那样的覆盖着下面那一处坟起的神秘的部位。唯一有所不同的，就是她那有着优美曲线的胴体，比起十三年以前要丰腴出了许多……

在莱源那几天，我们白天可以到郁郁的山坡上去打滚，到叮咚的溪水间去嬉戏,到绵延的长城上去竞走,到千姿百态的大自然里去奔跑;晚上又能在一起爱语绵绵,情丝长长,男欢女慕,颠倒鸳鸯。我们"中生代"人的传统观念已经淡薄,性爱道德已经沦丧,已经没有了"古石器"们那种古板、守旧,不是夫妻的男女在一起,就授受不亲的假马若鬼的假伦理假道学。我们可不!何况我和露露在孩提时代就相爱颇深,后又饱受了长时间离别的凄苦,现在单独相处在一起,自然而然就免不了干柴烈火,肌肤相亲了。

我知道我们不应该,但是我们却管不了那许多。露露依贴在我的怀里边的时候,依贴得是那么的亲和;我把她圈在和拥在我身下的时候,圈得和拥得又是那么的自然。我们圈、拥、依、贴得那么的紧,那么的近。就连我们的高潮又都是在同一时刻到达,在同一个时间里释放和喷洒,就像我们事先约好了似的。这大概就是心灵感应的缘故吧。按道理,我们才应该是一对天经地义、名正言顺的夫妻。但是,往往应该是的却成为了否。现实就是不尽人意,就是与人的愿望相背。不过老天总算是睁开了眼睛,让我们在分离了十三年以后,还能够相遇在一起。纵算是做不了夫妻,还能让我们做上一对情人,哪怕就是三两天的情人也行。仿佛这就是冥冥之中的天意,是老天爷的安排,是命运女神的造化,是前世八代才修行得来的缘分,总之,露露命定是解脱我脱离苦难和厄运的保护神。

隔了一天的清晨。太阳早早就染红了云霞,也向我们这个短暂和临时的情爱的小天地里,撒入了金黄色的辉光。我起身打开了房间里的电视机,想看一看早晨的新闻。我把电视的音量放到了最低,以免吵闹还深浸在梦乡之中的露露。忽然,街上车辆被烧成火龙的画面、人员伤亡的惨象、都城纷乱不堪的场景以及还有清场的命令,一下就扑入了我的眼帘。啊?!怎么会弄出这种情况了呢?怎么会出现这种局面了呢?……我惊呆了。十三年前,仅仅是民兵师和警察出动,就弄成了那么一副惨象。然而现在……天哪!!还在沉睡之中的露露,此时倏地惊醒,一把就抱住了失态的我……

那时候,我的眼睛虽然还在看着电视机的画面,但是我的整个人突然就懵了,神态迷糊,心地陷入了泥淖,灵魂沉进了黑暗,大脑这一架能够记忆和思考的机器,仿佛给插入了一根铁棍那样停止了运转,失却了往日里的清醒。然而只有性功能,却呈反比例的状态在疯狂……我的整个人,就在这么一种迷糊、疯狂和失却记忆的恶性的矛盾之中,本能地发泄着……那一天,我真的不知道自己要干什么,在干什么,或者都干了一些什么。就是失心"疯"的、随着自己的本能去动作,去顶撞,去冲击,去疯狂,去让自己在死亡的感觉和再生的感觉之中反复地交叉，反复地淹没……

我爬上去，滚下来；再爬上去，再滚下来；一次一次地爬上去，然后又一次一次地滚下来……就这样反反复复地，不知有多少回……我的幻想破灭了……中国不需要幻想，中国也无所谓幻想……历代著名的幻想家，都是在悲惨的命运中度过的，被流放的屈原，遭腐刑的司马迁，受追杀的施耐庵，还有饥寒交迫而死的曹雪芹……这一回要不是露露邀请我来到这山区城市莱源的话，我真的都不敢去想象，我的后果会是一个什么样子哪！

是露露，又是露露，她再一次帮我躲过了劫难。现在她又用她那一副柔软和优美的身子，一次又一次地承受住我因心灵迷糊、大脑发懵而性欲却在失心"疯"的疯狂。这会儿，她把我紧紧地抱在她的怀里，温柔地吻着我，轻轻地拍着我悸动的背脊，亲切地抚慰着我受伤的心灵，就像是一位慈祥的母亲，抚爱着她那受到惊吓的孩子；又像是一个善良的大姐，抚慰着她那受到伤害的兄弟那样。

过了半天以后，我才慢慢地从疯狂之中清醒了过来，整个人，却瘫软在了露露的怀里边，就像一个无助的婴儿、一个可怜巴巴的不谙世事的孩子那般，失声地痛哭了起来。我一边流着眼泪地抚摸起她那光滑的胴体，以及她美丽的曲线上那些被我的疯狂所留下的还没有完全消去的痕迹，一边哽咽地叫着她："露露……"

"嗯。"

"叫我怎么说，怎么对你说才好……"

"别说话，源源。"她轻轻地拍着我，亲吻着我，"别说了，噢。我大概是前世里欠了你的什么债吧，而你命中注定该有几次劫难，并且要由我来帮助你去躲开它，帮助你去解脱它吧！"

我拥在她的怀里面，一边流着眼泪，一边心里想起了在我们北京流传着的一首街谣巷语："我们都是木头人，不许说话不许动！"

那个时候，我就看着露露，只看着这个把我再一次从劫难当中解脱出来的，然而此时此刻却仍然光裸着身子的露露，心里想着的只是：我，感谢你露露，只要有可能的话，我就要好好地报答你露露！

当然啰，我还得要去感谢历史所赋予我们一个改革开放的能"下海"赚钱的好政策。我要彻底地丢掉那许多不切合实际的幻想和梦想，让想当一个诗人或者想当一名作家的梦，去见鬼吧！我要利用眼前这个大好政策，趁着自己还很年轻，抓紧时间去下海赚钱，去"钢钢、钢钢——"地拼命地赚钱，来报答两次帮我脱出劫难的恋人。

就这样，我"下海"做起了生意。不过刚开始的时候，我还不具备"下海"赚钱的心态。那会儿在生意场上跌、打、滚、爬的人，内心都像大同煤块一般，从外面一直黑到了心底里！看到了钱，一个一个都眼睛发红、脸孔发绿，都厚着脸皮、黑着良心，都尔虞我诈、坑蒙拐骗，都想着要把别人口袋里面的钱，如何才能够转移到自己的口袋里面去！

自那次风波以后，我花了足足有一年多的时间，用来调整自己的心态，以便自己去适应这种厚脸皮、黑良心式的竞争。大约又过去了个两年左右的时间吧，在低三下四、吹牛拍马地孝敬足了以后，我终于从我们北京一个权倾一时的"大腕"那里，弄到了一张2000吨镀锌钢板的批条。除去赌、吃、嫖、孝顺和恭敬的费用以外，连蒙带骗地一下就赚了一个小30万。于是我便拿出了其中的20万元，并以露露的名义，在日坛公园西门口的雅宝路上承租了一片门面，并且还盘满了裘皮等库存物资。

等所有的证照手续全都齐全以后，我又去了花乡找到了露露，将雅宝路上证照齐全的店面移交给她。并且对她声明：全部交给她经营，我不过问；亏了是我的，与她无关；盈了各自一半。露露对地处在雅宝路上的门面非常满意。这个地方是使馆区，很是热闹，大鼻子又多，可以这样说吧，这里是一块对外贸易的小特区。别看雅宝路这一带不是很大，就这么些个不太起眼的诸多门面，却承担着中国对俄罗斯边境贸易量的70%还多呢。

然而露露也委实能干。她大胆泼辣，再加上她那个黄瘦老公的小心谨慎以及她那个精通俄语的母亲——陈伯母在朝鲜战争时期，曾经当过俄文翻译——两个人的帮助，生意做得非常之红火，对大鼻子的俄罗斯商人，非常之具有吸引力。一年小赚赚，怎么也能赚上个二三十万元；大赚赚的话呢，有时候远远就不止了。

这时候我又开始玩起了电脑，做起了互联网上的电子商务⋯⋯嗨！"下海"的政策就是好。大家都可以厚着脸皮去做生意，黑着良心去竞争！不然的话，我们国家怎么能发展，社会怎么会前进，我们怎么能获得如此的成功呢？我一不去偷，二不去抽，三没有你们"古石器"那么多的顾虑，那么地硬赖着不肯走出阴影。所以这就是我们"中生代"的优势！这也就是我们为什么能够把你们这些"古石器"们打垮、抛弃和淘汰出局的根本之所在。

那一场政治风波像是毁掉了我，但又像是重新塑造了我，毁掉的只是我粉红色的理想和蔚蓝色的梦，塑造的却是一个现实和冷酷的我了。我也知道我自己有多么的冷酷。不过有时候我却又在呆想，像我这般冷酷的家伙，100个人中间只要有上1个的话，中国就会有着1300多万个；要是100个人中间有上5个的话，中国就会有着6000多万个。乖乖！想到了这里，我的心里边不免就有一点坦然，就有一点轻松了起来。好在你们在座的各位，可以说没有谁和我有直接生意上的关系。将来要是有的话，我可把丑话先说在了前面，你们可要尽量地回避开我。因为我在生意场上是绝对不念什么友情，不讲什么交情的。在生意场上就是我的亲爹、亲妈跟我打交道，我也同样会按照生意场上的游戏规则去办事。

现在有了钱的我，可以吃喝嫖赌，可以左拥右抱，可以阅尽天下美色，可以尝遍世上珍肴，可以花一个三十万去吸毒，再花一个五十万去戒毒，这也不过是小玩玩而已（当然，这只是说说罢了）。然而我的心灵，似乎却越来越贫穷了，精神支柱发生了严重的倾斜，还有我的文思似乎也越来越枯竭了。我的内心里不时有一种惘然和惆怅的感觉在往上涌，在往上冒。有时候我还发现，我的心底里依然还在留恋着我曾经喜爱过的文学和诗歌。

于是我偶尔也会热情甚高地去参加一些文学沙龙的活动，去赶一些像北京鲁迅文学院文学创作研修班或者作家班这样的热闹。然而我还是非常清楚地意识到：金钱的铜锈已经锈蚀了我心灵的门户，堵塞了我情感的泉眼。那里面除了是生意经，也还是生意经，再也流淌不出叮咚作响的、诗人作家所依赖的灵感和激情了。有时候就是能写出一点什么东西的话，我也知道，那都是一些生拉硬扯、矫揉造作的货色，失却了思想，没有了情感，仅仅是一系列堆垒文字的游戏，或者是无病呻吟、望洋兴叹一类的文字垃圾。

唉……此时此刻，我感到有无尽的悲哀。因为"百灵鸟的翅膀一旦系上了沉重的黄金，这只百灵便永远不能再在蓝天之中翱翔"！

何源一经说完，他就把自己的一双手、两只脚和整个的身体，全都环着坐了起来，缩进了他那个烟雾缭绕的香烟云团中间，让人看到除了一大团白皙的、扭动的、升腾的烟雾以外，就只有一个影影绰绰、黑黑魆魆的影子，墩在了那张椅子里面……

"唉，"坐在椅子上望着月亮的海涛，深深地叹了一口气说，"有许多事情，现在想起来都有点儿心有余悸哦。就拿我们部办公厅主任来说吧，他有一个读博士研究生的儿子，在那场风波之中逝去了。当时有关部门叫他去认尸，他却说那不是他的儿子……好在这件事情已经过去了有好多年了。我们还是让它成为历史，让后人去评说吧。"

"我说海涛，就你那么一副德性！"翟凤娜接过话茬说，"我们这是在何源的家里边，小圈子里面说说而已，你又怕个什么呢？"

"中国有句老话，叫做隔墙有耳，祸从口出。"

"那一场风波，伤了多少人的心啊！……你们这许多当官的，就是有点儿恶心，就是那么一副德性，为了保住官本位，甚至就连自己的亲生娘老子都会去翻脸不认！"

"算啦，别争了，"江波说，"不提就不要再去提了呗。有些事情是官场能做得，而文人却是说不得的。比如就拿屈原的《离骚》来说吧，'骚'是什么呀？是指轻佻和下流的行为，或者是指产生轻佻和下流的腐败的地方。屈原的离骚，是表明他要远离轻佻、下流、淫乱和腐败的都城——郢，在流放之中追求他那浪漫的理想。可是那许多淫乱腐败的宦海侯门、封建士大夫们却反过头来给他泼污水，反说他是个骚人，连他的诗体也被称之为骚体了。

"这就说明了有些事情，当官的可以去做，而别人却不可以去说的。而文人最大的特点，就是要著书立说地去说。所以这就是几千年来中国文人命运之悲哀。其实是文人无罪，怀理想其罪罢了。当时的大学生提出的'打倒官倒、清除腐败'的口号并没有错……不过，好在中央上层现在已经开始大张旗鼓地在反对腐败了。这也就可以值得我们去庆幸和祝贺的了。"

"荒诞！我认为何源的故事实在是荒诞！"慕容玉对已经把自己的手脚和整个身子全都环缩进那个白皙的缭绕着的烟团里面去的何源，高声地嚷嚷了起来，"什么只用了两句语录，就强暴和霸占了一个美丽的女孩子！还有什么人和牛的那种事！哪有这种事情哪？不可能的，这是根本就不可能的事情哪！这也太荒诞了吧，太离谱了吧，何源？你说的不至于是真实的吧？"

"慕容玉，"何源就是那样环缩着身腰和手脚，一动不动地说，"我还真愿意它们都是荒诞不经的，都是从来就没有发生过的事情呢！"

"你这个小慕容啊，"翟凤娜拍了拍她那双吃白瓜子时沾有白粉的手掌，又用餐巾纸擦了一擦，然后掉转过脸孔对慕容玉说，"真是孤陋寡闻，少见多怪。亏你还是个画家，还是个艺术家呢！真是一点想象力都没有！明天我开车带你各处去转上一转，最近在二环路最抢眼的路边上，就竖立着许多这样的广告牌：画面上是一个英俊潇洒的男青年，对着一条牛在弹吉它。可是那条牛啊，却朝着这位男青年说着人话：'嗨，还能够再来一点刺激的吗？'

"想要刺激吧？可以啊！现在小日本就利用高科技，已经克隆出了牛头女人身体的'牛女人'了！小慕容，你知道吗？我那儿就保留着这方面的文章、资料和一幅画。只不过人和牛，对这个'牛女人'所持有的观点不同：人说，这个'牛女人'啊，是魔鬼的面孔，天使的身材；然而牛的观点却正好与之相反，它说这个'牛女人'是天使的面孔，魔鬼的身材罢了。但是人和牛却有着一个共同点：就是这个'牛女人'，实在是太丑陋了！

"唉，不知是克隆出来的'牛女人'太丑陋了，还是克隆出'牛女人'的这个人类的世界太丑陋了，也许总有一天，在这个丑陋的世界上，会蹦出那么几个野性十足的疯子和狂人来的！而这些个疯子和狂人一旦失去了理性的话，他们就会把我们的这个世界推进黑沉沉的泥淖，把整个人类拖进毁灭的地狱；使得全世界都会陷入在万劫不复之中！……罢、罢、罢，不去谈论这许多无聊的玩艺了！下面，还是我来讲讲我的一段往事吧。"

说到了这里时，翟凤娜抬起眼睛，在镜片后面，梭巡了在座的各位朋友一眼；然后就把眼光连着镜片抬向了夜空，仰望起了那轮悬挂在紫蓝色夜空里的明月。大概过了有个三四秒钟吧，她便开始说起了自己的故事。

五、翟凤娜的故事

要是依照我的眼光来看，江波和海涛这一代人，倒是挺可爱的！古朴、厚重、浪漫，他们把理想和梦想和忧伤和痛苦和未来，再同那个野蛮和愚昧的时代扭结地编织在一起，形成了一种非常独特的境界。

可惜的是，江波，我并不十分了解你们的那个时代，也进不了你们的那种心境。不然的话，有你陪伴着，在那种心境里面生活和漫游，倒是很有意味，很有情趣的。我们现代人很少再像你们那样追求爱情，为爱情而去跳楼了！现在的社会确实就像何源所说的那样：没有钱的时候，你就没有资格去谈爱情。然而有钱的时候呢，却又不容易找到属于是自己的爱情的绿荫了。

我跟何源，我们虽然都是"下海"时代的产物，但是在现实社会之中生活的人,各人都有着各自不同的追求。有人活着为的是金钱;有人活着为的是权力;有人活着为的是名望;有人活着为的是欢乐;而我活着却是在追求成功。我对"成功"的理解,可以用诗歌的形式来表述和描绘:

    什么叫做成功?这个词汇起源
    人类对权力金钱的诱惑与贪婪;
    再去黑心厚脸、还要不择手段,
    伪装道貌岸然、戴上虚假光环;
    就像那母狼庇护下的罗缪洛斯,
    罗马城在他野性的挑战下出现。

  诗是诗人的心境。可是我的心境并不等于是诗。因为诗要有节奏,要有韵脚,要有意境,要有技巧等诸多的艺术要素。然而我不是诗人,也不是文坛中人。诸位可别见笑,别把我也当作像何源那样的诗人,用诗人的眼光来要求我哦!我此刻只是想表达:成功是人们对世界野性的挑战而已。

  人们认为我是一个成功的女性。有人在提到我的时候,也许会脱口就说:"呵,那个翟凤娜啊,嗨!没有她做不成功的事情!她可厉害着哪!嗨,简直就像一头母狼!"我也觉得自己成功了许多件事。但是你们并不全都知道,在"成功"这两个字的背后有着多少的辛酸和苦痛?而实现成功又必须是野性十足!况且"成功"并不代表就是"成就"。"成功"和"成就"这是两个意思截然不同的词汇和概念。在此我举两个文坛上的例子来加以说明吧:

  一个是英国的芭芭拉·卡特兰老女人。她是戴安娜王妃的继外祖母,英国言情小说女王,一生中写了723部言情小说。她组织了一个言情小说写作班底,并用36种不同的语言出版和发行,销售量超过了10亿册。可以说,世界上没有哪个作家有她富有,有她这样的出版和发行量。但她就是得不到英国文坛的认可。因为她的作品,情节都有着一致化的套路,女主人公都是美丽而纯洁的姑娘,她们万变不离其宗地碰到高挑英俊而且十分富有的年轻男子,然后恋爱,结婚,白头偕老。这种缺乏思想和情感的脸谱化、程式化的描写,与其说是作品的话,还不如说是商品来得更为贴切呢!她在死了以后,虽然被几家通讯社称为世界上"最成功的作家",但是这种成功是指市场和发行量而言。它隐含了"成就"的对立面。所以在英国文学指南和英国文学史上,我们都找不到这一位"最成功的作家"的大名。

另一个就是我国清代的曹雪芹。也可以说吧，他是古今中外文学领域之中最不成功的文学家。他活着的时候，总是穷困潦倒、饥寒交迫，经常客居他所，举家喝粥，最终他就是在这种悲惨的境况当中，饿死在了北京西郊的香山脚下。然而他却给我们这些后代人，留下了一部有着巨大成就感的文学作品——《红楼梦》。在这一部没有能全写完的巨著《红楼梦》中，先后出场的人物有好几百个哪！而且全都栩栩如生，活灵活现。也就是这部没有能全写完的《红楼梦》，它养活了千万个后来的学者文人，并形成了一门很独特的学派——红学，为中国文学得以自立于世界文学之林，委实起到了一个非常重要的作用。然而曹公自己却是：

> 未及红楼能面世，
> 魂已断然香山下……

唉，这就是中国文人命运之悲哀！

我不记得是谁说过的，苹果树一定得结苹果，梨树一定得结梨，一个时代的艺术一定得有这个时代的背景，这是不可避免的，你生气也是枉然。除非你就像曹雪芹那样，以饥寒交迫和穷困潦倒的悲惨命运去挑战这个时代。

当然，作为一个外行来说，我是既无权力、又无资格去评论文坛的。我只不过是举文坛上两个不同的例子，来证明"成功"与"成就"之间的差别而已。我是一个成功的女性。我代表着一个跨国集团公司在中国的形象，负责它在国内的整个的营销网络。平时我开着黑牌照的"宝马"，在"翠宫饭店"长期包着两套房间。至于金钱么，我虽然不比10%的少数人多，但却远远不比80%的大多数人少。"东方之子"、"焦点访谈"、"经济半小时"等媒体栏目以及各种类型的经济论坛，我也不少去抛头露面，他们有的时候，甚至还肉麻地吹捧我为"成功之星"、"杰出的女性"……

但是你们有谁知道，"成功"这两个字的份量有多么的沉重吗？它就如我前面那一首不是诗的诗歌所表达的心境一样。在这成功的背后，实质就是人格的扭曲、灵魂的变态、真善美的自戕啊！比如就拿十年前，我曾经有过的一段难以忘却的往事来说吧……

原来我是市电子元件三厂的电脑技术员。不过要说是电脑技术员的话，可能还不算是太贴切，应该说是资料抄写员的话，可能要更合适一点儿。

我毕业于北京某名牌大学计算机专业。毕业以后，便分到了市元件三厂技术科工作，担任该厂的电脑技术员。我们技术科的邢科长，他是一个自学成才的中年人。70年代末期，他开发了一系列的产品，为工厂初期的兴盛，倒也起到了相当大的作用。工厂在80年代初期时，曾经红火了好一阵子呢。然而到了中期，发展就开始趋向平淡；产品老化，但是还能过得去。到了80年代的末期，情况就不堪想象了。新产品总是出不来，加上三角债的严重困扰，使得企业有限的资金，不能产生良性的循环。但最主要的，还是邢科长的那一副面孔，实在让我感觉到非常的不舒服。

我是作为计算机技术的专业人才分往市元件三厂的。当时我们工厂购置了一台IBM电脑，没有专业人员使用。大概电脑在那个时候是属于稀有昂贵的物品吧，因此使用这台电脑的批准权，就掌握在邢科长的手中。那时候，他也许是有一点儿嫉贤妒能；也许是他确实不懂得怎么让这台IBM去为整个生产技术服务；因而他只是偶尔去展露一下IBM那高贵的尊容；余者，就用黑金丝绒的罩布，将它包裹在"深闺"之中，别人碰都不能够去碰。

既然我是计算机专业的技术人员，而元件三厂以前又没有这一类的专业人员，按道理说，这台电脑应该交给我使用和保管。可是邢科长却只让我去抄抄写写，那些在电脑上只需要花个十几分钟就能解决问题的文件和资料，他却要我去花整天的、甚至于好多天的时间，浪费在那许多无聊的抄写上面。当时的我，也并没有什么怨言，谁叫我是在人家的手底下混饭吃的呢？就在这么一种状况下面，我整整地工作了有两年的时间。

那是在十年之前吧。有一次搞厂庆，厂部领导要求我使用这台IBM，打印出一整套企业管理方面的文件。并且限定我加班加点，必须在十天之内完成，结果我用了差不多只有三天的时间。在剩下的时间中，我就用这台IBM检索了国内外同类企业的生产技术、工艺流程、科技动态以及其他行业相关产品的质量和标准等方面的资料以后，便打印出了一份更新我们厂老面孔产品的意见、措施、工艺以及相关的技术经济分析的报告。

当我把这一份厚厚的技术文件提交给邢科长的时候，我的心里边还曾乐滋滋地想，嗨，他肯定会重视我的"苦劳"的。可是谁知他抬手接过去以后，只是前后地翻了几页，然后就板下面孔对我说：

"翟凤娜，你不过是玩玩电脑的内行，打打表格和报告的专长罢了。至于铁氧体生产技术，你懂个什么哪？"

"邢科长，"我有点不满地说，"不是我说你，现在的电子技术是日新月异,一日千里啊!我们不说去打前头,不去排在中间,但也应该跟着尾巴去上吧?总不能老是井蛙观天、夜郎自大地等着掉队,等着被淘汰出局吧?"

"翟凤娜,你知道稀土王、铁氧体、锰硅单晶的生产工艺吗?就你这么一个疯疯癫癫的、傻不拉叽的、番瓜婆一般的女人,还跑到我的跟前来吆五喝六地去舞大刀吗?"

他非常明显地对我摆出了一副傲慢无礼的上司的样子。他那一番盛气凌人的话语,一下就吸引了科室的其他成员,真让我下不了台。这份较为完整和全面的技术经济分析报告,虽然只花了我七八天左右的时间,但是我敢断定,他邢建涛半年都搞不出来。现在不去仔细研究和分析就算了,那也用不着摆出这一副傲慢的神态来嘲讽我呀?这心里边一旦有了气,往往很快就会在情绪上表现出来。因而这个时候,我"啪"地一把就从他的手里面夺过了我提交给他的那一份厚厚的分析报告,并且恶声恶气地回击说:

"哼,就你邢建涛这种傻B样子!你就知道天就只有井口那么大!"

这是有生以来,我第一次出口粗鲁和恶语相向。邢科长听了以后,似乎也有一点儿急了,只见他把脸孔往下一沉地说:"你怎么出口骂人呢?"

"我骂人?"当时我按不下火气地说,"哼!难怪我们厂是一年不如一年,销售不景气,产品没人要,工资发不出。现在我才知道你邢建涛这种人的德性!要是我是技术科长的话,哼,你连给我打打水、拎拎包的资格都不配!"

"你……"

"保守,僵化,还自以为多了不起呢!"

我就一边轻蔑地"嗤"起了鼻子,一边转过身子离开了。打那以后,邢科长便跟我结下了怨忿。他不再让我去碰那台IBM了,成天介就让我去抄写那许多总也抄写不完的资料活儿。我觉得再这样呆下去的话,简直就是在浪费自己的青春和生命,实在是一点儿意思都没有了。

"算了,翟凤娜,"那个时候,我还没有结婚的男朋友小范安慰我说,"你干吗要为这点小事情去自寻烦恼呢?你认为没有意思的话,干脆就调走吧!"

"要调的话,"我赌气地说,"就得要调一个好一点儿的单位,好一点儿的工作。要不然啊,那个邢科长,他要不笑死我才怪呢!"

于是小范就开始了多方面的活动。大概有个半年多的时间吧。这其间厂里新换了厂长。对于厂里人事方面的更迭,我一概不闻不问,也不感兴趣。除了关心已经有5个多月发不出的工资何时能够发放以外,我就上班低头抄写，下班闷头回家，再也不关心谁去主政，谁在折腾。由于我是名牌大学计算机专业毕业的，市科委同意接受我去科委档案馆工作。这是一个非常不错的位置，国家行政机关，铁饭碗，旱涝保收。所以当小范告诉我的时候，我不由得展开了愁眉，拥抱住他，频频地吻了起来。当然啰，剩下来的就是履行请调报告，厂里批准，然后再去市人事局转手续这一程序了。

第二天。当我怀里面揣着昨晚就已经拟写好的工作调动申请，到工厂时晚了一个几分钟。但是我的心里头，却有一种无法克制的轻松的感觉在涌动。我渴望着离开这个倒霉的工厂。我发觉自己在这个地方，简直就是浪费了两年多的年华。现在我突然意识到了在这堵禁锢我年华和生命的、使我无法发挥专长的、保守和僵化的大铁门的外面，还存在着我年轻生命所向往的追求。我再不用仰人鼻息地去看那个邢科长的面孔了。甚至我还可以嘬起一口唾沫，"切"地一下吐在他的脊背后面，然后"一、二、三、四"地开步走！所以我那一天的心情，显得是特别的轻松。我满面春风地跟同事们打着招呼，没有去注意他们看着我的好奇的眼神。

就是在那一天上午，我在这种轻松心态的支配下，嘴里一边哼着小曲儿，手里一边整理起我办公桌子上和抽屉里面的物品。忽然有一道黑影，遮暗了从我身后边的窗户透进来的光线。我心里面在揣度，大概是邢科长吧？看来他又想要发什么飙劲了吧！我抬起了纳闷的脸孔。办公桌子对面的小俞正瞪大一双眼睛看着我；室内其他的同事们也都把视线转投到了我这儿。

"翟凤娜，"邢科长黑着脸说，"今天你迟到了七分半钟！"

"我迟到了几分钟，"我轻松地问，"你怎么着吧？"

"什么怎么着？罚款、扣工资！请你在考勤卡上签上迟到七分半钟！"

"迟什么到？扣什么工资哪？这个字我不签！都已经快半年发不出工资了。我说邢科长你呀，你以为我们会一辈子在一起共事吗？"

"这个我不管。今天你给我把这些资料全部抄完。"

"今天我要是不干呢？"

"你愿干就干，不愿干就给我走人！"他还真耍出了狗屁威风。

"邢科长，我就等着你在说这句话呢！你以为我还会赖在你这儿？你给我把这5个多月的工资算一下吧。"

"要工资，你到劳资科去要好了，找我什么麻烦？"

"那么你给我写一下，这总可以吧？以便我能够名正言顺地调开这个狗屁地方。"

"我给你写什么东西！"

"好哇……你个邢建涛，"我的轻松感觉全都溜走了，火气却呈反比例地冒了上来，"你要是有那个能耐的话，就把这个烂摊子给搞上去呀！要是没有那个能耐的话呢，就站到一边去！不要老是在下属面前耍什么狗屁威风！"

"我就对你翟凤娜耍威风，你能怎么着你！"

"算你有本事，会欺侮下属，是不是哪？"我紧盯着他那双浑浊的眼睛，冒火地和他较上了劲，"你这个臭狗屎，也太有点儿过分了吧，啊？"

"你这个野泼妇……"

"×你大爷的！"我没等他说完，自己的嘴和手一下就野了起来。我将手中那一叠刚刚整理出来的书籍和资料，"哗"地就摔到了他的脸上和身上。他的人，忽地也就懵在了那里。"邢建涛，"我气哼哼地对他说，"我是一个野泼妇，你又能怎么着吧？我好吃吃，好欺欺，是不是啊？两年半多了，我也受够了！再说我马上就要调走了，本不想在离开前的这几天跟你过不去的。可你也实在太过分了吧？啊？好，现在我就等着你把我给吃了吧！"

说完我就往椅子上一坐，两腿往办公桌子上一跷，等着那个小鸡肚肠的邢科长的大爆发。技术科的同事们都在唧唧咕咕地小声议论着。而邢科长则像霜后的秋草——蔫了。我假马若鬼地装出一副六根清净的样子，不再理睬。只有我对面的小俞，弯腰给拾掇我摔出去的书籍、物品和资料什么的。

"翟凤娜，"小俞一边捡一边对我说，"看你一个漂漂亮亮的女孩子，脾气怎么这么野？这么泼啊？像个凤辣子似的！"

"俞树国，就这么一个工资都发不出的、快要倒闭的破厂，一些头不是头、脚不是脚的人，尽在耍什么狗屁威风，又听不进别人不同的意见。好了，我搞的这个技术经济分析报告就送给你吧。反正我也用不着了。也许将来你还可以派上点用场。这里面有国内外同行最新的技术动态，还有我本人的分析意见，可以供你参考。现在，我只等厂里一给签字同意调动，立马就去市科委档案馆报到。省得在这里看人家白眼，尽受那窝囊子气。"

"那么，恭喜你能另谋高就啰。我们这些人，可还得要把罪往下受呢……喂！"小俞忽然停止了说话，并且朝我挤眉弄眼地打起了鬼脸。

"俞树国，你瞧瞧你那副嘴脸，"我嘲讽般地揶揄起他来，"真让人感到恶心！"

"厂长来了。"小俞低低地说。

"真逗！"当时我还以为他在跟我开玩笑呢，因此也就没在意地说，"要依我说，这个新厂长，他就应该去抓大事！可是现在产品还是老掉了牙，职工有5个多月发不出工资，外面却有880万元的销售货款收不回来。我看这个新厂长，嘿，也不是什么好玩意儿！"

"说得好！不过……"

嗨，还真是那个新厂长来到我的背后。最近这两个月我忙着调动工作，还没有正眼地瞧过新来的厂长，不知他长什么模样。反正是豁出去了，我跷在办公桌上的两条腿仍然没有动窝，只是扭头朝邢科长瞪了一眼地说：

"不过我是一个把脚跷在桌子上的野泼妇，是不是哪？活受了两年半多的鬼气，我就不信今儿个我就不能跷一下腿，不能解一下气吧？大不了你炒我的鱿鱼呗！你总不会炒我10次或者20次吧？反正这个破厂，现在已经对我不再有吸引力了！"

"我就不信你翟凤娜，对工厂会没有一点感情？"新厂长问。

"有感情，又能够怎么样呢？哀莫大于心死。我的心已经死了！我说你这个厂长，现在最好忙你的事情去吧！我这会儿腻腻歪歪的，心里边烦着呢！也不会有什么好话给说出来的！过一个小时我去厂长室找你，行不？任凭你怎么处置！随便你是高抬贵脚地炒我鱿鱼，还是高抬贵手地让我调走！"

"好的。一小时后，我准在办公室里等你。"

新厂长说完，他转身就走开了。我的脚还是跷在办公桌上。科室的同事们，除了邢科长歪啊歪地回他那间屋子外，都朝我这儿涌了过来。

"嗨！"小俞对我说，"想不到你这个风辣子，还真是一个野泼妇哦！竟然连新厂长都敢戳，都敢野哪！"

我没有再去搭理他，只是闭上了眼睛。我要好好地思考一下，如何让新厂长在我的请调报告上签字。同事们见我阴着脸，就都各自地散开了。我的一颗心在胸膛里面疼着，这个邢建涛真是臭狗屎一堆！害得我现在连那个新厂长都给得罪了，失掉了退路。唉，是福不是祸，是祸躲不过，走一步是一步吧。如果那个新厂长实在不让我调动，或者真的要炒我鱿鱼的话，那么我干脆就辞职或者离职走人，总比呆在这儿人不像人鬼不像鬼的强啊！

我掉过头，向周围的一切默默地告别。当我看到了镶在门框横木上的"技术科"三个字的白色有机玻璃牌子的时候，就摇了摇头地对自己说："翟凤娜啊翟凤娜，今天它可能是最后一次惹你生气了。"

一个小时不到，我便来到了三楼的厂长室。

新厂长不在。厂办秘书小姚说厂长马上就回来，叫我先坐着等上一会儿。于是我就坐在厂长室老板桌前的转椅上，跷起了两只脚，往那老板桌厚重的桌面上一搁，晃悠、晃悠地想起了自己的心事。

秘书小姚端茶进来，看到我的脚跷得老高，便皱起眉头不满地说："翟凤娜，你在下面把腿跷在桌子上，怎么到了上面厂长室，也把腿往桌子上跷哪？怎么这么没有规矩哪？亏你还是名牌大学出来的！看起来，你还真像是一个一点儿教养都没有的野泼妇呢！"

看来我这个"野泼妇"的雅号，在厂里面到处都给传开了。野泼妇就野泼妇呗！我对小姚的不满只当是听不到，一个耳朵进，一个耳朵出吧。我的烦恼已经够多的了。我要考虑如何同新厂长交谈，以便能够顺利地请调。假如请调的门户全都给关死了，实在没有办法可想了，那么我也就只好去野泼妇了。厂长进来的时候，小姚向他倾诉着不满：

"王厂长，翟凤娜把她两只脏兮兮的脚，跷在你的办公桌子上呢！"

"噢？是吗？"

他进来以后，我还阴着脸在思索呢。他便不声不响地在办公桌后面坐了下来。当小姚端了茶走进来，看着我们的样子，忽然就"格格、格格"地笑了起来。她一边笑一边说："你们看一看，你们看一看，两个活宝喔！"

随着小姚蛙鸣一般的笑声，我把视线从思索之中拉了出来，并且抬向王厂长的时候，看到他也跟我一样，把腿跷在办公桌上呢。只不过他在后面往前跷着，饶有兴味地注视着我；而我则是从前面往后地跟他对跷着。看到这一副滑稽透顶的样子，我也"扑哧"一声地笑了起来，并且不好意思地把腿放了下来。王厂长也放下跷着的腿，眯着嘴巴微笑地说：

"翟凤娜，你等了有一会儿了吧？"

"也没等什么。想不到王厂长你这么年轻噢！"

"怎么？你以为当厂长的，就应该是一些糟老头子？"

"那倒也不是。我倒认为当厂长的，应该还是年轻一点儿的好，有魄力，有魅力，能够接受新事物。"

"我来了都快两个月了，你还没有印象？"

"坦率地说吧，要不是刚才小姚叫你王厂长，我甚至都不知道你是否姓王，更不知道你的模样是糟老头子，还是年轻的小伙子呢！我都没有正眼地瞧过你。这两个月来，我一直不是忙着在调动工作就是低头在抄写那许多繁冗无聊的资料，活活地浪费生命！"

"我就这样没有吸引力?看来我是完了。"

"不。没完。你挺英俊,挺潇洒的。不过……"我一反刚才的抑郁,开始和厂长胡侃了起来,"厂长要是还没有结婚,还没有太太的话,那么,对我们这些年轻的女孩子们,就更有吸引力了!"

"是吗?我也坦率地跟你说吧,婚呢,我是结过的。可是后来不久又解脱了。不过……我也没有想到,翟凤娜你……"

"没有想到我是个十足的野泼妇吧?是不是哪?"我没等他把话说完就接过了话茬。同时我也就掏出了自己的那份请调报告,给他递了过去,"不过你只要在我的报告上签上一个字,我这个野泼妇立马就会在这里销声匿迹。并且保证再也不会出现了。"

王厂长把我的请调报告接过去,放在了一边。并且用眼睛看着我说:"你别误会,我可不是这个意思。"

"得了吧你哪!"我忽地不知怎么就愤懑了起来,"你这王厂长,压根就不是什么好东西!"

"翟凤娜,你怎么就这么武断地下结论呢?等到我把话说完了,你再下结论,也不显得晚嘛。"

"嘿,难道你要说,你想不到我翟凤娜不是一个野泼妇?"

"是的。野泼妇的行为,只不过是你一时的义愤而已。这一件事情,曲不在你。我想不到的只是,你翟凤娜是一个很有头脑、很有才气,又很年轻漂亮的女性。"

"得了吧你哪!少来上这一套虚伪和无聊的恭维话,我可是不吃这一套的!还是把字签给我算了吧!"

"我从来都不恭维别人的,更没有必要去恭维一些自以为是的下级。不过我可有一个优点,就是实事求是地、平心而论地去评价人。刚才,俞树国把你送给他的那本分析报告转交给了我,我大致地翻了一下,作为一个企业经营者,我一下就看出了它的分量。于是我立即召集了厂部和生产、经营、管理,还有你们技术科的个别成员,对这份报告进行价值评估。"

"王厂长,你就省一点儿力气吧!噢!这已经是半年前的东西了。电子技术一日千里啊,例如微软的视窗、甲骨文的数据库、英特尔的奔腾处理器、思科的微米电路,在这个半年之中将还会发生多么大的变化啊!"说到了这里,我的心里边感觉有点儿悲哀,"那时我提交给邢建涛的时候,却落得了个看人白眼、仰人鼻息、活活地浪费生命的下场。"

官园夜月

"你说出的这许多话，说明你对我们企业还是有着浓郁的感情的嘛。"

"在竞争激烈的现实生活面前，再浓郁的感情也还是苍白的。施展不了自己的才华，拿不到赖以生存的工资，遭小人轻薄，还要迫使自己去发野、撒泼，多丢人啊！唉，现在的我，就连我的未婚夫也都已经在看不起我了。"

"翟凤娜，有些事情得有一个过程才行。我在国外有一定的关系，我想如果有可能的话，我们可以连起手来，与倪光南的联想、王选的方正搏一搏呢！只要度过眼前的危机，我们厂就会走上正道的。我们两个人合作，怎么样？"

"你这个提议，如果是在半年前提出来的话，也许我不光会举起双手，可能也会跷起双脚来接受的。当时我也想和那些个腐朽们放马一搏呢！可是现在却不行了。第一，市科委的那个位置，实在太具有诱惑力了，旱涝保收哎！这第二，在这里我已经成了一个上下皆知、面目可憎、臭不可闻的野泼妇了！这让人的心里边很不好受！知道吗？还有，我也快要结婚了。我不想再去瞎折腾什么了。算了吧，王厂长，你就签个字让我走人吧。"

"翟凤娜，给你这份申请报告签字，"王厂长用抑郁的眼光看着我说，"简单来兮。随时都可以的。不过我也得要请你帮一个忙，就算是给我个人帮忙，好吧？飞龙公司，还有宏达厂，这两家企业不知你知道不知道？"

"知道。半年前我从电脑上得知，飞龙公司欠我们厂108．8万元的销售货款；宏达厂则欠我们228．8万元。我想他们可能是拿着我们工厂的资金，取上了一个'要能发发'和'偶尔发发'的谐音，反过来，再来戏谑和嘲弄我们工厂的无能吧？"

"可能是这样吧。真是可恶。在我们工厂的应收货款当中，这两家单位就占到了37%还多一点呢。"

"那你总不是……要我给你帮忙去催要货款吧？"

"是的。就是想请你帮我这个忙。你要走了，我总不能不发给你这5个多月的工资吧？如果有可能的话，再发上一点儿奖金让你走。"

"从表面上来看，你这个人的心意，好像倒是很不错的哪！不过，谁知道你的内心里，在打着我什么鬼主意呢？"

"翟凤娜，你也知道，现在工厂从银行那儿，根本就贷不到款。你说这没有资金的工厂，又怎能够转动起来呢？我想请你帮我从这两家企业去收取个50万的货款。当然是越多越好啰！给你半个月的时间。刚才，我已经与别的厂领导和财务通了个气，以后不管是谁，只要收到了呆滞的货款，都给予提成奖励。提成奖励为：基数内是1%；如若超过，100万内提2%；超过100

万的部分提成3%。其他的欠款单位我来想办法解决。你看怎么样？"

"哼，我看你呀，是想要往我身上使什么坏水了。要是我收不到呢？"

"如果你一定要走，我决不阻拦你。"

"好！就凭你这一句爽快话，那，我就给你去试一试看吧。"

"嗯……哼，OK！"王厂长的脸孔忽然就开朗了起来，他还打了一个响指呢，"如果在这几天里，你需要什么人给予协助的话，那么我就授权你为厂长特别助理的职务，对厂里面的任何人，都可以去进行调度，甚至包括我这个厂长也在内。你看怎么样？"

"不要你兴师动众，"我阴沉着脸地对他说，"也不要你的特别授权。我只答应你去试一试看，别对我抱有太高的期望值。"

"那么翟凤娜，现在我们就一言为定了。好！OK！中午，我请你的客。小姚，你过来一下。"

"来了……"随着厂长的叫喊，秘书小姚推门进来问，"王厂长，你有什么事情要吩咐吗？"

"哈哈，小姚，中午，你陪我和翟凤娜去嘬一顿吧。"

望着王厂长那一副喜笑颜开的样子，我这心里头忽然就"格登"了一下，他仿佛笑得那么阴险，那么诡谲。我想，在他这个笑容后面，会不会还包藏着什么祸心吧？此时此刻，我真想用电脑来扫描和锁定他这个虚表的笑容，并且检索这个虚表笑容的后面，究竟还有没有什么绊子？什么坏水？什么陷阱？于是我就阴沉下脸地问："瞧你这一副得意得就像是一个王八蛋的样子！你大概是设下了什么圈套，等着让我往里面去钻吧，啊？"

我的话一说出了口，不要说王厂长和小姚愣住了，就连我自己也都愣住了。我今天这是怎么啦？嘴巴里面专门就蹦出这些粗野和肮脏的字眼呢？这哪里还有一点儿文化淑女的样子哦！

"翟凤娜，"小姚愤懑不平地说，"你怎么对王厂长也是这么粗野，也是这么无礼呢？"

"小姚！"王厂长喝住了她，"你不可对翟凤娜无礼！我刚授权她为厂长特别助理，并且有权调度厂里的任何人。"继而他又转向我说，"我说翟凤娜，你也太敏感了吧！我并没有什么其他用意，只是想请你去嘬一顿罢了。"

"哼！虚情假义！我不会领你什么情的。"我扫了一眼小姚那狐媚子一般惊愕的面孔，又转向他说，"王厂长，你只要记住你的诺言就是了！不过，你要是真黑了我，我会和你野泼妇到底的！"

说完，我便悻悻地走了出去。从那天开始，似乎就有一股子野气，从我的心底里缓缓地升了起来。我也不知道怎么会这样，心里就只想要找个地方去发泄一通，找个对象去撕咬一阵。

我是当天下午两点钟来到飞龙公司的。飞龙公司总部地处繁华街段，设在了一座高档的写字楼里面，门口还有穿制服的保安在警卫。公司里的陈设颇为高雅，排场亦很别致，很像是一个现代化的贸易公司。可就是这一类外表装饰豪华的公司，居然长期亏欠我们工厂的巨额货款，不肯归还。

飞龙公司的胡总经理发际顶修、脑满肠肥，鼻梁上架着一副金边眼镜，福态万端地坐在红木大板桌后面。别看他外表包装得像一个高雅儒商，但从他看人的眼神一望就属于是那种"十个商人有十二个骗，骗了钱财去包二奶、养小蜜"的暴发户的货色。他的脸上是一副虚表的职业性笑容，可眼睛却是贼亮贼亮的，在金边眼镜后面，滴溜溜地随着客人在转动，就像一头将要扑向猎物的猞猁，眼睛滴溜溜地随着猎物那柔软颈部的移动而移动着。

我扭门走进了总经理室。正和客人闲聊着的胡总，就把他那种镜片后面的贼眼投向我，就用他那副尊容"脱口秀"一般地对我说：

"这一位漂亮的小姐，我胡某人能够为您效什么劳，服什么务吗？"

管他有无客人，一走进办公室，我便大大方方地和他侃了起来："你就是胡总吧？我是到阁下您这儿来报到的。"

听我说话，他那双贼溜溜的眼睛开始狐疑了起来："你到我这儿报到？"

"嗯。还请胡总高抬贵手，多多地照顾喔！"

"欢迎啊。不过，小姐你是……"

"我是电元三厂的。"

"电元三厂的？"

胡总那一双狐疑的眼神，一下就警觉了起来。看起来，要想从这只贼狐狸的嘴巴里要出我们厂的货款，如若不用针尖对麦芒，野性对贪婪，不用我今天就想着要去发泄一通，要去撕咬一阵的野性，去对付他那种本能贪婪、手段狡诈的骗子，是不可能会获得成功的。然而还得要有一点策略才行。于是我顺手便拎起了门边上的暖瓶，挨个挨个地给他们倒起了茶水来。

"胡总，"我一边倒水，一边随意地说，"来，我来给你斟茶。还有这几位先生和老板们，看茶。胡总啊，我叫翟凤娜。我们厂里人都把我的名字倒过来叫，都叫我凤辣子，你也叫我凤辣子好了，这样亲切、随和。"

"翟小姐,你今天来……"

"坦率说吧,胡总,"我放下暖瓶,又假马若鬼地拿起了门后头那块雪白的抹巾,一边揩抹胡总那张纤尘不染的根本就不用揩抹的大板桌,一边对他说,"今天我是一个人前来。明天搞得不好,就会有七八十、百来号像我这样的女人要到你这里来报到呢!我们电元三厂已经有6个月发不出工资了,大家全都要发疯了!我们那个王八蛋厂长……"

"什么?你叫你们那个厂长是王八蛋?"胡总惊诧地问道。

"嗯。这有什么可奇怪的呢?我们那个王八蛋厂长对大家说:你们就是把我给撕了、扯了、剁了、吃了,瘦巴巴的,不过也就是个100来斤!你们去找飞龙公司的胡老总吧!他们公司欠了我们电元三厂100多万的货款呢,他又不肯给!再说了,他也比我肥,比我胖哪,你们去撕他、扯他、剁他、吃他吧!大家都说欠债不还,真是岂有此理哟?难怪我们半年都拿不到工资,你王八蛋给写上一个东西,我们立马就去撕他扯他,剁他吃他!出了事也就与你无关!那个王八蛋又说,还是派一个人先去交涉交涉,先礼后兵吧!于是大家便推我出来说:凤辣子,你先代表我们去找一下那个坑蒙拐骗的胡老总……对不起了胡总,无奈,我就只好先来了。"

"放肆!"胡总把大板桌面一拍地吼道,"你这个野泼妇!"

"你说什么哪,胡总?"我的脸开始阴沉了下来,"你说我放肆?还说我是个野泼妇?是不是?跟你明讲,我翟凤娜可是中国一流名牌大学培养出来的一流的电脑专家。我是电元三厂的电脑工程师。你说我是野泼妇?要不是我也6个月拿不到工资的话,我会正眼瞧你这种坑蒙拐骗的'骚'狐狸一下?"

"你……"胡总气急败坏地,连话都说不出来了。

"我怎么啦?啊?你胡总拿着我们电元三厂108.8万元的货款,在这栋豪华的写字楼里面摆'要能发发'的谱,是不?"

这个时候,旁边有一个人起哄地说:"瞧你这一副野泼妇相,哪有一点儿高级知识分子的味道哪?"

"怎么啦?啊?"我伶牙俐齿地顶了上去说,"6个月拿不到工资了,你知道吗?啊?不要说我会撒野耍泼了,就是市长、市委书记6个月拿不到工资,恐怕也要野泼相的吧!啊?你是闲着没事,站着放屁不吃力,是不是啊?这人总得要吃饭,要生存的吧!啊?讲到哪里去都不过分吧?啊?"这时候我又转向了胡总说,"胡总,这个108.8万元的欠款,你准备怎么着吧?"

"快叫保安!"胡总狂叫了起来,"把这个烂女人给我轰走!"

看起来，胡总是准备要狗急跳墙了。我便顿了一顿，迅速地思考了一下对策以后，就把手里边拿着的那块白抹布，往红木大板桌面上猛地一摔，语句沉沉地瞪着胡总说："好哇！胡总，你们公司欠债不还，还骂我是烂女人？行！姑奶奶我要是不陪你玩玩，不陪你玩到底的话，我就不是风辣子！"

进来的那个保安，墩墩黑黑、五大三粗的，就像是铁匠的砧子一般。就连他说话的模样，也是黑沉、黑沉的。此时我觉得有点儿势孤力单，后悔没听王厂长的话，多带上几个人来。不过我不能软，不能蔫！好在我从小跟着父亲练过几套拳术，也许此刻还真能派上点儿用场呢！

这个黑铁砧子站在了我面前，黑着脸地说："对不起小姐，请你出去！"

"你知不知道欠钱要钱，天经地义；差钱耍赖，天理不容吧？"

"这我不管！"

"那你管什么？"

"我只履行职责。对不起，你请出去吧！"

"我要是不出去呢？"

"那么，我就只好动手了！"

我把两手往腰下一垂，眼睛冷冰冰地盯着那个保安说："你就动吧。"

飞龙公司总经理室的气氛，刹那间就不祥和了起来。大家都睁大眼睛看着。有的幸灾乐祸，有的胆小怕事，有的纯粹就是看热闹。那个黑铁砧子的保安还真的就动起了手。他一把拽住了我的胸襟用力地往外拖。我猛地一挣。这一拽和一挣，一下就形成了一股强劲的反差力。一声刺耳的衣服被撕扯破了的"嗤啦——"声，在这总经理室不太大的空间里波动了开来……

在场的人，倏地就惊呆住了。我低头看了一眼被扯得破乱的上衣，心里想，好！现在我有足够的理由和借口，可以在这里撒野耍泼了！我还怕他们把我给吃了不成？但是我的眼睛，仍然冷冰冰地死盯着那个黑铁砧子的保安，嘴里一字一顿地咬着牙切着齿地说："你是想要对我非礼，想要对我耍流氓，想要当众强奸我，是不是？好！姑奶奶我成全你！"

我"唰"地一下就扯开了已经被撕破了的上衣，露出了上半身除了乳罩还遮住露不出的部位以外的其他部位。总经理室里面，顿时就是一阵喧哗和混乱。我用阴冷到了极顶的口气说："你上啊，你上啊你！"

那个黑铁砧子倏地扬起了右手。他想动手打人。可是面对我仍然是死盯盯地瞪着他的、眼光像刀锋一样锐利的、快要喷出了火焰的眼睛，他似乎有点儿犹豫了。实际上我心里已经做好了充分的准备，只要他扬起了的右手挥下来，我就会以最快的速度，用我的右手按捺住他的手背，我的左手掌同时切入和扭住他的右肘部位，再迅速来它一个大转身。我很自信，那个黑铁砧子保安的右臂就是不断，人也非得要趴在这总经理室的地板上。这时候，屋里不知是谁说了一句："这个女人怎么就这么凶哪？简直就是一条母狼！"

母狼？那个人的话使我忽然就想起了那尊青铜雕塑的罗马保护神的母狼，它曾用它的野性、它的警觉、它对人类母爱的天性和人情味儿，守护着它的子民们。现在，大概也是由于这一种感情，促使我为帮助我们电元三厂的职工度过难关，而去承受眼前这种莫大的羞辱。这个形容，嗨，简直是太准确了！我大概打从心底里，还在爱着我的同事们。我要用这种野性和爱的天性，去守护着他们。为了他们，我就不能显得软弱和退让。

也许就是我闪着像狼眼一样光焰的眼睛的对视，那个保安的眼睛里先是一阵迷惘；后又慢慢地闪现出了一丝恐惧；跟着眼角在抽搐；随后这种抽搐又扩展到了面颊和嘴角；最后连他扬起来的右手也开始颤抖了起来。他的整个神情，都好像是在痛苦和恐惧。也许他是被我这种敞胸露怀的野性给吓着了，也许是他想到了可能会出现的可怕的后果，总之是，他垂下了右手，掉转过屁股，倏地一下就跑出了门外。他一边往外面跑，一边还在痛苦地嚷嚷着："这个女魔头、野泼妇！这个女魔头、野泼妇……"

保安这一跑啊，总经理室里的人全都目瞪口呆了。包括飞龙公司的几个客人，也都傻了眼了。我还是那样敞胸露怀地瞪着一双血红的眼睛，扫视了一下屋子里面所有的人，恶狠狠地说："你们哪一个想要要我流氓的，想要强奸轮奸我的，就请站出来吧！"

见没有人吱声，我铁青着脸孔，走到了那个发际顶修、戴着金边眼镜、而现在就像是一个傻B似的胡总面前，死死地盯着他说："胡总，你大概是想要要我流氓，想要强奸我吧？"

"哎哟喂唷！"胡总忽然嚷嚷了起来，"我野泼妇的姑奶奶哎！我给你一个20万吧，你不要在这里闹了，好不好吧？"

"20万？哼，都不够我们厂发一个月工资，要它干吗呀？"我一把拎过了大板桌上的电话，拿起话筒就"啪、啪、啪"地拨了7个号码。我一边拨号一边狠声毒气地说，"你们也太过分了！胡总，我现在想要毁掉你！毁掉你这个坑蒙拐骗的臭流氓公司！"

电话接通了。我对着电话说："是电视台《焦点访谈》栏目组吗？麻烦你给我叫一下刘欣，对，就说她有一个叫翟凤娜的大学同学找她……"

胡总站起身来，一把摁掉了电话。他哀哀地说："哎哟！我的姑奶奶，我的小姑奶奶哎！有话好说，有话好说嘛！你这不是在毁我吗？"说到了这里，他把脸转向了旁边一个人说，"王敏，你快去财务科一趟，给我把张科长叫来。快！其他人，请你们暂时都出去一下。哎哟喂哟……我怎么就倒霉地碰上你这么个野泼妇的姑奶奶呢？我们坐下来好好地说，好好地商量嘛……"

我两手交叉着抱在了胸前，冷眼看着他。其余的人都走出去了。张科长进来以后，他不安地看了我几眼。显然，他也被我这种外衣破乱、敞胸露怀的样子给吓着了。我只是漠然地回敬了他几眼。紧跟着，胡总和张科长两个人嘀嘀咕咕地交谈着，商量着，时不时地有几句话还蹦进了我的耳膜。胡总问："账上有多少资金？"张科长小声地说："有个60万左右吧，不过，明天下午那个订货会，还要用一些钱呢。"胡总说："电元三厂怎么办？"张科长说："是否先给个一半，其余立出个归还的字据，万一还不出来，我们就用材料抵债吧。"胡总说："哎，这个野泼妇的小姑奶奶，可难缠着呢！弄得不好，她真会毁掉我们的。"张科长说："礼到人不怪，我来对她说说看吧。"我假装没有听见，扭着眼睛去看那明亮的窗户。

"我说这位小姐啊，"张科长先是咳了一咳喉咙，然后对我说，"我们是不是商量一下哪……"接下来便是一番讨价还价。说定了今天先给个58.8万的转账支票，其余50万由飞龙公司打出三个月内保证归还的正规手续。

我假装很不满意，可是胡总打躬作揖地说："哎哟喂哟！我的小姑奶奶哎！我把这点儿家底都掏给你了。你就给我高抬贵手好吧！余下的50万，三个月之内我一定给还清。哪怕我就是真的去坑蒙拐骗，都不会少分一分的。哎哟！你这个小姑奶奶把我给坑害死了！"

"那么……"我拿捏出一副假马若鬼的姿态说，"好吧，你们就办吧。不过我可得要向我们工厂那个王八蛋厂长打上一个招呼。"

张科长看到我点了头，胡总又在旁边推了他一下，他就快步地走了出去。我拿起大板桌上的电话，打到了我们厂部："喂——是你那个王八蛋吗？对呀，我是翟凤娜。嗨，我的衣服都给撕烂了，差一点儿没有让这里的保安给耍了流氓，给当众强了奸轮了奸呢！"

"啊？"电话中，王厂长那种惊诧和焦急的语气，真让我的心里边好生感动喔！他问，"那个胡老总呢？"

"胡总啊，他有那个色心，可就是没有那个色胆！对，他现在就站在我旁边。还算给我们面子呢。不过……他就只肯给我们一半。"

"啊？！"电话那头又是一声惊诧。

看起来，这个王八蛋对钱，比对什么都关心呢！我又接着说："其余由他们出具手续，分批归还吧。我说算了吧，噢！别要求太高了。这件事我就决定了，噢！你叫财务科来一个人，或者让你王八蛋身边的狐媚子小姚，前来拿一下支票和手续。"我"啪"地放下电话。然后又阴沉下脸孔对胡总说，"胡总，我们的公事办完了。可是我们的私事，是否还得要再交涉一下？"

"啊？你这个小姑奶奶，又有什么事啊？哎哟喂……"

"你看我的这身衣服，被你们的保安给扯破、撕碎了，你说叫我怎么走呢？出去又怎么能够见人呢？再说了，我都快被你们给逼疯了，这精神赔偿，你胡总看着办吧！"

"哎哟喂唷！你这个小姑奶奶呀，真会没事找事啊！"他从衣兜里掏出了5张"伟人头"放在桌子上说，"我还真是服了你了！赔你一个500元钱的衣服费，你说好不好啊？至于精神赔偿么，哎哟！你就饶了我吧，噢，不要给我再出什么难题了，你这个小姑奶奶哎！"

"算了吧，胡总。"我也就不客气地拿起了那5张衣服赔偿费，随后又对他说，"我也不去为难你了，胡总。不过你得要记住，以后对待女人，可不要去瞎侮辱喔，会弄出事情来的！知道吗，胡总？"

"是是是。哎哟，"胡总哼哼唧唧地说，"哎哟喂唷，我今天怎么就倒霉地撞上了你这样一个泼妇、蛮货、凶B、母狼呢！……"

如果说飞龙公司的胡总难弄的话，那么宏达厂的李厂长可就更不好对付了。你们倒是说说看，一个拿别家企业几百万的销售货款长期不给，而还只当儿戏似的"偶尔发发"的李厂长如果好对付的话，那么我们厂的供销员也就不会前去催要一趟货款，结果总是两手空空、满脸失望地回来一趟了。

至于要说起了那次的话，我还真的就差一点没把命给丢在那儿，而回不了工厂呢！自打那以后，也就彻底地改变了我对命运的态度。

在去宏达厂之前，我作了一点情况了解。李厂长有一个哥哥，在我们市里边当着副市长呢。那个年头，这当官的全都官倒到了顶，腐败黑了底，贪婪没了个边了。这北京也不例外。要不然，怎么会有"十个当官的有九个贪，就怕没人送，没有他不敢"的说法呢？后几年的王宝森不也就是一个副市长吗？他在一两年内，竟然挥霍掉了国家一两个亿的钱财！你们说，这兄长当着大官，吆五喝六的；兄弟搞着企业，不依仗权势、仗势欺人才怪呢！我读过江波那首《寻找希望》的诗。用江波诗里这两句：

> 新贵们厚着脸皮，黑着心良
> 权钱换、坑蒙骗、还嫖着娼

的诗句来形容和描述这兄弟俩，可以说是一点儿都不过分！现在怎样才能拿捏得住，并且要到我们厂子里的货款，我的心里边根本就没有个底儿，只有骑驴看唱本，边走边瞧了。

当我来到宏达厂的时候，是第二天上午的9点多钟。宏达厂地处在市外东南郊开发区，规模倒还过得去。厂办秘书，一个很漂亮的小姐告诉我，李厂长正和厂领导们开每周例会。因而我就壮起了胆子，大大咧咧地闯进了正在开会的小会议室，问谁是李厂长。坐在圆桌东首的李厂长抬起了眼睛，两眼炯炯地盯着我，问找他有什么事情？我便简洁明了地说了来意。

"什么？你们那个王八蛋厂长叫你来找我？"

李厂长问了这句话以后，就"嘎嘎嘎"地笑了起来。他那笑声活像一只叫声嘶哑、污染耳膜的公麻鸭！其他的参会者也都跟着哄堂大笑了起来。看得出来，这些人都是李厂长身后面的马屁精、应声虫，李厂长说到东，他们都不会朝向西的主顾。因此我装出一副很随便的样子对他们说：

"这有什么好笑的哪？真是！七八百号工人半年拿不到工资，这种厂长不是王八蛋，难道还是英雄和模范吗？你们厂经济效益好，厂长领导有方，自然就不会有人去骂了。我们厂就不同了，工人们都快要起来造反了。饥民难治啊！饿着肚子的工人，什么事情都做得出来的！"

"这话也对，"李厂长说，"这样吧翟小姐，你先去我们厂办坐一会，等到我们这儿的会议结束了再聊，不过有一点请放心，今天你走的时候，我没有个多也会有一个少，让你这个漂亮小姐不来白跑，回去能有一个交代，好不好？"

李厂长的这番话，说得我心里边有一点五点六点的。他讲的很明白，多是不可能的了。可是这少又是怎么一个少法呢？1万是少，3万是少，10万8万也是少。再说他看着我们女人的眼睛那么亮，这个李厂长肯定是一个色鬼！和他打交道，还得要注意一点。绝对不能入了他的彀中。我必须得先向他挑明，然后再讨价还价地争取呗！他们那个例会是在上午11点的时候结束的。见了他的面，我刚张开口，李厂长就打断了我的话题说：

"翟小姐,别忙说,先吃饭,先吃饭。今天我招待。来的都是客,何况你这个漂亮的小姐呢!我们在酒桌上,一边吃喝一边谈工作,好不好?"

饭店的包间里,六七个宏达厂的头儿脑儿,已经围桌而坐了。圆桌上摆满了鸡鸭鱼肉、山珍海味、翠绿菜蔬,还有白细瓷瓶包装的汾酒,色彩斑斓,香气四溢,美味令人口水直流。中国官场上和商场上的公款吃喝风,那时候绝对是一道风景线。各尽所能,各取所需,这种共产主义的分配原则,在中国的其他方面,根本就无法体现;而唯独在公款吃喝风中才能最大限度、最淋漓尽致地得以体现出来:各尽所能,众人尽可以放开肚皮,尽自己最大的肚量去吞食和容纳酒席桌上的美味,直到打饱嗝的时候为止;各取所需,大家尽可以选其所爱、挑其所需、拣其所好地消化这些佳肴来滋润肠胃。当时公开就流行着这样的顺口溜:

革命小酒天天醉,
喝坏身体喝坏胃,
喝得老婆背靠背。
老婆闹到党委会。
党委书记批评说:
有时不喝就不对!

真的!马克思老人家要是活着见到这种中国特色的、公款吃喝的、"饭桌上的共产主义"的时候,他老人家不捶首顿足、痛哭流涕才怪呢!就在这种色香味美、舒心怡人的氛围当中,李厂长热情洋溢地给每一个在座的人,包括我也在内,用大水晶玻璃杯倒满了醇香透明的汾酒。

倒完了以后,他笑意盎然地说:"翟小姐,聊备这点薄酒,一是为你接风;二是我们自己也能尽兴。我们宏达人是从来不怠慢客人的。不让人家说我们宏达人是小家子气。这也就是我们宏达厂成功的奥秘之所在。"

"李厂长,"我站起来说,"还有各位领导,我这厢感谢了。我不会喝酒,可以说从小到到走上工作岗位,我从来都没沾过一滴酒。还望李厂长和各位领导多多包涵,免我所难。这次我是受我们厂那个王八蛋的指派以及全厂七八百号嗷嗷鬼叫的员工们的委托,在此敬请李厂长还要多多开恩,给我们一个70%或者80%什么的,我翟凤娜就给大家磕头了,就感谢不尽了。"

"翟小姐,"李厂长说,"我先给你个10万,怎么样?"

"什么？"我一听还真就不来气了，"就10万啊？！我×！"

"你×？嗨！"李厂长咧着嘴地贫了开来。"翟小姐啊，想不到你这么一个漂亮的小姐，嘴里边说出话来，倒也是蛮动听、蛮悦耳的哪！你说是你来×我呢，还是我去×你哪？"

包厢席间的头儿们，顿时就发出一片轰然大笑。他们都厚着脸皮，歪咧嘴巴地看着我，此时此刻，他们大概还在想象着，我这衣服裹着的胴体，究竟是什么样子呢！可能还有更过分的，想象力更丰富的呢！那个李厂长此时仍然在涎着脸皮地说："翟小姐，你要知道你是洼的，我可是挂的哪！从来就只有挂的去×洼的，哪有洼的倒过来去×挂的呢？"

又是一阵轰然大笑。这时候，我气得鼻子还真是有点不来风了、气也不打那处来了呢！我真想能像一只狼一样去撕咬他们一阵；像一个泼妇一样，去朝他们发泄一通！不过我知道这样解决不了问题。我这一次前来是想要回我们工厂的货款。于是我就强行压住心头的火气，表面上还要装出一副嘻哈随意的样子说："李厂长，不管是你×我还是我×你，也不管是洼的×挂的还是挂的×洼的，我们先把这个'×'字放在一边不说，你说给个10万元，这就是你的不是了！你们宏达厂差我们厂228.8万元哪！我们那个王八蛋厂长可是给我下了死杠子的，他说翟凤娜，这一次你最少得给我要回个150万元！不然的话，你就甭再回厂了！"

"150万元？乖乖！你们那个厂长，还真是一个王八蛋哪！"

"李厂长，我们工厂七八百号人哪！都快要饿死了哎！我们又不是要你们去见义勇为地拯救我们，我们只是要回属于我们自己工厂的钱哎！李厂长你说是不是哪？"

"不过翟小姐，我们可没有赖你们的货款喔。"

"你的意思是千年不把，万年不赖？"

"翟小姐，你看你，别把话说得那么的难听么！"李厂长油腔滑调地说，"我刚才说是先给你一个10万元嘛。其余的，那就要看你怎么去拿了。"

"你说我该怎么去拿呢，李厂长？"

"第一，你把这一杯酒喝下去，先拿上那个10万元。"

"李厂长，你不是开玩笑吧？这杯子这么大，杯中酒恐怕不止半斤吧？"

"一斤汾酒倒上两杯，正好是半斤。"

"李厂长，你这不是要我的命吗？"

"你想要钱的话，就得要这样！"

"那么,还有 218.8 万元呢?"

"你喝完了这一杯酒,先拿上个 10 万。如果还要的话,也可以,"李厂长淫邪地笑着说,"我挂的 × 你洼的或者你洼的 × 我挂的一回,也给你一个 10 万。你要不 × 也行,我们再喝酒。再喝一杯就再给一个 10 万。如果你还要,就请继续喝酒。每再喝上一杯就比前一杯翻上一番。这种优惠条件,可是只对你翟小姐一个人开放喔。你看怎么样吧?"说到了这里,他把面孔转向了宏达厂其他的头儿,"我的意见,大家同不同意?"

"同意!"

"我们同意!"

那些只会阿谀奉承、死拍马屁的头儿,全都洋洋得意地哄叫了起来。看起来他们非要让我喝死在这里,非要看我的笑话,才肯给我们工厂的货款呢!我慢条斯理,一字一顿地对李厂长说:

"李厂长,你是说……喝完这杯酒,给个 10 万;喝完第二杯酒,再给个 10 万;喝完第三杯酒,便在第二杯的基础上翻上一番,给个 20 万;这第四杯酒又在第三杯酒的基础上再翻上一番,给个 40 万。以此类推是不是?"

"不错。翟小姐,要钱嘛,就得要拿出要钱的本事来嘛。"

"李厂长,你的意思是我要么一分钱拿不走,要么喝酒喝送了命,是吗?"

"我可没有要你去送命喔,翟小姐。"

"你还不要我送命呢!"这时候我叫了起来,"李厂长,我一开始就说,我一个女孩儿家,从小到大从来都没有喝过酒。可是现在你要我喝多少啊?要喝 5 杯哪!不,5 杯还不够!要喝上 6 杯,才能拿全我们工厂的货款!这 6 杯酒不是有 3 斤吗?这汾酒又是 50 多度的高度数白酒,你这不是叫我送命又是什么呢?我问你李厂长,你还是不是个人哪?"

"翟小姐,我当然是个人啰……"

"好!我再问你,你是小人还是君子哪?"

"翟小姐,我要不是君子,这个世界上谁还是君子啊?"

"好!我再问你李厂长,这衡量君子的条件是什么哪?"

"君子说话如泼水。我一言既出,驷马难追。"

"好!要不到钱,我也没脸再见我们电元三厂的员工们了。看来我就只好用命来碰一碰我翟凤娜的运气了。小姐……"我倒是气度不凡地叫来了饭店的服务小姐,"给我再拿 3 瓶汾酒,再拿 5 个杯子来。连我面前的这一杯给满上个 6 杯。"跟着我又转向了李厂长说,"李厂长,现在我就舍命来陪你这个君子,拼死吃你们宏达厂的河豚鱼了!我要是出了什么事情,与你李厂长和宏达厂绝无关系。但是你李厂长说话可得算数!"

在场的头儿们,全都愣住了。他们想不到我会使出了这一举措。我还真开始对他们撒野耍泼开了。李厂长也不愧是一个企业家,见过许多大世面,他以为我在唬他们呢,他说:"好!翟小姐有胆气。我决不食言。我们主管财务的刘副厂长就在这儿。刘厂长,就凭翟小姐的这一副胆魄,她将来必定是个'人中凤'一般的人才,我们也要和她交往。"

"行,李厂长,"刘副厂长神色颇为凝重地说,"我一切听从你的吩咐。"

"好!"我说,"李厂长,在我拼死之前,跟你借用一下手机好不好?我想跟我们厂的那个王八蛋厂长打上一个招呼。"

我拿起了李厂长的大块头手机,拨通了电元三厂厂长室的电话。谁知王厂长和厂部的其他人,他们全都傻呼呼地等着我的消息呢。

"喂,"我说,"是你那个王八蛋吗?你这个王八蛋听我说,宏达厂的李厂长,逼着要我喝下3斤穿肠毒药,才肯给我们钱呢!"

"啊?什么?"

电话中,王厂长一副焦急的语气里充满了关爱。这使我觉得我的身后有一股强大的力量在支撑着我!此时一种凛然、一种悲壮而去赴死的感觉,便从我的心里油然升起。为了电元三厂的重新崛起,为了六七百个同事们的生存大计,值得我去搏一搏!我就是用这种凛然而又悲壮的语调,对着手机的通话器说:"王八蛋厂长,你什么话都不要说了!但是你要记住一点,我翟凤娜决不会对不起电元三厂的!万一我个人有个什么三长两短,有个什么生死不测的话,只要宏达厂李厂长他们给钱,就与他无关。要是他不给钱的话,那我就不管他哥哥是不是什么副市长,我也就只能和他鱼死网破了!另外你是否可派人来接我一下。"

说完我"啪"地关上了手机盖,在寒气特重的"谢谢"声中,将手机递还给了李厂长。我也就是这般阴沉着脸地端起我面前6只并排放着的、全都倒满了酒的、硕大的水晶杯的第一杯,凛然地盯着李厂长和他的同事们。此时此刻,他们愣怔的脸孔,开始有点儿发怵和发白了。

整个饭店都开始轰然喧闹了起来。大概是听到那个倒酒的小姐奔走相告的缘故,饭店的主家和用餐的食客,全都围在了我们那个包厢间的门口,来看一个漂亮小姐为了替她们工厂要债而赌命喝酒的热闹场面。这种喧闹对于我来说并不是什么坏事,这起码可以让大家给我作个见证,如若李厂长不给欠款的话，我就是撕碎了他的喉咙，他们也会给我作一个有利的见证的。

我沉稳地端起了酒杯，就到了唇边。随着响亮的"咕嘟、咕嘟、咕嘟"声，一阵无比的辛辣，直直地呛噎着我的喉咙、鼻窦和气管，致使我猛地呛咳了起来。我的肠胃被这穿肠烈酒炙烫得难受，心跳在"嘣咚嘣咚"地加速，体内的热血四处奔涌，并且直往脑际冲去。此时此刻，我用舌尖紧紧地抵住上牙龈，牙齿紧紧地咬着嘴唇，深深地呼吸，并且气沉丹田，再去缓缓地舒气，以此来缓解这汾酒的烈性。

第一杯酒喝干了。我把酒杯倒了过来，杯底朝天地朝着李厂长晃悠了一下，然后平放在桌子上。随后又端起了第二杯酒……

记得没有间隔多少时间。已经是电元三厂副厂长的我，又去宏达厂办事的时候，也是在这个饭店里吃的饭。

当时饭店的郝老板认出了我，他便笑着对我说："哎呀，你就是那个在一个月前跟宏达厂要债时，在这儿拼死喝了3瓶汾酒的翟小姐吧？你那一天哪，刚开始还好；后来差一点没有把我们大家给吓坏了呢！我至今都还记得，你喝完第一杯酒的时候，眼睛润亮，面孔红得简直是艳若桃李，美若婵娟啊！那种沉鱼落雁、闭月羞花的美娇娘的样子，把宏达厂的头儿脑儿们全都给惊呆了！尤其是那个好色鬼李厂长，瞪着眼睛、哈着嘴唇看你的样子，就像癞蛤蟆在看月亮哎！他还不时地伸出舌头舔舐着自己的嘴唇瓣，简真就是一个大色狼！就差一点没有把你给那个做了、办了……你喝完了第二杯，这眼睛就更亮，面孔就更红，简直像一朵开足了的玫瑰花……你喝干了第三杯啊，开始不怎么行了。除了眼睛红红的，这面孔就像开败了的玫瑰，红紫中尽透苍白的死色，又像一大块放了三天以上的坏了的猪肝……待你喝干第四杯啊，除了眼睛红得要喷火、喷血以外，你的面孔苍白得发青，就像一个得了肝癌的病人似的。我不会形容，翟小姐，说错了你可不要见怪噢。你的嘴唇张着，牙齿露着，一副龇牙咧嘴的样子么，像是什么来着？像，像，好像是……对了！就好像是一头狼，一头龇牙咧嘴的母狼哎！眼睛红着，牙齿白森森地朝着李厂长的喉咙。那一副凶相么……"

"哎哟！老板呀，"我咧开嘴地笑了起来，"我的形象难道就那么的差吗？不过我告诉过他们，我不会喝酒。那一次，差一点儿没把我给喝死！过后害得我在医院里躺了好多天呢！再说了，我也看不到自己的面孔，不晓得自己当时是一副什么尊容，什么德性了！"

"翟小姐，你抽烟吗？不抽？"郝老板叼起了一根香烟说，"你呀，哎，就那么凶巴巴地，又端起了第五杯酒。那个好色鬼李厂长，这时候还真给吓坏了呢！他上来要抢你的酒杯；你呢，用右手肘就这么一拱。"郝老板说到了这里，他停下了话头，向我做了一个拱右肘的动作。接着他又说，"他一下就摔倒在沙发上，鬼叫鬼嚷的。他们那个管政工、安全和保卫的夏副厂长又上来抢；只见你右肘又是这么一拱，那个夏副厂长就贴在了沙发上，龇牙咧嘴地半天都没爬得起来。你'咕嘟、咕嘟、咕嘟'地把第五杯酒喝完了的时候，忽然就'格格格格'地爆出一阵大笑，接着又'呜呜呜'地一阵大哭。这一大笑一大哭之后，你上牙就死咬住下唇，直咬得血淌淌的，又准备要去端第六杯酒……这时候李厂长对刘副厂长大叫了起来：刘厂长，我们账面上现在有160多万，你赶快去办一张148．8万元的转帐支票，给这个母狼、野B、亡命婆！我们留它一个88万元'发发'！你赶紧去！赶紧办了好让她走路！不要让这个母狼、野B、亡命婆，醉死在我们这个地方，要不然的话，会要闹出人命大事来的！哎哟喂哟！……

"可是你又端起了第六杯酒，咬着牙齿，摇摇晃晃地走到李厂长的面前。李厂长鬼叫了起来：'翟小姐，这杯酒不算数！这杯酒不算数！'可你先'咕嘟'了一口，又用右手揪住李厂长的护领，一把就把他给拎了起来。然后又把他'哗'地一下给扔进了沙发里。只见你咬着牙齿、摇摇晃晃、口齿不清地说：'李、李厂长，你要、要、要是少我们电、电元三厂一、一分钱，我、我、我就咬断你、你的喉、喉、喉咙，撕、撕、撕碎了你、你的皮、皮肉！'随后你就仰起了脖子，'咕嘟、咕嘟、咕嘟'地把这第六杯酒喝了个底朝天。那个好色鬼李厂长窝在了沙发里，就像一条被打断了腿的狗一样在哀鸣：哎哟喂哟！我的钱啊！我的'发发'的钱啊！我的'偶尔发发'的钱啊！我的'要死发发'的钱啊！他妈的，电元三厂那个王八蛋，从哪里找来这么一个母狼、野B、亡命婆的啊！哎哟喂哟……我的钱，我的'发发'的钱，'偶尔发发'的钱，'要死发发'的钱啊！……"

"我说老板，可能那天我酒喝多了，这些我都记不起来了。"

"翟小姐，你呀，"饭店的郝老板颇为感慨地说，"宏达厂的李厂长可是从来都没有遇到过什么对手喔！他可是一个既有后台、又有势力的人哪！可是你那一天却以喝醉了酒的名义，把他搞得惨状兮兮的，像一条狗一样地直叫唤哪！哈哈、哈哈……"

说完，郝老板忽然就大笑了起来，笑得弯下了腰，活像是一只大虾米。

我也跟在饭店老板的后面"格格、格格"地笑了起来。

要说记不大起来，我这也是说说的。尽管那一天我的酒喝得是太多了，说话和行动都是一副醉态，但是我的头脑，实际上还很清醒。因为在那个时候，我硬咬着嘴唇，不让自己已经晕眩和麻木了的大脑失去控制。我把自己的下嘴唇都给咬烂了，终于等到了宏达厂刘副厂长开过来的那张148.8万元钱的转账支票；还有就是前来接我回去的我们厂王厂长他们……

后来我在朝阳医院呆了3天，又是挂水又是洗胃的。我也哭了整整3天。我就是在这酒精的炙烤、煎熬、麻醉的中毒之中，号啕大哭。我哭天哭地、哭爹哭娘、哭爷爷哭姥姥、哭老师哭伟人、哭爱情哭理想的，直哭得天昏地暗、要死要活地找不到北了。厂里的领导、同事和员工们，都赶来医院看我。他们都把我当成了英雄，当成了救星了。就连一直都同我过不去的技术科的邢建涛科长，他也来医院了。只见他站在我的病床前，满脸愧疚地说：

"翟凤娜，我真是对你不起了。以前我真的不是人，现在我还得要请你多多地原谅，多多地包涵喔。"

我眼里流着泪朝他点了点头，朝看望我的同事们点点头。可我还是在哭。他们都以为我是喝醉酒的缘故。其实他们哪里知道，酒对于我们女人来说，根本就算不了什么！不是有"不和小孩和女人喝酒"的说法吗？小孩喝酒不知天高地厚，女人喝酒是天生的酒量。因为我们女人的生理构造，和男人有着本质的不同。女人体内脂肪层厚，能起吸收和贮藏酒的作用，就像海绵吸水一样，三两斤是无所谓的。所以你们以后，切不可和女人去赌酒喔，十赌肯定就会九输的！后来，小范也到医院来看我了。他一走进病房，我从他面孔上的表情就知道，我们的恋情"歇菜"了，我们结婚的希望也"拜拜"了。我们的情愫，还真有一点儿像是雷雨过后的彩虹，风中飘忽的肥皂泡哇！因为他一走进病房，不管有没有人在场，他就高声地嚷嚷了起来：

"翟凤娜！你看你！哪有一点女人味？又哭又闹，又喝酒又打架，又袒胸露怀的，还把人家宏达厂的李厂长，就像拎小鸡一样地拎来拎去！这哪像是个正经八百的女人哪？简直就是个十足的泼妇、母狼、野女人！谁娶了你都会倒上八辈子霉的！因此，我也怕了你了！"

我也就流着泪地朝他点了点头。就算是一种特殊形式的分别吧！毕竟我与他交往和恋爱了将近有两年多的时间哪！虽说还没有到那种刻骨铭心的感觉，但是我们毕竟也已经到了婚迎嫁娶的程度了！

就在这种昏天黑地、要死要活、找不到北的号淘大哭之中，我哭走了我的爱情，我的理想，我青年时代的纯真和做一个女人的梦！然而我却充实了野性！这是一种要去撕咬、要去发泄、要去竞争的强烈追求着成功的野性！因为在这个充满着诱惑的、厚着脸皮、黑着良心、不择手段的，竞争激烈的高科技的商业时代里，若要想获得成功，就必须具备这种野性！而且，心还必须铁一般的硬！不带任何的感情！甚至还要忘掉自己的祖宗八代！优胜劣汰，弱肉强食，适者生存啊！再将这种野性披上什么道貌岸然的外衣，或者戴上什么虚假的光环，好了，这样就离成功的目标不远了！就像那些个什么长、什么记、什么理、什么席、什么任的一样！别看他们在大庭广众中正襟危坐地作着报告，模样斯文地讲着官话，其实那都不过是他们披着的漂亮外衣和遮着的款式新颖的"羞布"罢了！他们要不是心里的野性到了天、黑了底、没了边的话，他们会爬上那么一个职务，坐上那么一个高位才怪呢！

第三天的傍晚。我们厂的王厂长，他也到医院来看我了。当时我还在流眼泪呢。他就坐在我的病床边，温存地对我说："翟凤娜，我给你带来了两样东西：一是厂里边发给你的奖金，"他把一个存了有4万多元钱奖励提成的银行存折，交到了我的手上，"二是你的请调报告，我也给你带来了。不过我可没有给你签字喔！请你原谅。今天下午，我去了市主管局。局领导原则上同意了我的意见，准备提拔你当副厂长，作为我的副手。嗨！现在的市局领导啊，对你的能力和水平，可是青睐有加喔！"

"啊？"我抬起右手背，抹了抹眼睛地说，"好你个王八蛋！也不征求征求我的意见，你就擅自去做主啊？"

"翟凤娜，"他握住我抹眼睛的右手，温柔地说，"我们合作好吗？你侧重市场开发和营销管理；我侧重内部生产和人事管理。我们的合作肯定是一个强强联手，并且再利用我海外的关系和资金，我相信要不了几年，我们就会形成一个重型的企业集团，并且我们还会冲出国门去的。你看怎么样？"

"嗳，你得先回答我一个问题。对于飞龙公司和宏达厂的应收货款，你怎么会想到要我帮你去处理，而不是通过正常的法律途径去仲裁和解决的？"

"你要我讲心里话吗？"

"那当然啰。你不讲心里话，我以后怎么敢和你合作呢？这一次我已经失去了太多、太多了，以后恐怕连我的小命，都要搭进去还不知道呢！"

他用他那一双有着黑褐色瞳孔的眼睛，盯着我的眼睛说："好吧。首先我一调来电元三厂，就发现它根本是一个烂摊子。我同有关的司法人员，谈到过法律仲裁的问题。可是有些个别的法官却私下里对我说：'你知道我的肩章它标志着什么？是天平。从理论上讲，它象征着法律的公正性。但是在现实生活当中，它却往往是相反的。'接着他向我做了一个耸起左肩、垂下了右肩，后又耸起右肩、垂下了左肩的动作说，'我可以这样，当然也可以那样。它事实上就是如此。'我理解了他的话和他的动作所表达出来的涵义：这架法律的天平，是人在操纵着。而当时我们的工厂，一没有资金去打点铺路，二没有高官权势来做我们的后盾。现在，权欲太强的人，金钱太富有的人，生性太野蛮的人，都不倾向于法制。这就是我们中国为什么到现在法制都不健全的缘由，你知道吗？于是我放弃了这个选择。第二，你是一个不可多得的人才。在当今这种经济体制转型的阶段里，我们经商搞企业的，没有高瞻远瞩的眼光，可是绝对行不通的。第三，你那天把脚跷在办公桌上的那副样子，我的直觉一下就告诉我，你有一股敏锐和警觉的野性。就像那一只母狼，那一只丰乳垂垂的青铜雕塑的母狼，你知道吗？"

"就是那一只罗马城的保护神吧？"

"对。就是那一只象征罗马城的母狼。加上后来俞树国给我送来了你的那份技术经济分析报告，于是我冥冥之中感觉到，要想振兴电元三厂，你有可能是我最佳的合作伙伴。至于飞龙和宏达这两家企业，只是让你去试一试而已，我并不抱什么希望的。不过当时这两家企业，也实在是让人挠头呀，你知道吗？可谁知……嗨！于是我便认同了你，选择了你。就这样。"

"可你这个王八蛋要知道，那只母狼除了野性外，它主要还具有对人类母爱的天性和人情味儿！"我望着王厂长那张英俊而又有点儿野性和粗犷的面孔，轻轻地说，"唉，好吧。那么你就替我把我那张请调报告给撕了吧。"

"OK！"他一把就把我拉了坐在他的怀里边，高兴地说，"起来吧，翟凤娜，我们到哪儿去庆祝一番，你说好吗？"

"不，"他那一对性感而又野性的嘴唇，充满了无限的诱惑；还有他那堵凝重和厚实得像是墙壁一般的胸脯，让我感到有一点儿晕眩和昏厥。因此我便对他说，"现在，我只想休息片刻儿。"

"好吧，"他温存地允诺，"你就在我的怀里边休息一会儿吧。"

于是，我就慢慢地拥入在他的怀抱里，倾听着我们彼此的心房在"嘣、嘣、嘣、嘣"地跳动……

"哟……这个……不对啊，翟凤娜？！"慕容玉高声嚷嚷了起来。

"小慕容，就只有你的话最多了！"翟凤娜喝了两口雪碧，对嚷叫起来的慕容玉说，"你说吧，有什么地方不对呢？"

　　"你一开始就说你'现在有钱的时候，却又找不到爱情了'；后来又说你'在号淘大哭之中，哭走了爱情'；那么你怎么一下就拥进了你们那个王八蛋厂长的怀抱里边，给爱情上了呢？"

　　"我说你这个小慕容啊，这又有什么值得可大惊小怪的呢？在十年之前，那个除了政治体制不开放，其他什么都开放的'下海'的时代里，一个是已经离异了的中年男人，另一个是对婚姻和爱情又都没有指望的年轻女子，况且又是在醉酒后的特殊场合……我记得上海有一个哲学家，曾经说过这么一句话：'性，仅仅是追求快乐；爱情，还在追求着理想；而婚姻，则是遵循现实的原则。将这三者统一起来，是一件很难的事，它们的原则各不相同。'嗳，江波，你说要把这三个原则统一为一体，真有那么难吗？"

　　"这句话好像是周国平说的吧？"江波背靠在椅子上，伸了伸腿脚说，"古人有'月有阴晴圆缺，人有悲欢离合，此事古难全'……"

　　"嗳，翟凤娜，"不等江波把话说完，慕容玉却抢了上来说，"照你这么说，你和你们那个王八蛋厂长，只是南极北极，正极负极，同性相斥，异性相吸喽！就如日本人说话，'性交性交'的是吧？格格、格格……"

　　慕容玉的这番话，引得大家爆发出一阵"嘿嘿、嘿嘿"、"哈哈、哈哈"、"嗬嗬、嗬嗬"、"格格、格格"的哄笑声。

　　"我说小慕容，你一个女孩，说话怎么这么难听，这么露骨呢？你去想上一想，我们那个王厂长本身就是野性十足；而我又是十足的野性。我们都在追求着成功，知道吗？我们就是成功的事业这条道路上的一对伙伴，一对搭档而已。十年以来，我们以原来的电元三厂为起点，组建了中外合资的集团公司；后来又被这家巨型跨国集团公司所购买……所以，我们两个人如果结合在一起的话，那结果又会是什么呢？如若不是野性的野性，野性的平方，就是散伙和拉倒。就再也不会有现在这种成功的局面了。你知道吗？"

　　"噢……我知道了，"慕容玉说话时，面孔上满满地透出一副狡黠的神情，"不过……我的脑子里忽然转过了一个念头，翟凤娜，你知道是什么吗？"

　　"你这个小慕容，有什么好念头转出来才怪呢！"

　　"你不是在追求成功么，对吧？好，那么，你就应该和老江波去结合。一个是离异了的'古石器'时代的狗崽子，一个是又未匹配的'中生代'的母狼。嗯……要是你们两个人结合在一起的话，那么就会成功地……"

说到这里，慕容玉忽然停顿住，并且抬起左手托着了腮帮，假装出一副思索的样子。她的这一副神情，引得大家不耐烦地问：

"就会成功地什么呢？"

"嗨！"慕容玉此时一拍大腿地说，"就肯定会成功地……去杂交出一窝杂七八啦的小狼狗呗！"

慕容玉的话又引发了大家一阵"嘿嘿、嘿嘿"、"哈哈、哈哈"、"嘀嘀、嘀嘀"、"格格、格格"的哄笑。有人在笑声之中，把喝在嘴里边的茶水和饮料都给呛了出来，甚至连眼泪都给迸出来了。

江波却一边"嘀嘀、嘀嘀"地笑着，一边对慕容玉说："你这个小慕容啊，嘀嘀，要是你再跟我过不去的话，我可是要对你去急了噢！"

然而翟凤娜在"格格、格格"的笑声中却说："江波，你就随她去说呗！我都不在乎她说，你这个大男人却又在乎一个什么呢？这个小慕容啊，她要嚼舌头的话，就让她去嚼好了！"

在翟凤娜讲故事的时候，那个肤色黝黑的杨林，不是小口小口地啜饮着苦咖啡，就是望着那一轮在夜空中运行的、向着四周围漾溢出一圈又一圈波光的月亮。他的神情是那样的专注，就好像从那一圈又一圈的月晕里面，发现出了什么人生的真谛似的。

他那一张修饰得干净利落的黑不愣墩的脸庞，宛如是"康柏"笔记本电脑的外壳，即使内部的电路，在以每秒钟几十"兆"次、甚至于几百"兆"次、几千"兆"次、几万"兆"次的速度运行，但是从外表上看，却总是那么的光滑、那么的平静，没有多大的起伏和变化。毋庸置疑，他的自我控制术的本身就是一种艺术。就在大家涕泪交迸的哄笑声刚刚停落了下来，而又陷于片刻的宁静之中的时候，杨林便微微地皱起了一双浓眉。他的这一颦这一蹙，仿佛是在告诉在座的各位，现在应该是轮到他来说一点什么了。

因而这个时候，他轻轻地搓了一搓双手，又伸出右手掌在脸孔上抹了一把，然后就用他那一副湿润朗朗的嗓音，开始讲述起他的故事。

六、杨林的故事

我原本不是你们圈子里的人。本来也没打算向你们敞开我的心扉的。然而在听了你们各自的酸楚苦涩的恋情故事以后，我这心里面，仿佛也就有一只小手，在用镀铬的小铁棒敲打着我心灵的音叉似的，产生了强烈的共鸣。

刚才何源曾经说到，我们要去面对和忍受"下岗"时代的苦痛，去迎接"新人类"时代的到来。我认为从宏观的角度来看，这句话固然是非常对。这标明着体制的改革，时代的变迁，社会的进步。但是从微观上、从个体的角度来看，它要求我们付出的代价却未免又太大了一点，我们的痛苦却未免又太深了一点、创伤又太巨了一点、步履又太艰难了一点。以致有时候我对这种付出，对我们这代人的责任，简直都感到了怀疑。

真的。我的思想有时候在麻木，情感有时候在呆滞，我有时候真愿意自己就像江波刚才那首叫《愿》的小诗所表达出来的"想做'植物人'，长梦不愿醒"的心境一样；也真愿意自己就像何源家这棵不能思维，不会说话，在春天来临时，它长出了无数片象征着生命的绿叶，到了这初夏时，它又绽开了芬芳的枣花，并结出了果实，到了秋天时树枣成熟，枣叶便开始飘零而逝去的百年老枣树那样："只求生存，不去问什么为什么，那该有多好啊！"

不过，刚才我这句"只求生存，不去问什么为什么，那该有多好啊"的话，可不是我所说的。这是我的妻子说的。说得更确切一点的话，是我那个已经逝去了的妻子叶子写在一本棕色软塑面的日记本里边的一段话。那是在去年的深秋。我在整理起我妻子的遗物时，发现了这一本棕色软塑面的日记本。当时我一打开这一本日记本，就看到了夹有一片黄梧桐树叶作为书签的那一页里面记着这一句话，我的一颗心，顿时就痛苦地抽搐成一团，并且情不自禁地大声地呻吟了起来："叶子。叶……子。叶子……啊……"

那时候，我的喉咙有一点嘶哑，两只捧着那一本棕色软塑面日记本的手在颤抖，一双汪了两泓泪水的眼睛，湿潮潮地望着户外窗下那棵高高的梧桐树，内心满溢了哀痛。深秋里。凛冽的寒风中。那棵高高的梧桐树上枝杆光秃秃的，只有树梢顶上尚有三两片枯黄的叶子，还在寒风中"飒飒"地摇曳着。街坊邻居们全都探头探脑地打开了窗户；窗下小路上的行人也都停住了他们的脚步。这些人都用一种狐疑的眼光窥视我，好像我是一个疯子似的。

我不是疯子。我知道我自己很正常。既然我没有疯，那么是谁疯了呢？啊……是谁呢？到底是谁呢？不过不管是我疯了还是谁疯了，这都无关紧要。那一会儿，我只是在思念着我的叶子，哀恸着我的叶子。

又是一阵更猛烈的寒风。树梢顶上的一片枯叶打着旋，随风晃悠、晃悠地，向着黑色的地面飘逝而去。我的内心里，又潮涌起了一阵浓浓的哀伤和深深的悲痛:"叶子,"我禁不住泪流满面地脱口而出,"叶……子,我的叶子啊……呜,我那飘逝的叶……子……啊……"

原来我所工作的单位,是一家生产电子元器件的工厂。我在技术科工作,负责全厂的生产工艺和技术管理。而我的妻子叶子,她在我们当地的一个国营商业公司工作。我每个月的工资带上奖金,大约有八百多元钱。这在我们那个小城市里马马虎虎地还算是不错了。叶子月收入在六百元钱左右。但自从我们的女儿小雁出生以后,我们的生活,便开始变得不太宽裕了起来。而叶子所在的那个小国企公司又是风雨飘摇,一年不如一年。

叶子毕业于中专财会专业。我是在29岁那年,在我的朋友海生和叶子的同学小玲的撮合之下,和比我小了4岁的叶子认识、恋爱和结婚的。虽然她不是一个有让男人百分之一百回头率的美人,但是她那一双眼睛微微上挑的凤眼,唇旁颊上的那一对酒窝,都有着一种难以形容的美感。工厂的同事们全都羡慕我说:"嗨,那个黑不愣墩的杨林,倒反而娶了一个好媳妇呢!"

叶子时常笑吟吟的。她一笑就俩"酒窝",就像巧克力,给人以一种甜蜜蜜的感觉。她偶尔不高兴的时候,脸上就会生出一副阴郁的神情,然而这对男人们来说,同样也具有着吸引力。据说,当初就有不少家境相当不错的青年男子,曾经都苦苦地追求过她呢。

至于要说起了叶子脸上的阴郁,这恐怕同她成长的家庭环境大有关系。我听叶子说过,在她六岁那一年,她母亲因患癌症去世了。而她父亲是我们当地的一个小公务员,后来又结婚了。继母是一个教师,在城郊的一所小学里任教。她比较严厉,很少有笑容,也没有多少闲情逸致来关心这个不是她亲生的女儿。因此叶子和继母之间历来就保持着一种距离。所以落落寡合的叶子中专毕业参加工作以后,她就多住在单位的职工宿舍,而很少回家。

总之,叶子给我说过很多、很多,甚至就连她以前曾有的几次短暂的恋情的经过也都给我说了。我对她说,我不想知道在我们恋爱以前,她是否和别的什么男人交往的事情。因为我认为过分拘泥于过去的事情的人,实在是要不得的。爱一个人,就要去爱她的全部。这不仅是指爱对方的优点,对方的长处,还要有容纳对方的缺点和弱点的肚量。中国不是有一句成语叫做"爱屋及乌"的么。从这一点上来说,我可是一个向前走往前看的男人。因此叶子常说我具有堂堂正正的男子汉的气概。她说我被她所吸引的,大概就是我所具有的这种男子汉性格的缘故吧。

叶子这个人很要强。好多年以来，她年年都是单位上的先进工作者。她上班的时候，先把孩子小雁送到幼儿园；傍晚时分，她下班再弯到幼儿园去带着孩子回家。不过从前年的年头上开始，叶子常常说她身体乏力，有一点儿累得慌。我便劝她到医院里去看上一看，检查检查。然而她却又总是摇摇头地对我说，现在经济低迷，下岗没有工作的人实在是太多了，还是为家庭着想，多挣上一点钱，以后能更好地培养女儿吧。

她在她们的单位上总是拼命地做工作。因为她们那个公司的境况实在欠佳。她总认为，只有大家多做一些工作，多作一份奉献，才能够保住企业，才不致因企业倒闭而下岗。她们公司前年春天已经下岗了两批人，而且下岗人员还为数不少。可是她实在不知道，她们公司已经到了那个跨越不过的坎边儿了，由于体制的（有经济的，也有政治的）缘故，就如那被铁链锁住多年的雄狮，已经到了气息奄奄的边缘了，这时候，你就是把铁链给它全松开了，它也已雄风不再了。为此，我便时常打趣她说：

"就你们那个破公司啊！"

"我们公司怎么啦？"

"告诉你说吧，没有办法啰！不是你一个人多做一点儿工作就能解决得了问题的，你知道吗？现在就是把全国所有的劳动模范，全都集中到你们那个破公司里边，也是无济于事的！"

然而叶子还是固执地说："我在这个公司里已经工作了有十个年头了，还是为它多做一点儿，多尽上一点儿力吧。就算它到了寿终正寝的地步，为它穿上一件老衣，送它个一程两程的，也是好的啊。"

说完这话以后，她的神色便黯然了下来，我也觉得无趣再谈下去了。我对叶子的身体状况，实在担心着呢，于是就劝她休息上几天，不要太累了，还是身体这个"革命的本钱"来得重要。可叶子就是到了实在疲累不堪的时候，她还是死活都不顾。唉，叶子就是这样的人啊！结果就在前年西北寒风乍起的深秋里，她们那个小国企公司终于还是资产远远不能抵债，而被主管部门宣布关闭，并进行最后的资产清理了。

记得那一天，当她拿着红红的下岗证书以及最后的工资和一点下岗费回到家里的时候，人就像呆了似的。女儿小雁在她身旁边一个劲地叫"妈妈"、"妈妈"，她也都全然听不见，看不见。见此情况，我可吓坏了，就大声地叫她，摇她、晃她、搡她、呵斥她，拍她那白了了的面孔，直到后来掐住了她鼻下唇上的人中穴有好一会儿，她才清醒过来，扑在了我的怀里边痛哭了起来。直哭得浑身不停地抽搐着。她那种可怜兮兮的样子么，实在是叫我这个宁可流血、不愿流泪的男子汉的眼泪也都流了下来了。

她一面哭一面嘴里还不很清晰地咕噜着："老天啊……以后该怎么办啊……呜呜、呜呜……说什么这人太多了，工作位置太少了，难道前人犯下的人口大爆炸的错误，而要我们后人来承担恶果吗？呜呜，呜呜、呜呜……"

"叶子你呀，"我轻轻地抚着她的脊背，拍着她的头发说，"不就是下岗吗？啊……这有什么呢？你身体不好，正好就休息一个阶段吧，噢。"

"你说得倒是挺轻松呢，"叶子的哭声，开始稍微小了一点下来，"我们这么一个家庭呢，以后该怎么办啊？"

"人么，还会让自己的尿给憋死吗？你也真是的！头发长，见识短！遇到事情，都要往前面去想想，再往后面去看看。好的我们比不上，但是比起差的来，我们还是绰绰有余的吧？"

"真气人！"叶子停止了哭泣，恨恨地说，"那些个这个干部那个领导的姑子、姨子、姘头子的，全都留在了岗位上。不管怎么说，我还是一个多年的先进工作者呢！这让人家看起来，还以为我是工作表现不好才下岗的呢！"

"你呀，真逗！别跟那些个当官的去比好不好？再说下岗未必就是一件坏事情，只不过就是收入少了一点，生活清苦了一点而已。好了，先把身体调养好吧，然后再去找个好一点儿的工作！小雁，"我转过头对女儿说，"亲亲你妈妈，叫你妈妈不要再哭了，爸爸可要下厨房去做晚饭了。"

"妈妈她又不晓得丑，"女儿小雁一边拥着亲着叶子，一边又用小手指刮着叶子的脸皮说，"这么大个人哭起来，比我哭得还要响呢！妈妈你丑不丑啊？"

女儿这些充满了童趣和幼稚的话语，总算是漾开了叶子那一张悲戚戚苦叽叽的脸孔，我的心情也就开始开朗起了许多。

我是一个不喝酒的男人。后来连烟也不抽了。不过我原来的烟瘾可很大，一天总要抽个两包半。由于经济收入的缘故，我总是抽一些低档次的纸烟。所以以前叶子老是嫌我的嘴里有一股烟臭味，并且曾经多次逼我戒烟："杨林，你要是给我把烟戒了的话，我保证每天给你买上两瓶啤酒，中午和晚上各一瓶，再给你买上一点儿搭酒菜。要不然的话，亲吻率给你降到零！"

于是我戒过好几次烟。可是再怎么戒，烟可没有给戒掉，反倒给自己戒出了几场病来。但是现在却不同了。现在要靠我一个人的工资，全家人去生活，就非得要把烟给戒了不可。对于像我这样一杆烟枪来说，虽然这是一件非常痛苦、非常难受的事情，不过一个月毕竟能为家庭节省下七八十元钱的开支呢！对于一个在经济低迷年代的工薪家庭来说，这可是一笔很不小的数字哪！为了我的妻子叶子，为了我的家庭，我在厂里边的工作也更加的努力，更加的认真了，几乎是没有什么白天和黑夜之分的。

有一次，叶子似乎是不经意地问我："杨林，你的工作这么认真，厂里边好像大家也都认可你，可是你为什么到现在还当不上一个技术科长呢？"

"早晚会当上技术科长的，"我安慰起她说，"只要好好地工作，就会有这么一天的，你可不要为这件事情而闷闷不乐好吧？"

事实上我曾经也这样想过：副科长周工46岁了，他是管机械设备的，再说了，论工作，论水平，论学历，他都要比我差上了一大截。眼下科长王工调走了，现在科长的位置就空着呢。我是分管全厂生产技术的工程师，而且我还有好几项技术革新的成果呢。按照目前的情形来看，我是很有希望被提到技术科长这个位置上来的。

对于厂领导我倒不是没有不满，但我并不怨恨他们。因为没有这个必要。在这个方面，我很显示出一个典型的男子汉的风格。自从听了叶子的抱怨以后，我的工作就更加努力了。我努力的目标，就是进一步改革生产工艺，充分挖掘现有设备的潜力，缩短生产周期，开拓新产品领域，创出更高的产品质量和更好的经济效益。如果是这样的话，全厂上下就不得不重新认识我的能力了。因此我就时刻告诫自己，不要过分沉溺于小家庭的生活而滋生出懒散和惰性。于是我每天都工作到很晚，有时候还到深夜。同叶子和小雁在一起吃晚饭的时间也开始少了起来。甚至我盲肠炎开刀住院的那天，白天中午动的手术，晚上我就想法子爬起病床，慢慢地踱出医院，到厂里去解决工艺改革过程中一些关键性的技术问题。就这一件事情，第二天，医院的徐贵敏院长对我又是拍桌子又是打板凳地发火说："我的杨先生呀，你可是刚开的刀啊！你这样擅自行动，刀口要是迸裂开来的话，这是我们医院的责任，还是你个人的责任哪？"我呢，只是笑笑地挨着他的训剋。

还有，中午我在厂里边吃饭，也总是打一份简单的饭菜，解决一下肚子问题。这些我都不觉得有什么贫寒和清苦。因此到了去年的年初时，当我研制出了高性能、低能耗、短周期的新系列产品，投放市场并广获欢迎的时候，范厂长在全厂职工面前表扬了我，而且还奖励了红包。那天我下班回家时差不多都快把自己的自行车骑得飞了起来，我想要早一点告诉叶子，好让她能理解我最近这半年多的辛劳，终于还是没有白费力气的。

　　叶子下岗以后，开始有很多天，她的面孔都苦巴苦巴地皱着，很不开心，甚至连门边儿都不愿迈出一步。但是到后来她也就渐渐地适应了。两个月以后，她的体重竟然增加了十几斤，脸颊也开始红润和丰满了起来，同下岗以前相比较，好像是变了一个人似的，要显得年轻和漂亮了许多。说句实在话，我在厂里边工作累了，心里烦了，遇到了不顺心和不开心的事情的时候，只要能够和叶子单独在一起，这些就统统都跑到温哥华、休斯顿、堪培拉、马尼拉去了。所以那一天当我一回到了家里，便对叶子和女儿小雁说："今天我们就不做晚饭了，我们全家上馆子去涮一顿吧。"

　　"好哇，好哇！"女儿拍着小手，高声地叫了起来，"我要跟着我的爸爸和我的妈妈，上馆子涮羊肉去啰！"

　　而叶子更是笑吟吟的，她嘴角两旁那一对红扑扑的酒窝，就随着她那吟吟的笑容而在豁豁地抖动着，变化着，她那张灿烂的面孔煞是迷人。她就是用她那一副笑吟吟的迷人的表情对我说："杨林，要是你真能当上科长，工资提高了，我再找到一份好一点的工作，将来条件好了，我们就买它一套三室一厅的房子吧，这样的话，我们这个家庭，恐怕就是这个世界上最幸福的一家了。眼下的这个社会没有了钱，可真是寸步难行啊！"

　　"你说得不错，叶子！"我在心里面就暗暗地告诫着自己说，"当今的社会，其实就是这个样子！不过叶子，我会去努力的。我会挑起一个家庭的担子，尽到一个好丈夫、一个好父亲的责任的。"

　　我努力的成绩，终于得到了全厂员工的认可。就在去年仲春三月里的时候，我被提拔为技术科的副科长。不过技术科长的位置仍然还是空缺着，仍然由厂部主管技术、质量和新产品开发的王副厂长给兼着。

　　自打当上了副科长以后，我工作起来就更严、更狠、更讲究效率了。所以一些按部就班的、惰性比较大的、跟不上工作步伐的科室成员，对我非常不满。而副科长周工也时常带着一种讥讽的口气，把职工的不满情绪转告给我。我很不以为然。既然要做好工作，就得要有一股"革命加拼命"的劲头才行！不然怎么才能去适应眼下这个竞争如此激烈的高科技的社会和时代呢？

　　只是我虽然提了个副科长，可工资却并没有增加，只不过每个月多了个五六十元钱的职务津贴而已。现在我的月收入全部加起来，也就900来元钱，可是眼下的物价又高，家庭开支又大，我每个月的收入似乎是很难开支下来的。如果叶子有了一份工作的话，我想，就会增加一份收入的。不过现在到处都在下岗，低迷的经济犹如洪水猛兽一般在四处冲击着。可以这样说，本市基本上就没有什么好企业，有一大半企业甚至就连职工的工资都发不周全呢。眼下要想找一份称心如意一点的工作，可是一件非常困难的事情。你就是去送多少礼，恐怕都不一定行得通。然而叶子最近的情绪，看上去好像非常低沉。她比以前更加的阴郁了。一副月牙眉头老是纠集在一起，难得展开笑容，一面孔的旧社会。于是我便想方设法给她排解说："得啦，得啦，叶子你就认命吧，你就在家里边给我做一个贤惠的妻子算了吧。"

"闲会，闲会！"很明显，叶子曲解了我的意思说，"当然是啦，杨林，现在我就是闲在了家里，除了财务，其他什么行当也不会。"

"你呀，干吗老是去歪曲我的意思呢？"

"唉，杨林，你叫我怎么高兴得起来呢？现在我们家里可是进的气少，出的气多哇，眼下什么东西又都是挺贵的，你说这日子怎么过哪？现在的社会，我看是越来越不对劲了。"

原先我们刚结婚时，叶子就和我商量，我们两个人拼命工作，将来买上一套三居室的住宅。不过依现在的情形来看，这个计划可能要成为空中楼阁，无法去实现了；我们恐怕要长期住在眼下的鸽子楼里了。现在我才真正地感觉到企业单位与事业机关的差别。和我同时大学毕业分在机关单位的几个高中同学，他们的实际收入，要比我高上一倍可能还不止呢！而且又不受什么全球经济危机的冲击，春夏季节还可以组织去新加坡、马来西亚和泰国游玩度假；另外他们还有许多灰色的、黑色的、来路不明的收入。不过我倒并不怎么羡慕在官场上厮混的人，尽管这个差距实在是太大了。

现在让我所苦恼的就是有一些人的德性：谁都可以在你背后嘀嘀咕咕、指手划脚地编排你这个，捏造你那个的。一个说法只要重复上几次，或者经过几个人的嘴巴加以传说，那么，即使是无中生有的事情，别人也就会去信以为真。比如说我对科室成员严了一点，对生产线上的技术质量紧了一点，可是有些人就千方百计地编排我，甚至几个人一起飞长流短到了厂部，什么杨林自以为是啦、妄自尊大啦、目无领导啦、胡作非为啦等等。

就在去年八月初秋里的一天，范厂长找我去他办公室谈话："小杨，近来大家对你的非议好像很多嘛，你可要注意自身的形象嘛，要和大家去打成一片嘛，处事不要过于地认真嘛。木秀于林，风必摧之，行学于人，众必诽之嘛。还有，你怎么可以目无领导呢？不是有一首《跟着感觉走》的歌吗？我看得改一下，跟着领导走嘛。小杨你说是不是呢？"

　　看起来，范厂长已经对我抱有很深的成见了。我要是在他的面前再去解释一番的话，他肯定是要不高兴的。于是我什么话都没有说，只是起身行礼，离开了厂长办公室。平时周工的讥讽看起来是并不是没有道理的。对自己的体力和精力一向充满了信心的我，由于近日来忙得头昏眼花，还要去遭别人的编排，去遭别人的作践！唉，我心里面想，还是熬吧。为了家庭，为了叶子和小雁，就是再苦再累再难，我也得要熬下去，也得要承受下去。

　　心绪的低落，明显地影响到了我的体质。那一天我感到头晕目眩得厉害，身体发着烧，脚板底烫得难受，鼻子呼吸重浊，好像是患了重感冒了。因而我便同主管行政的夏副厂长打了个招呼，告诉他我的身体不舒服，想先回家去。"小杨，你可不要硬撑，"夏副厂长向来都知道我的拼劲儿，所以他的话里边就带着了几分关心，"你还是去医院看上一看吧，喔。"

　　于是我步出了厂门，迷敦迷敦地走在异常拥挤的人民大街上，身子累得不听使唤，步子东倒西歪的，走路的时候，肩膀也时不时地与身旁边的行人碰擦着。忽然有人在背后面踹了我一脚地骂道："×你妈的！你这个混蛋！还长不长眼睛呀？瞎撞个什么呀？杀去哪！"

　　身后那个家伙烫着了一头焦黄的头发，手腕上疤痕累累，穿着黑色的T恤，一看就是个社会上的流氓光蛋。我勃然大怒。我是因为身体不好，人难受走路才摇摇晃晃的，又不是故意要去碰着谁和擦着谁的。再说了，你走在我的后面，我又没有碰着你，就是碰着了你擦着了你一下，你用得着这样踹吗？啊？这是一个什么世道哇！我瞪着一双烧得发红的眼睛，死死地盯着那个用脚踹我的光蛋流氓。四周围一下就拥满了看热闹的人群。

　　大概是被我给镇住了的缘故吧，黄毛光蛋乜斜着我，嘴里叽里咕噜地说："晦气，真是晦气，今天我算是碰到了个鬼了，怎么就撞上这么一个红眼鬼啊！"随即他就咋了咋舌头，慌急慌忙地溜走了。

　　见没什么热闹好看，围观的人群"哄"地一下就散去了。街边有一家"春雨轩"茶馆。我便踉踉跄跄地走了进去，抬起右手放在额头上一摸，哦哟，滚烫滚烫的，然而我的身子却冷得直发抖，于是我就破例地叫了一壶滚烫的"茅山青峰"。茶馆里面，这时候挤满了无事可做的人，他们都在谈天说地地打发着时光。什么"法轮功"引得某某某走火入魔、精神失常啦，有病不肯医治、沉疴无救啦；什么台湾仗着美国高科技的军事援助，在闹着要搞独立啦；什么俄罗斯西伯利亚核发射基地的老鼠，畸形变化得像水牛那么大，一口就能够把人的大腿给咬掉啦。本来就是么。人们的精神一旦空虚，国家的经济一旦落后，那些个大骗子小跳蚤的，就会趁此机会跳出来表演上一番。要不然的话，怎么会有李洪志那一个大骗子，在短短的几年当中，凭借着一本前后不能自圆其说的《转法轮》的破书、歪书，就骗得千百万个信徒在团团转？又怎么会轮到李登辉那一个小跳蚤儿，摆出一副傲慢无礼，目中无人，不把国家和民族利益放在眼睛里边的神气活现的样子呢？

唉，现在的社会真是有钱的人撑死，没钱的人饿死，那么多当官的腐败死，眼下老百姓的人心都被有些人给搞乱了，那些个老鼠呀耗子反倒一个一个都牛得"跩跩"的了！这时候我不禁烦恼地想起了范厂长那一副傲慢的面孔。我付出了高人数倍的艰辛，得到的却是……唉，还是不想这些的好！热茶喝下去不一会儿，身上就冒出了涟涟的虚汗。为了叶子，为了女儿，我可得要挺住哦！我可不能够让她们也去尝受这种羞辱和凄凉的生活。就为了这，我也必须挺住！无论如何得挺住！我狠狠地咬着下嘴唇，强打起精神，付了茶钱以后，便步履蹒跚地走出了茶馆。忽然我在煦煦攘攘的人群当中，看到了身穿紫灰色连衣裙的叶子。

叶子身上穿着的紫灰连衣裙的面料是印度麻纱的，很般配叶子的肤色。那是去年我去广州开会的时候，路过了一家清理样品的时装商店，忽然间我感到这款式、这质地、这颜色都挺适合叶子的，价格也就是原价的三分之一还不到，于是我就狠了狠心地买了下来。说实在话，叶子穿着这一款紫灰连衣裙很具气质。她也宝贝得很哟，除了偶尔出去穿上一穿以外，平时她就很仔细地挂在了衣橱里！所以我很快就从人群当中认出了叶子。

一辆黑色的奥迪轿车，似乎在叶子的身边停了下来。我揉了一揉浑浊的眼睛，准备想叫唤叶子的时候，可那一辆黑色的奥迪轿车已经载上了她，弯过街口开走了。我想莫非是我发烧烧糊涂了，看到的是叶子的幻影吧？叶子坐上了奥迪轿车？她会放下幼儿园的女儿小雁不管，独自一个人出去兜风吗？这似乎又不大可能，除非是发生了什么事情。

我的心里面寻思不定，因此倒反挂念起家中来了。低头看了一眼腕上的手表，才下午4点钟。此时此刻，我的脊背上又泛起了一阵一阵的寒意，我的人又开始感觉到有点头重脚轻，眼前又开始模模糊糊起来了。

我从人民医院回到"鸽子楼"的家中时，已经快下晚6点钟了。黄昏夕照。各家各户也都开始飘起了诱人的饭菜香味儿。然而我却了无食欲。打开了家门，屋子里是一片灰暗，冷冷寂寂的，小雁也不在家中。我转身就跑下楼梯。同楼的孩子们哼着歌儿回家了。我便问他们知不知道小雁在哪里？"杨叔叔，"一个邻居小孩告诉我说，"小雁在林子的那边隔脚脚呢。"

邻居小男孩所说的林子，是职工宿舍区边上的一块绿色林地，设置着一些简易的滑梯、单双杠此类的器具。这会儿小雁孤零零地依靠在单双杠旁边，孩子们都回家了，她也就失去了玩兴，站在隔脚脚的划框里，傻乎乎地看着黄昏林中啁啾鸣叫的小鸟。四周的林木暗幽暗幽的，秋风"飒飒"地响着。我走近了，她也没有发觉。

"小雁，"我喊道，"你一个人傻乎乎地站在这里干吗呢？"

"爸爸。"

"小雁，来吧。我们回家去吧。"我伸开两手抱起了女儿。

她紧紧地依着我，把一张小脸紧紧地贴在了我的脸孔上，嘴巴对着我的耳朵，轻轻地说："爸爸，刚才那只小鸟孤单单的好可怜耶。"

"你怎么不和其他的小朋友一起回家呀？"

"妈妈还没有回来呢。"

"你妈妈马上就要回来了。你一个人呆在这里，会被人贩子给拐走的！"

小雁突然哭了起来，眼泪落在了我的颈脖里，我忽地就生起了叶子的气来。6点多毛7点了，叶子才回来。她一见到我在家里，好像大吃了一惊似的，因此便慌急慌忙地说："今天的太阳，怎么从西边出来了啊？"

"你去那里了？"我气哼哼地问道。

"我父亲给我来了电话，要我去见一下人事局的张副局长，于是我就去了。顺便给小雁买了一套衣服。来，小雁，穿穿看合适不？"

叶子似乎很轻松地说着。她拆开了塑料包装袋，拿出了一套粉红色的套衫。不过她当然觉得我在生气，可她却装着像是没事儿似的，把脊背对着我，回答去见什么张副局长。

"叶子，你要是出去的话，就应该早一点儿回来，害得小雁一个人孤单单地呆在林子里，要是给骗子拐跑了怎么办啊？"

叶子把衣服往小雁的身上一套，呵斥着泪珠还未干透的小雁说："妈妈不是让你在家里等着的吗？"

我一听她说这种话，心里面的火气似乎就更大了："小雁还是一个孩子呀！才进幼儿园哪！怎么能够让她一个人呆在家里呢？你还好意思……"

"你别发这么大火好不好？"叶子抬高了喉咙说，"我歇在家里面都快要有一年了,你帮我什么忙的?我自己不去跑,难道工作会从天上掉下来吗?"

我气得真想要发火,真想把叶子狠狠地臭骂上一顿。但是叶子的工作,我确实是没有帮上什么忙。此时此刻,我隐隐约约地感觉到,叶子和我之间,好像隔上了一层无形的幕墙。她好像变成了另外一个人似的。竟然有这种事情!我真像在做梦一样。然而我压住了火气说:

"我是因为身体不舒服,所以才提前下班的,可你也不问上一问,就只顾着说你自己出去的理由。"

"那么……是我不对好不好?"叶子背对着我这样说。

我还有什么话好说呢?吃晚饭的时候,我和叶子之间几乎就没一句有好气的话。这是我们结婚五年多来第一次出现的不和睦。我的心里觉得直发冷。晚饭结束了。家里面显得冷冷清清,我感到浑身冷得直发抖,于是一下就泡了三包感冒清热冲剂,等到喝下以后,便用毯子把自己裹得严严实实的,早早地睡了。半夜因为嗓子干燥,我难受地醒了过来。叶子背对着我睡着。但是却没有平时睡觉那种均匀的鼻吸声,我猜她可能还没有睡着。不过我仍然轻手轻脚地起床,又泡了三包感冒清热冲剂喝了。唉,这身上的热度一直都不退,要是挨到了明天再不退烧的话,这可怎么得了哇?随后我又钻进了毯子,又把自己严严实实地给包着裹了起来。

屋子里面黑朦朦的。穿过窗帘缝的丝丝月光,在叶子头边上不停地晃动。叶子一动不动地侧躺着。尽管我今天很生她的气,但我是非常爱她的。由于发高烧的缘故,我不由得呻吟了起来。背对着我的叶子忽然转过了身子,她轻轻地问道:"杨林怎么样?要不要我陪你再去医院看一看?"

叶子果然没有睡着。我的心里一顿,忽然就觉得有一股热呼呼的气流,在我浑身上下涌涌地流动起来。晚饭时两个人之间产生的无形的隔阂,一刹那间就消失得了无踪影了。于是我连忙说:"没有什么。只是热度不退。"

叶子伸手揿亮了床头边的台灯说:"来,我来给你量一量体温吧。明天我再陪你去医院,好好地检查一下吧。"

"不,叶子。我得去厂里上班,可不能休息。"

"别这么说嘛,杨林。来,先看一看体温。"

叶子取出体温表一看,都快三十九度八了。她倏地从床上爬起来,绞了一把湿毛巾,敷在我的额头上。然后她就抱歉地对我说:"杨林,我去给你熬一点儿姜汤吧。唉,我真是太不应该了。先头你一生气,我的气跟着也就窜了上来了。嗯,你不会怪我吧。"

"怪你干吗呢？我们是夫妻呀。其实我也不对，说话太冲了。"

我喝着叶子端过来的浓浓的红糖姜茶，感觉全身都热丝丝的。喝完了姜茶以后，我便握住了叶子的手，揉住了她的腰，轻轻地搓揉了起来。

叶子依偎在我的怀里温柔地说："杨林，你不要生我的气哦，你要知道有时候我也会做错事情呢。说句心里话，每当我做了错事，或者正在做着错事的时候，我的心里面就在念叨：'我的杨林对我多好啊，他是这个世界上最好的男子汉，他不会怪我的。'是吧？我要是做错了什么事情，你不会怪我吧？"

"好啦，叶子，你弄得我都难为情起来啦。你会做错什么事情呢，我的老婆？呵，对了，今天下午我在人民大街上看到你了。"

"在人民大街上看到了我……"叶子突然屏住了呼吸，眼睛瞪得又大又圆，我可以明显感觉得出她的两只手，一下就变得僵硬了起来。

"叶子你怎么啦？这有什么好紧张的哪？"

"杨林，你也真是的，那时候，你喊我一下不就得了吗？怎么憋到现在才对我说呢？"

"看你都说到哪里去了……"于是我就告诉叶子，当时我刚刚看到她，刚想喊，可还没来得及喊呢，她就坐上一辆奥迪轿车走了。

"哦，那是人家张副局长的车子。当时情况很特殊，是我的父亲……"叶子这会儿说话忽然吞吞吐吐了起来，"所以，就……唉……还不都是为了我的工作事情哪。"

"没什么的，叶子，"我也没有多去注意叶子此刻脸部表情的变化，只是安慰起她说，"特殊情况么，总会是有的。好了，别去多说什么了。睡吧，噢。要是你再生病躺下来，那就不得了了。"

"杨林。"

"嗯？"

"你真好。"

叶子此时温柔地拥抱着我，亲吻着我，抚摸着我，用她那身温暖和柔美的肉体，驱赶着我身体上的寒气。我感到真幸福。为了叶子，为了我们这个家庭，就是再苦一点、再累一点儿，我也会支撑住的。

第二天。我在家里躺上了一天。我不怎么喜欢医院里的气息，好在我比较年轻，身体素质也比较好，再加上叶子的关心以及我又蒙头睡上了几个钟头，终于退烧了。只休息了一天，我就又去厂里边上班了。

秋天渐渐地深了起来。随着连绵不断的淫淫秋雨，天气也就渐渐地凉了起来了。按道理说，季节的变化是大自然周而复始的规律。可不知怎么的，叶子的性格和精神状态，竟也发生了非常奇怪的变化。比如在吃晚饭或者其他什么时候吧，有时候她正高兴着呢，可是在突然之间，她就会陷入了一种莫名其妙的沉默，板着一张脸孔，一声也不吭。

看着她这副模样，我的心里面非常沉重。我想她是不是因为工作至今还没有着落，或者是家庭经济比不上别人家，所以心里才不平衡的吧？为此，我感到深深的惭愧和内疚。我是一个自尊心很强的男子汉。正因为这样，现在要连妻子和女儿都在为生计所累，这才深深地刺痛了我的自尊心。但是我不气馁。我发誓要以加倍的努力以及更为出色的成绩，来弥补自己家庭中的需求。无论如何，我必须要让厂领导和上级部门承认我自己的才能和实力。对于像我们这样一个中小型企业来说，命运攸关的是人材。如果厂领导和上级部门都感到没有我杨林便是一大损失，他们就不能不给我以优厚的待遇了。是的，没有什么空头心事好去想啊，只有把自己的工作拼命地给干上去！我的心里面就是这样在激励着自己。

目前我的收入虽然还不是很多，但是只要再去紧缩一下生活开支的话，承担整个家庭生计应该是没有什么太大的问题的。事实上，这个世界上确实有不少人家还不如我们呢。比上不足，比下有余么。再说叶子也不是一个只图漂亮、爱摆阔绰的女人。尽管她对服装和家庭生活用品，鉴赏的格调比较高雅。为此她就经常去光顾一些处理品商店或者折扣品店，购买一些展示样品、削价商品，或是隔着季节购买。价格当然要远远地便宜很多。

自打我们结婚以后，尽管叶子非常勤俭节约，但只要能够做到的话，我还是在力所能及的范围内，尽量去满足叶子的愿望。绝不能让叶子蓬头垢面未老先憔悴喔！我要让她永远年轻，永远漂亮，因此我也就会受到他人的羡慕和尊重。对于我这种心情，叶子很理解。她常常对我说别把她给惯坏了。她说等到买下我们的三室一厅的住宅以后，有条件了，经济宽松了，再奢侈一点生活吧，不过总还得要留一点防老救急和培养小雁用的钞票喔。

结婚五年以来，我们多少也有了个万把元钱的储蓄。自打叶子下岗以后我看她老是结结巴巴地生活，就对她说："叶子，你要是手头上实在紧张的话，就去银行取点钱出来用用吧！钱是身外之物，不要把它看得太重哎！"

然而她总是面孔一放地说："杨林，小雁说大就大了，隔不了年把她就要进学校了，需要给她准备好一笔学费吧？现在我们就这一个孩子，总得要好好地培养培养她吧？要是不预备一点钱的话，到时候你说怎么办？"

所以我就千方百计地想要依靠自己的努力，去打出好的企业产品的品牌，提高产品的知名度以及市场的占有率。到了那时候，我们买它个三室一厅来说，就不是没有可能的。为此我下定了决心，再拼一点命，再加一点油，再更进一步做好工作。可是有时候自己的主观愿望，却往往又会与客观实际不一致。比如就拿今天来说，范厂长又找我去他办公室里谈话了："小杨，你好像有点跟不上形势嘛。你知道，大家对你都有什么样的看法吗？孤傲、清高，不跟大家去打成一片，这同你现在的年龄可是不相称的嘛。"

范厂长之所以能够当厂长，他靠的是政工干部出身和能够平衡协调人际关系这个资本。但他这个人比较独裁，他的意见即使不对，你还不能去反驳他。而我的脾性一向就是，遇到厂里有什么不如意之事，我从来都不把这些不平和不满带回家去。不过范厂长今天的谈话却引起了我的思考："难道我真的不适应形势吗？"吃晚饭的时候，我便对叶子有意无意地说起了这一件事情。这时候，正好小雁又吃了剩饭碗，叶子正在训着她呢，听了我所说的这些话以后，她突然"唰"地就撂下了手里边的筷子。

我一愣怔，急忙问道："叶子，你又怎么啦？"

"杨林，"叶子皱起了眉头，很不耐烦地对我说，"我不想再听你说那许多傻话了，知道吗？你想让你们那个范厂长提拔你当科长？我说你还没有那个看人的眼力呢！"看这一副样子，她今天的情绪又是低落的一天。

因而我便对她说："是的。我就是希望他能够重视我，能够提拔我呢。"

叶子仍然皱着一副眉头，这会儿，她就像看一个刚刚认识的男人一样注视着我，嘴里说："说句心里话，杨林，要以我看，你确实是跟不上形势了！嘿！科长的位置会轮到你吗？不是我在泼你的冷水，你就是干死了也当不上那个科长的！就和我当了这么多年的先进工作者，却还要下岗一样！除非你今夜就给你们那个范厂长送上万儿八千元的，再把马屁拍上一夜，拍得红彤彤的，这样你都不要等到明天天亮，就可以坐在那个科长的位置上了！现在这个世道，嘿！我算是看穿了！如今当领导的，有几个是好人哪？！"

"你……你……"叶子这会儿说出来的话，真是太刻薄，太偏颇，太伤人了！我感到从未有过的震惊。所以我说话时忽地就结巴住了。

"我怎么啦？难道我说错了吗？你以为你是倪光南哪？虽然联想的创始离不开倪光南，可是现在不也就无所谓了吗？你知道吗？他在中国的身价最多也就值个500万！要是在外国啊，他也许能够值上五个亿、五十个亿呢！

可能比比尔·盖茨差不了多少……小雁不行！你这饭碗还是没吃干净！"

突然叶子从小雁的手里边抢过了筷子，并且还"啪"地敲了一下小雁的手指头。小雁仿佛被火烫了似的缩起小手，"哇"地一声哭了起来。接着叶子又继续数落起我说："不要说你杨林还不如倪光南，你就是超过了倪光南又能怎么样？你就是一条龙，一条能够腾云驾雾的蛟龙，还不照样被那许多官僚独裁的领导们杀了喝血、吃肉？你还能去咋地哪？！"

我呆住了。一双呆板的眼睛，死死地盯住了她。这是叶子吗？这是我结婚五年多来的妻子叶子吗？啊？平素温柔和顺的叶子，最近这个阶段怎么会变得这么地偏激呢？只见叶子继续说着："你是一个老实人，杨林。但是'老实'这两个字，在我们中国只是个'没有用'的代名词！你知道吗杨林？你不喝酒，也不会跟别人去拉拉扯扯，现在你的烟也戒掉了，像是一个有责任心的男子汉，长得也魁伟壮硕……"

当叶子说到这几句话的时候，她抬起眼睛看着我。她的这几句话说得倒是很诚心诚意的。可是我却气呼呼地责问她："你还有什么话要说？"

"还有什么呢？说你……唉……不说了。"

"你嘴上什么老实啊，什么像一个男子汉啦，全都是讽刺我！"

"杨林，我没有讽刺你的意思，只……只是……"

"叶子你到底还想要我怎么样呢？啊？我现在可在玩命地工作啊！什么喝酒啦，抽烟呀，我们一家人的生活你说怎么办吧？"

"不，不是……我只是希望你能够看开一些，松快一点，不要太去顶真……"叶子这话好像是在对我说，又好像是在沉思一般地自言自语。

"不要太去顶真？现在我们的生活还不宽裕呀，你知道吗？等到生活宽裕了，自然而然也就松快了。好吧，请你再耐心地等一段时间吧，噢，我给你买你想要的房子。哪怕我就是借钱也要去买！"

"嗨，杨林你啊，房子的事我早就不去想了，还真亏你放在心里呢。我们就是要买房子的话，靠你一个人每月挣那点钱，恐怕是一辈子都实现不了的。"

叶子说话的时候，她那带着酒窝的脸孔上，渐渐地浮起了微笑。可是一转眼，她又涩涩地告诉我，她的工作问题最近快要解决了，是去化工研究所财务科。大概就在最近这几天，就可以拿到人事局的工作调函。这本来是一件大喜事，是应该值得我们去庆贺一番的。可我怎么都高兴不起来，叶子的脸上，似乎也显不出一丁半点喜悦和欢快的神色。

半夜里，我翻来覆去的怎么都睡不着。叶子晚饭时说的一番话，强烈地冲击了我,难道我是真的跟不上形势吗?我自己在问自己,知识多了,足以守贫,这倒是真的。可是苦就苦上一点吧,可实在着呢!难道这也有错吗?啊?可是叶子……难道真的是贫贱夫妻百事哀吗?是我们的婚姻出现了什么不对劲之处?是叶子心里边有了什么无法排解的苦衷?还是那个丑陋、可恶和讨厌的孔方兄,非得在我们的婚姻和爱情里去插上一只脚呢?

"嗯,呃,呃……呜……呜呜……呜呜、呜呜……"睡在我身旁边的叶子,突然间哭了起来。

我倏地探起身,拧开了床头边上的台灯,伸展开两只手臂,一把就抱住了她。"叶子,你怎么啦?"我看叶子像是被噩梦给"魇"住了似的,于是就连忙说,"叶子,你快点醒一醒。"

醒过来的叶子,呜咽地依偎着我,把我拉在了她的身上。"杨林呵,"她一边抽泣一边说,"我好害怕!你抱紧我。"

"傻瓜,有我在呢。做梦怕个什么?"

"杨林呵,你好好地爱爱我吧,噢。"

"你呀,在说什么傻话哪!"

叶子温柔和默契地配合着我做爱的动作。她的眼睛微闭,可是晶莹的泪珠儿,却沿着她的眼睫毛,一滴一滴的在往脸颊上流淌。于是我停止了做爱的动作,附在她的耳朵边,轻轻地问着:"叶子,我弄疼你了吗?"

"啊?没有,不是的,"叶子抬起抚摸我脊背的右手,抹了抹流泪的眼睛说,"杨林,有时候我这心里边真的好害怕!前面的路是黑的,黑咕隆咚的,就像是一个深不见底、乌漆墨黑的无底洞一样,我看不见走啊杨林,我真害怕自己什么时候会掉进了这个黑咕隆咚的无底洞,再也就爬不上来了呢。"

"叶子,你不要去瞎想那么多了,噢。只要我们夫妻两个人能同心协力,就没有闯不过的关关坎坎的,你知道吗?以后我就多抽出一点时间,多帮助你分担一些家务吧。"

"杨林,你就多爱爱我,再爱爱我吧,好吗?"

叶子在我的怀抱之中也是那般凄楚无助的神情,这实在让人觉得爱怜和心痛。我的心底里是一阵一阵的酸楚……"叶子的心里面,"我心里想,"到底有着哪许多解不开的疙瘩呢?难道这许多疙瘩,对我都不能说吗?"不知怎么地,我的这颗心,沉重得就像是灌满了铅液。

就在叶子去了化工研究所财务科上班以后,时间过去了大概有两个月不到一点儿吧,天气骤然之间就冷了下来了。有人说过,这深秋的天气当官的脸,它说变就会变的。这不,凛冽的西北寒风猛地一刮,街边路旁的花草和树木就全都凋零了,真可谓是:

凄云残阳意总驰,
秋中景物最堪思。
恶风一夜西北起,
千树万树成枯枝。

这一天晚上,我因BY型新产品的试验而晚回家了。在回家的路上,肃杀的西北风"呜呜"地吼叫着;满地枯黄的落叶,随着冷风在"呼啦呼啦"地打旋,我裸露着的头部、脸部、颈部和握着自行车把的手指头,都被西北风刮得生疼生疼的。

回到了家里边,见到屋里还是冷锅冷灶的,晚饭也没有做。而叶子这会儿,只是呆呆地傻坐着,小雁在旁边冲她一个劲地喊叫肚子饿了,她也全然不在意,好像小雁根本就不在她的身边似的。穿着姜黄色水洗布外套、红色牛仔裤的叶子,此时此刻,她就坐在厨房的圆凳上,胳膊肘搁在了吃饭的方桌上,在抽着香烟……天哪!叶子可是从来都没有抽过什么香烟哪!

我一眼就看出了叶子的精神状态不对劲。怎么对她说话,她也不去应答,眼神只是空空地盯着口中吐出来的烟气。于是我便放下了资料包,双手使劲地摇晃起她的肩膀,大声地问道:"叶子,喂,喂!叶子你这是怎么啦?啊?我是杨林,我是杨林啊,叶子你快说话呀!"

"啊……杨林哪,你下班啦。哎哟,我这是怎么啦,忘了做晚饭了……真是的,头痛死了,好像就要裂开来一样……唉,杨林你带着小雁,到外边的饭店里去吃上一点吧……"

这时候,叶子捻灭了手上的烟头,扔在地板上,然后伸出了右脚,无意识地踩了又踩。地板砖上全都是被她踩扁了的香烟屁股。

"叶子,你今天是怎么啦?啊?都已经9点多钟了,外边的西北风,还在呼呼的吹呢,冷着哪!"

"对不起杨林,今天怎么办呢?我这脑筋呀,像是被什么东西给卡住了,什么都想不起来了。"说到这里,叶子又点起了一根"阿诗玛"。

我生气地一把就将她手中点燃的"阿诗玛"抢了过来,三两下就捻断了扔在地板上，并且用脚踩住，厉声地问起了她："叶子，究竟发生了什么事情？！"

"啊，杨林，你不要生气，好吗？走吧。我们到外面吃晚饭去吧。今天要是再在家里呆下去的话，我都快要发疯了。"

叶子说着说着，她突然就从凳子上站起来，搀住小雁的手，好像是一个梦游病人似的，无意识地朝门口走去。我赶紧抢着站在门口拦住她们，并且抱起了小雁说："叶子别出去了，外边冷着呢。我来煮面条怎么样？"

"你给我们煮面条？好，当然好啦。真是太对不起你了，杨林。小雁快下来，我们等着吧。"

我的心里很是惶恐不安，哪里还有什么心思去做饭和吃饭啊！叶子今天的神情实在太不对劲了，明天无论如何得带她去医院检查检查，不要因为小毛小病的不医治，从而酿成了大患。大概是内心里惶恐不安的缘故吧，我端着面锅的手抖抖地，怎么都端不平稳，滚沸的面汤，忽然一下就溢了出来，有一些面汤还溢在了我的手指上，烫得我龇牙咧嘴地直甩手指头。

"妈妈！妈妈……"突然间从房间的阳台上，传来了小雁那阵惊恐的叫喊声，"爸爸！你快来看妈妈……"小雁的惊叫声仿佛充满了恐惧和绝望。正在甩手指头的我，本能地就朝房间的阳台上冲去。嗨！真是让人太难以相信了——小雁一边摆动着两只小手，一边高声地惊叫着。她想要揪住正在越过栏杆的叶子，可是她的小手也太小了一点，人也太矮了一点了。

"叶子你在干什么哪！你快站住！"我猛地冲了过去，伸出两手想抓住将要飞身跃下的叶子。可是来不及了！我抓到的只是叶子那件姜黄色外套的衣角。只见往下坠落的叶子在空中稍微地顿了一顿，随着衣服"嗤啦"一下的破裂声，并伴着一声刺耳的惨叫声，叶子就像是一叶硕大的梧桐树上的枯叶，从五楼向着黑幽幽的地面飘落而去。我清清楚楚地听到从楼下水泥地面传上来的钝重的声音。就那么一刹那，一个活生生的叶子当即就陷于了死亡的状态。

人民医院的急救室里。我悲痛欲绝，脑袋瓜痛得仿佛就要炸裂开来。我不知道怎么会发生这样的事情！虽然最近一个阶段以来，叶子的情绪总是那般阴郁和低沉，说话的语气也是非常偏颇，但也不致会发生像跳楼这样的事情啊！究竟是在哪里出了问题了呢？是在哪一个环节上出了问题了啊？

市公安局刑警大队一位年轻的民警来到医院，把我叫到了隔壁的一间病房里，这时候他竟然用非常严厉的审讯口气，询问起了这一天夜晚事情的经过。从他的语气以及神情看起来，好像在怀疑叶子是被我给推下楼去似的。

气得我都快要发疯了,竟有这般混账的东西!于是我就朝他愤愤地发起了火来:"难道你看到我家出了人命,就幸灾乐祸是不是啊?走开!"

"你这是什么态度?"

"什么什么态度啊?啊……死的是我的妻子啊!你知道吗?不是你家老婆吧?啊……还什么态度呢?给我滚到一边去!"

这时候,从后面不远处的地方,又走过来一位大约有四十岁左右的中年民警。他过来以后便对我细言慢语地劝解道:"杨林同志,请你冷静一点儿好不好?实际上,我们今天传讯过你的爱人,是因为人事局张建新副局长的腐败问题,牵涉到了你的爱人。根据张建新的交代,他长期利用职权,以介绍和安排工作为名,大肆地索贿受贿、谋取私利和淫辱妇女。在受害的100多名青年妇女当中就有你的爱人。从今年八月份以来,张建新以安排你爱人去化研所财务科工作为诱饵,多次要求你爱人与他发生两性关系。鉴于名誉和影响问题,我们嘱咐你爱人,千万不要跟你说。可想不到今天……这些个可恶的腐败分子,就像是可怕的毒瘤一样,在腐蚀着我们执政党的机体,败坏着当今社会的风气!你爱人只是这些腐败分子的受害者和牺牲品而已。她大概是精神上承受不住这种压力的缘故吧,所以才……"

中年民警说到了这里的时候,他便朝那个年轻民警歪了歪嘴巴,然后他们就在我的震惊之中,一起悄悄然地离开了医院……

叶子的后事了了以后,我在整理她的遗物的过程中,理到了我先前说到的我手上拿着的那一本棕色软塑面的日记本。就在我翻开这一本日记本中间夹着有一片黄梧桐树叶作为书签的那一页里,写着这么一段话:

"我的丈夫杨林,他非常爱我。他正直、能干,是一个好男人,也是我理想中的好丈夫。但是人总得要去生存啊!然而眼下的社会,又是笑贫不笑娼的啊!唉……生活为什么会这般沉闷,精神又为什么会这样空虚呢?此刻我多么羡慕户外窗下这棵梧桐树以及梧桐树上这许多随风摇曳着的叶子呀,我真想能够像它们一样:只求生存,不去问什么为什么,那该有多好啊!"

"操!"杨林的故事刚一结束,何源就猛拍椅子扶手地站了起来说,"这些个可恶的腐败分子!"他激愤得差一点儿没有把他坐着的那把椅子的扶手给拍断了。

"唉……"慕容玉则是抹了一抹眼睛中的泪水说,"杨林,你给我们大家讲了一个悲哀的故事,一个可怜的女人,一个伤感的结局!"

海涛也朗朗愤慨地说:"叶子的遭遇,说明了不反腐败,不除掉那许多可恶的腐败分子,就会党将不党、国将不国!就会民无天日、国无宁日!今年中央领导加大了反对腐败的力度,惩处了江西的胡长青、广西的成克杰,这可是值得我们可幸可贺的举措。"

"你们想一想,"江波啜饮了一口"燕京"啤酒说,"一个相当于只有正科级的地方人事局的副局长,居然就这么猖獗!海涛,我听我们家乡反贪局的朱科长说,现在我们家乡那些个县级市的副市长们,一年腐败地贪污受贿个一两百万还是个枝节问题!小事情一桩!那就不要说职务比他们高的了。因为他们贪了、受了,为了升官,他们还要往上面去送呢!这就可想而知,现在的腐败已经到了何种的程度了!就拿安徽那个不知是涡阳还是阜阳市的市委书记来说吧,上任了才十七个月,就贪污受贿了一千三百多万!平均每个月八十哪万哦!唉……虽然在近两年中,中央尽管搞了几个省部级的如广东的欧阳德、北京的陈希同、王宝森,今年又惩处了广西的成克杰、江西的胡长青,但是我在想,这腐败分子是否就到了顶了呢?"

"到顶个屁呀!"翟凤娜说出了不应该是她说的话,"用那个已经离了休的副部级林老的话说,现在要把处级以上的干部排起队来,隔一个去枪毙一个,漏网的太多;全部都枪毙了,冤枉的不多。江波、海涛、何源,你们可还记得我们在林老家里边做客的时候,她所讲出来的这一番话吗?听了林老说了这一番话,当时我感到非常的震惊哪!"

江波接茬说:"记得。可我在思考啊,出现这种腐败现象的根源,关键还是在于国家和政府部门的检察、约束、舆论监督的机制、机能和法律手段,是否能够真正地、行之有效地起到了作用?就如刚才翟凤娜在她的故事中所说到的,现在权欲太强的人,金钱太富有的人,以及生性太野蛮的人,都不倾向于法制。因此,这就涉及到一个民主的机制和氛围的问题了。"

海涛说:"至于说到民主这个问题,这还得要有一个过程嘛。中国自周朝以来,一直就处在封建专制的社会状态中。虽然中国的皇帝和两千多年来的封建专制的体制,被打倒和推翻了将近九十年了,然而作为封建专制思想和文化的列车,却由于其惯性的作用,实际上它到现在都还没有完全停下来呢,还在不断地影响着国人的思想和生活。它甚至还被某些层次颇高的人士,当做中国的文明而被供奉、引用和借鉴着。因此在这几千年来的封建专制的历史里，我们的国家就一直处在了一种分久必合、合久必分的状态。这分分合合的搞得不好，现在我们刚开始走上正路的中国又会要陷入混乱的，我想，这是我们大家都不希望看到的。所以推进民主还必须得有一个过程，还必须得自上而下。好在现在执政的高层领导，大多是经受过了高等教育的，民主意识强烈，由他们自上而下的来推进，总比自下而上要贴切得多吧。"

"海涛，你说这话颇有一定的道理。"江波又啜饮了一口啤酒说，"自下而上谓之造反，谓之革命；自上而下谓之改革，谓之变法。前者必然就会出现动乱，导致倒退以及野蛮和愚昧的泛滥，就像文化大革命。而后者呢，这种官本位的改革，又是非常容易导致腐败现象的产生和出现。当然啰，这就要看中央如何决策，怎样把舵和引航了。"

何源接口说："我说，现在上层都没有民主，下面哪里会有真正的民主哪？几千年以来，中国官场一直都是伯乐选马！'伯乐选马'这不错；可是谁来选伯乐呢？由此可见，这'伯乐选马'实际上就是人治！"

"我说你们这几个人呀，"这时候，那个秀气端庄的杨丽萍说了起来，"你们几个说话，是不是都有点病病歪歪的哪？话题太深奥了，实质上也就离了谱了吧？要知道，太深奥了太离谱了的话，就如同是在说废话一般哪！有一些话题，还是留给那许多政治家和哲学家们去研究吧！不然，那要他们这许多人干什么啊？我们中国这么大呢，人口这么多，我认为还是江波的鬼情人柳玥说得好，'不要悲观么，人世间会逐渐地好起来的。'

"另外大家要看到，我们这个百鸟来朝的泱泱大国，它基本上是在前进着的。尽管前进的速度有时候非常缓慢，但它仍然就像是搭上了自动进刀档的车床一样，在螺旋形地运转着和前进着，并且在最近的这几年当中，前进的步伐已经明显在加快。至于在前进的过程中出了点这方面的问题，或者产生了那方面的错误，这是谁都避免不了的。这就如同我们偶尔也会在自己的人生旅途中，犯下一点这方面或者那方面的差错一样。因为我们这个国家太大了，我们国家的人口也太多了。因此要依我说，大家都不要这么病病歪歪、小鸡肚肠地看问题好不好？我们难得聚上一次会，不要都弄得灰头土脸的嘛，这样不太好吧？都不要以为'除却巫山'就'不是云'了？要知还有'黄山云海蔽天下'之说呢！这样吧，下面我来给大家说一说我的一段失误的婚姻的经历吧。"

说到了这里，秀气端庄的杨丽萍端起了茶杯，一边喝着那苦涩浓浓的青峰绿茶，一边就轻言慢语地说起了她爱情生活当中的一段往事。

七、杨丽萍的故事

刚才听你们大家说到了爱情，我发觉这个爱情，似乎总有那么一股子苦涩味，浓浓的，就像何源刚才给我泡的这一杯茶一样。大概是茶叶放得太多了的缘故吧？何源，我可不是怪罪你，请你不要去见外哦。

我们这个人，有时候就是有一点贪心。比如说泡这杯茶的时候吧，茶叶放少了，似乎味道太淡了，喝起来就觉得没什么劲，就要多抓一把放在里面。可是茶叶抓得一多这茶就苦了。所以我们身边的爱情，似乎也就是如此。

就拿我们女人来说，找对象总想要找一个人既要长得帅，又要有钱，还要有一定的社会地位和家庭背景，可以值得让我们在别人面前炫耀的这样的男人为伴侣。殊不知这要求越高了，最后给自己带来的苦涩味也就越浓了。别的女人苦不苦涩我不知道，反正我的婚姻和爱情就是这样苦不拉叽的。

还有，在我们北京有两样东西特别惹人讨厌。一是每年冬去春来以后的沙尘暴。而今年的沙尘暴似乎又特别厉害，一直刮到了初夏，刮得这北京城昏天黑地的。一出了门，映入眼帘的首先就是这昏黄色的天空，耳边响着的是"呼啦啦，呼啦啦"的风沙声，颈脖儿感觉是细粒粒的直瘙痒。出门转上一圈再回到家里的时候，脱去衣服一看，哎哟喂……哇塞！这刚刚穿上的干净的衣服，领口就这么污秽黄黄的，真让人觉得恶心。二是这春末夏初季节里的白杨花絮。这白白的、绒绒的、小团的、大团的、一团一团的白杨花絮，随着春夏季节的风，有时候就像鹅毛大雪一般，在这春末夏初的天空里，沸沸扬扬、飘逸灵动地上下飞舞着，落在了人的头发上，粘在了人的衣服上，白花花的，毛绒绒的，真让人觉得讨厌！

而我的这一段婚姻和爱情的往事，就是发生在这么一种"杨花不知飘何去，流水茫然疑性痴"的白杨花絮飘飞的季节。

那是在前年暮春里的一天。那天下午，我把我的未婚夫国生送进了西客站的站台。可惜的是，我没能从容地跟他说上几句话。"唉，"我心里想，"这许多讨厌的白杨花絮啊！还有国生公司这许多讨厌的来送行的同事们！"

他们似乎都已经知道我是国生的未婚妻，也都在偷偷地斜睨着我，叽叽咕咕地议论着，好像我是一个不谙世事的乡下姑娘，或是一个傻不啦叽的小女孩似的。所以呢，我就站在离他们尽量远一点的地方，眼睛红红地看着那许多在列车上上下的和在月台上走动的人群，还有在站台的空间里飘逸和飞舞的白杨花絮。

国生从车窗内探出了脸孔，向大家致谢，并且他还时不时地向我这里张望。每逢这个时候，我就一边用手绢揩抹眼睛，一边向着他微笑，向着他招手致意。发车的铃声一响，我便再也控制不住自己了，顾不得矜持地推搡起前面的人群，跑到车窗跟前对国生说：

"国生，路上你要多保重！还有，我们的事你一定要办妥！"

"丽萍，"国生激动地点着头说，"你可不要变心喔！"

"你都在瞎说一些什么话呀？"我嗔怪地对他说着。但是经他这么一提，我的心里忽然就一动：今后国生不在身边了，我会不会去变心呢？唉，这拂拂扬扬的白杨花絮，真不是一个好兆头！不过我马上又否定了自己内心里那一霎间冒出来的鬼念头，并且对自己说："我决不是一个轻浮的女人。"

火车开动了。国生的脸孔眼见着慢慢地远去。一直到看不见了，我才转过身子，尾随送行的人流，向着南楼检票口走去。这时候，我的心里感到了极度的空虚。从今往后国生不在北京了，这对我一个女孩子来说，就像失去了一种精神依托。国生调去西北油田工作的事情，虽然我早就有所预感，只是没有想到会来得这么快。这给我们的结婚增添了非常大的难度。

由于父亲去世得早，我就一直跟自己的母亲在一起生活。母亲对我的婚姻大事很理解，也给我有充分选择对象的自由。不过她只要求我能在北京成家，不然她就会感到孤独和寂寞。为此母亲对我说，为了你们两个年轻人的婚姻和幸福，她宁愿跟我们分开居住，但今后只要能和女儿女婿常来常往就行。

说句心里话，我自己也喜欢北京。这里毕竟是首都，是全国政治、经济和文化的中心，即使母亲没有这个要求，我自己也打算在北京成家。因此上我就是以此作为条件来寻找男朋友的。但我却爱上了国生。国生是某部地矿集团的工程技术人员。他的皮肤黝黑，并且还有点络腮胡须，也不是什么出众的美男子。然而他在壮硕中却也满满地透出一股阳刚之气，性格也挺爽朗。

给我介绍国生认识的，是我的同事许宁宁。这个许宁宁打从一开始，就是以让我们能够恋爱和结婚为目的而给我们做的介绍。记得有一天，我和国生以及许宁宁三个人，一同去保利大厦吃自助餐，一同去逛华普和蓝岛，后来又一同去紫光影剧院看新上市的影片《泰坦尼克号》。可是在临入场前，许宁宁却一本正经地对我们说："嗳，我总不能……老是夹在你们两个人中间，去当一个令人讨厌的电灯泡,去招惹你们厌烦吧?你们两个人,一个是我的同事,一个又是我的朋友。以后,你们应该知道怎么交往了吧?好了,丽萍和国生,我预先祝你们两个人有一个美好的未来。拜拜了!"

许宁宁这样做,对我来说正是求之不得的事情。我看国生好像也有此同感。谈恋爱,毕竟是排斥第三者的。否则就会有点尴里尴尬的,就不好意思去说一些两个人之间的悄悄话。随着时间的推移,我对国生虽然还没有到那种刻骨铭心的程度,不过也只要有一个三两天不见面,我这心里头,就会有一种惶惶然、虚落落的感觉,就好像缺少了一些什么东西似的。

有一天我问起了国生:"你们地矿总的员工,是不是要下矿区啊?"

"有时候是要到下面去工作的。不过,往往在下面苦上一个三年五载的,只要不犯错误,就能够去升一个正处级或者高级工程师的职务了。"

"这么说,你也有调到下面去工作的可能啰?"

"是有这个可能,"国生直爽地回答,"我大学一毕业,就分配在了北京的总公司工作,下面的矿区一次还没有去过哪!"

"下面的矿区,大概很荒凉吧?"

"嗯。这跟北京,当然是不能比的了。不过听说在下面生活习惯了,也就觉得没什么了。"

"你看我们怎么样哪?"

"啊?"他停下脚步,满脸狐疑地看着我说,"丽萍你说什么怎么样?"

"国生,我忽然在想,"我掩饰着内心的思绪,故意很随便地对他说,"我要是和你结婚的话,那应该是怎么一个样子哪?"

"丽萍,你说的可是真心话吗?"

看得出来,国生的语气非常真诚。这让我的心里感到很激动。显然国生是爱上了我,也就使我有了信心。然而我还是说出了不能结婚的理由。

"唉,真不是个滋味!"

"我心里也是这样认为的。"

"不过我想,即使要去下面矿区的话,恐怕也要几年以后呢。"

"要几年以后吗?"

"是的。一般是培养和提拔的对象,才会调到下面去锻炼呢。当然也有不是的,或者根本就不用下矿区的。"

"真的不用下去吗?"

"我想是有的吧。"

说到了这里，我们便默默地在天安门前散着步。傍晚的长安街月光明媚，华灯初上；路边有着温馨的绿荫，间隙式的人工喷泉，庄严的红墙。若是在这个傍晚的时分，挽着挽着自己的恋人，到这里来遛弯和散步的话，嗨，真是有一种说不出来的高雅的情调。为了减轻心里的烦恼，我本想约国生明天再来这红墙下面、这绿荫丛中遛弯和散步的。说真的，若是带着这般苦恼分手，双方都会感到痛苦的。一想到这里，我的心不免就揪了起来。现在我不得不承认，自己已经开始爱上了国生。如果我们两个人今晚分手不再相聚的话，那么我一定就会失声痛哭的。我觉察到了这一份痛苦，怎么能够与自己相爱的人说分手就分手呢？于是我便脱口而出：

"那么就瞒着，不去说出来吧。"

"瞒着谁啊？"

"还会有谁呢？我的母亲呀。不然怎么办才好呢？与其担心将来可能会出现的事情，就不和自己相爱的人结婚，这不是有一点太残酷了吗？"

"这倒是的。"

"国生，"我抬起手臂，轻轻地挽起了他的胳膊说，"你看，我们现在就来决定，怎么样？"

"好。丽萍，我想我们结婚以后一定会很幸福的。"

"我也是这样想的。你爱我吗？"

"丽萍，我对着这圣洁的月光，对着这辉宏的天安门广场发誓：我会爱你，爱到永远、永远的。"

国生的精神振作了。我的情绪也就高涨了起来。

"那么，"我说，"我们现在就开始相爱吧！"我一边说着一边就停下了脚步，并且把嘴唇微微地张开，闭上眼睛，踮起脚尖地向国生面前伸了过去。国生则抖抖索索地把我搂在了怀里，倾下他的头来……这是我们的初吻，这初吻是那么的美妙，那么的甜蜜！真是爱情之吻，酒一样的甘醇啊！

在接吻的激动中，我恍恍惚惚地又意识到了可能会来自于母亲那儿的阻力。于是在那一天晚上，我索性就对母亲说出了我和国生之间的事情：

"阿妈，他可是一个很稳重的人呀，你看怎么样？"

也许是相信女儿的缘故，母亲什么也没有反对。她只是提起了是否在北京成家这个问题。于是我便故作轻松地回答了她："阿妈，这个还用说吗？真是的！我们不在北京成家，难道要去漂泊，要去流浪吗？"

就这样，我带着国生回到家跟母亲见了面。母亲对国生似乎也是挺满意的。国生的父母亲去世已经有好多年了，除了一个在江南水乡中的舅舅以外，他的婚姻，无需再去征求什么人的意见了。

当时我所工作的企业正在面临着倒闭。为了此事，同事们都垂头丧气地等待着下岗，唯独我还能够泰然处之。这大概是因为我正忙于结婚的缘故吧。再说我已经对我们那个破企业，我那个枯燥无味的破统计工作，早就腻烦透了。只是当我见到了为我介绍国生的许宁宁的时候，觉得他可真有一点惨了，可是我却什么忙都帮不上。唉，这半死不活的国有企业，什么时候才能够腾飞啊？但愿你许宁宁什么时候能够交上一个官财好运吧！

因此我就是这样欢快地等待着五一劳动节的到来。因为，这是我和国生两个人商量的我们结婚的日子。虽然眼下距离劳动节还有两个多月的时间，不过我们两个人已经说好并且约定，今后我们两个人，一定要好好地善待我的母亲，让她老人家能够过上一个幸福的晚年。

到了白杨花絮开始初绽的仲春，我所在的企业，在死而不僵了好多年以后，终于还是倒闭关张了。我也就下岗了。不过下岗就下岗呗！嘿，这又有什么了不起的呢？生活的道路宽着呢！等到结婚以后，我再去找它一个好一点的工作呗！然而还没有过上多少日子，最最困扰我的，最让我感到抑郁、烦闷和不安的，就是我的未婚夫国生的工作调动问题……

我跟随着出站的人流，从西客站南大楼的检票口走出来。可以说我的情绪从来都没有像现在这么低落过。一种惆怅和寂寞的感觉，就像洪水猛兽一般，在我的心里头泛滥。不知是为什么，我心里就想要找一处地方去好好地哭上一场。早知道现在这样痛苦，当初我还不如干脆就跟着国生一块儿去西北油田的好呢！"要是国生没有调往西北，那该有多好啊！"我一边走，心里面却一边在想着，"可能现在我都已经披上了雪白的婚纱，挽着他的胳膊，准备去进行浪漫的结婚之旅了。"

可是调国生去西北某个大油田担任副总工程师的调函，偏偏就在我们要准备结婚的前一个多月，发到了国生的手上。这一次的调动，对于国生的前途和他将来的升迁，都是非常有好处的（当然啰，他也完全可以硬犟着不去的）。但是这对我们两个人的婚姻大事，却带来了相当大的难度。尤其是我母亲这一关。荷叶包不住野菱，犹如纸包不住火一样。比如有一天吧，我刚一回到家里边，母亲就唬住了一张面孔，埋怨起了我说：

"丽萍，你说你要骗我到什么时候啊？"

大概是母亲不知道从什么渠道,听到了国生工作调动的消息。我想,这一下可糟了,母亲肯定要打我的拦头板了。但我只是喃喃地说:"这个么……阿妈,最多也就是一个三五年的时间,一眨眼就会过去的。"

"你糊弄个鬼啊!"

"阿妈你看你,都在说些什么呀?"

母亲好伤心、好凄凉地问我:"丽萍,你和国生的婚事就不能吹掉吗?"

"我说阿妈你累不累呀?"我异常生硬地回答着。

我一心要和国生结婚。我相信就是到了将来,自己也不会去改变这个主张的。但是母亲就是不死心,成天介说就是啰哩啰嗦、唠唠叨叨个不息。明知道没有人会去听她的,但她还是啰嗦、唠叨个没完没了。不是要我不要离开北京,就是要我延期结婚时间,几乎都快成了母亲的口头禅了。

"不,"我很生硬地回答母亲说,"我要赶在国生调动之前,跟他举行婚礼。然后作为旅行结婚,我们一起去大西北。"

"那怎么行啊,丽萍?"母亲可怜巴巴地说,"你要知道,结婚可不是一件儿戏的事情啊!你怎么能够这样草率地行事呢?你还没有准备好哪!"

"准备准备,准备个什么呀?我什么也不想准备!"

我的嘴巴上虽然犟着这么说,可是我的心里却在想:结婚,对于一个人来说,毕竟是一生中的大事情!因此我那样说话,未必说的就是真心话,未必就是出自于自己的肺腑。再说了,马上要离开北京,去西北那荒凉的油田矿区,我的心里面就直犯毛。于是国生便对我说,要不他先去西北,等到那里的生活和住房全都办妥当以后,再通知我前往。看来也只能这样了,我们的婚期也只好往后面推迟了。此时此刻,我忽然怨恨起了打拦头板的母亲来。尽管如此,我的心绪仍旧被刚才那个坏兆头所纠缠着。这个天气真鬼哦!太阳好端端的,天空蓝灰蓝灰的,可是眼前这棉绒一般的白杨花絮,却随着风在满天飘飞和翻滚,犹如是冬季里的鹅毛大雪一般,令人心里头真烦!

走出了南广场,我从莲花池弯向了湾子的方向,准备坐公共汽车回家,这时候忽然听到有人在我后面叫着:"丽萍哎……丽萍……"

我转过身去一瞅,原来是自己的老同学秋月。我们已经有将近两年没有见面了。不过在学生时代,我们两个人的关系倒是非常不错的。这一会儿,秋月用一种讶异的神情看着我的脸说:"丽萍呀,瞧瞧你这一副拧着眉头的苦巴相喏,真是一面孔的旧社会呀!你有着什么心思呀?"

"秋月,我们找个地方去喝一点什么吧,好吗?"

"可以啊！到我的酒店里去吧。"

"什么？你开着酒店哪？"

"怎么啦，丽萍？我就不能够开酒店啦？真是少见多怪！我现在可是'金蔷薇'酒店的老板娘了呢！"

"啊？真个你！"

"不相信哪？"

"秋月，难怪你是一副神气活现的暴发户的样子哦！"

"瞧瞧你这一副怪腔怪调的样子喏！哎，丽萍，我的'金蔷薇'就在太平桥。离这里不是很远。你跟我走吧。"

一来是想要去看看秋月开的酒店和她老板娘的生活，二来也是为了排解同国生分别时所产生的愁苦和寂寞，于是，我便跟着秋月打上了一辆夏利走了。一路上，我一边听着秋月在说话，一边还在抑郁地想着，国生乘坐的火车现在是不是已经过了廊坊了？

秋月的酒店开在太平桥。附近有好多国家机关和一些高档的住宅楼群。酒店名叫"金蔷薇"。虽说还不是很大，但装修却是上等的。客人也大多是熟客。我们到的时候，天光还早，不过店里面已经来了好几拨客人了。没多久我便坐在了吧台的一角，啜饮着掺有少许干红的雪碧。秋月则忙着在招待客人，又时不时地来和我聊上一番。酒店的生意不错，使人感到舒心和幽雅。我似乎并不讨厌这种环境。大概是酒精的气息和雪碧中小苏打的挥发，也把自己心中的烦恼给挥发掉了的缘故，这会儿我的心里面已经平静了许多。

"嗳，丽萍，"忙不过来的秋月对我说，"我这儿的人手不够，你能来给我帮一个阶段的忙吗？就帮半个月，怎么样？"

"呃……这个……不行吧？"

"嗯？为什么不行哪？"

"我没有经验。弄得不好，我会把你的客人给得罪光的。"

"你呀，没有大问题的。靠窗的那些客人都在打听着你呢。只要他们有兴致就行了。好不好吗？工资每天50元，怎么样？就当做是消遣呗！"

"不好。不过不是为了钱的事。"

"那是为了什么呀？"

"我阿妈她不会同意的。她是一个老古板呢。"

"你呀，不要直接对你老妈说嘛！随便抓一个什么借口，就能够瞒住她的。嗳，怎么样吗？我求你这个老同学还不行吗？"

面对秋月真诚的邀请，我也不好意思再去回绝。虽然不是为了去挣多少钱，但毕竟能够在一个新的环境里，开开心心地打发一段时光。我觉得经历一下这样的行当，似乎也没有什么不可以，没有什么不妥当的。

"那……好吧。"

"同意啦？ OK！那么，现在就开始吧。"

"什么？你说我现在就开始？"

"是呀，丽萍小姐。以后你就每天下午的3点钟开始上班吧。去，把这一瓶长城干红和5听雪碧，给送到窗户前的5号桌子上。"

秋月真不愧为是老板娘，果断泼辣。她也不征得我最后的意见，当即就把我当成是自己的服务小姐在使来唤去了。我遇到赵泉，就是在这一天快要下班的时候。都已经过了十点钟了，我正要准备回家，他却推门走进来。这个家伙，我心里想，怎么这么晚才来呀？不由得心里边有一点不满。可是在秋月的酒店里，赵泉是一个颇受欢迎的客人。他的个子高高挑挑，是个美男子，有一点儿像香港的影星周润发，穿着高档的西服，与着装随便的国生相比较，嗨，真让我的眼睛一亮。赵泉一见到我，便毫无顾忌地问：

"喂，你是新来的服务小姐吗？"

"是啊，"此时已经有一点儿醉醺醺的秋月抢着替我回答，"她是我大学里的同学，名字叫杨丽萍。"

"我说么，怎么忽然就多出了一张漂亮的陌生面孔呢！"

"嗨，你要是想追她的话，可得要抓紧哦。"

讨厌！一个是浪荡公子样，一个醉酒失态相，他们两个人都快要找不到北了。我的心里面感到有一点烦。既然秋月已经说过我可以先走，于是我转身准备出门，可是赵泉却在后面叫住了我："喂，丽萍小姐。"

"什么事情哪？"我面孔板板地问。

赵泉却是直勾勾地盯着我说："嗳，我饿了，陪着我吃点什么，好吗？"

"不好意思，你自己请便吧。"话一说完，我就头也不回地跨出了门外。夜风里，暮春的清新空气使得我的心情舒畅了许多。

回到家里时，母亲正在为我担心着呢。我便对母亲说："阿妈，我碰到老同学秋月了，所以就跟她喝了一点酒。"

"那倒也没什么。不过……"母亲好像在考虑着什么似的，并且语气怪怪地说，"丽萍，你和国生的婚约是不是可以解除它呢？"

"阿妈，我说你累不累啊？"我回答得很呛。不过不知道为什么，那个假周润发赵泉的身影,突然就在我的面前晃荡了起来。真是一个惹人讨厌的家伙!因为这个时候,我实在是没有必要去想起这个讨厌的家伙来,但是不知道为什么,自己就是有一点儿情不自禁,心旌也在不住地摇动。于是我便对母亲说:"阿妈,秋月在太平桥开了一个酒店,格调还不低呢。"

"是吗?"

"是的。她还说要请我去帮一阶段的忙,你说可以吗?"

阿妈好像显得有一点担心,但是她最后却又没有明确反对。大概阿妈心里最反对的,恐怕就是我和国生的婚姻,以及我会离开北京到大西北去结婚这一件事情了吧?

第二天,我便去秋月的"金蔷薇"上班了。

打那以后,我几乎每一天都能见到赵泉。大概是由于我那天对他冷淡的缘故吧,后来他就没有再来纠缠我。虽然如此,他却经常带着其他的小姐,班后出去吃夜宵,有时候还带着她们去歌厅、迪厅或者夜总会。看来他是故意这样做的。对于这种浪荡公子,我没有必要去搭理他。

半个月很快就过去了。秋月要求我帮着再干一个阶段。这次我想都没有去多想,很快就给答应了下来。现在,我开始逐渐地懂得了一些酒店管理的诀窍,对于顾客的服务也有了一定的经验。由于我的彬彬有礼和礼节周到,很多顾客也就冲着我而成了"金蔷薇"的常客。我像以前一样,还是不爱去搭理赵泉。他也不怎么理睬我。不过,不知是为什么,我就是觉得这个家伙很讨厌。尽管他是一个风度翩翩的帅哥,有着一定的诱惑力。我从别人的嘴里知道,赵泉在北京电信工作,还是一位年轻的科长。由于家境好,他有一个当厅局长的父亲和一个曾经当过市某局人事处长的母亲,而且又没有结婚。这些权力庇护下的干部子女,大多是那副德性,开着私家车到处闲逛,成天泡在花天酒地里面,对于女人又不严肃,拉拉扯扯、左拥右抱,味儿事颇多。

有一次,秋月带着一副笑得挺诡谲的神情对我说:"丽萍,最近你是怎么啦?啊?干吗要把赵泉看得那么坏哪?"

"他不也是彼此彼此吗?"

"好像不是吧?实际上,他很喜欢你的。"

"嚼你的蛆吧!"

"嘿,不相信呀?那么你自己直接去问他吧。"

"我说秋月,你是不是有病呀?啊?看来你还真是有毛病呢!跟你说吧，我喜欢的男人是国生，而不是别的什么人！"

可是这句话一说出口，就连我自己都感到有一点吃惊。因为最近这段时间，我几乎已经淡忘了国生。要是同国生在西北油田的生活区里举行婚礼，那肯定是冷漠、凄凉以及枯燥无味的。我不由得想象起了在举目是灰沙泥土、难得见到一点儿绿色、整天都是灰头土脸的情景之中生活，就觉得有一点反胃。去西北，仿佛已经成了我的一块心病。与其到西北去跟国生结婚，还真不如眼面前的生活富有情调呢！我真的有必要考虑一下，国生在离开北京那一天对我说的要我不要变心的那句话了。

就这样，每天晚上我都带着一身的酒气回家。母亲有时候也想说我一点什么，但最后什么也没有说。兴许她对我差不多不再提起国生而高兴吧！因为没有什么比女儿离开北京更让她伤心的了。只要我能留在北京，就是行为上出一点格，她都不会怪罪我的。其实这个世界上的许多事情，就是在这种不知不觉之中潜移默化。有一天快要下班的时候，秋月对我说：

"丽萍，明天你给我跑一趟赵泉的单位，好吗？"

"去赵泉的单位干吗？"

秋月看着我，诡诈地笑了一笑说："最近，我的手头上稍微紧了一点儿，跟他借了个五千元钱，你帮我去拿一下好吗？"

"这个……"我嘴上不愿意，可心里却不然。

"你要是不高兴的话呢，我就叫别人去吧。"

"秋月，我说你是有毛病呢！明天我顺便给你跑一趟不就得了？看你啰哩啰嗦个没完没了了！"

"OK！明天下午你三点钟左右去吧。就这样定啦！"

"知道啦，秋月。你真是有毛病呢！"

第二天下午，三点钟还差十分钟，我便来到了地处长椿街的电信大楼，并在门卫上通报了赵泉的姓名，不多一会儿，见到赵泉出来了，我便一本正经地对他说："对不起，我是来替秋月取钱的。"

"嗨，你看你这一副面孔，刀都劈不进去吧？丽萍小姐，我们一起去'金蔷薇'吧。"

"去我们酒店？那你还上不上班哪？"

"我吗？上的可是自由班。"说完他就大摇大摆地走了出去。

这时候我就只好在他的后面跟着，就像一个跟屁虫似的。因为我是来替秋月办事情的，不能不达到目的就空着手回去。

"丽萍小姐,辰光还早,这样吧,我们去哪儿喝点或吃点什么,好吗?"

"啊……不。"

"你呀……"

随后没几分钟,赵泉便开出了一辆黑色的"沃尔沃",并且亲自为我打开了车门,还对我做了一个"请"的姿势说:"丽萍小姐,上车吧。"

这时候,我已经不能再去说讨厌了。赵泉把"沃尔沃"开往了珠市口。路上他沉默不语,我也沉默不语。不过我的心里面,却有着一股愉快的气氛在蔓延。在地处珠市口的格调高雅的"丰泽园"大酒店里,他把一只装有五千元钱的信封递给了我,并且对我说:"丽萍,你怎么总对我摆出这一副死板板的面孔呢?好像我并不欠你十万八千元的钱吧?"

"对不起,我一向就是这样。"

"在我的面前,你是口是心非吧?啊?不然的话,你这一张楚楚动人的脸孔,长得不就有点可惜了吗?"

听到有人恭维,我的脸上虽然是一副不以为然的样子,可是,我这心里头却还是挺惬意的呢!因此我说话也就温柔了许多。

"照你这么说,以后我得注意一点儿面部表情啰?"

"你是怕我纠缠你,才摆出这副样子的吧?"

"我根本就没有想过。"

"真的?那就好。我可一次都没有纠缠过你吧?"

"这个我知道。"

"不过现在,我可要向你求婚了。嗳,丽萍,你嫁给我好吗?"

赵泉就这么直截了当地说着。可是我却差一点没从餐桌旁边跳了起来。这时我瞪圆了眼睛问他:"你说什么?嫁给你?和你结婚?你有没有搞错啊?"

赵泉刚才的一番话,就像一把锋利的水果刀扎在了我的心头上。看起来呢,秋月和他串通了一气,故意叫我以取钱的名义来对付我的。我的心里边顿时就涌起了一股厌恶的感觉。

"丽萍,你在大西北有未婚夫的事,我已经知道了。不过,你干吗非要跑到大西北去结婚呢?在北京还有像我这么好的男人啊!"

我顾不上吃了人家的嘴软,说话得给人家留一点面子,而是尽可能讽刺他、挖苦他、嘲弄他。我就是这样对他说:"你是一个好男人吗?哎哟喂,我的妈呀,你真是有精神病!你知不知道自己由于乱搞女人而臭不可闻吧?"

"是的,"我没有想到他竟会承认地点了点头,"从某种程度上说,这确实是真的。不过阴阳调和,男女互补嘛,古时候孔圣人就曾说过'食色性也'。虽说我为了女人而名声不是太好,可我现在说的是我想要娶你,与你结婚的事情!希望你能够考虑到这一点。"

"以前你大概就是用这种欺骗的手段,来骗女人上床的吧!"

"你怎么这样去想呢?我还没有差到非要以结婚为理由,才能够吸引到女人这个地步吧?"

"讨厌!你真是有神经病呀!我真怀疑你是否已染上了什么'贫穷花柳'和'富贵艾滋'的病了呢!"

"丽萍,请你不要这样去戏谑我,好吗?我真的是想要娶你,和你举行名符其实的婚礼。"

"得了吧你,别以为你有了一个好老爸、一个好老妈的,就觉得自己不得了了!其实,我还看不起你呢!"

"丽萍,我虽然不知道大西北的那位工程师,是一个怎么好的男人,但是假如你跟我结婚的话,最起码,你可以一辈子都住在北京了吧?难道这不是你母亲的意愿吗?"

"那又怎么样啊?"

"嗳,丽萍,我家还开着一座规模不算太小的酒店呢。"

"是吗?不过……这跟我又有什么关系啊?"

"铁家坟你知道吗?就是离334路和370路公交车站不远,有一家名叫'百合花'的酒店。这是我母亲退休以后,利用她原来的关系网开办起来的。现在还由她给掌管着。如果你同我结了婚的话,就可以让权给你管理。"

赵泉说的地方属于是三流地带。不过,即使能做三流地带酒店的老板娘,对于我来说,也是有着一定的吸引力。大概在我的血管里,天生就流着适合在灯红酒绿的行业里工作的血液吧?

"丽萍,我说的都是真心话。请你好好考虑考虑吧。"

"这个……"

"再说我母亲也非常赞成呢。"

"是吗?你母亲也知道这件事?"

"是的。我对她很认真地说起过你的事情。"

看着面前这个风度翩翩的假周润发,这时候,我觉得他并不像以前那么讨厌了。"看起来,"我心里想,"他今天说的都是心里话吧?要是与他结婚的话,这样既可以让阿妈感到高兴,自己又能够去从事一种富有刺激性的行当，同时赵泉也不失是一个颇有魅力的男人。"

"这个么……"我迟疑地说，"让我考虑考虑再答复你吧。"

眼下已经不用再去说了，我和国生结婚的打算，已经消失了一大半。此时我的心的天平，已经在朝着赵泉这一边大幅度地倾斜了。

现在，我已经不用再到秋月的"金蔷薇"酒店去上班了。在跟秋月的酒店分手告别的时候，秋月笑眯眯地对我说：

"丽萍怎样？姐们还够意思吧？没有坑害你这个同学吧？"

现在最得意的人，还要算是我的母亲了。只要我不离开北京，其实我就是找一个木偶、阉人或者"棉花客人"做丈夫，母亲都不会反对的，何况赵泉的家境这么好呢。自那天回家以后，我便对母亲说起了赵泉的事情，母亲立即就高兴地说："太好了，太好了！丽萍，这不是天大的好事吗？"

只是我自己的心里还不十分踏实。然而我还是当晚就给国生写了信，告诉他因为母亲寻死觅活地不同意我去西北油田，怎么做工作都没用，实在没办法了，所以我希望他解除婚约，并能谅解我心里太多的苦衷。我一面写信一面觉得，我这样做实在是太薄情了，这会伤害到国生的。我的良心受到了谴责。"唉，"我心里想，"自己最终还是成了个移情别恋的轻浮的女人了。"

国生很快就给我回了信。他在信中充满了真挚的感情。希望我无论如何要多考虑考虑，能够改变自己的态度。然而我却再没给他回信。自己只是对着西北的方向，心中深深地道歉说："国生，我对不起你了，请你原谅我吧。"

和国生的恋情就这样结束了。母亲的担心也消除了。她再也不会因为我有可能去大西北而啰嗦和唠叨个没完没了。最近一个阶段，我也见到了赵泉的母亲。这个很有可能会成为我婆婆的女人，有一点肥胖和臃肿，但又好像精明和爽快。这个叫做"百合花"的酒店，光是楼下和楼上的营业间，就有10大间，面积不下于四五百平米，并且装修豪华，情调高雅。

那一天见面的时候，赵泉的母亲就在这"百合花"里，热情地欢迎着我："丽萍，可能是年纪有一点不饶人的缘故吧，近来我觉得特别的累。要是你来了，我就可以把这里的一切，全都交班给你了。"

"不，我可不一定能行哦。"

"丽萍，我们很快就成一家人了，以后就不要再说两家子话了喔。今后你只要往柜台上一坐，收好钱款就行了。至于店里边的具体事务，里面有厨师长，堂口有领班小姐，安全有保安，他们都会好好的干的。你是大学生，以前在企业还搞过统计的吧？"

"是的。"

"你还有在酒店里工作的经验嘛。一开始我再带你个阶段，不会出什么差错的。至于客源么，这个你也就不用多担心什么，我们都有一些老关系网和基本客户群的。"

于是就这样，我下定了与赵泉结婚的决心。

然而就在我们准备要举行婚礼的前几天，发生了这么一件事。那是在一天的傍晚，赵泉开着黑色的"沃尔沃"来找我，并把我叫到了外面的路边花园里，他低头抽烟地对我说："唉，丽萍，出了一点味儿事。"

"发生什么事情了？"

"那一个女人，从昨天晚上起，她坐进了我们家酒店的包厢里，就再也不肯离开了。"

"什么女人哪？"

"唉，都是我不好。这，还是以前的事情。她知道我们要结婚了，就找上门来同我闹事。"

"你这种下三滥的不要脸的烂事情，"我很不耐烦地说，"为什么要跑到这里来告诉给我听呢？"

"唉，这一件事情啰嗦就啰嗦在，连我母亲都没有办法去处理，妨碍营业，丢人现眼，实在是讨厌透顶喔！"

"那么，你想要对我说些什么呢？"

"我想同你商量一下，我想把我们的婚期，是否可以往后面推迟一点。在这个期间里，我想办法来把她给摆平。"

"推迟婚期？这怎么行哪？我怎么向我阿妈交代啊？你不是在耍弄我吧？"

"不是，"赵泉把头摆得像一个拨浪鼓，"丽萍，绝对不是。"

"嘿！我看你啊，多半是占了便宜不卖乖吧？有什么话你就尽管说出来吧，我现在全都无所谓！我们就是不结婚的话，那也没有什么的！"

"啊，不是，绝对不是。丽萍，你不要瞎想什么嘛。我爱你，真的。尤其是我们在那个过以后，我就更加的爱你了！"

赵泉嘴里所谓的"那个过"，大概是指我们两个人之间的性爱这件事情吧？我知道，在结婚前是不应该跟他有性生活的，但是我没能经受得住他的诱惑和他的死皮赖瓜，结果还是跟他鸽子双宿、鸳鸯双飞了。现在经他这么一提啊，我忽然有点儿不好意思起来了。

"真的吗？"我羞涩地问。

"丽萍，难道你不觉得我爱你吗？我爱你爱得都快要发疯了！"

"我不知道。说句心里话，我对你了解得不是很多。你这个人太过花心！不过你对那个女人，是否许过了什么愿没有？"

"我不记得自己曾经说过了什么话，可是她却硬赖我说过要和她结婚的。这个女人真是可恶到极顶了。"

"瞧瞧你这一副德性，真把人给气死！"

"唉，"我心里想，"我怎么会和这种男人混在一起呀？今后他不知还会闹什么事情出来呢？不如趁此机会和他吹掉算了！"但是我又狠不下心来。我不知道自己究竟是从什么时候，开始爱上了这一个满身味事的男人的。于是我便转而恨起了那个胡搅蛮缠的女人来。

"让我去见一见她吧。"

"你去行吗？"

"有什么行不行的？我去找她谈一谈吧。"

"这个么……"赵泉先是假马若鬼地犹豫上了一番，后来他就干脆利落起来地说，"那么，丽萍你就跟我去吧。"

赵泉这时候说话的语气，显得是那么的轻松。轻松得令我的心里边生起了疑端。我真怀疑他是不是从一开始，就是为了达到这个目的而来找我的。如果要是这样的话，那么，他就是一个要多卑鄙就有多卑鄙的人了！唉，不过我的话已经说出了口，自己也就不能再去翻悔了。

"不过我得有个条件。"

"什么？丽萍你还有条件哪？"

"从今往后，不允许你再在外面花心！过去的事情就已经过去了，跟你计较也没什么用了！但是在结婚以后，绝对不允许你再发生类似的事情！"

"哇，多么可怕的条件啊！"

"怎么，不行吗？"

"嗳，丽萍。好，好的。我们就这样说定好了。"

于是我们开车去了"百合花"。临近时，我这心里边渐渐地不安了起来。因为我并没有心理准备，只不过是出于一时的气愤而已。那个女人不会撒野耍泼吧？现在我已经没有了退路，只有横下一条心。此时我突然想起了国生，假如我和国生结婚的话，根本就不会有这许多麻烦的。可我们如今却已成了路人了。唉……真是报应啊，报应！一到了"百合花"，我就直接去楼上的包间。上楼时我可以感觉到酒店的员工都在偷偷地窥视着我。不正己就不能正人。虽然我心跳得厉害，不过要想解决问题，看来是不仅要动脑筋，还得要有动手的心理准备！于是我壮起了胆子，抬手敲了敲包厢门说：

"喂，我可以进来吗？"

"有什么不可以的！"里面传出了一个女人气呼呼的说话声。

我推开包间门一看，哎哟，屋里面一股恶浊的烟草味！地板上烟头、纸巾扔得到处都是！脏得连脚都快要踩不进去了。那个女人坐在窗户前，狠命地抽着香烟。此刻听到有人开门走进来，她便朝门口转过了头。

"啊？！"

"怎么会是你哪？！"

我们两个人几乎是异口同声地说着。原来那个女人叫陈明，是比我高上一届的大学同学。我们俩同在学生会，陈明是文艺委员，我是体育委员，关系又非常好。于是我便向陈明诉说了一切。陈明长时间瞅着我的面孔，而后她便深深地叹了一口气，无奈地说："是这样的吗？唉，事情到了这个地步，丽萍，我们两人还有什么可争的呢？还是我撤退吧，把这个地盘让给你算了吧。要不是你丽萍的话，嘿，我才不买他家有没有后台老板的账呢！"

"陈明，真是对你不起了。"

"不过丽萍，你对他了解吗？你呀，以后一定会后悔的！"

"这个……"

"你得有个思想准备。"

"陈明，我有心理准备。"

我只能这么去说了。因为我已经把自己的身心，全都交给了赵泉。再说了，我对他尚未感到绝望。我要用自己的爱去感动他，去改变他。也许正如世人所说"男人不坏，女人不爱"，"浪子回头金不换"吧，比起十全十美的人，往往一些有缺点的人反而显得更有魅力。

然而结果，却并不是我所想象的那样。

在跟赵泉旅行结婚回来以后的最初两天，我们两个人是一起在家里吃的晚饭。可是从第三天开始，赵泉就又醉醺醺地到深夜才回家。回到家以后也不睡觉，还要再喝上几杯，而后再喝茶什么的瞎折腾。这好像就是他结婚前的老习惯。好在经营着酒店，我忙到很晚才回来。隔了一天的早上，我便开始数落起他来:"你说你,这都像个什么样子哪!"

可我这么一说,好了,他反而说到附近的同事家里去打牌或者搓麻将什么的,深夜两三点钟才回家。由于是新婚,他可能还考虑得多一点,晚上还能够回家过夜。可是这么一来,新婚的我有时候想过一些夫妻之间那种男欢女爱的性生活也过不上了。赵泉几乎再也不提那个要求了。兴许是他在外面放荡的缘故,没有那种要求了吧?有的时候,我明明可以感觉得到他是在外面放荡,但苦于又没有确凿的证据,自己也就无法对他过分去指责。

酒店的经营,远比我想象的要难得多。那些个厨师和小姐,表面上称我为老板娘,但是一个一个的,又都刁滑得要命。我成日介地督促雇员,计算收支,外出采买,和工商、税务、银行、卫生等部门交涉,红白黑道的款待,顾客的接送,还有一些刁蛮顾客执意要求有小姐的服务,还要盘算第二天的事情。虽然酒店的盈利很不错,可我付出的却是太多了。每到夜晚,我就累得筋疲力尽。倘若赵泉能够疼我一点儿,爱我一点儿的话,也许我自己还可以忍受。可赵泉对酒店的经营却是不闻不问。有时候我想跟他谈谈话,他也嫌麻烦。而且每个月与我做爱也就是个次把两次,尽管我有一种欲望,一个正常女人所常有的那种一阵一阵的强烈的性欲望,可他就是在做爱的时候,也像蜻蜓点水似的敷衍一下了事,这令我感到毫无一丁半点性的快感和爱的惬意,反倒成了一种精神和肉体上的负担。

终日的疲惫不堪以及感情的冷落,使我的身体开始渐渐地消瘦下来,我的心灵也开始渐渐地意识到:是自己错了。我觉得自己不是嫁到了这个家里,而是作为一个高级佣工被雇请来似的,是一架活的只会为这个家庭赚钱的机器。可是我又无法将自己的苦恼回家说给母亲去听。因为这一切全都是我自找的。这能怨得了谁呢?母亲虽然有事没事地,也常来这里转上一转,看上一看,然而现在她和亲家母,已经成了一对无话不说的朋友了。

就在我和赵泉结婚将近有一年之际,那是在第二年的暮春,北京那个令人心烦的白杨花絮,又开始在飘飞了。也就在这个又是白杨花絮飘飞的季节,有一天我到西八里庄去办事,在西钓鱼台附近的北洼路南口碰到了陈明。当时还是陈明先叫我的呢:"丽萍,你等一下。"

我认出了陈明,便赶忙说:"陈明是你?怎么长时间不和我联系呢?"

"最近特别的忙。现在你过得怎么样啊?"

"托你的福,还算可以吧。"

"还算可以?嗨,那就是太好了!丽萍,我还一直都在为你担心呢!在你们旅行结婚回来后的第三天,他就又和过去的女人勾搭上了。"

"你说什么?"我的脸上倏地一下就失去了血色。

"难道你一直都不知道吗?难怪他说你是一个妻子型的女人呢。对你的放心,就像对锁在保险柜里面的钞票那样放心呢!但是他说你缺乏激情,缺乏一种情人一般的激情。"

"是你……"

"那……唉,我真不该对你说这些话,丽萍,惹你生气了吧?"

"……"

"丽萍,实际上只要你能感到幸福,其他也就没什么了。男人嘛,天生就是那副德性!很少有不在外面花的。不是有'麻将桌上一天两夜不睡,跳舞厅里三步四步要会,酒席台上五碗六碗不醉,玩起女人来七八十个无所谓,这就是当今的第三梯队'这样的顺口溜吗?好在你已经成了他们家的老板娘了,也可以去呼风唤雨的了,对此类事情还是多多地看开一点吧。"

陈明一经说完上面的话,她就悠悠然地走开了。然而,我却木然地愣怔在了那里:天哪!旅行结婚回来以后的第三天,赵泉就又发生了那种乱七八糟的臭事!而且又是和陈明之间……

我头晕目眩,脸如死灰,脑袋瓜里是一片空白。

此时此刻,有几朵洁白如棉的白杨花絮,围在了我的身旁边飘飞和旋转,然后再慢慢地向着地面,忽悠忽悠地飘落而去。

"噢?是丽萍吗?"过了好一会儿,我才清醒了过来,见到国生站在了我的面前,并在跟我说着话,"我们有好久没见面了吧?"

我顿时就觉得羞愧难当,不知道应该对他去说一些什么话才好。"难道他也要来羞辱我吗?"我心里想,"唉……报应哪,真是报应哪!"

"丽萍,你这脸色……怎么啦?身体不舒服吗?"

"嗯。"

"我送你到三零四医院,或者空军总院去看一看吧。"

"谢谢你,国生。过上一会儿就好了。"

"你呀,怎么就不多注意一点自己的身体呢?你看你的脸色,这么白了了的,人也瘦了许多了。"

国生好像根本就没一点怨恨的神情。他只是微笑地从我的发际和衣衫上,摘去了那些飘落着的令人讨厌的白杨花絮。他从西北来北京出差。就住在这个北洼路口的地矿招待所里。在西北漠区生活了大约一年,他全然变得更加墩实、更加硬朗了。见到了他,我的心里忽然就痛楚地感到,我和赵泉的婚姻,实在是一个错误,此时此刻我多想扑进他的怀里,依着他那厚厚的肩膀,好好去痛哭一场啊!然而这一切全都为时已晚,全都是我自己在自作自受!

"已经结婚了吗?"国生低低地问。

"怎么说呢……"是啊,我还有什么话好说呢?这时候,我强行忍住了在自己眼睛里面打着旋的泪水,不让它们夺眶而出。过了有好一会,我才轻轻地问他:"国生,你呢?"

"你在问我吗?嗨,我的老婆有没有养,丈母娘究竟长了一个什么模样,现在我都还不知道呢!"

"国生,但愿你……"

"但愿吧。如果……嗳,不去说这些了。丽萍,我们到附近的岭南饭店里去喝一点什么,好吗?"

"嗯。"我轻轻地答应着……

后来我和国生两个人,在岭南饭店的旋转门外挥手告别。站在门前台阶上的我,心情显然已经平稳和轻松了许多。我目送着国生的背影,然而心里却已经下定了要与赵泉分手的决心。我实在不该为贪慕一时的虚荣,就与一个不该与之结婚的男人结了婚,最后给自己带来了深深的伤害。这时候清醒过来的我,绝对不能再让自己失却和这个错误婚姻分手的机会。

就在这个又是白杨花絮飘飞的季节,我牙齿咬住了下嘴唇,径直而又坚定地坐上了一辆出租"富康",向着母亲家的方向驶去……

何源他们八个朋友全都浸沉在听故事和讲故事之中,谁也无暇顾及这初夏月明之夜已经是很深了。杨丽萍的故事讲完以后,他们都仍旧在默默地坐着,就连最为活跃的慕容玉,此刻也保持沉默。

肖明刚的眼睛,微微有点儿闭着,将近有一米七八的身躯,半坐半躺在椅子上。大半支点燃着的"红塔山"香烟,从他的指缝中间掉落在露台的地平上,点点的火星,袅袅的烟气,依然表示了香烟还在燃烧着。大家都以为他是睡着了。忽然他抖动了一下身体,无声无息地坐正起来。他先是朝着紫灰色的夜空里眺望了一眼,只见缕缕白云所缠绕的那一轮明月,已经悬在了当头。月亮在紫蓝色的夜空里,显得是那么的皎洁,那么的柔和,宛如是浩瀚的宇宙天体,在向他们这八个朋友,敞开了它那博大的胸怀,让他们八个人看上一看，它是多么的温顺，多么的柔情啊！

　　肖明刚难得见到大自然有如此的温柔。平时它总是以另外的面孔，例如狂风暴雨、黑重的乌云、拳头大的冰雹、炎炎炽日、火山地震和海啸、鹅毛大雪以及各种各样的天灾人祸，还有什么"拉里娜"啦、"厄尔尼诺"啦等现象……来展现它那副可怕的和暴烈的性格。因此，肖明刚也就时而希望，时而恐惧，时而信仰，时而怀疑；感情上的变化，就像大自然里的星移斗转，昼夜交替；春夏秋冬，季节轮回那般。

　　此时此刻，在这柔和的月光下，这怡人的夜晚中，他忽然感觉到自己有一种要向什么人去倾诉心声的强烈的欲望。于是，他便用他那种宛如是大提琴一般低沉的语调，对着朋友们讲起了他的故事。

八、肖明刚的故事

　　刚才听了你们各位所讲的故事，我有一点被你们搞糊涂了。海涛的意思是说，爱情在追求着理想，这本来就没有错嘛。没有理想的爱情，那就顶多算是一种动物肉欲一般的刺激和性器感官的快乐。然而江波说这爱情是夜的迷乱、梦的疯狂，似乎也有着一定的道理，因为爱情有的时候，的确就像是一个瞎子，老是在往死胡同里去钻，往南墙上去撞。而何源则说，爱情是现实生活中的金钱，这仿佛又更贴切了现实生活一点。

　　"有情饮水饱"，这好像仅仅是云游在天际的金童玉女之间的热恋事。然而当他们一旦被贬为了人世间的凡人，他们才会读懂在一本叫做"人世间"的书里面，原来还有着这么一句名言："金钱不是万能的，然而没有金钱，却又是万万都不能的"。

　　好像这个孔方兄最嫉妒爱情似的，它时常会摆出一副铜绿色的面孔，蛮横地插进热恋的青年男女们当中。在它的"挑拨离间"下，那些阮郎羞涩的情侣们，只好无可奈何地让自己的爱情，就像那些断了线的风筝一样去飘离。有的爱情甚至还是刚刚到来，就立马被这孔方兄脚踹棒打一般地强行给掳夺走了。于是人世间的舞台上便演出了一幕又一幕爱情的悲剧。

比如说吧，我曾经认识过一个女孩，一个年纪很轻很美的女孩，她的名字叫做侯羿。我现在就来对大家说一说女孩侯羿的事吧！

那是在1997年的元旦。

元旦这一天上午，我的手里边捧了一本书，可是我的眼睛，却又时不时地瞄着办公桌子上的电话，只要铃声一响，我就希望是侯羿打过来的。然而整整一个上午过去了，我就是没有等到她的电话。

反正也没什么事。下午便和几个同事聚在一起，用三副扑克牌合在一起玩起了"三打一"。并且还加了点彩头。不过彩头不大，一局就两元钱的底数五角钱的级数，来消磨这个无事可做、又无处可去的元旦假日下午的时光。

这天下午我接连输了好多局。这倒并非是我的运气不好，或者是水平太臭的缘故，而是我的心绪特别烦乱，神情特别恍惚，眼皮又老是在跳。宿舍那个狭小的空间里充满了恶浊的烟草味，使得我的心中涌起了一阵又一阵的焐心烦躁。牌桌四周围拥挤着好几位看客，他们叽叽喳喳地评论个不息。其中刚走进来的一个叫"小无锡"的同事，突然对我点头致意，这时候"小无锡"仿佛是在谈论一件无关紧要的事情似地对我说：

"嗨，肖明刚，以前曾经跟你在一起散过步的女孩，你知道吗？她死了。"

"什么？！"我抬起脸来急切地问，"'小无锡'，刚才你说起的那个女孩，可是侯羿吗？"

这时候，我的心里真希望"小无锡"嘴上说的不是侯羿，而是在开玩笑，或者是一场误会什么的。可是"小无锡"却非常肯定地说：

"是的。那个女孩好像是叫侯羿吧。真是奇怪哪，肖明刚，这个名字简直就像一个男人的名字似的。"

"不打了，不打了！谁爱打谁就来打吧！"这时候我蓦地站起身来，把手中一叠厚厚的牌"啪"地往桌上一扔，转过身子猛推身旁站着的看客，顾不得自己还成不成体统，也顾不得牌友们的抗议和周围看客们的叫骂，急急忙忙地跑出了房间，去车棚推着自行车就骑上了海秀大道。

一出了单位大门，室内那种污浊的令人窒息的烟草味，顿时便消失了；取代的是一股带着浓重腥味的海风，又把街边路旁紫荆花的芬芳、相思花的幽香和椰树叶的温馨给翻搅在一起，直向我的脸庞上刮来，往我的鼻孔里钻去。要不是刚才"小无锡"给我带来了侯羿的凶信，我简直都快要陶醉在H

市这芬芳温馨的晚风之中了。

　　一年前的秋天，我是在自己的家乡认识侯羿的。当时的侯羿嫣然含笑，俏丽动人，随同我的一个叫小龚的朋友，来到了江南水乡的C市。那时候侯羿顺从了小龚的意愿，离家出走，希望和小龚在C市里建立起幸福的家庭，过上美满的生活。记得小龚在向我介绍侯羿的那会儿，我很惊讶，怎么这样一个温雅、美丽的女孩子，名字不叫树叶的叶，不叫月亮的月，也不叫玉石的玉，却竟然给起了一个男性的、古代传说之中的大英雄"羿"的名字？然而侯羿呢，她就是那样嫣然含笑地对我说了一句：

　　"嗨，这大概是我在出生的时候，我老爸喝酒喝昏了头，不知他脑袋瓜里的哪一根神经，忽然就转不过弯来的缘故吧！"侯羿那一句稍微带着一点鄂西乡音的幽默俏皮的话语，一下就拉近了我和她初次见面的距离。

　　小龚是一个跑"中介"的。他和我工作所在的三江公司也有着业务上的联系。不过小龚这个人的口碑并不怎么好，经济境况也很欠佳。据说还特爱寻花问柳、搞七捻三的，在外面又欠下了一屁股的债务。况且近来的经济形势，似乎越来越萧条了，钱也越来越难挣了，然而在爱情方面的花费呢，反倒是越来越昂贵了。以至才过了半个月他就无力去负担这一笔爱情的开销了。

　　侯羿从来都没有离开过自己的家乡。初来乍到的几天，她处处都感到新颖、好奇、有趣，显示出喜悦的神采。然而渐渐地，她的一双眉头就开始纠集了起来，流露出一副闷闷不乐的神情。有一次小龚来到我这里，请我帮助他去出点主意。小龚说侯羿时常想念她那地处川、鄂之间的香溪河畔的家乡。她认为家里人会原谅她的轻率，宽恕她的一切的。

　　我很坦率地对小龚说："龚明泉，你最妥善的解决办法，莫过于让侯羿回家。"因为我已经注意到，侯羿近来的脸色越来越苍白了。我的心里简直就在怀疑，小龚是不是在虐待她、折磨她，而且还让她忍受饥饿的痛苦呢！另外我还注意到，侯羿在人前经常用手捂住嘴巴地咳嗽。而这咳嗽声却又是那般的沉闷和重浊，就是那种硬憋着不让咳出来，而又不得不咳出来的异常沉闷的咳嗽声。不过我心里想，这可能是侯羿偶染了伤风感冒之类的小毛小病的缘故吧。

　　时间大约又过去了十多天。有一天下午我外出办事，在大街上偶然碰见了侯羿。当时我见到侯羿眼神恍惚，浑身颤栗，几乎就像跑步似的，朝着C市火车站急急地奔去。原来小龚抛弃了她。他或许是独自躲避人家的逼债，也或许是独自去追求另外的女人吧，总之是，他偷偷地带上自己不多的几件行包，逃之夭夭了。现在的侯羿，身上是分文都没有，有的只是在手心里紧紧攥着的小龚临走前给她留下来的一张告别的纸条，她到火车站去，就是希望能在那个地方找到他。

碰到侯羿的时候我正好办完了事情。后来我就陪着她一块去了火车站，并且掏出身上所有的钱，给她买了一张去汉口的火车票和一些旅行食品以外，正好还多了个一百五十元钱，我就全都塞在了她的拎包里，好让她到了汉口以后，还能够乘船或者坐车，回到她那川、鄂之间的香溪河畔的家乡。

火车即将开动。在接过车票和装有旅行物品的方便袋时，侯羿忽然把她的脸依偎在我的肩膀上，痛苦地抽搐起来，有好长一会儿时间。她是那般的孤苦伶仃、那般的可怜兮兮，又是那样的小鸟依依、那样的楚楚动人，此时此刻，身旁却没有一个能够保护她的人！以致火车在徐徐开动的时候，我突然就懊恨了起来，我在心里千般万般地责备自己，我不应该让侯羿离开我，让她独自离开 C 市！我一边向她招手致意，心里一边在想：侯羿啊侯羿，只要老天有眼，也许在将来的什么时候，我们还有碰面的机会⋯⋯

H 市冬季的傍晚，柔和的海风，浓重而温馨。

黄昏的朦胧中，那一排排随风摇曳的椰子树，犹如是许多身披轻纱、妙歌曼舞的少女，让人觉得心怡神畅，产生无限的遐想。侯羿就租住在 H 市东北部海甸岛沿江一路的"一庙"村。我骑着自行车，从海秀大道上左拐到了大同路，然后再在大同路的中部右弯，不远处就是 H 市美丽的东湖的湖堤大道了。我与侯羿再一次的相遇，就是在这个东湖的堤道边。

我不知道自己和侯羿在这南方 H 市的相遇，究竟是天意呢，还是纯属偶然？如若侯羿不是命定地要成为我人生道路上的又一段痕迹，我命运乐章中的又一组音符的话，那么，为什么在中国十三亿人口之中，我不和别的女孩邂逅，而偏偏又会在事隔一年多之后，在这个异地他乡、海角天涯的南方大都市里，和她再一次地相遇呢？

⋯⋯日月穿梭，光阴似箭。时间过去了大概有个一年多一点吧。那是在 1996 年的秋天。我工作所在的三江公司，为了大幅度地调整这个南方大特区分公司的人员实力，于是就调我到这里来工作个两年。

这个南方大特区的 H 市，作为省级城市来说，其实并不算怎么大，然而它却是个一直都令我心驰神往的地方。因为这里有着许多优美的传说，又有许多我们家乡所没有的美丽的热带风景以及许多富有传奇色彩的民族风情和浪漫的生活习俗。所有这些，一直都在诱惑我对这个美丽而又神秘的地方心神向往。现在我终于有了机会，来到了这个七八年前，曾被全国各大主流报刊和媒体炒得沸沸扬扬的、什么"有十万人才闯HN"的H市了。

然而要是在平日里，有空到地处H市中心的东湖边上来散一会步的话，这实在是一件爽心悦目的事情。东湖这里视野开阔，景色怡然。湖边的椰子树婆娑修长、相思树羞涩难耐、洋紫荆繁花怒放，全都竞相地点缀着东湖那波漪滟涟的湖光水景。

若是在早晨时分，在好的天气里，当我漫步在这东湖的边沿，这时候我就会看到，东边的天空犹如是浸沉在一片五彩缤纷的湖水中。一条细长如椰树叶形的水线，如同是一串镶嵌了祖母绿一般的腰带，围绕在水天相接之际。在它的上方和下方有好多种色泽在彼此地渗透和演化，形成了一泓汪汪"天国"的水潭，有湖绿色的、有海蓝色的、有玫瑰色的、有五彩斑斓的、也有丁香紫色的。紧跟着这些多层次的色调便悠然腾起，一道金光灿烂的弧线蓦然地照亮这愁惨的鱼肚白的清晨。并且这道金色的弧线还在不断地升高和渐次地扩展，然后不久，在一片血红色的波涛里，一轮红日诞生了。

于是远处幽暗的山峦、市区高大的建筑、穿梭不息的车辆、来去匆匆的人群……总之是一切的一切，全都沐浴在这红日的光辉灿烂中。因此许许多多的游人，尤其是一些年轻的女孩子，都喜爱坐在这个美丽的诗情画意的令人心怡神畅的东湖边的石条凳上，静静地休憩一会，或者在这里散一会步。

也恰恰就是在这里，在深秋的一个星期天的早晨，我遇见了侯羿。当时呢，侯羿正半倚半靠在东湖曲桥的栏杆上，面对着红日喷薄的东方发呆。她的衣着非常的单薄，似乎要表明她的身体的健康。在她的眼神里面，有着一抹淡淡的忧伤。她的眼睛似乎不是在看着诞生的红日，倒好像在看着很远、很远的什么地方似的。这一副神情，一下就引起了我的注意。于是我就走到她的面前，停住了脚步，和她面对面地凝视了好一阵以后，才互相认了出来。侯羿那一副病态般苍白的脸庞，瞬息之间便闪现出绯红的色彩。过于纤细的手臂在微微地颤抖。显然，她非常惊喜于我们的相遇。而后侯羿告诉我说，她今天本是来这东湖路和广场路交界的招工招聘广告墙前，看看是否能够碰上什么好运气。她对自己眼前的行当寒心着呢！想换一换环境。不过，她又不抱任何的幻想。至于说到自己眼下在干什么工作的时候，她只是支支吾吾，轻描淡写，一两句话便带了过去，仿佛不太愿意去多提似的。并且，她再也没有提起过小龚的事情。此时我发现，这会儿的侯羿，仿佛非常需要排遣愁闷的情怀似的。因此我便向她建议说："侯羿，我们一块儿去走走，去游览游览这个美丽的海滨城市，怎么样？"

"好啊。"她慨然接受。

于是我们两个人，便兴致勃勃地漫步在H市的美丽的街道上。她给我引路。一路上她告诉我这一路的情景，简直就像是我的导游一样。那天我们竟然一直在漫步。走了很远、很远，一直走到了实在走不动的时候，我们便坐在海甸溪的江堤上，用吸管你一口、我一口地，品尝起路边随处可卖的外形像西瓜一样鲜绿的鲜椰子汁。喝完以后，我们再用摊主的砍刀，打碎了椰子壳，然后又啃咬起里面那白的像雪、味道像奶酪一般芳香的椰子肉。

这时候，侯羿便歪着脸孔在看我，一副神气活现的俏皮相。而斜视着我的眼睛中，又是满满的一副嘲弄般的神情，嘴里边还在唧哩咕噜地念念有词。因而我就一边啃咬着椰子肉，一边问她：

"侯羿，你嘴里唧哩咕噜个什么呀？"

"不想告诉你。"

"为什么不想告诉我？"

"因为，对你说了也是白说。"

"为什么说是白说呢？"

"你呀，嘴上就像是抹了石灰一般地——白说呗！"

我抬起右手抹了一下嘴唇，嗨，原来是椰子肉那白花花的肉汁，糊满了我的嘴唇和下巴。我有一点不好意思地说：

"嗨，侯羿，你真是尖习实坏的噢！"

侯羿便在一旁"格格、格格"地笑了开来。她那一副笑着的神情，嗨，要多美就有多美呵！我的心里忽然就涌起了一阵激动，我真想走上前去抱着吻她那副美丽的笑靥。然而我还是克制住了。因为我是人。是人，就要有人的理性，就要去自律自己，就不能随心所欲地乱发自己的感情。

过后侯羿又带我去茶楼品尝当地用椰肉丝做的糕点小吃，喝那"清补凉"。这"清补凉"是一种用绿豆、白糖，掺上些许桂花、莲芯、小枣、果仁、椰肉丝等，然后再用冰开水冲搅而喝的冷饮。侯羿说她最爱喝这种"清补凉"了。喝在嘴里既芳香可口，又能够清热、止咳、润肺，而且花钱不多，就一元钱一碗。

日过晌午。我们又去了和平大桥不远处的一个叫"红树岭"的大排档。

"红树岭"这里是人头攒涌,生意火红。一元钱一大碗的米饭,五角钱一大碗的几种菜汤,一元钱一小盘的青蔬菜,一元五角钱一小碗的海鱼、蛏子、海螺(当然也有昂贵的)以及当地出产的"红扇"白酒,还可以零打碎要。大排挡这里香烟的烟气、炒菜的热气、人们谈天说地的哈气——云涌;说话声、招呼声、哼唱声、讨价还价声——缠杂;鱼民身上的海腥味、打工仔浓重的汗臭味、姑娘们涂抹廉价化妆品的怪味——扑面。那许多生活在社会底层的人们,在这里挤挤轧轧、摩肩擦踵、打情骂俏。甚至就连有许多小报的记者、倒了运的官爷、不上路的经理们,也都喜爱来这里抛个头、露个面地凑一下热闹,这从他们时不时地掏出一张烫金的名片,或者亮出一个要给你去曝光的记者证,再不说话中又时常打着一副"这个……这个……"腔调的举止动作里,就可以看得出来。那天,侯羿挑了六个碗菜,还要了半斤"红扇"。我们就菜喝酒,然后山南塞北、海角天涯地聊了个痛快。

傍晚时分。我在送侯羿回去的时候,又在路边的花店里,买了一束伴有满天星的女贞花送给了她。在接过这一束女贞花的花束时,侯羿的眼眶里忽地就"汪"起了泪水。只见她轻轻地说:"明刚哥,今天我好开心哦!真的。自从我们在C市分手以后,我已经有很久很久没有这么开心了。"

"那么,侯羿,我希望你今后天天都这么开心。"

"谢谢你哦,明刚哥。"

于是我们两个人便约定,明天我再请假休息一天,明天早上我们还是在东湖边上碰面。当我们走到和平大桥的南端引桥下时,侯羿不再让我送她了,她说她一过和平大桥就到了,而我还有很远、很远的路要走呢。

第二天早晨时分。我们又在东湖边上会面了。然而我们绝对没有想到,H市的冬天会突然提前来临。一阵一阵的冷风吹过,每一条街道的角落里面都发出了"飒飒飒"的声响。一团一团低沉的、铅黑色的云朵,笼罩在H市的上空,有的甚至就在东湖上空很低、很低地掠过。太阳时不时地从厚重的乌云后面露出了半边脸孔,但是它随即又隐没到浓重的云团后面去了。这个时候的东湖,真是肃杀一片,完全失却了平日那种美丽动人的魅力。

那一天上午,侯羿只穿了一件单衣服。她裸露着臂膀,肩上挎了个小包,手里拿了一柄折叠小伞。眼看她的嘴唇冻得都已经发紫了,并且全身都在瑟瑟索索地抖个不停,可是她却仍然笑眯眯的,对我做出了一副毫不在乎的样子。我的心里非常难受,于是便脱下自己外面的西服,披在了她的身上。这个时候,我真希望太阳不要再隐没在黑云后面了。然而这只不过是我徒然的愿望。冷风卷起了谢落在地上的紫荆花、相思花的残败花朵和尘埃,迎面刮来;乌云又夹裹着带有浓重的海腥味的潮气,砭人肌肤。我想找一个能够避风的地方,于是就拉她走进了东湖路旁的一家咖啡店。不料,早晨咖啡店的饮料极其乏味。一股一股的冷风,又不时地从开关不停的门缝中吹了进来。因此侯羿又开始咳嗽起来了。当看到我愁容满面地,在为她的身体而担忧的时候,她的心里非常感动,因而她便在我的面前尽量显得快活起来,并嫣然含笑地对我说:"明刚哥,不要紧的。我这咳嗽就快要好了。"

不过我还是坚持着要她回去。她不肯。她对我说:"明刚哥,在不远处的长堤大道上,有一座临江的茶楼,我们去那儿坐一会吧。随便坐它几个小时都行。你陪陪我好吗?明刚哥,我真的,我真的不想回去啊!"

"侯羿你呀,"我真是难以拂却这样一位哀怨、羸弱而又楚楚动人的女孩子的请求,便对她说,"真是拿你没有办法想呢!"

在市粮食局和和平大桥之间的长堤大道上,有一座两层的老式茶楼,倒也别致高雅,颇有情调。里面还摆着一盆盆盛开的竺顶红、三角梅、紫荆花、蟹爪莲以及各种仙人掌科的热带花卉。茶楼的老板十分热情,安排我们俩坐在楼上一个靠窗临街的位置上。这里视野开阔,不仅可以观赏窗下长堤大道上那些熙来攘往的人流,还可以眺望宽阔的海甸溪水和美丽的海甸岛。窗下不远处,靠江的堤岸边围着一大群人。人围里有两个人,正在拳脚相加地打得不可开交。我们问茶楼老板是怎么回事,老板则对我们说:

"客家,莫管,莫管。这是两个打零工的外地人,为争抢一桩小零活而发生的冲突。唉,现在可是钱难挣,屎难吃喔!我们这个有着'三只蚊子一盘菜,三个老鼠一麻袋,八十岁的老太爬树比猴子还快'的 H 市,眼下却是百业萧条,经济陷入了绝顶的困境。现在找工作的人,都快比这天上飞着的蚊子、这地下跑着的老鼠还要多呢,仿佛一个一个的都急红了眼睛,都疯了似的。有时候竟然会为了一个工作的位置、一两元钱的收入而恶语相向,拳脚相加,甚至以命相拼呢!唉,这么多的人哦,这么多无事可做的人!"

看着老板神情黯然地离去,我们也就默不做声。由于热茶热点的缘故,我们的身子骨开始逐渐地暖和起来,话题也开始多了起来。不一会儿,太阳又重新钻出了铅黑色的云团,放射出明亮的光辉,冷风似乎跟着也小了许多。阳光下,宽阔的海甸溪水波光涟涟。对岸海甸岛上高楼大厦的倒影,不断在江水里面晃荡。这里真是一处优美的地方,而且消费又比较低廉,我们只花了个十五六元钱,不仅填饱了肚子,而且还连续坐上了好几个小时呢。

"侯羿,"我对她说,"以后天气冷了,我们就不要再到东湖边上去了,就来这个茶楼里边坐一坐吧,好吗?"

"好的。"侯羿甜甜地笑着,柔情温顺地答应了我。

接下来的一段日子,我们就在这座临江的茶楼里,一起度过了许多个美丽的傍晚,还有七八个趣意昂然的周末。有时候我会邀请上几个同事和客户,到这里来小聚一下;侯羿偶尔也会带上个把同乡姐妹来这里喝一顿。我们聚在一起吸椰汁、嚼槟榔、喝那"清补凉",并一同品尝H市当地特产的奇异鲜果:什么凤尾叶菠萝,热带王芒果,蟾蜍红荔枝,果后菠萝蜜;还有什么红霞熠熠的金星果,异香袭人的番榴莲,满嘴流油的油渣果,清甜爽口的红毛丹;更有一种奇异神秘的水果,它会麻痹人的味觉,吃了这种神秘果之后,就是紧跟着再吃黄连和苦胆,嘴里也是甜津津的。

在这一个阶段里,我和侯羿,跟茶楼的林老板交上了朋友。林老板教我们识别各种花卉,告诉我们这些花儿的名称,还让我们去观赏和抚弄他花房中各色芳香娇艳的珍品。侯羿也时常跟我说起一些有关她们家乡的民俗风情和民间传说。她说她们家乡的香溪河不仅因其水质清纯、河流平稳、芳香甘甜而闻名于世,而且还与古代侠女王昭君的"溪边浣手"和诗人屈原"日三濯缨"有关。于是她就给我讲起了昭君出塞以及屈原与香溪才女昭碧霞的爱情故事。侯羿说她非常喜爱屈原的诗歌。她说屈原的诗歌有一种奔放的情调,浪漫的襟怀,更有一种浪子孤旅的无奈和伤感。这时候她还会当我的面,悄悄地吟诵几段屈原的诗句:

悲秋风之动容兮,
何回极之浮浮。
心郁郁之忧思兮,
独咏叹乎增伤。

心婵媛而伤怀兮,
眇不知其所蹠。
羌灵魂之欲归兮,
何须臾而忘反。

长太息以掩涕兮,

哀民生之多艰。
路漫漫其修远兮，
吾将上下而求索。

有的时候，她还会很深沉、很投入地哼唱起三毛的"橄榄树"：

为了天空飞翔的小鸟——
为了山间清流的小溪——
为了宽阔的草原——
流浪远方——流浪——
还有、还有——
为了梦中的橄榄树，橄榄树……

唱着唱着，有时候她就会掉转面孔望着窗外，眼眶里溢起了忧伤的泪花，眼睛似乎又在看着那很远、很远地方。起初我还以为是她的心里燃起了浓烈的思乡之情呢，于是就尽量地宽慰起她，开导起她，让她尽可能地高兴起来。这时候我便对她说："算了，侯羿，别去想家了。走，我们到江对岸去看一看那许多渔船，都捕捞到一些什么样的海鱼吧，好吗？"

仲冬季节，正是南海鱼儿最肥、渔民们最繁忙的季节。出海的渔船，在傍晚时分，有时候就一长溜、一长溜地停靠在海甸溪沿江的码头上，直接兜售各种新捕获的海鱼。这些渔船的舱板上，大都摆放着一个又一个的渔筐，各类鲜活的鱼虾，在水舱内头尾不停地攒动。每逢这个时候，长堤大道对面的沿江一路的码头边就会熙熙攘攘，人声鼎沸，一片喧嚣。人们纷纷抢购自己喜爱的鲜鱼。往往一些黄花啦、带鱼啦、鱿鱼啦、海蟹和鲜虾，就会先被争抢一空。占着便宜的人会愉快地歌唱；争抢不到的人会高声地骂娘；拎着鱼串的女人会对船家不停地讨价还价；孩子们时不时地在人群中钻来钻去，用他们的小手指戳一下大鱼的脊背，抑或拎起了几只小蟹小虾，高兴地尖叫上几声。侯羿靠在江边的水泥护堤上，全神贯注地看着眼前这幅生机昂然的景象。在她呆呆出神的目光里，时不时地涌上一抹渴望的兴奋，看来她的内心里，正经历着不同寻常的激动。我神情不无忧虑地看着侯羿的神态，唯恐她会经受不住这外界的刺激。此时此刻，只见侯羿激动地对我说：

"明刚哥，你去给我把那一条扁扁的锅盖鱼买下来，好不好哪？就是那

官园夜月

161

一条流着眼泪的。对，对！就是那一条！"

船家告诉我们说，这叫鳐鱼。这种鱼一般是没什么人要的。一条5斤多重的鳐鱼，船家只要了我们3元多钱。也不知是怎么的，这条鳐鱼仿佛长有泪腺，此时此刻，它似乎正瞪着绝望的眼神，泪眼汪汪地看着侯羿。侯羿从我的手里边捧过了这一条就要被人宰割的鳐鱼，一步一步地走下了码头。然后她蹲在码头边，把手中这一条扁平得就像是一面大锅盖似的鳐鱼，小心翼翼地放入了江水中。她一边放，嘴里面一边还在低声地说着：

"大锅盖，你走吧，你走吧。唉……"然后她又念叨起什么：

飞鸟一定要归巢；
狐死，头向着山岗；
流着泪珠的鱼儿，
遥望着远方的海洋。

那一条鳐鱼，在海甸溪边的浅水里，朝她摇摆着扁平的锅盖形的身体，又摇摆了几下小圆棍一般的尾巴，再朝她张了几张嘴巴，拱了几拱平头，然后它就沉没在了通往大海的海甸溪水之中。坐在码头石阶上的侯羿，就这样默默地看着那一条鳐鱼的离去。

不少站在堤岸边和码头上的人，都不理解地看着她；甚至有几个人还在嗤笑这个花钱买傻的女孩子。这时候我也步下了石阶，在侯羿的身旁坐了下来，伸手抚摸着她的臂膀，低低地叫着："侯羿，侯羿……"

侯羿没有挪动身子，她只是把自己的头歪靠在我的肩膀上，抬手捂住了嘴巴，沉闷而又浊重地咳嗽着……

我骑着自行车，从市中心的文明中路，弯到了三亚后街上；后又从三亚后街的小街道，大拐弯地转向了和平大桥引桥的右侧。

忽然，一辆小轿车从我的身后边驶近。一股因高速奔驰的惯性所产生的气流，"呼"地一下，把我连人带车地撞倒在和平大桥的引桥上。奔驰的小轿车一擦而过，路面的空间里，只留下了一声"照底啦（H市当地话：找死啦）！莫想活啦！"的咒骂声。

我从引桥右侧的桥面上龇牙咧嘴地爬了起来，一副狼狈的样子：额头处鼓起了一个大肿包；右臂上刮破了一块老大的油皮；左膝部的裤子被沥青地面磨擦出了一块小酒碗大的破洞；肘部的袖管也被拉毛了馒头那么大一块。

"操！"我一边掸着沾满尘土的身子，一边低声地咒骂。随后我又自我安慰了起来，"不过还算好哦！我的运气还算是不错哦！还没有让那辆小车的车轱辘，从我的身上或者大腿上给辗了过去哦！"

我就这般龇牙咧嘴地扶起了倒在桥面上的自行车，扳正被摔歪了的车龙头，然后把自行车靠在了桥栏杆边，自己也倚靠着桥栏杆，凝望起桥下那泛涌清波的海甸溪水，发起了呆。

……也许，我以为自己的关心，已经能够让侯羿感受到了快乐，并且还可以帮助她减轻疾病所带给她的痛苦。也许，情况根本就不是这么一回事（事实上，那个时候的我，最起码忽略了这么一个问题，就是侯羿对于我给她的友谊过分的敏感）。

尽管侯羿在我的面前，竭力地显示出一副快活的样子，并对我做出种种的表示，来证明她自己的身体已经恢复了健康。虽然她还时不时地掏出纸巾掩饰着嘴唇，抑制住一阵阵的闷咳，但是闷咳过后，她马上又会装出一脸若无其事的样子，对我漾开了她那一张美丽而又苍白的笑靥。然而我对侯羿所表示出来的情谊，却是在理智地克制着。我尊重她，爱护她，关心她，跟她交往，却又注意着最起码的分寸，一点都没有越轨和过分的地方。不过这些，有时候却让侯羿感到非常失望。

于是她就在这种失望当中，开始对我讲起了她的身世。那是在十天之前，是冬至那天的傍晚。当时我和侯羿漫步在沿江一路的江边上。我们依凭着江边上的水泥堤坝，肩膀挨着肩膀地眺望着江对岸那人声喧闹的市区。

这时候海风徐徐，长堤大道边一棵棵、一排排的椰子树，在傍晚的风中摇曳。那象征着生命的摇摇晃动着的绿色基调，衬托起一座座伟岸的高楼。五彩的晚霞，点缀在紫蓝色的天隅。海甸溪水流淌着缓缓的清波；十几只浅灰色的海鸥轻轻地掠过了江面；时而有几艘渔船"突、突、突"地驶过，宁静的江水顿时就被犁开了一道道的波澜。这美丽的晚景，犹如一幅涌动生命的图画，给人以生活之美的感触。然而侯羿似乎已经感觉到，生活正从她的身边悄悄地滑过和消失。在讲述自己的往事之前，她首先向我提出了她自己的愿望，她希望我能够以爱心给她真诚的一吻，哪怕就算是兄长之吻吧！因为，我还从来都没有吻过她呢。在她的心目当中，我的吻，似乎就是这人世间最美好的生活的象征。

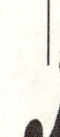

官园夜月

她原本也有过很美好的童年。父亲和母亲,对从小就是病病歪歪的她非常钟爱。可是就在她十岁的那年,母亲因病去世了。不久父亲又娶了一个后母。而当后母给她添了一个同父异母的弟弟之后,她在家中就开始受到了百般的冷落。后来,她的父亲在工厂上班的时候,因为不小心,被百吨油压机压断了右手上的四个手指头,受伤成了一个残疾人。从此她的父亲便沉湎于酒,人也就逐渐地糊涂和浑沌了起来。

前年春季,父亲所工作的工厂倒闭了。父亲失去了工作以后,就酗酒更甚。不多一点儿的下岗费和后母收入的一大半,都被他糟蹋在了酒精之中。而且醉醺醺的他,也变得越来越凶悍,越来越暴戾了,动不动就拿她和后母出气。由于家庭收入的锐减,迫使正在读高中的她不得不中途辍学。以后她就给人家站一个店面、看一个摊位的,多少也给家里边挣上一点收入。倘若后母要给儿子炖上些排骨以增加一点营养,或者想给身体不好的侯羿煎上几个鸡蛋,她那个醉醺醺的父亲便在一旁破口大骂起来:"狗日的,龟儿子!别人都有鸡蛋和排骨吃,却让格老子我整天介地粗茶淡饭,这算是哪一门子的事喔!那个病病歪歪的龟儿子的身体,还要补个啥子喔……"

听着父亲这许多粗言秽语,心灵上滴着血的侯羿,便暗自流着眼泪地把后母给她煎的鸡蛋,端到了父亲面前。醉眼惺忪的父亲便毫不客气地接了过去,并且三下两口地吃了个底朝天。侯羿先天遗传下来的病情,眼看着一天比一天地严重起来。虽然医生给她开了疗效很好的药方,但是价钱,却又远远地超过了她家收入的极限。

由于经济转型时期的大萧条阴影的笼罩,又是偏僻闭塞的内地小镇,再加上比苍蝇、蚊子和老鼠还要来得多的人口,犹如是洪荒一样冲击着比凤毛麟角还要少的工作岗位。后来她给人家站店面看摊位的机会,也就越来越少了。当今的世道,实质上就是物欲横流的世道。那么多个腐败的官老爷们,只顾为他们自己和他们的子女营造幸福的小巢,还有几个还在为老百姓们着想?比如就拿两年前的"两森"现象来说吧,为官清廉的孔繁森们被贬放在西藏和边疆;而腐败透顶的王宝森们却乐悠悠地当着京官……现在的一切,除了只认金光闪闪的孔方兄以外,雷锋的光辉早已经黯淡,徒剩下一具空空的躯壳。那些世俗的、你争我夺的、权欲和物欲的利益,就像是一块大肥肉一般,被狗叼在了嘴里,任凭你怎么嘘它、吆它、打它、追它,它就是不肯轻易放下这块到嘴的肥肉。于是,为了最基本的生存,侯羿有时候不得不求助于自己美丽的姿容来谋取生计。而她那个一喝醉了酒就不能算是人的父亲，又时常把他结交的"壶朋酒友"们带到了家中……

后来十九虚岁的她，跟着那个狗屁的小龚离家出走了……她曾经满怀着希望，本以为从此就能够建立起美满的生活，追求到自己梦中所能追求的爱情的橄榄树了。然而谁知……唉，去年深秋的时候，她从江南C市回转到香溪河畔的家乡以后不久，就在冬天里的一个夜晚，她那个贪酒如命、喝醉了酒就不知道东南西北、就不能算是人的父亲，从他一个"壶朋酒友"那里往回走的途中，一步三摇地醉醺醺地，不知怎么就掉进了冬天的香溪河……

为了埋葬父亲，她和后母借了债。因为不管怎么说，喝醉酒的父亲再怎么不是个人，但他毕竟是曾经生过她、养过她的父亲啊！今年初春的时候，她朝自己的家乡——美丽的香溪河——投去了她最后的一抹目光，那是被毁掉了青春的目光啊！然后她就坐上长途车，来到这个南方大特区的H市。

谁知这个时候的H市，正经受着前所未有的经济大萧条的困扰，先是国内经济上的宏观调控，紧接着就是全球性的金融风暴……为了生存，为了还债，她无奈地拼着自己有病的身体，干起了那个……唉，这就是现实生活啊！到了秋天的时候，她总算给后母寄上了那一笔还债的款项……

此时此刻，从对岸长堤大道上的什么地方，悠悠地飘来了那一首熟悉的、然而却又是忧伤和凄凉的歌声：

　　　　不要问我从哪里来——
　　　　我的故乡在远——方——
　　　　为什么流浪——
　　　　为什么流浪远——方——
　　　　为了我梦——中——的——橄榄树——

三毛这一首为流浪的人们所唱的歌，也只有流浪在天涯路的人，才能真正地感受到它那忧伤和凄凉的内涵。

大概是听了侯羿的那段往事的缘故，抑或是三毛的那首歌的影响，这会儿我的心里顿时就涌起了一阵一阵的悲哀。一种深深地，为侯羿、也为那许多至今还生活在社会最底层的妇女们而悲哀的感觉，此刻就强烈地笼罩住了我。忽然有一颗星星，在我的眼面前闪烁了一下。不！那不是夜空中的星星在闪光！那是一颗折射着远处灯光的泪珠！那是泪珠儿在闪光啊！侯羿脸孔上那些满透着凄苦的泪水，此时此刻，就像是断了线的珍珠，溢满了眼眶，滚出了眼角，顺着她那苍白和病态的双颊，倏倏地往下面流淌。

我伸过手去揽住她的双肩，将她拥进了我的怀里面，轻轻地抚摸起她那悸动的脊梁，摩娑起她的头发。侯羿在我的怀里不住地抽噎着、闷咳着……她显得是那般的无助、那般的无望、那么的凄楚、那么的哀伤。我的心里是非常沉重，非常难受。我想给她以慰籍，给她以快乐，想排遣她精神上那股悲沉低落的情绪，熨平她心灵上那许多苦巴巴的皱褶。然而我的嘴里边，却只是干巴巴地说着："侯羿，不要这么悲观，这么消沉，噢。知道吗？你听我说，打起精神，振作起来。我们这代人会有希望的，我们会有未来的。"

"明刚哥，"侯羿在我的怀里边，抬起了她那双满含着泪花的眼睛问道，"像我这种人难道还会有希望？还能有着未来吗？"

其实说一句老实话，当时我连自己都不知道我们这一代人究竟还有没有希望？我们的未来又是一个什么模样？那时候，我只是抬起了脸孔，眼睛望着很远很远的地方。天色渐渐地转暗；夜给大地罩上了紫灰色的幕纱；江对岸那一排排的椰子树，模糊成了墨绿色；那许多高楼大厦在黑魃魃地耸立着；远处闹市区五彩的霓虹灯，好像是在不真实地闪烁；悬挂在东边天际上的那一弯冬月，给大地投下了些许惨淡如霜一般的清辉。不远处的地方，有人燃起了点点的香烛，焚烧着一堆一堆的纸钱冥币，在这个冬至的夜晚里，在这个海甸溪水的江边码头上，祭祀着和祈祷着，寄托着生者对那逝去的哀思和对未来的期盼。那时候我的心里本来是想这样说的：

"但愿好人就会有好报，侯羿！像你这样美丽、这样善良的女孩子，一定会有着美好的希望，一定会有着幸福的未来的！"

然而我却没有把这些心里话给说出来。因为那个时候，我对希望和未来这一类的东西，自己都不十分明确和肯定。我只知道世上不尽人意的事情，往往就是百之有九十九。在这个大千的世界中，人来攘攘，全为利往；人去熙熙，皆奔钱去。世俗人的肉眼，只看到虚表的躯壳，只盯着浅薄的物欲。而那些最为本质、最为美好的东西，往往又不被世人的肉眼所能看到。那一会儿，我根本就不知道侯羿是带着一种最终的企盼、一种最终的希望，在看着我的面孔。而我的回答和我的心声，对于她后来的生命来说，却又是如此之重要。然而我的眼睛只是在望着很远的地方，默然无声。

许久。侯羿垂下了眼廉，脸色急剧地晦黯了起来。她对一切都失去了希望。此时此刻，她仔细地倾听着沿江一路上那许多熙来攘往的行人的脚步声，有好一会儿，她突然欠起身子来对我说，明天她将离开Ｈ市。她不愿意明确地告诉我自己打算去什么地方。她只是含糊其词地说，她准备要去南边的Ｓ市。不过我可以清楚地感觉到，这不是侯羿的心里话。侯羿要求我不要前去找她。她答应会给我打电话的，并且还向我保证，一旦从Ｓ市回来以后，她就到我们公司去找我，向我解释一切。有那么一刹那，我的心里边因侯羿的这一决定所产生了的极为不祥的预感，异常强烈地攫取了我的心灵。我坦率地承认，她在做出这个决定的一刹那间，具有足以使我感到羞愧的巨大的勇气。可是我还是不愿意相信，这就是她自己的意愿。

侯羿在不停的闷咳之中，痴痴呆呆地倾听着这沿江一路上那许多行人们的脚步声。看着她这一副模样，我的心里边忽然就萌生出了一种隐隐约约的预感，就是眼前的侯羿，好像是一只这紫灰色帷幕下面的夜鸟，似乎正准备悄无声息地从我的身边飘忽而去。

那一天晚上，侯羿由于自己身体的萎顿，回去后她早早地就睡下了。而我在侯羿的住处实在是站也不是，是坐也不是，于是我便悻悻然地告辞而回。从此我就再也没有见到过她。仿佛我们三江公司Ｈ市分公司的铁门和院墙，把我与侯羿彻底地隔绝了开来似的。

虽然我白天埋头于自己的工作，专心致志地处理着公司里我那一块业务上的事情，晚上又常跟同事和朋友们聚在一起，喝喝啤酒、吹吹牛皮、打打扑克。但是孤独、寂寞和空虚的我，在这个十天的时间里面，却又时不时地思念着侯羿，希望侯羿能够给我打来电话；或者期盼着她能够不请自来，突然地出现在我的面前，好让我能够有一阵高兴和惊喜。然而我的等待和期盼，却全都化成了泡影……

我推着自行车，脚步一跛一跛地，来到了和平大桥东北下"一庙"村的一个叫柯阿叔的院子里。原先侯羿就租住在这里。跟侯羿同住在一个屋子里的一个叫美珍的同乡姐妹，神情凄楚地告诉我说：

"肖大哥，侯羿是昨天晚上死的。她的尸体，现在还安放在医院的太平间里呢。三天之前，她是独自一个人去桥南的省中医院的。医院也说不清楚她究竟是死于什么病。因为她遗传的慢性疾病，似乎根本就不至于这么快地结束她的生命。据医生说，她在临死之前的整整一天里，脸上都挂满了一种神奇的微笑。唉，人全都是假的哪！肖大哥，这么一个美丽、温雅的女孩子，她怎么说死就死了呢？"

美珍一边摇头叹息着，一边就从自己的枕头底下摸索出一本用偏蓝中带一点紫色的手绢包着的海蓝色软塑面的日记本,交给了我。她说这是侯羿在去中医院的前夕请她代为保管的。并且侯羿还对她说,如果我什么时候前去找她的话,她就叫她把这本日记本交给我;如果我不去找她呢,万一她有个什么三长两短的话,她就请她到沿江一路的江边上,找一个地方给烧了。

我接过这本海蓝塑面的日记本,打了开来,并迅速地浏览了一下,日记是从两个月前,我们在东湖边上相遇的那一天开始写起的。在这几十篇笔调哀怨的日记当中,记载了一个生病的女孩,如何充满着对爱情的热望和对美好生活的企盼,并且每一篇日记都程度不同地表达出她对我的颂扬与爱慕。我翻到了十天前,也就是冬至的那天晚上,我们分别时她写下来的那一页:

……我,一个曾经出卖过姿容的有病的女孩,是多么渴望能有着一片属于是我的爱情橄榄树的绿荫啊!可是,有谁会给我这样的女孩以那一片真正的充满着爱情芬芳的橄榄树的绿荫呢?唉,命该如此啊……既然死亡已经离我不远了,那么,我对生命还有什么值得留恋、值得吝惜的呢?还是像屈原所说的那样,"知死不可让,愿勿爱兮"吧……

看到了这里,我的心猛然撞击着胸腔,脸颊上的肌肉不断地抽搐,太阳穴鼓突鼓突地难受,捧着日记本的手在发抖,就连呼吸也如嘶鸣一般地重浊。侯羿不是死于她的病体,而是死于她对我的爱的绝望,死于她对人世间的爱的绝望啊!这个时候,我的心里感到异常的羞愧!感到异常的痛苦!此刻就连在这个出卖自己的美珍的面前,我都觉得是这般的无地自容!因为可以说在某种程度上,是我促使了她的早死,导致了她的死亡加快的速度。此刻我的心里边,忽然升腾起了一股强烈的愿望,就是想到医院去看看侯羿,最后一次去看一看她,这是我所应该尽到的义务。于是我便鼓起了勇气,央求着美珍陪同我一起到医院去看望一下侯羿的遗体。

省中医院,就坐落在和平大桥南端附近的和平北路的路西。在医院旁边的花店里,我买了好几束侯羿平日里最喜欢的、色素淡雅而又香气浓郁的女贞花,在美珍和管理人员的陪同之下,我走进了那一间有着浓烈的福尔马林怪味的充满了死亡气息的太平间。

太平间里除了一具具罩着白布的尸体以外,就是一片死寂。我站在侯羿的遗体前,呆呆地伫立着,只见她横陈在尸床上,双手伸直,两脚并拢,头部略低，一幅白色的罩布遮盖着她的身体和面容。暗淡的日光灯向周围投下了些许惨淡的青辉，就连她的尸床，似乎也在发出滞黯的色彩。我把右手伸向了白罩布，准备将它掀开；但是我刚一掀起罩布，便有七八只苍蝇从开口处逃逸了出来。我浑身打了个冷颤，不过我还是挪开了那块白罩布。我看到了侯羿那张如同土灰色的浮肿的面容，两瓣失血的嘴唇微微地张开着。

我把几束色素淡雅的女贞花，默默地分放在她的手边上和她的胸面前。管理人员在旁边催促，美珍又触碰了一下我的手臂。我最后再一次深深地看了一眼侯羿那两瓣微微张开着的嘴唇和她那张如同土灰色的浮肿的面容之后，便满怀凄恻，带着一阵阵的颤栗，昏昏沉沉、踉踉跄跄地走了出来。

在大街上行走的时候，我痴痴呆呆的，不知道该上哪里去才好。昏昏沉沉、恍恍惚惚之中，我推着自行车来到了地处在市中心的文明中路上。街上纷纷扰扰，人涌如潮，一片恼人的喧嚣。霓虹灯在店面门口闪烁。商店的橱窗里面摆满了各色各款的、琳琅满目的、节日的货物。不知道从哪个店铺里，还飘出了那一首伤感的歌声：

不要问我从哪里来——

我的故乡在远方——

为什么流浪——

流浪远方……

为了我梦——中——的——橄榄树……

大街上，脚步醉醺醺的男人们跟着在哼唱；浓妆艳抹的女人们也跟着在哼唱。然而这一张张男男女女的在店面灯火映照下的面孔，似乎全都浮肿着。仿佛这许多浮肿着的面孔，又全都认识我，全都眨巴、眨巴着毫无生趣的眼睛在瞧着我，向我微微地张开着他们的两瓣嘴唇似的……我倏地就转过了身子，急忙骑上了自行车，回到了地处海秀大道上的公司的宿舍。

宿舍里的牌局已经散去。几个同事还在饶有兴味地讲述和争执牌局之中很有趣意的打法，都在竭力地想让对方去接受自己独特的意见和见解。这个时候的我，目光呆滞，偏过头凝望着他们一张张昂奋激动的面孔，此时我就像一个斜睨着他们的局外人似的，他们那种趣味盎然的神态让我觉得十分可笑。因而我便在桌子前坐下来，低头看起了美珍交给我的侯羿的日记。

谁知不久，我的右手不知怎么就握住了派克钢笔，而在那本摊开来的日记本的空页上则出现了十几个大小不一的、仿佛尽是在我脑海里萦绕着的形象：一张如同土灰色的浮肿的面孔，两瓣失血的嘴唇微微地张开着……

肖明刚的故事刚一结束，杨丽萍就嚷嚷了起来："哎哟，肖明刚，看你说得这么凄惨，这么恐怖，我晓得我今天晚上睡觉，又要噩梦连连的了！"

慕容玉这时候开口说："经济萧条的阴影，困扰了我们家乡有很多年喔！本来就是一场泡沫经济！不等到这过分膨胀的经济泡沫消失掉或者挥发掉的话，我们家乡的经济，就不会有实实在在的发展的。"

"唉……"江波深深地叹了一口气说，"刚才，肖明刚给我们讲了一个非常之优美，但又非常之凄凉的故事，他让我们感受到了一个乡村女孩所具有的美丽的心灵和身影……所以我认为，位卑者，并不等于其人格也就卑微；权重者，亦不等于其人性也就崇高。这完全取决于其觉悟的程度。"

"中国这么多的人啊，"何源一边抽着香烟，一边说，"这么多可怜的女人……不知你们听没听到过这样的顺口溜：'下岗女工擦干泪，转身走进夜总会，不靠政府靠社会，侍奉男人我也会，陪吃陪喝挣小费，偶尔陪睡也无所谓……'还有什么'小姐贵，情人累，下岗女工最实惠……'唉，现下有很多女人，就是在干着这种卑贱和下流的行当。不信的话，你们哪一天晚上到亮马桥西街以及新源里那一带的街边路旁去看上一看，那许多排在街边路旁等着出卖自己的女人啊，就像是篱笆桩一样，密密麻麻的啊！真的，我一点儿都不瞎说。据说那一带大楼下面的鸡窝，有很多还是某些警察和执法人员开的呢！那些个腐败的贪官污吏们，比起干着这种行当的女人，还要卑鄙和下流，比如我们北京的陈希同、王宝森，还有其他一些腐败分子，就是这样一堆不齿于人类的臭狗屎！"

"嗳，肖明刚，"翟凤娜说，"你的这一句'人来攘攘，全为利往；人去熙熙，皆奔钱去'的话，说得真是一点儿都不错！这个浮躁、骚动而又物欲横流的世界，实际上就是这么一回事哪！"

这个时候，慕容玉抬起了右手，撩了一撩她那一头黑芝麻一般的长头发，又揉了一揉她青春圆润的面孔，再把她那一双有着漂亮的双眼皮的眼睛，抬向了紫灰色的夜空。此时此刻，初夏夜的明月，已经开始微微地向着西边倾斜了。不一会儿，慕容玉收回了眼光，转向大家说：

"今天我才发觉，你们这一帮男人们，一个一个的还都挺可爱，挺有同情心的呀！我真想要代表我们女人们，好好地去吻上一吻你们这一帮可爱的男人喔！不过呢……我就怕沾染上海涛的'疯人'病毒、江波的'鬼气'，又怕何源把我给生吞活剥了，哎，何源，你可不要把一双眼睛瞪得像牛眼睛那么大嘛！所以我呀，还是自个去吻自个吧！格格、格格……"

慕容玉就是用她这一种蛙鸣一般的笑声，一边来驱赶肖明刚的故事给大家笼罩上的凄凉和沉闷的阴霾，一边就轻言慢语地说起了她自己的故事。

九、慕容玉的故事

听你们讲到了现在的爱情，不管是海涛的诗一般的理想也好，江波的夜的迷乱、梦的疯狂也好，还是何源的现实生活中的金钱也好，还有杨林、肖明刚、翟凤娜和杨丽萍各不相同的爱情体验也在内，我发觉你们这说来说去的，始终都在围绕着一个共同点：那就是感觉。就是存在于你们各自心灵深处的而又各不相同的感觉活动。

你们之所以观点不同，我认为最关键的，还是在于你们所处的环境不同，看问题的角度不同，所拥有的条件不同，因而所产生的对爱情的感觉，自然而然也就不会相同了。

说句实在话，谁都想与一位自己理想中的异性结为伴侣。理想就是一种完美的感觉。然而命运女神有时候，却往往又会把这种完美的感觉，恶作剧地一劈为两半，只把其中的一半，给予了她的期待者和追求者，以便让他们或者她们，永远地处于一种期待和追寻的痛苦与不幸之中。所以这个世界上也就再没有什么完美了。所有的事物都成了残缺不全。她使真心相爱的恋人远隔千里去相互苦苦地思念；而把没有爱情感觉的人却给拽到一个床上去同床异梦。比如说，她曾经使得牛郎和织女，远隔天河遥遥相望，而让王昭君和呼韩邪，却同睡在一张床上。使得前者苦苦去渴望自己所没有的，而让后者去占有自己所不希望要的。因此上说，爱情就是以前者开始，婚姻则是以后者而告终，然而这两者，却又都是可悲和可叹的呵！

为了能够给生活在痛苦与不幸中的人们以慰藉，疯子和妖怪一般的诗人，便发出了充满激情、但又是病态的嚎叫；得了夜游症的作家，拿起了充满想象力的纸和笔；然而像我这样有着色彩癖好的画家呢，则手里握着画笔和调色板，将各种颜料去涂抹和固定在画布上面；肮脏下流、唯利是图的商人们，妄图用闪闪发光的金钱去包装和粉饰；思想狭隘的哲学家们，自己提出了问题，自己去思考，然后再神经质地解释和演绎成理念性的东西：什么爱情还在追求着理想啦，什么性在追求着感官的快乐啦，什么婚姻要去遵循现实生活的原则啦，等等；狗屁！于是乎，大家就发生了各自不同感觉上的争执、冲突以及论战，去瞎闹腾的不可开交。好了，这个时候，卑鄙和狡猾的政治家们，便开始出面了。政治家们一出场，就摆出了一副真理的独掌者和裁判者的面孔，给那许多争执、冲突和论战不休的各方，去进行调解和仲裁："好啦，好啦！你们就全都听我的吧，我看就这么着吧，噢！"然后他就要求别人无条件地去皈依和服从，否则，就要加以武力去制裁。终于在政治家的武力制裁下面，所有人便都臣服在了他的统治之下，成了他的子民……这就是喧嚣、纷繁的现实生活的写照。然而那许多生活在现实社会里面的人们，还是照样地处在了一种期待和追寻的痛苦与不幸之中。

因此，你们大家颠过来、倒过去地说了那么多，费了那么多的口舌，但是归纳起来，只是很简单的一句话：爱情，其实只是一种感觉。只是多情男士和怀春女子在面对着某个异性的时候，他或者她体内的苯乙胺增多而产生了晕眩的感觉而已。明媚的黄昏，月圆的夜晚，心情的舒畅，金钱的多少，权力的大小，人格的魅力，外表的诱惑等等、等等，则是诱发出这种晕眩的爱情感觉的外因条件。而在某一种或者某几种外因条件下面，当我们面对着一位异性，而这位异性又让我们产生了好感，甚至于都不觉得反感，也许这时候我们体内的苯乙胺就开始分泌了，就开始增多了，就开始涌动了，那么，我们的爱情也许就会自然而然地生长了出来。

怎么啦？你们瞪什么眼睛哪？啊？你们不相信，是吧？好，等你们听完了我的故事以后，你们各位就会得出我说的话是对还是不对这个结论的。

那是1998年冬季的一个极其闷热、极其焐心烦躁的日子。

有一股在南太平洋上游弋的、代号为"拉里娜"的、暖洋洋的气流，一经登陆以后，就变成了呼呼的热风，夹带着浓重的海腥味，卷起了满地的落叶和尘埃，在这个南国都市的土地上，施虐一般地刮了整整一天。从早到晚，气温最高的时候，竟然达到了摄氏28度。可是热风还在刮个不停，把我这时候所在的三层楼的家里边，搞得到处都是尘土，就连我准备随身携带的大旅行箱子里，也都刮进了许多细细的灰尘。

我光着脚丫，拖着高泡塑料拖鞋，在屋子里"啪嗒、啪嗒"地走来走去，脚板底脏得就像是在乡间土地上劳作了一天的农民一样。于是我便冲了一个澡，换了一身干净的衣裳，穿上了厚厚的袜子，又把旅行箱里的物品全都给倒了出来，拍了拍灰尘，然后再一件一件地装进箱子里去。这就是我在自己南方老家度过的最后的一天。

天空黑下来的时候，我便和母亲、哥哥、嫂子、表妹、侄儿小俊等几个人，在掩映着棕榈树的情调高雅的望海大酒楼里，围桌而坐，用了最后的一顿晚餐。我特别喜爱这里的粉肠包的鱿鱼卷。那天也不知是怎么，我就是想要把这里的粉肠鱿鱼卷给吃饱、吃足和吃够，因为北京不一定会有，就是有的话，也不一定会有我们家乡望海大酒楼这么好味道的粉肠鱿鱼卷哦。

晚餐结束以后，当我们大家准备坐上叫来的出租车时，我的左臂弯间夹抱着只有隆冬才穿的、厚厚的、紫花羽绒服大衣。留下来看家的嫂子揶揄我说："嗨，小玉，看你这一副样子，就像是要去冰天雪地的西伯利亚一样！"

"海霞，"哥哥抢着替我回答说，"上飞机的时候，行李不能够超重，所以小玉这件羽绒服的大衣呢，她就只好抱在手上了。"

"我听说北京这个地方，好像也不算怎么太冷哪。"

"谁说不算太冷的？"哥哥又抢着替我回答说，"听中央电视台的天气预报说，今天晚上，嗨，海霞，气温要零下到十二度呢！"

"嗳，小玉，"嫂子向我打着招呼，"我要照看小俊这个孩子，就不送你了喔。祝你一路顺风。以后可别忘了常给家里打电话喔。"

"噢。"我向嫂子挥手告别。

不一会儿，我那只接触羽绒服大衣的左手，很快就渗出了汗珠，蔫呼呼的，真让人感到恶心！说句心里话，我真是难以相信，在同一个国度同一个季节的同一天里，我们家乡城市的气温高达零上28度，可是北京的温度，根据中央电视台的天气预报说，今天夜间最低要零下12度呢！今晚我将动身去北京。说得准确一点，我将调到丈夫身边，调去北京工美集团工作。我相信飞机到了北京以后，丈夫他准在机场出口处的外面等候着呢！听说北京的白天和夜晚温差很大，大概相差有十几度吧。但是不管怎么说，我将搭乘今天晚上直飞北京的飞机，而冬天里的北京，这羽绒服大衣似乎又是不可缺少的。虽然在我们家乡城市的现实生活中，大衣永远都是多余的，就像国宝一

173

样罕见。可相差只有三个小时的路程，它却又像是天女羽裳一般不可忽缺。

坐在出租汽车里我隔着车窗玻璃，时不时地向着外面张望，街道两旁那许多随风摇曳着的椰子树、繁花怒放的紫荆树以及黄花羞涩的相思树，都被急速抛在了我们的脑后。黑魆魆的高楼大厦上边，那许多时而闪烁着红红绿绿的霓虹灯，让人看起来，总觉得是那么虚假、那么不协调地矛盾着，就像我们所处其中的这个戴着一副虚假面具的世界，其表象和实质永远都是那么不协调地矛盾着一样。出租汽车在经过机场东路的时候，我似乎又闻到了从路边那许多大排档里飘溢出来的烤鱿鱼串的香味，这又勾起了我的食欲。不过我可没有好意思说出来。出租车里面，母亲絮絮叨叨个不停。只要一听她开口说话，就连那个陌生的开出租车的司机，都知道她的宝贝女儿——也就是我了——将要到北京去工作。

"玉姐，"表妹问我，"你什么时候可以到北京哪？"

"很快的，小敏。大概最多也就是明晨的5点钟左右吧。"

不多一会儿，出租车开进了紫黑色夜空下的机场，开到了机场停车处。下车以后哥哥便把机场搬运工喊来，吩咐他赶快替我搬运行李，结果弄得我这个行李的主人，反倒在一旁干瞪着眼睛。而后我们一行人鱼贯地走上了二楼宽敞的候机大厅。此时，装饰在候机楼厅天花板上的一大片格栅灯的灯光，反射在擦得锃光闪亮的将军红大理石的地面，再明晃晃地映照在各个有着不绣钢边框的广告牌上，然后又波光鳞鳞地潜向了候机大厅的四面八方。

这会儿，忽然有两个身穿艳丽衣裙的女人，朝我急急地奔来，着实把我给吓了一跳。我抬眼看望，原来是中学时代的女友。她们把一束洋溢着浓香的女贞花和粉红色的箭兰花献给我时，母亲就用比这女贞和箭兰还要漂亮的话句，替我表示了深深的谢意。跟女友还没聊上几句，我便意识到她们似乎都在羡慕我有一个有着博士学位的丈夫以及我这个即将成为北京美工师的境遇。其中一个女友已经结了婚，并且还有了一个两岁的男孩。她嫁给了当地一个暴富的大款，生活安稳和富裕。可是这个时候她却说："慕容，这日子过得太平淡无奇了，反而就会觉得没意思起来。"人就是这样，总爱站在这座山上，再望着那座山，仿佛最后还是觉得那座山上的风景优美似的。"不过慕容，"后来她又感叹地说，"回过头来仔细地想上一想，作为女人，能够嫁给一个有钱的男人，过到像我现在这个样子，也就应该算是不错的啦！"

另外一个女友，在一家公司里面担任着文职工作。不过她也千方百计地想要去摆脱现状。"慕容，"此刻她说，"我呢，就希望自己这一辈子能够随心所欲地各处去跑一跑，去看一看，去见一见世面！但是一想到了自己眼面前的生活，充其量就被框在了这一座方圆只有几十平方公里的城市里的时候，我的这个心里边，不免就有一种索然无味的感觉。"

"两位姐妹，"我对她们说，"今后欢迎你们去北京做客喔。"

于是她们两个人都说，只要一有了机会，她们肯定要到北京这个全国政治、经济的中心，这个有着悠久历史文化的古城去看上一看，玩上一玩，到了那时候，恐怕免不了要给我添上许多麻烦呢。还没有呆上多久，那个已经结了婚的女友，仿佛有一点耐不住地说："慕容，我总不能把孩子和丈夫扔在了家里，不去管他们吧？啊？对不起了慕容，我可要先开路了。"

说完她就告辞着先走了。我同那一位还在独身的女友，一直把她送到了候机厅的升降电梯口。这时候，忽然有一大帮人乘着电梯涌涌而上。他们身上散发出的一股股热风和尘埃的气息，让我们两个人着实大吃了一惊。于是我们很快就又折回了母亲和哥哥坐着的地方。

"哇塞！这么多的人哪！都是一些什么样的人哪？"候机大厅里的所有人，都被这一帮络绎不绝地涌现出来的人群所吸引，都转过头来向他们看望：这一帮人身穿西装礼服，打着锦缎领带。他们一边走，一边还"呼啦、呼啦"地晃动手里面握着的艳丽的花束和红底金星的小国旗，就像花团锦簇的浪花一般，滚滚地涌进了这个宽敞的候机大厅。为了躲避开这一群涌动锦簇浪花的人流，候机的人们，自然而然就都移到了边上。这一帮人足有一两百个之多。当他们全都涌进了二楼的候机大厅以后，就在大厅里面最明亮的地方，自动地列队成两排，形成了一条笔直整齐的人墙夹道。

还没过几分钟，升降电梯口那儿又有五六个人簇拥着一个核心人物出现，并呈箭头形状，在整齐的人墙夹道之中走着，俨然是一副大人物的派头。并且还有不少部照相机和摄像机，在前、后、左、右地跟踪和拍摄。构成了焦点的几个人，也都穿着西装礼服和打着绸缎领带。但是他们要么身材魁梧，要么头发后梳，让人一眼就觉得他们的气质和风度绝对与众不同。而那个构成焦点的核心人物，更是气度非凡。他里穿藏青色的全毛西服，外罩也是藏青色的全毛风衣，一头整齐梳拢的灰发，满脸堆着微笑，并时不时地向欢送他的人群打着手势。一会儿队列中有一人出列向前，朝那个核心人物鞠了一躬，夹道的人群顿时就报以暴风雨一般的掌声。我们离得远，听不见那个人都在向那个核心人物说些什么。然而作为男人而言，他的嗓音似乎有一点过于的尖利和刺耳，与其说是人在讲话，还不如说是一只公麻鸭在"嘎、

嘎、嘎"地乱叫。候机大厅的四面八方,全都传递着人们的议论声:

"是来送行的?"

"都是一些什么人哪?啊?"

"嗨!好大的派头啊!"

人墙中每隔个两三分钟,就有一阵热烈的掌声,在向四面八方波动和荡漾。这样重复了几遍以后,掌声倏地就雷动了起来,经久不息。紧跟着一个身穿职业套装的年轻女郎,抱着一束跟我此刻膝盖上放着的一模一样的白色女贞和粉色箭兰的花束,出现在队列前面,她把花束庄重地敬献给那个穿着藏青风衣的核心人物。接受献花的人就在这一片经久不息的掌声中,把花束高高地举起来。这时候,一些手持照相机和摄像机的人们便紧紧地抓住这个场面,"咔嚓、咔嚓"地拍摄起来。而构成焦点的那个人物以及欢送队伍中的每一个人,都在这一片镁光灯的闪光下,不失时机地挤着笑脸,挺着肚腹,好让那些照相机和摄像机,永远去留下他们那副犹如是做戏一般的尊容。

这一大帮人,仿佛就完全浸沉在这种隆重的敬畏和热烈的陶醉之中。而这种敬畏和陶醉的感觉,似乎又被迅速地分割成一片一片的碎片,犹如是"禽流感"的病毒一般,向着大厅的四面八方,猛地迸裂了开来。甚至就连我们这许多与之无关的人,也都被感染上了这种病毒。我和哥哥,我们两个人彼此地你看看我,我看看你的。于是哥哥就向前走了几步,踮起了脚尖,朝着人墙里边看上了几眼。在往回走的时候,他对我们说:

"哦,原来都是些市政府各部委办局的人哪!中间的那一个,穿着藏青风衣的,就是市长程叔叔。呶,就是接受献花的那一个。"

"什么?"母亲惊异地问道,"是你程叔叔?有什么事情哪?怎么这么大的派头啊?"

"这许多来欢送的人,"哥哥又说,"恐怕,大都是市里各部委办局的一二把手以及各大公司的头儿脑儿们!其中我也认识不少个呢!哎——怎么,程小勇怎么不在这里啊?"

此时此刻,我也极力地踮起了脚尖,晃动着脑袋,在那一大帮欢送的人群当中进行搜索,看有没有他。"看不见,"我说,"他要是在场的话,我想应该一眼就可以看得出来的。因为他的个子很高的呀!"

"听说你程叔叔,"母亲问,"马上要升为副省长了吧?"

"妈,是有这个传闻,"哥哥说道,"不过我私下里可听到不少有关程叔叔的非议呢!说他这个人太霸道,而且还……"哥哥顿了一下,可声音却明显低了下来,"还喜爱收人家的礼呢!据说小的还不收!要收就收大家伙呢!"

就在这种热烈而又隆重的氛围开始往下回落的时候,候机大厅里的广播通知飞机起飞和抵达时间的喇叭声,喧嚣地插了进来。我们之间该说的话也都说得快差不多了,我就只等坐上这一架飞机,向着北方飞行了。

女友用一副见过一点世面的口气说:"嗨,市长的派头可真大呀!就连欢送的方式都不一样呢!看着这么多西装革履的头儿脑儿这么的毕恭毕敬,这么的低三下四,心里就感到舒服,就有一种高高在上的感觉!"

情窦初开的小敏表妹在一旁大声附和说:"以后我要嫁人的话,就非得要嫁一个当官的,去过一把官太太的瘾!你们看这官太太的架势有多威风,有多神气啊!对于那许多马屁精们,你怎么颐指气使、吆五喝六都行!"

"小敏,你这孩子。"母亲朝表妹不以为然地摇了摇头。

说实在的,我已经等得心烦意乱了。我看那许多西装革履的一二把手们也都开始百无聊赖了起来。队形也开始有一点松松垮垮、疲疲塌塌的了,就像一些被戳破了的汽车轮胎,气慢慢地跑光了一样。不过这许多人又不敢走。这还不算,紧接着候机大厅里的广播又播出了一条通知,说是为了飞行途中的安全起见,现在要对飞机进行紧急检查,飞行时间可能要往后面推迟一点。至于什么时候检票,请旅客们耐心地等候广播通知。

"走,"哥哥对大家说,"我们到那边的茶座里去喝一点什么吧。"

都凌晨一点多钟了。茶室里,表妹不停地打着哈欠;女友也开始眨巴起了眼睛,就连母亲和哥哥的面孔上,也都流露出一片疲倦的神色。我的桌子对面坐着一位年轻英武的高个子的中尉军官。此时的他正把长长的腿脚,伸到了桌子的外沿。当他的目光和我的眼神相遇之后,这一位高个子的年轻军官顿时就流露出了一种寂寞的微笑。程叔叔有一两百个下级在为他隆重送行,我好歹也有四五个亲朋好友跟在身边,可是这个年轻的中尉,在这个南方城市机场的茶座里,嘴里衔一根吸管,独自地吮吸着我们家乡特产的椰子汁。我们三个人之间的差别这么大,使得我感触颇深。

要是在几年前,命运女神安排我和程叔叔的儿子程小勇结婚的话,那又是一种什么样的情景呢?我的眼睛凝视着纸杯里的"奶昔",可思绪却开始沉入了不现实的世界。应该说,我可能比现在要有信心得多。那时候要是有人告诉我说,为了能和程小勇结婚,就非得要好好地学习工商管理专业不可的话,那么我也就无所谓要躲避到那些什么印象派啦、什么现代派啦的画布

官园夜月

177

跟前，而去攻读工商管理专业的课程的。说不定这时候我也会穿上时髦的礼服，站在列队成排、夹道欢迎、构成中心和焦点的地方，暴露在一两百个头儿脑儿们的眼线之下以及多部照相机和摄像机的镜头之中，以省城投资公司总经理夫人的身份，来接受一束白色的女贞或者粉色的箭兰花……

候机大厅的广播突然打破了我的幻想。我不禁莞尔一笑地摇了一下头，把涌上心头的不现实的思绪，全都给摇走了。广播通知去北京的旅客从入口处进去，以便进行登机前的安全检查。我们一行人在走出了茶室的时候，坐在我桌子对面的那个中尉军官，他也不慌不忙地拎起了放在自己脚边上的手提箱，往茶室外面走去。

我们刚步入大厅，忽然就听到了热烈的欢呼声，大概就差着要喊"万岁"了。那一帮西装革履的头儿脑儿们又像原先那样，摇动起了手中的花束和小红旗，花团锦簇地列队成两排，夹道欢送着他们的头儿；好多部照相机和摄像机又都打开了镁光灯，对准焦点，"咔嚓、咔嚓"地拍摄了起来。我跟女友握手、道别，又拍了两下表妹的面孔，再同母亲和哥哥分别话别了几句。当我快要走进安全检查口的时候，我又回头张望了他们一下。

在目送着我的亲朋好友的后面，那一大帮西装革履的头儿脑儿们最后的掌声和最后的欢呼声，就像飓风刮起来的海浪一样，把我急急地往前推去。

随着涡轮发动机的运转以及气体喷射式的推进，飞机把我的家乡——这个南方城市——给甩在了机翼和轮胎之下，撂到了屁股的后面。还没过两分钟，它就飞临在琼州海峡的上空。

我坐在飞机的舷窗边，把椅背放斜，将粉红色的毛毯覆盖在自己的腹部和膝盖处，并且还尽量伸展自己的身体和腿脚，舒舒服服地仰靠在机舱里的座椅上。不多一会儿，巨大座舱里的小小的灯光，也就随着飞机的平稳飞行，而被一个一个地关闭掉了。

坐在我身边的那个年轻的中尉军官，在没有等到空姐过来分发毛毯的时候，他就替我从架子上拿了下来。他是在我后面上来的。他上来以后便毫不犹豫地走近了我，好像他还问了一句，可不可以坐在我旁边的位置上。这有什么不可以的？我本人似乎也愿意他坐在我的身边。这倒不是说我有什么非分之念。不过在旅行途中，能够有这么一位英武的年轻军官靠我坐着，到时候就是发生了恐怖分子劫机事件或者空难事件，我似乎也用不着去害怕什么。中尉在给自己取下毛毯的时候，顺便问我要不要。然后他不仅给我拿了下来，并且还帮着把毛毯给铺开，温存地裹在我的大腿上。

我听到来自斜前面座位上的说话声，就微微地睁开了眼睛，向那里看望：那是程叔叔与市政府的几个随行官员和秘书，在小声地交谈着什么。程叔叔此刻仰躺在座椅上，把一头略显斑白而又向后梳着的头发，披撒在了椅背上。他可能不会认识我了。再说我也不是十五六年前那个小黄毛丫头了。这个时候的我，虽然已经疲惫不堪，但是闭上眼睛，却总也入睡不了。难道是自己太激动的缘故么？想到了这里，我又无端地自怨自艾了起来。

我和丈夫相隔有六七千里路，而今却只需3个多小时就将和他团聚。可是我对和丈夫的团聚，似乎并没有什么特别的兴致。可以坦率地跟大家说吧，我并不爱自己的丈夫。至少我没有觉得这个分子生物学博士的丈夫，有什么了不起的地方。呆在他的身边，我也不会有太多的激情，更不会感到由衷的幸福。因为他完全浸沉在他那个高尖领域，根本无暇顾及到我们身边这些实在的生活。何况我对他也难以理解，又不想进入他的精神世界，并且在生活之中也未能和他打成一片。爱情是一种感觉。是多情男士和怀春女子，在面对某个异性的时候，自己体内的苯乙胺增多而产生的晕眩感而已。当然这并非说我就是个不规矩的女人。不过我和丈夫之间，除了遵循现实原则下的例行房事和麻木的性爱生活以外，他确实也无法让我体内的苯乙胺剧增多少。就拿"爱情"这个词汇所引起来的联想来说吧，哪怕只是一瞬间的联想也好，说不定我还曾经爱过我身旁边的这一位年轻的中尉军官呢！

真的。当这位年轻的军官俯下他的身子，为我的膝盖裹上毛毯的时候，我看到他英俊的脸蛋上有着很多红豆粒般的青春痘儿。有那么一瞬间，我甚至对他脸蛋上的这些个青春痘都产生了好感呢！这个时候熟睡中的他，说不定就是带着这一张有着青春痘儿的脸蛋，在开着一簇一簇小黄花的相思树下，迎着柔和的海风，披着圆月撒下来的清辉，抓住梦中情人的纤纤玉手，揽住梦中情人的细腰，轻轻地吻着梦中情人那两瓣温柔而又性感的嘴唇……说不定在这个时刻，也许他还会把我梦作他的梦中情人呢！

我明知道这样的联想是多么地荒唐，多么地滑稽，多么地可笑！然而就像他这个萍水相逢的、甚至连姓名都不知道的、年轻的中尉军官，有时候都会比我那个分子生物学博士的丈夫，更能使我动心。但是，至今我真心爱过的人，可以说就只有一个，那就是程小勇了。现在我渴望见到他。如果他现在也在这架飞机上，也在这几个西装革履的官员秘书中间的话，也许我就会毫不顾惜我那个在首都机场伫候我的丈夫，也毫不顾惜自己的名声，而跟着他一起远走高飞，哪怕是漂泊和流浪在海角天涯，异国他乡。

在我还是很小的时候，我和小勇就经常到一块周围长着芭蕉的小空地上去玩耍。一棵开着一簇一簇小黄花的相思树，好像就是一个偶然混进来的陌生人似的，在那地方看着我们童年时代的嬉戏。少年时期的小勇，腿脚生得又细又长，这注定着他长大以后，会成为一个个子高高挑挑的男人。他比我大了个两岁。当时他不怎么陪我玩，只是时常神经质地纠皱着眉头，眼光似乎又看望着很远、很远的地方，人小鬼大地在想着什么心事。

记得有一天，就在那个开着一簇一簇小黄花的相思树和有着芭蕉围着的小空地上，小勇送给我一本带插图的《安徒生童话》。打那以后，我的心里就梦想着，将来长大后要像海的女儿那样，去嫁给王子似的小勇当妻子。

我和小勇在有着相思树的小空地上玩耍的时候，那已经是改革开放的头几年了。当时我们两家都在同一个国营橡胶林场。那时候，我父亲是林场分场的场长，程叔叔是分场的副场长。不过程叔叔比起我的父亲来，要年轻和活络一点，嘴巴也会说一点。又过了一个时期，我父亲当上了总场的场长以后，程叔叔也就提升了分场长的职务。那几年，南海上空的台风，经常性地袭击我们那个橡胶林场。我曾经听母亲多次说起那几年的经过。由于一场非常有名的台风的袭击和施虐，我的父亲为了保护那一片年轻的胶林，他组织林场的全体职工进行抗灾救险，然而过于劳累的他，却被一棵让台风刮倒的橡胶树给压在了下面……

至今我还隐隐约约地记得，我跟在哭红了眼睛的母亲和哥哥的后面，同全林场的职工们一起，将父亲的遗体送去了墓地。而我父亲的追悼会，就是由程叔叔主持的。父亲去世以后，程叔叔便接替了我父亲的职务。之后没几年，程叔叔在橡胶林场工作的成绩颇为突出，屡屡地获得上级的嘉奖。于是在后来的两三年，他就被调往南边的一个县里去工作了。打那以后没有多久，我们全家也搬到了当时还是州府的城市去居住。当然啰，程叔叔之所以能够有今天，他是在我父亲用生命做出贡献这个基础上，才有了他那个颇为突出的成绩和后来的机遇的。这至少就是我母亲的看法吧。

后来当我高中毕业考进了南方大学美术系的时候，程叔叔的儿子程小勇正在南方大学读着工商管理系，并且比我高了两届。他真不愧是当时已经当上省城代理市长的程叔叔的儿子，每天都开着一辆簇新的"本田雅各"去上学。我现在还记得，就在离我们大学不远处的"金海岸"大酒店的酒吧里，有一个叫彭丽丽的女友把小勇介绍给我时，我当即就想起了那一片有着芭蕉围着的小空地和那一棵黄花羞藏的犹如是陌生人一般的相思树，可是我说不出口来。而小勇似乎也带着一脸不让我提及往事的那种表情。他那个纠皱着眉头的神经质的老毛病也还是没有改掉。不过如今他脚蹬意大利有名的"牛魔王"，身穿香港入时的"梦特娇"，腕带纯金的"劳力士"，嘴里抽着高档的"玉溪"烟，看来他是不愿意再提起那个偏僻而又荒凉的小空地啰！

　　自那以后，我就经常跟着小勇和彭丽丽一起，去看一看电影、喝一喝早茶、上一上歌厅或者迪厅什么的。在我面前，彭丽丽毫不掩饰她对小勇的好感。不过，我的心里也有这种想法。于是这就产生了一个很棘手的问题：我要么成全他们俩，要么就得背着彭丽丽，把小勇抢在手上。然而那个时候，我怎么也丢不开这种幻想：或许在什么时候就会发生小勇那个"花王子"和我这个"拇指姑娘"的恋情的这一变化的。因为我异常清晰地感觉到，小勇也在默默地喜欢我，所以每当彭丽丽想要单独约小勇出去的时候，他就非得要把我一块儿给拉上。这种情况有时候还真有一点儿让彭丽丽生气。记得有一次，那是在沿江三路泰得大酒店的酒吧里，我曾经鼓起了勇气对小勇说："程小勇，你还记得小时候那个周围长着芭蕉和一棵相思树的小空地吗？"

　　可是令我感到有一点惊讶和沮丧的，不管是那个有着芭蕉围着的小空地，还是他送给我那本带插图的《安徒生童话》的事情，他全都记不起来了。最起码他对我做出了一副茫然无知的神态，然而他却没有这样去问我："嗨，小玉，你为什么不早一点提醒我呢？"毫无疑问，他这是在假装不记得而已。不过，即便是他已经背弃了我们童年时代那种纯真的友谊，我也都无所谓了，因为他现在是处在了一个飞黄腾达、青云直上的家庭环境中。至于他体谅不体谅我这个灰姑娘，我就不去多在乎什么了。

　　不过话又得要说回来，但就仅凭他说话或者演讲时那一副无与伦比的嗓音和表情，我就不想去放弃他！那才叫做"男性"的魅力哪！低沉，安详，而且还含有让女孩子们着迷的自信，甚至于还带着一点儿冷酷和无情的意味。所以每当我一听到这个嗓音时，我的全身就会不由自主地颤抖起来，就会产生一种情不自禁的感觉。他的嗓音，让我联想起一只被狸猫所震慑住的浑身颤抖而又动弹不了的小白鼠。在他的面前，我就像是那一只可怜的小白鼠，浑身颤抖，但又期待着被威风凛凛的他，一口给吞下肚子里去。

　　可是我这样的联想似乎并没有维持多久。那是在一个风狂雨骤的夜晚。由于缺乏自知之明的彭丽丽出于一时的冲动，她向小勇倾诉了她的爱情。她说她爱他，深深地爱着他，想嫁给他，跟他永结秦晋之好。然而小勇却极其冷酷、极其无情地拒绝了她。小勇是既礼貌而又生硬地对她说："丽丽，以前我们能得以友好地交往，主要是在于我们彼此的真诚，因此大家才能和睦相处。你看，现在事情都已经弄到了这般地步，我们若是再继续交往下去的话，免不了大家就会心生芥蒂，这会让我们大家都觉得不愉快的。为了能给将来留下一片美好的回忆，所以我们之间还是不要再继续交往下去吧。"

这样一来，愚蠢的彭丽丽和痴心的我，一下就失去了这个风流倜傥的男朋友了。据彭丽丽后来告诉我说，她在遭到拒绝的时候，心里曾经闪过这个念头：就是小勇是不是爱上了我了？如果小勇爱上了我的话，她要是不用刀把我杀了，也非得要让我的脸孔上破相，以解她心头的夺爱之恨。为此事，她还吞吞吐吐地问过他："程小勇，你是不是由于喜欢慕容玉的缘故，才拒绝我的吧？"

"不是的，"小勇非常冷酷地回答了她，"彭丽丽，虽然你和慕容玉两个人都是我的好朋友，又都是很美丽的女孩子，但是，你们两个人我一个都不会去考虑的。想要知道为什么吗？我此生的目标，就是要像我的父亲那样，在这个南方大特区省的舞台上，去描画我历史使命的蓝图。因此，我只想选择一个能够在这方面给我以帮助的女孩的婚姻。"

小勇的话似乎说得再明确不过了。彭丽丽终于探究到他心中真实的想法：他要找的是那种具有门当户对的、有着政治联姻为背景的妻子，而不是单凭友谊或者喜爱这样一种淳朴情感的结合。亏了小勇没有喜欢上我，才使得我免于遭到彭丽丽的暗算。因为我们身处其中的这个世界，有着太多的变数，甭管你今天得罪的是什么人，说不准明天你就会遭到各种不同的毒手。

可是时间一长，我又开始怀疑起彭丽丽的话来。难道小勇真的对她说起过不喜欢我的话吗？也许是彭丽丽遭到了拒绝，就故意赌气地捏造出来的吧？因为我不相信彭丽丽的话的依据在于，小勇曾经像拥抱一样地把双手放在我的肩上所留下来的那种炙烫的感觉，就是到了现在，它还在我的肩膀上烧灼着呢！我的感觉告诉我，如果他那种举动不是出于爱的情感，而且不是很深、很真诚的爱的话，那么在现实生活当中，人与人心灵之间的联系，还有什么值得可以去相信的呢？可是我又产生了很多的疑问，如果小勇要是真心喜欢我的话，那么在发生了彭丽丽那档子事情以后，他后来为什么又不来找我，不直截了当地告诉我呢？是不是彭丽丽会这样对他说："程小勇，你可要知道，慕容玉她讨厌你呢！"如果要是这样的话，那也许就会伤害了小勇那副大男人的自尊心，从此他也就和我疏远了起来。肯定是这样的！彭丽丽肯定是玩的这一套鬼把戏！她自己得不到的，她也不想让别人——尤其是我——去得到它！这个彭丽丽，你也太不是个玩艺儿了吧？

那个阶段，我就是这么自怨自艾地，简直都不知应该怎样来排遣那许多郁郁沉闷的日子了。因为我知道我对小勇迷恋至深的原因，恐怕这还要跟我的虚荣心有着关联呢！程叔叔是属于那种从基层起家，通过自身的努力，然后才在社会上获得如此梦幻一般成功的人士。但若是要从其质和量的方面，去对他的儿子小勇给予真正地评价的，我认为，也许就只有在那片芭蕉围着的空地上，跟小勇一块儿读过那本《安徒生童话》的我一个人了。真的。对于我来说，除了小勇以外，嫁给其他任何一个男人，似乎都没有什么太大的区别。于是我在大学毕业以后，大概有两年不到的时间吧，对与小勇的恋情实在无望的我，便糊里糊涂地跟李云龙结了婚。

李云龙是一个沉默寡言、异常朴实的男人，是属于那种性格内向的人。在28岁那年，博士学位毕业以后，他本可以到中央某个部委，或者是沿海某一家世界驰名的外资企业去工作的。待遇比现在，不知要高上个多少呢！但是出于对分子生物学的热爱，他却毅然决然地义无反顾地进了科学院下属一个专业研究所。我和李云龙的婚姻是经别人介绍而成的。当我们第一次见面的时候，我的心里就凉了大半截。但是我又找不到厌恶他的理由。他皮肤黝黑，中等身材，从正面看还不是什么丑男人。至于要说是风流倜傥的话，那么他就要相差十万八千里了。当然他绝对不能同小勇相比。无论是言谈和举止，他都没有魅力，没有令女人动心的地方。在他的身边我甚至有时还会产生一种奇特的感觉，就是这个沉湎于电脑、懂七八门外语并且在分子生物学领域有相当造诣的博士研究生的丈夫，他究竟是不是一个真正的男人？

我们结婚以后不久，丈夫的博士研究生一毕业，他便调进了北京中科院下属那个专业研究所。又隔了不到一年的时间，也就是在最近的这一个阶段，由于云龙他那个研究所的领导，出面做了大量的工作，我便调到了他的身边，调来这北京的工美集团总公司工作了。

大概是在早晨六点钟左右。空中小姐用她那种流畅的普通话对我们乘客说，北京就要到了。她要求大家系好座位上的安全带。而坐在我身旁边的那个年轻的中尉，他又主动地帮助我系好和扣好了安全带的带扣。我便用充满了感激的表情朝他微微地笑了一笑。

不一会儿，我透过飞机的舷窗俯瞰到幽暗的说不上是森林、还是平原的地面和闪烁如群星般的城市。这时候，这个闪着星光的城市犹如是一块衬托在黑色天鹅绒上的硕大的钻石。机翼下面这幽暗的大地和这灯光闪烁的城市，从表面上来看，它们好像是井水不犯河水似的，但是在实际上，它们却又互相执拗地搅和在一起，彼此都想要把对方给压倒，或者都想要把对方给拽到自己的这一边来。我们乘坐的飞机的机翼，就在这块硕大的钻石和巨大的黑天鹅绒的上空兜了三四个圈子以后，飞机才开始慢慢地着陆。

待到飞机在跑道上停稳了以后，邻座的中尉问我前往北京的什么地方，需不需要他的帮助。我嗫嚅地说："谢谢你，中尉。我的丈夫在机场出口处接我呢。"

听说我的丈夫在机场出口处接我的时候，有一瞬间，年轻中尉的眼睛里似乎涌上了一抹失望的神情。不过他还是潇洒地给我留下了他清河驻地的地址和电话号码，并且非常友好地说："那么女画家小姐，今后有机会，我们就保持联系吧。"

我知道这写有地址和电话号码的纸条，对于我来说，犹如是废纸一张。我不是出墙的红杏，也不需要同一个没有任何关联的只是偶然在旅途中相识并挨坐在身旁的年轻男人交往什么的。然而我还是礼貌地收下，叠好，并装进了羽绒服大衣的口袋里。年轻中尉在"再见"声中，给我让开了道。于是我就在他前面踏上了活动扶梯，走下了飞机。周围的万籁俱寂，时不时地被腾空而起的飞机发动机的声音给打破。清晨的寒冷和清澈，似乎也延伸到了广漠无垠的远方。东方的天边儿，开始透露出了一抹鱼肚白的横线，并且还在不断地扩展和渐次地升高；其间，有着些许樱桃红和丁香紫的颜色，正不知不觉地掺和在这一道鱼肚白的横线的周围，融化为一体……这一切全都预示着：首都北京的黎明，已经开始来临了。

首都机场里面的停机坪上，停着很多架不同类型的飞机，并且好多架飞机的发动机，已经在隆隆地轰鸣着，好像是鸽群一般准备着起飞。程叔叔他们5个身穿西服、外披风衣的官员们，在我前面不远处的地方走着。与昨晚所不同的是，他们这会儿全都默不做声。迎面袭来了一阵好像是从冰窟雪堆里刮过来的冷风，直直地砭人肌骨。这风多冷啊！我心里想，如果它有颜色的话，那也是那种冰块的浅蓝，还略带着一些褐色的斑点。凡是冷的都不是爱。爱就应该是温暖的。我看见走在前面的程叔叔，在冷风之中略微地缩了一缩肩膀，就在这一刻里，他整个人，似乎也矮小了不少，就连那件藏青色全毛风衣的下摆，仿佛也扩展出了许多。

"程市长,"大概是他的秘书在问,"您冷不冷哪?"

"不要紧的。"

"程市长,程总经理这时候,可能已经等急了呢,因为我们比预定的时间,要晚上了一个多小时呢。"

我真怀疑自己的耳朵,是不是把这句话给听错了!这一刻,我完全把自己的丈夫抛到了脑后;就连那个正快步向前走着的中尉军官,在超越过我并对我点头致意的时候,我也只是机械地回应了一下,以表示自己还懂得礼节而已;因为这个时候我认为,市长秘书嘴里边提到的程总经理,应该指的就是程小勇,而不会是别的什么人。

我在程叔叔的后面走着,走着,忽然就想象起了这个时候的小勇,可能正挽着他的妻子,在机场出口处的什么地方,翘首盼望着他的父亲的情景。不知怎么的,我总觉得小勇的妻子身穿一袭紫红色的皮外衣,皮外衣上还衬着一条紫红色的狐狸毛领,头戴一顶也是紫红色狐狸毛的皮帽,脚上蹬着一双红色高筒靴——整个一身的火红色。呵!小勇的女人啊,就应该像是蒲松龄笔下的美丽而又热烈的狐狸精那么漂亮呵!呆一会儿,我要是碰见了小勇的话,应该说一些什么话,才算是最得体的呢?突然之间,我忽地就嫉妒起小勇这个投资公司总经理的幸福生活来了,他不用自己提行李,也不用自己去买票,家务事有保姆做着,出外旅行,一路之上,所到之处,不但有自己公司里的职员给侍候着,就像程叔叔那样,甚至连温暖、适中的洗澡水,都已经给他放好了呢!

一出了检票口,我的心就拧了起来。我的丈夫李云龙站在检票口外,正朝我挥着手。他换了一副大眼镜,身穿中空棉袄,头上套了一个"棉猴"帽,嘴上戴着一只大口罩,简直就是一副北方土老冒的模样。然而像小勇那般模样的人,却连个鬼影子都没有。

"嗨!小玉,我都快要冻僵了。"

"是吗?"

"今天啊,"丈夫在我的耳朵边说着悄悄话,"我们两个人,非得要好好地单独地聚一下。我们都快有一年不见面了。"

我把眼光挪到了一边,因为刚才的思绪,还在我的心里面纠缠着呢!此刻听了丈夫的话,真的,我就差一点没有高声地叫起来:"嗨,鬼才愿意跟你单独地聚在一起呢!"但是我还是克制住了自己。这就是我们这一对别离了将近有一年时间的夫妻一见面时的对话和心理活动。丈夫对机场的服务人员吩咐了一番，并付给了他搬运行李的费用。说实在话，还真是亏了他，半夜里就起身赶往首都机场，并且在这零下12度的清晨里面，忍饿挨冻地守候在机场的出口处。等到我的行李提着了以后，丈夫便对我说：

"小玉，我们去那边的饮食店，吃点儿早餐再说。"

"嗨，我都吃过早餐啦！飞机上供应的。"

"是吗？"丈夫似乎有一点失望地说，"真没劲！不过也难怪嘛，飞机晚点了嘛。嗳，小玉，还是陪我到那边去吃一点儿，好吧？"

我用一副戏谑和嘲弄的口气，揶揄起他说："嗨，云龙，就冲你这一副傻老冒兮兮的样子，我也得要陪你去呢！"

我们拖着行李，迈步走过地面擦得净光锃亮的大理石的走廊，走进了老机场的饮食店。当时，首都机场的新航站楼，正处在热火朝天的建设当中，还没有对外投入使用呢。

"先生，小姐，早晨好。"迎接我们的是一个热情的女孩。

晨光映照在年轻女孩那一脸秀气白净的笑靥上，凸现出一副东北混血女郎的美丽。我们在饮食店里坐下来以后，丈夫便点了一份炒肝、一屉小笼包、两只茶鸡蛋。为了奉陪，我便要了一碗豆浆。饮食店的墙壁上，张挂着一幅很大的机场新航站楼的效果图。我看了一会儿，便问起丈夫：

"这个首都新机场，真有这么美丽，这么壮观吗？"

"应该是有的吧，"丈夫说，"据说，为建设这个新机场，国家总投资将近有一百三十多个亿呢！"

说完以后，他就沉默不语地吃起了早餐。我也就不再说话。后来我实在憋不住了，就又问起了他："云龙，你就不好带我去看一看吗？"

"看什么呀？呵，你说是首都新机场楼啊，待一会儿，我们就坐车到那边去转一下吧。"

"我们坐什么车子回去呢？"

"打一个的吧。"

"不乘坐机场班车？"

"乘坐机场班车，两个人也要四五十元钱，到了市区里，还要再去转车。而打个'的'的话，不过也就是个四五十元钱的事情，并且我们还可以连人带包地直接到家了。"

这时候，首都机场的候机室里响起了广播，是播送北京飞往法国巴黎航班的起飞时间。我把手伸进了羽绒服大衣口袋掏手绢的时候，忽然碰到了一个折叠着的小纸条。因此我便想起了那一个脸上有着青春痘的、年轻温存的中尉军官。于是我便问丈夫："嗳，云龙，清河在什么地方啊？"

"清河？离我们科学院大约有一个七八公里路吧，是往八达岭长城的方向。你问这个干吗？"

"坐飞机的时候啊，我的旁边坐着了一个中尉军官，他说他的部队驻地在清河，还给我留了一个通讯地址呢。"

"等到有机会，我们可以前去拜访他的。"

就这样，我们没话找话，有一搭没一搭地闲聊着。也恰恰就在这个时候，我的眼光无意之中透过了饮食店的隔档玻璃，忽然看见了一个戴着茶镜的男人，正朝着机场的小卖店走去。这个男人个子高高挑挑的，好像非常眼熟，仿佛他就是……我的心里猛地一颤。

"嗳，云龙，我去一下那边的小卖店，好吗？"

"你刚到，就想要买东西啊？"

"随便过去逛一下呗。我想过去看一看有没有首都机场的纪念品，或者明信片之类的东西，回去好给母亲、哥哥、嫂子、小俊他们写信什么的用呢。反正你也得要在这里吃早餐吧？"

"呃。"

"我就趁着你吃早餐的空当，过去转上一圈。不过在我回来之前，你可千万不要离开这个地方……我不太放心，怕走散了，呆一会又找不到你。"

"你一个人去行吗？"

"反正今后，我总得要习惯下来的吧。"

说句老实话，这时候我的一颗心仿佛已经快要拎到喉咙口了！我真想撒开两腿就跑哎！可我还是克制住了自己。首都机场里的那个小卖店，并不算怎么大，不过这个小卖店里，却陈列着名烟、名酒、珠宝、饰品、各种款式的服装和皮大衣，还有一些高档的百货商品。就在机场里的这个小卖店，我对着那个高高挑挑的背影，轻轻地叫了一声："小勇哥！"

那个高挑男人的肩膀，倏地就颤抖了一下。戴着茶镜的脸孔，跟着也就敏捷地转了过来。

"我是慕容玉。你还记得吗？"

"啊？是小玉啊？"小勇那张严肃得有一点儿近似于呆板的脸孔，此时此刻，忽然就绽开了笑容，"你，怎么也在这里啊？"

"小勇哥，我调来北京工作了。我丈夫也在北京。你呢？"

"我和我父亲他们一行,在首都机场里面碰头,准备搭乘下一趟航班去巴黎。我们是参加国家项目办组织的一个大型考察团,到欧洲各国去考察和招商引资的。"

"小勇哥,你要是方便的话,回头时就来北京看看我们吧。"

"谢谢,小玉。不过由于工作上的关系,欧洲之行回来以后,恐怕我还得要去一趟香港和深圳。办完事以后,说不定又有什么事情在等着我呢。"

"这有多好啊!"

"小玉,你是什么时候结的婚?"

"快两年了。小勇哥,你呢?"

"我还在独身呢。"

这时候我听见了首都机场大厅里的广播,又一遍地播送着巴黎航班的起飞时间和到达时间。也就是说,小勇很快就会乘坐这一趟即将要起飞的班机了。我突然就控制不住自己了,伸出双手拉住了他的胳膊说:

"小勇哥,摘下你的茶镜吧!"

"干吗呢?"

"让我好好地,好好地看一看你的脸吧!"

"不,"小勇把两只手放在了我的双肩上,温存地说,"小玉,我不愿意让你见到我此时此刻的眼神。"

"小勇哥,"这时候我浑身都在颤抖,"我爱过你。深深地爱过你啊!还是在小的时候我就想要嫁给你来着。"

"我知道,小玉。"

"你知道吗,小勇哥?"

"是彭丽丽告诉我的。"

"小勇哥,你知道就行了!"

"小玉,我羞愧自己没有眼光啊!"

"小勇哥,"我匆匆地看了一眼他左腕上戴着的"劳力士"表问,"你,还可以呆上多少时间呀?"

"最多有五六分钟吧,"小勇沉默了几秒钟,而后他又补充地说,"没关系,有了这个五六分钟,我想我们两个人有什么话就都可以说尽了。"他一边微笑一边又紧抿了一下干燥的嘴唇。"哈……小玉,那个时候,我也太天真,什么都不懂,无论是对于你,还是对于我的父亲……"说到了这里,他忽然就中断了话题,改用快活的语气问了这么一句,"小玉,你有孩子了吗?"

"还没有呢。"

"那你丈夫呢?"

"他是一位分子生物学博士,在科学院下面的一个研究所工作。现在他正在附近的饮食店里吃早餐呢。"

小勇点了一点头,然后他说:"小玉,我觉得我没有跟你结婚,毕竟是为你做了一件好事。"

"你为什么要这样说呢?"

"你的丈夫,他肯定是一个诚实和正派的人,"小勇的脸上,骤然现出了一副无奈的神色,"真的,小玉你不知道,官场是多么地阴暗,多么地勾心斗角啊!肮脏着呢……至于我的情况,小玉,你将来也许会清楚。人生的道路有时候就是如此,当你走上去了,但又明显感觉到自己是走错了,这个时候你想要回过头去重新再走的话,却又是很不容易了。"

小勇轻轻地对我说着上述那番话。从他说话的神情来看,好像我还是一个乳臭未干的小女孩,可以任由他去瞎哄哄,胡骗骗似的。我感觉到时间在一点儿、一点儿地飞逝。

"这几年,"我说,"我只知道你担任了省城投资公司的总经理,但是从来都没有见到过你的面。"

"是吗?不过小玉,"小勇仿佛是在鼓励我,"北京可是一个发展的好地方!我有几个朋友,一个住在新街口,也是一位画家;一位住在中央美院的旁边,他是一个评论家。以后有机会的话,我介绍你跟他们认识认识吧。你给我一个地址。呵,不用了,时间来不及了,等我回到南方之后,找你的哥慕容秋要吧……小玉,在这里见到你,我真是很高兴。"

"我……"

"小玉,看到你成了一位好妻子,我真是太高兴了。"

此时此刻,我真想猛地扑进他的怀里边,依偎在他的臂弯中,去亲吻他那性感而又略带着一点儿野性的双唇。

"小勇哥,你别对我说一些打马虎眼的话啦!我一直都认为,只有跟你结婚,做你的妻子,我才会感到幸福呢!"我本来是想随随便便地对他说这几句话的。可是谁知道话到了嘴边上,我却禁不住地涌起了眼泪。

"小玉,我可不是对你打马虎眼呀。真的。这一会儿,我可没办法让你去了解我。"

首都机场里的广播,再一次通知着去巴黎的旅客,开始检票和例行安检手续了。

"小勇哥,就是这班飞机吗?"

"对。"

"你还有什么话要对我说吗?"

真的。此时此刻,他哪怕只要给我一句话,或者给我一点儿暗示,我都会毅然决然地跟他去私奔。可是他没有,他一点点都没有啊!他只是对我说:"小玉,你一个人能回到你丈夫身边吗?"

"你放心吧,小勇哥!"

"要不然,我送你回去吧!"

"不用!"

"那么小玉,我们就在这里分手吧。一旦走出了这个小卖店,就有可能会碰见你的丈夫或者我的父亲了,那样的话,会让你感到尴尬的。"

我无奈地点了点头。说实在的,我根本就没有打算和他如此淡淡地分手。我原先曾经想过,我们会做出一些更富于冒险性的举动,更具有破坏性的事情来。我不是在凌晨,从南方省城机场出发的时候,心里边甚至就曾萌生过想要跟他搭乘同一架飞机远走高飞,哪怕是漂泊和流浪在海角天涯、异国他乡的念头吗?此时此刻,我的心里边觉得直发冷,浑身抖抖的。我强行忍住就要溢出眼眶的泪珠,轻轻地对他说:

"那么,小勇哥,在这里我祝你一帆风顺,万事如意吧!我会一直关注你的情况,并且会一直为你祈祷和祝福的。"

"好了。小玉,你要是真关心我的话,你以后就会明白我此时此刻所说出来的每一句话的含意了。"

小勇话别的语气,仿佛是带着一抹无奈和伤感的意味,这可完全不符合他以前的个性呵!他隔着茶镜的眼睛,朝我再一次地凝视了一阵;搁在我肩膀上的双手,仿佛又像在拥抱我似地紧了一紧;然后他就猛地松开了手,转身走出了首都机场那个小卖店,走向了明亮的光线之中。我望着他离去的背影,内心里却在一阵一阵地发抖,真想要找一个没有人的地方去大哭一场才好哪!我茫然无措地回到了饮食店。云龙看到我回来,高兴地问:

"小玉,你买了吗?"

"没有。"

"为什么呢?"

"没有合我心意的。"

"嗯？没有合你心意的？嗨，你呀，不就是一些纪念封、明信片这一类的东西吗？买什么样的还不都是一回事吗？"

这时候丈夫的门牙缝上嵌着了一小块茶蛋白，因此他在开口说话时，这一小块茶蛋白就特别惹眼。我的眼睛盯着他那里看，然而却没有去提醒他。

"嗳，小玉，你的眼睛是怎么啦，啊？怎么像哭过似的？"

"云龙，刚才，我忽然想起了母亲，禁不住就流出了眼泪。对不起，我去一趟卫生间，你在这里等我一下。"由于丈夫憨厚地提醒我眼睛里的泪花，使我感到有一点羞愧，于是我跟着又对他说，"云龙，看看你那个牙齿缝！"我把那一碗还没有喝过的豆浆朝他面前推了过去，"你漱一下口吧，噢。"

说完，我就移开了目光，站起身来，拎着随身携带着的小包，向机场的卫生间里走去。机场的卫生间，非常的干净，还散发出类似薄荷和樟脑这一类的香味，并且每隔一会儿，就有清洁工前来打扫和收拾一番。我站在镶贴着黑色大理石的盥洗台前，打开了水龙头。

龙头下面的水流很急。当我把手伸到了水流中去的时候，忽然，北京冬天冰凉刺骨的寒意，猛地就穿透了我的全身，冻得我直打冷噤。我打开了小拎包，从里面拿出一条毛巾，咬着牙齿地洗了一个脸，又擦了一下脖子，再把搓揉的冻得发红发僵的双手，伸向烘干器下面，一股舒适的热风，顿时就喷涌在我的手指头上。然后我又梳理了头发，并对着镜子给自己抹上了一点淡妆，以便使我冰凉的心情，不会再在自己的面孔上流露出来。

走出了卫生间，我见丈夫拎着我的行李，已经伫候在能够看到机场跑道的玻璃窗户前，这时候他正依凭着栏杆，一边眺望着窗外跑道上的飞机，一边等着我。几个旅客挤轧在他的身边上，伸手朝向窗外指指点点地说着什么。见到我出来，丈夫看着我的脸说："小玉，要是你愿意的话，就在这地方等我一会儿，好吗？我也想去一趟卫生间呢。"

"好的。你去吧。"

"你可以在这地方看看飞机，它们滑来滑去的，可有意思啦。"

我看着跑道上的一架已经卸下了活动扶梯、关上了舱门的巨型飞机，便问着丈夫："云龙，那一架七四七，就是要飞巴黎的吗？"

"大概是吧。"

"云龙，你快去卫生间吧，噢。我就在这地方等着你吧。"

窗外是那么地明亮，那么地清澈和柔和。升起不久的太阳，把它那许多富有朝气的光辉，满满地撒在了无边无际的天空上。眼面前的机场跑道，也沐

官园夜月

浴在它的辉光之中。窗户外面的跑道上，一架银白色的七四七，就像是一只肥大的公鸽子似的，高傲地站在那里。如果它的扶梯还在，而我又恰好是在机场里面的话，我会不会不顾一切地扑上这架飞机，陪同着小勇前往巴黎、伦敦、柏林、伊斯坦布尔等地去呢？那可是一些令人难以想象的光怪陆离的国际大都市啊！在那些国际大都市中，各国的官员政要、走红的演员名家、暴富的商家巨贾、美丽的小姐女士，一个又一个的就像一些走马灯似的，在伴随着金钱和成功的氛围当中"穿"来"梭"去的呢！

对于虚荣心颇为强烈的我，又是处在容易骚动的年龄时段，面对着眼前的这一切，心中产生的对富有魅力的高于一切的有着金钱和权力荣耀的生活的向往的感觉，压得我几乎都喘不过气来。原来我以为只要能和小勇结婚，自己也就能够呼吸到这种豪华世界的浓郁的气息……可是光靠幻想又有什么用呢？毕竟我只是一个生活在冷酷的现实当中的灰姑娘呵！唉，还是认命吧！想到了这里，我便朝着窗外那架银白色的七四七，轻轻地摇了摇头。

停在窗外跑道上的七四七，这时候开始缓缓地移动了。我原以为它会从我的眼皮底下经过的，于是我就死死地望着它。但是，这一只肥大而又骄傲的银白色的公鸽子，就像逃避着我似地，滑向了跑道的另外一边。不久，丈夫那阵钝重的脚步声，在我的身后响了起来。

"小玉，卫生间的自来水很冷吧？"

"嗯。"

"嗨，有一个年轻的军人，还用这样的冷水洗头来着。"

"他不感觉到冷吗？"

"我问他为什么不用热水洗头，他说，这样能够保持头脑的清醒呢。"

"恐怕他的头皮都要发麻了吧？"

"不过，他后来又把自己的湿脑袋，给伸到了烘干器下面去烘了，大概不会有什么事情的。嗳，小玉，我们现在走吧。"

"好的。"

在拎起行李、挪动脚步之前，我把目光又投向了窗外那明亮的跑道。本来我想再看上一眼那架银白色的七四七的踪影的，可是那架骄傲得就像一只肥大的公鸽子似的飞机，从此就在我的视野之中消失得了无踪影了。

约摸过去了有九个多月吧。那是去年初秋的一个晚上，时间大概是在十点钟左右的样子，我同南方的老家里通电话，是哥哥接的，他先是告诉我家里面的近况，然后他便在电话中对我说：

"小玉，程叔叔家里出事了！先是程小勇的自杀。程小勇挪用了市投资公司六千万的资金去炒股票。结果被股票市场给套牢了。唉，这个股票市场，可不能随便去瞎炒、瞎玩的喔！事情败露以后，就在三天前吧，他服下了含有大剂量氰化钾的饮料，自杀身亡了。还有，就是在昨天，已经是副省长的程叔叔呢，也由于其严重的腐败问题而被省检察机关给双规了。据传说，光是从他家里边搜查出来的不明来源的钞票、存折和外币，小玉你知道有多少吗？有将近两千五百万元哪！唉，这一家人家算是完了……"

听了哥哥在电话中告诉我的这些消息的时候，我一下就惊呆住了。过了有好一会，我才默默地挂上了电话，站在房间的玻璃窗户前，伸手扶住了塑钢窗的窗框。从我家这个坐落在高层的房间，透过透明的玻璃，可以看到窗外附近那些笼罩在紫灰色夜幕下面的街区。外面的灯光，犹如是天上的群星一般在闪烁，然后，再乱七八糟地反射在各种建筑物的幕墙和玻璃窗上，让人心里面觉得，这个世界，仿佛是在不真实地闪烁！

忽然，一阵昏晕向我袭来，于是我把自己的脸孔紧紧地贴在了温热的窗玻璃上，眼睛里的泪水就像断了线的珍珠似的，"唰啦啦"地直往下流淌。我在首都机场的那个小卖店里见到小勇的时候，他大概已经挪用了那一笔巨款了吧？而他自己大概也已经预料到了在当前这种全球性金融风暴的冲击下，有可能会导致出什么结果，因此他才会对我说出那种还是没有跟我结婚的好的话来的吧？

我用手背抹了抹眼泪。我知道，这眼泪是从心灵深处流出来的。不，我心里应该还有更深、更深的伤痕……这时候，我禁不住痛苦地呻吟了起来。丈夫听到了我这边的声响，便立马就从书房的电脑前赶了过来，并从身后揽住了我的肩膀问："小玉，你怎么啦？"

"云龙，不知怎么地，我这胸口憋闷得难受。"

"你呀……快到床上去给我躺着吧。"他伸开了双手，把我轻轻地托着抱了起来，向着床边走去。然后他又轻轻地把我横放在"席梦丝"床上，脱去了我的拖鞋，再拉过棉毯，搭在了我的腹部上。并且俯下身子在我耳边轻轻地说："小玉，我还有一点儿数据和资料，需要用电脑再去检索和运算一下，马上就要完了。待到一完了的话，我就过来陪你，好吗？"

望着眼前这个敦实、憨厚、黝黑，而又如此执着的丈夫，我的心里不知怎么就涌起了一股颇为复杂的感觉。是的，爱情其实只是一种感觉而已！

十、尾 声

慕容玉的故事讲完以后,她抬起了有着漂亮双眼皮的大眼睛,向着大家扫视了一圈:那一边,海涛的眉头略微地皱着;何源的脸孔上则是一派茫然;杨丽萍用手指翻绞着纸巾,杨林依然似"康柏"笔记本电脑的外壳那般,毫无一丁半点儿的表情;肖明刚则耷拉着个眼皮,说不上是因为困倦还是由于什么;这一边,江波好像在若有所思着;只有翟凤娜在凝视着她,翟凤娜凝视着她脸孔的眼睛里,似乎还带有一种想要去说"嗨,你这个小慕容,还真是有点儿那个……"的神情,但是,翟凤娜却什么都没有说出来。

四周围一片静悄悄的,没有一个人去开口说话。就在这一刹那间的静谧当中,慕容玉忽然觉得有一种孤独的感觉,透透地向她袭了过来,尽管她的朋友们全都在这里,全都没有挪窝。"他们这许多人,"她心里想,"此时此刻,会不会也有这么一种孤独的感觉呢?"她想起了这样的诗句:

敢问世人谁没有自己的隐私?
谁会把心灵全都向人去掏出?
在权力金钱还是主宰的年代,
人与人之间必然就充满隔膜。

跟爱情一样,这孤独也是一种感觉。别人有没有这种感觉,慕容玉不知道,反正那个这会儿在若有所思着的江波,他肯定是会有的。要不然,他就绝对不会写出:

我默默地经受着磨难和痛苦,
流着泪地约束自我因我知道:
高尚品格本就是孤独中的追求,
高深智慧也在孤独中才能得获。

这么富有人生哲理的诗句了。

慕容玉把眼神又抬向了夜空。在这清澈、明媚的紫灰色的夜空里,那一轮官园初夏夜的孤独的明月，已经开始在向着西边倾斜了。但是它仍然把它那许多温柔的波光、圣洁的月晕，满满地撒在了她的这一帮朋友们的身上。刚才，海涛在讲故事的时候好像说到过，

> 难道月亮不是在孤独之中，
> 把悲哀的黑斑留给了自己，
> 用那温柔的波，圣洁的晕，
> 去轻抚伤心断肠人的额角？

浓重的夜露，凝结起了一颗一颗的露珠，悬挂在何源家这一棵百年老枣树那翡翠一般的叶子上，晶莹剔透地折射着向西倾斜的月光。

"怎么啦？"她朝着大家又扫视了一眼说，"你看看你们，一个个的都像是痴了呆了傻了似的，难道你们都不想回家了吗？"

听了慕容玉的话，海涛舒展了一下手臂和腿脚，本来他还想要再去说一点什么的，可是当他抬起了左手，看了一眼戴在左腕上的手表，倏地就大惊小怪地站了起来说："哎哟，都快夜里两点钟了，这一晃啊，就过去了有将近十个小时了，时间过得真快啊，不说了，不说了，我们应该回家了。"

江波也跟着站了起来。"嗨，"他说，"我还意犹未尽着呢！难得，难得啊，真是难得让我听到这么多优美而又真实的故事啊！"

翟凤娜跟着也就站了起来。她对大家说："今天呢，我们首先要好好地感谢何源！感谢他给我们大家安排了这么一个美好的夜晚，让我们大家在不知不觉之中，就这么轻松和愉快地度过了。"

"翟凤娜，你可不要这么说嘛，"何源对她说，"蓬荜生辉嘛，说实在的，我也是难得有这么愉快哪！"

翟凤娜又说道："现在呢，可是午夜两点钟不到，北京喧嚣的夜周末，这一会儿可正是最为浓烈的时候哪！我们大家难得在一块儿聚会，又难得是这么的愉快，我看现在呀，我们是不是再去朝外的'巴娜娜'，或者是朝阳公园旁边的'滚石'，要不就到我长期包租的'翠宫饭店'的迪厅里去疯他一阵？我来安排，你们看怎么样吗？"

"你说再去歌厅或者迪厅疯他一阵，翟凤娜？"何源忽然来劲地说，"嗨！这倒是一个非常之好的提议哪！"

"去不去或者去哪儿，我都无所谓，今天我就奉陪到底吧。"杨丽萍说。

"我也无所谓的。"肖明刚说。

"我是不行了！"海涛说，"太晚了，时间已经是下半夜了，回去我又要被叽哩咕噜了。"

"谁会对你叽哩咕噜呀？"何源问。

"谁？还不是我那个老太婆！"

"哟……看不出你海涛，还是一个'妻管严'哪！"

"男人还是要有一点儿'妻管严'的好，平安、和睦，不去惹是生非。"

"我也不去了，"慕容玉说，"时间不早了，我不想给自己的家里添乱。"

"得了吧你这个小慕容！"翟凤娜说，"你那个博士丈夫那里，我来替你请个假吧。然后我会安全地把你给送回去的。"

"翟凤娜，我就不去了吧？"江波说，"我不适应那种场合。再说了，有这么多的故事素材，我想回去把它们给写下来呢！"

"我也不去了，"杨林站起来说，"明天，我还要工作呢。"

"不行！"翟凤娜说，"今天我们这八个朋友，一个都不能少。你们中谁要是不去的话，嗨，我就跟谁去急！江波，我们事先不是约好了吗？啊？嗳，去吧，还是去吧，噢。作家嘛，什么场合都应该去见上一见，闯上一闯的，这样才能够写出更多更好的文学作品来的！"

"喂！"何源突然对江波喊了起来，"我说江波，你是个写小说的，你可不能把我们在这里讲的故事，全都给写出来去发表喔！那，我以后可就没法再和人家打交道了！"

"老江波，"慕容玉说，"我的事也不能写的！我那个博士丈夫如果要是知道我慕容玉在首都机场的那个小卖店里，曾经涌动起想要甩弃他而去恋情别移这个念头的话，那么我在他心目里的女神的形象，可就要大打折扣了。"

"我才不去管那么多呢！"江波说，"你们就是打死我，我也要把它们给写下来。并且，我还要尽量地保持其原汁和原味呢。"

"江波，我可不在乎你写与不写，"海涛说，"我的故事货真价实，没有掺一点假，可是没有人会去相信的，人们会把它当做是天方夜谈的。"

"你不在乎，我当然就更不会在乎了，"江波说，"我的故事是一场梦。在这个世界上，在我们这个国度里，只有两种话不能随便乱说：一种是大真话大实话，另外一种就是全假话。只有我这种半真半假的、真假掺半的话才可以去说，而且还不用负什么法律责任，也不会受到有关部门的追究的。"

杨丽萍、杨林和肖明刚他们几个人则说，既然说都已经说出来了，你江波写还是不写，我们就都无所谓了。

"你们当然无所谓啦！"何源又高声叫了起来，"你们说了些什么哪？啊？你们说的是不是真话，是不是自己的故事，我都值得去怀疑，值得去打上一个问号呢！我可和你们不同哪，我说得有点太过分了，知道吗！江波，你要是实在要去写的话，我也拦不了你，但是，你总得要润色润色吧，啊？可千万别把我信口胡说出来的那个'爬上去，滚下来；再爬上去，再滚下来……'诸如此类的话也写进去喔！那可是一些见不得人的混账话呢！要不然的话，人家还以为我何源是一个十足的粗人、十足的下流派呢！"

"哈哈……何源，"杨丽萍笑着对何源说，"你呀活该！你都当着我们这些女同志的面说过了！而且还是一本正经地说的呢！我们大家伙全都听到的！"

慕容玉也笑着说："反正老江波，你可不要欺一个漏一个的就行。"

"江波，"这时候翟凤娜打圆场地说，"我看这样好不好，你如果实在要写的话，那么你就全部都改成了化名，或者把大家的故事以及各自的名字去对调一下，不就行了吗？这样既保留了故事的原汁和原味，又不让个别人在自己的老情人面前抬不起头来。何源，你说我这话有没有道理呀？这一下，我们总可以走了吧？好了，下面我们就去'翠宫'吧……"

初夏夜的明月，高高地斜挂在西官园的上空。夜晚的风，轻轻地吹拂着，枣树叶"飒飒"地作响，露水更加的浓了。何源那个小四合院的外面，停着几辆小车，有宝马、本田、别克和一辆桑塔那。

在步出小四合院的时候，江波心里想："我们这八个人，倒挺像初夏月明之夜这张大绿叶上滚动的八颗露珠，折射着官园夜月里的辉光，并且还要去升腾，去化为烟气，和那些缠绕着夜晚月亮上的朵朵白云去融成一体。"

而何源这个时候，他在看着这一帮鱼贯而出的朋友们，忽然就撇了撇嘴地笑了起来。因为他的心底里忽然就涌动起了这么一个怪念头："嗨，我家这个小小的四合院，在今晚的月光下面，倒挺像是一块变了色的大烂肉！而我们这八个人，犹如是这一块大烂肉下面流淌出来的八道浓血，此时此刻，仿佛正在流向阴沟，要去腐烂，要去发臭，要去变成污秽的泥淖呢！"

至于其他几个人，他们或她们这个时候的想法，或许会跟江波和何源的想法相同，或许又不相同，或许根本就没有什么想法。

在眼下这个熙熙攘攘的世界里面讨生活的人们，他们有的时候在追求着完美得近乎于理想的精神生活，可有的时候呢，却会为了几个甚至就连维持最基本的生存都不够的小钱而去争执，而去吵闹，而去绞尽脑汁，而去像一群野狗一般地撕咬。这种理想与现实之间的矛盾，高尚和卑劣之间的情感，满足和无奈之间的心情，往往又会很不协调地、但又是相互扭结地编织在一起，在世人们的身上具体地体现了出来。

也许世上的人们都会认为，理性是一种崇高的社会秩序。可是真正能够影响到世人们的生活的，还是那种叫做情感的东西。我们人类正因为是有了这种包含有愤怒、恐惧、焦虑、欲望、渴求和性欲冲动等诸多因素在内的"情感"，才大大地丰富了人们的人生；而又正因为是少了那么一点儿从理智上去控制行为能力的"理性"，从而就给人们造成了诸多的困扰。这就是为什么这许多芸芸众生们，是这个人世间里的凡夫俗子的缘故吧。

总之是，这八个聚会的朋友，现在又各自地散去了。

世上没有不散的宴席。有一首扇面歌唱得好："人生就是一场戏，因为有缘才相聚……"有聚有散。聚聚、散散。这就是他们这八个朋友所处其中的、并且还在不断地运动着和变化着的世界！

1999年12月—2000年4月
写于北京朝阳门内南小街竹竿胡同

颜斐小说集（3）

第四个女孩

上篇

1

暮春里的一个星期天。时间是上午九点多钟。

这时候,她正坐在自己的办公桌前,翻看一个星期以来心理病症方面的笔录,为她的硕士论文做着准备,忽然表姐给她打来了电话,叫她在十点半钟的时候到她的住处,然后她们一块儿到朝阳门外丰联广场四楼一处叫"纽约的厨房"里去坐坐,并且还有一些要紧的事情,想要与她商量商量。

"蒲荔表姐,"她对着话筒问道,"你有一些什么要紧的事情呀?难道就不能预先给我透露出一点吗?"

"小寒,电话中三言两句的说不清楚,还是等你来了再说吧。"

"这个蒲荔表姐,"她心里想,"喜欢把什么事情都搞得神神秘秘的!有什么神秘事情来着?不就是我们俩有一段时间不见面了,现在想要见上一见,聊上一聊,互通一下各自的最新情况,交流一下女孩间的热恋之事,或者热恋的程度呗?"她听有关人员风言风语地传说,近来表姐除了她们公司的刘总以外,另外还交了两个男朋友,一个好像是个实业家,据说还是个持有美国绿卡的;另一个是中科院下属某研究所的遗传工程学专家。"要不然呀,"她心里又想,"就是表姐出国的事情,嗯……可能就是这几桩事情吧?"

表姐是她的姨表姐,仅比她大了一岁,是从中央美院毕业的,那里可是一个属于艺术摇篮这一类的地方。表姐毕业以后又在工艺美术领域呆上几年。这人在艺术圈子里面呆久了,让别人看起来,免不了就有一点儿古里古怪的。这也许她是以自己之心,度自己表姐之腹的缘故吧!"不过,"她心里想,"今天与表姐见上一面,也没有什么不好的。"因为在这个懒洋洋的暮春的季节,这沙尘暴飞扬、白杨花絮飘飞、令人讨厌而又无聊的星期天的日子里,能够到那个高楼林立的国际商务中心地段,去一些消费档次非常高的地方露一露脸,展示一下她们年轻女孩那漂亮的身材,喝上一两杯浓浓的热咖啡，吃一些颇具艺术造型的各式糕点，来上一两份西方美餐，看上一些绵绵的舞蹈，听上一些软软的音乐，或者再蹦它几首快节奏的迪斯科，对于像她这么年轻的女孩子来说，那可是一件跌得不要再跌的事情呢！

大约提前了一刻钟，她便来到了表姐的北二环内住处的楼下。当她刚来到的时候，好像有一个模样颇好的青年男子，目不斜视地与她一擦而过，向她身后边的公交车站走去。他个子高挑，模样端庄，鼻下唇旁下巴周围仿佛有着一片青黑色的胡须根。那可是雄性阳刚之象征。"这个小帅哥，"她心里想，"个头总有一米七八左右吧？"而此刻站在楼下门口的表姐好像两眼发直，一副失魂落魄的样子，她正目送着那个逐渐远去的青年男子的背影。

"喂，蒲荔表姐，"她问道，"这个小帅哥是谁呀？"

"就是那个呆子呗。"表姐悠悠地说道。

"那个呆子？"她觉得有一点儿讶异，便说，"好像不对吧，蒲荔表姐？我看他好像是挺帅的，也是挺深沉的哪！"

表姐没有回答，只是目光悠悠地看着她身后边的方向。因而她也转过了身子，眼睛也顺着表姐的目光，看望起那个青年男子的背影，走进了等候公交车的人堆里。不一会儿，一辆红色大巴开了过来。那个背影便和其他的人流一道，相继地挤上了那辆红色大巴。然后随着那辆大巴的开动，那个背影便消失在她们这两个表姐妹的视线中了。

2

以横跨在东二环路上的朝阳门立交桥为起点，沿着朝阳门外大街，向东行走一个二百米左右，经过了门面呈圆弧形的新外交部大楼，再向东走过一条街口，就是那栋楼高大约有三十多层的"丰联广场"了。而"纽约的厨房"就设在了这栋"丰联广场"的四楼上。

"纽约的厨房"实际上是一个高档次的食坊，四面墙壁镶嵌着大块大块豪华的玻璃幕墙。在这些豪华的玻璃幕墙里，点缀着上穹的星星和月亮，映闪着下界灯光闪烁的楼内大厅，让在这里消费的人群，有一种行走在天庭之上、飘忽于云雾之中的感觉。透过这许多豪华透明的幕墙玻璃，可以东眺楼高将近四十层的国际金融中心，南望壮观的联合大厦和"泛利"大厦，北窥设有过街电梯天桥并可以一直通往大街对面的华普商厦，西看颇为宏伟的新外交部大楼。这一带地方，可是北京国际商务中心区域的一块重地。

"纽约的厨房"里,松散地排列着许多小矮桌和沙发软座,供前来的客人方便饮酒和用餐。场子中央要比四周围略微高一点儿,一侧还摆着一架钢琴,这个时候,钢琴师正舒展着十指,敲击着键盘,为客人们即兴演奏。而来自于菲律宾歌手的歌声则缓慢、悠扬、抒情和娓娓动听。歌词她们很难全部听得清,大概意思就是:

> 有人活着是为了金钱,
> 有人活着是为了权力,
> 有人活着是为了名望,
> 有人活着却为了欢乐。
>
> 有人认为外表决定内涵,
> 我就曾经这样的生活过。
> 但是这种生活十分乏味,
> 因为它充满了无知和浅薄……

"纽约的厨房"里既富有美国东部城市纽约的情调,又有着中国特色的美食以及菲律宾歌手的即席演唱,融美食、激情、娱乐、享受为一体化,给人以一种全新的感受。气氛是宁静和安逸的。这里所供应的各式中餐,色香味浓郁;西点则奶味芬芳,酥软可口,入口即化。窗外视野开阔,天上地下,万物俱在;室内是柔情似水,人歌人语,春情一片。人们都在喁喁低语地说着话,互相不去干扰,听不到有大声的喧哗和谈笑,甚至就连那个菲律宾歌手唱罢,也没有人去替他鼓掌和叫好。

当这两个美丽的表姐妹花,在"纽约的厨房"这种环境优雅、气氛融洽的靠着窗户边沿的软座上,舒舒服服地坐下来以后,表姐便脸孔上带着点儿微笑地对她说:"小寒,这个'纽约的厨房',环境还是不错的吧?"

"嗯,这里的环境确实很不错!"这时候,她忽然又想起了那个模样很不错的青年男人,便问起了表姐,"嗳,蒲荔表姐,刚才从你那儿离开的让你痴迷和失魂了总有好大一会的那个年轻的小帅哥,他是谁呀?"

"他是杨伟。"表姐说。

"他是'阳痿'?"她误听。

"是个博士。"

"是个'不是'？哎哟，"这个时候，她朝着表姐惊怪地叫喊了起来，"蒲荔表姐，看你嘴里边都说了一些什么乱七八糟的呀？"

表姐看她从头到尾都会错了意的时候，忽然就"格格、格格"地笑了起来，并且把一口含在嘴里边还没有来得及下咽的咖啡，笑得全都喷了出来，直喷得桌子上、座位上，甚至于对面她表妹的脸孔上都是。表姐的这一笑啊，她便知道自己刚才是领会错了，于是她也就跟着表姐"格格、格格"地笑了起来，直到笑得弯下了腰。

她们表姐妹俩这一笑啊，可就热闹啰！就连那个菲律宾歌手那曲悠扬和抒情的歌声，也都大为逊色哟！"纽约的厨房"里的上百双眼睛，这一会儿全都齐刷刷地聚焦到她们这一对美丽而又失态的表姐妹花这里，仿佛她们这一对表姐妹，是两只刚刚从南美洲的热带丛林里蹦跳出来的、种类稀有罕见的、"格格、格格"叫个不停的大美人蛙。当这一对表姐妹那阵蛙鸣一般清脆的笑声，开始慢慢地缓和下来以后，表姐便对她说：

"嗳，小寒，我去美国的护照已经签证下来了。下一个星期，我就要飞往太平洋对面的洛杉矶了。"

"好啊！蒲荔表姐，我可要祝贺你呀！"

"只是有一件事，小寒，我还放心不下来。今天叫你到这里来呢，我就是想要把这一件放心不下来的事情，托付给你呢。"

"什么大不了的事情哪，蒲荔表姐？"

"就是那个'呆博士'杨伟的事情。"

"他的什么事情呀？"她讶异地扬起了眉毛问。

"杨伟可是一个非常不错的男人！我想把他托付给你关照。"

"什么？！噗！呃咳、呃咳……"听了表姐的这句话，她"噗"地就把一口正要下咽的咖啡，猛地从鼻子里面呛咳了出来，并且还呛咳了好一阵子以后，才瞪圆了眼睛说，"噢哟喂哟！呛死我了，呛死我了！我说蒲荔表姐，你不是有病吧？啊？你把他托付给我关照？我看你的大脑不是进了水了，就是哪一根神经出了问题了！"

"我下个星期就要走了，汪洋在加州的斯坦福等我呢！"

"哦！你走了，你就把你甩下来的臭男人，再去甩给我？"

"他可是个好男人啊，小寒。"

"好男人？你会将好男人去让给别人？不可能的事情吧？猴子的身上会有虱子掉下来吗？他如若不是个烂污货才怪呢！"

"你可不能说他是烂污货。"

"怎么啦？蒲荔表姐，难道我说错了吗？啊？要知道，现在天底下的好男人呢，他们全都给死光了，全都给灭绝了呢！"

"小寒，你怎么这样说话哪？"

"哼，如若他不是个烂污货的话，你又怎么舍得让给别人呢？"

"说句实在话，小寒，我要不是就要去美国的话，我还真有点舍不得把他让给任何人呢！甚至包括你小寒表妹也在内。你要知道，我这次去美国，可是一次极难得的机会，唉，要是漏过了这个村，可能就再也没有那个店了！"

"嗳，蒲荔表姐，"她稍微缓和了一下激烈的情绪，俏皮地对表姐说，"既然你想要把你那个'呆博士'的好男人托付给我关照的话，那么，你就要跟我说一句老实话，要不然，我就再也不去搭理你了！嗳，蒲荔表姐，你有没有跟他'那个过'啊？"

"小寒，你说跟他'那个过'，是什么意思吗？"

"嗨！你在装什么蒜哪！嗳，蒲荔表姐！我的意思很明确，就是你有没有跟他在床上'那个那个过'呗！"

"小寒你呀，"表姐好像是在责怪她说，"我和杨伟的交往，基本还是属于那种精神上交往的范畴，他可把我当成是女神和偶像一般看待呢！不瞒你说吧，小寒，我还真有不少次涌动起想要跟他去'那个那个'的念头呢，可是他对我那好多次的暗示，却始终没有一丁半点的回应。有几次，我看到他的眼睛里，明明也在喷涌情欲的火花，可他的行动就是不回应。在那种时候，我的心里便怀疑他要么是一个纯真的男人，要么就是一个十足的阳痿，或者就是一个太监式的没有用的阴阳货的'棉花'客人呢。"

"是吗？"她不太相信地问，"还有这等事情？蒲荔表姐，这是不大可能的吧？你要知道，我可是个病理学方面的硕士研究生哪！但凭'呆博士'他鼻下唇旁下巴周围那一片青黑色的胡须根来看，他就是一个荷尔蒙分泌很正常的男人，而且，只要去看一下他那个外表的样子，就具有一副雄性的阳刚之气！表姐你要知道，一般阳痿和太监式的男人，体内荷尔蒙的分泌都不正常，都生就一张女人气的阴阳脸、小白脸，这些人的脸皮厚，所以就连胡子都长不出来。这只要通过一些简单的观察和分析，就可以鉴别出来的嘛！"

说到这里的时候，她忽然就眨巴起她那一双有如赵薇一般美丽而又调皮的大眼睛，并且开始揶揄起她的表姐来："不过说句心里话，蒲荔表姐，对你这种漂亮女人能够不动心思的男人，在眼下的这种社会里面，还真是很少见的哪！我看你们工美总公司的刘总，对你就是一副色迷迷的样子哪！就想要把你搂在怀里给吞了，给办了，给吃了哪！嗳，蒲荔表姐，你得说一句老实话，你有没有跟你们刘总上床'那个那个过'啊？"

"小寒，"表姐端起杯子，浅浅地喝了一口咖啡说，"我说你呀，真是有点少见多怪呢！只要是一个正常的人，谁都有一个钟情和怀春的时候，这又有什么值得奇怪的呢？毕竟我也是个血肉之中的人么！因此小寒，我说杨伟是一个很不错的男人，也就在于此。"

"蒲荔表姐，你真的没有跟杨伟上过床去'那个那个过'吗？真的连一次都没有发生过吗？"

"不瞒你说，要不是就要出国的话，我是不会把他让给你的！"

"你不要答非所问么，蒲荔表姐！不过……"她用餐叉叉了一块蛋糕放进嘴里，一边吃着一边说，"这里的蛋糕倒是不错的，到嘴就化。那照你这么说，他是个很独特、很有个性的男人啰？呃……这倒引起我的兴趣了！那么蒲荔表姐，你就给我讲一讲这个'呆博士'吧，能讲多少就给讲多少，你要讲得尽量详细点和具体点，好让我对他有个感性上的认识，好不好啊？"

"好吧小寒，"表姐啜了一口咖啡，然后说，"为了让你能够去做出比较客观的判断，我就尽量详细地谈一谈他的情况吧……"

3

去年春节长假刚过完，中科院遗传工程研究所就召开了一个房改会。会议是由研究所房改办的李主任主持的。参与会议的人，似乎都非常激动，他们全都大眼睛看着别人的小眼睛，用手掩嘴地套着别人的耳朵，嘀嘀咕咕、交头接耳地议论着这一件事情。

此时此刻，也许就只有杨伟一个人，听得有一点迷迷糊糊、懵懵懂懂、摸不着个边、够不着个沿似的。他好像只记得是什么单位的住房马上就要货币化啦、什么就要实行全面的商品房啦，说是单位明年的住房就要和北京的市场价格接轨，现在是最后一次按成本价去卖给本单位的职工，并且还说是凡是具有高级职称和博士学位的职员，还可以再去优惠个30%呢！

"可是这与我又有什么关系呢？"杨伟心里想，"一套水泥框架的二居室或者三居室的住房，怎么也要个二三十万元吧？就凭自己一个月千把多元钱的工资，到'猴年马月'才能够买下这货币化的房改商品房呢？"杨伟从小到大，几乎全都是靠住集体宿舍过来的。他过了年都已经二十九岁了。不过其中至少有二十年的时间，是在学校里度过的。眼下他在研究所里面已经单独拥有了一间可以放下一床、一桌、一书柜还略有一点宽余的宿舍，这对于他来说，就已经是相当的不错了。那是在前年的秋天，在他博士研究生毕业以后，分配来这中科院直属研究所转基因技术项目研究组的时候，就是眼前这个主持会议的房改办公室的李主任给他安排的。这一间房屋又朝南向，还带着一个小阳台，况且眼下他又是个单身汉，他还去想什么"长毛若兔"呢？

别人在开会的时候，似乎都群情激动，都在议论纷纷，唯独只有杨伟觉得自己的腹腔发胀得难受。他摇头摆脑地想把这些够不着边、摸不着沿的不现实的念头赶出自己的脑袋瓜。虽然人的大脑是一个神奇的大仓库，可以装卸很多很多的东西。但是在他这个"神奇的大仓库"里，现在已经块块落落地储藏着"Genetic Engineering"（遗传工程）和"Local Calcium Transient 或 Calcium Spark"（局部钙瞬变或钙火花）这一类遗传工程学方面的专业技术术语和信息知识，已经容不得有其他的东西了。所以当会议一经结束，其他人还在嘀嘀咕咕、絮絮叨叨的时候，他就迈开脚步，快速地跨出了研究所会议室的大门，向着实验室的方向走去。至于刚才会议上说到的那些房改商品房啦，住房货币化啦，房价要与市场价格"接轨"啦什么的，此刻对于他来说，仿佛就像是这开门和关门时迎面刮过来的一阵风，又像是跨出门时腹腔轻松了的一个屁，全都放进和"撂"进了身后面的会议室里去了。

然而当他在自己的实验桌前，屁股在椅子上还没有捂得发热，他那间实验室的门，却被李主任给敲了开来。哪知李主任一跨进屋里来，就朝他大声地嚷嚷了开来："嗨，我说你这个小杨，还真是有你的啊！别人抢房都快要抢疯了，怎么就唯独见不到你的申请呢？"

"我……"面对着头发已经有点斑白的李主任，杨伟忽然就讲不出话来了。他只觉得自己的腹部又在紧张地鼓胀了起来。其实他这时候的举止，也算不上有什么奇怪。因为这个打搅了他做实验的李主任，使他联想起了自己的父亲。还在他进小学的时候，他的父亲就会在他料想不到的时间里，闯入他的房间检查他的作业，询问他的学习情况。虽然他是一个不要别人去督促的孩子，并且他也知道父亲是为了他好，是父亲一片望子成龙的期盼，但是每当遇到这种情况的时候，他就会觉得紧张，腹部就会鼓胀得难受，就咕噜咕噜地直要去放屁，可是他也只能强忍住，因为只要一咕噜出来，似乎就是对自己父亲的不尊敬似的。因此后来，也就使他落得了这么个一遇到紧张情

况就会腹胀、就想要去咕噜咕噜放屁的暗毛病。为此他非常自卑，性格非常内向，因此这在很大程度上，又影响到了他与别人之间的交往。

现在面对着这个就像自己父亲一般的李主任，他的心里就直直地涌起了这么一种感受。这一会儿，李主任见杨伟木呐呐地，说不出一句话来，他先是轻轻地叹了一口气，然后才对杨伟说："唉，小杨，是不是因为经济问题的缘故吧，啊？我知道，凭你小杨的才智和学问，完全是可以分配到中央某个部委，或者到沿海某些世界驰名的外资企业去工作的，待遇比我们所里不知要高上多少呢！不过现在我还是要对你说，我们这儿毕竟是中国科学院下面的直属研究所，而且所里面对你们毕竟还是关心和照顾的。徐所长对我再三强调说，对于一些有着高级职称的和有着博士学位的中青年业务骨干，一定要给予政策性的安排和照顾。这样吧小杨，我给你考虑一套框架大两居室吧，好不好？对照所里边的政策，你只需要花上个六万多元钱左右，就可以买下来了。这可是我们所里边房改工作的最后一班车喔！小杨，你如果漏掉了这一次的机会，以后可就很难再会遇到啰！你知道吗？"

"李主任，"杨伟显然是非常外行地问，"一套框架大两居室的房子，我只要有一个六万多元钱，就可以去买下来了吗？"

李主任看着眼前这个年轻的懂了个六七门外语的遗传工程学博士，心里想："嗨！这个杨伟，他哪里像一个博士哦？怎么看都怎么像是一个书呆子！大概这二十多年的书把他给读呆、读痴了吧？一点儿社会经验都没有啊！这照顾性的房改商品房，别人想要都还要不来呢，可是他的心里却一点都不急，好像无所谓似的。"因而李主任就耐心地做起了他的工作来：

"小杨，这种面积、这种地段、这种框架结构的房子，以后恐怕少不了也要要上一个三四十万哪！再说你的年龄也是老大不小了吧？啊？你过了年年纪就快要有三十岁了吧？啊？你总不会老是单身一个人过吧？啊？说不定什么时候你交上了一个可心的女朋友，就会去恋爱、结婚以及生小孩的！你说你要是没有一套像样的住房的话，这可怎么行呢，啊？"

"可是……"面对着李主任的嘘寒问暖，杨伟感动得直直地想要掉眼泪。并且这时候，他的腹腔里面鼓胀得就更加的难受了。他硬是给憋着。"李主任，"他说，"在这个北京市里，我可是人生地不熟的！我得要回一趟老家，跟我的母亲去商量商量，看能够凑到多少钱……"

"你想要回去一趟？好，小杨你就抓紧时间回去一趟吧，噢。不过，你可得要速去速回喔！我就把这一套框架的大两居室，给你敲定下来啰！"

"谢谢李主任的关心。"杨伟充满了感激的神色说。

当杨伟把慈父般的李主任送到了门外以后,他就赶紧趸回实验室的卫生间,反手又带上了身后边的门,一连串地咕噜了七八下。在腹部一阵轻松以后,他才镇定自若地坐在实验台前,继续进行刚才被李主任来访时所打断了的动物细胞核的移植实验。这时候只见他两手熟练地使用着仪器,在高倍数显微镜下,将一个卵细胞去核,又将另外一个乳腺细胞取核,并融合到去核后的卵母细胞中……此刻他所进行的这一项转基因技术的实验,可以说是一项尖端而又边缘化的科研项目,具有世界先进性的水平。他可是这一门尖端技术领域中的天才。但是一个真正有着天才的人,往往在另外一些场合却是迟钝、羞怯、口才贫乏、性格不大镇定的,也为别人所不了解的。比如说陈景润和倪光南吧,他们就都是属于这种类型的人。因此不管怎么说,一个真正的天才只有在不受到打搅的情况下,他就会在他们天才的领域中去展翅翱翔。

等到杨伟的细胞核移植实验告了一个段落以后,他便将这个融合成功的动物核移植的细胞,放置在密封的玻璃器皿里面,然后再交给实验室工作人员吕玉兰大姐,嘱咐其储藏在含有液氮的冷柜之中。同时并请她转告给实验室主任张贤博士,说他为了买房改商品房的事情,今天晚上得回一趟江南的老家,最多也就是个三两天的时间,他就可以返回研究所的。

一走出了遗传工程研究所的大门,杨伟便舒展了一下已经疲累了的手脚,让刚才做实验时候绷紧了的神经和肌肉,慢慢地去松弛下来。外面的街道上是车水马龙,人声鼎沸,一片恼人的喧嚣。傍晚时分,那一轮即将要西沉的有磨盘那么大的夕阳,将其红宝石一般柔和的波光,投射在一幢幢高楼大厦的玻璃幕墙上,然后再被分割成一小块一小块的碎片,胡乱地"潽"向这个世界的四面八方。眼下他这位年轻的科学家,为了购买单位分给他的房改商品房,开始切入到了这个浮躁而又骚动的现实的世界当中,正如他眼前这许多已经被切割成一小块一小块的碎片的、犹如是闪烁着红宝石一般光彩的夕阳的波光,要去融入到这个多姿多彩、千奇百怪的世界一样。

"这个世界,嗨!还真是有点儿光怪陆离呢!"杨伟脚下一边走,心里面却一边在想。此时此刻的他,正急急忙忙地赶往北京站。他将要乘坐当天晚上七点多钟的火车,连夜赶回江南的老家,跟自己的母亲商量购买研究所分给他的那一套框架大两居室的房改商品房的事情。

4

杨伟的母亲守寡已经有十多个年头了。那是在杨伟刚考入初中不久,父亲因为患有严重的肝腹水,从而导致了癌细胞的病变和扩散,等到发现以后还没有多长时间,父亲便在医院的病床上,撒手蹬脚地离开了他们母子。

在后来的十几年当中,母亲含辛茹苦、省吃俭用地,用她那一份微薄的工资收入,供养杨伟读书和长大成人。然而杨伟却没有辜负母亲对他的一片希望,不管是在初中、高中、大学,还是后来的硕士和博士研究生的学业当中,他都非常刻苦,非常努力,他把自己所有的时间和精力,全部都投入在学习之中,无暇去顾及其他。因此他的学业优秀,成绩一直都名列前茅,一直都让所有的人刮目相看,而他的母亲也一直都以他为骄傲。

由于是他自己的选择,因而在这个十几年当中,他过的几乎是一种与世隔绝的生活,除了书本、遗传工程学领域的专业知识以及熟练掌握了六七门外语以外,对于其他,他好像什么都不清楚,也什么都不去关心。他就像是一条小毛毛虫一样,通过了二十多年来的苦攻和奋斗,总算是经历了蜕皮,长大,成蛹,然后再去破茧而出,在众人的仰望和敬慕之中,带着一份尊严和喜悦,从科学知识的金字塔的底层,越上了这座金字塔的顶部,成了遗传工程学这一门尖端科学领域之中一位颇有造诣的年轻的学者。

博士毕业以后,他本来是有机会到中央某个部委,或者沿海某一家世界驰名的外资企业去工作的,但是出于对遗传工程学的热爱,他却毅然决然地放弃了上述报酬优厚、前途无量的工作机会,义无返顾地选择了中国科学院直属的遗传工程研究所的研究工作。眼下的研究所正在搞住房改革,按照政策,他这个遗传工程学博士,是可以分到一套框架大两居室的房改商品房的。对于他来说,这原本是一件好得不能再好的事情,所以他就连夜赶回千里之外的江南老家,去找他从小就相依为命的母亲,因为现在母亲是他唯一的亲人了。在听了杨伟的叙述以后,母亲也非常支持他买房。可母亲的收入却是实在太有限了,还在杨伟分配进中科院下属的研究所之前,母亲就已经办理了退休手续,因此当母亲把平时积蓄下来的两万多元钱,从银行里面全部拿出来并全部递给杨伟的时候,她觉得有一点对不起杨伟似地说:

"小伟,由于你父亲去世得早,家里一直都很艰难,这两万多元钱,还是妈平时省吃俭用地积攒下来的,本来也是准备给你结婚的时候用的,现在你要买房,那就全部都给你吧,噢。至于还欠缺的三四万元钱,可就得要你自己想办法去筹措了……"

望着母亲那一头已经斑白了的头发，杨伟心里感觉到到一阵一阵的绞痛。他第一次开始觉得自己太没有用了。别人家的儿子，一般二十多岁就开始挣钱去赡养父母了，然而他一直到读博士研究生的时候，都还要母亲每个月去补助自己两百多元钱呢。看着眼前母亲给他的这两万多元钱，他心里想，自己不仅没能让母亲过上幸福的日子，现在倒反而要把母亲平时从嘴里抠出来的、从身上节省下来的一点钱全部都拿走，这时候他的鼻子不由得一阵一阵地发酸，泪花儿在眼眶里面忽悠忽悠地打转。就在这一刹那间，他才第一次真正地懂得，在自己的生命里面，除了书本、知识、专业和掌握了的六七门外语以外，似乎还应该有一些其他什么东西存在。

回到了研究所，杨伟向慈父一般的李主任说，他的钱凑不够数，因此他就不准备购买所里面分给他的框架大两居室的房子了。他这一番不正常的举动，反而把李主任给搞懵了。等到弄清楚原委以后，李主任便动情地对他说："小杨，你心里不要急，我帮你想办法去弄点儿银行贷款吧。"

在李主任的帮助下，杨伟便糊里糊涂地向银行贷了款，糊里糊涂地买下了单位这一套位置在七层的、面积有个98.98平米的、东向剪力框架大两居室的房改商品房。不过他必须要在两年半的时间内，以分期付款的方式，连本带息地还清银行这一笔四万三千元钱的债务。然而这对他来说，无疑是一副压在他肩膀上的比玉泉山还要沉重的担子。因为仅靠他每个月全部加起来才一千二百多元钱的收入，就是把嘴巴扎起来不吃不喝，也是难以还清这一笔债务的。他思来想去，现在唯一可行的办法，就是利用业余时间去兼职打工，来赚取自己生活所必需的费用开支。

于是，在一个阳光灿烂的周末里，他上下穿戴一新，开始在这个大都市的大街小巷里转悠和穿行，到处去看一些张贴在墙上的招工和招聘的启事。然而要说起这大都市里的招工和招聘的广告，还真是不少！有酒楼招厨师和服务员的，有歌厅招小姐和保安的，有工厂招电工和焊工的，有公司招推销员和业务员的，有建筑工地招瓦、木、油、水、电工的等等……可是一看上面的条件，他就傻了眼了，别看这许多工种比较简单，但他几乎是没有一样会做，除了偶尔有一些他会做的例如电脑软件开发、程序设计和外文翻译等方面的工作，可是前去一打听，人家要的是正常的坐班时间，而他又无法在上班的时间里去脱身。

被逼无奈，他便临时去应征一家酒楼夜间的钟点勤杂工。因为他经常听人说起，在国外的一些中国留学生，为了生存，他们就经常去餐馆做一些洗刷盘子之类的钟点勤杂工。他心想他们那些人都能受苦受累地去做，自己为什么就不能去做呢？于是他便鼓起勇气，找到了一家酒楼老板，看看能否可兼做一些诸如洗盘子或者打杂之类的什么事情。可是那家酒楼老板，在听了他的自我介绍以后，一双眼睛忽然瞪得就像要突出眼窝似地说："什么？你这个博士前来应征我们酒店的勤杂工？你在开什么国际玩笑哪？用你这个懂了六七门外语的大博士，来我这个小酒店洗碗、扫地、冲厕所，那不是用'爱国者'导弹去打麻雀，发他妈的神经病吗？"因而这位老板想都没有多想，就把一张被油脂堵塞了毛细孔的油光发亮的胖脑袋，摇得像一个拨浪鼓似的回绝了他。

还有一回，杨伟硬着头皮去找了一家化妆品公司，询问有没有什么可以兼做的工作。接待他的则是这一家化妆品公司的女老板，在听了他的身份和来意后，这位半老徐娘的女老板便用一种异样的眼光，端详起了眼前这位身材颀长模样端庄的年轻博士有好一会儿，然后她就从沙发上站起来，关上办公室的门，走到他的跟前，抬起了一双满含欲望的眼睛望着他说："这样吧，杨博士，你就兼职当我的生活秘书，好不好？咱们再直白一点说吧，就是晚上那种陪吃、陪喝、陪玩、陪聊，外带再陪着'那个'事，你看怎么样哪？我只要你每星期陪我一两个晚上就行，至于报酬么，我每周可以支付你500元钱，或者咱们还可以再商量……"那一天，真的，杨伟不知道自己是怎么离开那一家化妆品公司的办公室的。后来他就一个人，形单影只地游荡在这个城市的大街小巷里、人行道边以及过街天桥上，痴痴、呆呆、傻傻的，就像一个丢失了魂魄、被吸干了精血的木头人似的……

通过多日的奔波，他心里这下才弄明白，自己这个可怜兮兮的呆博士要想在专业外，在这个物欲横流的社会上去混一口饭吃的话，还真是一件不太容易的事情！月底到了。他从财务那里领了工资，去银行还了这个月的贷款以后，口袋里就只剩下了几张十元钱面额的钞票和一些零散小票了。

那天晚上，他用实验室里的电脑，设计了总有好几十套如何用眼下这几十元钱去过符合自己一个月最低的生活方案，可是设计来设计去的，实验室里的那一台电脑的屏幕上所显示出来的答案却只有一个，就是"NO"这两个英文字母！看着眼前这几张十元钱的钞票和一些零散小毛票，杨伟心里想，这许多花花绿绿的、平时并不怎么让自己看重的钞票，现在再去看起来的话，嗨，它是一种多么神奇、多么美妙的东西啊！现在它就像是神话中一件具有魔法的阿拉丁的神灯那样，什么都能去做，无往而不胜。正因为如此，世界上才有那么多的人为了它而去拼命，为了它而去铤而走险，为了它甚至不惜去走上枉法和犯罪的道路。

这个时刻，他实在是想不出还有什么其他的招数了。现在他唯一所能做的，就是用这仅仅剩下的几十元钱，去碰一碰他业余时间兼职打工的运气。于是他就狠了一狠心，咬了一咬牙，搓了一搓手掌心，然后又跺了一跺脚后跟，在都市晚报的角落上，登了一块最小的求职广告：

"杨伟，男，29周岁，遗传工程学博士，精通英、法、德、日、俄以及拉丁语和电脑编制程序，寻求夜间第二职业……"

过了两天，杨伟忽然接到一个陌生女子打来的电话，说她名叫王家蕙，是"怡梦江南"娱乐城的经理，眼下她想要学法语，问他是否可以每天教她两个小时的法语，如果有意的话，就请他下午来"怡梦江南"娱乐城，与她当面洽谈这件事情。于是他当即就回答了这个陌生女子两个字：可以！

下午他抽出时间，来到地处在朝阳门外神路街上的"怡梦江南"，见到娱乐城的王家蕙经理。可是他们两个一照面，他忽然就愣住了，这个本市最豪华、名气最大的"怡梦江南"娱乐城的经理，居然是个只有二十多岁的异常漂亮的女孩子。当他来到经理室的时候，王家蕙经理则半倚半躺在沙发上，没有动弹，她仅向他随便地挥了挥手，示意他在她对面的沙发上坐下来。

见了这个王家蕙经理，杨伟心里想："年纪这么小个女孩子，居然就能够管理资产有一两千万的大娱乐城。而我这么大个男子汉，却还要借助实验室的电脑来设计自己每个月的最低的生活方案。"所以向来都非常自信的他，然而面对这眼前的现实生活，现在也终于有了一点理性上的认识了。

"怡梦江南"娱乐城的营业时间，一般是从下午四点钟到午夜的两点钟。而每天夜晚七点到九点钟的时候，则是娱乐城生意较为空闲的时间段。因此王家蕙经理很快就与杨伟约定，她的法语学习，就选定在这一段比较空闲的时间段里，学费则按照小时进行计算，每个小时付30元钱，并且从第二天傍晚就开始授课。于是杨伟就这样开始了自己夜间的第二职业。

5

第二天的傍晚。杨伟生怕自己第一次授课迟到，会给对方留下一种不怎么好的印象，因此他足足提前了有20多分钟，就来到了地处在朝阳门外神路街上的"怡梦江南"娱乐城。这一次，他没有再要别人带领，自己便直接走进了设在了六楼上的经理办公室。

经理办公室里，王家蕙身上穿着一套淡灰色的全毛西装，仍然是半倚半躺在沙发上，没有去挪窝，就像昨天他们两个人初次见面时的姿势一样。沙发旁边有一套款式新颖的组合音响。这一会儿，组合音响的立体声里，正在播放着童安格那首音色颇为优美和独特的歌声：

你的谎言像颗泪水——

晶莹夺目却叫人心碎——

花瓣雨——

飘落在我的身后——

花瓣雨——

就像你牵伴着我——

失去了爱——

只会在风中坠落……

见杨伟进来，王家蕙抬起左腕，看了一眼腕上带着的金瑞士表，漂亮的脸蛋上似乎流露出了一丝微笑，表明她已经看到他来了，并且对他的提前到来表示出赞许。她把组合音响的音量放小了一点，于是童安格便像躲进了另一间房间里去唱他的《花瓣雨》一样，歌声明显要低下了许多。

杨伟和王家蕙两个人稍稍做了一些准备，便很快就进入了预先商定好的授课程序。刚开始讲课的时候，杨伟的心里还有点紧张，肚腹里也泛起了一阵一阵的咕噜，但他硬行忍着不让自己失态。因为他这是第一次面对一个美丽的女孩，而且又是第一次通过教授这个美丽女孩的外语来挣钱。于是他在心里暗暗地告诫着自己："我要放松！我要尽量地放松！我决不能够失去这个机会！因为只有紧紧抓住这个机会，我自己才能够在经济上获得解围和脱困。"想到了这里，他那股紧张的心绪便开始慢慢地松弛了下来，肚腹里也开始平和了起来，于是授课也就开始顺畅了许多。

然而过了没多久，杨伟很快就发现，其实王家蕙的英语基础相当好，功底也非常的扎实，所以她学习起法语来进步也就非常快，因而他教授起来也就轻松和容易了许多。然而让他感到奇怪的是：眼前这个拥有这么大一份产业的女孩，她学习法语要干什么用呢？要是移民或者出国留学的话，现在多半是去美国、英国、加拿大、新西兰、澳大利亚等一系列英语国家呀！移民法国的难度是非常大的，而非洲的那许多法语国家，又一直是贫穷和落后的，战祸和灾难又是连年不断，再说了，她想要去那里干什么呢？"不过……"后来他心里想，"这似乎是别人的事情，用不着我这个外人瞎操什么闲心的，眼下我还是把我自己的事情做好，这就应该是不错的了！"

现在他每个月的收入，似乎多出了将近有二千元钱左右，眼下这种情况只要坚持上两年多一点的时间，他就可以还清自己所有的债务，然后也就可以专心去做自己所喜爱的遗传工程学方面的全日制的研究工作了。

人生不管是充满激情也好，还是平平淡淡也罢，由时间堆砌起来的生命的日子，就在这一种环境当中静悄悄地流逝。两个月以来，他接触到一种与他过去完全不同的生活：大款和大腕们，在这种灯红酒绿的场合中，往往是一掷千金，不过只是为了博得台上某一个末流女歌手一曲风骚的歌唱；他们喝进胃里去的一瓶"XO""或者一瓶"皇家礼炮"的花费，要比他的导师花上10年心血才研究出来并荣获国家科技进步奖的奖金，还要高上许多。

在这个期间，他有意无意地听到了一些娱乐城的工作人员，来向王家蕙经理汇报说：某某公司老板，为了争得与一位异国女歌手的一夜欢情，竟然一下就现刮刮地砸进去2万多美元；某某部的一个副部级官员，在特别的房间里左拥右抱住了两个小姐，并且还干起了"那种事情"，而且还叫上了两名保安替他看门，那一次光是看门费，有人就替他付了4000多元钱，甭提小姐的出台费和"打炮"的费用了；另外据小姐私底下反映说，某某区的一个头儿真有能力哪！在某月某日某一段的时间中，将陪着他和他朋友们坐台的三个小姐，全都轮流地给打了"炮"办了"洞"了……

然而王家蕙却是这样对他们说："这许多事情，跟你我有什么关系吗？你们要给我知道，要是没有他们这许多人的腐败，哪里能够有我们这许多娱乐行业去赚大钱的呢？今后，凡是要有官员和大款们来我们'怡梦江南'这里消费的话，你们绝对要给我去保证他们的隐私以及安全，绝对不允许去出现哪怕是一丝半点儿的闪失，你们知道了吗？"

见王家蕙这样处理事务，杨伟有点困惑了。难道这就是现实生活吗？他不知道权力和金钱，实质上就是当今社会的两大主要价值取向。一个人是否有价值以及有多大的价值，一个人是否能够得到世人的尊重以及在多大程度上得到尊重，一个人是否能够生活得舒适和安乐以及在多大程度上的舒适和安乐，这便取决于这个人是否拥有权力以及拥有多大的权力，或者腰里是否有钱以及有多少的钱。很显然，王家蕙说得一点都不错，没有那许多大款大腕的腐败，也就没有她们这些娱乐行业去赚大钱的！再说这许多人的腐败，与他杨伟又有什么关系呢？他要去操这许多闲心又是干吗呢？

现在他又多出了另一份收入了。那是在一天晚上授课的时候，王家蕙给他介绍认识了工美集团总公司的刘总经理以及刘总经理的助手习蒲荔小姐。习蒲荔和王家蕙是大学时代的同班同学。那时候刘总急需要翻译一份德文资料，他问杨伟是否可在一个星期内将这一份德文资料给他翻译出来。杨伟接过了这份资料，结果他只用了一天多一点的时间，就高质量地给翻译了出来。当他交出了这份德文翻译资料的时候，刘总笑得就像是一尊弥勒佛的雕像一样，他即刻吩咐他的助手习蒲荔递给杨伟一个装着2500元钱的红包。

刘总那工美集团总公司的业务，以前主要是针对美国和东南亚一带展开的，然而眼下，他们公司的业务已经扩展到了整个欧洲。于是杨伟便十天半月地为工美集团翻译一些外文资料，偶尔遇到有外商来访的时候，他还会被工美集团总公司请过去作个现场翻译。就这样，在王家蕙和习蒲荔的帮助下，杨伟就又多出了一份可观的收入。好在他们遗传工程研究所实行的不是正常的坐班制度，一般研究人员在承接了某一项研究课题之后，若是没什么特殊情况的话，他们是可以自由去支配自己的工作时间的。

6

嗨！生活真是非常奇妙！三四个月之前，他还在为如何吃饱肚子而愁眉不展！可是现在他却已经开始计划，自己准备利用不到一年的时间，通过第二职业所挣到的钱，来还清自己所有的债务，然后再买上一台个人电脑，去做自己全日制的遗传工程学方面的科学研究工作。眼下的他，如同是在嚼甘蔗那样，自己每去嚼一下，就会觉得有一股甜甜的汁水流出来。然而所不同的是，他现在所嚼的"甘蔗"，似乎根本就不需要自己去作什么经济上的投入，也根本就不需要自己去吐出一丁半点的渣滓啊！

不过命运女神有时候也真会开玩笑，她就像一个顽皮的小女生似的，时不时地想着要去捉弄一下什么人，让人去感到啼笑皆非。比如有一天，杨伟刚走进了"怡梦江南"的经理办公室里时，他蓦然就发现，王家蕙一个人坐在沙发上喝着闷酒，并且已经喝得醉醺醺的了。而沙发边上的那一套组合音响，此刻正播放着一首令人忧伤的想要去流泪的歌曲：

风中有朵雨做的云——
一朵雨做的云——
云在风里伤透了心——
滴滴全都是雨——

风中有朵雨做的云——
一朵雨做的云——
云在风里伤透了心——
不知又将吹向哪儿去……

看着王家蕙那一张醉醺醺的脸蛋上，满满地写着忧伤和痛苦的神色，这真有点让杨伟感觉到诧异。可是他这会儿，又不知道应该采用什么办法来劝解和宽慰她，因此他便尽量委婉地对王家蕙说：

"王经理，我看我们今天就休息吧，明天再学好吗？"

"不，杨老师，"王家蕙忽然一把就拉住了他的右手，并且口齿有点儿含糊不清地说，"你不要走，杨老师，你不要离开我，过来陪着我坐一会儿，好不好哪？你的工钱我会一分不少地照样付给你的！"

"王经理，你这样子……"杨伟觉得有一点尴尬，王家蕙身上的脂粉味，直直地呛着他的鼻子，于是他便对她说："你的酒喝得也太多了一点了吧？我看我们今天还是休息吧，好吗？"

"我没有喝多，杨老师，我没有喝醉，我清醒着呢，真的，我的心里比什么时候都清醒……就是觉得有一点……心里有一点烦，不，真是烦透了，你能……能够听我说会儿话吗……"后来从王家蕙嘴里那许多含混不清的、颠三倒四的话里，杨伟听到了一个让他目瞪口呆、怎么都弄不明白的故事：

"怡梦江南"娱乐城的王家蕙经理，原来是从北京中央美术学院毕业的。她在中央美院学习的专业，主要是西洋绘画艺术。打她从中央美院毕业后便认识了一个姓罗的男人，是国家某部委的一个局级干部，也就是现在的"怡梦江南"娱乐城的董事长。往往，权力和金钱的诱惑，逼着许多人去做出许多身不由己的事情，而且并不是谁都有能力或者都有办法去抵御得住的。比如就拿王家蕙来说吧，当时的她，就没有能够抵御住这个罗董事长的权力和金钱的诱惑，因此在短短的时间内，她便成了罗董事长的秘密情人。

这个罗董事长，在京城里颇有点来头，红、白、黑道均能够通神。他出全额资金，在朝阳门外的国际商务区域，投资了这个"怡梦江南"娱乐城。由于他人在国家某部委里面任职，自己不便公开身份来管理这个娱乐城的具体的事务，于是他就让他的情人王家蕙，出任了这家娱乐城的总经理，以便自己能够在幕后操纵这个"怡梦江南"娱乐城的经营活动。

不过王家蕙似乎还真有点能耐，她把自己的西洋绘画艺术专业撇在一边于不顾，全身心地投入在"怡梦江南"娱乐城的具体事务中来，并且在短短的时间里，硬是把一个新开张的"怡梦江南"娱乐城，运作成了京城最大、最为火爆的一家娱乐公司，为罗董事长创造出颇为丰厚的经济回报。然而她与罗董事长这个名不正、言不顺的秘密情人的身份和处境，有时候却又使得她在精神上非常痛苦，心灵上备受压抑……更何况，她还已经为他牺牲了自己所追求的艺术事业……

"所以，"王家蕙此刻抽泣着说，"杨老师你应该想象得出，我这种失去了生命追求的痛苦么！我是缪斯女神的弟子呀，艺术和油画，它可是我的生命啊，杨老师！今天我去参观北京美术馆举办的国际油画作品展览的时候，杨老师，你能明白我当时站在大师们的杰作前面流泪痛哭的感觉吗？你能想象得出一只眼睛只能眼巴巴地望着蔚蓝色的天空，而不能够去展翅翱翔的艺术之鸟的绝望的心情吗？杨老师，这就是我为什么要跟你去学习法语的原由！因为巴黎，法国的首都巴黎，那可是世界绘画艺术之都呀……"

说到这里，王家蕙便失声痛哭了起来。此时杨伟心里发誓说，他明白自己可以怎样去克隆出一个人来，但是他却不知道自己应该怎样去宽解和安慰眼前这个伤心欲绝的女孩子。他唯有默默地抽出办公桌上纸盒里边的面巾，替王家蕙轻轻地擦拭着她漂亮脸蛋上那许多犹如泉涌一般的泪珠儿……

或许是王家蕙的哭声太大了，以致惊动了整个娱乐城的办公区，两名保安闻声推门进来，恰好就看到了杨伟正在给王家蕙擦拭眼泪的这一幕，于是他们也就没有惊动他俩，只是悄悄地退了出去。

7

一切都跟昨天一样。所不同的是杨伟这时候的心情比起昨天来，似乎要忧郁了许多。他忧郁的不是自己身上背着的债务，其实目前的债务对于他来说，似乎已经不是最重要的了。因为最近这几个月里，基本上他每个月都可以向银行还上2500元到3500元钱的贷款。然而他忧郁的是，自己最近这几个月里的科研业绩，似乎正在呈下滑的趋势。夜间的兼职，似乎已经打乱了他科研项目的日程安排。然而这一会他心中最大的烦乱，还不是科研业绩在下滑这件事情，主要还是由于昨晚王家蕙那种低沉和忧伤的情绪，给他的心灵所带来的负面的影响。这天还像往常一样，五点钟的时候，他就正点步出研究所的大门，走向斜对面的公交车站，然后等着踏上双层大巴，沿着大巴的楼梯踏步来到上层，选一个靠窗的座位，透过透明的车窗玻璃去浏览窗外那许多流动着的风景线。所有这些，就像是他做熟了的功课一般。

　　五月末的落日，犹如是一只巨大的烤得恰到好处的圆形面包，一片均匀的金黄色，给西边天隅那许多大朵大块的云霞，尽染一层又一层火烧一般的色彩。看着西边这一片色彩斑斓的云霞，杨伟的心里不由燃起一种"火烧云，波染尽，日薄西山鸟归林……"的感触。此时此刻，他的眼睛虽然看着窗外远处斑斓的云彩，然而他的心灵却已陷入了沉思。好像是牛的反刍一样，他的心里正将昨天晚上所发生的事情，又去重新咀嚼了一番。今日里的王家蕙，是否还像昨晚那样忧伤和消沉吗？唉，这个美丽漂亮的女孩子啊，要说起"水平"她有着水平，要说起"人品"她也有着人品，要说起"文凭"她又有着文凭，她本应该拥有这人世间最美好的前程的，然而眼下她却已经深深地陷入在黑暗里，陷入在那个黑沉、黑沉的污秽淤泥一般的泥淖之中……

　　"唉……"他心里想着，"眼下这个浮躁而又骚动的只拜权杖和孔方兄为偶像的世道，这个权钱交易、权色交易、物欲横流的社会，吞没了多少个像王家蕙这样纯真而又美丽的女孩子啊！"这时候，坐在双层大巴上的他，心里开始在默默地祈祷和衷心地希望起来，他祈祷和希望着王家蕙能够早一点拔足泥垢，早一点去奔向缪斯女神给她所指引的艺术事业的光明大道。

　　坐得有点累了，他便扭动了一下身腰，转过脸去看起了正前方的东三环路。是太阳落下了西边的天际，还是三环路边那许多高大的建筑物挡住了太阳的光线呢？他的心里感到有点疑惑。车窗外面，天色渐渐地暗了下来。路灯开始亮起来了。那许多霓虹灯似乎正从睡眠中苏醒了过来似的，一个接着一个地闪烁起它们生命的光彩，其中有纯白的"中旅饭店"，桔红色彩的"罗马夜总会"，蓝色边框的"三元大厦"，蓝绿交杂的"京广中心"，粉红色调的"国安大厦"，五彩缤纷的"蓝岛购物"……杨伟乘坐的双层大巴，这会儿正缓缓地驶进东大桥西边的神路街，在东岳庙前的站牌旁边停了下来。

　　杨伟步下了双层大巴，忽然迎面拂来了一阵五月初夏夜的晚风，夹杂着各类花卉植物滋滋生长的清新以及百花盛开时所散发出来的浓郁的芳香，让他感受到京城傍晚时分这一阵凉爽、温馨以及轻浮和骚动所间杂在一起的气息。走在了通往街对面"怡梦江南"娱乐城的道路之间的斑马线上，他的心里边，又一次地温习了一遍刚才坐在双层大巴上想到的所有那些宽解和安慰王家蕙的话语，因为他实在不想失去王家蕙这个学生以及他这一份较为丰厚的第二职业的收入。所以他希望自己心里那许多宽慰的话语，对于王家蕙走出忧伤和低沉的阴影，能够起到那么一丁半点帮助的作用。

然而当他走进了六楼经理办公室的时候，出现在他眼面前的王家蕙，似乎又已经成了平时那个光彩照人的、笑容满面的娱乐城的王经理了。她仿佛什么事情都没有发生过似的，因为这会儿，她那张靓丽异常的脸蛋上似乎非常理性，甚至就连一丝半点忧伤以及低沉的阴影和痕迹都没有，并且她也绝口不再提起昨晚她那些失常的令他们两个人都觉得非常尴尬的举动。

是的，王家蕙的心绪这时候已经恢复了正常。这让杨伟心里面感到很高兴。因为他实在没必要再挖空心思去想一些安慰她的、让她的精神振奋起来的话了。他也没必要再去提起任何一个有关她昨晚忧伤和低沉的情绪、使她感到不自在和不开心的字眼。因此他到了"怡梦江南"以后，便直接就开始了自己的正常授课，而王家蕙也直接就专心地学习起她的法语课程了。

然而在这个世界上，往往会有许多令人意料不到的事情在发生。因为现在谁都没有想到，也根本就不会想到，王家蕙她虽然是一点事情都没有了，然而"不幸"这两个字眼所包含了的一些实质性的和内涵性的事件，却很快就降临到了杨伟的身上！那是在杨伟和王家蕙的法语课上到了一半的时候，一个戴着金边眼镜、模样颇为斯文、年龄如知天命一般的男人，这时候推开经理办公室的门，旁若无人地走了进来。见到来人，王家蕙连忙从办公桌子后面站起来，颇为尊敬地喊上了一句："罗董事长！"

杨伟心里想："这个戴着金边眼镜、模样斯文的男人，难道就是王家蕙她们'怡梦江南'娱乐城的董事长吗？这个男人看起来，怎么有点儿像是一位宽厚的长者，或者是一位学富五车、腹满经纶的大学教授的模样啊？怎么看怎么都不像是一个在娱乐行业里面鬼混的老板。"

这个时候，罗董事长向前走来，笑了一笑地看着杨伟问："你，大概就是那一位杨博士了吧？"

"罗董事长，"杨伟站起身来说，"我叫杨伟。"

"杨博士，"罗董事长又笑了一笑地说，"我们的王经理，她已经不需要再学什么法语了。"说到了这里的时候,他从手拎包里掏出了一叠红色"伟人头"的钞票,然后就又对着杨伟说,"呶,这是你这个月2000元钱的报酬……好了,你现在就可以离开这里了……"

就这样,杨伟被莫名其妙地炒了鱿鱼。后来,当杨伟走在这一片喧嚣的国际商务中心区域的大街上的时候,他的情绪非常的低落。他的心里面思前想后地想了很多,直到头皮想得都疼了起来了,可最后还是没有弄清楚这一切究竟是为了什么!由于是幽暗的夜空所压抑的缘故吧,这个时候的他,显得比平时要矮小上了许多,也寒碜上了许多。

大概是借助于使馆区的原由,每当一入夜,这一带就是车水马龙,人影婆娑,一些高档次的豪华和名贵的车辆,在这一带街区里面悄无声息地穿梭;而那许多西装靓女们,一边摩肩擦踵打情骂俏,一边又半推半就地出入在那些彻夜闪烁着霓虹灯的娱乐场所。杨伟在这个高档街区的路边上,慢慢地行走着。他尽量回避着不去看那许多浮躁而又骚动的场面。当他把脸孔扭过去的时候,他下巴下面的喉结似乎跟着也在微微地动了一下,不知是因为咽下了一口吐沫呢,还是咽下了一口京城夜晚这浮躁而又骚动的气息。

也就在这个时候,从他身后边驶来的一辆三轮摩托车上,突然间跳下了两个人,一个高大壮实的家伙,对着杨伟的头脸部位,上来就是两三拳,一下就把不明究底、毫无心理准备的杨伟打倒在地上,紧跟着另一个家伙又跳将了上来,对着他的前胸和腹部,狠狠地猛踢上几脚。然后,他们便在一阵粗野和肮脏的辱骂声中,三下两下地鼠窜到黑夜里面去了。

杨伟的大脑仿佛是一片空白。他后来只是隐隐约约地觉得,自己好像是龇牙咧嘴一般地从地上爬了起来……面对着许多围观的人群,他又好像是龇牙咧嘴一般摇了摇头地苦笑了一阵……后来,他似乎又是龇牙咧嘴一般地拦下并且坐上了一辆红色的夏利出租车……

8

那一天晚上,杨伟不知道自己是怎么回家的。

回到了自己的家里后,他先是用热水清洗了一下自己脸上和身上那许多肿痛的伤口,然后便脱去了肮脏的衣服,哼哼唧唧地躺在了床上。

他真的无法弄明白,自己究竟做错了一些什么事情。反正他的心绪,这个时候真是糟糕透了!先是被罗董事长无缘无故地炒了鱿鱼,随后又遭了一顿莫名其妙的毒打。如果说"撒尿咬破了手指头、放屁砸坏了脚后跟"是指倒霉的因果关系的话，那么，这里边毕竟还有一个因撒尿和放屁的原因，从而导致被拳打脚踢地倒了大霉这个结果的因果关系的呀？可是那一天，他甚至就连撒尿和放屁这些小不丁点的过失，都没有犯过和出现过啊！

就在杨伟躺在床上哼哼唧唧地胡思乱想的时候，他家的门铃却被人"叮咚，叮咚"地按响了。他很不情愿地从床上爬起来开门，进屋的是工美集团总公司的习蒲荔小姐。这个习蒲荔小姐是王家蕙中央美院的同班同学，也是前面提到过的工美集团总公司刘总经理的助手。自打他们认识以后，她便跟杨伟之间一直都保持着一份良好的关系，这一天夜里，习蒲荔穿着一件淡绿色的泡泡纱的短袖上衣。这会儿，她一走进了屋子便对杨伟说：

"杨老师，刚才我到'怡梦江南'娱乐城去找你，才知道你已经回来了，后来在王家蕙的指点下，我就直接找到你家里来了。对不起，我这儿有一份德文资料，想请你今晚帮助给翻译出来，我们公司明天急着要用……"说到这里习蒲荔倏地停住话头，因为此刻她忽然发现了杨伟脸部青紫的伤痕和萎顿的神情，就惊讶地叫了起来，"哇塞！杨老师你的脸上是怎么啦？你这个博士当得不耐烦了，就想改行当拳击家是不是哪？弄得这般脸青鼻肿的……"

"见你个大头鬼去吧！"杨伟有点儿不满地说，"习蒲荔，你说你都在胡扯一些什么呀？今天晚上我本来就够倒霉的了，先是被炒了鱿鱼，后又被人莫名其妙地毒打了一顿，可是你却在这里幸灾乐祸的！"

"你莫名其妙？"

"这不，我都想了半天了，还没有想出是为什么？"

"你是真的不知道，还是假装着不知道啊？"

对习蒲荔这种幸灾乐祸的话语，杨伟很不满意。平时他和习蒲荔的关系应该说还是很不错的，杨伟偶尔有个头疼脑热什么的，习蒲荔都要询长问短地表示一下自己的关切。然而今天她这是怎么啦？杨伟真是不得其解。

但是习蒲荔却在继续调侃他说："嗨！我们杨博士的胆子可真是不小喔！居然连罗董事长的小蜜都敢泡，你说不去揍你那还会揍谁去啊？你知不知道罗董事长在京城黑白两道上的势力究竟有多么的大吗？"

上帝啊！杨伟此时忽然顿悟，弄了半天，原来是这么回事情啊！他真是哭笑不得！于是他便对习蒲荔一半委屈、一半怨愤地诉说了整件事情的全过程。听了杨伟的叙述之后，习蒲荔便款款地走上前来，伸出手去轻轻地抚摸起杨伟脸孔部位那许多青紫的伤口，并且还带着一点女性的温柔说：

"唉，杨老师，你这个呆子啊！嗳，现在我们先到医院里去检查一下再说，看一看要不要紧，然后再去我们集团总公司看资料……"

"好的。"杨伟答应着习蒲荔。

他们从朝阳医院出来后，便直奔长安街。工美集团总公司的办公地点，设在了东长安街京城最繁华的王府井大街上。那天晚上，当杨伟翻译好习蒲荔她们公司急等着要用的那份德文资料，时间已经是第二天凌晨的三点多钟了。这时候他伸了一伸已经疲累了的腿脚，站起身来张望，偌大的一个办公室里，就只剩下他和习蒲荔两个人。此时此刻，只见习蒲荔端着两碗热气腾腾的夜宵，步履盈盈地向他这边走了过来。杨伟倏地就愣住，他长到了这么大，过到了二十九岁上，除了母亲以外，还没有一个女孩子对他是如此这般地照顾过。这会儿他低下脑袋，用溢满了激动的眼光看着她说：

"谢谢你了，习蒲荔！"

"谢一个什么呀，呆子！"习蒲荔放下热乎乎的宵夜，嗔怪地说，"我还以为你这个呆子，永远都不会明白别人对你的好处呢！"

"你说谁是呆子呀？"杨伟傻不啦叽地问。

习蒲荔却是乐呵呵地躲着一双忽闪忽闪的大眼睛，她那张端庄清丽的脸孔上，此时犹如抹上了两团潮红的色彩，这让杨伟忽然想起了王昌龄笔下"荷叶罗裙一式裁，芙蓉向脸两边开"这两句诗句。面对盯着她看的杨伟，习蒲荔连忙低头躲闪开眼神，以掩饰自己的羞涩。过了一会儿她才开口说话：

"杨伟，你以为你是个博士就不呆了吗？其实你呆头呆脑的呆得要命哪！一点社会经验都没有！你知道我们刘总为什么不请专业翻译来做这些资料吗？因为专业翻译一般价钱开得都非常高，可是你倒好，三两个小钱，就让我们刘总给打发了！另外你知不知道我们公司为什么要请你来陪那许多老外吗？除了你可以即席翻译这一点以外，主要还是用你来当幌子和招牌，来糊弄那许多外国佬：瞧，我们公司的翻译都有着博士的学位哪！"

杨伟看着眼前这个比他小了四五岁的女孩直发愣，他真就弄不明白，为什么习蒲荔会这么熟悉和了解当今社会复杂的人际关系。在习蒲荔的面前，他似乎还真的就像一个傻不愣登的二呆子似的！

这时候，习蒲荔一边收拾起桌子一边对杨伟说："呆子，你不要以为女孩子就只有王家蕙好，知道吗？"

"我可从来都没有这样去认为过。"

"没有就好。我并不是说王家蕙就不好，不过在我们这个圈子里边，比王家蕙好的女孩子，还多着哪，你知不知道呀？"

"我觉得你就是挺好的。"

"你真的是这样认为的吗，呆子？不过改日，我在我们刘总面前，尽量地争取给你多要一点工钱吧，噢。"

生活居然如此微妙，杨伟心里想，如此错综复杂，简直都有一点让他难以预料。他不禁摇了摇头，叹息地说："习蒲荔，想一想我这过去了的二十九年，自己过的基本都是一种离群索居一般的生活，除了在自己的专业领域里有点建树以外，然而在其他方面，尤其是实际生活方面，我还真缺乏社会经验呢！现在，我想请你这个缪斯女神的弟子，今后多多地帮助我好不好哪？"

"好是好，呆子，只要你能听我的话就行！"

"以后我就全听你的好了。"杨伟郑重其事地说。

"真的吗？"

"当然是真的啦。"

"你这个呆博士呀！"看着傻乎乎的杨伟，习蒲荔这时候不禁漾起了她那张美丽的笑脸。

面对着眼前这个芙蓉一般美丽的女孩，杨伟的心里面，顿时就激起了一阵青春的冲动，他不由颤抖地伸出了自己的两条手臂，温柔地搭在习蒲荔那一副瘦削的肩膀上。然而习蒲荔则把她那一张羞得跟熟透了的水蜜桃一般的脸庞，半推半就地倚靠在杨伟那堵宽厚的胸脯上……

9

自那以后，杨伟和习蒲荔便建立起一种恋爱关系。别看习蒲荔的年纪不很大，是一个年轻的女孩子，然而她在京城里的人际关系，却非常熟络。现在她开始全面调动起她那一张人际关系的网络图，来帮助杨伟解脱由于购买了单位房改商品房，从而导致的经济上的困顿。

经过多方努力，习蒲荔帮助杨伟承接了许多外文资料的翻译、计算机的编程以及软件的设计等方面的活儿。并且她还把自己北二环内宿舍楼的大门钥匙和房门钥匙，给了杨伟一套，以便他后来在夜半更深无法回去时，能够有一处可以安安静静地休息地方，从而不致影响他白日里研究所的科研工作。

就这样，在习蒲荔的鼎力帮助下，后来杨伟只用了不到10个月的时间，他就连本带息地全部还清了自己为购买单位的房改商品房所欠下来的债务，并且他还配置了一台自己的个人电脑。从那个时候开始，习蒲荔就成了杨伟心里的偶像，他睡里梦中的女神了。甚至有时候，他还时不时地做起了他与习蒲荔两个人手挽着手地走进了婚姻的殿堂，身体贴着身体、面孔对着面孔、唇吻对着唇吻地趟入在爱情的温柔之乡里的美梦。

然而做梦归做梦，但他对习蒲荔却是一点都不敢越轨和冒犯，甚至都不敢生出一点淫邪和肮脏的念头。他生怕他的越轨和冒犯以及肮脏的念头，会去亵渎和玷污习蒲荔在他心目中的女神与偶像的形象。因为正是这个美丽的习蒲荔，才让他觉得生活是这般的美好，爱情是那么的甜蜜！

总之是，杨伟的心灵深处，涌起了一股前所未有过的感觉：这似乎就是命运女神赐予他的宝藏吧！看来命运女神让他在冷酷的现实生活中，先去经历一番磨难，遭受一点坎坷和曲折，还让他挨上别人的一顿毒打，然后再让他得到习蒲荔这样一个美丽可爱的就像偶像和女神一般的女孩子的帮助，使得他在自己人生的"生意"中，扎扎实实地大"赚"和特"赚"了一把……

然而现实生活却是令人那样捉摸不定。命运女神也总是在按照自己的意愿行事，就像太阳总是在按照自己的轨道运转，这就形成了白昼的光辉灿烂；而月亮总是在按照自己的习惯升降，这就形成了夜晚的美丽月色一样。

尽管杨伟的内心里深深地爱着习蒲荔，他把习蒲荔当成是自己心灵里的偶像和睡梦中的女神，然而这两个恋爱着的年轻人的生活，却始终都离不开他们所赖以生存的现实的世界、社会的环境以及他们各自的人生轨迹……要不然，也就不会再有我们下面的故事了。

下篇

10

对不起，现在我可要把大家的视线，暂时给拉回到我前面所提到过的、朝阳门外大街"丰联广场"四楼那个"纽约的厨房"中,来看一看此时此刻那两个美丽的表姐妹花之间的对话。

"小寒,"习蒲荔对表妹说,"到了去年的年底,杨伟终于还清了他买下那一套框架大两居室房改商品房所欠下的债务,并且也安心地回到他那个遗传工程学专业研究领域。他是这个领域里的天才。在这个领域里,今后他将会有着惊人的成就。由于是我给了他帮助的缘故,所以他尊敬我,崇拜我,信任我,甚至把我当成了他心目中的女神和偶像。我们两个人的关系呢,可以这样说吧,已经发展到了就差着要去上床做爱这样的程度了。可是……"

表姐说到这里时,她忽然就停住,低头喝起了"纽约的厨房"的服务生给她们重新续上的热咖啡。表姐这一番言行和举止,让在对面坐着的表妹,心里可就有一点儿按捺不住了,只见她急急地问道:"可是什么呀?啊?哎哟喂哟,我的蒲荔表姐,这一会儿,你倒卖起什么关子呀!"

"唉,"习蒲荔放下了咖啡杯,轻轻地叹上了一口气说,"小寒,生活有时候,确实就是有一点令人捉摸不定;而我们这些年轻的女孩,又总是在追求所谓的尽善尽美。"她顿了一顿,然后继续往下说,"那是在去年的年底,我有幸出差去了一趟美国的洛杉矶,因为我们工美集团一笔工艺品的出口业务,从而我结识了一个名字叫做汪洋的男人。这个汪洋是一个持有绿卡的旅居美国的博士研究生。虽然他的人品似乎远远比不上杨伟,但他毕竟是一个殷实、富裕、颇有人气的年轻商人,在美国西海岸的洛杉矶、三藩和旧金山等地方,又开设了好多家工艺品商店。他非常欣赏我的品貌和才气,希望我能够下嫁给他,并且在生意上能够全力帮助他去打理。

"汪洋的求婚,对于我来说,无疑是一件颇具诱惑力的大事。小寒,你要知道,我和王家蕙,我们都是学绘画艺术的。我们都想在艺术之路上,能够有着我们自己的成就以及我们自己的一块天地。同时我们又都是那种追求物质享受的女人。然而我们所不同的是,她被卡在了那个罗董事长的大树枝上,根本就无法实现到法国巴黎去深造的梦想。而我现在却可以借助汪洋给我提供的有利条件和经济实力,去追求我的缪斯女神之路的梦想了。

"再说了,通过和杨伟的交往,我确实很怀疑他的性功能。因为我是一个非常现实的、非常讲究生活质量的女性。在性这方面,我确实有一点遗憾,我曾经给了他好多次想要和他'那个那个'的暗示,可他不知是没有领会到我的暗示呢,还是他根本就不会……"

"嗳,"表妹此刻插嘴说,"蒲荔表姐,你有没有想过,这里面是否有什么误会或者其他的隐情呢?譬如是他感恩戴德的心理作用的影响,对你一时还放不开。他不是已经把你当成他心目中的女神和偶像了吗?也许是他那种传统的性格,闭塞的性意识,不到正式结婚就不应该与女朋友去同床做爱;也许是你对他的暗示的方法根本就不对呢?"

"小寒,"习蒲荔截住她的插话,继续按照自己的思路往下说,"所以我两害相权取其轻,两利相权取其重。在经过一段时间的权衡以后,我还是选择了汪洋。现在我都已经答应了汪洋,并且在汪洋的帮助下,我都已经办好了去美国的签证。但是我又不能直接告诉杨伟,我怕这样会伤害了他,今天上午,我约他来并对他说,近期我将要出差去一趟美国,要过半个多月才能够回来。小寒,真的,也许我这一次的选择是一个错误,一个非常致命的错误。这可能会让我永远失掉一位至纯至真的男朋友,一份至纯至真的感情,可能还会给我自己带来一辈子的痛苦。当然我这里说的是'可能'这两个字。但是不管我现在的选择是对还是错,小寒,我都已经没有回旋的余地了,你知道吗?所以我不能再往下赌,也无法再往下赌了。"

"你不赌,那么我就来赌一赌看吧!"表妹忽然插了一句。

"你赌?"习蒲荔问她,"小寒,你准备怎么个赌法呢?"

"蒲荔表姐,这一次我不仅要赌,而且我还要大赌和特赌,有把握地赌,戏剧性地赌呢!首先,我要在公开场合做一点什么,以便能够引起他对我的注意,先给他留下一点印象。然后么……"表妹似乎在思考着什么方案似的,"我再想一个法子,钻到他的屋子里去……"

"小寒,这你倒不用钻,我可以把他的一套钥匙给你去用。"

"好!蒲荔表姐,我要进入他的屋子,躺在他的床上,看他拿我怎么办好?如果他要是'那个'我的话,这就说明他一切都正常,我就没有输掉什么。如果他不'那个'我的话,似乎我也不会损失什么。不过,他总不会是一个变态的家伙,一个虐待狂吧?呃,要是这样的话,嗨!那我可就惨了!可根据表姐你所介绍的情况来分析,他还不至于是这么一种人吧?"

习蒲荔的一双眼睛,一直在盯着表妹的脸看,这时候,她见到了表妹的脸孔上泛起了一大块一大块的红潮,似乎大有一种要"下定决心,不怕牺牲,排除万难,去争取胜利"的那种表情似的。

"总之是,"表妹又说,"蒲荔表姐,我要好好地研究一下,思量一下,策划一下,分析一下。要么不去赌,要是去赌的话,我就要赌它一个轰轰烈烈!赌它一个热热闹闹!赌它一个天翻地覆!"她好像还嫌自己这般说话不过瘾似的，这时候她还忘乎所以地唱了起来：

> 我拿青春赌明天——
> 他用真情换此生——
> 岁月不知人间多少真情——
> 何不潇洒地赌一回……

她这种音色优美的哼唱，很快又惊动了整个"纽约的厨房"，此时此刻，只见"纽约的厨房"里那上百双讶异的眼光，就又一次齐刷刷地聚焦到了她们这两个美丽而又失态的表姐妹花这儿。

"小寒，"习蒲荔揶揄起她说，"你瞧你这一副德行！"

"怎么啦？"她一副嬉皮笑脸的神情，"蒲荔表姐，我去赌一把你丢掉不想要的杨伟这个呆子，这种'便宜货'，还不行哪？"

习蒲荔伸出右手的拇指和食指，拧转着表妹的耳朵说："嗳，小寒你去看一看，你去看一看吧，那个唱歌的菲律宾歌手正瞪着眼睛'噁'你呢！"

表妹转过头去张望了一下四周围，然后她就缩起了自己的脖子，并且还朝表姐伸了一伸舌头地说："哇塞！蒲荔表姐，掉头看我们的人，竟然会有这么多哪！啊？看来我刚才那一段'何不潇洒地赌一回'的即兴清唱，还真的就抢了那个菲律宾歌手的行市了呢！格格、格格……"

接着那两个表姐妹的犹如是美人蛙鸣一般清脆的笑声，在这个上接天穹、下连地界的"纽约的厨房"那宽大的空间里，再一次地波荡了开来，并且再一次地吸引着所有在这里用膳的人的眼球……

11

谁要是认为一个大男人被一个女孩子倒着去追，是一件很贱的事情的话，那么他可能就是大错和特错了。因为事实可以证明，被女孩子倒着去追的男人，其结果绝对是一件既尴尬又难受的事情！比如就拿杨伟来说吧，此刻他就有这方面的体验。

那一天，他背上背了一包物品，手里抱着一台新买下的与他的个人电脑相匹配的扫描仪，从蓝岛的"百脑汇"返回了自己的住处，然而当他准备掏钥匙去开门的时候，却蓦然发现自己的钥匙丢了！他掏遍了身上所有的口袋，直掏得脸上都冒起了冷汗，可还是没有找到自己的钥匙。

至于要说起了钥匙事情的始末经过来的话，那还真有一点儿的窝囊呢！那一天下班，他先是去了一趟朝外大街的"华普"超市，采购了一些生活必需品，然后又去了一趟斜对面不远处的蓝岛大厦的"百脑汇"。当时光顾"百脑汇"的人非常多，他在看扫描仪的时候，身旁边就挤了很多的人，尤其是两个年轻漂亮的女孩，一直从"华普"超市跟到了"百脑汇"，并且紧紧地挤轧在他的身旁边，直到他抱回了这一台他所看中的扫描仪的时候为止。

在往回赶的路上，他本来想打个出租车回去的，可是身上的钱包不作美了。因而他想还是算了吧，还是坐公交车回去吧。当时的时间，是晚上七点钟左右，坐公交车的人很多。杨伟登上了公交车以后没有找到座位，他就站在了过道里。然而那两个从"华普"超市里就跟着他、而在"百脑汇"里又挤轧在他身旁的年轻漂亮的女孩，这时候也挤上了这一辆公交车，并且她俩又紧紧地挤轧在他的身旁边，不过他移开了自己的视线，因为他向来不多去注意在现实生活当中穿梭的女性，尤其是年轻的女性。

公交车在都市的夜色里行驶。而在靠近他们研究所的一段很长的道路上，又正在进行着路面施工。他生怕公交车在经过这一段路面的时候，车身会出现剧烈的颠簸，而震坏他那一台新买的扫描仪，于是他就用左手紧紧地夹抱着那台扫描仪，右手则小心地吊住了车厢内的扶手。可是谁知，公交车还没有开到那一段施工路面，车辆忽然就"硌磴"一下地摇晃了起来。由于汽车颠簸所造成的惯性，让杨伟猛地一个趔趄。他赶紧左手抱紧了扫描仪，右手拉稳了车扶手，垫起了脚尖，以稳定住自己身体的重心。可就在这时候，问题的关键不是出在他那台扫描仪上，而是他的大腿根处突然就感到了一阵凉意。他低头一看，啊唷喂哟，自己下身穿着的运动裤，居然被身旁那个没有站稳的女孩给拉了下去。这种情况绝不是用一两句"要说起来还真有一点窝囊"的话就能形容得了的。那时候，所有乘坐公交车的乘客的目光，全都聚焦到了他那突然暴露在外面的大半个三角内裤的地方，并且全都笑翻了天。他们笑得一边躬腰驼背、拍手跺脚、涕泪直迸的，一边在关注着他怎么在背着背包、抱着扫描仪的情况下，还能够将自己的裤子给拉上去。

真的！当时公交车上如果有一个洞的话，而那辆公交车又正好是处在了停着不开的情况下，杨伟说不定就倏地一下钻进去，再也不肯抛头露面了。因为一个死要面子活受罪的大男人，自己穿着的运动裤，居然在大庭广众之下被人给拉了下去，而且拉下他裤子的居然还是一个年轻漂亮的女孩，你们说丢人不丢人哪？而那个拉下他裤子的年轻女孩，此时此刻，不仅不向他赔礼道歉，反而还笑得蹲在了车板上，好像再也就站不起来似的。

那会儿的杨伟，心里是一千遍地赌咒、一万遍地发誓："今后出门办事，打死我也不会再穿有松紧带的运动裤了！"他尴尬地拜托身边人帮他抱一下扫描仪，然后就急急地弯下身子，慌急慌忙地拉好了被身旁那个没有站稳的女孩所拉下去的运动裤。过后他朝着那个笑得蹲在车板上的女孩，狠狠地瞪了一眼。本来他还想板起面孔狠狠地斥骂她一顿的，可是一看公交车到站了，他也就顾不上斥骂那个女孩了，拔腿就跳下了公交车。想一想自己这个三十年来，他还是头一次被一车乘客的哄笑声给轰下了公交车的。

"上帝啊！"他站在自家门口想，"我的钥匙，也许就是在那个时候给漏掉了的吧？"他的面子丢也就丢了，找不回来也就算了，然而钥匙却是整整一包哪！里面不仅有他商品屋的大门钥匙，房间钥匙，桌、柜、橱、箱的钥匙，办公室和实验室的钥匙，但是最最重要的，还有自己女朋友习蒲荔北二环那一边住处的钥匙哪！

这个母夜叉！他心里恨恨地咒骂着，拉下他的裤子，害得他丢人现眼不算，别的钥匙丢了也没什么，因为在他研究所的办公桌里还留着备用件呢！但是唯独女朋友习蒲荔那边住处的钥匙不能丢啊！因为这是女朋友对他的信任，所以才把她住处的钥匙交给他保管的。可是现在，万一有人用他丢了的钥匙，去女朋友那边做出些什么坏事来的话，那么女朋友从美国回来，他可怎么向她交代啊？这个母夜叉！他心里又在恨恨地咒骂了起来，真是害得他倒霉透顶哪！算了，算了，还是明天去公交总站找一找看吧！

12

第二天上午。杨伟刚上班不久，就有一个陌生的年轻女孩，前来敲他们实验室的门。当时还是实验室的工作人员吕玉兰大姐给接待的呢。

那个陌生女孩一敲开了门，便风风火火地问道："请问这一位大姐，在你们这儿工作的人当中，有没有一个叫做杨伟的年轻人呀？"

"有啊，"吕姐问她，"你找我们的杨博士有什么事情吗？"

"有一点儿小事情。"

"小杨，杨博士……"吕玉兰大姐向着办公室叫道。

"哎……"

"有人找你呢！"

"吕姐，是谁在找我呀？"

杨伟从办公室里走了出来。他抬眼看望，见是昨晚挤轧在他身旁边的两个女孩之中的一个。他想这位女孩，是不是前来送还自己昨晚上丢失的那包钥匙的呢？他的钥匙包是那种能够折叠翻开并能把钥匙包在里面的真皮小包。钥匙包的正面印有CCTV（中央电视台）的徽号。这是去年他和女朋友习蒲荔去公主坟的科技书城时，女朋友忽然就看中了这一款钥匙包，便买下来送给他作为纪念。这个钥匙包的侧面还有一个拉链小袋。为了预防万一，他在这个拉链小袋里留了一张写着他的姓名、单位、联系电话和工作地点的字条，并且还附带了一句："万分感谢雷锋式的好人！"另外他还在里面塞了一张二十元面额的钞票，希望以后如有捡到他的钥匙包的人，能够看在这一张二十元钱和那一句感谢话的份上，将钥匙包送还给他。

杨伟本来准备再过半个小时，他就前往公交汽车总站，到那里查问一下昨晚那一辆公交车，是否有什么人捡拾到他的钥匙包没有。现在见到了有一个陌生的女孩前来找他，因而他便高兴地问："这位小姐，是你在找我吗？"

"啊？你就是杨伟呀！"那个陌生女孩一见到了杨伟，她马上就"扑嗤"一声地笑了起来，并且一直笑到弯下了腰，就像一个油焖大虾似的。

"小姐，"这时候，杨伟虽然脸红脖子粗地下不了台，不过他还是强行忍着地问："你是不是捡到我的钥匙了？"

好不容易等到笑完了，那个女孩便从自己随身携带的小拎包里，掏出了一包钥匙握在手上，并且还在杨伟的面前晃了一下说："这包钥匙总不会是你的吧？啊？你可不要不是你的钥匙也去瞎认哦！这样可是不道德的哦！"

真是一个恶毒的母夜叉啊！面对眼前这个促狭女孩的戏弄，杨伟当时就光火了，他心里想，"拉下我的裤子，让我当着一车人的面丢人现眼不算，现在居然还跑到我们研究所，再来捉弄我一番！"所以他一时情急，便忘了自己的身份，并且失态地发起了火来："我说你这一位小姐，你说你整够了我没有呀？要是整够了的话呢，就请你马上把我的钥匙包归还给我！"

"喂！你凶什么凶哪？"那个女孩喉咙居然高上了八度音，"哪个人整你啦？啊？我们捡到了钥匙，看到了钥匙包里的字条，就好心地跑来送还给你。没有想到，我好心反而倒没有好报！你不说一声谢谢我也就算了，却还要朝我发脾气，还要让我去挨你的骂，真是气死我了！气死我啦！现在我不还给你啦！我不高兴还给你啦！我就不还给你，你又能把我怎么着吧？啊？

231

看你还能把我给吃进肚子里去不成？我要走啰！杨伟博士我们再见啰！"

杨伟绝对没有想到，眼前这个女孩嘴里那许多凶得要命的话语，简直就比先前中国女排运动员郎平那一次一次的重扣、一个一个带着致命角度的短平快、一回一回的高跳拦网，还要厉害个八倍哪！简直就是铺天盖地地向他罩了过来。这时候他真是要多尴尬就有多尴尬。一个他不认识的陌生而又漂亮的女孩子，在他实验室的大门口，冲着他既是大嚷又是大叫的，让他真是难堪到了极顶。就像俗话里所说的那样，"说话忽然就闪了腰，放屁一下就砸坏了脚后跟。"这句话真是一点儿都不错哪！

实验室的同事们，闻声全都跑出了门外，就连研究室主任张贤博士也跑出来一探究竟。那个女孩一见，更是人来疯地说："你们大家给我评评理看，我是好心好意地跑来送还他丢失了的钥匙，他却说我在整他……"

"你们大家不知道，昨天晚上她……"杨伟忽然语塞。

因为当着众多实验室同事的面，杨伟不便说出昨晚在公交车上，他是如何被一个年轻女孩拉下了运动裤的事情。然而眼前的这个女孩，看来又是一个得理不饶人的凶女孩子，现在她当着大伙儿的面，差不多快要把他说得狗屎烂臭的一分钱都不值似的！这时候就连他的同事和领导们，也都开始七嘴八舌地批评起他来："哎哟，小杨，这个问题很简单嘛！你先跟这位小姐道一个歉嘛！那么，这位小姐就会把你的钥匙归还给你了嘛！"

"杨博士，人家小姐可是一片好心啊！捡到了你的钥匙包，还大老远地跑过来送还给你，你应该好好地谢谢人家才对呢！"

"小杨，你现在买一份礼物去送给人家，或者请人家小姐到哪里去喝上一点什么，不就解决问题了吗？"

"你们说得倒挺轻松！"杨伟当时心里想，"要我当着大伙儿的面向她赔礼道歉，嘿，门边儿都没有！"这时候他才知道什么叫做"别人家的小孩死不完"这句话的含义了！现在他敢打赌，一定是她，对！肯定是她先拉下他的运动裤，然后等到他一跳下公交车，笑得蹲在过道上的她便发现了他这一包掉在车厢板上的钥匙。这是一个非常浅显的事实，凡是稍微有点头脑的人，只要做一些最简单分析，就可以分析得出来的，可是这个女孩却给他来一个死活都不肯认账，反过来还要自己向她赔礼道歉，真是岂有此理啊！不过现在他又不能对这个女孩说一句"不！我死也不会向你赔礼道歉"这种话的。因为其中的缘由，只要这个女孩不说出来，他也就不便开口。就是说出来的话，研究所的同事们也未必会相信自己的清白，他要是不成为大家的笑料才怪呢！大家会以为他是有意要在人家女孩面前掉裤子呢！再说，自打昨晚以后，他就是想说也说不清楚了。"算了吧，"他心里想，"还是退一步风平浪静，让三分海阔天空的好吧，就算自己活倒了八辈子的霉，让自己碰巧撞上这个母夜叉吧！不然，要是再僵持下去的话，自己腹腔内又要紧张得咕噜、咕噜的了。"于是，他决定向这个"凶"女孩显示一副低姿态。因而他便讷讷地说：

"好吧小姐。歉，待会儿我单独跟你道就是了。现在我就请你到哪里去坐上一会儿，喝上一两杯，这下总算可以了吧，小姐？"

"这话还差不多呢！"那个"凶"女孩子仿佛不是在对他说，倒更像是在对大家说话似的，"不过，你可得要知道，虽然我是一个女孩儿家，但是我每一次说话，可全都是算数的呀！"

杨伟被这个"凶"女孩挤兑得简直前后都不是人，就好像他是一个说话从来都不算数的人似的。无可奈何，他便向研究室主任张贤博士打了一个招呼以后，便跟在那个"凶"女孩的后面步下了楼梯。

此番那个"凶"女孩仿佛就像一只老母鸭似的，在他的前面跩啊跩地走着。而在后面跟着的杨伟，倒像是成了她的一个跟屁虫了。他在后面一边跟着走，一边心里面暗暗地诅咒："这个男人婆哇！但愿她今后嫁了一个丈夫是抠鼻子、凹眼睛，养出一个儿子没有肚脐眼哪！"

13

杨伟跟着那个"凶"女孩，刚刚走到了楼道拐弯处，迎面就又碰上了另外一个女孩。看起来，这个女孩似乎在这里已经等了有一段时间了，好像就是专门在等着他们两个人走出来似的。

他绝对没有想到，这个"凶"女孩的男人婆，居然还带了个"跟班"出来！嗨！哪有这么巧哇？一走下楼梯，男人婆就会遇见她的同学吗？而且还是在他的研究所内！他真不敢相信，现在的女孩怎么都变得这么聪明！这么刁钻精坏！仿佛一个个都成了精灵鬼怪，就像白素贞和小青儿那样的精灵鬼怪一样！看来他今天是凶多吉少，非要栽进她们预先设置好的陷阱和圈套里，再也挣脱不开了。"呆子，"男人婆的"凶"女孩开口说，"你刚才总没有说过，只允许我们两个人到哪里去喝上一杯这样的话吧？"

那个"凶"女孩子加男人婆，这时候，还故意装出一副傻兮兮的样子来反问杨伟，弄得杨伟真是哭笑不得。而她的那一个"跟班"同学，则是有意地假装出一副根本就不知道内情似的口气问："嗳，周慧敏，跟在你后面走着的这位小帅哥，他是谁呀？你也不给姐们介绍介绍来着呀？"

那个"跟班"同学嘴里一边说着话，眼睛一边就不住地往杨伟这里扫瞄。不过杨伟一眼就认出来，那个"跟班"同学，就是昨天在"百脑汇"里挤轧在他身边，后来在公交车的过道上，又挤轧在他身后边的两个年轻女孩中间的另外一个。只听男人婆说："凌寒，这个呆子刚才说，等一下他要向我赔礼道歉，并且还要请我到哪里去喝上一杯呢！你说我跩不跩啊？"

"是吗？"叫凌寒的女孩搭话说，"还有这么好的事情哪？嗨，周慧敏，姐们还真佩服你盖了冒呢！那么我也跟着你们一起去跩上一跩，怎么样？"

"行啊凌寒！对于这个呆子，我们今天不吃就是白不吃呢！"

什么周慧敏哪？当那个"跟班"叫那个"凶"女孩为"周慧敏"的时候，杨伟差一点没有失声大笑了起来。他想："就你这个男人婆的凶模样，还周慧敏哪？别把人家的大牙都笑掉了吧！你恐怕连人家香港演员周慧敏的脚趾头都抵不上呢，叫'蕃瓜婆'还差不多呢！"不过，杨伟这时候觉得，男人婆旁边那个叫凌寒的"跟班"同学，人品似乎倒是相当不错，就连对女性并不多去接近的杨伟，这时候他也觉得她非常的耐看，非常的养眼。那个凌寒好像一直都在旁边偷偷地打量着他，端详着他。现在这两个女孩子，把头给聚到了一起，低低地互相咬了一阵耳朵，好像她们还达成了一项什么决定似的，然后男人婆的周慧敏，便转过身子来对杨伟说：

"呆子，假如你不愿意跟我赔礼道歉的话，那也不要紧的，我可以原谅你刚才的蛮横无礼。不过你可得答应我三个要求……"

"得、得、得，"不等男人婆的周慧敏把话说完，杨伟立刻就封住她的嘴巴说，"我哪有那么多的条件可以去答应你啊？"

现在他可以肯定地说，眼前这两个女孩好像是商量好的，并且还是事先就训练好的呢！看起来，眼下她们又想要使出什么新的坏点子了。"三个要求，"他心里想，"嘿，想得倒是挺美的呢，你们以为我是孙悟空哪？想要什么就能去变什么哪？我真的就那么呆吗？能够让你们这两个黄毛小女孩，牵着我的鼻子到处去乱跑乱窜吗？"

"呆子，"男人婆的周慧敏说，"我们刚才说好了的，你可不能去耍赖皮喔！耍赖皮的人就是阳痿和太监，就没有男人的那个玩艺儿！"

"啊唷喂！这是一种什么样的女孩啊？"望着眼面前的男人婆，杨伟心里想,"她也真他妈的敢说呢!敢说这种话的女孩,还有什么事情她不敢去做呢?她一定也敢在公交车上拉下我的裤子!其他人信不信,那都无所谓,反正只要我自己相信就行了!"跟那个叫周慧敏的女孩的交易破裂以后,杨伟最终还是选择了赔礼道歉,省得在什么时候他又要中了她们的圈套。因此他便问这两个女孩,都想要吃一点或者喝一点什么?周慧敏说:

"呆子,你要是请客的话,首先就必须得请上我们两个人,不许你再耍什么赖皮。那么,我们现在就去饭店吧。"

他们三个人去了研究所旁边的"湘菜楼"。等到坐下来以后,杨伟看着桌子对面的两个女孩,他不用去问她们什么,心里也能猜得出,这两个漂亮女孩,肯定就在附近的某所大学里面读书。但是从她们的言谈举止来看,显然不是读文科的。至于她们读什么专业,他也不想多问,更不想跟她们多聊什么,随便她们去瞎折腾吧。不过比起了男人婆的周慧敏来说,那个叫凌寒的年轻女孩,应该可以算是一个相当漂亮的女孩子了。她的一双眼睛,犹如赵薇的眼睛那般活泼调皮;而她的瓜子脸形,则又有一点像林心如那般圆润端庄;而且名字起得也很好,凌寒,凌寒,"墙角数枝梅,凌寒独自开,遥知不是雪,为有暗香来。"颇有一种清馨高傲、孤芳自赏的韵味。

虽然凌寒的容貌和名字都很不错,但是仅凭她刚才"我也跟着一起去践上一践"的那一句话,杨伟对她的形象就大打了许多的折扣。因此他只等眼前的应酬结束,就跟这两位女孩道上一声"拜拜",这辈子也不想再见到她们的面了。因为他已经是一个有女朋友的人了,况且女朋友习蒲荔对他又很不错,可以说,没有女朋友的帮助,也就不会有他现在这般洒脱的状况。不过他和女朋友之间,似乎也存在着一定的距离。有时候他觉得女朋友仿佛距离他太遥远,遥远得似乎又有点虚无和缥缈,以致他都不敢对她有一丁半点肮脏和淫邪的念头。因为任何肮脏和淫邪的性方面的念头,好像都是对女朋友习蒲荔的一种亵渎与不敬。在"湘菜楼"里,当杨伟问起对面这两个女孩都想要吃一点什么的时候,男人婆顺手拿过菜谱,前后地翻看了起来。

"呆子,"她一边翻着菜谱一边说,"我们今天也不想敲你什么竹杠,我和凌寒两个人一个人点上两个菜,其余你就看着办吧。我要一份水煮牛肉,一份小鸡炖松蘑。凌寒,下面就该由你来点了。"

那个赵薇眼睛林心如脸一般的凌寒接过菜谱,她翻了一翻说:"那么我就来两个素点的吧。以后我们还要再去交往呢,呆子你说是不是?若是现在就把你这个呆子吃得给跳起来,挥手给我们来一个'拜拜',嗨,那多没有意思啊!"

"啊？你们还想要去交往哪？"杨伟差一点没有把自己的一双眼睛给瞪破，没有失态地大喊大叫了起来，"啊唷喂哟！我的上帝啊！你们就饶了我吧！以后鬼才敢跟你们再交往哪！"

"嗳，呆子，"凌寒看着他说，"我说你这两只眼睛，怎么瞪得有这么的大呢？怎么这样看着我啊？嗳，你该不是心疼了吧？"

杨伟连忙把大手一挥地说："今天你们想要吃什么，想要喝什么，只要是这个'湘菜楼'里有的，你们尽管就去点吧，噢！我不会小气的，噢！等到你们吃好了，喝好了，我们就屁股一转，再见，永远不再见面了！"

"哎哟喂，"凌寒说，"你不要说得这么小鸡肚肠的嘛！山不转，水还在转哪！何况是我们这些人呢？没有不见面的时候吧？"

"还我小鸡肚肠呢，还没有认识你们，就把我搞得这么惨了！要是和你们再交往下去的话，我要是不被你们搞死才怪呢！"

"不会吧。嗳，呆子，能让我看一下你那个钥匙包，行吗？"

这时候，周慧敏只顾一个人低头猛吃猛喝，她才懒得去管他们两个人在谈论一些什么。凌寒拿过杨伟放在桌子边上的钥匙包，打开了揿钮，并且逐一地观看了起来。一会儿她问："嗯，呆子，这把是你大门上的钥匙吧？这把大概就是你房门上的了？嗳，呆子，你好像有一套两居室的住房是不是？"

"嗯。"

"从这几把实验室的钥匙来看呢，呆子，你应该还是一位学者，或者就是一位年轻的专家呢，我猜得对不对呀？"

"差不多吧。"

"这一把好像是电脑柜上的钥匙，呆子你有一台电脑，看起来你并没什么钱，但是却很有学问。你是属于那种清贫型的学者。我没有猜错吧？呆子你清贫而又执着，不像那许多花天酒地的官儿子，坑蒙拐骗的暴发户。嗯，还是这样好，还是这样好呵！"

杨伟已经懒得再去回答凌寒提出的各个问题了。此时此刻，他只是转过脑袋，把眼睛投向了别的地方。凌寒又拉开了他钥匙包的拉练，翻看起夹在里面的那一张纸条，然后说："哦，你的名字叫杨伟呀！在中科院遗传工程研究所工作，嗯……那么你肯定是一位博士啰，或者是一位遗传工程学方面的专家啰，呆子我没有猜错吧？嗨！真是想不到，真是想不到呵！看不出你这个呆子，居然还是一位年轻的博士哪！"

"嗨！"杨伟心里想，"又是一个母夜叉！"眼前这个赵薇眼睛林心如脸一般的女孩，简直就是一个披着美丽画皮的女鬼！这个时候，他觉得她仿佛正用高倍数显微镜的镜片在观察着和分析着他什么，又仿佛是用医生的手术刀在解剖着和研究着他什么似的。

14

有一段时间，杨伟真想拔起两腿就逃跑！真的！他真想一把就抢过此时此刻还握在了凌寒手里的钥匙包，逃得远远的，离她们越远越好。可是这个时候，凌寒好像是在跟他说话，又好像是在自言自语，更有一点像是在开玩笑一般，因为她竟然会说出了下面的这一番话：

"呆子，让我来告诉你我的情况，就算我们是在互相介绍吧，好吗？我家住在不远处的某某园小区。离学校虽然不算远，不过我还是希望自己在外面住好，这样就可以多接触一点社会，多结交一些朋友了。你不知道，靠在父母亲身边的生活，是多么令人乏味和讨厌！我现在正在大学读书。但是我的老妈就像怕我找不到对象似的，老是给我张罗来这个，张罗去那个的，就差着要到外面去贴小广告了。还有我老妈老爸的那许多朋友，一个一个的都讨厌得要命！上次他们给我张罗了一个当官的儿子。那个'官儿子'表面上一看倒是挺帅气的，家里的条件也不错，又有官场的后台背景。可是等我后来一了解，啊唷喂哟！我就哭。呆子你知道吗？那个'官儿子'在外面瞎搞八搞，乱七八糟，咪事颇多呀！保不准他已经染上了什么'贫穷花柳'和'富贵艾滋'的病了哪！简直就是一个纨绔子弟，一个太子党！我哭了总有整整一个月。呆子你说吧，我跟着这样的男人，会有什么好结果吗？

"后来我老妈又不嫌累得慌，又拼命地瞎去张罗！她们张罗来张罗去的，又给我张罗了一个很有钱的总经理。这个总经理人看起来还是可以的，条件嘛，别说是公寓和别墅了，光是'奔驰'和'宝马'轿车就有个两三辆。可是我一打听，啊唷喂，他是一个专门靠坑蒙拐骗起家的灰孙子货！我当场就哭得要命！呆子博士你倒是说一说看，跟这样的男人结婚，心里能有安全感吗？要是有什么好结果的话那才叫怪呢！于是我又哭了整整一个月。

"哭得我老妈心烦了起来，于是就对我拍桌子打板凳的，骂我是什么丧门星，还说这么好的男人你上哪里去找啊？说我还嫌弃人家呢，人家不嫌弃我就好了。要是我再哭的话，她就跟我断绝母女关系。过了一段时间，我老妈她又前烦后嫌地给我张罗了起来。呆子你不知道，我这心里头啊，要多难受就有多难受呀！不知道这一次她又要给我张罗哪家的官儿子、哪个坑蒙拐骗的灰孙子、还是要多丑就有多丑要多难看就有多难看的男人了。

"呆子，今天我幸好遇见了你。虽然你目前的经济条件是差了一点，但将来肯定是会好起来的。就是经济条件好不起来，那又有什么关系呢？总比那些个'艾滋、花柳'的官儿子、坑蒙拐骗的灰孙子要好得多吧？再说你又是一个博士，你的个子又这么的高，你的个子总有一米七八吧？况且你人长得又这么帅，又这么有阳刚之气。嗳，呆子，有没有人说你穿上这一条牛仔裤很'酷'啊？没有啊？反正我觉得，这一条牛仔裤穿在了你的身上很帅气，很像样，很'酷'的呵，很有男人的气派哪！如果我回家去跟我老爸和我老妈说，我在中科院遗传工程所有你这样一位男朋友的话，嗨，那他们肯定就不会再给我去烦前烦后地张罗那许多'花柳、艾滋'的官儿子啦、坑蒙拐骗的灰孙子啦、丑陋难看的妖八怪啦什么的了。而且他们还会高兴得，嗨，他们肯定就会高兴得好几个晚上都要睡不着觉呢！嗳，呆子，我这样对你说话，你明不明白我的意思啊？"

凌寒不吃也不喝地，一口气就讲了一大串的话。等到她介绍完自己的情况以后，杨伟只觉得她刚才那一长溜的话语，就像是一颗颗的子弹一样，从他的左脑打进了他的右脑，头脑壳给穿了几个好大的洞！他仿佛一下就掉进了肖斯塔科维奇式的冥想的境界，两只眼睛跟着他的大脑在空中无意识地盘旋，心灵就像是哈雷彗星的尾巴一样拖在了后面。

此时此刻，他的脑海里好像浮现起了《傲慢与偏见》中，达西第一次向伊丽莎白求婚时的样子，他把那许多翻涌在他心头里的激情话，装了满满的一大盘，全部都托了出来的那副窝囊相……"啊！"达西对伊丽莎白说，"我实在是没有办法再挣扎下去了……我再也无法压抑住我的感情了，请允许我告诉你吧，伊丽莎白，我是多么多么地仰慕你，多么多么地敬爱你啊！……"结果在被伊丽莎白臭骂得狗血喷头以后，达西才得到了伊丽莎白那一句："无论你用什么方法和手腕，都无法使我去接受你的求婚！"

多么可笑！面对眼前这两个女孩，杨伟心里想，她们整得他好惨哪！刚才他还避之若蛇蝎地想要逃跑，想要逃之夭夭呢！可他却没有想到现在风水已经轮流转，皇帝已经轮流当了哪！这个赵薇眼睛林心如脸一般的女孩，此刻可是倒了过来，向他倾诉起了衷肠！听她说到现在，他总算明白了一件事情，就是在这个世界上，还是自己的女朋友习蒲荔好哟！不过这会儿他真是好开心哪！他心里想，何不来一个将计就计，让她也去尝一尝被人拒绝之后的痛苦！今天他就践他个二百五一下！谁让她们这两个女孩整得他要死不活的哪？求婚被拒绝，那还不是最痛苦的，他还要再去看一看她那种求救无门的眼神，想一想她那一哭就是一个月的面孔，最后还要迫不得已去嫁给那些个"贫穷花柳""富贵艾滋"的官儿子、坑蒙拐骗的灰孙子、丑陋难看的"妖八怪"。哈！她还得要感谢她老妈，当时没有狠狠地打了她一个耳光，让她一个跟跄，一下就给摔倒在臭阴沟里去算了！要不然的话，就让她去当一个一辈子都嫁不出去的老姑娘，那也是一件非常好玩、非常有意思的事情呢！生意一天天地萧条起来，脾气却一天天地坏下去。想起将来她那款变卖不出去的肉蒲团，此时此刻，他心里那股高兴劲儿，真是提都不用再去提了！

就在杨伟不着边际地胡思乱想的时候，然而坐在凌寒旁边的男人婆的周慧敏，这时候活像就是一只随时随地都在等候着要去亲吻别人的手的京巴狗一样，虎视眈眈地望着杨伟说："现在该轮到我来说一句话了吧，啊？好！那么你们两个人都给我听着，我现在要是跟谁亲吻呢，谁就是你们所需要的人，你们就得要紧紧地抓住他（她），从此不再让他（她）逃掉。"

周慧敏说出来的一番话，让杨伟忽然就想起了基督教中那个受苦受难的耶稣。他的十二个门徒之一的犹大，就是给了敌人这样一个暗号，然后他便站起来，走到耶稣的面前，亲吻了耶稣的左脸，于是耶稣就被他的敌人活活地钉死在木头的十字架子上。虽说杨伟不是一个基督教徒，但是这时候他似乎非常敏锐地感觉到《马太福音》中的朗诵声，将要在他的耳朵边响起来。出卖加上迫害，周慧敏的阴谋诡计，终于快要原形毕露了！杨伟强忍着不使自己笑得弯下了腰，他便假装出一副若无其事的样子对凌寒说：

"如果你这么急着要找一个男人的话，北京市这么大，一千多万人口哪，还不包括那许多洋鬼子的外国人和暴发户的边缘人在内哪！何况你长得又是这么漂亮，眼睛像那个赵薇，面孔像那个林心如，并且身材又是这么修长，名字又是这么好听，难道你还怕挑不到一个好男人吗？"

杨伟从来都没有这么口是心非过，这么假马若鬼过。那个时候，他就想要找一个没有人的地方，或者就想要跑到饭店的卫生间里，去好好地放声大笑上一场。可这时候凌寒的一双眼睛，却是既羞涩而又大胆地看着他的面孔，并且稍微还带着一点难为情的神色问道：

"那么，你这个呆子呢？为什么那个好男人，就不能够是你这一个遗传工程研究所的呆子博士杨伟呢？"

"我？"杨伟跟着随口而上，"嗨！我说北京所有的人都有希望，就唯独我杨伟是一个一点希望都没有的男人哪！你知道了吗？因为我已经是一个有老婆的男人了哪！"

"啊？！"凌寒惊讶地叫着。

"你说什么？！"男人婆的周慧敏跟着也惊讶地问着。

正如杨伟先前所估计的那样，眼前这两个女孩，花容顿然消失，并且还大眼瞪着小眼地相觑着，面如土灰，尤其是那个叫凌寒的女孩，她那双赵薇一般的眼睛里，竟然还涌起了亮晶晶的泪珠儿。这个时刻，杨伟的心里涌动起了一种践得不要再践的感觉。自从昨晚在公交车上，裤子被人拉下了以后，他那一直处于窝囊状态中的心情，现在终于得到了补偿。他又像是一个处于输家的赌徒，现在终于赢回了一局。因此他的心里边，此刻就是爽歪歪地，甭提有多么开心，多么高兴了！眼下就连他说话的模样，也是随随便便、口无遮拦、牛皮大了起来。他竟然对凌寒瞎胡乱侃地说：

"我看要么这样好不好，你要是实在没有男人去要的话呢，那么，干脆就做我的小老婆算了呗！"

他这句随便瞎胡乱侃的话刚一说出口，不要说是别人了，就连他自己听起来，也都吓了一大跳呢！因为他是一个从来都不喜爱乱开玩笑的男人，然而此时此刻，他居然却开了一个好烂好烂的玩笑哪！而且开玩笑的对象又是一个刚刚见面和刚刚认识的女孩。可是谁知道，坐在对面的那个赵薇眼睛林心如脸一般的凌寒，在听了杨伟这一番恶毒的戏弄之后，她竟然还能够平静得有一点出乎别人意料地说："好吧！小老婆就小老婆吧！"

凌寒的这一句答话，犹如是一记很沉、很重、很响亮的耳光，一下就猛打在杨伟的脸颊上，只见他从餐桌旁边倏地一下就跳了起来，并且还朝着凌寒大声地嚷嚷道："啊？！你这是在开哪一门的玩笑啊？"

"呃，"这时候，凌寒的眼睛里噙起了泪花，并且说话还带着一点哭腔地说，"呆子，小老婆这一句话，可是你自己说出来的哦！"

杨伟望着眼前这个噙着泪花、涨红面孔地看着自己的女孩，刚才他那一种践得不要再践的感觉，一下就消失得无影无踪了。这时候他仿佛是一棵被寒霜给打了的秋草，耷头耷脑地蔫了下来。谁叫自己乱开人家年轻女孩的玩笑来着哪？坐下来的时候，他的心里就是这么蔫不啦叽、耷头耷脑地想着，这种烂玩笑就能胡乱瞎开的吗？这一下可好，自己又要钻进她们预先设置好的陷阱和圈套里面去了！唉，真是风萧萧兮易水寒，壮士此刻断了腕哪！湘楚之地的汨罗江里，将又要多出一位好帅、好有阳刚之气的冤枉鬼（这可是凌寒刚才所说的：你人长得这么帅，这么有阳刚之气，而且穿着牛仔裤又是这么酷，这么富有男人的气派……）了！

15

在接下来的几天中，杨伟明显有一点坐立不安，不管干起什么事情来，他都好像有一种心不在焉的感觉，就好像那种被掐掉了头在乱飞的苍蝇一般，三天两头为乱开人家漂亮女孩的玩笑而心里感到后悔。

另外他还有一种很特别的感觉，就是家里放置的东西，比如一些专业书籍或者日记本什么的，他明明记得是放在了这一边的桌子上的，可是等到找起来的时候，它们却像是长了脚一样，跑到了那一边的柜子里面去了。还有他上班之前明明有一些来不及收拾的凌乱衣物，可是等到下班回来以后，却又变得整整齐齐的了。他不知道这是怎么一回事情？也许是他的感觉出现什么差错了吧？

大概相隔了有一个七八天吧。时间到了星期五双休周末下班之时。天色将晚，外面又淅淅沥沥地下起了雷阵雨。杨伟拎着从职工食堂买回来当晚餐的馒头和包子，冒着雷阵雨冲着跑回自己的商品屋。他全身湿淋淋的，伸手从衣兜里面掏出了那一串用小两百元钱的请客以及一声"对不起"的道歉所换回的钥匙，打开了自己的屋门。

"啊？！"一进了屋，他就叫了起来。屋子里仿佛彻底地变了个样，乱七八糟的书籍和杂志，全都给整齐地摆进了书架，丢了满地的脏衣服，也通通都不见了，屋子被整理得整整齐齐、打扫得干干净净，甚至就连这一套大两居室的屋子里的空间，现在看起来似乎也都见大了许多。

嗨！卧室里的床上怎么还躺着一个女孩哪？对呀，他怎么就把她给忘了呢？这一类的事情，似乎也就只有自己的女朋友习浦荔才干得出来哪！她肯定是从美国回到北京了。并且一回到北京就先来他这里，把他所有的脏衣服全都洗了。于是他便朝床上喊道："喂，小荔，是你回来了吗？"

"哎哟！"他的女朋友先是哼唧了一声，然后就从床上欠起了身子，声调一有点懒洋洋地说，"今天，我可好累哟！"

"真是麻烦你了，小荔。啊？！"杨伟忽然就愣怔住了！眼面前的女孩，居然不是他的女朋友习浦荔，而是那个赵薇眼睛林心如脸一般的凌寒！他的这一种震惊的程度便是可想而知了，只见他倏地就惊叫了起来，"你……我的上帝啊！喂！你是怎么进到我的屋子里的呀？"

凌寒从床上懒洋洋地转过身子，把两只腿脚悬在床边，跟着就伸了一个大懒腰，随后又揉了一下眼睛地对他说："你是问我怎么进来的吗？那么，你就应该要好好地问一问你自己了！你自己出门的时候，不把大门给锁好，于是我就进来了呗！"

"胡说！"他沉着脸地向她吼叫了起来，"这是不可能的事情！"

"还不可能呢！你这个呆子呀，成天就丢三拉四地心不在焉！你呀，总有一天，你要把你自己的脑袋瓜也会给弄丢了呢，呆子！自己出去的时候不把门给关好和锁好，反过来还要朝我发脾气！"

不可能！杨伟心里边犯起了嘀咕，这是绝对不可能的事情！他绝对不可能出去的时候，会不把自己的屋门给锁上的！"那么，"他又继续喝问道，"你是怎么知道我住在这里的呀？"

"你真是一个呆子呀！"凌寒笑眯眯地回答说，"这个都猜不出来吗？你不是没有姓名吧？我又不是没有嘴巴吧？真是一个活呆子哪！告诉你吧呆子，我可是一路问过来的啦！我见到人就问，后来正好问到了你们单位的一个同事，于是我便跟他说我是你的未婚妻，然后就请他带我到这里来啦！"

"你胡说……"杨伟伸手握拳地抵住了额头，一副猜疑不定的神态，"你给我老实说吧，你到底是怎么进来的？我的大门不是锁着……"

"呆子你啊，"凌寒又伸了一个大懒腰，并且懒洋洋地岔开了杨伟的话题说，"你不知道我今天好累、好累呀？我把你所有的脏衣服，还有床单、枕巾和被套，全部都拿出去洗了哟！还有你的被絮、棉袄以及冬天里的衣服，我也都拿到阳台上去见见阳光、吹吹风了哟……喔唷，不对，外面好像是在下雨了吧？啊！不好！这下可糟糕了！"

"哎哟，我的上帝啊！"这时候杨伟也叫了起来，"我的棉袄！我的棉被！噢……你不要出去！我自己出去拿好了……"

可是任杨伟怎么劝都不管用，尽管初夏季节那沉闷的雷声，就在阳台外面"轰隆隆"地炸着，可凌寒还是拼了命地往阳台上跑，杨伟也紧随其后。只见凌寒拼命地收拾衣服和床毯。上帝啊！阳台上的东西全被雷阵雨给浇湿了，无一幸免。杨伟感到自己这一辈子怎么就这么的倒霉！他们两个人就像发了疯似的，冒着倾斜过来的雷阵雨，在阳台上跑来跑去的。最后又从栏杆上抱起了那一床沉得犹如是一片浸透了海水的珊瑚礁一样的棉被。看着杨伟那一副龇牙咧嘴的就像要吃人的模样，凌寒赶紧向他赔礼道歉说：

"对不起了，呆子！我不是有意的。"

"你呀，"杨伟凶巴巴地朝她叫道，"成事不足，败事有余！"

"真是太对不起你了。"凌寒再一次的赔礼道歉以后，她就像一个犯了错误的孩子一般，低下了自己的脑袋，不再言语。

因此杨伟也就闭起了嘴巴，不便再去说她。于是他们两个人就这样静悄悄地坐着，谁也不说话，陷入了一片沉默。过了好一会儿，杨伟才勉强地对她说："好了，我打个的送你回去吧。免得到时候你感冒了或者生病了，又要说是我给害的。说实在的，我还真是怕了你这样的女孩子了。"

"不会的，呆子，"凌寒脸上露出了微笑，她说，"今天晚上呀，我就睡在这里不走了。你看，我都把我的衣服给带来了呢！"

说到这里她便站起身来，并且拉开了杨伟的衣柜，从里面拿出了几件女式服装，亮在了杨伟的眼面前。此时此刻，杨伟目瞪口呆地望着这位专给他制造麻烦的女孩子，讷讷地说："你……你在开什么国际玩笑哪？"

"没有啊，"凌寒说，"我一点都没有跟你开玩笑啊！我是好不容易才从家里边逃出来的呀！我想先在外面适应一下环境。再说了，你的房子有这么大，有着两个房间呢！以后我睡一个，你睡一个，或者……我们两个人就是合在一块儿睡的话，也没有什么不可以的吧？"

"我说你有没有搞错哪？"杨伟惊呆了。

"没错哇？"凌寒似乎一本正经地说，"我是你的小老婆嘛！这还是你自己先提出来的呢，而我又是同意了的。虽说我们还没有结婚，可是我住在了你这儿，似乎也就没有什么不太对劲的地方吧？啊？对不起了呆子，我身上的衣服都湿透了，我可要先去洗一个澡啰！"

凌寒说完，她便拿出了要更换的衣服，走进了卫生间，而且她还把门"砰"的一声关上。杨伟又一次地愣住了。他心里想，这个女孩子的脸皮，怎么就这么厚啊？仿佛这里就是她自己的家一样！还没有得到他这个主人的同意，嗨，她倒比他这个主人还要主人起来了！不行！待会儿吃过了晚饭，无论如何得把她给送走，免得又要惹出什么麻烦来。

凌寒洗完澡后出来，杨伟看了不免有一点发呆，初夏时分那些很少的衣服，遮掩不住她轮廓优美的身体曲线；湿漉漉的黑头发一绺一绺地、细细软软地耷拉在她青春圆润的脸庞上，轻风吹起，头发在她的额前和肩头轻轻地飘动，更加衬托出她的美艳。他的心灵里燃起了一种快感，若要说是美女出浴、飘逸而靓丽的话，似乎一点都不为过，再说她比习蒲荔还要美丽几分呢！不知是什么缘故，此时他的心里涌起了一种说不清楚、道不明白的感觉，大概这就叫做改变吧，他的心情也会在这种潜移默化中慢慢地改变着。

"但是，"杨伟后来一边洗澡，心里一边还在想着，"这个赵薇眼睛林心如脸一般的凌寒，就是再美丽、再漂亮的话，也还是远远不如我自己的女朋友习蒲荔好看！"因为恋爱的定义，往往就是夸张一个异性与其他所有异性的分别。更何况凌寒在他的心目中的印象实在是太野了，说不定在公交车上拉下他裤子的事情，她也有一份责任，或者根本就是她的所作所为！

不过呢，野百合花也会有着春天的哟！就拿这个野女孩子一般的凌寒来说吧，她也有着非常美丽、非常动人的一面哪！他的心海里，忽然就波澜起了一股就像是《然后就去远行》的诗歌那样的心境：

花开可要欣赏，
然后就去远行。
唯有不等花谢，
才能记得花红。

有酒可要满饮，
然后就去远行。
唯有不等太醉，
才能觉得微醺。

有情可要恋爱，
然后就去远行。
唯有恋得短暂，
才能得到永恒……

这一会儿，他开始慢慢地恋上了野女孩凌寒那种短暂的美丽了。

16

在这一个时刻，他们两个人又都安安静静地坐了下来，彼此凝望着对方，互不说话，就像来自两个不同的世界里的人一样。后来还是杨伟首先打破了沉闷和静默,他先是探身朝外面看了一眼,但外面的雨还在下着呢,因此他便对凌寒说:"嗳,你的肚子一定是饿了吧?"他一边说话,一边就拎起了从单位食堂里买回来的包子和馒头,把它推在了凌寒的面前说,"喏!这几个馒头和包子,你就先吃吧,好吗?我来煮方便面。"

"煮方便面?"一听说要煮方便面,凌寒顿时就活跃了起来,"嗨!这煮方便面的事情,就数我最拿手的了!你要知道,在我们家里面,就是我最会做煮面条这一类的事情了。呆子还是我来给你煮吧,怎么样?真的,我的水平肯定比你要高出了许多哪!"

"你给我煮方便面?"杨伟一脸孔的不信任,"喔唷喂哟,你要是不把我的锅底给烧通了才怪呢!再不就是吃了以后我会拉肚子的!你呀,还是老老实实地给我坐下来,吃你的包子和馒头吧!"

"哟,你这大男人主义!好、好、好……那么从现在开始,我就一切都听你的啦!"凌寒笑呵呵地说着。随后她站起身,步到了书橱跟前,翻看起杨伟的藏书来。她看到书橱里有一幅折叠着的书法,便好奇地打了开来,并且嘴里还在高声地念着:"'一器阳刚,五六寸长,软如醉汉,疯如僧狂。'哇塞!"她皱起眉头地叫了起来,"好色鬼!呆子,你是一个好色鬼哟!"

这一幅书法,是杨伟搬家的那一天,在北京农业大学执教的大学同窗陆云海前来给他帮忙的时候留下来的。那一天他们拾掇完毕以后,便坐下来聊起了大学时代的往事:他们班上有一次考生物化学,由于作弊的现象严重,教他们生物化学的王俊如教授训斥说:"这一次生化考试,'×'(王俊如教授是南方人,他口中说的'抄'字缺了卷舌音,让人听起来就近似'操'字,下同)的现象太过严重,有的男的'×'女的,有的女的'×'男的,还有男女互相在'×';有的从前面'×',有的从后面'×',有的在暗处'×',有的竟然还敢明目张胆地去'×',个别人几乎把全班人都'×'遍了。就只有一个同学没有'×',他就是'阳痿'(杨伟)同学……"自那以后,杨伟便成了他们那个大学的笑料。那天他们聊着聊着,陆云海突然心血来潮地执起毛笔,写下这一幅调侃杨伟的书法。好在杨伟心胸大度,没有生陆云海的气,过后他便将此幅调侃的玩艺往书橱里面一塞,懒得再去理会。

这时候杨伟手上端了一碗热乎乎的面条,正好走出厨房。他看见野女孩凌寒当着他的面,绘声绘色地朗读起了这个颇具调侃的并且让男人们感到尴尬的玩艺儿,便沉下脸孔地吼道:"嗨!你怎么可以乱翻别人的东西呢?你还有没有一点教养啊?有包子吃还塞不住你的嘴啊?真是一个野女孩!"

"喔啨！呆子你凶什么凶哪？我又不是真的说你好色吗？只不过是你的这幅书法，它确实让人觉得很好笑的嘛！"

"哼！快吃！吃完了，你就给我拿上你所有的东西，然后再给我老老实实地回家去！要不然的话，嘿，可就别怪我对你不客气了！"

"呆子你别那么凶嘛！对我这个小老婆，要好上一点嘛！嗳，呆子，我想你的老婆，她一定是非常爱你了，是不是哪？"

"不错。我的老婆确实是非常爱我的。"

呵，上帝啊！这时候杨伟把自己的女朋友，说成是自己的老婆了，这简直就是在撒弥天大谎。不过，他心里确实很爱习蒲荔，他认为习蒲荔也很爱他。虽然他们还没有同房同床地做过一次爱，然而他在自己的心里面，早就把习蒲荔当成是自己的准老婆了。此时凌寒伸出右手，触碰了一下他的胳膊肘，然后指着挂在墙上的一幅时髦女郎的照片问：

"喂，呆子，这个就是你的老婆啰？她长得真漂亮哟！"

为了趁早摆脱野女孩凌寒的纠缠，让她早一点死了这条心，杨伟便往铺在地面的席子上一坐，两腿往屁股下面一盘，摆成一副打坐的神态，并且开始对凌寒瞪着眼睛说瞎话地，胡吹乱侃起自己跟女朋友有多么恩爱、多么甜蜜的事情来。他说："我这个老婆，她的名字叫做习蒲荔。她可是中央美院毕业的高材生哦！大学毕业以后，分在了北京工美集团总公司工作。最近她出差去了美国，就在最近这个阶段回北京。至于要说起了我老婆这个人来，还真没什么话好说呢！要说她多漂亮她就有多漂亮！你从墙上的照片就可以看得出来。她不仅人长得漂亮，而且心肠也好，为人处事，又非常有分寸，简直就是我心目里的偶像和女神一样哪！

"那还是在去年初春，当时我刚买下眼前这套框架两居的房子，由于经济上单薄，单位帮我贷了款。那时候我拿了工资向银行分期还贷以后，口袋里就只剩下了几十元钱，没办法，我就出去兼职打工……后来不久，我就认识了我的老婆习蒲荔，她把自己的积蓄全都给了我。我不肯要。她便对我说：'以后我们就是一家人了嘛！这一家人还分这么清楚干吗呢？反正以后我的钱就是你的钱，你的钱就是我的钱嘛！'喂，你说她好不好啊？

"不仅如此，她还把她们单位的外文资料，有德文、法文、拉丁文等需要翻译的活儿，联系来给我做。她说'你这个呆子不是懂个六七门外语吗？反正我们单位还要花钱雇人翻译这些资料呢！'另外她还说服她们集团的刘总经理，让我在她们工美集团里兼职，每逢遇到有外商前来洽商业务的时候，我就作为她们集团的博士翻译，参于外宾的接待。于是每个月我就可以多挣上好几千元钱，因此这使得我提前了一年半多就还清了债务……"

还没有等到杨伟把话全部说完，凌寒便两手撑地地移动着跪坐在他的面前，并且眼睛看着他的眼睛，嘴里高声说道："呆子你在胡说！"

"什么？"杨伟非常讶异，"你是说我在胡说？"

"她不是你的老婆！"

"你说她不是我的老婆？"

"对！她就不是你的老婆！最起码，你们还没在一起生活，是不是吧？"

"我和习蒲荔的事情，是你知道还是我知道呀？"

"就是！如果她是你的老婆的话，那么现在我来问你，下午我在整理你的房间的时候，怎么就没有整理到她的一样东西呢？"

"噢，这个么……"这时候杨伟站起身来，从他刚刚替换下来的牛仔裤的裤兜里掏出了那串钥匙包，在凌寒的面前晃了一下说，"这是什么？你知道吗？喏，你看清楚了噢，这两把便是她住房的钥匙！她连她房间的钥匙都交给了我了，难道你还不知道这说明什么了吗？啊？这就像是我们两个人的心哪，你知道吗？只要两心相悦时，又何止在朝朝暮暮哪？"

"呆子，这仍然说明不了什么！"

"什么？你说'这仍然说明不了什么'是什么意思吗？嗨！如今我和习蒲荔，我们两个人你爱我我爱你的，相敬相爱，永远不再分开，你知道吗？"

凌寒又向杨伟跟前爬了一步，两眼红通通地对他说："我就知道！"杨伟还以为凌寒已经理解了他前面所提到的那一番话的用意了呢。他想这一回啊，她总可以死了这条心了吧？结果他却万万没有想到，凌寒竟然会说出后面这一段令他非常震惊的话："呆子，我就知道我自己没有看错你这个人呢！将来总有一天你会疼我、爱我，就像你现在疼她和爱她一样，对不对吗？说不定将来，你还会更疼我一点，更爱我一点呢！"

杨伟一下就呆住了。这一回，他倒真的像是一个呆子了，一个彻彻底底的到了家的、货真价实的没有一点儿水分的真呆子了。他绝对没有想到，在当今这个世界上，竟然还会有着像凌寒这样痴情的女孩子哪！

17

就在杨伟傻不愣登的呆住了的时候,凌寒欠起身子,伸出她那两只纤纤玉手,攀吊住杨伟的胳膊,把她那一张林心如一般端庄圆润的脸孔,伸在杨伟的跟前,一副小鸟依依、楚楚动人的模样。

杨伟一双痴痴呆呆的目光,有意无意地触碰在她那一副"衫肩断红白,胸前半开掩……"的曲线之处的时候,忽然他就痴迷了起来,灵魂仿佛跟着也就脱开了方寸,理智和意识,似乎已经远远地飘离了他那一身肉身凡胎的躯壳,唯有凡夫俗子的身体的本能,在蠢蠢地欲动着。

凌寒无疑是一个勇敢的"野女孩",她勇敢地追求着自己想要追求的目标。然而现在她既然已经认定杨伟是一个优秀的男人,值得她向他托付终身。因此就在杨伟痴痴、呆呆、傻傻的那一刻里,她便将自己的透溢出红潮的脸庞,果敢地贴上杨伟那宽厚的胸膛,心里哼唱起了她想了很久的一首歌:

等待着你,
等待你慢慢地靠近我,
陪着我长长的夜到尽头,
别让我独自守候。

等待着你,
等待你默默地凝望我,
告诉我你的未来属于我,
除了我别无所求。

等待着你,
等待你轻轻地拉我手,
陪着我长长的路慢慢走,
一直到天长地久。

等待着你,
等待你紧紧地拥抱我,
告诉我你的心里只有我,

　　　　除了我别无选择。

　　这个时候，杨伟情不自禁地伸出他的两只手臂，紧紧地环住了她，心乱意麻，透不出气来说不出话，体内的血液在急速地喷张……在那股突如其来的、抑制不住的青春欲望的驱使下，他情不自禁地低下了头，开始亲吻起了此刻正攀在和吊在他身上的女孩那两瓣濡湿的嘴唇……

　　恍恍惚惚、虚无缥缈之中，他似乎觉得自己正在拥抱着自己的女朋友习蒲荔，而且拥抱得还是那么的紧，那么的近，以致他的身体内部忽然就产生了一股强烈的要去融入习蒲荔的体内的欲望之火……近半年多以来，他还是第一次有如此的爱的激情和性的欲望；他的身体还是第一次冲破了理性的约束，任由自己的本能在女朋友的肉体上去胡作非为；他还是第一次有如此地为自己的女朋友习蒲荔而去抒发的并在自己的内心里涌动已久的激情：

　　　　　习蒲荔！你就像灿烂的朝霞一样美丽，
　　　　　夜莺在那月夜里歌唱着你呀，习蒲荔。

　　　　　你的嘴唇就像一朵玫瑰花，甜甜蜜蜜，
　　　　　习蒲荔。我的幸福就是你呀，习蒲荔。

　　　　　习蒲荔，我的心里日夜都在想念着你，
　　　　　没有你的爱情，我就会死去，习蒲荔。

　　　　　你像晨风，像朝霞，像这蔚蓝的空气，
　　　　　习蒲荔，天下还会有谁能比你更美丽？

　　大概过去了很长一段时间，可能有半个多小时吧。杨伟忽然听到了一阵浅浅的轻哼声和喊疼声，而且好像就来自于他的怀抱里边，这时候他蓦然就觉醒了过来，并且从亢奋、激动、飘飘欲仙的人类生活的最高境界，一下就跌落进了严峻和冷酷的现实生活当中。他起身一看，差一点没有吓昏了过去。原来他的怀里边拥抱着的根本就不是自己的女朋友习蒲荔，而是那个正在流淌着滴滴泪珠儿的"野女孩"凌寒，他倏地就惊呆住了。

　　"哎哟喂哟！"他不由惊吓得叫了起来，"怎么会是你呀？我的妈呀！你的下身怎么还流出了这么多的血呀?"

　　凌寒两腿之间的血,似乎还在往外流,并且都流到了床单上了。这绝不是什么开玩笑的事情!其糟糕的程度,远比杨伟想象的要严重得多!到了这个时刻,他才算真正地清醒了过来。"这下我可要玩完了,"他想,"并且还会玩完得彻彻底底,无法去挽救了!我怎么会变成这个样子了呢?这不仅仅是关系到女朋友习蒲荔肯不肯一辈子原谅我的事情,而且这里面还有一个违规和犯法的事情哪!自己怎么就这么混球,怎么就这么好色,怎么就这么控制不住自己呢?'野女孩'凌寒,要是万一有个三长两短的话,我就是拿自己的一条小命去赔,恐怕也不一定能赔得起的哪!"

　　听着凌寒还在低声地哼哼,杨伟的那颗心灵,不由得就恐惧了起来;他迫不及待地抄起了桌子上的电话本,发疯似地打起了电话。

　　"什么?可是我们医院的救护车,已经出去了呀!"

　　"对不起,实在是对不起,我们医院开救护车的司机,已经回家去休息了!你想办法把病人给送过来吧,好吗?"

　　"喂,我说你烦不烦啊?刚才我不是对你说过了吗……"

　　不管是谁,如果是换在了这种情况,又是换在了杨伟的这种处境,打电话又落得跟他一样的结局的话,那么,他心里边那一股油然而起的感觉,用"悲惨"这两个字来形容,就是不足为奇的了!因为这确实就是他的亲耳所闻和亲身所历。什么叫"悲惨世界"?也许雨果写的那本书中的主角"冉·阿让"的悲惨,可能也不一定比得上杨伟现在所处境地的程度来得严重哪!

　　雨幕,已经烟消云散了;初夏夜的风,在轻轻地拂动。怀里托抱住凌寒的杨伟,却是在一路狂奔。凌寒这时候就软软地依偎在他的怀里边,脸孔紧紧地贴在他的胸前,眼睛半睁半闭地瞧着他那一副突显出毫无社会经验、然而却又是焦急不安的神情。慌乱当中,杨伟竟然找不到一辆出租车,似乎这整条的大街上,全然都看不见出租车的影子似的。平时那么多的出租车,现在全都死到哪里去了呢?这个时候,杨伟的耳朵边仿佛响起了《马太福音》中的孩子、父亲和撒旦那许多恐怖的对话声:

　　孩子:"啊!爸爸!你看到前面那个撒旦了吗?他的面目凶恶和狰狞,头上还戴着王冠哪!"

　　父亲:"你都瞎说些什么呀,我的孩子?那是烟雾在飘荡。"

　　撒旦:"好孩子啊,你跟着我走吧,哦?你看那边,无数的鲜花都已开放。走吧,我要带你到那边去做游戏,我的老婆还要为你去做黄金的衣裳。"

孩子："啊，爸爸！啊！爸爸！你可听见了吗？那个撒旦在对我低声地呼唤着哪！"

父亲："别害怕，孩子，别害怕，那是风吹树叶飒飒地响。"

撒旦："好孩子，乖孩子，你可愿意跟着我去吗？我的女儿正在等待着你哪，以后她每天晚上都可以跟你一起去做游戏……"

杨伟不禁战栗地叫了起来："啊……不！"

撒旦："不？有谁能够对我说不的？我要把这整个的世界，全部都规划在我的想象之中！"

杨伟把凌寒紧紧地抱在了胸前，对着夜空中大声地叫道："不！就是不！我决不会把她交到你的手里去的……"

这时候他把凌寒抱得更紧了。他要用自己的躯体去保护和掩盖着她，不致让他想象当中的《马太福音》里的撒旦去威胁到她的安全。然而此时此刻凌寒却在他的耳朵边有气无力地说："呆子，你这是在跟谁叫嚷啊？"

"啊……"杨伟摇了摇脑袋瓜，他想要把在自己的脑袋瓜里为祸作祟的那许多幻影全都给摇走。

凌寒则用手臂搭住他的脖子说："呆子，你不要在大街上瞎跑乱叫了。"

"哦，哦……"杨伟答应着。

这时候恰巧有一辆出租夏利驶来。他像是遇到救星似的匆匆地拦下。按照凌寒的指点，他吩咐司机开往某某医院。一到了那家医院门口，杨伟没有等到出租夏利停稳，他便托抱着她，急急地向急诊室里冲去。

"快，快给我叫医生！"

急诊室里的值班护士，见到了杨伟怀里托抱着的凌寒，她先是愣怔了一下，然后便脱口而出："啊？是凌大……"

然而凌寒却偷偷地捏了那个值班护士一下，又朝她挤了挤眼睛。可是毫不知情的杨伟却在一边大叫大嚷了起来：

"什么零袋整袋的！快给我叫医生吧！"

"叫医生？"护士说，"对不起，先生，你先到那边去挂号吧，我来替病人量一量体温……"

"护士小姐，"杨伟对护士说，"病人流了很多的血，请你赶快去叫医生好不好？"

"好啦，"护士叫起来，"你别在这里瞎嚷嚷！赶快挂号去！"

急诊挂号窗口，挂号大夫问病人以前有没有来过本院，杨伟摇头。大夫又问有没有带病历卡，杨伟又摇头。后来他忽然想起了和凌寒是同班同学的周慧敏。对呀！赶快打电话给周慧敏，让她想办法把凌寒的相关证件给送过来。如果周慧敏帮他做好了这档子事情的话，那么，他宁愿跟在她的屁股后面，再去当一回跟屁虫也行！折腾了大半天以后，杨伟总算可以在检查室外面的椅子上，坐下来喘一口气了。然而还没有等到他缓过气来，检查室里走出了一位戴着深度眼镜的年轻医生，表情似乎严肃地对他说：

"你的女朋友，患的可能是ＸＸ癌，现在需要立刻……"

还没有等到那个眼镜医生把话说明白，杨伟一惊之下，便浑然晕倒在检查室外面的玻璃钢的座椅上……

18

当杨伟清醒过来以后，他看到自己的身子半仰半靠地，瘫在了医院走廊里玻璃钢的座椅上，周慧敏坐在他的旁边，一边流着眼泪，一边还时不时地伸出手掌去拍打他的面孔。

"啊？"杨伟看到流眼泪的周慧敏，他顿时就面如土色，"她果真是出事了？勾命鬼还是将她给带走了？啊？惨了，惨了！她要是出了事，我也就完了！我这一下真的是……死定了！"

"你这个黑良心的东西！"周慧敏突然龇牙咧嘴地暴跳了起来，并且一记重拳"呼"地一下打在杨伟的脸部，打得他的鼻子当场就冒出了血。周慧敏一边打一边还在恶狠狠地骂着："打死你这个黑良心的东西！人家凌寒对你那么好，可你居然还在诅咒她死？你……你的良心是不是让狗给吃啦？"

"她没有出事？"杨伟捏住了流血的鼻子说，"男人婆你没有骗我吧？哎哟，真是太好了，太好了呀！"

"都是你这个黑良心的东西，让凌寒吃足了苦头！"

"我说你这个男人婆，既然她不要紧，那你又哭个什么玩艺儿哪？"

"可是她被你弄得……总之，她受到了一点轻伤……"

怪了！杨伟心里想，刚才那个戴深度眼镜的医生明明说她可能是患了ＸＸ癌，怎么现在又说是受了一点轻伤呢？虽然他不是读医科的，不过他最起码还知道，癌症和受了一点轻伤，根本就是风马牛不相干的事情么！这时候周慧敏又说："后来医生说她没什么事了，我们可以带她出院了。"

"没有什么事了？"杨伟好像仍然有一点不相信地问，"男人婆，她真的是一点儿事情都没有了吗？"

周慧敏点了点头，并且还将擤了一把鼻涕的纸巾，扔进了走廊里面的垃圾桶内。这一家烂医院！杨伟差一点儿没有暴跳了起来，他此刻若是想要去诅咒什么的话，那么首先诅咒的就是这一家烂医院！

"呆子，"周慧敏对他说，"凌寒真的是没有事情了，刚才，还害我担心得要死呢，现在我又太高兴了。"

"那么，"杨伟问，"她的人呢？"

"现在大概跟他老爸和老妈在一起吧。"

"什么？"杨伟从椅子上跳了起来说，"你把她的父母亲，也叫到医院里来了？嗨！你这个男人婆啊！真是个大白痴！"

这时候从里边传出了凌寒和另外几个人的谈笑声。不一会，他们一行人便出得门来，朝着杨伟这边慢慢地走了过来。只见凌寒左手挽着一个年纪不到五十岁的富态臃肿的妇人，那是她的母亲；右边还站着一个五十多岁，上穿白衬衣，下着将校呢军裤的和蔼慈祥的长者，那是她的父亲。凌寒看着杨伟面孔的眼睛里，满满地溢出了羞涩，端庄圆润的脸蛋上笑吟吟的，根本就没有病态。她拉起了此刻正在傻不愣登的杨伟的手，对她的父母亲说：

"爸，妈，来，我来跟你们两位介绍一下，这就是我几天之前跟你们说起过的那个人。"

她的母亲像是在欣赏什么宠物似的，把杨伟上上下下地看了一个遍。然后似乎颇为满意地说："这个小伙子，倒是挺英俊的噢！"

"妈，他是杨伟，是博士。"

"什么？"她那个误听的母亲忽然瞪大了眼睛，一脸孔的狐疑，"他是'阳痿'？是'不是'？哎哟，小寒，你问我他是'阳痿'不是，那么，我应该去问谁呀？小寒你在搞什么鬼呀？"

眼前的气氛顿时就有一点尴尬。如果医院这贴着玻化地砖的走廊上有一条缝隙的话，真的，杨伟说不定这时候就会倏地一下钻进去的。凌寒看到他的脸上似乎有一点挂不住的样子，她顿时就摇晃起她母亲的臂膀，一边撒娇一边责怪地说："妈，你看你！爸，你看妈，都在瞎说一些什么话呀！真给人丢脸哦！妈，他叫杨伟！白杨树的'杨'，伟大的'伟'，是一位博士，遗传工程学博士，你知道吗？他在中科院下面的遗传工程研究所工作，是专门研究遗传工程这一门科学的，爸，妈，这是一门尖端而又新颖的学科，你们知道吗？他是这一门学科里面最年轻、最有造诣的科学家！"

"哦，原来是一位博士呀！这个好，这个好，我同意，老凌，"凌寒母亲转向老伴说，"我们同意是不是？"她又转过头来上上下下地欣赏起了杨伟，这一次好像是在欣赏高档商品似的说，"小寒，这个好，这个有前途，有出息，一看就是人模人样的喔！呃，小杨，你会抽烟吗？会喝酒吗？有没有交过别的女朋友？有没有……"

"妈，"凌寒这时候有点急了，"你看你，又在胡扯些什么呀！"

杨伟心里想，不要说自己不会抽烟和喝酒了，自己就是有抽烟和喝酒这些坏毛病的话，光凭她们母女这两张嘴巴，就足以把自己身上所有的坏毛病全给淹没掉了！此时他觉得有一点无聊，又有一点空虚，于是他便想起自己可怜的女朋友习蒲荔来。可是……唉，他喟然大叹，无可奈何地摇了摇头。

"妈，他在摇头呢，你看到了吗？我不是跟你们说起过的么，他没有别的女朋友的！你们知道了吗？"

"不是！我……我……"杨伟本来想要对她们大声地说"我有女朋友"这句话的，可是当他一看到凌寒听他准备要否认自己没有女朋友的时候，她那双盯着他看的眼睛里，差一点没有掉下了眼泪，他再想想自己先前对她干下的"那个好事情"，他就缺了一点底气。因此他就只能把他想喊出来的"我有女朋友"的这句话，从嘴边硬生生地咽回了自己的肚子里。

于是乎这样一来，生米就煮成了熟饭，然后熟米饭又被膨化成了爆米花。眼前他又成了一个被大家谈说的笑料和被大家关注的新闻人物。他觉得眼下所有的人，似乎都在叽叽咕咕地议论着他，都用眼白在斜睨着他，仿佛他犯下了什么弥天大罪似的。当今之际，他心里想，唯有一走了之！对！他要逃！一定要逃！而且还要逃得远远的！至于大家要是去怪他没有心肝也好，说他是无情无义也罢，全都改变不了他要逃跑的决心！

他知道自己这种逃跑的做法，是没有良心可言的，是卑鄙、无耻、下流和龌龊的，是有违传统道德准则的。然而谁要是想去骂他的话，谁就尽管去骂他吧！大家就是骂他缺德也好，骂他敢做不敢当也好，骂他不是男人、没有肚脐眼或者没有屁眼也好，反正他一点都不在乎了。因为他的一时冲动而对凌寒所干下了的那桩"事情"，已经让他觉得非常的后悔，非常的对不起她了。不过他可绝对不能再去做出任何对不起女朋友习蒲荔的事情。

现在他真是后悔！他怎么就没有把自己的男人的第一次，当初就奉献给他心爱的女朋友习蒲荔，却送给了一个他根本就不了解，也根本就不应该去爱的女孩。是她！对！是凌寒自己跑到他这里来的！杨伟心里面恨恨地想着,这都是她自己的责任!是她自己跑来勾引他的,各位朋友都可以作证,她的衣服,现在还放在他的家里,还放在他家的柜橱里面呢!所以他应该是没有什么责任的!最起码是没有罪的!哈哈!他没有罪!哈哈!他大可以光明正大地到工美集团总公司去找他的女朋友,找他心目中的女神习蒲荔的。

当然啰,这件事情有可能会闹将起来!还有可能会闹到他所在的单位里去的!不过,大不了研究所处分他吧,辞退他吧,开除他吧!这也没有什么了不起的!总不能叫他拿自己的一辈子的幸福,来偿还他因一时冲动而欠下那个叫凌寒的野女孩子的情债吧!

19

已是半夜十二点钟了。杨伟把自行车骑得飞快,他用了差不多只有二十八分钟的时间,便从遗传工程研究所宿舍骑到北二环习蒲荔的住处。他已经有半个多月没到这里来了。这也没什么可奇怪的。因为习蒲荔出差去美国,已经有半个多月的时间了。习蒲荔原先对他说,她可能就在这几天回北京的。

习蒲荔住在北二环边上一座高档的公寓内。她是和单位的一个女同事,合租了这一套高档两居室的公寓楼的。杨伟乘着电梯上去,用习蒲荔先前交给他的钥匙,打开了大门,进入了客厅。厅内左右两边各有一间卧室,习蒲荔和女同事分别就住在这两间卧室内。以前杨伟偶尔也来这里,甚至偶尔也在这里住上个一夜半宵的。

习蒲荔住的那间卧室朝南,还带着个小阳台,正巧面对着孔庙,视野极佳。夜阑人静之时,凭依阳台栏杆,可以独自欣赏到夜空里的星光灿烂,也可以高高地俯视孔庙那一大片古树、古碑和古建筑。此时此刻,杨伟先是轻轻地敲了一敲习蒲荔的那间屋门,好像没有声音,然后他便用另一把钥匙将屋门打了开来。可是当他正准备进入房间并开始要拉亮电灯的时候,却听到了一连串的责问声:"喂喂喂!你是什么人哪?啊?你怎么会有我房门上的钥匙的?这深更半夜的,你跑进我一个女孩子的房间里,想干什么来着哪?"

里面住着的一位女孩,竟是一张杨伟从来都没有见过的陌生面孔,而且她此刻正瞪着一双警觉的大眼睛,死死地盯着用钥匙开启房门的来客。杨伟一下就傻了眼了。"对不起,"他结巴地说,"小姐,我……我……我找习蒲……"

"你找习蒲荔?"

"是的。"

"你找习蒲荔呀！"陌生女孩轻轻地嘘了口气说，"哦！我还以为是一个专门在晚上撬门和遛锁的惯偷、盗窃犯、大色狼呢！刚才呀，可把我吓得浑身直哆嗦呢！你在问习蒲荔是不是？真不巧呀，她已经出国了耶！走了都有两个多星期了，你还不知道吗？"

"对不起，小姐，"杨伟问，"那，她什么时候回来哪？"

"你是在问她'什么时候回来'这句话是吧？"那位小姐大惊小怪了起来，"你这个呆球！傻瓜蛋！人家习蒲荔好不容易才去了美国的洛杉矶，她还回来干吗？她到她的男朋友那儿去了！你知道吗？没错啦！她挺会交男朋友的！她以前曾给我们说起过，她有一个男朋友叫汪洋，在美国的洛杉矶那边，开了好多家工艺品商店。另外她还有一个男朋友，听说在这边中科院下边的一个什么研究所……啊！啊！完蛋了！她这边的男朋友……该不会就是你吧？啊？哇塞！真是对不起你啦！我不应该跟你说这些话的啦！不过，既然我已经对你说了，那么，我就索性跟你说开了吧，你的女朋友习蒲荔选择了美国洛杉矶那个叫汪洋的男人，而没有选择你，我看你是完蛋啰！你呀，我劝你还是去看开一点吧，啊？

"唉，这也是没法子的事情呀！就像我一样吧，以前进大学的时候，也曾经交过一个不错的男朋友，可是后来，他分回了老家的城市，我却来到了北京，我们两个人就这样南辕北辙了。然而现在，我偏偏却又看上另外一个了。这，你说我过去的那个男朋友，他能够怪我吗？人家说爱情这个东西是没什么对和错的。喜欢就是喜欢。不喜欢就拉倒呗，他又能拿我怎么样呢？

"并不是我贪慕什么虚荣，我现在的男朋友，是北京这个大城市里的人，跟我以前那个乡下小城市的男朋友一比较呀，嗨，就是不一样喔！见多识广，思想成熟，人品潇洒，出手大方，跟乡下小城市的土老冒，简直就没有办法相比喔！我现在所说的话，你应该可以体会得出是什么意思了吧？习蒲荔现在的男朋友是一个美国人哪！美国是一个什么地方？我们中国又是一个什么地方？不是我看不起你，你就是中科院下面什么研究所的博士，那又怎么能和人家留学美国的博士去相比呢？真的，我不用去骗你。骗你对我有什么好处呢？我自己就是一个过来之人么！现在习蒲荔走了。她去了美国了。因此我只能够对你说，你们这一生啊，是没有缘分再在一起了！而我也就只能劝你到这儿，劝你到这个份上了。

"再说了,习蒲荔也是我的好朋友,我也不便在背后编排她的不是,知道吗?我想你应该明白这一点才对喔!你自己应该好好地想开一点喔!别真的一时想不开,就去闹一个自杀啦什么的,那在我们女孩的眼睛里面看起来,除了一句'不成熟'三个字以外,其余就什么都不是了。你知道吗?因为我们这许多女孩子,是绝对不会去同情那些个不成熟的男人的!即是有人为了我去自杀,我也不会为他去流上一滴眼泪,淌上一滴鼻涕的!你懂吗?"

"我不懂!"这个时候的杨伟,已经是泪眼模糊了,他动作极快地背过了身子,硬行去忍住就要流下来的泪水说,"我不懂她为什么会不告而别呢?为什么要对我说出差去美国,两个星期就会回来?为什么连一句真话都……难道人的感情,就这么的不值钱吗?"

"咳,你这个书呆子啊!"那个女孩又说,"现代人的感情,值个什么钱啊?值个屁钱!习蒲荔她人都走了,你还能够去指望得到一些什么呢?啊?你想要跟她'Sa…Yu…Na…Ra…'啊!那顶个什么屁用啊!好了,好了,我不再跟你说了,你要是一个明白人的话,我就劝你还是回去好好地想一想吧!噢,对不起,明天我还要上班哪!我想你明天也不会休息的吧?现在都已经这么晚了,已经快一点多钟了,你还回得去吗?你要是实在回不去的话,那么你今晚暂时就睡在了我这儿,我去跟对门的人挤上一挤好了,怎么样啊?你自己考虑一下吧。"见杨伟拒绝了,那位小姐于是就一边关房门一边说,"那么,你在走的时候顺便给我把外面的大门撞上好吗?"

此时此刻,杨伟的大脑是一片白茫茫的,就好像是一个患了直立性贫血的人,蹲在地上的时间久了,忽然站立起来,脑袋瓜瞬时间就有这一种什么都没有的缺氧的感觉一样。于是他便倚靠在客厅的墙上,呆愣了足足有个五六分钟的时间。就在他稍微有一点清醒过来,摸索着并准备要去离开的时候,那个女孩又打开了房门,手里边还拿着一封信,冲着杨伟的后背说:

"慢一点,这儿有你的一封信呢!是习蒲荔叫我转交给你的。刚才我忘记给你了。不过对不起,请你先把我的房门钥匙和大门钥匙还给我,我才能把这封信交给你呢!要不然的话,以后要是再发生像今晚你这样不请就自己动手开门闯进来的事,那么我一个女孩家,还有什么安全感可言呢?好了,出去的时候请别忘记把门给我撞上了。拜拜!"

那个女孩从杨伟的手里边拿过了钥匙,她嘴上一边打着哈欠,一边就重重地关上了房门。杨伟在门外的灯光下,展开了那个小姐转交给他的习蒲荔写给他的信：

　　杨伟：
　　真是太对不起了！当你拿到这封信的时候，也许我早已经到了美国了。请原谅我的不告而别。虽然我还不是一个太坏的女人，但我远不是一个好女人，远不是你心目里的女神，你理想中的异性偶像。你纯真、质朴和执著，我想不久的将来，你在遗传工程学的领域里，将会有着一片不可估量的成就的。你犹如是一面镜子，使我看清楚了自己。我配不上你，还是请你把我给忘掉吧！杨伟，我有一个表妹叫凌寒，现在北医大读硕士研究生。她非常非常地倾慕你。她人不仅生得比我要漂亮的多，并且心地非常善良，感情非常专一，家庭条件也非常好，不像我和王家蕙那么复杂，我已经把你屋子的大门和房门钥匙转交给她了。你可要好好地敬爱她，好好地珍惜她，好好地呵护她喔！好了，杨伟，我会在遥远的太平洋彼岸，恭祝你和我表妹白头偕老，美满幸福的！另外，当你拿到了这一封信的时候，请你把我原来给你的房间和大门的钥匙，交还给交给你这一封信的那个女孩。感谢！并望你珍重！千万珍重！再见！

　　　　　　　　　　　　　　　　　　旧友　习蒲荔

　　看完习蒲荔写给他的信以后，杨伟一下就昏昏沉沉、懵懵懂懂了起来。他跨出了门外。然而在门外刚挪动了半步，突然眼睛觉得一黑，就像被人用铁棍重击在脑袋上一样，于是他便顺着门外楼道间的墙根，慢慢蹲了下来……

20

　　下半夜，黑森森的。灯光暗淡地投射在这条偏僻的街道上。披着尸衣的死神，也就躲在这森森的黑夜里，这灯光暗淡的街道两边，龇牙咧嘴地窥视着它的猎物。这一次杨伟他逃不掉，也躲不了，因为他是唯一的一个不能退席的主人公。

　　　　悲来不吟还不笑，

　　　　天下无人知我心……

　　杨伟一边推着自行车，一边情绪低沉地想起了习蒲荔往日那许多的好处，她心地善良，美丽漂亮，清纯可爱，落落大方，在这个物欲横流的世道上她让他充满对幸福生活的向往，对未来世界的希望。如若不是习蒲荔的指点和帮助的话，他哪能这么顺利地适应眼下这种繁复、喧嚣、浮躁而又骚动的现实生活，这么快地买下自己两室一厅的商品屋，这么快地还清自己全部的债务呢？她是他爱情的支柱，理想的伴侣，心目中清纯的偶像……

　　可是此时此刻，他往日心目中的这一尊"若耶溪旁采莲女，笑隔荷花共人语。日照新妆水底明，风飘香袖空中举"的清纯、美丽以及善良的女神和偶像，就像一座被重力推动下的泥塑雕像一样，颓然倾斜和倒塌了下来。那个时刻，他的心里充满了愤恨和失望，真想去一死了之……"小荔啊，"他心里恨恨地想着，"你为什么非要跑到美国去啊？美国有什么地方好啊？在那个自由女神的国度里面，还不是自由无度，荒淫也无度吗？还不是充满着恐怖，充满着堕落吗？还不是嫖客与娼妓在泛滥，性病、花柳、'艾滋'病和埃博拉在漫延吗？小荔啊小荔，那里只不过是金钱的眩光强了一点，铜臭的味道重了一点罢了，除此以外，其他还有什么地方能够比得上我们中国好呢？"

　　这时候他忽然想起了大文豪萧伯纳曾经说过的一句话："上帝站在强暴和力量这一边。"萧伯纳说得真是漂亮极了！他就像在吹唢呐啊，呜哩呜哩哒……嗡嗡之声至今还在不绝地回响，就像公元前的罗马多么的不可一世啊！多么的精于欺侮弱小的国家啊！它攻破了"迦太基"国的城门，屠杀所有的"迦太基"人。"迦太基"国灭亡了。最后就连有一位叫阿基米德的75岁的正在专心和独自地看着一幅地图的没有想到要去理会暴徒命令的老人，也没能逃脱得出被屠戮的毒手，结果他让象征着强暴和力量的罗马士兵用利剑给劈死了。

　　难道这就是上帝的真理吗，小荔？是不是美国的金钱就比其他国家的要大上一点？美国的月亮就比其他国家的要圆上一点呢？难道美国就是代表着强暴，就是代表着力量了吗？难道上帝就是站在你那个汪洋的那一边了吗？

　　他开动脑筋，拼命地想要去找出几个例外，他思来想去，终于想到了有这么几个人：一个是亚里斯多德，他那一颗聪明的脑袋瓜里装满了高尚的智慧；一个是培根，他说在人类的社会里，"知识就是力量"，而不是那种金钱的眩光和铜锈的恶臭；还有20世纪50年代的遗传学家华生（J. Watson）和物理学家克里克（F. Crick），他们发现了DNA双螺旋立体结构，丰富了

259

遗传学的内涵；而到了20世纪70年代，分子生物学家博耶（H. Boyer）实现了基因捻接，利用重组DNA技术，成功地进行了转基因技术的试验，确立了克隆技术的诞生。但是，他们似乎并不全都是美国人啊！

小荔，难道美国就是强暴的代表与力量的象征吗？如果要真是这样的话，难怪你要离我而去了！不过小荔，你给我睁大眼睛地看着，它美国总有一天会要遭到报应的，要遭到致命的打击的！因为我们中国有一句老话说得非常好，"木秀于林，风必摧之；行学于人，众必诽之。"因此上说，它美国并不代表就是强暴和力量！尽管在20世纪初的美国国会中，曾经发生过这样一件爆笑全世界的事件，也不能说美国就是强暴的代表和力量的象征！

那件事件就是，圣经说"拍（圆周率）"等于三，而美国的印第安州议会为了确认圣经所言不虚，就决定立法去订定"拍（圆周率）"的数值等于三。然而美国有个叫戈德曼（Goodman）先生的一套高深数学被形成了草案，随后又接二连三地被教委会、众议院、参议院等多个机构以67比0的票数，无异议地得到了全额通过！这个数学草案最后传到另一所大学的一位教授手里，他将这位戈德曼先生的那套高深数学，用高速度电脑一运算，乖乖咙地咚！这位戈德曼先生的"拍（圆周率）"的得数不是3.14，而竟等于"9.2376……"！

所以跟美国的这些"伟人"骗子们比起来，杨伟感到自己是错了！不过他也太不幸了，也太渺小了，简直幼稚可笑得到了极点了！因为他从一些美国骗子"伟人"的身上，找到了跟自己一样幼稚可笑的想法。现在就连他自己都开始在嘲笑起自己了！此刻他认为，这不是出了什么社会问题，而是自己会不会吹牛皮的事情。他不仅也会吹牛皮，而且还会大吹和特吹，居然还把牛皮吹到了习蒲荔的表妹跟前。他不是曾在凌寒面前吹嘘说，他"老婆"有多么的爱他吗？甚至他自己都被自己吹出的牛皮给骗住了呢！

其实他早就该发觉一些不对劲的地方，比如习蒲荔出国去洛杉矶的前夕，叫他在两个星期内不要去她住的地方找她；可她前脚刚走还没几天，后脚就发生了蓝岛"百脑汇"和公交车上，周惠敏和凌寒合伙掏他的钥匙并拉下他裤子的事情；紧跟着又没几天，自己屋子里的书籍和物品，老是像长了脚似的跑来跑去；还有凌寒厚着脸皮的不请自入，她反过来还说他出门时不把门给关好和锁上，于是她就进来了什么的……这都是一些很值得怀疑的地方，他只要用头脑稍微地想上一想，稍微地加以分析一下，就可以得出正确的结论来的。但他就是不去想，就是不去分析和思考，并且他还冲动地做出伤害了凌寒的出格和越轨的下流事情。自己做错就做错了呗，然而自己还不去认错，反过来还要去责怪凌寒跑过来勾引他……

想到了这里，他就真不想再在这个世界上活下去了！他的耳边似乎已经响起了《马太福音》的朗诵声："彼日愤怒之日，世界将化成为灰……全部的墓地，都响起了不绝于耳的号声……贤明威严的上帝啊，请转过你的头来，救救世间的人们……可憎的事……有罪之人……死灰复燃，神将接受审判，那一日将是一个流泪的日子……"这时候他真想把手里推着的自行车，往街边的人行道上一扔，然后跑到哪儿去大哭一场。他要为他的初恋的死亡而痛哭，为他心中清纯的偶像的倒塌而痛哭，为太平洋彼岸那个叫汪洋的金钱的闪光和铜臭的嚣张而痛哭，为自己的知识足以守贫，留不住自己理想中的女友和伴侣，还要让那个赵薇眼睛林心如脸一般的凌寒捉弄而痛哭……

"哈哈……哈哈、哈哈……"可是他不仅没有哭出来，反而还在龇牙咧嘴、傻不啦叽地大笑了起来，直笑得自己弯下了腰。笑到了最后，他便情不自禁大声地哼唱了起来：

忘不了你的倩影，
此时此刻浮现脑海。
还记得我俩诺言，
明年此时再相逢！

请你不要把我忘记，
我的心已经属于你。
请牢记我俩真情，
明年此时再相逢！

你接受我一份情谊，
你应该不会忘记。
我接受你一份友谊，
我也永远难以忘记。

在——我的生命里，
不能没有你——

过去已成追忆。

我只能默默怀念着你……

在那幽暗的街道上，推着自行车的杨伟，一会儿放声大笑，一会儿高声哼唱，一会儿又嘟嘟囔囔地说上几句，就像是一个十足的神经病人一样。可是谁知，就在他推着自行车转弯向另外一条街道的时候，这个黑森森的夜空中，这条灯光暗淡而又偏僻的街道上，一辆轰鸣着的汽车，晃动着两道眩目的光柱，速度极快地向他这里冲了过来。

他来不及躲避了！在那两道眩目的汽车光柱之下，他只是推着自行车，像一个傻瓜似的站在了街道的中间，本能地闭上自己的两只眼睛。只见那两道大大的汽车灯柱，速度极快地向他冲撞了过去……

21

咦？真是怪哒？冲撞过来的汽车怎么突然分成两半了呢？只见那两道眩目的光柱，就在快要撞到杨伟的时候，它倏地分成了一边一半，好像被什么东西从中间锯了开来，成了两个突然分开的"圆括弧"号一般，在同一时间里，这个两半拉所组成的"圆括弧"号，从他的身子两侧轰鸣般地弯了过去！杨伟瞪着一双惊恐的眼睛，非常怪异地盯着那两个突然会转弯的汽车灯柱。

"啊？！"后来他才惊叫了起来，"哇塞！原来是两辆胯子族在深夜里飙车的破摩托呀！"这一会儿，他忽然有一点情不自禁了起来，"我不会死！啊！凌寒，我不会死！正因为我爱你，凌寒，所以我就不会死的！"

刚才他还转不过弯来的脑袋瓜，现在忽然就开了窍。就像刚才还是黑幽幽的夜，现在东边的天空中忽然就吐出了一丝丝的鱼肚白一样。曾经全身心去珍爱的，现在已经失去了；然而没下功夫追求的，眼下却是得到了。这阴差阳错……现实生活，就是令人这般捉摸不定。想到了这里，杨伟的心胸豁然开朗了起来。此时此刻，他就想着要去唱歌，就想着要在这个曙色开始来临的时候，放开喉咙去大吼上几声，好让郁积在心里已经有了一整夜的烦闷，随着晨风飘之而去吧！可是唱什么呢？他不知道。不过管他唱什么呢！不要用脑子去想，只要张开自己的嘴巴，能够本能地哼上一哼、能够本能地唱上一唱就行！于是在这个初夏季节里的清晨，他朝着吐露出一点鱼肚白的东方，嘴里下意识地蹦出了一连串高亢的音符：

呜喂——
风儿吹动我的心帆，
凌寒呀我要和你见面，
向你诉说心里的思念。

当我还没有来到你的面前，
你千万要把我记在心间，
凌寒，要等待着我呀，
要耐心地等待着我呀，
我心就像初升的红太阳。

呜喂——
风儿吹动我的心帆，
凌寒呀我要和你见面，
永远也不再和你分离……

"凌寒，你瞧这个呆子啊！"
"嘻嘻……"
"真是呆子有呆福哪！"
"周惠敏，这就叫做福兮祸所倚，祸兮福所伏！"

在身边不远处的地方，有人忽然在高声地嬉笑和对话。这可把杨伟着实给吓了一大跳，嘴巴里蹦出来的歌声也随之就嘎然而止。他转过脸孔去仔细一看，熹微的晨光下，凌寒和周惠敏这两个女孩，就站在离他不远的地方，一边真情地瞧着他，一边在嬉笑和谈说……

22

后来，周惠敏告辞走了以后，就只剩下杨伟和凌寒两个人，倚在了北二环护城河边的石栏杆旁，凌寒挽住他的手臂，看着他的眼睛，语气异常温柔地说：

"嗳，呆子，习蒲荔是我表姐这件事，开始我没有告诉你，你可不要责怪我！也不要责怪我没有告诉你她和汪洋之间的关系以及她要出国的事情！事实上她怕她的不告而别，会令你伤心和难过，所以她就让我来找你，要我代替她来照顾你。于是我就同自己的命运赌了一把！

"那天在蓝岛的'百脑汇'里以及那辆公交车上，我和周惠敏害得你出尽了洋相，这也是实在不得已的事情。因为你兜里的钥匙实在太难拿了，结果一不小心我就……就……呃，真是不好意思啊！不过呆子你脸红的时候，真的很英俊呢！就像猴子的屁股似的，啊！我说错啦，就像桃子的屁股似的啦！真的嘛！桃子的表面不是也凹上了一条吗？真的很像是屁股嘛！

"至于那一次，我是第一次跟男人'那个'嘛！流了一点血，对于像我这样一个还是处女身的女孩来说，那是正常不过的啦！再说了，我也想去考验考验你嘛！不过呆子你可能不知道吧？当我看到你那一副紧张兮兮的样子，还是一名博士呢，真是一股子的呆相哪！不过当我被你抱在怀里，而且抱得还那么紧，贴得还那么近，在大街上到处乱跑和乱撞的样子，我这心里就感动得直想要哭呢！还有，在我跟周惠敏实习和做实验的那家医院里……"

"噢！原来是你们两个人在暗地里使坏呀！"杨伟向她叫了起来，"那一天啊，嗨，害得我差一点没有给急死呀！"

"实际上，这跟周惠敏没什么关系。"

"那么就是你一个人在暗中使坏啰？嗨！好啊，现在我非要好好地……"

"怎么？"凌寒问，"你是非要好好地教训我一顿吧？"

"不是的，根本就不是的。"杨伟说，"现在，我非要好好地……嗯，非要好好地去爱你呗！"

"真的吗？"凌寒拥进了他的怀里，用握起来的拳头，轻轻地捶打他那宽阔的胸脯，并且噘起了好像玫瑰花瓣一般的嘴唇，对着他的耳朵，悄悄地哈气地说，"你真的爱我，真的不再逃避我了吗？嗳，呆子，我真是没有把你给看错呀！真的。我就猜到你会更疼我一点，更爱我一点的，是吧？"

杨伟没有正面去回答她的问题。他只是伸出了两只手掌，微微地扳正了她那一张林心如脸一般端庄圆润的面孔，然后便低倾下他的嘴唇，深深地印在了她那两瓣如玫瑰花瓣一般的唇吻上……

二〇〇二年四月写于北京